HEYNE <

Das Buch

Als ein Heer von Trollen Albenmark bedroht, zerschneidet Emerelle, Königin der Elfen, mit der Kraft ihrer Magie einen goldenen Albenpfad. Tausende Trollkrieger stürzen ins Nichts, das Reich der Elfen scheint gerettet. Mit ihrer Tat hat Emerelle jedoch auch das goldene Netz zerstört, das einst die Alben zum Schutz ihrer Nachkommen woben. Schatten dringen ins Herzland und suchen nach Seelen, um sich diese einzuverleiben. Emerelle schickt Ollowain, ihren Schwertmeister, an der Seite einer Koboldin nach Iskendria, um die Hüter des Wissens zu befragen. Doch die Schatten lauern überall und mit ihnen eine Bedrohung, die sich bis in das Fjordland erstreckt.

Und plötzlich scheint nicht dem Schwertmeister Ollowain, sondern den Kindern des Menschenkönigs Alfadas die Schlüsselrolle im Kampf gegen den uralten Feind, der sich in den Schatten verbirgt, zuzufallen: Melvyn, dem Wolfselfen, der seinen Vater nie kennen lernte, Ulric, dem geheimnisvollen Thronerben, und der jungen Jägerin Kadlin, die nicht ahnt, welch Blut in ihren Adern fließt. Sie alle werden in ein Abenteuer verstrickt, das Menschen und Elfen vor eine schreckliche Wahl stellt, denn ein Reich ist dem Untergang geweiht – Albenmark oder Fjordland …

Der Autor

Bernhard Hennen, 1966 geboren, studierte Germanistik, Geschichte und Vorderasiatische Altertumskunde. Mit den Auftaktbänden zu seiner großen Elfen-Saga, »Die Elfen« und »Elfenwinter«, stürmte der Autor zahlreicher historischer und phantastischer Romane die Bestsellerlisten und schrieb sich an die Spitze der deutschen Fantasy-Autoren. Bernhard Hennen lebt mit seiner Frau und seinen beiden Kindern in Krefeld.

Mehr zu Autor und Werk:
www.BernhardHennen.de

BERNHARD HENNEN

ELFEN LICHT

Roman

Originalausgabe

WILHELM HEYNE VERLAG
MÜNCHEN

FSC
Mix
Produktgruppe aus vorbildlich bewirtschafteten Wäldern und anderen kontrollierten Herkünften
Zert.-Nr. SGS-COC-1940
www.fsc.org
© 1996 Forest Stewardship Council

Verlagsgruppe Random House FSC-DEU-0100
Das FSC-zertifizierte Papier *München Super* für Taschenbücher aus dem Heyne-Verlag liefert Mochenwangen Papier.

3. Auflage
Originalausgabe 12/2006
Redaktion: Angela Kuepper

www.heyne.de
Printed in Germany 2007
Umschlagillustration: Michael Welply
Umschlaggestaltung: Nele Schütz Design, München
Karten: Andreas Hancock
Satz: Buch-Werkstatt GmbH, Bad Aibling
Druck und Bindung: GGP Media GmbH, Pößneck

ISBN: 978-3-453-52218-3

Für Melike und Pascal,
meine Albensterne

N
W
O
S
CARANDAMON
PHYLANGAN
SNAIWAMARK
MORDSTE
MYRA
REJKAS
MIKA
JERASH
FEYLANVIEK
WINDLAND
TALSIN
MONDBERGE
ARKADIEN
LAVIANAR

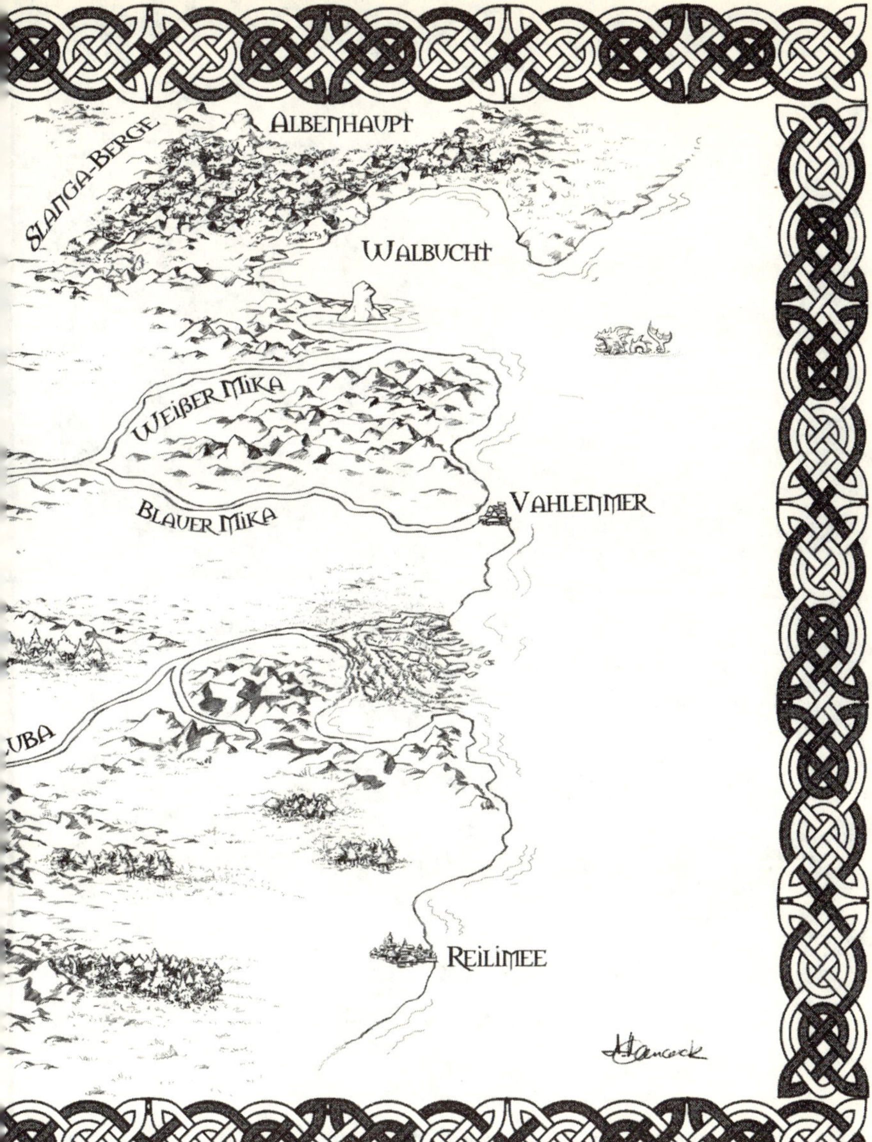

Albenhaupt
Slanga-Berge
Walbucht
Weißer Mika
Blauer Mika
Vahlenmer
UBA
Reilimee

Aelburin
Ioliden
Yaldemee
Alaen Aikhwitan
Alter Wald
Emerelles Burg
Fauneneiche
NoroellesSee
Shalyn Falah
Atta Aikhjarto
Hancock

Alle Ketten der Meinung sind für mich zerbrochen;
ich kenne nur die Ketten der Notwendigkeit.

JEAN-JAQUES ROUSSEAU (1712–1778)

ERSTES BUCH

DER SPIELER

DIE LETZTE GRENZE

In dieser Nacht noch sollten die Trolle kommen, so hieß es. Der Schwertmeister der Elfenkönigin beugte sich tief über die Mähne seines Hengstes und trieb ihn unbarmherzig voran. Es waren noch viele Meilen zur Burg.

Nichts hatte die Trolle in ihrem grausamen Wüten aufhalten können, seit sie nach Albenmark zurückgekehrt waren. Drei blutige Siege hatten diese grobschlächtigen Ungeheuer errungen, und Branbart, ihr König, hatte geschworen, Emerelle, die Herrscherin Albenmarks, zu erschlagen und aus ihrem Schädel eine Metschale für seine Festtafel fertigen zu lassen.

Verzweifelt hing der Elf seinen Gedanken nach. Alle hatten Emerelle verlassen. Und die Königin hatte gewusst, dass es so kommen würde. Die Herrschaft der Elfen würde in dieser Nacht enden. Doch wenigstens er würde an ihrer Seite sein! Dort, wo immer schon sein Platz gewesen war, wenn es galt, mit dem Schwerte für Albenmark einzutreten. Hoffentlich kam er nicht zu spät!

Ollowain blickte auf. Der Weg senkte sich in ein weites Tal und folgte dem silbern gesprenkelten Band eines Baches. Düstere Kopfweiden säumten das Ufer; wie große Perlen schimmerten die weißen Knospen auf den pfeilgeraden, jungen Ästen im Mondlicht.

Der Mond stand wie ein riesiger Schild aus gehämmertem Silber am Himmel. Sein Licht verlieh der lauen Nacht einen unheimlichen Zauber. Eine leichte Brise strich über den Hang und trieb dem Elfenritter Blütenblätter ins Gesicht. Er blinzelte und trieb den Hengst weiter an, seinem Ziel entgegen. Inmitten des weiten Tals erhob sich die Burg der Königin. Ihre schlanken Türme schienen fast bis zum Mond hinaufzureichen, in dessen Schein die weißen Mauern silbern leuchteten. Der dunkle Fels, auf dem die Burg sich erhob, verschwamm mit dem samtigen Blau der Nacht, sodass es schien, als schwebe die Festung in der Finsternis. Jahrhunderte hatte das Volk der Elfen an dieser Burg gebaut. Trotz ihrer Türme und Mauern hatte niemand geglaubt, dass sie jemals angegriffen würde, und sie war auch nicht errichtet worden, um einem Feind die Herrschaft über das Herzland abzutrotzen. Sie sollte ein Sinnbild der Vollkommenheit sein.

Obwohl Ollowain die Burg schon hunderte Male gesehen hatte, berührte ihr Anblick ihn stets aufs Neue. Es war ein Gefühl, wie es sonst nur Musik in ihm erwecken konnte, das traurige Lied einer Flöte vielleicht oder melancholisches Harfenspiel. Ein Schmerz, der sich nicht in Worte fassen ließ, süß und durchdringend.

Kein Horn kündete von seiner Ankunft, und die Öllampen, die gewöhnlich den Weg hinauf zum Burgtor in goldenes Licht tauchten, waren verloschen. Der hohle Hufklang unter dem Torbogen war der einzige Willkommensgruß, der den Schwertmeister empfing, als er in die Burg einritt.

Die Wachen waren verschwunden. Ihre Speere lehnten entlang der Mauer, so als seien die Krieger eben erst gegangen. Auf einem Sims stand ein Falrach-Tisch. Die Partie war vor dem Ende abgebrochen worden. Doch ein einziger Blick genügte, um zu erkennen, dass Schwarz auf verlorenem Posten stand. Die Königin war eingekreist in ihrer Burg, ihre Krieger standen auf dem ganzen Spielfeld verstreut.

Ollowain trieb den Hengst über den weiten Hof und dann den Marmoraufgang hinauf. Der Schwertmeister glaubte förmlich spüren zu können, wie sich das Unheil über der Burg zusammenzog. Er preschte einen Säulengang entlang. Die schweren, eisenbeschlagenen Hufe seines Schlachtrosses ließen Steinchen aus den kostbaren Bodenmosaiken splittern. Er musste Emerelle finden. Sie hatte die Burg nicht verlassen, da war er sich ganz sicher.

Das schwere Bronzetor am Ende des Ganges, das sich sonst stets wie von Geisterhand geöffnet hatte, blieb verschlossen. Es war so groß, dass nicht einmal ein Riese sein Haupt hätte neigen müssen, wollte er in die Halle dahinter treten. Fein ziselierte Bilder zeigten, wie die Alben den Letztgeborenen, den Elfen, ihre Welt anvertrauten, bevor sie für immer verschwanden. Es war eine Mahnung an alle, die den Weg zum Thronsaal beschritten. Jeder sollte sehen, wem es bestimmt war, in Albenmark zu herrschen. Doch die Trolle würden sich einen Dreck darum scheren.

Ollowain sprang aus dem Sattel. Ein Stoß genügte, um einen der Torflügel aufschwingen zu lassen. Er schlug gegen die Wand, und dumpfes Dröhnen wie ein Gongschlag schallte durch die verlassene Burg.

Der Hengst des Schwertmeisters wieherte ängstlich. Mit tänzelnden Schritten wich er vor der Schwelle der Halle zurück.

Geisterhaftes Licht erfüllte den Bannersaal. Es ließ die fernen Wände vor dem Auge des Betrachters verschwimmen und gab ihm das Gefühl, auf einem offenen Platz und nicht in einer Halle zu stehen.

Von den Emporen, die in kühnem Schwung aus dem Licht hervorragten, hingen prächtige Seidenbanner mit den Wappen der Fürsten Albenmarks: die Nixe Alvemers, der silberne Stern Carandamons, die scharlachfarbene Rose auf schwarzem Grund, die Alathaia von Langollion zu ihrem Feldzeichen erwählt hatte, und all die anderen stolzen Wappen jener, die heute nicht hier waren, um an Emerelles Seite zu stehen.

Mit fliegendem Schritt durchmaß Ollowain den Bannersaal und stieß das nächste Bronzetor auf. Die Halle, die vor ihm lag, wurde von einem großen Brunnen beherrscht. Zwischen Wasserfontänen fochten marmorne Krieger verzweifelt gegen einen Sonnendrachen von Ischemon. Eine der Kriegerinnen in dem Gefecht war Emerelle; damals war sie noch nicht Königin gewesen. Die Kampfszene zeigte den Augenblick, in dem sich Falrach opferte, um den tödlichen Hieb abzufangen, der Emerelle zu zerschmettern drohte.

Wie stets überlief Ollowain ein Schaudern, wenn er den Brunnen betrachtete. So lebensecht waren die Steinbilder, dass man erwartete, der Kampf werde jeden Augenblick mit lautem Getöse fortgeführt. Wo waren die Helden von einst geblieben?, fragte er sich bitter. Waren sie alle ins Mondlicht gegangen?

Er hatte fast das Tor zum Thronsaal erreicht, als sich das Licht in der weiten Halle wandelte. Es wurde blasser, und dann schien ein Zittern durch die Wände zu laufen. Einen Herzschlag lang wurden die Mauern der Halle sichtbar. Das helle Plätschern des Brunnens setzte aus.

Der Schwertmeister stieß das letzte Tor auf. Der Thronsaal war ein großer, kreisrunder Raum, dessen Wände hinter Kaskaden silbern schimmernden Wassers verborgen blieben. Anstelle einer Decke spannte sich der sternklare Nachthimmel über Ollowain. Gegenüber dem hohen Tor führten sieben Stufen hinauf zum Thron von Albenmark. Dort, neben dem schlichten Holzstuhl, dessen Intarsien aus Marmor und Onyx zwei untrennbar ineinander verflochtene Schlangen zeigten, stand Emerelle, die Königin der Elfen. Sie war klein und von zierlicher Gestalt, doch strahlte sie eine Kraft aus, vor der einst selbst Drachen zurückgeschreckt waren. Sie hielt sich gerade, ohne steif zu wirken; das Kinn trotzig vorgereckt, war ihr Blick auf die Mitte des Thronsaals gerichtet. Mit einer knappen Geste bedeutete sie dem Schwertmeister, zum Thron zu kommen.

Der Boden des Saals war mit einem weitläufigen Mosaik ausgelegt. Das Schmuckmotiv des Throns aufgreifend, zeigte es sieben Schlangen, die sich einander umschlingend bekämpften. Neben Marmor und Onyx hatten hier auch meerdunkle Jade, heller Türkis, purpurroter Porphyr, sonnengelber Bernstein und grausilberner Granit Verwendung gefunden. Obwohl in den Jahrhunderten, die der Palast bestand, ganze Heerscharen von Gästen und Höflingen über das Mosaik geschritten waren, hatten die Steine nichts von ihrem Glanz verloren. Ja, sie schienen auf geradezu magische Weise von innen heraus zu leuchten und ließen die Schlangen lebendig erscheinen.

Helles Vogelzwitschern ließ Ollowain aufblicken. Zwei Nachtigallen stießen einander umkreisend in den weiten Kreis des Saals hinab und ließen sich auf dem Rand der Silberschüssel nieder, die auf einer niedrigen Säule neben dem Thron stand. Ausgelassen begannen sie im flachen Wasser zu spielen.

Ein Lächeln umspielte die schmalen Lippen der Königin. Sie strich sich eine Strähne ihres sanft gewellten, dunkelblonden Haars aus der Stirn und sah Ollowain an. Ihre hellbraunen Augen wirkten traurig. »Ganz gleich, was in dieser Nacht geschehen wird, auch morgen werden die Nachtigallen noch singen. Vielleicht ist unser Volk zu selbstverliebt, zu alt geworden. Vielleicht ist nun unsere Stunde gekommen, und wir müssen gehen, so wie vor uns die Alben und die Drachen gegangen sind. Doch was immer auch geschieht, nicht einmal die Trolle können die Schönheit Albenmarks zerstören. Auch morgen werden die Nachtigallen noch singen.«

Eine leichte Brise spielte mit dem Haar der Königin und ließ den Stoff ihres schulterfreien Kleides leise rascheln. Der zartblaue, mit Silberfäden durchwirkte Stoff betonte die edle Blässe Emerelles. Ihre milchweiße Haut schien von feinem, silbrigem Licht umspielt zu sein, wie die Mauern ihrer Burg. Sie hatte etwas Ätherisches, Unwirkliches.

Allein der dünne Lederriemen um ihren Hals erschien wie ein eigentümlicher Stilbruch. Er wirkte zu plump. An ihm hing ein schlichter Stein mit einem einfachen Ritzmuster. Jetzt war dieses Schmuckstück in Emerelles Dekolleté verborgen. Der Schwertmeister hatte den Stein nur wenige Male zu sehen bekommen. So schlicht er wirkte, war er doch der größte Schatz seines Volkes. Die Alben hatten jedem ihrer Völker einen solchen Stein geschenkt, bevor sie die Welt verließen. Die Albensteine waren ein Quell unvorstellbarer Macht, wenn man sie recht zu nutzen wusste. Es waren Kriege um diese Steine geführt worden.

Etwas bewegte sich unter Ollowains Füßen und schreckte ihn aus seinen Gedanken auf. Gleichzeitig erklang ein leises, schleifendes Geräusch, so als werde Stein auf Stein gerieben. Die Schlangen im Mosaik begannen sich zu bewegen. Ein flacher, purpurner Kopf erhob sich unmittelbar vor ihm. Aus dem schmalen Maul schnellte eine feuchte Zunge. Geschlitzte Pupillen musterten ihn kalt. Der Schwertmeister trat einen Schritt zurück und strauchelte fast. Alle Leiber waren in Bewegung geraten.

Nun schnellte der schwarze Schlangenkopf empor. Die steinernen Kiefer klappten auf, und die Kreatur stieß ein durchdringendes Zischen aus. Um sie herum verging das Licht.

Das Rauschen der Wasserwände erstarb. Die beiden Schlangenhäupter richteten sich immer höher auf und neigten sich zueinander. Dunkelheit, schimmernd wie ein schwarzer Spiegel, wuchs zwischen ihnen empor.

Ollowain vermochte den Blick nicht von dem Spektakel zu wenden. Schon oft war er Zeuge gewesen, wie Kundige die Pforten zu den Albenpfaden geöffnet hatten. Doch diesmal war es anders. Bedrohlicher. Der Schwertmeister gehörte zu den wenigen Elfen, denen sich die Kraft der Magie verschloss. Dennoch spürte er die dunkle Macht, die diesem Zauber innewohnte.

Die weiße Schlange aus dem Mosaik wand sich wie in

Qualen, während die Übrigen sich nur kurz erhoben hatten, um nun wie erstarrt dazuliegen.

Der Purpurkopf sah auf Ollowain hinab. Die schmalen Schlitze der Pupillen weiteten sich, und plötzlich erblickte der Schwertmeister einen stahlblauen Winterhimmel. Auf einer vereisten Ebene hatte sich ein gewaltiges Heer versammelt. Tausende Trollkrieger schlugen mit Keulen auf ihre großen Schilde und schrieen dem Himmel ihre Schlachtrufe entgegen. Auf langen Stangen trugen sie Banner aus Elfenhaut vor sich her. Wie ein Vogel im Sturzflug fiel Ollowain einem dunklen Tor entgegen. Es hatte sich dicht neben einem schwarzen Obelisken geöffnet, der über die Eisebene aufragte. Dort war das Eis rot von Blut. Ein altes, gebeugtes Trollweib stützte sich schwer auf einen Knochenstab. Ollowain hatte sie während der Schlacht um Phylangan unter den Angreifern gesehen. Ihren Namen kannte man selbst im Elfenvolk: Skanga, der Quell allen Übels! Sie war es, die ihr Volk aus der Verbannung zurück nach Albenmark gebracht hatte. Nicht der König, sondern dieses alte, gebrechliche Weib war die Kraft, die ihr Volk lenkte und die Heere der Trolle über die leuchtenden Albenpfade führte.

Als spüre die Alte seine Gedanken, hob sie unvermittelt den Kopf und blickte Ollowain aus blinden, weißen Augen an.

»Komm zurück!«, befahl ihm eine vertraute Stimme. Etwas berührte ihn am Arm. Der Zauberbann war gebrochen. Benommen schüttelte der Schwertmeister den Kopf. Seine Glieder waren steif vor Kälte; Raureif bedeckte seinen Leinenpanzer, so als sei er tatsächlich in der fernen Snaiwamark gewesen.

»Komm.« Emerelle nahm ihn bei der Hand und führte ihn aus dem Schlangenkreis, die Stufen zum Thron hinauf.

Die Köpfe der beiden Schlangen berührten nun einander. Hoch aufgerichtet bildeten ihre Leiber einen weiten

Torbogen, angefüllt mit spiegelnder Dunkelheit. Aus der Finsternis tönte ein Laut wie Trommelschlag. Nein, es war das Lärmen der Keulen, die auf Schilde schlugen. Das Trollheer war auf dem Marsch.

Wie gebannt starrte Ollowain in die Dunkelheit. Ein golden leuchtender Pfad führte durch das Nichts, den Raum zwischen den Welten. Die Snaiwamark lag mehr als zweitausend Meilen vom Herzland entfernt, doch für all diejenigen, die den Mut aufbrachten, die Albenpfade zu beschreiten, schrumpfte diese Wegstrecke auf ein paar hundert Schritt.

Ollowain blickte zu seiner Königin. Emerelle galt als die mächtigste Zauberin Albenmarks. Sie stand hier, um zu kämpfen. Selbst in dieser verzweifelten Lage schien ihr Mut sie nicht verlassen zu haben. Wie kein anderer verkörperte sie in diesem Augenblick die beiden Eigenschaften, die sein Volk vor allen anderen Kindern Albenmarks auszeichneten: Stolz und Schönheit.

Die anderen Fürsten hielten Emerelle für kalt und unnahbar. Ollowain wünschte sich, dass sie die Königin nun sehen könnten. In ihren Augen brannten Trotz und Leidenschaft, und ein Funke dieses Feuers sprang auf ihn über. Ihre Sache mochte aussichtslos erscheinen, doch noch war die letzte Schlacht nicht geschlagen!

Er zog das Schwert und trat die Stufen zum Mosaik hinab, wobei er es vermied, zu den Schlangenhäuptern emporzublicken. Mehr als zwei Trolle konnten nicht nebeneinander durch das Schlangenportal schreiten, so groß und unförmig wie sie waren. Dort an der Schwelle vermochte ein einzelner Krieger ein ganzes Trollheer eine Weile lang aufzuhalten. Ollowain wusste, dass er diesen Kampf dennoch nicht gewinnen konnte. Die Spanne seines Lebens hing nun an seinem Geschick, den wütenden Keulenhieben auszuweichen. Und dabei war auch er ein Gefangener der Schwelle, denn er durfte nicht einen Herzschlag lang vor den anstürmenden Trollen zurückweichen. Gab er die

Schwelle preis, so würde sich die Flut der Feinde in den Thronsaal ergießen, und alles war verloren.

Ollowain lächelte. Der Tod hatte keinen Schrecken für ihn. Im Gegenteil: Diesen letzten großen Kampf zu fechten, war die Bestimmung seiner Seele. Danach würde der Zyklus aus Tod und Wiedergeburt durchbrochen sein. Er würde ins Mondlicht gehen, um wieder mit Lyndwyn vereint zu sein. Er fühlte sich leicht. Es gab keine Zukunft mehr, die ihn bedrücken konnte.

»Du solltest fliehen, Herrin, du hast die Macht dazu. Den Trollen ist es nicht bestimmt, in Albenmark zu herrschen. Das ist undenkbar! An einem anderen Tag wirst du siegen.«

»Tritt zur Seite.« Emerelle sprach leise, in ihrer Stimme lag keine Schärfe.

Ollowain gehorchte ihr widerstrebend. Besorgt blickte er ins Dunkel des Tors. Etwas bewegte sich nahe dem goldenen Pfad und beobachtete sie. War da ein Geräusch? Einen Herzschlag lang glaubte er in weiter Ferne das Lärmen der Keulen zu hören, doch nun war wieder Stille.

»Spürst du die Erschütterung der Albenpfade? Sie kommen. Es ist wie damals in Vahan Calyd.« Die Königin trat in den Schlangenkreis und kniete an der Schwelle des Tors nieder. Bedächtig streifte sie den dünnen Lederriemen mit dem schlichten Schmuckstein über den Kopf, dann umschloss sie den Stein mit der Faust. So verharrte sie, tief in Gedanken versunken.

Besorgt blickte Ollowain zum Tor. Es blieben nur noch wenige Augenblicke, bis die Trolle erscheinen würden. Emerelle konnte dort nicht bleiben.

»Herrin …« Sanft berührte er sie an der Schulter.

Die Königin blickte zu ihm auf. Ihre sonst so warmen braunen Augen erschienen ihm jetzt wie düstere Abgründe. Ollowain kannte Emerelle seit Jahrhunderten, doch nie zuvor hatte er sie so hasserfüllt gesehen. Selbst als sie einst auf der Shalyn Fallah, der weißen Brücke, die Ermordung der gefangenen Trollfürsten befohlen hatte, hatte sie diese Entscheidung in kalter Ruhe getroffen. Nun aber spiegelte sich blanker Hass in ihrem Blick.

»Skanga verlässt sich darauf, dass wir wieder fliehen werden. Doch sie hat die letzte Grenze erreicht. Von hier aus gibt es keinen Rückzug mehr, und ich werde nicht länger dulden, dass die Trolle alles zerstören, was schön ist in unserer Welt. Sollen ihre Seelen in der Finsternis verloren sein!«

Sie nahm den Albenstein und zog knirschend einen Strich über einen der Schlangenleiber des Mosaiks. Dann stieß sie ein einzelnes Wort hervor. Ollowain kannte die Sprache nicht, derer sich die Königin bediente, doch das war nicht notwendig, um zu verstehen. Es war ein Wort wie ein Messerstich.

DER WEG IN DIE FINSTERNIS

Der Wind schnitt ihr ins Gesicht und biss in ihre alten Knochen. Ihre Armgelenke knirschten, als Skanga den Fleischklumpen hochhielt, der vor wenigen Augenblicken noch ein schlagendes Elfenherz gewesen war. Das Heer, das sich rings um den niedrigen Eishügel versammelt hatte, sollte sehen, dass ihr Zauber mit Blut gewirkt war.

Die Trollschamanin selbst war blind. Das war der Preis, den Skanga vor langer Zeit dafür gezahlt hatte, in die tieferen Mysterien der Magie eingeweiht zu werden. Doch auch wenn ihre Augen nur noch knochenbleicher Gallert waren, nahm sie deutlich wahr, was um sie herum geschah. Sie spürte das warme Elfenblut ihre Arme hinabrinnen und genoss den eisigen Wind auf ihrer Haut. Sie wusste, dass das Blut in der Kälte dampfte. Die Opferung war geglückt, sie hatte ihren Zweck erfüllt. Obwohl tausende Krieger um sie herum versammelt standen, war kein Laut außer den Geräuschen des Windes zu hören. Er zerrte an den neuen Bannern aus Elfenhaut und ließ die aus Knochen geschnitzten Amulette leise klappern, die viele der Kämpfer mit Lederschnüren an ihre Waffen geknüpft hatten.

Skanga blickte auf den toten Elfen zu ihren Füßen. An jenem fernen Tag, an dem sie ihr Augenlicht ihrer Gabe geopfert hatte, hatte sie befürchtet, für immer in ein Meer aus Finsternis zu tauchen. Ihre Meisterin hatte ihr nicht gesagt, was geschehen würde; Furcht und Ungewissheit hatten zu dem Opfer dazugehört. Sie hatte es ihr nicht leicht gemacht, jenen Weg zu beschreiten, den sie nun schon so viele Jahrhunderte ging. Sie hatte sie gequält, um ihre Seele zu festigen, so hatte sie behauptet. Längst war sich Skanga sicher, dass sie es vor allem zu ihrem Vergnügen getan hatte. Matha Naht war von Finsternis durchdrungen gewesen. Schwarz wie ihre Rinde war auch ihre Magie. Die törichten Elfen hielten die uralten beseelten Bäume für weise, friedliche Geschöpfe. Keine Ahnung hatten sie!

Skanga wurde Zeuge, wie die Aura des toten Elfen zu ihren Füßen langsam verging. Statt Gestalten aus Fleisch und Blut sah sie ätherische Geschöpfe aus buntem Licht. Die Farben und die Helligkeit des Lichtes verrieten ihr mehr über ihr Gegenüber, als sie es jemals mit gesunden Augen hätte erkennen können.

Den Elfen zu opfern wäre nicht nötig gewesen, um das magische Tor im Albenstern zu öffnen. Skanga hatte es für die Krieger getan. Sie glaubten, ein Zauber sei nur dann wirklich machtvoll, wenn er mit einem Blutopfer verbunden war. Im Grunde war das auch nicht falsch, doch bei einem Stern, in dem sich sieben Albenpfade kreuzten, war es leicht, die goldenen Wege durch das Nichts zu betreten. Jedenfalls wenn man den Schlüssel zu ihnen besaß.

»Fürchtet mich, ihr Schatten!«, rief Skanga mit heiserer

Stimme und streckte ihren schweren Stab der aufgehenden Sonne entgegen. »Öffnet mir das Tor, und dann weicht zurück in den Abgrund, damit mein flammender Zorn euch nicht verbrenne! Wagt es nicht, nach meinen Kindern zu greifen! Euch sei das Blut des Elflings geschenkt. Trinkt es und verschlingt seine Seele! Dies ist mein Wegezoll an euch. Nun gehorcht mir!«

Die alte Schamanin blickte hinab zu den Kraftlinien, die sich schlangengleich zu ihren Füßen wanden. Ein Gedanke genügte, um sich ihrer Macht zu bedienen. Die Linien bäumten sich auf und bildeten einen Torbogen, hinter dem das Nichts wartete, jener Raum zwischen den Welten, durch den die Alben einst ihre goldenen Pfade gezogen hatten. Wer diese Wege betrat, der vermochte mit wenigen Schritten hunderte Meilen zu überwinden. Doch der Weg, den sie an diesem Tag gehen würden, war lang. Sie mussten viele Sterne überschreiten. Skanga wusste, dass etliche Krieger verloren gehen würden. So war es jedes Mal, wenn diese Narren in das goldene Netz traten. Dabei waren sie alle gewarnt. Sie wussten, was jenseits der Pfade lauerte. Viele von ihnen hatten Met getrunken, um die Angst zu betäuben. Ein Marsch durch das Nichts erforderte mehr Mut als eine Schlacht.

Branbart, ihr König, zog geräuschvoll die Nase hoch und spuckte aus. Skanga spürte seine Unruhe, obwohl er nichts sagte. Es fiel ihm schwer, sich zu beherrschen. Er war es gewesen, der darauf gedrängt hatte, über die goldenen Albenpfade direkt ins Herzland vorzustoßen und der Herrschaft der Elfen ein für alle Mal ein Ende zu setzen. Nach der Schlacht um Phylangan waren die Elfen zu sehr geschwächt, um nennenswerten Widerstand leisten zu können. Weniger als eine Stunde noch, und Branbart gedachte auf Emerelles Thron zu sitzen.

Skanga war nicht ganz so zuversichtlich. Alles kam ihr zu leicht vor. Die alte Schamanin konnte sich nicht vorstellen, dass Emerelle so schnell aufgab. Sie sollte auf der Hut sein. Die Elfen kämpften voller Heimtücke. Vielleicht war es eine Falle. Es mochte …

Skanga spürte, dass sie beobachtet wurde. Etwas jenseits des goldenen Pfades spähte hinüber. Die Schamanin flüsterte ein Wort der Macht. Verschwommen erkannte sie einen Elfenkrieger jenseits des Tors. Seine Aura war kraftvoll, sie bestand aus hellem, weißgoldenem Licht. Er war entschlossen zu kämpfen. Skanga lächelte. Dieser Narr! Eine Schamanin hielt man nicht mit dem Schwert auf. Ein Gedanke von ihr, und schon formte sich eine Hand aus Schatten. Sie streckte sie über den Abgrund hinweg. Wenn sie das Herz des Elfen umklammerte, würde es aufhören zu schlagen. Er würde einfach …

Skanga zuckte zurück. Da war noch jemand! Eine machtvolle Präsenz hatte sich an die Seite des Kriegers gestellt und schirmte ihn mit einem goldenen Schild ab.

Die Schamanin zog die Schattenhand zurück. Emerelle! Die Königin erwartete sie. Skanga zögerte. Würde die Elfenkönigin kämpfen, wenn es keine Aussicht auf einen Sieg gab? Hundert junge Trollkrieger würde sie dem Opferdolch überlassen, wenn sie dafür in Emerelles Gedanken sehen könnte, dachte Skanga.

»Wann geht es los?«, fragte Branbart ungehalten. »Worauf warten wir noch?«

Die Schamanin nickte in Richtung des leuchtenden Pfades, der durch das Nichts schnitt. »Emerelle erwartet uns am Ende des Weges. Sie wird kämpfen.«

Branbart spuckte auf das Eis. »Kann sie gewinnen?«

»Nur ein einziger Krieger ist an ihrer Seite. Der Elfling, der die Verteidiger von Phylangan befehligt hat.«

Der König lachte. »Den haben wir schon einmal besiegt. Der wird uns auch diesmal nicht aufhalten.« Er winkte den Kriegern seiner Leibwache. »Vorwärts! Ihr habt die Ehre, das erste Blut zu vergießen. Und schlagt nicht nach den Köpfen der Elflinge. Ihr wisst ja, die brauchen wir noch.«

Skanga betrachtete die jungen Krieger, die mit Feuereifer durch das dunkle Tor stürmten. Vielleicht war sie zu alt? Zweifel zu haben war eine Schwäche. Sie lächelte zynisch. Eine Schwäche, die einen davor bewahrte, blindlings ins Verderben zu rennen. Von diesen Kriegern würde wohl kaum einer an der Siegestafel des Königs sitzen. Branbarts Art, Schlachten zu gewinnen, war ebenso einfach wie verschwenderisch. Er ertränkte seine Feinde in Strömen von Blut. Trollblut! Auf seinem Weg von Sieg zu Sieg würde er noch sein ganzes Volk auslöschen … Aber dies war die letzte Schlacht, berichtigte sich Skanga in Gedanken. Sie konnten nicht verlieren. Welche Möglichkeiten blieben Emerelle, gegen die Flut von Trollkriegern anzukämpfen? Der Albenstein des Elfenvolkes verlieh ihr schreckliche Macht. Sie würde ein paar Hundert ins Verderben stürzen. Vielleicht brachte sie sie durch ein Trugbild vom goldenen Pfad ab und ließ sie ins Nichts stürzen?

Skangas knotige Hand schloss sich um den Stein, den sie verborgen zwischen unzähligen Amuletten trug. Sie würde ihr Volk vor der Elfenkönigin schützen. Auch sie hatte Macht, dachte sie trotzig. Sie war es gewesen, die das Volk der Trolle aus der Verbannung nach Albenmark zurückgeführt hatte.

In den zwei Monden, die seit der Schlacht um Phylangan vergangen waren, hatten sie die Snaiwamark, ihre alte Heimat, vollständig in Besitz genommen und ihr Heer neu aufgestellt. Es waren vor allem die jungen Krieger, die den Krieg weiter fortsetzen wollten, um sich einen Namen zu machen. Und auch Branbart, ihr König, dachte nicht daran, Frieden zu suchen. Sein Hass gegen Emerelle war maßlos. Einst hatte die Elfenkönigin ihn und alle anderen Trollfürsten von der Shalyn Falah, der weißen Brücke an der Grenze zum Herzland, in den Tod gestürzt. Fünfmal war Branbart seitdem wiedergeboren worden und König gewesen. Es war sein Fluch, dass er die Vergangenheit nicht vergessen konnte. Jahrhunderte hatte er sich nach

Rache an Emerelle gesehnt. Jetzt wollte er keine Stunde mehr warten! Die Gefahr, noch einmal durch das Nichts zu gehen, hatte keinen Schrecken für ihn, so sehr hasste er die Elfenkönigin.

Skanga wäre es lieber gewesen, wenn das Trollheer einfach nach Süden gezogen wäre. Zwar mochte es Jahre dauern, bis sie auf diesem Wege ins Herzland vorstießen, aber wer sollte sie letztlich aufhalten? Ihr Volk war stark, und die übrigen Völker der Albenkinder waren zu zerstritten, um ihnen auf Dauer Widerstand leisten zu können. Ja, vielleicht würden sie sogar Verbündete finden?

Die Zeit der Elfen war vorbei; ihre drei schweren Niederlagen hatten das deutlich gezeigt. Sie waren das jüngste der Völker Albenmarks, und sie herrschten, seit die Alben, die großen Träumer und Schöpfer aller Welten, ihre Kinder verlassen hatten. Das war schon immer ungerecht gewesen, und es konnte gewiss nicht der Wille der Alben gewesen sein! In welcher Familie herrschte der Jüngste der Erben? Die Elfen hielten sich als Letztgeborene für die vollkommensten Geschöpfe. Doch nun hatte die Dämmerung ihres Zeitalters begonnen! Das Licht der Elfen verblasste. Und wenn sie sich nicht unterwarfen, dann würden sie vernichtet werden.

Skanga blickte durch das Tor ins Dunkel. In warmem Gold erstrahlte der Weg, der vor ihnen lag. Sie sah ihn anders als die Scharen der Krieger, die ihm noch folgen würden. Ihr magisches Auge erkannte seine wahre Beschaffenheit. Er war wie ein dickes Seil aus hunderten Fasern gedreht. Nur die Alben verstanden es, Magie zu solch wunderbaren Zaubern zu weben.

Die Begeisterung, mit der die jungen Krieger ihren Angriff führten, hatte etwas Ansteckendes. Sie konnten heute siegen! Warum noch Jahre warten?

Skanga stieß den Stab steil in die Luft. »Vorwärts, meine Kinder, wie es euer König befiehlt! Schneller! Ich führe euch ins Herz der Verderbnis. Zur Königsburg Emerelles!«

An der Seite Branbarts reihte sie sich in die Schar der Angreifer ein.

Der Schritt durchs Tor erforderte den meisten Mut. Man verließ festen Boden, um auf einen Pfad zu treten, der aus nichts anderem als Licht bestand. Hunderte Male hatte Skanga es schon getan, und doch war es immer wieder aufs Neue ein Kampf, sich dem Zauber der Alben anzuvertrauen. Die Schamanin wusste besser als alle andern, was es bedeutete, ins Nichts zu gehen, in jene Dunkelheit, die jenseits des dünnen Gespinstes aus Magie lag.

Misstrauisch musterte die Schamanin das weitmaschige Netz aus blauen und grünen Kraftlinien, das sich schützend über den goldenen Pfad wölbte. Blau, diese Farbe der Magie, war Skanga immer verschlossen geblieben. Sie speiste sich aus der Weite des Himmels und der Kraft der Sturmwinde. Für sie war es stets so gewesen, als versuche sie einen Lufthauch zu greifen, wenn sie die Magie des Himmels in ihre Zauber hatte einbinden wollen. Sie spürte die Kraft, und doch war es ihr unmöglich, sie zu binden.

Skanga spähte ins Dunkel jenseits der Pfade. Draußen, in der unermesslichen Finsternis, lauerten die Yingiz. Ein rätselhaftes Volk, das von den Alben einst ins Nichts zwischen den Welten vertrieben worden war. Die Schamanin spürte, dass sie dort waren, doch sie konnte sie kaum sehen. Die Yingiz waren von Furcht einflössender Art. Sie hatten keine Aura.

Alles, was lebte, war von einer pulsierenden Aura aus vielfarbigem Licht umgeben. Die Auren zu sehen, war das Erste gewesen, was Skanga gelernt hatte, nachdem sie ihr Augenlicht verloren hatte. Erst viel später vermochte sie Schatten zu fühlen, wenn vor ihr ein Felsblock oder etwas anderes Unbelebtes aufragte.

Skanga blickte erneut auf das Netz aus blauen und grünen Fäden. Es war zu weitmaschig, fand sie. Und doch hielt es die Yingiz fern. Bald würden sie in Scharen den goldenen Pfad umlagern. Wenn etwas Lebendiges in das

Nichts eindrang, dann wurden sie von dessen Aura angezogen wie Nachtfalter von der Flamme einer Öllampe.

Die Yingiz vermochten die Zauber der Alben nicht zu durchdringen, aber wehe denen, die den goldenen Pfad verließen. Die Schattengestalten waren Seelenfresser. Wer hier in der Finsternis zwischen den Welten starb, der würde niemals wiedergeboren werden.

Die Schamanin war ein gutes Stück auf dem Weg gegangen, als sie etwas an der Schulter streifte. Branbart, ihr König, ging dicht hinter ihr. Sie spürte die Wärme der Fackel, die er in der Linken hielt. Ihr Licht konnte die Dunkelheit jenseits der Schutzzauber gewiss nicht erhellen.

Skanga roch Branbarts Angst. Ein säuerlicher Geruch, der sich mit dem Duft nach Met, ungegerbtem Leder und Rauch mischte.

»Dauert es noch lange?«, fragte der König heiser.

»Ja!«, entgegnete sie ungehalten. Tagelang hatte sie versucht, ihm diesen Angriff auszureden. Jetzt war es zu spät, um noch umzukehren. Wenn Branbart seine Krieger nun zurückschickte, dann würde er all sein Ansehen als König verlieren. Niederlagen oder allzu blutige Siege vergaßen Trolle schnell. Feigheit nicht.

Skanga überquerte einen Albenstern, an dem sich vier goldene Pfade kreuzten. Wie ein kunstvoller Knoten waren sie miteinander verwoben.

Sodann deutete sie auf die blasse, rote Flamme, die neben einem Pfad brannte, der nach links führte. Einen ganzen Tag lang hatte sie damit verbracht, den Weg durch das goldene Netz zu markieren. Trotzdem würden gewiss etliche Krieger verloren gehen. Angst machte blind. Aber das spielte keine Rolle. Siege wurden mit Blut erkauft.

Sie waren Tausende, und sie gingen alle hintereinander. Vermutlich waren immer noch nicht alle Krieger durch das Tor auf der Eisebene der Snaiwamark geschritten. Die Letzten würden den Pfad wohl erst betreten, wenn die Schlacht gegen Emerelle schon entschieden war.

»Was ist dort draußen?«, flüsterte Branbart. Der König drängte sich so dicht an sie, dass er ihr mit der Fackel den Nacken versengte. »Ich spüre da etwas. Es …«

»Erinnerst du dich an das Heerlager bei der Wolfsgrube, am Tag bevor die Eissegler uns angegriffen haben? Dort hat uns ein Geisterwolf besucht, eine üble Kreatur mit einem blutroten Auge. Erinnerst du dich an seine Bosheit und seinen Hass?«

»Ja.« Der König zog die Nase hoch und wollte ausspucken. Unschlüssig blickte er hinab auf den goldenen Pfad, der nicht Erde und nicht Fels war und sie dennoch trug. Dann überlegte er es sich anders und schluckte den Rotz hinunter.

»Stell dir vor, all diese Bosheit sei ein Kieselstein am Meeresufer. Ein Stein, wie sie dort ohne Zahl liegen. Das, was dich hier jenseits des Weges erwartet, ist der Berg, von dem dieser Stein stammt. Denk an das Schlimmste, das dir je widerfahren ist, und sei gewiss, die Schrecken des Nichts werden es bei weitem übertreffen.«

Skanga blickte nach vorn und betrachtete die rote Flamme der Wegmarkierung. War es ein Fehler gewesen, diese Lichter zu setzen? Störte ihre Magie vielleicht den Zauber der Alben? Kam ihr der Schutzzauber so weitmaschig vor, weil sie unwissentlich etwas zerstört hatte?

Sie versuchte, den Zweifel von sich zu schieben. Es war das Wesen der Yingiz, Ängste zu schüren. Kamen diese Gedanken von ihnen? War sie nicht mehr Herrin dessen, was sich in ihrem Kopf abspielte? War das schon geschehen, als sie die Lichter gesetzt hatte? Waren die Yingiz schon dort die Meister ihrer Gedanken gewesen und hatten sie dazu missbraucht, Tausende in die Falle zu locken?

Skanga atmete tief aus. Sie dachte an den hellen Sommertag zurück, an dem Matha Naht ihr das Augenlicht genommen hatte. An die Schmerzen … So vertrieb sie die Zweifel. Zumindest für ein paar Herzschläge.

Die Schamanin beschleunigte ihre Schritte. Ab und an

sah sie Schatten jenseits des Netzwerks aus schützender Magie. Ihr Atem ging keuchend. Sie hatte das Gefühl, als stapele ein unsichtbarer Folterknecht Steine auf ihre Brust. Mit jedem Schritt wuchs die Last, wurde es qualvoller einzuatmen.

Alles Unsinn! Sie umklammerte den Albenstein fester. Das waren die Spiele der Yingiz! Sie blickte auf, doch ihr Feind war unsichtbar. Sie konnte ... Die Schamanin stutzte. War der schützende Bogen aus Magie flacher geworden?

Ein gellender Schrei schreckte sie aus ihren Gedanken. Kurz, abgehackt. Jemand war ins Nichts gezerrt worden.

»Irgendein Trottel, der vom Weg abgewichen ist!«, rief Branbart. Seine Stimme war schrill, sie verriet seine Angst. »Beeilen wir uns!«

»Nein!« Skanga wusste, dass Eile ein falsches Zeichen war. Sie zwang sich zur Ruhe und spähte ins Dunkel. Nichts. Die Schamanin schlug ein Schutzzeichen. Die Krieger um sie herum waren still. Nur aus der Ferne erklang das Schlagen von Waffen auf Schilde.

»Niemand rennt hier! Ihr seid Jäger! Ihr wisst, dass fliehende Beute den Jäger aufmerksam werden lässt. Sie ist viel leichter zu stellen als ein Tier, das sich ruhig verhält. Hier sind wir die Beute. Behaltet kaltes Blut. Niemand rennt! Ihr geht langsam. Jedes Mal, wenn ich meinen Stab hebe, macht ihr einen Schritt und schlagt dabei mit euren Waffen auf die Schilde. Der Feind im Dunkel weidet sich an unserer Angst. Begegnet ihm mit Gelassenheit! Und stört die Stille. Lasst uns den Rhythmus unseres Marschtritts in die Stille tragen. Wir bestimmen, wann wir gehen und wann wir laufen.« Skanga hob ihren Stab, machte einen Schritt vorwärts und senkte den Stab wieder.

Vereinzelt erklangen Keulenschläge auf Schilden.

»Benehmt euch nicht wie scheue Rehkitzchen!«, brüllte Branbart und hob seinen Schild. »Tut, was Skanga sagt! Und sagt den Männern weiter hinten, was sie befohlen hat.«

Wieder hob und senkte die Schamanin ihren Stab. Das Donnern der Schilde wurde lauter. Sie musste Ordnung in das Heer bringen. So würden sie die Gefahr meistern. Skanga zwang sich, ruhig weiterzugehen. Kalter Schweiß rann ihr über den Rücken. Als sie noch jünger gewesen war, hatte sie viele weite Reisen unternommen. In all den Jahrhunderten ihres Lebens war ihr dabei nur ein einziges Geschöpf begegnet, das hier im Nichts keine Angst empfand: ein Dschinn. Er hatte ziemlich viel krausen Unsinn geredet. Vielleicht war er ja auch verrückt gewesen ... Er hatte ihr gezeigt, wie er die Pfade verließ und durch das Dunkel gehen konnte, ohne sich schützen zu müssen. Und ihm war tatsächlich nichts geschehen! Warum die Yingiz ihn verschonten, hatte Skanga nie begriffen. Vielleicht war er zu fremdartig. Womöglich verschmähten die Yingiz auch Wesen, die nicht aus Fleisch und Blut waren.

Erneut erklang ein gellender Schrei, der abrupt abbrach. Trolle verschmähten die Seelenfresser jedenfalls nicht

»Schneller!«, drängte Branbart.

Skanga ignorierte ihren König und ging gemessenen Schrittes weiter. Sie hob und senkte ihren Stab, und das Echo dröhnender Schilde folgte ihr. War der Weg schmaler geworden? Nein, nein ... Ihr magisches Auge spielte ihr einen Streich! Das konnte nicht sein! Sie zwang sich, ruhig zu atmen, und presste den Albenstein auf ihr Herz. Er verstärkte ihre Magie und verlieh ihr eine Macht, die fast an jene sagenumwobenen Kräfte ihrer Schöpfer heranreichte. Es hieß, wer drei Albensteine besaß, der könne *alles* vollbringen. Doch jedem der Albenvölker war nur ein Stein geschenkt worden, und sie wurden eifersüchtig gehütet.

Die Schamanin dachte an Emerelle. Sie besaß den Stein, der den Elfen geschenkt worden war. Sollte Branbart nur aus dem Schädel der Königin trinken. Sie würde Emerelles Albenstein an sich nehmen! Wenn sie ihn erst besaß, würde sie ihr Volk künftig vor allen Gefahren schützen können.

Wieder erreichten sie einen Albenstern; diesmal kreuzten sich sieben Pfade. Skanga verharrte. Waren sie schon bei dem Stern angelangt, über den Atta Aikhjarto wachte? Die Schamanin musterte eingehend das verschlungene Knotenmuster der Kraftlinien. Nein, es war noch ein gutes Stück Wegs bis zum Tor in Emerelles Thronsaal.

Da war ein Geräusch ... Ein fernes Jaulen? Es war in ihrem Kopf ... Die Yingiz! Es hieß, dass die Yingiz an Macht gewannen, wenn man zu lange im Nichts verweilte. Sie fanden einen Weg, jene zu verlocken, die schwach waren. Wie um Skangas Gedanken zu bestätigen, erklang erneut ein Schrei.

Die Schamanin strauchelte. Sie hatte sich den Fuß vertreten. Stechender Schmerz peinigte ihren rechten Knöchel. Den Fuß vertreten? Das konnte doch nicht ...

Weitere Schreie gellten durch die Finsternis. Da sie stehen geblieben war, erstarb das Krachen der Schilde. Der stechende Geruch der Angst hing in der Luft.

Skanga blickte auf ihre Füße. Sie versanken langsam im goldenen Pfad, so wie man auf einem regenweichen Lehmweg einsank.

Immer neue Schreie tönten vom Anfang der Marschkolonne.

Was ging dort vor sich? Skanga hob den Stab. Es musste vorwärts gehen! Schließlich war es nicht mehr weit bis zum Thronsaal der verfluchten Königin. Sie durften sich jetzt nicht aufhalten lassen. Der aufgeweichte Weg, die Todesschreie, das waren die Boten des letzten Widerstands!

Skanga blickte wieder auf ihre Füße. Der Arm, mit dem sie den Stab hob, verharrte inmitten der Bewegung. Der Pfad! Wie ein dickes Seil, das sich Strang für Strang auflöste, zerfaserte er.

»Zurück! Lauft!«, schrie die Schamanin und packte Branbart beim Arm.

Die Krieger vor ihnen kehrten um und drängten auf dem immer schmaler werdenden Weg zurück. Dutzende Kämpfer stürzten in die Finsternis und waren sofort von wirbelnden schwarzen Schlieren umgeben. Wie lange, dünne Würmer wurde das Lebenslicht aus ihren Leibern gezerrt.

Skanga versetzte dem Krieger, der ihr entgegenkam, mit ihrem Stab einen Schlag ins Gesicht. Vergebens! Sie wurde zur Seite gestoßen. Die Finsternis griff nach ihr. Dann brauste es in ihren Ohren. Sie fiel in den endlosen Abgrund. Gestalt gewordene Dunkelheit griff nach ihr.

STILLE

Ein tausendfacher Schrei erklang, erschreckend nah und zugleich nicht mehr von dieser Welt. Ollowain hatte auf unzähligen Schlachtfeldern gestanden. In seinem Leben, das nach Jahrhunderten zählte, hatte er unzählige Male dem Tod gelauscht. Wimmernd, röchelnd, trotzig fluchend waren die Sterbenden um ihn herum ihrem Ende begegnet. Manche riefen nach ihrer Mutter oder ihrer Geliebten, andere starben würdelos kreischend. All dies war dem Schwertmeister wohl vertraut, aber Todesschreie wie diese hatte er nie zuvor vernommen.

Eine Geste von Emerelle ließ das dunkle Tor vergehen und schnitt die Stimmen der Trolle ab. Die steinernen Schlangen flüchteten zurück an ihren Platz im Mosaik. Das leise flüsternde Wasser an den Wänden des Thronsaals verstummte. Es war jetzt totenstill in der großen, verlassenen Burg.

Ollowain zitterte, als er das Schwert zurück in die Scheide schob. Es war kälter geworden. Mondlicht wob seinen Zauber im weiten Thronsaal.

Nur ein Wort der Königin hatte genügt, den Elfen Frieden zu bringen. Alles war gut, redete sich Ollowain ein. Und doch spürte er, dass sich etwas verändert hatte. Etwas Fremdes, Ungreifbares war um ihn herum. Es vermochte sich vor ihm zu verbergen, aber er wusste, es war hier. Ganz nahe!

Feuchtigkeit hing schwer in der Luft und mit ihr der Duft von Lindenblüten. Ollowain hatte dicht vor dem dunklen Tor gestanden. Nichts hätte unbemerkt an ihm vorbeigelangen können. Und dennoch war etwas hier …

Obwohl er der berühmteste Schwertkämpfer Albenmarks war, fühlte er sich hilflos wie ein Kind. Ausgeliefert dem Unnennbaren. Er kniete neben seiner Königin nieder. Die Lippen schmal, den Blick in sich gekehrt, verharrte sie kniend. Mit beiden Händen hielt Emerelle den Albenstein umklammert, wie ein Frierender in einer Winternacht einen Becher mit warmem Wein.

Zärtlich umfingen seine Hände ihre kalten Finger. »Was ist geschehen, Herrin?«

Emerelle schwieg. Sie sah zu den bunten Steinen des Mosaiks hinab, als verberge sich in dem Bild ein Geheimnis, das nur sie allein zu deuten mochte. So schien es Ollowain, bis er begriff, dass die Königin in Wahrheit seinen Blick mied.

Lange knieten sie einander gegenüber. Langsam kehrte die Wärme in Emerelles Finger zurück. Kein Laut störte die Stille.

Der Drachenstern stand schon tief im Westen, als die Königin sich erhob. Schweigend folgte Ollowain ihr die Stufen zum Thron hinauf. Er wusste, dass es sinnlos war, seine Frage zu wiederholen. Sie würde ihm antworten, wann es ihr gefiel. Vielleicht auch nie … So viele Geheimnisse trug sie in ihrem Herzen. Es hieß, Emerelle sei die Älteste ihres Volkes, und sie habe bereits gelebt, bevor die Alben ins Mondlicht gegangen waren. Selbst für eine Elfe war die Spanne ihres Lebens schier unermesslich. Sie war alt wie die Berge, und doch hatte sie nie ihren jugendlichen Liebreiz verloren. Jetzt aber wirkte sie müde. Leicht vorgebeugt stand sie vor der flachen Silberschüssel neben dem Thron. Manchmal verharrte sie so ganze Tage. Nur Ollowain, Meister Alvias und Obilee durften den Thonsaal betreten, wenn die Herrin Albenmarks versuchte, der Zukunft ihre Geheimnisse zu entreißen. Im spiegelnden Wasser der Schüssel erblickte Emerelle, was in kommenden Jahrhunderten geschehen mochte, und sie hielt stumme Zwiesprache mit dem Schicksal, um über den Weg der Völker Albenmarks zu entscheiden.

Im Wasser der Schüssel lagen reglos die beiden Nachtigallen. Ihr Gefieder war zerzaust. Die kleinen Schnäbel standen offen; sie waren gestorben, während sie gesungen hatten. Eine Laune des Lichts ließ das Wasser einen Augenblick lang schwarz erscheinen, als treibe ein Schatten unter der spiegelnden Oberfläche.

»Wir beide wären jetzt tot, wenn ich es nicht getan hätte«, sagte Emerelle leise. »Aus den Türmen der Burg würden himmelhohe Flammen schlagen, aber diese Nachtigallen säßen im Geäst der beiden Linden unten im Tal, dort, wo die Quelle entspringt, die sich in den See ergießt. Sie hatten begonnen, sich dort ein Nest zu bauen …« Emerelle standen Tränen in den Augen. Nie zuvor hatte Ollowain die Königin weinen gesehen.

»Was hast du getan, Herrin?«

»Ich habe einen Teil der Schöpfung der Alben zerstört. Einen der goldenen Pfade, die durch das Dunkel führen. Jenen Pfad, den die Trolle gewählt hatten, um hierher zu gelangen. Alle, die ihn betreten haben, sind ins Nichts gestürzt. Ich …« Sie rang einen Augenblick lang um Worte. »Es war Zorn, der meine Tat bestimmte. Ich habe einen Weg beschritten, auf den ich nicht vorbereitet war und von dem ich nicht weiß, wohin er führen wird.«

»Aber du sagtest, wir wären sonst tot«, wandte Ollowain ein. Er mochte nicht glauben, was er hörte. Solange er Emerelle kannte, hatte er immer darauf vertraut, dass sie wusste, was die Zukunft brachte, und dass all ihr Tun in diesem Wissen begründet war. Vor allem, wenn er ihr Handeln nicht verstand, hatte er sich mit diesem Glauben gegen seine Zweifel gewappnet.

»Was sonst wäre wohl mit uns geschehen, wenn die Trolle den Thronsaal gestürmt hätten? Hättest du dich ergeben? Niemals. Und auf welche Weise ich an Branbarts Siegesfest teilnehmen sollte, ist dir auch bekannt. Man muss nicht immer Magie wirken, um die Zukunft zu kennen.« Vorsichtig hob Emerelle die beiden toten Vögel aus dem Wasser und bettete sie in ihre Handflächen. »Unsere Zukunft ist wie ein Baum, Ollowain. Mit jedem Herzschlag treibt er tausende junge Äste, die sich schon beim nächsten Herzschlag wieder zerteilen und zu einer mächtigen, unübersichtlichen Baumkrone werden. Mir war bewusst, dass Skanga Angst davor hatte, noch einmal die Albenpfade zu beschreiten. Zweimal schon haben die Trolle gesiegt, weil sie das Werk der Alben missbrauchten. Sie wusste, dass ich hier im Thronsaal stehen würde, um auf sie zu warten. Bei allen möglichen Zukünften, die ich gesehen habe, hat sie es nur ein einziges Mal gewagt, das Tor zu öffnen. Ihr war klar, dass ich die Macht habe, einen Albenpfad zu zerstören. Sie hat sich gefürchtet. Deshalb wählte sie die Macht des Blutes und der Finsternis, um ihren Zauber zu wirken. Dies sind die Spielarten der Magie, die mir am wenigsten vertraut sind.« Emerelle zitterte vor Zorn, während sie sprach. »Ich habe bis zuletzt nicht wahrhaben wollen, dass sie sich noch einmal in das goldene Netz wagen würde. Sie hat darauf vertraut, dass ich mich fürchten würde, das Werk der Alben zu einem Teil zu zerstören. Dies ist ein Zweig der Zukunft, den ich nicht erforscht habe, denn er führt in die Dunkelheit. Er ...« Wieder versagte ihr die Stimme.

Ollowain spürte ihre Angst. Was war an Stelle der Trolle in ihre Welt getreten? Welchen Schrecken hatte sie in ihrem Zorn beschworen?

Die Königin wandte sich von der spiegelnden Silberschale ab. Erstes Morgenlicht vertrieb die Schatten im Thronsaal. Vorsichtig legte Emerelle die beiden toten Vögel auf die Lehne ihres Throns. »Hunderte Zukünfte habe ich erforscht. Tausende sind mir verborgen geblieben. Auf fast jedem Weg, dem ich folgte, sah ich, wie die Trolle ein gewaltiges Heer aufstellten. Ich sah weite Ebenen in Flammen und brennende Städte. Wer sich diesem Heer in den Weg stellte, der wurde vernichtet. Unaufhaltsam kam es nach Süden, zum Herzland. Das war es, was sie wollten. Sie wollten Albenmark das Herz herausreißen.«

Ollowain spähte in die verblassenden Schatten. Etwas verbarg sich dort. Warum sprach Emerelle nicht davon? Würden ihre Worte dem fremden Wesen weitere Macht verleihen? Er erinnerte sich an dunkle Legenden über ein ungenanntes Böses. Ihm einen Namen zu geben, machte es stärker. Es hieß, die Alben hätten es vertrieben. Aber man sprach immer noch nicht darüber. Emerelle wusste, was sie tat, redete sich der Schwertmeister ein. Trotz allem, was in dieser Nacht geschehen war. Wenn sie nicht darüber reden wollte, was die Nachtigallen getötet hatte, war es klüger, diese Frage unausgesprochen zu lassen. »Und wenn wir uns den Trollen mit aller Kraft entgegenwerfen würden?« Vor wenigen Stunden noch hatten die Trolle sein ganzes Denken beherrscht. Nun fiel es ihm schwer, seine Gedanken zu ordnen. Immer wieder spähte er ins Zwielicht, das langsam den Strahlen der Morgensonne wich.

»Wenn wir die Völker Albenmarks vereinen, um unter einer Fahne zu kämpfen, können wir dann nicht doch über die Trolle siegen? In dieser Nacht haben wir Zeit gewonnen, uns auf den Krieg vorzubereiten, der trotz allem kommen wird.« War da ein Schatten hinter dem Thron? Nicht hinsehen! Seine Augen spielten ihm gewiss einen Streich! Das war nur der Schatten der hohen Lehne. Nichts sonst! »Hat all unser Streben keinen Einfluss auf unsere Zukunft?«

»Ganz im Gegenteil. Jeder Schritt, den wir tun, verändert etwas. Und doch … Manchmal scheint es so, als seien bestimmte Ereignisse unabwendbar.« Sie senkte den Blick, denn sie wollte nicht, dass er in ihren Augen lesen konnte, als sie weitersprach. »Wir werden verlieren, was wir lieben. Das ist der Preis. So war es schon immer.«

Einen langen Augenblick schwiegen sie beide. Dann sah sie auf und lächelte plötzlich. »Heute Nacht haben wir den Weg in eine neue, unbekannte Zukunft beschritten. Sie ist dunkel … Aber wenn man die Hoffnung nicht aufgibt, dann ist alles möglich!« Ihr Lächeln war so plötzlich verflogen, wie es gekommen war. Es war ein seltener Gast in ihrem Antlitz, und doch hatte es schon unzählige Barden aus allen Völkern der Albenkinder zu Liedern über sie ermutigt. Wenn Emerelle lächelte, dann lag ihr die Welt zu Füßen. In diesen seltenen Augenblicken entfaltete sich ihre ganze Schönheit. Nichts, das Ollowain je gesehen hatte, war so vollkommen. Außer Lyndwyns Augen … dachte er traurig. Zuletzt hatte er nur noch in ihre Augen gesehen. Sonst hätte er nicht ertragen können, was die Trolle ihr angetan hatten. Er wusste, sie wartete auf ihn.

»Weißt du um meinen Tod, Herrin?«

»Ich weiß um viele deiner möglichen Lebenswege«, entgegnete die Königin ausweichend.

»Und mein Tod?«, beharrte er.

»Willst du das wirklich wissen? Deine Frage ist nicht weise. Dein Tod hängt von dem Weg ab, den du wählst. Ich habe dich oft sterben gesehen.«

»Und wie kann ich mich schützen?«, setzte er nach und meinte doch das Gegenteil.

Sie lächelte traurig. »Gar nicht, Schwertmeister. Zu leben ist auf jeden Fall tödlich. Meide das Feuer, Ollowain. Du wirst in den Flammen sterben, so war es schon immer.«

Endlich gelang es ihm, ihren Blick einzufangen. »Du kennst den Weg meiner Seele? Meine vergangenen Leben? Wer war ich?«

»Sich nicht zu erinnern, ist ein Geschenk, Ollowain. Rühre nicht an dieser Gunst, die dir das Schicksal gewährt. Jede Wiedergeburt hat deine Seele geläutert. Du bist ohne Fehl. Vollkommen. Ich …« Sie schüttelte sanft den Kopf. »Lassen wir die Vergangenheit ruhen. Warum Wunden, die verheilt sind, wieder aufreißen? Vertraue mir. Zu vergessen ist ein Geschenk. Nur so wird man wirklich in ein neues Leben geboren, wenn man wiederkehrt. Jenen, die geblieben sind, steht es nicht zu, selbstsüchtig an dieser Gnade zu rühren, mein Schwertmeister.« Sie schenkte ihm ein schmerzliches Lächeln. »Nun lass mich bitte allein. Es ist meine Pflicht, von neuem mit der Suche nach unserer Zukunft zu beginnen. Wir …« Sie hielt inne und senkte den Blick.

»Ja?«

»Ich habe dir nie dafür gedankt, wie du mich aus dem brennenden Vahan Calyd gerettet hast. Du warst mein Schwert und mein Schild, als ich mich nicht zu schützen vermochte. Männer wie du sind selten, Ollowain. Danke, dass du an meiner Seite stehst. Du bist das Licht in meinen dunkelsten Stunden.«

Ihre Worte machten ihn verlegen. Er verbeugte sich knapp und zog sich zurück. Doch noch bevor er die hohe Flügeltür zum Thronsaal erreichte, schlichen sich Zweifel in seine Gedanken. Seit seiner Kindheit hatte er sich kaum mehr Gedanken darüber gemacht, wer er einst gewesen sein mochte. Hatte die Königin all dies nur gesagt, um ihn davon abzulenken, was sie getan hatte?

Am Tor blickte er zurück. Der Thronsaal war nun lichtdurchflutet. Emerelle stand ganz in sich gekehrt vor der Silberschale. Den Schatten haftete nichts Bedrohliches mehr an. Nur die beiden toten Nachtigallen auf der Armlehne des Throns erinnerten daran, dass etwas nach Albenmark gekommen war, das selbst die Königin fürchtete.

DER FLUCH

Skanga riss den Stab hoch über den Kopf. Kälte griff nach ihren Gliedern. Das Ende war nahe. Wie ein Wollfaden wand sich zitternd das Licht aus ihrer Brust. Branbart starrte sie mit schreckensweiten Augen an. Ihm entwich das Lebenslicht durch seine großen Nasenlöcher.

Die Trollschamanin drehte den Stab langsam. Ihre zitternden Lippen formten die Worte, die sie einst von Matha Naht gelernt hatte. Dünn wie eine Eierschale umschloss sie ein Kokon aus stählernem Licht.

Skanga zerrte Branbart dicht an sich heran. Der König krümmte sich wimmernd wie ein Neugeborenes. Seine Hände krallten sich schmerzhaft in ihre Schultern. Metschwerer Atem schlug der Schamanin ins Gesicht.

Noch immer stürzten sie. Das Geschrei war erstorben. Tränen rannen über Skangas Gesicht. Die Seelen tausender junger Krieger waren vergangen. Die Schamanin spürte den Jubel der Yingiz. Ein solches Festessen hatte es noch nie gegeben. Ein ganzes Heer war dahin. Binnen Augenblicken.

»Ich verfluche dich, Emerelle!«, stieß sie stockend hervor. »Mögen die Kinder in deinem Leib von Würmern gefressen werden, wenn du jemals empfangen solltest. Mögen die Werke deines Volkes Asche werden. Mögen deine Freunde dich verraten und deine Feinde ohne Zahl sein. Mögest du alles verlieren, was deinem Herzen Freude schenkt, und mögest du ewig leben, damit deine Qualen niemals enden!«

»Schick uns, Skanga«, flüsterte ein Chor von Stimmen in ihrem Kopf. *»Du hast uns schon einmal gerufen. Wir erfüllen dir deine Wünsche gern. Bring uns ins Herzland, und wir lehren Emerelle das Fürchten.«*

Skanga versuchte sich gegen die Stimmen zu verschließen. Sie hielt Branbart eng umklammert. Ja, sie gab sich sogar ihrer Angst hin. Sie war sich bewusst, dass ihr Sturz nur ein Trug war, wie fast alles in der Welt der Schatten. Dennoch fürchtete sie jeden Augenblick, auf felsigem Grund zerschmettert zu werden.

Branbart stieß kurze, schrille Schreie aus. Wahn spiegelte sich in seinen Augen.

»Ich kann euch keinen Leib geben«, schrie die Schamanin. »Es ist nicht wie in Vahan Calyd. Ich kann euch hier nicht helfen.«

»Öffne uns ein Tor ins Herzland, Skanga. Das ist alles, was wir wollen. Wir brauchen keinen Leib. Furcht allein kann töten, Schamanin. Und wir sind die Meister der Furcht.«

»Eure Lügen täuschen mich nicht. Furcht allein wird nicht genügen, um Emerelle zu bezwingen. Ich lasse euch nicht nach Albenmark, wenn ich nicht über euch gebieten kann. Haltet ihr mich für so dumm? Welchen Nutzen hätte ich davon? Eines Tages würdet ihr in die Snaiwamark vordringen, um dort mein Volk zu quälen. Ich verhandle nicht mit euch zu euren Bedingungen.«

Lachen hallte in ihrem Kopf wider. Laut, gehässig, schmerzend. Skanga ließ den Stab sinken und presste sich die Hände auf die pochenden Schläfen. *»Wir verhandeln nicht, Skanga. Wir machen dir einen großmütigen Vorschlag. Du bist in unserer Hand. Wir schenken dir dein Leben, wenn du uns ein Tor ins Herzland öffnest. Und wir schenken dir die Gewissheit, dass Emerelle leiden wird. Ist es nicht dein größter Wunsch, die Königin der Elfen zu zerbrechen? Öffne uns das Tor, und dein Wunsch wird sich erfüllen.«*

Schatten perlten von der dünnen Haut des Zaubers, mit dem sich Skanga umgab. Sie war in Sicherheit! Die Yingiz konnten nicht bis zu ihr vordringen! Die Sinne der Schamanin tasteten sich in die Dunkelheit. Sie musste einen der goldenen Albenpfade finden. Dann wären sie und Branbart gerettet.

»Glaubst du wirklich, du könntest dich vor uns schüt-

zen?« Gelächter erklang. *»Skanga, bist du dir sicher, dass deine Zauber so machtvoll wie die der Alben sind? Wollen wir es herausfinden?«*

Sie durfte nicht auf die Stimmen hören. Zu reden, das war alles, was sie konnten. Ihr Zauber schützte sie beide vor ihnen ...

Branbart seufzte. Das gelbe Licht eines Lächelns floss durch seine Aura. »Ja, das werde ich tun«, sagte er. »Ja.« Seine Hände schlossen sich um Skangas Kehle.

»Du Narr! Du bringst uns beide um!«

Der König lächelte noch immer. »Sie lassen mich gehen. Und sie vertreiben die Stimmen in meinem Kopf.« Seine Hände drückten fester zu. »Die Schreie ... Sie hören nicht auf, die Schreie meiner Krieger.«

Skanga bäumte sich auf. Ihre langen Nägel krallten sich in die Handgelenke des Königs, doch gegen seine Kraft vermochte sie nichts auszurichten. Ihre Lungen brannten, als habe man flüssiges Feuer hineingegossen. Vergeblich japste sie nach Luft. »Wenn ich sterbe, vergeht mein Zauber«, stieß sie hervor. »Du tötest uns beide.«

Noch immer war das Gelb des Lächelns im Lichtkörper des Königs zu sehen. Doch seine Aura verblasste langsam. Etwas Dunkles breitete sich in ihm aus. Die Farben vergingen. Plötzlich war sein Kopf verschwunden. »Sie haben es versprochen«, sagte er mit fremder, kehliger Stimme.

Skanga griff ihm ins Gemächt und drückte mit aller Kraft zu.

Branbarts Griff um ihre Kehle wurde nur fester. Die Schamanin spürte, wie sich knirschend einer ihrer Nackenwirbel bewegte. Sie musste an erstickenden, schwarzen Schlamm denken. Panik griff nach ihrer Seele. Es war wie damals in der Schreckensnacht ...

Plötzlich stieß Branbart einen spitzen Schrei aus. Er versetzte ihr eine schallende Ohrfeige. »Bist du verrückt, alte Vettel?« Mit der Rechten rieb er sich den Schritt. Sein Lichtkörper hatte wieder einen Kopf, und er erstrahlte im pulsierenden Rot von Wut und Schmerz. Der König zog die Nase hoch und spie aus.

Skanga spürte, wie sein Auswurf auf ihrem linken Fuß landete. Der magische Kokon, den sie erschaffen hatte, war zu eng, um sich aus dem Weg zu gehen. Die Schamanin tastete nach ihrem Stab. Misstrauisch beobachtete sie Branbart.

»*Er ist so schwach*«, erklang es in ihrem Kopf. Diesmal sprach nur eine Stimme. »*Warum herrschst du nicht über dein Volk, Skanga? Du wärest viel besser geeignet. Ach … Glaubst du immer noch, dein lächerlicher Zauber könnte dich schützen? Wir müssen dich nicht berühren, um dich zu töten, Alte.*«

»Ich kann mich aus eigener Kraft schützen«, zischte Skanga. Jedes Wort brannte ihr in ihrer geschundenen Kehle.

»*Bist du sicher? Vielleicht haben wir von ihm gelassen, damit er dich jetzt noch nicht umbringt. Zumindest ich glaube, dass man mit dir reden kann, auch wenn nicht alle meine Brüder und Schwestern meiner Meinung sind. Du bist klug. Du wirst einsehen, in welch aussichtsloser Lage du bist. Entweder tötest du Branbart, dann wird seine Seele von uns getrunken werden, und euer König wird niemals mehr wiedergeboren. Oder du tust es nicht, dann sterbt ihr beide. Du wirst dich nur vor ihm schützen können, wenn du ihn umbringst. Er ist deine größte Schwäche, Skanga. Ich sagte ja schon, dass nicht alle meine Brüder und Schwestern so nachgiebig sind wie ich. Manche haben dir nicht verziehen, dass du zwei von uns ins Verderben gezwungen hast. Sie werden Branbart dazu bringen, dass er dich tötet. Dann vergeht dein Zauber, und ihr beide werdet unsre Opfer. Ich gestehe, selbst ich werde schwach, wenn ich an deine starke Seele denke. Sie ist voller Düsternis. Wir unterscheiden uns weniger, als du glaubst, Skanga. Der dunkle Samen von Matha Naht ist in dir aufgegangen. Und er ist stark.*«

Alles Lüge, dachte Skanga. Sie durfte sich diesen Einflüsterungen nicht hingeben. Sie würde Branbart hier herausbringen. Wenigstens ihn.

»Du enttäuschst mich. Du weißt doch, dass ich Recht habe.«

Das gelbe Licht des Lächelns durchdrang Branbarts Aura. Die anderen Stimmen flüsterten wieder auf den König ein.

»Meine Brüder und Schwestern haben beschlossen, dass du noch nicht sterben sollst. Aber frohlocke nicht. Das ist keine gute Nachricht. Sie sind überzeugt, dass sie dich dazu bringen können, uns einen Weg nach Albenmark zu öffnen. Du bist sehr mächtig, Skanga, und trägst einen Albenstein bei dir. Du kannst das Werk der Alten vernichten, wie ein Kind mit Leichtigkeit ein Spinnenetz zerreißt. Glaubst du, die Alben und alles, was sie erschaffen haben, seien vollkommen gewesen? Selbstsüchtig waren sie. Schlimmer noch als ihre Letztgeborenen, die Elfen. Und von unerträglicher Überheblichkeit! Sie … Oh! O nein. Es tut mir leid.«

»Was?« Skanga verfluchte sich im selben Augenblick, in dem das Wort über ihre Lippen kam. Sie durfte sich nicht auf die Einflüsterungen dieses Yingiz einlassen! Ganz gleich, was er sagte, er meinte es nicht gut mit ihr.

»Meine Brüder und Schwestern versuchen deinen König davon zu überzeugen, dass er dich packen soll, um dir einen Daumen aus dem Gelenk zu drehen. Und dann soll er ihn auch noch abreißen. Was glaubst du, ist Branbart stark genug, einen Daumen abzureißen? Es tut mir leid. Ich versichere dir, Skanga, wir sind nicht alle so, auch wenn wir Seelenfresser sind und einen üblen Ruf haben. »

Skangas Stab wirbelte herum. Krachend traf er Branbarts Schläfe. Der König sackte in sich zusammen.

»Ausgezeichnet! Ich bin beeindruckt. Wirklich, Skanga. Gedanke und Handeln sind eins. Das trifft man selten bei Weibsbildern.«

Die Stimme in ihrem Kopf lachte.

»Nun ja, um ehrlich zu sein, bei Männern auch. Die meis-

ten überlegen zumindest kurz, bevor sie zur Tat schreiten. Du bist etwas Besonderes.«

Verzweifelt suchte Skanga nach einem Albenpfad. Das Nichts war von hunderten dieser Wege durchzogen. Es musste doch einen in der Nähe geben!

»Es tut mir leid, dich zu enttäuschen, meine Liebe. Dieser Ort hier ist größer, als du dir vorstellen kannst. Denk doch einmal nach. Er umschließt mehrere Welten. Es können Tage vergehen, bevor du einen Albenpfad findest. Willst du Branbart bis dahin jedes Mal niederschlagen, wenn er das Bewusstsein wiedererlangt? Ich werde mich nicht in deine Entscheidungen einmischen … Aber hast du keine Sorge, dass du auch noch das letzte bisschen Verstand aus seinem unförmigen Schädel herausprügeln könntest? Was wäre damit gewonnen? Er ist doch schon jetzt als König, vorsichtig gesagt, ein Problem.«

Skanga verstärkte ihre Anstrengungen, einen Albenpfad zu finden. Mit all ihren Sinnen griff sie hinaus in die Dunkelheit. Wenn der Yingiz sich so sehr bemühte, ihr jede Hoffnung zu nehmen, dann war die Rettung vielleicht schon ganz nah.

»Also wirklich, Skanga. Glaubst du, ich bin so leicht zu durchschauen? Du beleidigst mich. Ich meine es wirklich gut mit dir. Ich bin nicht wie meine Brüder und Schwestern. Leider sind die meisten von ihnen ganz von ihren Trieben beherrscht. Sie weiden sich an deinem Leib. Und sie gieren nach deiner Seele. Im Augenblick streiten sie gerade darüber, ob sie Branbart nicht doch besser befehlen sollen, dich zu würgen. Einigen haben deine besonderen Ängste gefallen. Du weißt ja selbst am besten, woran es dich erinnert, wenn du gewürgt wirst. Deine Meisterin, Matha Naht, war schon ein übles Kraut. Also, ich habe mich nie mit Bäumen eingelassen. Ihre Seelen … Gut, die sind wirklich außerordentlich schmackhaft. Aber mit ihnen reden … Ich sehe in deinen Gedanken, was für eine Lehrerin sie war. Ich hätte sie auch umgebracht. Bist du übrigens sicher, dass sie wirk-

lich tot ist? Wie heißt es noch gleich? Bäume und Minotauren haben dreizehn Leben. Du warst nie wieder dort. Der Blitzschlag und das Feuer, war das wirklich genug? Hast du sie bis in den letzten Wurzelstrunk vernichtet?«

Beim Gedanken an Matha Nahts Wurzeln überlief die Schamanin ein kaltes Schaudern. Nicht daran denken! Das wollte dieser verfluchte Yingiz doch nur. Sie konnte fühlen, wie er in ihren Erinnerungen schwelgte. Er durchlebte ihr Leben. Suchte nach den Augenblicken des Glücks und den einsamen Stunden, in denen sie am Abgrund gestanden hatte.

»Komm, gib uns Branbart, und wir lassen dich ziehen.«

Trotzig sperrte sich Skanga gegen die Einflüsterungen. Sie hatte vor langer Zeit der Seele des Königs die Treue geschworen! In ihrem Leben hatte sie oft ihre Macht missbraucht. Sie hatte Schamaninnen ermordet, die vielleicht eines Tages mächtiger geworden wären als sie. Sie hatte ihre Magie genutzt, um stattliche Krieger zu blenden und auf ihr Lager zu zerren. Sie hatte aus Launen heraus Leben und Tod gewährt. Das Einzige, an dem sie immer unverbrüchlich festgehalten hatte, war ihre Treue zur Seele des Königs. Ihn nun zu verraten, würde sie zerstören. Die flüsternde Stimme wusste das.

»Du hast also beschlossen, mit ihm zusammen unterzugehen? Ist das edel oder dumm? Du bist mir doch fremder, als ich dachte, Skanga. Sieh nur! Er blinzelt schon. Er wird nicht zögern, sich gegen dich zu wenden. Siehst du den Hass in seinen Augen?«

Die Schamanin griff nach ihrem Stab. Branbart war schneller. Offenbar war er schon länger wieder zu sich gekommen und hatte sie durch halb zugekniffene Lider beobachtet.

»Hör nicht auf die Stimmen. Ganz gleich, was sie sagen, sie haben nur dein Verderben im Sinn!«, zischte sie.

Mühelos drehte der König ihr den schweren Stab aus der Hand. Dann richtete er sich auf.

VON WEISEN UND VON DER LEIDENSCHAFT

Müde blinzelnd blickte Ollowain von der hohen Terrasse auf den Garten hinab. Die Königin hatte ihn wecken lassen und hierher gebeten. Es war eine warme Nacht. Der Frühling hatte in den drei Tagen, die seit den Ereignissen im Thronsaal vergangen waren, an Kraft gewonnen.

Vor ihm reckten zwei Maulbeerbäume ihre dunklen Äste dem Mond entgegen und schienen einander in der vergänglichen Pracht ihres Frühlingsschmucks übertreffen zu wollen.

Ollowain stützte sich auf das steinerne Geländer und schloss die Augen. Er jagte dem Traum nach, aus dem man ihn gerissen hatte. Lyndwyn war bei ihm gewesen. Sie waren auf einem Weg gegangen, dessen Kies unter einem Teppich aus weißen Kirschblütenblättern verborgen blieb. Sie hatten sich bei den Händen gehalten, und Lyndwyn hatte ihn mit ihren Sticheleien zum Lachen gebracht.

In der kurzen Zeit, die sie miteinander verbracht hatten, hatte es niemals einen solchen Spaziergang gegeben. Aber sie war oft in seinen Träumen bei ihm, um ihm zu schenken, was ihnen das Leben verwehrt hatte. Er klammerte sich an diese Träume. Er wollte nicht daraus aufwachen.

»Was habt ihr im Thronsaal getan?«, ertönte eine schnarrende Stimme.

Unwillig öffnete Ollowain die Augen. Neben ihm stand eine kleine, fuchsköpfige Gestalt in einem mohnblütenfarbenen Kleid. Sie reichte ihm kaum bis über die Knie. Aus schwarzen, funkelnden Augen blickte sie wütend zu ihm auf. Eine Lutin.

»Bitte lass mich allein, ich bin in Trauer«, sagte er leise.

»Und ich bin wütend«, entgegnete sie bissig. »Es gibt

nur einen Weg für dich, mich wieder loszuwerden. Beantworte meine Frage!«

Der Schwertmeister seufzte. Die Lutin galten als das launischste unter den Koboldvölkern. Er hatte nie begriffen, warum Emerelle einigen von ihnen gestattete, sich ihrem Hofstaat anzuschließen. Mit ihnen gab es nichts als Ärger. Dass dieser Quälgeist hier erschienen war, war sicherlich mehr als nur ein unglücklicher Zufall. Die Königin musste dieses Treffen arrangiert haben. Aber was bezweckte sie damit? »Die Trolle haben ein Tor im Albenstern des Thronsaals geöffnet. Emerelle hat sie vertrieben. Das ist geschehen«, erklärte Ollowain knapp.

»Sei einmal still und lausche!« Die Lutin stützte die Hände in die Hüften und sah ihn an, als wolle sie ihn zum Duell fordern. »Was hörst du?«

»Das ist jetzt wirklich …«

»Was hörst du?«, beharrte sie.

»Den Wind in den Bäumen.«

»Und sonst?«

Ollowain zuckte mit den Achseln. Er ahnte, worauf sie hinauswollte, aber er mochte nicht über die Stille sprechen. »Nichts.«

Mit einer weit ausholenden Bewegung deutete sie zum Park hinab. »Dort müssten Grillen ihr Frühlingslied singen. Fledermäuse sollten um die Türme der Burg jagen und Glühwürmchen in den Ästen der Obstbäume tanzen. Aber dort ist nichts. Ich habe hunderte von toten Grillen im Gras gefunden. Die kleinen Vögel sind geflohen. Gestern Nacht war ich bei einer Auenfee. Ich war dabei, als sie ihr Kind tot geboren hat. Die ganze Nacht habe ich auf sie eingeredet. Als ich heute Morgen kurz hinausgegangen bin, ist sie zum See hinabgeflogen und hat sich ertränkt.« Die Stimme der Lutin überschlug sich vor Wut. »Du wirst mir sagen, welchen Preis Emerelle gezahlt hat, um die Trolle zu vertreiben, Schwertmeister. Was hat sie ins Herzland gelassen?« Sie hob drohend einen Zeigefinger. »Und versuch es nicht noch einmal mit Ausflüchten, sonst verwandele ich dich in eine Made und zerquetsche dich unter meinem Fuß!«

»Ich …«, begann Ollowain.

»Es ist wohl eher an mir zu antworten.« Emerelle trat aus den Schatten der Terrasse.

Ollowain hatte sie nicht kommen hören, und auch die Lutin wirkte überrascht, die Herrin Albenmarks so plötzlich vor sich stehen zu sehen. Allerdings machte das kleine Koboldweib keinerlei Anstalten, sich um die gebührende Höflichkeit zu bemühen. »Umso besser, du kannst mir sicher aufschlussreicher Bericht geben als dieser stumpfsinnige Schwertfuchtler. Was hast du getan, Emerelle?«

Ollowain beugte sich hinab, um die Lutin zu packen und fortzubringen. Niemand sprach ungestraft derart respektlos mit der Königin! Der Menschentölpel Mandred hatte es einst nicht besser gewusst, aber Ganda war sich darüber im Klaren, dass es eine Beleidigung war, wenn sie die Herrin Albenmarks ansprach, als rede sie mit ihresgleichen und nicht mit einer Königin.

»Wage es nicht, Schwertzappler!« Die Lutin schnippte mit den Fingern, und ein zierlicher, in Spiralen gedrehter Eschenstab erschien in ihrer Rechten.

»Lass es gut ein, Ollowain. Ganda hat das Recht, mir ihre Fragen zu stellen. Wenigstens sie. Du hast versucht, die Schatten zu vertreiben, nicht wahr?«

Das kleine Koboldweib ließ den Zauberstab sinken. »Ja. Die ganze Nacht habe ich an Mondblütes Lager gekämpft. Sie hat sich das Kind so sehr gewünscht. Du musst wissen, ein Eichelhäher hat ihren Liebsten in den letzten Wintertagen geschnappt. Sie wollte …« Der Lutin standen Tränen in den Augen. »Ich beherrsche viele Bannzauber, aber diese Kreatur konnte ich nicht vertreiben. Es war, als wollte ich einen Schatten mit Händen greifen. Die ganze Nacht war es da. Mondblüte hat sich zu Tode geängstigt. Sie behauptete, der Schatten spreche zu ihr. Ich habe nichts gehört. Aber sie hat sich das bestimmt nicht eingebildet. Ich glaube, es war ihre Angst, die das Kind getötet hat. Und kalt war es. So kalt, als sei der Winter zurückgekehrt. Was hast du getan, Emerelle? Warum mussten Mondblüte und ihr Kind sterben? Warum schweigen die Vögel in den Ästen und die Grillen im hohen Gras? Wen hast du gerufen, um das Herzland gegen die Trolle zu schützen?«

Emerelle atmete schwer aus. »Weisheit sollte die Herrin all meiner Taten sein. Nicht Zorn und auch nicht Liebe. Deshalb erscheine ich vielen bei Hofe so kaltherzig, ja sogar ungerecht. Gerechtigkeit kann Schwäche sein, Ganda. Das war eine der bittersten Lektionen, die ich als Königin lernen musste. Es ist ungerecht, was Mondblüte widerfahren ist, und ich wünschte von ganzem Herzen, ich könnte es ungeschehen machen. Ich habe bis zuletzt nicht glauben wollen, dass die Trolle noch einmal die Albenpfade für ihren Kriegszug missbrauchen würden. In meinem Zorn und meiner Verzweiflung habe ich mich dazu hinreißen lassen, den Pfad zu zerstören. Nur so konnte ich das Herzland noch retten.«

»Du hast es nicht gerettet«, entgegnete Ganda zornig. »Mir wäre es lieber, die Trolle wären hier. Mit denen wüsste ich umzugehen.« Sie strich sich über die kleine Blesse auf ihrer Fuchsstirn. »Du hast einen Zauber der Alben vernichtet«, sagte die Koboldin sehr leise. »Ihre Pfade sind die Sehnen, die die Welten miteinander verbinden.«

»Es gibt hunderte Albenfade«, wandte Ollowain ein.

»In deinem nichtsnutzigen Leib gibt es auch hunderte Sehnen. Eine einzige zu durchtrennen kann bedeuten, dass du deinen Daumen nicht mehr krümmen kannst. Und wie willst du dann deine Waffe noch halten? Alles, was du dir in deinem langen Leben erarbeitet hast, kann mit einem einzigen kleinen Schnitt vernichtet werden. So unbedeutend ist es, eine Sehne zu durchtrennen.« Ganda blickte zu Emerelle. »Es sind Yingiz hierher gekommen, nicht wahr? Die Seelenfresser aus dem Nichts.«

»Sie können hier keine Gestalt annehmen«, wandte die Königin ein. »Sie können nur versuchen, uns zu ängstigen. Und sie bringen Kälte.«

»Und wenn jemand dumm genug ist, ihnen zu einem Leib zu verhelfen? Was dann? Du musst sie wieder vertreiben, Emerelle. Sofort!«

»Sie entziehen sich meiner Magie. Ich vermag ebenso wenig gegen sie auszurichten wie du gestern Nacht. Selbst die Alben konnten sie nicht gänzlich vernichten. Deshalb haben sie ihre Schatten in die Dunkelheit verbannt.«

»Dann musst auch du sie wieder vertreiben!«, beharrte Ganda leidenschaftlich.

Emerelle breitete hilflos die Arme aus. »Ich habe es versucht. Glaub mir! Mit all meiner Kraft, doch es ist mir nicht gelungen. Sie sind zu fremd. Deshalb habe ich dich hierher gebeten, Ganda. Ich brauche deine Hilfe.«

Ollowain traute seinen Ohren kaum. Er hatte ja geahnt, dass es kein Zufall war, Ganda mitten in der Nacht auf der Palastterrasse anzutreffen. Aber was hatte er mit diesem zänkischen Koboldweib zu schaffen? Und was erhoffte sich Emerelle von ihr?

Ganda hatten Emerelles Worte die Sprache verschlagen. Misstrauisch blickte sie zur Königin auf.

»Es gibt einen Ort, an dem man Antwort auf alle Fragen finden kann, so heißt es zumindest. Als ich noch nicht Königin war, war ich selbst mehrmals dort, und ich wurde nie enttäuscht. Die Bibliothek von Iskendria. Wenn man irgendwo erfahren kann, was zu tun ist, um die Schatten wieder ins Nichts zurückzutreiben, dann dort.«

Ganda schüttelte entschieden den Kopf. »Das ist nichts für mich. Nein! Ich bin nicht weise. Ich habe nicht die Geduld, mir den Hintern auf harten Stühlen platt zu sitzen und mich mit Büchern herumzuschlagen, die so verdreht geschrieben sind, dass man jeden Satz dreimal lesen muss, um zu begreifen, was gemeint ist. Schick einen deiner Berater. Es gibt doch genug Gelehrte, deren Lebensinhalt darin besteht, Dinge aufzuschreiben, die nur ihresgleichen verstehen. Ich bin für das Praktische. Für geistreiches Geschwafel hatte ich schon immer nur Verachtung übrig. Lass mich in Blut und Dreck als Heilerin auf einem Schlachtfeld dienen, und ich werde dich nicht enttäuschen. Aber in Iskendria bin ich fehl am Platz. Mich leitet mein Gefühl. Und es hat mich selten getäuscht. Aus Dingen, die einem nur der Verstand diktiert, entspringt allzu oft Übles.« Sie deutete in Ollowains Richtung. »Schick ihn. Ihr Elfen seid doch alle gut darin, schöne Worte zu machen. Er wird keine Mühe haben, sich mit dem Geschwafel von Weisen herumzuschlagen. Ich werde hier nach einem Weg suchen, die Schatten zu bekämpfen. Und sei es, dass ich allen, die noch geblieben sind, rate zu fliehen!«

So waren sie, die Lutins, dachte Ollowain bei sich. Launisch, widerborstig und niemals bereit, Verantwortung zu tragen. Wie verzweifelt musste Emerelle sein, dass sie dieses Koboldweib um Hilfe bat! »Ich werde gerne gehen, wenn du mich schickst, Herrin. Und ich werde nach besten Kräften versuchen, dir zu dienen.«

Die Augen der Königin lächelten. »Ich weiß, Ollowain. Doch ohne Hilfe kannst du nicht einmal den ersten Schritt auf dem Weg nach Iskendria tun. Du vermagst das goldene Netz nicht zu betreten. Und ohne dich beleidigen zu wollen … Auch du bist kein Weiser. Du bist ein guter Feldherr und vielleicht der beste Schwertkämpfer Albenmarks. Aber sei es drum. Ich habe dich hierher bestellt, weil ich dich in der Tat darum bitten wollte, Ganda nach Iskendria zu begleiten. Und ich nehme dein Angebot dankbar an.«

»Was soll ein Schwertkämpfer in einer Bibliothek?«, fragte die Lutin misstrauisch.

»Meine Weisen halten es zurzeit für klug, sich nicht in meiner Nähe aufzuhalten. Immerhin hat der König der Trolle geschworen, meinen Kopf in eine Trinkschale zu verwandeln. Sie waren die Ersten, die geflohen sind, als dies bekannt wurde.« Emerelle lächelte zynisch. »Klugheit und Treue gehen leider oft nicht gut zusammen. Aber dass ich dich frage, hat einen ganz anderen Grund. Niemand ist zu mir gekommen, um über Mondblütes Tod zu klagen. Und den Weisen wäre vermutlich auch nicht aufgefallen, dass die Grillen schweigen. Ich brauche jemanden, für den die Suche nach Antworten eine Herzensangelegenheit ist und nicht eine Sache kühlen Verstandes. Jemanden, der nicht der Meinung ist, die Auenfeen seien so zahlreich wie die Blüten am Teich, und dem es nicht egal ist, ob es eine mehr oder weniger gibt.«

Gandas spitze Zunge zuckte unruhig aus ihrer Fuchsschnauze. »Du weißt, warum ich nicht geflohen bin, als es hieß, die Trolle kommen, Emerelle?«

»Weil es dir egal ist, ob ich im Herzland herrsche oder ein Trollkönig.«

Ganda blickte skeptisch zu Ollowain. Sie nickte knapp. »So ist es, Emerelle.«

Der Schwertmeister hatte Mühe, an sich zu halten. »Du gestattest, dass ich diese Verräterin aus der Burg geleite, Herrin?«

Die Elfenkönigin schüttelte knapp den Kopf. »Aufrichtigkeit ist eine seltene Tugend, Ollowain. Gerade an Königshöfen.« Sie wandte sich an die Lutin. »Niemand ist so bewandert darin, verborgene Wege zu beschreiten, wie das Volk der Lutin.«

Der Schwertmeister wusste das nur zu gut. Die Lutin waren Betrüger und Diebe. Manche waren sogar Mörder. Wer sich mit ihnen einließ, der hatte Zwielichtiges im Sinne. Er konnte immer noch nicht fassen, dass Emerelle die Koboldin hierher bestellt hatte.

»Mein Volk hatte niemals eine Wahl, Emerelle«, sagte Ganda hitzig. »Wir bewegen uns im Verborgenen, weil wir als Einzige kein eigenes Land bekamen, als die Alben ihre Kinder erschufen. Und daran, dass wir ohne Land sind, hat sich in den Jahrtausenden, die seither vergangen sind, nie etwas geändert. Selbst als ganze Völker vertrieben wurden, hat nie jemand daran gedacht, uns Lutin eine Heimat zu schenken. Es waren stets die Elfen, die sich das Land nahmen.«

Wie konnte dieses impertinente kleine Weibsbild es wagen, der Königin solche Vorhaltungen zu machen! Ollowain zwang sich, ruhig zu bleiben. Er war der Schwertmeister, und dies war der Königshof. Auch wenn sie drei hier allein waren, war es ein Ort voller Würde und Schönheit, und es war ein Gebot, sich angemessen zu verhalten!

»Du giltst in deinem Volk als eine Pfadfinderin. Du führst die anderen oft an, wenn sie einen Ort schnell verlassen müssen. Das Netz der Albenpfade ist dir wohl vertraut, und soweit ich weiß, ist dir noch niemals ein Fehler beim Öffnen der Tore unterlaufen.«

»Ich weiß nicht, wer dir das erzählt hat, Emerelle, aber du solltest nicht alles glauben. Hast du nicht eine Zauberschüssel, in der du die Wahrheit sehen kannst? Benutze lieber sie, als auf Hörensagen zu vertrauen.«

»Du meinst die Silberschale, die du vor drei Nächten so lange betrachtet hast, als du dich allein im Thronsaal wähntest?« Emerelle lächelte flüchtig.

Ollowain sah sie verwundert an. Das Lächeln wirkte fremd in ihrem Antlitz, und doch vermeinte er einen Augenblick lang etwas Altvertrautes in den Zügen der Königin zu sehen. Sie wirkte jugendlicher und weniger Ehrfurcht gebietend. Und verletzlich …

Ganda kratzte sich verlegen hinter dem Ohr. »Ich hatte überlegt, dass man die Zauberschüssel in Sicherheit bringen sollte, bevor die Trolle kommen.«

Ollowain spannte sich. Verdammte Diebin! Jetzt würde Emerelle ihm befehlen, sie hinauszuwerfen.

»Natürlich«, sagte die Königin schmunzelnd. »In jedem anderen Fall hätte ich dich schließlich hart bestrafen müssen.« Dann wurde sie schlagartig wieder ernst. »Ich weiß sehr gut, dass es dir und deinem Volk gleichgültig ist, ob ich hier herrsche oder Branbart. Vielleicht wünschst du dir sogar heimlich, dass die Trolle kommen, weil du uns Elfen gedemütigt sehen willst. Den meisten Lutin wäre es doch sicher eine große Genugtuung zu erleben, wie aus uns Elfen landlose Flüchtlinge werden ... wie die Herren von einst das Schicksal deines Volkes teilen. Doch es geht um viel mehr als die Rachsucht der Trolle. Du weißt, dass die Yingiz ihren Weg hierher gefunden haben, und sie werden sich nicht damit begnügen, nur Beobachter zu sein. Ich weiß nicht, wie sie hierher gelangen konnten. Vielleicht hatten die Trolle einen Pakt mit ihnen geschlossen. Vielleicht sind die Yingiz auch nur durch einen unglücklichen Zufall hierher gelangt. Wie dem auch sei: Ich weiß nicht, wie man sie bekämpft. Ich bin mir nur in einem sicher, nämlich dass sie das Land in einem Ausmaß zerstören werden, wie es selbst die Trolle nicht könnten. Deshalb bitte ich dich, mit Ollowain nach Iskendria zu gehen. Allein die Alben verfügten über das Wissen, wie man die Yingiz vertreibt. Sie müssen uns einen Hinweis darauf hinterlassen haben, was zu tun ist, wenn die Yingiz zurückkehren! Und ich wüsste nicht, wo man suchen sollte, wenn nicht in Iskendria.« Emerelle blickte zu den Schatten, die die Maulbeerbäume im Mondlicht warfen. »Sie sind hier, Ganda. Spürst du sie?«

Ollowain sah sich um. Er fühlte sich beobachtet. Unruhig spähte er in die Schatten. Aber dort war nichts, was er mit dem Schwert hätte bekämpfen können.

»Wenn ihr die Albenpfade nehmt, begebt ihr euch in das Reich der Yingiz«, fuhr Emerelle fort. »Sie werden versuchen, euch aufzuhalten. Ihr Lutin seid berühmt für eure Verschlagenheit und für eure Gabe, Dinge zu finden, von denen ihre Besitzer manchmal noch gar nicht wissen, dass sie sie verloren haben. Niemand wäre besser geeignet für diese Suche als du. Und bedenke: Du gehst nicht für mich nach Iskendria, Ganda, und auch nicht für mein Volk. Du gehst für Mondblüte und all die anderen Auenfeen. Du gehst, um die Schönheit des Herzlands zu bewahren, die Lieder der Nachtigallen und das Zirpen der Grillen. Horche in dein Herz hinein und höre auf seinen Rat. Ich erwarte, dich in einer Stunde am Albenstern im Thronsaal wieder zu sehen – oder niemals mehr.«

Erneut zuckte die kleine Fuchszunge nervös aus Gandas Schnauze. Unvermittelt drehte sie sich um und lief ohne ein Wort davon.

Als Ganda die Terrasse verlassen hatte, wandte auch Emerelle sich zum Gehen.

»Herrin?«

Die Königin wirkte ungehalten, doch sie hielt inne.

»Warum betraust du gerade eine Lutin mit einer so wichtigen Aufgabe? Hat Hofmeister Alvias dir nicht von den Rotmützen erzählt, den Kobolden, die unverblümt fordern, die Elfenfürsten von ihren Thronen zu vertreiben? Ihr Anführer soll ein Lutin sein. Sie lassen in Werkstuben Flugblätter verteilen. Ich selbst habe solche Schmierblätter gesehen. Sie wenden sich angeblich gegen Völlerei, Trunksucht und dergleichen, aber in Wahrheit sind sie nichts anderes als ein Aufruf zur Rebellion. Wie kannst du unter diesen Umständen einer Lutin vertrauen, Herrin?«

»Weil es nicht um meine Königskrone geht. Sie wird nicht für mich gehen, sondern für jene, die ihr wirklich etwas bedeuten. Und du wirst auf sie Acht geben. Schütze sie vor Feinden und vor sich selbst.«

Ollowain seufzte. »Wie du befiehlst. Aber ich glaube nicht, dass Ganda in den Thronsaal kommen wird.«

»Würdest du eine Auenfee auf der Wiese am See vermissen?«, hielt die Königin dagegen.

»Nein«, gestand der Schwertmeister.

»Deshalb ist es wichtig, dass ihr beide geht. Und nun gib mich frei, Ollowain. Ich habe noch eine Frage an die Silberschüssel, bevor ihr euch auf den Weg macht.« Mit diesen Worten eilte Emerelle davon.

So war sie, dachte er bitter. Sie wusste zu viel über die möglichen Zukünfte, und es kam ihr nicht in den Sinn, diese Bürde mit anderen zu teilen. Dass sie ihn im Thronsaal ins Vertrauen gezogen hatte, war ein Augenblick der Schwäche gewesen. Doch nun war sie wieder wie stets zuvor. All ihr Trachten war darauf ausgerichtet, um die Zukunft Albenmarks zu kämpfen. Was mochte so schrecklich sein, dass sie die Gegenwart darüber vergaß? Hatte sie sie vergessen? Nein! Dann hätte sie nicht um den Tod Mondblütes gewusst.

Ollowain gab es auf, die Gedankengänge der Königin verstehen zu wollen. Sie war zu alt und zu weise. Er musste sie nicht verstehen, denn er wusste, dass sie mit all ihrer Kraft Albenmark schützen würde. Und darin würde er ihr dienen. Auch wenn sie nicht darauf antwortete, wozu man einen Schwertmeister in einer Bibliothek brauchte.

WIDER DIE SPIEL- UND TRUNKSUCHT
Streitschrift des ehrwürdigen Elija Glops, Begründer der Liga zur Wahrung der inneren Größe Albenmarks
Kapitel 9: Vom Fluch des Falrach-Tischs

»(…) Eine Zeitverschwendung von wahrhaft elfischen Ausmaßen, so nenne ich das Falrach-Spiel, das ehrlich arbeitenden Gnomen und Kobolden, deren Leben nicht nach Jahrhunderten zählt, keine Zerstreuung, sondern nur Ärgernis schenkt. Was ist das für ein Spiel, dessen Regeln, Ausdeutungen der Regeln, Berichte berühmter Partien und Streitschriften über strittige Züge ganze Bibliotheken füllen? Haben die Alben uns erschaffen, um zu spielen? Ist es nicht unsere Aufgabe, die Welt zu formen, die sie uns hinterlassen haben? Hätten nicht sie uns das Falrach-Spiel geschenkt, wenn sie gewollt hätten, dass wir rauchend, trinkend und disputierend unsere Zeit am Spieltisch vertun? Welcher Nutzen erwächst daraus? Ja, ich kenne Falrach, den Helden der Drachenkriege, den größten Feldherrn Albenmarks, den

selbstlosen Ritter Emerelles. Man nennt ihn auch den Retter Albenmarks, einen edlen Krieger, der alle Tugenden der Ritterschaft in sich vereint. Doch was hat Spielsucht denn mit einer ritterlichen Tugend gemein? So hell sein Stern auch strahlen mag, Ruhm und Größe tragen stets schon den Keim des Verfalls in sich, wenn sie nicht mit Genügsamkeit und Bescheidenheit gepaart sind.

Falrach rodete keine Wälder, er rang keinem steinigen Boden ein fruchtbares Feld ab. Seine Mußestunden verbrachte er damit, ein unnütz kompliziertes Spiel zu erschaffen. Allein der Tisch, auf dem die Spieler ihre Partien austragen, verschlingt hunderte von Arbeitsstunden, ja, ich kenne einen Elfenbeinschnitzer meines Volkes, der sein ganzes Leben damit verbrachte, um nichts weiter als die Spielfiguren der weißen Seite für den Spieltisch Shahondins zu fertigen, des Elfenfürsten von Arkadien. Darf dies der Sinn eines Lebens sein? Da lobe ich mir die Trolle, die, wenn sie spielen, sich mit ein paar Knochenwürfeln begnügen.

Falrach glaubte, jede Partie des nach ihm benannten Spiels sei eine Studie des Krieges – eine Lehre, dass selbst der schärfste Verstand nicht alle Unwägbarkeiten des Schicksals vorherzusehen vermag, die einen Krieg ebenso beeinflussen wie die Klingentänze auf den Schlachtfeldern. Und doch ist es genau das, wozu sich jeder Falrach-Spieler versteigt, wenn er Stunden um Stunden brütend auf den Spieltisch starrt. Er glaubt, sein Verstand könne dem Schicksal, verkörpert durch die Launen des Würfelglücks, mit überlegener Planung den Sieg abtrotzen.

Ich traf Elfenfürsten, für die ist das Leben ein Falrach-Spiel. Wir, ihre Untertanen, sind nichts als Spielfiguren, die man nach Belieben auf dem Brett hin und her rückt oder sogar opfert, wenn man sich einen Vorteil dadurch verschafft. Und ich traf Trolle, deren höchstes Glück eine blutige Bärenhatz ist. Sie stinken, und sie reden in groben Worten, doch wenn sie sich abends an ihrer Tafel niederlassen, dann findet sich dort ein Mahl, das die Ernte ihres blutigen

Tagwerks ist. Und was findet der Falrach-Spieler auf seiner Tafel? Die üppigen Früchte der Arbeit anderer!

Wenn ich schon einem Herrn dienen muss, so ist mir derjenige näher, der in einer Höhle ein einfaches Mahl einnimmt, als ein anderer, für den das Leben ein Spiel ist und der nicht mehr weiß, was es heißt, von seiner Hände Arbeit zu leben. Der in einem Palast haust, den ihm meine Brüder mit blutig geschundenen Händen erbaut haben, und der von unseresgleichen erwartet, dass wir sein Nachtgeschirr putzen. Denkt nach, ihr Diener! Das Leben ist kein Falrach-Spiel. Wehrt euch dagegen, Figuren auf dem Spielbrett der Elfenfürsten zu sein! Wir sind zu schwach, um unser Joch aus eigener Kraft abzuschütteln. Deshalb müssen wir uns für eine Seite entscheiden. Ich habe meine Wahl getroffen. Hört meinen Schlachtruf! Friede den Höhlen, Krieg den Palästen!

AUS DER SAMMLUNG VERBOTENER SCHRIFTEN
ZUSAMMENGESTELLT VON ALVIAS DEM HOFMEISTER
BD. 7, QUELLENTEXT 8,A

DER FREMDE

Ulric saß auf einem Baumstumpf und sah den Kriegern dabei zu, wie sie neue Hütten errichteten. Obwohl es wieder zu schneien begonnen hatte, arbeiteten die meisten Männer mit nacktem Oberkörper. Sie wuchteten Fichtenstämme übereinander, die von dicken Holzpfosten gestützt wurden. An den beiden Enden jedes Stammes waren tiefe Kerben ins Holz geschlagen; dort ließ man die Rundhölzer der Querwände einrasten. So wuchs schnell ein nach

Fichtenharz duftendes Karree in die Höhe, das bald schon einer weiteren Gruppe Flüchtlinge Zuflucht vor dem nicht enden wollenden Winter gewähren würde. Obwohl schon viele Wochen verstrichen waren, seit Ulrics Vater Alfadas die Trolle vertrieben hatte, fanden immer noch täglich neue Flüchtlinge den Weg nach Sunnenberg, jenem Dorf, das wohl verborgen im ersten Tal des Rentiersteigs lag.

Ein schriller Pfiff ließ Ulric aufblicken. Die Arbeiten an einem der Häuser waren fast vollendet. Wie die Rippen eines ausgeweideten Rentiers ragten die Dachsparren in den schneeverhangenen Himmel. Jetzt fehlte nur noch das Dach aus verflochtenen Tannenzweigen. Das taugte zwar nur bis zur Schneeschmelze, aber über das Frühjahr oder gar den Sommer redete im Augenblick ohnehin niemand. Alle Kräfte wurden eingesetzt, um von einem Tag zum nächsten zu kommen.

Ulric stand auf und ging auf die halbfertige Hütte zu. Jetzt konnte auch er etwas tun. Solange die Krieger mit den schweren Stämmen hantiert hatten, wäre er nur im Weg gewesen. Nun galt es, die breiten Spalten zwischen den unbehauenen Stämmen mit Lehm und Moos abzudichten. Eine Arbeit für die Kinder.

Schon kam eine johlende Schar angelaufen. Ulric kannte einige der Kinder: Ottar und die dunkelhaarige Asdis; beide hatten ihre Eltern während der Kämpfe um Sunnenberg verloren. Den dicken Guthorm, den die Hungerwochen so dürr wie alle anderen Kinder gemacht hatten, und den schlaksigen Eirik. Der hagere Junge war mehr als ein Jahr älter und zwei Köpfe größer als Ulric. In Firnstayn hatte er sich oft einen Spaß daraus gemacht, die blinde Halgard zu ärgern. Er hatte sie zum Straucheln gebracht, sie gehänselt oder ihr allen möglichen Unsinn darüber erzählt, was angeblich um sie herum geschah. Dutzende Male hatten sich Ulric und Eirik geprügelt. Und meistens hatte Eirik gewonnen. Jetzt war er der Anführer der Kinderschar, die zur Hütte gelaufen kam.

Aus den Augenwinkeln sah Ulric, wie Ottar vor ihm zurückwich, als er sich ebenfalls der Hütte näherte. Auch Guthorm betrachtete ihn misstrauisch. Das Lachen war verstummt.

Eirik stellte sich ihm breitbeinig in den Weg. Lautstark sog er Luft durch die Nase. »Es stinkt, findet ihr nicht auch? Riecht wie toter Fisch hier.«

Ottar begann so sehr zu zittern, dass ihm das Moos aus den Händen fiel. Seine Schwester Asdis stellte sich schützend vor ihn.

»Dann mach deinen Hosenstall zu, Eirik. Der Gestank ist wirklich nicht auszuhalten.« Ulric versuchte ein Lachen, doch es klang hohl.

Der schlaksige Junge hob drohend die Fäuste. »Geh zurück in den Fjord, Wiedergänger! Hau ab, oder ich schleif dich an den Haaren zum Wasser hinab!«

»Ich bin hier, um zu arbeiten – wie alle anderen auch.«

»Du bist aber nicht wie alle anderen«, zischte Asdis. »Luth hat deinen Faden zerschnitten. Du gehörst nicht mehr zu den Lebenden. Geh zu deiner toten Freundin und lass uns in Ruhe!«

Ulric schluckte, er rang mit den Tränen. »Ich bin nicht …« Er sah zu Guthorm, doch der abgemagerte Junge wich seinem Blick aus. Ulric hatte schon seit einer Weile bemerkt, dass ihm niemand direkt in die Augen sehen wollte. Er hatte nicht verstanden, warum das so war. Bisher hatte er sich eingeredet, dass die anderen eifersüchtig auf ihn waren. Seit er in der Höhle am Fjord den Troll getötet hatte, galt er als Krieger, auch wenn er noch ein Junge war. Ulric kannte alle Heldengeschichten über die toten Könige und ihre besten Krieger. Noch nie hatte ein Junge mit sieben Jahren einen Troll getötet. Er hatte jetzt das Recht, mit den Kriegern an der Festtafel zu sitzen, und er durfte Met trinken, wenn er wollte. Dabei wurde ihm ganz schwindelig und übel davon.

Doch auch die Krieger mieden ihn. Seine Anwesenheit

beschämte sie. Es gab nur wenige Männer, die gegen einen Troll gekämpft hatten und noch lebten.

Ulric presste trotzig die Lippen zusammen. Dann ging er an Eirik vorbei. »Ich werde jetzt meine Arbeit tun.« Er bückte sich nach dem Lehmhaufen und griff mit beiden Händen in den eisigen Schlamm.

Eirik packte ihn bei den Haaren und riss ihn nach hinten. »Ich habe dich gewarnt«, schrie er. »Jetzt bring ich dich hinab zum Fjord, wo du hingehörst. Und ich steck dich in einen Sack mit Steinen. Diesmal wirst du nicht wiederkommen!«

Ulric fiel rücklings in den Schnee. Er lag kaum am Boden, da trat Eirik ihn auch schon in die Seite. Die anderen Kinder sahen einfach zu. Niemand versuchte ihm zu helfen, nicht einmal Guthorm, der früher einmal sein Freund gewesen war. Einen flüchtigen Augenblick lang dachte Ulric daran, was sein Vater und Ollowain ihm über Ritterlichkeit im Kampf erzählt hatten. Wer sich an diesen Ehrenkodex hielt, ging unter!

Eirik verpasste ihm einen weiteren Tritt. Ulric nahm dem Treffer etwas von seiner Wucht, indem er sich zur Seite rollte. Stöhnend kam er auf alle viere. Seine Hände krallten sich tief in den Schnee.

»Geh zurück auf den Grund des Fjords, Wiedergänger. Wir wollen dich hier nicht!«

Ulric schnellte vor und rammte Eirik den Kopf in den Bauch. Ineinander verknäult stürzten beide zu Boden. Ulric stieß seinem Peiniger ein Knie zwischen die Beine und drosch mit beiden Fäusten auf dessen Gesicht ein. Der Junge versuchte verzweifelt, ihn wieder loszuwerden. Dunkles Blut quoll aus seiner Nase.

Ein leise schleifendes Geräusch ließ Ulric innehalten. Eirik hatte ihm den Elfendolch aus dem Gürtel gezogen. Die Klinge glänzte matt im grauen Winterlicht. Eirik richtete die Spitze der Waffe auf Ulrics Kehle. »Mich wirst du nie wieder schlagen, Wiedergänger.«

Ulric schluckte. »Stimmt. Ich prügele mich eigentlich nicht mit Schwächeren.«

»Du hast nur gewonnen, weil du gar nichts mehr fühlst!«, keifte Eirik aufgebracht. »Dich könnte ein Pferd treten, und du würdest es nicht fühlen. Tote fühlen gar nichts mehr! Deshalb hast du gewonnen. Nach den Tritten hättest du erledigt sein müssen.«

»Meine kleine Schwester Kadlin konnte kräftiger zutreten als du, Memme.« Ulric beugte sich zurück, um etwas mehr Abstand zwischen den Dolch und seine Kehle zu bekommen.

»Dann schick ich dich jetzt auf den Weg zu ihr, du …« Eine kräftige Hand griff nach Eiriks Arm und verdrehte ihn, bis der Junge mit einem Schmerzensschrei den Dolch fallen ließ.

»Das genügt, Jüngelchen. Nimm deine Kameraden und mach, dass du mir aus den Augen kommst, nichtsnutziger Mistkerl!«

Eirik rappelte sich auf und warf Ulric einen mörderischen Blick zu. Steifbeinig und betont langsam ging er davon. Die anderen Kinder scharten sich um ihn. Asdis hatte Ottar einen Arm um die bebenden Schultern gelegt. Der kleine Junge schluchzte.

Es hatte wieder angefangen zu schneien. Große weiße Flocken tanzten vom Himmel hinab. Binnen Augenblicken waren die Kinder außer Sicht.

»Deine Waffe.« Sein Retter hielt Ulric den Dolch mit dem Griff voran hin. Es war ein großer, blonder Krieger. Einer der Männer, die mit seinem Vater in Albenmark gekämpft hatten. Auf seiner rechten Wange prangte ein halbmondförmiges Mal. Ein Brandzeichen. Diebe wurden so markiert.

»Du bist Mag, nicht wahr?«

Der Krieger nickte knapp. »Du solltest vielleicht nicht mit dem Dolch am Gürtel im Lager herumlaufen. Du könntest jetzt …« Er stockte. »Das hätte böse ausgehen können.«

Er also auch, dachte Ulric. Auch Mag zählte ihn zu den

Toten! »Ich bin ein Krieger! Ich habe das Recht, eine Waffe zu tragen«, entgegnete er trotzig.

Sein Retter schmunzelte. Feine Lachfältchen erschienen um seine Augen. »Verzeih mir, Ulric Alfadasson, Prinz des Fjordlands. Einen Augenblick lang hatte ich vergessen, wer vor mir steht. Irgendwie siehst du aus wie ein ganz gewöhnlicher Lausbub mit einer blutigen Nase.«

Ulric tastete nach seiner Nase. Er hatte gar nicht bemerkt, dass sie etwas abbekommen hatte. Misstrauisch musterte er Mag. War er tatsächlich freundlich, oder verspottete er ihn gerade? Manchmal war das verdammt schwer zu unterscheiden, wenn die Großen mit ihm sprachen. Sie sagten etwas und meinten in Wirklichkeit etwas ganz anderes.

»Reib dir die Nase mit Schnee ein, dann wird sie nicht mehr bluten«, sagte der Krieger freundlich.

Ulric klaubte eine Hand voll Schnee auf. Jetzt, wo er sich um die Nase kümmerte, schmerzte sie so sehr, dass er die Zähne zusammenbeißen musste. Aber er war ein Krieger! Er würde jetzt nicht anfangen zu flennen.

»Kommst du mit mir in die Festhalle? Die Männer haben mit der Arbeit aufgehört, weil der Schnee zu dicht fällt. Ein Sturm kommt. Dieser verfluchte Winter scheint niemals mehr zu Ende gehen zu wollen.« Er grinste verschwörerisch. »Ich bin sicher, es gibt dort warmen Met für uns.«

Bei dem Gedanken an den Met wurde Ulric ganz übel. Anfangs war er ganz begeistert davon gewesen, dass er mit den Kriegern zusammen trinken konnte. Aber irgendetwas stimmte mit ihm nicht. Dass man irgendwann auf dem binsenbestreuten Boden lag oder sinnlos herumlallte, war normal. So war es bei jedem Trinkgelage, das richtige Männer abhielten. Aber ihm wurde schon nach einem halben Horn Met ganz schwindelig. Und die Krieger um ihn herum bekamen Zwillinge. Manchmal sogar Drillinge! Keiner der anderen Männer schien dieses Problem zu haben. Außerdem musste er sich viel zu schnell übergeben, um Spaß am Trinken zu haben. Inzwischen genügte schon der Geruch von Met, und ihm wurde ganz schlecht. Wo immer sich die Gelegenheit bot, drückte er sich vor den Versammlungen in der Festhalle. »Festhalle« war ohnehin ein viel zu großspuriges Wort für die windschiefe Scheune, in der sein Vater zum König gekrönt worden war. Ulric wünschte, er wäre wieder daheim in Firnstayn. Wenn doch nur alles wieder so sein könnte wie im letzten Herbst, als der Elf Ollowain gekommen war. Er würde Fechtstunden beim Schwertmeister der Elfenkönigin bekommen. Vater hätte Zeit für ihn. Mutter würde kochen und ihm hin und wieder das Haar zerzausen. Ulric schluckte. Früher hatte er es gehasst, wenn sie ihm das Haar zerwühlte und ihn an sich drückte. Er war viel zu groß, um so behandelt zu werden. Aber jetzt würde er alles dafür geben, wenn sie in diesem Augenblick bei ihm wäre. Ja, es wäre ihm nicht einmal peinlich, wenn sie ihm das Haar kraulte, während Mag neben ihm stand.

»Ulric?«

Der Krieger wartete immer noch auf eine Antwort von ihm. »Ich …« Nein, er hatte keine Lust, in die Halle zu gehen. Aber ihm fiel keine gute Ausrede ein.

»Ich könnte es einrichten, dass in deinem Methorn warme Milch mit Honig ist. Niemand würde bemerken, was du trinkst.«

Ulric sah den gebrandmarkten Krieger erschrocken an. Er wusste es also! Ob die anderen Männer wohl auch bemerkt hatten, dass er das Trinken nicht vertrug? Sicher lachten sie hinter seinem Rücken über ihn! Mag grinste nicht. Er sah ihn geradeheraus an. Wollte er ihm wirklich helfen? War er ein Freund? Oder war das wieder diese undurchsichtige Art der Großen, ihn zu verspotten? Ulric wusste einfach nicht, was er von dem Kerl halten sollte. Und er war sich ganz sicher, dass er nicht in die Festhalle wollte! Wenn doch nur … Was hatte sein Vater noch immer gesagt, wenn er seine Ruhe haben wollte? »Geh nur schon vor. Ich brauch ein wenig Zeit, allein mit meinen alten Wunden.« Ulric hatte nie ganz verstanden, wie sein Vater das gemeint hatte. Seine alten Wunden waren alle gut verheilt. Aber Mutter hatte ihn dann stets in Ruhe gelassen, wenn er das sagte.

Mag sah ihn verblüfft an. Er machte den Mund auf und schien etwas sagen zu wollen, dann schüttelte er nur den Kopf. »Bleib nicht zu lange draußen. Es zieht übles Wetter auf.« Der Krieger stapfte durch den hohen Schnee davon.

Ulric war überrascht, wie gut das geklappt hatte. Er würde den Spruch seines Vaters in Zukunft öfter nutzen.

Der Junge ging zurück zu dem Baumstumpf, von dem aus er den Arbeitern zugesehen hatte. Er wischte den frischen Schnee zur Seite und setzte sich. Ganz in Gedanken versunken, tastete er nach dem Elfendolch. Hätte Eirik ihn wirklich damit niedergestochen? Wer glaubte diesen Unsinn vom Wiedergänger wohl noch? Oder war es die Wahrheit? Hatten er und Halgard den Schicksalsweber erzürnt? Hatten sie seine Fäden durcheinander gebracht, und lag nun sein Fluch auf ihnen?

Bevor sie nach Albenmark zurückgekehrt war, hatte Emerelle mit ihm gesprochen. Es war die Elfenkönigin gewesen, die ihm und Halgard das Leben wiedergegeben hatte, nachdem sie beide unter das Eis geraten waren. Wenn er Emerelles Worten glaubte, dann waren sie nicht wirklich tot gewesen. Sie hatte ihm erklärt, dass im kalten Wasser der Lebensfunke weniger schnell verging, ebenso wie Fleisch nicht so schnell verdarb, wenn man es in einer Höhle mit Eis lagerte. Sie hatte geschworen, dass sie niemals jemanden von den Toten zurückholen würde, keinen Elfen und auch keinen Menschen. Ulric hatte das Gefühl gehabt, dass allein der Gedanke daran die Königin mit tiefer Furcht erfüllte. Wer die Toten zurückholte, der war verflucht! Jedenfalls galt das hier im Fjordland. Wer sich gegen die Ordnung der Götter stellte, der forderte ihren Zorn heraus. Sie würden einem solchen Frevler alles nehmen, was ihm jemals etwas bedeutet hatte. Er wäre lieber tot als ein Wiedergänger, dachte Ulric. Aber Emerelle hatte ihn gewiss nicht belogen! Sie war die Königin der Elfen. Sie musste wissen, was es hieß, die Götter herauszufordern. Eirik war der Lügner!

Wenn doch nur Gundar hier wäre! Der alte Luthpriester aus Firnstayn war sein Freund gewesen. Gundar war gestorben, weil er ihn in den Bergen nicht allein gelassen hatte. Ihn zu tragen hatte die Kräfte des Priesters aufgezehrt.

Ulric schluchzte leise. Er brachte allen Unglück. Er hätte Gundar nicht folgen dürfen, dann würde der Priester vielleicht noch leben. Und wenn er in Honnigsvald nicht vom Schlitten seiner Mutter gesprungen wäre, dann wäre gewiss alles ganz anders gekommen. Mutter hatte alle, die ihr folgen wollten, hinaus aufs Eis geführt. Aber sie hatten Halgard verloren. Halgard war blind, und im Durcheinander der mit Flüchtlingen überfüllten Stadt hatte sie nicht rechtzeitig zu den Schlitten zurückgefunden. Ulric hatte sie doch nicht einfach ihrem Schicksal überlassen können! Deshalb hatte er sich davongestohlen. Er war sich ganz sicher gewesen, es rechtzeitig zurückzuschaffen. Er hatte den letzten der Schlitten sogar fast noch berühren können. Seit diesem Tag in Honnigsvald hatte er seine Mutter nicht mehr gesehen.

Ulric kämpfte mit den Tränen. Sein Vater sagte, dass Asla nur in die Berge gegangen sei, um sich zu verstecken. Auch Sunnenberg war zuletzt von den Trollen erobert worden. Aber die Mehrheit der Frauen und Kinder hatte es geschafft, über den Rentiersteig in die Hochtäler zu flüchten. Noch immer waren Suchtrupps in den Bergen unterwegs. Trotz all der Wochen, die seit der Flucht vergangen waren. Ulric wusste, was die Verzagten hinter vorgehaltener Hand flüsterten. Dass niemand dort oben überleben konnte, wenn er keinen Unterschlupf und einen Vorrat an Holz und Lebensmitteln hatte. Man hatte viele Leichen in den Tälern gefunden. Die Flüchtlinge waren lieber erfroren, als den Trollen in die Hände zu fallen.

Der Junge blickte zu dem steilen Pfad, der unweit der neuen Hütten den Hang hinaufführte. Es war der Weg, den die Rentiere nahmen, wenn sie zu Beginn des Winters die kalten Hochtäler verließen. Das Schneetreiben verwischte die Sicht.

Dort würde Mutter kommen, da war sich Ulric ganz sicher. Und sie würde Kadlin mitbringen. Er war oft wütend auf seine kleine Schwester gewesen, weil seine Eltern nur noch sie beachtet hatten. Aber jetzt wäre ihm sogar Kadlin willkommen. Er dachte daran, wie sie sich manchmal an ihn gedrückt hatte. Mit ihren kleinen Armen seine Beine umarmt hatte, dann den Kopf in den Nacken gelegt und ihn stumm angehimmelt hatte … Ulric biss sich auf die Lippen und kämpfte mit den Tränen. Sie waren nicht tot! Sie würden den Rentierpfad wieder hinabkommen. Vielleicht sogar heute noch.

Ulric saß ganz still. Er beobachtete, wie der Schnee einen weißen Schleier über seinen Umhang wob. Erst war er nur ein zartes, löchriges Netzwerk, dann wurde er langsam zu einem zweiten, weißen Mantel.

Die Kälte kroch dem Jungen langsam in die Glieder. Sie kam vom Nacken und fraß sich den Rücken hinab. Ulric schloss die Augen. Noch würde er nicht gehen! Er wollte Wache halten am Rentiersteig, gerade jetzt, wo alle anderen in ihre warmen Hütten flohen. Niemand wäre da, wenn Mutter und Kadlin jetzt kämen. In Honnigsvald war er verloren gegangen … Aber jetzt würde er alles wieder gutmachen. Er wäre da, wenn sie käme.

Fröstelnd zog er den Umhang enger um die Schultern. So ein bisschen Schnee würde ihn nicht von seinem Posten vertreiben. Angestrengt blickte er ins Schneegestöber. Keine fünfzig Schritt weit konnte er sehen. Es war unheimlich still. Selbst der Wind schwieg. Die dicke Schneedecke erstickte jedes Geräusch.

Den tanzenden Schneeflocken zuzusehen, machte müde. Das weiße Flimmern ließ die Augenlider schwerer und schwerer werden. Ulric gestattete sich, die Augen für ein paar Herzschläge lang zu schließen. Die Kälte machte ihm jetzt nichts mehr aus. Er fühlte sich ganz behaglich in seinem schneebedeckten Umhang. Er wusste, dass man draußen im Schnee nicht schlafen durfte. Aber Dösen war erlaubt. Nur einen kurzen Augenblick lang. Nur … Ein seltsamer Geruch stach ihm in die Nase. Es stank wie nach faulen Eiern. Ob jemand in der Nähe seinen Nachttopf geleert hatte? Der Unrat würde bald unter dem Schnee verschwinden, und dann wäre es auch mit dem Gestank vorbei.

»Ist dir nicht kalt?«

Erschrocken fuhr der Junge auf. Nicht weit entfernt ragte ein blauer Schemen im tanzenden Weiß auf. Ulric blinzelte. Nein, kein Schemen. Ein Mann in einem blauen Umhang. Ulric fluchte stumm. Er musste eingenickt sein. Sonst hätte er die knirschenden Schritte im Schnee gehört.

Die Gestalt kam näher. Unmittelbar vor Ulric kniete sie nieder, sodass sie einander in die Augen sehen konnten. Es war ein großer Mann mit sonnengebräuntem Antlitz. Der Schnee hatte ihm Eiskrusten in die schwarzen Locken gewoben. Sein Gesicht war gut rasiert. Nicht die kleinste Bartstoppel zeigte sich auf seinen Wangen oder um den Mund.

Ulric hatte den Mann noch nie zuvor gesehen. Doch das mochte nichts heißen. Obwohl die Kämpfe seit Wochen beendet waren, kamen immer noch täglich neue Flüchtlinge nach Sunnenberg. Allerdings sah der Mann wirklich seltsam aus. Nur wenige Fjordländer hatten schwarzes Haar und eine dunkle Haut. Und Ulric kannte niemanden außer seinem Vater, der sich solche Mühe damit gab, sich zu rasieren.

»Du bist nicht gerade gesprächig?« Der Fremde sagte das mit einem gewinnenden Lächeln. Jetzt erst bemerkte Ulric den seltsamen Klang, der die Worte des Mannes begleitete. Ein melodischer Singsang, der ihn ein wenig an jene traurigen Heldenlieder erinnerte, die von den Skalden angestimmt wurden, wenn die meisten Gäste der Festhalle schon vom Met niedergestreckt in den Binsen lagen.

»Wer bist du?«

Der Mann verneigte sich knapp. »Verzeih, wie unhöflich von mir, mich dir nicht vorzustellen, Ulric Alfadasson. Man nennt mich Bruder Jules oder auch Jules den Wanderer.«

»Du kennst meinen Namen?« Ulric richtete sich auf. Die Schneekruste auf seinem Mantel zersprang. Der Fremde hatte etwas Unheimliches, auch wenn er die ganze Zeit über freundlich lächelte. Er war recht groß. Wie ein Krieger sah er eigentlich nicht aus. Aber unter dem weiten blauen Umhang mochte er sehr wohl Waffen verborgen tragen. Sein Gesicht war kantig, mit einem ausgeprägten Kinn. Der Mann wirkte sehr selbstsicher. Wie jemand, der nichts und niemanden fürchtete.

»Ich habe deinen Dolch gesehen, Ulric«, entgegnete Jules. »Und natürlich kenne ich die Geschichten, die man überall über den Sohn des Königs erzählt. Wie viele Jungen mag es in Sunnenberg wohl geben, die einen Elfendolch am Gürtel tragen? Es war nicht schwer zu erraten, wen ich vor mir habe.«

Ulric nickte langsam. »Ich bin wohl leicht zu erkennen.« Die Worte des Fremden hatten ihn keineswegs beruhigt. Ulric war klar, dass es Männer gab, die für einen solchen Dolch töten würden. Keine Fjordländer! Aber Fremde … Ollowains Geschenk war eines Königs würdig. »Woher kommst du, Jules?«, fragte er vorsichtig.

»Aus Aniscans. Das liegt weit im Süden, noch hinter dem Meer.« Er seufzte. »Dort dauern die Winter nicht so lange und sind auch nicht so eisig. Ich bin für diese Kälte nicht geschaffen. Wie hältst du es nur aus, so lange still auf einem Baumstumpf zu sitzen? Ich wäre sicher schon festgefroren.«

So leicht ließ er sich nicht übertölpeln, dachte Ulric. Ein

paar nette Worte, ein Lächeln .... Veleif Silberhand, der Skalde, der Vater auf den Kriegszug nach Albenmark begleitet hatte, hatte Ulric ein paar von seinen Tricks verraten, wie man die Gunst seiner Zuhörer gewann. Man gab sich offenherzig, scherzte und schmeichelte. Man war so wie dieser Jules. Sicher gab es auch Reisende, die immer so waren, ganz ohne Hintergedanken ... Aber vor Fremden musste man auf der Hut sein! »Und warum bist du den ganzen weiten Weg hierher gekommen, wenn du den Winter nicht magst?«

»Weil ich ein Narr bin!« Jules lachte herzhaft. »Ich kannte die Winter hier im Norden nicht und habe mir in meiner ganzen Überheblichkeit gedacht, schlimmer als bei uns in den Bergen wird es schon nicht sein.« Er hauchte sich auf die Hände, die rot vom Frost waren, und rieb sie dann. »Einige Leute, die mich nicht so gut kennen, halten mich für einen weisen Mann. Ich bin Priester in meiner Heimat. Ich verehre den einen Gott, Tjured.« Er sah sich um und beugte sich dann ein wenig zu Ulric vor. »Inzwischen habe ich ja gelernt, dass ich das mit dem einen Gott nicht so laut sagen sollte. Ihr Fjordländer seid da ja ein bisschen eigen ...«

Ulric sah den Fremden zweifelnd an. Ob er ein Verrückter war? Jedes Kind wusste, dass es mehr als drei dutzend Götter gab. Die Bastarde, die sie mit Menschen gezeugt hatten, gar nicht mitgezählt.

»Ja, so sehen sie mich alle an, wenn ich von dem einen Gott spreche«, sagte der Priester traurig. »Aber es ist nun mal die Wahrheit, und es ist meine Aufgabe, die Wahrheit in die Welt hinauszutragen und das hohe Lied des Tjured zu singen.«

Ulric runzelte die Stirn. Er hoffte, dass der seltsame Kauz nicht wirklich anfangen würde zu singen. »Wie kannst du dir denn so sicher sein, dass es nur einen Gott gibt?«

Jules lächelte glücklich. »Tjured schenkt mir diese Gewissheit.« Er senkte die Stimme. »Du musst wissen, er spricht zu mir. Nur sehr wenige sind auserwählt und können seine Stimme hören. Deshalb weiß ich, dass es nur einen Gott gibt. Ganz ehrlich, ich habe noch niemanden sonst getroffen, zu dem Gott spricht. Deshalb bin ich mir so sicher. Obwohl mich einige deiner Landsleute schon verprügeln wollten, weil sie die Wahrheit nicht hören mochten.«

Kein Wunder, dachte Ulric. Aber irgendwie tat der Fremde ihm auch leid. Schließlich wusste Ulric selbst nur zu gut, was es hieß, nicht dazuzugehören und verprügelt zu werden.

»Spricht einer deiner Götter zu dir?«, fragte Jules.

Der Junge schüttelte bedächtig den Kopf. Er dachte an Gundar, den dicken Luthpriester, der erst vor wenigen Wochen gestorben war. Seinetwegen! Er hätte ihm nicht hinterherlaufen dürfen. Ob Gundar wohl mit Luth gesprochen hatte? »Unsere Götter geben uns Zeichen. Manchmal kommen sie auch, um uns zu helfen oder ihren Schabernack mit uns zu treiben.«

»Du bist also tatsächlich schon einem Gott begegnet?«

»Nein.« Ulric schüttelte unwillig den Kopf. Er mochte es nicht, wenn man ihm die Worte im Mund verdrehte.

»Aber du kennst jemanden, der schon einmal einen Gott getroffen hat. Jemanden, dem du vertraust. Wo du dir ganz sicher bist, dass er keinen Unsinn redet.«

»Ja!« Ulric dachte an Luths Geschenk, das rostige Kettenhemd, das er mit Gundar gefunden hatte. »Der Luthpriester aus unserem Dorf. Zu ihm hat der Schicksalsweber gesprochen. Er hat ihm einen Wahrtraum geschickt. Er ist ihm als Spinne erschienen und hat ihm verraten, dass bei der Spinne unter dem Regenbogen ein Geschenk für ihn liegt.«

Jules schüttelte unwillig den Kopf. »Träume? Nein, das zählt nicht. Und überhaupt, was ist das für eine Geschichte? Sieht dieser Gott … Luth, ja? Sieht der etwa aus wie eine Spinne?«

»Nein. Aber Spinnen sind seine heiligen Tiere.«

»Warum? Warum sollte ein Gott ausgerechnet so eine grässliche Kreatur wie eine Spinne zu einem heiligen Tier machen? Das ist doch Unsinn.«

»Überhaupt nicht …«

»Dann sagt mir, was an einer Spinne heilig ist.«

»Also, Luth webt die Schicksalsfäden der Menschen. So wie Spinnen Fäden weben und … Wenn jemand stirbt, dann hat Luth den Schicksalsfaden durchtrennt. Und dann geht man zu ihm in die goldene Halle … Manchmal kommt man auch zurück.« Ulric dachte an die Nacht, als Gundar ihm als Geist erschienen war. Er hatte sie alle gerettet. Ihn, seine Freundin Halgard, die verwundete Elfe Yilvina und Blut, den Hund seiner kleinen Schwester Kadlin. »Aber das passiert sehr selten. Außer, man war ein böser Mensch. Wen die Götter nicht in ihren Goldenen Hallen haben wollen, der wird zum Wiedergänger. Deshalb muss man ihn mit dem Gesicht nach unten ins Grab legen, damit er in die falsche Richtung gräbt, wenn er zu uns Lebenden zurückkommen will. Und man treibt ihnen einen Pflock aus Eschenholz durch das Herz. Denn in der Esche liegt die Kraft der Götter. Es ist ihr Lieblingsbaum. Neben den Eichen natürlich …«

»Natürlich.« Jules seufzte. »Ich würde lügen, wenn ich sagte, dass ich alles verstanden habe, was du gerade erzählt hast. Ich will dich nicht beleidigen. Aber die Sache mit diesem Luth … das scheint mir alles sehr unausgegoren zu sein. Er webt also Fäden wie eine Spinne. Und manchmal durchtrennt er einen der Fäden, und dann stirbt ein Mensch. Aber wenn man die Fäden in einem Spinnennetz durchtrennt, dann kann sich dort keine Fliege mehr verfangen. Werden diese Fäden durchtrennt, dann schenkt man unzähligen Fliegen das Leben. Das passt doch nicht zusammen. Glaubst du, ein Gott hätte sich ein so unpassendes Beispiel ausgesucht? So etwas denken sich Menschen aus. Die Gedanken Tjureds sind immer klar und einfach und leicht zu verstehen. Daran erkennt man den einzigen Gott. Er braucht keine Träume, die man deuten muss. Er spricht zu mir. Ganz unmissverständlich. Was hätte er auch davon, wenn ich seine Worte nicht verstehe? Diese Sache mit den Träumen und den komplizierten Omen … Also, ich glaube, all diese Dinge haben sich nur die Priester von Göttern ausgedacht, die es gar nicht gibt. Sie brauchen so etwas für den Fall, dass etwas schief läuft. Denn dann war es nicht der Gott, der sich geirrt hat, sondern ein Priester, der die Zeichen des Gottes falsch ausgelegt hat. Warum sollte Gott wollen, dass wir seine Botschaften nicht verstehen, wenn er sich schon die Mühe macht, mit uns zu sprechen? Das ergibt doch keinen Sinn.«

Ulrics Herz schlug jetzt schneller. Darüber hatte er sich auch schon einmal mit Gundar unterhalten, und er war so stolz, eine gute Antwort zu haben, dass seine Zunge über die vielen Worte stolperte, als es aus ihm heraussprudelte und er deshalb vor Aufregung stotterte. »Das ist so. Für die Götter sind wir wie Kinder. Wie ganz kleine Kinder. Sie wissen viel mehr über die Welt und das Leben als wir. Und sie gebrauchen manchmal Worte, die wir nicht in all ihren Bedeutungen begreifen. Meistens sind ihre Zeichen deutlich. Aber mitunter, wenn sie sehr in Gedanken sind, dann vergessen sie, dass sie zu Kindern reden. Dann kommen uns ihre Zeichen und Omen sehr sonderbar vor. Dann verstehen wir sie nicht, weil sie sich so sehr von uns unterscheiden.«

Jules nickte ernsthaft. »Also machen eure Götter Fehler.«

Der Junge zuckte mit den Schultern. Was sollte das denn jetzt schon wieder? »Jeder macht Fehler.«

»Nein, Ulric. Es gehört zum Wesen der Menschen, Fehler zu machen. Tjured macht niemals einen Fehler, weil er ein Gott ist. Ich zweifle ja nicht einmal daran, dass es hier mächtige Geschöpfe geben mag, die ihr einfach Götter nennt. Aber sie sind es nicht. Sie sind grausam und spielen mit den Menschen, weil sie ihnen weit überlegen sind. Tjured ist niemals grausam. Sein Herz ist voller Güte.«

So ein dahergelaufener Schwätzer!, dachte Ulric wütend. Was wusste er schon! »Luth ist auch ein gütiger Gott.« Kaum waren die Worte heraus, da bereute sie der Junge schon. Es war dumm, den Fremden zu ärgern. Und er hatte ihn offensichtlich verärgert, auch wenn er es zu verbergen suchte. Etwas mit seinen Augen war geschehen. Ganz kurz nur. Sie schienen wie Abgründe, und Ulric fühlte sich wie ein Käfer unter dem Blick eines Riesen.

»Meine Worte werden dich vielleicht schmerzen, aber du hast es verdient, die Wahrheit zu sehen. Du hast einen wachen Verstand, Ulric. Ich werde ihn mit der Wahrheit erleuchten. Doch sei gewarnt, du wirst die Welt nie wieder so wie die anderen deines Volkes sehen. Dein Gott Luth ist ein schrecklicher Tyrann. Ein Wesen, nicht Mensch und nicht Himmlischer. Es gibt viele von seiner Art, und die Menschen haben viele Namen für sie. Man nennt sie flüsternd Dämonen oder Nachtmahre. Selbst die Elfen kennen diese Kreaturen und haben Angst vor ihnen. Dort heißen sie Yingiz. Sie können nicht in unsere Welt gelangen. Aber manchmal sind sie in unseren Träumen, oder sie schicken uns Botschaften. Dabei sinnen sie immer auf unser Verderben. Du glaubst, deine Götter holen ihre Helden in Goldene Hallen, die in der großen Dunkelheit liegen? Du irrst dich. Dort, wo du nach deinem Tod hingehen wirst, gibt es nur Dunkelheit. Allein Tjured kann uns erretten, denn er ist das Licht. Deine falschen Götter hingegen machen dich schon in deinem Leben zu ihren Sklaven. Sieh dir doch an, was Luth tut. Er webt deinen Schicksalsfaden. Er bestimmt jeden deiner Schritte im Voraus. Nicht einen Herzschlag lang in deinem ganzen Leben bist du frei. Was immer du tust, er hat es bestimmt. Ein Sklave ist frei im Vergleich zu dir. Kein menschlicher Herr kann ihn so gängeln, wie Luth seine Kinder gängelt, wenn er seinen Schicksalsfaden um ihr Sklavenhalsband legt und sie durch ihr jämmerliches

Leben zerrt. Tjured hingegen schenkt uns die Freiheit. Er nutzt seine Macht als Gott so maßvoll, dass Zweifler leicht behaupten können, es gebe ihn nicht, denn sein Wirken hinterlässt kaum eine sichtbare Spur außer dem Glücksgefühl, das aus wahrer Freiheit erwächst. Ich entscheide in jedem Augenblick, wohin ich mein Leben lenke, aber ich trage auch die schwere Bürde zu wissen, dass ich ganz allein für meine Taten verantwortlich bin. Und sollte ich ein Schurke sein und klug genug, um meiner Strafe im Leben zu entgehen, so werde ich am Ende meiner Tage vor meinem Richter stehen, jenem stummen Beobachter, der um all meine Taten weiß. Und war mein Leben voller Licht, dann wird er mich im Licht aufgehen lassen. Haben meine Taten aber Dunkelheit in das Leben anderer gebracht, dann wird er mich verstoßen, und ich gelange in die Finsternis, wo die Yingiz, die Dämonen, die falschen Götter herrschen. Was hat mir Luth hingegen zu bieten? Eine Entschuldigung für jede meiner Taten, denn sie waren ja alle von ihm vorherbestimmt. Das ist ein Glaube für Schwächlinge, aber nicht für tapfere Männer. Du wirst das mit den Jahren verstehen. Du wirst die Lügen durchschauen, denn du bist klug. Es gibt nur einen Gott. Und wer klar denken kann, der wird dies schnell erkennen.«

»Also …« Ulric zuckte verzweifelt mit den Schultern. Was der Fremde sagte, klang ja vernünftig. Jules war gut darin, schöne Worte zu machen. Doch das war das tägliche Brot von Priestern. Was er behauptete, konnte nicht die Wahrheit sein. Es durfte sie nicht sein! Er musste Luth verteidigen. Aber er wusste nicht, wie. Er stand vor Jules' Geschwätz wie ein Krieger vor einem mächtigen Schutzwall, in dem er keine Lücke entdecken konnte. Und während ihn von der hohen Mauerkrone die Feinde verspotteten, blieb ihm nichts, als hilflos sein Schwert zu heben. So gut er als Krieger auch sein mochte, in diesem Kampf konnte er unmöglich siegen. »Du hast Unrecht. Etwas ist falsch an den Dingen, die du sagst. Das fühle ich. Aber ich kann das nicht in Worte fassen wie ein Priester. Ich … Ich wünschte, Gundar wäre hier. Er würde dir die richtigen Antworten geben können.«

»Du hast diesen Gundar sehr gemocht, nicht wahr?«

Ulric war überrascht, dass Jules nicht aufbrauste. Stattdessen nickte der Tjuredpriester verständig.

»Alle mochten ihn«, bekräftigte der Junge. »Mein Vater hat immer gesagt, es sei im Dorf viel friedlicher geworden, nachdem Gundar zu uns gekommen sei. Dabei hat er gar nicht so viel getan. Er hat den Leuten zugehört, wenn sie kamen …« Ulric lächelte. Ganz deutlich hatte er den dicken alten Mann jetzt wieder vor Augen. Er vermisste ihn. Wenn Gundar noch hier wäre, dann gäbe es den Streit mit Eirik gewiss nicht. »Er hat eigentlich immer etwas gegessen, wenn man bei ihm war. Und auch wenn er zu Besuch kam … Er sagte immer, wer den Mund voll hat, der kann die, die reden sollten, nicht vor der Zeit unterbrechen.«

Jules lachte leise. Es klang nicht spöttisch, sondern kam von Herzen. »Er ist also ein weiser Mann, dein Freund Gundar. Wenn er davon überzeugt ist, dass es einen Gott wie Luth gibt, dann sollte man das wohl nicht einfach abtun. Er wird wissen, woran er glaubt.«

Endlich begriff der Fremde, dass er es war, der sich hier irrte, dachte Ulric erleichtert. Jules schien nett zu sein. Auch wenn er Schwierigkeiten hatte, die Wahrheit über die Götter zu erkennen. Vielleicht war dieser Tjured ja eifersüchtig auf die anderen Götter und erzählte Jules deshalb, dass er der einzige Gott sei. Was für ein jämmerlicher Wicht dieser Tjured sein musste!

»Bringst du mich zu diesem Gundar? Ich würde gern einmal mit ihm reden.«

Ulric schluckte. Wieder wurde er von Schuldgefühlen gepackt. »Gundar ist tot.« Seine Stimme war nur noch ein Flüstern. »Er starb, als das Wolfspferd in unser Langhaus kam. Er hat uns alle gerettet.«

Sie standen sich eine Weile schweigend gegenüber. Ulric

hing seinen Gedanken nach. Er war froh, dass Jules jetzt nicht noch mehr Unsinn über seinen verrückten Gott erzählte.

»In meiner Heimat ehren wir die Toten, indem wir von ihnen sprechen. Magst du mir etwas über deinen Freund Gundar erzählen? Vielleicht, wie er gestorben ist?«

»Das Wolfspferd hat ihn getötet. Auch wenn die Elfe sagte, es hätte an seinem Herzen gelegen ...« Er zögerte. Bisher hatte er mit niemandem darüber gesprochen. »Eigentlich war ich schuld daran, dass er sterben musste.«

Jules sah ihn ernst an. »Das hört sich etwas verwirrend an. Wie hat die Geschichte denn begonnen?«

»Mit meinem Onkel.« Ulric erinnerte sich, wie sie Ole aus den Wäldern geholt hatten. Er war grausam verstümmelt gewesen. Seine Wunden hatten gestunken. Trotzdem hatte Mutter ihn zu sich ins Langhaus genommen. Die meiste Zeit hatte Onkel Ole dann in Fieberträumen gelegen. »Mein Onkel hat Hunde gezüchtet. Er hat sie geschlagen, damit sie böse wurden. Sie sollten Hofhunde werden und jeden Fremden anfallen. Ich glaube, das ist der Grund, warum das Wolfspferd kam. Es war sicher ein Wiedergänger von einem der Hunde, die Onkel Ole zu Tode geprügelt hat. Bestimmt hat er sich nicht die Mühe gemacht, die toten Hunde richtig zu begraben. Mit der Schnauze nach unten und einem Eschenpflock im Herzen ... Jedenfalls gab es dann die Toten. Das war im Herbst, bevor der erste Schnee kam, aber schon nach dem Apfelfest. Die Toten waren sehr seltsam. Niemand im Dorf hatte so etwas je gesehen. Sie waren verschrumpelt und ganz leicht. So wie tote Vögel, die man im Sommerwind getrocknet hat. Mein verletzter Onkel sprach immer von einem Wolfspferd. Schließlich hat Gundar entdeckt, dass Onkel Ole Luth bestohlen hatte. Auf dem Passweg in die Berge stehen die Eisenmänner. Sie schützen die Reisenden und halten die Trolle fern. Jedenfalls war das früher immer so. Jeder Reisende schlägt ein kleines Stück Eisen in die Wächter, wenn er an ihnen vorbeikommt. Das sind Geschenke für Luth, der dafür besser über unseren Lebensfaden wacht. Ole hatte bei den Eisenmännern Eisen gestohlen. Er hat die Stücke in eine Peitschenschnur eingeflochten. Danach wurde es mit dem Wolfspferd noch schlimmer. Niemand wagte sich mehr hinaus. Meine Freundin, Halgard, wurde fast getötet. Als Gundar entdeckte, was Ole getan hatte, ging er in die Berge hinauf. Und ich … ich bin ihm heimlich nachgelaufen. Ich wollte ihm helfen, damit Halgard wieder gesund wird und das schreckliche Wolfspferd endlich vertrieben wird. Am Wehrberghof habe ich Gundar eingeholt. Das Wolfspferd war schon dort gewesen. Es hatte alle getötet. Sogar die Kinder. Als wir dort übernachteten, hat Luth Gundar einen Traum geschickt. Er hat ihm verraten, dass bei der Spinne unter dem Regenbogen ein Geschenk für uns liege. Am nächsten Tag haben wir die Spinne gefunden. Sie war in einen Felsen geritzt. Und auf dem Felsen war ein tanzender Lichtfleck, der wie ein Regenbogen aussah. Dort haben wir ein Loch gegraben und schließlich ein kostbares Kettenhemd gefunden. Da wusste Gundar, dass der Schicksalsweber ihn auserwählt hatte, gegen das Wolfspferd zu kämpfen. Gundar hatte große Angst, denn er war kein Krieger. Auch machte es ihm Mühe, das Kettenhemd zu tragen. Er war schon ein alter Mann. Auf dem Rückweg geschah dann das Unglück. Ich … Es war meine Schuld.« Ulric schluckte. Die Erinnerung quälte ihn. »Ich habe nicht aufgepasst. Es hatte geschneit, und ich habe mir an einem Hang den Fuß vertreten. Ich konnte nicht mehr laufen. Und Gundar wollte mich nicht zurücklassen. Er hatte Sorge, dass ich im Schnee erfrieren würde. Außerdem hatte er auch Angst, dass mich das Wolfspferd holen könnte. Da hat er mich getragen. Den ganzen weiten Weg bis zum Langhaus meines Vaters. Und da war das Wolfspferd. Es war gekommen, um die Elfenkönigin Emerelle und alle anderen zu töten.«

»Die Elfenkönigin?« Jules hob die Brauen und sah ihn zweifelnd an. »Die Elfenkönigin war bei euch zu Gast?«

»Ja.« Ulric merkte genau, dass ihm der Fremde jetzt gar nichts mehr glaubte. »Ich darf darüber eigentlich nicht reden. Emerelle war schwer verwundet, und ihr Schwertmeister Ollowain hatte sie zu uns gebracht. Sie hat bei uns viele Tage und Nächte geschlafen. Aber das ist ein Geheimnis. Ich darf darüber eigentlich nicht reden.«

Jules führte den Zeigefinger an die Lippen. »Deine Geheimnisse sind bei mir gut aufgehoben. Nun erzähl weiter von dem Wolfspferd. Es hatte euch erwartet.«

Plötzlich hatte Ulric das Gefühl, dass der Fremde ihm doch glaubte. Eigenartig. Also, an seiner Stelle hätte er es bestimmt nicht geglaubt, wenn ihm ein kleiner Junge erzählt hätte, dass die Elfenkönigin im Haus seiner Eltern Zuflucht gefunden habe. Vielleicht war Jules ja auch nur höflich und tat so, als zweifle er nicht an seinen Worten?

»Das Wolfspferd?«

»Ja.« Ulric fuhr sich aufgeregt über die Lippen. »Als wir in das Langhaus kamen, war es schon da. Es war wirklich fast so groß wie ein Pferd. Und es hatte eine lange Schnauze mit großen Zähnen. Das Seltsamste aber war, dass es manchmal ganz fest war und dann wieder aussah wie dünner Rauch. Und es war ziemlich kalt. Kälte umgab das Wolfspferd, so wie Hitze um ein großes Feuer wabert. Ich habe mich dem Ungeheuer gestellt, mit meinem Elfendolch. Ich wollte Gundar beschützen. Er war so erschöpft. Aber das Wolfspferd ist einfach durch mich hindurchgegangen.« Ulric erschauderte bei der Erinnerung daran. »Das war so, als wehe ein eisiger Wind in mir. Es war schrecklich. Gundar hat ihm etwas zugerufen. Er hat es angelockt. Und dann war es auch schon über ihm. Es hat etwas aus seiner Brust reißen wollen. Ein goldenes Licht. Aber dann war es selbst umgeben von blauem Licht und wand sich in Qualen. Und plötzlich war es verschwunden. Ich glaube, es war Luths Geschenk, das es getötet hat. Es ist nie mehr wiedergekommen. Aber Gundar ist gestorben.« Der Junge spürte, wie ihm heiße Tränen über die Wangen liefen. Er presste die Lippen zusammen und versuchte, ein Schluchzen zu unterdrücken. Die Elfe Yilvina hatte später gesagt, der Priester sei an Erschöpfung gestorben und dass sein Herz sehr schwach gewesen sei. Es hätte jederzeit passieren können, hatte sie behauptet. Aber Ulric wusste es besser. Gundar war gestorben, weil es seine Kräfte überstiegen hatte, das schwere Kettenhemd und ihn zu tragen. Er hätte besser aufpassen müssen, als er den Hang hinabgestiegen war. Sein umgeknickter Fuß, der war der wirkliche Grund für Gundars Tod gewesen!

Jules legte ihm eine Hand auf die Schulter und drückte ihn an sich. Es tat gut, in den Arm genommen zu werden. Eigentlich war er schon zu groß für so etwas, aber diesmal war es Ulric nicht peinlich, wie ein Kind getröstet zu werden. Er spürte die Wärme des Fremden. Jules hatte ihm seinen Umhang um die Schultern gelegt. Und Ulric spürte noch etwas. Der Priester trug ein langes Messer, das durch den Umhang vor Blicken verborgen blieb. Es drückte Ulric leicht gegen die Rippen.

Jules strich ihm mit der Hand durchs Haar. »Es ist gut, dass du mit mir gesprochen hast. Traurigkeit ist wie ein Gift. Mit der Zeit macht es uns genauso krank wie ein Sonnenpilz oder verdorbener Fisch. Worte und Tränen spülen das Gift der Traurigkeit aus unserer Seele. Du wirst sehen, du wirst dich besser fühlen, nun, da du über Gundars Tod geredet hast.«

So standen sie eine ganze Weile, bis Ulric das Gefühl bekam, dass Jules unruhig wurde. Er machte sich los. Der Fremde lächelte entschuldigend. »Da ist eine Frage, die mich quält. Weißt du noch, was Gundar zu dem Wolfspferd gesagt hat?«

Ulric versuchte sich zu erinnern. Es war ein fremdes Wort gewesen. »Valemin ist dein Name. Oder so ähnlich.«

»Kannst du dich nicht genauer erinnern?«

»Vielleicht sagte er auch Valhentin. Oder nein, es war etwas wie Wahlhemin.«

»Könnte er Vahelmin gesagt haben?«, hakte der Priester nach. »Das ist ein Elfenname.«

»Ja, das könnte es auch gewesen sein. Ich bin mir einfach nicht mehr ganz sicher.« Ulric stutzte. »Aber das ergibt doch keinen Sinn. Diese Kreatur war ganz bestimmt kein Elf! Wieso sollte sie dann einen Elfennamen tragen?«

»Die Elfen tun viel Sonderbares, Junge. In meiner Heimat hält man sie für böse Geister aus einer anderen Welt. Ob das nun stimmt oder nicht, eins ist gewiss: Wir Menschen werden niemals begreifen, was die Elfen wollen. Sie sind zu verschieden von uns.«

Ulric gefiel dieses Gerede nicht. Emerelle hatte ihm und Halgard das Leben gerettet, und Ollowain war sein Freund. Nein, böse Geister waren sie gewiss nicht.

»Was ist eigentlich aus dem Kettenhemd geworden, das Gundar getragen hat? Wurde es mit ihm begraben?«

»Nein. Es ist doch ein Geschenk Luths. Wir verwahren es beim Schrein des Schicksalswebers.«

»Darf ich es einmal sehen?« Jules wirkte angespannt. So nett der fremde Priester auch war, irgendetwas stimmte nicht mit ihm.

»Du hast doch gesagt, dass du nicht an Luth glaubst. Ich glaube, du solltest dann nicht seinen Schrein betreten. Das könnte den Schicksalsweber ärgern.«

Der Priester seufzte und schüttelte den Kopf. »Wenn du meinst. Ich hatte damit gerechnet, dass du das sagen würdest. Wahrscheinlich gibt es dort gar nichts zu sehen. Vielleicht gibt es das Kettenhemd auch gar nicht.«

»Willst du mich etwa einen Lügner nennen? Glaubst du, ich hätte mir die Geschichte ausgedacht?«

Jules hob beschwichtigend die Hände. »Ich glaube, dass du großes Leid erlitten hast, Junge. So etwas verwirrt einen manchmal.«

»Ich bin nicht verwirrt«, begehrte Ulric auf. »Was ich erzählt habe, ist wahr!«

»Und warum schreckst du dann davor zurück, es mir

zu beweisen? Was, glaubst du, wiegt in den Augen deines Gottes schwerer? Dass du einen Ungläubigen in seinen Schrein einlässt und damit gegen ein Verbot verstößt oder dass du es unterlässt, einem Ungläubigen zu beweisen, dass es deinen Gott wirklich gibt?«

Ulric nagte nervös an seiner Unterlippe. Der Schrein lag etwas abseits am Waldrand. Keiner würde es merken, wenn er Jules bei diesem Schneegestöber dorthin führte. Der Sturm hatte gewiss alle in ihre Hütten getrieben. Eigentlich machte der Priester ja einen freundlichen Eindruck. Er würde gewiss nicht versuchen, etwas zu stehlen. Zweifelnd musterte er den Fremden. »Du musst mir etwas versprechen. Beim Schrein darfst du nicht schlecht über Luth reden. Das würde großes Unglück bringen. Und den Namen deines Gottes sagst du dort besser auch nicht.«

Der Priester wirkte beleidigt. Er zog seinen schweren, blauen Umhang zusammen, sodass sein Dolch wieder wohl verborgen war. »Sehe ich vielleicht wie ein dahergelaufener Strauchdieb aus? Du kannst mir vertrauen.«

Ulric blickte dem Fremden geradewegs in dessen klare, blaue Augen. Nein, Jules würde ihn nicht belügen. Er konnte ihm trauen.

Gemeinsam stapften sie durch den tiefen Schnee. Inzwischen war es dunkel geworden. Jules hielt sich dicht an seiner Seite.

Ganz wie Ulric vermutet hatte, begegneten sie niemandem auf ihrem Weg. Der Schnee fiel noch immer in dichten Flocken. Er erstickte die Geräusche aus den schlichten Hütten und dämpfte das leise Knarzen ihrer Schritte.

Der Schrein Luths war nicht mehr als eine Hütte. Die Tür war mit einem einfachen Holzriegel versperrt. Als Ulric ihn zurückzog, beschlichen ihn noch einmal Zweifel. Er wusste nichts über den Fremden. Wenn er doch ein Dieb war? Doch jetzt war es zu spät. Mit einem stummen Gebet wandte sich der Junge an den Schicksalsweber, dann zog er den Sperrriegel zurück.

Zwei kleine Flammen erhellten das Innere des Schreins. Sie glommen auf groben Dochten, die in Tiegeln mit Fischtran steckten. Es roch stickig. Das Kettenhemd, in dem Gundar gestorben war, hing von einem kleinen Gerüst. An die Wände waren hunderte Stoffstreifen genagelt. Sie trugen mit Holzkohle geschriebene Runen. Es waren die Namen von Männern, Frauen und Kindern, die während der Kämpfe verschollen waren. Ihre Verwandten baten Luth mit diesem Opfer, ihre Liebsten nicht zu vergessen und wieder mit ihnen zusammenzuführen.

Jules zögerte einen Augenblick, über die Schwelle in den Schrein zu treten. Die Hütte war nicht sehr groß, vielleicht drei mal vier Schritt, aber sie strahlte eine stille Feierlichkeit aus. Hoffentlich begriff der fremde Priester jetzt endlich, dass er sich geirrt hatte und es noch andere Götter neben seinem Tjured gab. Richtige Götter und keine Dämonen!

Der Priester kniete vor dem Kettenhemd nieder. Vorsichtig berührte er die rostigen Eisenringe. In seinen Bewegungen lag mehr als nur Ehrfurcht. Es schien, als habe er Angst vor dem Geschenk Luths. Ulric beobachtete dies mit einiger Genugtuung. Es war ihm eine Entschädigung für all die schlimmen Dinge, die Jules über den Schicksalsweber behauptet hatte.

Lange kniete der Priester vor dem kostbaren Kleinod. Als er sich endlich erhob, wirkte er zufrieden. »Dies ist ganz sicher das Kettenhemd, das Gundar trug, als ihn das Wolfspferd angriff?«

»Ganz sicher!«, bestätigte Ulric feierlich. »Es ist das Geschenk des Schicksalswebers.«

Jules nickte in Gedanken versunken. »Erstaunlich«, murmelte er leise. »Es sind doch stets die einfachen Lösungen, die sich als die besten erweisen.«

Der Junge sah ihn verständnislos an. Er begriff nicht, was diese Worte bedeuten mochten, und er wagte auch nicht nachzufragen. Der Priester wirkte seltsam unnahbar. Ob er in diesem Augenblick wohl stumme Zwiesprache mit seinem Gott hielt? Ulric fröstelte es. Gut, dass sie im Luthschrein waren! Hier hatten fremde Götter gewiss keine Macht.

Plötzlich zog Jules seinen Dolch. Zu verdattert, um irgendetwas zu sagen oder fortzulaufen, starrte Ulric auf die lange, funkelnde Klinge. Der Priester kam auf ihn zu. In blitzendem Bogen schnellte die Waffe vor und grub sich mit einem dumpfen Geräusch tief in die Holzwand.

»Man bringt Luth Geschenke aus Eisen, wenn man sich bei ihm bedanken will, das habe ich doch richtig verstanden?« Das Lächeln war in Jules' Gesicht zurückgekehrt.

»Ja«, sagte Ulric heiser. Der Schreck steckte ihm noch in den Gliedern. Hatte der Fremde vorgehabt, ihn zu erschrecken? Oder hatte er einfach nicht darüber nachgedacht, was er tat?

»Wo wir gerade von Geschenken reden, Ulric …« Jules streifte seinen Umhang zurück und öffnete eine große Ledertasche, die er an einem Riemen über der Schulter trug. »Über dem Gespräch mit dir habe ich ganz vergessen, dass ich auch für dich ein Geschenk mitgebracht habe. Es ist nichts Besonderes. Ich bin kein reicher Mann. Ich habe das hier während meiner Wanderschaft gemacht.« Er zog drei hölzerne Puppen hervor. Einen Krieger mit Schwert, eine Prinzessin mit Haaren aus rotem Nussholz und einen rußgeschwärzten Hund.

Ulric gaffte die handgroßen Puppen mit weit aufgerissenen Augen an. Es waren die schönsten, die er jemals gesehen hatte. Ihre Arme und Beine hatten bewegliche Gelenke! Aber vor allem anderen waren es nicht irgendwelche Figuren. Der Fremde hatte ihn, Halgard und Blut als Puppen gefertigt. Ulric wusste jetzt schon, dass Halgard ganz verrückt danach sein würde.

»Ich bin leider kein großer Künstler«, entschuldigte sich der Priester. »Die Gesichter sind etwas grob geraten.« Er hielt dem Jungen die Puppen hin.

Wie ein Hund nach einem blutigen Fleischklumpen, schnappte Ulric danach und ließ sie sofort fallen. Etwas hatte ihn in die Hand gestochen. Ein dünner Blutfaden rann über seine Handfläche.

»Oh, bei Tjured, verzeih mir!« Der Priester bückte sich und hob die Puppen wieder auf. Sie hatten den Sturz unbeschadet überstanden. »Das Schwert! Ich habe es aus einem Nagel gemacht und wohl zu sehr geschliffen. Dass es so spitz geworden ist, war mir gar nicht bewusst. Lass mich bitte deine Hand sehen.«

»Ach, das ist nichts«, winkte Ulric ab.

»Bitte! Aus so einer kleinen Wunde kann Übles erwachsen, wenn man sie nicht säubert. Ich will dich doch beschenken und nicht umbringen.«

Unwillig streckte der Junge Jules die Hand entgegen. Es war überflüssig, so viel Aufhebens darum zu machen. Aber sollte der Priester nur seinen Willen haben. Ulric schämte sich auch dafür, so gierig nach dem Spielzeug gegriffen zu haben. Das war sonst gar nicht seine Art.

Jules holte ein weißes Tüchlein aus der Tasche und tupfte damit die Wunde ab. Es war nur ein feiner Schnitt inmitten seiner Handfläche. Ein Kratzer, nichts von Bedeutung. Doch der Priester runzelte die Stirn. Er schob das Tüchlein wieder in seine Tasche zurück. »Du darfst an dieser Wunde nicht herumspielen. Reiß dir nicht die Kruste ab, wenn der Schnitt verheilt. Am besten wäre es, wenn du mir gestattest, dir einen strammen Verband anzulegen. Du solltest die Hand schonen.«

»Wegen der Kleinigkeit?« Ulric lachte und zog die Hand zurück. »Ich weiß ja nicht, wie es mit den Kindern in deiner Heimat ist, aber ich bin nicht so eine Memme. Das ist doch gar nichts!«

»Tu meine Worte nicht einfach ab. Streck die Hand noch einmal vor. Ich muss dir etwas zeigen.«

Ulric gehorchte, auch wenn er das Verhalten des Priesters äußerst merkwürdig fand.

»Siehst du die feinen Linien in deiner Hand? Jede von ihnen hat eine Bedeutung. Dies hier ist deine Lebenslinie. Der Kratzer hat sie zerteilt. Wenn eine Narbe zurückbleiben würde, dann wäre das schlimm.« Er fuhr vorsichtig mit dem Finger über die Linien der Handfläche. »Lass mich bitte auch deine andere Hand sehen. Halt sie nebeneinander. Ja, so ist es gut.«

»Und, was steht dort?«, fragte Ulric neugierig.

Der Priester blickte auf, und feiner Spott funkelte in seinen Augen. »Glaubst du nun, dass du mich dabei erwischt hast, dass ich Unsinn erzähle?«

»Wie kommst du denn darauf?«, fragte der Junge ehrlich überrascht.

»Nun, eben habe ich dir noch erzählt, dass unser Leben nicht vorherbestimmt ist, und nun lese ich in den Linien deiner Hand, was dir die Zukunft wohl bringen mag. Aber das ist nicht so, wie es scheint. Stell dir eine Kiste vor, in der alle möglichen Dinge aufbewahrt werden. Ein Schwert, ein Webrahmen und eine Spindel, vielleicht auch eine Harfe. Die Kiste ist noch verschlossen, doch jemand hat sich die Mühe gemacht, Runen in das Holz zu ritzen. Sie verraten, was alles in der Kiste verwahrt ist. So ist es mit den Handlinien. Sie erzählen mir davon, was dein Leben bringen mag. Und ich kann an deinen Händen auch erkennen, was du schon getan hast.« Er deutete auf die Schwielen an Ulrics rechter Hand. »Hier erkenne ich, dass du fleißig mit einer Waffe geübt hast. Vermutlich mit einem Holzschwert. Hättest du mit einer Hacke auf dem Feld gearbeitet oder einem Handwerker geholfen, dann hättest du an beiden Händen Schwielen. Aber kommen wir auf die Truhe zurück. Es liegt bei dir, sie zu öffnen. Je nachdem, was du herausholst, wird dein Leben einen anderen Weg nehmen. Und diese Entscheidung liegt allein bei dir.«

»Du solltest nicht so in Luths Schrein reden«, sagte Ulric ernst. Langsam überkam ihn der Verdacht, dass der Priester sich vorgenommen hatte, ihm seinen Glauben zu stehlen. Doch so weit würde er es nicht kommen lassen. Er war schließlich nicht dumm! Ob auch die Holzpuppen zu diesem Plan gehörten? Misstrauisch musterte er sie. Auf dem hellen Holz der Kriegerpuppe prangten zwei helle Blutflecken. Auch das kleine, schimmernde Schwert des Kriegers war blutverschmiert. Hatte Luth ihm ein Omen geschickt? Ulric war sich sicher, dass er ein Krieger werden würde. Er betrachtete seine Hände. Er sang auch ganz gern … Aber Spindel und Webrahmen? Das war Weiberkram! Er sollte Jules' Worte schnell vergessen. Seine Hände waren keine Kiste! Und sein Lebensweg war längst von Luth bestimmt. Der Gedanke daran beruhigte ihn. So gesehen war es ganz egal, was Jules erzählte. Die Worte des Priesters würden seine Zukunft nicht verändern. Sie war schon längst festgelegt.

Vorsichtig hob Ulric die Puppen auf. Neugierig drehte er sie in den Händen. Ganz gleich, was Jules sagte: Sie waren wunderschön. Daran gab es keinen Zweifel. Im Rücken der Kriegerfigur entdeckte er einen feinen Spalt, so als sei das Holz dort gerissen.

»Hab ich sie kaputtgemacht?«

»Nein«, beruhigte ihn der Priester. »Dort gibt es eine Klappe. Wenn du am linken Arm drehst, öffnet sie sich. Dort ist noch ein Geschenk für dich. Auch in Halgards Puppe verbirgt sich noch ein Geschenk. Öffne die Geheimfächer aber noch nicht jetzt.«

»Warum?«

»Wenn du findest, was ich dort verborgen habe, wirst du mir eine dringende Frage stellen wollen. Es ist aber wichtig, dass du die Antwort ohne mich findest.« Jules erhob sich und zog seinen Umhang vor der Brust zusammen. »Am besten wartest du bis morgen früh, damit du dir meine kleine Überraschung bei Tageslicht genau ansehen kannst. Du und Halgard, ihr solltet gemeinsam die Puppen öffnen.«

Ulric drehte seine Puppe hin und her. Dann klemmte er den Daumennagel in den Spalt im Rücken, doch das Geheimfach öffnete sich nicht. »Vielleicht komme ich dich ja morgen früh fragen?«

»Dann werde ich nicht mehr hier sein.«

»Du kannst doch nicht in der Nacht durch den Schneesturm gehen! Du würdest dich verlaufen. Und die Kälte wird dich umbringen.«

Jules strich ihm durch das Haar. »Mach dir keine Sorgen um mich. Ich kann ganz gut auf mich aufpassen, auch wenn ich nur ein seltsamer Fremder bin. Ich muss in dieser Nacht noch ein weites Stück Weg zurücklegen. Ich kann es mir nicht erlauben, jetzt zu ruhen.« Er lächelte. »Und sei ehrlich, mein kleiner Freund. Du wirst doch erleichtert sein, wenn du dir meine schlauen Reden nicht länger anhören musst.«

Ulric wollte protestieren, doch Jules legte einen Finger an seine Lippen und gebot ihm zu schweigen. »Sag nichts. Ich weiß, was in dir vorgeht. Du hast einen rebellischen, wachen Verstand, so wie ich. Ich wünsche dir Glück, mein Junge. Und ganz gleich, für welchen Lebensweg du dich entscheiden wirst, du wirst ein bedeutender Mann werden, dessen Namen auch in hundert Jahren noch jedes Kind im Fjordland kennen wird. Davon bin ich überzeugt.«

EINE UNSTERBLICHE SEELE

Skanga war zu Tode erschöpft. Ängstlich beobachtete sie Branbarts Aura. Der Trollkönig kauerte zu ihren Füßen; er wimmerte leise vor sich hin wie ein geprügelter Welpe. Das kalte Blau der Angst und das helle Rot kaum gezügelter Wut mischten sich zu einem purpurnen Licht, das pulsierend seinen Körper umfloss.

Mit fahriger Geste strich sich die alte Schamanin über die Stirn. Pochender Schmerz trieb ihr Tränen in die Augen. Ihr magisches Auge, das wohl verborgen hinter dem Stirnknochen saß, brannte wie weiße Glut und ließ sie den anderen, dumpfen Schmerz ihrer gebrochenen Rippen vergessen.

»Gib auf, altes Weib«, wisperte die Stimme in ihrem Kopf. *»Ich verspreche dir ein rasches Ende all deiner Qualen. Deine Zeit ist um, Skanga.«*

»Schweig!«, fauchte sie, ließ ihren Knochenstab fallen und umklammerte mit beiden Händen die Schläfen. Es war eine Geste, die all ihre Hilflosigkeit offenbarte. Einer anderen Stimme mochte man sich verschließen, wenn man die Hände nur fest genug auf die Ohren presste. Doch dieser Flüsterer war in ihrem Kopf. Gegen den Yingiz konnte sie sich nicht wehren.

»Es wird mir eine Freude sein, dein Lebenslicht zu trinken. Meine Brüder gieren nach der Kraft deines Königs. Er hätte noch viele Jahre zu leben gehabt, wenn du ihn nicht hierher gebracht hättest, Weib. Aber ich will dich. *Ganz langsam werde ich dir das Leben rauben. Ich werde mich weiden an deinem Entsetzen und es genießen, wie du dich sinnlos gegen das Unvermeidbare aufbäumst. Du wirst bis ganz zum Schluss kämpfen, nicht wahr?«* Ein Hauch von Bewunderung schwang in der Stimme des Yingiz mit. Skanga spürte deutlich den Schattenleib, der jenseits des magischen Kokons im Dunkel lauerte. *»Du kannst nicht aufgeben, nicht wahr? Wie hast du es ertragen, dass Emerelle dein Volk besiegt und vertrieben hat? Die Wut über deine Niederlage hat dich gewiss fast wahnsinnig gemacht.«*

»Es war nicht meine Niederlage. Wir …« Skanga bemühte sich, ihren plötzlichen Zorn im Zaum zu halten. Er wollte sie wütend machen, warum auch immer. »Wir sind wieder gekommen, und seither sind es die Elfen, die flüchten. Wir waren besiegt, aber nicht vernichtet. Mein Volk …« Skanga brach ab. Branbarts Aura hatte ihre Farbe verändert. Das Blau war gänzlich verschwunden und flammendem Rot gewichen. Der König sprang auf. Etwas war in seiner Hand. Das pulsierende Licht der Aura ließ nur undeutlich erkennen, was er hielt.

Skanga bückte sich nach ihrem Stab. Branbart trat ihr vors Knie. Sie taumelte zur Seite. Das Lichtgeflecht des magischen Kokons flackerte einen Herzschlag lang. Der Zauber! Sie biss die verbliebenen Zähne zusammen, sodass sich die Stümpfe ins weiche Fleisch ihrer Kiefer gruben. Wenn der schützende Zauber verging, wären sie tot. Sie hatte sich von diesem dreimal verfluchten Yingiz hereinlegen lassen! Wie bei einem jungen Weibchen, dem zum ersten Mal der Duft eines brünstigen Kriegers in die Nase stieg, hatte die Schattengestalt mit heuchlerischen Worten ihre Sinne verwirrt. Nie war es dem Yingiz darum gegangen, wie sie sich gefühlt hatte, als ihr Volk vertrieben worden war. Er hatte sie nur ablenken wollen, damit sie nicht bemerkte, wie ein anderer Flüsterer Branbarts Zorn immer mehr aufstachelte und dem König seine Angst nahm.

»Du tust mir Unrecht!«, spottete die Stimme in ihrem Kopf. *»Ich hege aufrechtes Interesse an dir und deinen Gefühlen, Schamanin. Ich werde dich kennen lernen, durch und durch, sobald ich dein Lebenslicht in mich aufgenommen habe. Nicht mehr lange, Weib, und du gehörst mir.«*

Branbart zerrte sie zu Boden und rammte ihr ein Knie in den Leib. Skanga spürte, wie sich die gebrochenen Rippen verschoben. Sie keuchte vor Schmerz.

»Du bringst uns beide um, Branbart!«, stieß sie hechelnd hervor. »Begreif das doch!«

»Du hast mich dazu verführt, meine Krieger hierher zu bringen, alte Vettel. Es ist deine Schuld, dass mein Heer verloren ist. Dafür wirst du büßen, und wenn es das Letzte ist, was ich tue. Viel zu lange habe ich deinen geflüsterten Lügen gelauscht!« Seine Rechte hob sich.

Skanga sah den langen Mammutbeindolch als einen Schatten, der sich undeutlich gegen das pulsierende Licht der Aura des Königs abhob. Mit der Linken tastete die Schamanin nach dem Albenstein, während sie die Rechte hob, um den tödlichen Stoß abzuwehren. Es gab nur noch einen Weg …

»Ja, du hast Recht. Bring ihn um! Er ist ein Narr. Du wärst deinem Volk eine viel bessere Herrscherin als dieser verrückte König«, flüsterte der Yingiz in ihren Gedanken. *»Fass dir endlich ein Herz. Du weißt doch schon lange, dass Branbart der Fluch deines Volkes ist. Bring ihn um! Du kannst es!«*

Das Blau der Angst leuchtete in der Aura des Trollkönigs. Hatte auch er die letzten Worte gehört? Sprach dieser verfluchte Yingiz gleichzeitig zu Branbart?

Skanga schloss die blinden Augen. Ihre Hand umklammerte den Arm des Königs, doch reichte ihre Kraft bei weitem nicht aus, um ihn niederzuringen. Unerbittlich senkte sich der Mammutbeindolch ihrer Kehle entgegen.

Leise murmelte die Schamanin die verbotenen Worte der Macht. Ihr wurde kalt. Die Macht des Albensteins fegte die Stimmen der Yingiz aus Branbarts Bewusstsein. Nun war sie die Stimme in seinem Verstand.

»Hör auf, mein Gebieter! Sie sind der Feind! Nicht ich! Sie sinnen einzig auf unsere Vernichtung.«

Sie konnte die blinde Wut des Königs spüren. Er verschloss sich vor ihr. Der verdammte Trottel glaubte den Yingiz.

Ihr Armgelenk knackte. Nur Augenblicke noch, und der Dolch würde ihre Kehle treffen. Sie konzentrierte sich auf den Arm des Königs. Branbart ließ ihr keine andere Wahl. Einen Herzschlag lang spürte Skanga jugendliche Kraft.

»Tu es!«, rief die Stimme in ihrem Kopf. *»Er ist der Fluch deines Volkes! Töte ihn endlich.«*

Sie zögerte. Wenn Branbart im Nichts starb, würde er niemals wiedergeboren werden. Sie könnte einen neuen

König unter den Trollen erwählen. Oder sie könnte selbst nach der Macht greifen … Es gab so vieles, das die Krieger in ihrer tumben Art verdarben. Niemand würde sich ihr in den Weg stellen, wenn sie die Herrschaft an sich riss.

Skanga bog den Arm des Königs zurück. Sie beherrschte seine Muskeln und Sehnen, als gehörten sie zu ihrem eigenen Leib. Branbart musste hilflos miterleben, was sie ihm antat. Die Spitze des Dolchs zeigte nun auf seine Brust.

»Nimm das Schicksal deines Volkes in die Hand!«, forderte der Yingiz feierlich. *»Sei mutig! Bekenne dich zu deinen geheimen Wünschen.«*

Sengender Schmerz ließ Skanga und Branbart zugleich aufschreien. Deutlich spürte die Schamanin, wie die Klinge über Knochen schrammte und Knorpel zerteilte. Hastig zog sie sich aus den Gedanken des Königs zurück.

Fassungslos starrte sie auf den Herrscher, der sich neben ihr zusammenkrümmte. Fast hätte sie dem Yingiz nachgegeben! Im allerletzten Augenblick erst hatte sie den Stoß vom Herzen weggeführt. Das Messer ragte seitlich aus Branbarts Brust. Die Klinge hatte sein linkes Schultergelenk durchbohrt.

»Du hast mich zum Krüppel gemacht«, jammerte der König. »Verdammte Vettel. Ich hasse dich!«

»War das klug?«, meldete sich die ungeliebte Stimme in ihrem Verstand. *»Damit hast du die Entscheidung nur hinausgeschoben. Gesteh dir deine Niederlage ein, Skanga.«*

»Du kennst dich mit Niederlagen aus, nicht wahr? So wie uns die Elfen vertrieben haben, ist dein Volk von den Alben davongejagt worden. Nur, dass ihr niemals die Kraft gefunden habt zurückzukehren. Wie kannst du glauben, ich würde mich dir unterwerfen, Yingiz? Ich finde einen Weg! Ich bin es, die sich nach jeder Niederlage wieder erhoben hat und die jeder Rückschlag stärker werden ließ. Du wirst mich nicht besiegen! Mich nicht und auch Branbart nicht!«

Sie erhielt keine Antwort. Etwas hatte sich verändert.

Sie spürte eine pulsierende Macht, irgendwo dort draußen, jenseits des schützenden Kokons. Sehen konnte sie nichts. Ihr magisches Auge war wie geblendet. In dichten Trauben umgaben die Yingiz jetzt den Kokon. Ihre Schatten waren wie Schleier. Vielstimmig erklang ihr Flüstern. Skanga spürte, dass sie sich bemühten, etwas vor ihr zu verbergen. Das Pulsieren … Ganz in der Nähe musste ein Albenpfad sein!

Die Schamanin führte den Albenstein an ihre welken Lippen und küsste ihn. »Hört ihr mich, ihr Alben?« Sie flüsterte, doch die Yingiz hatten dennoch jedes ihrer Worte verstanden. Vielstimmiges Geschrei erhob sich, schrill und schmerzend. Skanga hatte das Gefühl, als sei ihr Kopf voller sich windender, glühender Würmer.

»Bitte erhört mich, ihr Alben, wo immer ihr auch sein mögt!« Warmes Blut troff von ihrer Nase und benetzte ihre Lippen. »Führt mich aus der Finsternis! Erinnert euch, ich bin eines eurer Kinder! Rettet meine Seele! Und wenn ihr nicht mich rettet, so schützt zumindest meinen König!«

Skanga spürte, wie die Yingiz miteinander verschmolzen. Sie bündelten ihre Kraft und unterwarfen all ihre Bosheit einem einzigen Willen.

Skanga hatte das Gefühl, dass eisige Klammern sich um ihre Brust schlossen. Das Atmen fiel ihr schwer. Sie fühlte sich müde. Selbst das Blut schien langsamer in ihren Adern zu fließen.

»Ruf nicht nach den Alben in unserem Reich!« Es war die Stimme, die schon die ganze Zeit über in ihrem Kopf geklungen hatte. Jetzt mühte sie sich nicht mehr um falsche Freundlichkeit. *»Hier haben sie keine Macht. Deine Stunde ist gekommen, Schamanin! Wir sind es müde, mit dir zu spielen. Glaubst du, dein lächerlicher Zauber könnte uns aufhalten? Es bedurfte der Macht der Alben, um die goldenen Pfade zu schützen. Wir können dich nicht berühren. Jedenfalls noch nicht … Und doch sind wir tief in dir. Wir sind dir näher, als sich Wesen aus Fleisch und Blut jemals*

kommen können. Sie reiben nur Haut an Haut. Doch wir sind tief in dir, nahe an deiner Seele. So tief, wie du in Branbart gesteckt hast. Du hast seine Kraft gespürt, seine Jugend und seinen Schmerz, als du ihm den Dolch ins Fleisch getrieben hast. Spürst du eigentlich dein Herz? Nein, Skanga, ich bin kein Dichter und Worteschmied. Ich meine es so, wie ich es sage, ganz ohne poetischen Hintersinn. Spürst du dein Herz, altes Weib?«

Skanga wusste, dass sie sich nicht darauf einlassen durfte. Sie musste sich den Yingiz widersetzen, oder sie würden die Herren ihrer Gedanken werden! Kam sie ihnen nur einen Schritt entgegen, dann würde sie ihre willenlose Dienerin werden, so wie Branbart ihr Sklave geworden war. Und dennoch mochte sie sich dem Gift ihrer Worte nicht zu verschließen. Ihr Herz .... Sie spürte seine müden, schweren Schläge. Es war erschöpft. Es sehnte sich danach zu ruhen.

Kalte Angst übermannte Skanga. Waren das noch ihre Gedanken? Ihr Herz war nicht müde!

Ihr Blut fühlte sich zäh an, wie kaltes Bratenfett. Es verharrte in ihren Adern, denn ... Skanga keuchte auf. Denn ihr Herz schlug nicht mehr! Das gaukelten sie ihr nur vor, das konnte nicht sein! Diese Macht konnten sie doch nicht haben! Ihr Kokon schützte sie. Es durfte nicht ...

Der Schamanin wurde schwindelig. Mit beiden Händen umklammerte sie den Albenstein. »Bitte helft mir!«, flüsterte sie, um jedes Wort ringend. Ihre Lippen waren jetzt wie Stein, schwer und taub. Sie wollten keine Silbe mehr preisgeben.

Das war nicht sie! Erinnere dich daran, wer du bist!, ermahnte sie sich. Sie war schon oft besiegt worden, aber sie hatte dennoch nie aufgegeben. Ihr Herz würde auch nicht einfach aufgeben, ihr den Dienst verweigern ... Das war Trug! Das konnte nicht sein! Wenn sie starb, dann auf einem Schlachtfeld, durchbohrt von Lanzen und Schwertern ihrer Feinde, der verfluchten Elfen, die ganz Albenmark ihre Art zu leben aufzwangen. Sie waren wie ein dichtes Dornengestrüpp, und alle anderen Albenkinder hatten sich in diesem Dickicht verfangen. Die Dornen bestimmten, wie weit man sich bewegen konnte, und wer gegen die engen Grenzen aufbegehrte, der spürte sie in seinem Fleisch. In Albenmark konnte man nicht einmal mehr frei atmen! Skanga war zutiefst überzeugt, dass es ihr Schicksal war, Emerelles Tyrannei zu brechen. Sie hatte es schon gewusst, bevor die Trolle in die Verbannung getrieben worden waren. Und in all den ungezählten Jahren, die seitdem verstrichen waren, hatte sie ihr Ziel niemals aufgegeben. Sie würde nicht gestatten, dass ihr Herz jetzt aussetzte. Das war nicht sie!

Die Schamanin reckte sich, dass ihre Gelenke krachten. Sie konnte wieder frei atmen! War auch das eine Falle, oder hatte sie den Bann der Yingiz gebrochen? Der Kokon, der sie vor den bösen Geistern aus der großen Leere schützte, hatte sich ausgedehnt. Er war weit wie eine der himmelhohen Hallen, die das Elfenvolk der Normirga in die Berge der Snaiwamark geschlagen hatte. Klares, blaues Licht umgab sie. Und nicht weit vor ihr leuchtete ein goldener Pfad.

Skanga griff sich an die Brust. Sie spürte ihr Herz schlagen. War all dies nur der letzte Traum einer Sterbenden? Ganz gleich, sie würde ihren Weg gehen. Nicht darüber nachdenken ... Zweifel, sie waren das Gift der Yingiz. Selbst wenn all dies nur Trug war, dann würde sie bis zuletzt ihr Ziel verfolgen.

Skanga half dem wimmernden König auf. Als er sich bewegte, begann seine Wunde wieder zu bluten. Noch immer steckte ihm der Dolch in der Schulter. Er beobachtete sie aus den Augenwinkeln. Wie ein geprügelter Hund kam er ihr vor.

Skanga spürte die Kraft der Magie, als sie den goldenen Pfad erreichten. Das war keine Illusion! Sie waren den Yingiz entkommen. Mit jedem Schritt, den sie tat, spürte sie ihre Kräfte zurückkehren. Sie waren gerettet.

Bald schon erreichten sie einen Albenstern. Ein Wort genügte, und ihr öffnete sich ein Tor. Noch ein Schritt …. Wolkenloser Himmel spannte sich über Skanga. Sie stand in einem Steinkreis auf einem Hügel mit sanft ansteigenden Flanken. Deutlich zeigte sich das Land ihrem magischen Auge. Sie spürte die Kraft des Steinkreises und den Frieden, den dieser Ort atmete. Hier war lange kein Blut mehr vergossen worden. Sanft streichelten die Strahlen einer gnädigen Frühlingssonne ihre Haut. In weiter Ferne verschmolzen Grasland und Himmel zu einer unscharfen Linie. Dazwischen erstreckten sich flache, lang gezogene Hügel. Und gleich Inseln erhoben sich kleine Waldstücke aus dem Grasland, umspielt von einer Aura aus weißem Licht. Dazwischen, wie Gemmen, die verschiedenfarbigen Auren der Tiere. Größer hätte der Gegensatz zur beklemmenden Finsternis des Nichts nicht sein können! Skanga wusste nicht, wo sie waren. Der klare Himmel gehörte zu Albenmark und nicht in die Welt der Menschen, da war sie sich sicher. Doch die Landschaft war ihr fremd. Hier war sie nie zuvor gewesen.

Branbart zog die Nase hoch und sammelte den Rotz mit einem gurgelnden Geräusch in seinem Mund. Er spuckte aus.

Skanga drehte sich zu ihm um. Das Tor zu den Albenpfaden hatte sich schon wieder geschlossen. Nur der Steinkreis verriet, dass sich Kundigen an diesem Ort das wunderbare Wegenetz der Alten öffnen mochte.

Branbart stand gebeugt. Die Rechte umklammerte den Dolch in seiner Schulter. Er hielt den Kopf abgewandt und wich ihrem toten Blick aus. Der König stank nach dem kalten Schweiß unterdrückter Schmerzen und nach Blut.

»Ich habe mich wohl wie ein Narr benommen«, stieß er knurrend hervor.

»Du bist ein großer Krieger, Branbart. Aber gegen die Schatten bist du so hilflos wie ein Welpe, der einem hungrigen Bären begegnet.« Jetzt endlich sah er zu ihr auf. Skanga erkannte an seiner Aura, dass ihm der Vergleich mit dem Welpen nicht gefallen hatte, auch wenn er sich Mühe gab, seine Wut im Zaum zu halten.

»Du musst jetzt ruhen«, sagte sie sanft. »Ich kann dir einen leichten Schlaf schenken.« Skanga streckte die Hand vor, um ihn an der Stirn zu berühren. Ein Wort würde genügen, um ihn einschlafen zu lassen. Doch der König zuckte vor ihr zurück.

»Du musst mich nicht fürchten. Alles, was geschah, habe ich allein getan, um dich zu schützen. Das weißt du doch.«

»Ja.« Branbart hatte ein wenig zu lang mit seiner Antwort gewartet, um noch glaubwürdig zu klingen.

»Du hast eine große Seele, mein König. Es ist dir bestimmt, über dein Volk zu herrschen, so wie es mir bestimmt ist, dich zu beschützen. Ich habe dir immer treu gedient, das weißt du.«

Das Rot von Branbarts Aura wurde blasser und ging in ein schlammfarbenes Braun über, die Farbe des Zweifels. Geräuschvoll zog der geschundene Krieger die Nase hoch und spie einen Klumpen Rotz aus. Bei einem unsinnigen Duell, geboren aus einem Wortgeplänkel bei einem Saufgelage, hatte der König einen schweren Schlag gegen die Stirn erhalten. Direkt an der Nasenwurzel waren die Knochen zersplittert. Die Schamanin hatte trotz all ihrer Kraft viele Wochen gebraucht, um die Verletzung zu heilen. Branbart war stark, er hatte das Fieber überstanden und die Schmerzen. Doch durch die Verletzung troff seine Nase. Ein nicht enden wollender Strom aus zähem Schleim vergällte ihm das Leben. Alle paar Augenblicke musste er die Nase hochziehen und ausspucken. Und nachts wurde er immer wieder hustend wach, voller Panik, der Schleim könne ihn ersticken. Branbart hatte all das überlebt, doch der Schleim hatte seinen Stolz erstickt. Ständig glaubte er, dass man hinter seinem Rücken über ihn spottete. Längst umgab er sich nur noch mit Kriegern, die ihm nach dem

Mund redeten. Aber er war trotz allem ein tapferer Krieger geblieben. Während der Schlachten der Trollkriege hatte man ihn stets in der vordersten Reihe kämpfen sehen. Skanga befürchtete, dass die Yingiz ihm nun auch noch die Tapferkeit genommen hatten.

Branbart brauchte sie mehr denn je. »Wir werden in die Snaiwamark zurückkehren und ein neues Heer aufstellen«, sagte die Schamanin voller Zuversicht.

»Weißt du denn, wo wir hier sind?«

»Natürlich!«, log Skanga. »Im Windland, ein wenig südlich der Königshügel. Zehn Tagesmärsche … Vielleicht auch elf, dann sind wir wieder in der Heimat.«

Der König blickte über das weite Land. »Albenmark ist mir so fremd«, sagte er leise. »Der Himmel scheint hier weiter zu sein als in der Welt der Menschen. Es ist richtig, dass wir die Elfen für den Verrat an unseren Ahnen büßen ließen. Seit so vielen Generationen träumte unser Volk davon, hierher zurückzukehren, in jene Heimat, die uns die Alben geschenkt haben.« Er spuckte aus. »Aber sie ist nicht wie in den Geschichten, die sie uns erzählt haben. Ich wünschte, ich wäre so frei wie Herzog Orgrim und könnte einfach in die Welt der Menschen zurückkehren. Ich will nicht an meuchelnde Schatten im Nichts, an heimtückische Magier und die Schurkereien der Tyrannin Emerelle denken müssen. Ich will wieder frei sein. Ich wünschte, ich wäre kein König.«

So hatte Skanga ihn noch nie erlebt. Auch kannte sie es nicht von ihm, dass seine Stimmungen so sehr schwankten. »Du solltest ein gutes Stück Fleisch essen, dann wird es dir wieder besser gehen«, riet die Schamanin.

Branbart lachte. »Das würde ich gern. Aber ich habe nichts bei mir. Ich war davon ausgegangen, dass nach den Kämpfen in Emerelles Palast genug frisches Fleisch herumliegen würde.« Er ließ sich im Gras nieder und fingerte an dem Dolch in seiner Schulter herum. »Ich war nicht mehr ich selbst. Dort im Nichts … Ich dachte, ich würde verrückt. Es tut mir leid. Es war nicht wirklich meine Hand, die den Dolch gegen dich führte. Ich weiß, dass mir niemand treuer dient als du, Skanga.«

»Es ist gut, dass wir unseren Frieden miteinander machen«, entgegnete Skanga erleichtert. Sie trat an die Seite ihres Königs und legte ihm die gichtgekrümmte Linke auf die Schulter. »Was immer auch geschah, unser Volk wird sich bis ans Ende aller Tage an dich erinnern, Branbart, denn du warst der Herrscher, der uns zurück nach Albenmark gebracht hat.« Ihre Amulette aus Knochen, Federn und Muscheln raschelten leise, als sie suchte, was sie wohl verborgen in einem Beutel aus Minotaurenhaut trug.

»Wir werden viele Kinder haben, Skanga«, sagte der König, und neue Kraft lag in seiner Stimme.

»Was?« Die Schamanin hielt in ihrer Suche inne und sah ihn verstört an.

»Unser Volk muss fruchtbarer werden.« Er blickte zu ihr auf; offenbar hatte er etwas anderes gemeint. »Du musst unsere Weibchen segnen, damit sie uns mehr Welpen gebären. Wir werden die Elfen in den Schößen unserer Weiber besiegen. Wenn die Elfen einen Krieger verlieren, dann brauchen sie hundert Jahre oder mehr, um ihn zu ersetzen. Wir werden viel schneller Nachwuchs haben. Du hattest Recht, Skanga, wie immer. Lassen wir uns Zeit. Wir werden Emerelle und ihre verfluchte Brut besiegen. Das ist unser Schicksal. Wir werden den Thron im Herzland besteigen.«

»So wird es kommen, mein König. Und ich werde immer an deiner Seite sein.« Ihre Linke krallte sich in seine Schulter, während die Rechte den Griff des Opfermessers umschloss. Branbart blickte jetzt wieder auf das weite Land hinaus. Er bemerkte nicht, wie sie das Obsidianmesser aus dem Beutel zog. Sie hatte die schwarze Klinge einst selbst geschlagen, zu Zeiten, als sie noch sehen konnte. In Jahrhunderten hatte die gewellte Steinschneide nichts von ihrer Schärfe verloren. Ein Schnitt …

Branbart stieß ein gurgelndes Geräusch aus.

Skanga trat rasch einen Schritt zurück, damit der König sie nicht im letzten Augenblick noch packen konnte. Das Opfermesser hatte tief in seine Kehle geschnitten. Er bäumte sich mit all seiner Lebenskraft gegen den Tod auf. Seine Aura flammte strahlend hell auf, Licht umstrahlte ihn in allen Farben des Regenbogens. Dann wurde es blasser.

Branbart war mit einem Traum gestorben. Er hatte wieder ein Ziel vor Augen gehabt. In diesem Augenblick war er glücklich gewesen. Doch Skanga kannte ihn zu gut. Das Glück hätte nicht lange gehalten.

Das Leben des Königs war vergangen, auch wenn noch immer ein blasser Lichtglanz um seinen hingestreckten Leib spielte. Skanga kniete neben ihm nieder. Sie drückte ihm die Augen zu, und ihre Hände fuhren ein letztes Mal über seine vernarbte Stirn. »Ich liebe deine Seele, Branbart. Um ihretwillen habe ich es getan, bevor sie Schaden nehmen konnte.«

Mehr als eine Stunde kniete sie neben dem toten König und dachte an den langen Weg, den sie gemeinsam zurückgelegt hatten. Dann durchsuchte sie Branbart und nahm alles an sich, was den Rang des Toten auf diesem einsamen Hügel hätte verraten können. Den schön geschnitzten Knochenring, den sie ihm am Tag seiner Krönung geschenkt hatte, seine mächtige Kriegskeule, die Jadeschnalle seines Gürtels, die einen gewundenen Drachen zeigte. Sie wickelte all diese Schätze in den Lendenschurz des Königs. Sie würde sie vergraben oder in einem See versenken. Was dann noch von Branbart blieb, würde vergehen. Ein Gürtel, ein paar Federamulette, das war alles. Drei Tage, und die Raben würden den Leichnam völlig unkenntlich gemacht haben. Und in längstens vier Wochen blieben vom gefürchtetsten Krieger Albenmarks nur noch bleiche Knochen.

Als die Schamanin ihre Arbeit beendet hatte, sah sie

sich um. Langsam wanderte ihr Blick über das weite Land. Sie suchte die Auren rings herum, schätzte sie und grunzte schließlich zufrieden. Hunderte Augen hatten ihre Tat beobachtet, doch sie blickten ohne Verstand. Eine große Sippe Murmeltiere, eine Herde Wisente, ein Hase, ein Fuchs, ein Reh, ein Marder und ein Falke hoch am Himmel, das waren die einzigen Zeugen.

Die kleine, fuchsköpfige Gestalt am nahen Waldesrand bemerkte Skanga nicht, denn die Lutin hatten es wie kein anderes Volk gelernt, im Verbogenen zu bleiben.

BRIEF EINES UNBEKANNTEN*

»Also heute wollte ich den Hasenzauber üben, weil Meister Gromjan mir das befohlen hat, und es ist immer besser zu tun, was Meister Gromjan sagt, sonst kommt er wieder mit seinem Rohrstock. Deshalb saß ich im Wald am Grünaugensee, dort, wo man die besonders großen Forellen fängt und wo Liza mir eine Ohrfeige gegeben hatte, als ich ihr hatte zeigen wollen, dass Küssen auch Zauberei ist. Gromjan hatte mir dreimal gesagt, dass ich auf die Adler Acht geben muss, wenn der Zauber denn klappt, was er mir nicht

* Anmerkung des Übersetzers: Das Originaldokument 32 a ist mit Ruß auf acht Streifen Birkenrinde geschrieben. Einige der Textstellen sind leider verwischt und unleserlich, daher rühren die Lücken in der Übersetzung. Der Verfasser des Textes schreibt auf sehr unbeholfene Art, so als habe er die Schreibkunst eben erst erlernt. Seine kindliche Grammatik wurde in der Übersetzung leicht geglättet, der sprunghafte Stil des Berichts ist jedoch beibehalten. Obwohl der Brief nicht unterschrieben ist, gibt es Indizien, die darauf hindeuten, dass er von Nikodemus Glops verfasst sein könnte.

zutraute, weil er mich für einen erbärmlichen Stümper hält, aber ich habe es geschafft, und ich habe auf die Adler geachtet, denn wenn Meister Gromjan etwas dreimal sagt, dann ist es immer sehr wichtig. Dass einem als Hasen dauernd die Ohren vor die Augen klappen, hatte Meister Gromjan nicht gesagt, und überhaupt habe ich keinen einzigen Adler am Himmel gesehen, wenn mir nicht gerade die Ohren vor den Augen hingen. Weil ich aber auf Meister Gromjan höre, wenn er etwas dreimal sagt, habe ich mich brav ins Dickicht am Waldrand gekauert und gelangweilt, außer als der Fuchs vorbeikam, der mich natürlich sofort erkannt hat, weil ja jeder Fuchs einen Lutin erkennt, wenn er einem begegnet. Wir haben gerade darüber gestritten, ob Murmeltiere roh oder gebraten besser schmecken, wobei ich glaube, dass der Fuchs nur deshalb so energisch für rohe Murmeltiere war, weil er mit seinen Pfoten keinen Feuerstein halten kann, da waren plötzlich die beiden Riesen auf dem Hügel. Der Fuchs meinte ja, es seien Minotauren, aber er wollte nur mit seinem Wissen angeben, und überhaupt hatten die beiden keine Hörner am Kopf und waren zehnmal so groß wie ein großer Kobold, und deshalb können es nur Riesen sein. So plötzlich, wie sie da auf dem Hügel standen, konnten die Riesen nur durch ein Tor von den Albenpfaden gekommen sein, und das, obwohl Meister Gromjan sagt, Riesen können gar nicht zaubern. Aber ich darf ja gar nichts von den Albenpfaden wissen, weil ich noch manchmal nachts im Schlaf zaubere, wenn ich unruhig träume, und schlimme Dinge geschehen können, wenn man ein Tor aus Versehen öffnet; ich weiß aber trotzdem davon, weil mein großer Bruder es mir verraten hat, denn er reist sehr oft auf den Pfaden aus Licht. (…) wenn meine Sippe streitet, dann schreien sie sich immer an, und am Ende sitzen wir alle beisammen, und uns hängt die Zunge aus dem Hals, weil wir so geschrieen haben. Aber die Riesen sind anders, man hatte gar nicht gemerkt, dass sie Streit haben, als die alte Riesin hinging und dem anderen Riesen den Hals durchge-

schnitten hat. (…) Und dann hat sie all seine Sachen in ein Lederbündel gepackt und sich ganz lange umgesehen. Ich konnte riechen, wie der Fuchs sein Wasser nicht halten konnte, so finster hat sie zu uns zum Waldrand geschaut, und ich war froh, dass ich keine Hosen anhatte, so konnte ich einfach in den Busch pinkeln, und als mir dann die Ohren vor die Augen geklappt sind, da war mir das auch recht. Dann ist sie gegangen, die schlimme Riesin mit den weißen Augen, und das Bündel mit den Sachen hat sie in den Grünaugensee geworfen, und sie hat auch schöne Lichter an den Himmel gezaubert. (…) Dann sind wir also zum See hinab, und ich habe mit den Bibern geredet, während mein Freund, der Fuchs, am Ufer auf und ab gelaufen ist, weil ihm vom langen Herumstehen in den Büschen die Pfoten ganz unruhig geworden waren. Die Biber fanden es einen guten Vorschlag, den blutigen Ledersack aus dem See verschwinden zu lassen, und haben sich nach Kräften ins Zeug gelegt, um ihn ans Ufer zu schaffen, obwohl der Sack so schwer war, dass sogar eine Hornschildechse unter seinem Gewicht gestöhnt hätte – und denen kann man ja sogar kleine Häuser aufladen, ohne dass sie sich beschweren und bockig werden. Mit dem Sack hatte ich dann natürlich ein Problem, weil ich ja nicht so stark wie eine Hornschildechse bin, deshalb habe ich mich verwandelt und meine eigentliche Gestalt angenommen und mich daran gefreut, dass mir nun nicht mehr dauernd meine langen Ohren vor die Augen klappten. Als dann jeder sehen konnte, wer ich bin, da habe ich zwei Hirsche gefunden, die mir tragen helfen wollten; eigentlich wollten sie ja nicht, aber als ich von Meister Gromjan und dir erzählt habe, da wollten sie ja doch, denn es ist klüger, mit so berühmten Lutin keinen Ärger anzufangen. Ein richtiger Schatz war ja nicht in dem Sack, aber die Gürtelschnalle war hübsch, denn sie ist aus einem Stein, wie ich ihn noch nie gesehen habe, und zeigt einen großen, schuppigen Wurm, der sich wild windet und böse dreinschaut. Meister Gromjan habe ich meine Geschichte dreimal erzählen müssen, da wusste ich, dass sie sehr wichtig ist, und habe beschlossen, dir davon zu schreiben, damit du auch Bescheid weißt, denn du sagst ja immer, du müsstest über die wichtigen Angelegenheiten der Sippe immer in Kenntnis gesetzt werden. Gromjan ist im Dunkeln noch mal los, weil er etwas mit dem Kopf des Riesen machen wollte, wo ich nicht dabei sein durfte, obwohl ich ihm sagte, dass ich das nicht gerecht finde, und als ich geschimpft habe, hat er mir den Rohrstock gezeigt, da bin ich weggelaufen und hab mir die Birkenstreifen gesucht, denn ich weiß, wenn du ihm sagen wirst, du hättest es auch nicht gerecht gefunden, dass er mich nicht mitgenommen hat, dann wird er es sich beim nächsten Mal dreimal überlegen, ob er mich mit dem Rohrstock davonjagt. (…)«

AUS: TRUHE XVII, AKTE 5, DOKUMENT 32 B
SAMMLUNG DER PROZESSAKTEN IM FALL DES
FÜRSTENHAUSES VON ARKADIEN GEGEN
DEN MÖRDER UND HOCHVERRÄTER ELIJA GLOPS

UNTER MENSCHEN

Ollowain wedelte verzweifelt mit einem parfümierten Tuch, doch nichts vermochte den durchdringenden Gestank des Hafens zu überdecken. Neidisch betrachtete er Ganda. Der Lutin schien der üble Geruch nichts auszumachen. Sie hatte für die Reise in die Welt der Menschen die Gestalt eines kleinen Mädchens angenommen und stand jetzt neben dem Kapitän, der die plumpe Galeere durch das überfüllte Hafenbecken steuerte. In ihrem perlenbestickten Kleid mit dem feinen Schleier, der ihr Gesicht kaum verhüllte, und mit den großen dunklen Augen sah die Lutin sehr unschuldig aus. Sie hatte die Herzen der Besatzung im Sturm erobert. Alle liebten das kleine Mädchen. Sie hatten ja keine Ahnung, wen sie da an Bord gelassen hatten!

Ganda redete kichernd auf den Kapitän ein. Ollowain wünschte, er wüsste, was die beiden beredeten. Der Schwertmeister verstand die Sprache der Menschen in dieser Weltgegend nicht. Sie war ein grobes Gestammel, kaum besser als das Grunzen der Trolle. Er hatte lange gebraucht, um sich die Sprache der Fjordländer anzueignen. Doch diesmal gab er sich nicht die geringste Mühe, etwas zu lernen. Sie würden nie wieder hierher kommen. Es war überflüssig, sich die Zunge mit solchem Kauderwelsch zu verbiegen. Wenn nur Ganda nicht so viel schwatzen würde! Am Ende verplapperte sie sich noch.

Der Elf strich über den Griff seines Schwertes. Selbst wenn die ganze Schiffbesatzung über sie herfallen sollte, würde er vermutlich keine ernsthaften Schwierigkeiten haben zu siegen. Doch es würde hunderte von Augenzeugen geben, und es war äußerst fragwürdig, ob sie aus dem Hafen entkommen könnten, selbst wenn er sich dazu überwinden würde, ins stinkende Wasser zu springen.

Ollowain suchte keinen Ärger, aber dieser Lutin traute er jeden Verrat zu. Wenn Ganda nur endlich aufhören würde, mit jedem dahergelaufenen Menschen zu reden. Das würde auf kurz oder lang zu Schwierigkeiten führen! Sie tat das, um ihn zu provozieren, Ollowain wusste das genau. Er sollte sich seinen Zorn nicht anmerken lassen, dann würde sie es vielleicht aufgeben.

Eine Weile betrachtete er die unerfreulichen Dinge, die in der Bugwelle vor der Galeere trieben. Fäkalien, Gemüsereste, Fischabfälle. Ein Stück entfernt trieb etwas Weißes auf einer dicken Planke. Es bewegte sich noch. Der Elf zuckte zusammen, als er erkannte, was er da sah: eine Katze, deren Hinterleib in helles Tuch gewickelt war, sodass er aussah wie ein Fischschwanz. Die Vorderläufe des Tieres waren auf die Planke genagelt. Und die Katze lebte noch! So etwas konnten sich nur Menschen ausdenken.

Ollowain dachte daran, das Tier mit einem Messerwurf von seinen Qualen zu erlösen. Vermutlich war die Katze eine Opfergabe an einen der obskuren Menschengötter. Leise fluchend erinnerte er sich, dass sie um keinen Preis auffallen durften. Ein oder zwei Stunden noch, dann wären sie in der Bibliothek. Die Reise war fast geschafft! Er musste sich zusammenreißen.

Der Blick des Schwertmeisters wanderte unstet hin und her. Es gab nichts, das es wert war, länger betrachtet zu werden. Zugegeben, für Menschenverhältnisse war der Hafen von Iskendria ungewöhnlich groß. Selbst in Albenmark gab es nur wenige Häfen, die größer waren. Aber nichts schien hier fertig zu sein. Und wenn ein Werk vollendet war, dann verloren die Menschen offensichtlich das Interesse daran und überließen es dem Verfall. Wenn man sich allein schon die hohe Mauer ansah, die den Hafen von der eigentlichen Stadt abriegelte ... Breite Schmutzstreifen zogen sich über den hellen Stein, und in den Fugen wucherte Unkraut, ja, an manchen Stellen klammerten sich sogar junge Bäume in das Gestein. Die Wurzeln würden das Mauerwerk schwächen, und all der Schmutz beleidigte das Auge, aber das schien niemanden hier zu stören.

Ganz deutlich sah er die funkelnden Helme von Wachen, die auf dem Wehrgang patrouillierten. Männer genug waren also vorhanden, um die Festungsanlagen in besserem Zustand zu halten.

Ollowain ertappte sich dabei, wie er die Schusswinkel der Bastionen abschätzte, die sich drohend über dem Hafen erhoben, und wie er in Gedanken einen Angriff auf Iskendria plante. Nach dem Gemetzel um Phylangan hatte er sich geschworen, nie wieder ein Kommando zu führen. Aber alte Gewohnheiten warf man nicht einfach ab wie einen staubbedeckten Umhang.

Erstaunlich, wie viele Schiffe im Hafen lagen. Es waren fast alles Galeeren, und sie hatten haarsträubende Baufehler. Was immer man von den Menschen halten mochte, eine Tugend besaßen sie zweifellos: Sie waren mutig bis zur Unvernunft. Sich in diesen besseren Eimern hinaus auf die hohe See zu wagen, erforderte schon einigen Schneid. Deshalb war der Schwertmeister auch entsetzt gewesen, als Ganda und Emerelle beschlossen hatten, das letzte Stück des Weges nach Iskendria an Bord eines Schiffes zurückzulegen. Allein die Tatsache, dass Ganda wirklich nach Ablauf einer Stunde mit einem Lederbeutel voller Reisegepäck im Thronsaal erschienen war, hatte Ollowains Weltbild einen derben Stoß versetzt. Er hätte jeden Eid darauf geschworen, die Lutin nach der Begegnung auf der Terrasse niemals wieder zu sehen.

Aber sie war nicht nur zurückgekehrt, sie hatte sogar einen Reiseplan gemacht. Ganda war der Meinung, dass die Yingiz, die nach Albenmark gelangt waren, keinen Weg zurück in die Dunkelheit des Nichts kannten. Sie waren in der Finsternis eingesperrt, und die wenigen, die entkommen waren, waren nun ausgesperrt. Aus eigener Kraft konnten sie die Schutzzauber der Alben angeblich nicht durchdringen. Infolgedessen war es gleichgültig, ob sie bei ihrem Gespräch auf der Terrasse belauscht worden waren. Die Yingiz konnten ihr Wissen nicht weitergeben.

Ollowain hielt das alles für hoch spekulativ. Seiner Ansicht nach gab es zu wenig Gewissheit, aber Emerelle war überzeugt gewesen.

Die Lutin war der Meinung, dass man sich Iskendria auf den Albenpfaden nicht direkt nähern sollte, denn auf dem Weg durch das Nichts wurden sie mit Gewissheit beobachtet. Man musste nicht sehr klug sein, um darauf zu kommen, welches Ziel Reisende verfolgen mochten, die aus Emerelles Thronsaal durch das Netz der Albenpfade nach Iskendria gingen. Deshalb wollte Ganda ihre Spur verwischen. Ihr Vorschlag war es gewesen, zunächst an einen Ort in der Menschenwelt zu reisen, von dort ein kurzes Stück Wegs durch die Welt der Menschen zu nehmen und dann durch einen Albenstern in Iskendria in die Bibliothek zu gelangen. Emerelle hatte zugestimmt. Niemand hatte Ollowain gesagt, dass sie auf einer verdammten Insel herauskommen würden. Dort hatten sie keine andere Wahl gehabt, als sich diesem Bretterhaufen anzuvertrauen, den die Menschen in ihrer Vermessenheit ein Schiff nannten. Dass die Galeere auf hoher See nicht gekentert war, war seiner Meinung nach einfach nur Glück. Die Spanten waren in zu weiten Abständen gesetzt, und der Rumpf war viel zu bauchig. Bei einem Sturm bestand Gefahr, dass das Schiff einfach auseinander brach, und wenn sich die Galeere einmal quer in schwere Dünung legte, dann würde sie schneller kentern, als man über Bord springen konnte.

Jämmerliches Maunzen riss Ollowain aus seinen Gedanken. Auf eine Planke genagelt trieb noch eine Katze vorbei. Dieses Barbarenpack! Nicht weit entfernt lag ein großes Floß. Priester in schneeweißen Wickelröcken sangen ein feierlich monotones Lied und wiegten dabei ihre nackten Oberkörper. Sie alle hatten sich die Schädel kahl geschoren. Selbst ihre Augenbrauen waren abrasiert. Die Augen waren mit einer dicken blauen Paste umrandet, was die Männer bedrohlich wirken ließ.

Rings um das Floß lagen dutzende kleiner Boote, in denen sich ärmlich gekleidete Gestalten drängten. Fischer, vermutete Ollowain. Gebannt verfolgten sie das seltsame Schauspiel. Blaugraue Weihrauchschwaden zogen über das schmutzige Hafenwasser und erstickten den erbärmlichen Gestank. Ein Mann in einem Leopardenfell streute neuen Weihrauch in die goldenen Feuerschalen auf dem Floß. Dann brachte man ihm eine weiße Katze. Das Tier schien benommen. Es leistete keinen Widerstand, als man ihm ein weißes Tuch eng um die Hinterbeine wickelte. Ein dickes Brett wurde herbeigetragen, in dessen Oberfläche Bildzeichen geschnitzt waren.

Jemand reichte dem Mann im Leopardenfell einen silbernen Hammer.

Der Schwertmeister wandte den Blick ab, doch seine Ohren vermochte er nicht zu verschließen.

»Du solltest nicht so herumstehen, als hättest du einen Speerschaft verschluckt, geschätzter Schwertfuchtler. Und du solltest die Menschen nicht nach deinem Maß messen, Ollowain.« Ganda war von achtern zu ihm herübergeschlendert. Sie war so klein, dass sie sich auf die Zehenspitzen stellen musste, um über die Reling zu blicken. Mit einer vagen Geste deutete sie in Richtung des Floßes. »Die Priester der Bessa gelten noch als sehr friedlich. Balbar hingegen, der Stadtgott von Iskendria, muss eine blutdürstige Monstrosität sein. Der Kapitän wagte es selbst als Fremder kaum, den Namen dieses Ungeheuers in den Mund zu nehmen.« Die Lutin zuckte mit den Schultern. »Auf der anderen Seite gibt es in keiner anderen Stadt so viele wunderbare Kunstwerke wie in Iskendria. Die Tempel und Paläste suchen ihresgleichen. Man hat hier sogar eine Bibliothek, in der 500 000 Schriftrollen lagern. Klingt wie ein fernes Echo, nicht wahr?«

»Vielleicht ahnen sie, was unter ihrer Stadt verborgen liegt?«

Ganda lächelte ihn an. »Du spielst das nicht, oder? Du hast wirklich keine Ahnung … ›Unter der Stadt‹ ist gut. Da wirst du nur Rattenlöcher finden. Die Bibliothek von Iskendria liegt in der Zerbrochenen Welt. Sie treibt auf einem riesigen Felsklotz durch das Nichts. Die einzigen sicheren Albenpfade dorthin beginnen hier in der Hafenstadt. Daher hat sie ihren Namen.« Sie leckte sich mit ihrer kleinen rosa Zunge die Nasenspitze. »Vielleicht ist es auch anders herum. Vielleicht haben die Albenkinder der Stadt hier ihren Namen gegeben. Iskendria … Das klingt irgendwie zu hübsch für ein Menschenwort, findest du nicht auch?«

Ollowain stand nicht der Sinn nach Belehrungen. »Ich

finde, du solltest aufpassen, was du mit deiner Zunge tust. Du hast keinen Fuchskopf mehr. Ich glaube nicht, dass Menschen sich die Nasen lecken.«

Die Lutin legte den Kopf schief und sah ihn aufmerksam an. »Was ist eigentlich los mit dir, Elf? Musst du immer an etwas herumnörgeln? Muss man ein Elf sein, um vollkommen zu sein?«

»Ich mache mir nur Gedanken darüber, dass wir nicht auffallen.« Er zupfte an dem Turban, den er trug. »Mir kocht in der Hitze das Hirn, aber ich verberge meine Ohren.« Seine Hand strich über sein weites, fast bodenlanges Gewand. »Ich habe ein Kleid angezogen, weil die Männer hier das tun.« Er sah sich missmutig um. »Obwohl ich hier an Bord niemand anderen entdecken kann, der sich so weibisch kleidet wie ich. Wie du schon bemerkt haben wirst, schwitze ich. Das erwartet man nicht bei Elfen, nicht wahr? Leider bin ich in dieser Hinsicht etwas anders veranlagt als die anderen meines Volkes. Mir klebt dieses läppische Kleid am Leib. Und als sei das alles nicht genug, stinkt es in diesem Hafen so erbärmlich, dass man wohl auf der Stelle ohnmächtig würde, wenn man einmal tief durchatmete. Trotzdem bemühe ich mich, mich so zu verhalten, als sei all dies normal für mich. Wir wollen schließlich nicht auffallen. Und was machst du? Du leckst dir mit der Zunge die Nase. Verdammt noch mal, ist dir eigentlich egal, ob unsere Mission Erfolg hat? Kannst du dir nicht wenigstens ein klein bisschen Mühe geben? Oder ist das zu viel verlangt von einer Lutin?«

»Wenn du dir solche Sorgen machst, dass du weibisch wirken könntest, dann solltest du aufhören, dieses parfümierte Tüchlein zu schwenken.« Ganda grinste spöttisch. »Und was dein Kleid angeht ... Das ist eine ganz übliche Kleidung für einen Krieger aus der Wüste. Ob du es glaubst oder nicht, Emerelle und ich haben uns etwas dabei gedacht, als wir diese Verkleidung für dich ausgesucht haben. Die Wüstenkrieger gelten als eigenbrötlerisch, wortkarg und aufbrausend. Und sie haben einen üblen Ruf als Schwertfuchtler …« Ihr Grinsen hatte nun etwas Herausforderndes. »Lichtet sich nun der Schleier um unsere rätselhafte Entscheidung, oder muss ich es noch genauer erklären?«

Ollowain knüllte das Tuch zusammen und ließ es ins Hafenbecken fallen. Er hätte sie erwürgen können … Das alles hätte sie ihm auch früher sagen können. Und diese Art, von der Königin zu sprechen …

Das alles hier würde nur ein paar Tage dauern, ermahnte sich der Schwertmeister in Gedanken. Er musste sich zusammenreißen, er zählte nichts. Es ging allein darum, den Auftrag der Königin zu erledigen. Sie würden in der Bibliothek nach dem Wissen der Alben forschen und zurückkehren. So schwer konnte das ja nicht sein. Die Bibliothekare würden ja wohl wissen, was in ihren Büchern stand!

»Mache ich noch weitere Fehler?«, fragte Ollowain betont gleichmütig.

»In Bezug auf deine Kleidung oder eher allgemein?«

»In Bezug auf unsere Mission. Alles Weitere geht dich nichts an.«

»Glaubst du etwa, ich würde darüber hinaus etwas mit dir zu tun haben wollen?«

Bleib ruhig, ermahnte er sich erneut. »Schön, dass wir uns wenigstens in einem Punkt einig sind. Also, mache ich, was meine Verkleidung angeht, einen weiteren Fehler?«

Ganda leckte sich herausfordernd mit der Zunge über die Nasenspitze. »Nein. Die Verkleidung sitzt. Und was viel wichtiger ist, der Mann darin erfüllt genau die Erwartungen, die man hier an einen Wüstenkrieger hat. Steif, stolz und stumm. Alles vollkommen.«

Ollowain wandte sich ab und beobachtete, wie die Galeere an einem langen, steinernen Kai anlegte. Die Ruder wurden eingezogen. Das schwere Schiff rieb sich knirschend an dicken Taurollen, die verhindern sollten, dass der Rumpf Schaden nahm. Eine Laufplanke wurde an Bord geschoben. Auf dem Kai drängten sich Händler, die dem Kapitän etwas zuriefen und offenbar gleich an Ort und Stelle mit dem Ankauf der Ladung beginnen wollten.

»Erwartet man von uns, dass wir uns in irgendeiner Form verabschieden?«, fragte Ollowain, ohne zu Ganda hinabzublicken.

»Das habe ich eben schon erledigt. Wir können gehen, Vater.«

Der Schwertmeister griff nach ihrer Hand und eilte den steilen Laufsteg hinauf. Ganda konnte kaum mit ihm Schritt halten und beklagte sich lauthals. Wie hatte sie ihn genannt? Steif, stolz und stumm. Solche Väter gaben nicht viel um die Klagen ihrer Töchter.

Das Gedränge bremste den Schwertmeister schon nach wenigen Schritten. Der Hafen war schlecht geplant. Hier trieben sich viel mehr Menschen herum, als seine Erbauer erwartet hatten. Sie schoben sich an ihnen vorbei und knufften sie mit den Ellenbogen, um Platz zu bekommen. Der Gestank der ungewaschenen Leiber raubte Ollowain den Atem. Längst wünschte er, er hätte sein parfümiertes Tuch nicht ins Hafenbecken geworfen. Rasch legte er die Linke auf seine Geldbörse. Sicher trieben sich hier auch Diebe herum. Der Ort war wie geschaffen für sie.

Eine Kolonne halb nackter Männer kreuzte ihren Weg, die auf breiten Schultern Säcke trugen. Sie hatten hölzerne Beißringe zwischen den Zähnen, um vor Anstrengung nicht so fest die Zähne aufeinander zu beißen, dass sie brachen.

Traniger Gestank wehte von einer Braterei herüber, wo kleine Fleischfetzen auf Holzspießen schmorten. Ein Schreihals pries die Schönheit eines schneeweißen Wasserbüffels an. In Käfigen auf einer niedrigen Tribüne konnte man noch weitere Tiere sehen. Einen Affen, mehrere Tauben, sogar eine weiße Schlange gab es dort, außerdem reichlich Hunde und Katzen.

»Der Kerl hat aber tüchtig mit Kreidestaub nachgeholfen«, rief Ganda belustigt. »Vielleicht sollte ich mir so ein Opfertier kaufen und einen der Stadtgötter darum bitten, dass du mir nicht den Arm ausreißt, wenn du es das nächste Mal wieder eilig hast.«

»Vielleicht sollte ich ihn fragen, ob er kleine blasshäutige Mädchen kauft?«, entgegnete Ollowain entnervt.

Ganda sah ihn eindringlich an. Dann entwand sie ihre Hand seinem Griff. Warum war sie plötzlich so empfindlich? Wer so austeilte wie sie, der sollte auch etwas einstecken können. Er hielt sich dicht bei ihr, damit sie im Gedränge nicht verloren ging. Sie wechselten kein Wort mehr miteinander.

Der Schwertmeister führte sie in Richtung des Hafentors, ein enges Nadelöhr, durch das alle Besucher und Waren in die Stadt gelangten. Plötzlich bemerkte er einen Trupp Soldaten. Vor ihnen teilte sich das Geschiebe. Die Krieger trugen kurze Panzerhemden aus silbernen Schuppen und Röcke aus dicken Leinenstreifen. Ihre großen, runden Schilde waren weiß und zeigten in Blau das Wappen eines springenden Delfins. Auf den wuchtigen Bronzehelmen wippten weiße Rosshaarkämme. Eine eindrucksvolle Truppe für die Verhältnisse der Menschen, dachte Ollowain. Sie hatten ihre Schwerter links seltsam hoch über der Hüfte gegürtet und trugen Speere mit schlanken Stichblättern.

Der Elf versuchte im Gedränge zu verschwinden und ihnen aus dem Weg zu kommen, doch in seinem langen weißen Kleid und mit dem zierlichen Mädchen an seiner Seite, war er eine zu auffällige Gestalt. Der Kommandant der Soldaten winkte ihm zu.

»Er weiß, dass du ihn gesehen hast. Bleib stehen, wenn du noch einen Rest von Verstand zwischen deinen langen Ohren hast.«

Auch ohne ihre Warnung wusste Ollowain, dass es zu spät war. Wenn sie jetzt versuchten, den Wachen zu entkommen, würden sie sich nur verdächtig machen. Also blieb er stehen und lächelte den Wachoffizier freundlich an.

Der hochgewachsene Kommandant richtete eine Frage an ihn. Sein Tonfall war höflich, aber bestimmt. Ollowain verstand kein Wort. Nervös blickte er zu der Lutin.

Ganda lächelte und begann mit einem grässlichen Akzent auf den Krieger einzureden. Dazu gestikulierte sie mit den Armen und schnitt seltsame Grimassen.

Ollowain beobachtete den Anführer des Wachtrupps verstohlen aus den Augenwinkeln. Der Mann runzelte die Stirn, als missfalle ihm, was er hörte. Dann bedachte der Hauptmann ihn mit einem eigenartigen Blick. Der Menschenkrieger war gut rasiert und duftete leicht nach Rosenwasser. Ollowain vermied es, ihm offen ins Gesicht zu blicken.

Ganda redete noch immer auf den Offizier ein. Ihre Worte schienen den Mann mehr und mehr aufzuwühlen. Was, zum Henker, erzählte sie nur? Und warum sah ihn der Kerl jetzt so mitleidig an?

Die Lutin deutete hinüber zum Hafentor. »Wir müssen einen Wegezoll entrichten, wenn wir die Stadt betreten wollen. Zwei kleine Kupfermünzen sind genug.«

Ollowain kramte in seiner Börse und gab dem Offizier das Geld. Immer noch vermied er es, ihm offen ins Antlitz zu blicken. Plötzlich packte ihn der Krieger bei den Schultern und drückte ihn an sich. Dabei sagte er etwas voller Inbrunst, was einige der Speerträger dazu veranlasste, stumm zu nicken. Dann überreichte er Ollowain ein kleines Kupfertäfelchen, in das ein springender Delfin geprägt war.

Verwundert blickte Ollowain dem Offizier nach. Der hatte indessen schon einen anderen Reisenden aus der Menschenmenge gepickt.

»Was hast du ihnen gesagt?« Er flüsterte, obwohl ihn außer Ganda hier ohnehin niemand verstehen könnte.

»Das willst du gar nicht wissen.« Die Lutin lächelte kokett, so wie nur Kinder hätten lächeln sollen.

»Gestattete, dass ich meine Entscheidungen selbst treffe. Wenn ich deinen Rat brauche, werde ich dich darum bitten. Bis dahin tust du, was ich sage. Was war mit diesem Hauptmann los? Was sollte dieser Abschied?«

Ganda lachte leise. »Ein herzensguter Mann, nicht wahr? Wenn er etwas kleiner wäre, könnte er mir durchaus gefallen.«

»Ganda ...«

»Ja, ja.« Sie winkte ab und lachte noch immer. »Er meinte, eigentlich dürfe er dich bei deinen finsteren Absichten nicht in die Stadt lassen, aber er sei überzeugt, dass dein Zorn gerecht sei, und er wünschte dir, dass du den Tag erleben wirst, an dem Balbar dir die Gnade gewährt, deine Feinde mit ihren eigenen Eingeweiden zu erwürgen. Freundlich, nicht wahr? Ich sagte ja: ein herzensguter Mann.«

»Was für Feinde?« Sie hatten inzwischen die Menschentraube erreicht, die sich vor dem engen Hafentor drängte. Der Lärm dort war ohrenbetäubend. Ohne Disziplin drängten und schoben die Leute und schrieen mit sich überschlagenden Stimmen durcheinander. Nur an einer Seitenpforte ging es etwas zügiger voran. Ganda ging an der langen Schlange Wartender vorbei zu diesem kleineren Tor.

Ollowain fiel auf, dass jene, die dort passierten, gepflegter aussahen als die Scharen von Schauerleuten, Eselstreibern, Ruderern, Huren und Sklaven, die am Haupttor um Einlass kämpften. Schon das Tor war prächtiger gestaltet. Es öffnete sich zwischen zwei schlanken Türmen, die mit blau-weiß emaillierten Kacheln geschmückt waren. Die Kacheln fügten sich zum Bild springender Delfine. Unter dem Torbogen, zwischen den Wachen, stand ein Priester mit kahl rasiertem Schädel. Er hielt einen Bund hellblauer Blumen in der einen Hand und eine flache Wasserschale in der anderen. Jedes Mal, wenn jemand das Tor passierte, tauchte er die Blumen ins Wasser und besprengte den neuen Gast der Stadt. Welch ein seltsamer Brauch! Erst als Ollowain bemerkte, dass die meisten Neuankömmlinge dem Priester daraufhin eine Münze in Schale warfen, ging ihm der tiefere Sinn dieser Übung auf. Der Mann war ein Bettler seines Gottes. Wie erbärmlich die Religion der Menschen doch war. Was waren das für Götter, die ihre Diener zu Bettlern machten? Was war an ihnen anbetungswürdig, wenn sie nicht einmal ihre ergebensten Diener versorgen konnten?

»Du musst den Wachen das Kupfertäfelchen zeigen. Das ist unser Passierschein«, raunte Ganda.

Ollowain war an der Reihe, doch statt das Tor zu durchschreiten, war er stehen geblieben und starrte den Priester an.

Der Wachmann stellte eine Frage.

»Nun mach schon«, drängte Ganda.

Ollowain drückte dem Krieger das Kupfertäfelchen in die Hand. Sie wurden durchgewunken und pflichtgemäß mit Wasser besprengt. Auf eine Spende für den Gott des Glatzkopfs verzichtete er, was ihm einen bösen Blick des Priesters einbrachte.

Hinter dem Tor erstreckte sich eine breite, ordentlich gepflasterte Straße bis tief ins Herz der Stadt. Der Schwertmeister war überrascht zu sehen, wie groß Iskendria war. Die hohe Hafenmauer hatte das Häusermeer vor seinen Blicken verborgen. Nach Norden hin stieg ein flacher Hügel an. Dort standen prächtige Paläste und Tempelanlagen. »Ich hoffe, die Königin hat dir gesagt, wohin wir gehen sollen.«

»Du wirst mir wohl vertrauen müssen.« Ihr unverschämtes Grinsen unterstrich das Paradoxon, solche Worte aus dem Mund einer Lutin zu vernehmen. Sie deutete zu den Hügeln. »Wir müssen dorthin. Emerelle hat mir den Weg beschrieben. Da gibt es ein großes Handelskontor. Eine Elfe, die sich als Menschenweib verkleidet, leitet es. Sie heißt Sem-la. In ihrem Haus, verborgen in einem Kellergewölbe, liegt der Albenstern, der uns in die Bibliothek führen wird.«

Ollowain ergab sich in sein Schicksal; er war der kleinlichen Streitereien müde. »Geh voraus und zeig mir den Weg. Und dann erzähl mir endlich die Geschichte, die du dem Hauptmann der Wachen aufgetischt hast.«

Ganda räusperte sich. »Wissen macht einen nicht immer glücklicher. Das ist doch völlig belanglos.«

»Nicht für mich.«

»Dann schwöre mir, dass du nicht zornig wirst. Ich wollte dich davor bewahren.«

»Rede endlich!«

»Du musst erst schwören.«

Was dachte diese Lutin sich eigentlich? Dass er in wilder Raserei mit dem Schwert über sie herfallen würde? »Ich schwöre, dass ich nicht zornig werde und dich nicht schlagen werde oder dir irgendein anderes Leid zufüge. Und jetzt rede.«

Gandas Augen blitzten verschlagen. »Gut. Du giltst als der Ehrenhafteste unter den elfischen Schwertfuchtlern. Ich stelle mich also unter den Schutz deines Eides. Es ist übrigens dieselbe Geschichte, die ich dem Kapitän der Galeere über dich aufgetischt habe.«

VON MÄRCHEN, GOTTESBRÄUTEN UND EINER VERBANNTEN

Der Elf hielt sich so steif, als habe man ihm das Schwert in den Allerwertesten geschoben. Welch ein überheblicher Bastard! Aber seinem Eid konnte man gewiss trauen.

Ganda überlegte kurz, ob sie ihre Geschichte noch weiter ausschmücken sollte, verwarf den Gedanken daran aber wieder. Auf die Vorgeschichte ging sie nicht weiter ein. Wenn er darum wüsste, würde er sich weniger ärgern, und er war irgendwie süß, wenn er mit seinem Zorn rang.

»Ich habe den Seeleuten erzählt, dass wir zum Volk der Söhne Zeynels gehören«, begann Ganda im verhaltenen Tonfall der blinden Märchenerzähler von Tanthalia. »Das ist ein bedeutender Nomadenstamm, der tief im Süden über die großen Handelswege durch die Wüste wacht und dort alle Oasen beherrscht. Du bist Arban ben Chalasch, der Verbannte. Hübscher Name, nicht wahr?« Sie blickte zu ihm auf. Jedes Mal musste man den Kopf in den Nacken legen, wenn man mit einem Elfen sprach. Nie kamen sie auf die Idee, dass es für die Lutin vielleicht angenehmer wäre, wenn man sich zum Reden setzte. Ollowain hob eine Braue.

»Ja, ja. Ich erzähl schon weiter. Also, ich habe erklärt, dass du mein Vater bist und dass du der beste Schwertkämpfer unseres Fürsten Karim warst. Wann immer es Zwistigkeiten zwischen den Sippen gab, die Worte nicht mehr beizulegen vermochten, hat er dich geschickt. Und du bist niemals besiegt worden. So mehrten sich von Jahr zu Jahr dein Ruhm und der Reichtum unseres Fürsten. Leider wuchs die Zahl eurer Neider noch schneller. Und da kein Schwert dich zu besiegen vermochte, mussten Worte das Werk vollbringen, für das Stahl zu schwach war. Zunächst versuchte man dich mit den Reizen schöner Sklavinnen zu locken, doch du warst meiner Mutter in so inniger Liebe zugetan, dass auch dieser Versuch, dir zu schaden, keine Früchte trug. Da deine Feinde keine Schwäche bei dir finden konnten, versuchten sie es nun umso verzweifelter bei unserem Fürsten. Und so edel und gerecht Karim auch war, fanden sie tatsächlich einen Punkt, in dem die Taten unseres Fürsten nicht von kühlem Verstand, sondern von heißem Herzen gelenkt wurden. Du musst wissen, edler Vater, unser Fürst war bei all seinen Vorzügen kein sehr ansehnlicher Mann. Ihm gereichte zum Vorteil, dass die Männer unseres Volkes ein bodenlanges Gewand tragen und sich verschleiern, um sich vor dem brennenden Blick der Sonne und dem erstickenden Staub in der Luft zu schützen. Seit einer Krankheit in Kindertagen waren Leib und Antlitz des Fürsten Karim von hässlichen roten Narben entstellt. Desto mehr erfüllte es ihn mit Stolz, dass er die wunderbare Arsinoe zum Weib hatte gewinnen können, von deren gazellenhafter Schönheit man selbst in den Palästen Iskendrias sprach. Hier nun setzten eure Feinde zum tödlichen Stoß an. Sie bestachen die Berater des Fürsten und sponnen ein Netz feiner Lügen um dich und die schöne Arsinoe. Mal hieß es, dein Blick habe einen Herzschlag zu lange auf ihrem wunderbaren Antlitz verweilt, dann tuschelte man, du habest über den Fürsten gespottet, weil er noch immer kein Kind gezeugt habe. Ja, manche munkelten sogar, du seiest ein so treuer Diener, dass du im Geheimen darüber nachdächtest, den Fürsten und seine Gemahlin vom Makel der Kinderlosigkeit zu befreien. So wie Wind und Wüstensand mit der Zeit selbst den härtesten Fels nach ihrem Willen formen, so blieben auch die giftigen Worte auf Dauer nicht ohne Wirkung. So sehr Fürst Karim dir auch vertraute, langsam begann die Saat des Zweifels in seinem Herzen zu keimen. Er schickte dich auf lange Reisen, damit du und Arsinoe nicht am selben Ort weilten. Immer herrischer wurde er in seinen Forderungen gegen seine Nachbarn, immer dünner der Schild seiner Ehre, und immer häufiger fand er einen Grund, dich zu schicken, um seine Händel auszufechten. Manch wackerer Krieger musste sterben, weil Karim fürchtete, dich in seiner – und somit auch Arsinoes – Nähe zu wissen. Wohl niemals wird man erfahren, was dir letztlich zum Verhängnis wurde, ob es der Wille eines übellaunigen Gottes war, ein tragischer Zufall oder ein letzter geschickter Streich deiner Feinde. Es geschah an einem heißen Frühlingsmorgen, dass Arsinoe aufbrach, um in ihrem Oasengarten Einsamkeit und köstliche Kühle zu suchen. Du sahst sie von fern und grüßtest sie. Doch wagtest du dich nicht in ihre Nähe, denn auch du hattest schon von den dunklen Gerüchten gehört, die sich um dich und die schöne Fürstin rankten, und wolltest diesen Geschichten keine neue Nahrung geben. Zumal Arsinoe ohne ihre Dienerinnen gekommen war und es auch sonst niemanden im Garten gab, der hätte bezeugen können, dass dies nicht der Ort eines heimlichen Stelldicheins war. Du wolltest dich gerade entfernen, als Arsinoe einen überraschten Schrei ausstieß. Dann stöhnte sie und sank zu Boden, wie von einem unsichtbaren Dolch gefällt. Alle Vorsicht außer Acht lassend, liefst zu deiner Herrin, und als du sie erreichtest, sahst du noch gerade eben einen Todeskussskorpion im Rosendickicht verschwinden. Das Gift dieser tückischen Bestie lässt sengenden Schmerz durch alle Adern rinnen, doch seine heimtückischste Wirkung ist, dass es dem Herzen den Mut zu schlagen nimmt. Arsinoe lag hingestreckt vor dir am Ufer eines kleinen Teiches, umgeben von weißen Lilien. Sie hörte schon nicht mehr, wie du sie beim Namen riefst. Und so tatest du, was jeder Aufrechte getan hätte. Du beugtest dich zu ihr hinab, um selbstlos um ihr Leben zu kämpfen. Ein weiserer Mann hätte vielleicht um Hilfe gerufen und eher an seinen Ruf gedacht, doch Weisheit und stolze Ehrenhaftigkeit gehen oftmals nicht Hand in Hand. Als man dich fand, hattest du noch immer nicht aufgegeben, um deine Fürstin zu ringen, und du warst dir sicher, dass ihr Herz wieder zu schlagen begonnen hatte, schwach und unregelmäßig wie der Flügelschlag eines Vogels, der zum ersten Mal seine Fittiche ausstreckt. Doch man zerrte dich von ihr fort. Von Ferne muss es ausgesehen haben, als beugtest du dich wie ein ungestümer Liebender über sie. Arsinoes Kleider waren unschicklich verrutscht, die Brust über ihrem Herzen nahezu entblößt. Trotz all deiner Bitten und Drohungen brachte man dich fort von ihr. Und Arsinoe starb, noch bevor die Sonne den Mittagsstand erreichte. Karims falsche Ratgeber flüsterten ihm ein, sie sei vor Scham an gebrochenem Herzen gestorben. Und er glaubte ihnen. Wind und Wüstensand hatten ihr Werk vollendet. Von dem Mann, der er einst war, war nichts mehr geblieben. Er ließ mich und meine Mutter holen. Und während man Mutter langsam mit einem breiten Seidenschal erdrosselte, musste sie zusehen, wie er dich mit einem glühenden Eisen deiner Männlichkeit beraubte. Auch ließ er deine Zunge kürzen, weil er deine vermeintlichen Lügen nicht länger hören wollte. Er entschied, dass seit Jahren kein wahres Wort von deiner Zunge geformt worden sei, und wünschte, dass in den Tagen, die dir noch blieben, kein deutliches Wort mehr über deine Lippen kommen solle. Und dann befahl er dem Folterknecht, dass er dir eine Narbe für jede einzelne Narbe zufügen sollte, die seinen Fürstenleib zeichnete. Und er ließ seine Gewänder fallen und entblößte seinen geschundenen Körper, damit der Folterer sah, wie er seine Arbeit zu verrichten hatte. Selbst in den Augen jenes harten Mannes war für einen Augenblick lang Entsetzen zu sehen. Damit begann ein Martyrium, das viele Tage dauern sollte. Der Folterknecht verwendete seltene Salze, Affenhaar und Rosendornen, um zu verhindern, dass sich deine Wunden schlossen. In manche Wunden legte er sogar schwarzen Onyx, wie ein Goldschmied edle Steine in seine Schmuckstücke einfasst. So sah es aus, als starrten dunkle Augen aus deinem geschundenen Fleisch. Sieben Tage währte diese Marter schon, als dein Peiniger den Fehler machte, dich für einen gebrochenen Mann zu halten. Dafür zahlte er mit dem Leben, ebenso wie Fürst Karim, der den Befehl gegeben hatte, Mutter zu töten und mich zur Sklavin in seinem Palast zu machen, die man nachts zu den Ziegen sperrte, um sie zu demütigen. Auch zwei der falschen Berater des Fürsten erlebten das nächste Morgengrauen nicht. Doch dann mussten wir fliehen, denn deine Wunden hatten dich zu sehr geschwächt, und alle Krieger der Oase waren in hellem Aufruhr und versuchten, dich zu stellen. Männer, die jahrelang deine Freunde waren und die du in den Geheimnissen der alten Schwertmeister unterwiesen hattest, fielen vor deiner Klinge. So flohen wir in die Wüste. Vierzig Tage und vierzig Nächte blieben wir dort, und ich versorgte deine Wunden und lernte, die verstümmelten Worte zu verstehen, die über deine Lippen kamen. Die verräterischen Freunde des Fürsten waren klug genug, vor deinem Zorn zu fliehen. Trotz all der Krieger, die man zu ihrem Schutz aufbot, mochte keiner im Land der Söhne Zeynels bleiben. Unser Volk aber erklärte dich zum Verfemten, und man begann dich zu jagen, so wie du deinerseits ohne Gnade den falschen Ratgebern des Fürsten Karim nachstelltest. Und dies ist der Grund deiner Reise nach Iskendria. Du bist hier, um einem dieser Männer den Kuss deines Schwertes zu schenken.«

Erwartungsvoll blickte Ganda zu Ollowain auf. Jedes Mal, wenn sie die Geschichte erzählte, wurde sie besser. Sie schmückte sie aus, gab weitere Einzelheiten hinzu. Doch was hielt der Elf davon?

Ein spöttisches Lächeln spielte um seine Lippen. Glomm in seinen Augen kurz der Funke herzhaften Lachens? Wenn dieser Mistkerl etwas offenherziger wäre und nicht all seine Gefühle hinter seiner Arroganz versteckte, dann wäre es leichter, mit ihm auszukommen!

Aber so waren sie, die Elfen. Vor allem jene aus dem eisigen Norden, die zum Volk der Normirga gehörten. Äußerlich waren sie Eisklötze, doch in ihrem Innersten glomm ein gefährliches Feuer.

»Soeben habe ich beschlossen, auf jeden Fall anwesend zu sein, wenn du unserer Herrin Emerelle vom Ausgang unserer Reise berichtest. Du bist wahrhaft eine begnadete Lügnerin, Ganda. Geschichten zu erfinden, scheint dir große Freude zu bereiten. Vielleicht ähnelst du den Beratern deines Fürsten Karim. Bist du wie der Sand und der

Wind, die so lange an der Wahrheit nagen, bis niemand mehr ihr wahres Gesicht zu erkennen vermag?«

»Für dich werde ich immer nur sein, was du in meinem Volk siehst, Ollowain. Zumindest, was die Lutin angeht, hast du vor der Wahrheit schon lange die Augen verschlossen. Ich bin es leid, dich eines Besseren zu belehren oder dich wenigstens dazu zu bringen, in mir zuerst Ganda zu sehen, die immerhin das Vertrauen Emerelles genießt, und dann erst eine Lutin.« Und ich habe soeben beschlossen, dass du niemals erfahren wirst, was es mit dieser Geschichte wirklich auf sich hat, dachte Ganda. Sollte er ihr doch den Buckel runterrutschen! Verdammter Elf! Niemals würde er ihr glauben, dass sie ihm in der ersten Nacht auf der Galeere das Leben gerettet hatte. Wenn Ollowain wüsste, wofür man ihn gehalten hatte ... Sei's drum. Ihr Märchen um den tragischen Arban ben Chalasch war nützlich gewesen. Es war schon erstaunlich, dass Männer Geschichten um Verrat, Gemetzel und Blutrache viel lieber hörten als romantische Liebesgeschichten, die ein glückliches Ende nahmen. Eine Prise Liebe durfte schon dabei sein und auch ein Hauch Erotik, obwohl sie solche Erzählungen aus dem Munde eines jungen Mädchens gewiss nur verlegen gemacht hätten. Ganda lächelte still in sich hinein. Wie leicht es doch war, sie an der Nase herumzuführen. Selbst Ollowain war so berechenbar, wenn man ihn erst einmal ein bisschen kannte.

Mit weiten Schritten eilte sie voraus. Sie waren mehr als eine Meile gegangen, während sie ihre Geschichte erzählt hatte. Es dämmerte bereits. Doch im gleichen Maße, wie die Tageshitze wich und ein frischer Abendwind vom Meer her Einzug in Iskendria hielt, füllten sich die Straßen mit Menschen. Einige wollten offensichtlich noch letzte Einkäufe erledigen, andere vielleicht nur einen Spaziergang machen, bevor sie sich zur Ruhe legten.

Hohe Säulen säumten nun die Straße. Jede dritte trug in fünf Schritt Höhe einen Sims, auf dem eine überlebensgroße Statue aufgestellt war. Gewandet in grellbunt bemalte Gewänder, blickten sie würdevoll auf das Gewimmel zu ihren Füßen hinab. Auch die abendlichen Passanten teilten die Vorliebe für schreiende Farben. Es gab Männer, die rote Hosen mit goldgelbem Blütenmuster trugen, Kaufleute, die sich wie Fürsten in goldgesäumten Purpur hüllten und trotz der Hitze scheckige Pelzmützchen aufhatten. Frauen in Gewändern, so durchsichtig wie Gandas Schleier, kamen in Sänften die Straße entlang; jeder Schaulustige konnte die bunten Bilder und Muster begaffen, die sie sich auf die Haut hatten malen lassen. Manche bestäubten ihre Wangen mit Goldpulver und klebten sich winzige Edelsteine auf die Augenlider, eine Idee, an der Ganda Gefallen fand. Sie wünschte mehr Zeit zu haben, um diese aufregende Stadt zu erkunden. Und sie musste sich eingestehen, dass sie den Menschen Unrecht getan hatte. Nur selten war sie bei ihren Reisen über die Albenpfade in die Menschenwelt gekommen, und alle Orte, die sie bisher gesehen hatte, hatten in ihr nicht das Bedürfnis erweckt, sich länger dort aufzuhalten. Doch Iskendria war anders. Schon die Art, wie der Galeerenkapitän von der Stadt gesprochen hatte, hatte Ganda neugierig gemacht. Mal nannte er Iskendria eine offene Pestbeule, die jeder mit Verstand meiden musste, dann wieder sprach er von der Perle, dem kostbarsten Kleinod aller Meeresküsten. Er war der Stadt in inniger Hassliebe verfallen. Nirgendwo sonst, so sagte er, lagen Schönheit und Schrecken so dicht beisammen. Ausschweifend erzählte er von der Schönheit der Bauwerke und der Statuen, vom ehrgeizigen Streit der Dichter und Steinmetzen, das vollkommenste Kunstwerk zu erschaffen, von verrückten Fürsten, die stets nur ihre eigenen Geschwister heirateten, um das Blut der Familie rein zu erhalten. Von Kaufleuten, die in wenigen Jahren märchenhafte Schätze zusammentrugen und Feste feierten, die Königen würdig waren, so wie etwa die geheimnisvolle Sem-la, die eine ganze Flotte von Handelsschiffen ihr Eigen nannte, die in Geschäften stets eine glückliche Hand bewies und doch keinen Mann zu finden vermochte, mit dem sie länger als eine Nacht das Lager teilen wollte. Und er hatte von Balbar erzählt und der grausamen Priesterschaft des Gottes, die in Iskendria regierte.

Ollowain räusperte sich. Sie waren jetzt fast eine Meile schweigend nebeneinander hergegangen. »Als Märchen war deine Geschichte ja ganz hübsch. Nur wäre es mir lieber, wenn ich nicht als entmannter und verstümmelter Held die Hauptrolle darin spielen würde.«

War das ein Friedensangebot? Ganda war selbst überrascht, wie sehr es sie erleichterte, diese kindische Fehde mit dem Elfen womöglich beilegen zu können. Andererseits war sie zu stolz, um sofort auf Ollowains Angebot einzugehen.

»Was für eine Sorte Held bist du denn?«, fragte sie eine Spur schnippischer, als es eigentlich ihre Absicht war.

Ollowain ließ sich Zeit mit seiner Antwort. Zu viel Zeit! Ihr Blick wurde angelockt von den Wundern der Stadt, sie lauschte den Rufen der Händler und atmete die tausend unbekannten Düfte, die Iskendria verströmte. Dann sah sie die zertretenen Blütenblätter auf den breiten Marmorplatten der Straße. Es waren frische Blüten. Und sie erinnerte sich an die schrecklichste Geschichte, die der Galeerenkapitän erzählt hatte. An die Hochzeit des Gottes Balbar, die in diesen unruhigen Zeiten jeden Tag auf dem prächtigen Tempelplatz gefeiert wurde.

»Ich glaube, ich bin ein trauriger Held«, sagte Ollowain endlich, doch für solche Eingeständnisse blieb jetzt keine Zeit. Was immer der Elf von sich halten mochte, in ihren Augen war er ein Mann, der auf der Kippe stand. Etwas hatte ihn in seinen Grundfesten erschüttert. Ganda wusste nicht viel über den Krieg, den der Schwertmeister in der Snaiwamark und in der Welt der Menschen geführt hatte. Doch selbst das Wenige, das sie gehört hatte, reichte ihr, um sich sicher zu sein, dass der Elfenheld in seinem Innersten zutiefst verletzt war, auch wenn er äußerlich unversehrt wirkte. Wie sonst war zu erklären, dass ihn der Anblick der Katzen im Hafenbecken so sehr erschüttert hatte? Ganda hatte ihr Gespräch mit dem Kapitän abgebrochen, um auf Ollowain aufzupassen. Sie war überzeugt, dass er kurz davor gestanden hatte, das Floß der Priester zu entern. Und das alles wegen ein paar Katzen! Was würde er erst tun, wenn er sah, was vor dem Tempel des Balbar geschah? Sich in einem Aufbäumen unnützen Heldenmutes von der Menschenmasse dort in Stücke reißen lassen? Gewiss, er war der berühmteste Schwertkämpfer Albenmarks, aber nicht einmal er würde es überleben, wenn er allein den Zorn einer ganzen Stadt herausforderte. Und vielleicht wollte er das gar nicht? Vielleicht suchte er ja einen heldenhaften Tod? Sie blickte zu ihm auf. Er sah sie an, vielleicht schon die ganze Zeit. Offenbar wartete er immer noch auf eine Antwort von ihr. Seine Augen wirkten müde und traurig. Es gab Gerüchte, in der Schlacht von Phylangan sei seine Geliebte umgekommen. Doch niemand wusste etwas Genaues. Sah so ein Krieger aus, der nach einem guten Anlass suchte, sein Leben fortzuwerfen? Das wird nicht hier in Iskendria geschehen, dachte sie wütend. Nicht, solange ich für dich verantwortlich bin!

Jetzt hörte sie dumpfen Trommelschlag und den hellen Klang der Zimbeln. Ein Lied von düsterer Feierlichkeit erklang. Das Marktgeschrei und unablässige Murmeln der Stimmen rings herum verstummte. Immer mehr Menschen drängten an ihnen vorbei, um das Schauspiel nicht zu verpassen, das sich auf dem großen Tempelplatz anbahnte.

»Wir müssen jetzt hier entlang«, sagte Ganda entschieden und deutete auf eine enge Gasse, die von der Prozessionsstraße abzweigte.

»Sagtest du nicht, das Haus, zu dem wir müssen, läge nahe bei dem Platz dort oben auf dem Hügel?«, wandte Ollowain ein.

»Siehst du das Gedränge, Elf? Willst du dich an tausenden schwitzenden Menschenleibern vorbeischieben? Dort scheint irgendein Fest im Gange zu sein. Wir suchen uns einen Weg um den Platz herum. So gelangen wir auch zum Ziel, ersparen uns aber die Unannehmlichkeiten.«

Der Schwertmeister erhob keine weiteren Einwände und folgte ihr in das Labyrinth der Gassen. Ganda mühte sich, dem Platz fern zu bleiben, ohne völlig die Richtung zu verlieren. Die Häuser hier waren vier oder fünf Stockwerke hoch. Fleckige Sonnensegel waren über die Gassen gespannt. Anfangs hingen noch bunte Glaslaternen an den Hauswänden, die ein warmes Licht spendeten. Hier gab es auch noch Läden. Perlenhändler, die ihre Ware auf langen Schnüren aus Hundesehnen feilboten, oder Wasserverkäufer mit bauchigen Krügen auf dem Rücken und breiten Gürteln, in denen schlichte Tonbecher steckten, aus denen ihre Kunden trinken konnten. Ein Mann hatte an einem langen Stecken erschlagene Ratten aufgespießt, die er als Leckereien für Hauskatzen pries. Schenken, deren Theken in Mauerdurchbrüchen zur Gasse hin ausgerichtet waren, verhießen Bier, Wein und andere, exotischere Genüsse.

Die Häuser waren weiß verputzt. Der Regen und die Zeit hatten breite Schmutzbahnen auf die Fassaden gemalt. Hüfthoch waren die Wände mit rotbrauner Farbe getüncht, auf der der Dreck der Gosse weniger auffiel. Hölzerne Balkone streckten sich kühn über ihren Häuptern, und Holztreppen hangelten sich in scharfen Kehren an der Fassade hinauf zu den oberen Stockwerken. Allenthalben waren Leinen über die Gasse gespannt, auf denen Wäsche oder frisch gefärbte Tuchbahnen hingen.

Immer tiefer führte Ganda sie in das Labyrinth. Immer erbärmlicher wurden die Geschäfte, an denen sie vorüberkamen. Auf den Holztreppen saßen nun Weiber und Knaben, die sich lasziv räkelten und ihre Leiber zur Wollust anboten. Russzeichnungen an den Häuserwänden zeigten plumpe Figuren mit überbordender Männlichkeit. Werbesprüche priesen die Reize der Liebesdienerinnen.

So rühmte sich eine Asmandea, die Grotte zwischen ihren schneeweißen Schenkeln sei ein Ort, von dem selbst Fürsten träumten.

Die Gassen wurden enger und enger. Es stank nach gebratenem Fisch, zu lange getragenen Kleidern und eiliger Liebe, deren Höhepunkt vom Sand in einem Stundenglas diktiert wurde. Aufdringliche Weiber boten sich Ollowain an, strichen ihm über Schultern und Gesicht oder griffen ihm sogar ins Gemächt. Mit gurrenden Stimmen verhießen sie dem schönen Fremden unvergessliche Stunden, und sie fluchten wie die Kesselflicker, wenn er weiterging, ohne sie auch nur eines Blickes zu würdigen.

Mit der Zeit wurde sich Ganda der begehrlichen Blicke bewusst, die sich auf das Schwert des Elfen richteten. Die juwelenbesetzte Waffe war ein kleines Vermögen wert. Und auch sie starrte man an.

Schließlich landeten sie in einer Gasse, die schon nach einem kurzen Wegstück von den Trümmern eines eingestürzten Hauses versperrt wurde.

Ollowain lachte. »Hast du etwas dagegen, wenn ich jetzt die Führung übernehme? Du magst dich auf den Albenpfaden auskennen, aber hier hast du dich rettungslos verlaufen, nicht wahr?«

Aus den Augenwinkeln sah Ganda, wie sich die Müßiggänger von den Holztreppen über der Gasse ins Dunkel der Häuser zurückzogen. Der Elf ließ seine Hand auf den Griff seiner Waffe sinken.

Ein Balken knirschte in dem Trümmerhaufen vor ihnen. Steine rollten polternd auf den Weg. Jemand drückte sich in einen Hauseingang. Hinter ihnen erklang ein volltönender Bass. »Du hast den Weg verfehlt, Fremder, aber Ptolemos hat dich vorübergehen sehen, und deine Ware hat ihm gefallen.« Hinter ihnen stand ein Mann, dessen massiger Leib fast die ganze Gasse ausfüllte. Er wischte sich mit einem weißen Schweißtuch über die Stirn und schob es sich dann in den Ausschnitt seiner gelben Tunika. Von seinem Gürtel hingen ein schwerer Geldbeutel und ein eisenbeschlagener Knüppel. Dicke Adern rankten sich um seine erstaunlich muskulösen Beine.

Ollowain sah Ganda fragend an. Sie übersetzte ihm die Worte des Dicken. »Wir sind nicht interessiert«, sagte der Elf höflich.

»Nein, nein, nein.« Der Kerl schüttelte so heftig den Kopf, dass sein üppiges Doppelkinn hin und her schwabbelte. »Diese Antwort kann ich meinem Herrn nicht bringen. Ich sehe schon, du möchtest den Preis in die Höhe treiben.« Er nestelte an der Geldbörse herum und zählte dann drei goldene Münzen in seine fleischige Hand. »So viel ist uns deine Tochter wert. Und feilsche nicht mit mir! Mein Herr, Ptolemos, ist ein Suchender, er gehört zur höchsten Kaste der Balbarpriester. Du siehst, ich bin also im Auftrag des Gottes unterwegs, und mit Balbar feilscht man nicht, es sei denn, man möchte ihn und seine Diener erzürnen.« Mit diesen Worten drückte sich der Dicke gegen die Häuserwand und ließ zwei Gestalten vorbei, in deren Händen lange gebogene Messer blitzten.

»Was also ist dir lieber, Fremder? Gold oder Stahl? Eine andere Wahl bleibt dir nicht, denn der Gott hat entschieden, Gefallen an deiner Tochter zu haben. Du weißt ja, er verzehrt sich geradezu nach jungen Bräuten.«

Ganda dachte wieder an die Geschichten, die der Kapitän über den Stadtgott erzählt hatte. Jeden Tag ein junges Mädchen, das war der Preis, den Iskendria willig für seine Macht und seinen Wohlstand gab.

Ollowain verstand nur die Gesten der ausgestreckten Hand und der gezückten Dolche. Die Worte verstand er nicht. »Sag dem Dicken, dass es nicht in meinem Sinne ist, jemanden zu verletzen, und dass ich geneigt bin, ihn gehen zu lassen. Im Übrigen weiß ich um die drei anderen, die sich noch im Schatten verbergen.«

Ganda entschied sich, sich bei der Übersetzung ein paar Freiheiten herauszunehmen. »Mein Vater, der Scharfrichter und beste Schwertkämpfer der Söhne Zeynels, ist geneigt, dich am Leben zu lassen, wenn du deine fünf Halsabschneider einsammelst und dich schneller verpisst, als ich ausspucken kann. Ansonsten wird er ihnen den Hals umdrehen, ihnen die Eier abreißen und sie dir in dein großes Maul stopfen, damit du daran erstickst.«

Der Dicke sah sie mit weiten Augen an.

Ollowain löste die Fibel seines Umhangs und ließ ihn zu Boden fallen. Eine Geste voller Anmut, doch in ihrer stillen Gelassenheit zugleich bedrohlicher als die gezückten Dolche. Der Mantel würde ihn nun nicht im Kampf behindern. Auch den Schleier nahm er ab, sodass man sein schönes, ebenmäßiges Gesicht sehen konnte.

Der Wortführer der Meuchler hob seine Rechte und schnippte mit den Fingern. Etwas Dunkles stürzte aus den Schatten der Ruine. Zwei schwarz vermummte Gestalten versuchten den Elfen zu packen und zu Boden zu reißen. Doch obwohl sie Ganda so schnell wie Raubkatzen erschienen, wich Ollowain ihnen mühelos aus. Mit der Grazie eines Tänzers wirbelte er herum, ergriff den einen beim Arm und brach ihm mit einer knappen Drehung das Handgelenk, sodass der Dolch den gefühllosen Fingern des Meuchlers entglitt. Er stieß den schreienden Mann von sich, wirbelte erneut herum und versetzte einem anderen Angreifer einen Tritt gegen die Brust.

Ganda wich ein wenig zurück, ohne den Blick abzuwenden. Ein Fausthieb des Elfen traf einen der Männer gegen den Hals, und der Kerl brach röchelnd in die Knie. Wie beiläufig wich Ollowain einem Dolchstoß aus, der ihn nur um Haaresbreite verfehlte, und umarmte den Messerstecher, der aus dem Gleichgewicht geriet, fast wie ein Liebender sein Mädchen. Zärtlich strichen seine schlanken Finger den Hals des Mörders hinauf und verharrten kurz hinter dessen Ohr. Ganda sah, wie sich die Sehnen auf Ollowains Handrücken kurz spannten, dann sank der Mensch zu Boden.

Der Krieger, den der Tritt gegen die Brust getroffen hatte, kam stöhnend wieder auf die Beine. Er tauschte einen ängstlichen Blick mit dem Letzten seiner Gefährten. Beide wichen in Richtung der Ruine zurück.

Ollowains Bewegungen erinnerten Ganda an das Schweben eines langen Seidenbanners, umspielt von einer sanften Brise. Binnen eines Lidschlags war er zwischen den beiden. Ein Ellbogenstoß traf einen der Menschen seitlich am Kopf, den zweiten schickte ein Tritt ins Kniegelenk zu Boden. Wimmernd hielt er sein Bein, offensichtlich nicht mehr in der Lage aufzustehen.

Etwas Eisiges legte sich auf Gandas Kehle. Vor Angst und Überraschung brachte die Lutin keinen Ton hervor. Stumm verfluchte sie sich dafür, dass sie sich von dem Kampf derart hatte in Bann schlagen lassen und auf nichts anderes mehr Acht gegeben hatte. Eine schwere Hand packte sie bei der Schulter und zog sie ein Stück zurück. Der Dicke hatte ihr einen Dolch an den Hals gesetzt. »Du bist ein Girat, nicht wahr?« Seine Stimme überschlug sich, so hastig sprach er. »Einer der Wüstengeister. Das hättest du sagen sollen. Nicht diesen Unsinn mit dem Scharfrichter. Ich hätte niemals Hand an die Tochter eines Girat gelegt.«

»Dann nimm deine Klinge von meiner Kehle, du …« Der Druck des kalten Stahls verstärkte sich, und Ganda verstummte. So ein verdammtes Pech. Sie hätte den Dicken nicht aus den Augen lassen sollen! Sie war selber schuld, wenn sie jetzt in der Patsche saßen. Fünf Feinde lagen kampfunfähig am Boden, ohne dass Ollowain auch nur sein Schwert gezogen hätte. Und sie vermasselte alles, indem sie diesem miesen Kinderhändler geradezu in die Arme lief.

»Glaubst du, du würdest es überleben, wenn du meiner Tochter etwas antust?« Ollowain sprach ganz ruhig. Ja, er lächelte sogar, aber dieses Lächeln hatte nichts Beruhigendes. Natürlich verstand der Mensch ihn nicht. Ganda spürte, wie die Hand des Dicken nass vor Schweiß wurde. Die Lutin überlegte verzweifelt, wie sie aus eigener Kraft entkommen könnte. Sie beherrschte tausende Zauber. Sie könnte dem Dreckschwein Wespen in Mund und Nase zaubern, doch wenn er auch nur zuckte, würde für sie dieser Ausflug nach Iskendria mit durchschnittener Kehle enden. Und jeder verdammte Zauberspruch, der ihr einfiel, ließ ihm mehr als genug Zeit zum Zucken, es sei denn …

»Du schnallst jetzt dein Schwert ab, Girat, und legst dann die Hände in den Nacken. Wir finden einen Weg, wie wir alle lebend diese verdammte Gasse verlassen können. Du bekommst die Kleine …«

Ganda flüsterte drei Worte der Macht, und die Stimme des Kinderhändlers erstarb. Vorsichtig schob die Lutin die Klinge von ihrer Kehle fort.

Ollowain hob skeptisch eine Braue. Wie schafften es diese Elfen nur, so unglaublich überheblich zu wirken? Wahrscheinlich verbrachten sie Jahre ihres unendlichen Lebens vor Spiegeln, um ihre Gestik und Mimik zu vervollkommnen. »Was ist mit ihm?«

»Wie du siehst, kann ich mir durchaus alleine helfen«, entgegnete sie spitz. »Er hält sich im Augenblick für ein Marmorstandbild. Daran sollte sich bis zum Morgengrauen nichts ändern. Ich schlage vor, wir gehen.«

»Wozu braucht man solch einen Zauber?«

»Um ein Messer an der Kehle loszuwerden, natürlich«, antwortete Ganda ironisch. »Manchmal ist er auch ganz nützlich für einen erfreulichen Geschäftsabschluss.«

Ollowain schüttelte den Kopf und bückte sich nach seinem Umhang und dem Schleier. »Ist das eine nette Umschreibung für Diebstahl?«

»Es ist üble Verleumdung, uns Lutin dauernd zu unterstellen, wir seien ein Volk von Dieben«, entgegnete sie entrüstet. Natürlich war es in aller Regel so, dass der Wert der Waren, die sie zurückließen, wenn der Marmorzauber zum Einsatz kam, in keinem Verhältnis zum Wert der Waren stand, die sie mitnahmen, aber Diebe waren sie nicht! Diebe ließen gar nichts zurück! Nicht einmal ein symbolisches Goldstück.

Plötzlich warf sich Ollowain auf sie. Der Elf riss sie zu Boden. Sein Gewicht presste ihr die Luft aus den Lungen. Sie hörte ihre Rippen krachen. Etwas Warmes rieselte über ihre Hand. Blut!

Als Ollowain wieder aufstand, sah sie, wie der Mann mit dem zerschmetterten Knie verzweifelt versuchte, kriechend zwischen die Ruinen zu entkommen. Der Schwertmeister würdigte ihn keines Blickes. Ein großer, blutiger Fleck breitete sich unter seinem rechten Arm auf dem schneeweißen Gewand aus. Neben ihnen lag ein sichelförmiger Dolch im Staub.

»War der für mich bestimmt?«, stammelte Ganda erschrocken. Warum hatte der Kerl das getan? Der Kampf war doch entschieden.

»Hätte er dem etwas steifen, korpulenten Herrn dort vorne gegolten, hätte ich mich dem Dolch sicher nicht in den Weg geworfen.« Ollowain tastete vorsichtig über sein blutiges Gewand.

Ganda konnte noch immer nicht glauben, was geschehen war. »Du hast dich zwischen mich und das Messer gestellt? Du kannst mich doch nicht einmal leiden. Du hättest tot sein können. Du hättest …«

»Hättest, hättest, hättest.« Ollowain winkte ab, als sei nichts weiter geschehen. »Die Klinge hat eine meiner Rippen gestreift. Sie ist nicht tief eingedrungen. Ich bin nicht in Gefahr, verstehst du? Solche oberflächlichen Schnittwunden bluten stark und sehen sehr dramatisch aus, aber im Grunde sind sie nicht der Rede wert. Wenn du mir einen Gefallen tun möchtest, dann verzichte auf weitere Umwege und bring mich zum Hause Sem-las. Ich hätte gern ein wenig sauberes Leinen, um einen strammen Verband anzulegen.« Er knüllte seinen Schleier zusammen und presste ihn fest gegen die Wunde.

»Aber du hast mir das Leben gerettet! Du …«

Der Schwertmeister legte einen Finger an die Lippen und gebot ihr zu schweigen. »Ich habe getan, was Emerelle mir aufgetragen hat – dich beschützen. Nicht mehr und nicht weniger.«

Ganda nickte, aber die Sache war damit längst nicht für sie erledigt. Sie kannte niemand anderen, dem es eingefallen wäre, mit seinem Leib ein Messer aufzuhalten, das für sie bestimmt war. Sie wurde aus diesem verfluchten Elfen nicht schlau. Ja, sie ärgerte sich sogar gehörig darüber, wie er seine Heldentat kleinredete. Da traf sie einmal in ihrem Leben jemanden, der sich benahm wie ein Ritter aus den Liedern der Barden, selbstlos und edel, und dann machte er die Sache kaputt, indem er gleich darauf so tat, als sei es eine Kleinigkeit. Ihr Leben war keine Kleinigkeit! Jedenfalls nicht für sie.

Wütend stapfte sie voran und versuchte sich zu orientieren. Dann hörte sie wieder den düsteren Gesang. Er wies ihr den Weg zum Tempelplatz. Sollte Ollowain doch sehen, was dort vor sich ging! Verstockter Mistkerl!

Mehr und mehr Menschen kamen ihnen entgegen. Der Gesang jenseits der verwinkelten Häuserschluchten wurde leiser und verstummte. Dafür nahm der Lärm in den Gassen zu. Unflätige Lieder dröhnten aus den Tavernen, ein kleiner Junge pries lautstark die Kunststücke seines dressierten Affen.

Die Stadt wirkte plötzlich lebendiger, dachte Ganda. Das war Unsinn, das wusste sie. Und dennoch hatte sich etwas verändert. Die Menschen rings herum wirkten wie erlöst. Ihr Lachen klang heller …. Vielleicht lag es ja auch an ihr? Daran, dass sie wusste, dass der Schrecken für heute vorüber war? Auf einmal zeigte sich Iskendria von seiner besten Seite. Bis morgen erneut ein Priesterzug die prächtige Prozessionsstraße entlangschritt, um Balbar eine Braut zu bringen.

Es dauerte nicht lange, und sie erreichten eine Gasse,

an deren Ende der weite Platz gelegen war, der vom hohen Giebel des Balbartempels überragt wurde.

»Du wolltest nicht, dass ich dorthin gehe, nicht wahr?«, fragte Ollowain.

»Richtig«, entgegnete Ganda knapp.

»Und warum?«

»Sie verbrennen dort zu Ehren ihres Gottes kleine Mädchen. Und um dem Ganzen die Krone aufzusetzen, nennen sie das Mädchen Gottesbraut! Dieses widerliche Schauspiel soll eine Hochzeit sein. Ich wollte nicht, dass du das siehst. So wie du dich mit den Katzen im Hafen angestellt hast, fürchtete ich, du könntest durchdrehen. Diese Sorge hatte ich sicher nicht zu Unrecht, oder?«

Ollowain blieb ihr eine Antwort schuldig. An seinem Gesicht war nicht abzulesen, was er dachte, als sie auf den weiten Platz traten. In dessen Mitte erhob sich eine mehr als zehn Schritt hohe Statue. Sie zeigte einen Mann auf einem Thron, der einen langen, eckig gestutzten Bart trug. Die Arme der Figur waren seltsam angewinkelt und ruhten auf seinem Schoß. Das Götterbild hielt seine offenen Handflächen dem Himmel entgegen. Eine Gruppe Priester machte sich dort zu schaffen; sie waren über eine hölzerne, mit Blumenkränzen geschmückte Rampe hinauf zu den offenen Händen gelangt.

Der Kopf des Götzenbildes war leicht in den Nacken gelegt und der Mund weit aufgerissen, als wolle es etwas dem Himmel entgegenschreien. Dunkler, von rotem Feuerschein umspielter Rauch quoll aus der Öffnung.

Die Priester hoben etwas Längliches, in weiße Tücher Geschlagenes auf und schoben es in den Schlund des Götzenbildes. Was immer sie dort den Flammen übergaben, hatte etwa dieselbe Größe wie sie, dachte Ganda schaudernd.

»Das tun sie jeden Tag?«, fragte Ollowain mit belegter Stimme.

»Ja. Und wenn sie glauben, ihr Gott zürne ihnen, dann

feiern sie sogar mehrere dieser Hochzeiten am Tag. Iskendria ist kein sicherer Ort für junge hübsche Mädchen.«

Der Elf sah sie eindringlich an. Was dachte er jetzt? Fragte er sich, warum sie ausgerechnet die Gestalt eines kleinen Mädchens angenommen hatte? Sie hatte ja keine Ahnung gehabt …

»Bring uns fort von hier, Ganda. Ich will keine Stunde länger als notwendig in dieser Stadt verbringen.«

Die Lutin sah sich nach der Säule mit dem springenden Delfin um. Auch wenn der weite Platz Balbar geweiht war, so gab es hier doch auch Statuen anderer Götter. Der Delfin war der Gatte der Meeresgöttin Bessa, ein freundliches Geschöpf. Er half den Steuerleuten, die rechte Fahrtroute durch gefährliche Gewässer zu finden, und viele Geschichten rankten sich darum, wie er Schiffbrüchige rettete. Die Männer auf der Galeere hatten oft von dem Delfingott erzählt.

Endlich entdeckte Ganda das Bildnis des Delfins: Es erhob sich auf ihrer Seite des Platzes. Sie war froh, dass sie nicht an der Balbarstatue vorübergehen mussten. Die erste weite Straße, die hinter dem Bildnis des Delfins vom Platz abzweigte, führte zum Hause Sem-las; so hatte Emerelle es ihr beschrieben.

»Mein Scherz am Hafen tut mir leid«, sagte Ollowain unvermittelt.

Ganda blickte zu ihrem rätselhaften Reisegefährten auf. Aus diesen Elfen wurde man einfach nicht schlau. »Wovon redest du?«

»Von dem Händler für Opfertiere am Hafen. Du wusstest dort schon, dass sie ihren Göttern nicht nur weiße Katzen und Stiere opfern, nicht wahr? Ich hatte keine Ahnung, dass sie auch hellhäutige Mädchen … Ich … Es tut mir leid.« Der Schwertmeister hielt den Schleier noch immer auf die Wunde gepresst; der zarte Stoff war voll gesogen mit Blut. Seine Züge waren angespannt. Er litt, aber nicht an der Verletzung. Er wich ihrem Blick aus. Ein Elf, der sich vor einer Lutin schämte! Von so etwas hatte sie noch nie gehört. Eigentlich hätte er es verdient, sich noch eine Weile mit diesem Gefühl zu plagen, aber aus ihr unbegreiflichen Gründen tat Ollowain ihr leid. Ihr, die noch vor ein paar Tagen ruhig zugesehen hätte, wenn die Trolle Emerelles Burg gestürmt und jeden Elfen geschlachtet hätten, den sie zu packen bekamen.

»Ich weiß es seit dem ersten Tag der Schiffsreise. Der Kapitän und seine Männer ... Sie wollten dich bei Nacht überwältigen und ins Meer werfen. Sie dachten, dass du nach Iskendria reist, um mich dort an die Balbarpriester zu verkaufen. So etwas kommt wohl nicht selten vor. Deshalb habe ich die wilde Geschichte über dich erfunden.«

Sie sah, wie sich die Wangenmuskeln des Elfen spannten. »Du hast es also tatsächlich zu meinem Schutz getan.«

»Wenn du in Betracht ziehen könntest, dass wir Lutin nicht jedes Mal lügen, wenn wir den Mund aufmachen, dann würden wir beide vielleicht besser miteinander auskommen.«

»Wie es scheint, schulde ich dir also noch eine Entschuldigung.« Sein Ton war etwas frostiger geworden. »Es tut mir leid, wenn ich dich ungerecht behandelt habe.« Es war unverkennbar, dass es ihn Mühe kostete, die Worte über die Lippen zu bringen. Sein Gesicht spiegelte keine Reue. Es war ein reines Lippenbekenntnis.

Ganda war froh, endlich das Haus mit der breiten Marmortreppe zu sehen, von dem Emerelle ihr berichtet hatte. »Wir sind angekommen.« Sie deutete die Stufen hinauf. Sem-las Palast wirkte, verglichen mit den anderen Häusern, von außen erstaunlich unscheinbar. Die der Straße zugewandte Front hatte fast keine Fenster. Sie war schmucklos, sah man einmal von einem großen Wandbild ab, das Schiffe mit geblähten Segeln zeigte, umgeben von allerlei Meeresgetier.

Ganda hasste es, Treppen zu steigen. Nie dachten die

Baumeister an die kurzen Beine von Kobolden, wenn sie den Abstand der Treppenstufen bemaßen. Gut, in der Welt der Menschen war dies mangels Kobolden ein verzeihlicher Fehler. In Albenmark war es allerdings nicht besser, und dort waren die Steinmetzen und Baumeister obendrein meist Kobolde. Aber so waren die Elfen in ihrer Überheblichkeit. Sie verschwendeten keinen Gedanken an ihre Diener, die öfter als jeder andere Palastbewohner die Treppen hinauf- und hinabeilten.

Die Stufen führten hinauf zu einem schweren, zweiflügeligen Tor. Das schwarze Holz war mit Intarsien aus Perlmutt und Elfenbein geschmückt, die sich zu Bildern von Delfinen und Schiffen fügten. Vor dem Tor stand eine große dunkelhäutige Gestalt: ein Diener mit nacktem geöltem Oberkörper, um dessen Arme sich goldene Schlangenreife wanden.

»Sag deiner Herrin, dass ihre Königin ihr eine eilige Nachricht schickt.« Ganda sprach in der Sprache Iskendrias und betonte jedes einzelne Wort überdeutlich.

Der Wächter musterte sie beide eindringlich. Ollowains Wunde veranlasste ihn zu einem Stirnrunzeln. Endlich nickte er und öffnete das Tor. Er führte sie in die Eingangshalle, wo ein silberner Springbrunnen willkommene Kühle spendete. Der Duft von Zimt und Sandelholz schwang in der Luft, während die kleinen Flammen der Öllämpchen das dunkle Zwielicht der Halle kaum zu vertreiben vermochten.

Wortlos deutete ihr Führer auf eine steinerne Bank an der Wand. Dann verschwand er mit eiligen Schritten.

Ganda sah sich mit großen Augen um. »Ich glaube, es könnte mir gefallen, eine geheime Gesandte Emerelles in der Welt der Menschen zu sein.«

Ollowain überraschte sie, indem er antwortete. »Wenn ich mich recht erinnere, hat sie Sem-la – oder besser gesagt, Valynwyn – bestraft. Hier zu sein ist keine Gunst. Sie ist eine Verbannte.«

Die Lutin betrachtete die kostbaren Mosaiken auf dem Boden. Wenn man Elf war, konnte man sich offensichtlich alles erlauben. Hier zu leben, war keine Strafe! Sie dachte daran, wie ihr eigenes Volk rastlos mit den Hornechsen wanderte. Nie wussten sie, wo sie im nächsten Mond leben würden. Die einzige Gewissheit, die sie hatten, war die, dass man sie, ganz gleich, wohin sie auch gingen, niemals willkommen heißen würde. Wer die Lutin zu sich rief, der hatte meist dunkle Geschäfte im Sinn und legte größten Wert darauf, nicht mit ihnen gesehen zu werden. Deshalb durften sie, auch wenn sie ihre Aufträge zu größter Zufriedenheit erledigten, niemals mit Dankbarkeit rechnen.

Leise Schritte unterbrachen Gandas bittere Gedanken. Sie blickte auf. Die Hausherrin kam barfuß. Sie war eine hochgewachsene, schöne Frau. Ganz offensichtlich hatte der überraschende Besuch ihre Pläne für den Abend durcheinander gebracht. Sem-la trug eine wuchtige Perücke aus gefärbtem Pferdehaar. Ihr Gesicht war so stark geschminkt, dass es fast wie eine Maske wirkte. Die Augen hatte die Elfe mit Ruß umrandet, sie waren erschreckend dunkel. Auf irgendeine geheimnisvolle Weise hatte Sem-la es geschafft, das Weiß ihrer Augen türkis zu färben. Ihr Blick war unheimlich. Weder die kunstvoll gelegten Locken ihrer Perücke noch der perlenbestickte Seidenmantel, der ihre Nacktheit nur unvollkommen verbarg, vermochten von diesen Augen abzulenken. Ein sinnlicher, fremdartiger Duft ging von der Perücke aus, und Ganda roch, dass sich Sem-la auch zwischen ihren Schenkeln parfümiert hatte. Man musste schon wissen, dass die Herrin des Hauses eine Elfe war, um sie noch als solche zu erkennen.

»Ollowain, was für eine Überraschung, dich zu sehen. Bei Bessa, du bist ja verletzt, du …« Sem-la lächelte verlegen. »Entschuldigt, so lange treibe ich schon diese Maskerade, dass ich mir ganz wie die Menschen angewöhnt habe, bei jeder Gelegenheit den Namen eines ihrer Götzen anzurufen.«

»Alles, was ich brauche, ist ein sauberer Verband.«

»Nein, das werde ich nicht zulassen! Ich persönlich werde mich um deine Wunde kümmern. Ich bin bewandert in der Heilkunst, wie du dich vielleicht erinnerst.«

»Ich habe nicht vergessen, warum man dich verbannt hat«, entgegnete der Elf kühl.

Ganda beobachtete die beiden neugierig. Ob Ollowain dieser aufgedonnerten Elfenschlampe wohl einmal etwas bedeutet hatte? Wie Sem-la wohl ausgesehen hatte, bevor sie Jahrzehnte oder vielleicht sogar Jahrhunderte damit verbracht hatte, sich als Menschenweib zu verkleiden? Vielleicht war die Verbannung hierher doch eine härtere Strafe, als sie anfangs angenommen hatte?

»Ich bestehe darauf, dass ihr euch von eurer Reise erholt.«

»Wir müssen deine Gastfreundschaft leider zurückweisen«, erwiderte Ollowain in einer Entschiedenheit, die fast schon unhöflich war. »Unser Auftrag in der Bibliothek duldet keinerlei Aufschub.«

Sollten seine kühlen Worte Sem-la verletzt haben, ließ sie sich zumindest nichts anmerken. »Sei nicht töricht, Ollowain. Du weißt, ich bin eine gute Heilerin, und es würde nicht lange dauern. Weise mich nicht zurück.«

Der Schwertmeister zögerte noch einen Augenblick, doch schließlich nickte er zustimmend.

Ganda nahm zur Kenntnis, dass Sem-la sie nicht einmal eines Blickes würdigte. Die Lutin war es gewohnt, von adeligen Elfen wie Luft behandelt zu werden. Schweigend beobachtete sie, wie der Torwächter auf Geheiß seiner Herrin eine Schale mit Wasser und ein Kästchen brachte, in dem mehrere Furcht einflößend aussehende Messer und anderes chirurgisches Besteck lagen.

Geschickt zerschnitt die Elfe Ollowains Gewand und tupfte die Wunde sauber. Ganda sah, dass der Schnitt tiefer war, als der Schwertmeister behauptet hatte. Er musste viel Blut verloren haben. Warum hatte sich dieser Dummkopf so aufgespielt? Wut und Mitleid hielten sich in ihren Gefühlen die Waage. Er hatte keinen Augenblick gezögert, sein Leben für sie einzusetzen. An die Verachtung oder bestenfalls Überheblichkeit, mit der die meisten Albenkinder ihr Volk behandelten, hatte sie sich längst gewöhnt. Deshalb erschreckte sie seine Tat. Er hätte sterben können! Kein Elf opferte sein Leben für eine Lutin, es sei denn, er war versessen darauf, dem Tod zu begegnen. War das Ollowains Geheimnis? Sie wurde einfach nicht schlau aus ihm.

Sem-la legte die linke Hand auf die Wunde des Schwertmeisters, die Herzhand. Ganda wusste, wie man den Heilzauber wirkte, auch wenn sie ihn nie erlernt hatte. Man musste selbstlos sein, um eine Heilerin werden zu können. Zu heilen hieß, die Schmerzen des Verletzten zu teilen, während man ein magisches Band zu ihm knüpfte.

Die Lippen der Hausherrin bebten. Sie stöhnte leise.

Sem-la wirkte nicht wie eine selbstlose Frau. Wie hatte sie diesen Zweig der Zauberei meistern können? Je mehr man die Elfen kannte, desto unbegreiflicher wurden sie, dachte Ganda.

Als Sem-la ihre Hand zurückzog, war die Wunde verschwunden. Kein Schorf, nicht einmal eine feine weiße Narbe verrieten, wo Ollowain verletzt worden war.

Der Elf streckte prüfend den Arm. »Ich danke dir, und ich bedauere, dir Schmerzen bereitet zu haben.«

»So selten kommt einer der unseren hierher und nimmt sich die Zeit, für ein paar Stunden zu verweilen, dass ich froh bin, wenn ich wenigstens die Schmerzen mit einem meines Volkes teilen kann, wenn sonst schon nichts geblieben ist, das man teilen könnte.«

Ollowain stand auf und zog den Umhang über den zerschnittenen Ärmel. »Wenn du so freundlich wärst, mich und meine Gefährtin zu dem Albenstern zu führen, der sich in deinem Haus verbirgt?«

»Wie du es wünschst.« Sollte Sem-la enttäuscht oder

verärgert gewesen sein, so verstand sie es, ihre Gefühle zu verstecken. Sie klatschte zweimal laut in die Hände, und eine verborgene Tür nahe dem Silberbrunnen öffnete sich. Über zwei Treppen stiegen sie tief in einen Keller mit gewölbter Decke hinab. Der Boden hier war mit einem prächtigen Mosaik ausgelegt, das eine in schillerndem Rot aufgehende Sonne zeigte. Sieben Kraniche flogen in verschiedene Himmelsrichtungen davon. Ganda spürte die magische Kraft durch den Steinboden. In der Sonnenkugel am Boden trafen sich sieben Albenpfade zu einem großen Stern.

Sie kniete sich inmitten des Mosaiks nieder. Ihre Hände tasteten über den Boden. Sie nahm die lebendige Kraft des Netzes in sich auf. Vor ihren geschlossenen Augen tanzten vielfarbige Schlangen. Einen Augenblick nur dauerte es, dann fand Ganda den Weg, der fort aus der Welt der Menschen führte. In Gedanken ließ sie die Kraft des Pfades anschwellen, bis sich ein weites Tor aus goldenem Licht inmitten des Kellergewölbes erhob.

Stolz drehte sie sich zu den beiden Elfen um. Sie hatte sich während des Zaubers zu sehr konzentriert, um zu hören, was die beiden miteinander besprochen hatten.

»… werde sie dennoch bitten. Vielleicht wird sie ihr Urteil ja noch einmal überdenken.«

»Du kennst sie, Ollowain. Wie ich hörte, hat sie selbst ihre geliebte Freundin Noroelle verstoßen. Verbannt in die Einsamkeit der Zerbrochenen Welt. Welche Hoffnung sollte ich da haben? Ich stand der Königin nie sonderlich nahe.«

»Die Königin ist in der Weisheit ihres Ratschlusses unergründlich«, sagte Ollowain.

Leeres Elfengeschwätz, dachte Ganda. Mit diesem Spruch ließ sich alles entschuldigen. »Wir können gehen.«

Sem-la würdigte sie selbst jetzt keines Blickes. Sie umarmte Ollowain und trat zurück.

Seite an Seite mit dem Schwertmeister durchquerte

Ganda das Tor. Ein einziger Schritt nur brachte sie in eine andere Welt. Die Lutin hatte Angst vor der Bibliothek, auch wenn sie das weder Ollowain noch Emerelle eingestanden hatte. Nach allem, was sie über diesen Ort wusste, war es ein riesiger Komplex von mit Büchern gefüllten Räumen, der ins Herz eines riesigen Felsbrockens geschlagen war. Und dieser Fels trieb durch das Nichts. Er war ein Splitter der Zerbrochenen Welt. Nirgends gab es in der Bibliothek ein Fenster.

Gandas Hände waren feucht, als sie durch das Tor aus Licht trat. Stickige, abgestandene Luft schlug ihnen entgegen.

Vereinzelte Öllampen glommen im Dunkeln. Das Tor, das sich mit ihrer Ankunft geöffnet hatte, warf bernsteinfarbenes, warmes Licht in die große Halle. Hunderte Stehpulte waren um den Mosaikkreis angeordnet, in den sie der Pfad aus Licht geführt hatte. Er war schlichter als der, den sie erst vor einem Herzschlag im Hause Sem-las verlassen hatten. Ein einfaches geometrisches Muster fügte sich zu einem Kreis. Spiralen, unentwirrbar miteinander verwoben.

Langsam sank das Tor hinter ihnen in sich zusammen. Im gleichen Maße eroberte die Dunkelheit den weiten Raum zurück. Ganda war überrascht. Sie hatte etwas anderes erwartet. Etwas Eindrucksvolleres. Dies war also der Ort, an dem man Antwort auf alle Fragen fand, wenn man denn an der richtigen Stelle zu suchen wusste. Es war ein ziemlich angestaubter Ort.

Ein Geräusch ließ sie herumfahren. Das Licht des Tores war nun vollständig verloschen. Ein gutes Stück entfernt wurde eines der wenigen Öllämpchen emporgehoben. Viel zu hoch emporgehoben! Die Lutin sah aus den Augenwinkeln, wie Ollowain die Hand auf den Schwertgriff legte. »Was immer geschieht, Ganda, du bleibst hinter mir.«

EIN NEUER KÖNIG

Eisiger Wind schnitt Skanga ins Gesicht, als sie den flachen Hügel erklomm. Es war der Ort, an dem das Unglück seinen Anfang genommen hatte: der Albenstern, durch den sie Branbart und sein Heer ins Herzland hatte führen wollen. Sie spürte das stete Pulsieren der Kraftlinien, die sich hier schnitten. Nur sechs waren noch geblieben.

Auf der Ebene sammelten sich die Krieger. Sie bildeten deutlich abgegrenzte Gruppen. Noch bevor ein halber Tag nach dem Verschwinden des Königs verstrichen war, hatten die Machtkämpfe unter den überlebenden Herzögen begonnen. Sie alle wussten, dass eine Seele, die im Nichts verloren ging, nicht mehr wiedergeboren werden würde. Damit wäre die Königslinie erloschen. Nun würde allein Stärke darüber entscheiden, wer künftig über die Trolle herrschte. Skanga hatte das kommen sehen, deshalb hatte sie sich mit ihrer Rückkehr so sehr beeilt. Trotz ihrer Angst vor den Yingiz war sie erneut in das Wegenetz getreten, um hierher zurückzukehren.

Tausende Krieger umringten den Hügel. Wie ein Meer aus Lichtern in der Finsternis wirkten ihre Auren. Die alte Schamanin hätte nicht zu hoffen gewagt, dass so viele überlebt hatten. Nicht einmal ein Viertel des Heeres war vom Nichts verschlungen worden. Ihr Volk hatte einen schweren Schlag erlitten, aber es war immer noch stark, jedenfalls wenn sie verhindern konnte, dass die Herzöge sich einen Krieg um den Thron lieferten.

Müde stützte Skanga sich auf ihren Stab. An ihrer Seite stand Birga, ihre Schülerin und einzige Eingeweihte. Ihr hätte sie ohnehin nichts vormachen können. Sie sah, was es mit dem Kugelzauber auf sich hatte, dem Trugbild das dicht neben ihr schwebte: Branbarts Seele war gerettet, daran bestand kein Zweifel. Doch es war besser, wenn die Krieger ihres Volkes glaubten, Zeugen geworden zu sein, wie diese Seele zum Himmel aufstieg. Nur so konnte Skanga sich sicher sein, dass es keine Gerüchte darüber geben würde, der König sei in Wahrheit im Nichts gestorben. Deshalb hatte sie den Kugelzauber erschaffen.

Die Schamanin war nicht stolz auf ihren Betrug. Sie tat es aus Notwendigkeit. Ihr Volk musste fest daran glauben, dass ihr König wiedergeboren würde. Was es sah, wog schwerer als alle Worte. Der Betrug geschah um des Friedens willen, sagte sich Skanga. Nur deshalb!

Die alte Schamanin war zu Tode erschöpft. Seit sie tags zuvor zurückgekehrt war, hatte sie nicht geschlafen, denn sie hatte den Zauber aufrechterhalten müssen. Eine Kugel, die schimmerte wie Glas und in deren Innerem ein unstetes weißes Licht flackerte.

Jetzt ließ sie die Kugel ein Stück weit über ihrem Kopf schweben. Es war nur ein Illusionszauber, aber keiner dort unten vor dem Hügel würde an ihren Worten zweifeln. Sie würden glauben, was sie ihnen sagte.

Skanga spürte tausende Blicke auf sich ruhen. Sie waren ihr schwer wie ein Mühlrad. »Krieger der Snaiwamark, euer König ist von euch gegangen. Er starb nicht durch den Stahl einer Elfenklinge. Es war Magie der schändlichsten Art, die ihn letztlich das Leben kostete. Elfenmagie, gewirkt von der Tyrannin Emerelle. Sie war es, die den Albenpfad vernichtete, auf dem unser Heer marschierte. Sie hat getan, was noch keines der Kinder der Alben zuvor gewagt hat: Sie hat sich an der Magie der Älteren vergangen. Sie hat ein Stück aus dem magischen Wegenetz gerissen, das die Alben uns zum Geschenk gemacht haben. Wir Albenkinder sollten diese Gaben hüten. Doch Emerelle wusste, dass sie uns nicht mehr besiegen konnte. So tat sie das Unverzeihliche, statt sich in ihr unabwendbares Schicksal zu fügen.« Skanga streckte beide Hände der Lichtkugel entgegen, die über ihrem Haupt schwebte. »Bei deiner Seele, Branbart, schwöre ich Emerelle eine Fehde bis in den Tod.

Ich werde nicht ruhen, bis ich sie von ihrem Thron vertrieben habe. Ich weiß nicht, wie ihr fühlt, aber mir schmerzt das Herz in der Brust, wenn ich bedenke, wie Branbart, der König, der uns die gestohlene Snaiwamark zurückerobert hat, durch einen schändlichen Zauber fallen musste. Hörst du mich, mein König?«

Sie ließ das Licht in der Kugel flackern. »Seht, ihr Trollkrieger! Branbart ist bei uns!«

Skanga kniete nieder. Ihre alten Gelenke knackten, und sie hatte Sorge, dass sie trotz des Stabes vielleicht nicht ohne Hilfe wieder aufstehen könnte. »Bald gebe ich dich frei, mein Gebieter. Doch deine Kinder sollten dich noch ein letztes Mal sehen. Wisset, Krieger der Snaiwamark, drei Tage und drei Nächte kämpfte Branbart gegen die Schatten im Nichts, die heimtückischen Yingiz, die über uns herfielen, als der Albenzauber gebrochen ward. Selbst als längst jeder Krieger gefallen war, der mit uns in die heimtückische Falle geriet, mochte er nicht aufgeben. Doch die Zahl der Feinde war zu groß. Wo er einen überwand, standen sogleich zwei neue. Zuletzt bezwangen ihn die Seelenfresser, und sie zerstörten seinen Leib. Doch ich konnte retten, wonach sie sich am meisten verzehrten: die Seele des Kriegerhelden. So wird Branbart uns wiedergeboren werden.«

Skanga beobachtete, wie mehr und mehr Krieger auf die Knie gingen. Sie kannte sie. Sie waren rau und in den Augen der meisten anderen Albenkinder blutdürstige Ungeheuer, aber sie verehrten tapfere Kämpfer. Selbst wenn es Feinde waren.

»Seine letzten Worte, als er todwund in meinen Armen lag, galten euch, Krieger der Snaiwamark. Verschenkt das Land eurer Ahnen, um das wir so bitter gekämpft haben, nicht an eure Feinde. Seid eins und wartet, bis euch ein neuer König geboren wird. Lasst alle Fehden ruhen! Euer König ist tot. Doch er wird wiederkehren, denn Branbarts Liebe zu euch reicht über das Grab.«

Irgendwo unten auf der Ebene schlug jemand eine Kriegskeule auf seinen Holzschild. Ein zweiter Krieger nahm den Rhythmus auf, dann ein dutzend. Binnen weniger Herzschläge hallte die Eisebene wider vom Dröhnen der schweren Schilde. Sein Heer entrichtete Branbart einen letzten Gruß.

Vielleicht war Branbarts Seele jetzt ganz nahe. Irgendwo musste sie ja sein, dachte Skanga, und sie hoffte, dass ihr König diesen Abschied miterlebte. Aber auf diese Hoffnung allein hätte sie nicht bauen können. Sein Volk brauchte etwas Sichtbares.

Höher und höher stieg die magische Kugel, und dann ließ Skanga den Zauber in einem gleißenden Leuchten vergehen, das einen Lidschlag lang von Horizont zu Horizont reichte. Das Lärmen verstummte. Alle starrten in den eisigen Winterhimmel.

Die Schamanin spürte die Hitze des Albensteins durch ihr Flickengewand. Der Zauber hatte sie die letzten Kräfte gekostet. Bei jedem Atemzug spürte sie die gebrochenen Rippen, und das Handgelenk, das Branbart ihr verdreht hatte, brannte immer noch vor Schmerz. Mit zitternden Händen klammerte sie sich an ihren Stab.

Birga war bei ihr, bevor sie etwas sagen konnte. Behutsam half ihr die junge Schamanin auf die Beine. Sie stützte Skanga, als ihre Meisterin den vereisten Hügel hinabstieg.

Skanga ärgerte sich darüber, so schwach zu sein. Sie musste schlafen. Ihre blinden Augen blickten zum weiten Himmel empor. »War es gut?«, fragte sie leise. Sie konnte nur die Farben der Magie sehen. Wie der Zauber für ein gewöhnliches Auge aussah, vermochte sie nicht einmal zu ahnen.

Wieder erklang das Schildschlagen auf der Ebene. »Du hast den Namen Branbarts so unsterblich wie seine Seele gemacht«, sagte Birga feierlich.

Skanga dachte an das Nichts. An die lockenden Stimmen der Yingiz und das tausendfache Sterben. Unsterblich waren sie nicht, die Seelen. Sie blickte zum Himmel hinauf. Vielleicht würde Branbart ihr verzeihen.

Skangas Kniegelenke schmerzten, als habe man glühende Kohlen hinter ihre Kniescheiben gelegt. Welch einen rührseligen Unfug sie gerade gedacht hatte! Sie hatte es nicht nötig, dass Branbart ihr verzieh. Wenn seine Seele wiedergeboren wurde, wäre alle Erinnerung an sein vergangenes Leben ausgelöscht. Sie konnte dann von neuem damit beginnen, den König zu formen, wie sie es schon so oft getan hatte.

EUTERLÄUSE UND BÜCHERSCHLAG

Ollowain schob die Lutin zur Seite. Deshalb also hatte Emerelle darauf bestanden, dass ein Schwertkämpfer mit in die Bibliothek kam! Ein riesiger gehörnter Schatten hatte sich schnaufend zwischen den Schreibpulten erhoben. Ein Minotaur! Ein Fleisch fressendes Ungeheuer, größer, stärker und vor allem unberechenbarer, als es selbst die Trolle waren.

Die Bestie machte einen Schritt voran. Die Bewegung wurde von einem merkwürdigen, hölzernen Klacken begleitet.

Ollowain blinzelte. Der Minotaur schien sich auf einen wuchtigen Kampfstab zu stützen.

»Liuvar!«, rief Ganda. Es war das elfische Wort für Frieden. Welch eine kindische Idee, solch eine Bestie mit der Bitte um Frieden aufhalten zu wollen!

Der Kentaur hob etwas, das um seinen Hals hing. Durchdringender Glockenklang ertönte.

»Ganz hervorragend, Ganda. Jetzt hast du ihn auch noch auf die Idee gebracht, Verstärkung zu rufen. Als ob ein Minotaur noch nicht genug Ärger wäre!« Vorsichtig näherte Ollowain sich der Bestie. Er hatte entschieden, dass es günstiger war, zwischen den Stehpulten zu kämpfen. Ihn würden sie weniger behindern als dieses Monstrum, das fast doppelt so groß war wie er.

»Es hieß immer, man müsse die Wächter der Bibliothek um Frieden bitten«, flüsterte die Lutin kleinlaut.

Der Minotaur schnupperte. »Habt ihr Würmer?«, fragte er schwerfällig.

Ollowain hielt inne. Es war ein Ritual, sich vor einem Zweikampf gegenseitig Beleidigungen an den Kopf zu werfen. Trolle und andere Barbaren begannen gewöhnlich damit, unsägliche Dinge über die Mutter ihres Gegners und dessen Abstammung zu behaupten. Aber die Frage, ob man Würmer habe, war etwas ganz Neues. Der Schwertmeister überlegte kurz. Er sollte ähnlich primitiv und derb antworten. »Hast du Euterläuse?«

»Nein.« Der Minotaur sprach langsam, als wolle er jedes Wort erst wiederkäuen, bevor er es über die Lippen ließ. »Natürlich nicht. Ich bin ein Stier.«

Mit einem weiten Satz sprang Ollowain auf eines der Stehpulte. Der schmale Tisch war massiv und schwer; er bewegte sich nicht, als der Elf darauf landete. Der Schwertmeister beobachtete seinen Gegner misstrauisch. Entweder war der Minotaur sehr dämlich oder ein sehr selbstbewusster Kämpfer. Er blickte in Ollowains Richtung. Das war seine einzige Reaktion darauf, dass der Schwertmeister nun fast in Angriffsreichweite war.

Der Elf schätzte seine Aussichten, den Minotauren mit einem einzigen Hieb zu töten, als gut ein. Die Stehpulte gaben ihm im Kampf einen unerhörten Vorteil. Durch sie stand er hoch genug, um einen direkten Schwerthieb gegen die Kehle des Ungeheuers zu führen.

Aber etwas stimmte hier nicht. Dieser dämliche Stierkopf verhielt sich zu lässig. Er hob nicht einmal seinen Kampfstab …

Eiliger Hufschlag donnerte in der Ferne. Noch mehr von diesen Hörnerträgern! Was, zum Henker, mochte die Minotauren veranlasst haben, die Bibliothek zu besetzen? Diese Raubeine waren etwa so bibliophil veranlagt wie Trolle oder Nixen. Sie hatten hier nichts verloren.

Der Schwertmeister spannte sich. Er musste angreifen, damit wenigstens der erste Gegner schon bezwungen war, bevor die Verstärkung eintraf. Er federte in den Beinen. Dann sprang er. Mit einem formvollendeten Salto erreichte er das Stehpult neben seinem Gegner. Sein Schwert beschrieb einen blitzenden Bogen und verharrte weniger als einen Zoll breit vor der Kehle des Minotauren.

Dieser dämliche Ochsenschädel machte nicht die geringsten Anstalten, sich zu verteidigen. Ollowain konnte ihn doch nicht einfach niedermetzeln! Genauso wenig, wie er die Halsabschneider in der Gasse hatte umbringen können. Sie waren übel verprügelt worden. Das genügte! Sie zu töten wäre nicht ritterlich gewesen; zu groß war das Gefälle zwischen ihnen. Es lag keine Ehre darin, einen Feind abzuschlachten, der nicht in der Lage war, sich angemessen zu verteidigen.

»Nicht!«, klang eine Stimme durch die Finsternis.

Der dröhnende Hufschlag war nun ganz nahe. Ein weißer Kentaur preschte heran, der eine helle Laterne bei sich trug. »Nicht!«, schrie er noch einmal aus Leibeskräften.

Ollowain ließ das Schwert sinken.

Die Hufe des Kentauren schlugen Funken, als er auf dem glatten Steinboden zum Halten kam. »Nicht, im Namen der Hüter des Wissens! Kleos ist harmlos. Er wird euch nichts tun.«

Der Schwertmeister hatte in seinem Leben schon einige Minotauren getroffen. Er hatte welche in Vahan Calyd im Weihrauchrausch während des Festes der Lichter beim Tanzen beobachtet, hatte Minotaurenräuber in den endlosen Weiten des Windlands bekämpft und sie in den großen Höhlen der Mondberge zechen sehen. Er kannte viele Gesichter der großen Stiermänner. Doch harmlosen Minotauren war er noch nie begegnet!

Das Licht der Laterne erlaubte es dem Schwertmeister, Kleos näher zu betrachten. Der Minotaur war nicht bewaffnet! Was Ollowain im Dunkel für einen Kampfstab gehalten hatte, war ein Krückstock, auf den sich der Stiermann stützte. Sein rechtes Bein war schwer verkrüppelt. Unnatürlich verdreht vermochte es seinen schweren Leib offensichtlich nicht mehr zu tragen. Und die Augen! Sie waren von einer hellen, warmen Farbe, die an goldenen Bernstein erinnerte. Eines war auf Ollowain gerichtet, während das andere zur Decke hin verdreht war.

»Was ist denn mit Kleos passiert?«

»Bücherschlag«, murmelte der Minotaur undeutlich.

»Bücherschlag? Was ist das?«

»Das ist die direkte Folge davon, dass die Fürsten Albenmarks unsere Bibliothek seit einigen Jahrhunderten in sträflichster Weise vernachlässigen.« Der Schweif des Kentauren peitschte aufgeregt, während er sprach. Sein Pferdeleib hatte schneeweißes Fell; auch die Haut seines Oberkörpers war ungewöhnlich blass. Ein üppiger Vollbart reichte ihm bis weit auf die Brust hinab. Ein schmales Stirnband aus roter Seide bändigte das volle Haupthaar. Das Gesicht des Kentauren war von tiefen Falten durchzogen. Zwei strahlende Augen beherrschten das Greisenantlitz. Sie hatten die Farbe von frisch vergossenem Blut.

»Viele unserer Buchregale sind nicht direkt aus dem Fels geschlagen«, fuhr er in tadelndem Tonfall fort. »Das wäre die sicherste Art, Bücher zu verwahren, aber es fehlt uns an Steinmetzen. Also sind die meisten Regale aus Holz, das uns die Hure Valynwyn in ausreichendem Maße zukommen lässt. Sie hat uns auch Menschensklaven geschenkt, aber denen ist die Bibliothek nicht zuträglich. Sie werden schon nach kurzer Zeit wahnsinnig. Was wir hier bräuchten, wären ein paar hundert Kobolde, die uns die Regale in Ordnung bringen. Wir haben hier Holzwürmer. Schimmel zum Glück nicht, dafür ist die Luft zu trocken.« Er klopfte sich auf die Brust und hustete. »Obwohl trockene Luft den Lungen weit weniger zuträglich ist als unseren Büchern und Schriftrollen. Aber ich schweife ab. Man weiß nie, wie schlimm es mit den Holzwürmern ist. Manchmal sieht man in den Regalbrettern nur ein paar Löcher, aber in der Tiefe sind sie schon hoffnungslos zerfressen. Wenn es so weit ist, dann genügt manchmal eine geringfügige Erschütterung des Bodens, und ein Regal stürzt unter der Last seiner Bücher in sich zusammen. Eine Erschütterung wie von Kentauren- oder Minotaurenhufen. Ihr leichtfüßigen Elfen werdet nur sehr selten vom Bücherschlag getroffen.«

»Du willst mir doch nicht erzählen, Kleos sähe so aus, weil ihm ein paar Bücher auf die Schultern geprasselt sind.«

»Ein paar Bücher«, polterte der Kentaur los. »Der Weise schweigt lieber, als über Dinge zu reden, von denen er keine Ahnung hat. Aber offensichtlich bin ich hier an einen Krieger und nicht an einen Weisen geraten.« Der Pferdemann bedachte das blanke Schwert, das Ollowain noch immer in der Hand hielt, mit einem missbilligenden Blick. »Wir haben Regale, die vierzig Schritt hoch sind und in denen so viel Holz steckt, dass man eine Galeere daraus bauen könnte. Kannst du dir vorstellen, wie du aussiehst, wenn dir eine Galeere auf die Schultern fällt? Ganz zu schweigen von den tausenden von Büchern. Das ist es, was wir einen Bücherschlag nennen, Krieger. Es ist wie eine Lawine. Wir haben fünf Tage gebraucht, um Kleos zu befreien. Er war so zwischen Büchern eingequetscht, dass er sich nicht bewegen konnte. Seine rechte Hüfte und sein rechtes Knie waren zerschmettert. Ganz zu schweigen von seinem Schädel. Und während er hilflos dalag, sind ihm wohl Holzwürmer in die Nase gekrochen. Er muss schrecklich gelitten haben.« Der Kentaur senkte die Stimme. »Seitdem ist er ein wenig seltsam.«

»Kleos' Ohren sind noch gut!« Der stierköpfige Hüne schnaubte. »Und Kleos zerstampft Würmer!« Seine Nüstern blähten sich erneut, und er schnupperte an Ollowain. »Du bist sicher, dass du keine Würmer an dir trägst? Manchmal verstecken sie sich auch in einem. In der Nase oder in den Ohren.« Der Minotaur zerrte am Turban des Schwertmeisters und blickte ihm mit seinem gesunden Auge ins Ohr.

»Ganz sicher«, entgegnete Ollowain und schob sein Schwert zurück in die Scheide.

»Kleos war vor seinem Unfall der Hüter des Wissens in einem ganzen Abschnitt der Bibliothek. Es gibt wohl niemanden mehr in Albenmark, der sich in den Geheimnissen der Braukunst so gut auskennt wie Kleos einst. Aber der Bücherschlag hat ihn wie gesagt durcheinander gebracht. Seitdem wacht er hier am Tor.«

»Und Kleos wacht über die Würmer!« Der Minotaur stapfte witternd in Richtung des Mosaiks, bei dem sich der Albenstern befand.

»Er ist ein wenig schwierig«, flüsterte der Kentaur. »Er hat schon ganze Regale verwüstet, weil er glaubte, Bücherwürmer entdeckt zu haben. Und vor drei Monden hat er den südlichen Speisessaal verwüstet, weil es Nudeln gab, die er für Würmer gehalten hat. Hier, als Wächter beim Albenstern, kann er den wenigsten Schaden anrichten.«

»Kann ihm denn kein Heilkundiger helfen?«

Der Kentaur bedachte den Schwertmeister mit einem durchdringenden Blick. »Ich sagte dir doch schon, man hat uns in Albenmark vergessen. Uns fehlen nicht nur Steinmetzen und Zimmerleute, wir haben auch keinen Heilkundigen hier. Mit dieser Hure Valynwyn meiden wir soweit möglich jeglichen Umgang. Sie mag einmal eine bedeutende Heilerin gewesen sein, aber jetzt …« Er peitschte wild mit dem Schweif. »Reden wir lieber nicht darüber.

Das regt mich nur zu sehr auf! Dass eine Elfe sich Menschen hingeben kann! Widerlich ... Unnatürlich!« Der Kentaur strich sich über den langen Bart. »Wir haben selten Besuch hier unten in letzter Zeit.«

»Vielleicht liegt das an eurem neuen Wächter. Mich hat er erschreckt.«

»Nein, nein. Kleos ist ganz friedlich.«

»Das steht ihm nicht gerade auf der Stirn geschrieben.«

»Du wirst schon sehen, Fremder ...« Der Kentaur wirkte plötzlich verlegen. »Wie unhöflich von mir«, murmelte er, ohne dass er die blutroten Augen abgewandt hätte. »Ich bin Chiron von Arkadien, seinerzeit Lehrer des Königs von Tanthalia.«

Der Schwertmeister deutete eine Verbeugung an. »Mein Name ist Ollowain.«

»Der Ollowain? Der Schwertmeister Emerelles?« Chiron pfiff leise durch die Zähne. Dann musterte er sein Gegenüber vom Scheitel bis zur Sohle. »Ollowain also ... In der Bibliothek gibt es ein eigenes Regalbrett mit Büchern und Berichten über dich. Meister Gengalos wird sich freuen, einen so bedeutenden Gast willkommen zu heißen. Er ist der Hüter des Wissens in diesem Bereich der Bibliothek.«

Kleos schob geräuschvoll einige Tischpulte zur Seite. »Wo ist das Mädchen?«, rief er ärgerlich. »Sie wird doch keine Würmer verstecken!«

Ganda trat hinter einem der Pulte hervor und hielt sich dicht an Ollowains Seite. »Ich habe keine Würmer«, sagte sie freundlich. »Du musst dir meinetwegen keine Sorgen machen.«

Ollowain wunderte sich darüber, dass sie nichts unternahm, um den hünenhaften Wächter zu verspotten. Offensichtlich hatte sie beschlossen, in der Bibliothek etwas diplomatischer als sonst vorzugehen, dachte der Elf erleichtert.

Ganda trug zwar noch das perlenbesetzte weiße Kleid, doch hatte sie wieder ihre eigentliche Gestalt angenommen. Ihr Fuchskopf kam Ollowain jetzt sehr befremdlich vor. Er hatte sich an das Gesicht des kleinen Mädchens gewöhnt.

»Das ist ja eine Lutin!«, rief Chiron zutiefst erschüttert. »Du hast eine Lutin hierher gebracht! Wie konntest du nur!«

»Das ist ja ein Kentaur«, äffte Ganda seinen Tonfall nach. »Und im Übrigen war ich es, die Ollowain hierher gebracht hat. Nur um die Tatsachen klarzustellen.« Sie leckte sich mit ihrer kleinen rosa Zunge über die Nasenspitze und bedachte den Pferdemann mit einem spöttischen Blick. »Ich bin neugierig herauszufinden, wer von uns der Bibliothek hier größeren Schaden zufügt. Eine Lutin, der ein Elf auf die Finger schaut, damit sie keine Bücher klaut, oder ein Kentaur, der große Haufen in den Gängen hinterlässt, weil sein Volk zu dämlich ist, sich auf einem Donnerbalken niederzulassen.«

Bei der Vorstellung von einem Kentauren auf einem Donnerbalken musste Ollowain ein Grinsen unterdrücken. Er räusperte sich verlegen. »Sie meint es nicht, so. Sie ...«

»Doch, doch. Sie meint es genau so«, unterbrach ihn Chiron. »Sie ist eine Lutin! Und ich hoffe, dass du genau das tun wirst, was sie sagt. Ihr auf die Finger schauen! Bücherdiebstahl ist das schlimmste aller Verbrechen. Diese Bibliothek ist das Gedächtnis unserer Welt. Was alle anderen längst vergessen haben, wir bewahren es. Wer hier etwas stiehlt, der mordet ein Stück der Erinnerung unserer Welt. Ja, solch ein Dieb ist sogar schlimmer als ein Mörder, auch wenn an seinen Händen kein Blut klebt. Ein Mörder löscht ein Leben aus, aber er kann nicht die Erinnerung an sein Opfer löschen. Ein Diebstahl hier vermag hingegen das letzte Wissen über längst vergangene Königreiche zu vernichten. Dann ist es, als hätte es sie niemals gegeben. Und wende jetzt nicht ein, ein Dieb würde seine Beute nicht vernichten. Wenn ein Buch verschwindet und wir nicht mehr wissen, wo es zu finden ist, dann betrachten wir es als vernichtet.« Er warf der Lutin einen vernichtenden Blick zu. »Die Hüter des Wissens sind für ihren Langmut bekannt, doch wenn du ein Buch entwendest, dann kennen wir dafür nur eine Strafe, die Strafe für besonders gewissenlose und heimtückische Mörder: den Tod. Und du …«

»Ja, ja, es reicht. Ich habe verstanden. Ich werde mich nicht an euren geliebten Schriften vergehen. Sehe ich vielleicht aus wie ein Bücherwurm?«

Ollowain warf dem Minotauren einen besorgten Blick zu. Solche Scherze sollte sich Ganda lieber verkneifen!

Der stierköpfige Hüne neigte den Kopf. Sein linkes Auge musterte sie aufmerksam, während das rechte weiterhin die Decke anstarrte.

Der Schwertmeister hielt den Atem an.

Kleos ließ die Augen rollen, dann verfiel er in ein bellendes Lachen, das die Pulte im weiten Saal erbeben ließ. »Nein, Mädchen. Du bist kein Bücherwurm. Wirklich nicht!« Der Minotaur hinkte ihr entgegen und tätschelte ihr mit der riesigen Pranke über den Fuchskopf. »Kein Wurm. Wirklich nicht!«

»Wenn ihr mit den Vertraulichkeiten fertig seid, würdet ihr dann in Erwägung ziehen, mir zu folgen?« Chiron hatte ein wenig Abstand von ihnen genommen, ließ Ganda aber nicht aus den Augen. »Ich muss euch nun zu Meister Gengalos bringen, einem der Hüter des Wissens. Er wird darüber entscheiden, welchen Dienst ihr der Bibliothek erweisen könnt.«

»Was für einen Dienst?«, wollte Ganda wissen. »Wir sind im Namen der Königin hier, um etwas in Erfahrung zu bringen. Du wirst doch wohl nicht unsere Mission behindern?«

»Darüber habe ich nicht zu befinden.« Er wandte sich um. »Wenn ihr mir nun folgen würdet? Alle weiteren Fragen wird euch Meister Gengalos beantworten.«

Schweigend führte sie Chiron durch weite Hallen und

Flure. Endlose Regale zogen an ihnen vorüber. Die schiere Anzahl der Bücher ließ Ollowain verzweifeln. Ohne Hilfe könnte man hier bis ans Ende seiner Tage suchen – selbst als Elf.«

Auf dem ganzen Weg begegneten sie niemandem. Gab es hier denn keine anderen Besucher außer ihnen? Ollowain machte sich Sorgen wegen der Lutin. Hoffentlich war ihr klar, dass sie auf Hilfe angewiesen waren.

Die Bibliothek war ein Ort der Finsternis. Nur wenige Laternen beleuchteten die weiten Flure. Die Düsternis ließ die Hallen noch größer und abweisender erscheinen. Ab und zu waren Barinsteine in die Decken eingelassen, die warmes, honigfarbenes Licht verstrahlten. Doch sie waren viel zu selten. Mit der Zeit kam der Elf zu der Überzeugung, dass hier an allem Mangel herrschte außer an Büchern.

Sie mochten eine halbe Stunde oder länger gegangen sein, als Chiron sie in einen Saal mit bunt bemalter Decke führte. Es war der erste Ort, den sie betraten, an dem das Licht über die Schatten siegte. Eine lange Reihe von Lesepulten stand im Mittelgang zwischen wuchtigen Regalen. Dort saß eine einzelne, schlanke Gestalt in einer sandfarbenen Kutte. Sie hatte die Kapuze tief ins Gesicht gezogen und war ganz darin versunken, welke Blätter zu betrachten, die vor ihr auf dem Lesepult lagen.

Chiron gab ihnen ein Zeichen, stehen zu bleiben, und ging dann das letzte Stück zum Pult. Lange Zeit blickte er auf die vermummte Gestalt hinab, bis er sich schließlich leise räusperte. »Meister Gengalos, verzeiht, wenn ich störe. Es sind Gäste eingetroffen. Sie sagen, Königin Emerelle habe sie geschickt. Einer von ihnen ist der berühmte Schwertmeister Ollowain.«

Die Gestalt am Pult hob das Haupt, doch ihr Gesicht blieb im Schatten der Kapuze verborgen. »So, so. Gesandte der Königin.« Seine Stimme klang warm und freundlich. »Und ich nehme an, sie haben es eilig.«

Chiron lächelte. »Ihr sagt es, Meister.«

»Ollowain, Schwertmeister von Albenmark, und auch Ihr, junge Lutin, tretet vor, damit ich über Eure Aufgaben entscheiden kann«, sagte der Kuttenträger feierlich.

Ollowain zog das Siegel der Königin aus seiner Börse und legte es vor dem Hüter des Wissens auf den Tisch. »Bei allem Respekt, Meister Gengalos, aber wir können uns nicht irgendwelchen aufwändigen Ritualen und Prüfungen unterwerfen. Wir sind im Auftrag der Königin hier, und unsere Mission gebietet uns größte Eile. Seht Emerelles Siegel als Beweis für die Wahrheit meiner Worte. Ich bitte Euch darum, uns mit allen zur Verfügung stehenden Mitteln zu unterstützen.«

Gengalos strich mit schlanken, weißen Fingern über eines der vor ihm liegenden Dokumente. Jetzt erst bemerkte Ollowain, dass alle Blätter auf dem Tisch mit Mustern aus zierlichen Buchstaben bedeckt waren. Die Schriftzeichen waren nicht in Reihen angeordnet. Sie schienen sich vielmehr an den Adern der Blätter auszurichten.

»Bevor ich auf deine Forderung antworte, sollst du wissen, dass ich kein nachtragender Mann bin, Ollowain. Du ahnst wahrscheinlich nicht, wie oft ich an den Fürstenhöfen Albenmarks war und eine ganz ähnliche Bitte vorgetragen habe wie du: die Bitte um Unterstützung. Diese Bibliothek droht zu zerfallen. Du hast Kleos ja gesehen. Einst war er ein Weiser, nun ist er nur noch ein Würmerjäger. Bücher brauchen Pflege, Ollowain. Und unsere Bibliothek wächst. Ständig kommen neue Schriften hinzu, ohne dass wir die Möglichkeit hätten, unsere Räumlichkeiten zu erweitern. Gewiss, man mag meinen, mehr als tausend Lesesäle – die Bücherlager und kleineren Leseräume gar nicht mitgerechnet – seien genug. Doch unser Wissen wächst mit jedem Tag. Wir sind wie ein Zierbaum, der in ein zu enges Gefäß gepflanzt wurde. Unsere Wurzeln bilden verschlungene Knoten. Wir werden an uns ersticken, wenn wir keine Hilfe erhalten, oder aber wir müssen damit beginnen, Wissen zu vernichten. Müssen Dinge für unwichtig erklären und sie fortwerfen.« Er deutete auf das welke Blatt vor ihm. »Dies sind Gedichte von Blütenfeen, niedergeschrieben auf Eichenblättern. Seit vielen Jahren beschäftige ich mich nun schon mit dieser Lyrik, und doch verzaubert sie mich jeden Tag aufs Neue. Schriftzeichen und Blattadern stehen in vieldeutiger Harmonie zueinander. Blütenfeen gelten als sprunghaft und geschwätzig, doch wem sich ihre Gedichte erschließen, der begreift, dass sie vielleicht die zartesten Seelen Albenmarks sind. So zart, dass sie schon unter einem Schatten vergehen.« Er hob den Kopf. »Nicht wahr, Ganda?«

»Du liest in meinen Gedanken, Meister?« Die Lutin hörte sich überraschend kleinlaut an.

Die Erkenntnis, dass man vor Gengalos nichts verbergen konnte, beunruhigte Ollowain. Um möglichst wenig von sich preiszugeben, dachte er an die Schrittfolgen der ersten Lektion des Schattenkampfs, einer Schwertkampfübung, bei der man wie ein Tänzer in streng festgelegten Bewegungsabläufen gegen imaginäre Gegner antrat.

»Was sperrst du dich, Schwertmeister?« Gengalos klang enttäuscht. »Zu wissen ist meine Aufgabe. Das ist der Sinn dieser Bibliothek. Also nehme ich Wissen auf, wo immer ich es finde, und ich suche vor allem dort, wo man etwas vor mir verbergen will. Aber ich werde es dir nicht mit Gewalt entreißen. Ihr wollt meine Hilfe. Ihr seid hier, um den Schaden zu begrenzen, den eure Königin im Zorn angerichtet hat. Eigentlich sollte Emerelle hier stehen …«

»Sie verteidigt Albenmark«, unterbrach ihn Ollowain kühl. »Das Herzland ist in Gefahr.«

»Ja, in einer Gefahr, die Emerelle selbst heraufbeschworen hat. Glaubst du, sie war leichtfertig? Oder hat sie es getan, um ihre Herrschaft im Schatten einer neuen Bedrohung auch weiterhin zu rechtfertigen? Glaubst du, Albenmark wird vergehen, wenn Emerelle nicht mehr herrscht? Glaubst du, das Werk der Alben ist so schwach, dass es von einer einzigen Seele abhängt?«

»Was ich glaube oder nicht, tut nichts zur Sache. Ich habe eine Mission, und die werde ich erfüllen. Wirst du mir helfen, Meister Gengalos? Stehst du für oder wider die Königin? Bekenne dich!«

Der Hüter des Wissens erhob sich. Er war fast einen Kopf größer als Ollowain. »Das ist das Ärgernis mit euch Elfen. Ihr bringt wunderbare Künstler hervor, Dichter und Philosophen, Baumeister und Krieger, die ihresgleichen suchen. Nur in einer Sache seid ihr jämmerlich. Entweder ist man für euch, oder man ist gegen euch. Dazwischen gibt es nichts. Euch würde niemals einfallen, dass ihr Feinde habt, die euch im Grunde ihres Herzens lieben. Ein Teil eurer Größe liegt darin begründet, dass ihr euch gegen sie behaupten müsst. Vielleicht bin auch ich solch ein Feind, Ollowain? Hier gelten Emerelles Befehle und Wünsche nichts. Und komm mir nicht damit, dass Albenmark bedroht ist. Mir bedeutet es ebenso wenig wie Ganda, wer dort herrscht. Eine Welt zu retten ... das ist ein zu großes Ziel, um wahrhaftig zu sein. Unsere wirklichen Beweggründe sind in der Regel von viel geringerer Natur. Das schätze ich an deiner Begleiterin. Sie ist hier, um die Blütenfeen vor den Schatten zu retten, die Emerelle so leichtfertig in eure Welt gelassen hat. Sie kennt ihre Gedichte, und sie war ihren Seelen nahe. Auch wenn mein geschätzter Freund Chiron nicht viel von den Lutin im Allgemeinen hält, so heiße ich dich ausdrücklich willkommen in der Bibliothek, Ganda. Die Schriften über die Geheimnisse der Alben werden dir offen liegen. Doch sei gewarnt, sie können den Geist verwirren und sind nur selten eine Hilfe. Du aber, Ollowain, wirst für euch beide den Preis zahlen, den Iskendria von seinen Besuchern fordert. Du wirst dem Hüter der Albenschriften in allen Einzelheiten von den Kämpfen um die Snaiwamark berichten. Unser Wissen über diese Auseinandersetzung ist noch sehr lückenhaft, und wer könnte diese Lücken besser schließen als der Feldherr, der den Oberbefehl auf Seiten der Elfen führte.«

»Das kann ich nicht«, sagte der Schwertmeister.

»Warum? Weil du die Erinnerung an all das, was zu Lyndwyns Tod führte, tief in dir begraben möchtest?«

»Wenn du ohnehin in meinen Gedanken liest, warum sollte ich dir dann noch etwas berichten?«, begehrte Ollowain auf. »Weil es dir Freude macht, mich zu quälen?«

»Nein, Elf. Weil es einen Unterschied macht, ob diese Geschichte in deinen oder meinen Worten niedergeschrieben wird. Du hast bis morgen Zeit, dich zu entscheiden, Ollowain. Chiron wird euch jetzt zu euren Unterkünften bringen, in denen ihr ein Nachtlager für die Dauer eures Aufenthalts in der Bibliothek findet. So ist es Brauch bei uns. Jeder Suchende soll zunächst eine Nacht mit sich und seinen Gedanken verbringen, bevor wir ihn zu den Büchern führen. Ihr seid nun entlassen.«

Der Schwertmeister ahnte, dass es sinnlos wäre, sich gegen die Befehle von Meister Gengalos aufzulehnen. Noch wusste er nicht, wie er sich entscheiden würde. Bisher hatte er allein Emerelle von den Ereignissen in Phylangan berichtet. Sonst hatte er mit niemandem darüber gesprochen. Es war zu schmerzhaft.

Ganda schwieg, bis Chiron ihnen beiden ihre Räume zugewiesen hatte. Die Lutin war ungewöhnlich still. Erst als der Kentaur längst gegangen war und Ollowain auf seinem Bett ruhte, ohne Schlaf finden zu können, kam sie zu ihm.

»Ich glaube, wir werden betrogen«, flüsterte sie. »Ich gehe mich jetzt ein wenig umsehen. Ich habe das Gefühl, dass sie irgendwelche Bücher vor uns verbergen wollen und wir deshalb in diese Zimmer gebracht worden sind. Sie hätten uns doch gleich zu den Schriften bringen können. Du hast Gengalos deutlich genug gesagt, dass es eilig ist.«

Ollowain zuckte müde mit den Schultern. »Du hast doch gehört, was Gengalos meinte. Dass es Brauch sei, sich eine Nacht lang zu besinnen.«

»Ach, Schnickschnack! Es würde mich nicht wundern,

wenn er diesen Brauch eben erst erfunden hätte! Sie haben etwas zu verbergen, deshalb haben sie uns erst einmal hierher geschafft. Hast du etwas dagegen, wenn ich jetzt einen kleinen *Spaziergang* unternehme?«

»Würdest du dich denn daran halten, wenn ich es dir verbieten würde?«

Die Lutin lächelte verschmitzt. »Vielleicht. Du bist doch der Anführer.«

»Geh.«

EIN SAAL AUS LICHT

Ganda war müde, und sie ärgerte sich über Chiron. Fünf Schritt voraus wackelte sein verdammter Pferdeschweif, und sie war sich sicher, dass ihm bewusst war, dass er gerade so schnell ging, dass sie laufen musste, um mit ihm und Ollowain Schritt zu halten.

Ohne sie oder den Schwertmeister auch nur eines Blickes zu würdigen, schwadronierte er über die Wunder der Bibliothek. Sie eilten an Wänden entlang, die mit Regalen bedeckt waren, welche sich zur Decke hin in der Finsternis verloren. Spiralförmige Leitern wanden sich an den Bücherwällen empor und führten auf schmale, hölzerne Galerien, wo Ganda noch mehr Leitern entdecken konnte, die immer weiter hinaufführten.

Sie fragte sich, welche Bücher wohl dort oben standen? Die besonders bedeutsamen, die man vor den Blicken Uneingeweihter verstecken wollte? Oder die besonders nichtssagenden, die man in die fernsten Winkel verbannte, weil sie es nicht wert waren, auch nur die Aufmerksamkeit eines flüchtigen Blickes im Vorübergehen zu erhalten?

Ganda war in der Nacht noch lange unterwegs gewesen, und obwohl sie mit solchen heimlichen Ausflügen bestens vertraut war, hatte sie sich beinahe verirrt. Die Bibliothek war ein Labyrinth. Sie hatte einer der unsichtbaren Kraftlinien folgen müssen, bis sie zum Albenstern fand, der sie hierher gebracht hatte. Erst von diesem bekannten Ort aus hatte sie es geschafft, wieder zurück zu ihrem Zimmer zu finden. Den Weg zum Albenstern würde sie in Zukunft ohne Mühe finden. Es war immer gut zu wissen, dass es einen Fluchtweg gab.

Als Ganda zu ihrem Zimmer zurückkehrte, hatte sie Licht durch den Türspalt von Ollowains Kammer fallen sehen. Offensichtlich hatte auch er keinen Schlaf finden können. War die Erinnerung an Phylangan so quälend? Oder war es etwas anderes, das ihm die Nachtruhe raubte? Am nächsten Morgen sah man ihm nicht an, dass er übernächtigt war. Das war das Übel mit den Elfen! Sie konnten tun und lassen, was sie wollten, nichts hinterließ eine Spur an ihnen. Wie aus Marmor gehauen waren ihre Gesichter. Ärgerlich! Sie selbst hatte blutunterlaufene Augen und fühlte sich wie eine Schlafwandlerin, als sie jetzt diesem überheblichen Kentauren hinterherlief.

»Zur Linken beginnen die Hallen der Menschen.« Chiron deutete auf rautenförmige Regale, die an ein Weinlager erinnerten, nur dass hier statt kostbarer Flaschen Stapel von Schriftrollen aufbewahrt wurden, die jede für sich in einer steifen, ledernen Schutzrolle steckten, an deren Verschluss ein Papierfetzen Auskunft über die Texte gab, die darin verwahrt lagen. »Wir unterhalten zwei Schreiber in der Bibliothek der Menschen«, fuhr der Kentaur in näselndem Tonfall fort. »Sie fertigen von allem Bedeutsamen, was die Menschen dort oben niederschreiben, eine Kopie für uns. Kunst findet man unter diesen Werken nicht, und ihre vermeintlichen Erkenntnisse bringen den Leser in Wahrheit weniger zum Erstaunen als vielmehr zum Schmunzeln. Sie haben kaum eine Ahnung von den

Geheimnissen ihrer Welt, was sie aber nicht davon abhält, sich diese einander wortreich zu erklären.«

»Ob die Alben wohl Ähnliches über uns sagen würden?«, warf Ollowain ein.

»Die Alben haben mitgeholfen, diese Bibliothek zu errichten, Elf. Sie haben uns den Weg gewiesen, auf dem wir seither schreiten. Ich glaube nicht, dass man hier irgendetwas mit den jämmerlichen Bemühungen der Menschen vergleichen kann.«

»Sie haben mitgeholfen?« Ganda war einigermaßen überrascht. »Wie kann man sich das vorstellen? Haben sie Regale aus den Felswänden gemeißelt?«

Chiron blieb so abrupt stehen, dass die Lutin ihn fast angerempelt hätte. »Es ist schlimm genug, dass ich deine Anwesenheit hier dulden muss, Diebin. Wenn du nun glaubst, du könntest die ehrwürdigen Alben verspotten, dann werde ich dafür Sorge tragen, dass du schneller aus dieser Bibliothek hinausgeworfen wirst, als du es dir vorstellen kannst.«

»Gemach, gemach, Meister Chiron«, beeilte sich Ollowain zu sagen. »Verzeiht die etwas vorschnelle Zunge meiner Gefährtin. Ist nicht Großmut eine der edelsten Tugenden der Weisen? Seid nachsichtig mit Ganda. Und vergebt auch mir, wenn ich die Neugier der jungen Lutin teile. Was haben die Alben getan? Sind uns Schriften von ihnen erhalten geblieben?«

Der Kentaur stieß einen tiefen Seufzer aus, doch der Ärger mochte nicht aus seinem Antlitz weichen. Mit peitschendem Schweif wandte er sich um. »Die Alben haben angeregt, hier in den Trümmern der Zerbrochenen Welt einen Hort des Wissens zu errichten. Sie wählten diesen Ort für unsere Bibliothek, weil er weitab aller Schlachtfelder Albenmarks liegt, und banden ihn ein in ihr Netz der goldenen Pfade. Schriften haben die Alben uns nicht hinterlassen. Doch es gibt Schriften von den ersten Kindern, die sie erschufen. Von jenen, die den Gedanken der

Alben noch nahe waren. Doch sind diese Texte so voller abgründiger Rätsel, dass sie sich dem Leser kaum zu erschließen vermögen. Ja, selbst die Bücher, in denen die Gedanken der Alben verwahrt sind, öffnen sich nicht jedem.« Er bedachte die Lutin über die Schulter hinweg mit einem boshaften Blick. »Es heißt sogar, dass diese Bücher jene strafen, die sie berühren, ohne dem höheren Wohl zu dienen.«

Märchen, dachte Ganda bei sich. Solche Geschichten zu verbreiten war billiger, als seine Schätze ausreichend gut bewachen zu lassen. Sie hatte einmal ein Mondsteincollier gestohlen, von dem es hieß, jeder Dieb, der es berühre, werde binnen drei Tagen sterben. Zugegeben, sie hatte nach dem Diebstahl einen unangenehmen Durchfall bekommen, doch das war wohl eher auf das allzu üppige Festmahl zurückzuführen, mit dem sie ihren Erfolg gefeiert hatte, als auf den Todesfluch.

»Hier sind wir nun.« Chiron war vor einer unscheinbaren Tür stehen geblieben. »Hinter dieser Pforte findet ihr die Schriften, die sich mit den Geheimnissen der Alben befassen. Und ihr werdet Meister Galawayn begegnen, dem Hüter des verborgenen Wissens.« Der Kentaur bedachte Ganda mit einem vieldeutigen Lächeln. »Wenn ihr die Freundlichkeit hättet, noch zu warten, bis ich mich entfernt habe, wäre ich euch sehr verbunden. Mir ist der Saal hinter jener Tür ein wenig unangenehm.«

»Wie meinst du das?«, fragte Ollowain.

»Ich habe erst vor ein paar Tagen einen anderen Gast hierher gebracht.« Er nahm sich die Zeit für einen abfälligen Blick in Gandas Richtung. »Irgendeinen Kobold, einen unbedeutenden Wicht, der Galawayn etwas berichten sollte. Doch nun entschuldigt mich. Ich ziehe mich zurück.«

»Wir danken dir dafür, dass du uns hierher geleitet hast, Chiron von Alkadien. Und dein Wunsch ist uns Befehl.«

Chiron verbeugte sich so formvollendet, wie das einem

Kentauren möglich war, und hatte es dann auffällig eilig, sich zu entfernen.

Vorsichtig tastete Ganda über das grobe Holz der Tür. Sie spürte die Aura starker Magie, doch schien der Zauber nicht gegen jene gerichtet zu sein, die den Saal jenseits der Pforte betreten wollten.

Ollowain griff nach dem schweren Türknauf. »Gibt es da etwas, wovor wir uns hüten sollten?«

»Eine unmittelbare Bedrohung kann ich nicht feststellen«, erwiderte Ganda ausweichend. »Der Ort hinter der Tür ist von Magie durchdrungen. Aber sie scheint ungefährlich zu sein.«

»Dann wagen wir es!« Der Schwertmeister öffnete das Tor. Schmerzend helles Licht stach in ihre Augen. Ganda riss den Arm hoch, um sich zu schützen, und taumelte zurück. Selbst Ollowain stöhnte leise.

Halb rechnete die Lutin mit einem Angriff oder zumindest mit einer Donnerstimme, die sich beschwerte, dass man ihre Ruhe störte. Stattdessen vernahm sie leises Flötenspiel. Mit tränenden Augen blinzelte sie in das helle Licht. Was sie sah, mochte Ganda nicht glauben. Kurz hinter der Tür versperrte eine Sanddüne die Sicht, über der sich ein klarer, wolkenloser Himmel spannte. Einen Herzschlag lang glaubte Ganda, ein Tor der Albenpfade habe sich geöffnet. Manchmal war es nur ein Schritt hin zu einem anderen Ort. Man konnte die Dunkelheit des Nichts, das man durchquerte, gar nicht sehen. Aber das hier war anders. Es gab keine Kraftlinien …

Ollowain sah sie an, als erwarte er eine Erklärung von ihr, doch Ganda konnte nur hilflos mit den Schultern zucken. Das helle Licht schmerzte nun weniger in den Augen. Sie hatte sich längst zu sehr an die Dunkelheit in der Bibliothek gewöhnt, sodass normales Tageslicht sie blendete.

Zögernd trat sie durch das Tor und erklomm die Düne. Der Schwertmeister hielt sich an ihrer Seite.

Auf dem Kamm der Düne angekommen, breitete sich

zu ihren Füßen eine weite Wüstenlandschaft aus. Etwa zweihundert Schritt entfernt stand unter einer einsamen Akazie ein schwarzes Zelt.

Ollowain griff in den Sand und ließ ihn durch die Finger rieseln. »Eine Illusion ist das nicht.«

Ganda blickte zurück. Die Tür zur Bibliothek klaffte wie eine schwarze Wunde im Himmelspanorama hinter ihnen. »Der Sand mag echt sein, die Wüste ist es nicht. Was immer dieser Galawayn noch sein mag, er ist auf jeden Fall ein mächtiger Zauberer. Er muss einen großen Saal mit Sand gefüllt haben. Der Himmel und der Horizont sind Illusion.« Die Lutin schirmte ihre Augen gegen das helle Licht ab. »Aber wo hat er die Bücher, über die er wacht?«

Vor das Zelt war eine weiß gewandete Gestalt getreten und winkte ihnen zu.

»Er wird es wissen.« Mit weiten Schritten eilte Ollowain die Düne hinab.

Ganda folgte ihm zögerlich. In ihren Augen musste man schon ziemlich verrückt sein, wenn man freiwillig sein ganzes Leben in dieser düsteren, fensterlosen Bibliothek verbrachte. Aber das hier? War dieser Saal aus der Sehnsucht geboren, den tristen Bücherwänden zu entfliehen? Oder war der Hüter der Geheimnisse nur noch verrückter als die übrigen Bibliothekare?

Der Fremde legte die Rechte auf sein Herz und verneigte sich höflich vor Ollowain. Der Schwertmeister erwiderte den Gruß. Sie redeten miteinander.

Ollowain deutete zu ihr. Jetzt hat er mich wohl vorgestellt, dachte Ganda. Er ist immer sehr gewissenhaft in diesen Förmlichkeiten.

Der Hüter der Geheimnisse kam ihr entgegen. Er trug ein langes, weißes Gewand wie die Nomaden der Wüste. Er war ein Elf, wie Ollowain. Sein langes, silberweißes Haar trug er offen. Seine Haut hatte einen hellen Bronzeton. Ein gutes, offenes Gesicht, dachte Ganda bei sich.

Sein Lächeln wirkte echt. Die himmelblauen Augen strahlten sie an.

»Du bist die erste Lutin, der ich begegne.« Er lachte auf. »Entschuldige, wenn ich aufgeregt bin, dann bin ich manchmal etwas direkt.« Erneut legte er die Rechte auf sein Herz und verneigte sich nun auch vor ihr. »Willkommen in meinem Heim und meinem Gefängnis, Ganda aus dem Volk der Lutin. Ich freue mich, dich an diesem einsamen Ort begrüßen zu dürfen.« Er deutete auf das schwarze Zelt, dessen Seitenwände hochgeschlagen waren. »Begleite mich und sei mein Gast.«

»Du bist Meister Galawayn?«, fragte sie misstrauisch. Außer von Angehörigen ihres eigenen Volkes war sie noch nie so freundlich empfangen worden.

Der Elf lachte. Es wirkte erfrischend und ansteckend. »Und schon wieder muss ich dich um Verzeihung bitten. Meine Umgangsformen haben wirklich sehr gelitten. Ja … du stehst vor Galawayn, dem Hüter der Geheimnisse.«

Ein Schaudern lief Ganda über den Rücken. Sie spürte die Macht des Elfen. Er musste sehr alt sein. Sie suchte in seinem Gesicht nach den Spuren der Jahrhunderte. Doch wie bei Emerelle schienen sie an ihm vorübergegangen zu sein, ohne sichtbare Zeichen hinterlassen zu haben. Nur seine Augen ließen ahnen, wie viel er gesehen haben mochte. Gelassen hielt er ihren kritischen Blicken stand.

»Darf ich dir im Zelt etwas zu trinken anbieten, Ganda? In meinem Volk gehört es zum guten Ton, dass man Gäste zu einem gemeinsamen Mahl einlädt. Viel kann ich freilich nicht bieten, dazu sind die Möglichkeiten hier zu beschränkt.«

»Hast du das alles erschaffen?«

Galawayn lächelte. »Die Halle des Lichts ist wunderbar, nicht wahr?« Er beugte sich zu ihr hinab. »Kann ich dir ein Geheimnis anvertrauen?«

Was für wunderbare Augen, dachte die Lutin. Sie nickte sacht.

»Ich halte es in dieser düsteren Bibliothek nur schwer aus. Manchmal verlasse ich meine Halle für Wochen nicht. Die übrigen Hüter des Wissens halten mich für sonderbar.« Wieder erklang sein ansteckendes Lachen. »Darin unterscheiden wir uns nicht. Ich halte sie auch für sonderbar. Man könnte die Bibliothek viel schöner gestalten, doch davon wollen sie nichts hören. Komm jetzt, Ollowain wartet auf uns.«

Tatsächlich hatte sich der Elf schon im Zelt niedergelassen. Er kam Ganda seltsam angespannt vor, als sie sich neben ihm auf ein perlenbesticktes Kissen setzte.

Galawayn schenkte ihnen Limonentee in schönen Kristallgläsern ein. Sein Zelt war mit schweren Teppichen ausgelegt. Es gab eine kleine, von Steinen eingefasste Feuergrube, in der Holzkohlestücke glommen. Auf einem Tisch, so niedrig, dass er selbst Ganda nur bis zu den Knien reichte, lag ein verschlossenes Buch. Die Lederhüllen von sieben Schriftrollen lagen ordentlich aufgereiht in einem Ständer. Ansonsten erinnerte nichts daran, dass auch der Saal des Lichts Teil der großen Bibliothek war. Ein Teil des Zeltes war mit durchscheinenden Schleiern abgetrennt. Ganda konnte dort die Umrisse eines großen, mit hellen Intarsien verzierten Tisches erkennen. An den schmalen Seiten standen zwei ledergepolsterte Lehnstühle, die in dem Zelt fehl am Platz wirkten.

Ihr Gastgeber setzte sein Glas ab. »Ich werde mich kurz zurückziehen und einige Zutaten für ein bescheidenes Mahl zusammenstellen. So habt ihr Gelegenheit, ein wenig zu plaudern, ohne meine langen Ohren fürchten zu müssen.« Mit diesen Worten entfernte er sich.

Ganda wartete, bis ihr Gastgeber hinter einer Düne verschwunden und außer Sichtweite war, bevor sie sich an Ollowain wandte. »Was ist mit dir los?«

»Er ist ein Freier von Valemas«, entgegnete der Schwertmeister düster. »Sie hassen Emerelle, denn die Königin hat sie ins Exil getrieben. Er wird Ärger machen.«

»Ich finde, bis jetzt verhält er sich sehr freundlich.«

»Das gebietet die Gastfreundschaft. Die Elfen von Valemas hatten diesbezüglich schon immer einen strengen Ehrenkodex, doch verlasse dich darauf, er wird uns innerhalb seiner Möglichkeiten den Aufenthalt in der Halle des Lichts so unangenehm wie möglich gestalten.«

Ganda mochte das nicht glauben. »Ich habe den Eindruck, dass er froh ist, Gäste zu haben.«

Ollowain lächelte dünn. »Warte nur ab, du wirst sehen, dass ich Recht habe. Da Emerelle uns schickt, wird er unsere Suche nach Kräften behindern. Lass uns nicht hier darüber reden. Ich bin mir sicher, dass er uns hier belauschen kann.« Nach diesen Worten verfiel der Elf in düsteres Schweigen.

Ganda ging zu dem niederen Tisch und betrachtete den prächtigen Folianten, der dort lag. Der schwere Ledereinband war von hunderten feiner Risse zerfurcht. Zwei breite Bronzebänder umgaben den Einband. Die Lutin suchte ein Schloss, doch gab es nichts, das darauf hinwies, wie dieses gefesselte Buch sich öffnen ließ. Feine Steinsplitter waren in die Bronzebänder eingearbeitet. Es waren keine Schmucksteine. Grau und mit rauen Kanten, erinnerten sie an Geröll. Dafür waren die Fassungen der Steine umso sorgsamer gearbeitet. Ein erfahrener Goldschmied hatte einst all seine Kunstfertigkeit aufgeboten, die Steine sicher im Metall zu verankern. Beim näheren Hinsehen erkannte Ganda, dass die Bronzebänder mit dünnen Spirallinien geschmückt waren. Zum Teil war das Muster unter Grünspan verborgen.

Ganda wagte es nicht, das Buch zu berühren. Eine Aura der Macht umgab es. Etwas Vergleichbares hatte die Lutin noch nie gespürt.

Neben dem Buch lag ein Paar altersdunkler Handschuhe auf dem Tisch, deren Innenseiten wohl erst vor kurzem durch helleres Leder zusätzlich verstärkt worden waren. Jedenfalls wies eine Walbeinnadel darauf hin, die Ganda neben dem Tisch im Teppich stecken sah. Auch ein kleines Garnknäuel lag dort.

Auf der anderen Seite des Tisches stand ein Gefäß, das mit einem Seidentuch verhüllt war. Neugierig lüpfte Ganda einen Zipfel des bunten Schals und fuhr erschrocken zurück. Zwei blutrote Augen blickten sie böse an.

Das Tuch glitt zu Boden und enthüllte einen Glaszylinder, der mit einer durchsichtigen Flüssigkeit gefüllt war. Darin schwamm eine weiße Schlange mit roten Augen.

Vorsichtig tippte Ganda gegen das Glas. Die Schlange reagierte nicht. Offenbar war sie tot.

»Eine Knochenviper. Es ist ein altes Erinnerungsstück an Valemas«, erklang plötzlich Galawayns Stimme hinter ihr. Der feine Sand hatte das Geräusch seiner Schritte geschluckt. Er trug ein großes, silbernes Tablett, auf dem allerlei rote Tonschalen mit den unterschiedlichsten Speisen standen. Unter den Arm hatte er drei Brotfladen geklemmt.

»Sie sieht noch ganz lebendig aus«, sagte Ganda beklommen.

»Keine Sorge. Sie ist seit Jahrhunderten in diesem Glas und etwa so lebendig wie ein Stein. Knochenvipern sind berühmt für ihr Gift. Es lähmt ihre Opfer. Alle Muskeln erschlaffen, die Lungen versagen den Dienst, und selbst das Herz hört auf zu schlagen. Man kommt nicht einmal dazu, einen Schrei auszustoßen. Die Toten sehen aus, als seien sie einfach eingeschlafen. Das Gift hinterlässt keinerlei Spuren. Keine Rötung auf der Haut, nichts. Nur die beiden nadelfeinen Einstiche der Giftzähne. Und sie sind schwer zu entdecken, wenn man nicht weiß, wonach man suchen muss.«

Ganda schüttelte sich. »Warum stellt man sich so etwas in sein Zelt? Findest du diese Viper etwa schön?«

»Derjenige, den du hier vor dir siehst, wäre wegen dieser Schlange vor langer Zeit beinahe gestorben. Das alte Valemas war berüchtigt für seine Intrigen. Die Viper erinnert daran, dass Leben und Tod davon abhängen können, wie man sich auf einem Stapel Kissen niederlässt. Durch einen glücklichen Zufall wurde sie zwischen den Kissen erstickt. Eine verrückte Geschichte, nicht wahr? Die Schlange erinnert daran, wie nah uns der Tod in jedem Augenblick ist. Doch genug von solchen Schauergeschichten. Komm, setz dich.« Er deutete mit dem Kinn in Richtung des Kissenstapels neben der Feuerstelle.

Ganda leckte sich nervös mit der Zunge über die Schnauze.

Galawayn lächelte. »Du musst dir keine Sorgen machen. Im Saal des Lichts gibt es keine Schlangen, kleine Freundin. Jedenfalls keine lebendigen.« Er ging hinüber zu den Sitzplätzen, stellte das Silbertablett vor Ollowain ab und rückte die Schalen darauf noch einmal zurecht. »Leider ist das nichts Besonderes. Nur etwas Gemüse, ein paar Saucen, marinierte Taubenbrust und kalte Ziegenleber.« Ihr Gastgeber brach ein Stück von einem der Brotfladen ab und reichte es Ganda. Dasselbe tat er für Ollowain.

Die Lutin begann mit großem Appetit zu essen, Galawayn hingegen rührte die Speisen kaum an. Auch Ollowain hielt sich auffällig zurück. Die beiden Elfen maßen einander mit Blicken. Schließlich war es ihr Gastgeber, der das immer bedrückender werdende Schweigen brach.

»Meister Gengalos hat mich darüber unterrichtet, dass ihr euch für die Geheimnisse der Albenpfade interessiert. Ein weites Feld. Es gibt viele hundert Schriften darüber.«

Der Schwertmeister blickte zu dem kümmerlichen Häuflein an Schriftrollen. »Und wo verwahrst du die Bücher, die du hütest?«

Galawayn zwinkerte ihnen verschwörerisch zu. »Ich habe ein ganz eigenes Ablagesystem für die Schriften unter meiner Obhut. Doch davon später mehr. Sprechen wir lieber von der Schuld, die du gegen die Bibliothek abzutragen hast. Ich habe schon ein wenig vom Kampf um Phylangan gehört. Ist es richtig, dass es eine Reihe von rätselhaften Morden gab, die vor den eigentlichen Gefechten stattfanden? Und stimmt es, dass man den Mörder nie gefasst hat?«

»Es sind hunderte gestorben in diesen Wochen. Die meisten Mörder wurden für ihre Taten nie zu Verantwortung gezogen«, entgegnete der Schwertmeister gereizt, »auch ich nicht. Dabei habe ich von den Trollen, so wie es sich für einen wahrhaft üblen Mörder gehört, eine ganze Reihe netter Beinamen bekommen, etwa ›die tanzende Klinge‹ oder ›Fleischreißer‹. Angeblich hatten sie sogar einen Kopfpreis auf mich ausgesetzt.«

Galawayn wirkte betroffen. Er hob abwehrend die Hände. »Ich wollte dich nicht beleidigen. Und philosophisch betrachtet, hast du sicherlich Recht, doch gemeinhin macht man ja einen Unterschied zwischen Soldaten, die ihre Feinde töten, und einem Mörder, der scheinbar wahllos zuschlägt. Wurde er denn nun gefasst?«

»Nein! Wir haben uns bemüht. Aber es war die Schlacht, der Kampf ums schlichte Überleben, der unsere volle Aufmerksamkeit forderte. Über den Mörder wissen wir nur, dass er ein zutiefst von Magie durchdrungenes Wesen war. Offenbar konnte er durch Wände gehen … Und er hatte Freude am Töten. Er scheint wahllos zugeschlagen zu haben.« Ollowain hatte sein Teeglas abgestellt und die beiden Hände auf die Oberschenkel gelegt. Seine Augen waren geschlossen, so als versuche er sich die Bilder der vergangenen Schrecken in aller Deutlichkeit in Erinnerung zu rufen.

»Muss das denn sein?«, fragte Ganda. Es war nicht zu übersehen, wie sehr es den Schwertmeister aufwühlte, von den vergangenen Kämpfen zu erzählen.

Jetzt setzte auch Galawayn sein Teeglas ab. »Ich wünschte, man hätte eine andere Aufgabe für mich gewählt, aber es ist nun einmal meine Pflicht, von Ollowain eine möglichst genaue Beschreibung der Ereignisse einzufordern.« Nachdenklich strich er sich über das Kinn. »Vielleicht gibt es eine Möglichkeit, dir den Bericht zu erleichtern. Du kennst doch gewiss das Falrach-Spiel. Es heißt, man könne jede Schlacht auf einem Falrach-Tisch nachstellen. Falrach selbst war ein Feldherr, und er hatte ausdrücklich im Sinn, mit diesem Spiel den taktischen Verstand künftiger Befehlshaber zu schärfen. Wenn wir also abstrakt die Schlacht auf dem Spieltisch nachstellen, wird es vielleicht weniger schmerzlich für dich sein, darüber zu erzählen.«

Ganda hielt das für ausgemachten Unsinn, aber Ollowain schien ernsthaft über den Vorschlag nachzudenken. Elfen! Welcher Kobold würde sie jemals verstehen. Die Lutin bediente sich ein weiteres Mal. Die Speisen, die ihr Gastgeber aufgetischt hatte, waren wirklich köstlich!

Galawayn bedachte sie mit einem gönnerhaften Lächeln, bevor er weitersprach. »Für heute würde es dann genügen, wenn du mir die Truppen auflistest, die auf beiden Seiten gekämpft haben, und in knappen Worten einige der herausragenden Ereignisse während der Belagerung zusammenfasst. Ich würde dann in der Nacht den Tisch vorbereiten.«

»Versuchen wir es«, sagte Ollowain mit wenig Begeisterung.

Ganda räusperte sich. »Nachdem mein Begleiter nun bereit ist, sich den Gesetzen der Bibliothek zu unterwerfen, bleibt noch eine drängende Frage zu klären.« Die Lutin machte eine weit ausholende Geste. »Du hast einen wunderschönen Ort inmitten düsterer Büchersäle erschaffen, Galawayn. Geradezu eine Oase. Aber wo sind die Bücher, über die du wachst? Ich bin hierher gekommen, um die Geheimnisse der Albenpfade zu studieren.« Sie deutete auf die wenigen Schriftrollen. »Ist das der ganze Bestand an Schriften, über die du wachst?«

»Natürlich nicht.« Ihr Gastgeber lächelte breit. »Ich sagte ja schon, es gibt ein besonderes System der Ablage für die Schriften, die meiner Obhut unterliegen. Es wurde ersonnen, um sie vor leichtfertigem Zugriff zu schützen. Sich in den Saal des Lichts zu schleichen, wird dem Neugierigen kaum weiterhelfen.« Galawayn erhob sich.

Die Lutin warf einen bedauernden Blick auf das köstliche Mahl, das der Hüter der Geheimnisse aufgetragen hatte. Von der Leber hatte sie bislang noch gar nicht gekostet. Dass Galawayn es jetzt plötzlich so eilig hatte, passte ihr gar nicht!

»Folgt mir.« Er lächelte hintersinng. »Machen wir uns auf die Suche nach längst verschüttetem Wissen. Möchtet ihr zunächst mit den Schriften über die Entstehung der Albenpfade beginnen, oder habt ihr andere Interessen?«

Sie kratzte sich nachdenklich unter der Schnauze. Durfte sie zulassen, dass er ihre Nachforschungen lenkte, indem er die Richtung vorgab? Vielleicht sollte sie zunächst einmal auf seinen Vorschlag eingehen. »Das erscheint mir sinnvoll.«

»Gut. Dann folgt mir, ich zeige euch das Geheimnis dieses Büchersaals.« Der Elf verließ das Zelt, sah sich nachdenklich um und führte sie dann über zwei niedrige Dünen hinweg. Wieder blickte er sich um. Ganda konnte keine besonderen Geländemerkmale erkennen, an denen sich Galawayn orientierte. Für sie sah jede der Dünen hier gleich aus.

Der Elf trat ein kleines Stück zurück und hielt sich dann nach links, wobei er leise seine Schritte zählte. Bei dreiundzwanzig kniete er nieder. Mit beiden Händen begann er im warmen Sand zu graben.

Fassungslos sah Ganda ihm zu. Sie traute ihren Augen kaum. Das durfte doch nicht wahr sein! »Sind die Bücher etwa im Sand vergraben?«

Ihr Gastgeber hielt inne und sah sie vorwurfsvoll an. »Natürlich nicht. Die Trockenheit würde sie zerstören. Lagert man Schriften in zu trockenen Räumen, so ist das ebenso schädlich für sie wie Feuchtigkeit. Die Seiten werden brüchig und fallen mit der Zeit auseinander. Ah. Das ist es ja!« Er schien einen rotbraunen Stein gefunden zu haben. »Kommt, helft mir!«

Ganda und Ollowain tauschten einen Blick. Der Schwertmeister nickte kaum merklich. Dann knieten auch sie sich in den Sand und halfen ihrem Gastgeber beim Graben.

Wenig später zogen sie eine bauchige, rotbraune Urne aus dem Sand, deren Deckel mit Wachs versiegelt war. Galawayns Finger tasteten über zwei Zeilen fremdartiger Schriftzeichen, die in den kurzen Hals des Tongefäßes geritzt waren. »Von den Pfaden des Lichts und ihren Schöpfern«, murmelte er vor sich hin. »Das ist, was ich gesucht habe. In der Urne wirst du siebzehn Schriftrollen finden, die sich mit der Entstehung des Netzes der Albenpfade befassen.«

Ganda blickte über die Landschaft aus Sanddünen. Das war verrückt! »Gibt es viele solcher Verstecke?«

»Ich wache über siebzehntausenddreihundertacht Schriftrollen mit Texten über die Alben und die fünf Welten, die laut Ratschluss der Hüter des Wissens schwer zugänglich sein sollen.« Er machte eine weit ausholende Bewegung und deutete von Horizont zu Horizont. »Diese Schriften sind in zweitausendfünfundsiebzig Urnen vergraben. Dazu kommen noch einunddreißig Bücher, die in flachen Kisten aus gebranntem Ton begraben wurden. Wer immer hier nach Wissen sucht, der sollte sich meiner wohlwollenden Unterstützung erfreuen oder sehr viel Zeit mitbringen.« Er stemmte die Urne hoch. »Bringen wir den Schatz zurück ins Zelt und beginnen wir mit unserer Arbeit.«

DAS GOLDENE NETZ

»... Von einem Netz zu sprechen, wenn man die Pfade der Alben meint, ist keine glückliche poetische Metapher. Wer dieses Bild nutzt, legt allenfalls Zeugnis von seiner eigenen Unwissenheit ab. Wenn man aber in seinem schlichten Geiste festgelegt ist auf diese grobe Vereinfachung der Wirklichkeit, so müsste man zumindest von drei Netzen sprechen. Albenmark und die Welt der Menschen sind von einem engmaschigen Netz der Albenpfade umgeben. Das Netz der Zerbrochenen Welt jedoch ist zerrissen. Man vermag zwar von Albenmark und auch aus der Welt der Menschen zu den Bruchstücken zu gelangen, die im Nichts treiben, doch sind mir keine Pfade bekannt, welche die Trümmer dieser Welt noch miteinander verbänden.

Wer jemals die Pfade der Alben betrat, der weiß um die Schrecken, die im Dunkeln lauern. Die Pfade selbst sind geschützt, aber wehe dem, der sie verlässt. Außer den Yingiz gibt es noch eine zweite, unsichtbare Gefahr. Sie begründet sich in der Beschaffenheit der magischen Wege, die denjenigen, der sie betritt, nicht nur mit wenigen Schritten zu fernsten Zielen zu bringen vermögen. Der Unvorsichtige, der sich die Zeit einer Reise ersparen will, findet sich leicht durch die Zeit davongetragen und muss feststellen, wenn er sein Ziel erreicht, dass während der vermeintlich kurzen Zeit, die er auf dem Weg der Alben schritt, in seiner Welt Jahre, vielleicht sogar Jahrhunderte vergangen sind. Davor zu schützen mag sich nur der, der seine Zauber mit größter Sorgfalt wirkt und stets die großen Albensterne wählt, um seine Reise zu beginnen und sie zu beenden. (...)

Wie aber sieht es aus, das Wegesystem der Alben? An anderer Stelle schon wurde über das Bild der Netze gesprochen. Stellt man sich alle Albenpfade, die eine Welt umschließen, als ein großes Netz vor, so gibt es in diesem Netz viele En-

den, die herabhängen. Es sind die Pfade, die Albenmark, die Menschwelt und die Zerbrochene Welt miteinander verbinden. Doch fest verknüpft sind nur jene Stränge, die zwischen den großen Albensternen liegen. Wechselt man an einem niederen Albenstern von einer Welt in die andere, so wagt man viel, denn unmöglich ist es zu sagen, wohin diese Reise führen wird. Man stelle sich ein Netz vor, von dem lose Enden herabhängen, die sich in sanftem Wind bewegen. Niemand mag vorherzusagen, wo diese Enden ein tiefer liegendes Netz berühren werden. Und schlimmer noch, so unstet wie der Atem des Windes, so sind auch diese Wege. Mal führen sie hierhin, mal dorthin. Niemand, wohl nicht einmal die Alben selbst, könnte sagen, wo eine Reise von Welt zu Welt enden wird, die nicht von einem großen Albenstern zu einem anderen führt. Möglicherweise stürzt der unvorsichtige Wanderer sogar ins Nichts, wenn er den falschen Augenblick wählt.«

ZITIERT NACH:
DIE WEGE DER ALBEN, VON:
MELIANDER, FÜRST VON ARKADIEN

DAS FALRACH-SPIEL

Ollowain betrachtete nachdenklich Galawayns Spieltisch. Der Hüter des Wissens hatte es tatsächlich geschafft, die Ausgangslage der Schlacht von Phylangan mit den Figuren darzustellen. Auf beiden Seiten waren die großen drei, die Königin, die Magierin und der Feldherr, die über Sieg oder Niederlage entschieden, noch im Spiel. Wer alle drei verlor oder nicht mehr einsetzen konnte, der war besiegt. Der Falrach-Tisch war rechteckig. Die quadratischen

Spielfelder auf Galawayns Tisch waren aus eingelegtem Marmor und Onyx. Immer abwechselnd folgte Schwarz auf Weiß: zwanzig Steine je Querreihe, sechzehn Querreihen oder auch Schlachtfelder, wie man sie in diesem Spiel nannte, je Seite. Sechshundertvierzig Felder, auf denen zurzeit fast dreihundert Spielfiguren standen. Es gab einfache Krieger, Reiter oder Streitwagen, Helden, Katapulte und viele Sonderfiguren. Jede Figur hatte einen festen Zahlenwert, mit dem sie angriff und sich verteidigte. Zu diesem Wert wurde das Ergebnis eines Würfelwurfs hinzugezählt, wenn sie eine der Figuren auf den Feldern vor sich attackierte. War das Ergebnis höher als der Wert des Verteidigers, der ebenfalls würfelte und das Ergebnis zu seinem Verteidigungswert addierte, dann wurde der Verteidiger vom Feld genommen.

Galawayn hatte seine großen drei in der dritten Schlachtlinie stehen. Sie stellten König Branbart, die Schamanin Skanga und den Feldherrn Ogrim dar. Ollowain hingegen hatte nur seinen Feldherrn vorne im Spiel – jene Figur, die ihn verkörperte. Emerelle, die Königin, wartete in der letzten Linie, wie auch Lyndwyn, die Magierin. Beide hatten keinen aktiven Anteil am Kampf um die Festung.

Der größte Teil der Spielfiguren stand in dichten Reihen im mittleren Teil des Spieltischs. Ollowain hatte sehr viel weniger Figuren als sein Gegner, dafür hatten sie die besseren Spielwerte. Auf der linken Seite des Spieltischs gab es für jede der Querreihen eine Schublade. Insgesamt waren es zweiunddreißig. Jeder der Spieler legte in den sechzehn Schubladen, die zu seiner Spielhälfte gehörten, einen Spielstein ab, der für eine besondere Eigenschaft jedes Schlachtfelds stand. Diese Entscheidung musste vor Beginn der Partie getroffen werden und konnte dann nicht mehr geändert werden. Dadurch, dass die Spielsteine in kleinen Schubladen verborgen lagen, wusste der Gegenspieler nicht, welche Schlachten ihn erwarteten.

Ollowain zog den Spielstein Festung aus seiner Schublade und stellte ihn auf ein gesondertes Feld neben seinem ersten Schlachtfeld.

Der Hüter des Wissens nickte zufrieden. »Ja, so soll es sein.« Er begann mit seinem Angriff, doch durch den hohen Bonus der Verteidiger geriet der erste Spielzug zur Katastrophe. Bei zwanzig Angriffen konnte er nur zwei gegnerische Spielsteine entfernen. Einer davon ging auf Kosten der Spielfigur, die sie für den geheimnisvollen Mörder entworfen hatten. Galawayn hatte Weiß als seine Spielfarbe gewählt, und die neue Figur war ein großer, weißer Hund. Es war ein mächtiger Spielstein, der als besondere Eigenschaft die Vergünstigungen, die sein Gegner durch das von ihm gewählte Schlachtfeld genoss, ignorieren durfte. Der Hund besiegte einen Spielstein, der einen Koboldarmbrustschützen darstellte.

Galawayn hatte als besonderes Ereignis vor seinem Spielzug das Ergebnis Albenpfad erwürfelt. Das erlaubte ihm, sechs Figuren seiner Seite vom Tisch zu nehmen und in seinem nächsten Spielzug hinter Ollowains Linien zu stellen.

Der Schwertmeister strich sich nachdenklich über das Kinn und betrachtete eindringlich den Spieltisch. Obwohl Würfelglück ein bedeutender Faktor des Spiels war, verlief bisher alles wie in der Belagerung, die keine drei Monde zurücklag.

Ollowain nahm drei Würfel, um sein besonderes Ereignis für den Eröffnungszug zu bestimmen. Zwölf! Seine Katapulte und Bogenschützen verschossen Brandgeschosse, die zusätzlichen Schaden unter seinem Gegner anrichteten. Dem Schwertmeister lief ein eisiger Schauer über den Rücken. Auch dies spiegelte den Verlauf der Schlacht. Am Ende seines ersten Spielzugs hatte der Gegner dreizehn Spielsteine verloren. Die Schlachtreihe, die gegen seine Festung anrannte, war fast vernichtet.

Galawayn massierte sich mit beiden Händen die Schläfen. »Es war also Herzog Orgrim persönlich, der die Krieger anführte, die durch den Albenstein in deine Festung eingedrungen sind.« Der Hüter des Wissens nahm die Figur seines Feldherrn vom Spieltisch und drehte sie nachdenklich zwischen den Fingern. »Das ist sehr leichtfertig gewesen. Als Spieler würde ich so einen Zug nicht machen. Sicher, der Feldherr ist ein starker Spielstein. Wenn er jedoch verloren geht, ist das ein schwerer Rückschlag. Aber wir wollen ja die tatsächlichen Ereignisse nachstellen.« Er nahm drei Würfel und schaffte eine Zehn.

»Schlachtenglück!«, rief er triumphierend. »In dieser Runde darf ich also jeden Würfelwurf, der mir nicht passt, wiederholen.«

Ollowain trommelte nervös mit den Fingern auf den Spieltisch. Der Hüter des Wissens stellte den Feldherrn und fünf Kriegerfiguren auf das zweite Schlachtfeld hinter die Hauptverteidigungslinie. Es folgte ein Massaker. Dadurch, dass Angreifer in seinen Rücken gelangt waren, war der Verteidigungsbonus der Festung aufgehoben. Er verlor sechzehn Spielsteine.

In seinem Zug nahm Ollowain alle überlebenden Figuren vom ersten Schlachtfeld zurück. Er zog den Spielstein für das zweite Schlachtfeld aus der Schublade. Engpass! Der Gegner durfte ihn nur mit fünf Figuren angreifen, während er sich mit ebenso vielen Figuren verteidigen konnte. Solange er fünf Spielsteine auf diesem Schlachtfeld behielt, durfte der Gegner nicht tiefer in Ollowains Hälfte des Spieltischs ziehen.

Der Hüter des Wissens nahm seinen Notizblock und schrieb die Ereignisse des Spiels nieder. Und dann begann er zu fragen. Endlos war seine Gier nach Einzelheiten. Überdies interessierte er sich für Verpflegung und Moral der Verteidiger, erkundigte sich nach den Namen der Gefallenen und fragte immer wieder nach dem rätselhaften Mörder. Schließlich entlockte er Ollowain die Geschichte über den Geisterwolf von Firnstayn, eine Bestie, die wochenlang Angst und Schrecken in einem kleinen Dorf im nördlichen Fjordland verbreitet hatte, bis ein Priester sie tötete.

Als der Schwertmeister mit seiner Erzählung endete, legte Galawayn den Notizblock zur Seite. »Findest du nicht, dass die Morde des Geisterwolfs denen in Phylangan ähneln?«

Ollowain wandte den Blick nicht vom Spieltisch ab. Es war ein Irrtum gewesen zu glauben, dass ihm das Spiel seinen Bericht erleichtern würde. Im Gegenteil! Es war, als erlebe er alles nun zum zweiten Mal. Er war in Schweiß gebadet.

»Ollowain?«

Diese Stimme …

»Ollowain!«

Unwillig blicke der Elf auf. Ganda hatte ihren Platz an dem Büchertisch jenseits des Gazevorhangs verlassen. Ihre zierlichen Finger strichen sanft über seine Rechte, mit der er die Tischkante umklammerte. Blut war unter seinen Fingernägeln hervorgetreten. Seine Hand war taub vor Schmerz.

»Du solltest mit diesem Spiel aufhören!«

»Davon verstehst du nichts«, antwortete er schroff.

»In der Tat«, sagte Ganda. »Vielleicht kann ich gerade deshalb besser beurteilen als du, dass dir dieses Spiel schadet. Du siehst zum Erbarmen aus! Ich verstehe das nicht. Es ist doch nur ein Spiel … Man könnte meinen, du wärst vergiftet. Blass und fiebrig bist du. Und du wirst jetzt mit mir gehen! Für heute waren wir lang genug im Saal des Lichts!«

Ollowain atmete aus. Er löste die Hände vom Tisch und betrachtete seine blutigen Nagelränder. Ganda würde ihn nicht verstehen. Dieses Spiel … Es war unheimlich. Vielleicht waren der Tisch und die Spielsteine verzaubert? Oder die Würfel? Als Galawayn gestern seinen Vorschlag gemacht hatte, hatte Ollowain gedacht, sie würden ein paar Figuren über den Tisch ziehen und sich über die Schlacht unterhalten. Dass sie wirklich spielen würden, hätte er nicht erwartet. Das machte keinen Sinn! Das launische Würfelglück hätte sie längst auf einen Pfad führen müssen, der nichts mehr mit den tatsächlichen Ereignissen gemein hatte. Aber das geschah nicht! Zug um Zug spielten sie die blutige Schlacht nach. Anfangs hatte Ollowain das nicht wahr haben wollen und es als Zufall abgetan. Aber längst war diese Theorie nicht mehr zu halten. Immer unheimlicher wurde es, wie das Spiel parallel zur Realität verlief. Irgendwann hatte sich ein absurder Gedanke in ihm festgesetzt. Wenn das Spiel die Wirklichkeit widerspiegelte, würde sich diese dann ändern, wenn er es schaffte, ihm einen Verlauf zu geben, der von den tatsächlichen Ereignissen abwich? Würde er tot neben dem Spieltisch niedersinken, wenn sein Feldherr verlor? Und würde Lyndwyn noch leben, wenn er es verhinderte, dass ihr Spielstein geschlagen wurde? Seit ihrem Tod war sein Leben nur noch Asche. Was also hatte er zu verlieren? Im schlimmsten Fall eine Hoffnung, die so aberwitzig war, dass er Ganda bestimmt nichts davon erzählen würde. Aber falls er sich nicht irrte …

»Ollowain! Lass uns gehen!« drängte Ganda. »Ihr habt mehr als zehn Stunden gespielt. Es genügt! Und mir tanzen die Buchstaben vor den Augen.«

»Ja, ja.« Noch immer blickte der Schwertmeister auf den Spieltisch. Er hatte die Figur der Magierin fast bis zu den Reihen der Verteidiger gebracht. Wenn sie nahe genug war, würde er aus der vordersten Schlachtreihe fliehen. Er wusste ja, was mit Phylangan geschehen würde. Keine Streitmacht, und sei sie noch so groß, konnte die Bergfestung vor ihrem Schicksal bewahren. Aber vielleicht konnte er Lyndwyn retten. Und wenn das gelang … Er schloss die Augen und schüttelte bedächtig den Kopf. Ein kindischer Traum! Ein wunderschöner Traum … Um sie zu retten, würde er alles tun! Er würde sogar zum Verräter an jenen Kämpfern werden, die bereit waren, ihr Leben für ihn zu opfern.

Mit einem tiefen Seufzer erhob sich der Elf. Das war nicht wirklich er! Nie zuvor hatte er wissentlich ehrlos gehandelt. Er war der Schwertmeister der Königin. Ein Vorbild! Und dennoch ... Er sah zurück zu dem Tisch. Wenn er den Stein des Feldherrn aus dem Engpass zog, nahm er den Verteidigern dort die stärkste Spielfigur. Der edle Fremde, der kämpfende Graf, der um Verborgenes Wissende und der Recke dunklen Rufs waren machtvolle Streiter im Falrach-Spiel, aber es war der Feldherr, der sie in den letzten Spielzügen zum unüberwindbaren Bollwerk im Engpass hatte werden lassen. In der wirklichen Schlacht war er der letzte Krieger gewesen, der noch in Phylangan gekämpft hatte. Als die Schlacht verloren gewesen war und er seine Gefährten zur Flucht ermutigt hatte, war er noch einmal zurückgekehrt, um Lyndwyn zu retten.

Ein bitterer Geschmack lag ihm im Mund. Er räusperte sich. »Ja, lass uns gehen.« Ganda sah ihn sorgenvoll an. Der Schwertmeister versuchte zu lächeln. »Ich weiß, es ist nur ein Spiel. Wie es scheint, bin ich ein schlechter Verlierer.«

»Aber es ist doch noch gar nichts entschieden«, sagte Galawayn aufmunternd, und seine blauen Augen lächelten.

Ahnte er etwas?, fragte der Schwertmeister sich plötzlich. »Wir beide wissen doch, wie diese Schlacht ausgehen wird. Alles ist entschieden.«

»Ich glaube, du nimmst dieses Spiel zu ernst, Ollowain. Jetzt tut es mir Leid, diesen Vorschlag überhaupt gemacht zu haben. Fast scheint es, als würdest du an dieser Falrach-Schlacht leiden. Deine Gefährtin hat vollkommen Recht. Es ist besser, die Partie jetzt zu beenden. Ich räume den Tisch ab, sobald ihr gegangen seid.«

»Nein! Wir machen nur eine Pause ...« So ging das nicht! Er würde sich jetzt nicht einfach wegschicken lassen. Alles, was ihm von Lyndwyn geblieben war, waren seine Träume. Und den schönsten aller Träume würde er sich nicht einfach so nehmen lassen! Ollowain packte Galawayn bei seinem Gewand. »Morgen spielen wir weiter! Hörst du? Dann bringen wir es zu Ende.« Dem Schwertmeister entging der Blick nicht, den die Lutin und der Hüter des Wissens tauschten. Sie waren wohl der Meinung, er sei nicht mehr ganz bei sich. Dabei wusste er genau, was er tat!

»Ganz wie du es wünschst.« Galawayn hob beschwichtigend die Hände. »Wir bringen das Spiel zu Ende.« Wieder tauschte er einen Blick mit der Lutin. »Und dir suche ich die Schriftrollen heraus, nach denen du mich gefragt hast. Aber sei noch einmal gewarnt. Du wagst dich auf einen gefährlichen Pfad. Die Yingiz werden dich in deinen Träumen besuchen kommen, wenn du zu viel über sie weißt.«

Die Lutin lächelte selbstsicher. »Ich hatte nicht einmal als Kind Angst vor Albträumen.«

»Ich rede nicht von Albträumen«, entgegnete Galawayn nachdrücklich. »Dein Wissen wird sie anlocken. Es wird sein, als öffnetest du eine Tür in dir selbst. Lass von diesem Unternehmen ab! Ich bitte dich darum.«

DUNKLES WISSEN

Ganda schreckte abrupt aus dem Studium ihrer Texte auf. Der Gesang der Schwerter war verklungen. Galawayn und Ollowain kamen scherzend zum Zelt hinüber. Das Gesicht des Schwertmeisters war schweißnass. Er hatte das lange blonde Haar mit einem Lederriemen zurückgebunden. Ihr Gastgeber war ganz außer Atem.

Galawayn hatte Ollowain darum gebeten, ihm eine Schwertkampflektion zu erteilen, und dieser war freudig darauf eingegangen. Ganda und der Hüter des Wissens waren insgeheim übereingekommen, dass man den Schwertmeister vom Falrach-Tisch fern halten sollte.

»Willst du nicht doch lieber andere Texte studieren?«, fragte Galawayn keuchend. »Was du da liest, schlägt einem nur aufs Gemüt.«

Der Hüter des Wissens hatte Recht. Gleich in der ersten Schriftrolle, die Ganda gelesen hatte, beschrieb ein Albenkind, das weder seinen Namen noch sein Volk preisgeben mochte, wie die Yingiz versucht hatten, sein Lebenslicht zu trinken. Wie es zu einer Begegnung mit den Schattenwesen gekommen war, verschwieg der Verfasser. Ganda nahm aufgrund der Handschrift an, dass es sich um einen männlichen Autor handelte. Einen sicheren Beweis hatte sie nicht. Die Lutin vermutete, dass der Urheber des Schriftstücks auf magische Weise versucht hatte, eine Verbindung zu den Yingiz herzustellen. Es gab Andeutungen, dass die Ältesten unter den beseelten Bäumen wussten, wie man die Bannzauber der Alben umging und die Schattenwesen rief.

Ganda konnte sich nicht vorstellen, wie man freiwillig einen Pakt mit den Yingiz schloss. Sie dachte an die Nacht mit Mondblüte und das totgeborene Kind. Die Yingiz waren zu Schatten geronnener Hass. Sie gehörten nicht nach Albenmark! Und Ganda würde alles dafür geben, sie von dort wieder zu vertreiben.

Der anonyme Autor schrieb auch von den Devanthar. Dieses andere Dämonenvolk, das von den Alben bekriegt worden war, vermochte die Körper seiner Opfer zu stehlen und deren Gestalt anzunehmen. Und wenn die Devanthar töteten, konnten sie sogar die Erinnerungen des Ermordeten rauben. Die Yingiz hingegen waren anders. Offenbar brauchten sie Hilfe, um das Nichts zu verlassen, und man musste ihnen einen Körper verschaffen, mit dem sie verschmelzen konnten. Die Geschöpfe, die so erstanden, waren geisterhafte Zerrbilder wirklichen Lebens. Und sie waren stets auf der Jagd. Doch nicht Fleisch oder Blut waren ihre Nahrung. Sie labten sich am Lebensfunken ihrer Opfer. An dem Unsterblichen, das die Alben jedem ihrer Kinder eingehaucht hatten, selbst jenen, die nicht wiedergeboren werden konnten. Um einen eigenen stofflichen Leib ausformen zu können, mussten die Yingiz zunächst genug von dieser Essenz des Lebens in sich aufnehmen …

»Was haltet ihr davon, wenn wir alle gemeinsam ein gutes Mahl einnehmen?« Galawayn ließ sich neben Ganda an dem niedrigen Studiertisch nieder. Ollowain aber stand bereits wieder neben dem Falrach-Tisch. Die Arme vor der Brust gekreuzt, rieb er sich mit einer Hand das Kinn und betrachtete ganz in sich versunken das Spielfeld.

»Es geht wieder los mit ihm«, flüsterte der Hüter des Wissens. »Obwohl er sich darauf eingelassen hat, mir eine Fechtlektion zu erteilen, hatte ich von Anfang an den Eindruck, dass er es gar nicht abwarten konnte, zum Ende zu kommen.« Galawayn zeigte ihr seine rechte Hand. Ein breiter, blauroter Striemen lief quer über den Handrücken. »Das war kein Unfall! Dafür ist Ollowain viel zu gut. Ich halte mich selbst nicht für einen völligen Dilettanten im Schwertkampf. Mein Volk ist berühmt für seine Meisterschaft im Klingentanz. In den letzten Jahrhunderten bin ich zwar ein wenig eingerostet, aber in meiner Jugend war ich ein sehr guter Fechter. Im Vergleich zu Ollowain bin ich jedoch ein Nichts. Ich hatte das Gefühl, dass er um jeden meiner Streiche wusste, noch bevor ich überhaupt zum Hieb ansetzen konnte. Anfangs blockte er mich nur ab, aber dann zog es ihn zurück zum Falrach-Tisch. Und er hat mich mit der breiten Seite seines Schwertes regelrecht verprügelt, damit ich unsere Übungsstunde vor der Zeit beende.«

Ganda hatte kein Mitleid mit ihm. Wenn alterslose Elfen von ihrer lang vergangenen Jugend sprachen, fand sie das geradezu obszön. All die Jahrhunderte, die Galawayn lebte, hatten nicht die kleinste Falte in sein Antlitz gekerbt. Trauer um die verlorene Jugend erschien ihr da als hohles Geschwätz.

»Gibt es eine Möglichkeit, das Spiel vor der Zeit zu beenden, so wie die Schwertkampfübung? Ich habe das Gefühl, wir werden Ollowain nicht vom Tisch wegbekommen, bevor die Partie entschieden ist. Mit der Aussicht auf ein paar Happen zu essen wirst du ihn jedenfalls kaum fortlocken können.«

Der Elf nickte tief in Gedanken. »Das Spiel vor der Zeit beenden, das wird sehr schwer. Es sei denn ...« Er sah die Lutin nachdenklich an. »Du bist keine Spielerin, nicht wahr?«

»Jedenfalls keine Falrach-Spielerin. Ich bin keine Elfe, ich habe nicht die Muße, meine Tage damit zu vergeuden. Meine Lebensspanne ist dafür zu knapp bemessen.«

Galawayn lächelte. »Werde ich eines Tages erfahren, mit welcher Art von Spielen du dich beschäftigst?«

»Wenn du es schaffst, mich eines Tages in die Stimmung dazu zu versetzen«, entgegnete sie vieldeutig.

Ihr Gegenüber lachte auf. »Du bist ein Weib nach meinem Geschmack, Ganda. Auch wenn es unhöflich ist, hoffe ich, dass du noch viele Tage brauchen wirst, um das zu finden, was du suchst. Einen Gast wie dich konnte ich bislang noch nicht willkommen heißen. Schlagfertig, mutig und stets zu einem kleinen Wortgeplänkel aufgelegt. Es ist eine Freude, dich um mich zu haben.«

Das war zu höflich, um aufrichtig zu sein, dachte Ganda und lächelte. Er war ein Elf und sie nur eine Lutin. So herzlich verkehrten ihre Völker nicht miteinander. Ganz gleich, wie überzeugend er wirkte, das konnte nicht seine ehrliche Meinung sein! Er wollte etwas von ihr, auch wenn sie noch nicht durchschaute, was es wohl sein mochte.

Galawayn erhob sich. »Ich denke, ich werde deinen Rat beherzigen und versuchen, das Spiel zu einem schnellen Ende zu bringen.« Das Lächeln war aus seinem Antlitz verschwunden. »So wie Ollowain mich mit einem Hieb auf die Schwerthand kampfunfähig gemacht hat, so werde ich nun auf seine empfindlichste Stelle zielen.«

»Wie meinst du das?« Etwas an Galawayns Art beunruhigte sie. Sann er tatsächlich auf Rache? Wollte er gar den Schwertmeister der Königin dafür büßen lassen, dass Emerelle sein Volk vertrieben hatte?

Der Elf blieb ihr eine Antwort schuldig. Er schlug den dünnen Gazevorhang zurück und ging hinüber zum Spieltisch. Kurz besprach er mit Ollowain ein paar Regelfragen, und dann nahmen die beiden wieder ihre Plätze an den Schmalseiten des Spieltischs ein.

Ganda sah ihnen eine Weile zu. Wieder wirkte der Schwertmeister aufs Äußerste angespannt. Und ganz offensichtlich hatte Galawayn andere Vorstellungen von einem schnellen Spielende als sie. Seufzend wandte die Lutin sich wieder ihren Schriftrollen zu.

Der nächste Text, den Ganda studierte, war ein einziges Ärgernis. Ein anonymer Autor versteckte sein Unwissen hinter gestelzten Sätzen und leeren Phrasen. In einem Absatz hatte er sogar poetische Anflüge und schrieb von einem Schlüssel des aufrichtigen Herzens, der allein das Verborgene zu erschließen vermochte, jenes Wissen, das davor behütet sein musste, in die falschen Hände zu geraten und das der rotgraue Bastard gefangen hielt. So ging es weiter. Eine kryptische Botschaft folgte der nächsten. Ohne Sinn und Verstand!

Ungeduldig schob die Lutin die Schriftrolle zur Seite. Sie sah sich die Lederhülle an, aus der sie den Text gezogen hatte, doch auf dem Papierstreifen, der am Verschluss haftete, war auch kein Verfasser genannt. In Zukunft wollte sie sich Texte dieses Autors ersparen. Nun, wenn sein Name nicht aufzuspüren war, würden ihn eben seine krakelige Handschrift und sein krauser Stil verraten. Ganda schob die Schriftrolle zurück in die Lederhülle und sah sich nach der Urne um, in der dieser Unsinn begraben gewesen war. Doch abgesehen von dem Glas mit der schrecklichen Schlange konnte sie kein Gefäß entdecken. Die Urne mit den Texten, die sie gestern gelesen hatte, war verschwunden. Vermutlich lag sie schon wieder im Wüstensand verscharrt.

Ihr Blick verweilte auf dem niedrigen Ständer für Schriftrollen. Er war aus schwarzem Holz gefertigt. Und er war leer. Wie viele Schriftrollen hatten dort noch gleich gelegen, als sie vorgestern zum ersten Mal in das Zelt getreten waren? Acht? Sie wusste es nicht mehr. Vor ihr auf dem Tisch lagen sieben Schriftrollen. Waren es gar die Texte, die Galawayn hier im Zelt verwahrt hatte? Gab es deshalb keine Urne? Das würde bedeuten, dass auch er sich für die Yingiz interessierte! Welch ein seltsamer Zufall.

Missmutig blickte sie zum falschen Himmel empor. Wenn sie es nicht besser wüsste, würde sie niemals auf den Gedanken kommen, dass sich hinter dem grenzenlosen Blau eine steinerne Gewölbedecke verbarg. Galawayn musste wahrlich mächtig sein, dass er solche Zauber wirken konnte. Auch was er mit dem Sand getan hatte, war ungewöhnlich. Gestern war ihr aufgefallen, dass die Spuren im Sand langsam verschwanden, ohne dass der leiseste Windhauch zu spüren war. Galawayn hatte ihr erklärt, dass sich die obersten Sandschichten sacht bewegten. So wurden die Spuren, die man hinterließ, in kurzer Zeit ausgelöscht. Er behauptete, diesen Zauber ersonnen zu haben, weil ihn das Spurengewirr im Sand störte. Verrückt, dieser Elf. Völlig verrückt! So wurde man wohl, wenn man Jahrhunderte nur mit Büchern verbrachte.

Ob er es wohl doch aufrichtig gemeint hatte mit seinem Kompliment? Sie sah zu den beiden Elfen hinüber, die stumm über dem Falrach-Tisch brüteten. Nur das gelegentliche Klackern eines Würfels störte die spannungsgeladene Stille. Das Duell der beiden ging weiter, auch wenn ihre Schwerter wieder in den Scheiden ruhten.

Galawayn war ein hübscher Mann. Natürlich viel zu groß. Aber hübsch ... Selbst unter den Elfen, denen nie ein hässliches Kind geboren wurde, stach seine Schönheit hervor. Und zugleich wirkte er unnahbar. Für einen Augenblick erlaubte es sich Ganda, in romantischen Gedanken zu schwärmen, doch dann rief sie sich wieder zur Ordnung. *Es ist eine Freude, dich um mich zu haben.* Das waren nichts als leicht dahingesagte Worte! Sie bedeuteten nichts!

Ganda öffnete die nächste Lederhülle. Auf dem Papyrusstreifen am Verschluss stand: VERWUNDETE SEELEN, AUSZUG AUS DEM VII. KAPITEL VON: DIE WEGE DER ALBEN, VERFASST VON: MELIANDER, FÜRST VON ARKADIEN

Der Text war so düster wie sein Titel. Meliander behauptete, dass die Seelen der Alben in den Kämpfen mit den Yingiz und den Devanthar so verletzt worden waren, dass sie schließlich die Welt, die sie erschaffen hatten, ihren Kindern überlassen mussten, um sich für immer an einen Ort zurückzuziehen, an dem sie nichts mehr an die Düsternis erinnerte, die sie zwar verbannen, aber nicht bezwingen konnten.

Schon wieder so geschraubte Formulierungen! Meinte Meliander mit der Düsternis nun den Zustand der Seelen der Alben oder doch eher die Yingiz? Ganda überflog den Text ein zweites Mal. Hatte sie etwas übersehen? Waren die Alben, obwohl sie gesiegt hatten, zugleich auch die Besiegten? Hatten sie verloren, worum gekämpft worden war?

Die Lutin leckte sich über die Schnauze. Nein, so stand das dort nicht. Das war ihre Deutung. Aus dem Text ging nicht hervor, dass die Alben und die Yingiz um Albenmark gekämpft hatten. Und wenn nicht einmal die Alben die Yingiz bezwingen konnten, wie wagte Emerelle dann zu hoffen, dass es ihr gelingen könnte, die Schatten zu vertreiben, die ins Herzland gekommen waren?

Ganda hatte vor ihrer Abreise allen Blütenfeen geraten, das Herzland zu verlassen. Hoffentlich hatten sie auf ihre Worte gehört. Sie mochten die Nähe der Königin. Die Lutin war überrascht gewesen, dass Emerelle um Mondblütes Tod gewusst hatte. Sie hätte darauf geschworen, dass die mächtige Herrscherin Albenmarks sich einen Dreck um solche vermeintlichen Kleinigkeiten scherte. Aber wenn sie gewusst hatte, was geschah, warum hatte Emerelle dann nichts unternommen, um Mondblütes Kind zu retten? Bei all ihrer Zaubermacht hätte das doch ein Leichtes für die Königin sein müssen! Zumindest hätte sie die Blütenfee von ihren Selbstmordgedanken abbringen können. Und sei es, indem sie die Kleine mit einem Schlafzauber belegt hätte. Aber sie hatte in ihrer Burg gesessen und in diese verdammte Silberschüssel gestarrt. Dieses ganze Elfenpack blieb ihr ein Rätsel. Da bauten sie eine Burg, die in ihrer Schönheit ihresgleichen suchte, und fanden nicht einmal einen Namen für diesen Ort. Verrückt. So verrückt wie diese beiden Dickschädel, die an ihrem Spieltisch noch einmal die Schrecken einer Schlacht heraufbeschworen, die längst entschieden war. Wem sollte das nutzen!

Ganda streckte sich. Auf Dauer war es ziemlich ungemütlich, im Schneidersitz auf einem weichen Kissen zu hocken. Ihr Nacken war ganz steif geworden, und die Beine waren ihr eingeschlafen. Vorsichtig reckte sie die Glieder, durch die ein prickelnder Schmerz floss. Ihr linker Fuß stieß gegen etwas, das unter dem niedrigen Tisch verborgen lag.

Neugierig beugte sich Ganda hinab. Es war das Buch mit den Bronzebändern, das ihr schon zuvor aufgefallen war. Auch die Handschuhe waren noch da. Sie lagen zusammengeknüllt auf dem Teppich. Nadel und Faden hingegen waren verschwunden. Wie Galawayn dieses Buch wohl öffnete? Es gab kein Schloss an den Metallbändern und keine Scharniere. Sie lagen wie Fesseln um das Buch. Wozu der Elf wohl die Handschuhe brauchte? In den vergangenen Tagen hatte er sie nie angehabt. Jedenfalls nicht, wenn sie und Ollowain in der Nähe gewesen waren.

Sie nahm einen der Handschuhe auf. Er fühlte sich unangenehm an. Warm, als sei er gerade eben erst getragen worden. Doch das konnte nicht sein. Wie hätte er von ihr unbemerkt unter den Tisch gelangen sollen? Er musste dort schon mindestens so lange liegen, wie sie hier saß und über den Schriftrollen brütete.

Ganda strich das zerknüllte Leder glatt. Wozu brauchte man Handschuhe, um ein Buch zu lesen? Und noch dazu Handschuhe, an denen ein Zauber haftete? Was war zwischen den Buchdeckeln verborgen? Vielleicht durfte man die Pergamentseiten nicht berühren? Sie hatte einmal eine Geschichte über ein kleines Büchlein gehört, in dem sinnliche Märchen niedergeschrieben standen. Geschichten, die jeden, der sie las, in Erregung versetzten. Und das hatte nicht allein an den Texten gelegen. Die Seiten des Buches waren mit einem Aphrodisiakum bestrichen worden. Mit einem Zaubertrank, der körperliche Lust weckte. Dieses Liebesgift gelangte über die bloße Haut in den Leib. Je öfter die Hände eine der Seiten berührten, zum Beispiel, wenn man mit dem Finger Zeile für Zeile, die man las, verfolgte – oder zumindest, wenn man umblätterte –, desto mehr Gift nahm man auf, bis man zuletzt vor Lust ohnmächtig wurde. Ganda hatte einen Mond lang vergebens versucht, dieses Buch aufzutreiben. Wahrscheinlich war es nur der Fabulierfreude eines Märchenerzählers entsprungen. Vielleicht sollte sie Meister Gengalos danach fragen? Wenn es in der Bibliothek wirklich alle Texte gab, die jemals geschrieben worden waren, dann müsste sich doch auch dieses Büchlein hier finden lassen. Selbst wenn sie dessen Titel nicht kannte, konnte es ja nicht allzu schwer sein, ein so ausgefallenes Buch zu finden. Es wäre eine angenehme Abwechslung von diesen düsteren und verworrenen Texten über das Nichts und die Yingiz.

Ganda tippte vorsichtig mit dem Zeigefinger gegen die Schnittkanten der Pergamentseiten. Mit einem Aphrodisiakum war dieses Buch bestimmt nicht *vergiftet* worden. Gewiss brauchte Galawayn die Handschuhe, um sich zu schützen.

Gedankenverloren strich die Lutin über das helle Leder der Innenseite. Weich schmiegte es sich in ihre Hand. Sie spürte die schwache magische Kraft, die den Handschuhen innewohnte. Und etwas beunruhigte sie. Sie brauchte eine Weile, bis sie sich über diese Unruhe im Klaren wurde. Es war der Handschuh! Es fühlte sich an, als berühre er sie, und nicht umgekehrt. In einer Mischung aus Neugier und Ekel musterte sie das Leder eindringlicher. Die Innenseite der Handschuhe war verstärkt. Die zweite Lederschicht, die Galawayn dort aufgenäht hatte, bestand aus einem einzigen, durchgehenden Stück. Es passte sich der Form des Handschuhs genau an, so wie … Ungläubig beugte Ganda sich vor. Sie sah die zarten Wirbel auf den Fingerspitzen. Schlagartig überwog der Ekel die Neugier! Sie ließ den Handschuh fallen. Das Leder auf der Innenseite war die Haut einer Hand. Und sie war immer noch lebendig! Daher rührte das Gefühl, der Handschuh habe sie berührt! Es war keine Einbildung! Er hatte es tatsächlich getan!

Ein wütender Schrei ließ Ganda auffahren.

»Das tust du nicht! Sie wird nicht noch einmal sterben, hörst du!« Den Worten folgte das leise Schaben einer Klinge, die aus ihrer Scheide glitt.

Ganda fuhr herum. Ollowain bedrohte ihren Gastgeber mit seinem Schwert!

»Du wirst ihr kein Leid antun. Niemand wird das, solange ich lebe!«

Galawayn hob ganz langsam die Hände. »Es ist doch nur eine Spielfigur«, sagte er beschwörend. »Nur ein Stück Stein, dem ein Künstler eine Form verliehen hat.«

Ollowain streckte den Schwertarm. Die Klinge war weniger als einen Zoll vom Hals seines Gegenübers entfernt. Sie zitterte leicht. »Nenn sie nicht noch einmal ein Stück Stein. Sie lebt, solange die Zauberin nicht geschlagen wird.«

»Ollowain.« Ganda sprach den Namen ihres Gefährten leise und eindringlich. »Du kannst deine Zauberin retten. Bring sie fort von hier.«

Gehetzt blickte der Schwertmeister zu ihr hinüber. Sein Gesicht war fahl und glänzte vor Schweiß. Das lange blonde Haar hing ihm in Strähnen in die Stirn. Er schien Fieber zu haben.

»Tritt zurück«, sagte Ganda beschwörend. »Du musst sie fortbringen und nicht kämpfen.«

Ollowain sah wieder zu Galawayn. Schließlich nickte er. »Ja, ich muss sie fortbringen.« Langsam trat er rückwärts aus dem Zelt. Dann wandte er sich um und begann zu laufen.

Galawayn atmete hörbar. »Er hätte mich getötet.«

»Was hast du ihm angetan?«, fragte die Lutin barsch. Sie schob den dünnen Schleier zur Seite und trat an den Spieltisch. Ganda musste auf Ollowains leeren Stuhl steigen, um das Spielfeld überblicken zu können. Der Schwertmeister schien seine Schlacht verloren zu haben.

Der Hüter des Wissens nahm eine Spielfigur vom Tisch, die in zwei Teile zerbrochen war. Ein großer, weißer Hund.

»Ich wollte seine Magierin schlagen«, erklärte Galawayn. »Mit dem Geisterhund. Da ist er plötzlich vom Wahn gepackt worden. Ich wollte das Spiel abkürzen, so wie du mir geraten hattest, Ganda. Ich habe gemerkt, dass er sich merkwürdig verhielt, wenn es um diesen Spielstein ging. Er hat seinen Feldherrn neben die Magierin gezogen, um sie zu schützen. Dabei wäre es klüger gewesen, ihn bei den Truppen zu lassen.«

»Wurde die Magierin, wurde Lyndwyn, durch einen Hund getötet?«

Der Hüter des Wissens schüttelte den Kopf. »Ich glaube nicht …«

»Was heißt das?«

»Er hat darüber nicht sprechen können, als ich ihn vorgestern befragte. Er hat etwas von einem verlorenen Gesicht gemurmelt … Sie scheint am Ende der Kämpfe umgekommen zu sein.«

Ganda blickte zu der breiten Spur im Sand. Sie führte die große Düne hinauf. Vom Zelt aus betrachtet, sah es aus, als ende sie im Himmel, der doch nichts als eine Illusion war.

»Ich werde ihm folgen«, sagte sie traurig.

VON SPIELARTEN DER LIEBE

Seit Stunden irrte Ganda durch das Labyrinth der Bibliothek, ohne Ollowain finden zu können. Zunächst hatte sie ihn in seiner Kammer gesucht. Vergebens. Dann war sie in dem hell erleuchteten Kreuzgewölbe mit den sieben Springbrunnen gewesen, wo das Wasser eine leise, beruhigende Melodie spielte. Dorthin hatte sich der Elf am Abend zuvor zurückgezogen, um mit sich wieder in Einklang zu kommen. So hatte er zumindest gesagt. Doch auch dort steckte er diesmal nicht. Ziellos streifte die Lutin durch Lesesäle, durch lange, von Bücherregalen gesäumte Flure und kleine Kammern, in denen leicht angestaubte Ohrensessel dazu einluden, es sich mit Büchern gemütlich zu machen. Es war beklemmend, wie leer die Bibliothek war.

Schließlich gelangte sie zu einer Tür, durch die Stapel von Büchern in einen düsteren, runden Saal quollen. Die alten Folianten mit Goldschnitt und schweinsledernen Buchdeckeln lagen wild durcheinander. Manche der Bücher waren auseinander gebrochen; vergilbte Pergamentseiten hatten sich gleich einer Flut in die Schluchten des Büchergebirges ergossen. Flüchtig las Ganda einige der Titel auf den Buchdeckeln. *Vom flüssigen Gold der Faunen, Die Seele des Weins, Hundert Gebote der Braukunst, Roter Kalpurner, Weinprobe in Arkadien.*

Ein Geräusch ließ Ganda aufschrecken. Hoch über ihr flammte eine Lampe auf. Undeutlich erkannte sie zwei kleine Gestalten, die auf einer Galerie hoch über ihr vor einer Wand roter Buchrücken mit einer Öllampe hantierten.

Ganda formte die Hände zu einem Trichter, legte den Kopf in den Nacken und rief laut: »Habt ihr einen weiß gewandeten Elfen gesehen?«

Die Schattengestalten hielten in ihrer Arbeit inne. Eine beugte sich über das Geländer der Galerie. Das Licht der Lampe fiel seitlich auf sein Antlitz. Die spitzen Schweinsöhrchen, schmalen Augen und die dunkle, lederne Haut gehörten zu einem Kobold. Undeutlich murmelte er etwas.

»Ich kann dich nicht verstehen.«

Der Kobold winkte mit den Armen und legte dann mit weit ausholender Geste einen Finger an die Lippen.

Blöder Kerl, dachte Ganda. Wen sollte sie hier mit ihren Rufen schon stören. Wütend sah sie sich nach der Wendeltreppe um, die hinauf zu den Galerien führte.

»Bleib, wo du bist!«, zischte es von oben herab. Behutsam, den Rücken dicht an die Regalwand gepresst, schlich der Kobold die Galeriewand entlang, während sein Gefährte aus einem Fässchen auf seinem Rücken weitere Öllampen auffüllte.

Vorsichtig und quälend langsam kam der Kobold die enge Wendeltreppe herab. Und obwohl er seine Schritte mit äußerster Bedachtsamkeit setzte, erzitterte die Treppe bei jeder Bewegung, und die schweren Regale, in denen sie mit langen Holzdübeln verankert war, knarrten drohend.

Endlich ließ der Kobold die letzte Stufe hinter sich. Oben auf der Galerie waren weitere Öllampen aufgeflammt, und warmes goldenes Licht trieb die Schatten zurück.

»Hast du das Hirn einer Maus in deinem verdammten Fuchsschädel, Lutin?«, zischte der Kobold wütend. Er war fast einen Kopf kleiner als Ganda. Seine geflickte, viel zu große Hose war mit einem ausgefransten Seil über der

Hüfte zusammengebunden. Auf einem weißen Hemd voll dunkler Tintenflecke trug er eine ärmellose Weste, auf die mit schwarz angelaufenen Silberfäden merkwürdige Symbole gestickt waren. Das strähnige graue Haar hatte er mit einem roten Stirnband zurückgebunden, was ihm etwas Verwegenes gab. Tiefe Falten hatten sich in seine Mundwinkel gegraben, und dunkle Ringe lagen unter den blassgrauen Augen. Von den Fingern seiner linken Hand waren nur noch vernarbte Stümpfe geblieben.

Ganda beschloss, die Beleidigung zu übergehen. »Hast du vielleicht einen Elfen ….«

»Ja, ja, ja!«, grummelte ihr Gegenüber. »Sprich gefälligst leiser, Lutin. Verdammt, hast du denn keine Ahnung, wo du hier bist?«

»Pass auf, oder ich werde dich …«

Der Kobold hielt ihr mit beiden Händen die Schnauze zu. »Leise! Verdammt noch mal!« Staub rieselte von einem der Regalbretter. Hoch über ihnen knarrte es bedenklich.

Der Kobold auf der Galerie hielt inne und sah besorgt herab.

»Du bist neu hier, nicht wahr?«

Ganda nickte.

»Das hier ist der Rosenturm.« Er deutete mit seiner verstümmelten Hand in die Höhe. »Fünfzig Schritt hohe Regale, gefüllt mit dem Wissen einer ganzen Welt. Alles, was jemals über Rosen geschrieben wurde. Gedichte, naturwissenschaftliche Abhandlungen, Bildbände, Bücher voller gepresster Blütenblätter. Selbst die Regale hier sind aus verleimtem Rosenholz.« Der Kobold ließ Ganda los und legte einen Finger an seine Lippen. »Halte deine Stimme im Zaum!« Er trat an eines der Regale. »Komm her und sieh dir das an!«

Ganda gehorchte stumm.

Ihr Begleiter ließ seine verstümmelten Finger über ein staubiges Regal gleiten. Unter dem Staub sah man dutzende winziger Löcher im Holz.

»Die Regale sind zerfressen, und das Holz ist so brüchig wie ein alter Korallenstock. Hier kann jeden Augenblick alles zusammenbrechen. Ein Schrei oder ein schwerer Tritt auf den Boden, und es ist vorbei. Andererseits, wenn man vorsichtig ist, mag es auch noch ein weiteres Jahrhundert lang gut gehen.« Er zuckte resignierend mit den Schultern. »Vielleicht erinnert man sich ja in Albenmark an uns und schickt statt neuer Bücher und einer tollpatschigen Lutin mal ein paarhundert Handwerker.«

Ganda verkniff sich eine patzige Antwort. »Und warum kletterst du auf dem Regal herum, wenn es so gefährlich ist?«

Der Kobold hakte seine Daumen in die Weste ein und versuchte geringschätzig auf sie herabzublicken, obwohl sie ein gutes Stück größer war als er. »Weil dies die Bibliothek von Iskendria ist. Die Tatsache, dass wir langsam zerfallen, ist kein Grund, seinen Pflichten nicht mehr nachzukommen. Heute Abend versammeln sich die Hüter des Wissens im Kristallsaal, um Meister Gengalos zu feiern. Er hat sein fünfhundertstes Buch auswendig gelernt. Er ist ein einsames Licht des Wissens in dieser finsteren Zeit. Der Weg, den er zum Kristallsaal nimmt, soll eine Straße des Lichts sein. So gehört sich das bei feierlichen Anlässen. Deshalb beleuchten wir alle Säle und Gänge, durch die er schreiten wird. Ja, sogar die benachbarten Räume. Es soll so sein, wie es hier früher einmal war. Wenn du nun genug gehört hast, dann würde ich mich gern wieder meiner Arbeit widmen.« Mit dunklen Augen sah er sie eindringlich an. Plötzlich grinste er frech. »Du hast mich doch nicht nur gerufen, um dich wichtig zu machen. Wenn du mich suchst, findest du mich abends in der Kammer hinter der Buchbinderei nahe dem Traumsaal.« Er zwackte sie in die Wange. »Man sollte in dieser Bibliothek niemals schreien.« Er blickte viel sagend das nächststehende Regal an. »Aber ich mag Weibchen, die etwas riskieren.«

Gandas Lippen bewegten sich stumm. Sie murmelte

einen Zauber, der sie nach Sandelholz duften ließ. Die meisten Koboldmänner, denen sie in ihrem Leben begegnet war, waren ganz verrückt nach Sandelholzduft. »Eigentlich wollte ich von dir wissen, ob dir ein weiß gewandeter Elf über den Weg gelaufen ist.« Sie wagte einen koketten Augenaufschlag. »Wenn du mir helfen würdest, ihn zu finden, dann wäre das sehr ritterlich von dir. Und ich schätze ritterliche Männer.«

Der riesige Adamsapfel ihres Gegenübers ruckte auf und ab. »Ach ja, der Elf. Vielleicht so ein Kerl mit langen, blonden Haaren, der etwas … der etwas irre wirkt und mit sich selbst spricht.«

»Das könnte passen.«

»Bist du sicher, dass du weißt, wo die Buchbinderei beim Traumsaal ist? Sonst fragst du nach Qualbam dem Dritten. Man kennt mich ganz gut, weil …«

Ganda hob ärgerlich eine Braue und wurde sich im selben Augenblick bewusst, dass sie anfing, Ollowains Unarten zu übernehmen. »Ich bin mir sicher, dass Ehrenmänner nicht feilschen, wenn sie an der Gunst einer Dame interessiert sind.«

»Ist schon gut! Schon gut.« Der Kobold hob beschwichtigend die Hände. »Also, selber gesehen habe ich den Kerl nicht. Aber drüben im Jade-Saal, da hat Orinox von so einem …« Er räusperte sich und wartete einen Augenblick, ob sie durch irgendeine Geste verriet, wie sie zu den Elfen stand.

»Und weiter«, drängte Ganda.

»Ja also, Orinox hat gesagt … Es sind seine Worte, die ich jetzt wiederhole: Da kam so ein irrer Elf vorbei, hat mit sich selbst gesprochen und ist geradewegs in den Brauturm gelaufen. Das ist ein Bücherschacht wie dieser Raum hier. Oder besser gesagt, das war er einmal, denn die Regale sind zusammengebrochen und haben Kleos unter sich begraben. Du hast ihn vielleicht schon gesehen. Das ist der Minotaur, der immer …«

Ganda unterbrach ihn mit einer knappen Geste. »Ist der Ort noch gefährlich?«

»Gefährlich? Du machst wohl Witze. Gefährlich ist gar kein Ausdruck! Ein Läusefurz reicht aus, um dort eine Lawine auszulösen. Da liegen tausende Bücher und hunderte zerbrochene Regalbretter durcheinander. Niemand, der seine Sinne beieinander hat, geht da hinein. Als sie Kleos dort herausgeholt haben, hat es noch drei weitere Bücherschläge gegeben, deshalb hat es so lange gedauert, ihn zu retten.«

»Und ihr habt den Elfen einfach so dort hineinlaufen lassen? Er ist ein Fremder hier. Er hat keine Ahnung!«

Qualbam zog mit dem Zeigefinger eins seiner Augenlider herab. »He, Schwester. Welcher Kobold stellt sich einem Elfen in den Weg? Besonders dann, wenn der mit einem gezückten Schwert herumrennt.«

»Wie lange ist das her?«

»Weiß nicht …«, antwortete er gedehnt und bohrte nachdenklich in der Nase.

»Ich glaube, ich vergesse gerade, wo der Traumsaal ist.«

Qualbam zog den Finger aus der Nase und begutachtete seine Beute. »Du kommst sowieso nicht.«

»Du meinst also, ich sollte lieber diesen Orinox fragen gehen.«

Der Kobold wischte sich den Finger an der Hose ab. »Das ist schon eine ganze Weile her.« Er blickte zu der Tür, in der sich die Ausläufer der Bücherlawine stapelten. »Allerdings habe ich es dort drinnen ein paarmal ganz ordentlich rumpeln hören. Du solltest da lieber nicht …«

Das war alles, was Ganda wissen wollte. Entschlossen ging sie zur Tür. Sie würde Ollowain da herausholen, und wenn sie das geschafft hatte, dann würde dieser eingebildete Elf zu hören bekommen, was sie von seinem überheblichen Volk hielt! Sie würde ihm derart den Kopf waschen, dass er nicht mehr wusste, an welchem Ende er sein verdammtes Schwert anpackte …

»Lass das, Weib! Mach dich nicht unglücklich!« Qualbam packte sie bei der Schulter und zog sie zurück. »Geh nicht durch diese Tür. Wenn du dich umbringen willst, dann schneid dir doch lieber gleich die Kehle durch.«

»Nimm deine Finger weg«, fauchte Ganda. »Du wirst mich von gar nichts abhalten.«

Qualbam hielt ihrem wütenden Blick stand. »Wenn du diesen Elfen schon suchen musst, dann nimm wenigstens denselben Weg wie er. Ich werde nicht versuchen zu begreifen, was in so einem Fuchskopf vor sich geht. Und ich werde dich auch nicht weiter aufhalten. Also komm schon.« Er wandte sich ab und verließ den hohen Bücherschacht.

Ganda war so beeindruckt, dass keine schnippische Bemerkung mehr den Weg über ihre Lippen fand. Qualbam überraschte sie. Ihm schien tatsächlich an ihr gelegen zu sein. Sie folgte ihm.

Der Beleuchter brachte sie durch einen von Bücherborden gesäumten Gang, der sich in weitem Bogen krümmte. Alle Bücher hier waren in dunkelgrünes Leder gebunden, und die Titel prunkten in prächtigen Goldbuchstaben auf den Rücken. Ein leichter Geruch von Gerbsäuren hing in der Luft.

»Neue Texte«, murmelte Qualbam, ohne sich auch nur nach ihr umzublicken.

Sie erreichten einen Saal mit bedrückend niedriger Decke. Feuerschalen atmeten feinen blauen Rauch. Der erfrischende Duft von Fichtennadeln schwebte mit den beiden, als sich der Rauch in sanften Wogen vor ihnen zurückzog.

Entlang der Regale waren jetzt Stapel von Büchern aufgeschichtet. Wie Mauerwerk kletterten sie die Wände empor. Hier und dort lehnten auch schwere Holzbalken. Sägemehl dämpfte Gandas Schritte.

Schließlich erreichten sie eine Tür, hinter der undurchdringliche Finsternis kauerte. »Dort musst du hinein«, flüsterte Qualbam.

»Das ist der ….«

»Leise!« Der Kobold hob in beschwörender Geste die Hände. »Leise, bitte.« Misstrauisch musterte er die nächstgelegenen Buchregale. »Es heißt, dass sich hier einige besessene Bücher eingeschlichen haben. Sie kommen gern an Orte, an denen ein Unglück geschehen ist.«

»Besessene Bücher?« Solch einen Unsinn hatte Ganda noch nie gehört. Wahrscheinlich wollte Qualbam sich nur wichtig machen. Obwohl … Sie schnupperte. In ihrer wahren Gestalt nahm sie Gerüche viel deutlicher wahr. Ihre feine schwarze Fuchsnase eröffnete ihr eine verborgene Welt, und ihr Geruchssinn verriet ihr ebenso viel über ihre Umgebung wie ihre Augen. Sie wusste, dass sie hier auf dem richtigen Weg war, denn Ollowain hatte eine feine Duftspur zurückgelassen. Sein Körpergeruch war zwar etwas ausgeprägter als bei anderen Elfen, aber immer noch zu schwach, um die Witterung aufnehmen zu können. Was ihn verriet, war der Geruch nach dem Waffenfett, mit dem er sein Schwert pflegte.

Ganda roch auch den Knochenleim, den die Buchbinder verwendet hatten, das Pergament und den Duft von Galläpfeln, die man zur Gewinnung von Tinte verwendete. Frisch bearbeitetes Holz, Staub und Bierhefe waren andere Duftmarken, die sie wahrnahm. Und der säuerliche Geruch der Angst. Nicht nur Qualbam roch danach. Dieser Duft war in die Lederdeckel der Bücher eingezogen. Hier in diesem niedrigen Saal hatten sich schon viele gefürchtet.

Die Lutin blickte zur Decke empor. Hinter einem dünnen Rauchschleier war sie mehr zu ahnen, als wirklich zu sehen. Kleos hätte hier tief gebeugt gehen müssen, so niedrig war der Büchersaal.

»Es gibt ziemlich gemeine Bücher«, flüsterte Qualbam. »Bücher, in die man Magie band, die sich dann irgendwann selbstständig machte. Viele davon haben wir Kobolde zu verantworten. Und ich rede jetzt nicht von so harmlosen Dingen wie dicken Chronikbänden, die sich einen Spaß daraus machen, dir auf den Kopf zu fallen, wenn du an ihrem Regal vorbeigehst. Oder Lexika, die in ihren Artikeln ein geschicktes Netz von Lügen verbreiten, das sich beständig dem Wissensstand ihrer Leser anpasst, bis diese nicht mehr zu erkennen vermögen, was Wahrheit und was Trug ist. Aber das ist Kinderkram ... Ich rede von Büchern, die mit ihren Bronzebeschlägen nach deinen Fingern schnappen, wenn du sie in die Hand nehmen willst, Bücher, die dich trinken und zu einer bunten Figur in einer Illustration machen, oder, schlimmer noch, Bücher, die eine Pforte ins Nichts sind, durch die du in den bodenlosen Abgrund stürzt, wo dunkle Seelenfresser auf dich warten.« Wieder sah er sich ängstlich um. »Und dann gibt es da noch die besessenen Bücher, die den Geist eines verwirrten Autors in sich tragen. Ihre Verfasser haben sie meist mit ihrem eigenen Blut geschrieben. Sie enthalten Geschichten, die keinen Anfang und kein Ende haben. Und wenn du in ihnen blätterst, dann stehlen sie dir deine Erinnerungen, in der Hoffnung, dass du zu der Romanfigur wirst, die der planlosen Erzählung einen Sinn verleiht. Manchmal tauschen sie sogar deine Erinnerung aus. Das ist besonders heimtückisch. Du erinnerst dich dann in tausend Einzelheiten an ein Leben, das du niemals geführt hast. Grobhäm Plog, ein Lutin, der lange Zeit in Talsin lebte, ist berüchtigt dafür, mehr als zwei Dutzend dieser besessenen Bücher erschaffen und an Leute verteilt zu haben, die er nicht leiden konnte. Die meisten dieser verfluchten Bücher sind jetzt hier und gut weggeschlossen, aber einige haben die Eigenschaft, dass sie einfach nicht an dem Platz bleiben wollen, an dem man sie ablegt. Nicht einmal schwere Eisenketten oder Bleitruhen halten sie gefangen.«

Ganda kannte Grobhäm aus hunderten Erzählungen und tausenden Flüchen. Er trug mit Schuld daran, dass die Lutin einen so schlechten Ruf hatten. Mochte er auch für alles Ungemach, das er erlitten hatte, Genugtuung erstritten haben, so hatte er zugleich seinem Volk eine ungleich größere Last aufgeladen. Sprachen die anderen Völker über Lutin, dann dachten sie an Grobhäm und ähnliche Griesgrame. Waren Lutin in der Nähe, dann schrieb man ihnen jedes Missgeschick zu, das geschah, von Fehlgeburten beim Vieh über Unfälle in Haus und Hof bis zu hin zu schlechtem Wetter.

Qualbam beäugte misstrauisch ein kleines, schwarzes Büchlein, das zuoberst auf einem Stapel lag. »Nimm hier nie ein Buch in die Hand, von dem du nicht sicher weißt, was darin stehen wird. Suche im Zweifel einen der Hüter des Wissens und frag ihn, ob du ein Buch gefahrlos lesen kannst. Sie erkennen die besessenen Bücher. Meistens … Sie verändern ihre Gestalt. Die Bücher natürlich, nicht die Hüter des Wissens. Und sie wirken ganz harmlos.«

Ganda musste unwillkürlich an das Buch denken, das Galawayn in seinem Zelt verwahrte. Mochte das so ein verfluchtes Buch sein? War es eine Falle für sie? Hoffte der Elf darauf, dass sie es sich ansah? Ergab das einen Sinn? Galawayn hatte ihr nichts getan … Und auch für Ollowain hatte er nur das Beste gewollt. Die Lutin starrte in die Dunkelheit jenseits der Türöffnung. Und hierher hatten seine Bemühungen sie nun geführt. War das ein unglücklicher Zufall? Oder war es von Anfang an Galawayns Absicht gewesen, Ollowain zu quälen? Wollte er sich dafür rächen, dass Emerelle sein Volk einst aus Albenmark vertrieben hatte? Und wessen Haut hatte der Hüter des Wissens auf seine Handschuhe gezogen? Jemandem, der so etwas tat, sollte man mit Vorsicht begegnen.

Qualbam kletterte behände an einem Regal empor und kam mit einer schönen, mit Nixen bemalten Öllampe zurück. »Die wirst du brauchen, Ganda«, flüsterte er. Dann malte er mit flinken Fingern ein Schutzzeichen gegen das Böse in die Luft. »Ich wünsche dir Glück, Lutin.« Plötzlich grinste er keck. »Und du weißt ja, du findest mich in der Kammer hinter der Buchbinderei beim Traumsaal. Ich warte dort auf dich.«

Ganda schenkte ihm ein mildes Lächeln und nahm die Lampe entgegen. Vielleicht würde sie ihn wirklich besuchen. »Mach dir keine Sorgen um mich. Du weißt ja, die Alben lieben die Tollkühnen und die Verrückten.«

»Ja, so sehr, dass sie sie besonders schnell zu sich holen.«

Das Lächeln der Lutin veränderte sich. Nun war es verlegen. Sie war nicht gewohnt, dass man sich um sie Sorgen machte.

»Ich geh jetzt«, sagte Qualbam, dem die Situation offensichtlich unangenehm wurde. Mit flinken Schritten eilte er davon.

Ganda sah ihm nach, bis er in den blauen Rauchschleiern verschwunden war, die aus vereinzelten Feuerschalen aufstiegen. Sie räusperte sich. Das ist nur der verdammte Rauch, redete sie sich ein. Dann hob sie die Lampe und ging auf die finstere Türöffnung zu.

Ein dicker Balken stützte am Eingang einen riesigen Atlas über die Weinanbaugebiete Albenmarks. Ganda blickte in einen Tunnel aus Büchern. Hier und dort waren weitere Stützbalken errichtet, und manche Seitenwände waren mit Brettern verschalt. Der Boden war bedeckt mit Staub, zertretenen Würmern und zerrissenen Buchseiten. Eine Vielzahl erstickender Gerüche schlug Ganda entgegen. Da waren ein schwacher Duft von schalem Bier und der Essiggeruch von falsch gelagertem Wein. Das Harz aus frisch geschnittenem Holz, gepaart mit dem Odem alten Pergaments. Ein schwefliger Geruch, der wohl von den gegerbten Häuten der Bucheinbände herrührte und, kaum wahrnehmbar, der Duft von parfümiertem Waffenfett.

Vorsichtig tastete Ganda sich vorwärts. Sie hörte, wie es in der unsicheren Decke über ihr arbeitete. Knirschend rieben sich Bücher aneinander. Feiner Staub rieselte herab. Manchmal hatte der Bücherschlag tiefe Nischen geschaffen, wenn sich große Atlanten und Bildbände gegeneinander verkantet hatten. Auch gab es kleine Abzweige, so flach, dass man auf dem Bauch liegend hineinrobben müsste. Wahrscheinlich waren es Suchtunnel, die Kleos' Retter durch die Bücherwände getrieben hatten. Ganda war sich sicher, dass Ollowain nicht in einen dieser Seitengänge gekrochen war. Einen kriechenden Elfen konnte sie sich einfach nicht vorstellen.

Immer intensiver wurde der Geruch alter Bücher. Die kleine Flamme der Öllampe zitterte bei jeder ihrer Bewegungen. Die Lutin fühlte sich wie in einer Gruft. Einer Wissensgruft. So viel Mühe hatte es gekostet, all die Geheimnisse um Wein und Bier niederzuschreiben. Wer würde das jemals lesen? Und welcher der Autoren hatte sich wohl vorstellen können, dass sein Buch eines Tages Teil einer tödlichen Falle wäre?

Die Decke über Ganda erzitterte. Weit über sich hörte sie ein dumpfes Rumpeln in dem Büchergebirge. Der Stützbalken direkt vor ihr bog sich knirschend. Ein Schwall loser Blätter segelte wie Fledermäuse mit weit ausgebreiteten Schwingen durch den Büchertunnel. Mit klopfendem Herzen presste sich Ganda gegen die Bücherwand und wartete ab, bis das Rumoren über ihr verebbte. Sie hasste es, in engen, lichtlosen Räumen zu sein. Sie hasste diese Bibliothek, und sie begann, Ollowain zu hassen. Wie konnte man nur so hirnverbrannt sein, sich ausgerechnet an diesem Ort zu verkriechen! Wer hierher kam, der musste sich entschlossen haben, dem Tod ins Antlitz zu spucken. Sollte er mit diesem Unfug doch warten, bis sie zurück in Albenmark waren. Da gab es mehr als genug Gelegenheiten, sein Leben wegzuwerfen. Und sie würde nichts mit der Sache zu tun haben.

Die jüngsten Ereignisse hatten all ihre Vorurteile über Elfen bestätigt. Die besten von ihnen waren schlicht ignorant. Sie weilten mit ihren Gedanken in höheren Sphären, zu denen ein vernünftig denkender Kobold höchstens im Vollrausch vordringen konnte. Und die übleren von ihnen, solche wie Galawayn, waren durchdrungen von Bösartigkeit, die sich hinter ihrer glänzenden Fassade versteckte. Dieser Mistkerl hatte geahnt, was mit Ollowain geschehen würde, darauf würde sie ihren Fuchsschweif verwetten. Er hatte es genossen, den Schwertmeister zu quälen. Das Einzige, was Ganda wunderte, war, wie schnell Ollowain zerbrochen war. Und nun, da Galawayn mit ihm fertig war, kam sie an die Reihe. Ein Schaudern überlief sie. Oder hatte er schon mit ihr angefangen? Durchschaute er sie? Wusste er, dass sie Ollowain hierher folgen würde? Und gab es das geheimnisvolle Buch und die makaberen Handschuhe nur, weil der Elf auch mit ihr schon längst sein hinterhältiges Spiel trieb? Doch was wollte er? Wollte er sie beide nur vertreiben, um in seinem Saal des Lichts in Ruhe gelassen zu werden? Oder genügte ihm das nicht?

Ganda atmete ein paarmal tief durch. Sie musste sich beruhigen! Sie wusste, dass sie den Hang hatte, in Panik zu geraten, wenn sie sich in so engen Räumen wie diesem Tunnel aufhielt. Die Hand, in der sie die Öllampe hielt, zitterte. Sie zwang sich weiterzugehen.

Der Tunnel wand sich wie eine Schlange mit Magenkrämpfen. Ständig wechselte er die Richtung. Mal ging es auf, mal ab. Endlich erreichte sie sein Ende. Der enge Gang hörte einfach auf. In einem Nest aus zerknüllten Pergamentseiten war eine eingetrocknete, dunkle Lache. Blut. Hier mussten sie Kleos gefunden haben.

Ganda fluchte. Ollowain musste in eine der Spalten gekrochen sein, die vom Hauptgang abzweigten. »Verdammter Irrer. Du kannst mir mal den Schweif bürsten. Mistkerl!« Über ihr erklang ein dumpfes Grollen, als wolle der Bücherberg in ihre Flüche einstimmen.

Die Lutin hatte das Gefühl, als lege sich eine riesige Faust auf ihre Brust. Keuchend rang sie nach Luft. Sie musste gegen ihre Angst ankämpfen, dachte sie, doch ihre Beine waren anderer Meinung. Sie begannen zu laufen.

In blinder Hast stolperte sie durch den Tunnel. Sie stieß sich den Kopf an Büchern, die aus den papiernen

Tunnelwänden hervorragten, strauchelte immer wieder und schlug schließlich der Länge nach hin. Die Öllampe entglitt ihren Händen. Blassgoldenes Öl schwappte aus der bauchigen Lampe. Die Flamme am Docht leckte gierig nach dem Öl.

Wie eine Maus, gebannt durch den Blick der Schlange, sah Ganda zu, wie das Unheil seinen Lauf nahm. Die Öllache fing Feuer. Knochenfarbenes Pergament zog sich knisternd zusammen, wurde gelb, dann braun und schließlich schwarz. Gierig leckte die Flamme nach weiteren Blättern. Ein feiner Schwefelduft stieg Ganda in die Nase. So roch es auch im Saal des Lichts. Galawayn hatte ihr erklärt, dass man manchen Tinten Schwefel beimischte.

Dunkel erinnerte sich die Lutin, dass sie dem Elfen bei einem ihrer Gespräche anvertraut hatte, dass sie Angst in der Enge habe und wie glücklich sie sei, im Saal des Lichts arbeiten zu können und nicht in einem der fensterlosen und beklemmenden Bibliothekssäle. Galawayn hatte geplant, dass sie hierher kam! Es war kein Zufall, dass Ollowain hierher geflüchtet war. Sicher hatte er dem Elfen irgendeine Unwahrheit über diesen verfluchten Bücherturm zugeflüstert.

Die Flamme vor ihr gewann an Kraft. Knisternd verschlang sie weitere Blätter.

Wütend ballte Ganda die Fäuste. So würde sie nicht sterben. Auf einem Scheiterhaufen aus Büchern über Bier und Wein verbrennen! Sie nahm das Öllämpchen auf und stellte es in eine Nische, wobei sie peinlich darauf achtete, dass die Flamme keinem der umgebenden Bücher zu nahe kam. Dann zerrte sie an einem Atlas, der weit aus der Bücherwand ragte und warf das mächtige, ledergebundene Buch auf die Flammen. Das Feuer verlosch unter dem erstickenden Gewicht von *Des Albenhaupts Antlitz, Topographie eines mystischen Berges.*

Ganda wartete und zählte stumm bis hundert. Dann hob sie den Atlanten wieder hoch. Außer einem Kranz tief orangefarbener Glut war nichts geblieben. Zögerlich trat sie nach dem sterbenden Feuer. Wenn ein einzelner Funke blieb, mochte das schon genügen, ein neues Feuer zu entfachen.

Beißender Rauch füllte den engen Tunnel. Und wieder packte sie die Angst. Sie stellte sich vor, wie ein gewaltiges Feuer die ganze Bibliothek verschlang, und das alles nur, weil sie einen Funken übersehen hatte. Wütend trampelte sie in der Asche der Pergamentseiten. Vielleicht sollte sie ihren Rock heben und in den großen Brandfleck pinkeln? Sie ahnte, dass sie selbst dann nicht sicher wäre, auch den letzten Funken wirklich erstickt zu haben.

Ganda schloss die Augen und kämpfte gegen ihre Ängste an. Als sie halbwegs gleichmäßig atmete, öffnete sie ihr Bewusstsein und suchte nach der Aura des Feuers. Es war etwas Lebendiges. Verzweifelt kämpfte es darum, fortbestehen zu können. Sie spürte einzelne Glutflecken verlöschen, aber sie fühlte auch, wie sich an anderen Stellen das Glimmen tiefer fraß.

Ganda flüsterte leise die Worte der Macht. Behutsam ließ sie die Silben über ihre Zunge streicheln. Vor langer Zeit hatte ihr Lehrer, Meister Gromjan, sie eindringlich davor gewarnt, ihre Gefühle in die Zauber einzubinden. Die Magie wurde zwar um vieles stärker, doch sie wurde so wild und unbeherrschbar, wie starke Gefühle es waren. Meistens hielt sich Ganda an diesen Rat. Doch jetzt war ihre Angst zu stark … die Angst vor der bedrückenden Enge des Büchertunnels und vor dem, was geschehen mochte, wenn sie das Feuer nicht vollständig erstickte.

Es wurde schlagartig kälter. Die Luft knisterte. Wie alles, das lebte, brauchte auch Feuer Luft zum Atmen. Ganda dachte an die *Faust,* die auf ihre Brust drückte, das Gefühl, das sie am Ende des Tunnels fast übermannt hatte. Sie gab die Angst weiter, ließ sie aus sich herausfließen in den Zauber. Dann hielt sie den Atem an.

Ganda spürte, wie die letzten Funken verzweifelt um

ihr Sein rangen. Die Ledereinbände der Bücher rings herum knirschten.

Die Lutin fühlte sich benommen. Vor ihrem geistigen Auge sah sie einen letzten Funken. Er umkreiste sie. In immer schnelleren Wirbeln drehte er sich um sie. Dann verschlang ihn die Finsternis. Ganda verharrte. Sie suchte. Doch da war nichts mehr. Sie hatte das Feuer besiegt. Und auch ihre Angst war gewichen.

Sie atmete tief ein. Die Luft war eisig. Und ein leichter Duft von Waffenfett mischte sich unter die Ausdünstungen der uralten Bücher.

Ganda öffnete die Augen. Sie betrachtete den großen Brandfleck vor ihren Füßen. Peinlich! Rasch sammelte sie einige lose Blätter und breitete sie über das schwarze Schandmal. Die Angst war von ihr abgefallen. Und der Bücherberg über ihr ruhte.

Die Lutin ließ sich von dem Duft nach Waffenfett leiten. Sie würde nicht noch einmal dulden, dass Panik ihre Sinne blendete. Und sie fand einen schmalen Spalt zwischen schiefen Bücherstapeln. Es war ihr ein Rätsel, wie sich der Elf dort hindurchgezwängt hatte. Sorgsam darauf bedacht, keines der Bücher zu bewegen, zwängte sie sich durch den Spalt. Ollowain war kaum zwei Schritt entfernt.

Im Chaos der stürzenden Bücher war ein kleiner Hohlraum entstanden. Und wie Stalaktiten in einer Grotte hingen zerfetzte Pergamentstreifen von der Decke. Gandas Öllampe tauchte Ollowains Zuflucht in goldenes Licht. Sein Schwert lehnte an einem Bücherstapel. Er hielt etwas mit beiden Händen umklammert und presste es sich gegen die Brust. Über seinen Daumen erhob sich das Haupt der schwarzen Magierin aus dem Falrach-Spiel.

Der Schwertmeister blickte in Richtung des Spalts, durch den Ganda gekommen war, und doch wusste die Lutin, dass er sie nicht sah. Seine Augen waren leer. Tränen rannen ihm über die Wangen. Dabei war er vollkommen still. Kein Schluchzen kam über seine Lippen. Kein Seufzer hob seine Brust. Er weinte stumm, auf eine Art, wie Ganda nie zuvor in ihrem Leben jemanden hatte weinen sehen.

Sein Anblick schnürte ihr die Kehle zu. Selbst in seiner Trauer wirkte er noch vollkommen. Im Schneidersitz saß er kerzengerade zwischen den Büchern. Sein Haar war ein wenig durcheinander geraten, und seine Augen waren leicht gerötet. Das Antlitz des Elfen war bleich wie Winternebel, der aus einem schwarzen Pfuhl stieg. Es war alterslos schön. Wie aus Marmor geschnitten und ebenso unbewegt. Versteinert. Bis auf die Tränen.

Ganda wusste nicht, was sie sagen sollte. Welche Worte würden bis zu Ollowains Verstand vordringen, der sich so weit hinter die steinerne Maske zurückgezogen hatte? Sie ahnte, dass er wieder zu sich käme, wenn sie nach der schwarzen Magierin griff. Doch sie wagte es nicht. Sie hatte Angst vor dem, was er tun mochte, um die Spielfigur zu schützen.

Vorsichtig streckte Ganda die Hand nach Ollowains Schwert aus. Nichts.

Die Lutin nahm die Waffe an sich, ohne den Schwertmeister aus den Augen zu lassen. Keine Reaktion. Er ließ sich widerstandslos entwaffnen. Der weiße Ritter der Shalyn Falah, der berühmteste Krieger Albenmarks, hatte aufgehört zu kämpfen. Ganda warf das Schwert durch den Spalt hinaus in den Büchertunnel. Obwohl sie sich nun ein wenig sicherer fühlte, wagte sie immer noch nicht, nach der Falrach-Figur zu greifen.

»Wir sind im Auftrag der Königin hier, Ollowain. Erinnerst du dich? Du hast Emerelle Treue geschworen. Du darfst sie jetzt nicht im Stich lassen.«

Der Elf rührte sich nicht. Er war ein dämlicher, arroganter Mistkerl, und doch berührte es sie zutiefst, ihn so zu sehen. Sie hätte niemals gedacht, dass Elfen zu solch starken Gefühlen fähig waren. Sie wirkten immer so beherrscht. So überlegen. So in ihren Verstand und ihre meisterlichen Fähigkeiten verliebt.

»Erinnerst du dich an die Blütenfeen am großen Teich, nahe dem Elfenlicht?« Ganda hielt inne; sie musste daran denken, dass die Elfen dieser prächtigen Burg keinen Namen gegeben hatten. Wenn sie den Namen gebrauchte, den die Koboldvölker Emerelles verzauberter Burg gegeben hatten, dann würde Ollowain nicht wissen, wovon sie sprach. »Denk an das Schloss der Königin. Dort gibt es einen klaren See. An seinem Ufer leben die Blütenfeen. Etwas Dunkles ist in jener Nacht an diesen Ort gekommen, in der du und Emerelle die Trolle vertrieben habt. Etwas, das die Lebensfreude stiehlt und auf heimtückische Weise zu töten vermag. Es sind Schatten, die kein Schwert zu besiegen vermag, Ollowain. Deshalb sind wir hier. Wir sollen einen Weg finden, diese Schatten aus Albenmark zu vertreiben. Erinnere dich! Du bist der weiße Ritter! Der Schwertmeister. Der Gerechte. Allen Völkern Albenmarks ist dein Name wohl bekannt. Sie vertrauen auf dich. Sie hoffen auf deinen unbeugsamen Mut. Lass sie nicht im Stich, Ollowain.«

Nichts. Es war, als spräche sie zu einem Felsen. Wie konnte man nur so ausdauernd weinen? Und so still … Das war unheimlich. Wann würden seine Tränen versiegen? Oder konnte man so lange weinen, bis man daran starb, wenn sich die Seele in einer Wüste verloren hatte?

Ganda blickte wieder zu der schwarzen Magierin. Vorsichtig streckte sie die Hand nach der Figur aus, bis ihre Finger sie fast berühren konnten. Die Lutin schluckte. Ihre innere Stimme warnte sie. Das war nicht mehr der Wächter der Shalyn Falah, der dort vor ihr saß. Der Unbeugsame und Unbescholtene. Niemand konnte wissen, was er in seinem Wahn tun würde.

Ganda beugte sich zurück. Sie leckte sich nervös die Schnauze. Sie musste sich mehr auf ihn einlassen, wenn sie zu ihm vordringen wollte. Ganda erinnerte sich an einen Namen, den er gestern genannt hatte.

»Sie hieß Lyndwyn, nicht wahr?«

Ollowains Lippen zitterten leicht.

»Erzähl mir von ihr. Sie muss eine sehr besondere Frau gewesen sein, wenn sie dich selbst jetzt noch so sehr in ihren Bann zu schlagen vermag.«

Der Elf nickte sanft. »Ja, die Worte sind gut gewählt.« Er sprach mit tonloser Stimme. »Sie hat mich tatsächlich in ihren Bann geschlagen. Sie war eine Zauberin. Ich dachte, es sei ihre Magie. Aber ich habe mich geirrt. Ich habe mich so sehr in ihr geirrt …«

»Wie meinst du das?« Ollowains Blick wurde wieder starr. Ganda fluchte. Sie war dabei, ihn wieder zu verlieren. Sie musste ihn provozieren! »Hat sie dich betrogen? Erzähl es mir! Was hat die Schlampe dir angetan?«

Der Schwertmeister blinzelte. Dann sah er sie an, und sein Blick war wie Eis. »Wenn du noch einmal so von ihr sprichst, werde ich dich töten.«

Er sprach sehr leise. Seine Stimme klang noch immer hohl. Sie verriet kein Gefühl. Und doch hegte die Lutin nicht den geringsten Zweifel daran, dass er seine Drohung augenblicklich wahr machen würde, wenn ihr jetzt der geringste Fehler unterlief. Und er brauchte kein Schwert, um sie zu töten. »Entschuldige«, stammelte sie. »Ich habe mich geirrt. Erzähl mir, wie Lyndwyn war.«

Plötzlich spielte ein trauriges Lächeln um die Lippen des Elfen. Er nickte sanft. »Ja, es war leicht, sich in ihr zu irren. So ist es auch mir ergangen. Sie war die Enkeltochter Shahondins, des Fürsten von Arkadien, und ich dachte lange Zeit, sie sei sein Werkzeug. Er begehrte Emerelles Thron und ihren Albenstein. Und Lyndwyn hat ihn sich genommen, den Albenstein der Königin. Sie war undurchschaubar.« Seine Tränen versiegten. Er schluckte hart. »Bis zuletzt.«

Mit stockender Stimme erzählte Ollowain von der Magierin. Wie sie ihm einen Dolch in die Kehle gerammt und ihn so vor dem Erstickungstod gerettet hatte. Wie sie den Albenstein an sich gebracht und dessen Kraft genutzt hatte, um die schwer verwundete Emerelle in die Welt der Menschen zu schaffen. Ollowain berichtete von ihrer Reise nach Phylangan und davon, wie Lyndwyn ihn verführt hatte, nur um dann auf geheimnisvolle Weise wieder zu verschwinden. Erst als die Festung Phylangan dem Untergang nahe gewesen war, hatte er wieder zu Lyndwyn gefunden und entdeckt, dass die Magierin gemeinsam mit anderen Zauberern der Normirga für einen schrecklichen Preis das Feuer der Erde im Zaum gehalten hatten.

Ollowain stockte in seiner Erzählung. Er schloss die Augen und rang mit sich. Eine einzelne Träne rann über seine Wange. »Mir ist prophezeit worden, dass ich mich vor dem Feuer hüten soll und einst in Flammen sterben werde. So …« Er sah Ganda durchdringend an. Dann schüttelte er den Kopf. »Nein, den Rest musst du nicht wissen. Aber seit ein paar Tagen frage ich mich, ob Lyndwyn um mein Schicksal wusste? Mich quält der Gedanke, dass sie um meinetwillen die tödliche Gefahr auf sich nahm. Unsere Schiffsreise hat mir viel Zeit zum Nachdenken gegeben. Zeit, die ich seit Lyndwyns Tod nicht hatte.« Er lächelte mutlos. »Vielleicht tat sie es auch allein, um Phylangan zu retten. Anfangs hatten wir alle geglaubt, dass die Trolle die Bergfestung niemals stürmen könnten …«

Der Schwertmeister berichtete, wie er Lyndwyn gerettet hatte und mit ihr aus der sterbenden Bergfestung geflohen war. Dabei war er schwer verwundet worden und hatte das Bewusstsein verloren. Als er wieder zu sich gekommen war, war er allein auf einem weiten Schneefeld gewesen. Nur die Spuren hatten verraten, was geschehen sein musste. Offenbar war Lyndwyn durch eine Patrouille der Trolle entdeckt worden. Und sie war den Feinden entgegengegangen, damit sie Ollowain, der in seinem weißen Umhang im Schnee fast unsichtbar gewesen war, nicht fanden. Für diesen Mut hatte sie mit dem Leben bezahlt. Stammelnd brachte der Schwertmeister hervor, was man der Magierin angetan und wie sie dem Tod getrotzt hatte, bis sie einander ein letztes Mal begegnet waren.

Ollowain hob die Falrach-Figur an seine Lippen und küsste sie sanft. »Zu viel Zeit nachzudenken … Lach nicht Ganda, aber das Falrach-Spiel hat mich verrückt gemacht.«

»Das habe ich gesehen«, sagte sie ironisch.

»Du hast nicht alles gesehen. Es war unheimlich, wie genau das Spiel den Verlauf der Schlacht nachbildete. Dabei hätte dies bei all den unberechenbaren Würfelwürfen nicht möglich sein dürfen. Man kann ein Falrach-Spiel nicht steuern. Nicht auf diese Weise.« Er lachte schmerzhaft. »Irgendwann fing ich an zu glauben, dass ich die Vergangenheit ändern könnte, wenn ich es schaffte, dem Spiel eine neue Wendung zu geben. Und wenn die schwarze Magierin am Ende der Schlacht um Phylangan nicht geschlagen würde, dann würde Lyndwyn noch leben.«

Ganda versuchte, sich nicht anmerken zu lassen, wie schockiert sie war. Er war wirklich verrückt geworden!

Ollowain schob sich die Falrach-Figur hinter den Gürtel. Plötzlich runzelte er die Stirn. »Wo ist mein Schwert?«

»Was hast du vor?«

»Ich habe Lyndwyn geschworen, die Königin zu retten. Das Spiel ist noch nicht zu Ende.«

Ganda seufzte. Das durfte doch nicht wahr sein! Auf ihn konnte sie wohl nicht länger zählen.

»Du willst zurück zu Galawayn?«

»Auch zu ihm.« Mit katzenartiger Gewandtheit erhob sich der Elf und war an ihr vorbei, bevor sie auch nur protestieren konnte.

»Ganda?«

Die Lutin hätte nicht erwartet, dass er auf sie warten würde. »Ja?«

»Hast du schon einmal einen Elfen über Schnee gehen sehen?«

»Was?«

»Weißt du, was das Besondere daran ist?«

Mit Verrückten und Elfen ist es wie mit kleinen Kindern, ermahnte sie sich stumm. Nur nicht die Geduld verlieren!

»Nein, keine Ahnung.«

»Sie hinterlassen keine Spur.« Mit diesen Worten griff er unter ihre Arme, nahm ihr das Öllämpchen ab und trug sie durch den Tunnel. Kein Pergamentblatt raschelte unter seinem Schritt, und der unruhige Bücherberg schwieg, als habe er die Eindringlinge vergessen.

In wenigen Augenblicken waren sie in dem Saal mit der niedrigen Decke, der Ganda nun nach dem Ausflug in die Büchergruft weit und freundlich erschien. Ollowain setzte sie behutsam zu Boden. Dann beugte er sich vor und küsste sie auf die Stirn.

Zu überrascht, um irgendetwas sagen zu können, starrte sie ihn einfach nur an.

»Danke, Ganda. Ich hatte mich verloren und musste wieder gefunden werden.«

Sie räusperte sich verlegen. Sie war beileibe nicht auf den Mund gefallen, aber Ollowain machte sie einfach sprachlos. Ihr fielen keine Worte ein, die nicht unglaublich schwülstig oder dümmlich geklungen hätten.

»Wen suchst du?«, fragte sie schließlich.

»Jemanden, den Chiron kurz erwähnt hat und der mir vermutlich sagen kann, warum Galawayn so gut über die Ereignisse in Phylangan Bescheid weiß, dass man meinen könnte, er habe dort gekämpft.« Mit diesen Worten machte er sich davon.

Ganda fluchte. Jedes Mal, wenn sie kurz davor war, den Elfen zu mögen, leistete er sich so etwas! Wäre es denn so schwer gewesen, ihr zu sagen, nach wem er suchte?

DER GOLDENE KÄFIG

»(...) Ich nannte die Pfade der Alben ein Netz, doch sind sie zugleich auch ein Käfig. Ein Käfig, so unermesslich weit, dass, würdest du auf dem schnellsten aller Pferde ein ganzes Jahrhundert lang an ihm vorbeireiten, so wärest du noch immer nicht an deinem Ausgangspunkt, ja nicht einmal an einer seiner Ecken angelangt. (...)

Ich weiß nicht, auf welcher Seite des Gitters ich stehe. Bin ich eingesperrt oder ausgesperrt? Ich weiß nur, ich bin geschützt, denn dazu haben die Alben den Käfig erschaffen. Seine Stangen sind die goldenen Pfade durch das Nichts. Sie halten die Yingiz fern – die Schatten, die von ihnen geblieben sind, das, was nicht einmal die Alben zu töten vermochten. Oder wollten sie es nicht? Wie gefangene Raubkatzen schnüren die Yingiz die Gitterstäbe entlang. Würde einer der Stäbe fehlen, so könnten sie zurück. Vielleicht würde es ein Jahrhundert dauern oder länger, bis solch eine Lücke bemerkt würde.

Sie gelten als gierig und selbstsüchtig. Sie sehnen sich nach dem Funken des Lebens. Würde ein Yingiz, der eine Lücke bemerkt, seine Brüder und Schwestern rufen? Die meisten täten es wohl nicht. Sie träten allein hinaus ins Licht, um zu jagen. Ein Yingiz aber wäre wie eine Ascheflocke auf einem goldenen Schild. Ein Makel, mehr nicht. Doch käme einer, der ungleich den vielen ist, Albenmark würde in einem Aschesturm vergehen. Deshalb hütet den Käfig, auch wenn ihr nicht wisst, auf welcher Seite ihr steht. Denn öffnet ihr ihn, so habt ihr das Stundenglas gewendet, das die Zeit zu unser aller Untergang abmisst. (...)«

ZITIERT NACH:
DIE WEGE DER ALBEN,
VON: MELIANDER, FÜRST VON ARKADIEN

NUR EINE SPUR AUF PERGAMENT

Ollowain betrachtete den Kobold nun schon eine ganze Weile. Tief gebeugt saß der schmächtige Kerl über einer langen Liste, kaute an dem Ende seines Gänsekiels und knurrte gelegentlich. Vielleicht war es auch Magengrimmen, das für das Geräusch verantwortlich war. Obwohl Ollowain unmittelbar vor dem Pult des Kobolds stand, tat dieser so, als sehe er ihn gar nicht. Auch leises Räuspern ignorierte der Schreiber geflissentlich.

»Bist du Marwahn?«, fragte der Elf lauter, als es die Höflichkeit gebot.

Endlich blickte der Schreiber auf. Er hatte ein verkniffenes Gesicht. Wangen, die an leere Beutel erinnerten, hingen rechts und links neben seinem spitzen Kinn herab. Auf der zerfurchten Stirn prangte ein verschmierter Tintenfleck. Schütteres, fettig glänzendes Haar bedeckte mit langen Strähnen die beginnende Glatze. Der Schreiber verströmte den säuerlichen Geruch von zu lange getragenen Kleidern und billiger Tinte.

»Mein Name steht draußen neben der Tür«, murmelte der Kobold und beugte sich wieder über seine Liste.

»Da steht Marwahn!«

»Habe ich etwas anderes gesagt?«

Ollowain verkniff sich die Antwort, die ihm auf der Zunge lag. »Meister Reilif ist für die Neuankömmlinge und ihr leibliches Wohl verantwortlich …«

»Das brauchst du mir nicht zu erklären«, schnauzte der Kobold ihn an. »Was willst du?«

»Eine Liste von allen Besuchern der Bibliothek in den letzten drei Monden. Reilif sagt, du führst eine solche Liste.«

Marwahn rollte mit den Augen und stieß einen verzweifelten Schnaufer aus. »Geh zu Kleos. Der kann dir sagen, wer gekommen ist.«

»Ich kenne Kleos.« Ollowain verlor langsam die Geduld. »Ich kann aber gern zurück zu Reilif gehen, um ihm zu sagen, dass du die Zusammenarbeit mit einem Gesandten der Königin Emerelle verweigerst.«

»Emerelle hat hier gar nichts zu sagen! Willst du mir drohen, ja? Willst du das? Glaubst du, dass dir damit geholfen ist?« Der Schreiber ereiferte sich so sehr, dass ihm eine seiner fettigen Haarsträhnen in die Stirn rutschte. »Kannst du nicht sehen, dass ich bis über beide Ohren in Arbeit stecke? Ein wenig Geduld musst du schon mitbringen.«

Alles, was Ollowain gesehen hatte, war, dass Marwahn in der letzten halben Stunde zwei Namen auf seiner Liste ausgestrichen hatte. In der ganzen Zeit hatte sich niemand anders in die Kammer des Schreibers verirrt, und der Elf verstand nun auch, warum das so war.

»Sieh es doch einmal anders, hochverehrter Schreiberling. Wenn du mir hilfst, so verschwinde ich bald wieder, und du bist ungestört.«

Marwahn fuhr sich mit der Hand, mit der er den Federkiel hielt, über die Stirn und hinterließ dort einen zweiten Tintenklecks. Dann legte er betont langsam die Feder zur Seite, holte ein großes schwarzes Buch, schlug es auf, legte es vor Ollowain auf den Tisch und warf dabei einen abfälligen Blick auf dessen Schwert. »Hier! Brauchst du jemanden, der dir vorliest, Krieger?«

»Danke, ich komme zurecht«, entgegnete der Elf eisig. Kaum hatte er einen Blick in das Buch geworfen, da bereute er diese Worte schon. Die Schriftzeichen waren ihm durchaus vertraut, und auch die Namen, die fein säuberlich untereinander aufgelistet waren, konnte er durchaus lesen. Aber hinter jedem Namen stand ein Kauderwelsch aus Buchstaben und Zahlen, das für einen Uneingeweihten unmöglich zu durchschauen war.

Trotzdem war Ollowain entschlossen, sich nichts anmerken zu lassen. Sein Name und der Name Gandas waren die letzten in der Liste. Auf der Seite standen noch vierzehn andere Namen. Der einzige davon, der Ollowain vertraut vorkam, war der Name, der unmittelbar vor seinem eingetragen stand. Das musste der Besucher sein, von dem Chiron gesprochen hatte. Labax. Ollowain erinnerte sich an einen Kobold aus Phylangan, der so geheißen hatte.

Der Finger des Elfen fuhr über die Zeile hinter dem Namen. *Labax Ank. S-L, k.Magbg., Kob., Bed II, HW IX, Arb. Kl. XXV, BrT, Qb III*

Der Name war verständlich. Und Kob. bedeutete wahrscheinlich Kobold. Aber der Rest … Ollowain blieb keine andere Wahl, als Marwahn zu fragen.

»Ich dachte, du kannst lesen«, entgegnete der Kobold, ohne aufzublicken. »Also bist du nicht nur ein Krieger, du bist auch noch ein Lügner. In letzter Zeit lassen sie wirklich jeden Dreck hier in die Bibliothek.«

»Dir ist klar, dass die meisten Krieger Mörder sind?«, fragte Ollowain sehr ruhig. Marwahn blickte auf. Ganz offensichtlich versuchte er einzuschätzen, ob er möglicherweise in Gefahr war. »Ich bin Schreiber in der Bibliothek von Iskendria. Ich bin unantastbar.«

»Wie sagtest du gleich? In letzter Zeit lassen sie jeden Dreck in die Bibliothek? Wie kommst du darauf, es könnte mich scheren, dass du unberührbar bist?«

Der Kobold war eine Spur blasser geworden. Er suchte noch immer nach Anzeichen in Ollowains Gesicht, die darauf hindeuteten, dass er scherzte.

Der Elfenkrieger hielt dem Blick des Kobolds stand.

»Womit kann ich dir zu Diensten sein?«, fragte Marwahn schließlich ganz kleinlaut.

Der Schwertmeister zeigte auf die Zeile hinter Labax' Namen. »Was bedeutet das?«

Der Kobold drehte das Buch zu sich. »Ja, in der Tat, das ist nicht ganz leicht zu verstehen. Buchhalterhieroglyphen.« Er blickte auf, um ein Lächeln zu erhaschen, doch Ollowains Miene blieb wie versteinert.

»Also, übersetzt heißt das: Labax, Ankunft über Sem-

La, keine Magiebegabung, Kobold, Bedeutsamkeit II, Hüter des Wissens IX, Arbeiter Klasse XXV, Brauturm, Qualbam III. Sem-La hat ihm das Tor im Albenstern geöffnet, da Labax in Sachen Magie augenscheinlich nicht begabt war. Er war kein sehr bedeutsamer Besucher. Die Zahl gibt an, wie viel neues Wissen ein Gast unserer Bibliothek zu bieten hat. Je höher die Zahl ausfällt, desto besser. Man kann sie etwa mit der Zahl der Stunden gleichsetzen, die man durch einen Hüter des Wissens befragt wird.«

Ollowain versuchte zu erkennen, was in seiner Zeile stand. CX. Hundertzehn Stunden! Die waren hier alle verrückt!

»Hüter des Wissens IX gibt an, in wessen Zuständigkeitsbereich Labax fällt«, fuhr der Schreiber fort.

»Und IX steht für Galawayn.«

Marwahn blickte überrascht auf. »Richtig. Man hat Labax zu Galawayn geschickt. Das ist ungewöhnlich, denn der Elf beschäftigt sich nur mit …« Der Kobold hustete nervös. Wahrscheinlich war er angewiesen, über Galawayns Aufgaben Stillschweigen zu bewahren. »Galawayn beschäftigt sich nur mit sehr besonderen Berichten. Labax muss in der Tat etwas sehr Interessantes gewusst haben. Sonst hätte man ihn niemals zu Galawayn geschickt. Aber sehr viel kann es nicht gewesen sein, was er zu erzählen hatte, denn zwei Stunden ist sehr wenig Zeit für ein Gespräch.«

»Was du nicht sagst.« Ollowain behielt den drohenden Tonfall bei, obwohl sein Zorn längst verraucht war.

»Arbeiter Klasse XXV ist die niedrigste Klasse von Arbeitern in der Bibliothek. Der Rang hängt davon ab, wie anspruchsvoll die Aufgaben sind, die man erfüllen kann. Die Hüter des Wissens haben alle den Rang I. Ein Schreiber wie ich hat Rang IX, was ziemlich bedeutsam ist. Du sagtest, du kennst Kleos?« Marwahn blickte kurz auf. »Er hat Rang XXV.«

»Bekommt jeder Besucher der Bibliothek so einen Rang?« Ollowain war überrascht über das kaltschnäuzige System, mit dem die Besucher nach ihrer Nützlichkeit eingeordnet wurden.

»Nein. Eine Einstufung in eine Arbeiterklasse gibt es nur für Besucher, die bleiben wollen. Aber wie du siehst, war Labax kein großer Gewinn für uns. Entweder war er ziemlich dämlich oder aus irgendeinem anderen Grund nicht in der Lage, anspruchsvolle Aufgaben wahrzunehmen. Rang XX steht zum Beispiel für die Beleuchter der Bibliothek. Wer einen niedrigeren Rang hat, dem traut man nicht zu, dass er mit offenem Feuer hantieren kann, ohne eine Bedrohung für die Bibliothek darzustellen.«

Ollowain versuchte seine Gedanken zu ordnen. Er hatte nur eine vage Idee von dem, was hier vor sich ging. Warum Galawayn so viel über die Kämpfe um Phylangan gewusst hatte, war nun geklärt. Aber warum hatte der Elf nicht über Labax reden wollen? Wäre es nicht naheliegend gewesen, dass sie ein Gespräch zu dritt geführt hätten? Ollowain hatte ihn sogar nach dem letzten Besucher gefragt, doch der Hüter des Wissens hatte nur abfällig gelächelt und gesagt, es sei ein schwafeliger Kobold gewesen. Aber gänzlich unbedeutend konnte Labax nicht sein, sonst hätte man ihn schließlich nicht ausgerechnet zu Galawayn geschickt. Was hatte Labax wohl über Phylangan zu erzählen gehabt? Was machte ihn zu etwas Besonderem?

Ollowain erinnerte sich noch an den Kobold. Er hatte zu den Armbrustschützen gehört. Seine Kameraden waren durch den rätselhaften Mörder getötet worden, der die Elfenfestung heimgesucht hatte. Labax war der einzige Überlebende gewesen. Verzweifelt hatte er nach einer Antwort darauf gesucht, warum er dem Tod entging aber seine Gefährten sterben mussten. Vielleicht war das der Grund, dass Labax hierher gekommen war. Schließlich hieß es ja, dass man in der Bibliothek von Iskendria Antwort auf alle Fragen finden könne.

»Dieses Kürzel hier steht für Brauturm«, fuhr Marwahn beflissen fort. »Dort hat man ihn zur Arbeit eingesetzt. Im

Brauturm hat es einen Bücherschlag gegeben, musst du wissen. Wahrscheinlich war es die Aufgabe von Labax, Bücher zu bergen. Ein anderer Kobold, Qualbam III., hat ihn in diese Arbeit eingewiesen. Qualbam ist nur ein Beleuchter. Und ein ziemliches Großmaul ist er. Erzählt jedem, der es nicht hören will, wie gut er bei den Weibern ankommt.«

»Weißt du, ob Labax die Bibliothek wieder verlassen hat?«

Der Schreiber kratzte sich am Kopf und brachte seine sorgsam gelegten Haarsträhnen noch mehr durcheinander. »Also ausgetragen habe ich ihn nicht. Leider kommen nicht alle, um sich abzumelden, wenn sie die Bibliothek wieder verlassen. Aber da Labax nicht magiebegabt ist, kann er das Tor im Albenstern nicht öffnen. Er kann also ohne Hilfe nicht fort von hier, und hätte er jemanden aus der Bibliothek um Hilfe gebeten, dann hätte ich davon erfahren. Solche Dinge erfahre ich immer«, erklärte Marwahn stolz. »Auf meine bescheidene Art bin ich auch ein Hüter des Wissens.«

»Also müsste ich Labax beim Brauturm finden.«

»Wenn er kein Faulpelz ist, der sich vor seiner Arbeit drückt, dann sollte er dort sein. Aber bei den XXV weiß man nie«, sagte der Schreiber abfällig. »Die sind einfach zu dämlich, um ihre Sache gut zu machen.«

Ollowain deutete auf die Namensliste. »Sind das wirklich alle Besucher der letzten Monde?«

»Das sind sogar alle Besucher des letzten halben Jahres. Wie du siehst, ist bei uns nicht sehr viel los.«

»Kann man auch unbemerkt in die Bibliothek gelangen?«

Der Schreiber wirkte entrüstet. »Das kann ich mir nicht vorstellen. Die Hüter des Wissens würden das bemerken. Wenn jemand davonhuscht, da kann man nichts machen. Aber wenn wir Besuch bekommen, das merken wir schon.«

Ollowain verließ die Stube, ohne sich von Marwahn zu

verabschieden. Die Erinnerung an etwas, das Ganda ihm erzählt hatte, hatte ihn zutiefst aufgewühlt. Von den Devanthar hieß es, dass sie die Gestalt ihrer Opfer annehmen konnten. Aber die Kunst der Gestaltwandlung galt als eine der verbotenen Spielarten der Magie – jene Art von Magie, die man am Hof der Fürstin Alathaia praktizierte. Ihr traute Ollowain durchaus zu, dass sie sich sehr für die mörderische Kreatur interessierte, die Phylangan heimgesucht hatte. Vielleicht hatte sie einen Zögling hierher geschickt?

Ein Magier, der ein Gestaltwandler war, würde gewiss zunächst einige Zeit mit seinen Opfern verbringen. Schließlich musste er mit ihrem Leben und ihren Eigenarten vertraut werden. Wahrscheinlich würde er seine Opfer danach töten, allein schon um zu verhindern, dass man ein und dieselbe Person zur gleichen Zeit an verschiedenen Orten antreffen konnte. So würde es ihm auch leichter fallen, seine Spuren zu verwischen. Diejenigen, die er tötete, würde man nicht vermissen, weil er sie ja ersetzte. Sollte der Kobold Labax also in Wahrheit ein anderer sein, dann war jeder in Gefahr, mit dem er einige Zeit verbracht hatte. Dieser Beleuchter, Qualbam III., und auch Galawayn.

Der Schwertmeister hatte den Verdacht, dass er Labax nicht finden würde. Aber bevor er zu Galawayn ging, wollte er sich dessen ganz sicher sein.

ÜBERRASCHENDER BESUCH

Der Mond stand hoch am Himmel. Es wurde kühl in der Kammer des Herzogs. Die schweren hölzernen Läden standen halb offen. Keile verhinderten, dass sie im Wind hin und her schlugen.

Klein und blass war die Aura des Menschenmondes. Ihm fehlte die Kraft seines Zwillings in Albenmark. Alles war schwächer in der Welt der Menschen. Die Magie, das Licht und auch die Geschöpfe, die hier lebten. Manchmal stellte sich Skanga vor, die Alben hätten geübt, als sie diesen Ort erschufen. Aus den Fehlern hatten sie gelernt und dann Albenmark erschaffen.

Die alte Schamanin lehnte sich in dem hohen Holzsessel zurück, der an der Wand gegenüber dem riesigen Nachtlager stand. Sie musste schmunzeln. Orgrim genoss es wahrhaftig, bei den Weibern zu liegen. Es gab viel weniger Weibsbilder als Krieger. Und die Weiber wählten, in wessen Lager sie stiegen. Viele Krieger wurden alt und starben, ohne jemals den Zauber der Vereinigung erlebt zu haben. Ein Herzog freilich konnte unter allen Weibern wählen. Noch dazu, wenn er ein so berühmter Kämpfer wie Orgrim war. In sein Lager zu kriechen war eine Ehre, der man mit Freude nachkam, denn er war auch noch jung und sah gut aus. Jedenfalls hatte man Skanga das erzählt … Sie wusste nur mit Sicherheit zu sagen, dass er eine gute Aura hatte. Kraftvoll! Es war nicht lange her, da war Orgrim nur ein Rudelführer gewesen. Der Herzog hatte den Mangel gelebt, und nun schwelgte er im Überfluss.

Skanga kannte Orgrim gut. Sie wusste, dass er ein Genießer war. Viele Leben lang hatte sie ihn begleitet. Die Weiber hatten es Orgrim schon immer angetan.

Ihre Hände tasteten nach dem aufgeschlagenen Buch, das neben ihr auf dem Tisch lag. Der Botschaft der Tintenpfade nachzuspüren kostete die blinde Schamanin viel Kraft. Ohne die Zaubermacht des Albensteins hätte sie es nicht vermocht.

Orgrim hatte eingängige Worte gefunden. Worte, die selbst sie berührten, obwohl sie schon so alt war, dass es ihr schien, ihr Herz ruhe gleich einem Stein unter ihrem Busen. Unverletzlich. Kalt.

Leise rezitierte sie die ersten Verse.

Wie Wölfe waren wir, vertrieben in die Fremde,
Geboren worden wie Welpen. Unter fremdem Monde
Jagten wir, rastlose Rudel, fern der Heimat,
Nah der Sehnsucht nach früh Verlorenem.

Das hatte er schon früher getan, dachte Skanga. Es gab nur eine Hand voll Trolle, die lesen und schreiben konnten, und unter diesen wenigen war Orgrim der Einzige, der sich zum Dichter berufen fühlte. Das war auch schon so gewesen, als sich das Fleisch, in das sich seine Seele gekleidet hatte, noch Dolgrim nannte.

Sie konnte die Störung im Muster der Steinplatten auf dem Boden wahrnehmen. Doch dem, der nur mit Augen danach suchte, blieb sie wohl verborgen, die geheime Falltür, durch die dieses lästige Elflein gestiegen war, das dem Herzog die Seelenfehde angesagt hatte. Dolgrim hatte einst das Weib des Elfen Farodin in einer Schlacht erschlagen. Skanga grunzte. Ein Schlachtfeld war auch kein Ort für Weiber, es sei denn, es waren Zauberinnen oder Schamaninnen. Für die albernen Schildmaiden der Elfen hatte sie nichts als Verachtung übrig. Aber was wollte man von einem Volk erwarten, bei dem sich sogar die Königin einst für eine Kriegerin gehalten hatte!

Skanga spuckte ärgerlich aus. Bei den Gedanken an das Vergangene kam ihr die Galle hoch. »Fluch auf dich, Farodin. Möge dir dein Weib auf ewig genommen sein! Möge sich dir nie wieder ein Schoß öffnen, und möge dein Samen in dir verfaulen!« Eine Seelenfehde! Es hatte diesem heimtückischen Meuchler nicht genügt, Dolgrim zu töten. Nein, jedes Mal, wenn die Seele des Herzogs wiedergeboren wurde, begann die Jagd auf ein Neues. Immer wieder erschien dieser Elf. Er musste mit einer Glückshaut geboren worden sein. Er hatte es geschafft, den wiedergeborenen Dolgrim inmitten seiner Krieger zu töten. Das letzte Mal hatte er in diesem Zimmer gemordet. Den Herzog im Bett abgestochen. Mehr als dreißig Jahre war das her. Im

Felsen und in den dicken Mauern der Nachtzinne gab es ein Netzwerk geheimer Gänge. Die Kobolde hatten es angelegt, während sie die Trollfestung erbaut hatten. Und sie hatten ihren Herren nichts davon erzählt. Irgendwie war es dem Elfen gelungen, in diese Gänge einzudringen. Und so hatte sein Messer wieder einmal zum Fleisch des wiedergeborenen Dolgrim gefunden. Wenn er wenigstens ein ehrliches Schwert für seine Morde nutzen würde! Das war eine ehrenhafte Waffe. Aber nein, es musste ein Messer sein. Als sei er ein Metzger. Skanga erinnerte sich noch gut daran, wie man den toten Herzog gefunden hatte. Seine Kehle war durchgeschnitten. Geschächtet, wie ein Stück Vieh.

Ein Geräusch ließ die alte Schamanin aufhorchen. Was für eine Ironie, wenn ausgerechnet jetzt der Elfenmörder käme. Sie fühlte sich noch immer schwach. Würde sie gegen ihn bestehen? Ihr Hals brannte. Sie kratzte sich mit ihren gichtkrummen Fingern über die faltige Haut. War das eine Ahnung? Das Elflein zielte mit seinen Dolchen gerne auf den Hals.

Angespannt lauschte Skanga. Nein, das Geräusch kam vom Gang vor der Kammer. Schwere Schritte näherten sich. Fahrig strich sie sich über ihr schäbiges, geflicktes Gewand und lächelte. Es war gleichgültig, wie sie aussah. Oder … Ein kleiner Spaß? Warum nicht? Sie war nicht immer alt und hässlich gewesen. Ihre Augen waren einmal sehr schön gewesen. Unwiderstehlich. Deshalb hatte es Matha Naht, ihrer Lehrerin, besondere Freude bereitet, ihr Augenlicht auszulöschen.

Skanga umgab sich mit einem Duft von Moschus und Ambra. Ihre alte Haut spannte sich, der gebeugte Leib streckte sich. Es kostete viel Kraft, der Erinnerung Gestalt zu verleihen. Sie schummelte, gab ein wenig mehr Fleisch auf ihre Hüften, als dort jemals gewesen war, machte sich etwas größer und verlieh ihrer Haut ein tieferes Grau. Ihrer Stimme nahm sie die raue Härte des Alters und gab ihr einen rauchig sinnlichen Ton. Auch ersetzte sie die fehlenden Zähne.

Der Albenstein, den sie verborgen zwischen anderen Amuletten auf der Brust trug, wurde warm. So schnell so viel zu ändern zehrte an der Kraft, selbst wenn es nur Illusionen und keine wirklichen Veränderungen waren.

Die schwere Tür schrammte über den Boden, als sie aufgeschoben wurde. Skangas Sitz stand mit der hohen Lehne zur Tür. Sie lauschte. Etwas fiel zu Boden. Wohl ein Kleidungsstück. Orgrim seufzte, als strecke er seine Glieder. Dann ließ er sich auf sein Lager sinken und richtete sich mit einem Ruck wieder auf, sobald er sie entdeckte.

Einen Augenblick lang überstrahlte das helle Blau beherrschter Angst die anderen Farben seiner Aura. Dann hatte er sich wieder in der Gewalt. »Wer bist du, schönes …« Er hielt inne und lachte leise. »Skanga! Welch eine Freude, dich zu sehen.«

Die Schamanin runzelte ärgerlich die Stirn. »Wie hast du mich erkannt?«

»Dein Kleid und die Amulette. Sie haben dich verraten. Hast du so einmal ausgesehen? Ist das … echt?«

Die Alte schnippte mit den Fingern, und die Illusion verging. Ihr gebeugter Leib sackte wieder in sich zusammen. »Nur Blendwerk für lebendige Augen.« Sie stieß ein bellendes Lachen aus. »Mein Kleid, tja … Ein junges Weib, das dem Herzog den Kopf verdrehen will, wäre natürlich nicht in solchen Lumpen vor ihn getreten. Es ist wohl schon zu lange her.« Sie schenkte ihm ihr zahnlückiges Lächeln. »Ich habe dir ein weit besseres Geschenk mitgebracht als einen hübschen Körper. Davon solltest du hier in der Nachtzinne wohl genügend finden. Was ich dir bringe, ist einmalig. Ich biete dir die Herrschaft über dein Volk.« Sie erzählte ihm vom Tod Branbarts, natürlich nicht die wahre Geschichte, sondern die, die nun alle glaubten. Wie sich zeigte, war die Nachricht noch nicht bis zur Nachtzinne vorgedrungen. Selbst die Schamaninnen und Schamanen ihres Volkes wagten es kaum noch, die Pfade des Lichts zu beschreiten, seit das schreckliche Unglück geschehen war. So waren die Trolle, die sich entschieden hatten, in der Welt der Menschen zu bleiben, abgeschnitten von Nachrichten aus Albenmark.

Das schmutzige Braun des Zweifels floss breit durch die vielfarbige Aura Orgrims. Wie kaum ein anderer seines Volkes verstand er es, sich zu beherrschen und seine Gefühle vor ihr zu verbergen, dachte Skanga verärgert.

»Du lädst mich ein, von Aas zu fressen, an dem ich mir den Magen verderben werde. Ich bin kein törichter Welpe, Skanga. Ich weiß, dass Branbart wieder König sein wird, sobald er wiedergeboren wird und alt genug ist, nach der Herrschaft zu greifen. Ich will nicht von der Macht kosten, nur um sie dann wieder aus den Händen zu geben. Was wäre mein Lohn dabei? Ein eifersüchtiger König, der sein Leben lang glauben wird, dass ich nach seinem Thron trachte! Danach steht mir nicht der Sinn. Die Nachtzinne ist mein Platz. Ich bin ihr Herzog. Hier bin ich gut aufgehoben.«

»Bist du denn blind?«, knurrte die Schamanin. »Du hättest die Gelegenheit, den Königswelpen nach deinen Vorstellungen zu formen. Er würde auf dem Thron sitzen, aber du würdest die Macht behalten.«

Orgrim winkte lachend ab. »Hältst du mich für so dumm? Du bist der Schatten hinter dem Thron, Skanga. Und das wirst du bleiben. Ich kenne dich.«

»Ich bin ein gebrechliches altes Weib, das …«

Orgrim lachte noch lauter. »Du warst schon alt und gebrechlich, als die Berge noch jung waren. Mach mir nichts vor. Du überlebst jeden aus unserem Volk. Schon seit Jahrhunderten.« Sein Lachen brach ab. »Ich mag dich, Skanga, und ich fürchte dich zugleich. In deiner Nähe spürt man den Atem des Todes im Nacken. Da habe ich es hier besser getroffen.«

»Unser Volk braucht dich. Kein Anführer kann sich mit

dir messen. Du kennst ja das Rudel großsprecherischer Trunkenbolde. Sie werden alles wieder verderben, was wir gewonnen haben.«

»Du meinst, es kann noch schlimmer kommen als der Marsch in das Nichts?« Jedes Wohlwollen war aus seiner Stimme gewichen. »Ich begreife nicht, warum du Branbart nachgegeben hast. War es Teil deiner Intrigen? Wolltest du, dass tausende tapferer Krieger sterben? Du hast doch nicht geglaubt, dass wir die Elfen noch ein drittes Mal auf diese Weise besiegen könnten! Branbart mag so dumm gewesen sein, aber du musst um die Gefahr gewusst haben.«

»Ich hatte keine Wahl«, antwortete Skanga ausweichend.

»Drauf gefurzt! Man hat immer die Wahl. Vor mir steht das gefürchteteste Weib unseres Volkes. Trolle, die selbst in den Flammen des Königssteins weitergekämpft haben, erzittern, wenn nur dein Name fällt. Aber beuge ich mich deinem Willen? Nein! Man hat immer die Wahl.«

Skanga betrachtete den Herzog mit einer Mischung aus Zorn und Respekt. Welch ein König er sein könnte! Aber nicht einmal um seinetwillen würde sie mit den alten Gesetzen brechen. Branbart hatte ein Recht auf den Thron, so lange er wiedergeboren wurde. Und er wurde langsam besser als Herrscher. Die Alben hatten ihm den Thron zugedacht, warum auch immer … Sie würde nicht in den Plänen der Alten herumpfuschen. Das überließ sie Emerelle, der die Macht mit der Zeit offenbar jede Vernunft geraubt hatte.

»In dieser Kammer bist du gestorben«, wechselte die Schamanin das Thema. »Ich glaube, es war sogar dieses Lager. Ich erinnere mich. In deine Kehle war ein zweiter, klaffender Mund geschnitten.«

Eine breite Spur von Rot pulsierte jetzt in der Aura Orgrims. »Ich kenne die Geschichte!«

»Ob dieser Elf schon gehört hat, dass es einen neuen

Herzog auf der Nachtzinne gibt?«, fuhr Skanga ungerührt fort. »Schläfst du eigentlich gut in diesem Bett?«

»So ruhig wie ein Welpe, der gerade gesäugt wurde.«

Die Schamanin wusste, dass er log. »Deshalb kommst du erst mitten in der Nacht zu deinem Lager.«

»Meine lüsternen Weiber haben mich nicht früher ziehen lassen.«

»Ach so. Und ich dachte schon, du meidetest diesen Ort, so gut es geht«, spottete Skanga. »Lüge nicht! Du kommst doch nur deshalb noch hierher, damit dich niemand einen Feigling nennen kann! Und jede Nacht zögerst du es länger hinaus. Erzähl mir nichts! Ich kann in dein Herz sehen, Herzog. Ich sehe Stolz und Angst in beständigem Ringen miteinander.«

»Warum erzählst du mir das?«, fragte er barsch. »Ich weiß, wie es in meinem Herzen aussieht. Ich brauche keine Belehrungen darüber.«

»Ich will nur dein Bestes, Orgrim. Auch wenn ich sehr enttäuscht darüber bin, dass du mir meine Bitte abschlägst.« Skanga beugte sich in dem hohen Stuhl vor. Ihre Amulette stießen leise klackend gegeneinander. »Du weißt, dass dein Mörder weder durch die Tür noch durch ein Fenster gekommen ist?«

»Nein.«

»Es gibt eine verborgene Tür in dieser Kammer. Deine ganze Felsenburg ist durchzogen von einem Netz geheimer Gänge. Sie sind zu eng, als dass ein Troll sie jemals betreten könnte. Und das war auch die Absicht ihrer Erbauer. Die Kobolde haben dir ein fettes Kuckucksei in dein Felsennest gelegt. Vielleicht hättest du deine Sklaven etwas netter behandeln sollen, als sie diese Burg errichteten.«

»Worauf willst du hinaus?«

Skanga hob abwehrend die Hände. »Aber, aber. Ich bin doch nur in Sorge. Bedenke, hier ist alles für deine Ermordung vorbereitet. Nicht einmal in deinem Schlafgemach bist du sicher. Aber wenn du mit mir in die Snaiwamark kämest, könnte ich Tag und Nacht über dich wachen. Und du könntest auch mir helfen. Wir beide hätten etwas davon, wenn du meinen Vorschlag annimmst.«

Wieder beherrschte ein schlammfarbenes Braun die Aura des Fürsten, Ausdruck seines Zweifels. »Könnte es sein, dass du mir diesen verrückten Elfen auf den Hals gehetzt hast? Strafst du mich so, alte Vettel, wenn ich nicht gehorsam bin? Und hast du die Geschichte von der Seelenfehde am Ende nur erfunden, damit ich in Angst geboren werde, wenn ich wiederkehre, und mich dann leichter deinem Willen füge?«

Skanga kratzte sich nachdenklich am Ohr. »Ein guter Plan. Leider nicht meiner, aber ich werde ihn mir merken.« Sie erhob sich seufzend; ihre Glieder schmerzten vom langen Sitzen. »Deine Gelegenheit ist verstrichen, Orgrim. Andere Herzöge werden nicht zögern, wenn ich ihnen den Thron anbiete, und sei es auch nur für ein paar Jahre.«

»Wie bist du überhaupt hier hereingelangt? Überall in den Gängen und an allen Toren stehen Wachen.«

Auch der Herzog hatte sich jetzt erhoben. Sie spürte, dass er nackt war. Er war wahrhaft stattlich. »Ja, ja«, entgegnete sie gehässig. »Ich hatte auch das Gefühl, dass du dich belagert fühlst. Wie leicht wird es wohl der Elf haben, wenn deine Krieger nicht einmal ein altes Weib aufhalten konnten?«

»Niemand hält ein Weib auf, das auf dem Weg in mein Schlafgemach ist.« Die Stimme des Herzogs klang spöttisch, doch Skanga spürte seine kalte Angst.

»Ich bin wie der Wind, Orgrim. Ich gehe, wohin ich will. Ich blende deine Wachen mit Leichtigkeit. Sie blicken in eine andere Richtung, wenn ich vorbeigehe, oder sie halten mich für einen Kameraden oder für einen Kobold, der ein großes Bündel Brennholz auf dem Rücken trägt. Es ist leicht, ihre Augen zu betrügen. Sie sind stets geneigt zu sehen, was sie sehen wollen. Dieser Elf hat deine früheren Inkarnationen inmitten eines Kriegslagers getötet oder hier auf deiner Burg. Er kennt keine Angst, wenn er auszieht, dich zu ermorden. Sein eigenes Leben scheint ihm egal zu sein. Deshalb ist er kaum aufzuhalten.«

»Danke für deine Warnung.«

Skanga betrachtete die Aura des Trollfürsten eindringlich. Das Rot des Zorns fehlte, sein Dank war wirklich aufrichtig.

Die Alte blieb stehen. Ihr Rücken schmerzte. Krumm lehnte sie an ihrem Stab. »Was hält dich nur hier, Orgrim? Auch wenn du nicht König sein kannst, du wärest der Erste unter den Herzögen der Snaiwamark. Die Krieger verehren dich. Warum bleibst du hier? Was hat dir die Welt der Menschen zu bieten?«

»Frieden.«

Zornig schüttelte Skanga den Kopf. »Du machst dir etwas vor. Du bist dazu geboren, Schlachten zu führen. Selbst die Elfen fürchten dich. Frieden, das war noch nie dein Leben. Du bist zum Krieg geboren. Und glaub mir, ich lebe lang genug, um zu wissen, dass niemand sich seiner Bestimmung entziehen kann.«

Jetzt lächelte der Fürst. Seine Ruhe war zum Aus-der-Haut-Fahren. »Manchmal wird man auch im hohen Alter noch überrascht.«

Die Schamanin dachte an eine seltsame Geschichte, die ihre Ziehtochter Birga ihr erzählt hatte. »Du hast das Weib des Menschenfürsten gefunden und ihr das Leben gerettet, habe ich gehört. Jetzt ist er dir etwas schuldig, ja. Glaubst du, Menschen kennen Ehre?«

»Dieser eine vielleicht. Sein Weib kennt sie ganz gewiss. Ihre Tapferkeit hat selbst meine Krieger beeindruckt. Wir haben sie, ihr Kind und einen Knecht vor dem Erfrieren gerettet. Alfadas wird sich daran erinnern. Er weiß jetzt, dass ich Frieden will. Wir werden gute Nachbarn sein. Hin und wieder wird es ein paar Geplänkel geben, damit unsere jungen Krieger ihren Mut beweisen können. Einen kleinen Raubzug, einen Viehdiebstahl. Nichts Bedeutendes. Krieg werden wir nicht führen.«

»Du glaubst also, dass die Menschen über den Frieden genauso denken wie du.«

»Sie sind Krieger«, sagte er geradezu mit Respekt. »So verschieden unsere Körper auch sein mögen, unsere Herzen sind sich ähnlicher, als man glauben mag.«

Skanga lächelte trocken. »Und all das weißt du nach einem einzigen Kriegszug gegen sie? Du kennst ihre Herzen!« Die Schamanin spuckte aus. »Einen Dreck kennst du. Du wirst schon noch sehen, wie sie wirklich sind – wenn dich der verrückte Elf lange genug leben lässt. Ich werde nicht vergessen, dass du nicht zu deinem Volk gestanden hast, als ich mit einer Bitte zu dir gekommen bin. Fürchte den Tag, an dem du mich um etwas bitten musst, Orgrim. Denn mein Herz wird dann so hart und kalt sein, wie deines heute war.«

Müde verließ sie das Zimmer. Jeder Schritt war eine Qual. Ein langer Gang führte zu einer Treppe. Immer wenn sie innehalten musste, um zu verschnaufen, lauschte sie. Nichts rührte sich. Als sie die Treppe erreichte, wusste Skanga, dass Orgrim nicht mehr kommen würde.

DER PREIS VERBOTENEN WISSENS

Die Zeit klammerte sich widerspenstig an die Dunkelheit, so erschien es Ganda. Sie wartete schon seit mindestens einer Stunde, wahrscheinlicher sogar die halbe Nacht. Hinter ein Bücherregal geduckt, beobachtete sie die Tür zum Saal des Lichts. Galawayn musste dort herauskommen! Das Treffen der Hüter des Wissens hatte gewiss schon längst begonnen. Es war eine grobe Beleidigung, so viel zu spät zu kommen.

Vielleicht war er ja schon längst fort? Die Gelegenheit, sich allein in seinem Zelt umzusehen, käme gewiss so schnell nicht wieder. Wenn doch nur Ollowain hier wäre! Dieser nichtsnutzige Elf war schon wieder spurlos verschwunden. Doch diesmal würde sie ihn nicht suchen gehen! Ganz sicher nicht! Der Mistkerl würde sich am Ende noch einbilden, dass sie ohne ihn gar nichts wagte. Was hatten er und sein Schwert bei dieser Mission schon geholfen? Gut, einmal abgesehen von der Sache in dieser Gasse in Iskendria …

Ganda fasste sich ein Herz. Galawayn würde ihr schon nichts tun. Sie würde einfach behaupten, sie habe keinen Schlaf gefunden und … Nein, das war eine zu dämliche Lüge. Das würde er ihr niemals glauben. Falls er sie tatsächlich entdeckte, würde ihr schon etwas Besseres einfallen. Ihren Kopf aus der Schlinge zu reden, wenn es wirklich darauf ankam, gehörte zu ihren großen Stärken.

Mit klopfendem Herzen öffnete sie die schwere Tür zum Saal des Lichts. Hastig zog sie sie hinter sich zu. Sie wusste, das dunkle Rechteck vor dem falschen Himmel war im ganzen Saal zu sehen. An die Himmelswand gelehnt, verharrte sie. Nichts geschah. Also war Galawayn doch schon gegangen, bevor sie gekommen war. Vielleicht schlief er auch?

Jetzt nur nichts anmerken lassen! Sie musste sich ganz normal verhalten. Hoch erhobenen Hauptes erklomm sie die große Düne. Als sie den Kamm erreichte, konnte sie das Zelt sehen. Die Seitenwände waren hochgeklappt. Es war leer. Ganda fiel ein, dass sie gar nicht wusste, wo Galawayn seinen Schlafplatz hatte. Was immer der Hüter des Wissens jetzt auch trieb, im Zelt war er nicht.

Von der Höhe der Düne konnte man fast den gesamten Saal überblicken. Die Lutin nahm sich die Zeit, sich sorgfältig umzusehen. Wer immer hierher kam, würde als Erstes ihre Spur im Sand sehen. In einer halben Stunde oder vielleicht auch ein wenig schneller hätte der verzauberte Sand die Spur getilgt. Aber wenn Galawayn vorher zurückkehrte …

Ganda streckte die Hand vor, sodass die Handfläche zur Decke wies. Leise flüsterte sie die geheimen Namen der Winde. Dann blies sie sacht über ihre Handfläche. Ein Luftzug löschte ihre Spur im weichen Sand.

Als sie das Zelt erreichte, verwischte sie ein weiteres Mal ihre Spuren. Ein törichter Verzweiflungsakt! In diesem Saal, der vorgaukelte, eine Wüste zu sein, gab es keine Verstecke, es sei denn, man vergrub etwas im Sand. Einen Gedanken lang quälte sie die Vorstellung, dass Galawayn wie ein Ameisenlöwe sei: Tief am Grund eines Sandtrichters lauerte er mit seinen tödlichen Beißzangen. Und wer einmal über den Rand des Trichters getreten war, für den gab es kein Entkommen mehr, der rutschte unaufhaltsam seinem Verderben entgegen.

Das sind kindische Ängste, schalt sie sich. Die Wahrheit ist, dass der Hüter des Wissens einen Abend lang nicht hier war und sie in Ruhe das geheimnisvolle Buch untersuchen konnte. Es lag auf dem niedrigen Tisch im Zelt. Daneben ruhten die Handschuhe.

Ganda leckte sich nervös die Schnauze. Wie für sie hingelegt, dachte sie. Wieder blickte sie sich um. Sie war allein! Was konnte schon geschehen? In ein Buch zu blicken, war doch ungefährlich.

Die widerlichen Handschuhe packte sie nicht mehr an. Wer wohl die Haut seiner Hände dafür gegeben haben mochte?, fragte sie sich erneut. Und warum tat man so etwas? Wofür brauchte man lebendige Handschuhe?

Vorsichtig klopfte sie mit dem Knöchel gegen das große Buch. Das dunkelbraune Leder des Einbands war erstaunlich weich. Fast schluckte es das Geräusch des Klopfens. Ein Schauder überlief die Lutin. Sie spürte die Macht des Buches, sie schien Ganda willkommen zu heißen.

Doch die Lutin blieb skeptisch. Sie legte den Kopf auf die Tischplatte und betrachtete das Buch eindringlich. An den Rändern der beiden Messingbänder, die den Folianten wie Fesseln umschlossen, hatten sich Staub und Grünspan gesammelt. Auch die feinen Spiralmuster der Messingbeschläge waren fast unter Grünspan verschwunden. Kein Schriftzug war in das Leder geprägt. Nichts gab einen Hinweis auf den Text, der sich zwischen den dicken Buchdeckeln verbarg. Es schien, als sei der Verfasser ganz selbstverständlich davon ausgegangen, dass man wusste, worum es in diesem Buch ging.

Merkwürdig waren auch die grauen Bruchsteine, die in die Messingbänder eingelassen waren. Bei einigen der Steinsplitter entdeckte sie eingravierte Linien, doch keiner war größer als ihr Daumennagel. Ganda hatte das Gefühl, man könne diese Steine zusammenfügen, wenn man sie aus ihren Fassungen brach. Die Bruchkanten der Stellen, die fünf parallele Linien zeigten, passten zusammen. Wahrscheinlich war es mit dem Rest genauso.

Ganda griff nach dem Buch, um es umzudrehen und sich die Rückseite anzusehen. Ein kurzer, stechender Schmerz fuhr in ihre Handflächen. Ein Schmerz, wie man ihn spürt, wenn man sich den Ellenbogen unglücklich stößt.

Perlmuttenes Licht umspielte die grauen Steine. Mit einem metallischen Seufzer klappten die Bronzebänder auseinander, und das Buch schlug auf. *Die Wege der Alben,* von Meliander, Fürst von Arkadien, stand in schnörkeliger Handschrift auf der Titelseite. Rauschend blätterten die Seiten weiter. Flüchtig sah Ganda Bilder von Schattengestalten, die zwischen goldenen Stangen hervorquollen.

Die Lutin kniff die Augen zusammen. Ihr war plötzlich schwindelig. Erst als das Rauschen der Pergamentseiten endete, wagte sie es, wieder zu blinzeln. Sie blickte auf ein Bild, das eine weiße Brücke zeigte. Ein enthaupteter Krieger, ganz in Weiß und mit dem Schwert in der Hand, trat auf die Brücke. Er trug seinen Kopf unter dem Arm.

Der Himmel war voller Schatten, die durch einen Riss im Firmament quollen und sich streckten, um den Mond zu verschlingen. Auf der anderen Seite der Brücke erhob sich eine weiße Festung. Im Schatten des Tores standen zwei weitere Gestalten. Eine von ihnen schien Krallen statt Finger zu haben. Acht feine Silberstriche leuchteten im Dunkel, etwa dort, wo ihre Hände sein sollten. Der zweite Schatten ließ nur erraten, dass es sich wohl um einen Elfen handelte. Besondere Eigenarten erschlossen sich auch bei aufmerksamer Betrachtung nicht. *Der Tag, an dem das Herzland fällt,* stand unter dem Bild. Und was Ganda auf der gegenüberliegenden Seite las, erfüllte sie mit kalter Angst. Dort war von einem lebenden Toten, der erst im Tod ein Leben fand, die Rede. Meliander, dem Autor, gefiel es wohl, sich so verworren auszudrücken. Ganda wollte gerade umblättern, als sie aus den Augenwinkeln einen Schatten sah. In den Himmel jenseits der großen Düne war ein rechteckiges Loch gestanzt. Die Tür zum Saal des Lichts stand offen …

Klatschend schlug das Buch zu. Mit einem klagend schleifenden Laut schlossen sich die Bronzebänder. Ganda sprang auf. Sie rannte zur Rückseite des Zeltes und weiter in die falschen Dünen hinein. Wie lebendig griff der verzauberte Sand nach ihren Füßen, als sei er mit dem im Bunde, der gerade den Saal des Lichts betreten hatte.

Mit einem Sprung hechtete Ganda über den Kamm einer flachen Düne. Wenn sie sich tief duckte, war sie hier außer Sichtweite. Sie spürte den Sand unter ihrem Leib dahinfließen. Die Fährte, die vom Zelt zu ihrem Versteck führte, verschwand.

Ganda wagte es nicht, den Kopf zu heben. Jeden Augenblick rechnete sie damit, Galawayns Stimme zu hören. Sie hätte einfach sitzen bleiben sollen, dachte sie. Hätte sie sich eine der Schriftrollen aus dem hölzernen Ständer genommen, dann hätte sie so tun können, als sei sie zurückgekehrt, um weiter zu arbeiten. Aber der schwarze

Spalt im falschen Himmel war dem Riss im Himmel des Bildes so ähnlich gewesen. Ohne dass es eine vernünftige Begründung dafür gab, war sie sich sicher, in tödlicher Gefahr zu sein.

Der Sand unter ihr glitt auseinander. Langsam bildete sich eine flache Kuhle in der Flanke der Düne. Ganda presste die Wange fest in den Sand. Am liebsten wäre sie ganz darin verschwunden, so wie die Urnen mit den geheimen Schriften, die Galawayn hier versteckte. Jeden Augenblick rechnete sie damit, dass ein Schatten auf sie fiel und sie die spöttische Stimme des Hüters der Geheimnisse hörte.

Etwas kratzte an ihrer Wange. Erschrocken zuckte sie zusammen. Sie schob den Kopf ein wenig zur Seite. Etwas Braunes ragte aus dem Sand. Es sah aus wie eine abgestorbene Wurzel.

Weiterer Sand rutschte fort, und Ganda reckte sich eine ausgedorrte Hand entgegen. Die Haut war schrumpelig und goldbraun, wo sie noch vorhanden war. In der Handfläche selbst gab es keine Haut mehr. Sie war fein säuberlich abgezogen worden.

Rückwärts kroch Ganda von der Hand fort, unfähig, den Blick abzuwenden. Eine weitere kleine Sandlawine legte ein Stück Unterarm frei. Die Hand winkte ihr zu. Der Gruß eines Toten, der schon bald nicht mehr allein in der Düne verborgen liegen würde!

Die Lutin sprang auf und begann zu laufen. In irgendeinem fernen Winkel ihres Verstandes begriff sie, dass wahrscheinlich nur der sich bewegende Sand für den vermeintlichen Gruß des Leichnams verantwortlich war. Doch diese Erkenntnis drang nicht bis zu ihren Beinen vor. Ohne sich darum zu scheren, ob sie gesehen wurde, lief sie in weitem Bogen um die große Düne herum und schlüpfte durch das klaffende Loch im Himmel.

Blindlings rannte sie in die labyrinthische Bibliothek, und als sie völlig außer Atem innehalten musste, hatte sie keine Ahnung mehr, wo sie steckte. Der Saal sah aus wie ein großer Lagerraum. Auf breiten Tischen langen hunderte von runden Tonscheiben, in die fremdartige Glyphen in Spiralen geritzt waren.

Ganda musste sich auf die Zehenspitzen stellen, um über die Tischplatten zu blicken. Nur drei Öllampen brannten. Nicht genug, um die Dunkelheit zu vertreiben. Waren da verstohlene Schritte? Die Lutin blickte zurück zur Tür. Nichts.

Sie ging in die Knie und spähte durch den Wald von Tischbeinen. Außer ihr war niemand hier. Und dennoch fühlte sie sich beobachtet. Mit hastigen Schritten eilte sie der Tür am anderen Ende des Gangs entgegen, flüchtete über eine Galerie, von der man auf einen weiten Büchersaal blicken konnte. Dieser Ort kam ihr vertraut vor. Hier war sie am Morgen, als sie nach Ollowain gesucht hatte, schon einmal gewesen. Auf dem Geländer der Galerie standen große Lampen, die ein blendend weißes Licht verstrahlten.

Ganda wusste, dass es von hier aus nicht mehr weit zu ihrer Kammer war. Erleichtert stieg sie eine Wendeltreppe hinab in den Büchersaal. Sie ging an den Regalen entlang, bis sie das Buch mit dem auffälligen gelben Rücken wieder fand. Es stand ganz auf der Ecke eines Regals, gerade in Augenhöhe für sie und es hatte einen Titel, den sie gewiss nicht vergessen würde: *Die dreizehn großen Geheimnisse der Epilation.* Der Haarwuchs an ihren Beinen gehörte zu den wahren Ärgernissen in ihren Leben. Ihm war nicht einmal mit Magie beizukommen. Heute Morgen hatte sie überlegt, das Buch mit auf ihr Zimmer zu nehmen. Jetzt streichelte sie nur flüchtig im Vorübergehen den Leineneinband. Wir werden uns wiedersehen, schwor sie sich lächelnd.

An so etwas Banales wie das Auszupfen von Haaren zu denken, dämmte ihre Angst ein. Sie würde jetzt einfach in ihr Zimmer gehen und sich dort einschließen. Dort konnte ihr nichts passieren. Das Zimmer hatte eine schwere Tür, und direkt nebenan war Ollowains Kammer. Da wäre sie in Sicherheit!

Sie schritt ein wenig zuversichtlicher aus und war schon weit in den Büchersaal vorgedrungen, als sie noch einmal zurück zur Galerie blickte. Ein riesiger Schatten huschte über das Mosaik aus Buchrücken an der Rückwand der Galerie. Und als habe er ihren Blick gespürt, verschwand er augenblicklich.

Nicht laufen, dachte sie ängstlich. Wenn du läufst, denkst du nicht mehr klar. Und deine Schritte sind leicht zu hören!

Sie tastete nach dem Zauberstab, den sie mit zwei breiten Lederbändern an ihren linken Unterarm gebunden hatte, sodass er im Ärmel ihres Kleides verborgen blieb. »Ich bin klein, aber ich bin eine Lutin! Wer immer dort kommt, hält mich für leichte Beute. Aber das bin ich nicht!«

Hinter sich hörte sie die Stufen der Wendeltreppe knarren. Ganda beschleunigte ihre Schritte und bog am nächsten Regalende nach links in einen Quergang ab. Etwas geschah mit den Lichtern auf der Galerie. Ihre Farbe veränderte sich von weiß zu rosa und wurde mit jedem Herzschlag dunkler, bis sie schließlich blutrot glommen. Die großen Lampen strahlten nicht mehr gleichmäßig. Ihr Licht pulsierte, wurde stärker und dann wieder schwächer. So wurde der weite Saal zu einem Hort tanzender Schatten. Alles änderte sich in jedem Augenblick.

Das Herz schlug der Lutin bis zum Hals. Hatte ihr Verfolger ihre Gedanken gespürt? Wollte er ihr zeigen, dass auch er die Kunst der Magie beherrschte? Oder wollte er einfach nur, dass es dunkler wurde in dem Büchersaal?

Sie blieb kurz stehen und lauschte. Sie hoffte darauf, die Schritte ihres Verfolgers zu hören, um einschätzen zu können, wo er steckte. Aber es war still. Ganda bog erneut ab. Wenn man die Hauptgänge verließ, standen die Regale so dicht beieinander, dass man mit ausgestreckten Armen die Bücher auf beiden Seiten berühren konnte. Der ganze Saal war jetzt in bedrückende rote und schwarze Schatten gehüllt.

Die Lutin zog ihren Zauberstab aus dem Ärmel und murmelte die Worte des Verhüllens, während sie eine der Büchergassen entlangeilte. Sie würde mit den Schatten verschwimmen. Ihr rotes Kleid war ohnehin schon eine gute Tarnung bei dem Licht. Der Zauber würde sie vor jedem verbergen, der nicht direkt in ihre Richtung blickte. Für den flüchtigen Beobachter war sie nun nicht mehr als einer der unsteten Schatten, mit denen das flackernde rote Licht den Büchersaal erfüllte.

Ganda verlangsamte ihre Schritte. Sie versuchte, sich so lautlos wie ein Elf zu bewegen. Was wohl im Kopf ihres Verfolgers vorging? Er war ihr gegenüber im Vorteil. Er kannte sich hier aus. Wahrscheinlich ahnte er, dass sie auf dem Weg zu ihrer Kammer war. Für ihn wäre es ein Leichtes, ihr den Weg abzuschneiden. Sie konnte ihm nur dann sicher entkommen, wenn sie sich nicht an seine Erwartungen hielt.

Beim nächsten Quergang wechselte Ganda in eine andere Büchergasse, und dann lief sie wieder in Richtung der Galerie. Sie wechselte noch zweimal die Richtung, bis sie schließlich innehielt. Jetzt musste sie nur noch warten. Wenn sie weiter herumlief, würde sie am Ende noch das Geräusch ihrer Schritte verraten.

Die Lutin kauerte sich auf den Boden und umschlang mit den Armen ihre Knie. Ich bin nur ein Schatten, verborgen zwischen Schatten, wiederholte sie immer wieder in Gedanken, und er kann mich nicht finden. Das Hell und Dunkel der tiefroten Lichter wechselte im Rhythmus ihres Herzschlags. Oder hatte sich ihr ängstlich klopfendes Herz den Lichtern angepasst? Spielte Galawayn mit ihr, so wie er mit Ollowain am Falrach-Tisch gespielt hatte? Wie konnte sie ihm entfliehen? Und was wollte er von ihr?

War da ein Geräusch? Ganda hielt den Atem an. Leise

tappende Füße auf der anderen Seite des Regals! Ganda spähte durch den Spalt zwischen den oberen Buchkanten und dem nächsten Regalbrett. Sie konnte niemanden entdecken.

Du musst nur ganz still sitzen bleiben, ermahnte sie sich. Wenn er nur flüchtig in diesen Gang blickt, dann wird er dich nicht entdecken. Das Geräusch der Schritte war verklungen. War er stehen geblieben? Sie musste daran denken, wie sie Ollowain durch den Büchertunnel getragen hatte. Kein Pergamentblatt hatte sich unter seinen Füßen bewegt. Elfen konnten sich völlig lautlos bewegen, wenn sie es denn wollten. Sie hinterließen nicht einmal deutliche Spuren im Schnee. Demnach musste Galawayn gewollt haben, dass sie ihn hörte. Also wusste er, wo sie war!

Ihr Fell sträubte sich. Nein, nein, nein, so war es nicht! Keine Panik. Wie sollte er wissen, wo sie war? Sie schloss die Augen, um klarer denken zu können.

Halte deine Sinne beisammen! Lasse dich nicht erschrecken! Was kannst du ... Etwas berührte sanft ihre Schulter.

Mit einem Schreckensschrei sprang sie auf.

»Ruhig. Ich bin es, Ganda. Ich.«

Zitternd drehte sich die Lutin um. Qualbam III. stand vor ihr. »Ich wollte dich nicht erschrecken. Ich ...«

»Warst du oben auf der Galerie?«, herrschte sie ihn an.

Der Beleuchter nickte.

»Seit wann folgst du mir?«

»Schon eine ganze Weile. Du läufst ziemlich schnell.«

»Warum hast du mich nicht gerufen? Du hast mich fast zu Tode erschreckt!«

Der Kobold runzelte ärgerlich die Stirn. »Schon vergessen? Man macht keinen Lärm, wenn man hier herumrennt. Der Bücherschlag ... Außerdem verärgert man die Bücher. Sie mögen die Stille. Wusstest du übrigens, dass die meisten es gern haben, wenn man sie über den Buchrücken streichelt?«

Ganda rang noch immer um Fassung. »Warum bist du mir gefolgt? Was soll das?«

»Na ja. Also …« Er senkte den Blick und musterte die haarigen Zehen. »Ich habe auf dich gewartet. Wir waren doch verabredet.«

»Gar nichts waren wir!«, grollte sie.

»Doch, doch. Ich hab dir doch genau gesagt, wo du mich finden kannst heute Abend. Ich habe mich extra in Schale geworfen für dich.« Er lächelte verlegen. »Ich wollte wohl einen guten Eindruck auf dich machen.«

Abgesehen von einem roten Halstuch, das sich Qualbam umgebunden hatte, bemerkte Ganda keine Veränderung an ihm.

»Als du nicht gekommen bist, habe ich mir gedacht, dass du dich vielleicht verlaufen hast. Du bist ja schließlich neu hier. Da gehört nicht viel dazu. Ich meine … Also, ich will dich nicht beleidigen, weißt du? Ich hab mich hier anfangs dauernd verlaufen. Einmal war ich für drei Tage lang sogar …«

»Was hast du mit den Lichtern gemacht?«

Qualbam wirkte gekränkt. »Mit den Lichtern? Sieht das vielleicht nach Koboldmagie aus?«

Ganda blickte zur Galerie hinauf. Ja, in ihren Augen sah das genau nach der Art von dämlichen Scherzen aus, für die die kleinen Völker in ganz Albenmark berüchtigt waren. »Wer tut so was? Das … Es macht mir Angst.«

Ein wenig linkisch strich der Beleuchter ihr über den Arm. »Das muss es nicht. Weißt du, manche werden hier mit der Zeit etwas seltsam. Sie tun Dinge, die man nicht verstehen kann.« Er kicherte. »Verrückte Dinge …. Das mit den Lichtern ist doch harmlos. Meine Kameraden und ich, wir nennen das den Bücherwahn. Ich schau nur sehr selten in irgendein Buch. Zu viel lesen, das verwirrt einen nur. Und dann noch die Bibliothek. Sie ist ja schon irgendwie bedrückend. Nie sieht man ein Stück echten Himmel. Du kannst dir nicht vorstellen, wie sehr ich es vermisse, in strömendem Regen durch Pfützen zu laufen. Aber so etwas ist ja harmlos. Genau wie die Sache mit den Lichtern.« Wieder kicherte er. »Vor einer Weile hatten wir hier einen Lamassu zu Besuch. Komische Viecher sind das. Haben den Leib von einem riesigen Stier, Adlerflügel, so groß wie Drachenschwingen, und einen bärtigen Kopf. Aufgeblasene Kerle sind das. Ich hab den, der hierher gekommen war, anfangs beobachtet. Artaxas hieß er. Der hat doch tatsächlich jeden Tag zwei Stunden damit verbracht, seinen Bart einzuölen und in Locken zu drehen. Ein aufgeblasener, eingebildeter Kerl war das. Ihm ist die Bibliothek nicht gut bekommen. Nach zwei Monden hier war er so weit, dass er versucht hat, Chiron zu bespringen.« Qualbam prustete vor Lachen. »Er hat den Kentauren für eine Kuh gehalten und war davon nicht mehr abzubringen. Völlig durchgedreht war dieser fette Wichtigtuer. Die Hüter des Wissens mussten ihn schließlich hier hinauswerfen. Du siehst also, wenn hier jemand mit ein paar Lichtern spielt, dann ist das echt harmlos. Da ist nichts dabei. Kein Grund, sich Sorgen zu machen.«

Aber es war jemand im Saal des Lichts. Die Tür war ja schließlich nicht von allein aufgegangen. Kurz überlegte sie, ob sie Quabalm von dem Buch und dem Eindringling erzählen sollte. Dann verwarf sie den Gedanken wieder. Sich einem Kerl wie ihm anzuvertrauen, war sicherlich keine gute Idee. Es war zu offensichtlich, warum er sich um sie bemühte. Dennoch war sie im Augenblick froh, nicht allein in dem Büchersaal zu sein.

»Sag mal, wollen wir nicht irgendwohin gehen, wo es gemütlicher ist? Du hast schon Recht. Das mit dem Licht hier kann einem ganz schön auf die … Ähm … Es stört.«

»Und wo sollten wir deiner Meinung nach hingehen?«

»Also, die Gästezimmer sind wirklich klasse. Die Betten dort sind viel besser als die in unseren Quartieren. Wir müssen uns zu dritt einen Raum teilen, und unsere Betten sind übereinander gestapelt. Früher war das mal besser.

Da hatte angeblich jeder von uns Beleuchtern eine eigene Kammer. Aber seit die Hüter des Wissens nicht mehr wissen, wo sie die neuen Bücher noch unterbringen sollen, müssen wir hier alle etwas enger zusammenrücken. Ob wir wollen oder nicht.«

»Weißt du, was einen Ehrenmann ausmacht?« Ganda hatte mit einigem gerechnet, aber dass Qualbam so direkt werden würde, hätte sie nicht gedacht.

Der Kobold sah sie verwundert an. »Hat das was damit zu tun, wo wir hingehen werden?«

»Ja, einiges. Ein Ehrenmann mag dieselben Gedanken haben wie du, aber er würde sie nicht so direkt aussprechen. Das kommt bei Frauen besser an.«

Der Beleuchter kratzte sich an der Stirn. »Das hört sich für mich nach einem schüchternen Blödmann an, der noch nie zu 'nem Sti …« Er brach mitten im Wort ab und grinste sie breit an. Seine blauen Augen funkelten schelmisch. Offensichtlich hatte er großen Spaß daran, ihr auf pöbelhafte Weise den Hof zu machen. Er legte sich in gespielter Betroffenheit die Hand auf den Mund. »Hoppla, so was würden Ehrenmänner natürlich auch nicht sagen.«

Ganda antwortete mit einem eisigen Blick. Eigentlich sah Qualbam gar nicht mal schlecht aus. Wenn er nur ein wenig größer wäre … Sie seufzte. Wenn Ollowain nur ein klein wenig von seiner Art hätte, könnte man sicher besser mit ihm auskommen. Als Ganda sich vorstellte, wie der Elf über schüchterne Blödmänner lästerte, die noch nie zu einem Stich gekommen waren, musste sie unwillkürlich grinsen.

»Na also, endlich taust du ein bisschen auf.« Qualbam strahlte über das ganze Gesicht. »Langsam hatte ich schon Angst, du wärst eine jungfräuliche Zicke.« Er hakte sich bei ihr ein und nutzte die Gelegenheit, ihr einen Klaps auf den Hintern zu geben. »He, hast du auch 'nen Fuchsschwanz? Wahnsinn! Das ist ja abgefahren!«

»Das nennt man Rute.«

Qualbam lächelte lüstern. »*Das* nennst du eine Rute? Du wirst dich noch wundern.«

Ganda hob ihren Zauberstab. Jetzt reichte es. »Vielleicht hattest du ja Recht?«

»Na klar hab ich Recht. Warte mal ab, bis ich aus meiner Hose steige. Oder willst du sie gleich jetzt sehen? Macht eigentlich keinen Unterschied. Wir können in deinem Bett dann ja noch einmal …«

»Ich dachte eher an deine Sorgen, dass ich eine jungfräuliche Zicke sein könnte.« Sie machte sich los und tippte ihm mit dem Zauberstab auf die Brust. »Glaubst du, die Hüter des Wissens würden eine fette schleimige Kröte als Beleuchter beschäftigen?«

»Heh, Mädchen. Spiel mit diesem Ding nicht so herum, das kann böse …«

Einen Herzschlag lang war Ganda versucht, ihn zu verzaubern. Nur für eine Nacht. »Was, meinst du, würde ein Ehrenmann in dieser Lage tun?«

»Der wäre wohl nicht in dieser Lage.« Qualbam schielte, weil er den Zauberstab vor seiner Nase nicht aus den Augen ließ.

»Und warum wäre er nicht in dieser Lage?«

»Weil er keine Rute in der Hose …«

»Falsche Antwort.« Sie ließ die Spitze ihres Zauberstabs zum Kinn über den Hals auf die Brust und noch tiefer wandern. »Ich könnte natürlich auch nur einen Teil von dir verzaubern. Vielleicht würde das helfen, dir bessere Manieren beizubringen.«

»Ein Ehrenmann würde dich bis zur Tür deiner Kammer geleiten.«

Ganda lächelte und ließ den Zauberstab sinken. Dann reichte sie ihm den Arm, damit er sich einhaken konnte. Qualbam machte eine Miene, als habe man ihn gezwungen, einen verdorbenen Hering zu essen. Er führte sie schweigend aus dem großen Büchersaal, und die Lutin war überrascht, wie nah ihre Kammer lag.

Vor der Tür angelangt, knickste sie artig. »Na also, mein Herr. War das so schwer?«

»Ich habe das Gefühl, als sei ich nicht mehr ich selbst«, sagte der Kobold in eigentümlichem Tonfall. Er verbeugte sich steif. Dann richtete er sich auf, und in seinen Augen funkelte der Schalk. »Meine Allerverehrteste, schieb dir deinen Zauberstab doch in den Allerwertesten, alte Jungfer.«

Noch bevor sie etwas sagen konnte, nahm er die Beine in die Hand und war auf und davon.

Ganda schmunzelte. So ein übler Kerl war er eigentlich gar nicht. Sie öffnete die schwere Tür zu ihrer Kammer und legte dann von innen den hölzernen Sperrriegel vor. Nur für den Fall, dass es Qualbam für eine gute Idee hielt, sie später in der Nacht noch einmal zu besuchen.

Müde trat sie an den niedrigen Tisch und drehte den Docht ihrer Öllampe höher, bis der kleine Raum von goldenem Licht erfüllt war. Alle Möbel in ihrem Zimmer waren auf die Größe von Kobolden zugeschnitten. Die Gastzimmer Iskendrias waren großzügig eingerichtet. Die Möbel waren schön geschnitzt. Auf einem Ständer neben der Tür stand eine Schale mit frischem Wasser. Auf dem Tisch standen jeden Abend eine Platte mit frischem Obst und eine Kristallkaraffe mit Apfelwein.

Mit einem erschöpften Seufzer ließ sie sich gegen die Tür sinken. Sie sollte zu Ollowain gehen und mit ihm über Galawayn von Valemas reden. Über die Leiche in der Sanddüne und über das, was sie in Melianders Buch gelesen hatte. Aber sie war wütend auf den Elfen. Und sie war enttäuscht von ihm. Wo hatte er den ganzen Tag gesteckt? Mit ihm an ihrer Seite hätte sie nicht fliehen müssen. Emerelle hatte ihn doch mitgeschickt, damit er sie beschützte! Und wo war er, wenn sie ihn brauchte?

Es war unvernünftig, nicht zu ihm zu gehen. Ganda trat an den Tisch und schenkte sich ein Glas Apfelwein ein. Der Elf hatte sie bestimmt kommen hören, falls er denn in seiner Kammer war. Warum schaute er nicht kurz herein, um zu fragen, wie es ihr ging?

Sie kannte die Antwort: Einem Ehrenmann stand es nicht gut zu Gesicht, eine Dame mitten in der Nacht in ihrem Schlafgemach zu besuchen. Verdammte Ehrenmänner!

Ganda leerte ihr Glas in einem Zug und füllte es erneut. Die Hüter des Wissens mussten unterrichtet werden, dass Galawayn ein Mörder war. War das der Bücherwahn, von dem Qualbam gesprochen hatte? Sie würde sicherlich wahnsinnig werden, wenn sie ihr ganzes Leben lang in diese Bibliothek eingeschlossen wäre. Schon jetzt nach so wenigen Tagen vermisste sie es schmerzlich, den Wind im Gesicht zu spüren und einen echten Himmel über sich zu sehen.

Ganda leerte das zweite Glas. Sie würde sich für einen Augenblick auf das Bett legen und die Glieder strecken. Das würde ihr gut tun. Es blieb noch genug Zeit, nach dem verdammten Elfen zu sehen, und wenn er nicht da war, dann würde sie … Nein, dass würde sie nicht! Allein würde sie nicht mehr hinaus in die Bibliothek gehen. Sie würde ihre Tür verrammeln und warten, bis Ollowain kam, wo immer er auch stecken mochte.

Ganda legte den Zauberstab neben die Karaffe. Es war dumm gewesen, gleich zwei Gläser Apfelwein zu trinken. Sie war ein wenig beschwipst. Ob sie Qualbam wohl für immer vertrieben hatte? Oder würde er es morgen noch einmal versuchen?

Der Beleuchter hatte schon Recht. Das Bett war prächtig. Wunderbar weich und groß genug, um auch zu zweit noch reichlich Platz darin zu haben. Hübsche Augen hatte er. Je nach Licht schienen sie die Farbe zu wechseln. Heute Morgen waren sie noch hellgrau gewesen. Wie entschieden er versucht hatte, sie davon abzuhalten, in den Bücherschlag im Brauturm zu steigen! Er hatte sich wirklich Sorgen um sie gemacht.

»Quatsch, der wollte auch heute Morgen schon zu dir

ins Bett, altes Mädchen«, murmelte sie. Ihre Stimme lallte ein wenig. Sie fühlte sich leicht. Verwundert blickte sie zur Karaffe. Der Apfelwein war stärker, als sie erwartet hätte. Gestern hatte er sie nicht so umgehauen … Vielleicht hätte sie nicht zwei Gläser auf nüchternen Magen trinken sollen? Eine kleine Rast. Nur kurz hinlegen. Sie griff sich in den Nacken und öffnete die Haken ihres Kleides. Sich angezogen hinzulegen, war das Letzte … Man kam dann erst gar nicht zur Ruhe. Sie würde zählen, dann schlief sie auch nicht ein. Bei tausend würde sie wieder aufstehen.

Ganda zog ihr Kleid hoch. Sie kam aus dem Gleichgewicht und kicherte. Was war das für ein Apfelwein? Der war ja stark wie Schnaps.

Etwas bewegte sich unter dem Bettlaken. Da war eine Beule. Sie fluchte. Mäuse! Verdammte Bibliothek. Hier war es auch nicht besser als anderswo. »Verzieh dich aus meinem Bett, oder ich mach dich fertig, du …« Ganda biss sich auf die Lippen. Sie war ein wenig laut geworden. Verdammt! Hoffentlich war Ollowain nicht nebenan. Was würde er jetzt von ihr denken? Obendrein steckte sie noch in ihrem Kleid fest. Eins nach dem anderen. Erst die Maus. »Du verschwindest da. Sofort!«

Ganda beugte sich vor und griff nach einem Zipfel des Bettlakens. Mit einem entschlossenen Ruck zog sie es zurück und geriet aus dem Gleichgewicht. Das Betttuch wirbelte durch die Luft. Klirrend fiel die Karaffe vom Tisch. Die Lutin taumelte gegen einen Stuhl und ging mit ihm zu Boden.

Benommen blinzelte Ganda zum Bett. Halb in das Betttuch und halb in ihr Kleid gewickelt, lag sie am Boden. Ein kleiner weißer Kopf mit roten Augen lugte über die Bettkante. Galawayns Knochenviper!

Die Schlange glitt auf das Laken hinab. Auf dem glatten Tuch kam sie nur langsam voran. Ganda hielt den Atem an. Durch den Stoff hindurch spürte sie, wie die Viper sich an ihrem Bein entlangschlängelte.

Nicht bewegen! Dann beißt sie vielleicht nicht zu! Eine Schlange beißt nichts, was sie für tot hält, sagte sich Ganda. Die bösartigen roten Augen hielten sie gefangen. Sie weiß, dass ich lebe!

»Ganda? Ist alles in Ordnung?« Es klopfte an ihrer Tür. Ollowain! Er rüttelte. Der Riegel!

Die Schlange wand sich auf ihrem Schoß. Und Ganda starrte sie mit vorgestreckten Armen an, gefangen in ihrem Kleid. Welch eine miese Art zu sterben!

Züngelnd hob sich ihr der Kopf entgegen.

»Ganda?« Wieder rüttelte es an der Tür. »Antworte!«

Die Schlange wiegte sich vor und zurück.

Noch immer hielt Ganda den Atem an. Der Rausch war wie verflogen. Ihr gingen Galawayns Worte durch den Kopf. Wie war das? Das Schlangengift lähmte einen. Man konnte nicht einmal mehr schreien. Und es hinterließ keine Spuren. Man sah aus, als wäre man einfach eingeschlafen.

Warum tat er das? Warum musste sie sterben? Wegen des Buches? Wenigstens würden reichlich Spuren bleiben. Ollowain würde ihn fertig machen.

Eine silberne Klinge drang durch das Holz des Türrahmens und hebelte den Sperrriegel hoch. Im nächsten Augenblick flog die Tür auf. Die Schlange erstarrte.

Ollowain verharrte mitten in der Bewegung. »Du darfst dich nicht rühren«, flüsterte er.

Ganda stiegen Tränen in die Augen. Für diesen dämlichen Spruch hätte sie ihm am liebsten einen Knoten in die Zunge gehext.

Ollowain zog seinen Dolch und hob den Arm.

Etwas zwickte Ganda in den Bauch. Sie wollte aufschreien, doch kein Laut kam über ihre Lippen. Undeutlich sah Ganda die Knochenviper zur Seite segeln. Der Dolch des Elfen hatte sie aufgespießt und nagelte die Schlange gegen ein Tischbein.

Ganda wollte blinzeln. Ihr standen immer noch Tränen

in den Augen. Aber ihre Lider waren wie versteinert. Sie sackte zur Seite. Etwas drückte ihr die Brust zusammen. Sie bekam keine Luft mehr.

Der Schwertmeister war plötzlich über ihr. Er hatte wieder seinen Dolch in der Hand. Sie spürte seine Finger auf ihrem Bauch. Eiskalt.

Seine Lippen bewegten sich, doch sie konnte nichts mehr hören. Er beugte sich hinab und küsste sie auf den Bauch.

Ganda hätte gern gelächelt. Ein Kuss von einem Elfen!

Ihre Lungen brannten. Ihr wurde schwindelig. Dann spürte sie, wie ihr Herz aussetzte zu schlagen. Schade, dass sie niemandem mehr von diesem Kuss erzählen konnte.

GUTE FREUNDE

Übellaunig klopfte Skanga den Schnee von ihrem Umhang. Von der Welt der Menschen zurück in die Snaiwamark hatte sie nur zehn Schritte gebraucht. Aber um vom Albenstern zu den Höhlen der Wolfsgrube zu gelangen, hatte sie mehr als einen halben Tag auf einem Schlitten gesessen. Die eisige Kälte war ihr tief in die Knochen gekrochen. Früher einmal hatte ihr der Winter nichts ausgemacht. Es hatte Zeiten gegeben, da war sie barfuß durch den Schnee gelaufen.

Birga, ihre Ziehtochter, kam ihr entgegen, um ihr den Umhang abzunehmen. Sie hielt eine vorgewärmte Wolldecke im Arm. Skanga spürte die Neugier im Blick der jungen Schamanin. Aber Birga war klug genug, ihr keine Fragen zu stellen. Sie war auch klug genug, noch nicht versucht zu haben, sie zu ermorden. Eines Tages würde das kommen. Skanga wusste das. Sie wäre nicht anders gewesen.

»Du hast Besuch, meine Gebieterin.«

Die alte Schamanin winkte unwirsch ab. »Ich will niemanden sehen. Hast du ein Feuer entfacht?«

»Sicherlich.« Birga zögerte.

»Was?«

»Dein Gast beharrt darauf, es sei sehr dringend, dich zu sehen. Er wartet seit dem Mittag und lässt sich nicht fortschicken.«

»Wer ist es denn?«

»Ein Lutin. Seinen Namen will er nicht nennen.«

Skanga stöhnte. Das war das Letzte, was sie jetzt noch brauchte. »Geh, schneid ihm die Kehle durch und bring ihn mir dann. Ich hoffe, er ist mehr als nur Haut und Knochen.«

Birga lachte leise. »Wie du wünschst. Soll ich ihm seine Haut nicht abziehen, bevor ich ihn dir bringe?«

Skanga drehte sich um. An Birgas Aura war nicht abzulesen, ob sie sich einen Scherz erlaubt hatte. Ihre Ziehtochter trug eine Maske aus Haut, die ihr Antlitz auch vor Skangas magischem Blick verbarg. Die Maske war das Gesicht einer Geliebten Branbarts, die den König enttäuscht hatte. Es hieß, Birga sei unglaublich hässlich. Sie ließ nicht zu, dass Skanga ihr Gesicht mit den Fingern ertastete.

Die junge Schamanin hielt ihrem forschenden Blick stand. »Soll ich ihm die Haut abziehen?«

»Nein. Das Fleisch schmeckt dann nach Angst und Schmerzen.«

Ihre Ziehtochter nickte. Dann angelte sie etwas aus einem Lederbeutel an ihrem Gürtel. Ein Tüchlein aus grüner Wolle, das mit einer Lederschnur umwickelt war. »Er wollte, dass ich dir das gebe.«

»Was ist das?«

Birga zuckte mit den Schultern. »Er hat darauf bestanden, dass nur du es öffnen darfst.«

Die Schamanin zerschnitt die Lederschnur mit ihrem Opfermesser. In das Tuch war etwas eingeschlagen. Birga wandte sich ab, um nicht zu sehen, was nicht für ihre Augen bestimmt war.

Skangas Finger ertasteten einen fein geschnitzten Knochenring, groß genug, um von einem Troll getragen zu werden. Die Schamanin schloss die Faust um das Kleinod. Sie kannte den Ring gut. Vor vielen Jahren hatte sie ihn Branbart zu seiner Krönung geschenkt. »Schick mir diesen Lutin. Ich habe mit ihm zu reden. Allein!«

Birga nickte und verschwand.

Irgendwo in der Ferne des Höhlenlabyrinths erklang helles Welpenlachen, begleitet von den hallenden Schlägen schwerer Steinhämmer auf Felsen. Es war harte Arbeit, aus der Wolfsgrube wieder eine gute Höhle zu machen. Die Elfen hatten das Herz des Berges in helle Lichter getaucht und sogar Bäume und Blumen hierher gebracht. Ganz abgesehen davon hatten sie dafür gesorgt, dass es in den meisten Höhlen angenehm warm war. Diese Elfenhöhlen waren nicht gut! Sie machten jeden weich, der darin lebte. Bald aber würde die Wolfsgrube wieder wie früher aussehen.

Die Schamanin zog den schweren Ledervorhang zur Seite, der ihre Höhlennische abschirmte. Auf dem Boden brannte ein behagliches Feuer. Die Luft war so von Rauch erfüllt, dass einem die Augen tränten, wenn man eintrat.

Mit einem Seufzer ließ sich Skanga auf einem Mammutfell nieder, das nahe beim Feuer lag. Sie legte ihren Umhang ab, warf noch ein Scheit ins Feuer und hielt dann die Hände über die Flammen. Langsam kroch Wärme in ihre alten Glieder.

Skanga kramte zwischen den Fellen einen Beutel aus ungegerbtem Leder hervor. Sie schüttelte ihn bedächtig und lauschte dem leisen Klacken der Knochen. Dann streute sie den Inhalt auf das Fell. Es waren Knochensplitter von Menschen, Elfen, Kobolden, Kentauren und anderen, exotischeren Geschöpfen. Lange blickte sie das Bild an. Jeder Knochen hatte seine eigene Aura, die ihn verriet, auch ohne dass sie seine Form ertasten musste. Ein Koboldzehenknöchelchen, das auf einem Drachenzahn lag, verhieß Ärger. Sie sollte ihren Besucher nicht unterschätzen. Aber es gab auch Gutes in dem Bild, das sich ihr bot. Ihr Volk würde sehr fruchtbar sein. Schon jetzt trugen mehr Weiber einen Trollwelpen unter ihrem Herzen als je zuvor. Die Aussichten waren gut, dass Branbart bald wiedergeboren wurde.

Der Vorhang ihrer Höhlennische wurde zur Seite gezogen. »Unser Gast trägt einen langen, grauen Wintermantel und unförmige Stiefelchen«, sagte Birga. Sie war manchmal etwas übereifrig und bemühte sich oft unaufgefordert zu beschreiben, was um sie herum geschah. Sie ahnte wohl nicht, wie viel Skanga in Wahrheit noch *sehen* konnte.

»Der Lutin trägt eine spitze rote Mütze mit pelzgefütterten Seitenklappen. Auf seiner Schnauze trägt er ein merkwürdiges Gestell mit zwei stahlgefassten Glasscheibchen.«

Skanga hatte von diesem Zauberding, das die Weisen der Kobolde ersonnen hatten, schon gehört. Seine Magie nahm den Augen ihre Müdigkeit und ließ sie wieder so scharf sehen wie in Jugendtagen.

»Jetzt nimmt er das Gestell ab und reibt es mit einem Tuch«, sagte Birga.

Skanga spürte den Blick ihres Gastes. Seine Aura zeigte kein Anzeichen von Angst. Er war verdammt selbstsicher. Einem Kobold wie ihm war sie noch nie zuvor begegnet. Sie hatte das Gefühl, dass er sie herausfordernd anlächelte.

»Er knöpft jetzt seinen Mantel auf.«

Birga begann sie zu stören. Dummes Weibsbild, ärgerte sich Skanga. Dachte Birga etwa, sie sei auch taub? Natürlich hörte sie, wie der Lutin seinen Mantel öffnete!

»Schön, dass du Zeit für mich gefunden hast, mächtige Skanga.«

Er hatte eine angenehme Stimme für einen Kobold. Die

Schamanin bedeutete ihm mit einer Geste, neben ihr am Feuer Platz zu nehmen. »Du kannst uns jetzt allein lassen, Birga. Ich komme zurecht.« Ihr Gast sollte sie ruhig für hilfloser halten, als sie war. Skanga lauschte darauf, wie sich die Schritte ihrer Ziehtochter entfernten.

»Du hast also beschlossen, mich zu erpressen, Füchslein«, eröffnete die Schamanin das Gespräch. »Dabei sagt man den Lutin doch nach, sie seien sehr klug.«

Ihr Besucher hob abwehrend die Hände. »Ich bitte dich, Mächtige. Niemals würde es mir einfallen, unfreundlich zu dir zu sein. Im Gegenteil, ich empfinde tiefsten Respekt für dich und dein Volk. Ich finde, die Lutin und die Trolle sind sich sehr ähnlich.«

Skanga verschlug es die Sprache. Der Kerl war verrückt! Wie konnten sich diese kleinen, schmächtigen Fuchsköpfchen mit einem Volk von Kriegern vergleichen, das den schier übermächtigen Elfen gerade eine ganze Reihe von Niederlagen beigebracht hatte? Nein, dieser Vergleich war zu abwegig, um seinen Ärger daran zu verschwenden.

Skanga drehte den Knochenring zwischen den Fingern. »Wie soll ich das hier verstehen, Fuchsschnauze?«

Der Lutin schüttelte sacht den Kopf. »Nicht Fuchsschnauze, Mächtige. Verzeih, dass ich mich nicht vorgestellt habe. Ich bin Elija Glops vom Volk der Lutin. Erster Vorsitzender der Liga zur Wahrung der inneren Größe Albenmarks und Erster Geheimer Rat des Kommandostabs der Rotmützen.«

Skanga sah ihn eindringlich an. Es ärgerte sie, dass dieser Wicht immer noch keine Anzeichen von Angst zeigte. »Du führst mehr Titel als der König meines Volkes«, sagte sie abfällig.

Elija zwinkerte freundlich. »Tja, manchmal müssen Titel Heere ersetzen.«

Wollte sich der Kerl über sie lustig machen? Sie hielt den Knochenring hoch. »Was willst du?«

»Einen Handel. Du weißt ja sicherlich, die Lutin sind

als ein Volk von Händlern und Dieben verschrien, und auch ich kann nicht ganz aus meiner Haut. Ich hatte mir gedacht, es wäre sehr nett, wenn alle Koboldsklaven freigelassen würden, die euch Trollen dienen. Sollte es irgendwelche einfältigen Tröpfe geben, die euch freiwillig zu Diensten sind, dürfen sie selbstverständlich bleiben. Aber jeder, der dies eisige Land verlassen will, um anderswo sein Glück zu machen, der sollte mir folgen dürfen.«

Skanga verschränkte die steifen Finger ineinander und ließ die Gelenke knacken. Die trockenen Laute, die an brechende Äste erinnerten, waren neben dem Knistern des Feuers das einzige Geräusch in der Höhle. Der verfluchte Lutin starrte sie unverwandt an. Sie empfand seinen Blick fast wie eine Berührung. Ihm musste doch wohl klar sein, was er da verlangte.

»Ich glaube, ich werde meine Ziehtochter bitten, dir aus deiner Haut zu helfen, Fuchsschnauze. Aber ich werde mich hüten, von deinem Hirn zu essen, das von einem eigentümlichen Wahn befallen zu sein scheint.«

»Da, wo ich herkomme, gibt es auch noch eine Gürtelschnalle aus Jade, die einen sich windenden Drachen zeigt. Und eine mächtige Kriegskeule, die sicherlich die meisten Veteranen deines Volkes wiedererkennen würden. Außerdem haben wir noch einen riesigen Trollschädel, den wir gekocht haben, bis das letzte Fleisch von ihm abgefallen ist. Dem wulstigen Stirnknochen kann man deutlich ansehen, dass er einmal einen schweren Keulenhieb abbekommen hat. Wenn mir etwas geschieht, kann ich nicht mehr verhindern, dass diese Besitztümer des Königs den Herzögen deines Volkes vorgelegt werden. Dabei glauben sie doch, Branbart sei ins Nichts gestürzt.«

Skanga ließ ihre Fingergelenke ein weiteres Mal knacken. Sie zweifelte nicht daran, dass der Kobold sich wirklich abgesichert hatte. Das erklärte sein tolldreistes Auftreten. »Ich kann das nicht verlangen. Die Herzöge würden nicht auf mich hören.«

Elija winkte ab. »Also bitte, Allermächtigste. Wenn es jemanden gibt, den alle Trolle gleichermaßen respektieren und fürchten, dann bist du es.«

»Mein Volk hat schon immer Koboldsklaven gehabt. Niemand wird einsehen, warum man plötzlich auf sie verzichten sollte. Wir brauchen sie.«

»Ihr werdet euch schnell daran gewöhnen, ohne uns auszukommen. Hatte ich schon erwähnt, dass es einen Zeugen für deinen Mord am König gibt?«

Skanga schloss die Augen und dachte an Branbarts Tod. Sie war sich ganz sicher gewesen, dass sie niemand beobachtet hatte. Wie hatte sie einen Kobold übersehen können? Wenn diese Fuchsschnauze verbreiten ließ, wie Branbart wirklich gestorben war, und dass sie ihr ganzes Volk belogen und betrogen hatte, dann wären ihre Tage gezählt. Und nach ihrem Tod würden die Herzöge beginnen, sich untereinander zu bekämpfen. Betrüger würden irgendwelche Welpen zu wiedergeborenen Königen erklären. Und solange Orgrim sich nicht einmischte, würde sich ihr Volk selbst zerfleischen.

»Nur damit wir uns nicht missverstehen«, beendete Elija ihr Schweigen. »Mir ist nicht an einem Bürgerkrieg unter euch Trollen gelegen. Ich würde es zutiefst bedauern, wenn es dazu käme. Und ich habe auch keine moralischen Einwände gegen einen Königsmord. Im Gegenteil, meiner Meinung nach erfordert die Dialektik der Gerechtigkeit hin und wieder ein königliches Opfer.«

»Was?« Skanga vermochte dem wirren Geschwafel des Lutin nicht zu folgen.

»Ich meine, Branbart starb doch sicherlich für das Wohl des Volkes.«

Genauso war es gewesen. Doch in der Art, wie diese miese, kleine Fuchsschnauze das sagte, klang es irgendwie niederträchtig. Nie zuvor hatte sich Skanga derart in die Enge getrieben gefühlt. Sie wusste keinen Ausweg. Es bedurfte nur eines Wortes der Macht, und sie könnte diesem jämmerlichen Wicht den Schädel platzen lassen. Aber er hatte die Besitztümer des Königs zu genau beschrieben. Er machte ihr nichts vor, das spürte die Schamanin. Wenn sie Elija tötete, dann würden dessen Gefährten ihr Volk in einen mörderischen Bruderkrieg stürzen. Doch seine Forderung, alle Koboldsklaven ziehen zu lassen, war unmöglich zu erfüllen.

»Du sagtest doch, du willst mich nicht erpressen. Habe ich da etwas falsch verstanden?«

»Ganz und gar nicht!« In der Stimme des Kobolds schwang mehr als nur ein Anflug überheblichen Humors. »Ich freue mich, dass wir nun von gleich zu gleich weiterverhandeln werden. So wie es sich für einen vernünftigen Handel gehört, habe ich dir natürlich ein Angebot zu machen, und es wäre mir lieb, wenn uns die leidige Geschichte um Branbarts Tod künftig nicht mehr im Wege stünde. Was ich dir zu bieten habe, ist nicht weniger als Emerelles Kopf und als Dreingabe auch noch die Häupter aller anderen Elfenfürsten.« Er sagte das mit solcher Überzeugung, als warteten seine Henker schon hinter den Thronen der Elfen.

Skanga stierte nachdenklich auf ihren Schoß. Sie wusste einfach nicht, was sie von diesem Lutin halten sollte. War er vollkommen irre? Sie fand eine Laus auf ihrem Flickenkleid und schnippte sie ins Feuer. »Bring mir Emerelles Kopf, und du bekommst alle Kobolde. Ich lasse dir sogar die holen, die in die Menschenwelt verschleppt wurden.«

»Nein, nein.« Der Lutin sprang auf und lief wütend gestikulierend auf und ab. »So einfach geht das nicht! Willst du mich beleidigen? Hast du eine Ahnung, was für Strapazen ich auf mich genommen habe, um hierher zu kommen? Meine Pfadfinderin ist gerade nicht verfügbar, und ich musste mich zweitklassigem Ersatz anvertrauen, als ich die Pfade des Lichts beschritten habe. Verhöhne mich nicht! Ich bin nicht irgendein Wald- und Wiesenkobold!«

»Du hast mir doch die Köpfe der Elfen angeboten.«

Elija fuhr wütend herum. »Zweifelst du etwa an meinen Worten? Ich sage dir, den Elfenfürsten sitzen schon die Messer an den Kehlen, auch wenn sie davon keine Ahnung haben. Aber uns fehlt die Kraft, ihnen die Köpfe abzuschneiden. Die Kraft der Trolle! Als Verbündete werden wir unbesiegbar sein. Wenn die Elfen erst einmal vertrieben sind, werden wir einen Rat aus Trollkriegern und Kobolden gründen, um gemeinsam über Albenmark zu herrschen. Alle Völker werden dann gleich sein. Und Fürsten wird es keine mehr geben. Wir werden ein goldenes Zeitalter …«

»Erklär mir doch bitte noch einmal die Sache mit den Messern an den Kehlen der Elfenfürsten«, unterbrach ihn Skanga. Der Lutin wirkte einen Augenblick lang verwirrt. Zu sehr hatte er sich in den Träumen zukünftiger Herrschaft verfangen. Er atmete ein paarmal tief ein. Dann begann er erneut zu reden. In allen Einzelheiten schilderte er seinen Plan.

Als er endete, war Skanga begeistert. Elija hatte nicht zu viel versprochen. Den Elfen saßen tatsächlich die Messer an den Kehlen, und sie hatten in ihrer Überheblichkeit nicht die geringste Ahnung von dem Verhängnis, das über ihnen schwebte.

ERWACHEN

Ollowain strich sanft über das Stirnfell der Lutin. Es war struppig und ohne Glanz. Ihm fiel es schwer, in den Zügen der füchsköpfigen Koboldin zu lesen. War sie außer Gefahr? Seit zwei Tagen hatte ihr Herz nicht mehr ausgesetzt zu schlagen, doch noch immer wagte er nicht, seine Rechte von ihrer Brust zu nehmen.

Er wachte über den schwachen Schlag ihres Herzens, der flatternd und unregelmäßig zu fühlen war. Noch immer erschien es ihm so, als sei ihr müdes Herz jeden Augenblick bereit, stillzustehen. Selbst wenn es wieder zu Kräften kam, fürchtete Ollowain den Augenblick, in dem Ganda die Lider aufschlug. Niemand wusste zu sagen, welchen Schaden ihr Verstand genommen hatte. Anfangs hatte auch ihr Atem ausgesetzt. Sie war dem Tod so nahe gewesen!

Der Schwertmeister machte sich schwere Vorwürfe. Sie war zu ihm gekommen und hatte ihn in seinem Wahn wachgerüttelt. Und wie hatte er es ihr gedankt? Er hatte sie im Stich gelassen. Hatte nicht darauf gehört, was sie von ihm wollte. Dabei schien sie die Wahrheit entdeckt zu haben. Anders war nicht zu erklären, was geschehen war. Ihr verborgener Feind hatte der Lutin eine perfide Falle gestellt. Ollowain hatte gehört, dass Ganda in Begleitung zu ihrer Kammer gekommen war. Eigentlich hatte er sich noch einmal bei ihr bedanken wollen, aber dann hatte er entschieden zu warten und die Lutin nicht zu stören. Ihr Begleiter schien Ganda so sehr bedrängt zu haben, dass sie den Riegel vor ihre Tür gelegt hatte. Auch das war Teil des bösartigen Plans gewesen. Dem Apfelwein in ihrer Karaffe war starker Branntwein beigemischt worden. Die Lutin hatte sich betrunken in ihr Bett legen sollen. Zu benommen, um zu bemerken, dass dort der Tod auf sie lauerte. Und falls sie doch noch dazu gekommen wäre, um Hilfe zu rufen, hatte die versperrte Tür garantieren sollen, dass jede Rettung zu spät kam.

»Vergrabe dich nicht in Selbstvorwürfen, Ollowain!«

Die Stimme ließ den Schwertmeister auffahren, obwohl ihr warmer Klang ihm in den letzten Tagen wohl vertraut geworden war. In der Tür zu Gandas Kammer stand eine Gestalt in langer schwarzer Kutte, das Gesicht im Schatten einer Kapuze verborgen. Als Ollowain ihn zum ersten Mal gesehen hatte, war Meister Reilif ihm wie ein lebendes Abbild des Todes vorgekommen. Und ausgerechnet diese düstere Gestalt war es, die sich wie kein anderer unter den Hütern des Wissens auf die Leiden des Leibes und der Seele verstand. Seine magischen Kräfte waren nur schwach, er konnte keine Wunder vollbringen. Doch sein Wissen suchte seinesgleichen. Es gab tausende Bücher und Schriftrollen über Heilkunst, Anatomie, Gifte und Krankheiten in der Bibliothek. Hunderte davon kannte er auswendig. Er war der Überzeugung, dass der Alkohol, der Ganda zum Verhängnis hatte werden sollen, sie letztlich gerettet hatte, weil sich das Gift in ihrem Körper nicht so schnell ausgebreitet hatte, wie es eigentlich hätte geschehen müssen.

Ollowain war hingegen der Meinung, es habe daran gelegen, dass die Knochenviper eigentlich schon lange tot gewesen war und ihr Gift deshalb an Kraft verloren hatte. Mit finsterer Magie war ihr Leben eingehaucht worden, um ein anderes Leben zu vernichten.

»Du hast jetzt seit fünf Tagen und fünf Nächten nicht geschlafen, Ollowain. Was glaubst du, wie lange du noch durchhalten kannst? Ganda ist außer Gefahr. Erlaube mir, dich bei deiner Wacht an ihrem Lager abzulösen.« Reilif sprach mit leiser, freundlicher Stimme, die in scharfem Gegensatz zu seinem unheimlichen Äußeren stand. Doch Ollowain traute ihm nicht. Nie war Reilifs Gesicht ganz zu sehen. Außer Kinn und Mund blieb alles im Schatten seiner Kapuze verborgen.

Der Schwertmeister hatte inzwischen eine Vorstellung von ihrem Feind. Es musste ein Magier sein, der die verderbten Zauber der Gestaltwandlung beherrschte. Eine Spielart der Magie, die fast überall in Albenmark mit Abscheu betrachtet wurde und mit Acht und Bann belegt war. Gandas Worte über die Devanthar hatten ihn auf diese Spur gebracht, und es gab eine Reihe von Hinweisen, die seinen Verdacht stützten. Deshalb konnte er ihr Lager nicht verlassen. Ihr Feind vermochte jede denkbare

Gestalt anzunehmen. Wer wusste schon, ob der Hüter des Wissens wirklich Meister Reilif war?

»Ich komme zurecht«, antwortete der Elf müde. »Ich danke dir für dein Angebot.«

Reilif seufzte. »Ich hoffe, dir ist klar, wie töricht du dich verhältst. Ich weiß um deine Furcht. Irgendwann wirst du jedoch wieder jemandem vertrauen müssen, Ollowain. Was du tust, ist edel, aber unvernünftig. Ebenso wie es edel und unvernünftig war, die Wunde des Schlangenbisses aufzuschneiden und zu versuchen, das Gift herauszusaugen. Damit hast du dich nur beinahe selbst umgebracht.«

»Mir geht es gut«, beharrte der Schwertmeister mit tonloser Stimme.

»Ja, weil du Glück hattest. Gifte bringen einen Elfen nicht so schnell um wie eine Lutin.«

»Bitte, Meister, ich will darüber jetzt nicht reden.« Ollowain fühlte sich viel zu erschöpft, um einem Streitgespräch gewachsen sein. Alles, was er wollte, war, allein gelassen zu werden.

Statt zu gehen, trat der Hüter des Wissens an Gandas Lager. Er setzte ein Hörrohr auf ihre Brust und lauschte den Schlägen ihres Herzens. Dann strich er über ihr Fell und zuletzt über die kleine schwarze Fuchsnase.

»Es geht ihr immer noch nicht gut. Wir sollten über einen Aderlass nachdenken. Damit leiten wir weiteres Gift aus ihrem Körper und geben ihrem erschöpften Leib Gelegenheit, die Harmonie der Säfte wieder herzustellen.«

Gandas Augenlider flatterten. »Niemand … wird mir Blut abzapfen«, murmelte sie benommen. »Ich … habe Durst.«

Unendlich erleichtert erhob sich Ollowain. Auf dem Tisch stand jetzt eine Karaffe mit Wasser. Der Elf füllte ein Glas. Er musste Ganda stützen, denn die Lutin war zu schwach, um sich aus eigener Kraft zum Trinken aufzurichten. Die Anstrengung ließ sie tief seufzen.

Reilif verneigte sich sehr förmlich vor der Lutin. »Du gestattest, dass ich mich vorstelle, Ganda aus dem Volke der Lutin. Mein Name ist Reilif. Es tut mir sehr leid, was vorgefallen ist.«

Ganda, die sich offenbar erst jetzt bewusst wurde, dass sie völlig nackt war, zog ihre Decke hoch.

»Ich möchte mich im Namen aller Hüter des Wissens bei dir entschuldigen, Ganda. Nie zuvor hat jemand aus unseren Reihen versucht, einem Besucher der Bibliothek ein Leid zuzufügen. Mir ist unbegreiflich, was in Meister Galawayn gefahren ist.«

»Es war seine Schlange, nicht wahr?«

Reilif nickte mit verkniffenem Mund. »Ja, das Glas, in dem er die Schlange verwahrt hatte, war leer. Ich hätte niemals gedacht, dass er sich mit diesen Spielarten der Magie befasst.« Er hob in verzweifelter Geste die Hände. »Galawayn hat uns auf so vielfältige Weise überrascht ... Ich erkenne in seinen Taten nicht mehr den Mann, der er einst war. Er hat sich aufgeführt, als gehöre er zu den ruchlosen Novizen Alathaias.« Der Hüter des Wissens ließ den Kopf sinken. »Ich kann mich nur noch einmal entschuldigen.«

»Wo ist Galawayn jetzt?« Gandas Stimme klang schon ein wenig fester.

»Wir lassen ihn überall suchen. Die Albensterne der Bibliothek sind besetzt, und Bewaffnete durchsuchen systematisch alle Säle. Er kann nicht von hier entkommen«, versicherte Reilif.

»Ich muss in den Saal des Lichts!«, verkündete Ganda und richtete sich in ihrem Bett auf. »Wenn ihr bitte so freundlich wäret, mir mein Kleid zu reichen.«

»Das ist jetzt genug. Du bist zu schwach. Du musst erst zu Kräften kommen«, entschied Ollowain. Es war nicht zu fassen! Kaum hatte sie sich genug erholt, um zu reden, schon hatte sie nur Unsinn im Kopf.

»Du könntest mich tragen, Ollowain. Oder willst du mich schon wieder im Stich lassen?«

Der Elf atmete tief ein. Er setzte zu einer zornigen Antwort an, beherrschte sich dann aber doch. Das mussten die Nachwirkungen des Giftes sein. Sie war nicht ganz bei Sinnen. Er sollte Nachsicht mit ihr haben.

Die Lutin schwang die Beine über die Bettkante und verlor das Gleichgewicht. Sie sackte einfach nach vorne weg.

Ollowain fing sie auf. »Da siehst du es. Bitte höre dieses eine Mal auf mich.«

Ganda sah ihn flehend an. Sie hatte immer noch Angst. »Wir müssen hier fort«, flüsterte sie. »Wir sind noch immer in Gefahr. Aber bevor wir gehen können, muss ich noch einmal in den Saal des Lichts zurück. Bitte.«

»WIR SIND AUS DEM SPIEL«

Obwohl die Gesichter noch teilweise sandverkrustet waren, konnte es keinen Zweifel an der Identität der Leichen geben. In der Düne waren Galawayn und Qualbam III. verscharrt worden. Gandas leerer Magen zog sich schmerzhaft zusammen. Einen Augenblick lang fürchtete sie, sie müsse sich erbrechen.

»War etwas verändert bei Qualbam, als er dir begegnete?«, fragte der Schwertmeister leise. Die beiden standen etwas abseits von Meister Reilif, unter dessen Aufsicht drei Kobolde die Leichen ausgegraben hatten.

»Seine Augen.« Der Mund der Lutin war staubtrocken. »Gestern Abend hatte er strahlend blaue Augen. Am Morgen waren sie noch grau gewesen.«

»Das ist alles? Hat er sich nicht irgendwie anders verhalten? Wie ist er gegangen? Gab es eine auffällige Geste? Irgendetwas, das sich sonst noch deutlich unterschied?«

Die Lutin schüttelte den Kopf. Sie starrte in das leblose Gesicht des Kobolds. Er war gestorben, weil sie ihn kannte. Der Mörder hatte gewusst, dass sie Qualbam nicht misstrauen würde, wenn sie ihm begegnete.

Meister Reilif kniete neben den beiden Toten und untersuchte sie.

Verstohlen musterte Ganda die Augen der Kobolde und stellte erleichtert fest, dass sie nicht blau waren. Nur beim Hüter des Wissens konnte man nicht sicher sein. Seine Augen blieben im Schatten der Kapuze verborgen. In seiner schwarzen Kutte sah er aus wie ein lebendig gewordener Schatten. Wie das, was sie bekämpfen sollten. Ein Yingiz.

In aller Ruhe tastete Reilif die beiden Toten ab. Seine blassen, schlanken Finger glitten wie Spinnenbeine über die ausgedorrten Leiber. Dann drückte er dem Kobold auf den Brustkorb, woraufhin Qualbam eine zähe, bräunliche Flüssigkeit aus dem Mundwinkel troff.

»Der Beleuchter ist noch nicht sehr lange tot«, erklärte Reilif und richtete sich auf. »Ich denke, er starb erst vor wenigen Tagen. Was ihn umbrachte, ist schwer zu sagen. Ich konnte keine äußerlichen Verletzungen feststellen. Der Sand hat seinen Leib noch nicht sehr stark ausgetrocknet.« Der Hüter des Wissens deutete nun auf Galawayn. Die Gestalt des Elfen war zusammengekrümmt. Seine Gewänder waren voll von getrocknetem Blut. »Ihn tötete ein Dolchstoß in die Kehle. Dann hat ihm sein Mörder unbegreiflicherweise die Haut von den Händen abgezogen. Der Sand hat Galawayns Leib stark ausgetrocknet. Dennoch habe ich das Gefühl, dass auch er noch nicht länger als einige Tage tot ist.«

»Warum?«, fragte Ollowain.

»Vor zehn Tagen war die letzte Versammlung der Hüter des Wissens. Galawayn saß mir gegenüber. Ich hätte bemerkt, wenn jemand anderes versucht hätte, seine Rolle zu spielen. Offenbar ist der Mörder genau aus diesem Grund gestern der Versammlung fern geblieben. Galawayn fehlte. Unentschuldigt«, fügte er noch hinzu, als verschlimmere diese Tatsache das Verbrechen noch.

»Ich fand nicht, dass er sich sehr auffällig benommen hat«, sagte Ollowain.

Ganda traute ihren Ohren nicht! Dieser Mistkerl, der Galawayns Gestalt angenommen hatte, hatte den Schwertmeister in tiefste Verzweiflung gestürzt, und Ollowain fand das nicht auffällig? Elfen!

»Du kanntest ihn doch gar nicht«, sagte Reilif überraschend scharf. »Wie willst du beurteilen, ob er sich verändert hat?«

»Ich sagte, dass er sich nicht auffällig benahm«, entgegnete Ollowain mit aufreizender Ruhe und kniete neben dem toten Elfen nieder. »Was ist mit seinen Händen geschehen?«

Während der Schwertmeister und Reilif den Leichnam näher betrachteten, zog Ganda sich zurück. Sie war noch sehr schwach auf den Beinen und fühlte sich ein wenig schwindelig. Doch während die Kobolde an der Düne gegraben hatten, hatte sie darauf bestanden, von Ollowain abgesetzt zu werden. Es war ihr plötzlich peinlich gewesen, wie ein Kind getragen zu werden.

Die Hitze im Saal des Lichts machte ihr zu schaffen. Mit unsicheren Schritten zog sie sich zum Zelt zurück. Seit sie erwacht war, war sie mit Ollowain keinen Augenblick allein gewesen. Meister Reilif wich nicht von ihrer Seite. Und dass man seine Augen nicht sehen konnte, machte ihr Angst.

Ganda betrachtete das große Buch mit den Messingbändern, das noch immer auf dem niedrigen Lesetisch lag. Es schien nicht von der Stelle bewegt worden zu sein, seit sie das letzte Mal hier gewesen war. »Es geht um dich, nicht wahr?«, sagte sie, als könne das verzauberte Buch ihre Worte verstehen. »Du öffnest dich nicht für den Mörder. Deshalb hat er Galawayn die Haut von den Händen abgezogen. Er wollte dich mit den Handschuhen, die sich wie die Hände des Elfen anfühlten, überlisten.«

Die Handschuhe lagen noch immer auf dem Tisch. Angewidert wandte Ganda den Blick ab. Hinter dem durchsichtigen Schleier stand der Falrach-Tisch. Es kam ihr so vor, als stünden auf dem Spielbrett jetzt weniger Figuren. Was mochte der Mörder in den letzten fünf Tagen wohl getan haben? Die Lutin war sich sicher, dass er nicht geflohen war. Sie sah hinüber zu der flachen Düne, die zu Galawayns Grabhügel geworden war. Ollowain und Reilif sprachen noch immer miteinander. Wenn sie nur Reilifs Augen hätte sehen können! Offenbar vermochte der Mörder die Gestalt seiner Opfer anzunehmen. Nur seine Augen schien er nicht verändern zu können.

Gandas Blick schweifte durch das Zelt. Gab es irgendeinen Hinweis? Hatte der Mörder etwas mitgebracht, das auf sein wahres Gesicht hinwies? Hatte jemand, der seine Gestalt verändern konnte, überhaupt noch ein wahres Gesicht? Oder verlor er sich mit der Zeit in all den Körpern, die er gestohlen hatte?

Die Lutin blickte unter den niedrigen Tisch, wo am Tag ihrer Ankunft das Garn und die Walbeinnadel versteckt gewesen waren. Natürlich war dort nichts.

Ihr ging auf, dass das verzauberte Buch vom ersten Tag an im Weg gelegen hatte. Eigentlich hätte sie es zur Seite schieben müssen, um vernünftig an dem Tisch zu arbeiten. Nur ihre Scheu vor der magischen Aura des Folianten hatte sie davon abgehalten. Darauf musste der Mörder gewartet haben. Durch den Schleier hatte er sie die ganze Zeit, während er mit Ollowain gespielt hatte, beobachten können. Er hatte darauf gewartet, dass sich das Buch unter ihrer Berührung öffnete.

Ganda dachte an die wenigen Zeilen, die sie in dem Folianten gelesen hatte. Er durfte nicht in die falschen Hände geraten! Hier in der Bibliothek von Iskendria war er nicht mehr sicher. Ganz gleich, was die eingebildeten Hüter des

Wissens für Gesetze hatten: Das Buch musste fort von hier! Aber es war zu groß, um es zu verstecken.

Warum hatte der Mörder es noch nicht fortgeschafft? Er hatte doch fünf Tage Zeit gehabt. Konnte er es vielleicht nicht einmal anfassen? War der Zauber dieses Buches stark genug, um sich zu schützen? Die Vorstellung ließ Ganda zufrieden schmunzeln. Sie malte sich aus, wie den Mistkerl ein Blitzschlag getroffen hatte, als er seine blutigen Finger nach dem Objekt seiner Begierde ausgestreckt hatte. Aber das war sicher übertrieben. Wahrscheinlich war es dem Mörder einfach nur unangenehm, das Buch zu berühren, und es öffnete sich eben nicht unter seiner Hand.

Dennoch konnte der kostbare Foliant nicht hier bleiben. Es war nur eine Frage der Zeit, bis der Mörder einen arglosen Besucher der Bibliothek fand, der für ihn Melianders Buch aufschlagen konnte.

Ganda bemerkte eine Lederhülle auf dem Holzständer für Schriftrollen, an die sie sich nicht erinnern konnte. Auf dem ledernen Zylinder waren seitlich drei schwarze Siegel angebracht, von denen schmale Pergamentstreifen mit merkwürdigen Runenzeichen hingen. Neugierig nahm die Lutin den Behälter an sich und öffnete ihn. Eine Schriftrolle aus seltsam grauem Pergament glitt hinaus. Es fühlte sich unangenehm zwischen den Fingern an, und Ganda hatte das Gefühl, dass es nicht aus einer Tierhaut gefertigt war. Der Text war in schnörkellosen, kleinen Buchstaben geschrieben. Die letzten Zeilen wurden immer kleiner, und die Buchstaben drängten sich dichter und dichter, als habe der Verfasser unbedingt all sein Wissen auf dieses einzelne Blatt Pergament bringen wollen. Ganda überflog die ersten Zeilen.

»Willst du das Grauen unter deine Feinde tragen und ihren Mut dahinschmelzen lassen wie Schnee im Sommerlicht, dann erschaffe die Shi-Handan. Keine Waffe Albenmarks vermag sie zu töten. Allein die Träger eines Albensteins ha-

ben die magische Macht, sie zu bannen. Doch sei gewarnt! Dies ist ein Zauber, der große Macht und eisernen Willen erfordert, sonst werden die Geschöpfe, die du rufst, sich gegen dich wenden. Wähle unter deinen Gefährten einen Mann von unverbrüchlicher Treue aus, der aber dennoch entbehrlich ist. Und suche einen zweiten, der zu dumm ist, um wirklich nützlich zu sein. Dann …« Es folgten genaue Anweisungen zu Bannkreisen und Zauberformeln. Es ging um Blutmagie. Mit ungläubigem Entsetzen las Ganda, wie ein geisterhafter Hund erschaffen wurde, in dem sich ein Yingiz und der Gefährte von unverbrüchlicher Treue miteinander verbanden. Das war die Gestalt, nach der Galawayn so eindringlich gefragt hatte. Das geisterhafte Geschöpf, das Angst in die Reihen der Verteidiger von Phylangan getragen hatte! War es dem Mörder um dieses Wissen gegangen? Und hatte er die Schriftrolle zurückgelassen, um Ganda zu zeigen, dass er zuletzt triumphiert hatte?

Die Lutin wollte nicht glauben, dass es nicht um Melianders Buch gegangen war. Hastig schob sie die Schriftrolle in ihre Lederhülle und legte sie zurück auf den Stapel. Dann drehte sie sich zu dem niedrigen Tisch um.

Warum war dieses verfluchte Buch nur so riesig und schwer! Ganz gleich, welche Strafe drohte, sie würde es stehlen, wenn es nur die geringste Aussicht gäbe, es unbemerkt aus der Bibliothek zu schaffen.

Mit den Fingerspitzen strich sie über das weiche Leder. Nicht einmal Ollowain könnte das Buch unter seinen Gewändern verstecken, ohne dass es auffiele.

Hellblaues Licht troff von den grauen Steinen. Erschrocken zog Ganda die Hand zurück. Was hatte sie getan? Hastig stellte sie sich so, dass sie mit ihrem Leib das Buch vor den Blicken ihrer Begleiter abschirmte, falls einer der beiden in ihre Richtung schauen sollte.

»Hör auf damit!«, flüsterte sie beschwörend. »Ich lass dich ja hier liegen. Ich werde dich nie wieder anfassen. Nur hör auf!«

Das blaue Licht hatte eine eigentümliche Wirkung auf den Folianten. Er wurde durchscheinend. Deutlich konnte die Lutin jetzt die Tischplatte durch das Buch hindurch sehen.

»Sofort aufhören! Lass das … Bitte!« Sie wollte nach dem Buch greifen, doch ihre Finger glitten durch es hindurch.

»Verflucht!« Ganda blickte über die Schulter. Im selben Augenblick sah Ollowain von den beiden Toten auf.

»Ist irgendwas?«, rief der Elf.

»Alles in Ordnung!«, rief Ganda. »Alles bestens. Mir geht es gut!«

Jetzt sah auch Reilif zu ihr hinüber. Klar, bei dieser Antwort wäre sie auch stutzig geworden.

»Bitte, Buch! Hör auf mit dem Unsinn!«, flüsterte sie. »Ich werde nie mehr auch nur daran denken, dich zu stehlen. Aber bitte, bitte werde wieder ein normales Buch!«

Inmitten des durchscheinenden Schemens erschien ein dünnes Lederriemchen, an dem eine einzelne, schillernde Feder hing. Die Zeichnung der Feder erinnerte an den Einband von Melianders Buch, sie wies mattgraue Flecken auf, die den Steinchen ähnelten. Ein bläuliches Licht umspielte die Feder und verschwand dann in den kleinen grauen Flecken.

Zögerlich streckte Ganda die Hand aus. Sie griff durch den Schemen des Buchs und konnte die Feder berühren. Sie war real, kein Trugbild. Die Lutin leckte sich nervös über die Schnauze. Wollte das Buch, dass sie es von hier fortbrachte? Wie sonst sollte dieses Zeichen zu verstehen sein? Sie dachte an die Worte des weißen Kentauren. Daran, welche Strafe auf den Diebstahl eines Buches aus der Bibliothek stand. Vielleicht würden die Hüter des Wissens ihnen das Buch freiwillig mitgeben? Zögernd betrachtete sie die Feder.

Nein, die Hüter des Wissens waren Gefangene ihrer Vorschriften und Rituale. Sie würden niemals gestatten, dass ein Buch die Bibliothek verließ. Entschlossen nahm sie die Feder und band sie mit dem Lederriemchen um ihren Hals, als sei sie nur ein harmloser Talisman. Die Zukunft Albenmarks stand auf dem Spiel! Sie konnte nicht anders handeln, auch wenn dies bedeutete, dass die Hüter des Wissens ihren Kopf fordern würden.

Ollowain und der Hüter des Wissens kamen jetzt zu ihr hinüber. Ganda fluchte. Reilif durfte auf keinen Fall merken, was geschehen war. Das Buch auf dem Tisch sah nun nicht länger durchscheinend aus. Die Lutin tastete danach, doch ihre Finger glitten widerstandslos durch den Buchdeckel. Eine Illusion! Sie musste den Hüter des Wissens von diesem verdammten Buch ablenken. Eilig trat sie aus dem Zelt.

»Geht es dir wieder besser, Ganda?«, fragte Reilif höflich.

»Mir ist ein wenig schwindelig«, log die Lutin glatt. »Ich brauche wohl etwas Ruhe.«

»Kannst du mir kurz die Schriften zeigen, die Galawayn dir vorgelegt hat?«

Ganda stöhnte. »Mir geht es wirklich nicht gut.«

Ollowain sah sie besorgt an.

»Es dauert nur einen Augenblick.« Reilif duckte sich unter einer der hochgeschlagenen Zeltwände hindurch und trat ein. Er ging geradewegs auf den Tisch zu.

Ganda setzte ihm nach. »Da ist eine Schriftrolle, die neu hinzugekommen ist, seit ich das letzte Mal hier war. Sie sieht so aus, als sei sie etwas Besonderes.« Sie nahm die Rolle mit den schwarzen Siegeln und reichte sie Reilif.

Die Lippen des Buchhüters wurden zu einer schmalen, blutleeren Linie. Er schob sich die Schriftrolle in den Ärmel und untersuchte die Ablage mit den übrigen Texten. »Sind dir noch weitere Rollen wie diese aufgefallen?«, fragte er nach einer ganzen Weile. »Lederhüllen mit schwarzen oder goldenen Siegeln?«

»Nein«, antwortete Ganda und drängte sich zwischen Reilif und den Tisch, auf dem das falsche Buch lag. »Stimmt etwas nicht?« Wenn sie nur sein Gesicht besser sehen könnte!

»Diese Schriftrolle hat hier nichts verloren. Sie fällt … Sie fiel nicht in die Verantwortung Galawayns, und es ist mir unbegreiflich, wie sie hierher gelangen konnte. Sie sollte unter Verschluss sein!«

Ollowain war zum Falrach-Tisch gegangen. Tief gebeugt stand er über der Platte und starrte auf die Figuren.

»Ihr solltet euch wohl Gedanken über die Verwahrung von gefährlichen Texten machen«, meinte Ganda. »Du kannst dich darauf verlassen, dass ich Emerelle von den Zuständen hier in der Bibliothek berichten werde. Geheime Dokumente werden gestohlen, und es herrscht Mord und Totschlag. Vielleicht sollte man die Bücher, die zu kostbar sind, um sie hier zu lassen, anderswo lagern.«

Reilifs Mundwinkel zuckten. »Wir hatten nicht damit gerechnet … Was geschehen ist, ist so ungeheuerlich. Ich … Ich werde die Hüter des Wissens zusammenrufen. Wir werden aus unseren Fehlern lernen, Lutin.«

Ganda machte es keinen Spaß, ausgerechnet denjenigen in die Enge zu treiben, der sich außer Ollowain um ihre Genesung gesorgt hatte. Aber sie musste Reilif von dem falschen Buch fortbringen. Je weiter, desto besser. »Eure Fehler hätten mich beinahe das Leben gekostet. Du wirst doch wohl nicht von mir erwarten, dass ich darüber schweige, wenn ich vor der Königin stehe.«

»Die Bibliothek befindet sich in der Zerbrochenen Welt und unterliegt damit nicht der Autorität der Königin«, wandte der Hüter des Wissens steif ein.

»Entschuldigst du damit eure Fehler?«

Reilifs Mundwinkel zuckten jetzt stärker. »Nein, das tue ich nicht«, sagte er niedergeschlagen. »Es tut mir aufrichtig leid, welches Ungemach dir widerfahren ist. Wenn ich könnte, würde ich …«

»Findest du die Bezeichnung ›Ungemach‹ nicht ein wenig untertrieben? Dass ich noch lebe, ist ein glücklicher

Zufall. Eine Giftschlange in seinem Bett zu finden, das überschreitet bei weitem das, was ich unter Ungemach verstehe.«

»Gewiss.«

»Was für ein Text ist das?«, herrschte Ganda ihn an.

»Es geht um die finstersten Spielarten der Magie. Ich weiß nicht, was genau hier steht, und freiwillig würde ich es niemals lesen. Schriften, die drei schwarze Siegel tragen, sind durch und durch verderbt. Es geht um Dinge, die einem den Seelenfrieden nehmen, wenn man sie weiß. Sie werden an einem geheimen Ort verwahrt, den nur wir Hüter des Wissens kennen. Diese Schrift sollte umgehend dahin zurückgebracht werden.«

Ganda hätte niemals damit gerechnet, eine so ehrliche Antwort zu bekommen. Sie hatte Reilif wohl mehr aus dem Gleichgewicht gebracht, als er sich bisher hatte anmerken lassen. Und er hatte mehr gesagt, als sie wissen wollte. »Ich werde dich nicht aufhalten, wenn du die Schriftrolle dahin bringst, wo sie hingehört. Wenn es nach mir ginge, würden solche Texte verbrannt werden.«

»Es genügt jetzt, Ganda«, mischte sich Ollowain ein. »Meister Reilif hat sich entschuldigt. Hör endlich auf mit deinen Beschimpfungen! Es ändert ohnehin nichts mehr.«

Der Hüter des Wissens verneigte sich knapp. »Ihr entschuldigt mich bitte.« In aller Eile zog er sich zurück.

Ganda lehnte sich erschöpft an den Tisch. Sie war am Ende ihrer Kräfte. Sie mussten hier fort. So schnell wie möglich. Müde schloss sie die Augen. Jeder hier in der Bibliothek konnte der Mörder sein. Es war unmöglich abzuschätzen, wie seine wahre Gestalt aussah. Obendrein konnte er sich ja jedes beliebigen Leibes bemächtigen.

»Hast du mir etwas zu sagen?«

Ollowain stand plötzlich vor ihr. Sie musste einen Aussetzer gehabt haben. »Was meinst du?«

Er deutete auf ihre linke Hand, die halb in dem falschen Buch versunken war, dem Spiegelbild ohne Substanz.

Ganda seufzte. Wenn sie versuchte, Ollowain zu erklären, was geschehen war, würde ihnen beiden am Ende seine Ehre im Weg stehen. »Das ist jetzt nicht von Belang«, antwortete sie entschieden.

Der Elf hob eine Braue, stellte aber keine weiteren Fragen. Stattdessen bat er sie, sich den Falrach-Tisch anzusehen.

Ganda gab nach. Doch sie taumelte vor Erschöpfung. Die Spielfiguren tanzten ihr vor den Augen. Falrach bedeutete ihr nichts. Sie konnte nicht erkennen, was der Elf ihr zeigen wollte.

»Das Spielbrett zeigt diesen Augenblick«, sagte er mit seltsam distanzierter Stimme.

Wenn er jetzt bloß nicht wieder durchdreht, dachte sie verzweifelt. Ich brauche dich, verdammt. Kann ich mich denn niemals auf dich verlassen?

»Die schwarze Königin steht allein. Das ist Emerelle. Ihre Magierin ist aus dem Spiel geschlagen, und ihre Helden stehen weit auf dem Brett verteilt. Eine ganz ähnliche Aufstellung habe ich vor ein paar Tagen auf einem Spielbrett in Emerelles Burg gesehen. Ich glaube, es war eine Warnung. Das Brett stand so, dass ich es auf jeden Fall sehen musste. Hier allerdings ist Emerelle nicht direkt von Feinden umringt. Die Figuren der weißen Seite stehen jedoch in guter Ordnung tief in ihrer Hälfte des Spielfelds. Und ich hatte gehofft, das Heer der Trolle sei vernichtet.«

»Vielleicht ist es das auch.« Ganda war dieser Mystizismus um das Falrach-Spiel zu viel. »Wer sagt, dass die weißen Figuren für die Trolle stehen? Das ist nur ein Spiel. Nicht die Wirklichkeit!«

»Glaubst du?«

So zynisch hatte sie ihn noch nie erlebt.

Ollowain deutete auf zwei umgestürzte schwarze Spielfiguren, die isoliert auf dem Spielfeld lagen. »Der Feldherr und die Diebin, Ganda. Das sind wir. Wir sind aus dem Spiel.«

Die Lutin fasste sich an die Schläfen. Das war das Letzte, was sie jetzt brauchte. »Ich falle fast in Ohnmacht vor Erschöpfung, und du kommst mir mit so etwas. Vielleicht ist jemand gegen den Spieltisch gestoßen. Es kann Zufall sein, dass ein paar Figuren umgestürzt sind.«

»Es sind nur diese beiden Figuren umgestürzt.«

»Und wo ist unser Mörder? Für den müsste es dann doch wohl auch eine Spielfigur geben.«

»Du denkst zu kurz. Unser Mörder ist keine Figur. Es ist der Spieler der weißen Seite. Deshalb hat er alle Gesichter und zugleich keines.«

Ganda sträubten sich die Nackenhaare. Wenn man bereit war, sich auf Ollowains Wahnvorstellungen einzulassen, waren sie in sich schlüssig. Aber sie war nicht nur eine Spielfigur auf einem Brett! »Wieso sind wir noch nicht vom Spieltisch, wenn wir geschlagen sind? So spielt man das doch, oder? Geschlagene Figuren werden vom Brett genommen.«

»Nein, nicht immer. Es gibt drei Ereignisse, bei denen Spielfiguren neutralisiert werden, aber nicht aus dem Spiel kommen. Man legt sie dann einfach nieder. Danach hängt alles davon ab, wer den nächsten Spielzug hat. Ein solches Ereignis ist eine Zäsur im Falrach-Spiel. Beide Seiten würfeln. Wer das höhere Ergebnis erzielt, beginnt den nächsten Zug, ganz gleich, wer nach dem eigentlichen Ablauf des Spiels an der Reihe wäre. Die Zukunft hängt in diesem Augenblick von einem Würfelwurf ab.«

Die Lutin lachte trotzig. »Dann habe ich eine gute Nachricht für dich. Ich bin sehr gut darin, beim Würfeln zu betrügen.«

Ollowain lächelte schief. »Wer hätte gedacht, dass ich mein Leben einmal in die Hände einer Falschspielerin legen würde.«

Warum hatte sie nie einen Kobold getroffen, der sie so angelächelt hatte?, dachte sie traurig. Ein wenig schelmisch, dabei offenherzig und warm. Voller Vertrauen.

Es hatte einmal eine Zeit gegeben, da war sie dem Lächeln Elijas verfallen gewesen. Kein anderer Lutin strahlte solche Zuversicht und ein solches Selbstbewusstsein aus wie er.

Elija hatte eine Vision. Er wollte die Welt verändern. Und er war unerschütterlich davon überzeugt, dass er es schaffen würde. War man ihm nahe, war es so leicht, seinen Traum mit ihm zu teilen. Seine Kraft und sein Enthusiasmus waren ansteckend. Mit ihm zu leben, war ein einziges Abenteuer.

Ganda hatte sehr lange gebraucht, um zu begreifen, dass Elija einzig seinen Traum liebte. Alle Weggefährten waren austauschbar. Was zählte, war allein das Ziel. Als sie das endlich verstanden hatte, war Elijas Lächeln entzaubert gewesen.

Mit Ollowain würde es genauso sein, wenn sie ihn nur lange genug kannte, dachte sie wütend. Ihr war schwindelig.

»Geht es dir gut?«, fragte der Elf.

»Sehe ich vielleicht so aus?«, brachte sie noch hervor, dann gaben ihre Beine unter ihr nach.

Irgendwie schaffte er es, sie aufzufangen, bevor sie zu Boden fiel. Er trug sie in den Armen wie ein Kind. Sie bettete ihr Haupt an seine Schulter. Lange hatte sie sich nicht mehr so geborgen gefühlt. Sie war nicht wirklich bei Bewusstsein, aber sie schlief auch nicht. Die Zeit, in der er sie trug, war wie ein Wachtraum.

Er wollte sie in ihre Kammer bringen und ins Bett legen. Dunkel erinnerte sie sich, dass sie protestierte. Und er musste ihr wohl gehorcht haben, denn er hielt sie immer weiter im Arm. Ganda konnte sich diese bleierne Müdigkeit nicht richtig erklären. War es tatsächlich das Gift? Sie hatte doch schon so lange geschlafen!

Die Lutin spürte, dass Ollowain sie trug. Aber seine Schritte hörte sie nicht. Es war, als schwebten sie beide. Ihre Lider waren zu schwer, um ihnen viele Blicke abzutrotzen. Nur hin und wieder blinzelte Ganda verschlafen. Dann sah sie spärlich beleuchtete Bücherwände vorübergleiten.

Der Elf erzählte etwas. Er flüsterte. Seine Stimme schlich sich in ihr Ohr. Dort fühlte sie auch seinen warmen Atem, während er sprach. Doch irgendwo zwischen dem Ohr und ihrem Verstand ging ein Teil vom Sinn seiner Worte verloren. Es ging um einen Kobold mit Namen Labax. Er hatte in Phylangan gekämpft und im Schlaf die Begegnung mit dem rätselhaften Ungeheuer überlebt, das durch Felsen ging, während alle seine Kameraden gemeuchelt wurden.

Ganda wollte Ollowain sagen, dass sie wusste, was für ein Geschöpf dort in der Elfenfestung umgegangen war. Doch ihre Zunge lag wie ein gestrandeter Wal hinter ihren Lippen. Unendlich schwer. Tot.

Sie musste kurz eingenickt sein. Noch ganz benommen sah sie sich um. Sie war in dem Saal mit den vielen Lesepulten. Ganda fühlte die pulsierende Macht der Albenpfade. Der Albenstern, durch den sie eingetreten waren, lag nur ein paar Schritt entfernt.

Ollowain kniete vor ihr. »Bist du stark genug, um uns von hier fortzubringen?«

Die Lutin setzte sich auf und massierte sich mit den Händen die Schläfen. »Zaubern und einer Hornschildechse in den Hintern treten kann ich immer, egal wie ich aussehe.« Ihr war übel. Sie fühlte sich, als habe sie eine ganze Nacht durchgezecht. Ein großer Becher Milch mit zwei hineingerührten Eiern wäre jetzt gut.

Nur zwei Öllampen brannten in der weiten, runden Halle. Beide standen ein gutes Stück entfernt. Im schwachen Licht sahen die Pulte wie große, rechteckige Schilde aus. Sie waren umringt von einer Legion von Schattenkriegern. Ganda schmunzelte. Das war albern!

Ein dumpfes Klatschen erklang. Ollowain fuhr herum. Das Geräusch war aus dem weiten Gang gekommen, der von hier aus tiefer in die Bibliothek führte. Es hatte sich angehört, als sei ein Buch aus einem Regal gefallen.

Ganda musste an Qualbam III. und seine verrückten Geschichten über Bücher denken. Es war ungerecht, dass der Kobold tot war. Gestorben, weil er sie gekannt hatte. Gestorben, weil sie ihm vertraut hatte.

Ollowain hatte den Gang erreicht. Aufmerksam sah er sich um.

Die Lutin griff nach der Kante des nächstgelegen Stehpults und zog sich hoch. Sie war noch immer ganz wackelig auf den Beinen. Wann würde das endlich aufhören? Und wann würde sie diese fürchterlichen Kopfschmerzen los … Aus den Augenwinkeln sah sie eine Bewegung. Ganda verlor das Gleichgewicht. Etwas hatte sie berührt. Sie taumelte zur Seite und stürzte. Ein riesiger Schatten ragte über ihr auf. Kleos! Er war mit einem langen Stab bewaffnet, an dessen Enden aufgerichtete Sensenblätter angebracht waren. »Du hast mich erschreckt … Du …« Sie wollte sich aufstützen und wieder aufstehen, doch sengender Schmerz schoss durch ihren linken Arm.

Der Minotaur bückte sich und hob etwas auf. Es schien winzig in seinen riesigen Pranken. »Halt den rechten Arm hoch, dann schenke ich dir dein Leben.«

Sie war so durcheinander, dass sie schon gehorchen wollte, als sie erkannte, was der ehemalige Hüter des Wissens aufgehoben hatte. Es war eine Hand.

Ganda wurde es übel. Sie sah auf ihren linken Arm. Das Zwielicht bewahrte sie davor, allzu deutlich zu erkennen, was geschehen war. Der Arm endete in einem Stumpf. Es war ihre Hand, die Kleos aufgehoben hatte.

Obwohl Ganda deutlich den Stumpf sah, weigerte sie sich, das Offensichtliche anzuerkennen. Ihre Hand … Wieso …

»Den Arm!«, forderte Kleos barsch. »Du …« Der Minotaur wirbelte herum. Metallisches Kreischen drang in Gandas Ohren. Funken stoben, wo Stahl auf Stahl schlug.

Beängstigend schnell wirbelte der Klingenstab. Ollowain duckte sich weg. Ein Hieb, der ihm gegolten hatte, spaltete die schwere Platte eines Lesepults. In tödlichem Tanz umkreisten der Minotaur und der Elf einander.

Dieser Kleos brauchte keine Krücke mehr. Ganda bezweifelte, dass der alte Kleos jemals mit solchem Geschick gekämpft hatte. Auch wenn sie es in der Dunkelheit nicht sehen konnte, war sie sich sicher, dass dieser Minotaur blaue Augen hatte. Es war so gekommen, wie Ollowain es vorhergesagt hatte. Ihr Feind diktierte ihnen ihre Züge. Sie waren aus dem Spiel. Der Mörder hatte gewusst, dass sie hierher kommen würden.

Ganda bemerkte erst jetzt, dass sie in einer dunklen Pfütze saß. Ihr Armstumpf schmerzte nur wenig. Es war seltsam. Sie konnte ihn ohne Abscheu betrachten. Irgendwie erschien es ihr so, als sei das nicht wirklich ihr Arm. Ihr Arm endete in einer Hand! Dieses verstümmelte Ding gehörte nicht zu ihr!

Unbeholfen riss sie einen Streifen vom Saum ihres Kleides. Sie musste die Blutung stillen.

Polternd stürzte ein schweres Stehpult zu Boden. Der Minotaur versetzte dem Pult einen Tritt; schlitternd glitt es über den glatten Boden. Statt auszuweichen, sprang Ollowain auf das Stehpult, hielt mit ausgebreiteten Armen das Gleichgewicht und war mit einem Satz auf einem der anderen Pulte.

Kleos stieß seinen Klingenstab ins Leere, schwang ihn in weitem Kreis zurück und wehrte gerade eben noch einen Rückhandschlag ab, der auf seinen Nacken gezielt hatte. Schnell wie Trommelschlag ertönte der Klang des Stahls.

Ganda war ganz benommen. Zu lange hatte sie sich darin verloren, den beiden zuzusehen. Sie musste diesen Arm versorgen, auch wenn sie den Stumpf nicht als einen Teil von sich akzeptierte. Sie hatte schöne Hände gehabt …

Mit einiger Mühe schaffte es die Lutin, den Stoffstreifen

um den Stumpf zu wickeln. Sie musste ein Ende mit den Zähnen festhalten, um den Verband straff zu ziehen.

Sofort war der Stoff blutdurchtränkt. Jetzt meldete sich der Schmerz. Selbst die leichteste Berührung der Wunde war wie ein Stich mit einem glühenden Messer. Die Lutin begann zu zittern. Ihre Zähne klapperten. Es war viel kälter geworden.

Aus den Augenwinkeln sah Ganda, wie der Minotaur versuchte, den Elfen mit einem ungestümen Angriff in die Enge zu treiben. Schlag folgte auf Schlag, schneller als das Auge zu folgen vermochte. Plötzlich stieß der Kopf des Minotauren herab. Ollowain wich den tödlich spitzen Hörnen aus, aber Kleos' Stirn rammte gegen seine Schulter. Der Schwertmeister taumelte. Ein Schlag nach seinen Beinen zwang den Elfen zu einem hastigen Sprung, der ihn noch mehr aus dem Gleichgewicht brachte.

Der Minotaur stieß einen wilden Triumphschrei aus und setzte nach. Doch wo jeder andere gestrauchelt wäre, fand Ollowain das Gleichgewicht wieder. Sein Schwert beschrieb einen silbernen Bogen. Ein dumpfes Knacken war zu hören. Dann fiel eines der Hörner des Minotauren zu Boden. Ollowain hatte es dicht am Kopf abgetrennt.

Kleos wich ein wenig zurück. Ein Wort der Macht ließ auf einen Schlag alle Öllampen im Lesesaal aufflammen. Jetzt erst sah Ganda den dünnen Schnitt auf der Brust des Stiermanns. Es war keine tiefe Wunde, aber als Ganda die Verletzung sah, war sie überzeugt, dass Ollowain siegen würde. Zugleich sah sie all das Blut auf dem Boden um sie herum.

»Glaubst du, du siegst?«, fragte der Minotaur und wehrte einen Stoß ab, der auf seine Hüfte gezielt hatte. »Der Kampflärm wird weit zu hören sein. Gewiss ist schon jetzt ein Trupp mit Armbrüsten bewaffneter Kobolde auf dem Weg hierher. Was glaubst du, auf wen sie schießen werden? Auf Kleos, den sie seit Jahren kennen, oder auf dich und die Lutin?«

Ein ganzer Hagel von Schlägen ging auf den Stiermann nieder. »Mach weiter, Ollowain«, rief er. »Während wir kämpfen, verblutet deine Gefährtin.«

Der Schwertmeister blickte zu ihr hinüber. Sofort griff der Minotaur an. Mit einem heimtückischen Hieb zielte er auf Ollowains Beine. Der Elf wich aus, doch jetzt blickte er schon wieder zu ihr hinüber.

»Mir geht es gut.« Ganda hatte rufen wollen, doch ihrer Stimme fehlte es an Kraft. Sie zitterte erbärmlich.

»Öffne das Tor!«, rief Ollowain und duckte sich.

Ganda schleppte sich zum Albenstern. Sie versuchte sich nichts anmerken zu lassen und wollte aufrecht gehen, doch stattdessen taumelte sie vor Schwäche. Dicke Blutstropfen troffen aus ihrem Verband und hinterließen eine dunkle Spur auf dem weißen Marmorboden des Lesesaals. Das helle Licht schmerzte Ganda in den Augen. Sie sah Ollowain wieder zu sich hinüberblicken. Warum ließ sich dieser verdammte Elf so sehr ablenken? Das würde ihn noch den Kopf kosten.

Ganda griff nach der Magie der Albenpfade. Wieder schlug Stahl auf Stahl. Es fiel der Lutin schwer, sich auf ihren Zauber zu konzentrieren. Immer wieder blickte sie besorgt zu Ollowain. Der Elf war in der Defensive. Schritt um Schritt trieb Kleos ihn in Richtung des Albensterns.

»Um den Preis von Gandas rechter Hand lass ich euch beide ziehen.«

Der Lutin entglitten die Kraftströme der Albenpfade. Unwillkürlich griff sie nach der schillernden Feder an ihrem Hals. Sie war noch da. Obwohl sie direkt auf ihrer nackten Haut lag, spürte Ganda nicht den Zauber, der das Buch umgab. Das war ungewöhnlich. Und es würde sie retten. Auch Kleos würde den Tarnzauber nicht durchschauen können. Der Mörder musste beobachtet haben, wie sich Melianders Buch unter ihrer Berührung geöffnet hatte. Offensichtlich glaubte er, das Buch täuschen zu können, wenn er ihre Hände mitbrachte. Bei dem Gedanken wurde ihr übel. Mit Tränen in den Augen betrachtete sie ihre abgeschlagene Hand.

Reiß dich zusammen, Mädchen, ermahnte sie sich. Es liegt jetzt an dir.

Wieder griff sie nach den Kraftlinien der Albenpfade. Sie tanzten wie sich windende Schlangen. Ganda hatte das Gefühl, dass ihr jemand half. Obwohl sie zitterte und ein pochender Schmerz in ihrem Schädel klopfte, fiel es ihr so leicht wie nie zuvor, den Lichtbogen zu öffnen. Doch irgendetwas war anders als sonst.

»Senkt eure Waffen!«, befahl eine hohe Stimme. Ein recht korpulenter Kobold eilte durch den Mittelgang zwischen den Pulten auf sie zu. Er trug ein rotes Barett, von dem zwei zerzauste Federn hingen. Ein halbes Dutzend kleiner, hagerer Gestalten mühte sich hinter ihm ab, auf die Stehpulte zu steigen. Sie waren mit Armbrüsten bewaffnet, die sie an breiten Lederriemen auf den Rücken geschnallt trugen. Mit ihren schmächtigen Leibern und den tintenbefleckten Fingern wirkten sie so gar nicht wie Krieger. Man sah ihnen an, dass sie Schreiber, Beleuchter und Küchenhilfen waren. Aber in ihren Mienen spiegelte sich grimmige Entschlossenheit. Der Erste schnallte seine Armbrust ab, stellte einen Fuß in den eisernen Bügel der Waffe und begann sie mit Hilfe zweier seitlich angebrachter Kurbeln zu spannen.

»Aufhören!«, rief der Anführer der Koboldschar mit sich überschlagender Stimme. »Im Namen der Hüter des Wissens gebiete ich euch Einhalt!«

Ollowain hatte Ganda jetzt fast erreicht. Nur ein paar Schritte trennten ihn noch von dem schimmernden Lichtbogen. Ganda hätte von den Kraftlinien ablassen können, aber etwas erschien ihr merkwürdig. Unter den vertrauten, machtvollen Zaubern spürte sie wohl verborgen etwas Fremdes.

Das Iskendria der Menschen war nur ein paar Schritte entfernt. Doch dorthin zu fliehen wäre töricht. Die Wächter der Bibliothek würden ihnen leicht folgen können. Ganda wusste, dass sie und Ollowain sich tiefer in das goldene Netz wagen mussten, um einen anderen Weg zu finden. Im Gespinst der sich kreuzenden Albenpfade gab es tausend Möglichkeiten, seinen Weg zu finden. Emerelle war dagegen gewesen, auf einem direkten Weg hierher in die Bibliothek zu kommen, um ihre Mission vor den Yingiz, die draußen in der Dunkelheit des Nichts lauerten, geheim zu halten. Doch nun gab es keinen Anlass mehr zu solchen Winkelzügen. Sie konnten ohne den Umweg über die Welt der Menschen nach Albenmark zurückkehren.

»Erschießt zuerst die Lutin!«, befahl Kleos.

Der Anführer der Kobolde blinzelte nervös. »Ihr hört auf mein Kommando«, sagte er. »Kleos ist …«

»Ein Hüter des Wissens!«, unterbrach ihn der Minotaur zornig. »Wie ihr seht, bin ich von den Verletzungen, die ich mir beim Bücherschlag zugezogen habe, wieder genesen. Die Lutin hat eine kostbare Schriftrolle aus der Halle des Lichts gestohlen. Ihr kennt die Gesetze der Bibliothek. Bücher und Schriften, die einmal hierher gelangt sind, verlassen Iskendria nie wieder. Dies ist ehernes Gesetz. Wer dagegen verstößt, ist des Todes.«

Ollowain begann zu laufen.

»Alles hört auf mein Kommando!«, rief Kleos.

»Er ist ein Lügner und Mörder!«

Ohne auf Ganda zu achten, legten die Kobolde Bolzen in ihre Armbrüste. Ihr Anführer machte keine Anstalten mehr, Kleos den Befehl streitig zu machen.

»Weg hier!« Ollowain hob Ganda hoch. Dabei gab er sich Mühe, den Armbrustschützen, so gut es ging, die Sicht auf sie zu versperren. Die Lutin konnte gerade noch über die Schulter des Elfen blicken. Sie hatte das unbestimmte Gefühl, dass sie etwas falsch machten.

Etwas stimmte nicht.

»Legt an!«, kommandierte Kleos, und die Kobolde hoben ihre Armbrüste an die Schultern.

»Ausrichten!«

Ganda hatte den Eindruck, dass Kleos gar nicht wollte, dass sie erschossen wurden. Er wollte etwas anderes. Er hätte doch schon längst befehlen können zu schießen. Warum tat er das nicht? Sie sah, wie einer der Kobolde unter dem Gewicht seiner Waffe zu zittern begann. Man zielte nicht so lange mit einer Armbrust. Dazu waren diese Waffen zu schwer!

Ollowain trat durch das Tor.

Ganda spürte einen Sog. Er war kaum wahrnehmbar. Eine fremde Kraft. Der Pfad aus der Bibliothek hinaus war manipuliert. Wohl verborgen zwischen der Magie der Alben gab es einen neuen Zauber.

Der Schwertmeister schien nichts zu bemerken.

Das Tor hinter ihnen begann sich zu schließen. Viel schneller als üblich! Deutlich sah Ganda nun Kleos blaue Augen. Sie hatte es gewusst! Der Minotaur lächelte.

Jetzt, wo sie mit allen Sinnen darauf achtete, spürte sie den fremden Zauber deutlich. Sie waren in seiner Gewalt, so lange sie den Pfad nicht verließen. Das war es, was ihr Feind gewollt hatte!

Gandas Mund war jetzt staubtrocken. Sie zitterte immer heftiger. Es war tödlich kalt! Sie musste an das Falrach-Brett denken. Der Schwertmeister hatte Recht behalten. Sie waren aus dem Spiel. Ihr Feind hatte den Wurf um den nächsten Zug gewonnen.

ZWEITES BUCH

DIE REBELLEN

BRUDER JULES

Bruder Guido fügte der Miniatur einen letzten Pinselstrich hinzu und vertiefte den Schatten im Faltenwurf des Gewandes. Zufrieden betrachtete er das Bild des heiligen Guillaume. Es zeigte den Märtyrer unmittelbar vor seinem Tod, als er von den Elfen an die Eiche gebunden wurde.

»Deine Elfen sehen wirklich zum Fürchten aus.« Eine leichte Hand legte sich auf seine Schulter. »Wenn man deine Bilder betrachtet, könnte man meinen, du seiest Augenzeuge gewesen an jenem schrecklichen Tag. Sie erscheinen wie ein Abbild der Wahrheit. Das ist eine große Gabe.«

Guido spielte nachdenklich mit seinem Knebelbart. »Ich weiß nicht, Bruder Abt. Die spitzen Ohren, die ihnen wie Hörner durch das lange Haar lugen, die bleichen Gesichter, die an Tote erinnern, und die großen dunklen Augen ... Das ist ja gut und schön. Aber jeder malt sie so. Ich möchte ihnen noch etwas Dämonisches geben. Ich dachte daran, sie noch etwas dünner zu machen und ihre Glieder ein wenig länger darzustellen, als man das von uns Menschen kennt. Sie sollten noch fremder wirken. Vielleicht kann man ihrer Blässe auch mehr Tiefe geben, wenn man mehr dünne Schichten Farbe aufträgt.«

»Ach, Guido, du bist der beste Miniaturenmaler in unserer Schreibstube, aber du machst dich der Sünde der Eitelkeit schuldig, ganz zu schweigen von den Sünden, um die du nicht wissen kannst. Im Übrigen brauchst du dreimal so lange wie jeder andere Schreiber hier, um eine Miniatur zu vollenden.«

»Aber meine Bilder sind auch schöner als die aller anderen«, begehrte Guido auf.

»Das meinte ich«, sagte der Abt. »Eitelkeit ist dein Laster. Einem Ordensbruder, der sich und sein Leben Tjured geschenkt hat, steht Bescheidenheit besser zu Gesicht. Jeder hier weiß, dass du bei weitem der beste Maler in der Schreibstube bist. Allein dir wird die Ehre zuteil, die Schriften für das Königshaus zu illustrieren. Genügt dir die stille Freude daran nicht?«

Der Ordensbruder seufzte. »Natürlich hast du Recht. Aber jeder hört es gerne, dass er gute Arbeit geleistet hat. Wie oft stehe ich bis tief in die Nacht bei Kerzenschein an meinem Schreibpult! Wie oft arbeite ich immer noch an meinen Miniaturen, wenn alle anderen Brüder und Schwestern sich längst in ihre Kammern zurückgezogen haben! Und was ist mein Lohn? Mein Bett ist nicht weicher, meine Kutte nicht aus feinerer Wolle. Ich esse dieselben Speisen wie alle Brüder und Schwestern, obwohl ich ihnen in meinem Fleiß ungleich bin. Verdiene ich dann nicht wenigstens ein Lob? Ist das zu viel verlangt, Bruder Abt?«

Während er sprach, wusch Guido die dunkelblaue Farbe aus dem dünnen Pinsel, mit dem er am liebsten malte. Dann befeuchtete er Daumen und Zeigefinger mit der Zunge und formte die Marderhaare sorgfältig wieder zu einer feinen Spitze.

»Komm zu mir, Guido«, sagte der Abt und ging zum Südfenster hinüber. Lucien war ein alter glatzköpfiger Mann, über den sich die Brüder und Schwestern des Refugiums die abenteuerlichsten Geschichten erzählten. Trotz seiner Jahre hielt sich der Abt kerzengerade, und sein Rücken war breit und kräftig wie bei einem Schmied. Lucien führte ihr kleines Refugium mit großer Strenge. Kein Vergehen blieb ungesühnt, und er wusste genau, wem er mit welcher Strafe am meisten zusetzte. Doch zugleich war das Herz des Abtes voller Güte. Wer sich ihm anvertraute, der wusste bei ihm seine Sorgen und Ängste wohl verwahrt.

Bevor er auf den Mons Gabino gekommen war, hatte Guido in einem anderen, größeren Refugium gedient. Nur ungern erinnerte er sich daran zurück. Eitles Intrigenspiel hatte das Zusammenleben der Brüder und Schwestern dort vergiftet, Missgunst und Neid hatten den Tag beherrscht. Hier war das anders. Sie waren wie eine große Familie. Alles hatte seine Ordnung, und der Miniaturenmaler wusste, dass dies ihrem Abt zu verdanken war.

Wer Lucien zum ersten Mal begegnete, der musste sich zwingen, nicht angewidert den Blick abzuwenden. Eine grässliche Narbe lief dem Abt quer durch das Gesicht, sie reichte vom Kinn bis zur linken Augenbraue hinauf. Sein linkes Auge war nur noch eine leere Höhle, die sich immer wieder entzündete. Doch am schlimmsten waren die Lippen anzusehen. Wulstig und so dick wie zwei Würste, waren sie gewiss nie ein schöner Anblick gewesen. Doch der Schwerthieb, der den Abt einst getroffen hatte, hatte ihm auch die Lippen gespalten, und sie waren so ungleich verheilt, dass es aussah, als sei eine Hälfte des Mundes einen Finger breit nach oben verrutscht. Auch konnte er durch diese Verstümmlung seinen Mund nicht mehr richtig schließen, und so sah er aus wie ein Raubtier, das drohend die Zähne bleckte.

Guido steckte den Marderhaarpinsel sorgfältig in den angeschlagenen Tonbecher zu den anderen Pinseln. Wahrscheinlich war es auch eitel, wenn man seinen Arbeitsplatz in Ordnung hielt, dachte er ärgerlich. Er ahnte, was für eine Art Predigt ihn erwartete, und hatte es nicht eilig damit, an die Seite des Abtes zu treten. Er rückte die flache Schale zurecht, in der er sein Blau angerührt hatte, dann prüfte er, ob das kleine Kristallgläschen, in dem er den zerstoßenen Aquamarin verwahrte, auch gut verschlossen war. Zu den Geheimnissen seiner Miniaturen gehörte, dass er nur die besten Materialien verwendete und jede Farbe selbst anmischte.

»Guido!«

Der Ordensbruder seufzte, trat an das Fenster und betete stumm um Geduld, um die immer gleiche Litanei über sich ergehen zu lassen.

Die Schreibstube lag im obersten Stockwerk des Turms, der sich an das Hauptgebäude des Refugiums anlehnte. Nur der schmucklose Tempelturm war höher. An jeder Seite der Schreibstube gab es drei große Fenster. So herrschte zu jeder Tageszeit gutes Licht, wenn der Himmel sich denn erbarmte und die Sonne nicht hinter grauen Wolkenschleiern verborgen war. Es war ein guter Ort zum Arbeiten, vielleicht die schönste Kammer im ganzen Refugium. Guido war sich darüber im Klaren, wie viele seiner Ordensbrüder ihn darum beneideten, dass er hier sein Tagwerk verrichtete.

Der Miniaturenmaler stützte sich auf das Sims des Fensters auf. Der honigfarbene Stein war warm vom Licht der Abendsonne. Die Stunde der Dämmerung war angebrochen. In der Ferne erhoben sich in den tieferen Tälern schon die Schatten der Nacht, während sich der Himmel im Westen noch mit zartem, blassblauem Licht schmückte. Ihr Refugium lag auf einer Felsnase, die weit aus dem steilen Südhang des Mons Gabino ragte. Es war nicht sehr groß. Gerade einmal einunddreißig Ordensbrüder fanden hier ihr Auskommen. In vielen Jahren mühsamer Arbeit hatten sie Terrassen in den Fels geschlagen, und die Erde, in denen ihre weit über das Königreich Angnos hinaus berühmten Rebstöcke wurzelten, war Korb für Korb von Maultieren hier hinaufgeschafft worden. Gottesblut nannten die Heiden ehrfürchtig den Wein, der von den goldenen Hängen des Mons Gabino stammte. Und Guido wusste, dass sich sein Abt durchaus auch der Sünde der Eitelkeit schuldig machte, wenn es um den Wein ging.

Lucien deutete mit einer weit ausholenden Bewegung den Hang hinab. Auf den Treppen, die aus dem Fels geschlagen waren, konnte man blau gewandete Ordensbrüder mit breitkrempigen Strohhüten sehen, die dem Refugium entgegeneilten.

»Sieh dir unsere Weggefährten auf dem Pfad zu Tjured an.« Lucien war in den pathetischen Ton verfallen, den er bei seinen Predigten so gerne anschlug. Guido war oft sehr ergriffen, wenn er dem Abt bei ihren morgendlichen Zusammenkünften im Rundtempel lauschte. Doch es war etwas ganz anderes, wenn man so einer Predigt allein zuhören musste und dabei noch derjenige war, um den sich alles drehte.

»Sieh unsere Brüder, wie sie zu uns streben, gebeugt von einem Tag voller Mühsal in Staub und Hitze. Hast du einmal ihre Hände betrachtet, Guido? Zerschunden sind sie von der harten Arbeit am Weinberg. Und wenn ihre Hände bluten, dann legen sie einen feuchten Lappen darum und machen weiter. Und welches Lob erhalten sie? Und welchen Lohn? Ein Teller mit einem einfachen Mahl und ein Becher mit verdünntem Wein, das ist ihr Gewinn nach einem solchen Tag. Und klagen sie deshalb? Nein! Sie sind zufrieden mit dem Leben, wie Tjured es ihnen geschenkt hat.«

Guido dachte daran, wie oft er schon mit hinaus auf den Weinberg gegangen war, wenn jede Hand benötigt wurde. Stets rief man ihn oder Bruder Martin, wenn es eine Arbeit zu erledigen gab, die besondere Kraft erforderte. Er dachte auch an die vielen Nachstunden, die er im Kerzenlicht an seinem Stehpult verbrachte, wenn die anderen unten im Speisesaal saßen und sich von Lucien aus dem Leben der Heiligen vorlesen ließen.

»Ich sehe dir an, wie du dich vor meinen Worten verschließt, Bruder.« Der Abt lächelte, und ein Netzwerk tiefer Falten umgab sein grünes Auge. »Nur weil du die blaue Kutte der Tjuredpriester trägst, bist du kein besserer Mensch. Und auch nicht, weil du Miniaturen malen kannst, die so wunderschön sind, dass einem das Herz aufgeht, wenn man sie betrachtet, oder die einem Schauder der Furcht über den Rücken jagen, wenn es Bildnisse der grausamen Elfen sind. Was dir fehlt, ist die Gelegenheit, Zwiesprache mit Gott zu führen. So wirst du auch wieder zur Ehrfurcht vor den einfachen Dingen des Lebens finden, und du wirst …« Lucien hielt inne und spähte aus dem Fenster. Auf dem Weg vom Pinienwald kam eine hochgewachsene Gestalt, die von einigen Ordensbrüdern umringt wurde. Andere schwenkten ihre Strohhüte ausgelassen zum Gruß, als sie den Fremden sahen.

Lucien murrte unwillig, kniff die Lider zusammen, spähte angestrengt in Richtung der Menschentraube, die sich um den Wanderer gebildet hatte, und murrte wieder. »Mein Auge ist so trüb wie unser Fischteich, wenn ihn im Herbst der Frost geküsst hat. Was geht da vor sich? Ist er es?«

Der Fremde war noch zu weit entfernt, um sein Gesicht erkennen zu können. Er trug die blaue Kutte der Ordensbrüder. Seine Kapuze hatte er zurückgeschlagen, und man sah deutlich sein rabenschwarzes Haar. »Ja, ich glaube, es ist Bruder Jules.«

Der Abt blickte zum Himmel hinauf. »Ich danke dir für diese Prüfung, Tjured.« Er seufzte. »Mach die Läden dicht und komm runter. Wir werden heute früher speisen.«

Lucien war ein seltsamer Mann, dachte Guido. Jeder im Refugium freute sich, wenn Jules zu Gast war. Die Brüder und Schwestern hingen gebannt an seinen Lippen, wenn er von den langen Wanderungen erzählte und von den vielfältigen Wundern Gottes. Nur Lucien wurde nie von dieser Begeisterung ergriffen. Vielleicht war er eifersüchtig auf Jules. Vielleicht hatte er auch Angst, der Wanderer könne etwas über seine Vergangenheit erzählen. Es gab viele Gerüchte über Lucien. Es hieß, er sei in seiner Jugend ein Krieger gewesen.

Guido lauschte, bis die schweren Schritte des Abtes auf der Stiege verklungen waren. Dann begann er leise vor sich hin zu pfeifen. Und es war nicht etwa ein frommes Lied, sondern eine beschwingte Weise über ein Mädchen, das stets alles bei sich trug, was es brauchte, um seinen Geschäften nachzugehen.

Der Miniaturenmaler prüfte gut gelaunt, ob die Tintenfässer wohl verschlossen waren, und schnippte dann ein Stück Taubenkot von einem Fenstersims. Gedankenverloren betrachtete er die Berge, und die Erkenntnis der Größe Gottes ließ ihm die Brust eng werden. Voller Inbrunst schenkte er Tjured ein Gebet. Weil die Welt so ein wundervoller Ort war. Weil Gott ihn von Lucien erlöst hatte, dessen einziger Fehler wohl war, dass er sich gern predigen hörte. Und weil Gott ihnen Bruder Jules geschickt hatte. Kein anderer Ordensbruder war so berühmt wie Jules der Wanderer. Es war unmöglich, ihn nicht zu mögen. Dort, wo er Gast war, kehrte Freude ein. Er war ein lebender Heiliger und keiner dieser sauertöpfischen Prediger, die einem den kleinsten Spaß im Leben missgönnten. Nein, er war gänzlich anders. Er machte deftige Scherze, zechte gerne, war zugleich ein Quell niemals versiegender Weisheit und ein Mysterium. Vor zwei Jahren war er einmal hier gewesen und hatte sich für drei Wochen im Allerheiligsten des Refugiums eingeschlossen. Ohne Speisen, ja selbst ohne etwas zu trinken, hatte er diese Zeit verbracht. Und als er von seiner Zwiesprache mit Gott zurückkehrte, da wirkte er frisch und ausgeruht, so als habe es ihm die langen Wochen über an nichts gefehlt. Bruder Tomasin, der versucht hatte, es Bruder Jules in seiner Frömmigkeit gleichzutun, war am vierten Tag ohne Wasser zusammengebrochen. Er war krank geworden und wäre vielleicht sogar an dem bösen Fieber gestorben, das ihn befallen hatte, hätte Jules ihn nicht geheilt, als er aus seiner Klausur im Allerheiligsten zurückkehrte.

Guidos Blick wanderte durch die Schreibstube. Alle Tische waren aufgeräumt. Man fühlte sich geborgen in einer Welt, in der Ordnung herrschte. Er sah zu den fernen Berggipfeln. Selbst so spät im Frühjahr waren die weißen Kappen nicht gewichen. Manchmal, an stürmischen Tagen, sah man den Schnee wie einen Schleier um die Wipfel schweben.

Die näher gelegenen Klippen und Steilhänge strahlten im Abendlicht in einem warmen Rotgold. Wie Nester klammerten sich die Weinterrassen an die Hänge. Der Mons Gabino lag weit entfernt von den Intrigen des Königshofs. Wer hierher wollte, der musste vier Tage lang durch karges Bergland wandern. Ihr Refugium war der Welt entrückt. Es war ein fast vollkommener Ort, um mit sich, seinen Gedanken und der Kunst des Miniaturenmalens in Harmonie zu leben. Der einzige Makel an ihrer wunderbaren Gemeinschaft bestand darin, dass ihnen noch keine Kinder geboren worden waren. Obwohl auch zehn Ordensschwestern zu ihrer Gemeinschaft gehörten, blieb ihnen der Kindersegen verwehrt.

Guido entzündete eine Öllampe und zog die schweren Holzläden vor die Fenster. Dann stieg er langsam die steile Stiege hinab. Die Kammer unter der Schreibstube war völlig dunkel. Hier lagerten die Schriften des Refugiums. Es war eine wundervolle Sammlung. Mehr als dreihundert Bücher! Die größte Bibliothek des Königreichs, wahrscheinlich sogar der Welt!, dachte der Ordensbruder stolz. Ein Schatz, kostbarer als eine Kammer voll Gold. Welch ein Gottesgeschenk war die Schrift! Sie erlaubte, noch nach Jahrhunderten von der Weisheit der Ahnen zu zehren. Und sie trennte Lüge und Wahrheit. Wie viele verschiedene Geschichten gab es schon jetzt über den Tod des heiligen Guillaume?

Bruder Jules, der einzige zuverlässige Augenzeuge des grausamen Mordes, hatte ihnen von dem Verbrechen der Elfen und dem tapferen Heldenmut Guillaumes berichtet. Doch welchen Unsinn erzählte man sich im Volk! Dort hieß es, Tjured habe drei Engel auf feurigen Schlachtrössern gesandt, um den Leib des Heiligen zu holen. Andere behaupteten, die Krieger des Königs hätten sich in den Straßen der Stadt eine regelrechte Schlacht mit den Elfen geliefert, bei der sogar eine Gruppe heidnischer Barbaren aus dem Fjordland mit gefochten hätte. Welch ein Unsinn! Dabei war es nicht einmal ein Menschenleben her, dass Guillaume ermordet worden war. Und da es inmitten der blühenden Stadt Aniscans geschehen war, hatte es hunderte Zeugen gegeben. Dennoch war es nur dem Glücksfall zu verdanken, dass Bruder Jules, der damals noch ein Kind gewesen war, die Bluttat miterlebt hatte. So gab es tatsächlich jemanden, dessen Bericht man trauen konnte.

Guido strich sanft über ein dickes, in rotes Schweinsleder gebundenes Buch, das in einem Regal dicht bei der Stiege stand. Es war die Lebensgeschichte des heiligen Guillaume. Guido hatte sie niedergeschrieben, um die Wahrheit bis in die fernste Zukunft zu tragen. Fast ein Jahr hatte er sich Zeit genommen, um den Text mit wundervollen Miniaturen zu illustrieren.

Der Ordenspriester seufzte. Auf kein anderes Werk in seinem Leben war er so stolz. Er war der Sohn eines Baumeisters und hatte das Handwerk seines Vaters erlernt. Zu seinen frühesten Erinnerungen gehörte, wie er mit seinem Vater hoch auf dem Baugerüst eines Tempelturms stand und über das Häusermeer einer Stadt hinwegblickte. Er hatte mitgeholfen, ein Dutzend Häuser Tjureds aus schwarzem Basalt zu errichten, an dem die Jahrhunderte vorübergehen konnten, ohne Spuren zu hinterlassen. Drei Tempeltürme hatte er selbst als Baumeister entworfen. Doch selbst wenn diese mächtigen Bauwerke längst zu Staub zerfallen waren, würde jedes Kind Gottes noch die wahre Lebensgeschichte des heiligen Guillaume kennen. Dieses Buch war geschaffen, um seine Geschichte bis ans Ende der Zeit zu tragen, dachte Guido stolz. Und würde er selbst in diesem Augenblick vom Tod dahingerafft, so könnte er zufrieden gehen, denn sein Werk im Dienste Gottes war verrichtet.

Guido atmete tief ein und genoss den Geruch von Staub und Leder. Den Duft der Bücherstube. Dann stieg er hinab und ging durch den gemauerten Trockenraum für Schinken und Würste, bis er die Pforte erreichte, die zum großen Speisesaal des Refugiums führte.

Er traf im selben Augenblick ein, in dem Bruder Jules, umringt von einer Schar von Ordensbrüdern und -schwestern, durch das hohe Tor am anderen Ende des Saals kam. Freudige Stimmen und Gelächter hallten von den dicken Mauern wider. Bruder Jules hatte diesen späten Frühlingstag in einen Feiertag verwandelt.

Selbst Bruder Jacques, der sich im Winter bei einem unglücklichen Sturz beide Füße gebrochen hatte und seitdem an Krücken gehen musste, stemmte sich von seinem Sitz hoch und humpelte Jules entgegen. Die vielen Monde des Sitzens hatten Jacques zu einem dicken, mürrischen Mann gemacht, dessen gallige Bemerkungen alle im Refugium fürchten gelernt hatten. Doch davon war jetzt nichts mehr zu spüren. Sogar auf seinem Gesicht zeigte sich ein Lächeln.

Jules schloss Bruder Jacques in die Arme. Und dann hob er ihn hoch, als sei er ein Kind. Jules war ein stattlicher Mann, doch alle im Speisesaal hielten den Atem an, denn um Jacques zu tragen, musste man wahrlich stark wie ein Ochse sein. Behutsam setzte der Wanderer Jacques in dessen Stuhl. Dann kniete er vor ihm nieder, und seine Hände strichen über die verdrehten, geschundenen Füße, die Jacques den Dienst aufgekündigt hatten.

Jules stöhnte. Tränen rannen ihm über die Wangen. Alle Farbe wich aus seinem Gesicht, und es schien, als erleide er in diesem Augenblick die Qualen des Martyriums des heiligen Guillaume.

Guido eilte durch den Saal, um besser sehen zu können, was vor sich ging. Es war totenstill geworden. Der

Miniaturenmaler kannte etliche der Geschichten, die man sich über den Wanderer erzählte, doch bislang hatte er sie als das Geschwätz übereifriger Ordensbrüder und -schwestern abgetan, die Jules am liebsten schon zu Lebzeiten zu einem Heiligen gemacht hätten.

Ein trockenes Knacken war zu hören, ein Laut, bei dem man bis ins Innerste erschauderte. Jacques stöhnte. Seine Hände krallten sich in das Holz seines Sitzes. Staunend sah Guido, wie der Wanderer dessen linken Fuß richtete. Dann legten sich seine großen, von der Sonne gebräunten Hände um den rechten Fuß. Wieder erklang das schreckliche Knacken. Jacques stieß einen kurzen, schrillen Schrei aus. Auch der Wanderer zitterte. Sein Antlitz war von Schweiß bedeckt. »Bitte erhebe dich, Bruder«, sagte er mit schwacher Stimme.

Jacques weinte. Unsicher stemmte er sich auf seinen Krücken hoch. Als er mit dem rechten Fuß auftrat, spiegelte sich fassungsloses Staunen in seinen Zügen.

»Gib mir die Krücken«, sagte Jules mit warmer Stimme. »Ich weiß, du wirst sie in deinem Leben nie wieder brauchen.« Er sagte das mit der Bestimmtheit eines wahren Heiligen, der um die Pläne Gottes wusste. Eines Auserwählten unter den Lebenden.

Einem Augenblick stummen Staunens folgte unbeschreiblicher Jubel. Guido drängte sich nach vorne. Auch er wollte Jules berühren, wollte dem lebenden Heiligen seine Bewunderung zeigen.

»Lasst uns beten und Tjured für dies Wunder danken!«, tönte die Stimme des Abtes. Lucien hatte die Arme gehoben und versuchte, dem Tumult Einhalt zu gebieten. Doch er musste die Brüder und Schwestern noch dreimal zur Ruhe ermahnen, bis es endlich stiller wurde.

»Ich bin kein junger Mann mehr, Jules«, sagte der Abt feierlich. »Ich habe vieles in meinem Leben gesehen. Manche hier wissen um die Taten meiner Jugend. Taten, auf die ich heute nur noch mit Scham zurückblicken kann, denn ich war einer aus der Schar der Stierköpfe des Königs Cabezan. Und ich habe meine Hände in das Blut Unschuldiger getaucht …« Seine Schultern bebten. Lucien rang mit den Tränen. »Ich war Zeuge eines Wunders und habe mich versündigt. Und ich danke Gott, dass ich noch einmal Zeuge seines Wirkens werden durfte.«

Einen Herzschlag lang tauschten Jules und der Abt einen Blick, den Guido nicht zu deuten wusste. Es schien ihm, als warne der Wanderer den Abt stumm, weiter zu sprechen.

»Ich danke euch für euer Lob und eure Freude, die mein Herz erwärmt«, sagte Jules sodann. »Doch vergesst nicht, ich bin nur das Gefäß, in das Gott seine Kraft fließen lässt. Lobt ihn und beschämt mich nicht. An diesem Tag seid ihr Auserwählte unter den Kindern Gottes. Euch ist es bestimmt, zu Zeugen seiner Kraft zu werden. Doch nun lasst uns gemeinsam das Brot brechen und uns an den Gaben Gottes laben. Wie leicht vergisst man im Überfluss, dass Speise und Trank ein Geschenk sind, das Tjured uns jeden Tag gewährt. Feiern wir Gott mit einem Mahl zu seinen Ehren.«

Es war der Abt selbst, der Jules zur Tafel geleitete und darauf bestand, dass dieser seinen Platz einnahm. Lucien ließ sich darauf zur Rechten des Wanderers nieder und reichte ihm das frische, dampfende Brot, das eilig aus der Küche gebracht wurde. Es herrschte eine fröhliche Stimmung an der Festtafel.

Der sonst so griesgrämige Jacques stand auf und sang aus voller Brust ein Lied zu Ehren Gottes. Jacques hatte eine schöne, tiefe Stimme, und Guido war zu Tränen gerührt, seinen Ordensbruder so glücklich zu sehen. Das Einzige, was ihn während des Mahls betrübte, war der Anblick Mariottes. Seit sie vor zwei Jahren ins Refugium gekommen war, war er ihr verfallen. Nie hatte er eine Frau von solcher Schönheit gesehen. Ihr Haar war golden wie die Lichtbahnen, die an einem schönen Sommertag durch das Laubdach eines dichten Waldes fielen. Ihre Lippen waren rot wie Walderdbeeren, voll und sinnlich, und so verführte ihn ihr Anblick während des gemeinsamen Essens zu den verrücktesten Tagträumen. Oft schon hatte er den Becher beneidet, dem es vergönnt war, von diesen Lippen berührt zu werden. Manchmal, wenn sie das Geschirr abspülten, stand er dicht neben Mariotte und atmete ihren Duft. Sie roch wie die Pinienwälder, die sie durchstreifte, wenn sie nach Kräutern und Pilzen für die Vorratskammern des Refugiums suchte.

Letzten Winter hatte der Abt entdeckt, dass Guido sich erlaubt hatte, auf einer seiner Miniaturen der Mutter des heiligen Guillaume Mariottes Antlitz zu geben. Zur Strafe für diese Sünde hatte Guido in der Eiseskälte drei Tage barfuß gehen müssen. Doch Mariottes Bild hatte er nicht übermalen müssen …

Teigtaschen, gefüllt mit weißem Käse, gebratener Paprika, Zwiebeln und Lammfleisch wurden aufgetragen. Doch Guido hatte keinen Blick für diese Köstlichkeiten. Er betrachtete Mariotte und wünschte sich, dass sie ihn nur ein einziges Mal so ansehen würde, wie sie Bruder Jules ansah.

Jules schien ihre Bewunderung gar nicht zu bemerken. Die Augen aller waren auf ihn gerichtet und er scherzte mit seinen Nachbarn bei Tisch.

Dann stand er auf. Schlagartig wurde es still im Speisesaal.

»Liebe Schwestern, liebe Brüder. Ich danke euch von ganzem Herzen für dieses freundliche Willkommen. Mein Herz quillt über vor Freude, und ich muss euch sagen: Ich bewundere die Arbeit, die ihr im Refugium vollbracht habt, das zu einer Oase inmitten der Wüstenei der Berge erblüht ist. Und doch ist es bei all unseren Mühen Tjured, der letztlich über unser Schicksal entscheidet. Euch scheint er zu lieben, so reich, wie ihr beschenkt wurdet, und ich möchte euch bitten, mit mir gemeinsam zur Mitternacht eine Messe im Allerheiligsten auszurichten. Lasst uns unsere Freude dem Himmel entgegenrufen, meine Schwestern und Brüder. Lasst uns Gott zeigen, dass auch wir ihn lieben. Feiern wir ihm zu Ehren!«

Der Vorschlag sorgte für einige Aufregung, und selbst Lucien gab seine Zurückhaltung auf, als beratschlagt wurde, wie man Gott danken sollte.

DIE MITTERNACHTSMESSE

Verdrossen blickte Guido durch die offene Tür zum Nachthimmel auf. Der Mond war gerade hinter den Wolken hervorgekommen und tauchte das Refugium in silbernes Licht. Deutlich zeichnete sich der Schattenriss des Tempelturms gegen den hellen Himmel ab. Wieder verschwand eine kleine Gruppe seiner Ordensbrüder durch das hohe Portal, verschluckt von dem finsteren Turm.

Guido biss die Zähne zusammen, so stark war sein Wunsch zu fluchen. Es war nicht mehr lange bis Mitternacht. Missmutig beobachtete er den dünnen Faden aus Sand, der durch das Stundenglas rann. Bald würde die feierliche Messe beginnen. Wahrscheinlich waren jetzt schon alle unten im Allerheiligsten. Nur er saß hier und wartete, weil der Abt entschieden hatte, ihn für seine Eitelkeit büßen zu lassen. Es war ungerecht, bestraft zu werden, weil man seine Arbeit mit Hingabe verrichtete! Dann würde er in Zukunft eben genauso dahinstümpern wie die anderen Miniaturenmaler, dachte er zornig und wusste zugleich, dass ihn der Abt dann bestrafen würde, weil er nicht all sein Können in den Dienst des Refugiums stellte.

In jeder anderen Nacht hätte er den Tordienst einfach abgesessen. Ja, er hätte sich wahrscheinlich am Glanz der Sterne erfreut und die Stille genossen. Es gab schlimmere Strafen als eine durchwachte Nacht. Doch heute war das anders. Im Refugium herrschte eine Aufregung wie in einem Bienenstock vor dem Flug der jungen Königin. Alle bemühten sich nach Kräften, die Dankesmesse zu einem unvergesslichen Ereignis zu machen. Ganze Bündel von Kerzen waren zum Allerheiligsten hinabgetragen worden, um die Höhle taghell zu erleuchten. Eben noch hatten die Ordensschwestern im Kräutergarten gesungen und ihre Lieder für die Messe eingeübt. Mariotte war die Vorsängerin des kleinen Frauenchors. Ihre Stimme war so schön, dass einem ganz weh ums Herz wurde, wenn man ihr lauschte. Doch die Sängerinnen waren gegangen, und Guido hätte sich nicht einsamer fühlen können, wäre er der einzige Mensch in diesem schroffen Bergland gewesen.

Irgendwo, jenseits der hohen Mauer aus Bruchstein, die das Gelände des Refugiums umfasste, war der Ruf eines Steinkauzes zu hören. Leise flüsterte der Wind in den Dachtraufen.

In der engen Kammer des Torwächters hatte sich die Wärme des Frühlingstages gehalten. Obwohl es nachts immer noch empfindlich kalt wurde, war es hier angenehm. Hin und wieder spähte Guido durch das schmale, vergitterte Fenster, das auf den steilen Pfad blickte, der hinauf zur Pforte des Refugiums führte. Natürlich war niemand zu sehen. Nur wenige Wanderer kamen in diesen Teil der Berge. Dass ein Gast zu so später Stunde an die Pforte des Refugiums kam und um Einlass bat, war mehr als unwahrscheinlich. Guido lebte nun schon seit fünf Jahren hier auf dem Mons Gabino, und er konnte sich nicht erinnern, dass in dieser langen Zeit jemals mitternächtlicher Besuch gekommen wäre.

Ein Schatten löste sich vom Hauptgebäude und eilte mit weiten Schritten dem Pförtnerhaus entgegen. Das Mondlicht ließ die Glatze des Abtes aufleuchten und schmeichelte dessen entstellten Zügen.

Guido schnaubte ärgerlich. Damit war zu rechnen gewesen, dass die hässliche Krähe noch einmal vorbeisah und kontrollierte, ob er hier seiner Pflicht nachkam.

»Ich wache an der Pforte, wie du es befahlst!«, rief er dem Abt entgegen und gab sich auf spöttische Weise wie ein Krieger, der zur Nachtwache eingeteilt war.

Lucien gebot ihm mit einer Geste zu schweigen. »Das ist jetzt nicht die Zeit für Scherze, Guido. Der Besuch von Jules hat mir die Augen für meine Sünden geöffnet. Vergiss all deine Arbeiten, denn von morgen an wirst du noch einmal an der Vita des heiligen Guillaume schreiben. All die Jahre, die ich zu Tjured gefunden habe, schweige ich nun schon. Doch es wäre falsch, die Wahrheit allein auf den Erinnerungen eines Kindes zu gründen. So sehr ich Bruder Jules auch schätze, der gewiss Großes für die Kirche tut, kann ich nicht länger dulden, dass seine Geschichte um den Tod des heiligen Guillaume als einzig wahrhaftiger Bericht gilt.«

Der Abt fuhr sich mit dem Finger über die grässliche Narbe. »Ich kenne die meisten Geschichten, die ihr über mich erzählt. Die Wahrheit ist viel schrecklicher als alles, was ihr euch ausdenken könnt. Diese Wunde hat mir ein Fjordländer mit einem Bart rot wie Flammen zugefügt, und es ist ein Wunder Gottes, dass ich diesen Axthieb überlebt habe. Noch heute sehe ich diesen Kerl in meinen Albträumen. Und so sehr es mich beschämt, muss ich gestehen, dass es dieser Heide war, der an jenem Tag für Tjured stritt und nicht ich.«

Das plötzliche Geständnis des Abtes verwunderte Guido. Und was gab es an der Geschichte von Bruder Jules falsch zu verstehen? »Was geschah an dem Tag, an dem Guillaume starb?«

Lucien blickte sich gehetzt um, als befürchte er, belauscht zu werden. »Ich gehörte zu Cabezans Stierköpfen, die nach Aniscans kamen, Guido. Wir sollten Guillaume holen, weil Gott unseren König mit einer grässlichen Krankheit gestraft hatte. Vergiss alles, was du über diesen Tag zu wissen glaubst. Ich war Zeuge der Ereignisse. Es waren nicht die Elfen, die den Heiligen töteten.« Der Abt stockte. »Ich gehöre zu den Mördern. Jede Nacht büße ich in meinen Träumen für die Bluttat. Morgen werde ich dir alles erzählen. Wir müssen die Kirche von der Lüge reinigen. Guillaume ist unser bedeutendster Heiliger. Wir müssen die Legenden um seinen Tod von Lügen reinwaschen, sonst werden schreckliche Dinge geschehen, Guido. Nichts, das auf Lügen begründet ist, kann zu etwas Gutem erwachsen. Jedes Mal, wenn ich bete, habe ich Angst, dass mich ein Blitzstrahl aus heiterem Himmel erschlagen wird, weil ich die Lüge dulde. Ich bin als ein Sünder zu Tjured gekommen, und all die Jahre habe ich es nicht gewagt, meinen Ordensbrüdern zu widersprechen, wenn es um den heiligen Guillaume ging. Was hätte ich auch sagen sollen? Ihr irrt euch, Brüder! Ich weiß es besser, denn ich gehörte zu jenen, die den Heiligen ermordeten! Ich kann verstehen, wenn Jules sich als Kind eine andere Geschichte zurechtgelegt hat. Die Wahrheit ist zu schrecklich! Und jedes Mal, wenn ich Jules begegne, fürchte ich, dass er mich wieder erkennen könnte. Ich werde mich ihm heute nach der Messe offenbaren. Und morgen wirst du für mich niederschreiben, was wirklich in Aniscans geschehen ist.«

»Warum hast du mich ausgesucht, um mir all dies zu sagen?«, fragte Guido stockend. Der Gedanke an die Ausmaße der Lüge, der die Kirche folgte, hatte ihn fast sprachlos gemacht.

»Weil du einen wachen Verstand hast. Weil du mit mir streitest, wenn du glaubst, dass ich im Unrecht bin. Und weil du so wunderbare Handschriften anfertigst. Die Wahrheit soll auf feinstes Pergament geschrieben stehen, und zwar in einer Schrift ohne Schnörkel und Fehl. Ich will, dass wir ein Buch erschaffen, so wunderbar und makellos, als hätten es die Engel geschrieben. Dann wird niemand an den Worten zweifeln. Denn glaube mir, die Lüge ist schon so mächtig geworden, dass es schwer werden wird, sie zu töten. Bete, Guido. Reinige deine Seele, so wie ich es nun in der Messe tun werde.« Er ergriff Guidos Rechte mit beiden Händen, drückte sie fest und schenkte ihm sein unheimliches Lächeln, das vor so langen Jahren für immer aus der Form geraten war. »Morgen werden wir zu Rebellen der Wahrheit werden, Guido. Unsere Seelen werden durch ein reinigendes Feuer gehen und all das Fett abschwitzen, das sie in der Trägheit des falschen Glaubens angesetzt haben. Die Gläubigen müssen erfahren, dass die Elfen Lichtgestalten sind und keine Geschöpfe der Finsternis. Keine Dämonen wie auf den Bildern, die du erschaffen hast.«

Der Miniaturenmaler erwiderte den Händedruck. »Meine Feder wird dein Schwert sein, Bruder Abt.« Guido fühlte sich ein wenig benommen. Die Wirklichkeit hatte sich schneller verändert, als sein Verstand es zu fassen vermochte. Eben noch waren die Elfen die Inkarnation des Bösen, und nun nannte Lucien sie Lichtgestalten.

Der Abt schenkte ihm sein beschädigtes Lächeln. »Ich zähle auf dich, Bruder Guido.« Mit diesen Worten eilte er davon.

Guido atmete tief aus und versuchte seine Gedanken zu ordnen. Es war totenstill. Die Nacht schien den Atem anzuhalten. Eine neue Zeit würde anbrechen. Der Miniaturenmaler versuchte sich vorzustellen, wie sehr sich die Welt verändern würde, wenn sie die neue Wahrheit hinaus unter die Schar der Gläubigen trugen. Guido sah sich im Geiste schon als flammender Prediger auf großen Marktplätzen, als ein einziger galliger Gedanke ihm alle Illusion nahm. Woher wollte er eigentlich wissen, dass Lucien die Wahrheit sagte? Gut, der Abt hatte sich oft ein wenig merkwürdig verhalten, und seine Geschichte schien dies zu erklären. Aber war es wirklich die Wahrheit? Warum sollte

Jules lügen? Nur weil er damals, als Guillaume zum Märtyrer wurde, noch ein Kind gewesen war und die Ereignisse, deren Zeuge er war, nicht richtig begriffen hatte?

Guido blickte zum weiten Himmel empor und fühlte sich verloren. Er hatte das Gefühl, dass er jeden Augenblick hinauf in die Dunkelheit gezogen werden könnte, um sich in deren Weiten auf immer zu verlieren. Seine Seele war wie ein Schiff, das in schwerer See den Kurs verloren hatte.

Er spürte sein Herz wie rasend schlagen. Seine Zweifel würden es noch zerspringen lassen. Wo würde er ein Leuchtfeuer finden, das ihn zurück auf den rechten Weg führte?

Zweifelnd blickte er zu dem hohen Tempelturm, der sich wie eine Festung des Glaubens gegen den unendlichen Himmel abhob. Dort in der verborgenen Höhle, tief im Felsen, waren nun all seine Brüder und Schwestern versammelt. Könnte er doch nur bei ihnen sein!

Guido trat an das vergitterte Fenster und blickte den steilen Pfad hinab, der zum Refugium führte. Im fahlen Mondlicht hatte der Weg die Farbe eines alten Knochens. Er lag verlassen. In dieser Nacht würde gewiss kein Wanderer mehr kommen … Durfte er es wagen, seinen Posten am Tor zu verlassen? An der Treppe, die hinab ins Allerheiligste führte, gab es einen Felsdurchbruch. Von dort aus konnte man in die weite Höhle blicken, ohne von unten gesehen zu werden. So konnte er seinen Schwestern und Brüdern nahe sein und blieb ihnen zugleich fern. Und wenn die Messe beendet war, konnte er schnell zurück auf seinen Posten hasten. Wer würde in dieser Nacht schon an das Tor kommen? Niemand!

Guido zog den Sperrriegel der Pforte zurück. Leise knarrend öffnete sich die Tür. Der Ordensbruder trat auf den Weg hinaus und spähte in die Nacht. Da war niemand. Keiner hatte verstanden, warum es dem Abt so wichtig gewesen war, das Refugium mit einer hohen Mauer zu umgeben. Auf diesem einsamen Berg hatte ihre Gemeinschaft niemanden zu fürchten. Manchmal hatte Guido sich gefragt, ob es die Mauer gab, um sie einzusperren. Doch natürlich war auch das Unsinn. Bei Tage konnte jeder kommen und gehen, wie er wollte.

Mariotte hatte ihm einmal gesagt, die Mauer sei nur errichtet worden, damit die Kinder auf dem Gelände des Refugiums blieben und nicht auf den gefährlichen Felsgraten spielten. Nur gab es keine Kinder. Alles war bereit für sie. Sechs der Ordensschwestern hatten sich Partner erwählt. Aber ihr Leib blieb unfruchtbar. Es war wie ein Fluch.

Guido stellte sich vor, wie es wohl wäre, bei Mariotte zu liegen. Ihn fröstelte. Sein Blick wanderte über die weite Berglandschaft, und wieder sah er hinauf zum unendlichen Himmel. Er war bloß ein Staubkorn. Bedeutungslos.

Er brauchte die Gemeinschaft! Nur sie konnte ihn retten. Der Zweifel und die Weite dieser Nacht würden ihn sonst noch töten. Wenn er Mariotte beim Singen lauschte, dann wäre das Balsam für seine wunde Seele. Sie war sein Leuchtfeuer!

Er lehnte die Pforte nur an. Sollte sich doch noch ein Wanderer hierher verirren, dann wäre er zumindest nicht ausgesperrt. Ein letztes Mal blickte Guido durch das vergitterte Fenster. Es würde schon alles gut gehen!

Verstohlen schlich er zum Tempelturm. Die weiten Flügeltore des Turms waren unverschlossen. Kälte umfing ihn wie ein Mantel, als er eintrat. Schlanke Marmorsäulen strebten der Decke entgegen. Der ganze Tempel bestand nur aus einem einzigen, weiten Raum. Der Boden zeigte einen riesigen Stern mit vierzehn Zacken, der sich bis zu den Wänden hin erstreckte. Die Wände waren weiß getüncht und schmucklos. Nur die beiden Fensterreihen, die weit oben bei den Galerien die dicke Mauer des Turms durchbrachen, bildeten eine Ausnahme. Die bunten Bleiglasfenster zeigten die berühmtesten Märtyrer der Tjuredkirche. Den heiligen Romuald, dessen zerschmetterte Glieder Heiden auf ein Rad geflochten hatten, oder die heilige Claudine, die man in Aniscans mit dem Kopf nach unten an einen Brückenpfeiler gefesselt und ertränkt hatte. So viele hatten ihr Leben für ihren Glauben gegeben.

Guido schritt über das Herz des großen Sterns hinweg und eilte zu der Treppe, die verborgen hinter einer der Säulen lag. Einst hatte es hier nur einen klaffenden Spalt im Felsen gegeben, der hinab zur Höhle führte. Lächelnd erinnerte sich Guido an seine ersten Tage im Kloster. Er war nicht als Schreiber oder Miniaturenmaler hierher gekommen. Man hatte ihn geschickt, weil er ein guter Baumeister war. Er hatte mitgeholfen, die Treppe hinab ins Allerheiligste zu bauen, und er hatte der Höhle, in der Heiden über ungezählte Jahrhunderte ihre Götzen verehrt hatten, ein neues Gesicht gegeben. Die obszönen Bilder von nackten Weibern mit riesigen Brüsten hatte er unter schneeweißem Putz verschwinden lassen. Auf dem Opferstein stand nun ein kleiner Schrein aus Gold und Bleiglas, in dem drei Zehen des heiligen Guillaume verwahrt wurden. Ein Vermögen an Weihrauch hatte die bösen Geister der Heiden vertrieben und den alten Kultplatz zu einem Ort lichten Glaubens gemacht. Guido war stolz auf sein Werk, auch wenn er jetzt wie ein Dieb die Treppe hinabschlich.

Er erreichte den Felsdurchbruch und spähte in die Höhle. Er war überrascht, wie wenig Kerzen aufgestellt waren. Sie reichten kaum aus, um die Dunkelheit zu vertreiben. Verärgert sah Guido, dass man einen weiten, roten Kreis auf den Boden gemalt hatte. Auf die kostbaren Platten aus honigfarbenem Sandstein!

Neben dem kleinen Schrein mit den Zehen Guillaumes waren schwarze Kerzen aufgestellt worden. Dunkle Rußfäden zogen von ihren Flammen der Decke entgegen. Guido war erschüttert. Man würde die Decke neu tünchen müssen, wenn diese Kerzen lange brannten. Jetzt entdeckte er noch einen zweiten Kreis, der mit weißer Kreide gezogen worden war. Alle Ordensbrüder und -schwestern standen dort. Nur Tomasin fehlte. Er hielt sich neben Jules.

Guido suchte unter den Gesichtern nach dem Antlitz von Lucien. Als er ihn entdeckte, war er überrascht. Der Abt lächelte verzückt.

Jules sang etwas in einer fremden Sprache. Guido hatte keine Ahnung, worum es ging, doch die Melodie stimmte ihn melancholisch, und eine bange Ahnung ergriff ihn, dass dieses Lied nicht für Menschen geschrieben worden war.

Die Flammen der Kerzen erzitterten, als habe ein plötzlicher Windstoß nach ihnen gegriffen. Mitten aus dem Höhlenboden wuchs ein Bogen aus goldenem Licht. Nie zuvor hatte Guido etwas so Schönes gesehen. Doch das Licht fasste eine Fläche aus Finsternis ein. Es war, als habe Bruder Jules ein Tor zu dem finsteren Abgrund jenseits der Sterne geöffnet.

Die Stimme des Wanderers veränderte sich. Tief und kehlig klang sie nun. Und sie formte keine Worte mehr. Sie erinnerte an das Knurren eines Hundes, der mit gebleckten Fängen und zitternder Rute bereit stand, jemandem an die Kehle zu gehen.

Seine Ordensbrüder und -schwestern drängten sich nun dicht um Lucien. Alle starrten sie zu Jules und Tomasin. Tomasin, der einst versucht hatte, es dem Wanderer in frommem Fasten gleichzutun, stand leicht vorgebeugt. Jules legte ihm beruhigend die Rechte auf den Rücken. Das Gesicht des Ordensbruders war schmerzverzerrt. Er riss den Mund weit auf und würgte, bis ein Faden aus klebrigem, zähem Licht von seinen Lippen troff.

Der dicke Jacques versuchte zu fliehen. Doch eine unsichtbare Wand hielt ihn wie alle anderen gefangen. Seine Fäuste trommelten gegen das Hindernis, bis ihm Blut unter den Nägeln hervorquoll. Er presste sich mit aller Kraft seines massigen Leibes gegen den Zauberwall, doch es war unmöglich zu entkommen.

Lucien streckte die Arme weit aus, als wolle er alle seine Brüder und Schwestern an sich drücken. Jetzt hämmerten auch andere gegen die unsichtbare Gefängnismauer. Doch die meisten standen einfach nur da und starrten. Der Lichtfaden, den Tomasin erbrach, wand sich wie ein Wurm und kroch der Finsternis unter dem goldenen Lichtbogen entgegen.

»Lass meine Kinder gehen!«, rief Lucien verzweifelt. »Was immer du tun musst, nimm mich!«

Der Wanderer schien den Abt nicht zu hören. Oder er wollte es nicht. Noch immer knurrte er, während mit Tomasin eine unheimliche Veränderung vor sich ging. Seine Haut begann zu schrumpeln, als altere er mit jedem Herzschlag um ein ganzes Jahr.

Inmitten der Gefangenen erhob sich eine kristallklare Stimme. Mariotte! Sie sang von Tjured, dem Licht, vor dem alle Schatten vergehen mussten. Und die Verzweifelten hoben ihre Häupter. Luciens volltönender Bass schloss sich dem Lied an. Eine dritte Stimme fiel ein.

Guido konnte die Macht des Liedes spüren, das sich gegen die finstere Magie des Wanderers stellte. Der Miniaturenmaler wollte hinab, doch seine Füße verweigerten ihm den Dienst. Sie standen still, als seien sie auf der steinernen Stufe festgenagelt. Selbst seine Zunge gehorchte nicht mehr seinem Willen. Er wollte mit seinen Brüdern und Schwestern singen. Er wollte wenigstens seine Stimme mit den anderen vereinen, wenn er schon nicht bei ihnen sein konnte. Doch auch dieser Trost blieb ihm verwehrt.

Der Wurm aus Licht erreichte das Dunkel. Tomasin hatte seine Augen so verdreht, dass nur noch das Weiße zu sehen war. Wie unheimliche Lichter erstrahlten sie in einem Gesicht, aus dem alles Fett geschmolzen war. Jetzt spannte sich seine Haut straff über den Schädelknochen. Sein Kopf erinnerte Guido an die Köpfe längst verstorbener Priester, die er in den steinernen Grüften und den Tempeltürmen der großen Städte gesehen hatte. Doch Tomasin lebte noch. Er versuchte mit verzweifelter Anstrengung seine Arme zu heben. Die Finger griffen nach dem Licht, das aus seinem Leib troff. Sie versuchten vergeblich, es festzuhalten.

Ein hechelnder Laut drang aus der Finsternis jenseits der Pforte aus Licht. Der Schatten wurde lebendig und gebar eine Kreatur, die sich gebückt und lauernd aus der Dunkelheit schob. Schwarz wie eine mondlose Winternacht war sie. Und sie folgte dem Licht, das der Wanderer Tomasin entrissen hatte. Gierig verschlang das Geschöpf der Finsternis den leuchtenden Wurm.

Tomasin hatte es aufgegeben, um sein Lebenslicht zu kämpfen. Seine Kutte war ihm halb von der knochigen Schulter gerutscht. Der stattliche Mann, der Guido noch beim Abendmahl gegenübergesessen hatte, war nicht mehr wiederzuerkennen.

Eine zweite Kreatur schob sich aus der Finsternis. Eine dritte und vierte folgten ihr in kurzem Abstand. Sie stritten um den Lichtwurm und verschlangen ihn binnen Augenblicken. Zuletzt weinte Tomasin blutige Tränen. Jules löste seinen Bann und ließ den sterbenden Priester zu Boden sinken.

Als die Schattengestalten ihr grausiges Mahl beendet hatten, begannen sie um den großen Kreis zu schleichen, in dem die übrigen Priester gefangen waren. Wo sie versuchten, den Bann zu durchbrechen, griff weißes Licht nach ihren Schattenleibern, und sie zuckten ängstlich zurück. Jules mieden sie. Guido konnte nicht erkennen, ob sich der Wanderer mit einem Zauber umgeben hatte oder ob etwas an ihm war, das die Kreaturen der Finsternis fürchteten.

Trotzig sangen die Brüder und Schwestern von der Allmacht Tjureds. Guido konnte sehen, dass Mariotte, wie vielen anderen auch, Tränen in den Augen standen. Verzweifelt versuchte er, sich von der Stelle zu rühren. Obwohl er noch immer wie angewurzelt stand, gehorchte ihm zumindest wieder seine Zunge. Er bettelte und fluchte! Er bot Tjured seine Seele zum Tausch gegen das Leben von Mariotte an. Er forderte von Gott, den falschen Ordensbruder in himmlischem Feuer zu verbrennen.

Jules schien mit den Kreaturen zu sprechen. Welchen Pakt schmiedete der Verräter mit der Finsternis? Der Gesang übertönte seine Worte. Nur die Bewegung seiner Lippen verriet, dass er sprach. Und dann deutete er auf den Kreis. Jules zeigte auf Lucien und dann auf Mariotte und zwei andere Ordensbrüder.

Mit einem Ruck, der ihn fast straucheln ließ, kam Guido frei. Immer zwei Stufen auf einmal nehmend, sprang er die Treppe hinab. Er konnte jetzt nichts mehr sehen. Schreie mischten sich unter den Gesang. Was geschah dort unten?

Guido schlug hart mit der Schulter gegen den Felsen, als er sich auf der Treppe vertrat. Er stürzte. Die Treppenstufen schlugen ihn grün und blau. Schützend umklammerte er seinen Kopf, als ein letzter, harter Schlag ihm die Luft aus den Lungen trieb.

Benommen blinzelnd sah er sich um. Er war in der Höhle. Zwei Schritt waren es noch bis zum Bannkreis. Die Schatten waren in den weiten Bannkreis eingedrungen. Noch immer sangen die meisten seiner Brüder und Schwestern, die Häupter in verzweifeltem Stolz erhoben. Die meisten von ihnen hatten die Augen geschlossen, um nicht zu sehen, was geschah, wie die Schatten durch die Leiber ihrer Freunde drangen und ihnen das Lebenslicht entrissen.

Guido wollte zu ihnen, doch vor ihm auf dem Boden war ein dünner, roter Strich, wie mit Blut gezogen, und es war unmöglich, ihn zu überschreiten. Ungläubig glitten seine Hände über die unsichtbare Mauer, die glatt und kalt wie Glas war.

Mariotte hatte ihn entdeckt. Ihre warmen, braunen Augen blickten voller Hoffnung, als sehe sie in ihm ihre Rettung. Sie streckte ihm die Hand entgegen. Der Bann, der sie gefangen hatte, schien gebrochen. Vielleicht, weil die Schatten eingedrungen waren.

Nur wenige Ordensbrüder lebten noch. Die meisten lagen zusammengekrümmt am Boden, entstellt wie Tomasin, das Fleisch von den Knochen gebrannt, ohne dass ihre Haut die kleinste Wunde zeigte.

Mariotte ging wie in Trance. Sie hielt die Arme vorgestreckt. Ein Schatten wirbelte um ihre nackten Füße.

Noch immer sang die Ordensschwester. Der Chor war leiser geworden. Nur Mariotte, Lucien und die beiden anderen Brüder, auf die Jules gedeutet hatte, lebten noch.

Mariotte presste ihre Rechte gegen die unsichtbare Barriere, hinter der Guido ausgesperrt stand. Sie war so nah und doch unerreichbar. Er versuchte ihre Hand zu berühren. Durch den Zauberbann hindurch konnte er ihre Wärme spüren, auch wenn er ihre Hand nicht zu berühren vermochte.

Wie schwarze Nebelschlieren stieg der Schatten an Mariotte empor. Doch sie achtete nicht darauf. Sie hatte aufgehört zu singen. Ihr Blick war fest auf Guido gerichtet, und dann lächelte sie inmitten all des Schreckens. »Ich weiß um deine Liebe.«

Ihre Worte verbrannten ihm die Seele. Verzweifelt hieb er mit den Fäusten auf die Barriere ein. Er trat gegen den Schutzwall und rammte den Kopf gegen die Mauer, bis ihm Blut aus der Nase quoll.

»Ich werde dich retten«, schrie er. »Ich hole dich dort heraus. Ich ….«

»Ich liebe dich auch«, sagte sie leise. Ihre Lippen berührten die Wand. Die schwarzen Schlieren hatten ihr Haupt erreicht. Sie atmete sie ein!

»Nicht, Liebste! Du darfst nicht …«

Der warme Glanz erlosch in Mariottes Augen. Sie waren noch immer auf Guido gerichtet. Doch jetzt war es etwas anderes, das ihn ansah. Kalt, taxierend, gierig.

»Ich verfluche dich, Gott!«, schrie Guido. »Wo bist du in der Stunde, in der deine Kinder dich brauchen, Tjured? Was haben wir dir getan, dass du ein so schreckliches Strafgericht mit uns hältst?«

Mariottes Lippen wölbten sich vor, als wolle sie ihn küssen. Doch unter dem weichen Fleisch waren jetzt Fänge wie von einem Wolf zu sehen. Ein hechelnder Laut begleitete die obszöne Geste und ein Knacken, das einem das Blut gefrieren ließ. Guido konnte sehen, wie sich die Fänge weiter aus dem Kiefer schoben. Unter ihrer Haut wand sich etwas, als säßen fingerdicke Würmer in ihrem Fleisch. Ihr Leib sackte nach vorne. Immer schneller veränderte sie sich. Arme und Beine wurden dünner und länger. Ihr Rücken wölbte sich. Die blaue Kutte zerriss.

Lucien und die beiden anderen Brüder machten eine ähnliche Verwandlung durch. Schließlich hatten sie alle die Gestalt riesiger Hunde angenommen. Groß wie Pferde waren sie, doch hagerer. Kurzes weißes Fell bedeckte die ausgezehrten Leiber. Jules Geschöpfe umspielte ein blauweißes Licht. Man konnte durch sie hindurchsehen, manchmal zumindest. Denn hin und wieder schienen sie auch aus Fleisch und Blut zu sein.

Geifer troff von ihren langen Schnauzen, in denen mörderische Reißzähne blitzten. Ihren gierig funkelnden Augen war anzusehen, dass ihr Hunger nach dem Lebenslicht der Sterblichen noch lange nicht gestillt war.

»Warum?«, flüsterte Guido, der immer noch nicht fassen konnte, was geschehen war.

Der Wanderer sah ihn freundlich an. »Weil sie nun nützlichere Diener für mich sind. Es ist an der Zeit, Furcht und Schrecken in die Welt der Elfen zu tragen. Ihr seid die Geißeln Tjureds. Hätte ich euch als blau gewandete Priester geschickt, die Elfen hätten euch verlacht. Doch so werden sie die Furcht kennen lernen. Ihre Schwerter und Pfeile können euch nichts mehr anhaben.«

»Was hier geschehen ist, kann nicht Tjureds Wille sein!«

Guido vermochte dem Wanderer nicht länger ins Gesicht zu blicken. Was für ein Geschöpf der Finsternis hatte sich in die Reihen der Priester geschlichen? Wie hatte das geschehen können? Und wie konnte Gott solchen Frevel dulden?

»Du kennst also den Willen Gottes, Guido«, sagte Jules herausfordernd.

»Zumindest weiß ich, was nicht sein Wille sein kann.«

»Wusstest du, dass Lucien falsches Zeugnis über den Tod des heiligen Guillaume ablegte? Er behauptete, dabei gewesen zu sein, als Guillaume starb. Und mit seinen Lügen verdrehte er die Wahrheit in ihr Gegenteil.«

Guido schwindelte es. Er sollte getäuscht werden!

»Immer wieder, wenn ich dieses Refugium besuchte, habe ich mit dem Abt über dessen Wahn gesprochen. Doch Lucien war verstockt. Er bestand darauf, Lügen über den Tod unseres bedeutendsten Heiligen zu verbreiten. Ja, er behauptete sogar, er habe teilgehabt am Tod von Guillaume. Und die Elfen seien gekommen, um Guillaume zu retten.« Jules lachte. »Verrückt! Alles was geschah, hat er ins genaue Gegenteil verkehrt!«

Guido vermochte den Blick nicht von all den Toten zu wenden. Manche hatten sich bei den Händen gehalten oder aneinander geklammert, als sie gestorben waren. »Das kann nicht Gottes Wille sein«, sagte er noch einmal. »Tjured ist voll der Gnade!«

»Das ist er«, bestätigte Jules. Er stieg über Tomasins Leiche hinweg und packte Guido bei den Armen. »Deshalb hat er mich dreimal geschickt, um mit Lucien zu reden und auf ihn einzuwirken. Selbst heute habe ich es noch einmal versucht.« Er schob Guido eine Hand unter das Kinn und zwang ihn, ihm in die Augen zu sehen. So schöne, blaue Augen. »Was wäre, wenn ich das Schwert Gottes bin, Bruder Guido? Was wäre, wenn Tjured mich geschickt hätte, den letzten Überlebenden der Mörder des heiligen Guillaumes zu strafen, weil dieser beschlossen hatte, sich seiner Bluttat zu brüsten?«

»Dann hättest du neunundzwanzig Unschuldige getötete!« Guido machte sich los und trat einen Schritt zurück. »Warum musste Mariotte sterben, wenn du Lucien strafen wolltest? Und warum Jacques und Tomasin und all die anderen?«

»Weil Gott in seiner unergründlichen Weisheit beschlossen hat, dass das Gift von Luciens Lügen schon zu lange auf sie eingewirkt hat, sodass er sie ihres Leibes berauben musste, um ihre Seelen retten zu können. Ich bin das Richtschwert, Guido. Doch das Todesurteil hat Lucien gesprochen, als er anfing, sie zu verblenden.« Die blauen Augen blickten ihn unerbittlich an. »Bist auch du ein Verblendeter, Guido?«

Der Bruder wusste nicht, was er noch glauben sollte. Er zitterte am ganzen Leib. Auch wenn Jules die Wahrheit sagte, so war die Strafe zu hart. Das war nicht das Urteil des Gottes, an den er glauben wollte.

»Nun?«

Einer der geisterhaften Hunde stieß ein heiseres Bellen aus. Seine Hinterläufe knickten zur Seite. Die Pfoten strampelten hilflos, während er sich mit den Vorderläufen noch vorwärts zu schleppen versuchte.

Jules wandte seinen eisigen Blick ab.

Jetzt brach ein zweiter Geisterhund zusammen. Seine Brust wölbte sich wie der Blasbalg eines Schmiedes. Die Rippen brachen durch das bleiche Fleisch, und etwas Schwarzes quoll aus dem Hundeleib.

Der Wanderer trat zu den verbliebenen beiden Hunden. Einer von ihnen hatte Mariottes Augen. Guido hätte jeden Eid geschworen, dass es jetzt wieder Mariotte war, die ihn ansah, so traurig waren diese Augen. Zuckend erbrach der Geisterhund einen Schatten, der sich windend in die Finsternis der Lichtpforte zurückkroch.

Alle vier Hunde verendeten. Stille herrschte im Allerheiligsten.

Rastlos ging Jules von einem Kadaver zum nächsten.

Dabei achtete er nicht darauf, ob er auf die Leichen der Ordensbrüder trat. »Ihre Seelen waren zu schwach«, sagte er und blickte zu Guido, als müsse dieser verstehen, wovon er sprach. »Sie konnten die Yingiz nicht halten. Es war vergebens.«

»Was war vergebens?«

»Der Tod deiner Brüder und Schwestern«, entgegnete Jules kühl. »Ihr Sterben hat nicht seinen göttlichen Zweck erfüllt.«

Blinde Wut packte Guido. Was sollte das heißen? Das Gott sich irren konnte? Dass dieses Massaker ein Irrtum war? Mit einem Wutschrei warf er sich auf Jules. Seine Fäuste schlugen auf das Gesicht des Ordensbruders ein. Unter seinen Hieben platzte Jules Lippe auf. Mit einem lauten Knacken brach sein Nasenbein. Blut rann ihm über Lippen und Kinn.

Ein Wort ließ Guido versteinern. Eine unsichtbare Kraft hielt ihn gefangen und hob ihn hoch, sodass gerade noch seine Zehenspitzen den Boden berührten.

Jules strich sich mit der Hand über das Gesicht. Seine Lippen waren augenblicklich verheilt und die Nase wieder gerichtet. Nur das Blut blieb zurück. »Du wünschst dir, bei ihnen zu sein, nicht wahr?« Er machte eine abfällige Geste in Richtung der Toten.

»Diesen Wunsch werde ich dir nicht erfüllen.« Der Wanderer spuckte Blut und Schleim auf seine Handfläche. Er flüsterte ein Wort, das die Kerzenflammen erzittern ließ. Sein Auswurf verwandelte sich in bleiches Gewürm. Dann blies er über seine Hand, und die Würmer verschwanden.

Guido fühlte einen leichten Schmerz tief hinter seiner Stirn.

»Ich schenke dir dein Leben, Miniaturenmaler, und eine Aufgabe. Du glaubst, ich bin eine Gefahr für meine Kirche? Finde einen Weg, mich aufzuhalten! Doch wenn du von dem sprichst, was heute geschah, dann werden die Würmer in deinem Kopf von deinem Verstand fressen, und du wirst so unerträgliche Schmerzen erleiden, dass du augenblicklich mit Schaum vor dem Mund zu Boden stürzt. Und hebst du eine Hand, um niederzuschreiben, was hier geschah, wird dich nämliches Schicksal ereilen.«

»Was heißt das, deine Kirche?«

»Du begreifst immer noch nicht?« Seine Stimme klang jetzt warm und mitfühlend. Er war wieder ganz zu jenem Jules geworden, den alle Brüder und Schwestern des Refugiums geliebt hatten. »Weißt du, Guillaume war mein Sohn. Und die Elfen hatten seinen Tod beschlossen. Die Geschichte, die dir Lucien erzählt hat, stimmt. Es waren nicht die Elfen, die Guillaume in Aniscans ermordeten. Doch ihre Königin hatte seinen Tod befohlen. Und wären ihnen nicht die verblendeten Soldaten König Cabezans zuvorgekommen, sie hätten ihren Befehl ausgeführt. Du kennst sie nicht, die Elfen. In ihren Herzen herrscht eine Kälte, die selbst mich schaudern macht. Sie sind viel schrecklicher, als du sie auf deinen Bildern zeigen kannst. Sie zu vernichten und mit ihnen die ganze Albenbrut, das ist der Sinn meines Lebens. Und meine Kirche wird dabei meine schärfste Waffe sein. Du weißt, ich bin in allen Refugien und Tempeltürmen ein gern gesehener Gast, Guido. Und du ahnst, ich bin kein Mensch. Ich messe mein Leben in Jahrhunderten, und ich werde die Tjuredkirche formen. Vor fünfzig Jahren waren die Elfen für deine Ordensbrüder ohne Bedeutung. Heute hasst ihr sie, weil sie den heiligen Guillaume ermordeten. Sieben meiner Kinder tragen heute das Blau deines Ordens, und sie werden bedeutende Kirchenfürsten werden. Ihr werdet so sein, wie ich euch brauche. Und keiner ahnt es außer dir. Flüchte dich in den Tod, und niemand wird mich aufhalten. Oder lebe und finde einen Weg, der die Würmer in deinem Kopf nicht weckt.«

Er stieß Luciens Leichnam zur Seite. »Letzten Endes habe ich ihnen einen Gefallen getan. Ihr träumt doch alle davon, Märtyrer und Heilige zu werden. Ich denke, ich werde sie in das Licht der Tempelfenster erheben. Die dreißig Märtyrer vom Mons Gabino. Das klingt nicht schlecht, oder? Meine Kirche wird ihre Namen bis ans Ende aller Tage tragen.« Er sah sich um und strich sich über das Kinn. »Man sieht, dass sie die Opfer finsterer Magie wurden. Dies ist wohl eindeutig die Tat ruchloser Elfen.«

»Das werde ich nicht zulassen!«, begehrte Guido auf. »Ich werde allen erzählen …« Brennender Schmerz ließ ihn aufstöhnen.

»Hatte ich dir gesagt, dass die Würmer in deinem Kopf tatsächlich jedes Mal, wenn du sie weckst, ein klein wenig von deinem Hirn fressen? Sie werden dich zu einem sabbernden Idioten machen, zu dumm, sein Wasser zu halten, wenn du sie allzu oft weckst.«

»Warum tötest du mich nicht einfach?«

»Eine gute Frage. Eigentlich ist es leichtfertig, dich ziehen zu lassen. Vielleicht lebst du, weil sich einunddreißig Märtyrer nicht so gut anhört wie dreißig Märtyrer. Das ist eingängiger. Vielleicht lebst du auch, weil ich ein Spieler bin und ein allzu leichter Sieg keinen Reiz für mich hat.« Jules löste seinen Zauberbann, sodass Guido nun kraftlos zu Boden sank. Noch immer quälte ihn pochender Schmerz. Er presste sich die Hände fest auf die Schläfen und betete.

Als die Qual endlich nachließ und er wieder aufsah, war er allein mit den Toten.

»ER IST NICHT TOT«

Die Spitze des Schwertes berührte sie leicht an der Kehle. Obilee wich einen Schritt zurück und ließ ihre eigene Waffe sinken. »Ich lerne es niemals.« Sie hätte das hölzerne Übungsschwert am liebsten gegen die Wand geworfen, doch sie versuchte ihre Gefühle in sich zu verschließen. Rasch blickte sie zur hohen Decke des Fechtsaals, damit die Königin nicht in ihren Augen lesen konnte. Sie beide waren allein in dem riesigen Saal.

Weiches Morgenlicht fiel durch die Fenster und umschmeichelte die Waffen an der gegenüberliegenden Wand. So dicht hingen sie, dass der Marmor der Wand fast völlig hinter dem Stahl verschwand. Es war ein regelrechtes Arsenal, groß genug, um ein kleines Heer auszurüsten. Die Trophäen aus Jahrhunderten der Kriege.

Ganz am Ende dieser Galerie blutiger Erinnerungen schwebte ein Kobold in einem Weidenkorb. Obilee hatte mit dem kleinen Kerl schon ein paarmal gesprochen, konnte sich aber nicht an dessen Namen erinnern. Vielleicht hatte er ihn auch nicht genannt. Kobolde waren, was ihre Namen anging, mitunter recht eigen. Er kannte die Geschichte jeder der Klingen, seien es nun die geflammten Klingen der Elfen aus Langollion, die großen Doppeläxte der Minotauren oder die Stockdegen Arkadiens. Dabei kämpfte er seine ganz eigene Schlacht gegen Staub und Rost. Es war seine Lebensaufgabe, die Waffen blank zu halten, und er lebte in einer winzigen Kammer gleich hinter der Wand. Die verborgene Pforte zu seinem Heim lag hinter einem vom Kampf gezeichneten Drachenschild. Er gehörte zum Fechtsaal wie die Waffen, und er war glücklich, wenn er jemanden fand, dem er von seinen Siegen über den Schmutz, Grünspan und heimtückischen Flugrost erzählen konnte.

»Nimm dir diesen Treffer nicht zu Herzen, Obilee. In einem Kampf mit scharfen Waffen wäre das ein sehr ungeschickter Treffer gewesen.« Die Königin sah sie herausfordernd an. »Du weißt, warum?«

»Weil ein Schnitt durch die Kehle an dieser Stelle die große Ader durchtrennt, durch die das Blut vom Herzen zum Kopf fließt. Das Blut würde aus der klaffenden Wunde spritzen, und es bestünde die Gefahr, dass man Blutspritzer in die Augen bekommt. In einer Schlacht könnte ein Sieg, den ich damit bezahle, kurz geblendet zu sein, meinen Tod bedeuten.«

Emerelle nickte wohlwollend. »Sehr gut. Wenn du einen Angriff gegen den Hals deines Gegners führst, sollte es deshalb ein Stich sein und kein Schnitt. Solche Wunden bluten weniger stark. Ideal ist der Stich direkt unter das Kinn, der durch die Mundhöhle hinauf ins Gehirn führt. Er tötet augenblicklich, ist allerdings nur gut gegen größere Gegner zu führen wie etwa Trolle.«

Obilee überlief ein Schauder. Die kühle Art, in der Emerelle vom Ende eines Lebens sprach, machte ihr zu schaffen. Manchmal hatte sie die Befürchtung, dass die Königin den geheimen Plan verfolgte, sie zu ihrer Schwertmeisterin zu machen. So viele Jahre war Ollowain nun schon verschwunden. Emerelle konnte nicht mehr lange zögern. Die Raubzüge der Trolle wurden immer dreister. Es war nur eine Frage der Zeit, wann sie einen regelrechten Kriegszug ins Windland unternehmen würden, und dann brauchte sie einen Heerführer.

»Du siehst niedergeschlagen aus«, bemerkte Emerelle. »Nimmst du dir den Ausgang dieses kleinen Geplänkels so sehr zu Herzen, oder ist es etwas anderes, was dich bedrückt?«

»Ich bin mir nicht sicher, ob ich zur Kriegerin berufen bin. Ich bewege mich so ungeschickt … Und ich weiß nicht, ob ich jemanden töten kann.«

»Vielleicht sind es gerade diese Zweifel, die ich an dir schätze. Eine ritterliche Elfenkriegerin nimmt niemals leichtfertig ein Leben. Wenn deine Ausbildung abgeschlossen ist, dann wird es kein Geschöpf in Albenmark geben, das du nicht zu töten vermagst. Aber deine eigentliche Aufgabe besteht darin, Leben zu schützen. Du wirst für jene eintreten, die sich nicht mit der Waffe verteidigen können. Für viele Jahre wirst du eine fahrende Ritterin sein.

Schwert und Schild der Wehrlosen, die auf keine andere Hilfe hoffen dürfen als auf die eines Elfen, der sich ihrer Sache annimmt. Du wirst die kälberstehlenden Riesenwelse von Manchukett jagen und selbst mit verbundenen Augen die giftigen Pfeile der Gorgonen aus Nashrapur abwehren können. Du wirst den Ruhm der Elfenvölker mehren, die immer schon das Licht der Unterdrückten waren.«

Wenn Emerelle so redete, konnte Obilee nur an eines denken. Wenn sie fahrende Ritterin wurde, dann würde sie nicht hier sein, wenn der eine zurückkehrte, dem sie ihr Herz verschrieben hatte. Er, dessen rebellische Suche nach der verbannten Magierin Noroelle zu einer Legende unter den Elfenvölkern zu werden begann. Er, der sein Leben der Liebe zu einer anderen gewidmet hatte und der wohl niemals bemerken würde, wie viel er ihr bedeutete.

»Du bist heute weit fort mit deinen Gedanken. Es ist besser, wir beenden die Übungsstunde. Zur Mittagszeit erwartet dich Elodrin von Alvemer. Er hat es immer noch nicht aufgegeben, dich in die höheren Weihen des Falrach-Spiels einführen zu wollen.« Emerelle lächelte milde.

»Verzeih mir. Ich erlaube mir diesen Spott, weil auch ich nicht gegen Elodrin bestehen könnte.« Die Königin knöpfte die gesteppte Weste auf, die sie während jeder ihrer Fechtstunden trug. Sie hätte der Schutzkleidung nicht bedurft. In all den Jahren, in denen sie nun schon die hölzernen Klingen kreuzten, hatte Obilee die Herrin Albenmarks nicht ein einziges Mal getroffen. Die meisten Albenkinder kannten Emerelle nur als ihre unnahbare Königin, doch einst war auch sie eine fahrende Ritterin gewesen, und in den Drachenkriegen hatte sie zuletzt die vereinten Heere der Elfenfürsten angeführt. Noch immer übte Emerelle jeden Tag im Fechtsaal. Sie war eine Meisterin in der Kunst des Schattenfechtens. Obilee hatte ihr oft zugesehen, wenn sie mit der Klinge in der Hand durch den weiten Fechtsaal wirbelte wie eine Tänzerin, die einer Melodie folgte, die nur sie allein zu hören vermochte. Es gab nur eine Hand voll Elfen, denen Emerelle das Privileg gewährte, den Fechtsaal zu betreten, wenn sie dort tief in der Nacht oder während der ersten Morgenstunden übte.

Manchmal fragte sich Obilee, ob die Königin versuchte, Noroelles Platz auszufüllen. Die Elfenmagierin war einst Obilees Freundin und Lehrerin gewesen.

Emerelle schenkte Wasser in einen Kristallkelch und bot ihn ihr an. Ein Schatten glitt durch den Raum, so wie manchmal an hellen Sommertagen die Schatten der Wolken über Land ziehen. Obilee zuckte zusammen. Nach all den Jahren hatte sie sich noch immer nicht daran gewöhnt.

»Wenn Ollowain zurückkehrt, werde ich ihr Gefängnis im Nichts wieder versiegeln.«

Die junge Kriegerin blickte zu ihrer Königin auf. Niemand wagte es, Emerelle direkt darauf anzusprechen, doch Ollowain war seit mehr als sieben Jahren verschollen, und auch die Krieger, die man ausgeschickt hatte, um nach ihm zu suchen, waren nie zurückgekehrt. Es gab keine Nachrichten mehr aus der Bibliothek von Iskendria. Dafür machte das Gerücht die Runde, der Hort des Wissens sei vom Nichts verschlungen worden. Wer wusste schon, was in der Zerbrochenen Welt geschah, wenn es den Yingiz sogar gelang, in den Palast der Königin einzudringen.

»Kann denn nur der Schwertmeister die Schatten töten?« Obilee mied es, den Namen der Yingiz auszusprechen, denn sie fürchtete so die Aufmerksamkeit der Schattengestalten auf sich zu lenken.

»Niemand vermag sie zu töten«, entgegnete die Königin in ungewohnter Offenheit. »Nicht einmal die Alben können das. Deshalb haben sie die Yingiz ins Nichts verbannt. Dort können sie kaum Schaden anrichten.«

Obilee sah ihre Königin mit schreckensweiten Augen an. »Wir werden die Schatten also für immer erdulden müssen?«

Emerelle wiegte sanft ihr Haupt. »Ich hoffe nicht. Ich vermag der Yingiz mit meiner Zauberkraft habhaft zu werden. Ich kenne sie. Es sind sieben, die um den Palast ihr Unwesen treiben, und es ist seit mehr als zwei Jahren kein neuer Schatten mehr hinzugekommen. Auch entfernen sie sich nie weiter als ein paar Meilen. Das Licht zieht sie an … Oder vielleicht bin ich es. Sie verschlingen das Lebenslicht ihrer Opfer, wenn sie mächtig genug werden. Manchmal glaube ich, dass sie es auf mein Lebenslicht abgesehen haben. Dass ich ihre Trophäe bin. Deshalb verlasse ich die Burg nicht mehr.«

Dafür gehen alle anderen, die einen Grund finden, sich davonzumachen, dachte Obilee. Erst letzte Woche hatte Meister Alvias seine Tochter nach Alvemer geschickt. Sie erwartete ein Kind, und der Hofmeister, der sonst zu den Treuesten der Treuen zählte, konnte den Gedanken nicht ertragen, dass der Schatten der Yingiz auf den erblühten Leib seiner Tochter fiel. Er schämte sich für diesen vermeintlichen Verrat, das hatte er Obilee anvertraut. Aber letztlich hatte ihn das nicht davon abgehalten, seiner Tochter die Reise zu befehlen.

»Warum wirfst du die Schatten nicht zurück ins Dunkel, wenn du sie mit deiner Magie zu fangen vermagst, Herrin?«

Emerelle strich mit einem Finger über den Rand des Pokals, den die junge Elfenkriegerin wieder abgestellt hatte. Ganz in Gedanken versunken, lauschte sie dem klagenden Laut des Glases. »Es wäre ein Fehler, sie zurück ins Nichts zu bannen, solange der verlorene Strang im Netz der Albenpfade nicht wiederhergestellt ist. Bis jetzt finden die Yingiz nur zufällig aus ihrem Gefängnis in unsere Welt. Doch was wird geschehen, wenn ich jene zurückschicke, die hier waren? Sie kennen den Weg nach Albenmark. Werden sie ganze Heerscharen hierher bringen? Niemand weiß, wie viele Yingiz es gibt. Sind es genug, um eine ganze Welt in Schatten zu tauchen? Und wächst ihre

Macht, wenn sie in großer Zahl kommen? Wenn Ollowain wiederkehrt, dann wird er mir Antwort auf diese Fragen bringen.«

»Und wenn er nicht wiederkehrt? Er ist nun schon so viele Jahre verschwunden.« Niemand hatte es bisher gewagt, dies in Gegenwart der Königin offen auszusprechen. Man stellte Emerelles Entscheidungen nicht in Frage, es sei denn, man war bereit zu riskieren, in die Verbannung geschickt zu werden. Doch hatten jene, die den Schatten zum Trotz noch im Palast ausharrten, nicht ein Recht darauf zu erfahren, wie es weiterging? Manche munkelten schon, Emerelle habe sich immer noch nicht von den schweren Verletzungen erholt, die sie in Vahan Calyd erlitten hatte. Fast einen Winter lang war sie bewusstlos gewesen, und manche waren der Meinung, sie sei auch jetzt noch wie erstarrt.

»Er wird zurückkehren«, sagte Emerelle leise und in sich gekehrt.

»Aber wie kannst du dir da so sicher sein?«

Die Königin sah auf, und ihr Blick war wie der einer Sphinx, undeutbar und geheimnisschwanger. Es war unmöglich, an ihren Augen abzulesen, was sie wohl denken mochte. »Du wagst dich weit vor.«

Obilee presste die Lippen zusammen. Jemand hatte diese Frage stellen müssen. Sie würde sich nicht dafür entschuldigen, es getan zu haben.

»Er ist nun seit sieben Jahren, zwei Monden und dreizehn Tagen fort.« Die Königin lächelte scheu. »Und siebzehn Stunden. Niemand in ganz Albenmark erwartet seine Rückkehr so wie ich.«

Die junge Elfe war überrascht, ja fast erschrocken. Es war nicht Emerelles Art, so offen zu sein. Noch nie hatte Obilee erlebt, dass ihre Herrin ihre Gefühle verriet.

Die Königin legte ihre Rechte auf die Brust, dort, wo ihr Herz schlug. »Ich kann ihn fühlen.« Ihr Blick wurde nun weicher. »Ich weiß, dass er lebt, auch wenn ich nicht in

Worte zu fassen vermag, warum es so ist. Ich spüre ihn. Seine Gedanken. Sein Wesen.«

»Ist es seine Seele, die du an dich gebunden hast?«, fragte Obilee erschrocken.

Jetzt lachte Emerelle. »Nein. Vielleicht hat er einen Teil meiner Seele mit sich genommen. Vor Jahrhunderten schon.«

»Ihr wart einst ein Paar?«, fragte Obilee, alle Etikette vergessend.

»Vor sehr langer Zeit. Er gab sein Leben für mich. Seitdem warte ich auf ihn.«

»Und er wurde erst so spät wiedergeboren? Oder hat er dich …«

Emerelle senkte den Blick. »Ich hoffe noch darauf.«

Die junge Elfe verstand. Emerelle hatte bei Hof ihre Gefühle gegenüber Ollowain bislang gut verborgen. Doch nun erschien manches in einem neuen Licht. Der schnelle Aufstieg Ollowains hatte wohl nicht allein mit seinen außergewöhnlichen Fähigkeiten zu tun. Und seine Treue gegenüber Emerelle, die schon legendäre Züge annahm, bekam einen tragischen Beiklang. Ahnte seine Seele etwas, das sich seinen Gefühlen nicht erschlossen hatte? Gab es ein Gedächtnis der Seele, das mit Erinnerungen nichts zu tun hatte, aber dennoch das Leben bestimmte? Man sprach einen Wiedergeborenen nicht auf seine alten Bande an. Dies gehörte zu den ungeschriebenen Gesetzen unter allen Elfenvölkern. Die Verbliebenen erwarteten jene, die sich wieder in Fleisch kleiden würden, weil sie nicht den Weg ins Mondlicht gefunden hatten, aber man beschwerte das Leben der Wiedergeborenen nicht mit ihrer Vergangenheit. Und unter Liebenden war es auch oft so, dass man wieder erkannt werden wollte. Dass man darauf hoffte, die Liebe sei etwas Unsterbliches. Meist erinnerten sich die Wiedergeborenen jedoch nicht an ihr früheres Leben. Sehr selten vernahm man Geschichten um eine Liebe, die den Tod überdauerte, auch wenn ein Abgrund aus Jahrhunderten das Paar trennte. Nur wenn zwei Seelen sich so nahe gekommen waren, dass sie wie eine wurden, dann konnten sie wieder zueinander finden, so hieß es.

Obilee fragte sich, wie oft der Schwertmeister wohl schon wiedergekehrt war und Emerelle nicht erkannt hatte. Die verletzliche Scheu, mit der die sonst so unnahbare Königin reagierte, erschien ihr ein Hinweis darauf, dass Ollowain wohl nicht der erste Leib war, in dem die alte Seele von Emerelles Geliebtem zurückkehrte.

»Wenn er lebt, dann empfinde ich die Last der Jahrhunderte als weniger drückend. Mit ihm wird ein Stück meiner Jugend wieder lebendig. Er war mein Gefährte, als ich eine fahrende Ritterin war. Damals waren Recht und Gerechtigkeit so einfach zu finden. Man kämpfte für einen Einzelnen oder eine kleine Gemeinschaft. Alles war überschaubar. Du wirst sehen, es gibt weniges, das einen so zufrieden macht, wie dem Unrecht einen Sieg abzuringen. Heute ist alles unendlich viel schwerer geworden. Ich bin Schild und Schwert einer ganzen Welt. Ich habe tausende Zukünfte Albenmarks in meiner Silberschale gesehen. Ich war Zeugin von Schrecken, die du dir nicht einmal vorstellen könntest. Und der Grat zwischen Recht und Unrecht ist schmal wie eine Messerklinge geworden, sodass ich mich mit jedem Schritt verletze, den ich gehe. Manchmal denke ich, wäre ich noch eine fahrende Ritterin, ich würde die Emerelle bekämpfen, die auf dem Thron Albenmarks sitzt. Vielen erscheine ich als eine Tyrannin. Vielleicht ist es der Fluch der Silberschale, der mich eines Tages zerbrechen wird. Ich kämpfe nicht mehr nur für die Lebenden, nein, meine Sorge muss auch den ungezählten Legionen derer gelten, die geboren sein wollen. Wie soll ich jenen, die sich beklagen, ich hätte ihnen ein Unrecht getan, begreiflich machen, dass ich Gerechtigkeit für ihre Urenkel geübt habe? Das will niemand hören. Ich kenne keinen anderen Wert, der so wandelbar ist wie die Gerechtigkeit. Keines der Elemente, von denen uns die Alchimisten erzählen, ist so flüchtig und wandelbar. Wie übt man Gerechtigkeit für ein Schaf, dessen Lämmer gerissen wurden? Indem man den Wolf tötet? Ist es nicht ungerecht, den Wolf zu verurteilen, weil er tat, wozu er erschaffen wurde? Ich versuche so zu herrschen, dass es möglichst vielen der Geschöpfe Albenmarks möglichst gut geht. Ich wahre Frieden, indem ich mit aller Härte die Gesetze verteidige, die uns einst von den Alben gegeben wurden. Niemand steht über diesen Gesetzen. Nicht einmal ich. Deshalb hatte ich keine andere Wahl, als Noroelle zu bestrafen, als sie ihr Dämonenkind in die Welt der Menschen brachte. Du weißt, dass sie lange meine Vertraute war und mir so nahe stand wie kaum eine Zweite.«

Selbst jetzt nach all den Jahren musste Obilee gegen ihre Tränen ankämpfen, wenn sie daran dachte, wie Noroelle verbannt worden war. In einem der Splitter der Zerbrochenen Welt gefangen zu sein, war eine Strafe, die grausamer war als der Tod. Wenn Elfen starben, gingen sie ins Mondlicht, oder sie durften darauf hoffen, eines Tages wiedergeboren zu werden. Doch niemand wusste, was mit jenen geschah, die in der Zerbrochenen Welt ihr Leben ließen. Es hieß, dass die Seelen dort gefangen waren oder sogar im Nichts vergehen mussten. Der Tod verhieß dort keine Hoffnung auf Erlösung. Die Seelen verloschen wie eine Kerze, die ein plötzlicher Windstoß löschte.

»Auch ich trauere um Noroelle«, sagte die Königin schwermütig. »Sie hat eine Lücke hinterlassen, die niemand zu schließen vermag. Es ist die Bürde eines langen Lebens, zu viele solcher Wunden in seinem Herzen zu tragen. Manchmal wird die Sehnsucht, vor allem zu fliehen, schier unerträglich. Es gibt wenig Trost, die Welt für jene zu retten, die nicht einmal geboren sind. Sie sind wie eine Zahl, eine vage Vorstellung. Man hegt kein tiefes Gefühl, das mit denen verbunden ist, die noch leben werden, außer vielleicht Verantwortung. Es sind die Augenblicke, in denen ich mein Dogma, Gerechtigkeit für möglichst viele zu üben, insgeheim umkehre. Ich stelle mir dann vor, die Zukunft für …« Sie brach abrupt ab.

Obilee blickte sie forschend an. Hatte sie etwas getan, was die Königin beleidigte? Emerelle hielt die Augen geschlossen. Ihre Rechte ruhte noch immer auf ihrem Herzen. Alle Anspannung war aus ihrem Antlitz gewichen. »Fast hätte ich seinen wahren Namen genannt«, sagte sie leise. Dann sah sie Obilee durchdringend an. »Schon lange nicht mehr habe jemandem mein Innerstes offenbart, Obilee. Du weißt nun mehr um mich als selbst Noroelle. Lass deine Lippen das Siegel meiner Geheimnisse sein.«

Obilee fühlte sich betrogen. So viel Emerelle ihr auch offenbart hatte, das letzte Geheimnis behielt sie für sich. Die junge Elfe rang mit sich. Durfte sie es wagen, noch mehr zu fordern? Lieber wäre sie unwissend geblieben, als nur einen Zipfel der Wahrheit zu erhaschen. »Wenn du mich etwas lehren wolltest, Herrin, dann sag mir auch alles. Was stellst du dir vor, wenn du dein Dogma der Gerechtigkeit umkehrst?«

Das Lächeln Emerelles veränderte sich. Es wich zwar nicht von ihren Lippen, doch ihre Augen erreichte es nicht mehr. Sie wirkten kühl. Forschend. »Du wirst eine gute fahrende Ritterin werden, denn du wagst es, unbequeme Fragen zu stellen. Dabei ist die Wahrheit ein fast genauso unbeständiger Stoff wie die Gerechtigkeit. Ich denke an den, den du als Ollowain kennst, wenn ich für die Zukunft Albenmarks kämpfe. In Wahrheit gibt er allein mir die Kraft. Wenn man ehrlich ist, dann will man die Welt immer nur für Einzelne verändern. Nicht für Völker. Zumindest gilt das für mich. Ich stelle mir vor, dass Albenmark immer noch der Ort sein sollte, für den wir einst gekämpft haben, als ich noch eine fahrende Ritterin war und er mich begleitete. Dies soll mein Geschenk an ihn sein, wenn er eines Tages zu unserer Liebe zurückfindet. Wann immer das sein mag.«

Obilee empfand die Antwort als unbefriedigend. Durfte

eine unerfüllte Liebe zum Maß für eine ganze Welt werden? Woran maß man Gerechtigkeit? War es da nicht besser, möglichst vielen ein möglichst gerechtes Leben schenken zu wollen? Die Kriegerin war froh, nicht an Emerelles Stelle zu sein. Zugleich war sie sich sicher, dass sie anders entschieden hätte.

»Zweifelst du nun an mir?«, fragte die Königin spöttisch. »Ich rate dir, beurteile meine Taten nicht, Obilee. Das ist so, als hättest du auf einem staubigen Weg, der sich in der Ferne verliert, einen einzelnen Stein aus einem Mosaik gefunden und glaubtest, du könntest dir das Bild vorstellen, zu dem er gehört. So sehr du nun vielleicht vom Gegenteil überzeugt sein magst, du kennst mich nicht. Ich werde weiterhin für Ollowain kämpfen, denn auch, wenn er seit sieben Jahren verschollen ist, spüre ich ihn noch. Er ist nicht tot!«

In Emerelles letzten Worten vermeinte Obilee einen merkwürdigen Unterton zu hören. Würde die Königin jemals anerkennen, dass ihr Geliebter tot war? Würde sie nicht immer darauf beharren, dass er vielleicht zurückkehrte? Und konnte es sein, dass der Mann, dessen Liebe sie einst teilte, schon lange gestorben war, auch wenn seine Seele wieder und wieder nach Albenmark zurückkehrte? Sie sah Emerelle plötzlich mit anderen Augen. Hatten jene, die sie eine Tyrannin nannten, vielleicht sogar Recht? Zugleich empfand Obilee aber auch tiefes Mitleid mit ihrer Herrin. Dann dachte sie an das, was Emerelle über den Stein aus dem Mosaik gesagt hatte.

Die Königin hatte sich erhoben und deutete mit dem Übungsschwert auf sie. »Steh auf, Obilee. Ich möchte dir noch eine Lektion erteilen, bevor ich in den Thronsaal zurückkehre.«

FRIEDLOS

»Ich lasse das Gift der Melancholie zu Tinte werden und banne es auf ein Stück fein gegerbte Rindshaut, wenn ich dir schreibe, mein verlorener Freund. Mir wird die Brust eng um mein Herz, wenn ich an dich denke, Ollowain. Fünfzehn Jahre sind verstrichen, seit ich dich das letzte Mal sah, in jenem Winter des Blutes, den die Skalden heute poetisch Elfenwinter nennen. Ich denke oft an dich, mein Freund. Manche sagen, du seiest tot. Doch ich kann mir keinen Gegner vorstellen, der dich hätte bezwingen können, Schwertmeister. Für mich bist du immer so unbesiegbar geblieben, wie du es als mein Fechtmeister warst, in jenen fernen Tagen, als ich ein Kind war und allein am Hof von Albenmark. Der einzige Mensch in einer fremden Welt. Und du warst damals mein einziger Freund. Auch denke ich oft an die Jahre, als wir gemeinsam mit meinem Vater nach Noroelles Sohn suchten. Heute könnte ich ihn wohl besser verstehen, jenen Mandred Torgridson, der mich, seinen Sohn, an die Elfenkönigin verschenkte. Das Fjordland ist aus der Asche des Krieges wieder auferstanden. Es ist ein starkes Königreich. So stark, dass unsere Nachbarn über uns spotten und sagen: Alle Königreiche hätten einen Heerhaufen, der ihm dient, so wie es sich gehört, nur das Fjordland nicht. Dies sei ein Heerhaufen mit einem Königreich, das ihm dient. Ich wünschte, es wäre anders! Doch die Trolle lassen uns nicht in Frieden. In jedem Frühling kommen sie aus dem eisigen Norden. Sie rauben Vieh, brennen einsame Gehöfte nieder und schlachten die Bauern. Dir brauche ich nicht zu sagen, was sie mit ihnen tun. Wir haben es beide gesehen.

Mein Leben ist einsam ohne dich, mein Freund. Dies mag seltsam klingen, bin ich doch als König fast immer von Leuten umgeben. Aber einen Freund wie dich habe ich nie wieder gefunden. Du hast in meinem Herzen eine Lü-

cke hinterlassen. So wie Kadlin und Asla, die ich nicht vor den Trollen retten konnte. Manchmal stehe ich oben auf dem Hartungskliff zwischen den verzauberten Steinen. Besonders in Nächten, in denen das grüne Feenlicht über den Himmel zieht und das Land unter dem Leichentuch des Winters liegt. Dann flüstere ich dort deinen Namen. Und ich hoffe, dass sich das magische Tor öffnet und ich nach Albenmark zurückkehren kann. Meinen Sohn Melvyn habe ich nie gesehen. Ich habe ihm angetan, was mir mein Vater angetan hat. Ich habe ihn allein in der Fremde aufwachsen lassen. Silwyna erzählt nur wenig von ihm. Sie ist bei mir geblieben. Das hättest du nicht gedacht, nicht wahr? Ich selbst kann es oft nicht fassen. Natürlich ist sie mir nach Art der Maurawan treu geblieben. So wie eine Katze, die sich einen Menschen erwählt, bei dem sie bleibt. Manchmal verschwindet sie für viele Wochen auf ihre Streifzüge, und dann erwache ich eines Morgens, weil sich ihr warmer Leib an meinen Körper schmiegt. Sie kommt immer zurück. Ich weiß, auch du wirst zurückkehren, mein Freund. Ich wünsche es mir so sehr. Du wirst einen alten Mann finden. Vielleicht auch nur noch ein Grab. Aber aus dem Grab werden meine Briefe zu dir sprechen. Setz dich oben auf das Hartungskliff zwischen die Elfensteine, wenn du sie liest. Und lausche auf den Wind. Dort werde ich dir nahe sein, auch wenn mein Leib längst Staub geworden ist. Die Zeit ist ein trügerischer Freund, Schwertmeister. In meiner Jugend hat sie mir fast jeden Tag ein Geschenk gemacht. Doch nun ist sie zum Dieb geworden. Jeden Tag nimmt sie etwas von mir mit. Und nicht mehr lange, und ich werde ganz verschwunden sein. Meine Leute nennen mich Elfensohn oder auch Elfenkind. Aber wie ein Elf bin ich nie geworden. Ich habe nie das Geheimnis ergründet, wie man sich die Zeit zum ewigen Verbündeten macht. Das Zauberwort, das einen davor bewahrt, dass sie zum Dieb der Jahre wird.

Eine Geschichte muss ich dir noch erzählen, bevor die Kerze niedergebrannt ist und nur noch das kalte Feenlicht am Himmel bleibt. Sie wird dich schmunzeln lassen, das weiß ich. Mein Sohn Ulric ist ein Krieger geworden. Ein Mann, der seinen Vater mit Stolz erfüllt. Er trägt Weiß als seine Farbe, wie du, und er ist schön wie ein Elf. Meine Leute fürchten ihn, doch davon möchte ich jetzt nicht reden. Es ist eine merkwürdige Eigenart der Menschen, von der ich dir berichten möchte. Sie lässt Silwyna und Ulric zu einer Person verschmelzen. Nur ein paar Tagesritte von Firnstayn entfernt erzählt man sich, du wärst immer noch an meiner Seite, mein Freund. Sie nennen dich Ollwyn, und sie sagen, dass du bei jedem Kampf an meiner Seite seiest. Dabei ist es Ulric, der neben mir reitet. Ich mache mir Sorgen um ihn. Manchmal ist es, als gebe es ihn gar nicht. Sei ihm ein Freund, wie du mir ein Freund warst, falls ich bei deiner Rückkehr nicht mehr hier bin. Er wird dich brauchen.

Nun werde ich mein Pferd satteln lassen und mich auf den Weg hinauf zum Hartungskliff machen. Ich werde Blut mitnehmen. Erinnerst du dich noch an ihn? Den großen hässlichen Hund, der Ulric und Halgard gerettet hat und auch Yilvina. Manchmal habe ich das Gefühl, dass die Diebin Zeit sich vor seinen langen Fängen fürchtet. Er ist immer noch stark, auch wenn er längst eine graue Schnauze bekommen hat. Blut begleitet mich oft. Und manchmal, wenn sich die Pforten der Geisterwelt öffnen, sehe ich meine kleine Kadlin auf ihm reiten, und ich höre sie lachen. Das Hartungskliff ist ein guter Ort, um den Geistern nahe zu sein. Wenn ich dort allein bin und dem Wind lausche, höre ich manchmal Flötenspiel. Vielleicht spielt Xern auf seiner Hirtenflöte im Schatten der alten Eiche Atta Aikhjarto. Ich weiß, die beiden sind nur einen Schritt entfernt und doch so unerreichbar für mich, wie du es bist, mein Freund. Jedes Mal, wenn ich hinauf zum Kliff reite, hoffe ich, das Tor wird sich öffnen, und du wirst mir entgegentreten. Wenn Luth es so gefügt hat, werden wir uns also schon in wenigen Stunden begegnen. Das Land hat deine Farbe ange-

legt, Ollowain. Und falls ich dich wieder einmal nicht treffen sollte, dann wird mir der eisige Winterwind vielleicht meine Sehnsucht aus der Seele schneiden.«

XXIII. BRIEF DES KÖNIGS ALFADAS
AN DEN ELFEN OLLOWAIN,
VERTRAULICHES DOKUMENT, TRUHE 9,
EICHENGEWÖLBE DER BIBLIOTHEK ZU FIRNSTAYN

DIE JÄGERIN

Kadlin blickte fassungslos auf die Stadt am Fjord. Als sie vor fünf Tagen Sunnenberg erreicht hatten, war sie schon überwältigt gewesen; niemals hätte sie gedacht, dass so viele Menschen so dicht beieinander leben könnten. Doch der Anblick von Firnstayn war noch viel überwältigender. Sie versuchte zu schätzen, wie viele Häuser, Hüten und Bootsschuppen dort unten am Ufer standen. Es mussten mehr als fünfhundert sein! Wie viele Menschen mochten dort leben? Fünftausend? Oder noch mehr? Wie eine große Rentierherde. Doch die Rentiere mussten von Weide zu Weide wandern. Wie schafften es so viele Menschen auf Dauer, an einem Ort zu leben und nicht zu verhungern?

Ein hoher Erdwall mit einer hölzernen Palisade umgürtete die Stadt. Und wie eine Krone erhob sich eine weite Festhalle über der Siedlung. Die Halle des Königs. Dort musste der legendäre Alfadas leben. Der Elfensohn, wie sie ihn auch nannten. Er hatte die Trolle vertrieben, nachdem sie fast das ganze Land verwüstet hatten. Und er hatte das Königreich aus der Asche wieder auferstehen lassen und zu neuer Größe geführt.

Seit ihrer Kindheit hatte Kadlin unzählige Male gelauscht, wenn die Jäger abends an den Feuern saßen und von ihrem König erzählten. Alfadas! Sein Name hatte sie immer berührt. Er weckte einen süßen Schmerz in ihr, eine Sehnsucht danach, ihm nahe zu sein und ihm zu dienen.

Sie erinnerte sich noch genau an einen nebligen Herbsttag, an dem die Wolken in die Täler hinabgestiegen waren und die Elfe Silwyna sie besucht hatte. Beim Anblick ihres Bogens hatte Kadlin beschlossen, eine Jägerin zu werden. Der König brauchte immer Jäger, um seine vielen Krieger mit frischem Fleisch zu versorgen. Auch Silwyna war eine Jägerin. Ein- oder zweimal im Jahr, meist im Frühling und im Herbst, kam sie, um ihre Eltern zu besuchen, mit denen sie sich angefreundet hatte. Sie war auch die Bettgefährtin des Königs. Bei ihrem ersten Besuch war Kadlin nicht einmal stark genug gewesen, um einen Bogen zu spannen. Die junge Frau lächelte. Seitdem war viel Zeit vergangen.

»Und?« Kalf, ihr Vater, hatte sie aufmerksam beobachtet. Er wirkte angespannt, auch wenn er sich alle Mühe gab, es sich nicht anmerken zu lassen. Er war gegen diese Reise gewesen, und noch gestern Abend hatte er am Lagerfeuer versucht, sie ihr auszureden. Kalf mochte keine großen Siedlungen und mied sie wie ein Wolf den Schneelöwen. Er schien in ihnen eine Gefahr zu sehen. Warum das so war, hatte er Kadlin nie sagen wollen. »Wie gefällt dir, was du siehst? Man kann den Gestank der vielen Menschen selbst hier oben riechen. Das ist gegen die Gesetze der Götter, dass so viele Leute auf einem Fleck leben. Sie werden in ihrem eigenen Mist ersticken! Ich vermisse schon jetzt die klare Luft der Berge.«

Kadlin atmete tief durch. Was ihr Vater sagte, war Unsinn! Die Luft war gut. Die Jägerin betrachtete die steile Felsklippe auf der anderen Seite des Fjords. Ein Kreis aus stehenden Steinen fasste den Gipfel ein, ein verzauberter

Ort, durch den die Elfen in ihre Welt gelangten. Einst war Alfadas auf Befehl des alten Königs mit einem ganzen Heer durch diesen Steinkreis gezogen.

Der schroffe Gipfel kam ihr seltsam vertraut vor. Sie war doch nie zuvor hier gewesen! Ob sie ihn vielleicht im Traum gesehen hatte? Manchmal quälten sie noch Albträume aus dem Elfenwinter. Ihre Eltern waren damals mit ihr in die Berge geflohen. An das meiste erinnerte sich Kadlin nicht wirklich. Sie kannte es aus Erzählungen, und es gab keine Bilder dazu in ihrem Gedächtnis. Doch sie wusste, dass sie einmal Trollen begegnet war. Sie waren riesig. Sie hatten nach Rauch und Winter gestunken. Und es war ein Weib bei ihnen gewesen, das sein Gesicht hinter einer Maske aus Haut versteckt hatte. Dieses Trollweib war gekommen und hatte sie in den Armen gehalten. Wenn sie davon träumte, fuhr sie selbst heute noch schreiend aus dem Schlaf hoch. Die Berührung der mit Lumpen umwickelten Trollhände war wie die Berührung des Todes gewesen. Kadlin wusste nicht, warum sie und ihre Eltern noch lebten, obwohl sie auf ihrer Flucht den Menschenfressern begegnet waren. Ihre Mutter Asla hatte immer versucht, ihr diese Geschichte auszureden. Sie sagte, das sei niemals geschehen, doch sie sagte es mit solcher Entschiedenheit, dass Kadlin ihr nicht glaubte. Warum Mutter sie belog und warum die Trolle sie nicht getötet hatten, war ein Geheimnis. Und auch Kalf mochte darüber nicht reden, obwohl Asla nun schon seit drei Jahren tot war.

Nachdenklich blickte sie zu der Stadt am Fjord. Dort war sie nie gewesen, da war sie sich ganz sicher. An einen solchen Ort müsste sie sich doch erinnern. Im Süden der Stadt lag ein großes Zeltlager. Das Heer des Königs sammelte sich. Die Krieger und die Arbeiter kamen aus dem ganzen Königreich. Und sie sah auch die Bahnen, die man für die Bogenschützen abgesteckt hatte. Es war eine besondere Ehre, zu Alfadas' Bogenschützen zu gehören. Nur die hundert Besten würden das Heer als Jäger und Pfadfinder begleiten. Sie würden die Mägen der hungrigen Krieger füllen, und sie waren die Augen des Heerzuges, wenn sie ins Trollgebiet vorstießen.

Kadlin schulterte ihren Bogen und ging mit weiten Schritten den Weg hinab, der dem Lauf des Fjordes folgte. Ihr Vater wirkte seltsam bedrückt. Nach Aslas Tod war er schnell gealtert. Sein Haar hatte die Farbe von Kiefernhonig verloren; es war dünn und von weißen Strähnen durchsetzt. Er hatte sich einen Bart wachsen lassen. Obwohl er immer noch ein starker Mann war und einen erlegten Steinbock einen halben Tag lang auf seinen breiten Schultern tragen konnte, war er nicht mehr der Mann, der er einmal gewesen war. Es war gut, dass ihre Schwester Silwyna ihn so nicht mehr gesehen hatte. Sie war sehr empfindsam. Kalf hatte gut daran getan, sie nach Mutters Tod schnell zu verheiraten. Silwyna hatten sie nach der Elfe benannt, die sie im Winter des Krieges gerettet hatte. Sie lebte in Bronsted, einem Fischerdorf hinter den Bergen. Letzten Sommer hatte Kadlin ihre Schwester zusammen mit Vater besucht. Silwyna trug damals schon deutlich sichtbar ein Kind unter dem Herzen. Es musste längst geboren sein. Ein Winterkind … Hoffentlich hatte Luth einen Faden für das Kleine gesponnen. Es war nicht gut, Kinder im Winter zur Welt zu bringen.

Kadlin spürte, wie die Männer auf den Feldern und die Fischer in den flachen Booten sie anstarrten. Eine junge Frau in Hosen, Jagdstiefeln und mit einem Bogen über der Schulter war ein seltener Anblick. Die Elfe Silwyna hatte oft von ihrer Welt erzählt. Dort herrschte eine Frau über alle Völker, und es war nicht ungewöhnlich, Kriegerinnen zu begegnen. Hier im Fjordland war das anders. Frauen brachten Kinder zur Welt und durften sich ein Leben lang krumm schuften, ohne dass sie dafür auch nur ein Wort des Dankes erwarten konnten. Ein Krieger aber, der auf dem Schlachtfeld in seinem Blut verreckte, konnte sicher sein, dass er lange unvergessen blieb, wenn er denn heldenhaft gekämpft hatte. Aber eine Frau, die im Kindbett verblutete, weil ihr keine Amme und keine Heilkundige mehr helfen konnte, war schnell vergessen. Über sie gab es keine Lieder, die an den langen Winterabenden in den Langhäusern gesungen wurden. Kadlin wusste wohl, dass es Silwyna gewesen war, die in ihr den Willen geweckt hatte, sich aufzulehnen. Und auch ihre Mutter Asla, die im Kettenhemd auf den Wällen von Sunnenberg gekämpft hatte. Sie würde eine starke Frau sein, die sich nicht einfach dem Willen anderer fügte! Sie wusste auch, dass sie für manches der weißen Haare auf dem Haupte ihres Vaters verantwortlich war. Bis zuletzt hatte Kalf versucht ihr auszureden, hierher zu kommen. Sie würde wahrscheinlich die einzige Jägerin sein, die den Kriegszug begleitete.

Kadlin wusste, dass Kalf nicht verstanden hatte, warum ihr der Weg nach Firnstayn so wichtig war. Sie brauchte einen Mann. Das war ihr im letzten Jahr klar geworden, als sie ihre Schwester gesehen hatte. Auch sie wollte Kinder haben. In dem einsamen Tal, in dem sie aufgewachsen war, gab es niemanden, der in Frage kam. Und die wenigen anderen Jäger, die sie bislang auf ihren Streifzügen durch die Berge getroffen hatte, waren brummelige, alte Männer. Mit ihnen konnte man einen Abend an einem gemeinsamen Feuer verbringen, aber ein Leben? Nein! Es machte Spaß, ihren Zoten zu lauschen und von ihnen Flüche zu lernen, die selbst Kalf die Schamesröte ins Gesicht trieben. Manchmal hatte Kadlin auch ein wenig geflirtet ... Aber ernsthafte Absichten hatte sie dabei nie gehegt. Sie dachte an den Fischerburschen, den sie während ihres Besuches bei ihrer Schwester verführt hatte. Der war schon eher nach ihrem Geschmack gewesen ... Diese heimlichen Stunden hatten sie verzaubert. Er hatte endlos über das Meer erzählen können, wenn sie nebeneinander lagen, nachdem sie sich geliebt hatten. Aber Kadlin war auch klar geworden, dass ihr Leben daraus bestehen würde, auf ihn zu warten, wenn sie sich für ihn entschied.

Jeden Tag zu Luth zu beten, dass ihr die See nicht den Liebsten raubte. Ein Leben in einer nach Fisch stinkenden Hütte … Das war nicht das, was sie wollte. Sie suchte einen Jäger, an dessen Seite sie durch die Wälder streifen konnte. Jemanden, der sie verstand und der ihr ihre Freiheit lassen konnte. Zum Wettkampf der Bogenschützen würden die besten Jäger des ganzen Fjordlandes kommen. Hier würde sie ihren Mann finden!

Kalfs Blick wanderte unstet. Kadlin bemerkte, wie er jene Männer anstierte, die es wagten, ihr ein Lächeln zu schenken. Es waren ohnehin wenig genug. Sie würden darüber reden müssen. So wenig, wie er ihr hatte ausreden können, hierher zu kommen, hatte sie ihn davon abhalten können, mit ihr zu gehen. Aber wenn er ihr nicht von der Seite wich, dann konnte sie es gleich aufgeben, sich hier nach einem netten Jüngling umzusehen!

Hufschlag erklang hinter ihnen. Eine kleine Reiterschar preschte auf dem schlammigen Weg der Stadt entgegen. Ihr Anführer war ganz in Weiß gekleidet und ritt auf einem wunderbaren Schimmel. Das musste der Königssohn sein, von dem man nur hinter vorgehaltener Hand sprach. Ulric! Er war ein stattlicher Mann.

Kadlin und Kalf wichen ganz an den Rand des Weges aus. Die Jägerin war sich bewusst, dass sie den Königssohn in unziemlicher Weise anstarrte. Er war wirklich ein schöner Mann. Auch wenn er ein Wiedergänger war. Sein langes blondes Haar trug er offen. Ein kurzer Reiterumhang wehte um seine Schultern. Und er schenkte Kadlin ein freundliches Lächeln!

»Seid ihr so arm, dass du die alten Hosen deines Vaters auftragen musst, Mädchen?«, rief ihr ein Reiter aus dem Gefolge zu. Es war ein dunkelhaariger Kerl, dem gerade der erste zarte Flaum spross.

»Und du bist wohl ein krummbeiniger Kobold, der auf ein Pferd steigen muss, um auf ein Mädchen herabzublicken.« Kadlin konnte sehen, wie Kalf den Atem anhielt.

Der junge Reiter zügelte sein Pferd. »Du vergreifst dich im Ton, kleiner Rotfuchs. Ich bin Björn Lambison, der Sohn des Herzogs. Und hätte ich nicht so ein weites Herz, dann würde ich absteigen und dir den Hosenboden stramm ziehen, wie man es mit unartigen Mädchen macht.«

Kadlin deutete eine Verbeugung an. »Und ich bin Kadlin, die schon groß genug ist, um sich nicht hinter dem bedeutenden Namen eines Vaters zu verstecken.«

Björn lief rot an, während seine Gefährten lachten.

»Wenn du kein Mädchen wärst …«, stammelte er unbeholfen.

»Jetzt versteckst du deine Feigheit hinter der Ausrede, dass ich ein Mädchen bin. Ich mache dir einen Vorschlag. Da ich Hosen trage, tun wir doch einfach so, als hättest du es nicht bemerkt. Komm her und schlag dich mit mir! Sonst besuche ich deinen Vater und schenke ihm einen Rock für dich, denn mir scheint, dieses Beinkleid wäre angemessener für dich. Ich könnte auch …«

»Kadlin!«, unterbrach sie Kalf scharf. »Es ist genug!« Er verbeugte sich unterwürfig vor Björn. »Bitte verzeiht meiner Tochter. Sie ist in der Wildnis aufgewachsen.«

Björn schwang sich aus dem Sattel. »Ich werde ihr jetzt die Tracht Prügel verabreichen, die du ihr besser beizeiten gegeben hättest.« Er löste seinen Schwertgurt und hängte ihn über den Sattelknauf.

Kadlin warf ihrem Vater den Bogen zu und legte ihren Köcher ab. Jetzt war ihr doch ein wenig mulmig. Nicht, weil sie Angst hatte, mit diesem Jüngling nicht fertig zu werden. Es war einfach dumm, sich mit dem Sohn eines Herzogs anzulegen. Aber es war bereits zu spät, um noch einen Rückzieher zu machen.

»Aus einem Kampf mit einem Weib erwächst keine Ehre«, sagte Ulric streng. »Lass das Mädchen in Ruhe.«

Björn war doch nicht so klein, wie er auf seinem riesigen Rotfuchs gewirkt hatte. Er war sogar eine halbe Handbreit größer als sie. Und er hatte die breiten Schultern eines

Kriegers, obwohl er noch ein Jüngling war. »Ich werde der Kleinen nur ein wenig den Staub aus den Kleidern klopfen. Einen Kampf würde ich das nicht nennen. Lass mir den Spaß. Ich werde ihr schon nicht wirklich wehtun.«

»Willst du kämpfen oder endlos schwatzen wie ein Waschweib?« Kadlin wollte nicht einfach klein beigeben. Gewiss, das wäre klüger gewesen. Aber sie konnte dem Reiz nicht widerstehen, diesem arroganten Herzogssohn eine Lektion zu verpassen. Kalf hatte sich oft beklagt, dass in ihren Adern zu viel vom Blut ihres Großvaters floss. Ihr Großvater musste wohl ein arger Halunke gewesen sein, denn weder Mutter noch Kalf wollten ihr viel über ihn erzählen. Nicht einmal seinen Namen kannte Kadlin.

Björn schnellte vor und versuchte nach ihren Haaren zu greifen. Verdammter Mistkerl. Kadlin wich aus und rammte ihm den Ellenbogen vors Ohr. Der Jüngling keuchte vor Schmerz.

»Sieh dich vor! Die wilde Biene sticht, wie es scheint«, spottete ein älterer Krieger mit einer Brandnarbe im Gesicht. Dem Mal der Diebe.

Björn hatte nun beide Fäuste erhoben, um weitere Angriffe besser abblocken zu können.

Kadlin versuchte seine Deckung mit einem rechten Haken zu durchbrechen, doch der Jüngling wich geschickt zurück. Wieder griff sie an. Sie ließ einen wahren Hagel von Schlägen auf ihn los, landete jedoch nur einen Nierentreffer, dem es an Kraft gefehlt hatte.

Mittlerweile lachte niemand mehr. Gebannt verfolgten die Reiter den Zweikampf. Ihr Vater sah sie flehend an. Wollte er etwa, dass sie sich besiegen ließ?

Björn nutzte den Augenblick ihrer Unachtsamkeit. Er ging zum Angriff über, und gleich sein erster Schlag durchbrach ihre Abwehr. Er hatte eigentlich auf ihr Kinn gezielt, aber im letzten Augenblick änderte er die Schlagrichtung, sodass er sie hart auf der Brust traf.

Kadlin taumelte zurück. Statt nachzusetzen, blieb Björn

stehen und wartete, bis sie sich wieder gefangen hatte. »Genügt dir das, Weib?«

Hätte er einen anderen Tonfall angeschlagen, hätte sie vielleicht aufgegeben. Stattdessen winkte sie ihm mit der Linken. »Ich kenne Säuglinge, die ihrer Mutter kräftiger in die Brust kneifen, als du zuschlagen kannst.« Diesmal lief Björn nicht mehr rot an. Sein Erfolg hatte ihn selbstsicherer gemacht. »Dann scheinst du wohl unter Trollen aufgewachsen zu sein. Das erklärt einiges«, entgegnete er lächelnd.

Kadlin schluckte ihren Zorn hinunter. Sie mit einem Troll zu vergleichen! Das würde er büßen. Die Jägerin wusste, dass es zu den Ritualen eines Zweikampfs gehörte, seinen Gegner zu beleidigen und ihn so wütend zu machen, dass er zu unbedachten Angriffen verleitet wurde. So leicht würde sie es ihm nicht machen.

Sie schnellte vor. Er wich mit dem Oberkörper leicht aus, sodass ihr Schlag ins Leere ging. Kadlin tat so, als gleite sie im Schlamm aus, um Björn zu einem leichtfertigen Angriff zu verleiten. Aber der Mistkerl trat zurück und wartete, bis sie wieder aufstand. So kämpfte man nicht!

»Bist du erschöpft, Mädchen?« Er sagte das nicht einmal spöttisch, was sie umso mehr ärgerte.

»Es geht schon«, stieß sie zornig hervor. »Können wir weitermachen?«

Björn ging wieder in seine Abwehrstellung und wartete auf ihren Angriff.

Kadlin war ein wenig ratlos. Einen solchen Kampf hatte sie noch nie bestritten. Sie hatte überhaupt noch nicht viele Kämpfe gehabt. Ihre Schwester Silwyna war jünger und schwächer gewesen. Sich mit ihr zu prügeln lohnte sich nicht. Die Elfe hatte ihr beigebracht, wie man sich in einem Kampf verhielt. Sie hatte sie auch im Bogenschießen unterrichtet, obwohl Kalf ihr schon fast alles Wissenswerte beigebracht hatte. Kadlin musste sich eingestehen, dass sie in der Stimmung gewesen war, ihr Können zu erproben. Und das schien nun gründlich schief zu gehen. Im

Grunde konnte sie von Glück sagen, dass der Kerl sie nicht einfach verprügelte. Wenn sie ihm wenigstens noch einen Treffer verpassen könnte …

Sie tänzelte mit leichtem Schritt um ihn herum, täuschte Schläge an, um eine Lücke in seiner Deckung zu finden, und zog sich jedes Mal wieder zurück. Obwohl Björn ihr überlegen war, feuerten seine Kameraden sie an.

Kadlin versuchte sich an die üblen Tricks zu erinnern, die Silwyna ihr beigebracht hatte. Wenn sie Björn dazu bringen könnte, zu spät sein Standbein zu wechseln … Die Jägerin schnellte vor. Mit einer raschen Folge von Finten zwang sie den Krieger, sich um seine eigene Achse zu drehen. Dann war der Augenblick gekommen: Sein rechtes Bein stand zu weit vor. Mit aller Kraft ließ sie den Absatz auf seine Zehen krachen. Björn prustete vor Schmerz. Im selben Augenblick durchbrach eine linke Gerade seine Deckung. Wie ein Blitzschlag schmetterte ihre Faust gegen sein Kinn. Kadlin hörte die Knochen ihrer Hand knirschen. Der Schmerz trieb ihr Tränen in die Augen.

Björn kippte nach hinten. Er fing den Sturz mit den Armen auf, saß auf dem Hintern und schüttelte benommen den Kopf, während seine Kameraden verstummt waren.

»Das war nicht sehr ritterlich!«, sagte der Königssohn trocken. Das freundliche Lächeln war aus seinem Antlitz verschwunden. Plötzlich wünschte sich Kadlin, sie hätte auf diesen schimpflichen Sieg verzichtet. Sie streckte Björn die Hand entgegen, um ihm aufzuhelfen.

Der junge Krieger rieb sich das Kinn. »Ich kenne Pferde, die weniger heftig zutreten.« Er grinste. Blut troff von seiner aufgeplatzten Unterlippe.

Seine freundliche Art machte alles nur noch schlimmer. Kadlin konnte ihm nicht mehr in die Augen sehen. »Tut mir leid«, murmelte sie.

»Wirklich?«

»Sonst würde ich es wohl kaum sagen. Oder hältst du mich für eine Heuchlerin?«

»Ich dachte eigentlich, dass ich mich entschuldigen sollte. Ich habe mich dir gegenüber sehr ungehobelt benommen. Wer zu Unrecht Schaden erlitten hat, der darf nach den Gesetzten des Fjordlands zur Wiedergutmachung ein Wehrgeld einfordern.«

Kadlin schnappte nach Luft. Diese neuerliche Beleidigung traf sie völlig unerwartet. Er war es doch, der im Dreck gesessen hatte. Wie konnte er sich jetzt so aufspielen, als sei er der Sieger ihres Zweikampfs!

»Es tut mir aufrichtig leid, dass mein Kinn deiner Hand so übel mitgespielt hat. Ich möchte dich gern für die Mittagsstunde in die Gasse der Tuchhändler einladen und dir als mein Wehrgeld ein Kleid schenken, damit nicht noch mehr Krieger sich leichtfertig dazu hinreißen lassen, über dich zu spotten. Unser König braucht sein Heer schließlich, um gegen die Trolle zu ziehen, und kann es sich nicht leisten, dass seine Truppe von einer zornigen jungen Jägerin zusammengeschlagen wird.«

Kadlin wurde aus dem Kerl nicht schlau. Seine Stimme klang aufrichtig. Er schien sie nicht verspotten zu wollen. Auch keiner der anderen Krieger feixte. Welch ein merkwürdiger Haufen die Reiter des Königssohns waren!

Björn schwang sich in den Sattel. »Es war mir eine Ehre, dich kennen gelernt zu haben, Kadlin, *die sich nicht hinter dem Namen ihres Vaters versteckt.«*

DER SCHATTEN IM SAFRAN

Seit er Leylin auf dem Fest gesehen hatte, ging sie ihm nicht mehr aus dem Kopf. Sie war leichte Beute, redete er sich ein. Er hatte bemerkt, wie sie ihn verstohlen beobachtet hatte. Doch ganz im Gegensatz zu den anderen Fürstinnen war sie seinem Blick ausgewichen. Er hatte einen gewissen Ruf, und Melvyn genoss es, damit zu spielen. All die feinen Elfendamen auf dem Fest hatten vermutlich schon Dutzende Geschichten über ihn gehört. Über den Halbelfen, aufgewachsen unter Wölfen in den dunklen Wäldern am Fuß der Slanga-Berge.

Melvyn pflegte seinen Ruf mit Hingabe. Auf Festen erschien er stets mit denselben Kleidern, die er auch im Kampf trug. Und wenn auf seinem Wams ein paar Spritzer eingetrockneten Bluts waren, umso besser. Er hielt nicht viel davon, sich herauszuputzen. Er hatte zwar keinen Körpergeruch, doch seine Kleider rochen nach seinen Gefährten. Nach Wölfen, Pferden und Adlern, nach dem etwas verrückten Lamassu Artaxas, nach Kentaurenschweiß, Koboldtabak und Blut. Er war ein Albtraum für die spießigen Elfenfürsten mit ihren langweiligen Festen. Und er war der Traum ihrer Frauen, die sich inmitten eines in Förmlichkeiten erstarrten Lebens nach Abenteuern sehnten. Die meisten von ihnen waren verdammt selbstsicher. Sie scheuten es nicht, ganz offen mit ihm anzubandeln. Mit Leylin war es anders. Vielleicht war sie ja besonders durchtrieben? Aber das war unwahrscheinlich. Er hatte sie beobachtet, und er hatte Erkundigungen über sie einziehen lassen. Jeder gute Jäger kannte sein Wild!

Leylin war schön wie Waldlicht an einem Frühlingsmorgen. Und so wie dieses Licht die Nebelschwaden zwischen den dunklen Baumstämmen wie von Zauberhand verschwinden ließ, so hatte Leylins Anblick seine üble Stimmung vertrieben, als er sie vor drei Tagen zum ersten Mal gesehen hatte. Sie stammte aus einer unbedeutenden Familie, die allein dadurch zu ein wenig Ansehen gekommen war, dass der Fürst von Arkadien ihre Tochter zu seinem Weib gewählt hatte. Melvyn konnte sich nicht vorstellen, dass bei dieser Heirat Leylins Gefühle eine Rolle gespielt hatten. Shandral, Fürst von Arkadien, war ein gut aussehender Elf. Er hatte hüftlanges, goldblondes Haar und große dunkle Augen. Man munkelte, dass er lange Jahre zu den Schülern der Fürstin Alathaia gehört und mit ihr die dunkelsten Spielarten der Magie erforscht hatte. Seine Schönheit war wie eine winterliche Vollmondnacht in den Weiten der Snaiwamark. Sie war tödlich, wenn man nicht richtig vorbereitet war. Aber das war ja gerade der Reiz. Auf dem Fest hatte es mindestens sechs oder sieben Elfen gegeben, die leicht zu verführen waren. Wenn man Jahrhunderte lebte, dann arrangierte man sich mit dem Gefährten, mit dem man dieses Leben teilte. Treue im Bett war da eine Nebensächlichkeit. Viel schwerer wog es, wenn man einander nichts mehr zu sagen hatte. Das galt als tragischer, so dachten die meisten. Aber bei Shandral war das anders, das spürte Melvyn. Der Fürst von Arkadien würde seinem Weib niemals gestatten, ein kleines Abenteuer zu erleben.

Auch wenn Leylin es sich vielleicht nicht eingestehen mochte, sehnte sie jedoch nichts so sehr herbei, wie der Tyrannei ihres Gatten zu entfliehen, und sei es nur für einige Augenblicke.

Melvyn blickte über das Meer der Dächer. Sein Freund Wolkentaucher hatte den Ort gut gewählt. Er verlor nie den Überblick, auch nicht in dem labyrinthischen Häusermeer. Das lag wohl am Blickwinkel. Die beiden Himmelssteige waren auf dem breiten Steingeländer des Balkons abgestellt. Sie sahen aus wie Hämmer, die man auf den Kopf gestellt hatte und aus deren drei Schritt langen Stielen große Rundhaken ragten.

Melvyn war ein Windsänger, und so genügte ein Gedanke von ihm, um seine großen Adler herbeizurufen. Die Himmelssteige würden es den Vögeln erlauben, ihn und Leylin aus dem Flug heraus von hier fortzutragen.

Es war eine der wenigen schwülen Nächte hier im Norden, so nah bei der Snaiwamark. Sie war wie geschaffen für seine Pläne mit Leylin. Doch nun, da alles bereit war, packten ihn Zweifel. Sein Raubzug in dieser Nacht war selbst für seine Verhältnisse besonders dreist. Er wagte viel. War eine Laune das wert? Nachdenklich betrachtete er die Tür zum Schlafgemach des Fürsten. Sie stand weit offen, um auch den leisesten Lufthauch einzufangen. Sanft bewegten sich die safranfarbenen Seidenvorhänge im Wind. Wie eingefangenes Sommerlicht strahlten sie in der Dunkelheit.

Kein Laut drang durch die offene Tür. Niemand hatte ihn bemerkt. Noch könnte er zurück, dachte Melvyn. Er stützte sich auf die Brüstung des Balkons. Sein Blick wanderte über die dunkle Stadt. Gleich Klippen ragten die steilen Dächer dem Himmel entgegen. Feylanviek war wie so viele Städte des Nordens überwiegend von Kobolden gebaut worden. Auch wenn die adeligen Elfen aus der Snaiwamark und Carandamons hier ihre Sommerresidenzen unterhielten, so waren die Häuser in der Mehrheit doch einfache Fachwerkbauten. Ihre Giebel ragten steil dem Himmel entgegen, damit in den langen Wintern der Schnee besser abrutschte und seine Last nicht die Dächer erdrückte. Die Wände der verwinkelten Häuser waren in den grellsten Sommerfarben gehalten und wurden durch schwarze oder dunkelbraune Balken in geometrische Muster untergliedert. Die Tatsache, dass Volk aus aller Herren Länder kam, um die Werkstätten der Kobolde zu besuchen, hatte zu einem merkwürdigen Baustil geführt. Jedes Haus hatte mindestens eine Halle, die hoch genug war, dass dort selbst Minotauren und Trolle einkehren konnten, ohne sich die Köpfe an den Deckenbalken zu stoßen. Für die Elfen, die in der Regel die bedeutendsten Auftraggeber der Werkstätten waren, gab es meist mehrere Räume, in denen man über Geschäfte verhandeln oder kleine Bankette abhalten konnte. Die Häuser der größten Koboldsippen unterhielten sogar eigene Gästeflügel, wo Reisende für Wochen untergebracht wurden.

Feylanviek lag in einem ehemaligen Feuchtgebiet. Längst waren die Sümpfe trockengelegt, und hunderte Kanäle durchzogen nun die Stadt und das Umland. Sie leiteten das Wasser in den behäbig fließenden Mika ab, den großen Strom, der die Stadt mit dem Meer verband, obwohl sie fast vierhundert Meilen von der nächsten Küste entfernt lag. Feylanviek war damit der Schnittpunkt der bedeutendsten Handelswege des Nordens. Die Stadt war riesig, und da die Trolle für Jahrhunderte aus Albenmark vertrieben gewesen waren, hatte sie keine schlimmeren Feinde als ein paar randalierende Viehtreiber aus den Kentaurenstämmen des Windlands zu fürchten gehabt. Es gab hier keine nennenswerten Verteidigungsanlagen, nur mehrere befestigte Zolltürme. Seit die Trolle damit begonnen hatten, südlich des Mordsteins ihre Truppen zusammenzuziehen, war vorhersehbar, dass Feylanviek ihr erstes Angriffsziel sein würde.

Sie brauchten das Fleisch, das sie hier bekommen würden, um ihre Krieger bei Laune zu halten und tiefer ins Windland vorzustoßen.

Melvyn hatte seine Zweifel, ob das Bündnis in der Lage war, die Trolle aufzuhalten. Er hatte ihr Heer im Süden der Snaiwamark gesehen. Ihre Krieger waren so zahlreich wie die Büffel in den Grasmeeren des Windlands. Die Truppen, die Elodrin von Alvemer unter seinem Kommando versammelt hatte, waren ein jämmerliches Häufchen im Vergleich zum Heer der Trolle. Außerdem war Elodrin eigentlich ein Flottenkommandant. Wahrscheinlich würde er versuchen, die Trolle daran zu hindern, den Mika zu überqueren. Doch selbst wenn ihm das gelang, würde er Feylanviek damit nur Zeit bis zum Winter erkaufen, bis der breite Strom zufror. Dann gab es nichts mehr, was ihre Feinde aufhalten würde. Selbst wenn der König der Trolle nur ein unerfahrener Knabe war, war es unmöglich, mit einer solchen Übermacht zu verlieren.

Melvyn spannte sich und blickte über die Dächer der dem Untergang geweihten Stadt. Alle hier kannten das Schicksal von Vahan Calyd und auch von Reilimee, zwei

Städten, in denen die Trolle ihren Zorn ausgetobt hatten. Heute waren es nur noch Ruinenfelder. Dabei war Reilimee sogar stark befestigt gewesen.

Der Halbelf lächelte. Es war unvernünftig, hier zu sein, auf dem Balkon, um alles für eine aus einer Laune heraus geborene Leidenschaft zu riskieren. Ebenso unvernüftig, wie hier in einer Stadt zu verweilen, die dem Untergang geweiht war. Der Kampf um Feylanviek war aussichtslos. Aber er hatte immer schon einen Hang dazu gehabt, Unvernünftiges zu tun. Seit Jahren kämpfte er mit seiner Schar gegen jene Trolle, die in die Wälder am Fuß der Slanga-Berge eindrangen, um Holz für ihre schwarze Flotte zu schlagen. Seit die Trolle dazu übergegangen waren, in regelrechten Horden in den Wald einzufallen, konnte er ihnen nur noch Nadelstiche versetzen. Aber das war kein Grund aufzugeben! Deshalb war er hier. Und die Tatsache, dass Elodrin ihn und seine Männer mit Freuden in das Bündnis aufgenommen hatte, war ein Zeichen dafür, wie verzweifelt die Lage war. Melvyn wusste sehr wohl, dass die verbündeten Elfenfürsten sie abfällig eine Räuberbande nannten. Sollten sie nur! Keine ihrer stahlschimmernden Hausgarden hatte den Trollen so viele Kämpfe geliefert wie sein Räuberhaufen. Und allein darauf kam es an, wenn man auf dem Schlachtfeld überleben wollte.

Die safrangelben Seidenbahnen in der Schlafzimmertür lockten Melvyns Blick. Sie bewegten sich in der leichten Brise, die aus den Weiten des Windlands über die Stadt zog. Sie winkten ihm zu. Wenn der Tod so nahe war, dann sollte jede freie Stunde der Liebe gehören.

Lautlos trat er zur Tür. Eigentlich hätte er sich keine Mühe geben müssen, leise zu sein; das Lied der Wasserräder am Staubecken übertönte jedes Geräusch. Das fallende Wasser und die hohlen Holzrohre, die von der Bewegung der Räder in Schwingungen versetzt wurden, spielten eine beruhigende Melodie, die selbst in tausendfacher Wiederholung noch dem Ohr schmeichelte. Sie übertönte auch die Geräusche der Schmiede, die in dem großen Wehr untergebracht war. Melvyn hatte den Ort einmal besucht. Er war unheimlich. Rauch und Sprühwasser raubten einem die Sicht. Es herrschte bedrückende Enge, denn die Schmiede mochte für Kobolde zwar geräumig sein, doch Elfen mussten dort geduckt gehen. Über schmale Balkenpfade, gesichert nur mit einem Seil als Handlauf, konnte man über die großen Schmiedehämmer hinwegsteigen, die durch die Kraft des Wassers bewegt wurden. Dort fertigten die Grobschmiede der Kobolde den Feystahl, den die Elfenschmiede zum Silberstahl veredelten.

Dass die Fürsten von Arkadien so nahe bei einer Koboldschmiede einen Palast unterhielten, war ungewöhnlich. Gewöhnlich mieden die Edlen des Elfenvolkes solchen Lärm. Aber die Fürstenfamilie von Arkadien galt immer schon als sonderbar, und Shandral trieb dieses obskure Verhalten bis auf die Spitze. Nachdem nie geklärt werden konnte, was mit seinem Onkel Shahondin geschehen war, der während der Kämpfe um Vahan Calyd spurlos verschwunden war, traute Shandral keinem anderen Edlen Arkadiens mehr. In seiner Leibwache gab es keinen einzigen Elfen. Sie bestand vollständig aus Kobolden. Er hatte seine Krieger aus dem Volk der Spinnenmänner rekrutiert. Wer denen über den Weg traute, musste schon wahnsinnig sein. Wahrscheinlich hatten ihm die dunklen Zauber, die Alathaia ihn lehrte, den Verstand verdreht. Er war es nicht wert, solch eine hübsche Frau zu haben. Leylin war hier so fehl am Platze wie eine Rose in einem Distelbeet.

Melvyn strich die Safranvorhänge zur Seite und hielt inne. Der zarte Seidenstoff verströmte einen betörenden Duft von Myrrhe und Rosenöl. Drei Lampen tauchten das große Schlafgemach in aquamarinfarbenes Licht. Letzte Klümpchen von Holzkohle glommen in einer kupfernen Feuerschale.

Der Halbelf verharrte; ein Schatten, umspielt von Safran. Das Nachtlager von Shandral und Leylin war nur zwei Schritte entfernt. Sie lagen unter einem blutroten Seidentuch, auf das ein Muster aus goldenen Schlangen gedruckt war. Beide waren nackt. Shandral hatte helle Haut von der Farbe alten Elfenbeins. Sein Leib war drahtig, nicht sonderlich muskulös. Es war nicht zu übersehen, dass er kein Krieger war. Das Laken war um seine Hüften geschlungen. Er hatte sich zur Seite gedreht, von Leylin abgewandt.

Die Elfe lag auf dem Rücken. Ihre Haut hatte einen zarten Alabasterton. Das lange Haar umgab sie wie eine Decke, gewoben aus Finsternis. Die Tusche um ihre Augen war verlaufen, als habe sie geweint.

Sanft erhoben sich ihre kleinen Brüste aus der Flut der Haare, gekrönt von zarten Knospen. Wovon mochte sie wohl träumen? Melvyn bemerkte die Verfärbungen. Ein Muster dunkler, ineinander verlaufender Flecken rahmte ihre linke Brust. Auf der Innenseite ihrer Schenkel sah er ähnliche Flecken. Er ballte die Fäuste. Shandral sollte einen Unfall haben!

Im selben Moment, indem er das dachte, schlug sie die Augen auf. Obwohl sie ihn geradewegs ansah, zuckte sie nicht zusammen. Sie blinzelte. Lange sah sie ihn schweigend an. Shandral reckte sich unruhig.

»Geh!«, bedeutete sie ihm in Zeichensprache. »Er wird dich töten, wenn er erwacht.«

Melvyn hob die Hände, sodass Leylin sie gut sehen konnte. »Ich gehe nur mit dir.«

»Ein Laut von ihm, und die Wachen kommen. Bitte geh! Er würde dich in die Schmiede schaffen lassen …«

Welch einen besonderen Schrecken die Schmiede haben sollte, verstand Melvyn nicht. »Ich fürchte nicht den Tod. Zwei Tage habe ich dich nun nicht gesehen. Welchen Schrecken hat der Tod, wenn das Leben mein Herz verbrennt?«

Sie lächelte traurig. »Ich kenne deinen Ruf.«

»Aber kennst du deshalb mich?«

»Was willst du hier?«

Nun lächelte er. »Dich holen«, antworteten seine Hände.

»Das Haus ist voller Wachen. Du bist verrückt! Wir kämen nicht einmal bis zur Treppe.«

»Ich habe einen Wolkentaucher zum Freund. Und ja, ich bin verrückt. Verrückt in meiner Liebe zu dir.«

Ihre Augen schimmerten. »Ich kenne dich. Geh!«

»Und wenn es Lügen wären, die man über mich erzählt? Man nennt mich auch einen Räuber, und doch bin ich hier, um für die Freiheit von Feylanviek zu kämpfen. Welchen Gewinn hätte ein Räuber davon?«

Sie schüttelte sanft den Kopf. Zugleich glaubte er ihrer Miene zu entnehmen, dass sie sich wünschte, die Worte, die seine Finger ins Dunkel zeichneten, seien wahr.

Shandral bewegte sich unruhig im Schlaf. Er gab einen gurrenden Laut von sich. Ein Wort in einer fremden Sprache? Etwas an diesem Ton war Ekel erregend. Melvyn strich über die Wülste seiner breiten Armschienen. Er könnte Shandral binnen eines Atemzuges töten. Doch als Mörder eines Elfenfürsten wäre er für immer geächtet. Emerelles Häscher würden ihn finden, das wäre nur eine Frage der Zeit. Shandrals Wunden würden verraten, wer ihn getötet hatte. Natürlich könnte er den Fürsten auch mit dem Seidenlaken erdrosseln. Doch dann würde der Verdacht auf Leylin fallen. Und vielleicht würde sie auch gar nicht zusehen, wie er ihren Gatten ermordete, sondern die Wachen rufen. Melvyn kannte den Ruf der Spinnenmänner. Er würde dieses Haus nicht lebend verlassen, wenn sie ihn hier entdeckten.

»Ich werde deinen Mann bei seinem Namen rufen und ihm sagen, dass ich dich liebe und er dich ziehen lassen soll.«

Ihre Augen weiteten sich vor Schrecken, und ihre Hände zitterten, als sie ihm antwortete. »Dann sind wir beide tot. Das ist kein Spaß, Räuberhauptmann.«

»Ohne dich ist mein Leben ebenso verwirkt.«

»Das sind nur leere Worte.«

»Ich sage sie deinem Mann ins Angesicht, auch wenn das mein Tod ist. Ich werde alles tun, um deine Zweifel an mir zu zerstreuen.« Er trat zwischen den Safranschleiern hervor ins Zimmer. »Ich hauche ihm das Geständnis meiner Liebe zu dir ins Ohr.«

Leylin setzte sich mit einem Ruck auf. »Nein!«, sagte sie laut und erschrak, weil es diesmal nicht ihre Finger waren, die gesprochen hatten.

Shandral wälzte sich auf die andere Seite und blinzelte. »Was hast du?«

»Ein schlechter Traum«, stammelte sie.

Melvyn stand wie versteinert. Der Fürst sah Leylin an. Noch hatte Shandral ihn nicht bemerkt. Doch die leichteste Bewegung mochte seine Aufmerksamkeit erwecken.

Die langen, schlanken Finger des Fürsten spielten mit Leylins Haar. Dann zog er mit einem plötzlichen Ruck ihren Kopf zu sich hinab und raubte ihr einen Kuss. »Du fürchtest mich«, flüsterte er, als sich ihre Lippen wieder trennten.

»Ja, Herr.«

»Deine Furcht stachelt mich an.« Er räkelte sich. Seine Stimme war noch schwer vom Schlaf. »Ich habe mich in dir erschöpft. Heb ein wenig von deiner Furcht bis Sonnenaufgang auf. Denk an die Schmiede!« Er zog das Seidenlaken hoch, schloss die Augen und vergrub sein Gesicht in ihrem Haar. »Man kann deine Angst riechen.«

»Die stickige Luft raubt mir den Atem, Herr. Ich werde ein wenig hinaus auf den Balkon gehen.«

Er stieß einen Laut wie Lachen aus. »Glaubst du wirklich, es ist die schwüle Hitze, die dir die Luft abschnürt?«

Leylin entwand ihm ihr langes Haar. Der Fürst lächelte. Dann schlief er wieder ein.

Melvyn starrte ihn voller Hass an. Er hatte schon viel gesehen in seinem Leben … Aber das hier. Dieser parfümierte Kerl sollte an seinem eigenen Blut ersticken! Lautlos glitten die langen, stählernen Krallen aus seinen Armschienen. Shandral würde aussehen, als habe ein Schneelöwe mit ihm gespielt, wenn er fertig mit ihm war.

»Lass ihn!«, befahlen Leylins Hände. Sie ging so dicht an ihm vorbei, dass ihn ihr langes Haar berührte.

Melvyn blickte noch einmal zu Shandral. Der Fürst regte sich nicht. Lautlos folgte der Halbelf Leylin.

Sie legte einen Finger auf ihre schmalen Lippen. »Kein Wort!«, befahlen ihre Hände. »Unsere Stimmen würden ihn wecken.« Sie drehte sich um und deutete auf die beiden seltsamen Gestelle, die auf der Brüstung standen. »Was ist das?«

Melvyn lächelte. »Ich werde es dir bald zeigen. Es ist ein Geschenk, auch wenn es etwas unansehnlich aussieht. Ich bin kein guter Zimmermann. Die Himmelssteige sind sehr stabil, aber ich weiß, sie sind nicht gerade hübsch geraten.« Melvyn musterte die beiden Gestelle versonnen. An den schlanken, senkrechten Stangen war jeweils ein breiter Ledergürtel befestigt.

Leylin betrachtete die beiden Gestelle neugierig und strich mit der Hand über das glatte Holz. Sie war nackt. Ihr langes schwarzes Haar umgab sie wie ein Schleier.

Der Anblick der Fürstin erregte Melvyn, und zugleich schämte er sich. Scham war ein Gefühl, das ihn nur sehr selten behelligte. Aber sie zu erpressen, hier herauszukommen, war falsch. Sie wäre ihm ausgeliefert, wie sie ihrem Mann ausgeliefert war. Eigentlich hatte Melvyn nur ein Abenteuer gesucht. Er sollte sich nicht von solchen Gefühlen wie Scham leiten lassen. Alles war so gekommen, wie er es sich gewünscht hatte. Nur dass Leylin so schutzlos war …

»Soll ich dir das Kleid holen, das über dem Stuhl hing?«, fragten seine Hände, als die Elfe sich von den beiden Gestellen abwandte und ihn musterte.

»Was habe ich noch zu verbergen, das du nicht schon gesehen hättest, während ich noch schlief?«

»Deine Seele«, entgegneten seine flinken Finger leichthin.

»Tu das nicht!« Leylin standen Tränen in den Augen. »Ich weiß, dass du mich begehrst. Doch es ist keine Liebe, die du für mich empfindest. Ich habe meine Sehnsucht danach, geliebt zu werden, vor langer Zeit in meinem Herzen begraben. Wecke sie nicht, wenn du sie nicht erfüllen kannst. Mein Glück habe ich nicht gefunden. Lass mir wenigstens meinen Frieden mit mir.«

Melvyn schluckte. Er fühlte sich schmutzig. Vor ihm stand eine wunderschöne Elfe, die er so sehr begehrte, dass er sein Leben riskierte, um eine Nacht mit ihr zu verbringen. Und nun, da die Erfüllung seiner Wünsche zum Greifen nahe war, fühlte er sich nur noch elend. Was war er nur für ein erbärmlicher Wicht! Leylin war ein Opfer. Und so, wie sie sich ihm fügte, hatte sie ihren Stolz schon lange aufgegeben und sich damit abgefunden, gedemütigt zu werden. Das Feuer seines Verlangens war erloschen. Er wollte sie nicht nehmen. Er konnte es nicht mehr. Stattdessen wollte er ihr etwas schenken. Einen glücklichen Augenblick ... Vielleicht auch nur ein Lachen, das von Herzen kam.

»Man erzählt sehr viele Geschichten über mich.« Seine Hände bewegten sich jetzt unsicher. Er schaffte es, in der Zeichensprache zu stammeln wie ein frisch verliebter Jüngling. »Ich bin unter Wölfen aufgewachsen. Meine Mutter war oft fort. Vor allem, seit ich alt genug war, alleine zu jagen. Meinen Vater habe ich nie zu Gesicht bekommen. Er ist ein König in der Welt der Menschen. Das Einzige, was wir gemeinsam haben, ist der Hass auf die Trolle.«

»Du warst sicher oft einsam.«

»Nein, Wölfe sorgen gut für ihre Welpen. Erst als ich so alt war, dass ich mir einen Platz im Rudel erkämpfen musste, wurde es schwer. Meine Zähne taugen nicht dazu, mich mit Wölfen anzulegen. Lange Zeit war ich der Letzte aus unserem Rudel, der fressen durfte, wenn wir ein Wild gestellt hatten. Erst als wir durch Glück ein Riesenfaultier erlegten, änderte sich das. Ich habe ihm seine Krallen aus dem Fleisch gebrochen und zu meinen Krallen gemacht. Und meine Krallen siegten über die Zähne des Rudels. Von da an war ich der Erste, der fraß.«

Diese Geschichte hatte Melvyn noch keiner Frau erzählt, die er begehrte. Die Hofdamen machten sich verrückte, romantische Illusionen darüber, wie es wohl gewesen sein mochte, unter Wölfen aufzuwachsen. Sie konnten sich nicht vorstellen, was es hieß, im Winter auf dem kalten Fels eines Höhlenbodens nackt zwischen Wölfen zu liegen und sich fast zu Tode zu frieren, obwohl das Rudel versuchte, einen zu wärmen. Und sie wussten nicht, wie köstlich das blutige, warme Fleisch eines jungen Rentierkalbs schmeckte, wenn man seit drei Tagen nichts mehr gegessen hatte. Den Hofdamen erzählte er den romantischen Unsinn, den sie hören wollten. Aber Leylin mochte er nicht belügen. Sie stand nackt vor ihm. Ausgeliefert. Und er hatte das Gefühl, dass auch er sich ihr ausliefern sollte, und sei es nur, indem er ihr sagte, was er sonst niemandem über sich verriet.

»Als ich ein kleiner Junge war, habe ich mir im Sommer oft einen warmen Felsen gesucht, mich wie eine Echse darauf gelegt und in den Himmel gestarrt. Ich habe den Wolken zugesehen und den Adlern, die weit über mir ihre einsamen Runden zogen. Und ich habe mir gewünscht, dort oben zu sein, nahe der wärmenden Sonne. Frei über allem dahinzufliegen. Keine Fährte zu hinterlassen, wenn ich flüchte. Ganze Tage habe ich so verbracht.«

Leylin sah ihn unverwandt an. »Ich kenne diese Sehnsucht«, sagten ihre Hände.

»Hast du den Mut, dich deiner Sehnsucht hinzugeben?«

Sie runzelte leicht die Stirn.

»Versteh mich nicht falsch. Ich werde dir nicht zu nahe treten.« Er deutete auf die Brüstung des Balkons. »Wagst du es, dort hinaufzusteigen?«

Leylin sah ihn forschend an. Dann kletterte sie auf die niedrige Mauer. Obwohl sie fast eine Elle breit war, streckte sie seitlich die Arme aus, um das Gleichgewicht zu halten.

Melvyn folgte ihr. Der Wolfself nickte in Richtung des Hofs. Er war mit hellen Steinen gepflastert und lag mehr als sieben Schritt tiefer. »Bekommst du Angst, wenn du dort hinabblickst?«

Ein trotziges Lächeln war ihre einzige Antwort.

Melvyn beobachtete sie aufmerksam. Er musste wissen, ob sie Höhenangst hatte. Davon hing ab, ob er ihr einen Traum oder einen Albtraum schenkte. Leylin sah zum Hof hinab. Sie hielt die Arme jetzt nicht mehr abgestreckt. Ganz langsam beugte sie sich vor, als wolle sie etwas dort unten genauer betrachten.

Melvyn zog sie zurück. Sie zu berühren, bereitete ihm ein seltsames, unbekanntes Gefühl. Es war ein Ziehen und zugleich eine wohlige Wärme tief in seinem Bauch.

»Der Hof … Er hat mich angezogen«, signalisierte sie mit flatternden Händen.

Melvyn hatte ihr einen Arm um die schlanken Hüften gelegt. »Komm«, flüsterte er ihr zu, und sie folgte ihm, ohne Fragen zu stellen.

Er brachte sie zu dem vorderen der beiden Himmelssteige. Mit dem Rücken stellte er sie gegen die aufrechte Stange. Dann schlang er ihr den breiten Ledergürtel um die Taille. Er war ihr so nah, dass er ihren Atem auf seinem Gesicht spürte. Der schwere Duft ihrer Haare machte ihn benommen. Jetzt konnte er im trügerischen Silberlicht des Mondes sogar die Farbe ihrer Augen erkennen. Sie waren von einem warmen, dunklen Braun. Keine Angst spiegelte sich in ihnen. Sie waren erloschen. Er konnte gar kein Gefühl in ihnen erkennen. Leylin ließ ihn einfach gewähren. Es war ihr gleichgültig, was mit ihr geschah.

Als Melvyn das begriff, packte ihn eine unbändige Wut auf den Mann, der den Glanz ihrer Augen hatte verlöschen lassen. Er schwor sich, dass er Shandral töten würde. Langsam, so wie eine Katze ein Maus tötete, mit der sie spielte.

»Du bist doch nur noch einen Schritt weit vom Himmel entfernt«, sprachen seine Hände. Melvyn sah den Schatten weit über ihnen. Er stieß fast senkrecht hinab und breitete erst im letzten Augenblick die Flügel aus, um seinen Sturz zu bremsen. Die äußersten Spitzen der Schwungfedern fegten über die Brüstung des Balkons, als die kräftigen Fänge nach dem Rundhaken griffen. Mit einem Ruck wurde der Himmelssteig von der Mauerkante gezogen. Ohne Mühe gewann Wolkentaucher wieder an Höhe. Er war stark genug, um einen jungen Büffel zu tragen, wenn er wollte. Die Schwarzrückenadler vom Albenhaupt waren riesige Vögel. Ihre Flügel spannten sich über mehr als zehn Schritt. Aber selbst unter diesen großen Vögeln stach Wolkentaucher noch hervor. Er war ein Fürst unter den Adlern. Nur Goldbrust übertraf ihn noch an Größe.

Melvyn stieg auf den zweiten Himmelssteig. Er verzichtete darauf, sich mit dem Gürtel festzuschnallen. Durch die Luft zu gleiten, war ihm fast so vertraut geworden, wie auf eigenen Beinen zu stehen. Nur einen Augenblick, nachdem er auf das Gerüst gestiegen war, holte ihn Eisfeder, Wolkentauchers Nestgefährtin.

Der Halbelf genoss es, langsam in kühlere Höhen zu gleiten. Die Häuserdächer schrumpften zu eckigen Schmucksteinen, eingefasst in die Silberbänder der Kanäle, die dem Mika entgegenstrebten. Der große Strom war hier fast schon eine Meile breit. Er war Feylanvieks Schutzwall, bis der Winter kam, denn die Trolle fürchteten tiefe Wasser.

Ein Stück voraus sah Melvyn Wolkentaucher fliegen. Leylins Haar flatterte wie eine schwarze Fahne im Wind. Sie klammerte sich eng an die Stange des Himmelssteigs. Hoffentlich hatte sie keine Angst!

Eisfeder schloss nun schnell zu ihrem Nestgefährten auf. Bald flogen sie Schwinge an Schwinge.

Melvyn ließ seinen Geist mit den Adlern fliegen. Mühelos tauschte er seine Gedanken mit den großen Vögeln. Es waren stumme Zwiegespräche, bei denen sie einander nicht einmal in die Augen blicken mussten. Die beiden Adler tadelten ihn für seinen Raubzug. Das ärgerte ihn, aber er war nicht in der Stimmung, mit ihnen zu streiten.

Der Halbelf drehte sein Gesicht zur Seite. Wenn die Adler hoch und schnell flogen, dann raubte ihm der Wind den Atem, sodass er sich abwenden musste. In Gedanken bat er Eisfeder um das verabredete Manöver. Eigentlich hatte er damit ganz andere Absichten gehabt, aber vielleicht würde es Leylin aus ihrer Starre aufrütteln.

Das Adlerweibchen schwenkte leicht zur Seite und gewann dann mit kräftigen Flügelschlägen an Höhe. Mit einem weiteren Schwenker brachte sie sich in eine Position schräg vor Wolkentaucher. Sie flog jetzt etwa zehn Schritt höher als ihr Nestgefährte.

Melvyn setzte sich auf die Querstange des Himmelssteigs, dann ließ er sich nach hinten kippen, sodass er nur mit der Kniebeuge eingehakt an der Stange hing. Er liebte es, wenn der Himmel ihm zu Füßen lag und die Erde unter seinem Kopf hinweg glitt. Sein Herz trommelte wild vor Freude in seiner Brust. Leylin hielt sich noch immer dicht an die Stange geklammert. Wolkentauchers Schatten fiel auf sie, sodass er nicht in den Zügen ihres Gesichts lesen konnte. Das würde sich gleich ändern! Er streckte die Beine durch, glitt von der Stange und fiel rücklings in die Tiefe.

Der Wind riss Leylins Schrei von ihren Lippen und zerrte an Melvyns Kleidern. Mit ausgestreckten Armen schoss er dem Himmelssteig der Fürstin entgegen. Er bekam die Querstange zu packen. Es gab einen Ruck, als wolle ein Riese ihm die Arme ausreißen. Melvyn lenkte einen Teil der Kraft in einen Aufwärtsschwung um und brachte sich in eine sitzende Position. Jetzt hockte er zu Leylins Füßen.

Sie sagte etwas, doch der Wind und das Geräusch der

schlagenden Flügel verschlangen ihre Worte. Dann sprachen ihre Finger, undeutlich und stammelnd, denn sie wagte kaum ihren Griff zu lösen. »Warum tust du das? Ich habe mich fast zu Tode erschrocken, als ich dich stürzen sah.«

»Damit du weißt, dass du noch lebst«, antworteten seine Hände. »Vielleicht auch, um dich zu beeindrucken. Männer machen so etwas manchmal, wenn sie einer Frau gefallen wollen.«

Sie sah ihn fassungslos an. Dann griff sie plötzlich in sein Haar und presste seinen Kopf fest gegen ihre Schenkel. Ihr Schoss duftete nach Moschus und den von zartem Pelz überzogenen Knospen der Nachtweiden. Auch nahm er den Geruch Shandrals wahr. Melvyn spürte, wie ihm das Blut in die Wangen schoss. Er wagte es, ihre Lippen zu küssen. Einen Herzschlag lang bog sie sich ihm entgegen, und er schmeckte den salzigen Tau der Sehnsucht.

Plötzlich bog Leylin seinen Kopf zurück. Traurig blickte sie auf ihn hinab. Er stemmte sich hoch. »Ich verzehre mich nach dir. Du darfst nicht zurückkehren.« Er hatte viel zu leise gesprochen. Der fauchende Wind verschlang seine Worte. Doch es war nicht nötig, dass Leylin ihn verstand. Sie konnte seine Gefühle in seinen Augen lesen.

»Ich möchte für dich die Welt auf den Kopf stellen, meine Fürstin«, sprachen seine Hände.

Sie sah ihn lange an, bevor sie antwortete. »Das muss ich aus eigener Kraft schaffen, wenn ich leben will.« Sie öffnete den Gürtel, der sie an die Stange fesselte. Ein schelmisches Lächeln schlich sich auf ihre Lippen. Sie legte ihm die Arme um den Nacken, als wolle sie ihn küssen. Dann schlang sie ihre Beine um seine Taille. Er spürte ihren warmen Schoß durch sein dünnes Rehlederhemd. Melvyn wollte sie küssen, doch sie bog sich zurück wie eine Schlangentänzerin. Wild wirbelte ihr Haar im Wind. Immer weiter ließ sie sich zurücksinken, bis sie schließlich mit den Händen nach seinen Knöcheln greifen konnte.

Leylin machte ihm Angst. Das war kein Spiel! Seine Hände fanden auf ihrem glatten Leib keinen Halt. Ein Fehler, und sie würde in die Tiefe stürzen!

Endlich bäumte sie sich auf. Ihre Arme schlangen sich wieder um seinen Nacken, und sie beide tauchten in den Schleier ihres Haars. Sanft küsste sie seine Stirn. Dann beugte sie sich weiter vor und flüsterte in sein Ohr. »Hast du es gesehen? Auch ich vermag die Welt auf den Kopf zu stellen. Bring mich zurück in Shandrals Palast.«

Er wollte ihr widersprechen. Wollte sie nicht ziehen lassen, doch Leylin küsste ihn noch einmal. »Wenn ich ihm fortlaufe, wird er sich an meiner Familie rächen. Du hast mich in den Himmel getragen und mir ein Geschenk gemacht, das mir niemand je wird nehmen können. Nun mach mir ein zweites Geschenk und bring mich zurück. Ganz gleich, was mit mir geschehen mag, mein Herz hat seinen Platz gefunden. Es wird bei dir sein, wohin dich deine Adler auch tragen.«

Melvyn hielt sie eng umschlungen. Dann gab er Wolkentaucher den Befehl umzukehren. Viel zu schnell schimmerten die Kanäle Feylanvieks wieder unter ihren Füßen. Diesmal sank der Adler in weiten Kreisen dem Palast entgegen. Wolkentaucher setzte die Himmelsstiege wieder auf der Brüstung ab. Leichtfüßig sprang Leylin auf den Balkon hinab. »Du bist anders als die Geschichten, die man sich über dich erzählt«, sagten ihre Hände. Sie legte die Rechte auf ihr Herz und verneigte sich. »Gib auf dich Acht, mein Räuberhauptmann. Doch versuche nicht wiederzukommen. Es wäre unser beider Unglück. Du besitzt mehr von mir, als Shandral je gehören wird, auch wenn mein Leib nun zu ihm zurückkehrt. Ich weiß, was du dir holen wolltest. Du hast etwas anderes bekommen. Hüte es wohl, denn es lebt nur bei dir.«

Sie wandte sich um und war im nächsten Augenblick zwischen den safranfarbenen Schleiern der Tür verschwunden. Ohne dass er ihm den Befehl gegeben hätte, stieß Wolkentaucher hinab und packte den Himmelssteig. Er trug ihn dem Mond entgegen, doch Melvyn hatte nur Augen für die Safranschleier. Sie schrumpften und waren bald nur noch ein winziger heller Fleck, wie das Licht einer fernen Laterne. Dann verschwanden sie ganz, und im gleichen Augenblick kam die Angst. Was würde geschehen, wenn Shandral aus seinem Schlaf erwacht war und Leylin nicht auf dem Balkon gefunden hatte?

Er hätte sie nicht zurückgehen lassen dürfen. Es war ihr Wille gewesen, aber er würde wiederkehren. Leylin war mehr als nur ein Abenteuer. Er hatte sich verliebt.

DAS BLAUE KLEID

Kadlin stieg über eine Pfütze hinweg, die in allen Regenbogenfarben schillerte. Kalf hatte Recht gehabt. Es stank zum Erbarmen in der Stadt. Durch die Mitte der Gasse, der sie folgte, zog sich eine offene Jaucherinne. So war es hier überall. Die ganze Stadt schüttete ihren Dreck in die Abwasserrinnen, die zu wenig Gefälle hatten, um vernünftig abzufließen. Entlang der Häuser waren Wege aus Holzknüppeln gelegt. Hier und da führte ein dickes Brett über die Jaucherinnen. Und überall wurde gebaut. Fünfzehn Jahre war es her, dass die Trolle Firnstayn niedergebrannt hatten, doch die Bauarbeiten wollten noch immer kein Ende nehmen. Im Norden war die Stadt über ihren schützenden Wall hinausgewuchert. Innerhalb der Palisade hatte Kadlin, abgesehen vom Marktplatz, kein einziges unbebautes Stück Land gesehen. Immer mehr Menschen zog es hierher, dabei lag die gefährliche Grenze zu den Trollen nicht einmal hundert Meilen entfernt.

Und überall waren Krieger. Jeder zweite Mann, den man auf der Straße sah, trug Waffen. Unablässig hallte das rhythmische Hämmern der Schmiede über dem Lärm der Händler, die lauthals ihre Waren anpriesen.

Es war unmöglich gewesen, in der Stadt eine Herberge zu finden. Hunderte waren gekommen, um den Kampfspielen beizuwohnen, die abgehalten werden sollten, bevor das Heer nach Norden zur Trollgrenze zog. Schon am späten Nachmittag würden die ersten Vorauswahlen zum Wettschießen der Bogenschützen abgehalten. Kadlin betrachtete ihre bandagierte Linke und fluchte. Es war dämlich gewesen, so fest zuzuschlagen. Kalf hatte ihr Moos auf die Schürfwunden an ihren Knöcheln gelegt und einen strammen Verband um die Hand gewickelt. Wenn sie versuchte, die Finger zu krümmen, peinigte sie stechender Schmerz. Sie würde kaum den Bogen halten, geschweige denn vernünftig schießen können. Vermutlich würde sie schon in der Vorausscheidung scheitern! Und alles nur, weil sie diesem eingebildeten Mistkerl über den Weg gelaufen war. Wenn sie nur an ihn dachte, bekam sie nicht übel Lust, ihm auch noch einen rechten Haken zu verpassen.

Sie hatte sich schon einige der Stoffläden angesehen, war aber ein wenig verzagt bei der Auswahl. Es gab einfach zu viel zu kaufen. Mutter hätte sicher ihre helle Freude daran gehabt, sich die Läden anzusehen. Wenn nur das Fieber nicht gewesen wäre! Es hatte mit einem Husten angefangen, und lange hatte sie darüber nur gespottet. Und als das erste Blut mit dem Husten gekommen war, da hatte sie es vor ihnen verborgen. Asla hatte Kadlin das in den langen Stunden gebeichtet, die das Mädchen an ihrem Bett gewacht hatte.

Kadlin erinnerte sich daran, als sei es erst gestern gewesen. Kalf war Tag und Nacht unterwegs gewesen. Ständig war frisches Fleisch im Haus gewesen, und die beiden Schwestern hatten kräftige Brühe daraus gekocht, doch all das hatte nichts mehr genutzt. Ein Fieber hatte sich tief in die Knochen ihrer Mutter gesenkt, und der Bluthusten hatte sie selbst in ihrer letzten Stunde noch geschüttelt. Ihre Mutter war sehr stark gewesen. Einen ganzen Winter lang hatte sie gegen die Krankheit angekämpft. Immer wieder hatte sie gesagt, dass sie nur aushalten müsse, bis die ersten Blumen durch den weichenden Schnee brachen. Zuletzt hatte sie von fast nichts anderem mehr gesprochen. Immer wieder hatte sie Kadlin hinausgeschickt, um nach Schneesternen zu suchen. Die kleinen Blumen mit ihren sternförmigen Blüten konnten selbst im Schnee gedeihen. Aber in jenem Jahr war der Frühling sehr spät gekommen. Wie zum Hohn waren die ersten Schneesterne keine fünf Schritt vom Grab ihrer Mutter erblüht, drei Tage, nachdem sie Asla begraben hatten. Im Sommer des Unglücksjahres hatte Silwyna ihren Fischer geheiratet. Seitdem war es einsam geworden in dem Tal mit seinem großen See …

Wütend blickte Kadlin auf ihre bandagierte Hand. Sie musste es schaffen, bei den Jägern des Königs aufgenommen zu werden, um sich dort in Ruhe nach einem Mann umsehen zu können. Und wenn sie den verdammten Bogen an ihrer Hand festbinden musste, um damit zu schießen!

In ihre düsteren Gedanken versunken, war sie bis ans Ende der Gasse gelangt. Hier gab es einen Laden, der ganze Bündel von Kleidern in offenen Truhen anbot. Wahrscheinlich Plündergut, dachte Kadlin. Sie sah sich einige der Kleidungsstücke an. An einem dottergelben Hemd fand sie eingetrocknete Blutflecken. Wem es wohl einst gehört haben mochte? Ein Kleid zu kaufen, war nicht üblich. Keine Frau, die etwas auf sich hielt, tat das. Wie groß waren auch die Aussichten, etwas zu finden, das genau passte? Besser war es, Stoff zu kaufen und selbst zu nähen. Doch darin war Kadlin nie sonderlich geschickt gewesen. Schmunzelnd erinnerte sie sich, wie ihre kleine Schwester einmal zwei Monde lang an einer Schmuckborte genäht hatte. Für solchen Unsinn hatte sie selbst keine Geduld.

Nachdenklich betrachtete sie ein herbstrotes Kleid. Wahrscheinlich würde sich die Farbe mit ihrem roten Haar beißen.

»Kann ich dir helfen?« Ein zierlich gebauter blonder Mann war aus den dunklen Tiefen des Ladens aufgetaucht.

»Ich suche ein Kleid, wie man es auf Festen tragen würde.«

Der Händler strich sich mit der Hand über das Kinn und musterte sie wie eine Kuh auf dem Viehmarkt. »Was darf es denn kosten?«, fragte er endlich vorsichtig.

Kadlin kannte sich mit Münzen nicht gut aus. Sie hatte bisher alles, was sie brauchte, gegen Felle eingetauscht. Jetzt wäre sie froh, wenn Kalf bei ihr wäre. Er kannte sich in solchen Dingen aus. Auf der anderen Seite war es zu peinlich, ihren Vater in irgendwelche Stoffläden zu schleppen. Außerdem war es ganz gut, wenn er nicht immer in der Nähe war. So könnte sie sich ein wenig nach Männern umsehen.

Es gab eine ganz andere Möglichkeit, dieses lästige Problem aus der Welt zu schaffen. »Björn Lambison, der Sohn des Herzogs, steht in meiner Schuld. Er wird mir das Kleid schenken. Die Kosten sind seine Sache.«

Ein strahlendes Lächeln erhellte die Züge des Händlers. »Du solltest nicht hier suchen, meine Schöne. Das ist billige Ware für Waschweiber. Hier gibt es nichts, was deiner Schönheit angemessen wäre. In meinem Laden habe ich etwas, das passender ist. Du solltest Grün tragen. Oder Blau. Ja, Blau würde dir gut stehen.«

Er brachte ein Kleid und drückte es ihr in die Hände. Es war federleicht, obwohl es lang genug war, um ihr fast bis zu den Knöcheln zu reichen. Und es fühlte sich wunderbar weich an, besser noch als das Fell von Katzenjungen. Ehrfürchtig strich sie über den Stoff. Er war in einem schönen, tiefen Blau gefärbt. An Hals und Ärmeln des Kleides gab es Schmuckborten. Mit dottergelbem Garn waren Falken aufgestickt, die mit angelegten Flügeln aus dem

Himmel stürzten. Die Jägerin schnupperte an dem Kleid. Ganz schwach haftete ihm noch ein schwerer, sinnlicher Duft an.

»Dieses Kleid ist wie für dich gemacht. Du solltest es anlegen. Wie eine Königin wirst du darin aussehen.«

Kadlin runzelte die Stirn. Glaubte der Kerl tatsächlich, sie würde sich jetzt vor ihm ausziehen?

Als habe er ihre Gedanken gelesen, deutete er auf einen dunklen Winkel, vor den ein schmutzig grauer Vorhang aufgespannt war. »Dort kannst du dich ungestört umkleiden.«

Die Jägerin war sich unsicher. »Wie viel kostet so ein Kleid?«

»Es wird den Sohn unseres Herzogs gewiss nicht zu einem armen Mann machen«, entgegnete der Händler ausweichend. »Der Stoff wird angeblich tief im Süden hergestellt. Es heißt, Kinder weben ihn aus den Fäden von Spinnen. Ich halte diese Geschichte für Unsinn, aber etwas Besseres bekommt man nicht zu hören, wenn man nach dem Ursprung solcher Kleider fragt. Die Weiber dort scheinen klein und zierlich zu sein. Ich schätze, dir würde das Kleid sehr gut stehen. Du hast die Statur einer Elfe. Die Geliebte des Königs kommt manchmal hierher. Ich weiß, wovon ich rede.«

Der Gedanke, sich im Haus eines Fremden zu entkleiden, hatte etwas Erregendes für Kadlin. So etwas hatte sie noch nie zuvor getan. Sie spähte in die dunkle Ecke mit dem grauen Vorhang. Warum nicht?

Der Vorhang stank nach altem Schweiß. Er trennte in schrägem Winkel die hinterste Ecke des Ladens ab. Hier war es noch dunkler. Einzig durch ein Astloch an der Rückwand stach eine Lanze aus Licht. Kadlin presste die Wange an die Holzwand. Durch das Loch konnte man auf einen Hinterhof blicken. Sie lächelte. Ob der Händler neben Kleidern wohl auch Blicke auf seine Kundinnen feilbot? Sie zog den schweren Jagddolch aus ihrem Gürtel und drückte die breite Klinge langsam durch das Astloch. Sie stand nicht zum Verkauf!

Hastig zog sie sich aus. Dann nahm sie das blaue Kleid. Plötzlich hatte sie Angst, sie könne es schon mit einer einzigen unbedachten Bewegung zerreißen. Ein Kleid, aus Spinnenfäden gewoben … Luth-Priesterinnen sollten so etwas tragen. Spinnen waren Dienerinnen des Schicksalsgottes. Es wäre passend, wenn die Priesterinnen des Schicksalswebers in solche Gewänder gekleidet wären.

Vorsichtig zog die Jägerin das Kleid über den Kopf. Zart wie Blütenblätter streichelte es ihre Haut. Ein wohliger Schauer überlief sie, als der Stoff an ihr hinabglitt. Er weckte die Sehnsucht nach tastenden Händen, nach heißem Atem und Lippen, die ihre Brüste liebkosten. Was ihr Fischer wohl machte? Dachte er manchmal noch an sie? Sie hatte sich oft der Erinnerung an ihre gemeinsamen Stunden hingegeben.

Kadlin straffte sich. Ihre Hände strichen den Stoff glatt. So leicht war das Kleid, dass sie das Gefühl hatte, noch immer nackt zu sein. Der Händler hatte ein gutes Augenmaß. So weit sie es beurteilen konnte, passte ihr das Kleid. Vielleicht war es ein wenig zu kurz. Sie hatte sich verschätzt, als sie es an ihren Leib gehalten hatte. Es reichte nicht bis zu ihren Knöcheln, sondern nur bis dicht unter das Knie. An den Seiten war es geschlitzt. Man würde bequem darin gehen können.

Im Laden hörte sie gedämpfte Stimmen. Sie war neugierig zu sehen, wie sie in dem Kleid auf Männer wirkte. Kadlin strich ihr Haar glatt, dann zog sie den Vorhang zurück. Björn stand im Eingang und sprach mit dem Händler. Bei ihrem Erscheinen verstummte er abrupt und starrte sie an. Sein Mund stand offen. Er glotzte wie ein junges Kalb. Auch der Händler sah sie an. Er blickte nicht in ihr Gesicht, sondern ein wenig tiefer.

Kadlin sah an sich herab. Deutlich zeichneten sich durch den dünnen Stoff die Knospen ihrer Brüste ab. Das

Blut schoss ihr in den Kopf. Ihre Wangen glühten, und ihr Mund war mit einem Mal staubtrocken. Eigentlich hatte sie Björn mit einem frechen Spruch empfangen wollen, doch alle Worte verdorrten in ihrer Kehle, bevor sie über ihre Lippen gelangen konnten.

»Wunderbar!«, beendete der Händler die Stille. »Vollkommen! Kein anderes Weib sollte dieses Kleid auch nur berühren dürfen. Ein solches Wunder lassen mich die Götter vielleicht einmal in sieben Jahren schauen. Es ist, als hätten die Himmlischen selbst das Kleid für dich geschaffen. Und nur für dich! Was denkst du, Björn? Als ich dein Weib zum ersten Mal gesehen habe, dachte ich an eine Wildkatze. Aber jetzt! Sieh sie dir nur an! Ich glaube, dass nicht einmal die Königin der Elfen so schön ist.«

Der Herzogssohn strich sich über das verschorfte Kinn. »Ja, eine Wildkatze. Du sagst es …«

Kadlin verschränkte ein wenig steif die Arme vor der Brust, sodass man ihre Erregung nicht mehr sehen konnte. In ihr bekämpften einander widerstreitende Gefühle. Das Kleid zu tragen, gab ihr ein prickelndes, sinnliches Gefühl. Es war ein wenig wie jenes Gefühl, das sie den letzten Sommer über beherrscht hatte, wenn sie mit ihrem Fischer in die Klippen oder eine dunkle Bootshütte geschlichen war, um dort ihre Leiber ineinander versinken zu lassen. Eine aufstachelnde Vorfreude, fast so schön wie der Tanz der Leiber. Doch zugleich fühlte Kadlin sich nackt in dem Kleid. Anders als ihre Lederkleider übte es Verrat an ihr, denn es ließ jeden, der sie ansah, ihre Erregung erblicken. Es verhüllte ihre Gefühle nicht, nein, es gab sie preis, lautstark wie ein Marktschreier, der eine Zuchtkuh anpries.

»Bei den Göttern«, murmelte Björn mit krächzender Stimme. »Das ist …« Er hob hilflos die Arme. »Als sei ein Schmetterling aus seinem Kokon geschlüpft.«

»Bring mir einen Streifen feines Leinen«, sagte Kadlin, wandte sich halb ab und wurde sich im gleichen Augenblick bewusst, dass man bei der Bewegung durch den seitlichen Schlitz im Kleid ihre Schenkel sehen konnte.

»Gewiss, meine Schöne. Sofort.« Der Händler erwachte aus seiner lauernden Starre und wühlte in einer Kiste.

Kadlin zog sich in die schützende Ecke hinter dem grauen Vorhang zurück. Sie wollte dieses Kleid, aber sie musste es bändigen!

»Ist das hier das Richtige?« Der Händler warf einen langen Schal über den Vorhang. Er war von gelblichem, fein gewobenem Leinen. Vielleicht würde es gehen?

Die Jägerin streifte das Kleid ab und schlüpfte in ihre enge Hirschlederhose. Dann zog sie die wadenlangen, abgetragenen Stiefel an. Sie waren bequem, aber verglichen mit dem wunderbaren Kleid kamen ihr nun all ihre anderen Besitztümer schäbig vor.

Leise feilschten der Händler und Björn miteinander. Erst glaubte Kadlin, sie habe nicht recht gehört, doch dann beharrte der Krämer wieder und wieder auf seiner völlig übertriebenen Forderung. Selbst drei Winter würden nicht genügen, um ausreichend Pelze zu erjagen und die Forderung des Händlers zu erfüllen. Ein solches Geschenk konnte sie nicht annehmen!

Der pulsierende Schmerz in ihrer Linken bohrte sich in ihre Gedanken. Es war die Hand, mit der sie den Bogen hielt. Sie würde sich im Wettkampf der Bogenschützen weit unter Wert verkaufen. Und alles nur, weil Björn sie gereizt hatte. Vielleicht würde sie nicht einmal unter die Jäger des Königs aufgenommen werden?

Kadlin fluchte leise. Sie brauchte dieses Kleid! Sie hatte sich fest vorgenommen, bis zum Winter einen Mann zu finden, der zu ihr passte. Sie wurde alt! Das Leben in der Wildnis würde bald schon Spuren in ihrem Gesicht hinterlassen.

Sie strich über den zarten blauen Stoff des Kleides. Es würde die Männer anlocken, wie ein Topf Honig die Fliegen lockte. Wenn sie es besaß, wäre sie nicht mehr darauf angewiesen, unter den Jägern des Königs aufgenommen zu werden.

Sie nahm den Leinenschal und wickelte ihn sich straff um ihre Brüste. Nun würde niemand mehr die verräterischen Knospen sehen. Vorsichtig streifte sie erneut das Kleid über. Verliebt darin, ihn zu berühren, strich sie den blauen Stoff glatt. Sie nahm ihren braunen Gürtel und schnallte sich ihn um die Taille. Dann zog sie das Jagdmesser aus dem Astloch und schob es zurück in Scheide. Schließlich warf sie sich den Köcher über die Schulter, nahm den Bogen und ihr altes Lederhemd und trat hinter dem Vorhang hervor.

Der Händler sah sie und stöhnte auf, als habe er einen Fausthieb in den Magen bekommen. »So geht das nicht. Man trägt kein Kleid auf einer Hose. Das sieht ja aus wie …« er breitete die Arme aus. »Das sieht aus wie … Wie eine Rose auf einem Kuhfladen!«

Björn lachte schallend. »Nein! Sie sieht aus wie eine Wildkatze, die sich in eine Kleidertruhe verirrt hat. So passt das Kleid zu ihr.«

Kadlin ballte die unverletzte Faust. Einen Atemzug lang war sie versucht, dem ungehobelten Kerl einen weiteren Haken zu verpassen. Aber wenn sie noch einmal so zuschlug wie heute Morgen, dann würde sie dem Bogenschützenwettkampf nur noch als Zuschauerin beiwohnen können.

»Wollen wir gehen?«, fragte sie kühl.

»Wohin immer du willst, meine Schöne. Ich würde dir mit Freuden bis ans Ende der Welt folgen.«

»Du hast Glück, vorerst will ich nur bis zum Schützenplatz am anderen Ende der Stadt.«

»So? In diesem Aufzug?« Er schüttelte den Kopf. »Das geht nicht!«

»Warum?« Sie war stehen geblieben und stemmte trotzig die Hände in die Hüften. »Bist du jetzt doch derselben Meinung wie der Krämer?«

»Du wirst sie völlig verrückt machen, die anderen Bogeschützen. Sie werden dich angaffen. Du wirst ihr Blut in Wallung bringen. Sie …«

»Ich denke, ich sehe aus wie eine Wildkatze, die durch eine Kleidertruhe getollt ist?«

Björn lächelte verzweifelt. »Ich wollte dich damit nicht beleidigen. Jeder Jäger bewundert die Wildkatzen, ihre Schönheit und die gleitende Anmut ihrer Bewegungen.«

Kadlin hielt ihm ärgerlich die bandagierte Hand entgegen. »Von der Anmut meiner Bogenkünste hat dein Kinn nicht viel übrig gelassen. Mir ist es nur recht, wenn ich die anderen durcheinander bringe. Das ist Luths gerechter Ausgleich dafür, dass ich mit der gleichen Anmut schießen werde, mit der ein besoffenes Pferd durch einen Apfelhain taumelt.«

VEREINTE SEELEN

Jules ließ sich auf dem großen Felsblock inmitten der Lichtung nieder. Die Ordensbrüder und -schwestern waren niedergekniet, eine Bewegung vollkommener Harmonie. Sie alle hatten im gleichen Augenblick die Knie gebeugt und ihre Köpfe gesenkt. Da kauerten sie nun im Gras, stolz und demütig zugleich.

»Sie wären gute Krieger«, flüsterte Michel. »Nie zuvor habe ich solche Disziplin gesehen.« Der rothaarige Krieger hatte sich Jules vor drei Tagen ungefragt angeschlossen. Er war einer jener anstrengenden Menschen, die zu allem eine Meinung hatten und stets uneingeforderte Ratschläge auf den Lippen trugen. Wie eine Klette hing er an seiner Kutte.

Michel hielt sich für einen bedeutenden Krieger. Dabei war er spindeldürr. Das Leben in den Heerlagern hatte ihn ausgezehrt. Ständig kratzte er sich, und auf seiner linken Wange wucherte eine Hautkrankheit, die ihre grindigen Finger den Hals hinabstreckte und unter dem dünnen Schal verschwand, der Michels geschundenen Nacken vor dem scheuernden Kettenhemd schützte. Jules musste ihn nur ansehen, dann begann es auch ihn zu jucken.

Michel Sarti hatte wohl keine Ahnung, dass er ihn schon am ersten Abend erkannt hatte. Vor ein paar Jahren noch hätte er den Krieger sofort getötet, aber inzwischen war der ehemalige Söldnerhauptmann zu einem Opfer des Friedens geworden. Der Schlächter von Avron, der Blutfürst von Ruonnes, war heute nur mehr ein groteskes Zerrbild dessen, was er einmal gewesen war. Aber in ihm brannte noch immer ein Feuer. Michel war nach wie vor von der festen Überzeugung durchdrungen, zu Großem berufen zu sein, auch wenn ihm seine Söldner längst davongelaufen waren, weil ihn das Glück verlassen hatte.

Jules bedachte ihn mit einem Lächeln, das Michel wieder einmal als wohlwollend missverstand. Das Schicksal schlug manchmal seltsame Kapriolen. Ein Mann voller fanatischer Leidenschaft, in dem das Lebenslicht trotz aller Rückschläge noch stark brannte, kam ihm jetzt sehr gelegen. Seit dem ersten Abend, an dem sie sich begegnet waren, lag Michel ihm in den Ohren, dass der Orden sich bewaffnen müsse. Er brauche Schwert und Schild, um sich vor den Unwägbarkeiten der Adelspolitik zu schützen. Der Tjuredglaube wuchs über die Grenzen der Königreiche hinaus. Er brauchte Streiter, die nicht einem Herrscher unterstanden, sondern allein der Kirche. Die Idee war bestechend, fand Jules. Doch die Gründung eines solchen Ordens würde er gewiss nicht in die Hände von Michel legen.

Der Wanderer verabscheute Fanatiker. Er war auf sie angewiesen, denn sie waren überaus nützlich bei der Verbreitung des Tjuredglaubens. Vor fünfzehn Jahren hatte er die Kirche fast vernichtet. Drei Refugien waren seinen Versuchen, die Shi-Handan zu erschaffen, zum Opfer gefallen. Mehr als hundertfünfzig Ordensbrüder und -schwestern waren damals umgekommen. Und es hatte ihm nichts gebracht außer Zweifeln. Die junge Kirche aber hatte der Aderlass in eine tiefe Krise gestürzt. Niemand zweifelte daran, dass diese Bluttaten grausame Racheakte der Elfen waren; schließlich hatten die heimtückischsten der Albenkinder ja auch den heiligen Guillaume ermordet. Aber in ihrer Angst hatten viele Priester die Ordenshäuser verlassen. Sie hatten das Gefühl, sie seien nirgends mehr sicher, es sei denn, sie schworen ihrem Gott Tjured ab.

Es war mühsam gewesen, diese Angst zu bekämpfen. Zu allem Übel war auch noch ein Krieg zwischen Angnos und Fargon ausgebrochen, und die Söldnerhorden beider Seiten hatten mit großer Hingabe die Refugien der Tjuredpriester geplündert. Jules sah den Krieger an seiner Seite an. Er war der Grausamste von allen gewesen. Sich jetzt bußfertig zu geben und darauf zu spekulieren, einen Kriegerorden innerhalb der Kirche anführen zu können, war geradezu tolldreist. Wäre er militärisch begabter gewesen oder zumindest aufrichtig vom Glauben an Tjured durchdrungen, vielleicht hätte er Michel Sarti dann tatsächlich mit dieser großen Aufgabe betraut. Aber so wie die Dinge standen, war es besser, ihn auf andere Weise im Dienst der Kirche einzusetzen.

Jules Finger gruben sich in das dicke Moospolster auf dem grauen Felsblock. Er streichelte über die gewundenen Spiralmuster, die tief in den Stein eingegraben waren. Die Lichtung lag nicht weit vom Refugium des heiligen Lucien, einer Neugründung, die noch keine zehn Jahre alt war. Es war eine von drei Niederlassungen der Kirche, in denen Jules seinen Einfluss nutze, um die Ordensbrüder auf einen neuen Weg zu führen. Das Refugium lag tief im Wald, weit abgelegen von jeder Siedlung. Regelmäßig war er in den letzten Jahren hierher gekommen, um die Fortschritte der Brüder und Schwestern zu beobachten.

»Erhebe dich, Bruder Sebastien. Ich hasse es, einen Freund knien zu sehen.«

Alle Brüder und Schwestern erhoben sich zugleich, als der Abt aufstand. Sebastien war ein großgewachsener Mann mit breiten Schultern. Auch er war Krieger gewesen. Jules fand es sehr zweckmäßig, ehemalige Hauptleute zu Äbten zu machen. Wer eine Schar Kämpfer unter Kontrolle halten konnte, der war auch in der Lage, ein Refugium zu leiten. Stets achtete er allerdings darauf, dass die ehemaligen Krieger auch wirklich vom Glauben an Gott durchdrungen und willens waren, nun seine Soldaten zu sein.

»Jeder von euch weiß, was ich erwarte?« Seine Stimme klang wie die eines besorgten Vaters, dessen liebster Sohn sich aufmachte, eine gefährliche Reise anzutreten. Er hatte diesen Tonfall sorgfältig einstudiert. Die Fehler von vor fünfzehn Jahren würde er nicht noch einmal begehen. Die Ereignisse in Albenmark entglitten ihm langsam. Diesmal musste es gelingen! Die Trolle waren allzu stark geworden. Wenn er nicht eingriff, würden sie Emerelle besiegen, und der Krieg wäre in wenigen Monden vorüber. Er musste dafür sorgen, dass die übrigen Albenkinder sich mit mehr Elan auf die Seite der Königin schlugen. Er wollte einen Krieg, der Albenmark ausblutete und zuletzt zerstörte. Und dazu brauchte er die Shi-Handan.

Die Brüder und Schwestern aus dem Refugium des heiligen Lucien waren mit allen Einzelheiten seines Planes vertraut. Nur dass er nicht wirklich für Tjured kämpfte, wenn er auf die Vernichtung der Albenkinder sann, wussten sie nicht. Wenn sein Zauber diesmal glückte, dann besaß er die vollkommene Waffe!

»Sind eure Seelen rein, und habt ihr mit allen irdischen Wünschen abgeschlossen?«, fragte Jules feierlich.

»Wir sind bereit, Tjured das höchste Opfer zu bringen«,

antworteten die Brüder und Schwestern wie mit einer Stimme.

»So seid nun Zeugen eines Wunders. Blickt in das Licht Gottes. Gebt euch hin! Wandert durch das finstre Tal und seid seine Diener, selbst wenn ihr die Fesseln des Fleisches abgestreift habt. Und höret: Wenn seine Feinde besiegt sind, so werdet ihr die Ersten sein, die in das neue Reich des Lichtes ziehen. Ihr werdet Seite an Seite mit den Heiligen und Märtyrern die ewige Glückseligkeit erleben.«

»Sechzig Füße sind wir, doch wir gehen einen Weg. Sechzig Hände sind wir, doch wir verrichten ein Werk. Dreißig Häupter tragen wir, doch uns vereint ein Gedanke, das Leben für Tjured«, so antworteten sie wie aus einem Munde.

Ein Gedanke des Wanderers entzündete die schwarzen Kerzen im Gras, und Jules' Geist griff nach den Albenpfaden, die sich vor dem moosbewachsenen Felsen kreuzten. Es waren nur sechs. Kein großer Albenstern. Doch es musste genügen. Lange hatte er an sich gezweifelt, weil ihm nicht gelingen wollte, was eine ungewaschene Trollschamanin vollbringen konnte: die Yingiz mit einer lebenden Kreatur zu verschmelzen, um einen Shi-Handan zu erschaffen. Es waren Jahre dumpfen Brütens verstrichen, bis ihm aufging, dass es vielleicht nicht an ihm, sondern an den Ordensbrüdern gelegen hatte. Er wusste keine Einzelheiten, aber er vermutete, dass Skanga für ihren Zauber Elfen benutzt hatte – Geschöpfe, deren Lebenslicht über Jahrtausende brennen konnte. Kein Mensch konnte sich damit messen. Also hatte er versucht, Ordensgemeinschaften zu fördern, in denen die Brüder und Schwestern in völliger Harmonie miteinander lebten. Sie sollten regelrecht verschmelzen, so wie die Stimmen eines Chors zu einer einzigen wurden. Er hatte ihnen erklärt, was mit ihnen geschehen würde, damit sie für die Schrecken der letzten Augenblicke ihres fleischlichen Lebens gewappnet waren. Sie waren Fanatiker. Seit einem Jahr sehnten sie diesen

Tag herbei, um den Krieg nach Albenmark zu bringen und den Tod der Märtyrer aus Mons Gabino und den anderen Refugien zu rächen. Sie gingen völlig in ihrem heiligen Eifer auf.

Jules hörte, wie Michel neben ihm erschrocken nach Luft japste, als sich das Tor aus goldenem Licht erhob. Der Wanderer legte dem Söldnerhauptmann einen Arm um die Schultern. »Du hast die Ehre, zum Zeugen eines Wunders zu werden. Nicht alles, wovon die Ordensbrüder erzählen, ist frommes Geschwätz«, fügte er etwas leiser hinzu. »Bist du bereit, deinen Teil zu diesem Wunder beizutragen und zum Soldaten Gottes zu werden?«

»Ja!«, stieß er aus rauer Kehle hervor. Seine blaugrauen Augen waren vorgequollen, er zitterte. Ob ihm bewusst wurde, dass es ein Fehler gewesen war, die Macht Tjureds herauszufordern, als er seine Diener niedermetzelte? Glaubte er nun die Macht Gottes zu spüren?

Jules griff nach dem Lebenslicht des Kriegers. Der Schlächter stöhnte auf. Ein Faden klebrigen Lichts troff wie Speichel von seinen Lippen. Der Wanderer spürte, wie das Fleisch des Kriegers unter seinem festen Griff schmolz. Ungerührt sahen die Ordensschwestern und Brüder zu, wie Michel sein Lebenslicht gab, um die Yingiz zu rufen. Sie alle wussten, wer Michel war. Und sie hießen es gut, dass er sein Leben gab, um auf diese Weise den Tod so vieler Diener Tjureds zu sühnen.

Der Wurm aus Licht wand sich dem Dunkel im goldenen Torbogen entgegen. Bald würde er wissen, ob er ein Schwert aus Stahl oder zerbrechlichem Kristall erschaffen hatte, dachte Jules beklommen. Waren die Brüder und Schwestern stark genug, den Yingiz zu widerstehen? Konnte er endlich die Schnüre ziehen, die er ausgelegt hatte, oder würde der Krieg um Albenmark völlig seiner Kontrolle entgleiten?

DAS MÄDCHEN IM BLAUEN KLEID

Nur fünf Bogenschützen waren noch übrig geblieben. Zwei Tage dauerten die Wettbewerbe nun an. Mehr als dreihundert waren gekommen, um den ehrenvollen Titel eines Jägers des Königs zu erringen. Einen Titel, um den man jedes Jahr aufs Neue kämpfen musste, denn nur wer sich stets bewährte, durfte bei den Jägern bleiben. Siebenundzwanzig Veteranen der letzten Jahre waren ausgeschieden. Es war ein tückisches Wetter für einen Schützenwettkampf. Immer wieder stürmten kalte Böen vom Fjord die Wiese hinauf. Sie trieben die Pfeile aus ihrer Bahn und betrogen so manchen Schützen um seine Ringe. Doch ein guter Jäger musste so etwas berücksichtigen! Auf der Pirsch durfte er auch nicht hoffen, noch Gelegenheit zu einem zweiten Schuss zu haben, wenn sein erster Pfeil das Ziel nicht traf.

Alfadas ertappte sich dabei, wie er dem Mädchen den Sieg wünschte. Als er sie zum ersten Mal gesehen hatte, hatte es ihm einen schmerzhaften Stich in sein Herz versetzt. Das blaue Kleid und das flammend rote Haar … Sie war wie seine Kadlin. Sein kleiner Rotschopf, dessen bleiche Knochen in irgendeinem der Täler am Rentiersteig lagen. Unbegraben wie so viele andere, die zu Opfern der Trolle geworden waren. Seine Kleine hätte jetzt das gleiche Alter wie die Bogenschützin dort unten. Bis er die Jägerin vorgestern zum ersten Mal gesehen hatte, war Kadlin in seinen Gedanken immer nur das kleine Mädchen gewesen, das er verloren hatte. Das Mädchen im blauen Kleid, das den riesigen schwarzen Hund zu seinen Füßen gezähmt hatte, das mit torkelndem Schritt durch den Kies am Ufer des Fjords gelaufen und seinen Namen noch nicht hatte aussprechen können. Ihr blaues Kinderkleid war alles, was ihm von ihr noch geblieben war. Er hatte es im zerstörten Firnstayn gefunden, an jenem Tag, an dem er für immer seinen Seelenfrieden verloren hatte. Sein Heerzug nach Albenmark war in einem Sturm aus Feuer und Blut auf das Fjordland zurückgefallen. Die Skalden machten ihn zum Helden und zum Retter, weil er die Trolle in den Norden zurückgetrieben hatte. Aber er wusste es besser. In Wahrheit war er der Schlächter seines Volkes. Wäre er doch wie sein Vater Mandred im Netz der Albenpfade verschollen! Für sein Volk wäre das besser gewesen!

Die Pfeile schnellten von den Sehnen. Hundert Schritt standen die großen Scheiben aus geflochtenem Stroh entfernt. Fünf Ringe umschlossen das Auge aus roter Farbe. Wer das Auge traf, das kleiner als eine Hand war, der machte zehn Ringe. Schon der Ring, der das Auge umschloss, zählte nur noch fünf.

»Wenn er es versaut, dann werde ich ihm bis zum Hals den Arsch aufreißen«, murmelte Lambi. Der Herzog spielte nervös mit seinem silbernen Trinkbecher. Sein Sohn Björn hatte es unter die letzten Fünf geschafft. Fünf, die von dreihundert geblieben waren! Eigentlich hatte Lambi schon jetzt allen Grund, stolz auf den Jungen zu sein. Aber für den Herzog war sein einziger Sohn eine große Enttäuschung. Als Schwert- und Axtkämpfer hatte Björn sich niemals bewährt. Im Kampf gegen einen Troll würde er keine zehn Atemzüge lang überleben. Björn war nicht so grobschlächtig wie sein Vater. Er unterhielt sich gern mit Vehleif, dem Skalden, und Gundaher, dem Baumeister und Chronisten. Lambi brachte er damit zur Weißglut. Dass dessen Sohn zu den besten Bogenschützen des Königsreichs gehörte, zählte für den Herzog kaum. Für ihn war nur der ein Krieger, der seinem Feind von Angesicht zu Angesicht gegenübertrat und sich mit dessen Blut besudelte. Bogenschützen hielt Lambi für Feiglinge.

Der dumpfe Aufschlag, mit dem sich die Pfeile in die Strohscheiben bohrten, war bis zum Ehrenplatz des Königs zu hören. Eine der Scheiben stürzte unter der Wucht des

Treffers um. Das war Eiriks Geschoss. Er war der Jagdmeister des Königs. Trotz seiner Jugend hatte er sich bewährt. Eirik war ehrgeizig und aufbrausend. Ulric konnte den Jagdmeister nicht leiden. Seit ihren Kindertagen waren sie Feinde. Aber auf solche Empfindlichkeiten konnte er als Herrscher und Heerführer keine Rücksicht nehmen. Eirik war ein guter Anführer, den die Männer respektierten.

Zwei der Schützen verließen fluchend die Wiese. Einer von ihnen war ein wahrer Hüne, ein Kerl mit dichtem Vollbart und schütterem, weißblondem Haar. Nun waren nur noch das Mädchen, Björn und Eirik übrig.

»Der streichelt seine Bogensehne wie Vehleif die Saiten seiner Laute«, grummelte Lambi verstimmt. »Bei dem wird man nie sehen, dass eine Scheibe umstürzt. Die Nadelstiche einer Jungfer sind gefährlicher als seine Pfeile.«

Alfadas legte seinem Weggefährten den Arm um die Schultern. »Sei nicht so streng mit ihm! Er gehört zu den besten drei des Fjordlands, obwohl noch kaum Flaum auf seinen Wangen spießt. Jeder andere Vater wäre stolz.«

Lambi sah ihn verbittert an. »Da kannst du nicht mitreden. Dein Sohn ist der beste Schwertkämpfer des Reiches. Du hast es nie erlebt, wie es ist, wenn dein Junge immer nur die zweite Wahl ist. Und jetzt sieh dir mal an, wie er der Rothaarigen nachgafft. Gleich tritt er noch auf seine Zunge, der läufige Bastard. Ich kann froh sein, wenn er nicht auf die Idee kommt, sie hier vor allen zu bespringen. Kannst du das fassen? Er ist der Herzogssohn. Er könnte Königstöchter abbekommen, wenn ich es wollte. Und was tut er? Er steigt irgendeiner ungewaschenen Schlampe aus den Bergen nach. Siehst du dieses verfluchte blaue Kleid? Das hat er ihr geschenkt, obwohl sie ihm fast den Kiefer gebrochen hat.«

Alfadas schmunzelte. »Hat sie ihn mit dem Bogen niedergeschlagen?«

»Von wegen Bogen! Einen Fausthieb hat sie ihm verpasst. Die schlägt zu wie ein auskeilender Esel. Und was macht mein trotteliger Sohn? Der schenkt ihr vor lauter Dankbarkeit für die Prügel ein Kleid, das so teuer ist, dass man ein ganzes Gehöft dafür kaufen könnte. Die hat ihm das letzte bisschen Verstand aus dem Schädel geprügelt. Hat dir Ulric denn gar nichts erzählt? Er hat daneben gestanden.«

Der König schüttelte den Kopf. »Nein. Du kennst ihn doch. Er ist zu ernst, um solche Geschichten zu erzählen.« Alfadas beobachtete, wie die Bogenschützen erneut in Stellung gingen. Daher also rührte der Verband an der linken Hand der Rothaarigen. Er seufzte. Es war nicht gut, sich so viele Gedanken um das Mädchen zu machen. Sie stürzte ihn in ein Wechselbad der Gefühle. Er hatte Spaß daran, ihr zuzusehen. Sie schien ein ausgemachter Sturkopf zu sein. Eine Hose und ein Kleid zusammen zu tragen! Sich mit Männern zu prügeln und die Oberhand zu behalten. Sich als einziges Weib zu den Jägern zu melden und hier nun bei den besten drei zu stehen. Und das, obwohl ihre linke Hand verletzt war. Was würde geschehen, wenn sie siegte? Sie würde einen schweren Stand unter den Jägern haben.

Doch im gleichen Maße, wie sie seinem Herzen Freude bereitete, brachte sie ihm auch Schmerz. Die alten Albträume waren in den letzten Nächten wiedergekehrt. Er dachte an all die toten Kinder, die er entlang der Route des Flüchtlingszugs auf dem Eis des Fjordes gesehen hatte. An die kleinen steifgefrorenen Hände, die aus den eingeschneiten Kleiderbündeln ragten. Und dann hörte er wieder die dünne Kinderstimme, die seinen Namen rief. Sie kam aus einem Bündel, aus dem ein roter Haarschopf hervorlugte. Halb im Schnee vergraben, streckte sich ihm eine Hand entgegen. Kadlin.

Er presste die Lippen aufeinander und versuchte die Albtraumbilder aus seinen Gedanken zu vertreiben. Diesen Sommer würde er die Trolle bluten lassen! Niemals würde er Frieden mit den Menschenfressern schließen, die ihm seine Familie geraubt hatten. Und er würde das fremde Mädchen nicht an seine Tafel rufen. Nicht einmal, wenn sie das Wettschießen gewann. Er musste sich vor ihr hüten! Silwyna hatte ihn vor ihr gewarnt. Seine Geliebte hatte gleich am ersten Tag des Wettschießens bemerkt, wie sehr ihn der Anblick der rothaarigen Jägerin aus dem Gleichgewicht brachte. Dass mit ihr die Geister der Toten zurückgekehrt waren. Silwyna hatte ihm wiederholt geraten, den Umgang mit dem Mädchen zu meiden. Sie kannte ihn gut. So gut … Er sah zu ihr hinüber. Sie saß zu seiner Linken an dem groben Tisch, den man auf die Wiese gestellt hatte. All die Jahre war sie bei ihm geblieben.

Die Elfe spürte seinen Blick. Sie sah zu ihm hinüber und lächelte. Flüchtig streifte ihn ihre Hand. Dann wandte sie sich wieder den verbliebenen Bogenschützen zu. »Das Mädchen ist gut«, sagte sie stolz.

Alfadas betrachtete noch immer die Maurawani. Für einen Augenblick hatte er das Turnier und seine schmerzlichen Erinnerungen vergessen. Sie hatte das Haar aus der Stirn zurückgekämmt und zu einem Zopf geflochten. Das ließ ihr scharfkantiges Gesicht noch strenger aussehen. Sie trug lederne Jagdkleidung. Ihr schwarzer Zopf lag wie ein Schmuckstück um ihren Hals. So viele Jahre kannten sie sich schon. Sie sah noch immer so aus wie an jenem fernen Tag, an dem sie sich am Hof der Elfenkönigin zum ersten Mal begegnet waren. So würde sie noch aussehen, wenn sie an seinem Sterbebett saß. Er alterte und verfiel. Und sie hatte nicht ein einziges graues Haar. Die Zeit hatte keine Macht über Elfen. Oft fragte sich Alfadas, was Silwyna an seiner Seite hielt. Er war kein einfacher Mann. Nein, das war er wirklich nicht. Asla, sein Weib, hatte immer darunter gelitten, wie er zum Hartungskliff hinaufgeblickt und sich zurück nach Albenmark gesehnt hatte. Damals hatte er oft an Silwyna gedacht. Und nun ging ihm Asla nicht aus dem Kopf. Asla, der er nicht beigestanden hatte, als sie ihn am meisten gebraucht hätte.

Er musste wohl verrückt sein! Immer sehnte er sich nach dem, was er nicht hatte. Seine Seele fand keinen Frieden. Er hätte längst nach Albenmark reisen müssen, um dort seinen Sohn Melvyn zu besuchen. Doch er konnte das Fjordland nicht verlassen. Er durfte es nicht! Die Trolle waren unbesiegt. Niemand wusste, wann es ihnen wieder einfallen würde, gen Süden zu ziehen. Er durfte seinem Königreich nicht den Rücken zukehren! Die Trolle waren gekommen, weil die Fjordländer auf Seiten der Elfen gekämpft hatten. Seit Menschengedenken lebten sie hoch oben in den unwirtlichen Bergen, und nie waren sie ins Königreich eingefallen. Aber jetzt hatten sie Blut geleckt. Sie konnten jederzeit wiederkommen. Kaum ein Mond zog vorüber, ohne dass es Meldungen von der Grenze gab. Gestohlenes Vieh. Einsame Gehöfte, die man niederbrannte. Es konnte erst dann Frieden geben, wenn es ihm gelang, den Felsen einzunehmen, in dem ihre Höhlen lagen. Sie mussten fühlen, wie es war, vor den Gräbern der eigenen Kinder zu stehen.

Alfadas wurde die Kehle eng. Wenn es nur ein Grab für Asla und Kadlin gegeben hätte! Einen Ort, den er besuchen konnte, um dort zu trauern. Aber sie waren einfach aus seinem Leben gerissen worden. Und nichts gab es, was diese Lücke füllte, nicht einmal ein Grab.

Der König kannte die verrückten Geschichten, die man sich über seinen Sohn Ulric erzählte und über dessen Weib Halgard. Man hielt sie für Wiedergänger, für lebende Tote! Sie hatten keine Ahnung. Der lebende Tote, das war er und nicht sein Sohn!

Es gab nur eines, worauf er stolz war. Er hatte das Fjordland stark gemacht. Alfadas hatte mit harter Hand regiert, aber niemand nannte ihn einen ungerechten König. Er hatte aus Asche ein Reich errichtet. Und jedes Jahr drängten seine Krieger die Trolle ein kleines Stück weiter in den Norden zurück. In diesem Jahr würden sie eine Burg aus Stein am Hammerpass errichten. Ein uneinnehmbares

Bollwerk. Den ganzen Winter über hatte er mit Gundaher an den Plänen gearbeitet. Aus der Schlacht um Phylangan wusste er, wie eine Burg beschaffen sein musste, wenn man die Trolle bluten lassen wollte.

Ein Johlen aus hunderten Kehlen riss Alfadas aus seinen Gedanken. Eirik hatte geschossen, und Vehleif war hinter die Strohscheibe getreten und streckte die geballte Faust hoch. Der Jagdmeister hatte ins Auge getroffen.

Lambi fluchte leise vor sich hin. Alfadas war immer wieder überrascht, dass dem Herzog nach all den Jahren, die sie sich kannten, immer noch neue Verwünschungen einfielen, die sich um Körperteile drehten, die nur selten das Licht der Sonne beschien.

Nun war das Mädchen an der Reihe. Was hatte er Luth getan, dass sich sein Lebensfaden mit dem der Jägerin kreuzte? Warum musste sie Kadlin heißen und auch noch ein blaues Kleid tragen? Ein Teil seiner Seele wünschte ihr den Sieg, der andere Teil fürchtete ihn.

Kadlin zog die Sehne bis zur Wange durch. Einen Herzschlag lang hielt sie inne, dann ließ sie den Pfeil davonschnellen. Und im selben Augenblick stürmte eine plötzliche Böe über die Wiese. Gespannte Stille lag über der Menge der Zuschauer. Alfadas konnte nicht recht erkennen, ob der Pfeil getroffen hatte. Die Scheiben standen jetzt hundertzwanzig Schritt entfernt. Man musste Habichtsaugen haben, um den innersten Kreis überhaupt noch sehen zu können, geschweige denn ihn zu treffen.

Vehleif trat zur Scheibe. Dann streckte er die Hand hoch und zeigte alle Finger. »Fünf Ringe!«, hallte seine Stimme über das weite Feld. »Das Auge ist um einen halben Finger breit verfehlt.«

»Danke, Luth!«, zischte Lambi. »Heute Abend vergieße ich ein Horn voll besten Mets für dich.«

Alfadas empfand keine Freude. Es war ein Wunder, dass das Mädchen mit der verbundenen Hand so weit gekommen war. Vielleicht sollte er sie trotz allem an seine

Tafel einladen. Nie war eine Frau zum Wettkampf der Jäger angetreten. Und außerdem war er der König. Wer schrieb ihm vor, mit wem er speiste? Verdient hätte sie es. Er dachte an Silwynas Rat. Nein! Es war besser, das Mädchen im blauen Kleid zu meiden. Diese falsche Kadlin würde ihm nur Kummer machen. Es war besser, die Toten ruhen zu lassen.

FREMDE HEIMAT

Ollowain trat in helles Licht. Geblendet sah er sich um. Der Duft des Sommers lag in der Luft. Sanfte Hügel umgaben ihn. Ein gutes Stück entfernt erhob sich eine einsame Esche. Das Tor hinter ihnen hatte sich bereits geschlossen. Ganda hatte versucht, sie durch das Labyrinth der sich kreuzenden Albenpfade von der Bibliothek direkt ins Herzland zu bringen. Zuletzt hatte sie wirr von den Farben der Magie gesprochen und von einer heimtückischen Falle. Noch bevor sie das Tor erreichten, war sie ohnmächtig geworden.

Sanft bettete Ollowain die Lutin in das hohe Gras. Sie hatte viel Blut verloren. Sein weißes Gewand war ganz durchtränkt davon. Er schnallte seinen Dolch vom Gürtel und löste den notdürftigen Verband um ihren Armstumpf. Zwei zarte Knochen hatten sich aus dem geschundenen Fleisch geschoben. Noch immer rann Blut aus der grässlichen Wunde. Der Elf wand den Stoff zu einer Schlinge und legte sie um den Arm der Lutin. Dann schob er den Dolch durch die Schlinge und drehte ihn so lange, bis der Stoff tief in das Fleisch der Lutin schnitt. Erst als die Blutung gestillt war, band er den Dolch mit einem zweiten

Stoffstreifen fest, damit er nicht verrutschen konnte. Es war nur eine armselige Aderpresse, aber fürs Erste musste das genügen.

Müde erhob sich der Schwertmeister und ging ein paar Schritte durch das hohe Gras. Einzelne goldene Weizenhalme sprenkelten die Wiese. Sie beugten sich unter schweren Ähren. Der Sommer schien weit fortgeschritten zu sein. Etwas musste auf ihrer Flucht geschehen sein. Ollowain kannte die Tücken der Albenpfade. Wer sie nicht gut kannte, konnte sich auf ihnen verlieren. Jahrhunderte konnten binnen Augenblicken verstreichen, wenn man einen Fehler machte! Emerelle hatte ihm zugesichert, dass Ganda eine Meisterin der Wege war. Aber sie war schwer verletzt gewesen. Der Schmerz und der Schock mussten sie halb wahnsinnig gemacht haben.

Verzweifelt blickte der Elf zum Himmel. Das unvergleichliche, klare Licht Albenmarks schien auf ihn hinab. Wenigstens hatte es sie nicht in die Welt der Menschen verschlagen! Vielleicht waren ja nur wenige Wochen vergangen? Sie durften nicht zu spät kommen! Emerelle hatte so sehr darauf gedrängt, dass sie sich beeilten.

Ollowain ließ den Blick von Horizont zu Horizont wandern. Zumindest hier hatten die Schatten nicht die Herrschaft angetreten. Sie kamen noch rechtzeitig. Ganz gewiss! Er musste herausfinden, wo sie waren. Und vor allem musste er eine Heilkundige auftreiben, die sich um Gandas Wunde kümmerte!

Entschlossen ging er zurück zur Lutin. Sie lag noch immer reglos. Auf ihrer Brust ruhte ein großes Buch. Ungläubig kniete Ollowain nieder und tastete nach dem schweren Ledereinband. Es war keine Illusion! Das Buch war Wirklichkeit! Er erkannte es sofort wieder. Es war jenes Buch, das auf dem niedrigen Tisch in Galawayns Zelt gelegen hatte. Was hatte dieses närrische Koboldweib nur getan! Sie wusste doch, welche Strafe darauf stand, ein Buch aus der Bibliothek von Iskendria zu stehlen. Und wie hatte sie es geschafft, dass er nichts davon bemerkte? Als er sie eben noch in den Armen gehalten hatte, hatte sie ganz sicher kein Buch bei sich gehabt!

Was sollte er tun? Sie musste versorgt werden. Aber er konnte sie nicht zu Emerelles Burg bringen. Wahrscheinlich wartete dort schon Meister Reilif oder ein anderer Hüter des Wissens, um das Buch zurückzufordern. Einen Augenblick war Ollowain versucht, das Buch einfach im hohen Gras liegen zu lassen. Er könnte behaupten, sie hätten es nicht mitgenommen. Und wenn er die Geschichte vom Mörder in der Bibliothek vortrug, dann gab es einen anderen Verdächtigen für den Diebstahl. Ob die Hüter des Wissens bemerkt hatten, dass der Minotaur nicht mehr der war, für den sie ihn hielten? Wenn nicht, dann war er sicher schon längst getürmt ... Oder er hatte sich eines neuen Körpers bemächtigt. Die vergangenen Wochen hatte der Mörder gewiss nicht ungenutzt verstreichen lassen.

Der Schwertmeister blickte zweifelnd zum Himmel hinauf. Oder waren mehr als nur ein paar Wochen vergangen? Er musste eine Antwort darauf finden.

Drei Stunden trug er Ganda auf den Armen, bis er einer Blütenfee begegnete. Sie wies ihm den Weg nach Yaldemee, einer Stadt jenseits des Hügellandes. Sie lag etwa zwei Tagesmärsche von Emerelles Burg entfernt.

Mit seinem blutbefleckten Gewand und der bewusstlosen Lutin auf den Armen erregte Ollowain einiges Aufsehen. Yaldemee war keine Siedlung wie Iskendria oder die Städte, die überwiegend von Kobolden bewohnt wurden. Die Häuser standen hier nicht dicht an dicht. Sie verteilten sich auf einer großen Fläche. Es gab eine Reihe von Seidenhäusern, so nannte man die merkwürdigen Bauwerke, die sich in etlichen Baumkronen versteckten. Die Wände waren aus zähem, wasserabweisendem Papier gefertigt. Wie die Schalen einer Zwiebel lagen viele Wände hintereinander, und im Innersten verbarg sich meist eine große, drückend warme Kammer, in der die ganze Familie lebte. Der

Schwertmeister bemerkte winzige, kaum daumenhohe Türen im Wurzelwerk alter Eichen. Dahinter verbargen sich die Heime von Mauslingen, einem besonders kleinwüchsigen Koboldvolk. So unscheinbar sie waren, hatten sie Yaldemee berühmt gemacht mit den Farben, die sie mischten, und die in ihrer Leuchtkraft und Schönheit in ganz Albenmark nicht ihresgleichen fanden. Auch suchte jeder, der ein Buch kunstvoll illustrieren lassen wollte, nach einem Kupferstecher aus Yaldemee.

Ollowain spürte, wie er beobachtet wurde. Hinter jedem Grashalm, in jedem Gebüsch, überall lauerten Augen. Ein Stück entfernt standen ein paar windschiefe Hütten an einem träge zwischen den Bäumen dahinsickernden Bach. Wuchernde Blumenkisten, in denen Buschwindröschen ein Feuerwerk der Farben abbrannten, lenkten vom schäbigen Grau der Holzwände ab. Ein Stück entfernt erhob sich ein Elfenpalast auf einer Hügelkrone. Schlanke Marmorsäulen trugen ein Dach aus warmroten Ziegeln. Der Bau war halb in den Hügel eingelassen. Weiße Seidenbahnen wiegten sich zwischen den Säulen im Wind und winkten dem Wanderer zu.

»Ich suche eine Heilerin«, rief Ollowain. Was war hier los? Früher wäre er längst von schnatternden Kobolden umringt gewesen. Nun schienen sie ihn zu meiden. Sah er denn so sehr zum Fürchten aus?

»Meine Gefährtin ist eine Lutin. Wollt ihr denn zusehen, wie sie stirbt?«

»Wer sagt uns, dass nicht du es warst, der sie so zugerichtet hat?«, rief es aus einer Baumkrone.

»Würde ich sie dann auf Armen tragen und meine Gewänder in ihr Blut tauchen? Warum sollte ich ihr ein Leid antun?«

»Weil sie eine Diebin ist. Dieben hackt man die Hand ab«, klang es von einem anderen Baum. »Wir sind ehrliche Leute. Mit solchem Gelichter haben wir nichts zu schaffen.«

»Ich bin Ollowain, der Schwertmeister der Königin, und kein Scharfrichter!«, sagte er stolz. Sollten sie ihm doch gestohlen bleiben! Im Elfenpalast am Hügel würde ihm gewiss geholfen werden.

»Da findest du niemanden mehr«, rief eine keckernde Stimme. »Sie sind alle in den Norden gegangen, um für die Königin zu kämpfen. Der Krieg blutet das Land aus. Die Elfen haben viele von unseren Söhnen mitgenommen. Ihnen mit schönen Worten von Ruhm und Heldenmut die Köpfe verdreht.« Und viel leiser fragte er: »Sind sie schon da?« Ein winziger Kobold erhob sich vor ihm und kletterte auf einen schneeweißen Pilz. Er hatte sich ein Büschel Gras auf den Rücken gebunden, sodass er, wenn er sich bückte, eins wurde mit der blumenübersäten Waldwiese.

Ollowain überging die Frage des Mauslings. »Stell dir vor, deinem Sohn würde es in der Fremde so ergehen wie dieser Lutin hier. Verletzt und hilfsbedürftig würde ihn ein Kamerad von Tür zu Tür tragen ...«

»Spar dir dein hohles Geschwätz, Elf. Ich habe keinen Sohn in der Fremde. Und ich habe so viel Elfenpathos zu hören bekommen, dass meine Ohren für immer taub dafür geworden sind.« Er sprang von der Pilzkappe und winkte. »Komm, ich bring dich zur Flusshexe. Sie kann der Lutin helfen.«

Ein einzelner Faun zeigte sich halb hinter einem Baum, wagte sich aber nicht zu ihnen herüber.

»Was ist hier los?«, drängte Ollowain. »Ich bin der Schwertmeister. Ich sorge dafür, dass euch Gerechtigkeit widerfahren wird.«

Der Mausling verzog die Lippen zu einem schmerzlichen Lächeln. »Wie sollte ich Gerechtigkeit von einem Mann erwarten, der mir nicht einmal die Wahrheit über sich erzählt. Ich kenne den Schwertmeister. Ich habe ihn ein paarmal bei Hof gesehen, und glaube mir, Fremder, du hast nichts mit ihm gemein. Im Übrigen ist es nicht klug, von sich zu behaupten, man sei ein Held, der schon seit vielen Jahren tot ist. Die Trolle haben sich Ollowain geschnappt. Jeder weiß, dass Albenmark längst seinen besten Heerführer verloren hat.«

Ollowain traute seinen Ohren nicht! Er ein Gefangener der Trolle ... Der Schwertmeister war einen Augenblick versucht, dem Mausling seine Meinung zu diesem Unsinn zu sagen. Doch es war klüger zu schweigen. Schließlich hatte er keine Ahnung, was in der langen Zeit seiner Abwesenheit geschehen war. »Welch eine Tragödie für Albenmark«, sagte er lediglich und bemühte sich, dabei nicht ironisch zu klingen.

Sie hatten den lichten Wald verlassen und steuerten auf den Wall aus Schilf zu, der sich am Ende der Wiese erhob. Eine Rohrdommel sang ihr trauriges Lied in der Hitze des Spätnachmittags. Der Mausling war verstummt. Ängstlich sah er sich um. »Komm, nimm mich zu dir auf den Arm, Lügenmeister!«, forderte er überraschend. »Hier am Waldrand gibt es ein Frettchen, das sich nicht mehr an den alten Pakt zwischen unseren Völkern hält. Es frisst Mauslinge, als seien wir irgendwelche unbedeutenden Feld- oder Wiesenmäuse.«

Ollowain nahm den verbitterten Kobold auf und setzte ihn sich auf die Schulter, wo er sich an einer Strähne seines Haars festhielt. »Du kanntest also Ollowain ...«

»Sag ich doch! Das war ein echter Held. Ein strahlender Streiter. Nicht so eine abgerissene Gestalt wie du. Du ...« Der Mausling sah ihn plötzlich argwöhnisch an. »Jetzt sag schon! Sind sie schon im Herzland? Waren sie es, die der Lutin die Hand abgehackt haben? Hat es eine Schlacht um Burg Elfenlicht gegeben? Bist du deshalb ganz mit Blut verschmiert?«

»Wer soll hier sein?«

»Die Trolle, Mann. Die Trolle! Jetzt stell dich nicht so begriffsstutzig! Sie wollen Emerelles Kopf, und wenn sie den haben, dann geht es allen hier im Herzland an den Kragen, weil wir ja angeblich Emerelles Diener sind. Was glaubst du, warum sich das kleine Volk versteckt?« Er zupfte Ollowain am Haar. »Halt dich jetzt mehr nach links. Siehst du die Kornblumen? Geh von da aus immer geradeaus auf das Schilf zu.«

»Ich habe mich mit meiner Gefährtin auf den Albenpfaden verirrt, mein Freund. Erzähl mir, was geschehen ist. Vor wie vielen Jahren ist Ollowain denn verschwunden?«

Der Kobold zwickte sich gedankenverloren in sein Kinn. Dann zählte er leise murmelnd etwas an den Fingern ab. »Also, er war schon fort, als Breitnase geboren wurde. Das war vor vierzehn Jahren.«

Ollowain blieb wie angewurzelt stehen. »Vierzehn Jahre!« Und der Krieg mit den Trollen hatte immer noch kein Ende. Er hätte Emerelle den Befehl verweigern sollen. Sein Platz wäre hier gewesen! »Wie steht die Schlacht? Sind die Trolle tief ins Windland vorgedrungen? Waren ihre Heere nicht geschwächt?«

»Richtig schlimm geworden ist es erst seit einem Jahr. Vorher haben sie sich nur mit den Kentauren herumgeschlagen, Vieh gestohlen und ein bisschen geplündert. Aber dann hat Emerelle jeden, der eine Waffe tragen kann, in den Norden geschickt. Man hört seither keine Nachrichten … Aber wir wissen, dass es wieder losgegangen ist. Niemand kann sagen, was auf der Burg der Königin geschah, als ihr Schwertmeister verschwand. Aber mit ihm ist der Glanz der Elfen gegangen. Das Licht der Elfen, das Albenmark so lange geleuchtet hat, verblasst. Die Burg ist ein düsterer Ort geworden. Niemand geht dort mehr hin. In all den Jahren hat es dort kein Fest mehr gegeben. Die Auenfeen sind von den Wiesen vor der Burg geflohen … Und man hört üble Geschichten von Schatten, die in der Burg lauern und die Seelen jener fressen, die dort noch ausharren. Selbst Emerelle soll jetzt von düsterem Gemüt sein.«

»Und ihr harrt trotzdem aus? Warum flüchtet ihr nicht, wenn ihr fürchtet, dass die Trolle alle Bewohner des Herzlands töten werden?«

»Viele sind längst fort ... Aber sieh mich an! Was hätte ein Troll davon, mich unter seinem berggroßen Fuß zu zerquetschen? Wir Mauslinge haben schon immer im Herzland gelebt ... Wohin sollten wir gehen? Und was haben wir den Trollen getan? Doch jetzt sag schon, woher kommt all das Blut?«

»Wir haben gegen einen Minotauren gekämpft, bevor wir ins goldene Netz geflohen sind«, entgegnete der Elf knapp. Sein Kopf schwirrte ihm von all den Neuigkeiten. Vierzehn Jahre! Er konnte es noch immer nicht fassen. Wäre er doch bloß niemals nach Iskendria gegangen! Hoffentlich war das verdammte Buch es wert!

Ollowain zerteilte das hohe Schilf vorsichtig mit den Armen. Brackiges Wasser umspülte seine Knöchel.

»Immer weiter rein«, drängte sein Führer. Die Rohrdommel war jetzt verstummt. Blaugrün schillernde Libellen schossen durch das Röhricht. Das Wasser stieg dem Elfen bis zu den Hüften. Blutegel stiegen aus dem Schlamm empor und setzten sich auf seine Beine. Ganda stöhnte leise.

»Ist es noch weit?«

Der Mausling sah sich verwirrt um. Dann deutete er zu einem flachen Hügel im Schilf. »Dort. Dort ist die Hütte der Flusshexe.«

Ollowain ging in die angegebene Richtung. Und tatsächlich wurde das Wasser wieder flacher. Er erklomm ein schlammiges Ufer. Wohl verborgen im Schilf fand er eine Hütte, die ihm nur bis knapp über die Hüften reichte. Wie eine üppige Frauenbrust erhob sie sich. Sie war aus goldgelbem Schilfrohr errichtet, das man im Zenit des gewölbten Daches mit einer Grasschnur zusammengebunden hatte.

»Kommt herein, Kinderchen«, erklang eine sinnliche Stimme.

»Ich bleibe draußen«, flüsterte der Mausling. »Und nimm mich bloß wieder mit, wenn du gehst.« Er gesellte sich zu einer kleinen Schildkröte, die in der Sonne döste.

Ollowain ging auf die Knie. Die Lutin und das Buch

hielt er dicht an die Brust gepresst. Vorsichtig zerteilte er das Schilf der Hütte. Blaugrauer Rauch schlug ihm entgegen. Umspielt von dünnen, goldenen Lichtbahnen hockte ein nacktes Koboldweib auf einer bunten Decke. Um sich herum hatte sie dutzende kleiner Töpfe und Tiegel aufgestellt. Aus manchen stiegen dünne Rauchfäden. In anderen gluckerte etwas wie kochende Suppe, obwohl sie auf keinem Feuer standen. Die Flusshexe hatte graue, warzenübersäte Haut. Deutlich malten sich ihre Rippen ab. Schwarzes Haar hing ihr in fettigen Strähnen vom Kopf. Sie hatte sich Federn ins Haar geflochten und auch eine kleine Jadeechse mit einer Haarsträhne festgebunden.

Goldene Augen mit einer geschlitzten Pupille musterten den Schwertmeister. Eine Nase wie eine Rübe saß der Hexe im Gesicht. Zwischen ihren schmalen Lippen steckte eine lange Meerschaumpfeife.

»Ein Elf von edlem Geblüt hat sich noch nie zu mir verirrt.« Die Hexe erhob sich und strich sich die Haarsträhnen aus dem Gesicht. Ihre warme, sinnliche Stimme wirkte unpassend. Einen flüchtigen Augenblick lang überlegte Ollowain, ob sich die Hexe diese Stimme wohl gestohlen haben mochte.

»Meine Gefährtin braucht Hilfe. Du musst sie heilen.«

Die Hexe schnalzte mit der Zunge. »So schlimm steht es schon, dass ein hoher Elf eine diebische Lutin Gefährtin nennt. Haben alle anderen schon ihr Blut vergossen? Müsst ihr nun Beutelschneider und Kinderdiebe eure Schlachten schlagen lassen?« Sie machte eine herrische Geste. »Leg sie dort vorne auf das Kleiderbündel.«

Ollowain gehorchte und schluckte seinen Ärger über die hochnäsige Art der Hexe.

Das Koboldweib tastete die Lutin ab und schüttelte traurig den Kopf. »War es das wert, dein Fleisch und deine Knochen für ihre Sache zu geben?«, fragte sie Ganda leise. Doch die Lutin konnte sie nicht hören.

»Kannst du sie heilen?«

Die Reptilienaugen der Hexe musterten Ollowain kalt. »Ich kann das Fieber aus ihrem Leib treiben und sie füttern, bis sie wieder zu Kräften kommt. Aber eine Hand kann ich ihr nicht geben. Die ist für immer verloren. Es sei denn …« Sie kaute nachdenklich auf dem Mundstück ihrer Pfeife.

»Es gibt Hexen, die können aus einem abgeschnittenen Finger eine neue Hand wachsen lassen. Aber das ist dunkle Magie, die man übt, wenn der Mond sein Antlitz verbirgt und warmes Blut vergossen wird. Mit so etwas gebe ich mich nicht ab … Allerdings kenne ich einen Handwerker, der könnte ihr eine Hand aus lebendem Silber machen. Die wäre fast so gut wie eine echte Hand.« Sie lächelte und blies Ollowain einen Schwall Tabakrauch ins Gesicht. »Man verbrennt sich nicht mehr die Finger, wenn man einen heißen Topf vom Feuer nimmt. Hat alles seine guten Seiten, wenn man sie denn sehen will.«

»Und so eine Hand kannst du ihr geben?«

»Darüber muss sie selbst entscheiden. Sie ist in einem Maße verstümmelt, wie du es dir kaum vorstellen kannst, Elf. Die Lutin sind ein Volk, das sich gerne verwandelt. Sie schnüren als Füchse durch das hohe Gras, schwingen sich als Falken in den Himmel oder wühlen sich in Gestalt von Dachsen tief ins dunkle Herz der Erde hinein. Sie wird all dies nicht mehr tun können. Ganz gleich, wie sie sich verwandelt, die Hand aus lebendem Silber wird ihre Form nicht verändern. Wie ein ehernes Sklavenhalsband wird sie die Lutin in ihrem Körper gefangen halten. Doch wenn sie die Hand ablehnt, wird es auch nicht besser. Sie wäre dann ein Fuchs mit drei Pfoten, ein Falke, dem ein Stück seines Flügels fehlt. Du hast dein ganzes Leben dem Schwert gewidmet, Elf. Das sieht man dir an. Der Art, wie du dich bewegst und wie die Augen nie zur Ruhe kommen. Du bist stets bereit zum Kampf. Aber was wärest du noch, wenn ich dir deine Schwerthand abschneiden würde? So geht es der Lutin. Ihr Leben gehörte der Magie.

Der Wandelbarkeit. Nun muss sie einen neuen Weg für sich finden. Und ich werde ihr diesen Weg nicht bestimmen. Sie wird Zeit brauchen, ihn zu finden. Gedulde dich so lange. Dränge sie nicht.«

»Ich kann nicht bleiben, bis sie sich entschließt. Ich muss zu Emerelles Burg.«

Die Hexe hob eine einzelne Augenbraue. »Und ich dachte schon, du wärest anders. Nun, dann muss ich darauf bestehen, dass du mich im Voraus bezahlst.«

Ollowain zuckte mit den Schultern. »Nenne mir deinen Preis, und ich werde dir schicken lassen, was immer du verlangst.«

Die Hexe lachte. »Hältst du mich für einfältig wie eine Kaulquappe? Weißt du was? Ich erneuere den Verband der Kleinen, und dann kannst du sie mitnehmen zur Königin, wenn du es so eilig hast.«

»Sie kann nicht an den Hof.«

»Hat einer von euch Dreck am Stecken? Und ich soll in diese Sache mit hineingezogen werden und auch noch darauf hoffen, dass du nicht auf Nimmerwiedersehen verschwindest? Ich habe gelacht. Jetzt lass dir etwas Ernsthaftes einfallen, Elf.«

»Du kannst mein Schwert haben. Ich werde es auslösen. Es ist eine sehr kostbare Waffe.«

»Gib es mir!«

Er reichte ihr das Schwert mit dem Griff voran. Es kostete die Hexe Mühe, die Klinge blank zu ziehen. Mit spitzen Fingern berührte sie den Elfenstahl und zuckte zurück wie vor dem Biss einer Viper. »Das bleibt nicht in meiner Hütte! So viele Seelen.« Sie sah Ollowain erschüttert an. »So viele Seelen«, wiederholte sie. »Bring diese verfluchte Waffe hinaus. Verlass meine Hütte! Weißt du überhaupt noch, wie oft du mit dieser Waffe getötet hast? Auch wenn du hier erscheinst wie ein Bettler, du bist wahrlich ein Fürst. Ein Fürst des Todes! Hinaus mit dir.«

»Ich kann …«

»Nicht hier!« Sie griff nach dem Buch, das er auf dem Boden abgelegt hatte, um Ganda auf das Lumpenlager zu betten. Ihre Finger glitten widerstandslos durch den Buchdeckel und die Seiten. Verdutzt betrachtete die Hexe ihre Fingerspitzen. Dann sprang sie auf, spuckte in alle vier Himmelsrichtungen und murmelte irgendeine unverständliche Beschwörung. Ganz außer Atem wandte sie sich wieder an den Schwertmeister. »Du musst ein Verfluchter sein. Nimm das Buch und das Schwert! Geh jetzt! Ich werde dir draußen sagen, was mein Preis ist.«

Zögerlich streckte Ollowain die Hand nach dem Buch aus. Für ihn war es wirklich. Er konnte es aufheben; es schmiegte sich in seine Finger, als habe es auf ihn gewartet. Vorsichtig kroch der Elf rückwärts aus der Hütte. Die Schlangenaugen verfolgten ihn.

Drückende Hitze lag über dem Schilfröhricht. Der Mausling schlief. Ollowain wischte sich über die schweißnasse Stirn. Endlich teilte sich die Wand der Hütte. Eine schlanke Koboldfrau mit weißer, fast marmorner Haut trat hinaus. Das lange Haar reichte ihr bis zu den Hüften. Sie war nackt wie die Hexe.

»Was gaffst du, Elf?«, fragte sie mit heiserer Stimme. Federn waren in ihr Haar geflochten. Und eine Eidechse, die vergebens versuchte, sich aus ihrer schwarzen Fessel zu befreien.

»Du bist …«

»Metamorphosen. Verwandlungen. Ich weiß, welchen Preis dein Koboldmädchen bezahlt.« Die schnarrende Stimme schmerzte in den Ohren. Schlangenaugen hielten Ollowain gefangen. »Ärgerlich, nicht wahr? Leib und Stimme wollen bei mir nie zusammenpassen. Doch reden wir über den Preis, Fürst des Todes. Ich werde nicht fragen, warum ihr beide nicht zu Emerelles Burg könnt. Aber bei meinem Preis wird es eine Rolle spielen. Ich will einen Streifen deiner Haut. Breit wie ein Finger und so lang wie mein Unterarm.«

Der Schwertmeister sah sie fassungslos an. Er suchte in ihrem Gesicht nach einem verstohlenen Lächeln. Einem Zucken in den Mundwinkeln, einem Augenzwinkern. Irgendeinem Zeichen, das ihre Worte als einen schlechten Scherz entlarvte. Aber da war nichts.

»Was …« Seine Stimme versagte ihm. Er räusperte sich, musste husten. »Was willst du damit?«, stieß er stockend hervor.

»Ein Stück lebendiger Elfenhaut, das kann man für viele Dinge nutzen. Ich könnte kleine Pflaster daraus schneiden. Das hilft gegen Warzen. Vielleicht brauche ich auch einen Gürtel. Oder ich nutze die Haut, um einen Beherrschungszauber auf dich zu legen. Der Schwertmeister von Albenmark, einer Koboldhexe verfallen. Das wäre doch einmal ein Scherz. Vielleicht will ich auch einfach nur sehen, wie viel dir an der kleinen Lutin gelegen ist.« Sie zog eine kleine Obsidianklinge zwischen ihren Haarsträhnen hervor. »Bist du bereit zu zahlen?«

Ollowains Gedanken überschlugen sich. Hatte er eine Wahl? Wenn Ganda mit auf die Burg kam, dann würde sich Emerelle nicht damit zufrieden geben, wenn er behauptete, er habe das Buch gestohlen. Es war besser, wenn er allein ging. Mehr als vierzehn verfluchte Jahre! Wahrscheinlich wartete schon längst ein Abgesandter der Bibliothek. Er kannte die Königin. Sie würde versuchen, seinen Kopf aus der Schlinge zu ziehen. Aber letzten Endes würde Emerelle sich nicht über das Gesetz stellen. Sie würde die Lutin opfern, aber nicht ihren Feldherrn und Schwertmeister. Ganda musste deshalb hier bleiben. Ganz gleich, was geschah, sie durfte auf keinen Fall zur Burg zurückkehren.

»Ich zahle deinen Preis, aber du musst tun, was ich verlange. Schneide mir die Haut vom Rücken. Und wenn die Lutin erwacht, dann sage ihr, dass sie aus meinem Dienst entlassen ist. Sie soll sich zu ihren diebischen Verwandten scheren. Ich will sie nie wieder sehen. Wenn sie es wagt, auf die Burg der Königin zu kommen, dann lasse ich sie dem Scharfrichter vorführen. Sie wird wissen, wofür. Sag ihr, dass sie mich enttäuscht hat und dass ich sie verachte. Und erzähle ihr nichts von unserem Geschäft. Meinetwegen soll sie denken, dass ich sie hier im Schilf liegen gelassen habe und du sie aus Barmherzigkeit pflegst.«

In den Schlangenaugen zeigte sich keine Regung. »Dass ich barmherzig bin, würde sie niemals glauben. Ich werde auch sie bezahlen lassen.«

»Du wirst ihr kein Leid zufügen!« Ollowain legte die Hand an sein Schwert. »Wie ist dein Name, Hexe?«

»Warum sollte ich ihn dir nennen?«

»Glaubst du, ich würde ihn in Yaldemee nicht erfahren?«

Sie starrte ihn mit ihren kalten Reptilienaugen an. »Man nennt mich Rika.«

»Gut. Wisse, Rika, wenn du Ganda etwas antust oder sie auch nur schlecht behandelst, so werde ich davon erfahren. Es gibt kein Loch in ganz Albenmark, das tief genug wäre, um sich dort vor mir sicher zu fühlen. Ich würde dich finden, Rika, ganz gleich, wohin du gehst. Nimm meine Haut! Aber damit ist die Schuld abgetragen! Dir wird schon etwas einfallen, was du der Lutin erzählen kannst.«

»Weil alle Kobolde geborene Lügner sind?«, fragte sie harsch. »So wie alle Elfen von Geburt an überheblich sind?«

Ollowain zog sein Gewand über die Schultern. »Fang an.«

»Leg dich vor mir in den Schlamm.« Sie sagte das langsam, kostete jedes Wort aus.

Ollowain gehorchte ihr. Er konnte die kühle Spitze der Steinklinge zwischen den Schulterblättern fühlen. Ganz langsam fuhr sie seinen Rücken hinab. So scharf war das Messer, dass er keinen Schmerz empfand.

Die Hexe schlug ihm mit der flachen Hand auf den Hintern. »Das genügt.«

Er richtete sich auf und tastete mit der Hand über seinen Rücken. Da war kein Blut. Und die Hexe hielt auch keinen Hautstreifen in Händen.

»Verschwinde jetzt, Schwertmeister! Du hast mich beeindruckt. Ich hätte niemals geglaubt, dass sich ein Elf für ein Koboldweib die Haut abziehen lassen würde. Und noch dazu für eine Lutin!« Sie lächelte. »Ich werde sie heilen. Und ich werde dafür sorgen, dass sie dich für einen ausgesprochenen Mistkerl hält. Sie wird keinen Fuß in Emerelles Burg setzen.« Die Augen der Hexe blickten traurig. »Bist du sicher, dass du es so haben willst? Du wirst in Ganda eine Feindin haben, wenn sie mich verlässt.«

»Wenn sie zu Emerelles Burg käme, wäre sie in tödlicher Gefahr. Lieber habe ich sie als Feindin, als dass ich ihr als Freund Blumen aufs Grab lege.«

»Bist du da nicht ein wenig melodramatisch?«

Ollowain schüttelte den Kopf. »Ich kenne Emerelle.«

MACHT UND OHNMACHT

Obilee wusste nicht, wie sie es sagen sollte. Mit so viel Hoffnung war sie aufgebrochen, und doch war alles vergebens gewesen. Sie verabschiedete sich von der Pfadfinderin, die sie zu Eleborn ins Reich unter den Wogen geführt hatte, und den beiden Kentauren, die sie vom Tor bei den Wurzeln Atta Aikhjartos bis zur Burg der Königin gebracht hatten. Wieder eine vergebliche Reise!

»Gibt es Neues aus dem Norden?«, fragte sie die Ehrenwache vor dem Thronsaal.

Die Elfenkriegerin, die sie angesprochen hatte, schaffte es nicht, ihre Niedergeschlagenheit zu überspielen. »Nichts Neues. Die Trolle werden stärker. Wir nicht.«

Obilee nickte knapp. So ging es seit Jahren. Doch die Zeit des Wartens war nun fast vorüber. Spätestens im Winter würden die Trolle ihren Angriff beginnen, da waren sich alle Fürsten einig. Und sie würden nicht ruhen, bis alle Ströme rot von Elfenblut waren. Das Heer, das sich in Feylanviek gesammelt hatte, würde die Trolle nicht aufhalten können. Es waren tapfere Krieger in schimmernden Rüstungen, die Elite der Elfenfürstentümer. Im frühen Sommer war sie bei einer Heerschau gewesen. Elodrin hatte eine wunderbare Schar um sich versammelt. Und obwohl ihre Niederlage schon jetzt feststand, würden sie kämpfen. Sie waren wie ein Tor aus Goldblech, das von einem Rammbock aus dem Stamm einer tausendjährigen Eiche bedroht wurde. Schon der erste Ansturm wäre ihr Untergang. Und sie waren nicht zu ersetzen. Zehn Jahre dauerte es, bis ein Trollwelpe zum Jungkrieger heranwuchs, aber einen toten Elfen zu ersetzen mochte hundert Jahre und mehr dauern.

Das hohe Tor zum Thronsaal schwang wie von Geisterhand auf. Die Kommandantin der Wache nickte Obilee zu, und ihr prächtiger weißer Rosshaarbusch wippte auf dem schimmernden Bronzehelm. »Die Herrin erwartet dich.«

Obilee klemmte den eigenen Helm fest unter den Arm. Ihre Hand lag auf dem Knauf ihres Schwertes. Das Kettenhemd lastete schwer auf ihren Schultern, und die Nachricht, die sie überbringen musste, lastete auf ihrem Herzen. Mit festem Schritt trat sie vor den Thron.

Emerelle erwartete sie aufrecht stehend wie eine Kriegerin in der Schlachtreihe den Ansturm der Feinde. Leise rauschte das Wasser, das in endlosen Kaskaden die Wände des Thronsaals hinabströmte. Die Luft war feucht und angenehm kühl.

Die Königin trug ein eisgraues Kleid mit hohem Kragen und langen, glatten Ärmeln. Es war von schlichtem Schnitt und betonte ihre schmalen Hüften. Sehr zierlich wirkte sie, und wer sie nicht selbst schon im Fechtsaal erlebt hatte, der hätte in dieser zerbrechlichen Frau niemals die Kriegerin erahnt. Das dunkelblonde Haar wurde von einem dünnen, silbernen Stirnreif gehalten. Die hellbraunen Augen blickten hart. Die Königin hatte sich bereits für schlechte Nachrichten gewappnet. »Es ist schön, dich wieder bei Hof zu sehen.«

Die fahrende Ritterin wusste nicht, welchen Ton sie anschlagen sollte. Sie beide waren allein im Thronsaal. Früher hatten sie sich einmal sehr nahe gestanden. Aber dieser Ort verlangte nach Förmlichkeiten. Hier wurde seit Jahrhunderten über die Geschicke Albenmarks entschieden. Es war nicht der Platz, an dem zwei Freundinnen miteinander plauderten.

»Es schmerzt mich, dir keine guten Nachrichten bringen zu können, Herrin.« Obilee senkte den Kopf. Elf Tage hatte der Fürst im Reich unter den Wogen sie warten lassen, bevor er sie endlich empfangen hatte. »Eleborn wird unsere Sache nicht unterstützen. Er beharrt darauf, dass die alte Grenze gewahrt bleibt. Die Völker des Wassers haben nichts mit den Kriegen diesseits der Ufer zu schaffen, so wie wir nicht an den Kriegen jenseits der Ufer teilhaben. Die Trolle behelligen sein Reich nicht und …« Obilee zögerte, ob sie Eleborns Beleidigung wörtlich wiederholen sollte.

Emerelles Miene blieb wie versteinert. Sie forderte sie nicht auf, weiterzusprechen, doch sie entließ sie auch nicht. Sie wartete.

»Er lässt dir ausrichten, dass du den Thron aufgeben und dich der Trollschamanin Skanga stellen solltest. Er sieht in dir und deinen Taten den wahren Grund für diesen Krieg. Er ist stur … Er wollte nichts anderes hören.«

»Er hätte gegen sie kämpfen können.« Emerelle sprach leise, ohne Obilee anzublicken. »Jedes ihrer Schiffe liefert sich ihm aus. Jeder Troll, der eine Furt durchquert, setzt seine schmutzigen Füße in Eleborns Reich.« Die Königin straffte sich. »Du hast ihm natürlich den schriftlichen Befehl übergeben, uns Truppen zu schicken.«

»Natürlich, Herrin. Eleborn hat ihn nicht einmal gelesen.«

»Manchmal habe ich das Gefühl, dass mir alles entgleitet, indem ich zu sehr darum kämpfe. Ja, vielleicht zerstört man letzten Endes das, was man um keinen Preis loslassen kann. Was glaubst du, Obilee? Hat er Recht? Würde der Krieg enden, wenn ich mich den Trollen ausliefere?«

Die fahrende Ritterin wusste es nicht. Viele glaubten das, und deshalb fiel es immer schwerer, Verbündete im Kampf gegen die Trolle zu finden. »Ganz gleich, was geschieht, Herrin, ich werde stets an deiner Seite sein.«

Emerelle seufzte. »Kannst du dir vorstellen, dass sich ein Trollkönig um die Gesetze Albenmarks schert? Würde sich ein Troll jemals als der erste Diener seines Landes begreifen? Ihre Herrschaft hieße Willkür. Die Starken würden noch stärker werden. Und die Schwachen würden sein wie welkes Laub im Herbstwind. Sie würden fortgetrieben. Ich weiß, auch ich habe meine Schwächen. Aber ich habe mich stets um Gerechtigkeit bemüht. Solange ich herrsche, wird niemand über dem Gesetz stehen. Gesetze sind wie Mauern, die einen Acker einfrieden. Sie setzen Grenzen. Sie halten das Wild fern. Sie geben die Gewissheit, dass das, was heute gilt, auch morgen noch Recht sein wird. Manche glauben, ich würde mein Volk bevorzugen. Sie irren. Wir Elfen sind stark genug, unsere Rechte mit dem Schwert in der Hand einzufordern. Erst wenn wir nicht mehr ihr lebender Schild sind, werden die Schwachen begreifen, wie sehr sie uns gebraucht haben.« Die Königin straffte die Schultern. »Zu herrschen ist ein einsames Geschäft, Obilee. Aber ich werde nicht aufgeben. Das Glück ist die Gefährtin der Tapferen. Eleborn und all die anderen werden sehen, was sie davon haben, sich nicht beizeiten gegen die Trolle entschieden zu haben. Sie werden …« Alle Farbe wich aus Emerelles Antlitz. Sie griff an ihr Herz und ließ sich kraftlos auf den Thronsessel sinken.

Mit drei weiten Schritten stürmte Obilee die Stufen zum Thron herauf. »Herrin!«

Die Königin lächelte. »Ich spüre ihn! Er ist zurück. Ich wusste, dass wir ihn nicht verloren haben. Ollowain ist zurückgekehrt! Nun wird sich unser Schicksal wenden. Der Schwertmeister ist mehr wert als Eleborn und all seine Wassermänner und Seeelfen zusammen. Er wird das Blatt wenden.«

Der euphorische Ausbruch der Königin wirkte auf Obilee befremdlich. In all den Jahren bei Hof hatte sie Emerelle noch nie in einer solchen Stimmung erlebt. Die Herrscherin bemerkte ihre Skepsis. »Lass mir doch einen Abend lang meine Illusionen. Jetzt komm mit und hilf mir, ein Kleid auszusuchen.

»Ich weiß nicht, ob ich dafür die Richtige bin«, entgegnete Obilee steif.

»Du bist genau die Richtige!« Die Königin lächelte verschwörerisch. »Du bist jetzt eine fahrende Ritterin. In ein paar Tagen wirst du die Burg schon wieder verlassen. Ich muss mir also keine Sorgen machen, dass meine Geheimnisse bei Hof die Runde machen.«

»Ich würde niemals …«

Emerelle legte ihr freundschaftlich den Arm um die Schultern. »Auf *ich würde* werde ich mich nicht verlassen. Du kannst nicht. Komm jetzt.« Sie führte Obilee aus dem Thronsaal hinauf in ihre Gemächer im Königinnenturm. Nur eine Hand voll Vertrauter hatte dort Zutritt. Früher einmal hatte Noroelle zu ihnen gehört.

Emerelle war immer noch in ausgelassener Stimmung. Sie nahm zwei Stufen auf einmal und summte dabei leise eine Melodie, die der Barde Nuramon vor langer Zeit einmal für Noroelle ersonnen hatte. Jede einzelne Note war ein Stich in Obilees Seele. Nuramon! So lange war er nun schon verschwunden! Ob er und Farodin Noroelle wohl gefunden hatten? Sie alle waren Verbannte. Sie würden nie mehr nach Albenmark zurückkehren. Aber vielleicht fand wenigstens ihre Geschichte hierher. Vielleicht waren sie auch schon längst tot. So oft schon hatte Obilee versucht, Nuramon zu vergessen. Doch er nistete in ihren Gedanken wie die Tauben in den Turmfenstern der Burg. Einst, bevor die Schatten alle Vögel vertrieben hatten.

Schweigend erreichten sie den kurzen Flur, an dessen Ende eine schmucklose Tür lag. Emerelle öffnete sie.

Ihre Kammer war nicht sonderlich groß. Es gab nur wenige Möbel aus einem warmen, honigfarbenen Holz. Das Bett war nicht gemacht. Obilee musste schmunzeln. Sie würde sich nicht wundern, wenn Emerelles Leibdiener den Befehl hatten, es so zu belassen. Hier oben, dichter beim Himmel, erlaubte es sich die Königin, unvollkommen zu sein.

Rotes Abendlicht fiel durch die Scheiben der Flügeltür, die hinaus auf den kleinen Balkon führte.

Die Herrscherin trat vor den großen Spiegel, der die Wand gegenüber ihrem Bett einnahm. Der schwere Ebenholzrahmen war mit Intarsien aus schillerndem Perlmutt geschmückt. Stilisierte Rosenblüten und Blätter rankten ineinander.

Eine flüchtige Bewegung der Herrscherin betätigte eine geheime Feder. Lautlos glitt der Spiegel zur Seite und gab den Blick auf eine Kammer frei, in der sie leuchtende Gestalten erwarteten. Obilee reckte neugierig den Hals. Dort war sie noch nie gewesen.

Emerelle trat durch die schmale Tür. »Willkommen in meinem Allerheiligsten.« Sie drehte sich um und lächelte kokett. »Außer einer stummen Koboldienerin weiß niemand um diese Kammer. Nicht einmal Meister Alvias. Hierher komme ich, wenn ich vor den Bildern der Silberschale und den Qualen der Herrscherin fliehen möchte. Hier suche ich die junge Emerelle, die sich einst stundenlang an schönen Kleidern begeistern konnte. Jenes verliebte Mädchen, das zu einer einsamen Königin wurde. Doch nicht heute. Heute kehrt das Glück vielleicht zurück.«

Jetzt konnte Obilee besser in die Kammer blicken. Was sie für leuchtende Gestalten gehalten hatte, waren aus Weidenruten gefertigte Kleiderständer. Wie Lampenschirme waren Kleider darauf gespannt. Viele Kleider! Unter einigen brannten Lichter, die berauschenden Weihrauchduft verströmten.

»Wirst du Ollowain sagen, was einst zwischen euch war?«

Die Königin schnalzte vorwurfsvoll mit der Zunge. »Natürlich nicht.« Sie strich gedankenverloren über den Ärmel eines grünen Kleides aus schwerem Samt. »Ich möchte nicht, dass er es wie eine Verpflichtung aus der Vergangenheit sieht. Nenn es eine alberne Schwärmerei, aber ich sehne mich danach, dass er sich noch einmal in mich verliebt. Vielleicht wird heute der Tag sein, den ich so lange herbeisehne. Komm, hilf mir, die Haken an meinem Kleid zu öffnen. Vieles hängt nun von der richtigen Wahl ab.« Sie drehte Obilee den Rücken zu.

Die fahrende Ritterin öffnete die kleinen Haken und achtete darauf, dass sich Emerelles Haare nicht darin verfingen, als sie ihr das Kleid über den Kopf streifte. Verlegen wandte sie sich ab. Die Königin trug nur noch einen fein bestickten Leinengürtel, von dem die Bänder herabhingen, die ihre langen Seidenstrümpfe hielten. Ihre Füße steckten in zierlichen, lichtgrauen Schuhen.

»Welches Kleid soll ich nur nehmen? Er trägt gewiss weiß. Sollte ich auch weiß … Nein, das wäre langweilig. Eine große Hilfe bist du nicht, Obilee.«

»Herrin, ich möchte dir nicht zu nahe treten … Aber hast du bedacht, dass du nicht mehr die bist, in die sich einst Ollowains Seele verliebte?«

»Natürlich nicht. Ich bin gewachsen, so wie ein Baum.« Sie wandte sich der fahrenden Ritterin zu. »Hier«, sie legte sich die Hand auf die nackte Brust. »Hier ist noch all das, was er einst liebenswert an mir fand. All das …« Ihre Lippen begannen zu zittern. »Ich … Ich weiß, dass ich mich verändert habe. Verändern musste … Ich … Glaubst du, er erkennt mich nicht wieder, weil ich die Königin bin? Hat diese Bürde für immer eine Mauer zwischen uns errichtet? Ich kann die Krone nicht ablegen … Nicht in diesen Tagen! Das wäre Verrat an Albenmark. Glaub mir, ich würde es gerne tun. Weißt du, dass ich dich beneide? Dich und deine Freiheit, als fahrende Ritterin durch die Wälder zu streifen. Und die Freiheit, nur dir selbst Rechenschaft schuldig zu sein. Ich hingegen werde zwischen meinen Pflichten aufgerieben … Rate mir. Was soll ich tun, Obilee? Muss ich mein Glück auf dem Altar Albenmarks opfern?«

Obilee wusste nicht, was sie darauf sagen sollte. Bisher hatte sie immer geglaubt, es erfülle Emerelle, die Geschicke Albenmarks zu lenken. Wie eine Gefangene der Krone war sie ihr jedenfalls nie erschienen. »Vielleicht solltest du die Burg einmal verlassen. Die drückenden Schatten hier töten die Freude, ja, sie erlauben kaum ein Lächeln, das von Herzen kommt.«

»Ach, Kind! Wie soll ich denn gehen? Unten im Saal der fallenden Wasser liegt das Tor, durch das die Schatten kommen. Ich muss in seiner Nähe bleiben. Noch sind es nur einzelne Yingiz, die hierher gelangen. Aber wann wird der Damm brechen? Wann ergießen sie sich wie eine Woge aus Finsternis über das Land? Ich war es, die einen Faden im Netz der Albenpfade zerrissen hat. Ich muss hier bleiben. Das ist mein Schicksal.«

»Du sagtest, etwas von der jungen Emerelle sei immer noch in dir lebendig, Herrin. Verborgen unter den Jahresringen von Jahrhunderten, um in deinem Bild des Baumes zu bleiben. Vielleicht gibt es doch einen Weg, dich Ollowain zu erkennen zu geben. Ohne Worte.«

Die Königin ließ resigniert den Kopf sinken. »Er hat keine Erinnerung an damals. So ist es, wenn du wiedergeboren wirst. Du kehrst als ein unbeschriebenes Blatt zurück. Frei von den Lasten der Vergangenheit.«

»Aber du sagst, du kannst seine Rückkehr mit deinem

Herzen fühlen. Es scheint ein unsichtbares Band zwischen euch zu geben. Glaubst du nicht, in ihm schlummert auch etwas? Etwas, das jenseits der Erinnerung seines Verstandes liegt? Vielleicht kann sich ja auch ein Herz erinnern?«

Emerelle seufzte. »Du bist ja eine Dichterin, Obilee. Die Erinnerung des Herzens ... Woran sollte sich ein Herz erinnern?«

Die Kriegerin zuckte hilflos mit den Schultern. »An deinen Duft? An deine Kleidung, den Tonfall deiner Stimme? Was habt ihr gegessen? Gab es ein Gericht, das er besonders mochte?«

»Sind wir jetzt bei der Erinnerung des Magens?«

»Herrin!« Da war sie wieder, die kalte, spöttische Emerelle. Gewiss war sie es, die es Ollowain unmöglich machte, seine frühere Liebe wiederzuerkennen.

Emerelle strich sich mit der Hand durch das lange Haar. »Verzeih mir.« Sie sagte das so leise, dass Obilee sie fast nicht verstehen konnte. »Du hast einen wunden Punkt berührt. Ich kann die wunderbarsten Zauber weben, aber ich vermag nicht zu kochen. Falrach hat es zwar gegessen, aber er hat mich aufgezogen. Gestichelt. Trotzdem konnte auch ich über seine Späße lachen. Auch wenn seine Worte manchmal grob klangen, so hat sein Lächeln ihnen den Stachel genommen.« Sie schloss die Augen. »An manches erinnere ich mich so deutlich, als sei es erst gestern gewesen. Das schalkhafte Funkeln in seinen Augen, wenn er mir erklärte, halb rohe Hasenkeule mit angebrannten Zwiebeln sei unter allem, was ich koche, mit großem Abstand sein Leibgericht.«

»Dann koche es noch einmal für ihn«, sagte sie, doch in Gedanken war sie bei dem Brunnen vor dem Thronsaal. Falrach also war es gewesen, jener geheimnisvolle Geliebte Emerelles. Hatte sie bewusst ihr Geheimnis preisgegeben, oder war sie so tief in Gedanken und hatte gar nicht bemerkt, dass nicht Ollowains Name über ihre Lippen gekommen war?

Noch immer spielte die Königin nachdenklich mit ihrem Haar. »Ich werde mich zum Gespött unter den Kobolden in der Küche machen, wenn ich sie von ihren Herdfeuern vertreibe, um ein angebranntes Essen zu kochen.«

»Wie viel wiegt dieser Spott, wenn es dir gelingt, den Funken der Liebe wieder zu entfachen?«

Emerelle seufzte.

»Und was ist mit deiner Kleidung? Was hast du getragen?«

Wieder schloss die Königin die Augen. »Ein Jagdkostüm aus rostrotem Leder. Es war praktisch, weil man die Blutflecke darauf nicht so gut sehen konnte. Ich habe es oft geflickt. Das Leder war ganz abgestoßen. Ich sah recht verwegen darin aus. Auf der linken Schulter hatte ich einen dicken Lederstreifen. Dort saß Goldauge, mein Falke. Selbst wenn ich tief über die Mähne meiner Stute gebeugt galoppierte, blieb er dort sitzen. Er liebte das.«

»Dann leg auch dieses Jagdgewand wieder an, Herrin.«

Die Königin sah sie an. »Ach, Obilee. Es ist längst zu Staub geworden, so viele Jahrhunderte sind seitdem vergangen. Auf jede Nacht, die wir beisammen lagen, kommen mehr als tausend Nächte ohne ihn.« Sie trat an einen Sims, auf dem Dutzende kleiner Kristallflakons standen. Spielerisch strichen ihre Finger über die Fläschchen. Dann entkorkte sie eines und strich sich ein wenig Parfüm auf Hals und Nacken. Schwerer Aprikosenduft stieg Obilee in die Nase. Emerelle nahm einen anderen Flakon, träufelte etwas auf ihre Finger und strich dann über ihre Scham. Der Duft von Sandelholz mischte sich zur Aprikose.

»Herrin, jede Dame bei Hof kleidet sich in sinnliche Düfte und kostbare Seide. Wage es, anders als sie zu sein. Suche nach der Emerelle mit dem Falken auf der Schulter. Zeige Ollowain die Frau, die er als Falrach einst liebte.«

Der Flakon entglitt Emerelles Fingern und zerschellte auf dem Steinboden. »Du … du kennst seinen Namen!«

»Herrin, du selbst hast ihn genannt.«

»Niemals. Ich …« Sie stockte. Der Sandelholzduft lastete schwer in der Ankleidekammer. Nie zuvor hatte Obilee die Herrscherin Albenmarks so verletzlich gesehen. Ihre Wangenmuskeln zuckten. Sie blinzelte, kämpfte mit Tränen.

Zögernd trat die Kriegerin vor, stieg über die Scherben hinweg und nahm Emerelle in ihre Arme.

Emerelle vergrub das Gesicht an Obilees Schulter. Ihr Rücken bebte. »Du darfst es niemandem sagen, hörst du. Niemandem! Sie würden es ihm zutragen, nur um mich zu verletzen. Vielleicht würden sie ihn sogar ermorden, um mich damit zu treffen.«

»Aber Herrin, wer sollte so etwas tun?«

Die Königin löste sich aus ihrer Umarmung und machte eine vage Geste. »Es sind so viele dort draußen, die mich fallen sehen wollen. So viele! Sogar Elfen.« Sie kniete nieder und sammelte die Scherben des zerbrochenen Flakons auf ihre flache Hand. »Reich mir deine Linke, Obilee. Die Hand, die vom Herzen kommt.«

Wie in Trance gehorchte die junge Elfe. Der Sandholzduft machte sie ganz benommen, und Emerelle hatte etwas Zwingendes in ihrem Blick. Die Königin griff mit der Hand, in der die Scherben lagen, nach ihr. Ihrer beider Finger verschränkten sich ineinander. Muskeln und Sehnen an Emerelles Unterarm spannten sich. Obilee spürte einen kurzen, stechenden Schmerz. Obwohl Fenster und Türen verschlossen waren, streifte sie ein eisiger Luftzug. Viel zu kalt für einen Sommerabend. Kauerte dort in der Ecke ein Schatten?

»Schwöre mir bei deinem Blute, dass der Name, den du erfahren hast, nie mehr über deine Lippen kommen wird.«

»Ich schwöre es«, flüsterte die Kriegerin leise.

Vorsichtig löste Emerelle ihren Griff. Scherben hatten sich in die zarte Haut ihrer Hand gegraben. Auch Obilee blutete. »Du weißt, welche Macht mir ein Blutschwur gibt?« Emerelles Stimme war ohne Gefühl. Sie zog sich die Glassplitter aus der Hand.

»Dir wird meine Seele gehören, wenn das Siegel meiner Lippen bricht.« Noch immer konnte Obilee nicht fassen, was die Herrscherin getan hatte.

»Wenn deine Seele mir gehört, weil du den Eid brichst, ist der Zyklus aus Tod und Wiedergeburt für dich unterbrochen. Dann bist du ausgeschlossen vom Weg ins Mondlicht. Dein Schicksal würde sich nicht erfüllen.«

»Warum, Herrin? Warum tust du das?«

»Du hast jetzt große Macht über mich, Obilee. Ist es da nicht gerecht, wenn ich auch Macht über dich habe?«

»Aber du könntest mir doch vertrauen.«

»Und mich ausliefern? Nein, Obilee. Ich lebe zu lange, um noch Vertrauen zu haben.«

»Vielleicht findet die wiedergeborene Seele deshalb nicht zu dir?«, sagte die Kriegerin bitter. Sie wagte es nicht, Namen zu nennen, denn noch immer nisteten Schatten im Winkel bei den Schuhregalen.

»Dann ist es wohl mein Schicksal«, entgegnete Emerelle zynisch.

Die Lichter unter den Kleidern flackerten. Es wurde wieder wärmer. Obilee spähte zu den Schuhregalen.

»Es ist fort«, flüsterte Emerelle. Sie legte der Elfe ihre blutige Hand in den Nacken und zog Obilee dicht zu sich heran. »Es tut mir leid, dass ich mich so weit vergessen habe und dir diesen Namen verriet. Du bist meiner Seele nahe gewesen. Es war gut, mit dir zu reden, auch wenn ich noch nicht weiß, ob ich deine Ratschläge beherzigen werde. Ich würde sehr viel von meiner königlichen Würde aufgeben, wenn ich mich in die Küche stelle und ein schlechtes Essen zubereite. Würde ist ein wichtiger Teil meiner Herrschaft. Würde flößt anderen Respekt ein. Und nur wenn man mich respektiert, wird man mir gehorchen. Doch wie dem auch sei, ich habe auch einen Rat für dich. Er ist nicht minder heikel, aber er kommt von Herzen. Ich weiß, wie du für Nuramon empfindest. Sieh mich nicht so überrascht an, Obilee. Du hast dich in jenem Winter verraten, in dem Nuramon, Farodin und Mandred zu uns zurückgekehrt waren. Dir stand die Liebe ins Gesicht geschrieben, Obilee. Sprich zu Nuramon von deinen Gefühlen.«

Obilee stand wie vom Donner gerührt. Sie hatte sich so sehr bemüht, sich nichts anmerken zu lassen! Diese Liebe war ein Fluch! Sie wusste, dass sie nicht auf Nuramon hoffen durfte. Ihn zu lieben, war Verrat. Er hatte sein Herz Noroelle geschenkt, die Obilee einst in ihren Dienst genommen hatte. Noroelle war wie eine große Schwester für sie gewesen. Niemandem hatte sie so vertraut wie ihr. Dann war sie von der Königin verbannt worden, weil sie einem Dämonenkind das Leben geschenkt hatte und sich weigerte, Emerelle zu verraten, wohin sie ihren Sohn gebracht hatte. Es war eine grausame Strafe. Sie war an einem Ort, um den nur die Königin wusste. Niemand durfte darauf hoffen, sie jemals wieder zu finden. Doch Nuramon hatte sie nicht aufgegeben. Er suchte nach ihr, gemeinsam mit seinen Gefährten Farodin und Mandred. Diese drei waren Noroelles einzige Hoffnung. »Es steht mir nicht zu, Nuramon mein Herz zu öffnen. Er liebt eine andere, und ich darf ihn nicht von seiner Suche abbringen, denn auch ich liebe sie und wünsche ihr Glück.«

»Du glaubst also, du wärst eine Verräterin, wenn du zu Nuramon sprichst. Ach, Kind, was soll schon geschehen? Ist Nuramons Liebe zu Noroelle so beständig, wie es scheint, dann sind deine Worte keine Gefahr für die beiden. Ist sie es aber nicht, dann bewahrst du Nuramon davor, sich zu verirren. Und noch etwas gilt es zu bedenken. Auch Farodin liebt Noroelle. Sie wird zuletzt, falls die beiden Noroelle jemals finden sollten, nur einen von ihnen erwählen. Stell dir vor, es ist Farodin. Wenn dies geschieht, dann würde das Eingeständnis deiner Liebe Nuramon ein Trost sein. Es gibt aber noch einen dritten Grund, und dies ist der wichtigste von allen. Es wird der Tag kommen, an dem du es bitter bereust, wenn du nicht zu Nuramon sprichst. Ganz gleich, was er antwortet, seine

Antwort wird dich befreien. Lehnt er deine Liebe ab, so nimmt er dir eine Illusion. Bei allem Schmerz, den dir das zunächst bereiten wird, schafft er so in deinem Herzen Platz für einen anderen. Ein Herz muss sich mitteilen, Obilee, sonst wird es versteinern. Glaub mir, ich weiß, wovon ich rede. Geh das Wagnis ein und sprich zu ihm, falls ihr euch noch einmal begegnet.«

Die Worte der Königin schnürten Obilee die Kehle zu. War das ein guter Rat? Emerelles Blick war offen und freundlich. Nichts erinnerte mehr an jene machtvolle Elfe, die sie zu einem Bluteid gezwungen hatte. Hatte sie von sich gesprochen? War es ihr Herz, das zu Stein geworden war? Viele dachten so von der Königin. Sie schien kalt und unnahbar. Obilee kannte jetzt die andere Emerelle. Doch wie viel war von der jungen Elfe noch geblieben, die einst den Feldherrn Falrach geliebt hatte? Genug, um sein wiedergeborenes Herz zu erringen?

ERWARTUNGEN

Blut sickerte aus dem halb rohen Fleisch und ließ die angebrannten Zwiebelstücke wie Inseln in purpurner See ausschauen. Ollowain blickte auf. Noch nie war er bei Hof so schlecht bewirtet worden. Seit er angekommen war, lag eine fast greifbare Spannung in der Luft. Die Königin hatte ihn ins Bad geschickt. Es war angenehm, gewaschen zu sein und saubere Kleider zu tragen. Wie ein wandernder Koboldkesselflicker hatte er ausgesehen und obendrein gestunken wie ein Fjordländer.

Zweimal schon hatte er auf das gestohlene Buch zu sprechen kommen wollen, doch Emerelle blockte ab. Sie schien etwas zu erwarten. Etwas, das nichts mit der langen Reise zu tun hatte. Sie beobachtete ihn aus den Augenwinkeln und aß tapfer von diesem ungenießbaren Mahl.

Sie speisten auf der Terrasse bei den Maulbeerbäumen, dort, wo seine Reise vor fünfzehn Jahren begonnen hatte. Außer zwei Kobolden, die sich in respektvoller Distanz hielten, war niemand zugegen.

Ein Meer von Kerzen tauchte die Terrasse in flackerndes, goldenes Licht. Der Wind trug vom Garten den Duft von reifen Aprikosen heran. Auch roch es nach trockenem Gras und Staub. Der Atem des Spätsommers lag über ihnen. Ganz schwach war da auch noch ein anderer Geruch. Ein Duft, der etwas tief in Ollowain aufwühlte, ohne dass er ihn zuordnen konnte. Er war schwer und sinnlich. Er erregte ihn. Und das beunruhigte den Schwertmeister, denn Erregung war das letzte Gefühl, das er sich in Gegenwart der Königin anmerken lassen durfte. Seine Männlichkeit drückte gegen das Gefängnis der Beinkleider. Ollowain war froh zu sitzen, sodass seine missliche Lage unbemerkt bleiben würde. Er versuchte verzweifelt, seiner Erregung Herr zu werden, doch das ließ sein Blut nur noch heißer zwischen seinen Schenkeln pulsieren.

Er blickte hinüber zu dem Buch, das in die Lumpen einer Vogelscheuche eingewickelt auf dem steinernen Geländer lag. Er hatte den schäbigen Stoff von einem Feld gestohlen und das kostbare Dokument darin eingewickelt, damit es weniger Aufsehen erregte. Mit Erfolg! Emerelle beachtete es überhaupt nicht. Stattdessen beobachtete sie ihn verstohlen.

Die Königin trug ein tiefrotes Abendkleid. Dunkler Granatschmuck lag auf ihrer hellen Haut wie frische Wunden. Es war unheimlich still. Kein Vogel sang, nicht einmal die Grillen zirpten. So verstummte die Natur, wenn ein Jäger auf der Pirsch war. Ollowain sah sich um. Emerelle hatte noch nicht über die Schatten gesprochen. Waren sie noch hier? Hatten sie der Nacht ihre Stimmen geraubt?

Immer schwerer lastete die Stille auf ihnen. Das einzige Geräusch war das Klirren des silbernen Bestecks auf den kostbaren Tellern. Ollowain schob einen blutigen Streifen Fleisch zu den verbrannten Zwiebeln. Er konnte das nicht essen! »Du solltest deinen Koch davonjagen.«

Emerelle lächelte bemüht. »Diesen Koch und eine Ratgeberin.« Sie legte das Besteck auf den Teller und tupfte sich mit einem Seidentuch über die Lippen.

Die beiden Kobolde eilten herbei. Wortlos nahmen sie die Teller vom Tisch.

»Du warst lange fort«, sagte die Königin unvermittelt.

»Ganda war schwer verletzt, als sie das Tor zu den Albenpfaden öffnete. Ihr muss bei dem Zauber ein Fehler unterlaufen sein.«

»Schwer verletzt ...«

Ollowain erzählte von ihrer Suche und von dem geheimnisvollen Gestaltwandler, der ihnen so sehr zugesetzt hatte. Nur in einem Punkt hielt er sich nicht an die Wahrheit. Er behauptete, es sei seine Idee gewesen, das Buch an sich zu bringen, für das ihr gesichtsloser Feind so kaltblütig gemordet hatte.

»Und Ganda hat sich dem widersetzt. Eine Lutin, die keinen Anteil an einem Diebstahl haben mochte. Ungewöhnlich.« Emerelles schmallippiges Lächeln sagte mehr als Worte. Sie durchschaute ihn. »Und mein heldenhafter Schwertmeister wird zu einem gemeinen Dieb. Du bist sicher, dass es sich so zugetragen hat?«

Das Blut stieg ihm von den Schenkeln in den Kopf. »So und nicht anders.« Wenigstens klang seine Stimme noch fest. Was für ein erbärmlich schlechter Lügner er doch war!

Emerelle erhob sich und ging hinüber zur Brüstung des Balkons. Ihren Bewegungen haftete etwas Schwerfälliges und doch Sinnliches an. Der Klang feiner Silberglöckchen begleitete jeden ihrer Schritte, ohne dass Ollowain ein Schmuckstück entdecken konnte, das der Ursprung dieses metallisch-melodischen Wisperns war. Ihr Kleid war von den Hüften an aufwärts zu eng anliegend, als dass die Glöckchen, unter dem Stoff verborgen, noch hätten schwingen können. Sie musste sie an ihren Beinen tragen. Was bezweckte sie damit?

Die Königin war barfuß zum Essen gekommen. Ihr Kleid reichte bis knapp oberhalb der Knöchel. Dunkle Muster aus Schlangenlinien schmückten ihre schmalen Füße, aufgemalt mit dem Saft des Dinko-Busches.

Nein, es waren keine Schlangenlinien, sondern Schlangenleiber, die sich um die zarten Knöchel der Königin wanden und unter dem Saum ihres Kleides verschwanden. Dorthin, wo der lockende Silberklang herrührte.

Mit spitzen Fingern öffnete Emerelle das schmutzige Stoffbündel.

Ollowain betrachtete sie nachdenklich. Wäre sie nicht die Königin, er hätte geglaubt, dass sie versuchte, ihn zu verführen. Was war in den verlorenen Jahren geschehen? Was hatte Emerelle so sehr verändert?

Die Herrscherin versteifte sich. Ihre Lippen bewegten sich lautlos. Sie trat von der Brüstung zurück. Blass. Verstört.

»Herrin?«

Sie gebot ihm mit einer fahrigen Geste zu schweigen und starrte das Buch an. Es war totenstill. Selbst der Wind in den Bäumen war verstummt.

»Es war die linke Hand, die Ganda verloren hat, als *du* das Buch gestohlen hast?«, fragte die Königin nach langem Schweigen, hörbar um Fassung bemüht.

»Ja.«

»War sie Linkshänderin?«

»Das weiß ich nicht.« Ollowain fragte sich, was diese Fragen mit dem Buch zu tun hatten.

Die Königin trat wieder an die Brüstung und strich mit den Fingerspitzen über den messingbeschlagenen Ledereinband. »Früher einmal hat man Dieben die Hand abgeschlagen, mit der sie gestohlen hatten. Linkshänder verloren die Linke. So war das Recht ... Ich habe das geändert, wie du weißt. Eine Blutgerichtsbarkeit gibt es nur noch sehr selten.«

Ollowain wusste nicht, was er dazu sagen sollte. Auch wenn Emerelle im Volk als eine vorbildliche Herrscherin galt, hatte sie ihn immer wieder durch ihre grausamen Urteile überrascht. Sie waren selten und mochten begründet sein, aber sie passten so gar nicht zu dem Bild der zarten, einfühlsamen Herrscherin, das sie bei den meisten erweckte. Wenn sie in die Enge getrieben war, dann wurde sie sehr gefährlich. Beklommen dachte er an die Nacht, in der sie den Albenpfad durchtrennt hatte. Allein durch diese Tat hatte die Königin mehr Blut an den Händen als jeder Krieger, dem er je begegnet war.

»Du kennst Meliander, den Fürsten von Arkadien?«, fragte Emerelle unvermittelt. »Er hat dieses Buch geschrieben. Es gibt nur dieses eine Exemplar. Es ist sehr wertvoll, aber ... Es hat ihm den Verstand verwirrt. Er hat sich selbst gerichtet. In einem marmornen Bad, gefüllt mit schwarzer Tinte, hat er sich die Adern geöffnet und seinem Leibdiener die letzten Seiten diktiert, während er langsam verblutete. Der Leibdiener war ein Lutin. Er hat Meliander bestohlen, nachdem sein Herr verstorben war. Das alles liegt sehr lange zurück. Damals waren noch Drachen die Herrscher Albenmarks, und ich war eine fahrende Ritterin in ihren Diensten. Ich war Anklägerin, Richterin und Henkerin für sie. Man hatte mich geschickt, um den Lutin zu finden und zu richten. Er war Linkshänder ...«

Ollowains Mund war staubtrocken geworden. Er musste an den Falrach-Spieler aus der Bibliothek denken. Den geheimnisvollen Mörder, der jeden Zug schon im Voraus zu kennen schien. Hatte er das arrangiert? Hatte er am Ende gewollt, dass Emerelle das Buch bekam? Oder war es nur ein Zufall? Eine Laune des Schicksals?

»Das Buch war verschwunden, als ich ihn fand. Ich

hätte niemals gedacht, dass er es nach Iskendria brachte. Ich war immer überzeugt, dass er sein Diebesgut verkauft hatte. An irgendeinen reichen Sammler … Und ich dachte, es wäre seine Diebesehre, die ihn schweigen ließ. Aber Iskendria … Die Hüter des Wissens zahlen nicht für Bücher. Was hat er davon gehabt, es dorthin zu bringen?«

Wie als Antwort erklang ein scharfes, metallisches Klacken. Die Schließen des Folianten waren aufgesprungen.

»Hast du in dem Buch gelesen?«

Ollowains Gedanken überschlugen sich. Er hatte das unbestimmte Gefühl, dass Ganda in Gefahr war, wenn Emerelle davon erfuhr, dass sie es war, die in dem Buch gelesen hatte. »Nur sehr wenig. Meliander schrieb sehr kenntnisreich über die Yingiz. Ich dachte …«

»Hat auch die Lutin darin gelesen?«

»Nein. Für sie öffnete sich das Buch nicht. Es schien sie abzulehnen.«

Emerelle sah ihn so durchdringend an, als könne sie in seinen Gedanken lesen. Sie schloss das Buch und verriegelte die Bronzebänder. »Komm her und öffne es.«

»Hältst du mich für einen Lügner?«

»Ich halte dich für sehr loyal, Ollowain«, entgegnete sie kühl. »Aber im Augenblick bin ich mir nicht sicher, wem deine Loyalität gilt. Mir oder Ganda.«

»Dein Zweifel verletzt mich zutiefst.« Er sagte das nur, um hinter den Worten seine wahren Gefühle zu verbergen. Er hatte das Buch nie geöffnet. Und er hatte Angst um Ganda. War er so leicht zu durchschauen?

»Komm!«, forderte Emerelle.

Er trat an ihre Seite. Der Duft von Aprikosen und jener seltsam sinnliche andere Geruch nahmen ihn gefangen. Sie umschlossen ihn, als er neben der Königin stand. Sie war es, die diesen Duft verströmte. Einen Herzschlag lang hatte er den absurden Gedanken, dass sie ihn sich einverleiben wollte. Verschlingen, in einem Stück, so wie eine Schlange eine Maus verschlang.

Ollowain legte die Hand auf das Buch und schloss die Augen. Das Leder fühlte sich weich und warm an. Der Schwertmeister wartete auf das, was geschehen musste, wenn seine Lüge entlarvt wurde. Auf den Ruf nach den Wachen. Die Königin zu belügen, war Hochverrat. Und dafür gab es in Kriegszeiten nur eine Strafe.

All das würde er ertragen können. Nur Emerelles Blick, dem würde er sich nicht stellen. Der Enttäuschung darin. Sie hatte ihn zu dem gemacht, der er war. Dem Schwertmeister der Albenmark, ihrem Heerführer, dem Mann, dem sie vertraute wie keinem anderen. Und nun stand er vor ihr und belog sie, um eine diebische Lutin zu schützen. Sein Herz sagte ihm, dass er das Richtige tat. Aber wie hatte es so weit kommen können?

Klackend öffneten sich die Bronzebänder. Fast hätte er sich noch im letzten Augenblick verraten, indem er erleichtert aufatmete.

Emerelle lächelte, doch es war kein Lächeln, das von Herzen kam. »Gut«, sagte sie nur und verschloss das Buch wieder. Wie hatte er glauben können, dass er sie täuschen könnte! Sie wusste alles!

»Es wundert mich, dass noch keiner der Hüter des Wissens hier ist, um deinen Kopf zu fordern, Ollowain. Sie werden kommen. Ich kenne sie.«

»Und du wirst mich ausliefern.«

Ihre Antwort war eine schallende Ohrfeige. »Du machst es dir sehr leicht, Ollowain. Ich bin mir sicher, die Lutin war die Diebin, und du stellst dich vor sie, weil du glaubst, dass dir schon nichts geschehen wird. Du bist ja der Schwertmeister! Du bist unberührbar .... Eine lebende Legende! Gerechtigkeit kann es nur dort geben, wo Willkür keinen Platz hat. Auf dieser Gewissheit begründe ich meine Herrschaft. Niemand steht über dem Gesetz. Nicht einmal ich, und deshalb kann ich dich nicht retten. Wenn sie kommen und deinen Kopf fordern – und das werden sie, Ollowain, verlass dich darauf –, dann werde ich dieser

Forderung nachgeben müssen, denn sie sind im Recht. Du hast doch gewusst, was geschehen würde. Warum hast du das getan? Warum habt ihr das getan?«

»Der Mörder wollte dieses Buch. Es schien wichtig ...« Ollowain wusste nicht, was er noch sagen sollte. Die Lutin hatte entschieden, das Buch zu stehlen, ohne ihn ins Vertrauen zu ziehen. Sie musste schwer wiegende Gründe gehabt haben. Sie hätte das nicht leichtfertig getan.

»Der Mörder war der Falrach-Spieler, sagtest du. Und du hast lange mit ihm gesprochen. Lange genug, dass er dich durchschauen konnte. Hast du in Erwägung gezogen, dass er vielleicht wollte, dass ihr beide mit dem Buch entkommt? Vielleicht war es seine Absicht, mich in diese Lage zu bringen. Dass du dich schützend vor die Lutin stellen würdest, war leicht vorherzusehen. Und nun muss ich über dich richten.«

Nie zuvor hatte er Emerelle so aufgewühlt gesehen.

»Du hast Recht, Herrin. Scheinbar bin ich in eine Falle gelaufen.« Er fühlte sich elend. Es gab keinen Ausweg. »Ich werde mich selbst richten, wenn du es wünschst. Das erspart dir die Peinlichkeit, über mich zu Gericht sitzen zu müssen.«

»Wie kannst du glauben, dass ich so etwas wünsche?«, fuhr sie ihn an. »Du musst fort von hier. Die Hüter des Wissens werden dich zuallererst hier suchen. Noch heute Nacht wirst du nach Feylanviek reisen, wo sich das Heer sammelt, das den Trollen entgegentreten wird. Du wirst es befehligen.« Sie lächelte zynisch. »In gewisser Weise ist auch das ein Todesurteil. Deine Truppen sind hoffnungslos in der Unterzahl. Aber wenn du kommst, wird das gut für ihre Moral sein. Und die Trolle fürchten dich seit Phylangan, obwohl sie dort gesiegt haben. In Feylanviek, inmitten deines Heeres, wird es unmöglich sein, dich verhaften zu lassen. Es ist der einzige Ort, an dem du in Sicherheit bist. Zumindest vorübergehend.«

»Und du würdest mich hinrichten lassen, obwohl du davon überzeugt bist, dass ich dich belüge, um damit Ganda zu schützen?«

Emerelle sah ihn unendlich traurig an. »Begreifst du endlich, was du getan hast? Meine Herrschaft gründet auf Gerechtigkeit und Gesetz. Verurteile ich dich, vergieße ich unschuldiges Blut und lasse zu, dass eine Lüge siegt. Verurteile ich dich aber nicht – und bin mir sicher, du würdest bis zuletzt bei der Behauptung bleiben, dass du der Dieb warst –, dann wird es heißen, ich habe eine Lutin geopfert, um den Schwertmeister zu retten. Wenn die Albenkinder untereinander so lange in Frieden gelebt haben, dann liegt es auch an ihrem unerschütterlichen Glauben an meine Gerechtigkeit. Wird dieser Glaube erschüttert, sind alle Gesetze nichts mehr wert. Man muss daran glauben, dass sie unverrückbar sind und nicht nur ein bisschen Tinte auf Papier. Ich werde also gezwungen sein, dich Albenmark zu opfern, obwohl ich in meinem Innersten weiß, dass ich einen Unschuldigen unter das Schwert des Henkers schicke. Und das wird meinen Glauben erschüttern. Du kennst mich gut, Ollowain. Auch meine dunklen Seiten. Bei allem, was ich getan habe, ging es mir darum, die Völker der Albenkinder zu beschützen. Ich wollte immer, dass die Schwachen in Frieden leben können, geborgen hinter einem Schild aus Recht und Ordnung. Ich habe Kriege geführt, um uns vor der Willkür der Trolle zu schützen. Selbst jetzt tue ich das noch, obwohl alles verloren scheint.« Sie starrte in die Dunkelheit des Gartens. Eine Zeit lang schwiegen sie beide. Ollowain glaubte schon, sie wolle ihm durch ihr Schweigen bedeuten, dass es für ihn an der Zeit war zu gehen, da drehte sie sich überraschend um. Tränen standen ihr in den Augen, doch ihre Stimme war fest, als sie sprach. »Weißt du, was das Schreckliche daran ist zu herrschen? Ganz gleich, was ich auch tue, wenn ich am Ende meines Lebens zurückblicke, werde ich einen riesigen Berg Leichen hinter mir sehen. Opfer auf dem Altar der Gerechtigkeit. Und bringe ich diese Opfer nicht, dann wird der Leichenberg hinter mir nur noch größer! Ich bin die Herrscherin, ja, aber zugleich bin ich auch eine Gefangene. Die Hohepriesterin eines Gottes, der nach Blut schreit! Immer lauter! Und nun werde ich dein Blut für ihn vergießen müssen. Geh! Geh mir aus den Augen, Ollowain! Du ahnst nicht, was du mir angetan hast! Geh! Such Meister Alvias und sage ihm, er soll dir jemanden suchen, der dich über die Albenpfade nach Feylanviek führt. Noch heute Nacht.«

»Aber ...«

Emerelle schnitt ihm mit einer harschen Bewegung das Wort ab. »Es gibt nichts mehr zu besprechen. Du hast deine Entscheidung getroffen. Geh nach Feylanviek und finde einen ehrenvollen Tod. Für dich führt kein Weg mehr hierher zurück. Wenn die Hüter des Wissens kommen und deinen Kopf fordern, werde ich das Todesurteil über dich sprechen. Du hast mir diese Worte in den Mund gelegt, Ollowain, und dafür verdamme ich dich! Wenn ich dieses Urteil nicht sprechen kann, dann habe ich es nicht länger verdient, Königin zu sein.« Die Schminke unter ihren Augen zerlief, und sie weinte schwarze Tränen. »Geh und wisse, du nimmst meine Seele mit dir. Dein geheimnisvoller Falrach-Spieler wollte uns beide aus dem Spiel nehmen, und du hast ihm nach Kräften geholfen, diesen Zug zu gewinnen.«

LETZTE WORTE

»(...) Wer die Wahrheit sucht, der läuft Gefahr zu finden, was er nie wahr haben wollte. In diesem Buch habe ich nur einen kleinen Teil der Schrecken niedergelegt, derer ich

angesichtig wurde. Worte vermögen nicht auszudrücken, was diese Bilder meinem Herzen angetan haben. Ich war ein Mann der Tinte und der Gänsekiele. Ich war so vermessen zu glauben, es gebe nichts, worüber ich nicht schreiben könnte, und kein Geheimnis, das ich nicht zu ergründen vermöchte. Ich bin gescheitert. Doch anders, als ich es erwartet hätte. Ich sah, was ich nicht hätte sehen dürfen. Sie sind nicht von uns gegangen, Schwester. Ich weiß, dass du einst diese Zeilen lesen wirst, und ich hoffe, die Zeit wird dich gnädig gestimmt haben. Du warst immer eine Kriegerin. So lange ich dich kannte, warst du eine Frau des Schwertes. Und ich weiß, dass du in Zukunft eine Frau der Worte werden und dennoch Kriegerin bleiben wirst. Eine Meisterin der Intrige im Dienste des Wohls aller Albenkinder. Doch du hast dich einem Artefakt anvertraut, das geschaffen wurde, uns ins Verderben zu stürzen. Noch gehört es mir, und ich habe Jahrhunderte damit verbracht, mögliche Zukünfte zu studieren, bis meine Seele im spiegelnden Wasser verbrannte. Deshalb liege ich nun in einem Bad aus Tinte. Es heißt, in warmem Wasser sei es leichter, dem Tod, so wie ich ihn gewählt habe, zu begegnen. Es soll ganz ohne Schmerzen geschehen. In der Tinte sehe ich mein Blut nicht. Ich habe nur einen kleinen Schnitt gesetzt, damit mir die Zeit bleibt, meine letzten Gedanken zu ordnen und dich zu warnen. Ich habe jeden Schritt wohl bedacht und habe die Zukünfte ergründet. Ich weiß, ein Brief an dich hätte dich nicht erreicht. Deshalb nutze ich die letzten Seiten meines Buches, um niederzuschreiben, was dich erst so spät erreichen wird. Ich weiß, dass du Cabak, meinen treuen Diener, stellen wirst, bevor er den zweiten Teil meiner Aufgabe erfüllen kann. Er hat dich nicht belogen. Er war kein Dieb. Ich habe ihm befohlen, dieses Buch nach Iskendria zu bringen – was er dir nicht verraten haben wird –, und ja, ich habe ihm tatsächlich befohlen, die Silberschale an sich zu nehmen und einen Weg zu finden, sie für immer zu vernichten. Er hat seine Hand zu Unrecht verloren. Er hat sie *für seine Treue verloren. Es wird ihn verbittert machen, und er wird zum ersten Meister der Diebe unter den Lutin werden, denn er wird beschließen, dass er nun das Recht hat zu tun, wofür er zu Unrecht bestraft wurde. Sein Volk wird ihm auf diesem Weg folgen. Bevor sie ihn für immer zur letzten Ruhe betten, wird er ein einflussreicher Kobold gewesen sein, und die Seinen werden seine Bitterkeit durch die Jahrhunderte mit sich tragen. Doch ich schweife ab … Du weißt natürlich, wie es um die Lutin steht. Was mich weit mehr schmerzt als die kleine Wunde, aus der mein Leben fließt, ist mein Wissen. Du wirst dies lesen, und du wirst es nicht glauben wollen. Hüte dich vor der Silberschale! Sie wurde von den Yingiz erschaffen! Sie kann zwar nicht lügen, aber sie will uns mit der Wahrheit verwirren. Sie zeigt dir einen Mann, der sich mit blutigen Händen über einen Krieger beugt, dessen Augen die Angst hinausschreien. So hältst du den Heilkundigen, der um das Leben des Verletzten kämpft, für einen Mörder. Die Silberschale zeigt dir stets eine Zukunft, die dich mit Sorge erfüllt. Und sie will dich zu Fehlern verleiten, die du ohne dein vermeintliches Wissen um die Zukunft niemals begangen hättest. Mich hat sie zu Grunde gerichtet.*

Mir ist kalt. Nur wenig Blut fließt noch in meinen Adern. Doch eins musst du noch wissen. Geh behutsam um mit den Albenpfaden. Die einen umgeben unsere Welt wie ein schützendes Netz. Sie halten die Yingiz fern. Dieses Netz darf nicht zerstört werden. Die anderen aber, die zur Welt der Menschen führen und in die zerbrochene Welt, die …«

ZITIERT NACH:
DIE WEGE DER ALBEN, VON:
MELIANDER, FÜRST VON ARKADIEN

ÜBER DEN DÄCHERN VON FEYLANVIEK

»Melvyn wird uns nicht dafür lieben, dass wir hier sind.« Der Kobold duckte sich hinter einen Dachfirst und sah seinen Gefährten Nossew zweifelnd an. »Wirklich nicht. Der mag es nicht, wenn man ihm hinterherschleicht.«

Nossew hielt den Zeigefinger hoch und krümmte ihn leicht. Dann streichelte er über den glatt polierten Schaft seiner Repetierarmbrust.

»Ja, ja«, murrte Misht. »Ich hab schon verstanden. Dein Zeigefinger juckt. Ein todsicheres Zeichen für Ärger. Aber weißt du was, ich halte gar nichts davon, meinen Kopf hinzuhalten, nur weil Melvyn sich mal wieder in ein fremdes Bett legen muss.« Trotz seines Protestes stemmte sich der Kobold hoch und spähte über den Dachfirst hinweg. Der Mond stand wie eine riesige Laterne am Himmel. Man musste schon ausnehmend dumm sein, um sich ausgerechnet diese Nacht zum Herumschleichen auszusuchen. Oder über beide Ohren verliebt. Seit drei Tagen rannte Melvyn in ihrem Lager herum, als habe ihn ein Büffel vor den Schädel getreten. Kein vernünftiges Wort brachte er heraus. Er fand keine Ruhe. Auch nachts nicht. Misht kannte ihren Hauptmann schon lange. Wenn er eine seiner Affären laufen hatte, war er immer ganz aufgekratzt. Aber diesmal war er irgendwie anders. Wie ausgewechselt. Offenbar hatte er sich tatsächlich verliebt. Aber warum, bei den Alben, musste es ausgerechnet eine verheiratete Frau sein! Und dann noch das Weib eines Elfenfürsten! Wolkentaucher hatte ihm verraten, wo Melvyn sich herumgetrieben hatte. Auch der Adler machte sich Sorgen um ihren Anführer. Er war es gewesen, der Misht und Nossew darum gebeten hatte, Melvyn den Rücken freizuhalten. Und Nossew, der kaum einmal ein Wort über die Lippen brachte, hatte natürlich zugestimmt.

Die gewölbten Dachschindeln drückten Misht gegen die Rippen. Mit den Füßen stützte er sich gegen einen gemauerten Kamin und beobachtete den Balkon, der zwanzig Schritt entfernt lag. Wie Banner wehten die safranfarbenen Vorhänge in der offenen Tür. Sie strahlten hell im Mondlicht und schienen ihm zuzuwinken.

Große Klasse, dachte er säuerlich. Melvyn wälzt sich da drüben in Seidenlaken, und ich liege mir hier die Rippen wund.

Misht rückte ein wenig zur Seite und versuchte eine bequemere Stellung zu finden. Aber es war unmöglich, es sich auf diesen verfluchten gewölbten Dachschindeln gemütlich zu machen!

Nossew schob sich neben ihn, spuckte den Harzklumpen, auf dem er herumgekaut hatte, in seine Hand und klebte ihn auf eine Dachschindel. Dann zog er sein *Fähnchen* heraus. Er benutzte es immer, wenn es darum ging, einen guten Schuss zu landen. Es war ein schmaler Seidenstreifen, nicht einmal einen Finger lang, den er an einen Zahnstocher geklebt hatte. Vor jedem Schuss warf er einen Blick auf sein Fähnchen, um Windrichtung und Geschwindigkeit abzuschätzen. Völliger Unsinn, wie Misht fand! Armbrustbolzen waren viel weniger anfällig für den Wind als der Pfeil eines Bogens. Aber Nossew bestand auf diesem Ritual. Und eines musste man ihm lassen: Er schoss beängstigend gut.

Aus irgendeiner Tasche holte sein Gefährte ein neues Harzklümpchen hervor und begann schmatzend darauf herumzukauen. Zwar war nicht zu befürchten, dass man sie hören könnte, unten am Wehr lärmten schließlich die Hämmer der Schmiede, aber das Geräusch ging ihm auf die Nerven.

Misht trommelte nervös mit den Fingern auf einer Dachschindel. Fürst Shandral nahm an der Besprechung der Feldherren draußen vor der Stadt teil. Er würde gewiss nicht so schnell zurückkehren. Selbst dann nicht, wenn er bemerkte, dass Melvyn dort fehlte, und ahnte, was das bedeutete. Würde Shandral jetzt Elodrins Zelt verlassen, dann würden auch die anderen ahnen, worum es ging. Melvyn hatte bedauerlicherweise einen gewissen Ruf. So lange Shandral blieb, hatte jeder der Heerführer und Fürsten Grund, sich Sorgen zu machen.

Misht fluchte leise vor sich hin. Es war nur eine Frage der Zeit, bis Melvyn mit einem Pfeil im Rücken in einem der Kanäle landete. Oder, nein ... es waren ja Elfen. Die würden es wohl subtiler machen. Ihn in einer dunklen Gasse überwältigen, ihn zwingen, einen Krug Branntwein zu trinken, und ihn dann im Kanal ertränken. Diese verfluchten Elfenbastarde würden anschließend gewiss auch alle zu Melvyns Begräbnis kommen. Misht mochte den Wolfself, wie viele der Fürsten und Edlen seinen Hauptmann spöttisch nannten. Mit dem übrigen Elfengeschmeiß konnte er nicht viel anfangen. Wenn Melvyn nicht wäre, hätte er sich längst auf Seiten der Rotmützen geschlagen. Von den Mauslingen im Herzland bis zu den Holden in den fernen Mangroven am Waldmeer gab es kaum einen Kobold, der nicht von den Rotmützen wusste. Misht hatte sich einige der Schriften von Elija Glops vorlesen lassen. Und der Kerl hatte Recht! Er war kein Aufrührer, wie die Elfen behaupteten, Elija war ein Held!

Misht verlagerte sein Gewicht ein wenig in der Hoffnung, vielleicht doch noch eine bequeme Stellung zu finden, in der man auf diesem verfluchten Dach liegen konnte.

Der Lärm der Schmiedehämmer am Wehr war ohrenbetäubend. Dass die nicht einmal in der Nacht Ruhe gaben! Vermutlich würde man es nicht einmal hören, wenn sie einen Dachziegel lostraten und der unter ihnen auf dem Straßenpflaster zerschellte.

Mishts Blick wanderte über die umliegenden Dächer. Sämtliche Fensterläden waren verschlossen. Und das bei dieser Hitze. Soweit sie die Gassen von hier oben einsehen konnten, war alles wie ausgestorben. Der Geruch von glühendem Metall hing in der Luft. Er sah hinüber zu der Schmiede, die auf weiten, steinernen Brückenbögen stand. Vor ihr wurde das Wasser angestaut, damit die Schaufelräder unter den Brückenbögen auch im Sommer stets mit genug Wasser versorgt werden konnten. Leise quietschend drehten sie sich. In silberweißer Gischt spritzte das Flusswasser von den hölzernen Schaufeln. Die Kraft des Wassers bestimmte den Rhythmus der schweren Schmiedehämmer. Aus dem hohen Schornstein der Schmiede quoll dicker Rauch. Er wurde vom Feuer der Erzschmelze beleuchtet, sodass es schien, als glühe selbst der Rauch.

Irgendwo in der Dunkelheit grölten ein paar Betrunkene.

Misht klopfte gegen das hölzerne Bolzenmagazin, das auf seiner Armbrust steckte. Die fingerdicken Geschosse klapperten leise. Zuunterst hatte er einen Heuler liegen. Die Spitze dieses Bolzens war hohl, und es waren zwei kleine Löcher hineingeschnitten. Wenn das Geschoss flog, gab es einen schrillen, heulenden Laut von sich. In der Schlacht verwendete man solche Bolzen, um die Pferde der gegnerischen Reiterei zu erschrecken. Zwei oder drei von ihnen konnten mehr Schaden anrichten als eine ganze Salve scharfer Geschosse, wenn die Schlachtrösser scheuten und den ganzen Angriff durcheinander brachten. Heute Nacht hatte dieses Geschoss einen anderen Zweck zu erfüllen. Ganz gleich, wie geil sein Hauptmann war und wie sehr die Elfenschlampe unter ihm stöhnte, den Heuler würde Melvyn hören. Das schrille Pfeifen war unverwechselbar. Melvyn würde wissen, dass er in Gefahr war.

Die übrigen Bolzen im Magazin hatten ebenfalls keine scharfen Spitzen. Sie konnten die Gassen von Feylanviek schließlich nicht in ein Schlachtfeld verwandeln. Ein Polster aus geflochtenem Gras saß auf den Spitzen, überzogen mit einem Bezug aus Lumpen. Wer von einem solchen Bolzen am Kopf getroffen wurde, der ging zu Boden. Und wenn man ein Auge traf … Lieber nicht daran denken.

Die Bolzen würden jedenfalls weniger Schaden anrichten als die schweren, vierkantigen Stahlspitzen, die üblicherweise auf ihnen steckten.

Eine Bewegung im Schlagschatten einer Gaube schreckte Misht aus seinen Gedanken. Tauben, die unruhig gurrten und mit den Flügeln schlugen. Was hatte sie aufgeschreckt? Schlich dort eine Katze übers Dach?

Nossew versetzte ihm einen Stoß mit dem Ellenbogen. Sein schweigsamer Gefährte nickte in Richtung des hohen Ziegelschornsteins bei der Schmiede. Ein Schatten glitt scheinbar schwerelos das Mauerwerk empor.

Die Tauben bei der Dachgaube flogen auf. An einem benachbarten Giebel glitten zwei weitere Schatten entlang.

»Spinnenmänner!« Misht spuckte das Wort aus wie einen Schleimklumpen.

Die Safranvorhänge teilten sich. Melvyn trat auf den Balkon. Er war angezogen. Einen beschisseneren Zeitpunkt hätte sich der Hauptmann nicht aussuchen können. Warum lag er nicht in den Armen seines Flittchens? Sonst war er mit den Weibern doch auch nicht so schnell fertig!

Der Kobold riss den Spannhebel seiner Repetierarmbrust zurück. Leise klackend wurde der Heuler auf die gefettete Führungsschiene gedrückt. Dann richtete er die Waffe zum Himmel und schoss. Heulend zog der Bolzen in die Finsternis davon.

Melvyn duckte sich instinktiv. Keinen Augenblick zu spät. Über ihm schlugen zwei Armbrustbolzen in die Bruchsteinmauer.

Überall rings auf den Dächern konnte Misht jetzt geduckte Gestalten erkennen. Man hatte Melvyn in eine Falle gelockt! Shandral musste geahnt haben, dass der Wolfself in dieser Nacht sein Weib besuchen käme. Und er ging die Sache wenig subtil an.

Nossew zielte auf den Spinnenmann, der am Schornstein der Schmiede hing. Der Kerl hatte die höchste Schussposition rings herum. Wahrscheinlich hatte er sie schon entdeckt. Nossew blickte zu seinem *Fähnchen.* Der Seidenstreifen hing schlaff vom Zahnstocher herab. Ein leises Singen des Stahlbogens der Armbrust war trotz des Lärms der Schmiedehämmer zu hören. Nossew riss den Spannhebel zurück. Ein neuer Bolzen glitt auf die Führungsschiene.

Misht sah, wie der Kerl am Schornstein die Arme hochriss und stürzte. Sein Schrei ging im stählernen Getöse der Hämmer unter. Von der Schlacht über den Dächern würde kaum jemand etwas mitbekommen, so lange die Wasserräder liefen und die Hämmer nicht zur Ruhe kamen.

Eine Dachpfanne neben ihm zerbarst. Sie waren entdeckt! Misht riss die Repetierarmbrust hoch und feuerte auf einen der Schatten bei der Gaube. Aus den Augenwinkeln sah er, wie Bewaffnete auf den Balkon von Shandrals Stadthaus stürmten. Doch Melvyn war verschwunden.

IM NAMEN DER KÖNIGIN

Ollowain zügelte den Hengst auf der Hügelkuppe und blickte hinab auf die große Stadt. Schutzlos streckte sie sich am Flussufer. Der Schwertmeister konnte nicht fassen, wie man so leichtfertig sein konnte! Fünfzehn Jahre waren vergangen, seit die Trolle zurückgekehrt waren, und trotzdem gab es keine Stadtmauern und Türme. Feylanviek war nicht zu verteidigen, sobald der Mika zufror. Es würde einfach überrannt werden. Keine Macht der Welt würde das verhindern können. Die Schreckensbilder des brennenden Vahan Calyd kamen Ollowain in Erinnerung. Er hatte erlebt, wie eine Stadt in einer einzigen Nacht gestorben war.

Sein Blick wanderte über die Klippenlandschaft aus steilen Dachgiebeln. Feylanviek würde brennen. Die Fachwerkhäuser waren wie ein riesiger Scheiterhaufen. Sobald der erste Straßenzug in Flammen stand, würde niemand mehr das Feuer unter Kontrolle bringen können.

Ollowain glitt aus dem Sattel und löste den Lederriemen seines Helms. Müde schüttelte er den Kopf, entspannte die Nackenmuskeln und atmete die schwüle Nachtluft. Fledermäuse tanzten in unstetem Flug durch den Himmel. In der Ferne hörte man Schmiedehämmer. Selbst in der Nacht kam die Stadt nicht zur Ruhe, als sei sie begierig, jede Stunde zu nutzen, die ihr noch blieb. Der Schwertmeister hängte den Helm ans Sattelhorn und klopfte dem großen Schimmel auf den Hals. »Reitet voraus zum Lager. Ich möchte mich ein wenig in der Stadt umsehen, bevor die Nachricht die Runde macht, dass Emerelle mich geschickt hat.«

Obilee räusperte sich. »Herr?«

Die junge Kriegerin befehligte die kleine Eskorte, die Ollowain durch das goldene Netz gefolgt war. Ihre scheue Zurückhaltung grenzte fast schon an die abergläubische Demut, mit der die Menschen ihre Götzenbilder verehrten. Als sie ihn vor zwei Stunden aus dem Kartensaal der Burg geholt hatte, hatte sie kaum die Zähne auseinander bekommen. Mit den übrigen Kriegern der Eskorte war es nicht besser. Für sie war er eine lebende Legende. Dass er fünfzehn Jahre lang verschwunden war, hatte dem keinen Abbruch getan. Im Gegenteil, in seiner Abwesenheit schienen die Geschichten über ihn nur gewachsen zu sein. Was ihn aber mehr bedrückte als sein unverdienter Ruhm, war die Hoffnung, die er in den Augen der jungen Krieger sah. Sie waren davon überzeugt, dass er ein Wunder vollbringen würde. Sie glaubten tatsächlich, er könne die Übermacht der Trolle besiegen. Dass Emerelle ihn hergeschickt hatte, damit er einen ehrenvollen Tod auf dem Schlachtfeld fand, statt sein Haupt auf den Richtblock eines Henkers zu betten, ahnte niemand.

»Herr«, sagte Obilee noch einmal zögerlich. »Ich fürchte, dass du in der Stadt nicht lange unerkannt bleiben wirst in deinem Gewand.«

Ollowain blickte an sich herab. Er trug einen leichten weißen Leinenpanzer, dazu eine Reithose und weiße Stiefel. Über seinen Schultern lag ein kurzer weißer Umhang. Obilee hatte Recht. Als weißen Ritter kannte ihn jedes Kind in Albenmark. Er wusste, dass seine Anwesenheit die Moral in der Stadt heben würde. Aber in dieser Nacht wollte er noch unerkannt sein.

Er lächelte die fahrende Ritterin an. »Was schlägst du vor?«

Wieder räusperte sich die junge Elfe, als habe sie ständig einen trockenen Hals, wenn sie mit ihm sprach. »Wenn du vielleicht meinen Umhang nehmen würdest, Herr ...« Sie öffnete die breite silberne Fibel und reichte ihm das Kleidungsstück. Es war aus festem und doch leichtem grünem Tuch. Eine dünne Borte aus stilisierten Eichenblättern schmückte den Saum.

Ollowain nahm seinen Mantel ab und reichte ihn der Elfe, dann warf er sich den grünen Umhang um die Schultern und zog ihn vor der Brust zusammen. »Ich sehe euch im Heerlager. Ich wünsche, dass sich zum Morgengrauen alle Befehlshaber für eine Besprechung einfinden. Die Zeit des Herumsitzens und Wartens ist vorbei. Wer ohne triftigen Grund bei der Lagebesprechung fehlt, verliert sein Kommando.«

Obilee nickte ernst. Dann gab sie den übrigen Reitern ein Zeichen und führte die Eskorte den Hügel hinab.

Ollowain atmete freier, als er allein war. Mit weiten Schritten stieg er den Hügel hinab und überquerte die erste der zahllosen Brücken der Stadt. Der Kanal stank nach Fäulnis, nach dem zähen, schwarzen Schlamm der Ufer, verrottendem Schilf und den Fäkalien der Stadt. Bei Tageslicht war das Wasser sicher eine unansehnliche dunkle Brühe. Doch der Mond verwandelte es in einen silbernen Spiegel.

Einen Herzschlag lang hatte Ollowain wieder den schweren, sinnlichen Duft der Königin in der Nase. Keine fünf Stunden waren vergangen, seit Emerelle ihm den Befehl zu seinem letzten Kommando gegeben hatte. Und doch schien es in einem anderen Zeitalter gewesen zu sein. So viel war in so kurzer Zeit geschehen. Er hatte sich in der Rüstkammer neu einkleiden lassen und danach die Zeit, die noch blieb, im Kartensaal verbracht. Obilee verwahrte für ihn eine lange Röhre aus zähem Leder. Darin befanden sich aufgerollt sieben Karten der Region. Die Trolle sammelten sich nahe dem Mordstein; das war kaum dreihundert Meilen entfernt. Doch der riesige Tross machte ihr Heer schwerfällig. Überraschende Manöver brauchte man von ihnen nicht zu befürchten.

Der Feldherr schlenderte ziellos durch die Stadt. Er ließ sich treiben. Auch wenn er einen aussichtslosen Kampf auszutragen hatte, fühlte er sich erleichtert. Hier draußen, nahe der Grenze zur Snaiwamark, war es klar, wie die Fronten verliefen. Nicht so wie in Iskendria, wo er das wahre Antlitz seines Feindes nicht einmal hatte erahnen können. Hoffentlich zog Emerelle wenigstens Nutzen aus dem verfluchten Buch.

Ollowain wich einer Schar lärmender Minotauren aus, die sturzbetrunken gefährlich nah am Rand eines Kanals entlangtorkelten. Unbewusst hatte sich seine Hand auf den Schwertgriff gelegt. Er musste sich in Erinnerung rufen, dass es nicht wirklich Kleos gewesen war, gegen den er in Iskendria gekämpft hatte, sondern nur dessen Leib. Und in dieser Schlacht waren die gehörnten Hünen ihre Verbündeten.

Der Schwertmeister beschleunigte seine Schritte und bog in eine Seitenstraße ein, die von der Front eines prächtigen Elfenpalastes beherrscht wurde. Das Geräusch der Hämmer war hier so laut, dass man ihren Lärm schon körperlich spüren konnte. Wie unsichtbare Wellen brandete das metallene Getöse in Form gezwungenen Stahls gegen ihn an. Und dann war da plötzlich ein anderes Geräusch. Ein schrilles Pfeifen, das Ollowain von Schlachtfeldern kannte. Ein Heuler!

Eine Schattengestalt fiel aus dem Nichts und landete federnd neben ihm auf dem Pflaster. Stählerne Krallen ragten über die geballten Fäuste des Kriegers. Geduckt, sichernd, drehte er sich halb im Kreis. Der Elf hatte zerzaustes blondes Haar und trug ein schmuddeliges, ledernes Jagdhemd. Seine Stiefel waren abgewetzt. Statt einer Hose trug er einen roten Lendenschurz.

Ollowain hörte ein leises Sirren. Er drückte sich an die Hauswand und zog blank. Ein Armbrustbolzen schrammte funkenstiebend über das Straßenpflaster.

Schatten glitten die Palastwand hinab. Der Krieger mit den Krallenhänden stürmte vor, doch ein Trupp Armbrustschützen, der am Ende der Gasse erschien, versperrte ihm den Fluchtweg. Die Kobolde beugten die Knie und hoben drohend die Waffen an die Schultern.

Ollowain atmete ganz ruhig und musterte die Spinnenmänner. Sie waren berüchtigt dafür, ihre Geschosse zu vergiften. Doch in ihrem Eifer, den Elfen zu ergreifen, hatten sich zu viele von ihnen in die Gasse abgeseilt. Sie konnten nicht mehr schießen, ohne Gefahr zu laufen, einander zu treffen.

Eine gedrungene Gestalt löste sich aus der Schützengruppe am Ende der Gasse, ein Kobold mit einem nietenbeschlagenen Lederwams. Ein eckig gestutzter Bart wucherte auf seine Brust hinab, der Schädel war kahl geschoren. Zwei Krieger mit Armbrüsten im Anschlag begleiteten ihn.

Ollowains Blick wanderte über die Kobolde. Sie standen auf den Dächern rings herum, an beiden Enden der Gasse und drückten sich mit drohend erhobenen Waffen an die Hauswände. Es waren mindestens dreißig.

Der Elf mit den Krallenhänden wich ein Stück zurück. Er sah sich um, suchte einen Fluchtweg. Plötzlich lächelte er, und seine Zähne schimmerten weiß in der Dunkelheit. »Ein schlechter Ort für einen nächtlichen Spaziergang, Kamerad. Tut mir leid.« Er ließ sich zu Boden fallen und rollte sich seitlich in einen Hauseingang.

Bolzen sirrten. Ollowain machte einen Satz nach vorn. Sein Schwert wirbelte in silbernen Kreisen. Kreischend glitt ein Geschoss an der Klinge ab. Der Ruck riss ihm fast die Waffe aus der Hand. Obilees Umhang flatterte um seine Schultern und machte ihn für die Kobolde in seinem Rücken zu einem unsicheren Ziel.

Der Schwertmeister bewegte sich wie ein Tänzer, doch war sein Rhythmus nicht vorhersehbar. Er duckte und spannte sich, machte einen überraschenden Seitschritt und wechselte einen Lidschlag später schon wieder sein Bewegungsmuster. Sein Ellenbogen traf einen Kobold an der Kehle, der Knauf seines Schwertes hämmerte gegen eine Schläfe. Röchelnde, sich krümmende Kobolde säumten seinen Weg.

Der Glatzkopf wich zurück und zog einen Dolch mit gezackter Klinge. Wieder kreischte Metall auf Metall. Ollowain drehte dem Krieger die Waffe aus der Hand. Ein Tritt und ein Schwerthieb mit der flachen Seite schickten die Eskorte zu Boden. Ollowains Finger krallten sich in den dichten Bart. Eine letzte Drehung, und er stand mit dem Rücken zur Wand. Den Anführer der Kobolde hatte er hochgerissen und hielt ihn wie einen Schild vor seiner Brust. »Im Namen der Königin, die Waffen nieder!«

»Du machst einen Fehler«, zischte der glatzköpfige Kobold. »Du hast dich auf die falsche Seite geschlagen. Wir stehen in Diensten eines Elfenfürsten und verteidigen lediglich sein Heim.«

»Ich kenne keinen Elfenfürsten, der eine Gasse sein Heim nennt.«

»Fürst Shandral von Arkadien hat wenig übrig für solche Wortklaubereien, Fremder.«

Ollowain setzte den Anführer der Kobolde vor sich auf

der Straße ab. »Dann werde ich es wohl am besten mit direkten Befehlen versuchen.« Ollowain ließ den grünen Umhang von seinen Schultern gleiten. »Vor dir steht Ollowain, Schwertmeister der Königin und Oberbefehlshaberin ihres Heeres.«

Der Kobold blickte ihn mit harten Augen an. »Und ich bin Hauptmann Madrog, Befehlshaber der Leibwache Shandrals, des Fürsten von Arkadien. Ich werde den Mann dort drüben vor meinen Fürsten schaffen.«

»Eben erschien es mir noch, als wolltet ihr ihn umbringen.«

Um die Augen des Kobolds bildeten sich tiefe Fältchen, als lache er still in sich hinein. »Wenn ich das gewollt hätte, dann läge er jetzt in seinem Blut reglos auf dem Pflaster.«

»Und welchen Verbrechens hat er sich schuldig gemacht?«, fragte Ollowain gereizt.

Der Hauptmann zögerte einen Augenblick. »Er ist ein Dieb«, sagte er schließlich.

»So. Du treibst viel Aufwand, um einen Dieb zu stellen, Hauptmann.«

»Ich bin eben gewissenhaft«, entgegnete der Kobold in beißendem Ton.

»Dir ist bewusst, dass ich als Oberbefehlshaber in einem Fürstentum unter Kriegsrecht auch die oberste Gerichtsbarkeit ausübe?«

Madrog verdrehte die Augen. »Du wirst dich doch nicht mit solchen Kleinigkeiten aufhalten, Schwertmeister.«

Welch ein Schlitzohr, dachte Ollowain. Einen Augenblick lang war er tatsächlich versucht, die Sache auf sich beruhen zu lassen. »Ich nehme den Dieb in Gewahrsam, und ich brauche keine Eskorte, um mit ihm sicher ins Heerlager zu gelangen.«

»Du solltest dich da wirklich nicht einmischen, Herr. Das wäre ein Fehler. Du …«

»Du drohst mir?« Ollowain schob sein Schwert in die Scheide zurück. Er nahm den Umhang auf, strich über den Stoff und bohrte einen Finger durch eines der Löcher, das die Armbrustbolzen gerissen hatten. »Ein Mordanschlag auf den Oberbefehlshaber der Königin. Das reicht, um selbst einem Elfenfürsten eine Seidenschlinge um den Hals zu legen.«

Der Krieger mit den Krallenhänden lachte.

Madrog hob abwehrend die Hände. »So war das nicht gemeint. Das weißt du, Herr. Wir hatten ja keine Ahnung …«

»Ach so«, unterbrach ihn Ollowain in schneidendem Ton. »Du bringst also wahllos Leute auf der Straße um. Das ändert natürlich alles. Dann kann man deinem Herrn wohl nur vorwerfen, dass er bei der Wahl seiner Söldner schlecht beraten war. Dir allerdings bringt das einen Hanfkragen ein.« Ollowain strich sich nachdenklich über das Kinn. »Es ist immer ganz gut, ein neues Kommando mit ein paar Hinrichtungen zu beginnen. Dann ist allen klar, dass Intrigenspiele um die Autorität nur Zeitverschwendung sind.«

Madrog wich einen Schritt zurück. Dann winkte er seinen Kriegern. »Wir überstellen unseren Gefangenen an den Schwertmeister der Königin.«

Madrogs Männer waren eine disziplinierte Truppe. Sie zogen sich ohne zu zögern zurück. Einige von ihnen mussten getragen werden, doch niemand murrte über den Befehl ihres Anführers. »Ich hoffe auf deinen Sinn für Gerechtigkeit«, sagte der Hauptmann vieldeutig. Er verneigte sich zackig und ging zum Portal des Palastes.

Ollowain blickte zu dem Krieger mit den Krallenhänden. Seine seltsamen Waffen waren verschwunden. Er lehnte aufreizend lässig an der Wand und hatte grinsend die Auseinandersetzung mit den Kobolden beobachtet. Jetzt verneigte auch er sich, doch jede seiner Bewegungen war eine Parodie auf Madrogs stramme Haltung. »Es ist mir eine Ehre, von dir gerettet worden zu sein, Schwertmeister. Du gestattest, dass ich mich vorstelle. Melvyn, Sohn der Silwyna und des Alfadas. Da ich in den Augen der meisten Fürsten so etwas wie ein Räuberhauptmann bin, machst du dich besser auf einigen Ärger gefasst, Onkel.«

»Uns verbinden keine Blutsbande«, entgegnete der Schwertmeister schroff. Melvyn! So also sah er aus. Schon im Winter vor fünfzehn Jahren hatte er einiges über Silwynas Sohn gehört. Das Kind, das es eigentlich nicht geben durfte, denn Elfen und Menschen konnten miteinander keine Kinder zeugen. So hatte es jedenfalls immer geheißen.

»Da du der beste Freund meines Vaters bist, betrachte ich dich trotzdem als Onkel. Der Teil meiner nicht pelztragenden Verwandtschaft ist so klein, dass ich auf solche Feinheiten keine Rücksicht nehmen kann. Ich ... Ach, Mist!«

»Bitte?«

»Vergiss es! Mein Vater hat sich mein ganzes Leben noch nicht bei mir blicken lassen. Für ihn gibt es mich nicht. Vergiss den Quatsch mit dem Onkel. Wenn du ein Freund bist, dann bring mir diesen Trick mit den Armbrustbolzen bei. Sah sehr eindrucksvoll aus. Und ich lasse mich nicht schnell beeindrucken.«

Ollowain schüttelte sanft den Kopf. Er mochte den Jungen. Irgendwie erinnerte ihn Melvyn an Mandred. Das Blut des Fjordländers schien in Melvyn viel stärker zu sein als in Alfadas. Aber vielleicht lag das auch nur daran, dass Alfadas am Hofe Emerelles aufgewachsen war und Mandred in irgendeinem verräucherten Langhaus. So ein Langhaus kam einer Wolfshöhle sehr viel näher als dem Hof der Elfenkönigin. »Ich fürchte, ich muss dich enttäuschen, Melvyn. Dieser Trick, wie du es nennst, war der Tanz der Pfeile. Ich habe fast hundert Jahre gebraucht, um ihn zu meistern. Dabei bin ich siebenundzwanzigmal verletzt worden. Dreimal so schwer, dass ich nur überlebte, weil mir eine Heilerin mit der Kraft eines Albensteins zur Seite stand.« Ollowain scheute davor zurück, Emerelles Namen direkt auszusprechen. So vieles hatte die Königin für ihn getan. So oft hatte sie ihn gerettet! Und nun wollte sie seinen Tod. Er würde gehorchen, aber er verstand sie nicht.

»Und wie lernt man diesen Tanz? Es gibt etliche feine Damen, die mich für einen recht begabten Tänzer halten. Sowohl in der Senkrechten als auch in der Waagerechten.«

Ollowain erstickte ein leises Lachen mit einem Räuspern. »Zunächst musst du alle gegnerischen Schützen erfassen und alle plausiblen Flugbahnen für Pfeile oder Bolzen einschätzen. Du musst dir sämtliche Flugbahnen wie ein leuchtendes Netz vorstellen. Dann bewegst du dich durch die weitesten Maschen dieses Netzes und schlägst mit deinem Schwert einen Schutzschirm. Aber man darf sich nichts vormachen. Selbst die größten Meister im Pfeiltanz werden mit ihrem Schutzschirm höchstens acht von zehn Pfeilen ablenken können. Es wäre ein tödlicher Irrtum zu glauben, man sei unverwundbar.«

Melvyn grinste breit. »Ich wette, Madrogs Meuchlerbande sieht das anders. Die werden noch in dieser Nacht überall herumerzählen, dass du unverwundbar bist.«

Ollowain zuckte mit den Schultern. »Ich werde sie nicht daran hindern. Wie sagte Madrog auch? Ich kann mich schließlich nicht mit solchen Kleinigkeiten aufhalten.«

Der junge Elf lachte. »Du bist anders, als sie erzählen, Schwertmeister.«

Ollowain dachte an Lyndwyn. Sie hatte ihn verändert. Ihm einen Teil seines Panzers geraubt, hinter dem er allzu lange seine Gefühle versteckt hatte. Aber er sollte auf der Hut sein. Als Oberbefehlshaber konnte er sich zu viel Gefühlsduselei nicht leisten. Seine Aufgabe verlangte, dass er Männer in den Tod schickte, ohne dabei Gewissensbisse zu haben. So wurden Schlachten gewonnen. Und er war fest entschlossen zu siegen! »Hatte ich erwähnt, dass du unter Arrest stehst, Melvyn?«

Der junge Elf grinste noch immer. Offenbar hielt er diese Worte für einen Scherz. »Du wirst mich jetzt ins Heerlager begleiten, und dort lasse ich dich in Eisen legen, bis ich die Muße habe, mich wieder um Kleinigkeiten zu kümmern.«

»Natürlich.« Melvyn brach wieder in schallendes Gelächter aus. »Du hast wirklich Humor.«

SELKIES

Sebastien liebte das Meer. Bruder Jules musste das gewusst haben. Warum sonst hätte er ausgerechnet ihm den Auftrag gegeben, die Albenkinder der See büßen zu lassen. Der frühere Abt spürte einen dunklen Gedanken. Die Bestie in ihm versuchte wieder die Herrschaft zu übernehmen. Sie ruhte nie. Doch die verbliebenen Brüder und Schwestern umgaben ihn wie einen schützenden Schild. Drei von ihnen hatten bereits mit ihrem Leben bezahlt. Alles war anders gekommen, als Bruder Jules es vorhergesagt hatte. Sebastien fühlte sich elend. Er hatte nicht den Mut gehabt, Jules zu gestehen, dass sie nicht wirklich eins geworden waren. Er hatte es nach der vermeintlichen Verschmelzung ihrer Seelen sofort gewusst. Die dreißig hätten nur noch ein Gedanke sein dürfen, nachdem sie ihr Licht gegeben hatten. Eine Macht, stark genug, der Kreatur zu trotzen, mit der das Wunder ihres Ordensbruders sie verbunden hatte. Aber sie waren die dreißig geblieben. Sie hatten ihre Disziplin behalten. Alle beugten sich seinen Befehlen. Sie waren treue Herzen, ihrer Sache unverbrüchlich ergeben, dachte Sebastien traurig. Und sie würden verlöschen, einer nach dem anderen. Die Schattengestalt war zu mächtig. Sie versuchte, ihnen ihren Willen aufzuzwingen. Sie wollte töten, töten, töten. Sie war unfähig, ein anderes Ziel zu verfolgen. Dabei war sie von bösartiger Intelligenz. Wenn es keine Beute gab, versuchte sie ihre Gedanken zu manipulieren. Ihre Stimme war in ihnen. Es gab keine Möglichkeit, sich vor ihr zu verschließen. Zuhören mussten sie ihr alle, auch wenn sie ihr die Kontrolle über den Leib, den das Wunder erschaffen hatte, verwehren konnten. Noch …

»Du denkst zu viel, Sebastien, das macht uns schwach. Wir sind erschaffen worden, um uns am Lebenslicht der Albenkinder zu laben. Zögere nicht. Damit versündigst du dich vor deinem Gott.«

Der Abt versuchte sich gegen die Gedanken zu sperren. Diese Kreatur war die reine Boshaftigkeit! Alles, was sie tat, tat sie aus Eigennutz.

Wir dienen dem Herrn. Was wir tun, ist gut und richtig. Wir sind die Aufrechten, so lange wir uns nicht den Einflüsterungen des Finsteren ergeben.

»Aufrechte Mörder?«, höhnte die Stimme.

Wir dienen Tjured, das ist eine heilige Pflicht.

»Und ich diene meinem Hunger. Das ist nicht minder heilig, denn zu fressen, kräftigt unseren Leib, und ihr macht diesen Leib doch zum Werkzeug Gottes!«

Hört nicht auf ihn, Brüder und Schwestern! Er ist die Versuchung. Er will das Böse in uns wecken, will, dass wir uns der Verderbnis hingeben. Auch wenn er mit einer Seidenzunge spricht und seine Worte uns zutiefst berühren, kennt er nur ein Ziel: uns zu verderben!

»Du bist zu engstirnig. Ich habe viel Freude an euch und euren Seelenqualen. Ich möchte euch nicht missen. Welche Fesseln ihr euch auch auferlegt, jeder von euch weiß um die Finsternis, die tief in seiner Seele ruht. Jedes denkende Wesen wird mit diesem Makel geboren. Empfindet ihr nicht tiefe Genugtuung, wenn ihr die Albenkinder tötet? Ist das rechtschaffen? Ihr mordet nicht nur, ihr löscht unsterbliche Seelen aus, indem ihr das Lebenslicht der Opfer verschlingt. Ist euch bewusst, was für ein Verbrechen dies ist? Die Ge-

schöpfe, die wir getötet haben, können wiedergeboren werden, so lange ihre Seele lebt und nicht ihre Erfüllung gefunden hat. Wir aber löschen sie aus. Ist das Tjureds Wille?«

Der lebende Heilige hat diese Kreatur aus uns erschaffen, mahnte Sebastien seine Brüder und Schwestern. Sie ist die Verkörperung von Tjureds Willen.

»Und wenn er ein Betrüger wäre, der euren naiven Glauben ausnutzt?«

Gott würde so etwas nicht zulassen! Wie könnte einer seiner Diener etwas anderes sein als sein Werkzeug? Bringt den Flüsterer zum Schweigen!

Seine Brüder und Schwestern stimmten in Gedanken einen Choral an. Sie alle waren in Gedanken miteinander verbunden. Bruder Jules hatte gut daran getan, sie so lange auf ihr großes Werk vorzubereiten. Auch wenn sie nicht zu einem Gedanken verschmolzen waren, so kannten sie doch alle Disziplin und Selbstaufgabe. Nur das bewahrte sie vor dem Wahnsinn! Sie alle konnten einander in die Seele sehen. Hätten sich all ihre Gedanken vermengt, sie wären längst wahnsinnig geworden. Wären Sklaven jenes Schattens geworden, mit dem sie sich ihren neuen Leib teilten.

Vielleicht war er wie die dunklen Gedanken, die ihn früher, als er noch ein Mensch war, manchmal überkommen hatten, überlegte Sebastien. Nur stärker. Eigenständiger. Der Versucher hatte Recht. In jeder Seele gab es einen Hort der Finsternis. Diese Dunkelheit zu bezwingen, war die erste Aufgabe, die Tjured jedem seiner Kinder stellte. So sehr sie sich verändert hatten, als sie in einem Leib vereinigt wurden: Der Kampf gegen das Dunkel in ihnen war geblieben. Er war sogar noch schwerer geworden. Vielleicht gehörte das zu Tjureds Plan? Vielleicht war es eine Prüfung für sie? Gott war vollkommen! Er musste um die Gefahr gewusst haben. Also lag es in seiner Absicht, dass sie mit dieser Kreatur rangen. Wenn sie nur nicht so stark wäre!

Drei von ihnen waren schon vergangen. Sie waren eins geworden mit der Dunkelheit. Sie waren die Schwächsten gewesen. Die Übrigen hatten mehr Seelenkraft, um sich zu widersetzen. Sie würden nicht so schnell besiegt sein, wie diese Kreatur der Finsternis vielleicht glaubte. Und wenn ihr Glaube stark blieb, dann würden sie es sein, die triumphierten.

Der Choral, den seine Brüder und Schwestern in Gedanken angestimmt hatten, hatte eine beruhigende Wirkung auf Sebastien. Er fand zu seiner Zuversicht zurück. Und er konnte sein Herz endlich der Schönheit der Küstenlandschaft öffnen. Das Meer brandete in sanften Wellen gegen ein Labyrinth schwarzer Klippen an. Kleine Strände mit schneeweißem Sand wurden von Eichen beschattet, die dicht hinter den Dünen wuchsen. Die Luft war erfüllt von den Liedern der Vögel, die sich mit dem Wind und der Brandung zu einer großartigen Harmonie vereinigten.

Der Choral der Seelen hatte die Stimme des dunklen Versuchers zum Verstummen gebracht. Sebastien war sich unschlüssig, ob es die heilige Macht der Worte war, die den Schatten schweigen ließ, oder der Frieden, der ihnen entströmte und der selbst für die aufgewühlteste Seele heilender Balsam war.

Sebastien umrundete einen Felsvorsprung, der über den Strand hinaus bis zur See reichte. Er konnte das erfrischende Wasser nicht spüren. Ganz gleich, ob er über den Strand oder durch das Wasser eilte, er fühlte nichts. Nicht den Sand unter den Pfoten und nicht die spritzende Gischt, die mit kalten Fingern durch sein Fell hätte greifen sollen. Sein neuer Leib hätte es Sebastien erlaubt, durch den Fels hindurchzugehen. Aber das hätte einen Augenblick der Finsternis bedeutet. Für einen Herzschlag wären die Sonne und ihr strahlendes Licht verschwunden, und er scheute davor zurück, dem Schatten in ihrer Seelengemeinschaft so leichtfertig in die Hände zu spielen.

Der ehemalige Abt verharrte vor einem Tümpel aus

dunklem Brackwasser, der vor dem Wind geschützt zwischen den Felsen lag. Er betrachtete den neuen Leib, den das Wunder Tjureds ihnen geschenkt hatte. Sie waren groß wie ein Stier geworden, auch wenn sie dabei so hager waren wie ein halb verhungerter Wolf. Deutlich zeichneten sich Muskeln und Sehnen unter dem kurzen Fell ab. Sie waren stark! Stärker als jedes Geschöpf aus Fleisch und Blut. Nachdem sie die Pfade aus Licht verlassen hatten und in die wunderschöne Welt der verhassten Albenkinder getreten waren, hatte Sebastien ihren neuen Leib erprobt. Einen ganzen Tag und eine ganze Nacht war er dahingestürmt. Er konnte auf Wolken laufen und durch Mauern preschen. Nichts hielt sie auf! Und wie lange sie auch rannten, sie kannten keine Müdigkeit. Dieser Körper war eine vollkommene Waffe gegen die Albenkinder. Sie hatten einen Jäger getroffen. Seine Pfeile waren wirkungslos durch sie hindurchgeglitten. Jules sagte zwar, dass Eisen aus den Schmieden der Menschen ihnen vielleicht schaden könnte, aber hier gab es keine Menschen. Die Albenkinder waren ihnen ausgeliefert. So wie die heiligen Märtyrer der geschändeten Refugien den Waffen der Albenkinder ausgeliefert gewesen waren. Dies hier war ein Kriegszug des gerechten Zorns, so hatte Jules immer wieder gepredigt. Sie waren die Auserwählten Gottes. Die Waffe, die sich tief in das Fleisch der Sündigen graben würde!

Das unverwechselbare Bellen von Seehunden ließ Sebastien aufhorchen. Hier würde er erfolgreich jagen können. Viele Abende lang hatte Jules ihm von den Wundern Albenmarks und von den Geschöpfen erzählt, die hier lebten. Er sollte die Selkies finden. Die liebsten Kinder Eleborns, des Fürsten unter den Wogen. Man erkannte sie an ihren strahlenden Augen.

Sebastien blickte in das Spiegelbild ihres Leibes. Er sah blauweißes Licht, das einen Körper formte. Einen Leib mit einer mörderisch langen, schlanken Schnauze voller

Zähne. Wenn sie genügend Lebenslichter ausgelöscht hatten, würden sie einen wirklichen Leib bekommen. Einen festen Körper, wie ihn jede Kreatur Gottes haben sollte. Ja, wenn sie besonders erfolgreich waren, würden sich ihre Seelen von der dunklen Kreatur lösen, und ihre Leiber würden wieder auferstehen. Dann wären sie alle lebende Heilige. Und sie würden die Welt der Albenkinder für die Kinder Tjureds in Besitz nehmen.

Sebastien träumte davon, ein Kloster hier auf den schwarzen Klippen zu errichten, hoch über dem Meer. Es war ein Ort der Schönheit, an dem man schauend Frieden in seine Seele trank.

Eine zarte Eishaut bildete sich auf dem Brackwasser. In ihrem neuen Leib spürten sie weder Hitze noch Kälte, doch Jules hatte ihnen gesagt, Eiseskälte werde sie einhüllen wie ein unsichtbarer Mantel. Ihre Opfer würden diese Kälte bemerken, noch bevor sie ihrer angesichtig wurden. Und wenn unter den Albenkindern erst einmal bekannt war, dass Tjureds Rächer ausgezogen waren, um sie zu strafen, dann würde jeder kalte Windhauch ein namenloses Entsetzen verbreiten.

Der Abt legte den starken Kopf in den Nacken. Er hätte sein Frohlocken dem Himmel entgegenschreien können. Doch sie hatten keine Stimme. Stumme Jäger waren sie.

Sebastien wandte sich von dem Spiegelbild ab und trottete zum Wasser. Er tauchte in das Jadegrün der Wogen, glitt mit den Fischschwärmen, die angstvoll auseinander stoben, wenn er in ihrer Mitte erschien. Das Meer war erfüllt von Lebenslichtern. Er konnte sie fühlen, und er konnte sie sogar sehen, wenn sein Hunger besonders groß war.

Er tauchte an schwarzen Klippen vorbei und durcheilte Wälder aus wogendem Seetang. Dort, wo die See nur seicht war, wob das Licht zauberhafte Muster auf den Sand. Muscheln klebten zu tausenden an den Felsen. In seinem Übermut schnappte er nach ihnen. Er spürte schleimige

Innereien verdorren. Ihre winzigen Lebenslichter stachelten seinen Hunger nur noch mehr an. Er hinterließ einen breiten Streifen klaffender, toter Schalen.

Ein schlanker Schatten jagte einem Fischschwarm nach. Noch weitere Schatten folgten. Seehunde. Es war eine Freude, ihnen zuzusehen. Ihre Bewegungen waren voller Eleganz.

Dunkler Hunger erhob sich in ihm. Doch er würde keinen Seehund töten. Er mochte sie! Und er war der Gebieter des Schattens, der in ihm lauerte. Noch immer hielt der Seelenchoral seiner Brüder und Schwestern dessen lästerliche Stimme gefangen.

Die Selkies galten als neugierig. Es würde leicht sein, sie zu fangen. Sebastien glitt durch den Schwarm jagender Seehunde. Erschrocken tauchten die schlanken Räuber davon. Sie mieden ihn und spähten ihm zugleich neugierig hinterher.

Sebastien tauchte entlang der schwarzen Felsen und achtete sorgfältig darauf, dass sie ihn nicht aus den Augen verloren. Er erforschte die tiefen Spalten, welche die Kraft der Gezeitenströme in den Felsen geschlagen hatte. Und schließlich fand er, was er gesucht hatte. Eine Höhle, die tief im Felsen verborgen oberhalb des Wasserspiegels lag. Speere aus goldenem Sonnenlicht stachen durch breite Risse im Fels hinab. Es war wie ein Ort aus einem Kindermärchen. Und Sebastien war sich ganz sicher, dass die Selkies diese Höhle kannten. Er suchte einen finsteren Winkel und ließ den körperlosen Leib in den Fels sinken, bis nur noch sein Kopf daraus hervorragte.

Sebastien richtete sich auf eine lange Wartezeit ein. Jäger mussten Geduld haben! Er beobachtete, wie die Lichtspeere langsam durch die Höhle wanderten, schwächer wurden und schließlich verschwanden. Der Abt konnte die Anspannung der Kreatur tief in sich spüren. Auch der Schatten war begierig auf die Beute, die Sebastien erwählt hatte. Er versuchte nicht, mit seinen ketzerischen Gedanken die Festigkeit und Tiefe von Sebastiens Glauben zu ergründen.

Silbernes Mondlicht verzauberte die Grotte. Leise klang das Spiel der Wellen vom felsigen Ufer. Stunden mussten vergangen sein, als ein schmaler Kopf aus dem Wasser tauchte. Ein Seehund. Und seine Augen … Sebastien war zutiefst aufgewühlt, als er sie sah. Bruder Jules hatte von den schönen Augen der Selkies gesprochen, doch darauf war Sebastien nicht vorbereitet gewesen. In diesen Augen war das Mondlicht gefangen. Sie waren wie die Augen von Katzen, die man nachts mit einer Blendlaterne überraschte. Leuchtende Flächen aus lebendigem Licht. Und das Licht hatte die Farbe der See an einem Sommernachmittag. So hatte der Wasserhimmel über ihm ausgesehen, als er getaucht war. Ein leuchtendes, von Licht durchtränktes Grün.

Der Seehund schob sich auf den glatten Uferfelsen der Grotte. Neugierig sah er sich um. Dann plötzlich wand er sich. Etwas bewegte sich unter seinem Fell. Es teilte sich, fiel von ihm ab, und eine zarte Frauengestalt entstieg dem Leib. Auf dem Felsen blieb nur die Seehundhaut zurück. Die Frau streckte sich. Ihr Haar war so schwarz wie der Felsen, die Haut von marmornem Weiß. Sie war mädchenhaft schlank, die Brüste nur sanfte Hügel. Neugierig blickte sie sich um.

Sebastien erhob sich aus seinem Versteck.

Die Selkie strich sich fröstelnd über die Arme, noch bevor sie ihn bemerkte.

Lautlos glitt er zwischen den Felsen heran.

Als spüre sie seinen Blick, wandte sich die Selkie plötzlich um. Sie musterte ihn, zeigte aber keinerlei Anzeichen von Angst. Sie sprach ihn an. Ihre Stimme war erstaunlich tief für eine Frau. Sebastien verstand ihre Worte nicht.

Neugierig streckte die Selkie eine Hand nach ihm aus. Ihre Finger glitten durch seinen Leib.

»Jetzt!«, hetzte die Stimme des Schattens. *»Ich wünschte,*

wir hätten richtige Fänge und könnten diesem einfältigen Weib die Kehle herausreißen.«

Sebastien wollte davon nichts hören. Er wollte einfach nur dastehen und in diesen wunderbaren Augen ertrinken. Etwas, das so schön war, konnte doch nicht böse sein!

Die Selkie lächelte. Sie rieb sich die Hände. Man sah ihr an, dass sie fror. Ihre Brustwarzen hatten sich aufgerichtet. Sie duftete auf wunderbare Weise nach der See. Schalkhaft zwinkernd sagte sie wieder etwas. Der Abt wünschte, er könnte sie verstehen.

»Erinnerst du dich noch an die Worte von Jules? Sie werden dich prüfen, die Albenkinder. Ihre Schönheit wird deinen Glauben erschüttern. Doch hinter dieser Maske verbergen sich verrottete Herzen. Sie sind die Mörder des heiligen Guillaume und all der anderen Märtyrer. Lass dich nicht blenden!«

Der verfluchte Schatten konnte in seinen Erinnerungen lesen!

»Bist du ein Verräter an Tjured, Sebastien? Erinnere dich, du bist nicht allein. Du, ich, all deine Brüder und Schwestern. Wir sind vereint. Du bist unser Führer im Geist. Du entscheidest, was dieser Leib tut, der ein Schwert in Diensten Tjureds sein sollte. Weiche vom Weg ab, und du machst auch uns zu Verrätern!«

Sebastien wollte das nicht hören! Es war die Wahrheit. Er wusste es. Aber diese Augen ... Die Selkie zeigte keinerlei Furcht vor ihm. Sie beschwerte sich lediglich über die Kälte. Sie war unschuldig. Wenn er sie tötete, dann war es, als ermorde er ein Kind.

»Hast du ihre feinen, nadelspitzen Zähne gesehen? Sieh hin! Damit zerreißt sie Fische, wie du mit deinen Fingern eine Blume zerpflückst. Sie ist nicht das, was du in ihr siehst. Sie ist eine Räuberin im Garten der See. Ihre Augen und ihr verführerischer Leib sind Waffen, Sebastien. Sei nicht töricht! Du warst ein Krieger, bevor du der Stimme Tjureds gefolgt bist. Erinnere dich! Nicht jeder Feind trägt

Schwert und Rüstung. Verschenke nicht leichtfertig dein Vertrauen!«

Leichtfertig wäre es, der Stimme des Schattens zu vertrauen, dachte der Abt bitter. Doch er konnte sich der Wahrheit seiner Worte nicht völlig verschließen. Er hatte eine Pflicht gegenüber seinen Brüdern und Schwestern. Sie hatten sich ihm anvertraut.

Die lange Schnauze stieß in die Brust der Selkie. Ihre Augen weiteten sich. Erst vor Überraschung, dann war es Schrecken. Die Kälte seiner Berührung färbte ihre Lippen blau. Ein langer Seufzer entstieg ihrer Kehle. Ihre wunderschönen Augen schienen noch heller, noch lebendiger zu strahlen, während er ihr das Licht der Lebenskraft aus der Brust riss.

Ihre Haut verwelkte. Das Fleisch schmolz von ihren Knochen. Die sinnlichen Lippen schrumpften zusammen und entblößten ihre muschelweißen, ebenmäßigen Zähne. Der Schatten hatte gelogen!

Zuletzt verloschen ihre Augen. Sie verloren sogar ihre wunderbare grüne Farbe. Wie zwei kalte harte Kiesel lagen sie in den Augenhöhlen, die plötzlich zu groß zu sein schienen.

Sebastien spürte eine beängstigende Kraft durch seinen Leib aus kaltem Licht pulsieren. Er fühlte sich so erhaben, als könne er Blitze vom Himmel pflücken. Er … Nein! Es war nicht er, der so fühlte! Das war der Schatten! Das, was von ihm noch blieb, von einem Mann mit ehernen Grundsätzen, einem Mann, der, obwohl er Krieger gewesen war, sich dennoch ein Gewissen erhalten hatte, das war nur noch das elende Gefühl, einen schrecklichen Fehler begangene zu haben. Konnte Gott ihn betrogen haben? Wo hatte er gefehlt, dass ihm ein solches Schicksal aufgebürdet worden war?

Die Bestie in ihm hob das Haupt. Das Wasser der Grotte teilte sich. Ein kleiner, schwarzer Kopf eilte dem Felsufer entgegen. Ein Kopf mit leuchtenden Augen! Noch eine

Selkie! Vom Wasser aus konnte sie den zusammengeschrumpften Kadaver ihrer Gefährtin nicht sehen. Offensichtlich war sie genauso vertrauensselig wie die Tote. Der Anblick des Hundes aus fahlem Licht schreckte sie nicht. Sie kannte ihn nicht, hatte nie von einem Feind in solcher Gestalt gehört. Und sie war eines der Kinder Eleborns. Nichts in den Meeren der Welt würde ihr etwas zuleide tun. Furcht war ihr unbekannt.

Sie robbte aus dem Wasser den Felsen hinauf. Ihre Haut zerteilte sich.

Der Schatten hatte den Körper des Shi-Handan völlig unter seine Kontrolle gebracht. Er ging zu der Selkie, als sie aus der Seehundhaut stieg. Auch sie hatte meergrüne Augen wie ihre Schwester. Ihr Haar jedoch hatte die Farbe von reifem Korn.

Die junge Maid blickte lächelnd zu ihnen auf, während sie die Tierhaut von den zierlichen Füßen streifte. Sie fragte etwas. In dem Augenblick schossen die Kiefer der Bestie vor. Sebastien war selbst völlig überrascht, als er fühlte, wie sich Fänge in weiches Fleisch gruben. Sie hatten feste Gestalt angenommen, zumindest teilweise! Warmes Blut rann durch ihre Kehle. Die Selkie schrie auf.

Mit einem lässigen Schütteln riss der Shi-Handan ihr ein großes Stück Fleisch aus der Kehle. Sie stürzte zurück auf den schwarzen Felsen. Blut spritzte im Rhythmus ihres langsam ersterbenden Herzens aus der tödlichen Wunde.

Sebastien wollte die Augen schließen. Doch nicht einmal darüber hatte er noch Gewalt. Der Schatten beherrschte ihren gemeinsamen Körper. Und Sebastien hatte Teil an dem schaurigen Mahl, ob er wollte oder nicht.

Der Shi-Handan riss Fleischbrocken aus den Schenkeln der Sterbenden. Zuletzt beraubte er sie des verblassenden Lebensfunkens. Dann zog sich der Schatten zurück. Er überließ dem Abt wieder die Kontrolle über ihren gemeinsamen Leib und die Sorge um den Aufruhr der Brüder und

Schwestern, die mit ihm in dieser gotteslästerlichen Bestie gefangen waren.

Die Höhle stank nach frisch vergossenem Blut.

Ihr gemeinsamer Leib hatte seine Körperlichkeit wieder verloren. Sebastien flüchtete ins schwarze Wasser. Er wollte hinab in die dunkelsten Tiefen der See, wo er für immer ihre Schande vor dem Blick Gottes verstecken konnte.

EIN NEUER WIND

Ollowain breitete die Karten aus und beschwerte die Kanten mit einigen Figuren vom Falrach-Tisch, der dicht neben dem Feldbett stand. Er hatte Elodrins Zelt übernommen, der vor ihm das Kommando geführt hatte. Der weißhaarige Fürst von Alvemer stand mit hinter dem Rücken verschränkten Armen am Kartentisch. Er war ein harter Mann. Seine Miene verriet nichts über seine Stimmung. Er hatte sich die Elfe Yilvina zur Befehlshaberin seiner Leibwache gewählt. Yilvina, die Ollowain einst bei der Flucht aus dem brennenden Vahan Calyd begleitet hatte und die selbst im Fjordland noch der Schild der schwer verletzten Königin gewesen war. Sie trug das blonde Haar kurz geschnitten. Über dem Kettenhemd aus Silberstahl kreuzten sich die Gurte der beiden Schwerter, die sie auf dem Rücken trug. Vor langer Zeit einmal war sie Ollowains Schülerin gewesen. Niemand konnte es ihr im Kampf mit zwei Schwertern gleichtun. Sie war eine Meisterin des Todes.

Zu Elodrins Linker stand Nardinel. Die begabtesten Dichter hatten ihre Schönheit besungen. Fürsten hatten um ihre Hand gefreit, und doch hatte sie sich niemals gebunden. Nardinel, die Unberührte. Nardinel, die Heilerin. Nardinel, der Trost der Sterbenden. Die Namen, die man ihr gegeben hatte, waren ohne Zahl. Sie war von zarter, durchscheinender Schönheit und wirkte inmitten des Zeltes voller Krieger fehl am Platz. Begehrliche Blicke streiften sie. Sie zu sehen, hieß der Sehnsucht zu begegnen. Ihr Haar war die Nacht, ihr sanftes Antlitz das Morgenlicht. Ollowain konnte nicht begreifen, was diese beiden Frauen mit Elodrin verband. Hatte ein Befehl sie an seine Seite geführt? Und für wen würden sie sich entscheiden, wenn Elodrin Schwierigkeiten machte? Der Schwertmeister wusste, dass er es nicht leicht mit dem Seefürsten haben würde. Elodrin würde sich hier, inmitten der Befehlshaber ihres Heeres, keine Blöße geben. Aber in seinem Herzen würde er Ollowain nicht vergeben, das Kommando übernommen zu haben.

Der Schwertmeister ließ den Blick in der Runde wandern. Fast ein Dutzend Elfenfürsten standen versammelt; fünf Kentauren und auch Ajax, der Fürst der Minotauren in den Mondbergen, waren gekommen. Mit den meisten der Befehlshaber hatte Ollowain schon gemeinsam Schlachten geschlagen. Orimedes, der Erste unter den Kentaurenfürsten des Windlands, nickte ihm freundlich zu. Wie alle Kentauren überragte er den Elfen um mehr als eine halbe Mannlänge. Der Fürst hatte eine breite Nase, der man ansah, dass sie schon mehrmals eingeschlagen worden war. Durch seine linke Braue lief eine feine weiße Narbe. Ein zerzauster blonder Bart rahmte sein eckiges Gesicht. Der Kentaur hatte dunkle Ringe unter den Augen. Ollowain hätte sein Schwert darauf verwettet, dass der Fürst den größeren Teil der Nacht mit einem Saufgelage verbracht hatte. Ein breiter, goldbeschlagener Schwertgurt lief über die Brust des Pferdemannes, und an seinem linken Oberarm war ein Dolch festgegurtet. Der Fürst grinste Ollowain jetzt breit an. Der Schwertmeister hatte den Eindruck, dass der Kentaur sich sehr zusammenreißen musste, um nicht herüberzukommen, ihn in die starken Arme zu schließen und sich an die Brust zu drücken. Sie hatten gemeinsam in Phylangan gefochten, ebenso wie Graf Fenryl, den die Niederlage in der Snaiwamark heimatlos gemacht hatte. Der Elfengraf hielt seinen Falken auf der Linken. Der schneeweiße Raubvogel mit seinen warmen Bernsteinaugen begleitete den Elfen wie ein Schatten. Ollowain wusste, dass Fenryl einen besonderen Bund mit dem Raubtier eingegangen war. Manchmal stieg die Seele des Grafen auf den weißen Schwingen in den Himmel hinauf. Sie flogen gemeinsam, um den Feind zu beobachten oder zu jagen.

Mit seinen warmen, hellbraunen Augen, den vollen Lippen und dem ungebändigten lockigen Haar wirkte der Graf weniger abweisend als die übrigen Elfenfürsten, die Ollowain kühl musterten. Die Mehrheit von ihnen begegnete ihm mit Skepsis. Einmal abgesehen von Shandral waren sie alle erfahrene Krieger. Und der Schwertmeister war sich sicher, dass die meisten von ihnen insgeheim der Überzeugung waren, sie könnten das Oberkommando genauso gut ausüben wie der Günstling der Königin.

Ollowain gab Obilee ein Handzeichen, und die Kommandantin seiner Eskorte ließ Melvyn in das Zelt führen. Die Augen des Halbelfen sprühten vor Zorn. Eiserne Fesseln umschlossen seine Handgelenke.

Der Schwertmeister wandte sich den versammelten Fürsten zu. Ihm entging nicht das selbstgefällige Lächeln Shandrals. Der Fürst von Arkadien verbuchte die Verhaftung Melvyns wohl als einen Sieg, doch in dieser Angelegenheit war noch nicht das letzte Wort gesprochen.

»Fürsten von Albenmark, ich halte mich nicht mit langen Vorreden auf. Ich denke, ihr alle kennt mich. Mit vielen von euch habe ich bereits Seite an Seite gefochten, und es macht mich stolz, an diesem Morgen das Kommando über die Besten unter den Kriegern Albenmarks zu übernehmen. Fürst Elodrin wird künftig mein Stellvertreter sein. Als Oberbefehlshaber der Flotten der Königin wird er von nun an die Sicherung des Mika organisieren, damit es den Trollen nicht gelingt, diese Grenze schon vor dem ersten Frost zu überschreiten.«

Ollowain versuchte in den Gesichtern der Fürsten zu lesen, wer auf Elodrins Seite stand, doch die Elfen waren zu beherrscht, um sich ihre Gefühle anmerken zu lassen. Die Kentauren hingegen gaben sich nicht die geringste Mühe, ihre Freude zu verbergen. Elodrin galt als ein strenger Befehlshaber, als ein Mann von eiserner Disziplin. Ollowain war sich sicher, dass es zwischen Elodrin und den Kentauren ständig Reibereien gegeben hatte. Die Pferdemänner waren berüchtigt für ihre Zechgelage und für ihren rebellischen Geist. Ein Mann wie Elodrin sah in ihnen vermutlich nicht mehr als eine Bande von Viehdieben, die bestenfalls als Späher taugten, nicht aber als wertvolle Krieger in einer großen Feldschlacht oder gar einer Belagerung.

»Ich denke, jedem der Anwesenden ist klar, dass wir bei allem Heldenmut einer sicheren Niederlage entgegensehen, wenn die Trolle im Winter den Mika überschreiten. In Phylangan und Reilimee haben sie bewiesen, dass sie selbst Festungen überwinden können. Wir sind ihnen an Zahl unterlegen, und Feylanviek hat keine Verteidigungsanlagen. Wenn wir uns sehr gut schlagen, werden wir vielleicht drei Tage durchhalten. Wenn es uns nicht mehr gibt, hat Albenmark seinen Schild verloren. Nichts wird die Fürstentümer mehr vor dem Zorn der wütenden Horden bewahren. Die Trolle werden vielleicht an der Shalyn-Falah noch einmal auf Widerstand treffen, doch auch dort wird man sie wohl kaum noch aufhalten können.«

»Was soll dieses feige Gequatsche?«, polterte der Minotaurenfürst los. Sein Stierkopf war mit borstigem weißem Haar bedeckt. Auf seine breite rosa Schnauze waren blaue Fangzähne tätowiert. Ein Dutzend goldener Ohrringe klirrte in seinem rechten Ohr. Das linke war zu mehr als der Hälfte abgeschnitten und von wulstigem Narbengewebe überwuchert. Ajax, Fürst der Mondberge, hatte die blutroten Augen eines Albinos. Er galt als aufbrausend und gewalttätig. Ollowain hatte darauf spekuliert, dass Ajax genau an dieser Stelle seiner Ansprache einen seiner cholerischen Anfälle bekommen würde. »Was stellst du dir vor, Elfenmännlein? Willst du zu den Trollen gehen, vor ihnen im Staub kriechen und um Gnade winseln? Bist du zu feige zum Sterben? Ich piss dir gleich auf deine hübschen Stiefel, und dann prügele ich dich eigenhändig bis zu deiner Königin zurück. Einen Drecksack wie dich haben wir gerade noch gebraucht. Erst sitzen wir uns hier den Arsch platt, und dann ...«

Ollowain nutzte den Augenblick, in dem Ajax schnaufend einatmete, um mit neuer Puste weiterzufluchen, um eine Frage zu stellen. »Du wärest also an meiner Seite, wenn ich in fünf Tagen das Heerlager der Trolle angreife?«

»Du mäuseblütiger Bastard. Du ...« Offensichtlich brauchte der Stierschädel ein paar Herzschläge lang, um diese überraschende Wendung zu erfassen.

»Das ist Selbstmord!«, empörte sich Elodrin.

»Scheiße, nein!«, fuhr Ajax seinen früheren Oberbefehlshaber an. »Das ist die Art, wie ein echter Mann Krieg führt, Weicharsch! Ich bin dabei, Schwertmeister!«

»Auf mich und meine Herden kannst du auch zählen«, sagte Orimedes mit fester Stimme.

»Auf die Doppelschwerter meiner Männer kannst du dich ebenfalls verlassen«, erklang ein tiefer Bass. Ein riesiger Kentaur stand im Zelteingang. Er trug eine prächtige, staubbedeckte Bronzerüstung. Ein Muskelpanzer umschloss seine breite Brust und reichte hinab bis zu den Vorderläufen. Beinschienen mit knollenförmigen Gelenkstücken schützten die Vorderbeine des Kriegers. Auch die Arme und Hände des Pferdemanns waren gepanzert. Unter den linken Arm hatte er einen Helm mit tief hinabgezogenen Wangenstücken geklemmt, den ein purpurn gefärbter Rosshaarkamm schmückte. In der Rechten hielt er ein Doppelschwert, eine Stangenwaffe, an deren beiden Enden lange gekrümmte Schwertklingen saßen. Das Gesicht des Kriegers war von einem fein getrimmten, kurzen Vollbart gerahmt. Er hatte blondes Haar und dunkle, sonnenverbrannte Haut. Zwei kinnlange Zöpfe rahmten sein Gesicht, während ein dritter Zopf ihm bis weit auf den Rücken reichte.

»Ich heiße dich willkommen in unserer Mitte, Katander von Uttika.« Ollowain war überrascht, den Bronzefürsten zu sehen. Die Kentauren der Westküste waren größer und hatten massigere Pferdeleiber als ihre Vettern in der Steppe. Zwischen den Bronzekriegern und den Pferdemännern des Windlands herrschte eine jahrhundertealte Fehde. Niemand konnte sich erinnern, wann die beiden Völker zum letzten Mal Seite an Seite gekämpft hatten; dafür hatten sie ungezählte Scharmützel untereinander ausgetragen.

Als sich die Blicke von Orimedes und Katander begegneten, lag eine knisternde Spannung über dem Kartentisch. Ollowain durfte nicht zulassen, dass ihre alte Fehde seinen Feldzug gefährdete.

»Welche Truppenverbände sind in der Lage, in drei Tagen dreihundert Meilen zu bewältigen?«, fragte der Schwertmeister harsch.

»In der Zeit schaffen meine Männer leicht fünfhundert Meilen!«, sagte Orimedes herausfordernd.

Aber dann sind sie zu erschöpft, um noch kämpfen zu können, dachte Ollowain, schwieg jedoch und blickte in die Runde.

Eine Elfe in grüner Rüstung mit filigranen goldenen Beschlägen lächelte den Schwermeister selbstsicher an. Das Haar lag ihr in einem schweren, roten Zopf über der Schulter. Caileen, Gräfin von Dorien. Sie hatte das Kommando über die freien Adeligen Arkadiens. Da Shandral seinem Adel nicht mehr traute und nur noch Koboldkrieger in seiner Nähe duldete, hatten die Adeligen Arkadiens einen eigenen Verband gebildet.

»Wie viele Streitwagen befehligst du?«

»Dreihundertzweiundachtzig. Jeder bemannt mit einem Fahrer, einem Bogenschützen und einem Sensenträger. Wenn das Gelände nicht zu schwer ist, können wir leicht mit unseren Waffenbrüdern, den Kentauren, mithalten.«

»Ich bringe dir achthundert Doppelschwerter«, sagte Katander schlicht. Sich dazu zu äußern, ob seine Krieger den Gewaltmarsch schaffen konnten, war offenbar unter seiner Würde.

»Bei allem Respekt, Ollowain«, meldete sich Elodrin zu Wort. »Aber das ist Wahnsinn. Es ist ein Todeskommando ohne die geringste Aussicht auf Erfolg. Dein Angriff würde an den Schlachtreihen der Trolle abprallen wie eine Erbse, die du gegen eine Felswand schleuderst.«

»Du bist also der Auffassung, wir sollten lieber in Feylanviek darauf warten, dass die Trolle den Zeitpunkt unseres Untergangs bestimmen?«

Der Fürst von Alvemer, der Widerspruch offensichtlich nicht gewohnt war, sah ihn in sprachloser Wut an.

»Im Übrigen wird von heute Morgen an niemand mehr über eine drohende Niederlage sprechen«, fuhr Ollowain ungerührt fort. »Das ist Gift für die Moral unserer Krieger. Wer gegen diesen Befehl verstößt, den werde ich auf der Stelle vom Heer ausschließen und nach Hause schicken. Wir brauchen einen Sieg, und ich bin entschlossen, ihn zu erkämpfen.«

»So wie in Phylangan?«, fragte Elodrin.

Jeder im Zelt hielt den Atem an.

Ollowain lächelte, als habe der Flottenkommandant ihm ein Kompliment gemacht. Das Letzte, was sie jetzt brauchten, waren Eifersüchteleien und Intrigen im Oberkommando. Er hätte Elodrin für einen besseren Befehlshaber gehalten. Offenbar hatte es ihn zutiefst verletzt, sein Kommando an Ollowain abtreten zu müssen. »Ich habe meine Lehren aus Phylangan gezogen, Fürst. So wie jeder gute Feldkommandant aus Schlachten lernt, gleich ob es Siege oder Niederlagen sind. Außerdem hatte ich die Ehre, von einem überaus begabten Strategen die Schwächen meiner Verteidigung in einer Gefechtssimulation am Falrach-Tisch aufgezeigt zu bekommen. Phylangan galt als uneinnehmbar. Es ist gefallen, weil unsere Feinde sich als beweglicher im Geiste erwiesen haben, als wir es waren. Wer sich auf reine Verteidigung festlegt, der hat damit die erste Schlacht schon verloren, denn er überlässt seinem Gegner die Initiative. Feylanviek ist nicht zu halten. Es wird uns so lange wie möglich als Versorgungsstützpunkt dienen, aber ich werde keinen Kämpfer opfern, um es zu verteidigen. Wir sind beweglicher als der riesige Heerzug der Trolle. Die Steppen des Windlands sind ein endlos weiter Raum, in dem unsere beweglichen Truppen operieren können. Dem sind die Trolle nicht gewachsen. Wir werden sie hinaus in die Steppen locken. Wir werden die Büffelherden davonjagen und ihre Nachschubwege kappen. Und wenn sie zu hungern beginnen, dann wird ihre riesige Zahl ihren Untergang nur beschleunigen. Es wird etliche Scharmützel geben, Überfälle und Plünderzüge. Aber zu einer Schlacht im herkömmlichen Sinne werden wir es nicht kommen lassen. Jeder hier im Zelt sollte sich dessen bewusst sein, dass wir verloren sind, wenn wir auch nur eine einzige verlustreiche Niederlage erleiden. Der Entscheidungsschlacht, die die Trolle suchen, werden wir uns nicht stellen. Wir kämpfen nur zu unseren Bedingungen. Und so werden wir siegen.«

»Meine Rede!«, stimmte der Minotaurenfürst begeistert zu. »Hoch die Ärsche und ran an den Feind. Das ist der richtige Geist!«

Melvyn hatte ihnen säuerlich lächelnd zugehört. Nun richtete er sich auf und achtete darauf, dass die Ketten an seinen Händen für alle gut zu sehen waren. »Alles schön und gut. Nur sollten wir nicht darauf hoffen, unseren Feind zu überraschen.« Er blickte zu Caileen. »Allein deine dreihundertzweiundachtzig Streitwagen werden dort draußen in der Steppe eine Staubwolke aufwirbeln, die man einen ganzen Tagesmarsch weit sieht.«

»Deshalb werden wir nachts marschieren.« Ollowain deutete auf die Karte. »Hier gibt es in einer langgezogenen Senke einen lichten Waldstreifen. Das Unterholz ist nicht so dicht, dass Streitwagen und leichte Kutschen es nicht passieren könnten. Das Laubdach schützt uns vor neugierigen Blicken.« Der Schwertmeister fuhr mit dem Finger ein wenig weiter die Karte hinauf. Er tippte nervös mit dem Finger auf einen schwarzen Punkt. »Jerash, ein Ruinenfeld inmitten des Graslands. Ein Ort der flüsternden Stimmen im Wind. Dort gibt es nur Staub und alte Steine. Ich war schon einmal dort. Weite Bogengänge haben den Jahrhunderten getrotzt. Ein kleines Heer wie unseres würde dort ganz brauchbare Deckung finden. Aber machen wir uns nichts vor, es ist kein so gutes Versteck wie der Wald am Tag zuvor. Wir müssen darauf setzen, dass unsere Feinde ahnungslos sind und dass sie nicht nach uns suchen.«

Orimedes und die übrigen Kentauren scharrten unruhig mit den Hufen. Auch Ajax, der Minotaurenfürst, machte ein bedrücktes Gesicht.

»Jerash ist verflucht«, murmelte Orimedes halblaut. »Das ist kein guter Platz, um dort zu lagern.«

Ollowain winkte ärgerlich ab. »Ischemon ist verflucht. Dort, wo Emerelle den Fürsten der Sonnendrachen tötete. Jerash ist harmlos. Außerdem verbringen wir dort den Tag. Sobald es dämmert, werden wir die Ruinen wieder verlassen.«

Niemand widersprach ihm, doch der Schwertmeister konnte in den Gesichtern der Kentauren lesen, dass ihre Bedenken nicht zerstreut waren. Er ignorierte es. Sie würden gehorchen, das war alles, was jetzt zählte. »Der Finstergrund in den Rejkas ist unser nächstes Ziel. Jetzt so spät im Sommer müsste der Fluss fast ausgetrocknet sein.

In seinem Flussbett und an den Ufern werden wir gut vorankommen. Und was noch wichtiger ist, auch dort finden wir Deckung vor feindlichen Spähern. Einige Abschnitte des Flusses liegen in so tiefen Tälern, dass kein Sonnenstrahl hineinreicht. Dort können wir uns verstecken. In der folgenden Nacht brechen wir aus. Bis zum Morgengrauen werden wir das Heerlager der Trolle erreichen. Und mit dem Sanhalla, dem Südwind, der im ersten Morgenlicht von den Hängen der Rejkas streicht, werden wir angreifen. Er wird Tod und Verderben in das Herz des feindlichen Heeres tragen.«

Der Schwertmeister wandte sich an Graf Fenryl. »Unser Erfolg hängt davon ab, dass der Feind unseren Vormarsch nicht ahnt. Womöglich versucht er uns auszuspähen. Wie viele Falkner gibt es in der Stadt?«

Der Adlige sah ihn verwundert an. »Das weiß ich nicht«, gestand er schließlich.

»Finde sie alle. Ich möchte, dass eure Falken über der Stadt stehen und dass sie jeden Vogel schlagen, der versucht, von Feylanviek in die Steppe davonzufliegen. Die Trolle dürfen um keinen Preis erfahren, was hier vor sich geht.«

»Ich werde mein Bestes geben«, versprach Fenryl.

»Wer ist verantwortlich für die Organisation des Nachschubs?«, wandte sich der Feldherr an Elodrin.

»Ich«, entgegnete Nardinel.

»Ich brauche jeden leichten Wagen in der Stadt, jede Kutsche, der du zutraust, dass sie den Weg bis zum Heerlager der Trolle schafft. Beschlagnahme die besten Zugtiere.« Er wandte sich nun direkt an Elodrin. »Und ich brauche die besten Bogenschützen und Armbrustschützen, die wir haben. Wer ein guter Reiter ist, soll ein Pferd bekommen. Die Kobolde aber kommen auf die Kutschen. Besetzt nur zwei Drittel der Wagen. Wenn ein Rad bricht oder eine Achse, dann werden wir uns nicht mit Reparaturen aufhalten. Wir lassen die Wagen zurück. Aber keinen Krieger! Außerdem brauche ich hundert Schritt Seide und die besten Näherinnen der Stadt. Und Draht und so viele der kostbaren Flaschen aus dem blauen Glas von Talsin, wie sich finden lassen. Sie sollen geschützt durch geflochtenes Stroh in Frachtkisten verstaut werden.«

Elodrin runzelte die Stirn. »Man könnte glauben, du willst jemandem Gastgeschenke machen.«

Ollowain lachte. »Ja. Das sind Geschenke für den Sanhalla. Hoffen wir, dass sie den Südwind gnädig stimmen.«

Der Schwertmeister schlug mit der flachen Hand auf die Karte. »Bevor wir Feylanviek aufgeben, werden wir nur eine einzige Gelegenheit haben, die Trolle zu überraschen. Wenn wir sie schwer genug treffen, dann endet ihr Feldzug vielleicht schon, bevor er richtig begonnen hat. Sobald wir in ihr Lager eindringen, macht Jagd auf ihre Rudelführer und Schamanen. Ein Heer ist wie ein großer Leib. Und so übermächtig und erdrückend die starken Arme des Trollheeres auch sein mögen, sie sind hilflos, wenn wir das Haupt vom Rumpf geschlagen haben. Ihre Krieger mögen schnell nachwachsen. Gute Anführer und erfahrene Schamaninnen tun das nicht. Und noch etwas. Kein Wort zu euren Männern! Je weniger in diesen Plan eingeweiht sind, desto besser. Ich wünsche, dass unser Heer in zwei Tagen am Abend zum Aufbruch bereit ist. Sorgt dafür, dass jene Auserwählten, die uns begleiten, gut ausgeruht sind. Lasst sie schlafen. Erzählt ihnen etwas von einem nächtlichen Manöver, das der verrückte neue Kommandant in der Steppe abhält, oder was immer ihr für eine glaubwürdige Lüge haltet. Und nun seid ihr entlassen. Alle bis auf Shandral und Melvyn.«

Während die Elfen sich schweigend zurückzogen, umrundete Orimedes den Kartentisch. Er schloss Ollowain in seine Arme. »Ich habe dich vermisst! Wo hast du nur all die Jahre gesteckt, du verdammter Mistkerl?«

Die Umarmung brach dem Schwertmeister fast die Rippen. »Später«, stieß er keuchend hervor. »Es gibt noch ….«

Der Kentaur zog die buschigen Augenbrauen zusammen. »Nein, es ist spät genug. Heute Nacht kommst du in unser Lager. Wir werden einige Amphoren vom besten Roten aus Alvemer teilen. Bring also reichlich Durst mit. Dir sind ein paar gute Jahrgänge entgangen, während du verschollen warst. Keine Widerrede! Ich muss dir meinen Sohn vorstellen. Ein echter Prachtkerl!« Orimedes setzte Ollowain wieder ab. Er blickte zum Zelteingang, wo Katander noch immer wartete. »Du bist ebenfalls eingeladen, Goldbrüstchen. Und wenn du ihn siehst, dann sag dem Kuhschänder Ajax, dass auch er ein willkommener Gast ist. Ein gutes Besäufnis ist fast wie eine gute Schlacht. Meine Krieger brennen darauf, deinen Schlammtretern zu zeigen, was richtige Hengste sind.«

»Glaubst du, du kannst mich wie irgendeinen deiner stinkenden Viehtreiberfürsten besoffen machen, um mir dann einen Treueid abzunehmen? Ich werde kommen, denn die Kentauren von Uttika sind noch vor keiner Schlacht davongelaufen, und sei es nur eine Schlacht in einem Schankzelt. Aber glaube nicht, dass ich mich von dir einwickeln lasse.«

Orimedes lachte laut. »Wir werden sehen. Ach … Vergesst nicht eure Goldlätzchen abzulegen, bevor ihr kommt. Es sei denn, ein ehrlicher Fausthieb ist zu viel für einen verzärtelten Uttiker.«

»Gar nichts werden wir mitbringen, Orimedes. Keine Gastgeschenke, denn die macht man Freunden, keine Waffen, denn die benötigt man, wenn man überlegene Feinde fürchtet. Nicht einmal ein Haarband oder einen Armreif werden wir tragen, denn wir wissen, dass unsere Vettern aus der Steppe einem die Eisen von den Hufen stehlen, wenn sich die Gelegenheit bietet.«

Orimedes grinste frech. »Stimmt! Nagelt sie gut fest. Wir sind im Augenblick wieder sehr knapp mit Hufeisen. Ich erwarte dich, Katander.«

Der Kentaurenfürst von Uttika wirkte überrascht. Offensichtlich hatte er mit einem Wutausbruch gerechnet. Orimedes' Antwort hatte ihn aus dem Konzept gebracht. »Ich werde kommen.« Mit diesen Worten wandte er sich ab und preschte davon.

»Ist dies das Alter, mein Freund?«, fragte Ollowain. »Das war ja fast diplomatisch.«

»Das Alter?« Der Fürst schnaubte verächtlich. »Mein Schwertarm ist noch stark, und ich pisse mit einem Strahl, kräftig wie der eines jungen Hengstes. Noch kann ich dem Alter davongaloppieren. Aber den Trollen nicht. In den letzten Jahren habe ich viel Zeit und Mühe darauf verwandt, die Stämme der Steppe zu einen. Zumindest in Kriegszeiten erkennen mich alle als ihren ersten Fürsten an. Nur die Uttiker muss ich noch unter mein Kommando bringen. Und wenn ich dafür ein bisschen freundlich sein muss ... Drauf geschissen, dann bin ich es eben! Mein Volk muss stark sein, oder die Trolle werden uns unsere Herden nehmen und unsere Steppe. Und stark sind wir nur, wenn alle Fehden ruhen und alle Krieger einem Anführer gehorchen. Es hat sich viel geändert in den Jahren, als du fort warst, Schwertbruder.« Der Kentaur umfasste Ollowains Handgelenk im Kriegergruß. »Ich sehe dich auf dem Fest!«

Der Schwertmeister sah dem Kentauren nach und fühlte sich fremd in seiner Welt. So vieles war in so wenigen Jahren geschehen ... Er atmete tief durch und wandte sich den beiden Elfen zu, die im Zelt zurückgeblieben waren.

»Fürst Shandral, der Hauptmann deiner Wache, der Kobold Madrog, hat den verbündeten Elfenhauptmann Melvyn einen Dieb genannt. Ich kam hinzu, als Madrog und seine Männer sich die größte Mühe gaben, Melvyn zu töten. Könntest du mir bitte erklären, was gestohlen wurde? Als ich Melvyn in Ketten legen ließ, konnte ich keinerlei Diebesgut bei ihm entdecken.«

Shandral stand mit vor der Brust verschränkten Armen auf der anderen Seite des Kartentischs. Er betrachtete Ollowain herausfordernd. »Ich verlange den Kopf dieser Missgeburt, dieses Menschenbastards.«

»Ich stehe gern für ein Duell zur Verfügung.« Melvyn hob die gefesselten Arme. »Selbst in Eisen gelegt, würde ich dich noch in Stücke schneiden.«

»Das werde ich nicht dulden!«, unterbrach der Schwertmeister die beiden. »Die Gesetze der Königin verbieten Duelle in Kriegszeiten.«

»Ruht denn auch jegliche Rechtsprechung in Kriegszeiten?«, fragte Shandral spitz. »Ich klage Melvyn an! Er hat mich bestohlen und einen nicht mehr gut zu machenden Schaden angerichtet. Er muss mit seinem Blute dafür büßen.«

Ollowain wünschte, er wäre einen anderen Weg durch die Stadt gegangen. »Und wie lautet deine Anklage?«

»Er hat meiner Frau den Verstand und das Herz gestohlen. Einem Dieb schnitt man in alter Zeit die Hand ab, damit er nicht wieder stehlen konnte. Melvyn sollte man die Zunge herausreißen und ihm seine Männlichkeit nehmen.«

Einen Augenblick lang glaubte der Schwertmeister, das müsse ein Scherz sein. Das konnte der Fürst doch nicht ernst meinen! Zitterte Shandral vor Wut? Oder schüttelte ihn ein stilles Lachen?

»Wenn deine Gattin sich einem anderen Manne zuwendet, dann ist das gewiss ein großes Unglück für dich, aber kein Verstoß gegen ein mir bekanntes Gesetz«, sagte Ollowain ruhig.

»Sie hat sich ihm nicht einfach zugewandt!«, ereiferte sich Shandral, der plötzlich allen Hochmut fahren ließ. »Er hat sich zu ihr geschlichen, in meinem Schlafgemach! Und er muss sie mit einem Zauber belegt haben. Sie ist völlig irre geworden! Nachts hat sie seinen Namen geflüstert. Ich habe sehr viel für Leylin gezahlt. Ein prächtiges Haus am Meer mit großen Gärten und hundert Kobolddienern habe ich ihrer Sippe überlassen, als sie mich geheiratet hat. Sie hat eine Schuld gegen mich abzutragen! Sie schuldet es mir, ein treues und fügsames Weib zu sein. All das hat Melvyn mir gestohlen. Und wenn ich nur seine Zunge und seinen Schwanz als Buße fordere, dann ist das ein Ausdruck meiner Mäßigung! Eigentlich sollte man Melvyn den Kopf vor die Füße legen.«

Melvyn lachte Shandral ins Gesicht. »Das ist doch lächerlich. Ihn sollte man wegsperren. So ein Irrer dürfte nicht das Kommando über fünfhundert Krieger mit Armbrüsten führen. Siehst du jetzt, was für eine Sorte Mann er ist? Er quält Leylin! Er hat sie nicht verdient. Und sie ist eine Elfe. Sie ist frei zu gehen, wohin immer sie will!«

Fünfhundert Armbrüste. Für Ollowain drehte es sich letztlich darum. Er konnte es sich nicht leisten, einen so großen Teil seines Heeres zu verlieren. Andererseits galten Melvyns Männer als die besten Späher. Auch sie durfte er nicht verlieren. Sie sollten die Augen seines Heeres sein und der heimliche Dolch, der den gegnerischen Spähern an die Kehle ging, wenn sie am wenigsten damit rechneten.

»Seinetwegen ist mein Weib verstümmelt«, sagte Shandral, sichtlich darum bemüht, noch die Fassung zu bewahren. »Das Gift falscher Liebe, das dieser Frauenheld in ihr Herz geträufelt hat, hat für immer ihr Leben zerstört! Hör dich um im Feldlager, wenn du an meinen Worten zweifelst. Er ist wirklich ein Wolf! Wahllos bespringt er die Weiber, verdreht ihnen mit schönen Worten den Kopf, und dann lässt er sie fallen. Alle Glieder sollte man ihm brechen und ihn dann wehrlos wilden Hunden zum Fraß vorwerfen! Er gehört nicht in höfische Kreise. Er beschmutzt alles, was gut und edel ist!«

Melvyn schienen die Worte nicht im Mindesten zu berühren. »Eines ist wohl wahr. Kaufen musste ich mir noch kein Weib. Und was soll das heißen, meinetwegen sei dein Weib verstümmelt?«

Shandral legte die Hand auf seinen Dolch. »Weißt du

das wirklich nicht? Ich glaube dir nicht, dass du nicht schon davon gehört hast!«

»Wovon?«

»Von dem Unfall, den du verschuldet hast!« Shandral zog seinen Dolch.

Ollowain trat zwischen Melvyn und Shandral. Er war sich sicher, dass Melvyn den gehörnten Gatten selbst mit eisernen Handfesseln noch überwältigen könnte.

»Sie wollte zu dir, die Hure!« Shandral vergrub sein Gesicht in den Händen und schluchzte. »Gestern, gleich nach Einbruch der Dämmerung, geschah es. Sie hat sich davongeschlichen. Durch die Hammerschmiede wollte sie. Sie ist über die schalen Balken hoch über den Ambossen gelaufen. Leylin muss wie von einem Wahn besessenen gewesen sein. Dort oben ist alles voller Rauch. Und es ist so heiß, dass man kaum atmen kann. Selbst die Kobolde meiden diese Wege. Sie …« Der Fürst ließ den Dolch sinken und schlug die Hände vors Gesicht. »Sie ist gestürzt. Unter die Hämmer ist sie … Die großen Hämmer …«

Melvyn wirkte wie vom Schlag gerührt. Benommen schüttelte er den Kopf. »Das … das kann nicht stimmen.«

»Dein Werk ist das«, zischte Shandral kalt. »Dein Werk! Und wenn du nicht verurteilt wirst, dann werde ich einen Weg finden, dich zur Strecke zu bringen. Ich bin kein Mann des Schwertes, aber ich bin nicht machtlos. Das wirst du erleben.« Er kämpfte mit den Tränen. »Meine Diener haben sofort die besten Heilkundigen der Stadt geholt, um Leylin zu retten. Aber … Aber … Ich wünschte, sie hätten es gewagt, mich bei meiner Unterredung mit dem Feldherrn … dem ehemaligen Feldherrn, meine ich. Ich wünschte, sie hätten es gewagt, mich dort zu stören. Ich hätte bei ihr sein sollen! Ihre Beine … Ihre beiden Knie sind unter einen der schweren Hämmer geraten. Es war … Sie … Ihre Kniegelenke sind völlig zerschmettert. Es war den Heilern unmöglich, die Knochen wieder zusammenzufügen. Sie mussten … Sie haben ihr beide Beine abgenommen. Dicht über den Knien.« Voller Hass blickte er Melvyn an. »Sie wird nie wieder … laufen können.«

»Du Ungeheuer!« Der Wolfself sprang auf. Er streckte die Hände vor, als wolle er Shandral erwürgen.

Ollowains Ellenbogen krachte gegen Melvyns Schläfe, als dieser ihn zur Seite stoßen wollte. Ohne einen Laut brach der junge Elf zusammen.

»Er ist wie ein Geschwür, das man aus dem Leib schneiden muss«, sagte Shandral gehässig. »Er hätte niemals seine Wolfshöhle verlassen dürfen.«

»Du hast die Erlaubnis, nun zu gehen, Shandral.«

Der Fürst stieß mit der Fußspitze gegen Melvyn. »Und was wird mit diesem Stück Dreck?«

»Morgen werde ich dein Weib besuchen, um mit ihr zu sprechen. Danach werde ich entscheiden.«

»Sie ist noch sehr schwach, Schwertmeister. Sie wird dir keine Hilfe sein.«

»Ich werde ihre Kräfte nicht lange beanspruchen. Heute Abend erwarte ich dich auf dem Fest der Kentauren. Enttäusche mich nicht. Und nun geh!«

Shandral verließ das Zelt mit leisen Flüchen auf den Lippen.

Ollowain war zutiefst erschüttert. Fast hätte der Fürst sich verraten. Der Schwertmeister war sich ganz sicher, dass Shandral eigentlich hatte sagen wollen: Sie wird nie wieder *fortlaufen* können. Das war kein Unfall in der Schmiede gewesen! Shandral hatte Leylin für ihre Untreue bestrafen lassen. Aber das würde er ihm wohl kaum beweisen können.

DAS FEST DER KENTAUREN

Ollowain kannte nichts, was einer Schlacht so nahe kam wie ein Fest der Kentauren. Das Tosen der Trommeln ließ ihm fast die Ohren bluten. Die dumpfen Rhythmen drangen bis in sein Innerstes und erzählten ihm von hunderten von Kämpfen. Sie weckten in ihm die Lust zu kämpfen, Blut zu vergießen.

Wilde Stimmen schmetterten melancholische Lieder. Sie waren ein wenig wie die Sagas der Fjordländer. Die Helden starben einen tragischen Tod. Ollowain lächelte traurig. Er dachte an den Befehl, den Emerelle ihm gegeben hatte. Natürlich würde er gehorchen. Ihr hatte er immer gehorcht.

Der Schwertmeister führte eine kleine Gruppe von Elfen ins Herz des Chaos. Das Lager der Kentauren war riesig. Zelte gab es hier keine. Nur hier und dort war eine Sonnenplane aufgespannt. Meistens um ein Lager aus Weinamphoren kühl zu halten.

»Gibt es etwas, wovor ich mich besonders in Acht nehmen sollte?« Obilee musste schreien, obwohl sie unmittelbar neben ihm ritt.

»Rühr keine Wolfsmilch an. Wer davon trinkt und keinen Pferdemagen hat, wird unweigerlich krank.«

»Was ist das, Wolfsmilch?«

»Vergorene Stutenmilch, mit Anis und anderen Gewürzen versetzt. Trink nichts, was weiß ist!«

Ollowain beobachtete verstohlen die übrigen Reiter in seinem Gefolge. Melvyn schien es zu genießen, hier zu sein. Allerdings warf der Wolfself, wenn er sich unbeobachtet fühlte, Shandral Blicke zu, die keinen Zweifel an seinen finstren Absichten ließen. Ollowain hatte Melvyn entwaffnen lassen, aber wahrscheinlich hätte dieser keine Schwierigkeiten damit, Shandral nur mit bloßen Händen zu töten.

Der Fürst von Arkadien zuckte immer wieder zusammen, wenn irgendein Trupp Betrunkener in plötzliches Gejohle ausbrach.

Elodrin hingegen ließ sich durch nichts aus der Fassung bringen. Der Seefürst wirkte äußerlich völlig gelassen. Doch Ollowain wusste, dass der Adlige es zutiefst hasste, seine Zeit auf einem barbarischen Saufgelage zu verbringen. Obwohl die Kentauren ihre treuesten Verbündeten waren, sah er in ihnen nur wenig mehr als Tiere.

Yilvina war angespannt wie eine Stahlfeder. Sie trug ein weißes Stirnband, damit ihr in der Hitze kein Schweiß in die Augen rann. Wie eine stumme Drohung ragten ihre beiden Schwertgriffe hinter ihren Schultern auf. Misstrauisch beobachtete sie jeden, der sich auch nur ungefähr in Richtung des Seefürsten bewegte.

Nardinels Schönheit umgab die dunkelhaarige Elfe wie ein schützender Panzer. Zugleich wirkte sie ein wenig entrückt, als sei sie in tiefe Meditation versunken oder als weigere sie sich schlicht, zur Kenntnis zu nehmen, wo sie hier gelandet war. Sie ritt als Einzige im Damensitz.

Obilee war im Gegensatz zu der Heilerin erfrischend neugierig. Sie sah sich um und belagerte Ollowain mit ihren Fragen. Jetzt deutete sie mit ausgestrecktem Arm auf ein Feuer. »Ist das ein Ochse, der da gebraten wird? Ist das nicht ein bisschen gefühllos, wenn man Minotauren zu Gast hat?«

»Die Pferdemänner denken da anders. Für sie ist das gutes Fleisch, und wenn man Gäste hat, dann bringt man nur das Beste auf die Bratspieße.«

Ein Pulk schreiender und aufeinander einprügelnder Reiter brach durch die Gruppen von Trinkern und Schaulustigen, die die Elfen angafften. Ständig die Richtung wechselnd, hieben die Männer aufeinander ein. Manchmal sah man in ihrer Mitte einen ledernen Ball hochschnellen, von dem ein armlanges Tau herabhing.

Ein Schimmel brachte den Ball in seinen Besitz und

brach aus dem Reiterpulk aus. Sofort hefteten sich alle anderen an seine Hufe. Während einige Kentauren versuchten, seine Flanken gegen Angriffe abzuschirmen, ließen die anderen nichts unversucht, um ihm den Ball wieder abzunehmen.

Ein besonders massiger Kentaur, offensichtlich ein Uttiker, brach durch die Linie der Verteidiger und bäumte sich mit einem wilden Schrei auf. Seine Hufe trafen den Schimmel in die Flanke. Dieser schleuderte den Ball von sich, der Shandral genau in die Arme fiel. Angewidert ließ der Fürst von Arkadien den mit Schlamm und Blut besudelten Ball sofort fallen, doch es war schon zu spät. Johlend stürmten die Kentauren gegen ihren Reitertrupp an.

Obilees Pferd scheute. Elodrin rief ein Wort der Macht und atmete leuchtenden Nebel aus. Yilvina zog ihre Schwerter, bereit, mit den Breitseiten wie mit Knüppeln zuzuschlagen, sollte jemand ihrem Fürsten zu nahe kommen. Shandral duckte sich in die Mähne seines Rappen. Und Melvyn beugte sich tief aus dem Sattel und griff nach dem Ball.

Der riesige Uttiker donnerte in ihren Trupp hinein. Ollowain riss den Hengst herum und wurde trotzdem noch fast aus dem Sattel gestoßen. Mit einem Fausthieb wie ein Katapultschuss traf der Kentaur den Kopf von Shandrals Rappen. Das schlanke Pferd ging zu Boden. Shandral verfing sich in seinen Steigbügeln und schaffte es nicht mehr rechtzeitig abzuspringen. Der schwere Pferdeleib riss ihn hinab auf den schlammigen Grund. Hilflos eingeklemmt lag er inmitten trommelnder Hufe. Das Pferd rollte über ihm ab. Ein gellender Schrei erklang.

Gleichzeitig stieß Melvyn ein wildes Wolfsgeheul aus. Er schwenkte den Ball an seinem Seilende über dem Kopf und stieß seiner Stute die Fersen in die Flanken.

Ollowains Hengst stieg, erschreckt vom Wolfsgeheul. Obilee war aus dem Sattel gesprungen und versuchte Shandral gegen die Hufe der Kentauren abzuschirmen, während

Melvyn in wildem Galopp davonstürmte. So schnell wie der Reiterpulk über sie hergefallen war, war er auch wieder verschwunden.

Kalter Nebel breitete sich um sie aus. Er war von unheimlichem, bleichem Licht durchdrungen. Irgendwo in der Nähe hörte Ollowain einen Minotaurenschamanen eine uralte Anrufung gegen das Böse rezitieren.

Der Schwertmeister glitt aus dem Sattel und kniete neben Shandral nieder. Der Rappe des Fürsten war wieder auf die Beine gekommen. Shandral war über und über mit schwarzem Schlamm besudelt. Das Haar klebte ihm in schmierigen Strähnen im Gesicht. Blut quoll ihm aus der Nase.

Elodrin trat aus dem Nebel. Nardinel und Yilvina begleiteten ihn. Die schwarzhaarige Heilerin kniete sich zu Ollowain, während Yilvina ihre Schwerter in die Scheiden zurückschob.

»Ich habe mir die Gesichter dieser siebzehn Raufbolde genau eingeprägt«, bemerkte Elodrin kühl. »Ich werde von Orimedes eine exemplarische Bestrafung dieser Schläger fordern. Shandral hätte tot sein können! Und nicht nur er. Jeder von uns hätte sterben können. Das ist nicht die Art, wie man eine Gesandtschaft seiner Verbündeten empfängt.«

Ollowain räusperte sich, sagte aber nichts. Es war besser, den Fürsten von Alvemer in diesem Augenblick nicht noch weiter zu reizen, indem man ihn daran erinnerte, dass die Kentauren den Zwischenfall höchstens als eine kleine Rempelei unter Freunden betrachten würden. Und es gab noch einen viel triftigeren Grund, sich nicht zu beklagen.

»Sagst du gar nichts dazu?«

»Offensichtlich ist Shandral kein sonderlich guter Reiter. Besser, wir bemerken das hier als im Heerlager der Trolle. Auch wenn wir in deinen Augen vielleicht unter Barbaren gelandet sind, Elodrin, so gibt es hier doch zumindest niemanden, der auf die Idee kommen könnte, Shandral den Hals umzudrehen und ihn auf einen Bratspieß zu stecken.«

Ein flüchtiges Lächeln huschte über Yilvinas Gesicht, während der Seefürst empört den Kopf schüttelte. »Dies ist weder der Ort noch der Anlass, Scherze zu treiben, Ollowain. Wie geht es ihm, Nardinel?«

»Er hat drei gebrochene Rippen, aber ich kann keine inneren Blutungen feststellen. Sein linkes Bein ist ausgekugelt, doch alles in allem hat er großes Glück gehabt. Sein Rappe hat ihn in den Boden gedrückt. Der Schlamm hat Shandral das Leben gerettet. Auf festerem Untergrund wäre er vom Gewicht des Pferdes zerquetscht worden.« Der Fürst stöhnte, während sie seine Brust abtastete. Nardinel wirkte noch blasser als sonst. Es schien, als habe auch sie Schmerzen. So wenig Ollowain von den Pfaden der Magie wusste, war ihm doch bekannt, dass auf magische Weise zu heilen bedeutete, die Schmerzen mit dem Verletzten zu teilen.

Shandral atmete jetzt wieder gleichmäßiger. Er war eingeschlafen.

»Mehr werde ich nicht für ihn tun«, sagte die Heilerin, richtete sich auf und wischte den gröbsten Schmutz von ihrem Rock.

»Du solltest mehr für ihn tun. Er ist ein Fürst. Er wird es dir reich vergelten.«

»Es widert mich an, ihn auch nur zu berühren. Er hat eine dunkle Seele. Und die ist mir nahe, wenn ich ihn pflege. Im Übrigen hat er nicht nach mir schicken lassen, als Leylin so schwer verletzt wurde. Ich bin sicher, ich hätte ihr helfen können. Den ganzen Tag über haben sie mich nicht an ihr Krankenlager gelassen. Es scheint ganz so, als habe er gar kein Interesse daran, dass ihr so gut wie möglich geholfen wird.«

Der Nebel war so dicht geworden, dass man kaum einen Schritt weit sehen konnte. Der Lärm war seltsam gedämpft. Ollowain hatte das Gefühl, dass es viel stiller geworden war. »Würdest du deinen Zauber bitte beenden, Elodrin. Ich glaube, wir sind nicht mehr in Gefahr. Aber die Steppenvölker sind sehr abergläubisch ... Ich fürchte, der Nebel macht ihnen Angst. Und es ist unmöglich vorherzusagen, wie sie sich verhalten werden, wenn sie Angst haben.«

Elodrin nickte bedächtig. »Ich gestehe, ich war ein wenig überrumpelt und habe nicht darüber nachgedacht, was ich tue. Nebel zu rufen ist eine übliche Vorgehensweise, wenn man in einem Seegefecht von einer feindlichen Übermacht bedroht wird. Was schlägst du vor?«

»Lass ihn verschwinden. Und bei den Alben, beherrsche dich und nenne die Kentauren nicht unsere Feinde!«

Elodrin beschrieb mit der Linken einen Kreis und flüsterte ein Wort, das an das Heulen des Windes erinnerte. Fast im gleichen Augenblick zerriss eine Böe den Nebelschleier.

Eine dichte Phalanx von Kentauren umgab sie. Hunderte hatten sich in weitem Kreis versammelt und gafften. Manche scharrten unruhig mit den Hufen oder ließen die Schweife peitschen. Eine fast greifbare Spannung lag in der Luft.

Plötzlich teilte sich die Reihe der Pferdemänner. Orimedes und Katander traten in den weiten Kreis.

Der Fürst der Steppenreiter lächelte schuldbewusst. »Ich hörte, es gab eine kleine Rempelei ... Es tut mir leid, dass ihr ein wenig herumgeschubst wurdet. Ich hoffe, es ist nichts Ernsthaftes passiert.«

»Ein wenig herumgeschubst«, zischte Elodrin so leise, dass es nur die Elfen um ihn herum hören konnten. »Das finde ich *ein wenig* untertrieben.«

Ollowain legte dem Fürsten beschwichtigend eine Hand auf den Arm. »Beherrsche dich. Sie sind sehr empfindlich, wenn man ihre Gastfreundschaft rügt.«

»Und ich bin ein empfindlicher Gast, wenn man einem

meiner Begleiter die Knochen bricht«, entgegnete der Fürst, nur um gleich darauf ein diplomatisch kühles Lächeln aufzusetzen. »Im Übrigen bin ich kein Dummkopf. Ich kann auch Verbündete, die ich verachte, freundlich behandeln, so lange mir das opportun erscheint.«

»Begrüßt unsere Gäste«, rief Orimedes mit lauter Stimme. »Unter euch steht der Schwertmeister Ollowain. Der Schrecken der Trolle und Held von Phylangan. Er ist mit seinem Gefolge gekommen, um mit uns zu feiern.«

Ollowain entging die Spitze gegen Elodrin nicht, den Orimedes kurzerhand als ›Gefolge‹ deklassiert hatte, obwohl er noch am Tag zuvor der Oberbefehlshaber gewesen war.

Der Jubel war nicht so überwältigend, wie der Schwertmeister erwartet hätte. Er las Skepsis, ja sogar Unwillen in den Gesichtern vieler Pferdemänner. Elodrin hatte es mit seiner Abneigung gegen das Steppenvolk versäumt, aus den Verbündeten Freunde zu machen. Die Kentauren kämpften, weil es um ihre Heimat ging. Der Sache der Elfen dienten sie nicht.

Was ihn darüber hinaus beunruhigte, war die Tatsache, dass Melvyn verschwunden blieb. Der Schwertmeister wandte sich an Obilee. »Bring Shandral zurück in seinen Palast! Ich werde dafür sorgen, dass du eine Eskorte aus Kentaurenkriegern bekommst, die noch nüchtern sind. Und bleib so lange an der Seite des Fürsten, bis du schriftlich von mir den Befehl bekommst, den Palast wieder zu verlassen.«

»Du glaubst doch nicht etwa ….«

»Wenn Melvyn tut, was ich befürchte, dann haben wir einen Krieg in unseren eigenen Reihen, und das Heer wird morgen nicht aufbrechen. Pass auf Shandral auf! Beschütze ihn mit deinem Leben, auch wenn du ihn nicht magst.« Ollowain löste sich von der Gruppe und ritt Orimedes entgegen. Ohne abzusteigen, schloss er den Kentaurenfürsten in die Arme.

Ein neuer Ton kam in die Jubelrufe der Pferdemänner.

Ein großer, narbenbedeckter Krieger brach aus den Reihen der Kentauren. Er preschte Ollowain entgegen. »Erinnerst du dich an mich, Schwertmeister?«

Wie sollte er ihn vergessen haben! Was für alle hier fünfzehn Jahre zurücklag, war für ihn erst vor wenigen Monden geschehen. Der Schwertmeister packte das Handgelenk des Kriegers. »Ich vergesse niemals einen Helden!«, rief er mit lauter Stimme. »Senthor, dieser Dickschädel hier, wollte selbst dann, als wir schon mit dem Rücken zu den Toren des Himmelshafens standen, nicht einsehen, dass Phylangan verloren war. Er war einer der Letzten, der die Festung verließ. Es tut gut, dich zu sehen.« Dabei sah Senthor zum Erbarmen aus. Er war alt geworden. Das Leben in der Steppe hatte ihn ausgezehrt. Die Rippen stachen durch sein Fell. Mit ihm würde man keine Schlacht mehr gewinnen.

Dem alten Kentauren standen Tränen in den Augen. »Du bist einer von uns, Schwertmeister. Du hast mir das Leben gerettet bei den Kämpfen an den Barrikaden. Das werde ich dir nie vergessen. Ein Wort von dir, und ich sterbe für dich.«

Ollowain konnte sich nicht erinnern. Die Kämpfe in den Tunneln von Phylangan waren so mörderisch und unübersichtlich gewesen, dass sie alle sich ständig gegenseitig gerettet hatten oder aber füreinander gestorben waren. »Ich hab dich doch nicht gerettet, damit du bei der nächsten Gelegenheit dein Leben fortwirfst, Senthor. Begleite mich hinaus in die Steppe, wenn es so weit ist, und töte einen Troll für mich. Das ist alles, was ich von dir erwarte. Ich will den Senthor dort draußen sehen, der schon in Phylangan Seite an Seite mit mir gekämpft hat.«

Der Kentaur langte mit beiden Händen nach seinem Kopf. Feuchter Atem, der nach Anis stank, schlug Ollowain entgegen. Senthor küsste ihn auf die Lippen.

Der Schwertmeister ließ den Gefühlsausbruch über sich

ergehen. Als der Kentaur ihn wieder losließ, zog er seine Waffe und reckte die Klinge dem Himmel entgegen. »Mit tausend Kriegern wie dir würde ich die Trolle vor den Toren Feylanvieks aufhalten, Senthor.« Er machte eine Pause und blickte in die bärtigen Gesichter der Kentauren rings herum. Harte Gesichter, von Wind und Sonne gezeichnet, vom entbehrungsreichen Leben in der Steppe. Gesichter, in denen stolze Augen glühten. »Aber ich sehe hier mehr als tausend von deinem Schlag, Senthor.« Der Schwertmeister dachte an die Reden Lambis, eines Fjordlandjarls, der mit ihm gekämpft hatte. Mit seinen frechen Sprüchen hatte er selbst in verzweifelter Lage stets die Herzen der Krieger gewonnen. »Du scheinst einer Menge Stuten nachgestiegen zu sein in der Zeit, in der ich fort war. Ich sehe hier mehr als tausend Krieger von deinem Schlage. Und deshalb sage ich: Schluss mit der Warterei! Gehen wir zu den Trollen. Lasst sie eure Hufe schmecken! Und wenn wir fertig sind mit ihnen, das verspreche ich, dann werden sie selbst in hundert Jahren nicht wagen, noch einmal einen Fuß auf die Steppen des Windlands zu setzen!«

Ollowain deutete auf einen rothaarigen Krieger mitten im Gedränge, der noch nicht in die Jubelrufe eingestimmt hatte. »Bist du dabei, wenn wir es den Trollen zeigen?«

»Ja, Mann …«, stieß er verlegen hervor.

Der Schwertmeister wandte sich an den nächsten. »Und du? Hast du den Mumm, dem Angriff eines Trolls entgegenzublicken und zu warten, bis du das Weiße in seinen Augen siehst, bevor du deinen Bogen hebst, oder möchtest du lieber hier bleiben und Büffel hüten?«

»Ich komme mit dir, Schwertmeister!«, rief der Krieger begeistert.

Ollowain machte eine weit ausholende Geste. »Und wie sieht es mit euch aus? Wollt ihr meinen Elfenkriegern zeigen, dass es nichts in dieser Welt gibt, das eine Attacke von tausend Kentauren aufhalten kann? Seid ihr bereit dazu? Folgt ihr mir?«

»Wir folgen dir, Schwertmeister!«, schallte es aus hunderten von Kehlen. Jetzt drängten alle nach vorne. Jeder wollte Ollowain berühren, ihm auf die Schulter klopfen oder ein paar Worte mit ihm wechseln. Sie hoben ihn aus dem Sattel und ließen ihn auf ihren hoch über die Köpfe gestreckten Handflächen gehen. Elegant wie ein Tänzer bewegte sich der Feldherr auf dem schwankenden Grund. Und er genoss das Bad in der Menge.

Einen Augenblick lang vergaß er sogar sein schlechtes Gewissen. Doch das währte nicht lange. Es war gut, dass die Kentauren seinem Oberbefehl nun williger folgen würden. Und sie würden härter kämpfen, weil sie seinen Worten glaubten und einen Sieg für möglich hielten. Schlagartig wurde ihm bewusst, dass ihm nur noch vier Tage zu leben blieben. Er musste einen Nachfolger finden. Jemanden, der fähig war, die Strategie des Rückzugs in den weiten Raum des Windlands so umzusetzen, dass Emerelles Verbündete letztlich über die Trolle triumphieren würden.

Es dauerte eine ganze Weile, bis Orimedes und seine Leibwache es schafften, Ollowain wieder in den Sattel zu heben und gegen die begeisterten Krieger abzuschirmen.

Der Kentaurenfürst lachte ihn an. »Das ist besser als das Beste, was einem ein Weib zu bieten hat!«

»Es war ein gutes Gefühl«, stimmte er zu.

»Ach komm, gutes Gefühl. Das ist vollkommen. Das ist …«

»Du bist bei Shandral zu weit gegangen. Er hätte tot sein können.« Ollowain sprach leise und blickte misstrauisch zu Elodrin und den anderen Elfen. Sie standen etwas abseits und plauderten mit Katander.

Orimedes runzelte ärgerlich die Stirn. »Es war deine Idee, dem Mistkerl eine Abreibung zu verpassen. Und genau die hat er bekommen. Vergiss es! Ist er es wert, dass wir über ihn streiten?«

»Ich mache mir Sorgen, dass …«

Orimedes winkte einem Krieger, der ihnen zwei silberne Kelche mit Wein brachte. »Komm, vergiss den Kerl. Trink! Das ist bester Roter aus einer kleinen Bucht bei Vahlemer. Eigentlich viel zu weit nördlich, um noch Wein anzubauen, aber eine Strömung geht dort an der Küste entlang, und das Klima ist wunderbar mild. Koste ihn, du wirst keinen besseren Wein als diesen zu trinken bekommen. Er ist sein Gewicht in Silber wert.« Der Kentaur hob den Kelch und nickte Ollowain zu. »Auf den Sieg!«

»Auf die, die zurückkehren werden«, entgegnete der Schwertmeister.

Orimedes seufzte. »Hast du wieder eine deiner Stimmungen? Freust du dich denn gar nicht, hier zu sein?«

Was sollte er dazu sagen?, dachte der Schwertmeister bitter. Er war auf dem Weg in eine Schlacht, aus der er nicht wiederkommen durfte. Und er war es Emerelle schuldig, dass er niemandem dieses Geheimnis anvertraute. Also zwang er sich zu lächeln. »Es tut gut, dich wiederzusehen und mit dir zu reden.«

»Na also! Geht doch. Ich verspreche dir, dieser Rote wird deine Trübsal davonspülen. Und was den Feldzug …« Orimedes schob sich plötzlich an ihm vorbei. »Heh, Nestheus, hierher!«

Der junge Kentaur, der den Ball zu Shandral geworfen hatte, kam zu ihnen herüber. Neben ihm ritt Melvyn. Beide grinsten wie kleine Jungen, denen gerade ein Streich geglückt war. Der Wolfself ließ den Ball lässig an seinem Seil kreisen.

»Haben wir gewonnen?«, rief Orimedes ihnen entgegen.

»Haben wir!« Nestheus hatte die Lippen eingeschlagen, und seine Flanken waren von Schürfwunden und üblen Prellungen gezeichnet. »Melvyn hat den Ball über die Linie gebracht.«

Der Elf sah nicht besser aus als der Kentaur. Auch er hatte einiges abbekommen, was ihn aber nicht weiter zu stören schien.

Ollowain betrachtete die beiden und wünschte sich, noch einmal so jung und frei zu sein. Bei einem Ballspiel alle Übel dieser Welt vergessen zu können, das war beneidenswert. Dennoch würde er Melvyn in dieser Nacht nicht aus den Augen lassen.

DIE WAHRHEIT

Obilee hatte sich immer für sehr langmütig gehalten. Als aber Shandral endlich auf ein Lager in seinem großen Stadthaus gebettet wurde, war sie mehr als nur erleichtert. Der Fürst war während des Transports aus seiner Ohnmacht erwacht und hatte den Rückweg stöhnend und fluchend hinter sich gebracht. Wobei seine Flüche selbst die hart gesottenen Kentauren sichtlich eingeschüchtert hatten.

»Du gestattest, dass ich mich ein wenig in deinem Haus umsehe, Fürst? Unser Feldherr ist um deine Sicherheit besorgt, und ich bin verantwortlich für dein Wohlergehen.«

»Darum wird sich Madrog schon kümmern! Schick nach meinem Koboldhauptmann! Warum ist er noch nicht hier?«

Das Lager des Fürsten war von Kobolddienerinnen in schlichten, meergrünen Kleidern und mit weißen Hauben umgeben. Auch einige Wachen standen in den Ecken und gaben sich alle Mühe, ihrem Fürsten nicht aufzufallen. Offensichtlich fürchteten sie, Shandral könne sie für den Unfall zur Verantwortung ziehen.

»Sag deinem Ollowain, dass ich ihn durchschaue. Das war ein Mordanschlag, und ich werde ihn dafür zur Verantwortung ziehen! Die Blutfäule soll er bekommen! Ich bin kein Mann des Schwertes, aber ich bin nicht wehrlos!

Er wollte, dass ich unter meinem Pferd zerquetscht werde, dieser niederträchtige Speichellecker der Königin. Er wird den Tag noch verfluchen, an dem wir uns zum ersten Mal begegnet sind. Sag ihm das!«

Obilee atmete tief aus und versuchte gleichmütig zu bleiben. »Ich werde Ollowain berichten, was du gesagt hast. Gestatte, dass ich mich nun zurückziehe.«

Shandral machte eine wedelnde Handbewegung und zuckte vor Schmerz zusammen. »Ja, fort mit dir! Ich kann euch widerliche Schleimer nicht mehr ertragen. Weg ...« Er versetzte einer Koboldfrau eine Ohrfeige, die sie von seinem Bett stürzen ließ. »Passt auf, was ihr tut, ihr elendes Gewürm. Die Nächste, die mir mit ihren ungewaschenen krummen Fingerchen Schmerzen bereitet, lasse ich an die Hauswand nageln!« Er breitete die Arme aus. »Los schneidet das Hemd auf! Und dann ruft nach einem richtigen Heilkundigen. Schleppt mir bloß keinen Quacksalber ins Haus!«

Obilee zog sich aus dem Zimmer zurück. Shandral war eigentlich kein hässlicher Mann. Doch seine Seele schien durch und durch verrottet zu sein. Jetzt offenbarte sich sein wahres Gesicht. Welch ein Albtraum musste es sein, zu seinen Dienern zu gehören. Sie würde Emerelle von ihm berichten. Er war eine Schande für alle Elfenfürsten. Vielleicht konnte die Königin ihn seiner Herrschaft berauben oder ihn zumindest in die Schranken weisen?

Obilee trat auf den Flur hinaus. Die Wände waren mit dunklem Holz getäfelt. Eine enge Treppe führte hinab in die Eingangshalle. Überall waren Diener, doch es herrschte Totenstille. Obilee war schon im Gemach des Fürsten aufgefallen, dass die Koboldfrauen dicke Filzschuhe trugen. Sie bewegten sich lautlos. Und jeder, der der Elfe begegnete, senkte den Blick.

Der Flur machte kurz hinter der Tür zu Shandrals Zimmer einen scharfen Knick. Dieses unübersichtliche Haus war wie dafür geschaffen, sich zu verstecken. Sollte Melvyn tatsächlich hierher kommen, dann könnte er sich wohl ohne weiteres verbergen.

Obilee zögerte nur kurz, dann ging sie den Flur hinauf, statt über die Treppe zur Eingangshalle zu eilen. Ollowain hatte sie gebeten, auf Shandral zu achten, und ganz gleich, was sie vom Fürsten von Arkadien hielt, sie würde ihre Aufgabe erfüllen, so gut es ging. Wenigstens würde sie sich die umliegenden Zimmer ansehen.

Als sie um die Ecke bog, änderte sich das Licht. Lampen aus dunkelblauem Glas säumten die Wände. Nach ein paar Schritten machte der Flur erneut einen Knick. Es gab keine Türen. Zu ihrer Linken hing ein schwerer Gobelin, der eine düstere Klippenlandschaft zeigte. Eine Galeere, an deren Heck rote Lampen glommen, hielt auf die Steilklippen zu.

Hinter der nächsten Biegung war der Flur mit schweren, schwarzen Samtvorhängen verhängt. Zwischen ihnen herrschte erstickende Finsternis. Die Berührung des Stoffes war der Elfe unangenehm. Er schien sich von sich aus zu bewegen, während sie voranschritt, als sei er lebendig und begierig darauf, ihre nackte Haut zu berühren. Kobolddiener gab es hier keine mehr. Ein bedrückender Duft hatte sich im Stoff verfangen. Es roch nach Ambra und Opium.

Etwas Ledriges strich der Elfe über die Lippen. Sie machte einen Satz nach vorn und duckte sich unter dem tastenden Stoff. Ihr Atem ging schwer. Sich drehend, versuchte sie dem Samt zu entkommen. Es war unmöglich, etwas zu sehen. Blind musste sie allein auf Gehör, Tastsinn und Geruch vertrauen.

Obilee dachte daran umzukehren. Doch sie war sich nicht mehr sicher, in welcher Richtung es zurückging. Sie fühlte sich wie in einem Traum gefangen. Jede Bewegung schien auf Widerstand zu stoßen, so als schwimme sie in dickem Sirup.

Plötzlich war da Licht. Ein trübes, blaues Licht, abgeschirmt durch dickes Glas, doch es war eine Sonne inmitten der Finsternis des Samts. Der Flur hatte sich verändert. Es gab keine Ecken mehr. Die Wände gingen übergangslos in die Decke über. Und das Licht entsprang keiner Öllampe. In die Wand war eine große, ovale Linse eingelassen, die wie ein lidloses Auge starrte.

Obilee kniff die Augen zusammen. Die Duftstoffe im Samt ... Man musste ihnen Rauschmittel beigemengt haben. Was war das für ein Haus? Was bezweckte Shandral damit? Obilee hatte Gerüchte über ihn gehört. Angeblich gehörte er zu den Jüngern Alathaias, jenen Elfen, die sich den verruchten, dunklen Spielarten der Magie ergeben hatten. Magier, die keine Grenze achteten und die ihre Gier nach Wissen in die tiefsten Abgründe getrieben hatte. War dieser Flur ein Abbild dessen, was in Shandrals Kopf vor sich ging? Was bezweckte er mit diesem Schreckenskabinett? Sah so die Welt aus, in der er sich wohl fühlte?

Sollte Melvyn ihn doch holen! Ein bitterer Geschmack lag der Elfe auf der Zunge. Ihre Sinne waren manipuliert. Ständig hatte sie das Gefühl, dass sich gerade außerhalb ihres Gesichtsfelds eine Schattengestalt bewegte. Und der Boden schien unter ihren Schritten nachzugeben wie zäher Schlamm. Doch wenn sie auf ihre Füße blickte, dann sah sie lediglich einen dunklen Steinboden. Hier konnte man nicht einsinken!

Sie musste fort aus diesem Haus, das genauso krank war wie sein Besitzer. Obilee blickte zu dem sich sanft wiegenden Wall aus dunklem Samt. Der Stoff schien sie zu erwarten. Angewidert dachte sie an seine Berührung. Sie zog ihr Schwert. Doch was nutzte das hier schon ...

Die Elfe entschied, weiter dem Gang zu folgen. Vielleicht fand sie ja einen anderen Weg hinaus. Und sei es nur ein Fenster, durch das sie in die Freiheit gelangen konnte.

Vorsichtig schlich sie den Gang entlang und wendete immer wieder abrupt den Kopf, um endlich den Schatten mit ihren Blicken zu fassen zu bekommen. Doch stets entwischte ihr das Trugbild. Etwas anderes konnte es nicht sein! Eine

Ausgeburt ihrer Fantasie, gezeugt aus den Rauschmitteln und der Angst, die dieser seltsame Ort atmete. Der Opiumgeruch war noch immer allgegenwärtig.

Jeder Schritt fiel Obilee schwerer. Sie lehnte sich an die Wand und rang nach Luft. Eine leise Stimme drang an ihr Ohr, sie sang ein Kinderlied. Doch die Worte waren verdreht. Sie konnte es nicht richtig verstehen. Immer wieder erklang das Lied. Monoton und ohne Gefühl. Wie eine Beschwörungsformel.

Obilee folgte dem leisen Gesang, bis sie vor einer runden Tür stand, die mit feucht schimmerndem, dunkelrotem Lack überzogen war. Eine leichte Berührung genügte, und die Tür schwang auf. Opiumduft schlug der Elfe entgegen. Feiner Rauch tanzte in der Luft. Die Bewegung der Tür ließ blaugraue Wirbel durch das Zimmer treiben.

Der Elfe zuckte erschrocken zurück. Köpfe wuchsen aus den Wänden. Und noch immer erklang die Stimme.

Flieg, Blütenfee, flieg,
dein Ritter ist im Krieg,
deine Herrin sitzt im Herzeland,
Herzeland ist Schattenland,
flieg, Blütenfee, flieg.

Inmitten des Zimmers stand ein großes Bett. Eine Frau mit langem, schwarzem Haar ruhte auf blütenweißem Leinen. Ihre Lippen bewegten sich unablässig. Immer und immer wieder sang sie den Kinderreim und hielt die Augen dabei geschlossen. Eine dünne Decke war über sie gebreitet. Ihr Körper zeichnete sich deutlich unter dem Stoff ab. Er wirkte seltsam … Zu kurz. Die Proportionen passten nicht zueinander. Ihre Beine! Obilee zog die Decke zurück. Die Elfe war nackt, ihr Leib von langen Striemen gezeichnet, die alle Schattierungen von Blauschwarz bis hin zu einem blassen Graugrün zeigten. Und Obilee sah, was mit den Beinen geschehen war! Sie sah die Wahrheit.

Die Gesichter an den Wänden grinsten spöttisch. Alles schien sich zu drehen. Und immer noch erklang das Lied.

Die Elfe schloss die Augen, doch nach wie vor tanzten die Gesichter um sie. Ihr war übel. Der bittere Geschmack in ihrem Mund ließ sie würgen. Dann hörte sie erschreckend klar ein metallisches Klacken hinter sich. Das Geräusch, das vom Abzugshebel einer Armbrust stammte. Etwas traf sie hart am Kopf. Grelles Licht löschte die tanzenden Gesichter aus. Löschte alles aus.

IN DER TIERHAUT

Das Trommeln im Lager der Kentauren machte ihn unruhig. Der Lutin Nikodemus Glops lag unter einem dichten Busch am Ufer des Mika und beobachtete den Schattenriss des Patrouillenbootes, das langsam näher kam. In Feylanviek hatte sich etwas verändert. Die Kontrollen an den beiden gewaltigen Flussbrücken waren strenger geworden. Plötzlich waren auch viel mehr Falken am Himmel. Es wäre sinnlos zu versuchen, noch eine Brieftaube zu schicken. Seit dem Morgen hatte kein einziger seiner Spitzel mehr Kontakt zu ihm aufgenommen. Etwas stimmte nicht da drüben! Und er lag hier und konnte nichts tun als warten.

Nikodemus sah zu dem schmutzig weißen Schild, der an einem Pfahl ein Stück entfernt lehnte. Man würde ihn in der mondhellen Nacht vom Fluss aus gut sehen können. Er war nichts Besonderes. Nur ein eingeschlagener, unbrauchbarer Übungsschild. Er würde kein Aufsehen erregen. Hoffentlich war sein Spitzel an Bord des Bootes!

Die Feuer des Kentaurenlagers spiegelten sich im träge dahinfließenden Strom. Warum hatten die Pferdemänner plötzlich so gute Laune? Obwohl der Fluss fast eine Meile breit war, hatte man ihr Jubelgeschrei bis hierher hören können. Was gab es da drüben zu feiern?

Ein dumpfes Geräusch schreckte den Lutin aus seinen Gedanken. In dem weißen Schild steckte ein Armbrustbolzen. Endlich!

Nikodemus' Finger gruben sich in die trockene Erde. Er musste warten, bis das Boot noch ein Stück weiter gefahren war. Er konnte die Umrisse eines Elfen im Heck erkennen. Jetzt bloß kein unnötiges Risiko eingehen! Gestern war noch kein Elf auf dem Patrouillenboot gewesen. Warum waren die da drüben auf einmal so vorsichtig? Ob sie einen seiner Spitzel gefangen hatten? Nikodemus hielt den Atem an. Vielleicht war sogar die Botschaft am Armbrustbolzen eine Falle. Er spähte das Ufer entlang in Richtung der Brücke. Vor einer halben Stunde erst war ein Trupp berittener Elfen zu einem Streifzug in die Steppe aufgebrochen. Ob sie wohl abgesessen waren und da draußen auf ihn lauerten?

Nikodemus zuckte zusammen. Beim Scharren in der Erde hatte er sich einen Fingernagel umgeknickt. Mist! Liza mochte keine Kobolde mit ungepflegten Händen. Er musste sich zusammenreißen! Für sie hatte er sogar das Fingernagelkauen aufgegeben. Und jetzt hatte er sich den Nagel umgeknickt. Dumme Sache! Dass sich so etwas nicht vernünftig mit Magie richten ließ! Was hatte er sich all die Jahre abgemüht mit der Zauberei. Und was war der Lohn? Er konnte sich nicht einmal einen kaputten Fingernagel wieder heil hexen. Meister Gromjan hatte ihn all die Jahre als gestrenger Lehrer gequält. Aber etwas Vernünftiges war dabei nicht herausgekommen. Er lag hier nachts am Ufer eines Flusses statt im Bett von Liza. Kein Wunder, dass sie sich nach all den Jahren immer noch nicht für ihn entscheiden konnte. Er hätte sich auch nicht für sich entschieden. Wirklich! So ein Mistkerl, der dauernd Reisen für seinen großen Bruder machte. Was war mit so einem schon anzufangen!

Das Flussboot war inzwischen ein ganzes Stück weiter. Er sollte es wagen! Dicht an den Boden gepresst, robbte er durch das hohe Gras. Mit seinem Messer durchtrennte er die beiden dünnen Lederriemchen, mit denen ein Pergamentstreifen am Schaft des Armbrustbolzens festgebunden war.

Im hellen Mondlicht konnte er die Nachricht gut lesen, obwohl ihr wichtigster Spitzel drüben eine wahrlich üble Handschrift hatte. Ungläubig starrte er das Schreiben an. Er las es noch einmal. Sein Bruder Elija hatte immer schon gesagt, dass die Elfen verrückt waren, aber das hier übertraf jede ihrer bisherigen Torheiten bei weitem.

Ihr Spitzel hatte alle Zahlen genannt. Es waren viele Krieger. Aber die Trolle am Mordstein waren ihnen immer noch um ein Vielfaches überlegen. Und dann diese Befehle, Draht, Seide und Glasfläschchen zusammenzutragen. Vollkommen irre!

Nikodemus lernte die Nachricht gewissenhaft auswendig. Den Fehler, eine Botschaft in Tiergestalt zu befördern, würde er nie wieder machen. Mit Schaudern dachte er daran zurück, wie ihn dieser Bogenschütze vor drei Jahren fast erwischt hatte. Es war aber auch wirklich ausgesprochen blöd gewesen, mit einem Lederzylinder in der Schnauze als Fuchs herumzulaufen und zu hoffen, man sei völlig unauffällig. Nein, das würde ihm nie wieder passieren. Sorgfältig zerriss Nikodemus das Pergamentblatt in dünne Streifen und streute diese in den Fluss.

Der Lutin konzentrierte sich auf den Fuchszauber. Es zwickte und zwackte jedes Mal, wenn er sich verwandelte. Irgendwie schaffte er es nie, von einer Gestalt in die andere zu wechseln, ohne dass es wehtat.

Nikodemus bearbeitete ausgiebig mit der Schnauze sein Rückenfell. Es war immer dasselbe! Kaum nahm er Fuchsgestalt an, hatte er einen Schwarm Sandflöhe im Pelz. Die schienen ihm heimlich zu folgen!

Er sollte lieber nicht seine Zeit mit ihnen vergeuden. Drei, höchstens vier Stunden, dann wurde es hell. Bis dahin sollte er ein gutes Stück Weg schaffen. Es war weit bis zum Mordstein. Im Morgengrauen würde er Falkengestalt annehmen. Dann war er weit genug fort von Feylanviek. Hier wäre es der blanke Leichtsinn, sich als Falke in die Lüfte zu erheben. Ahnten die Elfen, wie viele Spitzel unter ihnen waren? Nikodemus dachte an seine Kameraden und Kameradinnen in der Stadt. Sie riskierten ihr Leben für die Sache der Rotmützen. Aber keiner von ihnen würde jemals vergessen sein.

Der Lutin malte sich aus, wie er im Trolllager eintraf und darauf bestehen würde, sofort vor den jungen König geführt zu werden. Diese Nachricht würde ihn unsterblich machen. Noch in hundert Jahren würde sein Volk von Nikodemus Glops, dem Helden, sprechen!

EIN KOBOLD TRITT AUS

Misht wusste, dass es keinen Grund gab, Nossew irgendetwas vorzuwerfen, aber die Ruhe seines Kameraden raubte ihm den letzten Nerv. Er lag auf dem Dach, kaute auf einem Klümpchen Harz und beobachtete die Straßenfront von Shandrals Stadtpalast.

»Ich finde, Melvyn könnte auch mal jemand anderen die Nacht auf diesem Dach verbringen lassen.«

Nossew kratzte sich am Bart und sagte nichts.

Das Schweigen seines Gefährten war genauso nervtötend wie die elende Warterei. Manchmal hatte man das Gefühl, Nossew hätte seine Zunge verschluckt. Misht kannte niemanden sonst, der so maulfaul war wie sein Gefährte. Aber er war ein begnadeter Waffenbauer. Er hatte ihre Repetierarmbrüste gebaut. Die Waffen waren Kleinodien. Es gab nichts Vergleichbares. Noch nie hatten sie Ladehemmung gehabt. Die Mechanik griff ineinander, so wie Knochen und Sehnen eines lebendigen Wesens zusammenspielten. Die Rotmützen hatten ihre Waffen haben wollen. Aber Nossew mochte ihren Anführer nicht. Wahrscheinlich, weil Elija Glops für seinen Geschmack zu viel redete. Eine Woche später war ihre Werkstatt ausgebrannt. Nicht einmal ein halbes Jahr hatten sie dort arbeiten können. Alles war neu gewesen. Die Werkbänke, das Gebäude. Sie hatten viel Geld geliehen. Geld, das sie niemals mehr hätten zurückzahlen können. Die Rotmützen hatten angeboten, ihnen zu helfen. Aber der Sturkopf Nossew war der Überzeugung gewesen, dass sie den Brand gelegt hatten. Beweise gab es dafür keine. Nossew meinte, am Abend, als sie sich mit Elija getroffen hätten, da habe ihm der Bart gejuckt, als sei er eine Spielwiese für Filzläuse. Sein Bart juckte immer, wenn Ärger ins Haus stand. Das genügte ihm als Beweis dafür, dass die Rotmützen bei dem Feuer ihre Finger im Spiel gehabt hatten.

Nossew kratzte sich schon wieder. Langsam bekam Misht ein mulmiges Gefühl. An diesem Bartorakel war leider etwas dran. Vor vier Monden, als die Trolle ihre Bande fast gestellt hatten, hatte sich sein Gefährte auch dauernd gekratzt.

Der Kobold prüfte, ob sein Magazin auf der Armbrust richtig eingerastet war. Dann rüttelte er leicht daran, damit sich beim Durchladen keiner der Bolzen verklemmte.

Misht richtete sich leicht auf, um besser auf die Straße blicken zu können. Das Lärmen der Schmiede löschte alle anderen Geräusche der Nacht. Vor einer Stunde etwa hatten sie dort wieder zu arbeiten begonnen, kurz nachdem man Shandral gebracht hatte. Misht hätte gern gewusst, was mit dem Mistkerl los war. Der Fürst war von einem Kentauren getragen worden, und eine sehr nervöse junge Elfe war auch dabei gewesen. Die Kleine hätte sie fast auf dem Dach entdeckt.

Kaum waren sie im Haus verschwunden, da war ein Dutzend Boten in alle Richtungen gelaufen. Shandral brütete etwas aus. Um das zu ahnen, brauchte man kein Bartorakel.

Misht streichelte den Schaft seiner Waffe. Einen Armbrustbolzen zwischen die Augen, das war die Medizin, die Shandral brauchte. Melvyn hatte ihnen erzählt, was der Fürst seinem Weib angetan hatte.

Misht blickte hinüber zu der Schmiede am Wehr. Was, zum Henker, trieben die dort? Welchen Grund gab es, mitten in der Nacht wieder die Arbeit aufzunehmen?

Nossew kratzte sich schon wieder den Bart.

»Hör mal, sollten wir nicht Melvyn benachrichtigen? Hier stimmt doch was nicht. Man sollte auch mal nachsehen, was in der Schmiede vor sich geht.«

Nossew deutete zu dem Balkon, über den Melvyn in den Palast eingedrungen war. Spinnenmänner duckten sich dort hinter die Brüstung. Sie hielten ihre Armbrüste schussbereit und beobachteten die Straße und die umliegenden Häuserdächer. Jetzt entdeckte er auch einen bei dem Kamin auf dem Dach des Westflügels.

»Was brüten die für eine Schurkerei aus?«

Nossew antwortete natürlich nicht. Stattdessen spuckte er seinen Harzklumpen aus und klebte ihn auf eine Schindel am Dachfirst. Dann steckte er sein Fähnchen auf.

»Manchmal wäre es schon eine Hilfe, wenn du die Zähne auseinander bekämst!«

Sein Kamerad deutete die Straße hinauf. Ein ganzer Zug Wagen kam von dort. Man hatte die Räder mit Lumpen umwickelt, damit die Eisenbeschläge auf dem Pflaster weniger Lärm verursachten. Doch bei dem Getöse der

Schmiede wäre das nicht notwendig gewesen. Lautlos glitten die Kutschen heran. Es waren große Wagen.

Das Portal des Palastes öffnete sich. Kobolde mit Fackeln und weitere Spinnenmänner mit Armbrüsten eilten auf die Straße. Jetzt erschien auch Shandral auf der Schwelle. Er stützte sich schwer auf einen schwarzen Stab und beaufsichtigte, wie Kisten zu den Kutschen getragen wurden. Auch einzelne Möbelstücke und Bilder wurden aus dem großen Haus geschafft.

Nossew räusperte sich.

»Was?« Misht sah zu seinem Gefährten. Dieser kratzte sich aufreizend zwischen den Beinen. »Was ist los? Verdammt, kannst du nicht mal sagen, was du hast? Musst du pinkeln?«

Sein Kamerad grinste.

»Nein. Doch nicht jetzt. Verdammt, klemm dir dein Ding zwischen die Schenkel und beiß die Zähne zusammen. Du kannst doch jetzt nicht …«

Nossew kletterte vom Dach.

»Das tust du nicht!«

Sein Kamerad verschwand im Dunkel. Leise vor sich hin fluchend, widmete sich Misht wieder dem Treiben bei Shandrals Stadtpalast. Die ersten Kutschen fuhren ab. Zuletzt waren noch etliche Koboldienerinnen auf die Kisten auf der Pritsche geklettert. Der Drecksack kniff also den Schwanz ein, dachte Misht. Schade, er hätte gerne miterlebt, wie Melvyn diesem Schinder das Licht ausgeblasen hätte.

Eine Elfe mit langem, schwarzem Haar wurde aus dem Haus gebracht. Sie schien zu schlafen. Man hatte sie mit breiten Lederriemen auf eine Trage gefesselt. Sie wurde in einen geschlossenen Wagen gebracht. Ob das wohl das Weibsbild war, dem Melvyn nachgestiegen war?

Misht blickte über die Schulter. Sein Kamerad blieb verdammt lange weg.

Weitere Kutschen fuhren ab. Jetzt verließen auch die

Spinnenmänner die Dächer. Misht sah sich nervös um. Er sollte mitbekommen, wohin Shandral verschwand. Er hatte einen Verdacht … Nur noch fünf Kutschen warteten. Immer mehr Spinnenmänner kamen aus dem Haus. Es blieb keine Zeit mehr, noch länger zu warten.

Vorsichtig erhob sich der Kobold und schlich geduckt am Dachfirst entlang. Wenn Nossew ihm nur den Rücken frei gehalten hätte!

Die letzten Spinnenmänner glitten die Hauswand hinab. Jetzt fuhren auch die verbliebenen Kutschen an. Shandral stieg in den Verschlag des letzten Wagens.

Misht sprang auf ein tiefer gelegenes Dach. Eine Schindel löste sich unter seinen Füßen und rutschte davon. Doch der Lärm der Schmiedehämmer überdeckte jedes Geräusch.

Einer der Spinnenmänner war spät dran und rannte der letzten Kutsche hinterher. Mit Mühe erwischte er noch einen Griff und sprang auf eines der Trittbretter. Sein dunkelgrauer Umhang wehte im Fahrtwind. Der Kerl hielt sich nur mit einer Hand fest. Mit der anderen kratzte er sich den Bart, als ginge es dabei um sein Lebenslicht.

Misht hielt den Atem an. Nossew! Was machte der verdammte Idiot denn auf der Kutsche! Er musste doch auch ahnen, wohin die Fahrt ging.

Lumpengebinde löste sich von den Hinterrädern, als der überladene Wagen in eine enge Kurve ging.

Misht sprang wieder auf ein tiefer gelegenes Dach. Jetzt rannte er, ohne auf seine Deckung zu achten. Die Kolonne überquerte eine gedeckte Holzbrücke. Wie fernes Donnergrollen klang der Hufschlag der Pferde auf den Bohlen.

Am anderen Ufer des Kanals stieß eine Abteilung von Armbrustschützen zu den Flüchtlingen. Die Waffen geschultert, die Umhänge aufgerollt und um die Brust gebunden, marschierten sie im Gleichschritt. Shandral nahm seine sämtlichen Truppen mit.

»Komm, Nossew, spring ab! Das war jetzt genug. Die merken, wer du bist!«

Die Kutsche des Fürsten wurde langsamer, weil sich die Wagen stauten.

Misht sprintete über das moosglatte Schindeldach der gedeckten Brücke und holte wieder auf. Über die Wagen hinweg konnte er den Platz des Silberlichts sehen.

Der Kutscher des Fürsten schimpfte wie ein Kesselflicker und drosch mit seiner langen Gerte auf die anderen Wagenlenker ein. Schwerfällig bewegten sich die überladenen Gefährte, und es entstand eine Gasse, weit genug, die Kutsche des Fürsten durchzulassen.

Ganz deutlich sah Misht seinen Kameraden, der immer noch auf dem Trittbrett stand. Was wollte Nossew beweisen? Es war unmöglich, inmitten von Shandrals Gefolge unentdeckt zu bleiben.

Die Kutsche fuhr zur Mitte des Platzes. Aus bunten Steinen war ein riesiger Stern in das Kopfsteinpflaster eingelassen. Städte, so groß wie Feylanviek, entstanden an den Kreuzungen bedeutender Handelswege. Der Ort war hier im trocken gelegten Sumpfland angesiedelt, weil der Mika bis zu dieser Stelle selbst bei Niedrigwasser schiffbar war. Er lag hier, weil ganz in der Nähe die Honigstraße durch die Steppe führte, der uralte Handelsweg von Nord nach Süd. Und er lag hier, weil dies einer der wenigen Plätze in der Steppe war, wo sich ein großer Albenstern befand. Ein wenig außerhalb gab es sogar noch einen zweiten, an dem sich sechs der goldenen Pfade kreuzten. Wer das nördliche Windland bereiste, der kam fast unweigerlich nach Feylanviek, ganz gleich, ob er auf einer Staubpiste unterwegs war, zu Wasser reiste oder sich den goldenen Pfaden durch das Nichts anvertraute. Und wer es eilig hatte, die Stadt wieder zu verlassen, der kam zum Sternplatz.

Nossew sprang ab, als die Kutsche des Fürsten anhielt. Er beeilte sich, den Verschlag aufzureißen, und verneigte sich tief, als Shandral ausstieg. So blieb sein Gesicht unerkannt.

Der Elfenfürst hinkte wie ein ausgemusterter Koboldveteran. Schwer stützte er sich auf den schwarzen Stab. Rings herum herrschte atemlose Stille. Von Ferne hörte man die Hämmer der Schmiede, und Misht hatte das Gefühl, dass sie seinem Herzen den Rhythmus vorgaben. Es pochte schmerzhaft in seiner Brust. Sein Atem ging keuchend von der halsbrecherischen Jagd über die Dächer. Er klammerte sich an einem rostigen Wetterhahn auf der Spitze eines Türmchens fest, das verspielt aus der Flanke eines großen Gildenhauses wuchs. Ob man ihn vom Platz aus sehen konnte, war Misht inzwischen egal. Das Einzige, was für ihn noch zählte, war, dass ihm nichts entging.

Inmitten des Platzes erhob sich plötzlich ein Bogen aus strahlendem silbernem Licht. Es war ein Torbogen in die Finsternis. Misht wusste, dass es dort auch einen goldenen Pfad geben musste, doch die Fuhrwerke verstellten ihm den Blick darauf.

Shandral winkte den Kutschen, und langsam setzte sich die Kolonne wieder in Bewegung. Einige der Pferde scheuten und mussten mit Gertenhieben durch das Tor gerieben werden. Wenn alle Schläge nicht halfen, verband man ihnen die Augen, und ein Diener führte sie am Zügel ins Nichts.

Wagen um Wagen verschwand durch das Tor. Dann folgten in Dreierreihen die Armbrustschützen. Schließlich war nur noch Shandrals Kutsche auf dem weiten Platz. Hinkend kehrte der Fürst zurück. Nossew riss ihm den Verschlag auf.

»Lass es damit gut sein«, flüsterte Misht beschwörend.

Der Kutscher ließ seine Peitsche über die Köpfe der Pferde knallen. Nossew warf den Verschlag zu. Dann sprang er auf das Trittbrett, und die Kutsche verschwand durch das Silbertor.

Misht wartete, bis der Zauber vergangen war und der Platz verlassen im Mondlicht lag. Bis zuletzt hatte er gehofft, Nossew werde es sich noch anders überlegen und durch das Tor zurückkehren, bevor es sich schloss. Doch der Dickschädel hatte andere Pläne.

Ein verlorener Soldatenstiefel, der in einer Pfütze lag, war alles, was von Shandrals Haushalt zurückgeblieben war.

Misht kletterte vom Wetterhahn herunter und stieg vorsichtig von der Dachkuppel. Es war an der Zeit, nach Melvyn zu suchen.

LEBENDES SILBER

Ganda betrachtete voller Widerwillen die silberne Hand, die vor ihr auf einem blauen Samttuch lag. Sie war ein Kunstwerk, das ließ sich nicht bestreiten. Ihr Stumpf war mit einer breiten Lederkappe bedeckt, wie der Stumpf, in dem Gandas Arm endete.

»Nun komm schon«, sagte Rika. »Berühr sie. Sie beißt dich schon nicht.«

Ganda sah die Hexe skeptisch an. »Ich habe nicht um diese Hand gebeten.«

Breitnase, der Mausling, trat auf das Samttuch und hakte die Daumen in seine Weste. »Weißt du, wie viel Arbeit das war? Als du schliefst, habe ich deine Hand genau vermessen. Ich kenne sie wahrscheinlich besser als du selbst. Die Schwielen, die Wirbel auf deinen Fingern, das geschwollene Gelenk an deinem Ringfinger und die alte Narbe an der Handkante. Ich habe deine Knochen vermessen.«

Ganda überlief ein Schaudern. »Wie geht das, wenn noch Fleisch an meinen Fingern ist?«

Breitnase grinste frech. »Ein Geheimnis meiner Zunft.«

»Was genau war deine Zunft? Es ist mir wieder entfallen.«

Der Mausling schüttelte den Kopf. »Nein, das ist es nicht. Ich habe es dir nie gesagt. Ich bin ein Entmangler.«

»Entmangler? Was soll das sein?«

»Er ist ein Zauberer und dazu einer der begabtesten, die ich kenne«, mischte sich Rika mit ihrer samtenen Stimme ein.

Es war ein Wunder, dachte Ganda, wie man so hässlich sein konnte, dass sich selbst Hühneraugen geschlossen hätten, um dem Anblick zu entgehen, und zugleich mit einer solchen Stimme beschenkt war. Fast mochte man meinen, die Schöpfung habe im letzten Augenblick versucht, wieder etwas gutzumachen.

Breitnase schüttelte den Kopf. »Ich bin kein besonderer Magier. Ich versuche Mängel zu beheben. Manchmal glückt es mir, die Welt ein klein wenig besser zu machen.«

»Ach, er ist viel zu bescheiden«, erwiderte Rika. »Vergiss seine Größe. Wenn Körpergröße etwas mit Können zu tun hätte, dann müsste er ein Riese sein. Ich selbst habe gesehen, wie er für einen verletzten Schmetterling einen Flügel aus lebendem Silber erschaffen hat. Und er konnte wieder fliegen. Du hättest das sehen sollen, Ganda. Es war einfach wunderbar! Er ist geflogen, als habe ihm nie etwas gefehlt.«

»Mit einem Flügel aus Silber?«, hakte die Lutin nach. »War der denn nicht viel zu schwer?«

»Lebendes Silber, Ganda. Lebendes Silber! In ganz Albenmark gibt es höchstens eine Hand voll Alchimisten, die dieses Metall erschaffen können.«

»Ach, ein bedeutender Alchimist ist er auch noch«, murmelte die Lutin.

Breitnase zuckte mit den Schultern. »Du musst die Hand nicht annehmen. Sie ist ein Geschenk. Ich glaube, sie ist eines der besten Werkstücke, die ich je gefertigt habe.«

»Wie kann man nur so undankbar sein!«, fluchte Rika.

»Hast du denn gar kein Feingefühl? Weißt du, dass Breitnase in den letzten beiden Tagen kein Auge zugetan hat, weil man die Arbeit am lebenden Silber nicht einen einzigen Augenblick ruhen lassen darf, bevor sie vollendet ist? Sonst verdirbt nämlich das Werk. Das Metall wird hart, der Zauber verfliegt, und alles war vergebens.«

Ganda betrachtete wieder die Hand. »Was soll das heißen, das Metall wird hart?«

»Berühr die Hand, dann wirst du es wissen«, sagte der Mausling sanft.

»Na los, mach schon«, drängte Rika. »Ohne Breitnase wärst du nicht einmal zu mir gekommen und würdest noch immer draußen den Wald voll bluten. Er ist der Mutigste unter allen Bewohnern Yaldemees. Die anderen haben sich ausnahmslos verkrochen, als sie deinen Elfen gesehen haben. Zum Fürchten hat er ausgesehen in diesem blutbesudelten Gewand. Sie haben geglaubt, die Trolle wären schon im Herzland. Nur Breitnase hat sich deinem Elfen gestellt. Er hat den Mangel an Gastfreundlichkeit behoben und euch beide hierher gebracht. Und das war gut so. Und jetzt solltest du dich als Entmanglerin versuchen und deine Schwächen in Sachen Höflichkeit ausbügeln, auch wenn du eine Lutin bist. Nimm die Hand und sieh dir Breitnases Arbeit an.«

Die beiden schafften es tatsächlich, ihr ein schlechtes Gewissen zu machen, dachte Ganda ärgerlich. Sie wollte nicht unhöflich sein. Doch die Silberhand machte ihr Angst. Bisher hatte sie es vermieden, den Stumpf ihrer Hand auch nur anzusehen. Sie war einfach noch nicht bereit, sich dem zu stellen. Am liebsten hätte sie einfach in der Schilfhütte gelegen, vor sich hin gestarrt und die Welt verflucht. Ollowain hatte sie hier einfach abgeladen, als er sie nicht mehr gebraucht hatte. Und das Buch hatte er ihr auch gestohlen. Wütend dachte sie an das, was Rika ihr erzählt hatte. Dieser Mistkerl! Er hatte ihr das Buch genommen und drohte ihr mit dem Scharfrichter der Königin. So war er fein raus. Er hatte die Gesetze Iskendrias nicht gebrochen, und sie war eine bestohlene Diebin, die den Henker fürchten musste, wenn sie zu Emerelles Burg ging, um Gerechtigkeit zu fordern.

Bestimmt hatte Emerelle ihren falschen Helden reichlich belohnt. In Melianders Buch stand sicherlich alles aufgeschrieben, was die Königin wissen musste, um die Yingiz zu vertreiben. Ganda hatte seine Macht spüren können. Dieses Buch war gefährlich. Gefährlich genug, die Schatten zu vernichten, denen sonst nichts gewachsen schien. Und wenn die Heldentat vollbracht war, dann konnte sie vermutlich froh sein, wenn sie als Fußnote in dieser Geschichte vorkam. Die arme verkrüppelte Lutin … Wie war auch gleich der Name der bestohlenen Diebin? Eine Witzfigur war sie geworden, weil sie so dumm gewesen war, dem Schwertmeister zu vertrauen.

In den letzten beiden Tagen hatte Ganda oft an die Geschichte des Meisterdiebs Cabak gedacht. Jeder in ihrem Volk kannte sein Schicksal. Was Cabak widerfahren war, hätte ihr eine Lehre sein sollen, sich nicht mit Emerelle einzulassen!

»Ganda?«, fragte der Mausling leise. »Soll ich später noch einmal wiederkommen? Möchtest du lieber allein sein?«

Die Lutin seufzte. Rika hatte schon Recht. Sie war es Breitnase schuldig, sich die Hand wenigstens anzusehen. Man sollte schließlich nicht von ihr sagen können, sie sei undankbar wie eine Elfe. Immer noch zögerlich streckte sie die Hand aus.

Das Silber fühlte sich warm an. Lebendig. Ungläubig hob sie das Kleinod vom Samttuch. Es war, als gebe sie jemandem die Hand! Das Silber gab leicht unter ihrem Druck nach, ganz so, wie eine Hand aus Fleisch und Sehnen es getan hätte.

Zutiefst verunsichert sah sie Breitnase an. »Das ist wirklich Silber?«

Man sah dem Mausling den Stolz auf seine Arbeit an.

»Das war einmal Silber. Ich habe mit sehr reinem Silber meine Arbeit begonnen und verschiedene andere Metalle hinzugefügt. Und Magie. All mein Wissen über Anatomie steckt darin. Im Inneren der Hand gib es genaue Nachbildungen jedes Handknochens. Sehnen und Muskeln habe ich auch nachgebaut. Es gibt feine Seilzüge und Winden aus Draht, den ich aus Silberstahl gezogen habe. Der einzige Unterschied zu deiner richtigen Hand besteht darin, dass du mit der Silberhand wesentlich kräftiger zupacken kannst. Und ... nun ja, du wirst kein Gefühl in der Hand haben. Kein Schmerzempfinden und kein Gefühl für Hitze oder Kälte.«

Ganda legte die Hand zurück auf den Samt. Sie streckte ihre Rechte daneben aus und verglich die Kunsthand mit der Hand, die ihr geblieben war. Sie scheute davor zurück, dass etwas künstlich Erschaffenes etwas natürlich Gewachsenes ersetzen sollte. Die kurze Zeit in Rikas Hütte hatte sie schon gelehrt, wie hilflos man in den banalsten Dingen plötzlich war, wenn eine Hand fehlte. So hatte sie die Verschnürung ihres Kleides nicht mehr mit einer Schleife schließen können. Wie ein Kind musste sie um Hilfe bitten, wenn sie sich anziehen wollte! Das empfand sie als demütigend, auch wenn Rika ihr gerne half.

»Du weißt, dass wir Lutin gut darin sind, die Gestalt von Tieren anzunehmen. Was geschieht, wenn ich mich verwandele?«

Breitnase kratzte sich hinter dem Ohr. »Ja, das war in der Tat ein großes Problem. Es hat mich viele Stunden gekostet, eine Lösung zu finden. Wie du weißt, umgibt alles Lebendige eine Aura. Wenn die Hand eins mit dir geworden ist, wird sie auch mit deiner Aura verschmelzen. Ich glaube, sie wird sich mit dir verwandeln! Ganz sicher kann man das aber erst wissen, wenn wir es versucht haben. Ich habe mich da in neue Bereiche vorgewagt. Bisher musste ich noch nie ein künstliches Glied erschaffen, das sich auch noch in der Form verändern musste.«

Ganda hatte ein flaues Gefühl im Magen. »Was heißt, wenn es eins mit mir geworden ist?«

Der Mausling zog die Schutzkappe vom Stumpf der Hand, sodass sie Drähte und die in Silber nachmodellierten Knochen erkennen konnte. Ganda war überrascht zu sehen, dass die Hand hohl war. Sie hatte sich massiv angefühlt.

»Wenn ich die Hand auf deinen Stumpf aufsetze, wirke ich einen Zauber, der Knochen, Muskeln und Sehnen mit dem lebenden Silber verbindet. Die Prothese wird so beweglich sein wie eine Hand aus Fleisch und Blut. Du könntest Flöte mit ihr spielen oder Harfe. Der Augenblick der Verschmelzung ist schmerzhaft. Rika kann dir gewiss eines ihrer wunderbaren Zaubermittel geben, um den Schmerz zu lindern. Nach zwei oder drei Tagen sind die Schmerzen dann völlig verschwunden. Aber im Augenblick der Verschmelzung werden einige Drähte tief in dein Fleisch eindringen. Das lebende Silber wird eins mit dir werden.«

Die Vorstellung, dass sich Drähte wie Würmer tief in ihren Arm fressen würden, hatte etwas Abstoßendes. Die Lutin betrachtete die Hand mit neuem Widerwillen. »Kann man die Hand wieder abnehmen, wenn ich nicht mit ihr zurechtkomme?«

»Tja«, Breitnase wich ihrem Blick aus. »Also, dir ist klar, dass die Hand wirklich eins mit dir wird, wenn ich sie anlege. Sie abzunehmen … Das wäre wie eine Amputation. Man müsste ein Messer nehmen.« Er zupfte verlegen an seiner Nase. »Aber du solltest dir nicht solche Gedanken machen, Ganda. Es hat mich noch nie jemand darum gebeten, eine Pothese aus lebendem Silber wieder abzunehmen.«

»Hast du was zu trinken, Rika? Etwas Richtiges. Einen starken Schnaps oder schweren Wein.«

Als Rika sich erhob, purzelte die kleine Jadeechse von ihrer Schulter, die sie mit einer Strähne ihres Haars angebunden hatte. Hilflos ruderte sie mit ihren Beinen in der Luft. »Du hast dich also entschieden«, sagte die Hexe mit warmer Stimme.

»Ich habe mich entschieden, es dem Schicksal zu überlassen. Wenn du genügend Schnaps hier in der Hütte hast, um mich sturzbesoffen zu machen, dann nehme ich die Hand. Und wenn nicht …« Sie zuckte mit den Schultern. »Dann hat das Schicksal eben anders entschieden.«

»So große Angst hast du?«, fragte Rika mitfühlend.

Ganda konnte den Blick ihrer Reptilienaugen nicht ertragen und wandte sich ab. Aber Rika hatte Recht. Sie hatte Angst. Angst vor den Schmerzen. Angst davor, was es bedeutete, ein Krüppel zu sein. Angst, dass die Silberhand an ihr hing wie ein Mühlstein um den Hals, wenn sie versuchte, sich zu verwandeln.

Die Hexe zog einige Schilfmatten zur Seite, und ein großer Holzdeckel kam zum Vorschein. Sie klopfte mit der flachen Hand auf das Schloss und murmelte etwas. Rostige Angeln kreischten wie ein Falke im Sturzflug. Wie von Geisterhand schwang der Deckel auf. Rika hatte offensichtliche eine große Kiste im Boden eingegraben. Leise vor sich hinmurmelnd, kramte sie darin herum. Sie warf ein Bündel Amulette heraus. Ein knapp geschnittenes schwarzes Kleid, einen großen verbeulten Hut und etliche dünne Hefte aus vergilbtem, billigem Papier.

Ganda beugte sich vor. Eines der Hefte kam ihr bekannt vor. Sein Einband war ganz zerfleddert. Ungläubig las sie den Titel.

WIDER DIE SPIEL- UND TRUNKSUCHT
Streitschrift des ehrwürdigen Elija Glops, Begründer der Liga zur Wahrung der inneren Größe Albenmarks

Die Lutin griff nach den anderen Heften und las die Titel. AUF WELCHER SEITE STEHST DU?, GEBOREN ZU HERRSCHEN?, VON DER DIALEKTIK DER OHN-

MACHT, KOBOLDE ZUM LICHTE EMPOR und HALT STAND, TAPFRES ROTMÜTZENBLUT. Sie alle waren von Elija Glops verfasst.

»Rika!« Breitnase war bis zur Kiste zurückgewichen.

»Was?« Die Hexe richtete sich auf. In jeder Hand hielt sie eine verkorkte Flasche. Die kleine Echse war in ihr Haar zurückgeklettert und lauerte über ihrer Stirn.

»Sie hat die Hefte gesehen.«

Rika stellte ruhig die Flaschen ab. Während sie falsch lächelte, kramte sie mit der Linken in der Kiste weiter. »Kannst du eigentlich lesen, Herzchen?«

Ganda lachte auf. »Ob ich lesen kann? Die meisten dieser Hefte kenne ich nicht. Sie sind neu. Aber dieses hier …« Sie hielt ein besonders abgegriffenes Exemplar hoch. »Das ist mir wohl vertraut! Ich habe für Elija die Druckfahnen von WIDER DIE SPIEL- UND TRUNKSUCHT korrigiert.«

»Elija Glops macht keine Fehler!«, sagte Breitnase entrüstet, und Rika sah sie auf eine Art an, dass es Ganda kalt den Rücken hinablief.

»Hör mal, Rika. Ich weiß nicht, was ihr beiden habt, aber ich kenne Elija Glops gut. Wirklich gut …« Sie zögerte. Vielleicht war es klüger, nicht zu verraten, wie nahe sie sich einmal gestanden hatten.

»Wirklich gut?«, fragte Rika lauernd.

»Ja. Ich … Ich kenne seine ganze Familie. Wir sind auf denselben Hornschildechsen geritten. Und seinem kleinen Bruder habe ich die Windeln gewechselt.«

»Sprichst du von Kommandant Nikodemus?«

Fast hätte Ganda losgelacht, aber Rika hatte etwas an sich … So wie sie von dem Rotzlöffel Nikodemus gesprochen hatte, würde sie wohl als Nächstes behaupten, der hätte niemals in die Hosen geschissen. Was, um alles in der Welt, war passiert, seit sie Iskendria verlassen hatten? Warum kannte eine Hexe, die in einer Schilfhütte hauste, Elija und Nikodemus? Und wie kam sie an die Schriften von Elija?

»Ich war einmal die Pfadfinderin von Elija. Ich habe ihn durch das goldene Netz geführt.«

»Ach, und warum hast du ihn verlassen, Herzchen?«

»Von Verlassen kann keine Rede sein! Ich habe eine Freundin besucht, die kurz vor der Niederkunft stand. Da hat mich Emerelle auf ihr Schloss bestellt. Sie hat mir befohlen, den Elfen, der mich hierher gebracht hat, bei einer Mission zu begleiten.«

»Und du hattest nichts Besseres zu tun, als Emerelle zu gehorchen?«, fragte Rika entrüstet. »Weißt du nicht, dass sie die große Knechterin ist? Sogar dein Elf hatte Angst vor ihr. Und der sah nicht so aus, als gebe es vieles, wovor er sich fürchtet. Warum kennst du Schriften nicht, die mehr als zehn Jahre alt sind, wenn du Elija und seiner Sippe so nahe stehst?«

»Rika«, sagte Breitnase vorsichtig. »Ich glaube, sie und der Elf haben sich gründlich auf den Albenpfaden verlaufen. Der Elf hat mir ganz komische Fragen gestellt. Ich glaube, sie waren so etwa vierzehn Jahre fort.«

Ganda traute ihren Ohren nicht. »Wie lange waren wir fort? Vierzehn Jahre?«

»Na, da kann man wohl von Glück sagen, dass du schon lange nicht mehr die Pfadfinderin des großen Elija Glops bist. Man stelle sich einmal vor, Elija würde für vierzehn Jahre auf den Albenpfaden verschwinden. Nicht auszudenken!«

»Da war eine Falle«, sagte Ganda, immer noch ganz benommen von der Auskunft, wie lange sie fort gewesen war. Sie dachte an den Zauber, der wohl verborgen in den Albenpfad, der nach Iskendria führte, eingewoben war. Wer das Tor dort ohne Argwohn öffnete, der würde ihn nicht einmal bemerken. War es dieser Zauber, der ihr die Jahre gestohlen hatte? Für Unerfahrene war es gefährlich, sich durch das goldene Netz zu bewegen. Ging man durch mindere Albensterne oder machte einen Fehler, wenn man ein Tor öffnete, dann wurde man in die Zukunft davongetragen. Das lernte jeder Pfadfinder, noch lange bevor zum ersten Mal über den Torzauber gesprochen wurde. Aber sie hatten in Iskendria einen großen Albenstern geöffnet. Der Weg hätte sicher sein müssen! Hunderte Male war Ganda durch das goldene Netz gewandert. Nie war ihr ein Fehler unterlaufen!

»Elija hat mir immer blind vertraut«, sagte sie und leckte sich nervös die Schnauze. Wer hatte die Macht, einen Albenpfad zu manipulieren? Und noch dazu auf eine Art, dass es kaum auffiel!

»Rika«, sagte Breitnase aufgeregt. »Auf den ersten Seiten von KOBOLDE ZUM LICHTE EMPOR schreibt der große Elija vom Roten Schlüsselchen. Sie hat immer ein rotes Kleid getragen. So ein Kleid, wie Ganda es anhat. Er beschreibt es.«

Die Lutin schluckte. Sie war überrascht, wie sehr es sie berührte, von einem Fremden mit dem Kosenamen angesprochen zu werden, den Elija ihr vor vielen Jahren gegeben hatte. Das war eine Marotte von ihm gewesen. Allen, die ihm wichtig waren, hatte er einen neuen Namen gegeben. Meistens hatten sie mit ihren besonderen Eigenschaften zu tun gehabt. Sie hatte er Schlüsselchen genannt, weil sie für ihn die Tore zu den Albenpfaden geöffnet hatte, wenn er wieder eine lange Reise gemacht hatte. Auf seine Art hatte Elija sie wohl wirklich geliebt.

»Der große Elija hat geschrieben, dass sie das rote Schlüsselchen auf Burg Elfenlicht verschleppt haben, in die finsteren Kerker der großen Knechterin.«

»Mich hat niemand verschleppt!«, stellte Ganda energisch klar.

Der Mausling zupfte sich aufgeregt an der Nasenspitze. »Nein, nein, das verstehst du nicht. Sie sind sehr durchtrieben. Oft merken wir gar nicht, was sie mit uns machen. Aber der große Elija kennt alle ihre Schliche. Ihn können sie nicht hinters Licht führen.« Breitnase lief zu dem Heft auf dem Boden und tanzte aufgeregt darauf herum. »Das solltest du lesen. KOBOLDE ZUM LICHTE EMPOR gehört zu den älteren Schriften. Elija schreibt dort viel über seine frühen Weggefährten. Du wirst alles verstehen, wenn du es liest, Rotes Schlüsselchen.«

Und der war einer der größten Magier, dachte Ganda bei sich. Sie hob das Heft auf. Was Elija wohl über sie geschrieben hatte? Er hatte schon früher die sonderbare Gabe gehabt, dass die Leute ihm einfach alles glaubten.

Die Lutin blätterte in dem Heftchen. Einzelne Sätze sprangen sie an. *Wir alle sind Albenkinder! Warum behandeln die Elfen uns dann nicht wie ihre Brüder und Schwestern? Warum sind wir ihre Diener, wenn wir Kinder derselben Eltern sind? Wacht auf, ihr Unterdrückten! Niemand wird zum Sklaven geboren! Doch wird euch auch niemand die Ketten nehmen, wenn ihr es nicht selbst tut. So lange wir dienen, stärken wir die Macht, die uns den Rücken beugt.*

Ganda konnte sich nur schwer der Macht seiner Worte entziehen. Vielleicht hatte er ja Recht? Sie dachte an Ollowains Verrat. Sie hätte es besser wissen müssen! Emerelle zu dienen war ein Fehler. Keinem Kobold ist je aus dem Umgang mit den Elfen etwas Gutes erwachsen, hatte Elija immer gesagt. Und was sie anging, war er wahrlich ein Prophet gewesen.

Rika schlug die schwere Klappe der Truhe zu. »Bist du das Rote Schlüsselchen?«

»Ich war es einmal. Was ich jetzt noch bin, weiß ich nicht mehr.«

»Du bist meine Schwester, Kommandantin!«

»Kommandantin? Ich war nie eine Kommandantin!«

»Doch, doch, Schlüsselchen. Alle frühen Weggefährten des großen Elija sind Kommandanten geworden. Es steht dir zu, diesen Rang einzufordern, Schwester.«

»Und warum bin ich deine Schwester?«, fragte Ganda entnervt.

Breitnase hakte die Daumen in die Weste ein und platzte fast vor Stolz. »Weil ich zu den Rotmützen gehöre, genau wie Rika. Kommandant Nikodemus hat uns aufgenommen, als er vor zwei Jahren in Yaldemee war.«

Ganda schwirrte der Kopf. Das war ihr zu viel. Sie kannte Nikodemus als einen schusseligen jungen Lutin, der sich kaum in einen Hasen verwandeln konnte. Und Elija war ein Weltverbesserer gewesen, der unermüdlich über die Knechtschaft der Koboldvölker schwadronierte, den man aber eher belächelte, als dass man ihn ernst nahm. Die ganze Welt schien plötzlich auf den Kopf gekehrt zu sein!

»Wisst ihr denn, wo Elija jetzt ist?«

Breitnase wollte schon etwas sagen, aber Rika stieß ihn mit dem dicken Zeh an, und er purzelte quer über die Schilfmatten. »Der große Elija schläft nur selten zwei Nächte am selben Ort. Er hat viele Feinde dort draußen. Die Elfen erkennen langsam, dass wir ihre Lügen durchschauen. Es ist noch gar nicht lange her, da hat der Fürst von Arkadien unsere Schwester Martha aufgespürt. Sie hieß ›die Eiserne‹ und war die Kommandantin der Rotmützen in Feylanviek. Als Shandral von Arkadien ihren geheimen Namen herausfand, ließ er sie in seine Schmieden schleppen. Er verspottete sie, indem er sagte, dass man verbogenes ›Eisen‹ unter den Schmiedehämmern wieder in Form bringen könne. Sie ist einen grausamen Tod gestorben.«

»Kommandant Skorpion wird sie rächen!«, sagte Breitnase voller Überzeugung.

Rika zog eine Grimasse. »Es hieß immer, die Eiserne und der Skorpion seien ein Paar. Wo war er, als sie ihn gebraucht hätte?«

»Bestimmt hatte er den Befehl, seine Tarnung nicht aufzugeben.«

»Das Leben ist nicht so romantisch, Breitnase. Ich glaube eher, dass der Skorpion zwei Herren dient.«

»Und das befürchtest du auch bei mir, weil ich so lange bei den Elfen war«, mischte sich Ganda ein.

Rika musterte sie mit ihrem Reptilienblick. »Dein Ollowain ist eigentlich kein übler Kerl für einen Elfen. Auf seine Art ist er geradezu ein Rebell. Er hat viel für dich getan, als er …«

Ganda hob ihren Armstumpf. »O ja, er hat viel für mich getan. Er hat mich belogen und bestohlen. Er hat mich ausgenutzt. Du selbst hast mir das alles gesagt. Warum sollte ich noch der Sache der Elfen dienen?«

»Du hast freiwillig den Befehlen Emerelles gehorcht, Ganda, und das stellt dich in kein gutes Licht. Und was immer du über Ollowain denkst, er hat dich zunächst hierher gebracht und alles dafür getan, dass du gut versorgt bist. Dann erst ist er zur Königin gegangen. Im Übrigen bin ich der Überzeugung, dass du, wenn du wirklich die Kommandantin Schlüsselchen bist, auch ohne unsere Hilfe zum großen Elija finden wirst.«

Ganda atmete tief aus. Rikas Misstrauen war nicht ganz unbegründet. Wahrscheinlich hätte sie sich an Stelle der Hexe ganz ähnlich verhalten. Sie würde zum Schwarzen gehen. Beim Gedanken daran, dass man ihn jetzt wahrscheinlich auch Kommandant nannte, musste sie schmunzeln. Der Schwarze war der dickste Kobold, der ihr jemals begegnet war. Er lebte in Talsin und war Elijas Drucker. Er wusste immer, wo Elija sich aufhielt, weil der Lutin sich ständig irgendwelche Druckfahnen schicken ließ. Zumindest war es früher so gewesen.

Ganda betrachtete die Hand, die auf dem Samttuch lag. Wenn sie ihr früheres Leben wieder aufnahm, dann würde sie ihre beiden Hände brauchen.

»Bruder Breitnase, ich bin bereit für deinen Zauber.«

Der Mausling strahlte. »Du wirst sehen, Kommandantin, deine neue Hand wird besser als deine alte sein.«

Rika reichte ihr eine der Schnapsflaschen, die sie aus der verborgenen Truhe geholt hatte. »Du solltest einen Schluck trinken. Es wird wehtun.«

»Das muss ich dann wohl aushalten. Ich wünsche, dass

ihr mich zum nächsten Albenstern bringt, sobald die Hand mit mir verschmolzen ist.«

»Du wirst sehr geschwächt sein. Das ist nicht klug, Ganda«, wandte die Hexe ein.

»Ich habe mehr als vierzehn Jahre verloren. Elija kann nicht noch länger warten. Ich muss ihn wiedersehen.«

»Vergiss deine Zweifel«, sagte Breitnase ergriffen. »Hast du das gehört, Rika? So spricht nur eine wahre Kommandantin. Sie ist eine Heldin.«

Die Hexe hob die Silberhand auf und löste die Schutzkappe über Gandas Armstumpf. »Dafür, dass du vierzehn Jahre verloren hast, hast du es verdächtig eilig. Was zählt da noch ein Tag oder zwei? Und was den Elfen angeht, rate ich dir, frage dein Herz nach der Wahrheit. Ich hoffe, das hast du nicht zugleich mit deiner Hand verloren. Worte legen sich manchmal wie ein Schleier vor die Wirklichkeit. Sie blenden den Verstand. Das Herz zu täuschen ist schwieriger. Das ist meist unser eigenes Werk. Und nun beiß die Zähne zusammen und setz dich, sonst kommt Breitnase nicht an deinen Stumpf heran.«

OLLOWAINS VERSPRECHEN

Der Schwertmeister zog den Vorhang zur Seite. Blasse Lichtfinger tasteten in das Zimmer. Nardinel kniete noch immer neben Obilee. Die Heilerin zitterte vor Erschöpfung.

Kalte Wut packte Ollowain, als er die vielen blutigen Fußabdrücke sah. Sie hatten die Elfe einfach zur Seite gezogen und das Zimmer ausgeräumt. Dabei waren sie immer wieder durch die große Blutlache gelaufen.

Es war ein Wunder, dass Obilee noch lebte! Der Armbrustbolzen hatte sie in einem glücklichen Winkel getroffen und war am Schädel entlanggeschrammt. Sie hatte sehr viel Blut verloren. Wären sie nur eine halbe Stunde später gekommen, wäre es vermutlich zu spät gewesen. Der Kobold, der Melvyn benachrichtigt hatte, hatte Obilee das Leben gerettet.

Ollowain machte sich Vorwürfe, weil er nicht in Erwägung gezogen hatte, dass Shandral flüchten könnte. Und er machte sich Vorwürfe, weil er sich überhaupt dazu hatte hinreißen lassen, die Intrige um den vermeintlichen Unfall des Fürsten zu spinnen. Das Lügen und Ränkeschmieden war nicht seine Welt! Aber Shandral kannte sich damit gut aus, wie er wohl alle dunklen Seiten der Seele ausgelotet hatte. Natürlich hatte der Fürst durchschaut, was auf dem Festplatz wirklich geschehen war. Jedenfalls beinahe, denn er ging gewiss davon aus, dass man ihm nach dem Leben getrachtet hatte. Dabei war es Ollowain nur darum gegangen war, ihn mit einem gebrochenen Arm oder Bein für jene Verbrechen zu bestrafen, die sich der Gerechtigkeit elfischer Gesetze entzogen.

Nardinel erhob sich. Ihr Gesicht wirkte eingefallen, und ihre Haut war fast durchscheinend. »Sie wird es überleben. So etwas habe ich noch nie gesehen. Der Armbrustbolzen hat eine tiefe Furche durch den Knochen gezogen, und das auf einer Länge von mehr als einer Hand. Aber er ist nicht durchgeschlagen. Sie wird schlimme Kopfschmerzen haben, wenn sie erwacht. Wahrscheinlich wird sie sich auch an den vergangenen Abend nicht mehr erinnern können. Aber sonst wird von der Wunde nichts zurückbleiben. Ich habe den Knochen wieder hergestellt und die Wunde geschlossen.« Die Heilerin lächelte müde. »Für eine Kriegerin war sie mir sehr zart erschienen, aber sie ist im wahrsten Sinne des Wortes ein Dickschädel. Wenn du von deinem Feldzug zurückkehrst, wird sie wahrscheinlich schon wieder herumlaufen und jeden Rat von mir, sich zu schonen, in den Wind schlagen.«

Melvyn war die ganze Zeit über unruhig im Zimmer auf und ab gegangen. »Sie war hier, nicht wahr?« In den Holzdielen des Bodens konnte man die Abdrücke von Bettpfosten sehen. Warum Shandral das ganze Bett hatte mitnehmen lassen, war Ollowain schleierhaft. Es fehlten zwar auch andere Möbel im Haus, aber keine Betten. Auf einer hastigen Flucht belastete man sich doch nicht mit so etwas! Auch waren draußen im Flur offensichtlich Vorhänge abgenommen worden. Kein einziger Koboldiener war zurückgeblieben, der ihnen Antwort geben konnte, was in den letzten Stunden im Stadtpalast vor sich gegangen war. Sogar die Kobolde, die in der Schmiede am Wehr gearbeitet hatten, waren verschwunden.

»Warum hängen hier überall diese grässlichen Masken?« Melvyn ballte die Hände zu Fäusten. »Ich wünschte, ich hätte diesen Mistkerl aufgeschlitzt. Ich …« Tränen der Wut standen ihm in den Augen. »Ich war in der Schmiede. Ich hab sie mir angesehen. Warst du einmal dort, Ollowain? Hast du die Hämmer gesehen?«

»Wir werden ihn finden. Und wir werden auch Leylin wieder finden.«

»Schöne Worte! Wölfe schützen die Schwächsten im Rudel. Und wir … Wir finden schöne Worte. Wer weiß, was er Leylin noch alles antun wird? Ich kann doch nicht hier sitzen und …«

»Was willst du stattdessen tun? Wo willst du sie suchen?«, fuhr Ollowain ihn an. »Glaubst du, Shandral ist so dumm und flüchtet in seinen Fürstenpalast? Das wäre ja wohl der erste Ort, an dem du ihn suchen würdest. In Arkadien hat seine Familie dutzende großer Landhäuser. Und das ist nicht alles. Er ist ein Schüler Alathaias gewesen. Er könnte auch irgendwo in Langollion sein. Seine Meisterin würde ihm gewiss Zuflucht gewähren. Durch das goldene Netz kann er an hunderte von Orten gelangen, von denen wir nicht einmal ahnen, ob er dort vielleicht Freunde hat. Wie willst du ihn finden? Dir bleibt keine andere Wahl, als zu warten, bis du Nachricht von deinem Gefährten Nossew erhältst. Und da er kein Zauberer ist und die Pfade der Alben nicht aus eigener Kraft beschreiten kann, wird es Wochen dauern, bis du von ihm hörst.«

»Du willst nur, dass ich mit dir komme«, sagte Melvyn voll kalter Wut. »Das ist alles, worum es dir geht, nicht wahr? Du willst nicht noch mehr Krieger verlieren.«

»Du bist in der Tat sehr wichtig, Melvyn. Ich brauche dich, um die Späher der Trolle aufzuspüren und daran zu hindern, Nachrichten zu ihrem Heer zu bringen. Vor allem am letzten Tag, wenn wir dem Mordstein schon sehr nahe sind. Ihr könnt viele Leben retten, wenn ihr mir helft. Ich hatte auf dich vertraut. Natürlich kannst du auch deine Männer und deine Adler nehmen und nach Shandral suchen. Ich glaube zwar nicht, dass du ihn finden wirst, aber ich werde dich nicht zwingen, mir zu dienen. Shandral hat fünfhundert Armbrustschützen mitgenommen, die unser Heer gebraucht hätte. Deine Kriegerschar ist kleiner, aber nicht weniger bedeutsam. Geh Leylin suchen, und viele werden mit ihrem Leben dafür bezahlen. Das wird Blut sein, das nicht Shandral vergossen hat, sondern du. Du erzählst doch gern von deinem Wolfsrudel. Würde ein einzelner Wolf für eine aussichtslose Jagd sein Rudel verlassen? Würde er das ganze Rudel gefährden? Sag es mir! Ich weiß nur wenig über Wölfe.«

Die langen Stahlkrallen glitten aus Melvyns Armschienen. Der Elf starrte auf die barbarischen Waffen. Ganz langsam hob er die rechte Krallenhand.

Nardinel stellte sich schützend vor Obilee, die bewusstlos am Boden lag.

Melvyns Rechte zitterte. Der Stahl berührte seinen nackten Oberarm. Vier blutige Furchen blieben zurück. »Ich kann sie doch nicht einfach im Stich lassen … Sie nicht und mein Rudel auch nicht. Ich kann nicht …« Wieder schnitten die Krallen in seine Haut. Der Stahl drang nicht tief ein, doch die Wunden bluteten stark.

»Melvyn. Tu das nicht! Wir brauchen dich stark und gesund, hörst du. Ich werde noch heute eine Botschaft an Emerelle schicken. Sie wird Shandral seine Herrschaft nehmen. Wir werden ihn finden. Glaub mir, Melvyn! Nach der Schlacht …« Er stockte. Er durfte sich nicht noch tiefer in Lügen und Intrigen verstricken. Für ihn gab es kein *nach der Schlacht* mehr. Er hatte kein Recht, Melvyn irgendetwas zu versprechen. »Ich werde dir helfen, so lange ich mein Schwert führen kann«, sagte er mit flauem Gefühl.

Der Elf blickte auf. Er hatte die Augen seiner Mutter. Wolfsaugen! »Wir werden Shandral gemeinsam jagen?«

»So lange mich meine Beine tragen, das schwöre ich dir.« Ollowain fühlte sich erbärmlich.

Melvyn sah zu ihm auf, und all seine Seelenqual lag in seinem Blick. »Ich hätte niemals zu ihr gehen dürfen. Ich … Ich wünschte, ich wäre ein Mann wie du. Der Ritter der Königin, der ehrenhafteste Krieger Albenmarks. Ich will dein Schüler sein, Ollowain. Lehre mich zu sein wie du.«

Jedes der Worte traf den Schwertmeister wie ein Dolchstoß. Einen Augenblick war er unfähig zu antworten. Endlich brachte er ein trockenes Ja hervor.

Melvyn schob die Krallen zurück. »Ich vertraue dir. Ich … Es ist … Ich fühle mich so schuldig. Weißt du, anfangs …« Er senkte den Blick. »Es war ein Spiel, um das endlose Warten abzukürzen. Ich weiß, was man sich über mich erzählt … Aber ich liebe sie wirklich. Ich kann es nicht ertragen, daran zu denken, was Shandral ihr angetan hat. Es ist ein Gefühl, als reiße man mir mit glühenden Zangen das Fleisch vom Leib. Ich … Bitte hilf mir! Ich kämpfe für dich. Ich werde jeden deiner Befehle befolgen. Aber hilf mir, sie von Shandral fortzuholen.«

Ollowain konnte darauf nicht antworten. »Sorge dafür, dass deine Männer bereit sind. Die ersten Späher sollen schon heute Mittag aufbrechen.«

Melvyn wartete einige Herzschläge, ob er noch mehr

sagen würde. Als nichts kam, nickte er enttäuscht und wandte sich zum Gehen.

»Schick uns zwei Krieger mit einer Trage, damit wir Obilee in mein Quartier bringen können«, rief Nardinel ihm hinterher.

Sie hörten seine schweren Schritte auf den Holzdielen. Dann war er fort, ohne ihr geantwortet zu haben.

»Ich hole die Träger.«

Die Heilerin hielt Ollowain zurück. Sie sah ihn durchdringend an. Ahnte sie etwas? »Er wird uns helfen«, sagte sie ruhig. »Aber du wirst Leylin für ihn nicht retten können.«

Der Schwertmeister räusperte sich. »So«, war alles, was er hervorbrachte.

»Diese Helme«, fuhr Nardinel flüsternd fort. »Ich kenne sie. Die Wachen Alathaias tragen solche Tiermaskenhelme. Shandral lässt in seinen Schmieden die Rüstungen und Waffen für die Streiter seiner Meisterin fertigen. Aber dieses Zimmer war mehr als nur eine Kammer, in der man die Meisterwerke seiner schwarzen Schmiedekunst ausstellte. Hast du es gerochen?«

Ollowain nickte knapp. Hatte sie sein falsches Versprechen vielleicht doch nicht durchschaut? Wie sollte sie ahnen, dass er den Tod suchte! »Der Geruch … Ja. Opium, nicht wahr? Shandral hat es ihr wohl gegeben, um ihre Schmerzen zu lindern.«

Nardinel sah ihn traurig an. »Glaubst du, ein Mann, der seinem Weib mit Schmiedehämmern die Knie zerschmettern lässt, würde ihr danach Opium geben, damit sie die Schmerzen besser ertragen kann?«

Ollowain breitete hilflos die Hände aus. »Shandral ist verrückt. Meinem Verstand verschließt sich, was in seinem Kopf vorgeht. Vielleicht hat er seine Untat bereut? Vielleicht liebt er Leylin immer noch?«

Nardinel sah unschlüssig zur Tür hinüber. Dann bückte sie sich zu Obilee und überprüfte den Verband an ihrem

Kopf. »Sag Melvyn nicht, was ich dir jetzt anvertraue. Er würde das nicht verkraften. Aber du solltest es wissen, bevor ihr beide eine Suche beginnt, die nur in Blutvergießen und Wahnsinn münden kann. Ich fürchte, Shandral genügt es nicht, Leylins Leib zu zerstören. Wenn sie stirbt, geht sie entweder ins Mondlicht, oder aber sie wird wiedergeboren. Mit dem Leben streift sie alles ab, was man ihrem Körper angetan hat. Deshalb will Shandral ihre Seele verletzen. Er will ihr etwas antun, das sie in alle weiteren Leben verfolgt, die ihr vielleicht noch bestimmt sind. In der Kammer roch es nicht nur nach Opium. Man hat dem Opium auch weißen Weihrauch beigemischt. Richtig dosiert verursacht er starke Halluzinationen. Stell dir vor, wie Leylin hilflos im Bett liegt, schwer verletzt und außer Stande, ihr Zimmer zu verlassen. Ihre Sinne sind vom Räucherwerk benebelt. Und überall an den Wänden hängen diese Masken. Sie wird keine Helme gesehen haben. Für sie waren diese Fratzen lebendig. Vielleicht hat sie sie sogar flüstern hören. Er will Leylin in einem Ausmaß zerstören, das du dir nicht einmal vorstellen könntest, Ollowain. Es wäre besser gewesen, sein Pferd hätte ihn zu Tode gequetscht.«

Der Schwertmeister wollte das nicht hören. Was konnte er noch tun? Er würde die Gräfin Caileen zu sich befehlen. Vielleicht konnte er sie dazu bringen, Melvyn bei seiner Suche zu helfen. Sie musste ihren Fürsten doch kennen. Der Adel hatte sich von Shandral abgewandt. Sie wäre gewiss eine gute Verbündete.

»Ich sehe jetzt selbst nach Trägern für eine Bahre«, sagte Nardinel, als er zu lange geschwiegen hatte.

Ollowain betrachtete die junge Elfe. Sie lag reglos da. Ihr Haar war von Blut verklebt. Wenigstens war sie dem Abgrund entronnen, der sich hier aufgetan hatte. Wenn auch nur knapp.

Obilees Augenlider flatterten. Sie sah ihn an. Erkannte ihn. Ihre Pupillen waren winzige Punkte. Die Lippen der

Elfe bewegten sich. Ollowain beugte sich vor, dennoch konnte er ihre Worte kaum verstehen. »Ich habe sie gesehen … Ihre Beine …«

»Shandral wird dafür zur Verantwortung gezogen, was er getan hat. Ich weiß, was du …«

Obilee sah ihn mit schreckensweiten Augen an. Sie bot all ihre Kraft auf, um ihm etwas mitzuteilen. »Die Beine …«, sagte sie noch einmal. Dann wurde sie wieder ohnmächtig.

WILLKÜR

Emerelle saß allein in ihrem Thronsaal und betrachtete in Gedanken versunken die silbern funkelnden Wasserkaskaden, die in niemals versiegendem Strom die Wände hinabrannen. Seit er gegangen war, dachte sie nur noch an ihn. Sie zürnte ihm noch immer. Aber sie versuchte auch, ihn zu begreifen. Warum hatte er das getan? Wusste er nicht, wie bedeutend er für Albenmark war? Er war unersetzlich! Und das nicht nur für Albenmark …

Ollowain kannte die Gesetze der Bibliothek. Er hätte das Buch nicht stehlen dürfen. Er wusste, welche Konsequenzen er dafür zu tragen hatte. Auch wenn der Schwertmeister das Gegenteil behauptete, war sie sich ganz sicher, dass es die Lutin gewesen war, die das verbotene Buch an sich genommen hatte. Aber gefangen in seine Ideale von Ritterlichkeit, musste er sich schützend vor Ganda stellen. Dabei war sie doch nur eine unbedeutende Lutin. Die Welt würde ihren Verlust verkraften … Je länger sie darüber nachdachte, desto mehr setzte sich in Emerelle die Überzeugung fest, dass Ollowain sie zu eben diesen Gedanken hatte führen wollen. Vielleicht nicht als bewusste Entscheidung …

Es war die Art, wie er die Welt sah, die in diesem unlösbaren Konflikt gipfeln musste. Wie viel waren Emerelles hehre Ansprüche an eine gerechte Herrschaft wert, wenn es letztlich doch keine Sicherheit für den Einzelnen gab? Gut, Ganda hatte wirklich gegen Gesetze verstoßen. Sie wäre zu Recht verurteilt worden. Aber Emerelle war auch bewusst geworden, dass sie bereit gewesen wäre, Ganda zu opfern, selbst wenn sie nicht die Diebin gewesen wäre. So war ihre Herrschaft. Gut erinnerte sie sich, wie sie Obilee vor Jahren erklärt hatte, dass sie als gute Herrscherin einer größtmöglichen Menge von Untertanen das größtmögliche Glück schenken wolle. Das bedeutete in letzter Konsequenz die Aufhebung aller Gesetze, an die sie sich so gern klammerte. Niemand konnte sich in einer Welt sicher fühlen, in der die Herrscher dieser Maxime folgten. Es war egal, ob Ganda schuldig war oder nicht. Wenn sie die Lutin an die Hüter des Wissens auslieferte, wäre deren Ruf nach einem Blutgericht Genüge getan. Und die Welt brauchte Ollowain mehr als die Lutin. Er war der einzige Feldherr, der die Trolle vielleicht aufhalten konnte. Siegten sie, dann bedeutete das tausende Tote, brennende Städte und endloses Leid. Trotz der Warnung in Melianders Buch hatte sie die Zukunft weiterhin in der Silberschale betrachtet. Sie hatte die endlosen Flüchtlingsströme in der Steppe und auf den Pässen der Mondberge gesehen. Das brennende Feylanviek und all die Toten. War Gerechtigkeit diesen Preis wert? Wog das Leben der Lutin so schwer wie all das?

Sie kannte die Antwort. Es ging nicht nur um die Lutin. Das hatte Ollowains Verhalten ihr klar gemacht. Niemand in Albenmark konnte sich mehr sicher fühlen, wenn sie über die festgeschriebenen Gesetze noch eine ungreifbare, höhere Gerechtigkeit setzte. Ganda war der Anfang. Doch jeder konnte jederzeit wie sie zum Opfer werden, wenn die abstrakte höhere Gerechtigkeit das erforderte. Jede gerechte Herrschaft wäre damit ad absurdum geführt.

Emerelle hatte nur schwer der Versuchung widerstanden, Ganda mit Hilfe der Silberschale zu suchen. Wenn es stimmte, was Meliander auf den letzten Seiten seines Buches geschrieben hatte, dann hätte die Silberschale sie gewiss zu der Lutin geführt. Und die Schale hätte Bilder gezeigt, die es Emerelle leichter gemacht hätten, die Koboldfrau zu verurteilen.

Die Königin hatte sich Ollowains Willen gefügt, die Lutin aus dieser Sache herauszulassen. Er und seine verfluchte Ritterlichkeit …

Er hatte sich auch schützend vor sie gestellt. Seine klare Art hatte sie immer fasziniert. Sein Festhalten an den Grundsätzen der Gerechtigkeit. All das waren Eigenschaften, die ihn zu dem Mann machten, der seit Jahrhunderten ihr Herz gefangen hielt, obwohl er sie in seinen Reinkarnationen nie als seine frühere Liebe wiedererkannt hatte. Und nun schickte sie ihn auf den Richtblock! Sie, die …

Das hohe Tor des Thronsaals schwang auf. Meister Alvias trat ein. Distinguiert wartete er am Tor darauf, dass sie ihn anblickte und zu sprechen aufforderte.

»Nun?«

»Reilif, Hüter des Wissens in der Bibliothek von Iskendria, ist eingetroffen und wünscht eine Audienz, Herrin. Soll ich ihn hereinbringen?«

Die Königin nickte. Sie hatte eine verzweifelte letzte List ersonnen, um Ollowain zu retten. Es war ein Spiel mit den Gesetzen. Aber was sie tat, tat sie in bester Absicht. Und sie würde sich dabei an das niedergeschriebene Recht halten.

Wenig später geleitete Alvias eine Gestalt in langer schwarzer Kutte in den Thronsaal. Das Gesicht des Hüters des Wissens blieb im Schatten seiner Kapuze verborgen. Er blieb respektvolle zehn Schritt vor dem Thron stehen. Der Hofmeister blieb an seiner Seite. »Ihr wisst, weshalb ich komme, Herrin?«

»Ja. Mich verwundert allerdings, dass du so spät kommst.«

»Ich bin den Dieben sofort gefolgt, Herrin.«

Emerelle stutzte. Reilif hatte fünfzehn Jahre gebraucht. War ihm das nicht klar? Sie entschied, dieses Wissen zunächst für sich zu behalten. »Du kommst wegen des Buches *Die Wege der Alben,* das mein Bruder Meliander verfasst hat.«

»So ist es, Herrin. Ich fordere Gerechtigkeit. Den beiden Dieben war klar, welche Gesetze in der Bibliothek gelten und welche Strafe sie erwartet, wenn sie unsere Schriften stehlen. Iskendria steht jedem offen, und in aller Regel erlauben wir unseren Besuchern, Abschriften von jedem Text zu fertigen, den sie zu sehen wünschen. Doch gegen den Diebstahl von Büchern gehen wir mit aller Härte vor.«

»Verwehrt ihr euch mit derselben Vehemenz dagegen, Diebesgut in euren Bücherschatz aufzunehmen? Oder gilt diesbezüglich zweierlei Maß in Iskendria?«

Reilif hob ruckartig den Kopf. Jetzt konnte Emerelle sein Kinn und seinen schmalen, verkniffenen Mund sehen. Die obere Gesichtshälfte blieb weiterhin im Schatten der Kapuze verborgen. »Solltest du einen Vorwurf gegen die Hüter des Wissens erheben wollen, möchte ich dich bitten, ein wenig konkreter zu werden, Herrin.«

Emerelle wusste, seit sie das Buch ihres Bruders gelesen hatte, dass sie dem Kobold Cabak, seinem treuen Diener, Unrecht getan hatte. Sie hatte ihm nicht geglaubt, als er seine Unschuld beteuert hatte. Sie erinnerte sich auch, dass sie damals zornig darüber gewesen war, dass ein Dieb, den sie mit einem Teil seiner Beute gestellt hatte, es immer noch gewagt hatte, so vehement auf seiner Unschuld zu bestehen. Jetzt würde sie Cabak, der seit vielen Jahrhunderten tot war, ein zweites Mal Unrecht tun. Doch es geschah, um den Lebenden zu dienen. »*Die Wege der Alben* wurde von meinem Bruder Meliander verfasst. Nach seinem Tod hat man das Buch gestohlen. Dieses Buch hätte niemals nach Iskendria gelangen dürfen. Oder ist der Wissensdurst der Bibliothekare nun so groß, dass man sich zum Hehler von Diebesgut macht?«

Reilif räusperte sich und zog eine Schriftrolle aus dem weiten Ärmel seiner Kutte. »Ich bin erschüttert, einen solchen Vorwurf aus deinem Munde zu hören, Herrin. Und deine Worte treffen mich umso mehr, da ich den Verdacht hege, dass du das Ansehen der Bibliothek beschmutzt, um einen wirklichen Dieb vor seiner gerechten Strafe zu bewahren. Würdest du deiner Herrin bitte dieses Schriftstück bringen, Alvias. Es dokumentiert unseren rechtmäßigen Anspruch auf das Buch *Die Wege der Alben.*«

Der Hofmeister brachte ihr wortlos die Schriftrolle. Emerelle öffnete das Dokument. Schon der erste Blick verriet ihr, dass es tatsächlich in der Handschrift ihres Bruders verfasst war. Er erklärte, dass *Die Wege der Alben* ein Geschenk an die Bibliothek von Iskendria sei.

Die Königin atmete schwer aus. Meliander musste das kommen gesehen haben. Wie konnte er nur diese Urkunde verfassen, wenn er den Bildern der Silberschale nicht mehr traute? Um Fassung bemüht, rollte Emerelle das Pergament zusammen und reichte es Alvias, der wartend neben ihrem Thron stand.

»Ich muss mich bei dir entschuldigen, Reilif. Die späteren Untaten des Lutin Cabak haben meinen Blick für die Wahrheit verstellt.«

»Ich hoffe, dass nicht auch dein Blick für Gerechtigkeit verstellt ist.«

»Hüte deine Zunge!«, sagte Alvias scharf. »Niemand beleidigt ungestraft unsere Herrin!«

»Lass es gut sein, mein Freund.« Emerelle war überrascht, dass Reilif sich zu einer solchen Frechheit hatte hinreißen lassen. Er erinnerte sie in diesem Augenblick an eine der Allegorien auf den Tod, die man zuweilen als Illustration in alten Handschriften fand. Eine hagere, gesichtslose Gestalt in schwarzer Kutte, die reglos hinter den Lebenden lauerte und wartete.

»Ich habe ein schriftliches Geständnis des Schwertmeisters Ollowain. Er hat das Buch aus Iskendria entwendet, weil er der Meinung war, dass es dort nicht in Sicherheit sei. Er berichtete mir von einigen Morden, die wohl begangen wurden, um jemanden zu finden, der das Buch zu öffnen vermag.«

»Seine Beweggründe interessieren mich nicht«, entgegnete Reilif kühl. »Auch sein Status ist nicht von Belang. Ich fordere seine Auslieferung oder aber, dass hier in Albenmark das Urteil vollstreckt wird, das über ihn verhängt wurde.«

»Ihr habt schon ein Urteil.« Emerelle war ebenso überrascht wie schockiert. »Wie konntet ihr wissen, ob er es war? Und wie konntet ihr ein Gericht einberufen, ohne ihm Gelegenheit zu geben, zu euren Anschuldigungen Stellung zu beziehen?«

»Wenn er einen Brief hinterlassen hat, in dem er sich selbst als den Dieb des Buches *Die Wege der Alben* bezichtigt, dann haben wir uns wohl nicht geirrt. Und was das Urteil angeht, haben wir in das Dokument noch keinen Namen eingetragen. Das werde ich nun nachholen, wenn du mir Tinte und Feder bringen lässt.« Reilif holte eine zweite Schriftrolle hervor, diesmal aus dem anderen Ärmel seiner Kutte. »In Anbetracht seines Ranges hat Ollowain wohl ein Recht darauf, durch Schwert oder Beil gerichtet zu werden. Würdest du mir den Dieb bitte vorführen lassen, Herrin, damit ich ihm das Urteil der Hüter des Wissens verkünden kann?«

»Ich fürchte, das ist im Augenblick nicht möglich. Der Schwertmeister befindet sich in Feylanviek. Er versammelt dort die Heere Albenmarks für eine Schlacht gegen die Trolle.«

»Dann musst du Krieger schicken und ihn festnehmen lassen, Herrin.«

Emerelle faltete die Hände und legte sie in ihren Schoß. Sie dachte an den Bericht, den Elodrin ihr über die Vorfälle während des Festes der Kentauren geschickt hatte. »Ich fürchte, du verkennst die Lage, Reilif. Nicht einmal ich hätte die Macht, ihn inmitten seiner Truppen festnehmen zu lassen. Diese Krieger sind bereit, sich für Ollowain in Stücke hacken zu lassen. Ihren Feldherrn aus ihrer Mitte zu holen, ist unmöglich.«

»Bist du sicher, dass du noch die Herrin Albenmarks bist, Emerelle?«, fragte der Hüter des Wissens scharf.

»Ist es klug, das herausfinden zu wollen, indem du mich beleidigst?« Emerelle erhob sich und klatschte in die Hände. Das Tor zum Thronsaal schwang auf, und Wachen erschienen auf der Schwelle. »Der Hüter des Wissens möchte zu seiner Kammer begleitet werden.«

Reilif hob drohend die zweite Schriftrolle. »Es gibt einen Vertrag zwischen dir und Iskendria. Darin hast du dich verpflichtet, unser Recht anzuerkennen, und uns Beistand versprochen, wenn wir Flüchtigen nachsetzen. Ich fordere die uns verbriefte Unterstützung ein, Herrin! Oder gelten Gesetze und Verträge in Albenmark nicht mehr?«

»Ich erkenne das Urteil der Hüter des Wissens an. Und ich werde Ollowain verhaften lassen, sobald er ins Herzland zurückkehrt. Als Königin bin ich dem Recht verpflichtet, selbst wenn meine Gäste sich nicht dem Gesetz der Höflichkeit verpflichtet fühlen. Ist deinen Forderungen damit Genüge getan, Reilif?«

Der Hüter des Wissens verbeugte sich steif. »Mit deiner Erlaubnis werde ich verweilen, bis man Ollowain an mich ausliefert, Herrin.«

»Zu den Gesetzen der Gastfreundschaft gehören neben Rechten auch Pflichten, Reilif. Ich ermahne dich, dich an deine Pflichten zu erinnern, sonst erlöschen auch deine Rechte. Du hast mein Wort als Königin, dass Ollowain an dich überstellt wird, sobald er das Herzland betritt. Und er soll in dieser Halle vor seinen Henker geführt werden. Ich akzeptiere das Todesurteil über den Schwertmeister als gültig, auch wenn ich die Art, in der euer Tribunal Urteile in Abwesenheit der Angeklagten fällt, als äußerst fragwürdig empfinde. Ich werde meine Schreiber und Rechtsgelehrten beauftragen, die Verträge mit Iskendria zu überprüfen und nach Möglichkeiten zu suchen, sie für die Zukunft aufzukündigen. In deinen Forderungen und deinem Auftreten kann ich nicht mehr den Geist jenes Iskendria entdecken, mit dem Albenmark sich einst verbunden fühlte. Du darfst nun gehen, Reilif.«

Der Hüter des Wissens blieb ungerührt stehen. »Ich fordere das Buch zurück, das uns gestohlen wurde.«

Emerelle spürte die Wärme des Albensteins auf ihrer Brust. Das Rauschen des fallenden Wassers war lauter geworden. Feine Gischt sprühte in den Thronsaal. »Du wirst das Buch zusammen mit dem Kopf des Schwertmeisters erhalten. Und nun erlaube ich dir, dich zurückzuziehen.«

Der Hüter des Wissens verbeugte sich erneut. Vor der hohen Tür verharrte er. Ohne sich umzudrehen, sprach er. *»Wenn ich den Thron besteige, dann bin ich in Fesseln aus Papier geschlagen. Es sind die Fesseln der Gesetze Albenmarks, und mögen sie euch auch schwach erscheinen, so binden sie mich fester als jeder Stahl, denn würde ich sie nicht achten, hieße meine Herrschaft Willkür, und ich wäre es nicht wert, weiterhin das Szepter Albenmarks zu führen.* Erinnerst du dich an diese Worte, Emerelle? Du hast sie an jenem Tag gesprochen, als du zum ersten Mal auf den Thron gewählt wurdest. Sie stehen niedergeschrieben in den Geschichtsbüchern Iskendrias. Gelten sie noch für dich? Oder haben Jahrhunderte der Herrschaft das Papier deiner Fesseln zu Staub zerfallen lassen?«

Emerelle gab sich nicht die Blöße, darauf zu antworten. Die Wachen führten Reilif ab, der keinen weiteren Widerstand leistete. Seine Worte hatten sie zutiefst getroffen. Hatte er Recht? War ihre Herrschaft Willkür geworden? Oder waren es die Jahrhunderte, die den Geist der Gesetze unter Bergen von Papier erstickt hatten? Wie hatte es geschehen können, dass Recht und Gerechtigkeit nicht mehr übereingingen?

Emerelle trat an das Stehpult, das hinter der hohen Lehne ihres Throns verborgen stand. Eilig brachte sie ein paar Zeilen zu Papier, die ihr das Herz diktierte, auch wenn sie sich bemühte, dass die Worte nicht allzu verräterisch waren. Sorgsam faltete sie die Botschaft und siegelte sie. Dann trat sie zu Alvias. »Diese Nachricht muss Ollowain erreichen!«

»Das Heer marschiert bereits, Herrin. Es wird schwer sein, zu ihnen durchzukommen. Wenn du gestattest, werde ich höchstpersönlich dein Bote sein.«

Emerelle nickte. »Ich danke dir. Noch ein zweiter Bote muss in dieser Stunde aufbrechen. Er soll Alathaia aufsuchen und der Fürstin von Langollion ausrichten, dass es mir eine Freude wäre, sie als meinen Gast begrüßen zu dürfen.«

»Alathaia«, sagte Alvias. Den deutlich gesprochenen Namen noch einmal zu wiederholen, war die einzige versteckte Kritik, die er sich erlaubte. Nichts an seiner Miene, dem Tonfall seiner Stimme oder seiner Körperhaltung verriet seine Gedanken.

»Ja, Alathaia«, wiederholte Emerelle. Sie wusste, was es hieß, die Herrscherin über Langollion um Hilfe zu bieten, doch ihr blieb keine andere Wahl mehr.

»Dein Wunsch ist mir Befehl, Herrin.« Alvias verneigte sich und verließ mit eiligen Schritten den Saal.

Das Wasser tröpfelte nur noch in dünnen Rinnsalen von den Wänden. Fröstelnd rieb sich Emerelle die Arme. Sie hatte die papiernen Fesseln abgestreift. In dieser Nacht hatte die Willkür Einzug gefunden in den Thronsaal.

DER VORMARSCH AUF DEN MORDSTEIN

»… Auch mit dem Abstand von Jahrhunderten muss der schnelle Schlag, den der Schwertmeister Ollowain im dritten Trollkrieg gegen das Heerlager am Mordstein führte, als beispielhaft gelten. Weniger als drei Tage lagen zwischen dem Beginn der Planung und dem Aufbruch der Truppen, die den Überfall durchführen sollten. Der Verband bestand aus circa 8000 Kentauren, 1754 Mann schwerer elfischer Reiterei, 382 Streitwagen aus Arkadien sowie 281 Kutschen, auf denen Ausrüstung und circa 1200 Koboldarmbrustschützen und etliche Torsionsspeerschleudern transportiert wurden. Des Weiteren waren 412 Minotauren sowie 587 berittene elfische Bogenschützen, bei denen es sich mehrheitlich um Normirga handelte, an der Operation beteiligt, sowie eine Spähertruppe, zu der neben mehreren Schwarzrückenadlern sogar ein Lamassu gehörte. Trotz der beachtlichen Größe dieser Streitmacht war das Heer der Trolle den Verbündeten immer noch um etwa das Fünffache überlegen.

Um einen überraschenden Schlag zu führen, marschierten die Verbündeten bei Nacht. Ein Schirm von Spähern deckte die meilenlange Marschkolonne. Falkner ließen ihre Greifvögel aufsteigen, um Raben und andere Vögel, die Trollen als Kundschafter dienen mochten, vom Himmel zu vertreiben. Die Schwarzrückenadler konnten unter Führung des Maurawan Melvyn alle Späher der Trolle stellen, die sich dem Heerzug näherten. Der Augen ihres Heeres beraubt, wären der junge Trollkönig Gilmarak und seine Beraterin Skanga wohl dem Untergang geweiht gewesen, hätte es nicht einen Verräter unter den Verbündeten gegeben. So aber kannten die Trolle nicht nur Tag und Stunde des Angriffs, sie wussten sogar um die genaue Zusammensetzung der Truppen Albenmarks. Und sie waren bereit, als das Heer der Verbündeten am dritten Morgen, nachdem es Feylanviek verlassen hatte, aus dem trockenen Flussbett des Myra hinaus auf die Ebene südlich des Mordsteins marschierte. Sie hatten einen Plan ersonnen, wie das ganze Heer Albenmarks zu vernichten war. …«

VOM KRIEG MIT DEN TROLLEN,
VON: CAILEEN, GRÄFIN ZU DORIEN,
TALSINER GOLDSCHNITTAUSGABE, S. 603

VON DER LOGIK DES KRIEGES

Ollowain war auf einen flachen Hügel geritten, der sich dicht neben dem ausgetrockneten Flussbett erhob. Er blickte nach Osten. Bald würde sich der erste Silberstreif am Himmel zeigen. Es war der Augenblick des Zwielichts, in dem das Ringen zwischen der Nacht und dem neuen Tag noch nicht entschieden war. Die Dunkelheit wich zurück, doch noch zeigte sich die Sonne nicht. Die Wagen und Reitertruppen hatten die Schwalben aufgeschreckt, deren Bruthöhlen in dem gegenüberliegenden Steilufer verborgen waren. Wie schwarze Sicheln zogen sie über die Reiter hinweg.

Graf Fenryl lenkte sein Pferd den Hügel hinauf. Sein Gesicht war aschfahl. Wie die meisten Hauptleute hatte er nur wenig geschlafen. Der Marsch nach Norden war besser geglückt, als Ollowain zu hoffen gewagt hatte. Sie hatten das Ende des Flusstals Stunden früher erreicht, als geplant war. So war den Truppen Zeit für eine letzte Rast geblieben, auch wenn wohl kaum jemand geschlafen hatte.

»Schwertmeister?« Der Graf trug seinen Falken auf der

linken Faust. Das Tier blickte Ollowain eindringlich an. Es hatte wunderschöne, bernsteinfarbene Augen.

»Schwertmeister, ich bin mit Schneeschwinge geflogen. Ihr Heerlager … Es ist nicht, wie wir erwartet haben. Sie haben es verlegt.«

Ollowain hob eine Braue. Seit dem Aufbruch aus Feylanviek hatte er allen Spähern verboten, das Heerlager der Feinde zu überfliegen. Nichts sollte den Argwohn der Trolle wecken. »Haben sie sich etwa zurückgezogen?«

»Nein, im Gegenteil. Sie sind nur knapp drei Meilen von uns entfernt. Das Lager bildet einen weiten Halbkreis, dessen Hörner auf die Flussmündung weisen. Man könnte meinen, sie erwarten uns.«

Ollowain stutzte, aber er war nicht ganz so überrascht, wie Fenryl vielleicht erwartet hätte. Schon an Emerelles Hof hatte es Gerüchte gegeben, Geschichten über eine verdeckte Revolte. Jemand unterstützte die Trolle. Er hatte das bei seinen Planungen berücksichtigt. Sie würden es schwerer haben, aber ein Sieg war noch möglich. »Wir werden trotzdem angreifen«, sagte er ruhig.

»Schwertmeister, sie bereiten sich auf uns vor. Wir haben sie nicht überrascht. Wir werden nicht in ihre Lager preschen, wie wir es geplant hatten. Sie werden uns in geordneten Schlachtreihen erwarten. Du kennst sie! Erinnere dich an Phylangan.«

»Vertraue mir, mein Freund. Ich erinnere mich an Phylangan. Und ich gebe eine Schlacht nicht verloren, die noch nicht einmal begonnen hat.« Ollowain spürte den Sanhalla in seinem Haar. Den Südwind, der von den Hängen der Berge blies. Er war ihr wichtigster Verbündeter. Und er hatte sich nicht gegen sie gewandt.

»Bei allem Respekt, Feldherr, aber was du planst, ist kein Kampf, sondern ein Glücksspiel. Wenn die Trolle Schild an Schild stehen, dann sind sie wie eine hölzerne Mauer. Selbst die besten Reiter Albenmarks können nichts gegen sie ausrichten. Die Pferde werden scheuen und seitlich vor diesem Hindernis ausbrechen. Wenn die Trolle kaltherzig sind und stehen bleiben, obwohl ein Sturm aus Stahl ihnen entgegenprescht, dann haben wir verloren. Verlieren sie bei diesem Anblick den Mut, und ihre Schlachtreihe zerbricht, dann gibt es keinen Kampf, sondern ein Massaker. Wir beide wissen, dass den Trollen als Krieger mancher Makel anhaftet. Sie sind grausam und undiszipliniert. Nur eines sind sie gewiss nicht: Feiglinge! Sie müssen nur stehen bleiben, um zu siegen. Hoffen wir, dass sie das nicht wissen.«

»Ich verspreche dir, sie werden nicht stehen bleiben.«

Fenryl setzte zu einer Antwort an, schüttelte dann aber doch nur den Kopf. »Du bist der Feldherr, Ollowain.«

»Fenryl, vertraue mir. Wir werden siegen. Und nun schick Boten nach den anderen Befehlshabern. Ich erwarte euch in einer halben Stunde auf diesem Hügel. Dann werde ich euch meinen vollständigen Schlachtplan vorstellen.«

Der Graf wendete ohne ein weiteres Wort sein Pferd und ritt davon. Auch Ollowain lenkte seinen Schimmel den Hügel hinab. Er ritt zu der langen Reihe von Kutschen, die aus dem Flussbett ausgeschert war und nun Aufstellung auf der Ebene nahm. Auf jeden fünften Wagen war eine Speerschleuder montiert. Ihre Geschosse mit den dreikantigen Stahlspitzen waren stark genug, einen Troll und dessen türgroßen Schild noch auf hundert Schritt zu durchschlagen. Doch es waren nicht diese Geschütze, die Ollowain so siegessicher machten. Er sah sich nach dem Kobold um, dem er das Kommando über die Wagen übertragen hatte. Dem Einzigen unter all seinen Kriegern, der vielleicht ahnte, was heute geschehen würde.

Auf den Wagenpritschen herrschte hektische Betriebsamkeit. Ollowain reckte sich im Sattel und sah sich nach Misht um. Melvyn hatte ihm den Kobold als vertrauenswürdig empfohlen. Misht war ein Handwerker gewesen, bevor er sich der Räuberbande des Wolfselfen angeschlossen hatte. Er verstand es zu organisieren.

Der Schwertmeister ritt die Front der Kutschen ab und bewunderte das Koboldvolk. Ein Troll war fast fünfmal so groß wie ein Kobold, und er wog wahrscheinlich mehr als das Zwanzigfache. Aber das schien die kleinen Krieger nicht zu beunruhigen. Die Kutscher saßen auf ihren Böcken, kauten Kautabak, schwatzten oder würfelten. Manche nahmen ein deftiges Frühstück aus Wurst, Käse und Zwiebeln zu sich. Sie alle wussten, dass sie heute gegen einen Feind antreten mussten, der sie einfach zerquetschen würde, wenn er bis zu ihren Reihen durchbrach. Aber wenn man sie in ihrer stoischen Ruhe so sah, musste man glauben, es sei ein Tag wie jeder andere. Sie störten sich auch nicht an der Anwesenheit des Feldherrn. Keiner sprang auf und salutierte oder nahm zumindest eine militärische Haltung ein. Einige der Kutscher nickten ihm zu. Das war alles. Ollowain schmunzelte. Mit dieser vermeintlichen Respektlosigkeit brachten sie Elodrin zur Weißglut. Aber der Schwertmeister wusste, er würde sich auf sie verlassen können, wenn die Schlacht begonnen hatte. Das war alles, was für ihn zählte. Er brauchte keine zackigen Paradekrieger. Er brauchte Kämpfer, die in besonnener Ruhe ihre Befehle ausführten, auch wenn rings um sie die Welt aus den Fugen zu geraten schien.

Eine keifende Stimme ließ Ollowain aufblicken. Ein Stück voraus hüpfte ein Kobold auf einer Wagenpritsche auf und ab und führte sich auf, als habe ihn die Tollwut gepackt.

»Keine Pfeife, du Missgeburt! Ich habe es euch allen oft genug gesagt! Was ist los mit dir? Hast du einen Arsch in deinem Schädel statt einem Hirn?«

Misht trampelte noch immer auf etwas herum, das Ollowain zwischen den großen bunten Seidenkugeln auf der Pritsche nicht erkennen konnte.

»Das wirst du mir büßen, du aufgeblasener kleiner Straßenräuber«, zischte der Kobold, mit dem Misht sich angelegt hatte. Der Kerl hatte ein erstaunlich breites Kreuz.

Ollowain sah, wie sich die Schultermuskeln spannten. Der Kerl hob die Fäuste. »Das war eine Meerschaumpfeife aus Vahlemer. Die war ein Vermögen wert, du Bastard.«

Misht spuckte ihm vor die Füße. »Heb eine Hand gegen mich, und ich schnitz dir aus deinem Schädel einen Pfeifenkopf!«

»Krieger«, mischte sich Ollowain ein. »Höre auf deinen Hauptmann. Dann werden wir heute siegen, und ich verspreche dir, aus Vahlemer wird man dir eine Pfeife schicken, auf der dein Name steht.«

Der aufsässige Kobold drehte sich um und sah ihn geringschätzig an. »Was soll ich mit einer Pfeife, auf der mein Name steht? Auf so eine Idee kann auch nur ein Elf kommen. Was bringt mir das an einsamen Abenden, meinen Namen anzuglotzen? Auf meiner Pfeife war ein Meermädchen, das hatte zwei Titten, da fielen dir die Augen aus dem Kopf. So eine Pfeife will ich!«

Ollowain lächelte. »Weißt du was? Wenn wir siegen, schicke ich dich auf meine Kosten nach Vahlemer in ein Hurenhaus am Hafen. Da kannst du dann solche Brüste einmal anfassen, statt dich in einsamen Nächten mit einer Pfeife zu vergnügen.«

Die Koboldkrieger rings herum brachen in grölendes Gelächter aus, während der Streithahn einen hochroten Kopf bekam.

Ollowain erhob die Stimme, sodass man ihn nun in weitem Umkreis hören konnte. »Ich weiß, dass es in diesem Heer viele Kentauren und Elfen gibt, die auf euch herabsehen. Von heute Abend an wird das anders sein. Ganz gleich welche Heldentaten meine Reiterscharen heute vollbringen: Ihr werdet es sein, die die Schlachtreihen der Feinde aufbrechen. Ihr werdet heute für Albenmark den Sieg erringen. Und so großmäulig all jene sein mögen, die auf einem Pferdearsch sitzen oder sogar selbst einen haben, sie werden im Herzen wissen, dass es die Kobolde waren, die heute die Trolle vom Feld gejagt haben. Ich vertraue auf jeden Einzelnen von euch. Macht mich stolz. Macht euch stolz! Siegt!«

Wieder einmal wünschte sich Ollowain, er könnte Reden schwingen wie Lambi, der Heerführer seines Freundes Alfadas. Seine Worte hatten keinen allgemeinen Jubel bewirkt. Aber immerhin grinsten die meisten Kobolde, als sie sich auf den Kutschenpritschen wieder an ihre Arbeit machten.

»Seid ihr bereit?«

Misht rollte mit den Augen. »Ich warte immer noch darauf, dass einer auf einem Fass mit Lampenöl seine Pfeife ausklopft. Ich hätte ihnen sagen sollen, was da drin ist.«

»Nein. Lieber verliere ich eine Kutsche als die Schlacht, weil unsere Feinde ahnen, was auf sie zukommt.«

Der Kobold blickte zu dem kleinen Fass, das hinter der Kutschenpritsche festgezurrt war. »Das Zeug muss man nur scharf ankucken, dann geht es schon in Flammen auf. Und es qualmt wie ein asthmatischer Drache.«

»Wie sieht es mit den Glasflaschen aus?«

Der Kobold zuckte mit den Schultern. »Wie du es vorhergesagt hast. War 'ne holprige Fahrt. Mehr als die Hälfte liegt in Scherben. Aber mit dem Rest haben wir immer noch genug.«

»Ich vertraue auf dich«, sagte Ollowain ein wenig steif, dann zog er seinen Hengst herum und suchte nach Nestheus. Er hatte einen wichtigen Auftrag für Orimedes' Sohn, der den jungen Kentauren aus dem unmittelbaren Kampfgebiet bringen würde. Wahrscheinlich würde der Junge ihn dafür verfluchen, aber sein Vater hatte große Pläne mit ihm. Für die Zukunft des Windlands war es wichtig, dass er lebend nach Feylanviek zurückkehrte.

Der Gedanke hatte etwas Beklemmendes. Ollowain blickte nach Osten. Inzwischen war die Sonne aufgegangen. Wie ein feuerroter Ball hing sie über den Hügeln. Ihr Licht legte einen blassroten Schimmer auf die Rüstungen der Lanzenreiter, die er gerade passierte.

Der Schwertmeister atmete tief ein. Es roch nach Staub und zerstampftem Gras. Die Grillen hatten ihr morgendliches Konzert begonnen. Es würde ein heißer Spätsommertag werden. Sein letzter Tag. Der Elf schluckte. Er durfte sich nicht mit solchen Gedanken aufhalten. Das Leben hunderter Krieger hing davon ab, dass er seine Aufgaben als Feldherr so gut wie möglich meisterte. Er durfte sich jetzt keinen Gefühlsduseleien hingeben!

Wie erwartet sträubte sich Nestheus gegen den Befehl. Der junge Kentaur sah zwar ein, wie wichtig seine Aufgabe war, aber er wehrte sich verzweifelt dagegen, dass diese Pflicht ausgerechnet ihm übertragen wurde. Erst als Ollowain ihm damit drohte, ihm sein erstes Kommando wieder zu entziehen und ihn in Ketten legen zu lassen, fügte sich Nestheus. Der Schwertmeister hatte das Gefühl, dass der Junge einmal ein guter Anführer werden würde, auch wenn er ein wenig zu stur und aufbrausend war.

Als Ollowain zum Hügel zurückkehrte, von dem aus er den Aufmarsch des Heeres beobachtet hatte, fand er dort alle ranghohen Befehlshaber versammelt. Er setzte sie über die neue Lage in Kenntnis, dass die Trolle sie offenbar erwarteten, dann schilderte er den Teil seines Schlachtplans, den er bislang vor allen geheim gehalten hatte.

Als er endete, lag wieder Zuversicht in den Blicken seiner Gefährten. Elodrin verneigte sich vor ihm. »Schwertmeister, du bist auch ein Meister des Krieges. Wir werden durchbrechen! Wir werden sicherlich sogar bis zum Mordstein kommen und können die Festung besetzen. Dort werden wahrscheinlich nur Weiber und Gebrechliche sein. Es sollte leicht sein, ihren Widerstand zu überwinden.«

Ollowain sah den Seefürsten verwundert an. Eine der verlorenen Felsenburgen der Snaiwamark zurückzuerobern, war nie Teil ihrer Pläne gewesen. »Wir sind ein schnelles und schlagkräftiges Heer. Aber um eine Festung zu halten, fehlen uns die Fußtruppen. Außerdem wäre es für die Trolle ein Leichtes, die Besatzung des Mordsteins zu belagern und von jedem Nachschub abzuschneiden. Uns fehlen alle Mittel, um so eine Festung zu halten, selbst wenn wir sie erobern sollten.«

Elodrin lächelte überheblich. »Wie ich sehe, erkennst du doch nicht alle strategischen Notwendigkeiten dieses Krieges. Es geht nicht darum, eine Festung zu besetzen. Es geht um die Trollweiber dort. Wir sollten sie töten. Das wäre der schwerste Schlag, den wir den Trollen versetzen können. Denn von Niederlagen in Feldschlachten erholen sie sich viel schneller als wir von unseren Siegen.«

Der Schwertmeister war fassungslos. »Ich führe keinen Krieg gegen Weiber, Kinder und Alte.«

»Deine Ritterlichkeit in Ehren, Ollowain, aber ich glaube, du hast aufgrund deiner langen Abwesenheit noch nicht die Zeit gehabt zu verstehen, worum es in diesem Krieg wirklich geht. Seit die Trolle nach Albenmark zurückgekehrt sind, sind ihre Weiber außergewöhnlich fruchtbar geworden. Es vergeht kaum ein Jahr, in dem nicht jede von ihnen ein Kind bekommt. Als die Trolle versuchten, über die Albenpfade ins Herzland vorzustoßen, hat Emerelle tausende von ihnen getötet. Doch nun, gerade einmal fünfzehn Jahre später, sammelt sich in dieser Ebene ein Heer, das noch größer ist als jenes, das unsere Königin besiegte. Und wir Elfen haben immer noch nicht die Verluste ersetzen können, die wir in Vahan Calyd, Reilimee und Phylangan erlitten haben. Unsere Frauen gebären ein oder zwei Kinder in einem Leben, das nach Jahrhunderten zählt. Und wie lange dauert es, bis du einen Krieger ausgebildet hast, Ollowain? Jahrzehnte! Selbst wenn wir unter deiner Führung Sieg an Sieg reihen, werden wir keine Schlachten ohne eigene Verluste schlagen. Wir werden uns zu Tode siegen. Es gibt nur einen Weg, dieses Dilemma zu beenden. Wir müssen ihre Weiber töten. Nur so wird unser eigenes Volk überleben, Schwertmeister.«

Erschüttert sah Ollowain, wie Katander von Uttika und Ajax, der Minotaurenfürst, beifällig nickten.

»Wenn wir Frauen und Kinder ermorden, dann sind wir zu dem geworden, was wir ausgezogen sind zu bekämpfen, Elodrin. Ich erteile hiermit den ausdrücklichen Befehl, den Mordstein zu verschonen. Ich bin ein Krieger, kein Mörder!«

»Hehre Worte, Feldherr«, entgegnete der Fürst von Alvemer zynisch. »Ich sehe in dir einen lebenden Toten, denn wer sich der Logik des Krieges nicht unterwirft, der wird vernichtet werden. Auch ich fordere dich auf, noch einmal zu bedenken, wofür wir kämpfen! Was nutzt deine Ritterlichkeit, wenn sie uns daran hindert, diese Ungeheuer zu besiegen, die nach jeder Schlacht die Toten auf der Walstatt fressen, die in Höhlen hausen und deren Schamanen sich der Blutmagie ergeben haben. Ich werde alles tun, um zu verhindern, dass die Trolle jemals den Thron Albenmarks besteigen. Alles!«

»Elodrin«, sagte Ollowain mit mühsam beherrschter Stimme. »Hiermit entziehe ich dir als kommandierender Feldherr das Kommando über die Lanzenreiter. Du wirst den Befehl über die Nachhut übernehmen, deren Aufgabe darin besteht, ihre Stellung zu halten, um den schnellen Verbänden nach dem Kampf einen sicheren Rückzugsweg offen zu halten.«

Der Seefürst erbleichte. »Damit besiegelst du das Schicksal unseres Volkes. Ganz gleich, wie glorreich dein Sieg heute sein wird. Dein Weg wird uns alle in die Vernichtung führen. Nicht die Trolle werden die Schlächter unseres Volkes sein. Du bist es, Ollowain! Du allein!«

GLAS UND SEIDE

Mishts Hand klammerte sich um den Flaggenstock. Seit er sich Melvyn und dessen Kriegern angeschlossen hatte, hatte er in mehr als einem dutzend Scharmützeln mit Trollen gekämpft. Er war kein Feigling! Aber das hier war etwas anderes. Was er sah, machte ihm Angst.

Das Land fiel in sanften Wellen zur Ebene hin ab. Die schweren Karren hatten auf einem Hügelkamm Stellung bezogen, sodass er einen guten Überblick hatte. Das Heer der Trolle stand etwas mehr als eine halbe Meile entfernt; wogende Staubschleier verhüllten es halb vor seinem Blick. Schild an Schild standen die Trolle in weitem Halbkreis und warteten. Vor ihnen preschte die Masse der Kentaurenkrieger parallel zu ihrer Front und schoss einen wahren Hagel von Pfeilen auf sie ab. Die Pferdemänner waren es, die den Staub aufwirbelten und den Trollen den Blick auf das Gelände vor ihnen nahmen. Die Geschosse der Kentauren richteten kaum Schaden an. Selbst über die weite Entfernung konnte Misht den Einschlag der Pfeile hören. Es klang wie dumpfes Klopfen. Die zollstarken Schilde der Trolle vermochten sie nicht zu durchdringen.

Hinter den Bogenschützen der Steppe warteten die in Bronze gewappneten Krieger des Katander von Uttika. Sie waren in Einheiten zu etwa hundert Mann eingeteilt. Ihre Aufgabe sollte es sein, durch die Reihen der Trolle zu brechen, sobald sich die erste Lücke auftat. Hinter ihnen, in einer Bodensenke verborgen, standen die Streitwagen Arkadiens. Lange stählerne Sicheln funkelten an ihren Radnaben. Jeder Wagen wurde von vier Pferden gezogen. Drei Krieger standen Seite an Seite in jedem der zerbrechlichen Gefährte, die wie der Wind über die Hügel der Steppe eilen würden. Ein Wagenlenker, ein Bogenschütze und ein Kämpfer mit einer Schwertlanze, die jeden treffen würde, der dem Wagen zu nahe kam. Bunte Seidenbanner, die an Schmetterlingsflügel erinnerten, wehten von den Wagen. Die Besatzungen in ihren prunkvollen Rüstungen mit federgeschmückten Helmen und kostbaren Umhängen sahen eher aus, als wollten sie zu einem Hofball gehen, dachte Misht. Elfen konnten sich einfach nie auf das Wesentliche beschränken. Aus allem mussten sie einen Maskenball machen!

Hinter den Streitwagen warteten die Lanzenreiter. Steigbügel an Steigbügel waren die Ritter nebeneinander aufgezogen. Fünf Reihen tief standen sie, jede Reihe mehr als dreihundert Reiter breit. Sie würden zuschlagen, wenn die Trolle versuchten, sich neu zu formieren.

Ein wenig vor ihnen waren die berittenen Bogenschützen abgesessen. Sie stellten Feuerkörbe auf, und als Misht dünnen, blaugrauen Rauch aufsteigen sah, hob er die Fahne, die er die ganze Zeit festgehalten hatte. Er schwenkte das Seidentuch über seinem Kopf hin und her. Einen Augenblick lang dachte er bedrückt, dass er es war, der das Inferno entfesselte. Sein Name würde nie in irgendeinem Geschichtsbuch stehen, aber er hatte das Signal gegeben, an diesem Tag mit dem Morden zu beginnen.

Überall entlang der Wagenreihe wurden Zündstöcke angesteckt. Manche Kobolde ließen sie wild über ihren Köpfen wirbeln, damit die Lunten hell aufglommen. Aus Hanf gedreht, waren die Lunten straff um schwer brennbare Eichenstäbe gewickelt. Man hatte die Schnüre in Kalisalpeter und giftigen Bleizucker getaucht, damit sie sehr langsam abbrannten. Ein unangenehmer, durchdringender Geruch ging von den schwelenden Lunten aus.

Misht stieg von der Pritsche herab, warf die Fahne achtlos aus dem Wagen und griff nach dem Zündstock, den sein Kutscher vorbereitet hatte. Dann kniete er neben der ersten Seidenkugel nieder. Schweiß rann ihm von den Schläfen. Jetzt bloß keinen Fehler machen! Die Seide war auf dünne Drahtgeflechte aufgezogen, sodass sie große Kugeln formte, die am unteren Ende in einen Zylinder übergingen. Ein Stück unter dem Zylinder hing eine dünnwandige Flasche aus blauem Talsiner Glas in dem Drahtgeflecht.

Vorsichtig zog Misht den fein geschliffenen Glasverschluss aus der ersten Flasche. Dann schob er den Zündstock ganz langsam durch das weitmaschige Drahtgeflecht und den Flaschenhals, sodass die Lunte ins Innere der Flasche reichte. Mit einem Puff geriet die Oberfläche des Lampenöls in Brand. Es war eine besondere Ölmischung, mit der Ollowain die Flaschen hatte füllen lassen. Leicht entzündlich war sie, und beim Verbrennen entstand ein öliger, schwarzer Rauch.

Vorsichtig zog Misht die Lunte aus der Flasche. Der Rauch stieg in die Seidenkugel und färbte binnen Augenblicken den goldgelben Stoff schwarz. Die Seide knisterte leise, als sie sich erwärmte. Fast einen Schritt betrug der Durchmesser jeder Ballonkugel. Ungeduldig wartete Misht, bis die Glasflasche sanft schaukelnd von dem Seidenballon angehoben wurde. Der Kobold trug Lederhandschuhe, die er sich vom Kutscher geliehen hatte. Vorsichtig griff er nach dem Glas. Selbst durch das Leder hindurch spürte er die Wärme.

Behutsam hob er den Ballon an, damit die zarte Flasche nicht im letzten Augenblick noch gegen eine der niedrigen Holzwände schlug, von denen die Pritsche der Kutsche eingefasst war.

Dann spürte Misht, wie der Sanhalla nach der Seidenkugel griff. Der Südwind hob sie dem Himmel entgegen und ließ sie langsam zu den Reihen der Trolle schweben. Überall entlang der Linie der Kutschen stiegen rußgeschwärzte Seidenkugeln in den Himmel. Der Kobold wusste, dass es mehr als zweihundert waren.

Er blies auf die Lunte und kniete neben dem nächsten Ballon nieder. Sie hatten den Befehl, die Seidenkugeln so schnell wie möglich hintereinander in die Luft zu bringen.

Misht winkte dem Kutscher. »Du hast gesehen, was ich getan habe. Sobald er in der Luft schwebt, hebst du die nächste Kugel aus der Kutsche. Und stoße bloß nirgends mit dem Glas an.«

Wie um seine Worte zu unterstreichen, erklang ein gellender Schrei. Misht blickte über die Pritschenwand und sah, wie etwa hundert Schritt entfernt eine Kutsche in Flammen aufging. Eine Flammengestalt sprang vom Wagen und wand sich schreiend im Gras. Der Wind trug eine Fahne aus dichtem schwarzem Rauch den Hang hinab. Ein Minotaur eilte dem brennenden Kobold zu Hilfe. Er versuchte die Flammen mit einer Decke zu ersticken.

Schaudernd wandte Misht sich ab. »Pass bloß auf, was du tust«, ermahnte er den Kutscher.

Die Hand des Kobolds zitterte, als er die Lunte in die nächste Flasche einführte. Brennender Schweiß rann ihm in die Augen. Er blinzelte. Ganz vorsichtig zog er die Lunte heraus. Auch wenn er die Seide berührte, mochte ein Unglück geschehen. Der Stoff war trocken wie Zunder.

Er überließ es dem Kutscher, den Ballon in den Wind zu heben. Mit flatternden Nerven wandte er sich der nächsten Flasche zu. Weitere Schreie erklangen. Diesmal blickte er nicht mehr auf. Er wollte nicht sehen, was mit den Männern geschah, die unter seinem Kommando standen. Und er wünschte sich, Nossew wäre hier. Er vermisste seinen schweigsamen Gefährten. Ihn hatte immer eine Aura unerschütterlicher Ruhe umgeben. Nossew hätten gewiss nicht die Hände gezittert.

Leise klirrend schlug der Zündstab gegen die Flasche. Misht hielt den Atem an. Das Glas war heil geblieben. Zoll um Zoll zog er die Lunte unter dem Ballon hindurch. Dann lehnte er sich zurück und atmete schwer aus. Das war nichts für ihn! Drei Flaschen noch.

Verfluchte Elfen! Wie konnte man nur auf die Idee kommen, aus den Flakons, in denen reiche Weiber ihre Duftwässerchen verwahrten, und aus schillernder Seide Waffen zu machen? Was für die Schönheit geschaffen war, brachte nun Tod und Zerstörung.

Der Kobold wischte sich mit dem Handrücken über die Stirn und beugte sich zur nächsten Glasflasche hinab. Wieder begann er zu zittern.

DAS NETZ AUS RAUCH

»Was tun die Elfen da, Skanga?«

Die Schamanin schnalzte abfällig mit der Zunge. »Elfentricks. Das versuchen sie immer, wenn sie unterlegen sind. Sorgen muss man sich nur machen, wenn sie so etwas nicht tun, denn dann halten sie sich für stark genug, um uns in einer ordentlichen Feldschlacht zu besiegen.«

»Diese Dinger sehen unheimlich aus.«

»Der Himmel ist voller schwarzer Kugeln, die langsam in unsere Richtung schweben«, flüsterte Birga ihr ins Ohr.

Skanga legte dem Welpen ihre Hand auf die Schulter. Gilmarak, der junge König, war noch nicht einmal zehn Jahre alt. Er machte sich gut. Aber seit die Lutin ihr verraten hatten, dass die Elfen einen Überraschungsangriff planten, hatte die Schamanin kein Auge mehr zugetan. Emerelle hatte verloren. Daran konnte es keinen Zweifel geben! Höchstens zwei Jahre noch, dann würde sie vom Thron vertrieben sein. Doch immer wenn die Königin mit dem Rücken zur Wand stand, wurde sie besonders gefährlich. Sie war wie eine verwundete Schneelöwin, die ihre Jungen verteidigte, und man musste auf alles gefasst sein.

Skanga blickte zum Himmel, doch sie konnte die Dinge nicht sehen, die dort auf sie zukamen. Sie hatten keine Aura, und sie waren auch nicht von Magie durchdrungen.

Dafür bemerkte Skanga die Unruhe und die Angst, die sich in die Herzen der Krieger schlich. Sie konnte spüren, wie die Zuversicht ihrer Krieger ins Wanken geriet. Dem Pfeilhagel der Kentauren, die immer wieder anritten, eine Salve feuerten und feige davonstürmten, trotzten ihre Krieger. Sie hatte ihnen gedroht, dass sie jede Sippe auslöschen würde, aus der ein Kämpfer hervorging, der den vermeintlich fliehenden Feinden hinterherlief und so die eigene Schlachtreihe in Unordnung brachte. Skanga hatte angenommen, dass sie ihr Heer auf alles vorbereitet hätte! Aber diese Kugeln am Himmel hatte niemand je zuvor gesehen. Keiner wusste, was man von ihnen zu erwarten hatte. Nur eins war allen klar. Von den Elfen kam nie etwas Gutes!

Selbst Birga, ihrer Ziehtochter, die ihr sonst in stets gleichbleibendem Tonfall ihre Beobachtungen ins Ohr flüsterte, war die Anspannung anzumerken.

»Die schwarzen Kugeln kommen von Kutschen, die auf einem Hügel stehen. Es sind hunderte. Der ganze Himmel hängt voll mit ihnen, und der Sanhalla treibt sie uns entgegen.«

»Weißt du, was das ist, Fuchsgesicht?«

»Ballons!«, sagte Elija.

»Ich frage nicht, wie das heißt! Ich will wissen, was das ist!« Die Überheblichkeit des Lutin hatte ein unerträgliches Ausmaß erreicht. Sie war auf ihn angewiesen, und das wusste Elija Glops genau. Aber wenn der Feldzug erst einmal beendet war, dann würde sie sein Herz essen. Oder nein … Besser sein Hirn. Klug war er, das musste man ihm lassen. Er hatte ihrer Sache gute Dienste geleistet. Sein Plan mit den Hügelgräbern hatte den Krieg überhaupt erst möglich gemacht … Wusste der Henker, was er sonst noch für Pläne verfolgte.

»Ballons sind Kugeln aus dünnem Seidenstoff, den man auf Draht oder Weidenruten spannt. Dann leitet man heiße Luft in das Innere der Kugel. So wie Rauch in den Himmel steigt, steigt auch heiße Luft nach oben. Sie trägt den Ballon. Man könnte einen Mausling mit so einem Ballon fliegen lassen.« Er lachte. »Aber fliegende Mauslinge sind immer noch genauso ungefährlich wie Mauslinge zu Fuß. Die können nicht einmal einer Fliege was zu Leide tun.«

»Ballons.« Skanga sprach das Wort langsam, ließ es auf der Zunge zerfließen und suchte nach der Bedrohung, die sich dahinter verbergen mochte.

»Warum haben wir keine Ballons?«, fragte Gilmarak.

»Weil wir Krieger aus Fleisch und Blut haben. Das ist besser als Seide und heiße Luft. Solche Krieger eilen nicht davon, nur weil der Wind sich dreht.« Das war es! Ganda schloss die Lider über ihren toten Augen und suchte nach der Kraft der Magie. Es war kein guter Platz, um zu zaubern. Nur ein einziger Albenpfad lag in der Nähe des Schlachtfelds, und er widersetzte sich. Das Blau war stark in ihm. Die einzige Farbe, die sie nie richtig gemeistert hatte. Die Farbe des Himmels, die ihre alte Meisterin Matha Naht ihr vorenthalten hatte. Magie war überall. Doch in den Pfaden der Alben floss sie mit besonderer Kraft. Dort war es leichter, sie dem eigenen Willen zu beugen. Der Wind widersetzte sich ihr! Schweiß rann ihr über das Gesicht. Nicht einmal eine einzelne Böe konnte sie dem Himmel abringen. Wenn sie Zeit hätte und Opfer bringen könnte, dann würde sie einen richtigen Sturm entfesseln können. Aber so …

»Geht es dir nicht gut?«, flüsterte Birga.

Skanga versetzte ihr einen ärgerlichen Knuff. Manchmal war sie einfach nur lästig! Ständig belauerte sie einen! Sie hatte auch immer versucht, mit ihr zur Nachtzinne zu reisen. Regelrecht aufgedrängt hatte sie sich. Was sie wohl von Orgrim wollte?

Skanga war in den letzten Jahren immer wieder in die Andere Welt gereist. Sie hatte sogar den jungen König mitgenommen. Doch nichts vermochte Orgrim zu bewegen, sein Herzogtum zu verlassen. Er hatte sich zwei Weiber genommen und acht Welpen gezeugt. Skanga lächelte gehässig. Sechs davon waren Weiber. Aber Orgrim liebte sie alle. Er war ein seltsamer Krieger. Er flüchtete vor dem Krieg.

Als Skanga einsehen musste, dass er die Nachtzinne nicht verlassen würde, hatte sie versucht, von ihm die Kunst der Kriegsführung zu erlernen. Doch allzu bald hatte sie erkannt, dass ihr dazu die Begabung fehlte. Sie wusste darum, wie man Heere aufstellte und führte. Aber was ihr fehlte, war die Gabe, mit beweglichem Geist auf plötzliche Änderungen zu reagieren. Orgrim hatte versucht, ihr ein Spiel der Elfen beizubringen, bei dem man schwarze und weiße Figuren auf einem eigens gefertigten Tisch hin und her schob. Der Herzog schrieb sogar seine Gedanken und Gefühle auf! Skanga musste jedes Mal lachen, wenn sie daran dachte. Sie kannte keinen anderen Troll, der das tat. Niedergeschriebene Gedanken waren tot und begraben. Das begriff Orgrim nicht. Gedanken mussten frei sein und sich verändern dürfen.

Die Schamanin spürte, wie die Unruhe im Heer immer weiter wuchs. Es war schwer gewesen, ihre Trollkrieger dazu zu zwingen, in einer Reihe anzutreten und nicht einfach wild gegen den Feind zu stürmen. Auch wenn Skanga keine große Feldherrin geworden war, hatte sie einige grundlegende Einsichten der Kriegsführung dennoch begriffen. Die Krieger mussten mit ihren Schilden eine feste, hölzerne Mauer bilden, sonst würden die Reiter sie gnadenlos auseinander treiben und ein Blutbad unter ihnen anrichten.

Dass die Lutin ihr die Pläne der Elfen verschafft hatten, war der Schlüssel zum Sieg. Auch wenn sie nichts von den … wie hießen diese Dinger gleich? Barlons? Egal! Skanga hatte den linken Flügel ihres Heeres verstärkt. Gut versteckt in einem breiten Streifen Buschland lagen fünftausend Trollkrieger unter dem Befehl des Rudelführers Brodgrim. Er hatte ihr lange als Kundschafter gedient und sich in den letzten Jahren als ein fähiger Anführer erwiesen. Wenn die Schlacht begann, würde Brodgrim zum trockenen Fluss durchbrechen und den Elfen den einzigen Rückzugsweg nehmen. Wenn dies gelang, saß ihr Heer gefangen zwischen dem übermächtigen Trollheer und den Bergen. Dann würden sie bis zum letzten Kobold vernichtet werden. Das wäre der Anfang vom Untergang. Von so einer Niederlage würde sich selbst Emerelle nicht mehr erholen. Das Verderben der Elfen war, dass sie ihre Toten nicht schnell genug ersetzen konnten.

Skanga blickte zum Himmel. Wenn nur diese Barlons nicht wären! Es war verwünscht! Sie führte das Heer, und sie war die Einzige auf der ganzen Ebene, die nicht sehen konnte, was dort auf sie zukam.

»Die ersten dieser schwarzen Kugeln schweben jetzt über uns«, flüsterte Birga.

Der Gestank der Angst lag in der Luft. Die meisten Trollkrieger würden sich ohne Bedenken nur mit einem Stein in der Faust einem Höhlenbären zum Kampf stellen. Aber vor der Heimtücke der Elfen fürchteten sie sich. Zu viele blutige Niederlagen hatte ihr Volk erlitten! Und niemand hatte vergessen, dass Emerelle sie für Jahrhunderte aus ihrer Heimat vertrieben hatte.

Hinter der Schlachtreihe erklang das ängstliche Blöken der jungen Hornechsen. Ein durchdringender, tiefer Laut. Er war Öl in die Glut der Angst. »Können deine Fuchsschnauzen nicht einmal ihre Echsen ruhig halten?«, herrschte sie Elija an.

»Ich werde mich darum kümmern, Skanga.«

Der verdammte Lutin hatte es so eilig fortzukommen, dass die Schamanin überzeugt war, er habe nur auf einen Vorwand gewartet, sich zu verdrücken. Vielleicht hatte er seinen Leuten sogar befohlen, die Jungechsen zu schlagen, damit es einen Grund gab, nach dem Rechten zu sehen und den Feldherrenhügel zu verlassen. Den Lutin war jede Heimtücke zuzutrauen. Doch gerade das machte sie zu so wertvollen Verbündeten im Kampf gegen die Elfen. Ohne ihre Spitzel wäre das Trollheer an diesem Morgen überrascht worden, und die Elfen hätten ein Massaker angerichtet, das für viele Jahre alle Kriegspläne zunichte gemacht hätte.

»Kannst du ihr Heer sehen, Birga?«

»Nein. Die Pferdemänner wirbeln zu viel Staub auf. Ich sehe die Wagen, mit denen sie gekommen sind. Sie stehen auf einem Hügel, etwa eine halbe Meile entfernt und …«

Birga brach ab. Rings herum waren erstaunte Ausrufe zu hören.

»Sie malen auf dem Himmel«, sagte Gilmarak.

»Was passiert da?« rief Skanga ärgerlich darüber, dass selbst Birga verstummt war.

»Hinter dem Staub steigen dünne Rauchfäden in den Himmel. Es müssen hunderte sein. Manche gehen über Kreuz und bilden ein Gitterwerk. Sie folgen glühenden Funken …«

Ein fauchendes Geräusch ging in Schreckensschreien unter. Die Linie der Schildträger zerbrach im Zentrum. Hitze schlug der Schamanin entgegen. Birga klammerte sich an ihren Arm.

»Die schwarzen Kugeln«, stammelte ihre Ziehtochter. »Die Kugeln. Kommt fort von hier. Es sind auch welche über uns.«

»Wachen, bleibt bei eurem König! Bildet einen Schildwall!«, schrie Skanga. »Wer jetzt fortläuft, dem wird sein Herz zu Staub zerfallen, und dessen Kinder und Enkel werden als Sklaven geboren sein bis in ihr siebtes Glied.«

Die Schamanin schmeckte öligen Rauch. Der Gestank von verbranntem Fleisch zog über das Schlachtfeld. Es war wie beim Sturm auf das Tor von Phylangan. »Haltet die Krieger zusammen«, rief Skanga und schwenkte zornig ihren Knochenstab. »Was passiert?«, fragte sie leise.

Birgas Stimme klang atemlos vor Schreck. »Die Kugeln. Sie spucken Fontänen aus Feuer auf uns hinab. Manche stürzen auch brennend aus dem Himmel, und wo sie niedergehen, steht sofort das Gras in Flammen. Der Wind treibt uns die Feuer entgegen, Skanga. Überall sind Rauchsäulen. Golden gepanzerte Reiter brechen durch die vorderste Schlachtreihe.«

Ganz in der Nähe schrieen Krieger auf. Hitze streifte wie Drachenatem Skangas Gesicht. Ihre toten Augen begannen zu tränen. Die Schamanin hielt eine Hand fest in die Schulter Gilmaraks gekrallt.

»Ganz gleich, was auch geschieht, Junge, du weichst nicht von meiner Seite. Sie wollen uns auseinander treiben. Das darf ihnen nicht gelingen! Steht der Schildwall auf dem ….« Etwas Heißes traf Skanga im Gesicht. Sie zuckte zusammen. Es waren nur ein paar Tropfen.

Gilmarak schrie auf und riss sich los. Skanga sah die himmelblaue Aura des Jungen. Der König lief davon.

»Halte ihn auf, Birga! Hol ihn! Er darf nicht sterben! Hol ihn zurück. Sie werden ihn jagen. Du weißt, wie gnadenlos sie sind! Sie …« Ihre Worte erstarben in einem Hustenkrampf. Skangas Kehle brannte, als würde auch sie in Flammen stehen. Der Rauch! Die Elfen mussten irgendetwas hineingegeben haben. Skanga spürte die Hitze der Feuer rings herum. Der Rauch aber blieb ihren blinden Augen verborgen. Es war nichts Magisches, was die Elfen damit angestellt hatten. Vielleicht Gift?

Ihr Husten ging in ein Würgen über.

»Wachen … zu mir!« Sie tastete über ihr Gesicht. Dort, wo die Flammentränen sie berührt hatten, ertastete sie schmerzende Blasen. An einer Stelle dicht beim linken Auge gab es nur noch rohes Fleisch. »Wir holen den König«, stieß sie hervor. »Mir nach!!« Schwer auf ihren Knochenstab gestützt, stieg sie den Hügel hinab, der Flut flüchtender Trolle entgegen.

BRONZE UND FEDERN

Katander blinzelte ungläubig. Von einem Augenblick zum anderen war der Horizont ein Inferno aus Rauch und Flammen geworden. Nie zuvor hatte er so etwas gesehen. Das war nicht das, was er sich unter einer Schlacht vorstellte! Das war … Er hatte keine Worte dafür. Es war unheimlich. Irgendwie falsch. Krieg sollte der Klang von Stahl auf Stahl sein. Nicht so etwas!

»Fürst! Mein Fürst? Das Signal.«

Die Stimme seines Schwertbruders Parmeion erinnerte Katander an seine Pflichten. Er riss das Doppelschwert hoch. »Das Signal!«

Die Bläser hoben ihre goldenen Luren an die Lippen. Die schlanken Schlangenhälse der Instrumente streckten sich dem Himmel entgegen. Ein tiefer, melancholischer Klang hallte über das Schlachtfeld und begleitete den Sanhalla bis hinüber zu den Trollen. Das Signal wurde von den anderen Kentaurengruppen aufgenommen. Überall entlang der Schlachtlinie erklangen weitere Luren.

»Die Tücher!«, befahl er und rammte sein Doppelschwert in den Boden. Er nahm den Helm ab, wickelte ein dickes Leinentuch von seinem Waffengurt und schüttete etwas Essig aus seinem Wasserschlauch darüber. Dann band er es vor Mund und Nase. Ollowain hatte ihnen erst am Morgen den Befehl gegeben, diese Tücher zu tragen, um sich gegen den dicken, schwarzen Qualm zu schützen.

Der Kentaurenfürst hatte das für irgendeine Elfenspinnerei gehalten, doch jetzt, wo er die Flammensäulen vor sich sah und den dichten Rauchschleier, der die Schlachtlinie der Trolle verschlang, dachte er anders. Er zurrte den Kinnriemen des Helms fest. Es war Zeit, das Bluthandwerk zu beginnen.

Katander riss das Doppelschwert aus dem Boden und

hob die mörderische Waffe der Bronzekrieger aus Uttika hoch über den Kopf. Auf den Enden des mit Leder und Silberdraht umwickelten Holzstabs saßen zwei gekrümmte Schwertklingen. Dieses Schwert hatte schon sein Großvater in der Schlacht getragen, doch einen Tag wie diesen hatte die alte Waffe gewiss noch nie gesehen!

»Zum Angriff!«, rief der Kentaurenfürst aus voller Kehle und preschte los.

Der Boden erbebte unter dem trommelnden Hufschlag seiner Gefährten. Die Luren ließen sein Herz schneller schlagen. Sie schrieen die Melodie der Schlachten dem rauchverhangenen Himmel entgegen. Ohne sich umzudrehen, wusste Katander, dass die Linie der Reiter hinter ihm jetzt langsam auffächerte. Um die Doppelschwerter einzusetzen, brauchte man Platz. In enger Formation würde man seine Kameraden verletzen.

Aus den Augenwinkeln sah der Fürst, wie die leichter bewaffneten Kentauren der Steppe zu ihnen einschwenkten und sich gegen den Befehl Ollowains dem Angriff anschlossen. Er erkannte Orimedes mitten unter den Kriegern und musste lächeln. Für einen Viehdieb aus der Steppe war er ein ganz brauchbarer Kerl.

Die Linien der Trolle waren aufgebrochen. Viele von ihnen hielten trotz Flammen und Rauch ihre Stellung. Doch überall klafften breite Lücken in der Schlachtreihe. Die hölzerne Mauer war zerbrochen, noch bevor die erste Angriffswelle gegen sie anbrandete. Katander schwenkte ein wenig nach links ein und hielt auf eine dieser Lücken zu. Seine Hände schlossen sich fester um den Griff des Doppelschwertes.

Er sah einen Trollkrieger, dem Feuerzungen über die Brust leckten und dessen Gesicht eine einzige blutende Wunde war. Dennoch versuchte er, seinen Posten wieder einzunehmen. Katander bäumte sich auf. Seine Vorderhufe trommelten auf den großen Schild, den der Troll zu seinem Schutz hochriss. Die Wucht der Huftritte riss den großen Krieger von den Beinen. Er stürzte in das verbrannte Gras. Katanders Doppelschwert beschrieb einen weiten Bogen. Die stählerne Klinge traf den Troll seitlich am Kopf. Knochen krachten. Die Wucht des Treffers ließ die Augen des Sterbenden hervorquellen, als wollten sie aus den Höhlen springen.

Mit einem Satz war der Kentaurenfürst über den Feind hinweg. Ein Rückhandhieb traf das Handgelenk eines anderen Trolls, der mit hoch erhobener Keule auf ihn losstürmte. Hand und Keule flogen in weitem Bogen davon. Katander riss das Doppelschwert hoch und versetzte dem Krieger einen Stich mitten in die Brust. Das gekrümmte Schwertblatt glitt vom Brustbein ab und verkantete sich zwischen den Rippen. Der Troll griff mit der Linken nach der Klinge. Blut quoll ihm zwischen den Fingern hervor. Mit dem Stumpf der Rechten schlug er nach Katander. Der Kentaur drehte sich leicht. Der Hieb traf ihn seitlich am Kopf. Er wurde vom Wangenschutz seines Helmes abgemildert, dennoch tanzten dem Fürsten grelle Lichter vor den Augen. Warmes Blut spritzte durch die Helmöffnung.

Katander hielt das Doppelschwert mit beiden Händen umklammert. Beide zerrten sie an der Waffe. Der Stahl musste dem Troll schon bis auf die Fingerknochen schneiden, doch er ließ nicht los.

Plötzlich kippte der Kopf des Trolls vom Hals. Parmeion ließ das Doppelschwert spielerisch um seinen Kopf kreisen. »Du verzeihst mir, Fürst. Das war kein Gegner mehr für dich!« Der junge Krieger brach in schrilles Gelächter aus und preschte davon. Dichter Rauch verschlang den Rappen.

Katander blickte auf den Toten. Der abgeschlagene Kopf lag auf der Seite. Die Augen waren starr auf die Hand mit der Keule gerichtet, die nur einen Schritt entfernt lag.

Etwas schlug scheppernd gegen die Brustplatte des Kentaurenfürsten. Ein faustgroßer Stein hatte ihn getroffen. Nicht weit entfernt sammelte sich eine schnell größer werdende Truppe von Trollen. Einige hatten große Taschen umgeschlungen und hielten Lederschlingen in ihren unförmigen Händen. Schleudern! Schon hob einer von ihnen seine Schlinge und ließ sie in weiten Kreisen über seinem Kopf wirbeln.

»Uttiker zu mir!« Katanders Rippen schmerzten. Die tiefe Beule im Bronzepanzer quetschte seine Bauchmuskeln, und jeder Atemzug versetzte ihm einen schmerzhaften Stich.

Die Trolle durften keine Gelegenheit finden, sich wieder zu formieren. Sie mussten den Trupp so schnell wie möglich auseinander treiben.

Katander preschte vor, ohne darauf zu warten, ob jemand auf seinen Befehl reagierte.

Die Lederschlinge des Trolls öffnete sich. Der Stein flog dem Fürsten entgegen und streifte seinen Helmbusch. Dann war der Pferdemann heran. Der Schleuderer war ein solcher Hüne, dass er selbst den Kentauren noch um zwei Haupteslängen überragte. Er zog einen Kriegshammer mit einem schweren Granitkopf aus seinem Gürtel.

Katander führte mit dem Doppelschwert einen Stich, der auf den Bauch des Trolls zielte, doch der Riese wich überraschend behände aus. Ein Rückhandschlag zielte auf den Kopf des Kentauren. Der Fürst duckte sich und führte einen Stich, der dem Troll drei Zehen von seinem Fuß trennte.

Mit einem ohrenbetäubenden Jaulen machte der Hüne einen Satz zurück und hüpfte unbeholfen auf einem Bein. Den nächsten Schlag Katanders sah er vermutlich nicht einmal kommen. Die Waffe des Kentauren wirbelte herum und traf den Troll seitlich am Kopf. Katander lenkte die Kraft des Aufschlags um und führte mit der Klinge am unteren Ende des Doppelschwerts einen Hieb gegen das linke Knie des Trolls. Der Schleuderer stürzte. Ein Stich traf ihn in den Mund, ließ Zähne zersplittern und trieb den Stahl tief in seinen Kiefer. Blut spuckend kippte der

Troll nach hinten. Mit letzter Kraft führte er stürzend einen Hieb gegen den Rumpf des Kentauren.

Die Wucht des Treffers riss den Fürsten von den Beinen. Er spürte Rippen brechen, und ein peitschender Schmerz raubte ihm die Sinne.

Im verbrannten Gras liegend, kam er zu sich. Neben ihm lagen erschlagene Krieger seines Gefolges. Einem von ihnen war der Bauch aufgeschlitzt, dunkle Darmschlingen rutschten heraus. Der junge Krieger sah ihn mit flehendem Blick an. Er wollte etwas sagen, brachte aber nur noch ein Röcheln hervor.

Katander schüttelte den Kopf und bereute es sofort. Sein Nacken schmerzte, als stecke ein Messer darin. Seine Uttiker hatten einen weiten Kreis um ihn gebildet. Auch eine Hand voll Steppenkrieger war bei ihnen. Sie versuchten die Trolle fern zu halten, die sich rings herum in dichten Trauben sammelten.

Steine zischten durch die Luft. Der Kopf eines Steppenreiters platzte in einer Blutfontäne, als er getroffen wurde. Die Trolle schienen sich dazu entschieden zu haben, sie auf Distanz mit Steinwürfen zu erledigen, um den mörderischen Doppelschwertern nicht mehr allzu nahe zu kommen.

Scheppernd krachte ein Schleuderstein gegen eine Brustplatte. Einer seiner Krieger brach in die Knie.

Verzweifelt versuchte Katander wieder auf die Beine zu kommen. Er fühlte sich schwach wie ein neu geborenes Füllen. Immer wieder knickten die Beine unter ihm ein. Seine Männer durften nicht hier bleiben! Hier würden sie abgeschlachtet werden, ohne sich auch nur wehren zu können. Und sie taten es seinetwegen, um einen lebenden Schutzwall um ihn zu formen.

Wieder prasselten Steine auf die Uttiker nieder. Die Trolle sammelten immer mehr Schleuderer. Katander rammte sein Doppelschwert in die verbrannte Erde. Die Klingen waren dunkel vom Blut erschlagener Trolle. Wenn er es jetzt nicht schaffen sollte, sich wieder aufzurichten, dann würde er sich in sein Schwert stürzen. Er musste dem Sterben der tapfersten seiner Männer ein Ende bereiten. Wäre er erst einmal tot, dann wären sie frei, davonzupreschen und sich nicht länger dem tödlichen Steinhagel auszusetzen.

Mit beiden Händen umklammerte der Fürst den Schaft der Waffe. Seine Arme zitterten vor Anspannung. Er sah einen Muskel an seinem linken Arm zucken, als winde sich ein kleines Tier dicht unter seiner Haut. Halb hatte er sich aufgerichtet. Da sah er sein linkes Vorderbein. Ein geborstener Knochen ragte durch sein rostbraunes Fell. Katanders Mund war schlagartig staubtrocken. Er würde nicht mehr hochkommen. Es war unmöglich, aus eigener Kraft zu laufen. Und wenn seine Männer ihn stützten, dann würden sie so langsam werden, dass es unmöglich war, den Trollen zu entkommen.

Verzweifelt blickte Katander sich um. Der Ring seiner Krieger war geschrumpft. Die Trolle aber hatten sie jetzt fast vollständig eingeschlossen. Immer neue Hünen traten aus dem dichten Rauch. Ihre Übermacht war erdrückend. Wenn seine Krieger jetzt nicht den Durchbruch wagten, dann gab es kein Entkommen mehr.

Der Fürst richtete die obere Klinge gegen seine Kehle. Er erinnerte sich daran, wie er als junges Füllen das Doppelschwert seines Großvaters bewundert und es einmal heimlich aus dem grünen Tuch gewickelt hatte, in dem es der Alte in Friedenszeiten verwahrte. Damals hatte er die Waffe nicht einmal heben können. Katander dachte an den stolzen Augenblick, als er das Schwert aus den Händen seines Vaters empfangen hatte, der nach einer Pfeilwunde eine steife Schulter behalten hatte und lange vor der Zeit sein Leben als Krieger hatte aufgeben müssen. Nie hätte sich Katander träumen lassen, dass er diese Waffe eines Tages gegen sich richten würde.

Der Fürst spürte den Boden unter seinen Füßen beben.

Die Schwertklinge unter seiner Kehle schimmerte rötlich im Licht der Feuer.

Jubelrufe übertönten den Schlachtenlärm. Der Boden bebte stärker. Und dann sah er sie! Die Streitwagen Arkadiens umzingelten die Kriegerhaufen, in denen sich die Trolle gesammelt hatten, nachdem sie sich vom ersten Schock des Flammenangriffs erholt hatten.

Schillernde Seidenbanner flatterten wie Flügel an den Seiten der Streitwagen. Die Luft war erfüllt von sirrenden Pfeilen. Jetzt hörte Katander auch wieder Kriegsluren. Von der linken Flanke kam einer seiner Trupps herbeigeeilt und schloss sich dem Elfensturm an. Kurz erkannte Katander die Elfengräfin Caileen in ihrer grüngoldenen Rüstung. Sie hielt einen großen Bogen und sandte mit gelassener Miene Pfeil auf Pfeil in die Scharen der Trolle, die sich erneut zur Flucht wandten.

Die Luft knisterte vor Magie. Im aufgewirbelten Staub formten sich schlangenartige Leiber. Sie wogten den Trollen entgegen. Der Staub blendete die Hünen, drang ihnen durch Mund und Nase in die Lunge und erstickte sie. Manche wurden auch von den Staubwirbeln emporgehoben und aus großer Höhe fallen gelassen. Wieder andere schmirgelten den Trollen die Haut vom Leib, bis ihre Körper eine einzige, blutende Wunde waren. Katander beobachtete das Schauspiel gleichermaßen fasziniert wie angewidert. Krieger sollten nicht auf diese Weise kämpfen. Doch der entfesselte Elfenzorn kannte keine Schranken mehr.

Mit den Staubgeistern verschwanden auch die Streitwagen. Einige Gefährten eilten herbei, um Katander aufzuhelfen. Er stützte sich mit den Armen auf die Schultern der Krieger. Jemand schnallte ihm die eingedellte Brustplatte ab. Endlich konnte er wieder ohne Schmerzen atmen!

Für ihn war die Schlacht vorüber. Sie stiegen über einen Wall aus Toten hinweg. Zu viele seiner Krieger lagen in ihren schimmernden Rüstungen zwischen den Trollen!

Unter den Toten sah er auch Parmeion. Er lag nicht weit von dem Troll, den er enthauptet hatte. Seine Arme waren in groteskem Winkel verdreht. Streitkolbenschläge hatten ihm die Knochen gebrochen und sein Schicksal besiegelt. Aus seinen Flanken waren breite Streifen Fleisch geschnitten. Offenbar hatten einige der Trolle schon vorschnell mit ihrem Siegesmahl begonnen.

Als sie eine Hügelkuppe erreichten, befahl Katander den Männern, die ihn stützten, innezuhalten. Er blickte über das weite Schlachtfeld. Ihr Opfer war nicht vergebens gewesen. Die Schlachtreihen der Trolle waren auf einer Strecke von mehr als einer Meile auseinander gebrochen. Caileen trieb die Flüchtenden vor sich her. Auch die schutzlosen Flanken des riesigen Trollheeres wichen langsam zurück. Und Ollowain hatte die Elfenritter noch nicht einmal in die Schlacht geführt. Sie würden einen großen Sieg erringen!

DER BEFEHL

Brodgrim blickte auf das Hügelland und konnte immer noch nicht fassen, was er sah. Sie hätten doch siegen sollen! Das Banner des jungen Königs war verschwunden. Der Rauch und der Staub erlaubten keine klare Sicht. Im Kampfgetümmel würden die Trolle siegen! Da war er sich ganz sicher. Sie durften nur nicht davonlaufen. Ein Trollkrieger konnte einen Elfenkopf in seiner Faust zerquetschen! Sie brauchten diese wieselflinken kleinen Schwertschwinger nicht zu fürchten.

Verdammte Feiglinge da oben, die sich von ein bisschen Feuer und Rauch einschüchtern ließen! Skangas Befehle waren klar und unmissverständlich gewesen. Die da oben sollten ihren Schildwall halten.

»Rudelführer?« Slarag, der Anführer seiner Späher, kam geduckt zu ihm herübergeschlichen. Trotz der Hitze trug er das Fell eines Schneelöwen um die Schultern. Er hatte es mit Dreck eingerieben, damit ihn der helle Pelz nicht verriet, wenn er sich anschlich. Aber ablegen mochte er es nicht. Er behauptete überall, er habe die Bestie mit bloßen Händen erschlagen. Brodgrim hatte Zweifel daran. Aber einmal abgesehen von dieser Geschichte war Slarag ein zuverlässiger Späher.

»Wir bekommen Probleme, Rudelführer.«

Brodgrim grunzte abfällig. »Ich sehe, was auf den Hügeln vor sich geht. Verdammte Weichlinge! Führen sich auf wie Welpen, die zum ersten Mal den Rauch eines Feuers wittern. Wie kann man nur so feige sein! Mit Kriegern wie denen hätten wir niemals den Königsstein erstürmt. Wir hätten die Wache des Königs sein sollen!«

»Das meine ich nicht, Brodgrim. Es gibt etwas anderes, das mich beunruhigt. Komm mit, ich zeige es dir.«

Der Späher führte ihn zum Rand des Dickichtstreifens, der sich an einem Bach entlang erstreckte. Dort deutete er nach Osten. Deutlich konnte man eine riesige Staubfahne über der Steppe sehen. Sie war noch viele Meilen entfernt. Brodgrim spürte, wie sich sein Magen zusammenzog. »Wer ist das?«

»Jedenfalls kein Wind, der den Staub aufgewirbelt hat.«

Brodgrim nahm den Wasserschlauch von seiner Schulter und trank einen tiefen Schluck. Durstig sollte man keine Entscheidungen treffen. Er spritzte sich Wasser ins Gesicht und auf seine mit Schmucknarben bedeckte Brust. »Was denkst du, Slarag?«

»Wir erwarten keine Verstärkungen. Da kommen Elfen oder Kentauren.«

Brodgrim schüttelte den Kopf. »Woher sollten sie kommen? Ausgeschlossen!«

»Dann erklär mir die Staubwolke.«

»Du bist der Späher. Das ist deine Aufgabe.«

Slarag schnitt verärgert eine Grimasse. »Du hast mir alles beigebracht. Du weißt, was das da bedeutet.«

»Wir haben Befehle.« Brodgrim fühlte sich zunehmend unwohl. Alles lief anders an diesem Tag. Dabei waren sie so siegessicher gewesen. Auch hatte er das Gefühl, dass es an seiner Entscheidung hängen könnte, ob sich das Schicksal noch einmal zu ihren Gunsten wendete. Etwa fünftausend Trolle verbargen sich in dem breiten Buschstreifen, und die Elfen schienen keine Ahnung zu haben, dass sie hier waren. Er blinzelte mit zusammengekniffenen Augen zum Horizont. Oder wussten sie doch etwas? Kamen diese Truppen deshalb geradewegs auf ihn zu?

Hilflos blickte er zu dem Feldherrenhügel, von dem das Banner seines Königs verschwunden war. Gilmarak sollte den Befehl zum Angriff geben. Brodgrim wusste genau, was zu tun war. Er brauchte nur den verdammten Befehl. Oder den Befehl, sich zurückzuziehen.

»Was tun wir, Rudelführer?«

Er hätte Slarag erwürgen können! Diese Fragerei machte nichts besser! Er könnte seine Krieger einfach im Buschland lassen und abwarten, was weiter geschah. Aber sie alle waren ein großes Wolfsrudel. Kein Wolf, der noch Zähne besaß, sah einfach nur zu, wie sein Rudel jagte. Und wenn er es doch tat, dann hatte er kein Anrecht auf einen Anteil der Beute. Der Plan von Skanga war gut gewesen. Sie wussten doch, wie wenige die Elfen waren! Selbst wenn dort hinten noch ein paar tausend Kentauren kämen, wären die Elfen und ihre Verbündeten immer noch erbärmlich in der Unterzahl.

Wenn ein Wolfsrudel einen großen Elchbullen jagte, dann mochte es Rückschläge geben. Ein guter Jäger konnte von den mächtigen Schaufeln getötet werden. Ein zweiter würde durch einen Tritt des Elchbullen lahmen. Aber das Rudel würde nicht aufgeben. Es wäre immer um den Elch herum. Es würde ihn müde machen, bis der Erste ihm die Fesseln durchbiss. Und wenn der Elch stürzte, dann würden sie ihm an die Kehle gehen.

Genauso war es mit dem Heer der Elfen. Es würde den jagenden Trollrudeln nicht entgehen, wenn er, Brodgrim, sich an den Plan hielt. Er musste das trockene Flussbett erreichen und den Weg über die Berge versperren. Der nächste Pass, den die Elfen dann erreichen konnten, war zwei Tagesmärsche entfernt. Und zwei Tage würden sie nicht überleben, wenn sich die Rudel der Trolle erst einmal vom Schock des Flammenangriffs erholt hatten.

Es lag an ihm. Aber er durfte seinen König nicht einfach für den Sieg opfern. Wenn diese Flanke völlig ungeschützt gegen die anrückenden Reiter blieb, dann mochten die Elfen vielleicht Gilmarak gefangen nehmen.

»Ich lasse dir fünf starke Rudel hier, Slarag. Du hältst das Buschland.« Brodgrim deutete auf die Staubwolke in der Ferne. »Sie können nicht wissen, dass wir hier sind. Halte diese Flanke. Und wenn sie ganz nah heran sind, dann pack sie! Hol dir ihre Herzen! Und schütze den König. Sie dürfen unserem Heer nicht in die Flanke fallen. Du weißt, wie Wölfe jagen. Haben sie sich erst einmal in der Flanke ihrer Beute verbissen, dann ist die Jagd entschieden. Schütze den König.«

Slarag machte ein Gesicht, als habe ihn eine Grasviper gebissen. Brodgrim roch seine Angst. Ganz schwach nur, aber sein Späher fürchtete sich. Der Rudelführer lachte. »Bepiss dich nicht! Du tust, was du auch als Späher tust. Du liegst hier auf dem Bauch in den Büschen und wartest darauf, dass deine Beute näher kommt. Und wenn sie so nahe ist, dass sie dir nicht mehr entkommen kann, dann schlägst du zu.«

Ganda drosch mit der Reitgerte auf die Flanken des Esels ein und fluchte. Hätte sie nur auf den Schwarzen gehört! Der fette Drucker hatte sie gewarnt, nicht hierher zu kommen.

»Bist du blind, du räudiges Hinkebein?« Verzweifelt zerrte sie an den Zügeln und versuchte den Esel nach links zu bringen.

Eine ganze Reihe von Streitwagen kam über den Hügelkamm vor ihnen und raste mit halsbrecherischem Tempo auf sie zu. Einige Trolle liefen vor den Wagen davon. Ganda konnte sehen, wie die Bogenschützen der Elfen kaltblütig zielten. Ein Troll, dessen wulstige Schmucknarben auf der Brust einen Wolfskopf zeigten, kam geradewegs auf sie zugelaufen.

»Mach Platz, du Hohlschädel!« Ganda warf die Gerte fort und schlug dem Esel jetzt mit der flachen Hand auf die Kruppe. »Los doch!«

Doch das sture Tier lief unbeirrt geradeaus.

Eine kleine, rote Zunge wuchs aus einer Falte im Hals des Trolls. Vorwitzig streckte sie sich Ganda entgegen. Der Krieger riss die Arme hoch. Nein, das war keine Zunge! Eine Pfeilspitze lugte aus dem Hals des Trolls.

Jetzt erst sah die Lutin die mörderischen Sicheln an den Radnaben der Streitwagen. Sie mähten das hohe Steppengras nieder. Die Wagen fuhren so dicht beieinander, dass sich die Sicheln fast berührten. Noch zehn Schritt, dann waren sie hier. Und der verdammte Esel rannte auf die vermeintliche Lücke zwischen zwei Streitwagen zu.

»Nicht, du blödes Vieh!«, schrie sie verzweifelt. Ihre Finger krallten sich in die schwarze Mähne. Sie schlug ihm mit der Faust auf den Kopf, doch der Esel lief jetzt in blinder Panik weiter.

Ganda suchte nach der Kraft der Albenpfade. Sie rief die Worte der Verwandlung. Zu spät! Sie schloss die Augen und biss die Zähne zusammen. Wäre sie doch nur in Talsin geblieben!

Der Esel stieß einen grässlichen Schrei aus. Nie hatte sie ein Tier einen solchen Laut von sich geben hören. Es gab einen Ruck. Ganda wurde aus dem Sattel geschleudert. Sie riss die Hände hoch, um ihren Kopf zu schützen. Die Welt schien nur noch aus Lärm zu bestehen. Hart schlug sie auf den Boden auf. Da war ein zischendes Geräusch, das im Trommeln der Hufe fast unterging. Sie drückte sich flach in den heißen Staub. Ihre Hände wühlten darin. Sie wünschte, sie wäre klein wie ein Mausling.

Langsam entfernte sich der Hufschlag. Sie lebte noch! Vorsichtig hob Ganda den Kopf. Hundert Schritt entfernt waren noch andere Streitwagen. Sie konnte auch Kentauren sehen, die flüchtenden Trollen hinterherpreschten. Rauchsäulen woben dunkle Narben auf den strahlend blauen Himmel.

Vorsichtig erhob sich die Lutin. Sie hatte sich nichts gebrochen. Ihr Esel gab jämmerliche, japsende Laute von sich. Als sie das Tier im hohen Gras liegen sah, musste sie würgen. Die Sicheln hatten ihm dicht unter dem Rumpf die Beine abgetrennt. Die blutigen Stümpfe zuckten, als wolle er immer noch laufen. Die Augen des Esels waren so weit aufgerissen, dass die Iris von einem weißen Kranz umgeben war.

Ganda zog ihr Messer aus dem Gürtel und kniete neben dem verstümmelten Tier nieder. Sanft strich sie ihm über den Hals. »Ich wünschte, ich hätte dich niemals hierher gebracht. Bitte verzeih mir.« Sie tastete nach der dicken Ader an der Vorderseite des Halses und schlitzte sie der Länge nach auf. Dunkles Blut spritzte über ihre Hände. Sie kraulte den Esel zwischen den Ohren und redete beruhigend auf ihn ein, bis dessen Beinstümpfe aufhörten zu zucken und er ganz still lag.

Müde stemmte sich die Lutin auf die Beine und ging dem Hügelkamm entgegen. Es war zu spät, um noch umzukehren. Sie hätte fliehen sollen, als ihr die schreienden Trolle entgegengekommen waren. Oder als sie gesehen hatte, wie die Rudelführer mit langen Bullenpeitschen auf ihre Männer eingedroschen hatten, um sie aufzuhalten und sich wieder zum Kampf zu stellen. Selbst als ihr der Kentaur in der Bronzerüstung begegnet war, wäre es noch Zeit gewesen zu fliehen. Der irre Glanz in den Augen des Pferdemannes hatte ihr eisige Schauer über den Rücken gejagt. Aber nein, sie war blind für all das gewesen. Sie hatte die Rauchsäulen am Horizont als ihr Ziel gewählt und war auf sie zu geritten.

Die Lutin erreichte den breiten Hügelkamm. Als sie den Hang hinabstieg, schmatzte die Erde unter ihren Füßen, so hatte sie sich voller Blut gesogen. Überall lagen tote Trolle. Vereinzelt gab es auch Kentauren. Ein Stück entfernt erhoben sich die Trümmer eines umgestürzten Streitwagens über das Leichenfeld. Obwohl die Schlacht noch in vollem Gange war, zankten schon dutzende Krähen um die besten Happen.

Ein Stück entfernt hatten ein paar hundert Trolle eine Hügelkuppe besetzt und trotzten verzweifelt einer Schar von Kentauren, die in rasendem Galopp den Hügel umrundete und die Trolle dabei mit einem Hagel von Pfeilen eindeckte.

Mehr als eine Meile entfernt kamen lange Reihen von silbern glänzenden Reitern eine Hügelflanke hinab. Das Chaos der Schlacht schien sie nicht zu berühren. Bunte Banner wehten über ihren Häuptern. Ein wahrer Wald von Lanzen ragte über ihnen auf. Wie auf einem Paradefeld kamen sie geritten. Dann senkten sich die Lanzen der vordersten Reihe. Undeutlich konnte Ganda eine dunkle Linie vor den Elfenrittern erkennen, die an den Enden auseinander franste.

Ganda wandte den Blick ab. Sie wollte nicht sehen, was

dort geschah. Sie verschloss auch ihre Ohren vor dem Stöhnen der Verwundeten. Sie konnte hier nicht helfen. Es waren viel zu viele. Sie wünschte, ihre Sinne würden ihr den Dienst verweigern! Sie wollte diese Schrecken nicht in sich aufnehmen.

Ein Schatten glitt über sie hinweg. Über ihr flogen riesige Adler dahin. Sogar ein Lamassu war zu sehen. Nicht einmal der Himmel war vom Krieg verschont geblieben!

Ganda standen Tränen in den Augen. Halb blind lief sie zwischen den Toten dahin. Sie erklomm einen weiteren Hügel. Ein vertrauter Laut beflügelte ihre Schritte: das ängstliche Blöken einer jungen Hornschildechse. Nie zuvor war sie auf diesem Hügel gewesen oder auch nur im Hügelland südlich des Mordsteins, und doch war sie nach Hause gekommen. Dort unten zwischen den Hügeln war ihre Herde. Schon von weitem erkannte sie den alten Zweistoß, den Leitbullen, am gezackten rotorangefarbenen Rand der großen Hornplatte, die seinen Nacken schützte. Die Herde war groß geworden! Es gab viele Jungtiere.

Die Hornschildechsen hatten sich in einem weiten Kreis aufgestellt. Ihre gepanzerten Köpfe mit dem breiten Hornkragen und den drei geschwungenen Hörnern bildeten einen Wall, der selbst Trollen Respekt abnötigte. Die Tiere standen nicht Schulter an Schulter. Zwischen ihnen blieben ein bis zwei Schritt weite Lücken, sodass sie ihre mächtigen gepanzerten Schädel hin und her schwingen konnten, falls ein Angreifer tollkühn genug war, sich mit ihnen anzulegen. Die jungen Hornschildechsen hielten sich in der Mitte des Kreises. Dort befanden sich auch die Ponys und die Ziegen der Lutinsippen, die mit den Hornschildechsen zogen.

Auf die Rücken der ausgewachsenen Echsen waren Plattformen aus Bambusrohr gebaut, auf denen niedrige Zelte aus Ziegenhaar standen. Von hohen Stangen flatterten die Sippen- und Familienbanner, aber auch Hemden und andere Wäsche, die man zum Trocknen herausgehängt hatte. Die Strickleitern zu den Plattformen waren eingeholt. Schwere Armbrüste waren auf Schwenkbeinen arretiert, bereit, jedem Feind einen Willkommensgruß mit einer Spitze aus geschliffenem Vierkantstahl zu senden. Doch niemand griff die Lutin an, und auch die Kobolde mischten sich nicht in die Kämpfe ringsherum ein.

Eine Schwadron Kentauren preschte auf der gegenüberliegenden Hügelkuppe vorbei, ohne auch nur die geringste Notiz vom Lager der Hornschildechsen zu nehmen. Das kleine Tal war wie das Auge eines Wirbelsturms. Rings herum wurde tausendfach gestorben, doch hier herrschte gespannter Frieden, und statt Kriegsbannern flatterten Unterhosen im Wind.

Ganda stieg langsam die Hügelflanke hinab. Jetzt erkannte sie auch andere der Hornschildechsen. Wolfsbeißer und Torkelschritt lebten noch. Auch Mondkragen, die junge Echsenkuh, auf deren Rücken sie einst gewohnt hatte, war bei der Herde. Ihre zähe, faltige Haut hatte das helle Grasgrün der Jungtiere verloren und mittlerweile den matten, graugrünen Ton der Alten angenommen.

Ganda klopfte das Herz. Für sie waren nur wenige Wochen vergangen, aber für ihre Sippe fünfzehn Jahre. Würde man sie überhaupt noch wiedererkennen? Wer lebte noch von ihren Freunden? Alle Kinder, die sie gekannt hatte, wären jetzt erwachsen. Wer lebte wohl auf dem Rücken von Mondkragen? Und wo würde sie unterkommen?

Auf den Bambusplattformen waren nur wenige Lutin zu sehen. Alle Alten und die Kinder waren in den Zelten verborgen. Die Frauen, die sich zeigten, trugen bunt bestickte Westen, grobe Leinenhemden und enge Reithosen so wie früher. Kleider und Röcke waren zu unpraktisch, solange man mit der Herde wanderte. Auch die Männer trugen enge Hosen und Schaftstiefel, dazu speckige Lederjacken. An heißen Tagen verzichteten sie auf Hemden. Ein locker umgeschlungener Seidenschal verhinderte, dass sie sich an den steifen Kragen die Nacken wund scheuerten.

Die meisten hatten ihre Jacken nicht zugehakt. Über ihrer Brust baumelten Amulette aus Federn, Hornplatten und allen erdenklichen anderen Dingen bis hin zu eingetrockneten Nabelschnüren oder mumifizierten Zehen. Aus ihren Gürteln ragten die Griffe des Nackenstechers und des Häutermessers, der beiden Klingen, die jeder Lutin erhielt, sobald er zum Mann wurde.

Ganda trug noch immer das rote Kleid, in dem sie in jener schicksalhaften Nacht vor Emerelle getreten war. Es war unpassend für das Leben in der Steppe. Sie spürte die Blicke, mit denen sie gemustert wurde.

Der Schwarze hatte ihr einiges über ihre Legende erzählt. Er kannte sich aus. Schließlich hatte er die Bücher und Flugschriften gedruckt, in denen Elija ihre Geschichte weit über den engen Horizont der Wahrheit hinaus gesponnen hatte. Sie war eine Heldin, die in den Kerkern der Elfen verschwunden war. Unbeugsam und tapfer, hatte sie angeblich nicht einmal unter der Folter die Sache der Rotmützen verraten. Ganda lächelte freudlos. Mit diesen Geschichten würde sie leben müssen. An sie zu rühren, hieße das empfindliche Gleichgewicht zwischen Wahrheit und Lüge zu gefährden, auf dem jene Welt beruhte, die Elija in seinen Schriften entworfen hatte.

»Ich bin Kommandantin Schlüsselchen«, rief Ganda den Kriegerinnen und Kriegern an den Armbrüsten zu. »Ich bin zurückgekehrt, um meinen Platz in der Herde einzufordern. Bringt mich zu Elija!«

Zwei Kriegerinnen schwenkten ihre Armbrüste auf sie ein. Zwischen den Plattformen auf den Rücken der Hornechsen wurden Flaggensignale getauscht. Früher hatte es einmal einen eigenen Wimpel für sie gegeben, der einen roten Schlüssel auf gelbem Grund zeigte. Heute nahmen sie für sie den Wimpel mit der Bedeutung *fremd*. Das zu sehen, machte ihr mehr zu schaffen, als sie erwartet hatte.

Schließlich gab ihr eine Kriegerin mit einem roten Turban ein Zeichen, sich entlang der Front der Hornechsen zu bewegen. »Du findest Elija auf Wolfsbeißer!«, rief die Lutin.

Ganda schnaubte verächtlich. Sie wollten sie also auf die Probe stellen! Eine Fremde könnte nicht wissen, zu welcher Echse sie gehen musste. War es nur die Schlacht, die ihre Sippe so misstrauisch machte? Zu ihrer Zeit hatte man Fremde nie so unfreundlich empfangen.

Die Hornschildechsen musterten sie aufmerksam mit ihren großen, meergrünen Augen. Manche klapperten mit den Schnabelschnauzen. Der Rauch und der Kampfeslärm machte sie unruhig. Immer wieder erklang das ängstliche Blöken der Kälber aus der Mitte des Kreises.

Ganda blieb vor einer Echse mit graugrünem Schnabel stehen. Breite gelbe Streifen wie stilisierte Sonnenstrahlen schmückten den Hornkragen. Wolfsbeißer war schon alt gewesen, als Ganda geboren wurde. Selbst jetzt, inmitten der Schlacht, strahlte er eine majestätische Ruhe aus.

Die Lutin nahm Augenkontakt mit ihm auf und streckte dann vorsichtig die Hand aus, um ihm über die fleischige Lippe zu streicheln, in die der Hornschnabel überging. »Fürchten dich die Wölfe noch immer, Starkschnabel?«, fragte sie zärtlich. »Alt wie ein Fels kommst du mir vor und genauso stark. Ich weiß noch, wie ich im Schatten zwischen deinen Beinen mit Grashüpfern gespielt habe. Kennst du mich noch?«

Die große Echse legte den Kopf schief. Die weiten Nüstern bebten. Fauchend schnaubte das Reptil. Dann schoss die raue, lila Zunge hervor. Ihre Berührung fühlte sich an, als reibe grober Sand über Gandas Haut.

»Komm herauf!«, erklang eine Stimme über ihr. Auf das Geländer der Bambusplattform stützte sich ein junger Lutin. Er zwinkerte ihr freundlich zu. Etwas an ihm kam Ganda vertraut vor. Selbst für einen Lutin war der junge Mann recht extravagant gekleidet. Seine Hose war mit goldenen Blumen bestickt. Statt eines Gürtels trug er eine breite, rote Bauchbinde, aus der die Griffe des Häutermessers und des Nackenstechers hervorlugten. Seine Lederjacke war mit roten Litzen abgesetzt. Um den Hals hatte er einen schmuddelig weißen Seidenschal geschlungen. Die Jacke klaffte weit offen, sodass man seinen flachen Bauch sehen konnte. Ein hübscher Kerl, dachte Ganda beiläufig. Sie kletterte die Leiter hoch und duckte sich unter dem Geländer hindurch.

Der Krieger schnalzte mit der Zunge. »Du siehst gut aus, Tante Ganda. Du ...« Sein Blick verharrte auf ihrer Silberhand. »Bei den Alben, was ist denn das?«

Ganda überging die Frage. »Tante?«

Der Lutin lächelte breit. »Nikodemus. Ich war noch ein Junge, als die Elfen dich verschleppt haben, Kommandantin. Das hat sich inzwischen geändert.«

Ganda trat einen Schritt zurück und musterte ihn noch einmal von den Ohrenspitzen bis zur Sohle. Niemals hätte sie in dem selbstsicheren jungen Kobold den schüchternen Jungen von einst erkannt. Jetzt verstand sie, warum er einen so nachhaltigen Eindruck bei Rika, der Flusshexe, hinterlassen hatte.

Er deutete über die Schulter. »Mein Bruder erwartet dich, Kommandantin Schlüsselchen.« Nikodemus beugte sich vor und flüsterte. »Pass auf dich auf. Er hat heute wieder seine Stimmungen. Er ist wütend, weil die Trolle sich dermaßen das Fell gerben lassen. Sei vorsichtig mit dem, was du sagst. An solchen Tagen weiß man nie, wie er sich verhalten wird.«

»Danke«, entgegnete sie knapp. Zumindest daran hatte sich also nichts geändert. Elija war auch früher schon für seine Launen berüchtigt gewesen, auch wenn Nikodemus das als Kind vielleicht nicht hatte wahr haben wollen.

Plötzlich umarmte der junge Lutin sie. Er drückte sie fest an sich. Ganda schob die spitze Fuchsschnauze in seinen offenen Kragen. Er duftete angenehm nach Schweiß, Fuchsfell und dem unverwechselbaren Geruch der Hornechsen. Die Lutin musste mit den Tränen kämpfen. Fast ihr ganzes

Leben hatte sie dieser Geruch umgeben. Sie war zu Hause! Kein Duftwasser der Elfen roch so köstlich.

»Geh jetzt, Tantchen«, drängte Nikodemus. »Er wartet nicht gern.«

Ganda löste sich aus der Umarmung. Wolfsbeißer bewegte sich, und die Plattform schwankte ein wenig. Ganda musste nach dem Geländer greifen, um ihr Gleichgewicht zu halten. Nikodemus hatte das nicht nötig. Er grinste sie an. Wer hätte gedacht, dass aus dem kleinen Lümmel einmal so ein gut aussehender Lutin werden würde!

Als Ganda das schwarze Zelt umrundete, fühlte sie sich zunehmend unwohler. Früher hatte sie sich ganz gut darauf verstanden, wie man Elija zu nehmen hatte. Ob er sich wohl sehr verändert hatte?

Der Anführer der Lutin wandte ihr den Rücken zu. Er blickte auf ein weites Feld hinaus, auf dem sich ein großes Rudel Trolle ein erbittertes Gefecht mit den Streitwagen der Elfen lieferte. Elija hatte die Hände hinter dem Rücken verschränkt. Ganda spürte, dass er um ihre Anwesenheit wusste. Aber er ließ sie warten. Strafte sie mit seinem Schweigen.

Elija hatte sich einen weiten, rotbraunen Ledermantel lose um die Schultern gehängt. Aus der linken Tasche lugte eine rote Mütze hervor. Um den Hals des Kobolds war ein weinroter Schal geschlungen. Eine abgewetzte blaue Hose mit breiten roten Streifen über den Nähten war nachlässig in hohe Schaftstiefel gestopft. Ob er ein Hemd trug, konnte Ganda nicht sagen, solange er ihr den Rücken zuwandte.

Die Trolle behaupteten sich im Kampf gegen die Streitwagen. Als die Elfen sie nicht zu überrennen vermochten, zogen sie sich zurück.

»Die Masse triumphiert über die Arroganz der Elite«, sagte Elija endlich. Dann wandte er sich um. Seine Brust war mit wulstigen Schmucknarben übersät. Silber sprenkelte das Haar seiner Schnauze. Seine Augen musterten die Lutin kalt durch die kleine Brille.

Alt war er geworden, das war Gandas erster Gedanke. Und die Kälte, mit der er sich umgab, war noch schneidender.

»Ja, meine Brust … Wir alle müssen Opfer bringen. Bei unseren Verbündeten gilt man nur dann als richtiger Mann, wenn man so etwas klaglos über sich ergehen lässt. Sie schmieren einem eine graue Paste in die Wunden. Es heißt, ihre Schamaninnen hätten da hineingepinkelt. Und das ist noch eine der angenehmeren Zutaten. Die Wunden heilen schlecht, und es bilden sich diese üblen Narben. Unsere Verbündeten haben ein eigenwilliges Verständnis von Schönheit. Das ist der Preis …« Er sah ihre Hand. »Und wie ist es dir im Kerker ergangen?«

Ganda stutzte. Wusste er es wirklich nicht besser? Glaubte er die Geschichten, die er über sie geschrieben hatte, am Ende gar selbst? Es war unmöglich, in seiner Miene zu lesen. Nichts verriet, ob er scherzte oder es ernst meinte.

Die Lutin hob ihre Silberhand und streifte den Ärmel ihres Kleides zurück. »Jeder zahlte seinen Preis«, sagte sie, ohne sich damit auf irgendetwas festzulegen.

Er trat dicht vor sie. Sein Atem roch nach Knoblauch. Vorsichtig berührte er die silberne Hand. »Sie haben dir übel mitgespielt, die Elfen …«

»Ja.«

»Gut, dass du ihnen entkommen bist.«

Ganda war das Versteckspiel leid. »Ich war nicht ihre Gefangene. Ich …«

Er legte ihr sanft die Hand auf die Lippen. »Ich will das nicht hören. Weißt du, jeder erschafft sich seine eigene Welt. Sie setzt sich aus Wahrheit, Missverständnissen und Lügen zusammen. Deshalb bleiben wir letztlich immer einsam. Niemand teilt wirklich die Welt eines anderen. Es gab eine Zeit, da habe ich dich für eine Verräterin gehalten, Ganda. Du warst unsere beste Pfadfinderin. Du weißt, wie dringend wir dich gebraucht hätten. Du bist gesehen worden, wie du zweimal in einer Nacht in Emerelles Burg gegangen bist. Du weißt ja, wir Lutin haben unsere Augen überall. Niemand hat dich jemals wieder von dort fortgehen sehen. Ich habe hunderte Male versucht, in die Burg zu gelangen. Doch Emerelle schätzt mich nicht. Sie hat es verstanden, mich fern zu halten. Um unsere Spitzel weiß sie jedoch nicht. Selbst in ihrem Fechtsaal wird sie beobachtet. Dich zu finden, war dennoch unmöglich. Ich hatte Angst, dass du tot bist. Doch auch dafür gab es keine Zeugen. Gerüchte machten die Runde, dass du unsere Sache verraten hättest. Du als meine Vertraute! Ich musste etwas dagegen unternehmen. Also machte ich dich zur Märtyrerin. Kommandantin Schlüsselchen, von den Elfen verschleppt, weil sie eine der Größten unseres Volkes war. Eine Heldin im Kampf gegen die Knechter. So hast du mir weiterhin gedient und unsere Sache vorangebracht. Zerstöre das nicht, Ganda. Für unsere Kampfgefährten bist du die Lutin, die ihren Folterknechten entkommen ist. Die Aufrechte, die in all den Jahren, die man sie im tiefsten Kerker von Burg Elfenlicht gefangen hielt, niemals unsere Sache verraten hat. Die Kriegerin, die ihren Wächtern entkam und zu uns zurückkehrte, um wieder den Kampf gegen die Unterdrücker aufzunehmen. Die Stunde des Sieges ist nicht mehr fern, Ganda. Bald schon wird sich die Einheitsfront aller Kobolde erheben und die Herrschaft der Elfen hinwegfegen.«

»Mit geringfügiger Unterstützung durch die Trolle.« Sie blickte über das weite Schlachtfeld. Die Kämpfe in unmittelbarer Nähe waren zum Erliegen gekommen. Es schien, als zögen sich die Elfen zurück.

»Zynismus steht einer Kommandantin der Rotmützen nicht gut zu Gesicht, Ganda. Auch die Trolle sind Opfer der Elfen. Es war nur folgerichtig, dass wir uns im Kampf gegen den gemeinsamen Feind unterstützen.«

»Und in welches Licht stellt es unsere Sache, wenn wir die Unterstützung blutsaufender Ungeheuer brauchen?«

Sie berührte Elijas vernarbte Brust. »Kann ein Sieg nicht auch zu teuer erkauft sein?«

»Brennt in deiner Brust ein Feuer, Ganda?«

Sie sah ihn misstrauisch an. »Wie meinst du das?«

»Gibt es etwas, wofür du bedenkenlos dein Leben geben würdest? Hat dein Leben ein Ziel? Gibt es für dich einen höheren Wert, als einfach nur zu existieren?«

»Zu existieren hat mir bisher genügt.«

»Was für eine kümmerliche Seele du doch hast. Was ist in den Kerkern der Elfen aus der Ganda geworden, die ich einmal kannte?« Er packte sie bei den Armen. Seine Augen glänzten, und seine Stimme überschlug sich fast, als er weitersprach. »Du musst für etwas brennen, Ganda. Es ist gleich, für was! Sei es die Leidenschaft für einen Mann oder für ein hehres Ziel. Wenn du das nicht tust, dann vegetierst du nur, und nichts unterscheidet dich von einem Tier. Entfache das Feuer in dir! Folge mir auf meinem Weg, und dein Leben wird auf eine Weise reich werden, wie du es dir nicht im Entferntesten vorstellen kannst. Du fragst mich, wie ich mit den Trollen paktieren kann. Dieses Bündnis hat all ihren Koboldsklaven die Freiheit gebracht! Und wenn die Elfen erst einmal besiegt sind und mit ihnen all jene, die sie unterstützen, dann wird es in ganz Albenmark keine Knechtschaft mehr geben. Es zählt dann nicht mehr, in was für einen Leib eine Seele geboren wird. Es zählt allein das Feuer in deiner Brust, das dich auf deinem Lebensweg vorantreibt. Es wird immer Handwerker geben, Soldaten und Anführer, die sich berufen fühlen, die Schicksale ganzer Völker zu lenken. Aber deine Geburt wird nicht mehr darüber bestimmen, was dereinst aus dir werden wird. Dies ist die Welt, in der ich leben will. Es ist die Welt, die ich erschaffen werde, Ganda. Der Lauf der Geschichte ist vorherbestimmt. Es ist unausweichlich, dass sich die Unterdrückten gegen die Tyrannen erheben werden. Die Gesellschaft entwickelt sich weiter, so wie ein Knabe zum Mann heranwächst. Es ist unausweichlich, dass das Joch der Elfentyrannei abgeworfen wird. Die einzige Frage ist, welche Generation die Kraft für diesen großen Kampf aufbringen wird. Ich habe mich entschieden, dass die Zeit gekommen ist. Und mein Jungbrunnen ist es zu sehen, wie sich durch meinen Willen und meine Taten die Welt um mich herum zum Besseren wandelt.«

Ganda betrachtete das Schlachtfeld, und Elija schien ihre Gedanken zu erraten.

»Wir dürfen nicht zimperlich sein, Kommandantin Schlüsselchen. Was wir erleben, ist eine Geburt. Und bei jeder Geburt fließt auch Blut.«

Die Lutin bezweifelte, dass Elija jemals bei einer Geburt zugegen gewesen war. Doch das Feuer, von dem er sprach, war Wirklichkeit. Er brannte, und sie beneidete ihn darum. Sie hatte kein Ziel.

»Warum greifen uns die Elfen nicht an?«

»Weil wir doch nur Diener und Händler sind. Wir sind keine Bedrohung. Sie können sich nicht vorstellen, dass sich die Sklaven, die jahrhundertelang jede Drecksarbeit erledigt haben, einmal gegen sie erheben werden. Ihre Welt steht still. Sie ist vollkommen, und deshalb darf sich in ihr nichts ändern. Ich sagte dir ja schon, jeder lebt in seiner eigenen Welt. Meine bewegt sich. In nicht allzu ferner Zukunft wird es einen Tag geben, der die Elfen sehr überraschen wird. Sie glauben, dass die Fronten klar verlaufen.« Elija deutete hinaus auf das Schlachtfeld. »Dort ist der Ort, an dem der Krieg stattfindet, so denken sie. Doch bald schon werden wir den Krieg mitten in ihre Paläste tragen.«

»Dort unten, der sieht aus wie ein Rudelführer. Den schnappen wir uns!«

Wolkentaucher antwortete ihm in Gedanken. Er kippte über den linken Flügel ab und stürzte in die Tiefe. Eisfeder schloss sich dem Sturzflug an und auch der große Lamassu Artaxas. Wenn sein stierleibiger Gefährte zu einem tollkühnen Flugmanöver ansetzte, hielt Melvyn jedes Mal die Luft an. Er erinnerte sich noch zu gut an den Tag, an dem sie sich zum ersten Mal begegnet waren. Artaxas war auf eine Felswand zugeflogen, ohne auch nur den geringsten Versuch zu unternehmen, dem Hindernis auszuweichen. Dass er noch lebte, grenzte an ein Wunder. War es Ungeschick oder etwas anderes? Der große Stiermann hatte es ihm nie verraten.

Der warme Wind brannte Melvyn im Gesicht. Er lockerte die Muskeln seines Schwertarms. Ein paar Augenblicke noch … Die Trolle hatten sie entdeckt und stoben auseinander. Sie waren mutige Krieger, das musste man ihnen lassen. Dass sie sich trotz der katastrophalen Verluste wieder zu sammeln versuchten, hatte Ollowain nicht vorhergesehen. Sie mussten die Rudelführer töten und die Schamaninnen. Ihr Heer musste den Kopf verlieren; nur dann würden sie auch das Herz verlieren, noch weiter zu kämpfen.

Wolkentaucher spreizte das Gefieder, um den Sturzflug abzufangen. Melvyn ließ sich auf dem Himmelssteig nach hinten kippen. Die Kniegelenke um die Querstange gehakt, hing er mit dem Kopf nach unten. Er sah, wie der Rudelführer der Trolle versuchte sich wegzuducken. Wolkentaucher flog mit rasender Geschwindigkeit an dem Troll vorbei. Melvyns Schwert beschrieb einen blitzenden Bogen. Der Rückhandschlag traf den Troll mitten ins Gesicht.

Melvyn spürte, wie unter der Wucht des Treffers Knochen brachen. Wie alle Reiterschwerter war seine Waffe kopflastig und schlecht ausbalanciert für einen Kampf zwischen zwei Fechtern. Doch dafür war diese Klinge auch nicht erschaffen worden. Sie sollte mit tödlicher Wucht unter fliehende Feinde fahren.

Wolkentaucher stieg in einer steilen Kurve dem Himmel entgegen und stieß in wilder Freude einen Siegesschrei aus. Melvyn schwang sich hoch und griff mit der Linken nach der Hauptstange des Himmelssteigs. Dann warf er einen flüchtigen Blick zurück über die Schulter. Der Rudelführer der Trolle lag hingestreckt zwischen seinen Kriegern. Die Hufe von Artaxas trommelten auf hastig hochgerissene Schilde. So retteten die Trolle ihre Köpfe, doch die Wucht der Lamassutritte schleuderte sie in den Staub.

Immer höher stieg Wolkentaucher empor. Er flog jetzt in weiten Kreisen mit ausgebreiteten Schwingen. Der Adler ließ sich vom Aufwind über der heißen Ebene tragen.

Aus großer Höhe erinnerte das Schlachtfeld ein wenig an einen Falrach-Tisch. Einheiten schrumpften zu Spielfiguren. Man überblickte alles, jede Bewegung auf dem Feld. Was unten am Boden durch Staub und Rauch verborgen blieb oder durch die Eigenheiten des hügeligen Geländes, hier oben war es offenbar.

Ollowain war mit den silbern schimmernden Reihen der Elfenritter ins Herz des Trollheeres vorgestoßen. Die Schlachtlinien der Reiter hatten sich aufgelöst. Das Bild wurde bestimmt von Reitern, die nun in kleinen Gruppen den Fliehenden nachstellten. Immer weiter stoben sie auf die Ebene hinaus. Weit vorn an der Spitze erkannte Melvyn einen Ritter mit wehendem weißem Mantel. Aus der Höhe war es unmöglich zu sagen, ob es sich um Ollowain oder Graf Fenryl handelte. Doch wer auch immer es war, er hatte sich zu weit vorgewagt. Man musste ihn warnen. In seiner Flanke begannen die Trolle sich zu sammeln. Bald wäre ihm der Rückweg abgeschnitten.

Melvyn musste den Kopf verdrehen, um den Reiter nicht aus den Augen zu verlieren, während Wolkentaucher seine Kreise zog. Unter ihnen schwebten Artaxas und Eisfeder. Weit im Osten stieg eine riesige Staubwolke in den Himmel. Melvyn musste lächeln, als er daran dachte, wie Nestheus den Schwertmeister verflucht hatte. Der junge Kentaurenkrieger hatte kurz nach Sonnenaufgang den Befehl erhalten, mit hundert Pferdemännern weit nach Osten abzurücken. Dort sollten sie Bündel aus trockenen Zweigen sammeln, um diese dann an Seilen hinter sich her zu ziehen. Ihre einzige Aufgabe in der Schlacht bestand darin, so viel Staub wie möglich aufzuwirbeln und den Trollen vorzugaukeln, dass sich noch ein zweites Heer von Osten her näherte. So würde Nestheus keinen einzigen Schwerthieb in dieser Schlacht führen.

»Siehst du die Bewegung dort unten bei dem Bach? Dort im Buschstreifen«, erklang Wolkentauchers Stimme in seinen Gedanken.

Melvyn war ein wenig ärgerlich über die Ablenkung. Er hatte auch den Ritter mit dem weißen Umhang aus den Augen verloren. Er drehte sich und brauchte eine Weile, bis er das Geländestück ausgemacht hatte, das der große Adler meinte.

»Was ist dort?«, schrie der Wolfself. Obwohl er die Adler nun so lange kannte und er ein Windsänger war, der sich mit den majestätischen Greifvögeln allein durch Gedanken verständigen konnte, fühlte er sich sicherer, wenn seine Stimme den Gedanken Worte folgen ließ. Melvyn wusste auch, dass das Brausen des Windes die meisten seiner Worte verschlang; aber dennoch vermochte er in Augenblicken wie diesen nicht an sich zu halten.

Statt zu antworten, glitt der Adler in einem weiten Bogen tiefer. Melvyn hatte durchaus scharfe Augen, doch wenn er mit Wolkentaucher flog, fühlte er sich stets blind wie ein Maulwurf.

Dann endlich bemerkte auch er die Bewegung. Hunderte Gestalten schlichen geduckt durch die Büsche. Ein verborgenes Heer! Und es bewegte sich geradewegs auf die Flanke der Kutschen zu, aus denen die Ballons aufgestiegen waren. Auf dem Weg, den die Trolle eingeschlagen hatten, würde ein hoher Hügelkamm sie vor den Blicken der Kobolde verbergen. Erst die letzten zweihundert Schritt mussten sie durch offenes Gelände.

»Wenn die Trolle die Kobolde überrumpeln, dann schneiden sie dem restlichen Heer den Rückzug ab.«

Melvyn fluchte. In weniger als einer halben Stunde mochte sich ihr Sieg in eine Niederlage verwandeln. »Bring mich runter zu Elodrin!«

GRÜNE AUGEN

Ollowain blickte in den treibenden Rauch. Sie war hier, er konnte sie fühlen. Ganz dicht hinter dem Schleier aus Rauch wartete sie auf ihn. Lyndwyn. Dies war der Tag, der sie wieder miteinander vereinen würde. Der Tag, den er so oft herbeigesehnt hatte. Der Tag, an dem die Wunde in seinem Herzen endlich heilen würde.

»Feldherr?« Senthor, der alte Kentaurenkrieger, kam ihm seltsam weit entfernt vor, obwohl er nur zwei Schritte neben ihm stand. Sein Gesicht war mit Ruß verschmiert, in dem sein Schweiß wie schwarze Tränen glänzte. Wie die Tränen Emerelles im Palast. Jetzt war die Stunde gekommen, ihr Todesurteil zu vollstrecken.

»Wir sollten zu den anderen zurückkehren«, sagte der Kentaur mit rauer Stimme. Er war von Erschöpfung gezeichnet. Die Gewaltmärsche der letzten Nächte und die Schlacht hatten ihn ausgebrannt. Senthor war eine verlöschende Flamme. Und doch hatte er den ganzen Tag nicht von seiner Seite weichen wollen.

Ollowain deutete mit dem blutigen Schwert auf die wirbelnden Rauchschleier. »Dort wartet noch jemand auf mich.«

Der Kentaur schüttelte entschieden den Kopf. »Dort ist niemand mehr! Du hörst doch die Hörner. Wir müssen uns zurückziehen. Das war dein Befehl, Feldherr.«

Ollowain streichelte seinem Hengst den Hals. Er beugte sich vor und flüsterte: »Komm, Großherz. Du weißt, wen ich suche. Trag mich das letzte Stück des Weges. Es ist nicht mehr weit.«

Der Schimmel trabte langsam dem Rauch entgegen. Nicht weit entfernt erhob sich eine einsame Felsklippe über die Hügel der Steppe. Nach Osten geneigt, zeichneten sich ihre Umrisse scharf gegen den rauchverhangenen Himmel ab. Im Schatten der Klippe hatten sich einige Trolle gesammelt. Es waren nicht nur Krieger. Ollowain erkannte einen Halbwüchsigen. An seiner Seite standen eine alte Vettel, die sich auf ihren Stab stützte, und ein zweites Trollweib, das sein Gesicht hinter einer Maske verbarg. Mehr und mehr Krieger eilten zu der Klippe. Der Schwertmeister atmete schwer aus. Das war der Kampf, den er suchte.

»Das muss der junge König sein«, fluchte Senthor. »Lass uns schnell von hier verschwinden. Hier wird es bald von Trollen nur so wimmeln.«

»Keine Sorge, ich bin ein Ritter. Ich töte keine Kinder.«

»Davon rede ich nicht, Feldherr. Die werden uns töten. Es sind zu viele! Bitte, Ollowain. Komm!«

Eine Bewegung im Rauch erweckte die Aufmerksamkeit des Schwertmeisters. Ein Stück südlich der Klippe lag eine Ruine. Vielleicht ein längst aufgegebenes Jagdschloss. Es war zu wenig erhalten, um zu sagen, was für ein Gebäude es einmal gewesen sein mochte. Abgesehen von ein paar Grundmauern war ein filigran durchbrochener, steinerner

Fensterbogen alles, was von der einstigen Pracht des Gemäuers geblieben war.

Nahe dem Fensterbogen war einer der Streitwagen aus Alvemer gestrandet. Die stolzen Rösser lagen erschlagen in ihren Geschirren. Der Wagenlenker hielt selbst im Tod ihre Zügel. Zertretene Pfeile waren im verbrannten Gras verstreut. Die zerfetzten Seidenbanner bewegten sich träge im Wind. An das zerbrochene Rad des Wagens war ein großer Trollschild gelehnt. In seinem Windschatten kauerte eine Gestalt, die sich in einen zerfetzten Umhang gewickelt hatte. Matt winkte sie ihm.

Das Winken ... Ollowain war plötzlich wie in Trance. Er fror, wie auf der Eisebene, als er Lyndwyn im verlassenen Heerlager der Trolle gefunden hatte. Die Gluthitze des Sommertags war verflogen. Er spürte wieder den schneidenden Wind der Snaiwamark.

Langsam trottete sein Schimmel zu dem Streitwagen. Sein Traum aus Iskendria würde sich erfüllen! Diesmal würde er sie retten. Er würde nicht zulassen, dass Galawayn die Figur der Zauberin aus dem Spiel nahm! Gegenwart und Vergangenheit waren eins geworden. Seine Liebe zu Lyndwyn hatte die Fesseln der Zeit überwunden. Diesmal würde sie nicht sterben! Er schwang sich aus dem Sattel.

Rotes Haar rahmte ein blasses Gesicht. Ihre wunderbaren grünen Augen nahmen ihn gefangen. Sie waren ... Rotes Haar?

»Bei den Fürzen meiner Urahnen! Ollowain! Sie kommen die Klippe hinüber. Wir müssen fort!«

Die derben Worte des Kentauren zerstörten das Trugbild. Lyndwyn hatte schwarzes Haar! Sie ... Er zog den zerrissenen Umhang zur Seite. Darunter schimmerte eine grüne Rüstung mit goldenen Beschlägen. Vor ihm lag Caileen, die Gräfin von Dorien.

»Flieh ...«, hauchte sie. »Ich wollte dich nicht herrufen, als ich gewunken habe. Ich wollte dir ein Zeichen geben zu flüchten … Ich …« Blut troff von ihren Lippen. Eine zerbrochene Speiche ihres Streitwagens ragte über der Hüfte aus ihrer Rüstung.

»Du wirst hier nicht sterben«, sagte Ollowain sanft. Er rammte sein Schwert in den Boden und hob sie auf. Das Gewicht der Gewappneten ließ ihn taumeln. Sein Hengst kam ihm entgegen. Er schob Caileens Fuß in einen der Steigbügel und wuchtete sie in den Sattel.

Hinter ihnen erklang ein rauer Ruf. Einer der Trolle forderte ihn zum Kampf.

»Bring sie zu Nardinel!«, befahl Ollowain dem Kentauren. »Zu niemand anderem! Nardinel wird sie retten. Wenigstens diesmal werde ich nicht zu spät gekommen sein.«

Der Kentaurenkrieger wartete.

»Bring sie fort, Senthor!«

»Nicht ohne dich, Herr!«

»Du bist zu schwach, um sie zu tragen, und auch mein Hengst ist zu erschöpft, um zu entkommen, wenn ich hinter Caileen in den Sattel steige. Zögere nicht. Noch können wir den Trollen zwei Leben entreißen!«

»Warum tust du das?«

Wie sollte er das dem Kentauren erklären? »Weil ich ein Ritter bin«, sagte er kurz angebunden. »Nun reite, damit es jemanden gibt, der meine Geschichte erzählen kann.«

Dunkles Blut rann von der Rüstung der Elfengräfin und troff auf das schneeweiße Fell des Hengstes.

Ollowain musste an Lyndwyns Blut im Schnee denken.

»Reite!«, rief er. Dann schlug er dem Hengst auf die Flanken. »Reite!«

Senthor griff nach den Zügeln. »Ich hole Verstärkung. Halte aus!«

Wieder erklang die fordernde Stimme hinter Ollowain. Es war zu spät! Die Trolle waren überall. Sie schnitten Senthor und Caileen den Weg zurück in die Hügel ab. Dem Kentauren wurde das Schwert aus der Hand gewunden.

Caileen war zusammengesunken. Ihr Kopf ruhte auf der Mähne des Schimmels.

»Lasst die beiden! Sie sollen sehen, wie er stirbt! Der Schwertmeister hat Recht. Es soll einen Zeugen für seinen Tod geben. Sonst werden sie unsinnige Geschichten erfinden.« Die alte Vettel hatte gesprochen. Ihre Stimme war voller Kraft. Obwohl sie mehr als hundert Schritt entfernt war, verstand der Elf jedes Wort so deutlich, als stünde sie unmittelbar vor ihm.

Die Trollkrieger fügten sich ihr.

»Hol deine Waffe, Schwertmeister!«

Ollowain gehorchte. Caileen blieb nicht mehr viel Zeit. Wenn er einen wirklichen Kampf lieferte, dann würde sie verbluten.

Der Schwertmeister hob die Klinge zum Fechtergruß und küsste den Stahl. Er würde niemanden mehr töten.

Da waren sie wieder, Lyndwyns grüne Augen. Hinter dem Schleier aus Rauch. Sie war hier und wartete auf ihn!

Lächelnd ging Ollowain dem Troll entgegen, der ihn herausgefordert hatte, und wich dem Hieb nicht aus, der auf seinen Kopf zielte.

DER BOTE

Erleichtert atmete Alvias auf, als er dem endlosen Strom abgekämpfter Reiter entkam. Eine der Lehren des Falrach ging ihm durch den Kopf. Eine Reitereinheit ist wie ein Pfeil im Köcher des Kriegsmeisters. Ist das Ziel gut gewählt, wird der Schuss töten. Doch wie einen Pfeil wirst du deine Reiter in dieser Schlacht kein zweites Mal einsetzen. Ganz gleich, ob die Reiter siegten oder abgeschlagen wurden, selbst disziplinierte Einheiten hatten die Angewohnheit, sich nach einem Angriff zu zerstreuen. Entweder flohen sie vor einem übermächtigen Gegner, oder sie setzten dem geschlagenen Feind nach.

Blutende Kentauren und Elfenritter in zerschlagenen Rüstungen zogen sich Seite an Seite durch das trockene Flussbett zurück. Sie sahen nicht aus wie Sieger.

Der Hofmeister Emerelles lenkte seinen Rappen eine flache Uferböschung hinauf. Er hielt neben einem Minotauren mit bandagiertem Kopf, der sich schwer auf einen Speer stützte und auf den Flüchtlingsstrom hinabblickte.

»Wo finde ich den Befehlshaber, Freund?«

Der Stiermann hob den Kopf. Ihr Blick begegnete sich fast auf gleicher Höhe. Eines der Augen des Kriegers war nur noch eine leere, blutende Höhle. Stumm wies der Minotaur zu einem Hügel im Osten.

»Danke.« Alvias winkte seiner Eskorte, ihm zu folgen. Der Hofmeister war erschöpft. Seit einem Tag und einer Nacht war er nicht mehr aus dem Sattel gekommen. Seinem Hengst schien der lange Ritt weniger auszumachen als ihm. Sein Schritt war immer noch kraftvoll, auch wenn das Fell voller Kletten war und der Staub der weiten Steppe ihm das Weiß in den Augen gerötet hatte.

Das Land fiel in sanften Wellen nach Norden hin ab und öffnete sich auf eine weite Ebene. Meilen entfernt erkannte er eine Herde von Hornschildechsen, die sich in schützendem Kreis um ihre Jungen aufgestellt hatten. Überall auf der Ebene eilten einzelne Reiter und Streitwagen dem Hohlweg entgegen, der hinab zur ausgetrockneten Myra führte. Nur wenige scherten nach Osten aus, dorthin, wo auf einem Hügel über schweren Fuhrwerken das Banner der Königin, ein goldenes Pferd auf grünem Grund, und die Standarte Alvemers mit ihrer silbernen Nixe wehten.

Alvias war froh, die Botschaft der Königin endlich überreichen zu können. Solange er Emerelle kannte, hatte er sie noch nie in so seltsamer Stimmung erlebt wie an dem Abend, an dem sie ihn bat, Ollowain zu finden. Eindringlich hatte sie ihm eingeschärft, dass die Nachricht nur dem Schwertmeister und niemand anderem ausgehändigt werden durfte.

Der Hofmeister führte seine Eskorte den Hügel hinauf. Die Wagen oben waren zu einem weiten Kreis zusammengeschoben, als wollten sie wie die Hornschildechsen eine Herde schützen. Auf dem Hang lagen hunderte tote Trolle im zertrampelten Gras. Doch auch die Verbündeten hatten einen mörderischen Blutzoll entrichtet.

Ein Kobold, der eine schmutzig rote Signalfahne schwang, wies die neuen Verteidiger zu einer Lücke im Wall der Wagenburg. Eine Gruppe von Bogenschützen und Speerkämpfern stieg von Streitwagen, die am Fuß des Hügels gehalten hatten. Müde stapften sie über die Leichen hinweg, während die Wagenlenker ihre Gefährte hinab zum Flussbett brachten. Alvias sah eine Kriegerin mit langem, blondem Haar verharren. Langsam hob sie ihren Speer und stach die lange Klinge einem der Trolle durch die Kehle. Die Gliedmaßen des Hünen zuckten, während sie das Stichblatt in der Wunde drehte und wieder frei zog. Ihre Kameraden nahmen nicht einmal Notiz von dem beiläufigen Mord an einem Verwundeten.

Im Inneren der Wagenburg standen hunderte Pferde zusammengepfercht. Ein Teil der Kutschen bildete ein zweites, inneres Karree. Die Seitenwände der Ladepritschen waren heruntergeklappt. Dort lagen Kobolde neben feingliedrigen Elfen und Minotauren, deren Brustkörbe so massig wie Weinfässer waren. Ihr Leid hatte alle Grenzen zwischen ihnen verwischt. Blut troff von den Pritschen. Es stank nach Fäkalien und Urin. Die Luft summte vor Fliegen. Einige Elfen und Koboldweiber versuchten verbissen, den Strom von Blut zu stillen und den Tod in seine Schranken zu weisen. Alvias sah die lange Reihe von Leibern unter den Kutschen. An diesem Nachmittag führte der Tod die längere Liste der Siege.

Ein ausgemergelter alter Kentaur trug eine Frau in grüngoldener Rüstung zu einer der Pritschen. Obwohl er sich kaum noch auf den Beinen halten konnte, bedrängte er die Heiler so lange, bis eine wunderschöne Elfe neben der Kriegerin niederkniete. Ihr Gesicht war mit Blutspritzern besudelt und aschgrau vor Erschöpfung, doch all dies vermochte ihre fast schon ätherische Schönheit nicht verblassen zu lassen. Sie hatte etwas Gütiges und Nobles an sich. Etwas, das hier inmitten dieses Schlachthauses des Krieges so fehl am Platz wirkte wie ein Gewappneter inmitten einer Blumenwiese.

Die Heilerin fühlte nach der Kehle der Kriegerin, zog ihren zerrissenen Umhang zur Seite und blickte auf die abgebrochene Radspeiche, die seitlich aus der Rüstung der Sterbenden ragte. Alvias war zu weit entfernt, um hören zu können, was die Heilerin sagte, aber das musste er auch nicht. Ihr trauriges Kopfschütteln sagte mehr als alle Worte.

Der Kentaur packte sie grob am Arm. »Er ist für sie gestorben, hörst du? Das darf nicht vergebens gewesen sein! Du rettest sie! Und wenn es das Letzte ist, was du tust. Das schulden wir ihm! Du ...«

Hörnerklang übertönte das wütende Geschrei des Pferdemanns.

»Braucht ihr eine schriftliche Einladung oder seid ihr einfach nur Feiglinge?«, herrschte ein junger Krieger Alvias an und griff nach den Zügeln seines Rappens. Der Hofmeister sah, wie der Hauptmann seiner Wache zu einer angemessenen Erwiderung ansetzte. Ein Blick, und die Worte blieben unausgesprochen. Alvias hatte von dem jungen Krieger in der abgetragenen Lederrüstung und mit den seltsam wulstigen Armschienen schon gehört.

»Ich denke, Hauptmann Melvyn ist einer der Feldkommandanten hier. Er wird ...«

»Er wird sich nicht mit Höflichkeiten aufhalten. Runter von den Pferden! Und folgt mir!«

Alvias stieg ab und löste den schwarzen Schild von seinem Sattel. Er warf den Umhang über seine Schultern und folgte dem Wolfselfen. Obwohl er noch regelmäßig Fechtübungen machte, war es lange her, dass er das letzte Mal auf einem Schlachtfeld gestanden hatte. Er versuchte, die Ruhe eines gleichmäßigen Atemrhythmus in seine Glieder fließen zu lassen. Doch statt sich zu entspannen, verkrampfte er seinen Schildarm.

Melvyn brachte sie zu einer umgestürzten Kutsche, bei der die Leichen so dicht lagen, dass man das Gras nicht mehr sehen konnte. Der Hofmeister vermied es, in die Gesichter der Toten zu blicken. Hier waren viele Elfen gefallen. Die meisten hatte er von Festen auf Emerelles Burg gekannt.

»Ich hab dich bisher noch nicht beim Heer gesehen«, stellte Melvyn fest. »Ich hoffe, du schlägst dich gut.«

»Das hoffe ich auch«, entgegnete Alvias trocken. Am Fuß des Hügels sammelten sich hunderte Trolle. Das scharfe Klacken von Speerschleudern löste den Klang der Hörner ab. Der Hofmeister konnte sehen, wie einer der Trolle mehrere Schritte nach hinten gerissen wurde, als einer der kurzen Speere glatt seine Brust durchschlug.

»Damit wir uns richtig verstehen, wenn du glaubst, das ist hier nichts für dich, dann geh jetzt. Wenn du mitten im Gefecht abhaust, steche ich dich ab.«

»Und du glaubst, das ist so einfach.«

Aus den Armschienen des Wolfselfen schnellten lange stählerne Krallen hervor. »Ob einfach oder nicht, ich werde es tun. Verlass dich darauf! Auch deine Leibwächter werden mich nicht daran hindern. Wir müssen diesen Hügel halten, du Hofschranze. Ich weiß nicht, was im Schädel des Rudelführers da unten vor sich geht, aber er hat sich offensichtlich vorgenommen, uns hier zusammenzuschlagen und erst dann zum Flussbett vorzustoßen.

Das heißt, so lange wir hier kämpfen, bleibt der Fluchtweg offen. Mit jedem Atemzug, den wir den Hügel halten, retten wir einem Krieger das Leben. Wir sind in der Unterzahl und ausgelaugt. Ein einziger Feigling, der aus der Schlacht flüchtet, kann über Sieg oder Niederlage entscheiden.« Melvyn deutete mit der Rechten die Linie entlang. »Sie alle wollen eigentlich nicht hier sein. Sie halten aus, weil sie wissen, wie wichtig es ist. Aber wenn auch nur einer im Gefecht davonläuft, dann könnte die Panik um sich greifen wie ein Strohfeuer. Also bist du Manns genug, hier zu bleiben?«

»Weißt du, ich habe so lange im Sattel gesessen, dass es sich anfühlt, als würde man mir eine Fackel unter mein geschätztes Hinterteil halten. Selbst wenn ich wollte, könnte ich kaum laufen. Das sind wohl beste Voraussetzungen, hier einen Helden abzugeben.«

Melvyn grinste ihn an. »Für einen Mann, der sich nur mit einer Eskorte von Schoßhündchen in die Steppe wagt, beweißt du Auge in Auge mit einer Trollhorde noch erstaunlich viel Humor. Ich heiße Melvyn.«

»Angenehm«, entgegnete der Hofmeister und musste darüber schmunzeln, dass ihm Förmlichkeiten des Umgangs bei Hof so sehr in Fleisch und Blut übergegangen waren, dass er selbst jetzt nicht aus seiner Haut kam. »Mich nennt man Alvias.«

Melvyn stöhnte. »Bist du etwa *der* Alvias? Emerelles Hofmeister?«

»Ich fürchte, das kann ich nicht verneinen.«

»Ein Ort mehr, an dem ich mich nicht mehr blicken zu lassen brauche.«

»Warum?«

»Ich nehme an, du würdest dich revanchieren.«

Alvias lächelte. »Nun, auch bei Hof gelten einige Regeln, genau wie hier auf dem Schlachtfeld. Und dort führe ich unbestritten das Kommando. Ein einziger Gast wie du, der Wasser offenbar nur nutzt, um sich gelegentlich die Kehle zu befeuchten, könnte eine ganze Festgesellschaft in die Flucht schlagen mit dem Duft, der ihn sicherer umschließt als jede Rüstung. Dein Erscheinen könnte auf immer den Ruf meiner Herrin zerstören, die prächtigsten Bälle Albenmarks zu geben. Eine Neuigkeit, die die flüchtenden Gäste gewiss binnen kürzester Zeit bis in die entferntesten Fürstentümer tragen würden. Ich müsste dich also, sobald du einen Fuß in Emerelles Burg setzt, von ein paar Pferdeknechten packen lassen, die besser gegen strenge Gerüche ankommen als die Dienerinnen in unseren Bädern. Sie würden dich in einem Stall schrubben, bis dein Duft auf ein Maß reduziert ist, dass unsere Ankleidedamen und Baderinnen dir bei deinem Erscheinen nicht reihenweise ohnmächtig zu Füßen liegen. Wenn du dann ein zivilisiertes Bad über dich ergehen lässt und deine Muskeln mit wohl riechenden Ölen massiert wurden, dann kann ich mir vorstellen, dass du dich zumindest für die Damen, die bei Hof weilen, als ein Gewinn erweist, denn schließlich eilt dir ein gewisser Ruf voraus, Melvyn.«

Der Halbelf hob abwehrend die krallenbewehrten Hände. »Genug, Alvias! Genug! Darf ich mich nun in eine friedliche Schlacht stürzen? Scharfen Zungen bin ich wehrlos ausgeliefert.«

»Das Wortgeplänkel kann man erlernen wie das Schwerterschwingen. Ich würde mich gerne der Herausforderung stellen, dir ein paar Unterrichtsstunden zu geben. Ich glaube …« Der ohrenbetäubende Schlachtruf der Trolle beendete Alvias' Rede. Mit Kriegshämmern und Keulen auf die großen Schilde schlagend, setzte sich der Kriegerpulk am Fuß des Hügels in Bewegung.

»Wie viel Munition haben wir noch, Misht?«

Ein Kobold, dessen linker Arm in einer blutbesudelten Schlinge ruhte, beugte sich über die Brüstung des Fuhrwerks neben ihnen. »Drei Schuss je Speerschleuder und eine Hand voll Armbrustbolzen. Die meisten Bogenschützen von den Streitwagen kommen mit leeren Köchern hier an. Das wird der letzte Angriff, den wir mit ernst zu nehmendem Beschuss empfangen können.«

»Dann sorgen wir am besten dafür, dass sie nicht wiederkommen.«

»Da müsst ihr im nächsten Nahkampf wohl ein wenig unfreundlicher zu ihnen sein, damit diese Dickschädel endlich begreifen, dass sie hier nicht willkommen sind.«

»Machen wir, Misht. Machen wir. Diesmal haben wir eine Geheimwaffe. Einen parfümierten Hofmeister.«

Der Kobold kicherte. »Du kannst wirklich grausam sein, Melvyn.«

Alvias fuhr sich mit der Zunge über die trockenen Lippen. Es war lange her, dass er zuletzt in einer Feldschlacht gekämpft hatte, aber er hatte nicht vergessen, wie bestimmte Zeichen zu deuten waren. Diese alberne Art verhieß nichts Gutes. Es war ein Weg, mit Angst fertig zu werden. Und wenn ein Krieger wie Melvyn Anzeichen von Angst zeigte, gab es allen Anlass, beunruhigt zu sein.

Trotz der Pfeile, die ihnen entgegenschlugen, verfielen die Trolle nicht in Laufschritt. Alvias hörte die tiefen Stimmen der Rudelführer. Sie ermahnten ihre Männer, die Schilde hochzuhalten und ruhig zu bleiben. Wenn sie die Hügelflanke hinaufliefen, würden sie außer Atem hier oben ankommen und schlechter kämpfen. Sie waren nur noch zwanzig Schritt entfernt!

Alvias zog sein Schwert. Koboldarmbrustschützen, die unter den Fuhrwerken kauerten, schossen eine Salve ab. Sie zielten tief und trafen die Trolle in die Beine. Ein Dutzend von ihnen ging in die Knie.

»Du kennst doch sicher die Schriften des Schwertmeisters Falrach«, sagte Melvyn.

Der Hofmeister nickte.

»Er meint, in aussichtsloser Lage sei es das Beste, seine Feinde zu überraschen. Bist du bereit für eine Überraschung?«

Alvias sah erschrocken auf. »Du wirst doch nicht …«

Der Halbelf riss die Faust hoch. »Zum Angriff! Jagt sie den Hügel hinab!«

Überall zwischen den Wagen sprangen die abgekämpften Krieger der Verbündeten auf. Kobolde zogen Kurzschwerter und liefen neben hünenhaften Minotauren. Die Elfenritter Alvemers und Arkadiens hoben ihre prächtigen Schilde. Kentauren in goldenen Rüstungen preschten den Hang hinab. Es war ein verzweifeltes letztes Aufbäumen. Alvias sah, wie Pferde vor die Fuhrwerke mit den Verwundeten geschirrt wurden. Der letzte Angriff würde ihnen vielleicht die Möglichkeit geben zu entkommen.

Der Hofmeister ließ sich mit der Welle der Angreifer treiben. Es war verrückt! Die Trolle waren ihnen um mindestens das Dreifache an Zahl überlegen. Schlagartig wurde ihm bewusst, dass Emerelles Botschaft Ollowain niemals erreichen würde, wenn er hier starb. Er hätte die Nachricht jemand anderem geben müssen. Er hätte … Alvias duckte sich unter einem wuchtigen Keulenhieb hinweg. Seine Reflexe waren noch gut. Die ungezählten Stunden im Fechtsaal der Burg würden sich bezahlt machen. Er sah die Lücke in der Verteidigung des Trolls, und noch bevor er den bewussten Gedanken zum Gegenangriff fasste, machte er einen Ausfallschritt und stieß dem Troll sein Schwert durch den Fuß. Mit einer leichten Drehung bekam er die Klinge wieder frei, ließ sich nach vorne fallen und spürte den Luftzug eines Keulenhiebs im Nacken, der ihn nur um Haaresbreite verfehlt hatte. Er rollte sich seitlich über die Schulter ab und führte noch im Aufstehen einen Rückhandschlag gegen den Knöchel des Trolls. Das Schwert schnitt durch Fleisch und Knochen. Der Troll stürzte, und noch bevor er auch nur schreien konnte, rammte ihm ein Kentaurenkrieger sein Doppelschwert in die Brust.

Der Schild behinderte den Hofmeister in seiner Beweglichkeit. Seine Angriffe kamen Alvias ungelenk vor. Vielleicht lag es auch nur daran, dass er sich zwischen den Trollen wie ein Kind fühlte. Er duckte sich weg, suchte nach Lücken in der Verteidigung seiner Angreifer und versuchte, ständig in Bewegung zu bleiben. Es war schwer, an den türgroßen Schilden vorbeizukommen und den Gegnern den Stahl ins Fleisch zu rammen. Für ihre Größe bewegten sich die Trolle recht geschickt. Sie waren gut ausgebildet. Das war kein Heerhaufen von halb verhungerten Ungeheuern wie in den früheren Kriegen. Die Trolle hatten sich verändert.

Alvias bewegte sich wie ein Tänzer zwischen den großen, grauen Leibern. Er war durch die Schlachtlinie gebrochen. Sie waren jetzt überall. Er drehte sich, stach in eine Kniekehle, duckte sich weg. Die Trolle behinderten sich gegenseitig. Um ihre großen Waffen effektiv einzusetzen, brauchten sie Platz. Platz, den sie hier im Gedränge nicht mehr hatten.

Ein leichter Schnitt durchtrennte Fersensehnen und ließ einen weiteren Hünen hilflos stürzen.

Die Trolle stanken nach ranzigem Fett und Schweiß. Manche hatten sich mit dem Blut ihrer Opfer Kreise und Handabdrücke auf den Leib geschmiert. Ohrenbetäubender Lärm drang von der Kampflinie den Hügel hinab. Schlachtrufe, wütende Schreie und das verzweifelte Kreischen von Verwundeten.

Alvias führte einen glatten Stich durch einen Oberschenkel. Einen halben Herzschlag lang betrachtete er verwundert die grau gemusterte Haut seines Opfers. Sie sah aus wie Granit. Erstaunlich, wie sehr die Trolle den Felsen ihrer Heimat glichen.

Eine Finte ließ den verletzten Troll ängstlich zurückspringen. Er stieß mit einem seiner Kameraden zusammen, und beide stürzten zu Boden. Alvias nutzte die Gunst des Augenblicks. Ein Schnitt hinterließ eine feine rote Linie auf der Kehle seines Gegners. Der Troll folgte ihm mit Blicken, wendete den Kopf ein wenig, und die Linie weitete sich zu einem klaffenden Spalt, aus dem das Blut in pulsierenden Stößen hervorquoll.

Aus dem Augenwinkel sah Alvias eine Bewegung und riss in tausendfach geübter Routine seinen Schild hoch, um den Schlag abzufangen. Noch bevor der Schmerz kam, wusste er, dass er einen Fehler gemacht hatte. Das hier war kein Fechtsaal!

Der Hieb des Trolls traf ihn mit der Wucht eines Pferdetritts. Alvias wurde von den Beinen gerissen und ein gutes Stück weit zurückgeschleudert. Er prallte gegen etwas Weiches und glitt zu Boden. Welch ein dummer Tod, dachte er seltsam teilnahmslos. Ein Opfer meiner Fechtsaalübungen …

Einen Schwerthieb hätte er mit seinem Schild leicht ablenken können. So hatte er es in tausenden Fechtstunden getan. Diese Bewegung war ihm in Fleisch und Blut übergegangen. Routine, die von Muskeln und Sehnen ausgeführt wurde, ohne dass er über die Bewegungen noch nachdachte. Das war gut, solange er einem gleich großen Schwertkämpfer gegenüberstand. Doch den Schlag eines Trollkriegshammers so abzufangen, war einfach nur dumm!

Stämmige graue Beine schritten über Alvias hinweg. Ein Troll hob seinen Kriegshammer an, um ihn dem Hofmeister in den Brustkorb zu rammen.

Dem Elfen standen Tränen in den Augen. Sein Schildarm war vor Schmerz ganz gefühllos geworden. Fast wäre Alvias entkommen. Der Hieb streifte nur seine Schulter. Der Hofmeister schrie auf. Dann kippte der Troll über ihm zur Seite. Eine Gestalt mit blutigen Krallen setzte über den gefällten Hünen hinweg. Melvyn!

Der Elf bewegte sich seltsam geduckt. Seine Angriffe waren schnell, effektiv, gnadenlos. Ihnen fehlte die tänzerische Eleganz des Fechtsaals. Wie ein Raubtier versuchte er die Kehle seines Gegners zu finden.

Vom Schmerz ganz benommen, beobachtete Alvias, wie die Trolle vor Melvyn zurückwichen. Andere Krieger drangen in den weiten Kreis, der sich um den Elfen bildete. Ein nach Branntwein stinkender Minotaur kniete neben Alvias und hob ihn auf die Arme. Noch nie war der Hofmeister jemandem, der so schlecht roch, so dankbar gewesen.

Plötzlich, wie auf ein geheimes Zeichen hin, griffen die Trolle wieder an. Ein Kentaur ging hilflos auskeilend mit gebrochenen Läufen zu Boden. Schreie gellten durch die Mittagshitze. Alvias spritzte Blut ins Gesicht.

Der Minotaur warf ihn grob auf die Pritsche eines Fuhrwerks und wandte sich wieder zu den Angreifern um. Alvias lag zwischen toten Kobolden. Einer von ihnen hielt selbst jetzt noch seine Armbrust umklammert. Eine merkwürdige Waffe, auf die ein hölzerner Kasten aufgesetzt war. Er lag zwischen den Holzverstrebungen der Speerschleuder, die man auf den Wagen montiert hatte. Ein stählerner Bogenarm des Geschützes war aus seiner Verankerung gebrochen. Armlange Geschosse mit vierkantigen Spitzen lagen auf dem Boden verstreut. Auch etliche große graue Steine lagen auf der hölzernen Pritsche. Einige von ihnen waren mit Blut verschmiert. Offenbar hatten sie das Schicksal der Kobolde besiegelt.

Immer lauter tönte das Geschrei der Kämpfer. Der Hofmeister wollte sehen, was um ihn geschah. Er konnte nicht einfach nur da liegen und sich seinem Schicksal ergeben. Vom Schmerz ganz benommen, zog er sich an der Seitenwand des Fuhrwerks hoch. Die Trolle waren bis an die Wagen herangekommen. Der Kampf der Verbündeten war nur noch ein letztes Aufbäumen gegen das Unvermeidliche.

Alvias griff nach einer Armbrust, die zu seinen Füßen lag. Doch vermochte er den linken Arm nicht zu bewegen, und nur mit einer Hand konnte er die Waffe nicht spannen. Entmutigt sah er sich nach seinem Schwert um. Es musste auf dem Schlachtfeld zurückgeblieben sein, dort, wo er niedergeschlagen worden war. Trotzig zog der Elf sein Messer. So würde er wenigstens mit einer Waffe in der Hand sterben.

Am Fuß des Hügels erschollen dutzende Kriegshörner. Es hörte sich an, als gehe eine riesige Reiterschar zum Angriff über. Das Handgemenge hatte so viel Staub aufgewirbelt, dass man nur undeutlich sehen konnte, was dort geschah.

Eine riesige graue Hand legte sich vor Alvias auf die Seitenwand der Pritsche. Ein großer Kopf mit geröteten Augen erschien. Als der Troll das Messer sah, grinste er breit. »Zu klein!«

Alvias wollte dem Mistkerl den Dolch in den Handrücken rammen, doch ein leichter Stoß des Trolls holte ihn von den Beinen. Zwischen den vermeintlichen Toten erhob sich ein Kobold, der den Arm in einer Schlinge trug. Er richtete seine Armbrust auf den Angreifer. Mit scharfem Klacken zog er den Abzug durch. Ein Bolzen traf den Troll dicht über der Nasenwurzel in die Stirn. »Ein zu großes Ziel, um es zu verfehlen.«

Der Kobold ließ die Waffe sinken. Ihm zitterten die Hände. »Das war mein letzter Bolzen.«

Alvias trat an die Seite des Schützen. Es war derselbe, mit dem Melvyn sich vor Beginn der Kämpfe unterhalten hatte.

»Du bist Misht?«

Der Schütze grinste. »Als Hofmeister der Königin hat man wohl ein gutes Namensgedächtnis. Schade, dass die Trolle es gleich durch die Kutsche schmieren werden.«

Der Elf hob trotzig seinen Dolch. »Der erste Schmierfink sollte auf seine Finger Acht geben.«

»Mich musst du nicht mit solchen Sprüchen ermutigen«, murmelte der Kobold. »Worte sind allzu billig.«

Alvias atmete tief aus. »Ich glaube, das habe ich eher gesagt, um mir Mut zu machen. Manchmal hilft es, die eigene Stimme zu hören. Da scheint eine Reiterattacke im Gange zu sein. Glaubst du, die hauen uns hier heraus?«

Der Kobold kletterte auf einen umgestülpten Weidenkorb, um über die hölzerne Seitenwand zu blicken. Auch er zog trotzig sein Messer. »Du solltest dir keine Hoffnungen machen, Hofmeister. Wir sind die letzten Reserven. Es gibt niemanden mehr zum Heraushauen, es sei denn, wir bekommen das selbst auf die Reihe.«

Alvias trat an Mishts Seite. Die Kämpfenden hatten sich wieder ein Stück von den Wagen entfernt. Die Hörner klangen jetzt ganz nahe.

»Kentauren«, sagte der Kobold, als sei damit alles erklärt, was sich dort unten abspielte.

Alvias sah, wie einige Trolle vom Hügel fortliefen. Dann wurden es mehr. Der aufgewirbelte Staub raubte ihm die Sicht.

»Schirrt die Pferde an!«, rief ein Elf in verbeulter Rüstung. »Wir ziehen uns zurück.«

Erschöpfte Krieger kamen den Hang hinauf. Ihre Umhänge hingen in Fetzen. Die Rüstungen waren mit Staub und Blut bedeckt.

Eine Gruppe aus drei Kentauren und zwei Elfen kam den Hügel hinauf. Eine Elfenkriegerin mit kurzem, blondem Haar deutete zu Alvias und sagte dann etwas zu ihren Begleitern. Jetzt erkannte Alvias den Fürsten Elodrin. Der Heerführer lenkte sein Pferd zum Fuhrwerk herüber. »Ein ungewöhnlicher Ort, um dem Hofmeister der Königin zu begegnen.«

»Ich suche den Schwertmeister.« Alvias tastete nach dem ledernen Zylinder an seinem Gürtel. »Ich habe eine dringende Nachricht von der Königin für ihn.«

Elodrins Blick wurde härter. Die übrigen Krieger vermieden es, Alvias in die Augen zu sehen.

»Wo finde ich den Schwertmeister?«

Der Fürst von Alvemer deutete auf das Schlachtfeld hinaus. »Irgendwo dort draußen. Du kommst zu spät.«

»Kann mich jemand zu ihm bringen?«

»Verstehst du nicht?«, fragte Elodrin grob. »Er wird deine Botschaft nicht mehr lesen. Er ist tot.«

»Das muss ein Irrtum sein. Er ist der Schwertmeister!

Er …« Alvias stockte. Er hob den ledernen Zylinder, der das Siegel der Königin trug. »Er ist doch …«

»Einer meiner Krieger hat ihn sterben sehen«, sagte ein Kentaur mit silbernen Strähnen in seinem Bart. Er kämpfte darum, die Fassung zu wahren, und sprach schnell und abgehackt. »Ein Veteran aus Phylangan. Er kannte Ollowain gut. Es ist ausgeschlossen, dass er sich irrte. Der Schwertmeister hat sein Pferd aufgegeben, damit die Gräfin Caileen vom Schlachtfeld gebracht werden konnte. Die Trolle haben ihn umringt und niedergemacht. Er hat nicht einmal …« Der Kentaur schüttelte den Kopf. »Es war mehr eine Hinrichtung als ein Kampf.«

Alvias sah unschlüssig den Lederzylinder an.

»Gib mir die Nachricht«, forderte Elodrin. »Bis wir Feylanviek erreichen, werde ich wieder das Kommando führen. Ich sollte wissen, was die Königin Ollowain mitzuteilen hatte.«

Der Hofmeister zögerte. »Emerelles Befehl war eindeutig. Diese Nachricht ist allein für Ollowain bestimmt.«

»Bist du so schwer verletzt, dass du nicht mehr erkennst, was um dich herum geschieht?«, fragte der Fürst von Alvemer eisig. »Du siehst hier ein Heer, das am Ende seiner Kräfte ist. Jeden Augenblick kann sich unser halbwegs geordneter Rückzug in eine wilde Flucht verwandeln. Wäre Nestheus nicht gewesen, der mit seinen Kentauren den Trollen in den Rücken gefallen ist, würden auf diesem Hügel nur noch Leichen liegen. Weißt du, dass es nur hundert Kentauren waren, die die Trolle vertrieben haben? Sie haben einen Lärm gemacht, als rückten alle Reiter der Steppe an. Sobald die Trolle bemerken, wie schwach wir sind, werden sie wieder angreifen. Deshalb räumen wir den Hügel und werden uns so schnell wie möglich zurückziehen. Ich muss wissen, welche dringende Nachricht Emerelle hat. Du weißt, dass sie in die Zukunft sehen kann! Will sie uns vor einem Feind in unserem Rücken warnen? Gibt es einen Hinterhalt? Oder sind Verstärkungen auf dem Weg zu uns? Willst du verantworten, dass noch mehr Krieger Albenmarks sterben, nur weil du dich an die Etikette hältst, Alvias?«

Die Argumente des Fürsten waren nicht von der Hand zu weisen. Und dennoch fühlte sich Alvias wie ein Verräter an Emerelle und Ollowain, als er das Siegel des Zylinders brach und die Botschaft herausgleiten ließ. Er kannte die Handschrift der Königin gut, doch hätte er nicht daneben gestanden, als sie die Botschaft verfasste, er hätte nicht geglaubt, dass sie von Emerelle stammte. Die Schrift war fahrig, die Buchstaben stark geneigt und undeutlich.

Verzeih mir, ich habe mich geirrt.
Gib auf dich Acht.
Komm zurück.
Lebe!

Alvias atmete schwer aus. Dann zerriss er den Zettel.

»Was hat sie geschrieben?«, drängte Elodrin.

»Nichts, was jetzt noch eine Rolle spielte.« Der Hofmeister hatte gesehen, wie niedergeschlagen Ollowain gewesen war, als er den Thronsaal verlassen hatte. Er wandte sich an den Kentauren mit den silbernen Strähnen im Bart. »Was, sagtest du, hat dein Krieger berichtet? Es sei mehr eine Hinrichtung als ein Kampf gewesen?«

Der Pferdemann nickte. »Ja. Offenbar hat der Schwertmeister nicht einmal versucht, sich zu verteidigen. Schon der erste Hieb hat ihn gefällt. Er hat …« Der Kentaur stockte. »Das war … Ich …« Er konnte nicht mehr weiter sprechen.

»Stand etwas in der Nachricht, was sein Verhalten erklären würde?«, fragte die blonde Kriegerin.

»Nein«, log Alvias.

DRITTES BUCH

DER ENTHAUPTETE

DAS SCHWERT

Äußerst zufrieden polierte Nikodemus die Klinge seines neuen Schwertes. Er würde die Waffe nicht wirklich im Kampf benutzen können. Es war ein Elfenschwert und folglich viel zu groß und schwer für einen Kobold. Aber eine Weile würde er es behalten. Allein, weil es so prächtig war. Er könnte es sich wie einen Zweihänder auf den Rücken schnallen. Und wenn er sich entschied, es zu verkaufen, dann wäre er ein gemachter Mann. Obwohl … Nein, es wäre unrecht, das Geld für sich zu behalten. Nicht, solange der Freiheitskampf seines Volkes nicht entschieden war. Die Drucke beim Schwarzen kosteten ein Vermögen!

Doch heute war ein guter Tag für alle Unterdrückten! Auf dem Schlachtfeld lag ein Vermögen. Aber die Trolle interessierten sich wie die Krähen nur für das Fleisch. Überall auf der Ebene und den Hügeln brannten kleine Feuer. Der breite Buschstreifen am Bach, dort wo sich der Rudelführer Brodgrim mit seinen Männern versteckt hatte, war fast völlig gerodet. Die zerstörten Streitwagen, Kleiderreste, sogar Knochen, alles wurde genutzt, um die Feuer zu schüren. Über der ganzen Ebene hing der Duft nach gebratenem Fleisch.

Nikodemus schnürte es die Kehle zu, wenn er daran dachte, was für Fleisch da gebraten wurde. Und morgen schon würden sie wandern müssen, um so viel wie möglich von dem Fleisch zu den geheimen Vorratslagern zu bringen. Bei dem Gedanken daran schauderte es den jungen Kommandanten der Lutin. Bisher hatten sie nur Büffelfleisch, Schweinehälften, Mammutschinken und dergleichen in die Vorratskammern gebracht. Diesmal würde es anderes Fleisch sein … Aber Geschäft war Geschäft! Elija hatte sich mit den Trollen eingelassen, und bei allem, was man über diese stinkenden Kannibalen auch Übles sagen mochte, sie hielten sich an ihr Wort.

Nikodemus betrachtete sich in der spiegelnden Schwertklinge. Er sah gut aus. Die feine lange Schnauze mit dem dichten roten Haar, die schmalen Lippen, auf denen keine einzige Warze wucherte, die spitzen, makellos weißen Zähne. Er freute sich darauf, bald wieder durch die Lande zu ziehen, um für die Sache der Rotmützen zu werben.

Verstohlen blickte er zu Ganda hinüber. Kommandantin Schlüsselchen kümmerte sich um einige der verwundeten Kobolde, die sie auf dem Schlachtfeld gefunden hatten. Es waren sehr wenige. Aber sie waren äußerst dankbar! Den Kerlen war klar, was ihnen widerfahren wäre, wenn die Trolle sie gefunden hätten. Hatte Elija sich erst mal ein paar Abende mit ihnen unterhalten, würden sie sicherlich treue Rotmützen werden.

Der Gedanke an seinen großen Bruder machte Nikodemus ein wenig eifersüchtig. Elija fiel immer alles zu. Er konnte reden, bis man nicht mehr wusste, wo einem der Kopf stand. Nie hatte Nikodemus erlebt, dass es seinem Bruder nicht gelungen wäre, einen Kobold von der Sache der Rotmützen zu überzeugen. Es war Elija gewesen, der den Kommandanten Skorpion angeworben hatte und die Eiserne Kommandantin. Sie hatte ein schreckliches Ende genommen, die Eiserne. Und obwohl es hieß, sie und der Skorpion seien ein Paar gewesen, hatte sich der Kommandant ruhig verhalten.

Er hätte das nicht getan, dachte Nikodemus. Wieder blickte er zu Ganda. Unglaublich, wie gut sie noch aussah! Dabei musste sie doch etwa genauso alt sein wie sein Bruder Elija. Er sah sie gern an. Das hatte er schon damals getan, als er noch ein Rotzlöffel gewesen war. Sie hatte sich nichts dabei gedacht. Wahrscheinlich hatte sie nicht einmal geahnt, dass er in sie fast genauso verliebt gewesen war wie in Liza.

Warum verliebte er sich nur immer in die Weiber, die nichts von ihm wissen wollten? Ach, Liza! Sie war jetzt irgendwo im Herzland. Sie hatte sich freiwillig gemeldet, um dort im Untergrund für die Sache der Rotmützen zu streiten. Sich zu ihnen zu bekennen, war seit einer Weile nicht mehr ganz ungefährlich. Einige der Elfenfürsten ließen sie verfolgen. Er musste wieder an die Eiserne denken. Sie war eine Märtyrerin geworden, eine Heldin. Ihren Namen würde man noch in hundert Jahren kennen.

Nikodemus blickte auf. Ganda schlenderte in seine Richtung. Wieso hatte sie sich nur sofort wieder Elija an den Hals geworfen? Der wusste mit den Weibern doch kaum etwas anzufangen!

Ein bisschen unheimlich war sie ihm mit ihrer silbernen Hand. Was sie in den Kerkern der Elfen wohl erlebt hatte? Ob es sehr unhöflich war, sie direkt danach zu fragen?

»Na, reiche Beute gemacht?«

Nikodemus legte das Schwert ins Gras und lächelte etwas verlegen. »Es ist nicht gut, dass wir morgen schon wieder losziehen müssen. Hier liegt ein Vermögen auf der Steppe.«

»Das wird auch noch dort liegen, wenn wir in ein paar Tagen zurückkommen. Aber das Fleisch muss fort. Ich verstehe zwar nicht ganz, was der Sinn dieses Geschäftes ist, aber den Trollen ist es sehr wichtig. Man muss wohl ein Troll sein, um zu begreifen, welchen Nutzen man von Vorratslagern hat, an die man gar nicht ohne weiteres herankommt.«

Nikodemus war in die Hintergründe dieses Geschäftes eingeweiht. Es hatte mit der Erschaffung der Einheitsfront zu tun, mit Trollen und Viehherden, die davonliefen, dem Winter, langen Märschen, wunden Füßen, leeren Bäuchen und … Hmmm. Vielleicht hatte er doch nicht den Überblick über alle Einzelheiten. Aber Ganda würde er nichts erzählen. Wenn Elija sie noch nicht eingeweiht hatte, dann hatte das gewiss einen Grund. Da würde er sich nicht einmischen.

»Ein Vermögen liegt da auf der Steppe«, sagte er noch einmal. »Und es ist nicht egal, ob wir es erst in einer Woche einsammeln. Die Waffen und Rüstungen müssen gefettet werden. Das Zeug rostet sonst. Und wer weiß, wer sich hier heranmacht, wenn wir weg sind. Die Elfen haben sogar auf ihren Rüstungen Edelsteine. Manche jedenfalls. Und du würdest gar nicht glauben, wie viele Bekloppte mit einer prallen Geldbörse in die Schlacht ziehen. Wirklich, Ganda! Das ist ungeheuerlich. Statt das Geld bei ihrer Familie oder Sippe zu lassen, nehmen sie es mit, wenn es ans Hälse-Durchschneiden geht. Da weiß man doch nicht, ob es einen mal selber erwischt. Da kann man sein Geld ja gleich verschenken.«

»Ich schätze, die wenigsten Krieger machen sich so tiefschürfende Gedanken. Krieger wird man, weil man in seiner Sippe keinen Platz mehr hat.«

Nikodemus kratzte sich an der linken Augenbraue. Also, das klang ihm zu abfällig. Krieger waren schon wichtig! Sie waren die Helden. Und jedes Volk brauchte Helden! »Ich finde, man wird auch dann Krieger, wenn man sich mit Leib und Seele seinen Idealen verschreibt, wie wir es getan haben. Wir sind eine ganze Sippe von Kriegern.« Er deutete zum Lager der Hornschildechsen. »Jeder dort würde ohne zu zögern sein Leben für unsere Sache geben. Sogar die Echsen.«

Ganda grinste.

»Was ist daran so lustig, Kommandantin?«

»Ich habe mir gerade vorgestellt, wie Mondkragen mit einer roten Mütze aussehen würde.« Ganda grinste noch breiter. »Sehr eindrucksvoll! Sie wäre eine prima Heldin im Kampf um die Einheitsfront der Koboldvölker.«

Nikodemus versuchte sich an das Wort zu erinnern, das sein Bruder gebrauchte, um solche unbotmäßigen Bemerkungen zu brandmarken. Defätismus! Das war es. Hatte Ganda sich diesen seltsamen Humor zugelegt, um die Schrecken der Elfenkerker zu überstehen? Bestimmt! Früher war sie nicht so gewesen … Oder? Sie war so lange fort gewesen.

»Du solltest mich auf einer meiner nächsten Reisen begleiten, Kommandantin. Es wäre sicher sehr hilfreich, wenn du von deinen Erlebnissen in den Elfenkerkern erzählen könntest. Du bist die einzige Kommandantin, die ihnen jemals entkommen ist. Wenn du den anderen Kobolden nur die Augen öffnen könntest, welche Abgründe unter den schönen Häusern und Palästen lauern.«

»Ich glaube, dafür bin ich nicht die Richtige.«

»Du kannst nicht darüber reden, weil es so schlimm war, ja?«

»Genau.«

Etwas an dem Tonfall, mit dem Ganda das sagte, gefiel ihm nicht. Aber wer fünfzehn Jahre in einem Elfenkerker verschwunden gewesen war, hatte wohl das Recht, ein bisschen seltsam zu sein. Nikodemus nahm das Schwert und polierte noch einmal über die Klinge. Das Abendlicht spiegelte sich rot wie Blut im Elfenstahl. Welch eine wunderbare Waffe! Bestimmt war sie von Koboldschmieden gemacht! Ob sie wohl verzaubert war? Vielleicht wurde sie niemals stumpf? Oder sie konnte durch Eisen schneiden wie durch Butter? Oder wer die Klinge trug, war unverwundbar … Nein, das war es wohl nicht. Unverwundbar hatte der Kerl bei Leibe nicht ausgesehen!

»Wie viele Rotmützen gibt es eigentlich?«, fragte Ganda nach längerem Schweigen.

»Tausende.« Nikodemus war stolz auf das, was sein großer Bruder geschaffen hatte. »Wir sind überall. In den Elfenpalästen geschieht nichts, wovon wir nicht Kenntnis hätten. Unsere Spitzel sind überall. Sogar einige Faune und Blütenfeen haben sich unserer Sache angeschlossen. Die Tage der Knechtschaft sind gezählt. Bald wird eine Zeit anbrechen, in der jeder nur noch nach seinen Taten beurteilt werden wird und nicht mehr nach dem Volk, in das er geboren wurde.«

»Ein wunderbarer Traum«, sagte die Lutin nachdenklich.

»Es liegt in unserer Hand, Träume Wirklichkeit werden zu lassen, Ganda. Wir müssen es nur wollen.«

Die Kommandantin lächelte traurig. »Ja, so einfach scheint die Welt. Aber es ist gut, einen Traum zu haben und ihn zu leben. Das ist ein kostbarer Schatz. Ich werde ihn dir nicht …«

»Was hast du?« Ganda war plötzlich erstarrt, als habe sie eine Viper gesehen. »Ganda?«

»Das Schwert! Woher hast du das?«

»Eine wunderbare Waffe, nicht wahr? Ich bin sicher, sie hat einem Fürsten gehört und ist ein Vermögen wert.«

»Woher hast du das Schwert?«

Ganda war völlig aus dem Häuschen geraten. Nikodemus konnte sich nicht erinnern, sie jemals so aufgeregt gesehen zu haben. Was hatte sie jetzt schon wieder? »Dort drüben, wo sich das Felskliff zwischen Hügeln erhebt, habe ich es gefunden.« Er kramte in seinen Hosentaschen. »Ich habe dort auch eine wunderschöne Brosche gefunden und goldene Münzen, die an einem Pferdegeschirr hingen, und …«

Ganda schnitt ihm mit einer herrischen Geste das Wort ab. »Bring mich dort hin! Sofort!«

»Aber es wird gleich dunkel und …«

Die Lutin packte ihn mit ihrer Silberhand. Nikodemus keuchte auf. Sie packte zu wie ein Troll. Fast hätte sie ihm die Hand zerquetscht. »Ist schon gut, ist schon gut. Ich bringe dich hin. Ist ein ganzes Stück Fußmarsch.«

Der Weg über das Schlachtfeld war dem Lutin unangenehm. Er hatte schon oft Tote gesehen, wenn auch noch nie annähernd so viele. Die Hitze ließ die Leiber aufquellen. Mit den toten Kentauren war es am schlimmsten. Ihre Beine standen stocksteif ab, und manchmal zuckten sie oder die Kadaver furzten.

Die Heerscharen von Raben ließen Nikodemus kalt. Sie waren überall, und obwohl der Tisch so überreichlich für sie gedeckt war, stritten sie immer noch um die besten Happen. Was dem Lutin jedoch zusetzte, waren die Fliegen. Wie schwarzer Nebel standen sie in der Luft, wenn sie von den Leichen aufstiegen. Sie waren so zahllos wie die Grashalme der Steppe. Und sie behelligten auch die Lebenden. Krochen einem übers Gesicht, wollten in die Augenwinkel und Nasenlöcher. Und Nikodemus konnte sich nur zu gut vorstellen, wo diese großen, schillernden Fliegen erst vor ein paar Augenblicken noch gesessen hatten.

Überall streiften Trolle umher und suchten nach Fleisch für ihre Feuer. Nikodemus sah weg, wenn sie sich mit ihren Steinklingen über einen Kadaver beugten. Es machte ihm nichts aus, einem frisch erlegten Kaninchen das Fell abzuziehen und es auszuweiden. Im Gegenteil. Er dachte dabei an den Braten oder den Fleischeintopf, den es bald geben würde. Aber das hier war etwas anderes …

Endlich erreichten sie die Klippe. Er ging ein Stück weiter bis zur Ruine. Die Sonne war im Westen hinter den Hügeln verschwunden und hatte den Himmel in rote Glut getaucht. Bald fand er den Ort, an dem das Schwert im Boden gesteckt hatte. Er rammte es zwischen die trockenen Grasbüschel. Das Gewicht des Griffs ließ die Waffe leicht zur Seite kippen. Ein Stück entfernt erhob sich ein verfallener Fensterbogen.

Ganda sah sich suchend um. Sie betrachtete eingehend die Toten, die um einen Streitwagen lagen, suchte nach Spuren im Gras und ging dann langsam in Richtung der Klippe. Plötzlich begann sie zu laufen.

»Was hast du denn, Kommandantin?« Es war Nikodemus ein Rätsel, warum sie sich so seltsam aufführte. Hatte das

Schwert vielleicht einem ihrer Folterknechte gehört? Und wenn ja, warum wollte sie ihn finden? Oder ging es nur darum, ihn tot zu sehen? Vielleicht war sie auch wahnsinnig geworden. Er hatte schon von Irren gehört, die einem die meiste Zeit über ganz normal erschienen, bis sie aus heiterem Himmel anfingen, die verrücktesten Dinge zu tun.

Er folgte ihr mit ein wenig Abstand. Es war seine Pflicht, Elija davon zu erzählen. Er sollte das wissen, bevor er Ganda befahl, ihnen und der Herde einen Weg durch das goldene Netz zu suchen. Ihn packte kalte Wut auf die Elfen, die Ganda so sehr verändert hatten.

»Nikodemus, schnell!« Sie war auf die Knie gesunken. Vor ihr lag ein Elfenritter im hohen Gras. Er trug einen prächtigen Brustpanzer und einen weißen Umhang. Der Kerl musste ein Fürst gewesen sein. Aber jetzt war er nur noch ein Stück totes Fleisch. Der Brustpanzer war zerbeult und voller Blut, die Kleider zerrissen. Der ganze Körper war eine einzige Wunde. Und sein Helm! An einer Seite war er so tief eingebeult, dass Nikodemus seine Faust hätte hineinlegen können.

»Was tust du hier, du verdammter Mistkerl! Warum bist du nicht bei deiner Königin und studierst mit ihr das Buch? Wieso liegt dein Schwert an einem ganz anderen Ort als du?« Ganda machte sich mit bebenden Händen am Kinnriemen des Helms zu schaffen. In einem plötzlichen Wutausbruch hieb sie dem Elfen mit der Faust auf die Brust. »Los, atme! Denkst du, ich bin dir etwas schuldig, weil du an meinem Lager gesessen hast? Ich bin eine Lutin. Wir sind Lügner und Diebe! Schulden kennen wir nicht! Bilde dir nicht ein, dass du mir leid tust!« Während sie das sagte, standen ihr Tränen in den Augen.

»Komm, Ganda.« Nikodemus legte ihr vorsichtig die Hand auf die Schulter. »Wir sollten jetzt gehen. Du kannst nichts für ihn tun.«

»Lass mich!« Wieder und wieder schlug sie dem Elfen auf die Brust. Dabei redete sie ohne Unterlass auf ihn ein. Schließlich schaffte sie es sogar, den Helmriemen zu lösen.

»Los, hilf mir!«, herrschte sie Nikodemus an.

Irgendjemand hatte ihm einmal erklärt, man solle Verrückte in ihrem Wahn gewähren lassen. Also kniete er sich neben ihr nieder. Und er verkniff sich, ihr zu sagen, was er von dem ganzen Unsinn hielt.

Vorsichtig drehten sie den Helm hin und her. Endlich bekamen sie ihn mit einem Ruck ganz gelöst. Eine blutige Masse quoll ihnen entgegen. Nikodemus musste sich abwenden. Ihm war speiübel.

»Das sind nur die Haare«, murmelte Ganda. »Stell dich nicht so an.« Vorsichtig tastete sie über den Schädel des Elfen.

Ganz gleich, was die Kommandantin auch sagte, er mochte den Kerl nicht anschauen. Sein Gesicht schien irgendwie verrutscht zu sein. Warum ließ sie diesen verdammten Toten nicht einfach in Ruhe? Sollten ihn sich doch die Trolle holen!

»Geh zurück zum Lager und hol jemanden, der uns hilft, ihn zu tragen!«

»Was? Komm, Ganda. Er ist tot. Wir lassen ihn einfach hier liegen.«

»Du holst jetzt Hilfe!«, schrie sie ihn an. Ihre Augen funkelten im Wahn.

»Gut.« Nikodemus hob beschwichtigend die Hände. »Ich hole jemanden.« Elija würde sich wohl nicht gerade nachsichtig zeigen, wenn er von all dem erfuhr. Es warf ein schlechtes Licht auf die Sache, wenn eine ihrer berühmtesten Kommandantinnen eine Irre war. Man würde eine Lösung finden müssen, dachte Nikodemus beklommen. Dabei hatte er Ganda immer gemocht. Verfluchte Elfen! Es war ihre Schuld. Sie hatten den Verstand der Kommandantin zerstört. Hätte er nur nicht das verdammte Schwert gefunden. Vielleicht wäre der Wahn niemals ausgebrochen.

Traurig ging Nikodemus zum Lagerplatz zurück. Sie

hatten Ganda am selben Tag schon wieder verloren, an dem sie zurückgekehrt war.

Der Lutin knöpfte seine Weste zu. Es war kalt geworden. Nicht weit von der Ruine sah er drei weiße Pferde über das Schlachtfeld irren.

DAS GROSSE STERBEN

Die Bestie hatte es gespürt. Zur Mittagsstunde hatte es begonnen. Die Kreatur, mit der sie eins geworden waren, wollte fort vom Meer, und bald hatte er sich ihr fügen müssen. Sein Wille wäre stark genug, sich ihr zu widersetzen. Aber sie hatte seine Schwachstelle gefunden. Die Bestie würde eine seiner Schwestern und einen der Brüder töten, mit denen sie gemeinsam in diesem Leib verschmolzen waren, wenn er nicht gehorchte. Sie weidete sich an seinen Gewissensqualen. Gestern erst hatte sie eine Gruppe junger Nixen gejagt und getötet. Kinder! Hinterher hatte das Ungeheuer ihm erklärt, es habe das um seinetwillen getan. Weil er dabei so wunderbar gelitten hätte.

Und nun waren sie hier.

Sebastien versuchte seine Seele vor dem zu verschließen, was er sah. Es war seine Aufgabe, einen Krieg zu entfesseln, der Albenmark und all seine Bewohner verschlingen würde. Heute war er zum Zeugen des Auftakts zu diesem Gemetzel geworden. Das Ungeheuer in ihm hatte ihn über hunderte von Meilen bis auf diese sonnenverbrannte Ebene gebracht. Wie weit sie vom Meer entfernt waren, konnte er nicht wirklich schätzen. Ihr Leib war nicht denselben Gesetzen unterworfen wie andere Körper. Er glitt schneller als der Wind über das Land.

Sebastien hatte nicht verstanden, wie das Tier es anstellte, sich so schnell zu bewegen. Vielleicht allein kraft seiner Gedanken? Er wusste es nicht zu sagen.

Zunächst schwebten sie wie ein Bussard hoch über dem Schlachtfeld und schauten. Die Bestie hatte Freude daran, dem großen Sterben beizuwohnen. Zu beobachten, wie Lebenslichter verzweifelt gegen das Verlöschen ankämpften.

Auch Sebastien war vom Anblick der Schlacht ganz gefangen genommen. Von dem vernichtenden Angriff, den die Pferdemänner und die Elfen vortrugen. Er war selbst einmal Krieger gewesen. So lange war das her … Aber eine Schlacht wie an diesem Tag hatte er noch nie gesehen. Die Trolle hatten einen außergewöhnlichen Glauben an dieses alte Weib und den Jungen. Wo immer die beiden erschienen, sammelten sich ihre Truppen wieder. Eigentlich hätte ihr Heer an diesem Tag vernichtet werden müssen. Aber die beiden hatten das Ruder noch einmal herumgerissen.

Sebastien war so abgelenkt, dass er nicht sagen konnte, wann die anderen beiden Geisterwölfe erschienen waren. Sie verharrten ganz in ihrer Nähe am Himmel. Aber sie starrten nicht hinab. Die drei verständigten sich miteinander. Es war mehr ein Gefühl als eine Gewissheit; Sebastien konnte nicht sagen, wie sie es taten, aber die Bestien hielten einen Kriegsrat miteinander ab. Er spürte, dass das Ungeheuer, mit dem er in einem Körper gefangen war, eine wilde Freude empfand. Und das tat es für gewöhnlich nur, wenn es töten und quälen konnte.

Zu dritt stiegen die Geisterwölfe vom Himmel hinab. Sie streiften über das Schlachtfeld und naschten Leben. Bevorzugt töteten sie jene, die noch Hoffnung hatten. Leicht Verletzte, die aber nicht aus eigener Kraft gehen konnten. Jene, denen noch zu helfen war und die das auch wussten. Die Sterbenden kümmerten sie nicht.

Die Art, wie die drei Wölfe sich verhielten, erinnerte

Sebastien an einen Stadtvogt, den er als Kind einmal beobachtet hatte. Der Mann war auf einen großen Wochenmarkt gekommen und von Stand zu Stand geschlendert. Überall hatte er sich etwas genommen. Es war Erntezeit gewesen. Hier hatte er ein paar Pflaumen genascht, dort eine Birne, von der er nur zwei Bissen genommen hatte, bevor er sie fortwarf. Und niemand hatte etwas gesagt! Das war wahre Macht, hatte er sich in seiner kindlichen Einfalt gedacht, und er hatte sich gewünscht, so mächtig zu werden wie dieser Vogt.

Manche Wünsche wurden unseligerweise erfüllt, dachte der Abt bitter. Zuerst hatte er Sorge, dass die Waffen oder die Magie der Elfen ihnen etwas anhaben könnten. Er war zu Tode erschrocken, als ein Krieger ihnen ein Langschwert durch den Leib stieß. Sebastien spürte die Waffe, aber sie richtete keinen Schaden an. Einen jämmerlichen Augenblick lang hatte selbst er Gefallen an der Todesangst im Blick des Elfen, nachdem der Angriff fehlgeschlagen war. Der Abt bereute es aufrichtig, seiner Seele diesen Makel zugefügt zu haben. Er war eine jämmerliche Gestalt!

»Du liebst es einfach, dich selbst zu geißeln«, verhöhnte ihn die Stimme der Bestie. *»Während ich es liebe, anderen Leid zuzufügen. Wir ergänzen uns gut in unseren Unzulänglichkeiten. Deine Qual ist mir ein nie versiegender Quell der Freude, Sebastien. Deshalb werde ich dich noch immer in mir dulden, wenn ich all die anderen winselnden Seelen, mit denen wir diesen Leib teilen, schon längst verschlungen haben werde.«*

Sebastien wünschte sich von ganzem Herzen, dass er einen Weg fände, sich vor dieser Stimme zu verschließen. Er sah zu den anderen Geisterwölfen. Waren dort Seelen wie seine, gefangen in höchster Not? Konnten sie ihn hören? Er erhielt keine Antwort.

Wir sollten fort von hier, dachte der Abt schließlich enttäuscht. Wir haben eine Aufgabe!

»Genießt ihr Menschen denn niemals die Früchte eurer Arbeit? Das hier ist es, woran wir so hart arbeiten. Und es ist erst der Auftakt! Uns erwarten brennende Städte. Endlose Flüchtlingszüge, zehntausendfacher Tod. Wir sind wie Chorleiter, die einen tausendstimmigen Chor dirigieren. Und jede Stimme schreit in Todesqual. Freust du dich auf das Lied, das über ganz Albenmark erklingen wird? Du musst es doch genießen! Die Elfen haben euren heiligsten Priester ermordet. Und dich haben Tjured und Bruder Jules ausgewählt, zum Schwert der göttlichen Rache zu werden. Warum höre ich dich nicht in einem fort vor Freude jauchzen? Bist du deinem Gott Tjured untreu geworden?«

EIN HEER ZERBRICHT

»… Schon am Abend nach der Schlacht wurde offenbar, dass die Verluste am Mordstein weit weniger hoch waren, als es zunächst den Anschein gehabt hatte. Die versprengten Einheiten fanden langsam wieder zueinander. Ruhelos eilten die Hauptleute die lange Marschsäule im Flussbett entlang, erstellten Verlustlisten und versuchten ihre Einheiten wieder zusammenzuführen.

Fürst Elodrin von Alvemer hatte den Oberbefehl wieder an sich gezogen, und niemand unter den Verbündeten machte ihm diese Position streitig. Doch schon am ersten Abend des Rückzugs kam es zu einer Auseinandersetzung mit Hauptmann Melvyn. Entgegen aller Befehle zog er sich mit den Schwarzrückenadlern zurück. Erst viel später erfuhr ich, dass er das Schlachtfeld nach unserem verlorenen Feldherrn absuchte. Wir alle wussten, was mit unseren Toten geschehen würde. Melvyn war der Gedanke daran, dass die Leiche Ollowains in die Hände der Trolle fallen würde, unerträglich. Die ganze Nacht und einen guten Teil des nächsten Tages suchten sie nach ihm. Es kam wohl auch zu einigen Scharmützeln mit den Trollen. Doch den Feldherrn fanden sie nicht. Und der Bruch zwischen Melvyn und Elodrin war nur der erste Riss in dem zerbrechlichen Gefäß, zu dem das Heer von Feylanviek geworden war. Melvyn und seine Männer wurden vom Heer ausgeschlossen, obwohl sie doch unsere Augen hätten sein sollen.

Militärisch gesehen war es wohl ein Sieg, was wir in der Schlacht am Mordstein erlangten. Die Trolle hatten tausende Krieger verloren, wir letzten Endes nur ein paar hundert. Ihr Feldzug in das Windland war um Monde verzögert worden, wie sich später zeigen sollte. Doch was hilft ein Sieg, den niemand sieht? Mit dem Tod Ollowains war die Moral unseres Heeres zerbrochen. Sieger lassen ihre Toten und Verwundeten nicht auf dem Schlachtfeld zurück, hieß es unter den einfachen Kriegern. Sieger flüchten nicht wie verprügelte Hunde. Siegern hat man nicht das Herz herausgeschnitten, denn nicht weniger war Ollowain für uns gewesen. Er war das Herz des Heeres, mehr noch als sein Kopf.

Die wenigen Tage, die der Schwertmeister uns geführt hatte, hatten Elodrins Unzulänglichkeiten noch stärker hervorgehoben. Der Fürst von Alvemer ist ein kühler Taktiker. Er kennt den Krieg, und er formte aus dem schwer angeschlagenen Heer, welches das Schlachtfeld am Mordstein verließ, in den sechs Tagen des Rückzugs wieder eine Truppe, die in ordentlichen Fünferreihen zur Siegesparade über die Hauptstraßen von Feylanviek zog. Wahrscheinlich hatte er zu viel Verstand, um die Herzen der Krieger zu berühren. Bald verließen uns die Minotauren, um ihre geheimen Rituale für die Herbstmonde in ihren heimatlichen Bergen vorzubereiten. Und nicht viel später gingen auch die Kentauren, denn es war an der Zeit, die Herden auf die Winterweiden zu treiben, und in den Stämmen der Steppe wurde jeder Mann gebraucht. Doch vorher gab es noch die Totenfeier. Jenes Fest, auf dem auch das brüchige Bündnis der Stämme des Windlands zu Grabe getragen wurde. …«

VOM KRIEG MIT DEN TROLLEN,
VON: CAILEEN, GRÄFIN ZU DORIEN,
TALSINER GOLDSCHNITTAUSGABE, S. 759

EIN FRÜHLINGSTAG IN DEN BERGEN

Kadlin lehnte sich gegen den warmen Fels und blickte den Hang hinab. Björn war ein gutes Stück hinter ihr zurückgeblieben. Er hatte einen hochroten Kopf und schnaufte wie ein alter Elchbulle. Wenn er nicht auf seinem Pferd saß, bewegte er sich kaum schneller als ein fußkrankes Murmeltier. Und bei dem Lärm, den er machte, brauchte sie nicht darauf zu hoffen, dass sie auch nur eine Felsmaus stellen würde, so lange er in der Nähe war. Er mochte ja ein guter Bogenschütze sein, aber ein guter Jäger war er nicht! Und wenn die Windböe nicht gewesen wäre … Dass sie im Bogenschützenturnier gegen ihn verloren hatte, ärgerte sie noch immer. Björn ließ auch keine Gelegenheit aus, sie darauf hinzuweisen, dass er der bessere Schütze war. Manchmal war er eine rechte Plage!

Sie hätte ihn nicht mitnehmen sollen. Alleine kam sie viel schneller voran! Eirik hatte den größten Teil der Jäger ausschwärmen lassen, nachdem ihr Heerzug aus Kriegern und Arbeitern den Pass erreicht hatte, auf dem die neue Festung erbaut werden sollte. Bis zum Einbruch des Winters sollten sie weit abseits des Bauplatzes jagen, damit es noch Wild in der Nähe der neuen Burg gab, wenn der erste Schnee kam und lange Jagdausflüge zu beschwerlich wurden. Auch sollten sie sich mit dem Gelände vertraut machen und sich an die dünne Luft in den Bergen gewöhnen. Eirik hatte seine Jäger in Trupps von zwei bis drei Mann aufgeteilt. Grinsend dachte Kadlin daran, was für ein Gerangel es darum gegeben hatte, wer mit ihr losziehen durfte. Ihr Plan, einen netten Kerl zu finden und vielleicht im nächsten Winter Hochzeit zu feiern, würde wohl aufgehen.

Kadlin hatte den Verdacht, dass Björn seine hohe Geburt ausgespielt oder Eirik mit einer Hand voll Münzen bestochen hatte. Dass ausgerechnet er mit ihr losgeschickt wurde, hatte Kadlin überrascht. Eigentlich gehörte Björn ja eher zu den Kriegern als zu den Jägern, obwohl er ein sehr guter Bogenschütze war.

Kadlin war gerne mit ihm zusammen. Es fiel ihm leicht, sie zum Lachen zu bringen. Wenn er nur ein bisschen älter wäre. Grinsend blickte sie zu ihm hinunter. Er hatte sich hoffnungslos überladen. Außer seinem Bogen, dem Köcher mit den Pfeilen und einem Jagdmesser hatte er auch noch eine Saufeder mit breiter Klinge mitgenommen. Dazu eine Decke, zwei Wasserschläuche und einen Proviantsack, der ausgereicht hätte, eine Familie mit zehnköpfiger Kinderschar über den Winter zu bringen. Kadlin selbst trug nicht einmal halb so viel. An Proviant hatte sie außer etwas Brot und Käse und ein bisschen Salz nichts dabei. Sie waren schließlich Jäger. Wenn sie es nicht schafften, sich ein Essen zu schießen, dann hatten sie es auch verdient, am Abend mit leerem Magen am Feuer zu sitzen.

Als Björn sie endlich eingeholt hatte, stützte er sich schwer schnaufend auf den Felsen, an dem sie lehnte. Sein Gesicht war nass von Schweiß.

»Brauchst du eine Rast?«, fragte sie, obwohl sie genau wusste, was er darauf antworten würde.

»Sehe ich so aus?«, stieß er japsend hervor. »Ich bin absichtlich langsamer gegangen, damit du hier ein bisschen verschnaufen kannst. Ich bin doch kein Mädchen, das alle paar hundert Schritt eine Pause braucht.«

»Du siehst in der Tat mehr wie ein Packesel als wie ein Mädchen aus.« Sie nahm den Bogen und deutete den Hang hinauf. »Dort oben, dicht unter der Baumgrenze, ist eine Schneise zwischen den Kiefern. Wahrscheinlich ein Windbruch. Dort finden wir sicher einen guten Lagerplatz, was meinst du?«

»Sicher.«

Ganz offensichtlich hatte Björn nicht mehr genug Puste, um einen anderen Vorschlag zu machen. Die Schneise war mehr als eine Wegstunde entfernt. Kadlin überlegte, ob es nicht klüger wäre, noch ein wenig stehen zu bleiben und zu plaudern, damit der Junge wieder zu Atem kam. »Ganz schön heiß heute.«

»Nicht besonders.«

Er sagte das und fuhr sich mit dem Ärmel über die schweißnasse Stirn. Blödmann! »Dann hast du dir wohl nur etwas Wasser aus deinem Trinkschlauch ins Gesicht gespritzt.«

»Genau.«

»Jetzt verstehe ich, warum du zwei Wasserschläuche trägst. Aus einem trinkst du, und den anderen benutzt du, um dich gelegentlich zu erfrischen.«

»Richtig.«

Langsam wurde sie wütend. Wie konnte man nur so schamlos lügen!

»Wo du so gut erfrischt bist, könntest du ja jetzt vorneweg laufen. Ich würde auch vorschlagen, dass wir einen Schritt schneller gehen. Dort oben soll es irgendwo einen kleinen See geben. Etwas schwimmen zu gehen wäre angenehm, nicht wahr?«

Björn wurde noch etwas röter. Ob er sich schämte, sich ihr nackt zu zeigen? Vielleicht konnte er auch nicht schwimmen. Plötzlich grinste er frech. Er sah eigentlich gar nicht schlecht aus. Wenn er nur nicht so verdammt jung wäre!

»Es ist nicht klug, erhitzt ins Wasser zu steigen.« Er war immer noch kaum bei Puste und sprach stockend. »Außerdem gehe ich gerne hinter dir und sehe mir deinen Hintern an. So wie du damit wackelst, weißt du das auch.«

Kadlin unterdrückte den Impuls, ihm eine Ohrfeige zu geben. Nicht, weil er sie nicht verdient hätte, sondern weil sie sich nicht eine solche Blöße geben wollte. »Na, dann halt dich mal ran, sonst hast du meinen Allerwertesten schnell aus den Augen verloren.«

Mit weiten Schritten eilte sie dem Wald entgegen. Sie ärgerte sich darüber, dass seine Worte sie so aufgebracht hatten. So ein blöder Hund! Er würde noch darum betteln, dass sie ihm etwas von seinem Gepäck abnahm. Als ob sie absichtlich mit dem Hintern wackeln würde! Was bildete der sich ein! Wenn man ging, bewegte sich nun einmal der Hintern. Das ließ sich nicht vermeiden. Sie und mit dem Hintern wackeln! Hielt er sie für eines von den Mädchen, die alle Scham vergaßen, weil sie einen Mann abbekommen wollten? Wenn er das von ihr dachte, dann würde er sie kennen lernen! Dieser Bursche sollte erst einmal trocken hinter den Ohren werden! Der hatte sicher noch nie bei einer Frau gelegen. Außer zu pissen, wusste er mit dem Ding zwischen seinen Beinen wahrscheinlich noch gar nichts anzufangen. Hätte sie sich bloß nicht darauf eingelassen, ausgerechnet mit ihm loszuziehen. Was hatte sie nur geritten, als sie zugestimmt hatte?

Sie blickte über die Schulter. Björn hatte ganz offensichtlich Mühe, auch nur einen Schritt weiter zu kommen. Und er glotzte ihr tatsächlich auf den Hintern!

Kadlin ging stocksteif weiter. Björns begehrliche Blicke hatten sie aus der Fassung gebracht. Vielleicht war er ja doch schon mehr Mann, als sie wahrhaben wollte. Sein frecher Spruch hatte sie geärgert. Sie fand ihren Hintern viel zu schmal. Er sah aus wie bei einem Knaben. Ihre

Schwester hatte sie immer deshalb aufgezogen. Silwyna hatte üppigere Formen. Deshalb hatte sie ja ihren Fischer, obwohl sie zwei Jahre jünger war. Sie sah eben aus, wie ein Weib aussehen sollte.

Kadlin sah noch einmal flüchtig zurück. Björn starrte ihr immer noch hinterher. Ganz schön schamlos! Sie lächelte und entspannte sich etwas. Dann betonte sie bewusst ihren Hüftschwung, während sie weiterging. Sollte er nur schauen! Wenn sie oben im See badete, würden ihm wahrscheinlich die Augen aus dem Kopf fallen. Gut, sie hatte auch zu kleine Brüste. Aber wenn sie ihr Haar offen trug, würde er das erst einmal nicht bemerken. Und er mochte ihren Hintern! Ein Herzogssohn!

Gut gelaunt trat Kadlin in den Kiefernwald. Es duftete wunderbar nach Harz und frischem Grün. Das dicke Polster aus Kiefernnadeln ließ ihre Schritte federn und dämpfte jedes Geräusch. Es war, als gleite man schwerelos dahin. Sie lief etwas langsamer, damit Björn sie nicht aus den Augen verlor. Ob er wohl schon einmal bei einer Frau gelegen hatte? Sein Vater war ein ziemlich grober Klotz. Vielleicht hatte er eine der Mägde ins Bett seines Sohnes geschickt, damit aus dem Jungen ein richtiger Mann wurde. Björn war anders als Lambi. Vor allem konnte man ihm ins Gesicht sehen, ohne eine Gänsehaut zu bekommen. Der alte Herzog sah mit seiner halb abgeschnittenen Nase zum Fürchten aus!

Kadlin dachte an ihren eigenen Vater. Kalf war geradezu erleichtert gewesen, als sie mit Björn losgezogen war. Er schien den Jungen zu mögen. Und er hatte ein gutes Auge für Menschen. Warum er allerdings den König stets mied, war ihr ein Rätsel. Man hörte nur Gutes über Alfadas. Dennoch wurde Kalf immer ganz unruhig, wenn er in der Nähe war.

Kadlin fröstelte es. Unter den Bäumen war es doch recht kühl. Weiter oben am Hang konnte sie in den Schattenlagen sogar noch Schneeflecken sehen. Vielleicht war es doch keine so gute Idee, schwimmen zu gehen. Das Wasser in dem Bergsee war sicher eisig.

Sie verdrängte die Gedanken und versuchte eins zu werden mit dem Wald. Seit sie laufen konnte, war sie mit Kalf auf die Jagd gegangen. Ihr Vater hatte ihre Sinne geschärft. Sie wusste, dass es sich nicht lohnen würde, der Rentierspur zu folgen, die ein paar Schritt weiter verlief. Sie war älter als fünf Stunden. Die Aussichten, das Tier noch einzuholen, waren gering. Ihr entgingen auch die flachen Furchen im Teppich aus Kiefernnadeln nicht. Jene Wege, die Kleintiere hinterlassen hatten, die zwischen Verstecken und möglichen Futterplätzen immer wieder demselben Pfad folgten.

Sie beobachtete ein Eichhörnchen, das hektisch im weichen Boden wühlte und nach den Kiefernzapfen suchte, die es im letzten Jahr verborgen hatte. In der Ferne hörte sie das rhythmische Hämmern eines Spechts. Andere Vögel bemerkte sie nicht. Wahrscheinlich wurden sie alle von dem zweibeinigen Packesel vertrieben, der ihr noch immer beharrlich folgte.

Fast eine Stunde war Kadlin im Wald unterwegs, als sie eine große Barriere aus gestürzten Bäumen erreichte. Riesige Felsbrocken ragten zwischen den zersplitterten Stämmen auf. Eine Lawine hatte eine breite Schneise in den Wald geschlagen.

Die Jägerin machte einen Bogen um das Hindernis. Der Ort eignete sich bestens für ein Lager. Zwischen den Stämmen und Ästen würde man leicht einen windgeschützten Platz finden. Vielleicht sogar eine Höhle, die so eng war, dass man gar keine andere Wahl hatte, als sich näher zu kommen, wenn man dort Unterschlupf suchte. Sie dachte an die Nächte des letzten Sommers, an das ungestüme Liebesspiel mit dem Fischer, und eine wohlige Wärme stieg zwischen ihren Schenkeln in den Bauch hinauf.

Der Hang jenseits des Kiefernbruchs war verwüstet. Mannshohe Wurzelstrünke ragten aus dem aufgerissenen

Boden. Geröll und klaffende Löcher machten es schwierig, hier einen Weg zu finden. Ein Stück den Hang hinauf beobachtete sie eine Gruppe Hasen. Plötzlich verharrten die Tiere. Kadlin hatte sich vorsichtig bewegt, und der Wind blies ihr entgegen. Eigentlich konnten die Hasen sie nicht bemerkt haben. Sie suchte am Himmel nach dem Schattenriss eines Greifvogels, doch da war nichts.

Dann hörte sie einen Ast brechen. Etwas bewegte sich in einem Dickicht aus Büschen und Brombeergestrüpp etwa hundert Schritt entfernt. Die Hasen sprangen auf und waren binnen weniger Herzschläge verschwunden.

Wieder krachte ein Ast. Das Geräusch klang unheimlich laut im stillen Wald. Das Hämmern des Spechtes war verstummt. Kadlin zog die Sehne auf ihren Bogen und nahm einen Pfeil aus dem Köcher an ihrer Hüfte. Sie hatte das Gefühl, dass dort oben jemand absichtlich Lärm machte. Das war gewiss kein Tier! Jemand wollte sie anlocken.

Die leichte Brise erstarb. Der Wald lag totenstill. Sie hörte nicht einmal mehr das Schnaufen von Björn. Doch den hatte sie ein gutes Stück hinter dem Kiefernbruch zurückgelassen. Wahrscheinlich nutzte er die Gelegenheit, aus ihrem Blickfeld zu sein, und hatte eine kleine Pause eingelegt.

Die feinen Härchen in Kadlins Nacken sträubten sich. Sie wurde beobachtet! Ein unangenehmer Geruch lag in der Luft. Es stank nach Aas. Der Kieferduft überdeckte den Aasgestank fast. Er war mehr Ahnung als Gewissheit.

Mit zusammengekniffenen Augen spähte sie hinauf zu dem Brombeerdickicht. Ein scharfer Knall hallte über die Waldschneise. Jemand hatte einen dicken Ast zerbrochen.

Plötzlich erklang hinter ihr ohrenbetäubendes Gebrüll. Sie fuhr herum und riss den Bogen hoch. Aus dem Chaos zersplitterter Stämme brach ein Schneelöwe hervor. Eine riesige, grauweiße Bestie.

Kadlin wich zurück. Sie hob den Bogen und schoss, doch der Pfeil war schlecht gezielt. Sie streifte die dichte Mähne des Löwen, ohne Schaden anzurichten.

Ohne den Blick von der Bestie zu wenden, hetzte sie die Schneise empor. Immer wieder strauchelte sie über Wurzeln. Ein Teil der Pfeile fiel aus ihrem Köcher. Mit fliegender Hast legte sie ein neues Geschoss auf die Sehne.

Der Schneelöwe folgte ihr. Beängstigend schnell stürmte er vor, setzte über einen Wurzelstrunk hinweg und hatte sie fast erreicht.

Kadlin zog die Bogensehne bis zur Wange durch. Sie zielte auf das rechte Auge des Löwen. Ihr Herzschlag beruhigte sich. Sie sah nicht mehr das tödliche Raubtier, sondern nur noch ihr bernsteinfarbenes Ziel.

Der Pfeil schnellte davon. Die Bestie duckte sich zum Sprung, und das Geschoss verfehlte sein Ziel. Es zog eine tiefe, blutige Furche über die Stirn der Raubkatze und verfing sich in der dichten Mähne. Der Schneelöwe stieß ein ohrenbetäubendes Brüllen aus. Helles Blut sickerte ihm ins rechte Auge und troff zu seinen Lefzen hinab.

Kadlin wich ein Stück zurück. Ihre Rechte tastete nach dem Köcher mit den Pfeilen. Noch einen Schuss, solange er wütend ist, dachte sie. Das ist die letzte Gelegenheit! Die gefiederten Pfeilschäfte glitten ihr zwischen den Fingern hindurch. Sie machte hastig ein paar Schritte zurück, um etwas mehr Abstand zu gewinnen.

Ruhe, ermahnte sie sich und atmete tief aus. Sie legte einen Pfeil auf die Sehne und machte noch einen weiteren Schritt zurück, als etwas mit eisernem Griff ihren linken Knöchel umschloss. Sie wurde nach hinten gerissen. Der Pfeil schnellte in den Himmel davon. Ein grausilberner Schatten glitt über sie hinweg. Die Zeit schien langsamer zu fließen, als habe der Schicksalsweber beschlossen, ihr eine letzte Frist zu gewähren, um sich von der Welt zu verabschieden. Überdeutlich sah sie die Schlammspritzer und Kletten im Bauchfell des Schneelöwen. Seine riesigen Pranken mit den gekrümmten, hellen Krallen, die ihr gleich das Fleisch vom Leib reißen würden. Den langen Schwanz, der in einer schwarzen Quaste endete.

Kadlin schlug hart auf den Boden. Zersplitterte Wurzelstränge stießen durch ihr ledernes Jagdhemd und schrammten über ihr Fleisch. Über ihr war der Himmel. Wunderbar weit, wolkenlos und von einem strahlenden, hellen Blau.

Geröll stob knirschend zur Seite, als der Schneelöwe hinter ihr landete. Ihr Sturz hatte ihr eine winzige Gnadenfrist verschafft. Sie ließ den Bogen fallen, den sie immer noch umklammert hielt, und zog das Jagdmesser aus ihrem Gürtel. Sie würde sterben, aber der Löwe sollte dafür bluten, dass er sich ausgerechnet sie als Beute ausgesucht hatte.

»He, du flohzerfresssene Missgeburt! Komm her zu mir! Kämpf wie ein Mann!« Björn war hinter dem Kiefernbruch hervorgekommen und schwenkte herausfordernd seine Saufeder. Er schrie aus Leibeskräften. Und tatsächlich, der Löwe wandte sich von Kadlin ab. Knurrend ging er dem jungen Krieger entgegen.

Kadlin versuchte aufzustehen. Ein stechender Schmerz fuhr durch ihren Knöchel. Ihr Fuß war verstaucht. Noch einmal mühte sie sich, hochzukommen, knickte aber sofort wieder ein. Fluchend griff sie nach ihrem Bogen.

Björn und der Schneelöwe umkreisten einander. Der Herzogssohn war tief in die Knie gegangen und hielt die Saufeder flach über dem Boden. Ihre Spitze folgte jeder der Bewegungen des Löwen.

Kadlin wagte es nicht, Björn zu rufen. Jeden Augenblick würde der Löwe angreifen. Wenn sie Björn jetzt ablenkte, mochte das sein Tod sein. So wie die beiden standen, konnte sie nicht schießen. Das Risiko, Björn zu treffen, war zu groß.

Die Raubkatze stieß ein markerschütterndes Gebrüll aus. Björn zuckte vor ihr zurück. Im selben Augenblick sprang der Löwe vor. Mit der Vorderpranke hieb er nach der Spitze der Saufeder und fegte die Waffe zur Seite.

Dann prallte er mit seinem ganzen Gewicht gegen Björn. Der junge Krieger stürzte.

Kadlin ließ den Pfeil von der Sehne schnellen. Der Schuss war schlecht gezielt. Er traf den Löwen in den rechten Hinterlauf. Fauchend fuhr die Raubkatze herum. Björn lag reglos am Boden. Sein Jagdhemd war von den Krallen des Löwen zerfetzt.

Voll kalter Wut griff Kadlin nach einem neuen Pfeil. Sie musste den großen Bogen waagerecht halten, weil sie sich nicht aufrichten konnte. So vermochte sie ihn nicht mit aller Kraft zu spannen. Aber sie war zumindest nicht wehrlos.

Hinkend kam der Schneelöwe auf sie zu. Von seiner Schnauze troff Björns Blut.

Kadlin atmete aus und schoss. Der Pfeil traf den Löwen dicht unter der Mähne in die Brust.

In den Augen der Bestie funkelten Wut und Mordlust.

Ohne den Blick vom Löwen zu wenden, tastete Kadlin nach den Pfeilen, die neben ihr auf dem Boden verstreut lagen. Mit etwas Glück würde sie noch einen Schuss haben.

Die Raubkatze spannte die Muskeln zum Sprung.

Kadlin zog die Sehne durch.

Eine riesige, graue Gestalt tauchte hinter dem Löwen auf. Schnell und lautlos wie ein Geist war sie auf dem Kampfplatz erschienen. Knotige Hände griffen in die Mähne des Löwen. Die Raubkatze wurde hochgerissen. Ihre Kiefer schnappten nach dem Arm des Angreifers, als ihr ein breites Steinmesser in die Kehle fuhr.

Der Löwe gab einen hustenden Laut von sich. Blut spritzte aus der klaffenden Wunde. Der Gegner hatte ihn so weit hochgehoben, dass seine Hinterläufe hilflos in der Luft zuckten. Seine Bewegungen wurden langsamer.

Kadlin hatte einen neuen Pfeil aufgehoben. Sie wusste, dass sie gegen diesen neuen Feind mit ihrem Bogen kaum etwas ausrichten konnte. Aber sie würde nicht einfach nur liegen bleiben und auf das unvermeidliche Ende warten.

Der Troll ließ den sterbenden Löwen fallen. Er schob das Steinmesser in den breiten Gürtel, der seinen Lendenschurz hielt. Der Kerl war so groß wie ein Fels. Wulstige Schmucknarben bedeckten seine breite Brust. Sie zeigten einen Falken. Drei dünne Zöpfe hingen ihm von der Schläfe auf die rechte Schulter hinab. Als Schmuck hatte er sich Vogelfedern ins Haar gesteckt.

Die Haut des Trolls schimmerte ölig. Sie war graugrün mit hellen Einsprengseln, wie ein mit Flechten bedeckter Fels. Der Blick des Hünen hatte etwas Zwingendes. Kadlin hatte das Gefühl, dass der Bogen in ihrer Hand schwer wie ein Baumstamm wurde.

Björn war wieder zu sich gekommen. Er stöhnte vor Schmerzen und rief leise ihren Namen.

Langsam kam der Troll auf sie zu. Sie wollte schießen! Doch bevor sie den Bogen auch nur halb gespannt hatte, war der Troll über ihr und wand ihr die Waffe aus der Hand. Er beugte sich tief zu ihr hinab. Seine Naseflügel bebten. Wie ein Raubtier nahm er ihre Witterung auf.

»Maidchen«, sagte er unbeholfen. Sein Atem roch nach Kräutern. Er verschränkte die Arme vor der Brust und wiegte sie hin und her, als halte er ein kleines Kind.

»Maidchen! Lecker Maidchen!« Er klopfte sich auf die Brust. »Brud! Brud Jaiger.«

DIE DEM HERZEN GLAUBT

Alvias schnippte ein Staubkorn von seinem schwarzen Umhang und blickte zur großen Flügeltür, die zum Thronsaal führte. Er wünschte, er hätte es schon hinter sich. Er hatte den Aufbruch aus Feylanviek um einen Tag hinausgezögert, weil er nicht wusste, wie er ihr sagen sollte, was geschehen war. Vielleicht wusste sie es auch durch die Silberschüssel? Aber hätte sie dann diesen Brief geschrieben? Er blickte zu dem prächtigen Springbrunnen, dessen Statuen den Augenblick von Falrachs Tod zeigten. Wer der Königin zu nahe kam, war in Gefahr, dachte Alvias. So war es schon immer gewesen. Emerelle überstand auf wundersame Weise jeden Sturm. Aber wehe denen, die sie begleiteten.

Die hohen Bronzepforten des Thronsaals schwangen auf. Eine Gestalt ganz in Schwarz trat heraus. Sie war also wirklich gekommen, dachte der Hofmeister bitter. Alathaia! Sie ging geradewegs auf ihn zu. Ein eisiger Luftzug eilte ihr voraus.

Der Luftzug kommt aus dem Thronsaal, redete er sich ein.

Das Kleid der Fürstin war schlicht und schmucklos. Sie lief barfuss! Ihr Gesicht war ein blasser Schemen hinter einem Gazeschleier. Als sie vor ihm stand, war ihr Antlitz gut zu erkennen. Ihr Schleier zog die Blicke an, doch verbarg er letztlich nur wenig. Deutlich sah er ihre dunkelgrünen Augen. Alathaias fein geschwungene Lippen waren von einem tiefen Rot. »Willkommen zurück, Hofmeister.« Ihre Stimme hatte einen warmen, sinnlichen Klang. »Ich hoffe, du bringst gute Nachrichten vom Schlachtfeld. Hat der Schwertmeister das Heer unserer Feinde zerschmettert?«

Alvias hatte das Gefühl, dass es eine rein rhetorische Frage war und sie längst wusste, wie die Kämpfe ausgegangen waren. Angeblich vermochte sie Geister herbeizurufen. Nicht die Seelen verstorbener Elfen, sondern jene, für die es nach dem Ende des Lebens nur die Finsternis gab.

»Du wirst verstehen, dass ich zuerst der Königin Bericht erstatte«, sagte er steif.

Sie schenkte ihm ein hinreißendes Lächeln. »Ich habe schon gehört, dass du dich stets an die Etikette hältst,

Meister Alvias. Würdest du mir die Freude bereiten, mich in meinen Gemächern aufzusuchen, nachdem du deine Pflichten gegenüber der Königin erfüllt hast?«

Sie schaffte es, das in einem Tonfall zu sagen, als gehe es dabei um irgendetwas Anzügliches. Was bildete sich dieses Weib ein! Alathaia beugte sich vor und hauchte ihm durch den Schleier einen Kuss auf die Wange. Ein schwerer, verstörender Duft stieg aus ihren Kleidern auf. Obwohl Alvias sich gut mit Parfüms auskannte, vermochte er diesen Geruch nicht zuzuordnen. »Ich erwarte dich, Alvias.« Mit einem Lächeln ging sie davon.

Welch ein überhebliches Miststück, dachte Alvias. Er beherrschte sich und sah ihr nicht nach. Stattdessen suchte er auf seinem Umhang noch einmal nach einem Staubkörnchen. Seine Finger strichen über den glatten Stoff. Die Flügeltür zum Thronsaal stand noch immer weit offen. Er zögerte, doch das weite Tor schrie ihm förmlich seinen Namen entgegen. Emerelle erwartete ihn.

Der Hofmeister straffte sich. Mit etwas steifen Schritten trat er ein. Leise rauschten die Wasserschleier an den Wänden. Emerelle saß auf ihrem Thron. Sie war allein in dem weiten, runden Saal. Ein Abendhimmel in Rot und Gold spannte sich über der offenen Kuppel.

»Komm herauf zu mir«, sagte Emerelle leise. »Lassen wir die Förmlichkeiten.«

Alvias widersprach ihr nicht. Er widersprach ihr niemals. Aber es wäre ihm lieber gewesen, vor dem Thron zu knien. Dicht vor ihr zu stehen machte es schlimmer, die Nachricht zu überbringen, auch wenn sie ihren Schmerz sicher verbergen würde.

»Ich glaube, es besteht Grund zu der Annahme, dass wir den Angriff der Trolle um viele Wochen verzögert haben«, begann er seinen Bericht. Alvias erzählte vom Ablauf der Schlacht und vom Rückzug. Auch verheimlichte er nicht, dass sich das Heer der Verbündeten in Feylanviek wohl bald auflösen würde.

Emerelle hörte ihm aufmerksam zu. Manchmal stellte sie Zwischenfragen, um sich ein besseres Bild machen zu können. Besonderes Interesse hatte sie an Melvyn und Nestheus, dem jungen Kentauren, dessen tollkühner Angriff die Verteidiger auf dem Hügel vor dem Untergang bewahrt hatte.

Alvias lobte Ollowains Plan. In aller Ausführlichkeit erzählte er von den schwarzen Seidenballons. Nie zuvor hatte er von so etwas auch nur gehört. Der Schwertmeister war ein überragender Feldherr gewesen. Niemand würde ihn ersetzen können. Es hatte etwas Obszönes, sich zu vergegenwärtigen, dass an jenem Tag, an dem tausende gestorben waren, der Tod eines einzelnen Elfen das Schicksal Albenmarks besiegelt hatte.

»Trotz aller Verluste sind die Trolle immer noch stark. Sie werden sich schon bald von dieser Niederlage erholt haben, Herrin, und ich weiß nicht, wie wir sie dann aufhalten sollen. Ich fürchte, wir sollten darüber nachdenken, Feylanviek zu evakuieren.«

»Die Trolle fangen an, Fehler zu machen. Wie es scheint, hat Skanga einige Shi-Handan beschworen. Sie nutzt sie, um jene Albenkinder zu bestrafen, die nicht mit ihr paktieren wollen. Das wird das Bündnis stärken. Sie zeigt damit allen, was für eine Art Herrschaft uns erwartet, wenn die Trolle das Herzland erobern. Ich hoffe, ich werde neue Truppen senden können, wenn sich die Kentauren auf ihre Winterweiden zurückziehen. Im Übrigen bin ich zuversichtlich, dass Ollowain uns wieder mit einem Plan überraschen wird, der die Übermacht der Trolle bedeutungslos werden lässt.«

Nun war es also so weit, die Wahrheit ließ sich nicht länger hinauszögern. »Herrin, ich fürchte, wir können nicht mehr mit Ollowains Plänen rechnen. Er gehört zu jenen, die nicht zurückgekehrt sind.« Alvias konnte der Königin nicht länger in die Augen sehen. »Deine Nachricht hat ihn nicht mehr erreicht, Herrin. Ich bin zu spät gekommen.«

Nie zuvor hatte sich Alvias im weiten Thronsaal so einsam gefühlt. Nur das leise Rauschen des Wassers war zu hören. Nicht einmal das Lied der Nachtigallen störte die Ruhe. Sie waren verstummt, seit die Schatten die Burg heimsuchten.

Schließlich tat Emerelle einen tiefen Atemzug. »Du musst dich irren, Alvias.«

»Herrin, ich selbst sprach mit einem Kentauren, der ihn sterben sah. Glaube mir, dass ich nicht leichtfertig Nachricht über einen Tod bringe. Er gab sein Leben, um Caileen, die Gräfin von Dorien, zu retten. Er starb, wie er lebte. Wie ein Ritter.« Alvias räusperte sich verlegen. Seit Tagen hatte er versucht, sich die Worte zurechtzulegen, mit denen er es Emerelle sagen konnte, und nun redete er solch pathetischen Unsinn!

»Gab es ein Feuer?«

Emerelle schien ihm ein wenig blasser geworden zu sein. Alvias verstand ihre Frage nicht. »Ein Feuer, Herrin? Wie meinst du das?«

»Kam er in Flammen um?«

»Nein, Herrin. Er wurde von Trollen umringt und niedergemacht.«

Jetzt lachte die Königin. »Du weißt, dass er der beste Schwertkämpfer Albenmarks ist, Alvias. Das wäre niemals geschehen.«

Der Hofmeister sah Emerelle fest an. Er hatte es ihr ersparen wollen. Wahrscheinlich hätte auch er nicht begriffen, was wirklich geschehen war, hätte er nicht um den Streit zwischen der Königin und ihrem Schwertmeister gewusst und nicht jene Zeilen gelesen, die Ollowain unbedingt noch vor der Schlacht hätten erreichen sollen. »Herrin, bitte glaube mir. *Er ist den Trollen entgegengegangen und hat nicht einmal versucht, sein Schwert gegen sie zu erheben. Es war kein Kampf. Es war eine Hinrichtung.* Das sind die genauen Worte des Kentauren Senthor, der Ollowain sterben sah. Ich habe ihn überzeugen können, diese

Geschichte nicht weiterzuerzählen, damit der Tod eines Helden nicht von Gerüchten und unziemlichen Geschichten besudelt wird.«

»Aber hast du seine Leiche gesehen, Alvias?«

»Nein, Herrin. Melvyn hat Ollowain gesucht. Er scheint seinen Tod noch schwerer als die anderen genommen zu haben. Er hat sein Leben riskiert, um den Leichnam des Schwertmeisters zu bergen. Aber er konnte ihn nicht finden.«

Emerelle schüttelte den Kopf. Sie wirkte nicht mehr wie eine Herrscherin auf den Hofmeister, sondern wie ein junges Mädchen, das sich trotzig gegen jede Vernunft weigerte anzuerkennen, welch tragische Folgen der Streit mit dem Schwertmeister gehabt hatte. »Er ist nicht tot. Deshalb konntet ihr auch keine Leiche finden.«

»Herrin, vielleicht ist er ins Mondlicht gegangen. Oder … Du weißt, was die Trolle mit den Toten auf den Schlachtfeldern tun. Gerade mit jenen, vor deren Mut sie Respekt haben.«

»Genug! Ich verbiete dir, so zu sprechen. Ich …«

»Herrin, bitte.«

Die Königin legte die Hand auf ihr Herz. »Ich weiß, dass er nicht von uns gegangen ist. Ich spüre ihn hier in meinem Herzen. Er lebt. Es geht ihm gut. Wo immer er auch sein mag. Er hat mich nicht verlassen!«

WIEDER BEI DER HERDE

»Welch eine seltsame Form von Hass.«

Ganda zuckte zusammen. Sie hatte Elija nicht kommen hören. Der Kommandant stand im Eingang zu ihrem Zelt und stützte sich an eine der Stangen, die fest mit dem Holzgerüst auf dem Rücken der Hornschildechse verbunden war.

»Nikodemus glaubt, dass er einer deiner Folterknechte war.« Elija trat ein und ließ die Zeltklappe hinter sich zufallen. Er stand breitbeinig da und hielt mühelos das Gleichgewicht auf dem schwankenden Holzboden, der sich bei jedem Schritt der Hornechse leicht hob und senkte. »Hat er Recht?«

Ganda wusste, dass es aussichtslos war, dem Kommandanten etwas vorzumachen. »Nein«, sagte sie leise. »Dieser Elf hat mich verraten. Und dennoch schulde ich ihm etwas. Er hat um mein Leben gekämpft.«

Der Lutin setzte sich neben sie an das Krankenlager. »Sie sind gut darin, uns Schuldgefühle zu machen, Ganda. Das liegt daran, dass sie uns vorgaukeln, so weit über uns zu stehen. Wenn sich dann einer von ihnen um uns kümmert und Dinge tut, die eigentlich selbstverständlich sein sollten, sind wir ganz fassungslos vor Glück und haben das Gefühl, ihnen fortan etwas zu schulden. Das ist einer der Mechanismen ihrer Herrschaft.«

Ganda blickte müde zu Elija auf. »Vielleicht hast du Recht. Wenn ja, dann funktioniert es verdammt gut. Ich dachte, ich hasse ihn. Und jetzt sitze ich hier und kämpfe um sein Leben.«

»Bist du sicher, dass er es dir danken wird?«

»Darum geht es nicht. Ich brauche seinen Dank nicht. Ich tue es …«

»Du hast mich falsch verstanden. Sieh ihn dir an! Er wird nie mehr sein, was er einmal war. Ist dir jemals ein verkrüppelter Elf begegnet? Sie sind besessen von ihren Vorstellungen der Vollkommenheit. Das Unvollkommene können sie nicht ertragen. Er wird entstellt sein. Vielleicht wird er sogar gelähmt sein. Glaubst du, er wird es dir danken, dass du ihm so ein Leben schenkst? Tust du ihm wirklich einen Gefallen? Oder ist es vielleicht doch eine merkwürdige Form von Hass? Wenn er stirbt, dann geht er ins Mondlicht ein oder wird wiedergeboren. Für ihn ist der Tod nicht das Ende, so wie für uns. Ganz gleich, welcher von beiden Wegen ihm bestimmt ist, er wird sich verbessern. Lass ihn gehen.«

Ganda sah auf die bandagierte Gestalt, die vor ihr auf einem im Boden eingelassenen Lager ruhte. Ollowain hatte einen schweren Schädelbruch und sieben weitere Knochenbrüche. Drei tiefe Schnittwunden hatten ihn fast verbluten lassen, und eine Unzahl von Prellungen und Quetschungen bedeckte seinen Leib. Wie ein Kleinkind musste sie ihn Löffel für Löffel mit Fleischbrühe füttern. Seit sie ihn gefunden hatte, war er nicht zu Bewusstsein gekommen, und es war unmöglich zu sagen, welchen Schaden sein Verstand genommen hatte. Sein Gesicht war so angeschwollen, dass sie ihn nicht wiedererkannt hätte, wäre er nicht ganz in Weiß gekleidet gewesen. Vielleicht tat sie ihm wirklich keinen Gefallen ... Aber sie konnte ihn auch nicht einfach sterben lassen. Das brachte sie nicht übers Herz.

»Willst du mir seinen Namen sagen?«

»Ollowain.«

»Der Schwertmeister?« Elija seufzte. »Ach, Ganda. Er ist einer der treuesten Diener Emerelles, und wir pflegen ihn. Das ist widersinnig. Glaubst du, er würde auch nur einen Herzschlag lang zögern, sich gegen uns zu stellen, wenn wir die Tyrannin stürzen wollen? Er darf nicht sehen, was wir tun. Er darf nicht einmal unsere Gesichter kennen. Du hast eine Natter in unsere Mitte gebracht. Er steht für all das, was wir bekämpfen.«

»Ich schulde ihm mein Leben.«

»Das mag ja sein, Ganda, aber was schulden wir ihm? Vor drei Stunden habe ich dir unsere Herde anvertraut, und nun muss ich sehen, auf was für Abwege du dich verirrt hast.«

»Habe ich dich nicht an den Ort gebracht, an den du wolltest? Ich weiß, was ich der Herde schuldig bin. Ich habe euch sicher durch das goldene Netz geführt. Du kannst dich darauf verlassen, dass ich meine Pflichten so wie früher gewissenhaft erfüllen werde.«

»Und was würdest du tun, wenn ich von dir verlangen würde, dass wir den Elfen zurücklassen?«

»Ich wäre traurig, dass es den Elija, den ich von früher kannte, nicht mehr gibt. Er hätte sich nicht vor einem schwer Verwundeten gefürchtet, der vielleicht nicht einmal die nächste Nacht überleben wird.«

Der Lutin zuckte ärgerlich mit der Schnauze. »Komm, Ganda! Nicht so … Was ist, wenn du den Elfen gesund pflegst? Dann haben wir den Schwertmeister in unserer Mitte. Wenn auch nur die Hälfte der Geschichten stimmt, die man sich über ihn erzählt, dann sind wir alle zusammen ihm nicht gewachsen. Und was glaubst du, wird geschehen, wenn er begreift, was wir getan haben? Bleibt er hier, so sind wir alle in Gefahr. Ich führe unsere kleine Herde, und ich werde nicht dulden, dass wir einen Wolf in unserer Mitte haben.«

»Also was willst du tun? Mich verstoßen?«

Elija richtete sich auf. »Nein. Ich war glücklich, als du wieder zu uns zurückgekehrt bist. Ich will dich nicht sofort wieder verlieren. Und das werde ich nicht. Ich werde dich und den Schwertmeister beobachten, und wenn ich den Eindruck habe, dass er eine Gefahr für uns wird, dann werde ich etwas unternehmen.«

»Was soll das heißen, etwas unternehmen? Willst du ihn töten?«

»Vielleicht.«

»Wenn du ihn umbringst, wirst du auch mich für immer verlieren.«

Elija seufzte. »Das ist grotesk! Hast du dich etwa in ihn verliebt? Dir ist hoffentlich klar, dass er das nicht einmal bemerken würde, Ganda. Er ist ein Elf. Für ihn sind wir nichts anderes als nützliche Diener. Wenn er dich mag, dann so, wie man einen treuen Hund mag. Lieben wird er dich niemals.«

»Wer spricht hier von Liebe!«

»Deine Taten, Ganda. Deine Taten.«

»Bist du etwa eifersüchtig?«

Elija lächelte, doch wie bei allen Lutin sah es aus, als fletsche er die Zähne. »Vielleicht, Ganda. Mein Leben lang bekämpfe ich die Überheblichkeit der Elfen. Für sie sind wir nicht mehr wert als der Dreck unter unseren Fingernägeln. Und nun holst du mir einen Elfen mitten in unser Lager, der alles zunichte machen kann, wenn er begreift, wie nahe wir unserem Ziel gekommen sind. Ich könnte aus der Haut fahren vor Wut! Und zugleich freue ich mich immer noch, dass du wieder zurückgekehrt bist.«

Elija sagte das ruhig, ohne ein Gefühl in der Stimme. Er war ihr unheimlich.

»Ich mache dir einen Vorschlag, Ganda. Ich werde das Leben des Elfen schonen, und er kann in unserem Lager bleiben. Aber dafür fordere ich deine Treue, Ganda. Diene unserer Sache, so wie du es früher getan hast. Schwöre mir das!«

Ganda war überrascht. Elija gab sein Wort niemals leichtfertig. Man konnte sich darauf verlassen, dass er sich an das hielt, was er versprach. Sein plötzlicher Sinneswandel machte sie skeptisch. Liebte er sie so sehr?

Lange sahen sie einander schweigend an. Ganda versuchte, in den Augen des Kommandanten zu lesen, doch er verstand es meisterlich, seine Gefühle zu verbergen.

»Ich bin einverstanden«, sagte sie schließlich. »Du kannst mir vertrauen. Ich bin noch immer eine treue Kämpferin für unsere Sache.«

Wieder bleckte Elija die Zähne. »Gut.« Ohne ein weiteres Wort verließ er das Zelt.

Ganda wartete eine Weile, bis auch sie hinaustrat. Weites, sanft gewelltes Grasland erstreckte sich bis zum Horizont. Die Herde zog gemächlich ihres Weges. Lachende Kinder liefen hinter den Hornschildechsen her und sammelten ihren harten, trockenen Dung für die abendlichen Feuer. Sie hatte die Herde vermisst. Hätte sie all das für Ollowain aufgegeben? Sie strich über ihre glatte Silberhand. War das alles, was ihr das Abenteuer mit dem Elfen eingebracht hatte? Vor ein paar Tagen noch hatte sie ihn leidenschaftlich gehasst. Und jetzt riskierte sie ihr Leben in der Herde für ihn. War sie wirklich verliebt? Bei dem Gedanken stieg ihr ein Kloß in den Hals. Das durfte sie nicht zulassen! Es wäre aussichtslos. Vielleicht würde Ollowain nicht einmal diese Nacht überleben? Seine Wunden waren nicht brandig geworden, aber er war so sehr geschwächt, dass allein das Atmen schon fast seine Kräfte überstieg. Und seine Kopfwunde ... Sie hatte die eingedrückten Schädelknochen so gut gerichtet, wie sie es konnte. Aber es war unmöglich zu sagen, ob er nicht als stammelnder Idiot erwachen würde.

Ganda spürte das warme Sonnenlicht auf ihrem Pelz. Sie atmete tief durch. Die Luft roch nach trockenem Gras, Staub und Steppenblumen. Nach den Ausdünstungen der großen Echsen und dem Fleisch, das die Herde trug. Genug, um die ganze Sippe viele Monde lang zu ernähren. Sie schauderte bei dem Gedanken, was für Fleisch das war. Vielleicht wäre auch Ollowain in einem der Körbe, wenn sie ihn nicht gefunden hätte. Ausgeweidet und von wuchtigen Steinäxten zerteilt.

Tausende Fliegen umschwirrten die großen Echsen. Ganda war froh, wenn sie diese grausige Fracht endlich abliefern konnten. Die Zeit drängte. Einen weiteren Tag in der Sommerhitze würde das Fleisch nicht vertragen. Schon jetzt wimmelte es vor Maden. Sie hatten das Fleisch eingesalzen und es mit Zaubern umwoben, die Hitze und Fliegen fern halten sollten. Aber letzten Endes war dies ein Kampf, den man nicht gewinnen konnte. Es war höchste Zeit, dass sie ihr Ziel erreichten!

Sie schirmte die Augen mit ihrer Silberhand ab. Bald müssten sie am Grabhügel eintreffen, in dem das Kentaurenvolk der Schwarzschilde seine toten Anführer bestattete. Warum das Fleisch dorthin sollte, hatte ihr niemand sagen wollen. Vielleicht wusste es auch nur Elija. Offenbar ging es schon seit Jahren so, dass sie Fleisch in Gräber brachten. Ob der Kommandant verrückt geworden war? Und welchen Plan hatte er mit Ollowain?

LEICHENSCHMAUS

»Und was erwartet einen bei so einem Leichenschmaus?«, fragte Melvyn, obwohl er die Antwort schon ahnte. Er versuchte fröhlich zu klingen, dabei hatte er sich zwingen müssen, heute Abend an die große Wiese am Fluss zu kommen. Morgen schon würde er flüchten. Elodrin konnte er nicht gehorchen. Er hatte versucht, dem Elfenfürsten zu erklären, warum er nicht bleiben konnte, doch Elodrin wollte nichts von einer Suche nach Leylin wissen. Im Gegenteil. Er hatte ihm erklärt, wie groß Arkadien war und wie viele Orte es gab, an die Shandral geflohen sein mochte. Er hatte an seine Ehre appelliert, ihm sogar geschmeichelt und ihn daran erinnert, dass er und seine Späher die Augen des Heeres seien und sie ihn nun, da die Kentauren ziehen würden, mehr denn je brauchten. Doch nichts hätte Melvyn überzeugen können. Er blickte zum südlichen Himmel, den die Abenddämmerung mit einem tiefen, samtenen Blau überzogen hatte, aus dem scharf die Sichel des Mondes hervorstach. Irgendwo dort in der Ferne war Leylin. Und sie blickte zum selben Mond. Und vielleicht hoffte sie noch auf ihn. Er hatte ihr Leben zerstört. Diese Schuld würde er niemals abtragen können. Das Einzige, was er für sie tun konnte, war, sie von Shandral fortzuholen. Sie würden wieder mit den Adlern schwerelos im Himmel tanzen. Er wollte sie vergessen lassen, dass sie ihre Beine verloren hatte. Wollte ihr das scheue Lächeln auf die Lippen zaubern, in das er sich verliebt hatte. Wollte sein Gesicht in ihrem langen Haar vergraben und zwischen ihren Schenkeln versinken. Er würde sie finden! Oder er würde auf der Suche nach ihr sterben.

Er dachte an Ollowain. Nur ein paar Tage hatte er ihn erlebt. Er war so voller Kraft gewesen. So voller Zuversicht. Jeder Zoll ein Ritter. Alles schien möglich, wenn man Ollowain auf seiner Seite hatte. Schon als kleiner Junge hatte er Geschichten über ihn gehört. Sein Vater Alfadas war angeblich einmal sein liebster Schüler gewesen. Aber ein Ritter wie Ollowain war Alfadas nicht geworden, dachte Melvyn. Ollowain hätte ihn nicht allein gelassen. Er war genau so gewesen, wie er ihn sich als kleiner Junge vorgestellt hatte.

Melvyn lächelte bitter, als er an seine erste Begegnung mit dem Ritter dachte und daran, wie Ollowain ihn in Eisen hatte legen lassen. Er hatte wohl Recht damit gehabt. Aber trotz allem hatte der Ritter ihm vertraut. Das war ein gutes Gefühl gewesen.

Melvyn blickte zu Artaxas auf, der neben ihm her schritt. Der Lamassu hatte sich ihm und Nestheus auf dem Weg zur Festwiese angeschlossen. Er hatte ein Funkeln in den dunklen Augen, und ein verschmitztes Lächeln spielte um seine Lippen. Melvyn kannte diesen Gesichtsausdruck nur zu gut. Seinem Freund saß an diesem Abend wieder einmal der Schalk im Nacken. Er war auf der Suche nach einem Besäufnis und einer netten Schlägerei. Aus Artaxas wurde man nicht schlau, er konnte gestelzt daherreden wie ein Philosoph und im nächsten Augenblick fluchen, dass selbst abgebrühte Söldner blass wurden. Seine Launen waren so wechselhaft und unvorhersehbar wie das Frühlingswetter an der Küste Alvemers. Er war ein Rätsel auf vier stämmigen Stierbeinen. Und ein treuer Freund.

»He, Pferdearsch. Redest du nicht mit uns? Wie feiern deine Leute einen Toten? Das würde ich auch gern wissen, bevor ich einen Abend an einem Ort vergeude, an dem man nur auf feuchte Wangen, nicht aber auf feuchte Kehlen hoffen darf.«

Melvyn zuckte innerlich zusammen. Jetzt ging es also los mit Artaxas. Doch Nestheus tat so, als habe er die Beleidigungen überhört. Er wirkte nervös an diesem Abend. Der weiße Kentaur schien ihnen kaum zuzuhören. Sein Schweif peitschte unruhig, und er blickte sich ständig um. »Was erwartet ihr bei einem Fest meines Volkes? Wir werden uns besaufen, bis wir umfallen, und vorher wird man ein paar ergreifende Reden über den Toten halten.«

»Willst du wirklich mitkommen, Artaxas?«, fragte Melvyn in der vagen Hoffnung, den Lamassu doch noch umstimmen zu können.

Sein Freund grinste breit. »Warum nicht? Heute steht mir der Sinn danach, meinen Horizont zu erweitern. Nimm es mir nicht übel, aber es ist nicht wirklich eine Herausforderung an meinen Intellekt, meine Abende plaudernd mit einem Hauptmann zu verbringen, der seine Kindheit in einer Wolfshöhle verbrachte. Ich brauche Abwechslung von dir.«

»Und was erwartest du auf einem Kentaurenfest? Neue Einblicke in das Paarungsverhalten volltrunkener Hengste?«

Artaxas schnalzte mit der Zunge. »Du bringst mich noch auf Ideen ... Eigentlich hoffte ich darauf, Elodrin zu begegnen und ihn dazu zu überreden, die wilde Sauforgie zu verlassen und sich stattdessen mit mir im Falrach-Spiel zu messen. Angeblich soll er ja recht gut sein. Aber falls er nicht kommt, werde ich herausfinden, wie viel Wolfsmilch ein Lamassu braucht, um von den Hufen zu kippen, und bis das geschieht, beschäftige ich mich mit den Studien, die du anregst, Melvyn.«

»Welcher Teil von dir ist eigentlich für deine altkluge

Ader verantwortlich, der Stier, der Adler oder jenes obskure Wesen, dem du das Gesicht verdankst, das du hinter deinem Bart versteckst?«

»Ist das ein Anflug von Bartneid? Ein Freund von mir hat darüber einen hübschen Aufsatz verfasst. Er glaubt, Elfen als bartlose Geschöpfe hätten generell die Neigung, sich Bartträgern gegenüber intellektuell unterlegen zu fühlen. Er ist auch der Auffassung, viele von ihnen kompensieren das durch Pferdeschweife oder üppige Federbüsche auf ihren Helmen. Das halte ich persönlich für zu weit gegriffen, aber …«

»Blablabla.« Melvyn wandte sich lachend an Nestheus. »Man sollte einem Lamassu niemals die Gelegenheit geben, mit seiner Weisheit zu prahlen. Die quatschen dir die Ohren vom Kopf … Sag mal, hörst du mir überhaupt zu?«

»Unser niedliches Fohlen verrenkt sich sicher den Hals nach der kleinen Stute, mit der er gestern auf der Weide bei dem Birkenhain zugange war. Soll ich mal 'ne Runde über das Lager drehen und mich nach dem Mädel umsehen? Das wäre vielleicht weniger umständlich. Deine Zappelei schlägt mir allmählich auf den Magen.«

Der Kentaur blickte erschrocken zu Artaxas auf. »Du hast …«

»Wenn man Freunde hat, die fliegen können, sollte man auch den Himmel im Auge behalten, Nestheus.« Der Lamassu lächelte verschwörerisch. »Aber keine Sorge. Nur weil ich gerne rede, heißt das nicht, dass ich kein Geheimnis für mich behalten könnte.«

»Würde mir mal jemand sagen, worum es geht?«, brummelte Melvyn beleidigt.

»Tja, als Fußgänger hat man ein sehr eingeschränktes Weltbild«, stichelte Artaxas. »Unser vierbeiniger Freund hat sich in eine hübsche Schimmelstute verguckt. Von oben sah es so aus, als sei sie von ihm auch recht angetan.«

Nestheus wurde rot. »Du hast uns doch nicht etwa …«

»Junge Liebe wärmt einem das Herz, wenn man so ein alter Knochen ist wie ich.«

Melvyn wurde langsam ärgerlich. Dieser Abend sollte ganz dem Andenken an Ollowain gewidmet sein, doch seinen beiden Freunden schien es nur um andere Dinge zu gehen.

»Sie heißt Kirta und gehört zum Klan der Frostkinder«, sprudelte es unvermittelt aus Nestheus hervor. »Ich habe sie vor zwei Jahren während eines Viehmarkts hier in Feylanviek kennen gelernt. Du hast sie gesehen, Artaxas. Sie ist wunderbar! Ihre Fesseln sind wie zarte Birkenstämme, ihr Haar wie Raureif an einem kalten Frühlingsmorgen. Und wenn du ihre Stimme hören könntest. Süß und melancholisch wie der Ruf des Eistauchers in der ersten Dämmerung. Sie ist wie …«

»Schreibst du ihr etwa Gedichte?«, unterbrach ihn Artaxas.

Der Kentaur wirkte verdattert. »Ja«, gestand er schließlich ein.

»Das merkt man. Wann stellst du sie uns vor? Ich hätte nie zu hoffen gewagt, auf meine alten Tage noch einmal dem vollkommensten aller Geschöpfe zu begegnen«, scherzte der Lamassu.

Melvyn brannten die Worte des Kentauren in der Seele. Er musste an Leylin denken, und er wünschte, er wäre allein.

»Sie wird nicht zum Fest kommen … hoffe ich. Ich habe sie darum gebeten. Es wäre nicht gut.«

»Weil nur Männer sich besaufen?«

Der Pferdemann schüttelte den Kopf. »Mein Vater hat mir den Umgang mit ihr verboten.«

Artaxas lachte laut auf. »Und darum scherst du dich? Junge, ich hab dich auf dem Schlachtfeld gesehen. Vor dir hatten selbst Trolle Angst, und du scherst dich um den Segen deines Vaters! Schnapp dir dein Mädel und verschwinde. Ich wette, Orimedes wird sich damit abfinden.

Du bist doch sein einziger Sohn. Er wird es nicht lange ohne dich aushalten. Mit Vätern muss man manchmal die harte Gangart proben. Du wirst sehen, der kommt schon wieder zur Vernunft.«

»Das glaube ich kaum. Er kann sehr verstockt sein ...«

»Ach, Junge. Du bist ein Geschenk des Schicksals. Ein kostbares Kleinod, das sein Leben bereichert. Aber du bist nicht sein Besitz. Als du ein Fohlen warst, hatte er vielleicht das Recht, dir zu sagen, wo es langgeht. Aber jetzt doch nicht mehr! Du bist ein Mann! Ein Krieger! Du hast auf dem Schlachtfeld das Blut deiner Feinde vergossen. Elodrin und die Hälfte der Anführer unseres Heeres verdanken dir ihr Leben. Ohne deine letzte Attacke wäre die Schlacht am Mordstein zu einem schaurigen Gemetzel für uns geworden. Dir sprießt kaum ein Barthaar auf den Wangen, und du bist berühmt. Nicht einmal dein Vater kann sich jetzt noch gegen dich stellen. Jedenfalls wird er das nicht tun, wenn er ein kluger Mann ist, und den Eindruck hatte ich bislang von ihm.«

Sie erreichten die Festwiese. Orimedes stand auf einem sanften Hügel nahe dem Fluss. Neben ihm war eine große Balkenwaage aufgerichtet. Auch hatte man einen Karren mit Weinamphoren auf den Hügel gebracht. Der Fürst hatte die Totenrede schon begonnen. Hunderte Kentauren standen schweigend und lauschten seinen Worten. Worten der Freundschaft und des Mutes.

Melvyn fühlte einen bittersüßen Schmerz. Und er fühlte sich betrogen! Warum hatte er Ollowain kennen lernen müssen, wenn er ihn gleich darauf wieder verlor?

»Ein Licht, das zu hell brennt, muss früh verlöschen, so heißt es.« Die volltönende Stimme des Kentaurenfürsten trug über das weite Feld. »Ein solches Licht war Ollowain. Ein Vorbild in seiner Ritterlichkeit. Nie habe ich ihn fragen hören, was nutzt es mir, wenn man ihn um seine Hilfe bat. Er war dort, wo Unrecht sein Haupt erhob, und er fand keine Ruhe, bis der Gerechtigkeit zum Sieg verholfen ward. Sein unverrückbarer Glaube daran, dass die Gerechtigkeit zuletzt immer siegen würde, war vielleicht sein herausragendster Charakterzug. Nie scheute er davor zurück, für eine scheinbar verlorene Sache einzustehen. Und deshalb war er zu uns gekommen, meine Brüder. Erinnert euch, wie verzagt wir waren. Wie wir Woche um Woche im Heerlager warteten, so wie ein zum Tode Verurteilter in seiner Zelle auf seine Hinrichtung wartet. Wir wussten, wie viele Trolle sich auf der Ebene am Mordstein sammelten. In unseren Herzen waren wir schon besiegt, noch bevor wir unsere erste Schlacht geschlagen hatten. Ich weiß nicht, wie es um euch steht, meine Brüder, doch mir hat Ollowain meinen Mut zurückgegeben. Die Schlacht am Mordstein war ein Sieg für uns, denn die Trolle mussten lernen, dass sie sich zu keiner Stunde und an keinem Ort sicher vor uns fühlen können – und dass auch ihre Zahl sie nicht vor unseren Angriffen schützt. Ollowain, der Schwertmeister Emerelles, hat für unsere Sache sein Leben gegeben. Ich weiß, dass manche sich fragen, warum wir den Krieg gegen die Trolle nicht aufgeben. Sie sagen, die Trolle würden nur durch unser Land ziehen und uns nicht weiter behelligen. Sie glauben, dass es allein der Thron Emerelles ist, was sie begehren. Ich sage euch, wer das annimmt, ist blind. Sie werden immer mehr, die Trolle, und ihr Hunger ist berüchtigt. Hunger auf Fleisch! Sie werden uns zwingen, ihnen Tribut zu zahlen. Sie werden die besten Tiere aus unseren Herden fordern. Und ihr Hunger wird unersättlich sein. Bald werden sie sagen, die Herden gehörten ihnen, denn sie seien die Herren des Landes und das Land ernähre die Herden. Dann werden wir nur noch ihre Viehtreiber sein. Ollowain wusste, dass es so kommen würde. Er war ein Freund der freien Steppenvölker. Er wusste, dass wir unsere Freiheit brauchen wie die Luft, die wir atmen. Mit seinem Tod hinterlässt er uns ein Vermächtnis. Er hat sein Fleisch gegeben, um unseres zu schützen. Lasst seinen Tod nicht sinnlos gewesen sein!« Orimedes breitete die Arme aus und streckte sie dem Himmel entgegen. »Ich weiß nicht, wohin deine Seele gegangen ist, mein Schwertbruder Ollowain. In meinem Volk glauben wir, die Seelen der Toten reisen mit dem Wind, der über die Steppe weht. Vielleicht reitest auch du nun den Wind. Was ich aber ganz gewiss weiß, ist, dass du immer stolz auf uns sein sollst. Dein Opfer war nicht vergebens. Wir werden den Kampf gegen die Trolle nicht aufgeben. Wir werden fechten, bis wir den Sieg errungen haben, der unsere Freiheit bewahrt. Den Sieg, an dem du nie gezweifelt hast.« Orimedes hob das Schwert und streckte die Klinge dem Mond entgegen. »Hörst du mich, Südwind? Trage meine Worte zu meinem toten Freund. Du warst als Elf geboren, aber gestorben bist du für mein Volk. Und gleich, wie oft die Sonne sich noch über die Steppe erheben mag, bis unsere Welt zerbricht und das Ende aller Zeiten naht, deinen Namen und deine Taten werden wir für immer auf unseren Lippen tragen. So lange es Kentauren gibt, wirst du unvergessen sein, Ollowain!«

Der Fürst verstummte, und einen Herzschlag lang herrschte Stille auf der Wiese. Melvyn dachte daran, wie er Ollowain gegen die Kobolde hatte kämpfen sehen. Wie konnte ein Mann, der Armbrustbolzen auszuweichen vermochte, von schwerfälligen Trollen getötet werden? Dieses Geheimnis würde sich ihm wohl niemals erschließen.

»Lasst seinen Namen wie einen Sturmwind zum Himmel fahren!«, rief Orimedes plötzlich. »Ollowain!«

Melvyn stimmte in das Geschrei ein. »Ollowain! Ollowain!«, rief er immer wieder, bis ihm die Kehle brannte, und tatsächlich fühlte er sich danach besser. Den Namen des Helden von tausenden Stimmen gerufen zu hören, hatte etwas Befreiendes. Und seine Traurigkeit stieg mit dem Ruf dem Himmel entgegen.

Nach einer Weile breitete Orimedes die Arme aus, und langsam verebbten die Stimmen der Krieger. »Immer schon haben wir unsere Toten geehrt, indem wir für sie tranken. Nie sind sie uns so nah wie im Rausch. Ich will für dich trinken, wie ich noch nie in meinem Leben getrunken habe, Ollowain. Unser Rausch soll Tage dauern. Ich schwöre, er wird erst enden, wenn ich mein Gewicht in Wein getrunken habe. Und dir zu Ehren soll es nur der beste sein. Roter aus Alvemer, gezogen in jenem Jahr, in dem wir in Phylangan unser Blut gaben. Ein König unter den Weinen für einen König unter den Kriegern.« Mit diesen Worten trat Orimedes in eine der beiden Waagschalen, die groß wie Scheunentore waren. Zwei junge Kentauren eilten herbei und stapelten Amphoren in die zweite Waagschale.

»Er muss eine ganze Herde verkauft haben, um den Wein zu bezahlen.« Nestheus' Stimme schwankte zwischen Bewunderung und Entsetzen. »Das ist verrückt. Da steckt noch mehr dahinter. Noch nie habe ich gehört, dass ein Fürst so viel für einen Leichenschmaus gezahlt hat.«

»Dann kann man wohl sagen, dass nie zuvor einem Fürsten im Windland ein Freund so teuer war«, stellte Artaxas fest.

Melvyn blickte überrascht zu seinem Gefährten auf. Mit dieser ironischen Art würde er sich unter den Pferdemännern schnell Feinde machen.

Nestheus schien gar nicht auf die Worte des Lamassu zu achten. Er blickte unverwandt auf den Hügel und beobachtete, wie die Waagschale, auf der sein Vater stand, sich langsam hob.

»Er schummelt«, stellte Artaxas fest. »Die Amphoren machen einen beträchtlichen Teil des Gewichts aus.«

»Dort drüben haben sie begonnen, Wolfsmilch auszuschenken.« Melvyn deutete zu einem Karren mit prallen Lederschläuchen, der auf die Wiese fuhr. Zwei Kobolde warfen jedem Pferdemann, der ihnen winkte, einen Schlauch mit Branntwein zu.

»Was mich angeht, ziehe ich die Wolfsmilch dem Wein oder Bier vor. Warum Zeit verschwenden, wenn man sich besaufen will.« Melvyn hoffte, seine beiden Gefährten aus ihrer eigenartigen Stimmung zu lösen. Er war sich bewusst, dass der Alkohol entweder helfen oder alles noch schlimmer machen würde. Aber der Halbelf mochte nicht einfach nur zusehen und untätig bleiben. Er hatte noch keinem Totenfest der Kentauren beigewohnt, und er wusste nicht, wie man sich zu verhalten hatte. Es lag etwas in der Luft. Es würde Streit geben.

Sie drängten sich durch die Menge, die sich um den Wagen versammelt hatte. Artaxas war wie eine mächtige Galeere, die durch die Fluten pflügte. Er überragte jeden der Kentauren um mehr als Haupteslänge. Keiner suchte Streit mit ihm. Noch nicht.

Melvyn folgte dem Lamassu. Er ahnte, was jetzt kommen würde. Artaxas genoss das Schauspiel, das ein Mann ohne Arme lieferte, wenn er trank. Ein Mann, der wie alle Lamassu von Magie durchdrungen war, wie sonst nur wenige andere Geschöpfe Albenmarks.

»He, du hässliche Lederhaut«, rief Artaxas einem der Kobolde zu. »Den größten Schlauch für den Mann mit dem größten Durst auf dieser Wiese.«

Der Kobold setzte zu einer Antwort an, doch ein Blick auf den Lamassu ließ ihn verstummen. Er flüsterte seinem Gefährten etwas zu, dann suchten sie einen Weinschlauch, den sie zu zweit anheben mussten. Sie packten ihn an beiden Händen, schwangen ihn zweimal vor und zurück und ließen ihn dann in hohem Bogen durch die Luft segeln. Der Weinschlauch würde den Lamassu mitten ins Gesicht treffen. Die Umstehenden wichen ein Stück zurück. Einige Pferdemänner grinsten gehässig. Melvyn war immer wieder aufs Neue überrascht, wie der Lamassu es schaffte, sich mit nur einem einzigen Satz unbeliebt zu machen.

Der Lederschlauch verharrte im Flug, als habe eine unsichtbare Faust ihn gepackt. Artaxas lächelte breit. Wie eine Sichel schimmerten seine schneeweißen Zähne durch den schwarzen Bart.

Der Korkstöpsel des Lederschlauchs öffnete sich. Artaxas legte den Kopf in den Nacken, und ein dünner Strahl Wolfsmilch schoss ihm in den weit geöffneten Mund.

Die abergläubischen Kentauren wichen noch weiter vor dem Lamassu zurück. Selbst Nestheus war aus seiner grüblerischen Stimmung herausgerissen. »Dein Freund ruft die Geister des Windes und macht sie sich zu Dienern«, sagte er ungläubig. »Er ist ein machtvoller Zauberer!«

Melvyn lachte. »Zuerst würde ich ihn einen Fürsten unter den Angebern nennen. Und ja, natürlich, er ist ein Zauberer. Alle Lamassu sind das. Im Übrigen ist er auch ein hervorragender Fechtlehrer.«

Nestheus runzelte die Stirn. »Eine Kreatur ohne Arme ist ein Fechtlehrer?«

»Er kann einen Säbel schweben lassen, so wie er den Weinschlauch schweben lässt. Hast du einmal gegen eine Klinge gekämpft, hinter der kein Krieger steht, den du verwunden kannst? Jeder richtige Kampf erscheint dir danach wie ein Kinderspiel. Wenn er will, kann er sogar fünf Säbel gleichzeitig kämpfen lassen. Und er schleudert allein kraft seines Willens Dolche durch die Luft, wie andere Armbrustbolzen verschießen. Außerdem betrachtet er sich auch noch als einen genialen Bauherren, einen der bedeutendsten lebenden Dichter, einen unschlagbaren Falrach-Spieler und den Besitzer des elegantesten Bartes, den die Welt jemals gesehen hat. Man könnte auch sagen, er ist maßlos in allen Dingen, die er tut. Aber in den meisten ist er wirklich gut.«

»Das habe ich gehört, Wölfchen«, rief der Lamassu. Er ließ den Lederschlauch in Melvyns Richtung schweben. »Komm, trink, dann kannst du nicht noch mehr Unsinn über mich erzählen.«

»In deiner Heimat musst du ein Fürst sein«, sagte Nestheus ehrfürchtig.

Artaxas rollte mit den Augen. »Alle Lamassu halten sich für Fürsten. Zum Glück gibt es von uns nicht allzu viele.

Ich ziehe es vor, der Lehrer eines Elfen zu sein, den man schon als Kind wegen seiner schlechten Manieren in der Wildnis ausgesetzt hat.« Er rülpste. »Manchmal fürchte ich allerdings, dass sein schlechter Einfluss auf mich abfärbt. Aber genug davon … Komm, trink auch etwas. Für jemanden, der nüchtern bleibt, wird es sicherlich bald ziemlich ungemütlich auf dieser Wiese.«

Der Lederschlauch entglitt Melvyns Händen und schwebte zu dem Kentauren hinüber.

Nestheus hob abwehrend die Hände. »Ich vertrage nicht viel.«

»Dann müssen wir uns ja keine Sorgen machen, dass für uns nicht genug übrig bleibt.«

»Wenn ich getrunken habe, sage ich manchmal unbedachte Dinge …«

Der Stiermann brach in schallendes Gelächter aus. »Da befindest du dich in bester Gesellschaft. Komm, zier dich nicht wie eine alte Jungfer. Trink, Junge!«

Der Kentaur setzte das Mundstück an die Lippen und nahm einen tiefen Zug. Dann reichte er den Schlauch Melvyn. Er wirkte verlegen.

»Auf Ollowain!«, rief der Elf, und etliche Kentauren nahmen seinen Trinkspruch auf.

Melvyn drückte den Lederschlauch, und ein Strahl Wolfsmilch spritzte ihm in den Mund. Das Getränk brannte auf der Zunge und in der Kehle. Wenn es aber erst einmal den Magen erreichte, dann breitete sich wohlige Wärme aus. Und es sprengte die Fesseln des Geistes. Die Welt sah anders aus, wenn man nur genug Wolfsmilch trank. Freundlicher. Mehr so, wie man sie gerne gehabt hätte. Dieser Zaubertrank aus vergorener Stutenmilch und anderen Zutaten, nach denen Melvyn nie zu fragen gewagt hatte, war ein Geschenk an alle, die einen Abend lang vergessen wollten. Und im Gegensatz zu Wein oder Bier wirkte es sehr schnell.

Melvyn war bereits leicht beschwippst, als er sah, wie

der Kentaur Senthor kam und auf Nestheus einredete. An Nestheus' Seite war eine junge Stute. Ein hübsches Mädchen. Der Wolfself hatte gar nicht bemerkt, wie sie gekommen war. Sie hatte langes, weißblondes Haar. Auch ihr Schweif war von dieser Farbe, und wie Nestheus war sie ein Schimmel. Die beiden passten gut zueinander.

Der schrille Klang von Luren hallte über die Wiese. Melvyn blickte auf. Auf dem Hügel bei Orimedes hatte sich Katander von Uttika eingefunden. Der verwundete Fürst musste von zweien seiner Krieger gestützt werden, um stehen zu können. Lurenbläser standen um den Fuß des Hügels und streckten ihre schlangengleichen Instrumente dem Himmel entgegen. Als ihr eindringlicher Ruf ein zweites Mal erscholl, verstummten die Lieder der Zecher und die gelallten Prahlereien über Liebes- und Kriegsabenteuer.

»Du wirst zu ihm kommen. Sofort!« Senthor verstummte, als er bemerkte, wie alle ihn anblickten. Das Kentaurenmädchen an seiner Seite wirkte erschrocken.

»Nicht heute Abend!«, entgegnete Nestheus entschieden.

»Meine Brüder!« Die Stimme des Fürsten Orimedes klang ein wenig heiser, und man hörte ihr an, dass er schon hart daran gearbeitet hatte, seinen Schwur gegenüber Ollowain zu erfüllen. »Seite an Seite haben wir mit den Uttikern gekämpft. Und nun trinken wir mit ihnen und gedenken gemeinsam unseres größten Helden. Uttiker haben Steppenreitern das Leben gerettet, und auch wir haben die Haut von manchem Goldkrebs gerettet. Die Feuer des Krieges schmieden Freundschaften, die nie mehr zerbrechen. Aus Verachtung wurde Respekt. Und so soll es von nun an für immerdar bleiben. Katander und ich haben miteinander getrunken, und wir haben beschlossen, das Band zwischen unseren Völkern noch fester zu knüpfen. Deshalb werden wir noch in diesem Winter eine Hochzeit feiern. Mein Nestheus, der Held der Schlacht am Mordstein, der einzige Erbe meines Blutes, wird Elena heiraten, die einzige Tochter Katanders. So wie die beiden sich vereinigen werden, werden auch unsere Völker künftig vereint sein. Und wenn das nächste Frühjahr kommt, dann wird mein Sohn es sein, der unsere vereinten Heerscharen anführt.«

Melvyn war schlagartig wieder nüchtern. Er sah zu Nestheus. Der junge Kentaur war leichenblass geworden. Er hielt die Fäuste geballt, und sein Schweif peitschte vor Wut. Kirta hatte den Kopf gesenkt. Sie wirkte gefasster.

»Tu jetzt nichts Unbedachtes!«, flüsterte Melvyn, doch sein Freund schob ihn einfach zur Seite. Er drängte sich durch die Menge.

Melvyn folgte ihm, doch zwischen den wogenden Pferdeleibern verlor er ihn aus den Augen, bis Nestheus den flachen Hügel hinaufpreschte, auf dem sein Vater und Katander standen.

»Keine Stunde ist vergangen, da hast du die Freiheit der Steppe als unser höchstes Gut gelobt, Vater. Und ich soll unser Heer anführen, um für diese Freiheit zu kämpfen. Aber wie kannst du glauben, dass unsere Krieger sich von einem Unfreien, einem Sklaven, anführen lassen werden?«

»Du redest wirr, Sohn. Du bist betrunken.« Orimedes winkte zwei stämmigen Leibwächtern. »Bringt ihn fort!« Er zwang sich zu einem falschen Lachen. »Der Junge verträgt nicht viel.«

»Mach es dir nicht so leicht, Vater! Du weißt, wovon ich spreche. Ich habe eine Braut dort draußen auf der Steppe gefunden. Und ich habe ihr mein Herz geschenkt.« Er wandte sich an Katander, der aschfahl geworden war. »Ich kenne deine Tochter nicht, Fürst von Uttika. Gewiss ist sie ein wunderbares Mädchen. Und weil sie das ist, verdient sie einen Mann, der sie liebt. Sei nicht wie mein Vater und verschachere dein Fleisch und Blut. Man kann Völker nicht verheiraten, indem man einen Mann und ein Weib dazu zwingt, ihr Leben miteinander zu teilen. Wenn ich deine Tochter besteige, ohne sie zu lieben, ist es dann nicht fast dasselbe, als nähme ich sie mit Gewalt? Willst du das wirklich, Katander? Willst du …«

»Genug!« Orimedes war hochrot angelaufen. »Es ist das Schicksal von Fürstenkindern, dass sie in Ketten geboren werden. Sie dienen ihrem Volk! Und ganz gleich, was du dir in deinem Liebeswahn zusammenfabulierst, es ist ein alter und bewährter Brauch, dass man das Bündnis zwischen zwei Völkern durch eine Hochzeit bekräftigt. Du wirst dich fügen, denn wenn du es nicht tust, dann bist du nichts als ein selbstsüchtiger Verräter. Ich kenne die Hure, die dir den Kopf verdreht hat. Was bringt sie dir? Ihre Sippe ist bettelarm. Ihre Büffel sind räudige Gerippe auf vier Beinen. Und dem Mädchen hat man befohlen, dich zu umgarnen. Du wirst sie reich machen. Nur deshalb umschmeichelt sie dich mit ihren schönen Augen.«

Mit Schrecken sah Melvyn, dass es auch Kirta geschafft hatte, auf den Hügel zu kommen. Immer dichter drängten sich die Kentauren, um den Streit zu verfolgen. Der Halbelf kämpfte sich zwischen den schwitzenden Pferdeleibern hindurch. Außer dem Stampfen der Hufe und den Stimmen der Streitenden war nichts zu hören.

Kirta sah im silbernen Mondlicht wie ein Geist aus. Ihr Fell schimmerte, als leuchte es von innen heraus. Sie wirkte sehr zart und zerbrechlich, als sie an Nestheus' Seite trat. Und ja, sie war mager. Das Licht ließ deutlich ihre Rippen unter dem Fell erkennen.

»Zwei meiner Brüder haben am Mordstein ihr Leben für dich gegeben, Fürst, und du schmähst meine Sippe! Du nennst mich eine Hure. Wie kannst du es wagen, Orimedes! Es war dein Sohn, der zu mir kam, der mich mit schönen Worten umwarb und der mir meine Unschuld nahm. Er ist edel und selbstlos. Ziehe seine Taten nicht in den Schmutz! Wenn du glaubst, dass ich den Frieden unserer Völker störe, dann nimm dein Schwert und stoße es mir in die Brust. Lass mein Herz aufhören zu schlagen, denn solange es sich noch regt, werde ich Nestheus gehören. Ich habe ihm meine Liebe geschworen, und du wirst mich nicht zur Eidbrecherin machen, mein Fürst.«

»Du hast meinem Jungen den Verstand geraubt, Hexe, und ich warne dich, fordere mich nicht heraus!« Der Fürst legte die Hand auf den Schwertknauf.

Melvyn verdoppelte seine Anstrengungen, sich durch die Menge zu kämpfen. Er musste auf den Hügel gelangen und diese Hitzköpfe auseinander bringen.

Nestheus stellte sich vor Kirta. »Mein Leib ist ihr Schild.« Auch er legte die Hand auf sein Schwert. »Zwinge mich nicht, mein Weib gegen dich zu verteidigen, Vater. Mein Leben lang habe ich dir gehorcht. Ich war dir ein guter Sohn. Du hast mich Stolz gelehrt und Edelmut. Du hast mich den Ehrenkodex gelehrt, dem ein Krieger folgen soll. Und nun bist du es, der mit der Hand auf dem Schwertknauf vor einem unbewaffneten Weib steht. Hüte dich vor mir, Vater, denn das Kind, das du zum Manne erzogen hast, ist bereit, nach deinen Worten zu leben.«

Orimedes standen Tränen in den Augen. »Sie hat ihn verhext«, schrie er mit schriller Stimme. »Du bist nicht mehr mein Sohn. Mein Sohn wäre niemals zum Verräter an seinem Volke geworden.«

Melvyn erreichte die Hügelkuppe. Er wollte sich zwischen die beiden Kentauren werfen, als Flügelrauschen über ihm erklang. Ein gewaltiger Schatten erschien am Nachthimmel. »Kommt zu mir, Kinder«, rief Artaxas mit Donnerstimme.

Kirta stieß einen überraschten Schrei aus. Ihre Hufe zuckten in der Luft. Sie wurde emporgehoben. Ein Schwert blitzte. Metall kreischte auf Metall. Orimedes hatte sein Schwert gezogen. Nestheus versuchte seinen Hieb zu parieren. Ein flacher Schnitt lief quer über seine Brust. Dann wurde auch er emporgehoben.

Melvyn blickte in den Himmel. Artaxas! Das Antlitz des Lamassu war vor Anstrengung verzerrt. Die beiden durch seine Magie dem Himmel entgegenzuheben, brachte ihn ganz offensichtlich bis an den Rand seiner Kräfte. Kirta und Nestheus schwebten jetzt an seiner Seite.

Orimedes schwang in hilfloser Wut sein blutiges Schwert. »Ich verstoße dich, Nestheus. Du hast dich gegen dein Volk gewandt. Es wäre dir bestimmt gewesen, alle Stämme zu führen. Doch jetzt bist du ein Verfemter! Und wer immer dir Unterschlupf gewährt, den wird mein Zorn treffen. Glaube nicht, dass du mir entkommen wirst. Sobald ich meinen Eid gegen Ollowain erfüllt habe, werde ich mich auf die Suche nach dir machen. Und wenn ich dich finde, dann werden du und deine Hure die Strafe für Verrat erleiden. Mit gebrochenen Läufen werde ich dich in der Steppe aussetzen, damit die Wölfe dich holen. Verflucht seiest du! Ich reiße dich aus meinem Herzen!«

Artaxas und die beiden Kentauren verschwanden im Dunkel des Nachthimmels. Auf der Wiese aber breitete sich eine bedrückte Stimmung aus. Melvyn schritt durch die Menge. Er lauschte auf die flüsternden Stimmen. Selbst etliche Uttiker waren von Nestheus beeindruckt, obwohl er sich gegen ihren Fürsten gestellt hatte.

Der Wolfself fand einen halb leeren Lederschlauch auf dem Boden liegend. Er prostete zum Himmel. »Ich wünsche euch Glück, meine Freunde.« Dann begann er zu trinken. Er würde sehr viel trinken in dieser Nacht!

GEBRATENES IN HONIGKRUSTE

»Der Schneelöwe hatte dort im Kiefernbruch seinen Fressplatz. Manchmal schleppen Löwen ihre Beute über weite Strecken an einen sicheren Ort.« Eirik, der Anführer der Jäger des Königs, deutete zu der Barriere aus Felstrümmern und zersplitterten Stämmen. »Wir haben dort ein Nest voller Knochen gefunden. Er hätte nicht jagen müssen. Es liegt auch ein Rehkitz dort. Es ist noch keinen Tag tot.«

Ulric roch das Aas. Er mochte Eirik nicht. Seit ihrer Kindheit waren sie beide verfeindet, auch wenn der Jäger nicht mehr den Fehler machte, seine Fehde offen auszutragen. Ulric wusste, dass Eirik schlecht über ihn redete. Wann immer sie sich begegneten, spürte er Misstrauen und Wut. Und Angst, auch wenn Eirik das niemals zugeben würde. Der Jäger glaubte die Geschichten wirklich, die sich die tratschenden Weiber abends am Feuer oder an den Waschplätzen am Fjord erzählten. Er hielt ihn und Halgard für Wiedergänger. Für Tote, die durch die Zaubermacht der Elfenkönigin noch einmal in die Welt der Lebenden zurückgekehrt waren.

Der Jäger deutete auf die Blutspritzer am Boden. Zwischen den Steinen funkelte das Stichblatt einer Saufeder. Ein Stück weiter lag der zersplitterte Schaft der Waffe. »Björn hat versucht, sie zu retten. Er hat den Löwen abgelenkt. Siehst du den blutigen Tatzenabdruck hier? Er muss Björn übel zugerichtet haben.«

Ulric sah vor allem das Blut rings herum auf den Felsen und die eingetrocknete Lache, dort wo Lambis Sohn gelegen hatte. »Und dann?« Ulric war kein schlechter Fährtenleser, aber Eirik war ein Meister. Ihm entging nicht die kleinste Einzelheit. Auch wenn er den Mann nicht mochte, wäre es töricht, sich seine Meinung nicht anzuhören.

Der Jäger deutete zu einem Brombeerdickicht. »Dort oben hat ein Troll gelauert und den Kampf beobachtet. Und als sie alle verwundet waren, hat er sein Versteck verlassen und leichte Beute gemacht. Hier auf dem steinigen Grund kann man die Spuren nur schlecht verfolgen. Aber er ist mindestens zweimal hierher gekommen.«

»Und du meinst, er hat sie …« Ulric mochte nicht aussprechen, was er dachte. Es war ein dummer Aberglaube, aber etwas in Worte zu kleiden, hieß, ihm mehr Gewissheit zu geben. Er hatte das rothaarige Mädchen gemocht. Sie hatten auf dem Marsch in die Berge zweimal miteinander geplaudert. Sie war seltsam. Wild und ungestüm wie ein Keiler und dann manchmal überraschend verletzlich. Sogar sein alter Jagdhund Blut hatte Kadlin gemocht. Sein Vater aber litt an dem jungen Mädchen. Ulric hatte gesehen, wie der König Kadlin manchmal verstohlen beobachtete! Dass sie auch noch Kadlin heißen musste! Luth trieb wirklich ein grausames Spiel mit ihnen! Kadlin, so hatte seine kleine Schwester geheißen, die vor fast sechzehn Jahren während des Elfenwinters umgekommen war. Er konnte sich nur noch undeutlich an sie erinnern. Sein Bild von ihr war vor allem durch die Erzählungen seines Vaters geprägt.

Der Königssohn begleitete Eirik hinauf zu den Brombeerbüschen. Der Troll hatte deutliche Spuren hinterlassen. Etwas war verwunderlich. »Was glaubst du, was diese zerbrochenen Äste zu bedeuten haben?«

Der Jäger zuckte mit den Schultern. »Dafür gibt es keine Erklärung. Dieser Troll hier bewegt sich sehr geschickt. Eigentlich ungewöhnlich für sein Volk. Ich habe den Verdacht, dass auch er ein Jäger ist. Wahrscheinlich hat er das Versteck des Schneelöwen beobachtet und darauf gewartet, dass der Räuber aus seinem Bau kam. Dass er so reichliche Beute machen würde, hätte er sich sicher nicht träumen lassen. Aber diese Äste hier … Er muss sie mutwillig zerbrochen haben. Vielleicht, um den Schneelöwen durch die Geräusche aufzuschrecken.«

Ulric hob einen der Äste auf. Sie waren dicker als sein Handgelenk, und das Holz war nicht morsch. Man brauchte Bärenkräfte, um einen solchen Ast zu zerbrechen.

»Und Kadlin lebte noch?«

Eirik seufzte. Er war kein Mann, der sich seine Gefühle anmerken ließ, aber auch er hatte Kadlin gemocht. Alle hatten sie gemocht! »Sie hat jedenfalls nicht geblutet. Sie hatte sich mit dem Fuß in einer Wurzel verfangen. Ich schätze, der Fuß war verstaucht. Vielleicht sogar gebrochen. Jedenfalls konnte sie sich aus eigener Kraft nicht mehr von der Stelle bewegen. Aber sie hat nicht aufgegeben. Dort vorne, bei dem Felsen, der ein wenig wie ein Amboss aussieht, findet man Blutstropfen. Ich bin sicher, dass sie den Schneelöwen mindestens einmal verwundet hat, nachdem sie gestürzt war.«

»Aber eine tödliche Wunde war das nicht?«

»Bei allem Respekt, Ulric Alfadasson. Hast du schon einmal Jagd auf einen Schneelöwen gemacht? Die Biester sind zäh wie Sattelleder. Du kannst ihnen einen Pfeil ins Herz schießen, und sie zerreißen dich trotzdem noch, bevor sie begreifen, dass sie tot sein sollten.«

Einer der Jäger winkte weiter oben am Hang. »Hier ist mehr Blut!«

Der kleine Suchtrupp sammelte sich. Vier Fährtensucher gingen voraus. Die Spur führte den Felsschlag hinauf und dann dicht oberhalb des Waldes parallel zum Hang. Hin und wieder fanden sie auf weichem Grund einen Fußabdruck des Trolls.

Ulric hielt sich dicht an Eiriks Seite. Der junge Krieger war froh, dass weder Alfadas noch Kalf oder Lambi im Lager bei der Baustelle gewesen waren, als die Nachricht eingetroffen war, dass Kadlin und Björn von ihrem Jagdausflug nicht zurückgekehrt seien. Sie alle waren bei verschiedenen Jagdgruppen in den Bergen, und es war unmöglich, sie jetzt zu benachrichtigen. Im Grunde war Ulric froh darüber. Er konnte hier jetzt keine sorgengebeugten alten Krieger gebrauchen. Der Weg den steilen Hang hinauf brachte selbst viel jüngere Männer an die Grenze ihrer Kräfte.

Ulric beobachtete, wie Schweißtropfen an der Innenseite von Eiriks Oberarm hinabrannen, an seinem Ellenbogen schaukelten und dann auf den staubigen, grauen Felsboden tropften. Der Anführer der Jäger schnaufte nicht, obwohl er schweres Gepäck und Ausrüstung auf dem Buckel trug. Zäh kämpfte er sich voran. Du hast einiges mit dem Schneelöwen gemein, dachte Ulric. Du wärest wohl auch schwer umzubringen. Und stur bist du wie ein alter Steinbock. Der Jäger hatte seine Meinung über ihn und Halgard nie geändert. Ulric kannte auch die neueren Geschichten, die über sie beide im Umlauf waren. Er konnte das aushalten, aber Halgard traute sich kaum noch aus ihrer Kammer. Den ganzen Tag war sie mit der Spindel zugange oder saß an ihrem Webrahmen. Es gab nur eine Hand voll junge Frauen, die sie um sich duldete, Sklavinnen aus dem Süden. Manchmal sprach sie auch mit Gundaher, dem Baumeister. Aber sonst duldete sie niemanden in ihrer Nähe.

So sehr hatten sie beide versucht, ein Kind zu bekommen. Einen Stammhalter, der eines Tages die Königswürde erben konnte. Doch die Sippe Mandreds würde wohl mit ihm und Halgard verlöschen. Und viel Zeit blieb nicht mehr. Luth hatte ihm und Halgard nur einen kurzen Lebensfaden gesponnen. Sie beide wussten das. Vielleicht war es besser, unter diesen Umständen kein Waisenkind zurückzulassen.

Wenn er daran dachte, wie die Leute mit ihrem Tratsch die Wirklichkeit so lange verdreht hatten, dass selbst Halgard nicht mehr wusste, was sie noch glauben sollte, dann packte ihn die kalte Wut. Es sei kein Wunder, dass sie beide kein Kind bekämen, so hieß es. Wer hätte je davon gehört, dass etwas Totes etwas Lebendiges gebären könnte.

Es war einfach nur Pech! Es war das Schicksal, das Luth ihnen bestimmt hatte. Es gab auch andere Paare, die keine Kinder zeugten. Sein Vater Alfadas und Silwyna hatten auch kein Kind mehr bekommen – soweit er wusste. Die Elfe war oft für Monde verschwunden. Vielleicht hatte sie in Albenmark noch weitere Kinder geboren. Ulric fragte sich oft, wie sein Halbbruder wohl aussah. Er wäre gern nach Albenmark gereist, aber er mochte Halgard nicht allein lassen. Sie hatte Angst, durch das goldene Tor im Steinkreis auf dem Hartungskliff zu schreiten. Silwyna hatte ihm angeboten, ihn mitzunehmen. Immer wieder. Sie hatte ihm gesagt, wie sehr sein Bruder sich freuen würde, ihn kennen zu lernen. Ulric hatte nie verstanden, warum Melvyn nicht einfach mit seiner Mutter ins Fjordland kam. Er schien wohl recht stolz zu sein. Oder besser gesagt, dickköpfig. Er war der Auffassung, seine Familie schulde es ihm, zu ihm zu kommen. So waren sie sich nie begegnet. Aber vielleicht ... Nein, dazu würde es wohl nicht mehr kommen. Blut, der große Jagdhund seines Vaters, war sehr alt und hinfällig. Er würde den Winter nicht mehr überstehen. Und das hieß, dass auch für ihn und Halgard die Zeit gekommen war. Sie würden den Hund nicht lange überleben. Das wussten sie, seit sie Kinder waren. Seit dem Winter, als er den Fremden im blauen Umhang getroffen hatte. Er hätte seine Geschenke nicht annehmen dürfen! Sie hatten ihr Leben vergiftet. Sie waren so hübsch gewesen, die Puppen, die ihn, Halgard und Blut darstellten. Wie hätte er als Kind diesen Geschenken widerstehen sollen?

Als sei es erst gestern gewesen, erinnerte sich Ulric an diesen Abend. Es war viel Schnee gefallen. Er hatte Halgard in Svenjas Hütte gefunden. Svenja war eine Tante seiner Mutter Asla; sie war ihre Kinderfrau geworden, als Asla nicht zurückgekehrt war. Wie sehr Halgard sich über die schön geschnitzten Holzfiguren gefreut hatte, die er ihr mitgebracht hatte! Den Krieger mit dem Schwert, das aus einem alten Nagel gefertigt war, die Prinzessin mit den Haaren aus rotem Nussholz und den rußgeschwärzten Hund. Wenn man am Schwertarm der Kriegerpuppe drehte, dann öffnete sich eine kleine Klappe in ihrem Rücken. Sie hatten einen sorgsam aufgewickelten roten Faden darin gefunden. Auch in den beiden anderen Figuren waren solche Fäden versteckt gewesen. Halgard hatte sofort gewusst, was die Fäden zu bedeuten hatten. Hätte er nur die verfluchte Hundepuppe nicht mitgenommen! Ihr Leben wäre anders verlaufen. Glücklicher.

Halgard hatte die Fäden abgewickelt und den Faden von sich und Ulric nebeneinander gelegt. Beide waren genau gleich lang! Das hieß, sie würden am selben Tag, ja vielleicht sogar in derselben Stunde sterben. Halgard war darüber nicht erschrocken gewesen. Für sie war das wie in einem Märchen. Selbst heute hatte sie ihre Einstellung nicht geändert. Sie schöpfte Frieden aus der Gewissheit, dass sie nie ein Leben ohne ihn führen würde.

Wie unschuldig sie damals gewesen waren! Sie hatten darüber gestritten, wie lange ihr Leben wohl währen würde. War ein Zoll des Fadens ein Jahr oder ein Jahrzehnt? Nach welchem Maß beschnitt Luth die Schicksalsfäden? Noch heute verfluchte sich Ulric für den Einfall, den er damals gehabt hatte. Sie hatten den Faden von Blut neben ihre beiden gelegt. Beide wussten sie, dass Hunde nicht so alt wurden. Dreizehn Jahre manchmal, mit Glück auch etwas mehr. So würden sie abschätzen können, wie viel Zeit ihnen bemessen war.

Zunächst sah es aus, als sei auch Bluts Lebensfaden so lang wie ihre beiden. Immer wieder legten sie die roten Zwirnfäden nebeneinander. Selbst heute taten sie es noch manchmal. Man musste sehr genau hinsehen und die Fäden vorsichtig straff ziehen, dann sah man, dass Bluts Faden um eine Winzigkeit kürzer war als ihre Lebensfäden.

Nie hatten sie mit jemandem darüber gesprochen, dass ihnen bestimmt war, ein Leben so kurz wie ein Hundeleben zu führen. Immer wieder hatte Ulric versucht, sich selbst und Halgard einzureden, dass all das nur ein böser Scherz des Fremden gewesen war. Schließlich wusste nur Luth allein um die Länge der Schicksalsfäden. Halgard hatte davon nichts hören wollen. Sie glaubte dem Fremden. Und tief in seinem Herzen wusste Ulric, dass sie Recht damit hatte. Der Mann war unheimlich gewesen. Niemand außer ihm hatte ihn zu Gesicht bekommen. Er war aus der Winternacht getreten, als sei er ein Bote des Schicksalswebers. Und er war wieder verschwunden, ohne die geringste Spur zu hinterlassen. Niemand kannte diesen Jules. Längst hatten sie aufgegeben, nach ihm zu suchen.

Er war nicht viel älter als zehn Jahre gewesen, da hatte Ulric beschlossen, sein Verhängnis zu seinem Vorteil zu deuten. So lange der Hund lebte, konnte ihm nichts passieren! Damals war er selbstmörderisch tollkühn gewesen. Er war weiter in den Fjord hinausgeschwommen als jeder andere Junge, hatte seinem Fechtmeister graue Haare wachsen lassen und keinen dummen Streich ausgelassen. Bis er vom Dach der Königshalle gestürzt war und sich übel das Bein gebrochen hatte. Sein Vater hatte Heiler von überallher kommen lassen, doch keiner hatte ihm zu helfen vermocht. Die Wunde war brandig geworden, und er hätte sein Bein wohl verloren, wenn Silwyna nicht gewesen wäre. Sie hatte eine Elfe vom Hof der Königin Emerelle gebracht, die ihn gerettet hatte. In den vielen Wochen, die er damals an sein Bett gefesselt gewesen war, hatte er sein Leben schätzen gelernt. Keinen Tag wolle er vergeuden, hatte er sich damals geschworen. Jetzt ging die Frist zu Ende. Er hatte drei Knoten, groß wie Haselnüsse, in Bluts Leiste ertastet. Wenn man genau hinsah, bemerkte man, dass der große Hund zu hinken begann. Er war immer noch erschreckend. Aber sein Faden war fast zu Ende gesponnen. Und damit neigte sich auch ihre Spanne dem Ende entgegen. Wahrscheinlich würden sie nicht einmal mehr den Winter erleben.

Hundegebell schreckte ihn aus seinen Gedanken. Sie hatten ein gutes Stück Weg zurückgelegt und waren in ein enges Tal gelangt. Einige wenige windschiefe Kiefern klammerten sich an den steinigen Boden. Die Hunde standen bei einem flachen Felsen. Große Rostflecken sprenkelten seine Oberfläche; an den Seiten liefen einige rostige Adern hinab.

Ulric gesellte sich zu den Jägern. Niemand sagte etwas. Man musste kein Fährtenleser sein, um zu wissen, was diese Flecken bedeuteten. Hier hatte der Troll seine Beute zerlegt.

»Wir sollten umkehren«, sagte Eirik leise. »Ich schätze, ihr Lager ist ganz in der Nähe. Wir wissen nicht, wie viele es sind. Hier haben sie ihr Fleisch für das Feuer bereitet.«

»Wir werden nicht ohne Björn und Kadlin heimkehren«, sagte Ulric entschieden.

Der Anführer der Jäger rollte mit den Augen und schnitt eine Grimasse, als habe er es mit einem Idioten zu tun. »Bei allem Respekt, Ulric Alfadasson.«

So redete er ihn immer an, wenn er am liebsten gesagt hätte: Pfusch mir nicht ins Handwerk, eingebildeter Trottel!, dachte Ulric.

»Unsere Jagdgruppe ist nicht stark genug, um es mit einem Rudel Trolle aufzunehmen. Wenn ich glaubte, dass es einen Sinn hätte, dann würde ich mich auf diese Gefahr einlassen. Ich denke, niemand hier würde mich einen Feigling nennen.« Eirik blickte kurz auf, um sich zu vergewissern, dass keiner es wagte, ihm zu widersprechen. »Die beiden sind seit drei Tagen überfällig. Ich war unten am Fjord, nachdem dein Vater die Trolle vertrieben hatte. Ich habe ihr Lager gesehen. Und das, was sie mit ihren Gefangenen gemacht haben. Niemand will das sehen! Es verfolgt mich noch heute in meinen Träumen. Sie werden Kadlin und Björn geschlachtet haben. Behalten wir die beiden in Erinnerung, wie wir sie kannten! Ihnen wäre das auch lieber.«

Ulric standen die Schreckensbilder seiner Kindheit wieder vor Augen. Er hatte nur seinem Vater erzählt, wie die Trolle ihn und Halgard und all die anderen Überlebenden aus dem brennenden Honnigsvald getrieben hatten. Am Ufer des Fjords waren sie wie Vieh zusammengepfercht worden. Er hatte nicht nur ein verlassenes Lager gesehen … Er war mitten drin gewesen, als die Schlächter gekommen waren. Sie hatten auch Halgard holen wollen. Er hatte den Troll, der sie ausgewählt hatte, mit dem Dolch angegriffen, den ihm einst der Schwertmeister geschenkt hatte. Es war aussichtslos gewesen. Das Einzige, was er erreicht hatte, war, dass der Troll mit den Brandnarben auf der Brust ihn statt Halgard mitgenommen hatte. Warum er nicht geschlachtet worden war, hatte Ulric nie ganz begriffen. Es war Glück gewesen. Genauso wie es Glück gewesen war, dass die Elfe Yilvina gekommen war, um sie mitten aus dem Lager der Trolle zu befreien.

Der Thronfolger betrachtete das eingetrocknete Blut auf dem Stein. Vielleicht hatte ja auch Kadlin Glück gehabt. Mehr Glück als seine Schwester Kadlin, die zusammen mit seiner Mutter bei ihrer Flucht in die Berge umgekommen war.

»Ich werde sie finden. Ob tot oder lebendig. Ihr müsst mich nicht begleiten.«

Eirik wurde bleich vor Zorn. »Glaubst du, es gäbe hier auch nur einen Mann, der weniger Mut hat als du? Was erlaubt dir, ihr Leben leichtfertig aufs Spiel zu setzen? Liegt es daran, dass du schon lange tot bist? Du … du verdammter Wiedergänger!« Einer der Männer packte den Jäger und zog ihn von Ulric fort. Niemand sprach aus, was alle dachten. Das war ein ungeschriebenes Gesetz.

»Ich sagte doch, dass mir niemand folgen muss.«

»Herr, wenn du gehst, haben wir keine andere Wahl, als dir zu folgen«, sagte ein älterer Jäger. »Wer dich verlässt, der wird für immer Schande auf seinen Namen laden.« Er warf einen Blick auf Ulrics Schwert. »Du bist der Einzige hier, der ein Zauberschwert hat.«

Ulric verfluchte stumm die Geschichten des Skalden Vehleif. Seine Saga vom jungen Ulric Alfadasson hatte dafür gesorgt, dass jedes Kind im Fjordland darum wusste, wie Ulric mit nur sieben Jahren einen Troll getötet hatte. Und dabei hatte er das Schwert des legendären Königs Osaberg geführt, eines Helden aus alter Zeit, dessen Grab Ulric auf seiner Flucht gefunden hatte.

»Ich kenne die meisten von euch seit meiner Kindheit. Ich würde für jeden dort hinaufgehen. Ich weiß, was es heißt, von Trollen gefangen zu sein. Finden wir mehr als einen von ihnen, dann ziehen wir uns zurück. Ich weiß, was ihr von mir denkt, aber ich werde kein Leben aufs Spiel setzen, um Tote zu retten.« Ulric wandte sich an Eirik. »Kennst du die Gegend hier? Was glaubst du, wo würden die Trolle lagern, wenn sie in der Nähe sind?«

Der Anführer der Jäger sah ihn finster an. »Ich war vor zwei Jahren schon einmal hier.« Er deutete zu einem Steilhang, der etwa fünfhundert Schritt östlich lag. »Dort gibt es eine große Höhle. Die Plünderer, die kommen, um das Vieh von unseren Höfen zu stehlen, benutzen sie manchmal als Lagerplatz.«

»Wie würdest du die Höhle angreifen?«

Eirik verdrehte wieder die Augen. »Gar nicht! Die Trolle brauchen nur da drinnen zu bleiben und zu warten, dass wir hineingehen. Sie werden uns einen nach dem anderen niedermachen. Sie sind Menschenfresser, Bestien. Aber sie sind nicht blöd.«

»Dann werde ich allein zur Höhle gehen und versuchen, sie herauszulocken. Du platzierst unsere Bogenschützen so, dass sie jeden Troll, der sich blicken lässt, mit Pfeilen spicken. Und sollten mehr Trolle aus der Höhle kommen, als wir töten können, dann habt ihr beste Aussichten, ihnen davonzulaufen. Als Bogenschützen müsst ihr ja nicht zu nahe heran.«

Der Anführer der Jäger sah ihn voller Verachtung an. »Das will nicht in deinen Schädel hinein, nicht wahr? Niemand kann davonlaufen, wenn es um deine Haut geht, Wiedergänger. Du bist der Sohn des Königs! Was glaubst du, was dein Vater mit uns macht, wenn wir ihm erzählen, dass wir fortgelaufen sind, als du dich mit einem Rudel Trolle angelegt hast?«

»Er wird euch dazu beglückwünschen, dass ihr mehr Verstand hattet als ich.«

»Schöne Worte, Ulric. Du musst uns nicht davon überzeugen, dass dein Vater ein gerechter Mann ist. Wir alle wissen das. Aber wird er sich daran erinnern, wenn er seinen einzigen Sohn zum zweiten Mal verloren hat?«

Ulric war es müde, noch länger zu schwatzen. Der Jäger würde immer einen Grund finden, um ihn schlecht dastehen zu lassen. Er sollte sich nicht abhängig von seiner Meinung machen. Sein Herz sagte ihm, dass es falsch war, nicht alles versucht zu haben, um Björn und Kadlin zu retten. Auch wenn die Aussicht, sie noch lebend zu finden, noch so gering war. »Zeig mir, wo ich die Höhle finde.« Er blickte in die Runde. »Euch entbinde ich von allen Treueiden. Tut, was ihr für richtig haltet.«

Alle sahen Eirik an, ganz so, als habe er das Kommando, bemerkte Ulric verärgert.

»Wir kommen mit«, entschied der Anführer der Jäger. Er beschrieb seinen Gefährten, wie sie sich der Höhle nähern sollten, um ein möglichst gutes Schussfeld zu haben. Dann wurden die Hunde angeleint. Man würde sie zurücklassen, damit ihr Kläffen die Jäger nicht verraten konnte.

»Ich werde an deiner Seite gehen, Ulric Alfadasson.«

»Ich brauche keinen Leibwächter«, entgegnete der Königssohn gereizt.

Der Jäger wartete mit seiner Antwort, bis die übrigen Männer außer Hörweite waren. »Mir geht es nur darum zu sehen, dass du diesmal wirklich stirbst, Wiedergänger.«

»Und? Wirst du nachhelfen, wenn die Trolle ihre Sache nicht gut machen?«

»Ganz gleich, was du von mir halten magst: Ein Mörder bin ich nicht. Aber ich gestehe, ich werde mit Genugtuung zusehen, wenn sie dich schlachten. Dann bleibt nichts mehr, was deine Elfenfreunde noch einmal ins Leben zurückrufen können. So hätte es schon während des Elfenwinters sein sollen.«

Die Offenheit des Jägers machte Ulric sprachlos. Was hatte er Eirik getan, dass dieser ihn so sehr hasste?

Sie beide warteten schweigend, bis die anderen Jäger ihre Positionen bezogen hatten.

Endlich gab Eirik ihm ein Zeichen. Sie gingen los. Ihr Aufstieg wurde durch zwei abgestorbene Kiefern gedeckt. Sie versperrten die Sicht auf die Höhle. Bleich wie Knochen ragten die Stämme aus dem felsigen Grund.

Der Wind kam ihnen entgegen. Es war eine schwache, unstete Brise. Sie trug den Duft von Gebratenem den Hang hinab.

Sie verharrten bei den toten Kiefern. Jetzt konnten sie den Höhleneingang sehen. Es war ein breiter Spalt, der sich am Fuß der Steilklippe erhob.

»Warte einen Augenblick«, sagte Eirik leise. Er deutete zu zwei Gestalten, die sich seitlich den Hang hinaufarbeiteten. Die beiden Jäger sollten oberhalb der Höhle Stellung beziehen.

Der Bratengeruch quälte Ulric. Ihm haftete etwas Süßliches an. Er erinnerte ihn an das Lager bei Honnigsvald. Die Trolle hatten in der Stadt etliche Fässer mit Honig gefunden. Damit hatten sie das Fleisch bestrichen, das sie brieten. Beim bloßen Gedanken daran wurde Ulric ganz übel. Sein Vater hatte Recht. Mit diesen Ungeheuern konnte es keinen Frieden geben. Niemals!

Ulric zog das Schwert des toten Königs Osaberg. Er hatte es sich nach seiner Weihe zum Krieger aus der Königsgruft geholt. »Los!«, stieß er hervor und musste dabei ein Würgen unterdrücken.

Eirik sah ihn zweifelnd an. Hatte der Jäger etwa gehofft, er werde es sich noch einmal anders überlegen? Ulric hob sein Schwert und deutete nach vorn. Er hatte Angst vor dem, was er in der Höhle finden würde. Und er wollte Blut vergießen!

Er trat aus der Deckung hervor. »Hört ihr mich? Hier steht Ulric Alfadasson! Kommt heraus und zeigt euch!«

Der Königssohn stapfte den Hang herauf. Loses Geröll rutschte unter seinen Stiefeln weg. Fast wäre er gestrauchelt. »Hört ihr mich, ihr Trolle? Habt ihr Angst vor einem Menschenkind? Ich habe schon einmal einen von euch getötet. Ich werde es wieder tun!«

Am Eingang zur Höhle bewegte sich etwas. Aus den Augenwinkeln sah Ulric, wie der Anführer der Jäger einen Pfeil auf seinen Bogen legte.

Der Geruch nach Gebratenem wurde stärker. Ulric hielt den Atem an und beschleunigte seine Schritte.

Eine riesige Gestalt trat aus dem Schatten des Höhleneingangs. Dem Troll hingen drei federgeschmückte Zöpfe von seinem kahlen Schädel. Ein großes Steinmesser steckte im Gürtel, der seinen Lendenschurz hielt. In der Hand hielt er eine Keule.

Ulric sah die grausigen Szenen aus dem Gefangenenlager wieder vor sich. So viele Jahre hatte er sie vergessen gehabt. Es waren Steinmesser wie das im Gürtel des Trolls, mit denen sie das Fleisch zerteilt hatten.

Der Troll deutete auf den Eingang der Höhle. »Maidchen!«

Jetzt erkannte Ulric, dass der Kerl keine Keule hielt. Es war ein Schinkenstück, aus dem ein Knochen ragte.

»Ich werde dich umbringen und deine Leber an die Hunde verfüttern. Ich …« Heiße Tränen rannen ihm über die Wangen. Er dachte an das Mädchen in dem blauen Kleid. Kadlin hatte bei dem Bogenschützenturnier wie eine Prinzessin ausgesehen. Sie hätte nicht so enden dürfen. Niemand durfte so enden!

»Halt dich mehr links! Du versperrst mir das Schussfeld!«, rief Eirik hinter ihm.

Ulric hörte die Worte, doch er war zu keinem klaren Gedanken mehr fähig. Er wollte dem Troll das Schwert in den Leib rammen. Er konnte ihn besiegen. Schon als Kind hatte er einen Troll getötet.

Der Hüne ließ die Hand mit dem Schinken sinken.

»Maidchen«, sagte er noch einmal. Er wich ein Stück in den Höhleneingang zurück.

»Verdammter Idiot! Halt dich mehr links!«, schrie Eirik.

Ulric hatte den Troll jetzt fast erreicht. Die Brust des Menschenfressers war mit wulstigen Narben bedeckt. Er hob seine riesige Pranke und schüttelte sie. »Nich kaimpfen!«

Ein Pfeil zischte so dicht an Ulrics Wange vorbei, dass er den Luftzug spürte. Das Geschoss bohrte sich tief in die Brust des Trolls.

Der Hüne taumelte zurück in die Höhle. »Nich …«

Der Geruch nach Gebratenem in Honigkruste war unerträglich intensiv. Ein Feuer brannte dicht hinter dem Höhleneingang. Etwas bewegte sich im Spiel von Licht und Schatten. Eine zierliche Gestalt humpelte ihm entgegen.

»Nicht schießen«, rief Kadlin. »Bei den Göttern, nicht schießen!«

Ulric traute seinen Augen kaum. Neben dem Feuer lag Björn. Sein Lederhemd war zerrissen, die Brust mit einer grünen Paste bedeckt. Kadlin stützte sich auf ihren Bogen. Immer wieder rief sie, dass sie nicht schießen sollten. Der Troll kauerte neben dem Feuer. Er presste die Linke auf seine Brust. Dunkles Blut quoll zwischen seinen Fingern hervor.

Ulric starrte fassungslos auf das Bild, das sich ihm bot. Das passte nicht! Das konnte nicht die Wirklichkeit sein.

»Was habt ihr getan?«, rief Kadlin. »Er hat uns gerettet. Was habt ihr getan!«

Ein Schatten drängte sich neben Ulric in den Eingang.

»Nicht!« Kadlin stellte sich vor den Troll.

»Weg da, Mädchen!«, schrie Eirik.

»Die Waffen nieder!« Ulric griff dem Jäger in den Bogen und drückte ihn zur Seite. »Nicht schießen. Es ist … anders.« Er konnte kaum fassen, was er sah. Den beiden war nichts geschehen, obwohl sie wehrlos dem Troll ausgeliefert gewesen waren.

Die hünenhafte Gestalt erhob sich. Sanft schob der Troll Kadlin zur Seite. »Gehän, jetzt.«

»Nicht, Brud. Bitte! Es war ein Irrtum. Es war ...«

»Maidchen gut.«

Ulric wich vor dem riesigen Krieger zurück. Der Troll drängte zum Eingang. Einen Augenblick lang war er versucht, den Hünen in die Falle laufen zu lassen. Dann besann er sich; es war geradezu ein Wunder, dass Kadlin noch lebte. Ein Geschenk der Götter. Und vor den Göttern wollte er nicht als ehrloser Mörder dastehen. Er würde den Troll ziehen lassen. Diesmal. »Nicht schießen! Hört ihr! Die Waffen nieder. Lasst ihn gehen!« Ulric hielt Brud zurück. »Du kannst noch nicht gehen. Warte. Ich muss zuerst hinaus. Bitte vertraue mir.«

Brud sah ihn eindringlich an. Er schien keine Angst zu haben. »Schneidding weg!«

Ulric ließ sein Schwert fallen.

»Du wirst ihm doch nicht etwa trauen«, zischte Eirik.

»Ich komme jetzt heraus. Ich bin es, Ulric.« Der Königssohn trat aus der Höhle ins grelle Sonnenlicht. Etwas tiefer am Hang standen zwei Jäger. Sie hielten die Waffen gesenkt, doch lagen Pfeile auf den Sehnen.

»Kadlin und Björn leben. Der Troll scheint ihnen geholfen zu haben. Lasst ihn ziehen! Habt ihr mich verstanden? Lasst ihn durch, das ist ein Befehl!«

Eine schwere Hand legte sich auf Ulrics Schulter. Der Thronfolger stand wie versteinert. Er wusste, der Troll könnte ihm das Genick so leicht brechen, wie er ein Schilfrohr knickte. Ulric spürte warmen Atem in seinem Nacken. Was, bei den Göttern, tat dieses Ungeheuer? Ein schnaubendes Geräusch jagte ihm einen Schauer über den Rücken.

»Hol Maidchen in Rudel, gut.«

Jetzt erst begriff Ulric, was der Hüne tat. Er schnupperte an ihm, wie ein Raubtier, das Witterung aufnahm. Mit einem Grunzen richtete sich der Troll auf. Dann trat er aus der Höhle. Falls er begriffen hatte, dass dort draußen Bogenschützen lauerten, ließ er sich nichts anmerken. Hoch erhobenen Hauptes schritt er den Hang hinab.

»Du wirst ihn doch nicht einfach ziehen lassen«, protestierte Eirik. »Er ist cin Feind!«

»Dieser nicht!«, mischte sich Kadlin ein. »Er hat Björn das Leben gerettet. Und mir auch. Er hat den Schneelöwen getötet.«

Ulric konnte immer noch nicht fassen, dass Kadlin und Björn noch lebten. Es war richtig und ehrenhaft gewesen, den Troll ziehen zu lassen. Auch wenn sie an einem anderen Tag einander vielleicht als Feinde begegnen würden. Seit er als kleiner Junge den Ritter für Halgard gespielt hatte, hatte er nicht mehr so empfunden. Die widerstreitenden Gefühle drohten ihn zu übermannen. Er hustete verlegen, kämpfte gegen Tränen. Die anderen sollten nicht bemerken, wie aufgewühlt er war!

»Was ist das für ein Fleisch?«, fragte er, um einen kühlen Ton bemüht.

Kadlin sah ihn an, als sei er ein Idiot. »Der Schneelöwe«, sagte sie schließlich. »Er ist zurückgegangen, um ihn zu holen. Dort unten vor der Höhle hat er ihn zerlegt. Und er hat Honig aus einem Bienenstock in einem hohlen Baumstamm geholt. Damit hat er das Fleisch eingerieben, um es haltbarer zu machen. Ohne ihn wäre Björn gestorben. Er hat die Blutung gestillt und seine Wunden mit kühlem Moos bedeckt.«

»Warum?«, fragte Eirik. »Welchen Nutzen hatte er davon? Trolle tun so etwas nicht!«

Kadlin sah sie hilflos an. »Ich hatte das Gefühl, dass er mich kennt. Ich … Ich bin noch nie einem Troll begegnet, glaube ich. Außer … Das hört sich verrückt an. Manchmal habe ich einen Traum. Ich bin noch sehr klein, und ich bin in einer Höhle. Mir ist sehr kalt. Um mich herum sind große Männer, die trotz der Kälte nackte Oberkörper haben. Einer reibt mir vorsichtig die Glieder. Seine Hände sind riesig, aber er ist sehr behutsam. Langsam wird mir dann warm. Und ich sehe Mutter. Sie nimmt mich in die Arme. Der Mann, der mir die Glieder gerieben hat … Er hatte schlimme Narben auf der Brust. Narben, die aussahen wie ein Vogel. So wie dieser Troll welche hatte. Vielleicht war es ja kein normaler Traum. Vielleicht …«

»Dummes Weibergeschwätz!«, schimpfte Eirik. »Der Kerl bezweckt irgendetwas. Und du bist ihm auf den Leim gegangen. Bist du dem Geräusch brechender Äste gefolgt, als du zu den umgestürzten Kiefern kamst? Denk nach, Kadlin! Kann es sein, dass er dich absichtlich in die Nähe des Schneelöwen gelockt hat?«

Die Jägerin sah Eirik verwundert an. »Das … Ich weiß es nicht. Nein. Was soll diese Frage?«

»Vielleicht wollte er, dass der Schneelöwe euch angreift. So hatte er Gelegenheit, euch beide zu retten. Und nun fühlst du dich ihm gegenüber schuldig. Womöglich wollte er eben das erreichen.«

»Warum sollte es nicht einfach das sein, wonach es aussieht?«, fragte Kadlin zornig. »Wir waren in Not, und der Troll hat uns geholfen. Warum musst du eine verwickelte Intrige in die Ereignisse hineindeuten? Trolle sind halbe Tiere. Sie denken nicht lange. Sie handeln.«

»Seit ich ein Kind bin, leben wir im Krieg mit den Trollen. Sie sind grausame Menschenfresser. Und nun kommt einer daher und kümmert sich um dich und Björn. Das stinkt doch zum Himmel! Da steckt mehr dahinter.«

Ulric hatte nicht viel übrig für Eirik, aber diesmal hatte er Recht. Das Mädchen stand ganz offensichtlich noch unter Schock und konnte die Wahrheit nicht erkennen.

»Du glaubst, mit diesem Troll stimmt etwas nicht?«, fragte Kadlin wütend. »Betrachte es doch einmal anders herum. Vielleicht stimmt mit dir etwas nicht, wenn du nicht hinnehmen kannst, dass mir und Björn von unerwarteter Seite etwas Gutes widerfuhr. Wäre es dir lieber, ich wäre tot, aber dein Bild über Trolle würde noch stimmen?«

»Es reicht jetzt, Kadlin!«, unterbrach Ulric sie scharf.

Eirik schüttelte wütend den Kopf. »Bleib mir gestohlen mit deinem verdrehten Unsinn, Mädchen! Ich weiß, was ich weiß. Wenn ein Troll sich plötzlich aufführt wie eine Glucke, dann steckt da mehr dahinter. Du wirst schon noch sehen, Kadlin.« Mit diesen Worten ging er zur Höhle hinaus.

»Ist er immer so?«, fragte Kadlin. Sie hatte sich auf einen Stein neben das Feuer gesetzt und massierte sich den Fußknöchel.

»Er ist der Einzige aus seiner ganzen Sippe, der den Elfenwinter überlebt hat. Wundert es dich da, dass in seiner Welt kein Platz ist für einen Troll, der keine reißende Bestie ist?«

DER KNIEFALL

Orgrim betrachtete die Bauarbeiten unten am Pass mit gemischten Gefühlen. Er stand verborgen zwischen Felsen, die fast die Farbe seiner Haut hatten. Völlig reglos blickte er auf die große Baustelle am Pass. Zu hunderten waren die Menschen gekommen, und ihre Arbeit machte gute Fortschritte. Sie hatten den Boden der Baustelle geebnet und die Fundamente gelegt. Es war unübersehbar, dass die Menschen sich auf Dauer einrichteten. Zum ersten Mal bauten sie eine Grenzbefestigung aus Stein, und das mitten auf dem wichtigsten Pass nach Süden. Wollten sie ihn herausfordern? Oder war ihre Angst vor seinem Volk so groß?

Für seinen Geschmack waren sie zu weit in die Jagdgründe der Trolle vorgestoßen. Wohin sollte das führen? Träumten sie etwa davon, die Nachtzinne anzugreifen?

Er musste unwillkürlich lächeln. Das war albern. Auch wenn seine Felsenburg bei weitem nicht über die raffinierten Verteidigungsanlagen Phylangans verfügte, wäre sie für Menschen doch ähnlich unangreifbar. Niemals würden sie die steile Felsnadel erobern! Ihre Burg dort unten war der Ausdruck ihrer Angst vor seinem Volk. Er sollte sie gewähren lassen. Seine jungen Krieger würden sich mit den Patrouillen herumschlagen können, die von hier aufbrechen würden, wenn das Bauwerk erst einmal vollendet war. Das wäre eine gute Übung für sie.

Orgrim streckte die Glieder. Er hätte den König der Menschen gern einmal kennen gelernt. Dieser Alfadas war ein tapferer Mann. Er genoss sogar unter den Elfen großes Ansehen. Der Herzog der Nachtzinne spielte mit dem Gedanken, einfach in das Lager der Menschen zu schlendern. Aber sie hatten zu viele Bogenschützen dort unten, und sie waren zu ängstlich. Er würde gar nicht bis zu Alfadas vordringen, obwohl es da unten nicht einen einzigen Krieger gab, der sich mit ihm hätte messen können. Außer der Elfe vielleicht, die er schon oft in der Nähe des Königs beobachtet hatte.

Das Geräusch schlurfender Schritte und das leise Klicken eines Holzstabs ließen ihn herumfahren. Skanga! Die alte, gebrechliche Schamanin kam zu ihm herauf. Er seufzte. Dann gab er seinen Beobachtungsposten auf und ging ihr entgegen.

»Es gibt wohl keinen Ort, an dem man vor dir sicher ist, Alte.«

»Hast du es denn nötig, dich vor mir in Sicherheit zu bringen?«, stieß sie vor Erschöpfung schnaufend hervor.

Er lachte. »Stets zu einem kleinen Wortgeplänkel aufgelegt, was? Komm, setz dich.«

Die Schamanin blieb stehen. Ihre schneeweißen blinden Augen musterten ihn durchdringend. Der Fürst fragte sich, wie sie ihn wohl sah. Natürlich war Magie dabei im Spiel. Aber wie mochte er wohl aussehen für sie?

»Du hast von der Schlacht am Mordstein gehört?«

Orgrim war überrascht. Nur wenige Trolle besaßen die Macht, die Albenpfade zu beschreiten und zwischen den Welten zu wandern. Nachrichten aus Albenmark waren deshalb selten.

»Sie haben die Snaiwamark angegriffen. Ich hätte nicht gedacht, dass sie das wagen würden.«

»Wir hatten ein Heer versammelt, das fünfmal so stark war wie das der Elfen und Kentauren.«

Orgrim ahnte Schlimmes. Schweigend hörte er sich den Bericht der Alten an. Er war erschüttert. Von Süden gab es nur einen Weg, den ein Heer auf die Ebene am Mordstein nehmen konnte. Es wäre ein Leichtes gewesen, diesen Anmarschweg zu blockieren! Zweihundert Trolle hätten genügt, um das Heer Albenmarks aufzuhalten, bis Verstärkungen gekommen wären. Aber Orgrim hütete sich, der Alten Vorwürfe zu machen. Sie war berüchtigt für ihre Launen. »Wie viele Tote sind es auf unserer Seite?«

»Zu viele.« Skanga presste die Lippen zusammen. Ein Muskel in ihrer Wange zuckte. »Viel zu viele. Aber wir haben gesiegt. Wir haben das Schlachtfeld gehalten. Es waren die Elfen und ihre Verbündeten, die flohen.«

»Warum bist du zu mir gekommen, wenn ihr doch gesiegt habt?«

»Weil ich weitere Siege dieser Art fürchte.« Plötzlich ließ sie sich auf die Knie sinken. Ihre Gelenke knackten schauderlich. »Ich bitte dich, uns zu helfen, Orgrim. Sieh mich an! Es ist Jahrhunderte her, dass ich vor jemandem niedergekniet bin. Ich weiß nicht einmal, ob ich aus eigener Kraft wieder hochkommen werde. Aber auf der Ebene am Mordstein ist mein Stolz zu Asche geworden. Tausende unserer Welpen haben dort erschlagen gelegen. Jungen, die es verdient gehabt hätten, unter den Wölfen aufgenommen zu werden und sich Krieger zu nennen. Die Elfen sind schwach. Wir werden sie letztlich besiegen. Aber ich fürchte den Preis des Sieges. Du hast selbst einen ganzen

Wurf junger Welpen gezeugt. Du weißt, wovon ich rede. Ich bitte dich, Orgrim, steh uns bei! Wenn es sein muss, werde ich sogar deine Füße küssen. Ich werde alles tun, was du verlangst. Ich …«

Orgrim packte sie bei den Schultern und hob sie hoch. »Komm, Skanga. Komm! Du weißt, ich respektiere dich. Spiel mir nichts vor. Ich habe meinen Frieden in der Welt der Menschen gefunden. Ich habe gute Weiber und mit ihnen acht Welpen gezeugt, die mir viel Freude bereiten. Warum sollte ich in Albenmark Kriege führen? Ich bin glücklich hier.«

Der Atem der Alten ging immer noch pfeifend vor Anstrengung. »Du magst glücklich sein, aber der Tod ist deinen Welpen näher, als du denkst. Erinnerst du dich an das Ritual auf der Insel im Waldmeer? Weißt du noch, was ich aus den beiden gefangenen Elfen erschaffen habe?«

Bis ans Ende seiner Tage würde er das nicht vergessen. »Ja. Drohst du mir, Skanga?«

»Nicht ich! Emerelle hat einige Shi-Handan erschaffen. Und ihre Burg im Herzland lässt sie durch Yingiz bewachen.«

Orgrim dachte darüber nach. »Das ist nicht die Emerelle, die ich kenne«, sagte er schließlich.

»Natürlich nicht. Sie kämpft einen Todeskampf, und ich habe Sorge, dass sie unsere Welt mit in den Abgrund reißt. Ihr muss klar sein, dass sie gegen uns nicht gewinnen kann, und sie ist verzweifelt. Hätte ich es nicht erlebt, ich hätte niemals geglaubt, dass sie einen Teil vom großen Werk der Alben zerstören würde. Und die Vernichtung des Albenpfads war erst der Anfang. Sie gibt die Fesseln auf, die sie sich bisher auferlegt hat. Und sie hat Alathaia von Langollion in ihre Burg gerufen. Wenn sie beginnen, gemeinsam Magie zu weben, müssen wir mit dem Schlimmsten rechnen, Orgrim. Dein Volk braucht dich! Albenmark braucht dich! Wir müssen die Elfenkönigin endgültig besiegen, bevor sie noch mehr Unheil anrichten kann.«

Orgrim blieb unschlüssig. Er hatte sich geschworen, dem König nicht mehr zu dienen. Gewiss, Branbart war tot, aber seine Seele war wiedergeboren, und der Herzog der Nachtzinne mochte nicht glauben, dass nun alles ganz anders werden würde. Branbart hatte seinen Tod gewollt, als er ihn hierher in die Welt der Menschen geschickt hatte. Ob die dunklen Seiten Branbarts wohl in Gilmarak wiederkehrten? Er hatte kein Bedürfnis, das herauszufinden. Und er war sich im Klaren darüber, dass Skanga sich immer auf Seiten des Königs stellen würde. Nein, wenn er nach Albenmark ging, dann hatte er nichts zu gewinnen, aber viel zu verlieren.

»Du wirst Emerelle besiegen, Skanga. Du bist unendlich viel mächtiger als ich.«

Die Schamanin grunzte ärgerlich. »Schmier mir nicht Honig ums Maul. Ich bin keine Feldherrin. Vielleicht würde ich gewinnen, doch diesen Sieg würde ich weit blutiger erkaufen als du. Und was mir noch viel mehr Sorge macht, ich würde länger brauchen, um Emerelle zu besiegen. Zeit haben wir aber nicht mehr. Wer weiß, was die verfluchte Tyrannin als Nächstes tun wird. Ich bin nicht ängstlich, Orgrim. Aber Emerelle fürchte ich. Sie nutzt die Shi-Handan, um all jene Fürsten zu bestrafen, die sich nicht entscheiden können, auf Seiten der Elfen in den Krieg zu ziehen. Und was noch schlimmer ist, ihre Opfer glauben, ich hätte die Geisterwölfe geschickt! Vor wenigen Wochen noch war ihr Bündnis schwach und keine Gefahr für uns. Doch nun gewinnt sie jeden Tag neue Verbündete. Und dann noch die Shi-Handan und die Yingiz. Sie weiß, dass du eine Gefahr darstellst. Vielleicht wird sie einen ihrer Geisterwölfe auch hierher schicken. Du solltest deine Weiber und deine Welpen aus der Nachtzinne fortbringen. Und wer weiß, was Emerelle noch alles plant. Womöglich will sie einen der schlafenden Riesen wecken.«

Orgrim wurde langsam unruhig. Die Vorstellung, dass die Geisterwölfe auch zu ihm kommen könnten, machte ihm

Angst. Aber wäre sein bester Schutz vor ihnen nicht, sich auf keinen Fall in den Krieg in Albenmark einzumischen? »Die schlafenden Riesen. Ist das nicht ein Märchen?«

»Viele haben die Shi-Handan ebenso für Geschöpfe aus Märchen gehalten. Ich weiß nicht, ob es die Riesen gibt und ob sie wirklich den Alben geholfen haben, die Welt zu erbauen. Aber wenn sie mehr sind als nur Geschichten, die man seinen Welpen erzählt, dann haben sie die Kraft, Gebirge einzureißen. Emerelle ist längst nicht mehr wählerisch, wen sie gegen uns ins Feld schickt.«

Orgrim blickte hinab zum Bauplatz. Wie klein und überschaubar ihm die Welt eben noch erschienen war. »Wie viele Krieger hast du noch, nach den Kämpfen am Mordstein?«

»Das Heer zählt noch mehr als vierzigtausend.«

»Wie soll man eine solche Menge von Trollen ernähren?«

Skanga lächelte verschlagen. »Ich bin kein Feldherr, aber ich bin auch nicht dumm! Natürlich sind wir vorbereitet.« Sie berichtete ihm ausführlich von ihren Plänen und den Verbündeten, auf die sie sich verlassen konnte.

Orgrim war ehrlich beeindruckt. »Welches Ziel soll dein Krieg haben, Skanga?«

»Wir werden Emerelle von ihrem Thron vertreiben. Es geht letztlich allein um sie, aber wer sich uns in den Weg stellt, der wird mit ihr untergehen. Gilmarak soll im Herzland auf dem Thron von Albenmark sitzen, und Emerelles Schreckensherrschaft soll beendet sein. Das ist das Ziel des Feldzugs.«

Orgrim kratzte sich hinter dem Ohr und schüttelte den Kopf. »Der Thron von Albenmark. Ist das nicht etwas viel für einen Welpen? Du willst herrschen, nicht wahr? Wenn du Emerelle besiegst und ihr ihren Albenstein abnimmst, dann wirst du die mächtigste aller Zauberinnen sein. Und du stündest als Beraterin an der Seite eines Welpenkönigs, der alles tun wird, was du ihm sagst.«

Skangas tote Augen ruhten auf ihm. Sie sah sehr müde aus. »Ich bin vor dir niedergekniet, Herzog, und ich habe dir gesagt, wie die Dinge stehen. Ich werde dich nicht anflehen, noch werde ich dich zwingen, mir zu helfen. Albenmark braucht dich. Du könntest Emerelle aufhalten.« Sie wandte sich ab. Ihr Knochenstab tastete über den unebenen Felsboden. Langsam stieg sie den Hang hinab.

HELDENTOD

Vor zwei Tagen hatten ihn die ersten beunruhigenden Nachrichten erreicht. Sein Bruder Nikodemus sah oft bei Ganda vorbei und hatte sie ihm zugetragen. Obwohl Elija sich noch immer zu der Lutin hingezogen fühlte, mied er es, sie aufzusuchen, seitdem sie den Elfen in ihrem Zelt hatte.

Er wusste, dass man über Kommandantin Schlüsselchen tuschelte. Wirres Zeug darüber, dass sie den Elfen liebe. Diese Worte waren wie Gift in seiner Seele. Aber seine Seele war stark! Das musste sie sein bei der großen Aufgabe, die ihm sein Leben gestellt hatte. Er fürchtete sich nicht davor, dass der Elf Ganda vielleicht schöne Augen machen könnte. Das würde niemals geschehen! Er kannte die Elfen! Die fuchsköpfigen Lutin waren für sie kaum mehr als Tiere. Niemals würde sich ein Elf in eine Lutin verlieben! Eher würden die Trolle dem Fleischfressen entsagen und wie Kühe friedlich auf den Wiesen weiden. Was ihn besorgte, war, was geschehen würde, wenn der Elf wieder zu Kräften käme. Wie viel hatte er wohl über das Verhältnis zwischen den Trollen und den Lutin aufgeschnappt? War er wirklich in tiefer Bewusstlosigkeit gewesen? Oder hatte er am Ende gar gelauscht, zu schwach, um ein Lebenszeichen von sich zu geben, aber durchaus stark genug, um zu begreifen, was um ihn herum geschah?

Die Herde war auf dem Weg ins Lager der Steinhufe, einem Kentaurenstamm, bei dem sie schon mehrmals Vieh gekauft hatten. Sie führten Salz und Gewürze mit sich sowie Waffen und schweres Gold vom Schlachtfeld am Mordstein. Das Vieh würde teurer sein als in den vergangenen Jahren. So war es in Kriegszeiten. Reichtümer, die sich aus eigener Kraft bewegten, wurden teurer und teurer. Aber der Preis spielte keine Rolle mehr. Bald würden die Trolle wieder marschieren. Und dann würden sie die Tyrannei der Elfen für immer brechen. Danach würde sich alles ändern. Und die Lutin waren die treuesten Verbündeten der neuen Herrscher. Nein, auf Geld musste man nun keine Rücksicht mehr nehmen.

Bald schon konnte er über das Schicksal Albenmarks mit entscheiden. Was kümmerte es ihn da, ob er für eine Herde einen Sack Pfeffer mehr gab, als sie wert war. Nur um den verfluchten Elfen musste er sich kümmern. Wäre er doch nur nicht aus seiner Ohnmacht erwacht! Jetzt musste er eine endgültige Lösung finden. Und das hieß zugleich auch, dass er es sich auf immer mit Ganda verderben würde, wenn die Kommandantin durchschaute, was er getan hatte. Nur wenn er sehr schnell handelte, bestand die Hoffnung, dass sie Ollowains Veränderung für einen tragischen Rückfall halten mochte.

Elija griff nach dem flachen Holzkästchen. Vor sieben Jahren hatte er es vom Schwarzen erworben. Der Drucker hatte zwar einen fürstlichen Preis dafür verlangt, doch hatte er zugleich auch erleichtert gewirkt, als er diesen *Schatz* endlich losgeworden war.

Der Lutin strich über das Kästchen aus abgestoßenem, rissigem Rosenholz. Blüten aus feurigen Granatsteinen waren in das altersdunkle Holz eingelassen. Die Hälfte der Schmucksteine fehlte. Er selbst hatte vor Jahren einige der

Steine verschachert, als er nicht gewusst hatte, wovon er den nächsten Laib Brot zahlen sollte.

Elija stand schon am Eingang seines Zeltes, als er noch einmal innehielt. Der Schwarze hatte ihm versichert, dass der Schatz nicht vergiftet sei. Aber bei den Werken des Grobhäm Plog war man stets gut beraten, Vorsicht walten zu lassen. Elija kannte einen Bibliothekar, dem eines von Grobhäms Büchern zwei Finger abgebissen hatte.

Der Lutin ging zu seiner Kleidertruhe und suchte nach den schweren Lederhandschuhen, die er im Winter trug. Als er sie über die Finger streifte, fühlte er sich besser. Die Rosenholzkiste unter den Arm geklemmt, trat er aus dem Zelt. Es war Mittagszeit, und die Herde rastete. Aufmerksam sah er sich um. Weit im Westen entdeckte er einen kleinen Reitertrupp auf der Ebene. Heute hatte Ganda zum ersten Mal das Lager des Elfen verlassen. Sie machte mit Nikodemus und einigen anderen Jägern einen kleinen Ausritt zu einem nahen See. Bald würden die ersten Herbststürme über das Windland ziehen. Der Sommer war vorüber, und niemand konnte sagen, ob das Jahr noch einen weiteren so strahlenden, warmen Tag zu bieten hatte.

Elija stieg die Strickleiter von der Zeltplattform hinab und ging zu Mondkragen. Die große Hornschildechse blinzelte schläfrig, als sie ihn sah, und schloss dann wieder die Augen. Der Lutin spürte, wie ihm die Hände feucht wurden. Es war lange her, dass er das letzte Mal gemordet hatte. Was für eine Ironie, dass der größte Schwertkämpfer Albenmarks durch einen unbewaffneten Lutin ausgelöscht werden würde, der ihm kaum bis übers Knie reichte.

»Ausgelöscht.« Elija kostete das Wort wie einen alten Wein, den man nach jedem Schluck noch einen Augenblick im Mund behielt, um sein volles Aroma zu genießen. Ausgelöscht, treffender konnte man es nicht ausdrücken.

Elija kletterte die Strickleiter hinauf. Noch einmal spähte er nach Westen. Die Reiterschar war hinter dem Horizont verschwunden. Im Lager rings herum hatten seine

Gefolgsleute Schutz unter den Sonnensegeln gesucht. Nur zwei Wachen sahen ihn bei Gandas Zelt. Er hatte sie selbst ausgewählt. Von ihnen würde Ganda nicht erfahren, was an diesem Mittag geschehen war.

Der Lutin schlug die Plane zurück und trat ins Dämmerlicht des kleinen Zeltes. Der Elf regte sich.

»Wie ich hörte, geht es dir besser, Fürst«, sagte der Lutin freundlich und nahm neben dem Lager des Verwundeten Platz. »Ganda hat dich aufopferungsvoll gepflegt. Sie ist voller Hoffnung, dass du schon bald wieder zu Kräften kommen wirst. Sie hat ein wahres Wunder an dir vollbracht. Ich hätte nicht einen Grashalm aus der Ebene darauf verwettet, dass du wieder zu dir kommen würdest. Ihr Elfen seid wirklich von erstaunlicher Widerstandsfähigkeit.« Elija lächelte. »Doch seid ihr auch langmütig, wenn es darum geht, Langeweile zu ertragen? Ganda hat viele Pflichten, und sie wird dich in den nächsten Tagen oft allein lassen müssen. Und du darfst dich noch nicht von deinem Lager erheben. Dazu bist du zu schwach. Deine Wunden könnten wieder aufbrechen, wenn du dich zu sehr anstrengst.«

Der Elf sah ihn mit durchdringenden blauen Augen an. Der größte Teil seines Gesichts war hinter Verbänden verborgen. Die Lippen schimmerten rot durch das weiße Leinen. Zwei Furchen aus schwarzem Schorf teilten sie. Auch waren sie noch immer geschwollen, wodurch sie wulstig erschienen. Das linke Augenlid des Elfen hing ein wenig herab. Auf dem Lid war eine hässliche braungrüne Verfärbung zu sehen.

»Verstehst du mich?«

»Ja.« Die geschwollenen Lippen blieben bewegungslos, als Ollowain antwortete. Sein Mund stand leicht offen. Goldenes Haar fiel seitlich über die Verbände. Elija wusste, dass Ganda einen guten Teil des Schädels kahl geschoren hatte, um die Wunden des Elfen besser zu versorgen. Er hatte sie dabei beobachtet, wie sie jedes einzelne der goldenen Haare verbrannt hatte, damit niemand sie für einen Schadenszauber gegen den Elfen verwenden konnte.

Elija klopfte auf die kleine Holzkiste. »Ich habe dir etwas mitgebracht, um deine einsamen Stunden zu verkürzen. Wie du weißt, sind wir ein Volk auf steter Wanderschaft. Wir besitzen nur wenig, denn unsere Lebensumstände erlauben uns nicht, mehr Güter anzuhäufen, als wir tragen können. Deshalb besitzt mein Volk auch so gut wie keine Bücher. Dieses hier ist eine der wenigen Ausnahmen.« Er öffnete den Deckel des Rosenholzkästchens. Das Buch darin war nicht einmal so groß wie eine Hand. In verblassten Goldbuchstaben stand der Titel auf dem schwarzen Ledereinband: *EIN UNGESCHRIEBENES LEBEN.*

Das Leder des Einbands war nicht abgegriffen. Nur die verblasste Schrift verriet das Alter, ansonsten wirkte das Buch ungelesen.

»Glaubst du, du kannst deine Hand heben? Es ist nicht sonderlich schwer. Ich hoffe, es kann dich ein wenig unterhalten.«

Ollowain drehte den Kopf leicht zur Seite. Er stöhnte. Ganz langsam hob er die rechte Hand.

»Kannst du es halten?« Vorsichtig nahm Elija das Buch aus dem Kistchen. Der Arm des Elfen war geschient, doch seine Hand sah, abgesehen von ein paar fast verheilten Schürfwunden, gut aus. Was für lange, schlanke Finger der Kerl hatte. Und seine Fingernägel waren so makellos, als würden sie jeden Tag von einer Dienerin gepflegt.

Der Schwertmeister zog den zweiten Arm auf seine Brust. Er bewegte sich ungelenk. Behutsam drückte ihm Elija das Buch in die Hände.

»Danke«, stieß der Elf mühsam hervor. Ollowain bereitete es ganz offensichtlich Mühe, seine Finger um das schmale Buch zu schließen, doch er beklagte sich nicht.

»Überanstrenge ich dich?«

»Nein … du bist … sehr freundlich.« Ein Lächeln lag in den Augen des Elfen.

Ungelenk klappte Ollowain das Buch auf.

»Nur weiße … Seiten …«, sagte er überrascht.

Elija wandte ängstlich den Blick ab. »Du musst zum Anfang des Buches blättern. Dann wird sich dir alles erschließen. Schlag die erste Seite auf.« Der Lutin drehte sich etwas zur Seite, sodass Ollowain ihm nicht ins Gesicht blicken konnte, und schloss die Augen. Er hörte das leise Geräusch von Seiten, die umgeblättert wurden. Dann erklang ein Seufzer. Darauf folgte Stille. Erst ein Poltern ermutigte ihn, die Augen wieder zu öffnen. Das Buch war dem Elfen aus den Händen gefallen.

Der Lutin hob es von den Holzdielen auf. Es war so dick, dass es nicht mehr in das Rosenholzkästchen passte. Er klappte es kurz auf. Die Seiten waren mit einer kleinen, sehr ordentlichen Handschrift dicht beschrieben. Er überflog flüchtig einige Zeilen. Es ging um eine Elfendame, die bei einem Festmahl zu Tode kam, weil sie sich den abgebrochenen Stiel eines Kristallglases ins Auge rammte. »Was für ein blutiges Leben du hattest«, murmelte Elija und schloss das Buch. Der Lutin betrachtete den Elfen. Die blauen Augen starrten ausdruckslos zur Zeltdecke. Ein dünner Speichelfaden troff Ollowain aus dem Mundwinkel.

Elija drückte ihm die Augenlider zu. »Hättest du nicht gedacht, auf diese Weise von uns zu gehen. Nicht gerade ein Heldentod.«

DREIZEHN KINDER VON EDLEM BLUT

Alathaia legte das schwere Buch vor Emerelle auf den Tisch. Ihre selbstsichere Art war wie weggefegt. Sie blickte in die Schattenwinkel der kleinen Bücherkammer, in der sie sich getroffen hatten. »Einer von ihnen ist hier. Ich spüre ihn.«

Die Königin nickte. Auch sie spürte die Gegenwart des Yingiz. Sie hatte sich längst daran gewöhnt, dass die Schattenwesen sie ständig belauerten. Es waren mehr geworden in den letzten Monden. »Was hältst du von dem Buch?«

Alathaia strich über den schweren Buchdeckel. »Meliander war dein Bruder, nicht wahr? Darf ich trotzdem offen sprechen?«

»Die Lage ist zu ernst, um Zeit damit zu verschwenden, sich gegenseitig etwas vorzumachen.«

Die Fürstin nickte. »Ich halte ihn für wahnsinnig, obwohl er zweifellos seine klaren Momente hatte. Das Buch ist verwirrend. Ich habe es dreimal gelesen. Er widerspricht sich manchmal in dem, was er schreibt. Ich habe auch versucht, einiges zu überprüfen … soweit das in meiner Macht stand.«

»Meister Alvias hat mir davon berichtet. Er ist alles andere als angetan von dir. Im ganzen Palast findet sich kein Diener mehr, der es wagt, deine Gemächer zu betreten. Er musste sie selbst säubern.« Emerelle dachte an die Dinge, die ihr Alvias erzählt hatte. Es war nicht leicht, den Hofmeister aus der Fassung zu bringen.

»Hat er sich wegen der Blutspritzer aufgeregt?« Alathaia lächelte kühl. »Ich hatte ihm geraten, den Boden und die Wände rot tünchen zu lassen. Gleich am ersten Abend, nachdem ich eingetroffen war. Damals hat er mich nicht ernst genommen. Aber dass ihm der Tod von ein paar schwarzen Widdern so nahe geht …« Sie breitete die Hände aus. »Ich dachte, er hätte schon in Schlachten gekämpft. Da müsste er den Anblick von etwas Blut doch gewöhnt sein.«

»Ich glaube, ihm machte nicht die Tatsache zu schaffen, dass die Widder in deinen Gemächern zu Tode kamen, sondern viel eher die Art, wie sie starben.«

Alathaia lachte verächtlich. »Er sollte sich nicht so anstellen. Es war wesentlich unangenehmer, während ihres Todes anwesend zu sein, als die Fleischfetzen von den Wänden zu kratzen.«

Emerelle schluckte. Ihr lag eine Frage auf der Zunge, doch dann entschied sie, lieber nicht wissen zu wollen, was Alathaia getan hatte. »Du glaubst Meliander also nicht.«

»Wenn ich das täte, müsste ich verzagen. Er malt die Zukunft in den dunkelsten Farben aus. Dabei liegt der Sieg zum Greifen nahe.«

Der Königin missfiel der Blick, mit dem Alathaia das Buch betrachtete. »Du weißt, was für ein Stein das ist?«

Die Fürstin von Langollion überging die Frage. »Wem hat dein Bruder den Albenstein abgenommen? Und warum hat er ihn zerstört? Ich weiß, der Stein beschützt das Buch, doch das ist zu viel Schutz. Es ist, als wolle eine Ameisenkönigin ihr Volk durch einen Löwen verteidigen lassen. Und dass er ihn zerstört hat ….« Sie schüttelte den Kopf. »Er muss wahrlich wahnsinnig gewesen sein.«

»Er wollte uns auf etwas hinweisen. Es gibt unendlich viel mehr Zukünfte, als er in dem Buch beschreiben konnte. Und die Silberschüssel versteht sich darauf, stets nur die schlimmen Seiten zu zeigen.«

»Du meinst, wie der kleine Trollkönig dich nach seinem Sieg an der Shalyn Falah mit dem Kopf nach unten an den Zinnen deiner Burg aufhängt, um dir bei lebendigem Leib das Herz herauszuschneiden und es zu verspeisen.«

Emerelle begegnete der Fürstin mit einem eisigen Lächeln. »Das ist die Art, wie sie einem Respekt erweisen. Skanga hofft, dass ihr Königswelpe dadurch einmal genauso tapfer werden wird, wie ich es bin.«

»Bist du wirklich so tapfer? Würdest du jeden Weg gehen?«

»Ich glaube, der Weg zum Sieg muss ein Weg sein, den mir mein Bruder nicht zugetraut hat. Ich muss etwas tun, das er für so unwahrscheinlich gehalten hat, dass er diesen Zweig der Zukunft erst gar nicht erforschte.«

Alathaia schüttelte den Kopf. »Hätte er das nicht einfach in sein Buch schreiben können? Warum so umständlich?«

»Weil er mich immer für etwas dickköpfig gehalten hat. Früher war ich berüchtigt dafür, gut gemeinte Ratschläge nicht anzunehmen und stets meinen eigenen Weg zu gehen. Das war lange bevor ich zum ersten Mal zur Königin gewählt wurde.« Wehmütig dachte sie an die Nacht vor dem Drachenkampf. Falrach hatte ihr dringend von dem Gefecht abgeraten. Er hatte für ihre Unvernunft mit dem Leben bezahlt.

»Wenn wir den Albenstein wieder zusammenfügen«, fuhr die Königin fort, »dann können wir den zerstörten Albenpfad erneuern. Damit ist das Loch im Netz der Wege geschlossen. Das Netz, das die Yingiz zurückhält. Dann kann ich beginnen, die Schatten zu vertreiben. Und wenn das geglückt ist, werden die Trolle meine Macht zu spüren bekommen.«

»Warum vertreibst du die Yingiz nicht gleich? Du weißt, wie man sie besiegt?«

»Du musst weiter denken, Alathaia. Was geschieht, wenn einer von ihnen heulend ins Nichts zurückgeschleudert wird? Wird er nicht all seinen Gefährten berichten, dass ein Weg nach Albenmark offen steht? Bisher ahnen die Yingiz, die noch im Dunkel zwischen den Welten gefangen sind, nichts von dem Weg. Doch schicke ich nur einen von ihnen zurück, werden sie alle nach dem Fluchtweg aus ihrem Gefängnis suchen.«

»Dann töte sie!«

»Das vermochten nicht einmal die Alben. Keine Kraft Albenmarks kann das erreichen. Du weißt, was Meliander schreibt. Es gibt nur einen Weg der Hoffnung, und den kann kein Elf beschreiten. Kein Geschöpf Albenmarks würde die Wachen der Goldenen Hallen passieren können. Wenn du dort Hilfe suchst, musst du einem Menschen den Schierlingsbecher reichen. Einem ganz besonderen Menschen, der diesen Trunk freiwillig nimmt und der Aussichten hat, in den Goldenen Hallen Hilfe zu finden. Wer sollte das sein? Ein Held reinen Herzens … Und bist du dir sicher, dass Meliander sich nicht irrt? Woher will er wissen, was nie erprobt wurde? Kein Albenkind hat die Goldenen Hallen je gesehen. Gibt es sie vielleicht nur in der Vorstellung der Menschen? Willst du das Schicksal der Welt auf solch eine vage Vermutung setzen?«

»Wenn du den Menschen nicht traust, welchen Weg würdest du gehen?«

»Den der Macht.« Emerelle fröstelte. Wäre sie einst wie Alathaia, wenn sie den Weg zu Ende ging, auf den das Schicksal sie Stück um Stück gezerrt hatte? Mit jedem Kompromiss hatte sie ein Stück ihrer Linie aufgeben müssen. Schleichend war ihr das eigene Weltbild entglitten.

»Du solltest den zweiten Albenstein für dich gewinnen«, meinte Alathaia. »Wenn die Gefahr durch die Yingiz gebannt ist, dann kannst du dich mit aller Kraft den Trollen widmen. Du darfst dich nicht zwischen diesen beiden Kriegen aufreiben. An keiner Front wirst du einen Sieg erringen, wenn du nur mit halber Kraft kämpfst.«

Emerelle betrachtete nachdenklich das Buch und die Steinfragmente, die wie Schmuck in den prächtigen Einband eingelassen waren. »Ich habe versucht, den Albenstein wieder zusammenzufügen, doch er widersetzt sich mir.«

»Du hast mich doch gerufen, damit ich dir helfe. Dann nimm meine Hilfe an. Ich habe in den letzten Wochen einige Zauber erprobt und bin sehr zuversichtlich, dass wir erfolgreich sein können.« Sie lehnte sich zurück. Alathaia strahlte eine provozierende Selbstsicherheit aus. Sie war eine schöne Frau. Jede ihrer Gesten war sorgsam einstudiert. Sie wusste um ihre Wirkung, ihre Ausstrahlung. Wappnete sie sich gerade noch in einen Panzer aus Eis, der es unmöglich machte, ihr nahe zu kommen und ihre wahren Gefühle auch nur zu erahnen, so vermochte sie binnen eines Augenblicks eine völlig andere zu werden. Ein einladendes Lächeln, ein verheißungsvoller Blick, ein laszives Räkeln ... Mit ihr könnte man seine dunkelsten Sehnsüchte ausloten. Träume, die einen mitten in der Nacht schweißgebadet auffahren ließen und über deren Abgründe nie ein Wort über die Lippen drang ... Mit Alathaia konnte man sie Wirklichkeit werden lassen.

Emerelle hatte sich nie zu Frauen hingezogen gefühlt, doch selbst bei ihr blieb die sinnliche Ausstrahlung der Fürstin von Langollion nicht ohne Wirkung. »Du weißt also, wie man den Stein zusammenfügen kann.«

Kerzenlicht spiegelte sich auf den dunklen, granatfarbenen Lippen der Fürstin. »Dir wird nicht gefallen, was du zu hören bekommst, Emerelle. Und das liegt daran, dass unser Volk seit Jahrhunderten in seinen selbst gezogenen Grenzen gefangen ist. Wir sind erstarrt, unfähig, uns den neuen Zeiten anzupassen. Und deshalb werden wir untergehen, wenn du nicht den Mut hast, falsche moralische Schranken hinter dir zu lassen. Nur Blutmagie hat die Macht, den Albenstein wieder zusammenzufügen. Ich fordere von dir dreizehn Kinder von edlem Blut. Elfenkinder müssen es sein, geboren in den ältesten unserer Sippen. In ihnen brennt das Licht des Lebens am stärksten. Diese Kraft, richtig gelenkt, wird den Stein wieder in seine ursprüngliche Form zwingen.«

Emerelle spürte einen Stich in ihrem Herzen. Unwillkürlich fuhr sie sich mit der Hand an die Brust. Sie musste sich beherrschen! Was Alathaia forderte, war ungeheuerlich, aber es war kein Grund, sich derart gehen zu lassen. Obwohl sie diesen Gedanken in aller Klarheit zu fassen vermochte, stiegen ihr dennoch Tränen in die Augen.

Der Fürstin entging nichts. Emerelle fühlte sich nackt unter ihrem unbarmherzigen Blick. »Natürlich wirst du den Dolch führen müssen, der die Kehlen der Kinder durchtrennt, denn du besitzt den Albenstein. Du bist der Brennpunkt der magischen Macht. Es sei denn, du würdest mir den Albenstein anvertrauen.« Sie lächelte. »Aber mein Ruf lässt das vermutlich wenig empfehlenswert erscheinen.«

»Glaubst du wirklich, du könntest mich dazu bringen, Kinder zu töten?«

Alathaia hob eine Braue. »Glaubst du, du könntest dem entgehen? Du wirst Kinder töten, Emerelle. Die einzige Frage, die sich stellt, ist: Wie viele wirst du töten? Hast du den Mut, den Dolch selbst in die Hand zu nehmen? Kannst du es ertragen, ihr warmes Blut über deine Finger fließen zu spüren? Und wirst du ihren ersterbenden Blicken standhalten? Oder fliehst du in dein Gefängnis heuchlerischer Moral? Mit einem zweiten Albenstein können wir die Yingiz verbannen und einen schnellen Sieg gegen die Trolle erringen. Hast du nicht den Mut, diesen Weg zu beschreiten, dann wird es einen langen, blutigen Krieg geben. Und so wie es aussieht, werden die Trolle gewinnen. Natürlich kannst du deinem Gewissen sagen, du hättest deine Hände niemals in Blut getaucht. Die Wahrheit aber sieht anders aus. Deine Entscheidung wird hunderte, vielleicht sogar tausende Kinder das Leben kosten. Du weißt, was ein Krieg mit den Trollen bedeutet. Scharen von Flüchtlingen ... Es sind die Kinder, die als Erste sterben. Und wenn der Krieg vorüber ist? Werden die Trolle dann nicht versuchen, die Fürstenfamilien der Elfen auszulöschen? Von den Kindern, die ich fordere, um den Albenstein zusammenzufügen, wird auch dann keines überleben, wenn du nicht den Mut findest, sie zu töten.«

»Genug!«

»Nein, Emerelle. So leicht lasse ich mir nicht den Mund verbieten. Ich gehöre nicht zu deinen Speichelleckern. Du wolltest herrschen. Seit Jahrhunderten klammerst du dich an den Thron von Albenmark und bist verliebt in die Macht, denn einen Mann hast du dir nicht mehr ins Bett geholt, wie man hört, seit du deinen Thron besitzt. Nun stehe zu deiner Liebe! Kämpfe um sie! Hast du nicht von dir gesagt, du seiest die erste Dienerin der Albenkinder?

Waren es nicht deine Worte, dass aus deiner Herrschaft immer das größtmögliche Glück für die größtmögliche Zahl deiner Untertanen entspringen sollte? Herrsche! Opfere dreizehn, um ungezählte Leben zu retten. Bekenne dich endlich zu dem, was du bist. Eine Herrscherin kann nicht nach dem Maß normaler Sterblicher gemessen werden.«

Emerelle richtete sich auf. Mit der Rechten stützte sie sich auf den Tisch auf, der zwischen ihnen stand. Sie hatte das Gefühl, dass jeden Augenblick ihre Beine unter ihr nachgeben könnten. »Du hast die Erlaubnis, dich zurückzuziehen, Alathaia. Ich werde dir zu gegebener Zeit mitteilen, wie ich mich entschieden habe.«

Die Fürstin erhob sich und holte aus dem weiten Ärmel ihres Kleides eine kleine Pergamentrolle hervor. »Ich habe hier die Namen von dreißig Kindern niedergeschrieben, die in Frage kämen. Und bevor du sie jetzt zurückweist, denke daran, wie lang die Liste der Opfer werden wird, die ihr Leben geben mussten, weil du nicht bereit warst, mit deinen fragwürdigen Moralvorstellungen zu brechen. Ich glaube, der erste Name auf dieser Liste lautet Ollowain. Oder irre ich mich?«

»Wie kannst du es wagen …«

»Meister Reilif hat mir einiges erzählt, bevor er nach Iskendria zurückkehrte. Er war sehr beeindruckt davon, wie du das Problem mit Ollowain gelöst hast. Nur über das Wie von Ollowains Tod war sich der Hüter des Wissens nicht im Klaren. Dazu sind die Gerüchte zu widersprüchlich. Ich glaube zwar, dass du durchaus auch auf Meuchler zurückgreifst, wenn es darum geht, deinen Willen als Herrscherin durchzusetzen, aber ich kann mir nicht vorstellen, dass einer seiner Gefährten den Schwertmeister inmitten des Schlachtgetümmels am Mordstein hinterrücks erstochen hat. Auch wenn ein Schlachtfeld wohl der bestmögliche Ort ist, um einem Leben, das deiner Herrschaft zur Last wurde, ein schnelles Ende zu bereiten. Ich bin der Meinung, dass du subtiler vorgegangen bist. Leider habe ich Ollowain nie kennen gelernt. Aber alle, die ich von ihm reden hörte, waren sich einig, dass es nie einen Elfen gab, der die Tugenden der Ritterlichkeit so vollkommen verkörperte wie er. Wenn du es gewünscht hättest, dann hätte er gewiss von sich aus dafür Sorge getragen, die Schlacht am Mordstein nicht zu überleben. Du hast längst damit begonnen, die Grenzen des Kerkers deiner Moral auszuweiten. Mach dir nichts vor! Ich fordere dich nicht auf, den ersten Schritt zu tun. Es ist nur ein weiterer Schritt auf einem Weg, der dir schon lange vertraut ist.«

Emerelle hatte nicht länger die Kraft zu stehen. Sie ließ sich auf den Lehnstuhl am Tisch sinken. Auch ihre Tränen konnte sie nicht mehr zurückhalten. Unfähig, ein Wort zu sagen, sah sie Alathaia einfach nur an.

»Ich erwarte deine Entscheidung, *Herrscherin.*« Mit diesen Worten verließ die Fürstin von Langollion die kleine Bücherkammer.

Emerelle vergrub ihr Gesicht in den Händen. Sie ließ ihren Tränen freien Lauf. Nicht Alathaias Worte hatten ihr den Stich ins Herz versetzt. Es war Ollowain ... Sie spürte ihn nicht mehr. Er war nicht mehr da ... Er war ... verloschen. Der Tod hatte den Schwertmeister gefunden, wo immer er gewesen war. Er musste wohl seinen Verletzungen aus der Schlacht erlegen sein. Wunden, die sie ihm zugefügt hatte, auch wenn es nicht ihre Hände gewesen waren, die den tödlichen Streich geführt hatten.

Oft schon hatte sie den Tod des wiedergeborenen Falrach erduldet. Doch nie hatte sie sich so einsam gefühlt.

Durch den Schleier ihrer Tränen sah sie die Pergamentrolle mit den Namen der Kinder, und sie dachte an Alathaias Worte. Die Fürstin hatte Recht. Emerelle hatte die Flüchtlingszüge in der Silberschale gesehen. All das Blut, das an ihren Händen haften würde.

SEHNSUCHT

Das Tier hatte ihn an den See gebracht, von dem aus die wunderbare Burg zu sehen war. Immer schneller konnte sich die Bestie bewegen. Sebastien vermochte nicht nachzuvollziehen, wie dies dem Tier gelang. War es die Kraft seiner Gedanken, die Landschaften verwischen ließ wie in einem Traum? Genügte es, an einen Ort nur zu denken, um ihn zu erreichen? Und warum kannte die Kreatur diese Welt so gut? So wie der Abt es verstanden hatte, hielt ein mächtiger Bannzauber die Schattengestalten aus der Welt der Elfen fern. Wie konnte das Tier dann so viel über diesen Ort wissen?

Er lauschte in sich hinein, doch der dunkle Teil ihrer verschmolzenen Seelen mochte ihm nicht antworten. Geschwätzig war das Tier nur, wenn es darum ging, andere zu quälen.

Die Burg mit ihren weißen Mauern und schlanken Türmen erhob sich hell gegen den grauen Herbsthimmel. Regenschauer zerwühlten den Spiegel des Sees. Ganz in der Nähe des Ufers hatte jemand bunte Steine ins Wasser gelegt. Sebastien hockte unter dem ausladenden Blätterdach zweier Linden. Obwohl er Regen nicht zu scheuen brauchte, hatte er aus alter Gewohnheit Zuflucht gesucht. Der Ort lud zum Verweilen ein. Und er erweckte eine fremde Sehnsucht. Etwas war bei der Burg. Das Tier fühlte sich zu ihr hingezogen und fürchtete sie zugleich. Seit sie miteinander verschmolzen waren, hatte Sebastien allein Hass und Hunger als die beherrschenden Gefühle der Schattengestalt kennen gelernt. Nun glaubte er Sehnsucht zu spüren.

»Du weißt nichts von meinen Gefühlen«, erklang die Stimme in seinen Gedanken, die so lange geschwiegen hatte. *»Für einen Ordensbruder findest du erstaunlich viel*

Gefallen an jungen flachbrüstigen Weibsbildern. Du solltest einmal die Apsaras kennen lernen. Wassernymphen, so schön, dass dir die Seele brennt, wenn du sie siehst. Ich werde es genießen, sie mit dir gemeinsam zu töten und mich an deinen Qualen zu weiden.«

»Warum tust du all das?«, fragte Sebastien.

»Weil ich es kann.«

Das Bild der Burg verwischte. Die Landschaft zerschmolz. Doch Sebastien hatte das Gefühl, dass das Tier hierher zurückkehren würde. Etwas in der Burg lockte es.

DER BLICK DER BLINDEN

Erschöpft vergrub Ulric sein Gesicht in Halgards rotem Haar. Das Liebesspiel hatte ihm den Atem genommen. Jedes Mal, wenn sie beieinander lagen, liebten sie sich mit fast schmerzhafter Hingabe. Denn jedes Mal lag der Schatten des verfluchten Geschenks über ihnen. Und sie fürchteten, es könne das letzte Mal gewesen sein.

»Blut frisst nicht«, sagte Halgard leise.

Ulric dachte an den großen, alten Hund, mit dem ihrer beider Leben verbunden war. Er war stark. Er weigerte sich zu sterben. Mindestens siebzehn Jahre lebte er nun schon. Das war viel länger, als sie zu hoffen gewagt hatten. Aber nun wurde er von Tag zu Tag hinfälliger. Den Winter würde Blut wohl nicht überstehen, ganz gleich, wie trotzig er dem Tod auch entgegenbellte.

Ulric drückte Halgard enger an sich. Geistesabwesend spielte er mit ihrem Haar. »Woran denkst du?«

»Was glaubst du, warum die Götter uns die Fähigkeit

gegeben haben, nicht jeden Gedanken auf unseren Lippen zu tragen?«

»Daran denkst du?«

Halgard knuffte ihn mit dem Ellenbogen. »Schelm!«

Ulric drehte sich, sodass er auf ihr lag, und sah ihr ins Gesicht. Blasse Sommersprossen umgaben ihre Nase. Ihre Lippen waren noch immer dunkel von den Blaubeeren, die er ihr mitgebracht hatte. Blau … Er dachte an den Mann im blauen Mantel. Bruder Jules. Warum hatte er ihnen das angetan? Ein Hundeleben zu leben. Warum lud man Kindern einen so schrecklichen Fluch auf?

»Ich dachte daran, wie blind jene sind, die schon immer sehen konnten«, sagte Halgard unvermittelt.

»Gefällt es meiner Hauspriesterin, in Rätseln zu sprechen?«

»Ich lasse halt nichts unversucht, um dir die Augen zu öffnen.« Sie sagte das in ernstem, fast barschem Tonfall.

»Habe ich dich beleidigt?«

Halgard seufzte. »Nein.« Sie zerzauste ihm das lange Haar. »Ist dir bei Kadlin nichts aufgefallen?«

»Björn singt wahre Lobeshymnen auf ihr wunderbares Hinterteil. Ich finde es etwas schmal und knabenhaft. Doch davon abgesehen ist sie recht hübsch …«

Halgard zog ihn an den Haaren. »Kannst du nicht einen Augenblick ernst sein?«

Ulric schnaubte. Mangelnden Ernst warf man ihm beileibe nicht oft vor. Unter seinen Gefährten galt er als zu kühl und selbstbeherrscht. Er wusste von Björn, dass sie erst dann wirklich unbeschwert miteinander umgingen, wenn er nicht in der Nähe war. »Ich glaube, im Augenblick würde ich lieber in den Armen eines Trolls liegen.«

Halgard stieß ihn von sich.

»Bist du dir im Klaren darüber, was du gerade treibst?«, fragte er eher traurig als erbost. »Ich liege nackt zwischen deinen Schenkeln, und du fragst mich, was ich von der einzigen anderen hübschen Frau halte, die auf diesem verfluchten Bauplatz herumläuft? Was ist das? Eine Falle? Willst du mich auf die Probe stellen? Bist du eifersüchtig? Willst du fühlen, ob sich bei mir etwas regt, wenn ich an sie denke?«

»Habt ihr Männer auch noch etwas anderes im Kopf als eure Schwänze?«

»Bei den Göttern! Wenn du meine Einfalt nicht ertragen kannst, dann sag mir doch einfach geradeheraus, was du denkst!«

»Ich denke, dass Kadlin deine kleine Schwester ist.«

Ulric ließ sich auf den kleinen Schemel neben dem Bett sinken. »Ach, Halgard …«

»Komm mir jetzt nicht damit. Hast du sie einmal beobachtet? Blut, der nun wirklich kein handzahmes Schoßhündchen ist, lässt sich von ihr kraulen. Ja, er frisst ihr sogar aus der Hand. Und auch sie hat keinerlei Angst vor ihm.«

»Kadlin ist tot!«, sagte Ulric eisig. Er begriff nicht, was in Halgard gefahren war, aber er würde bei diesem schlechten Scherz nicht weiter mitspielen.

»Man hat ihre Leiche nie gefunden. Und auch nicht die Leiche deiner Mutter.«

»Sie sind auf der Flucht in die Berge erfroren. Und ich bin froh, dass niemand ihre halb gefrorenen und von Aasfressern entstellten Leichen hinunter nach Sunnenberg gebracht hat. Ich bin froh, dass ich sie so in Erinnerung behalten habe, wie ich sie kannte.«

»Eben, deshalb bist du ja auch blind für die Wahrheit. Stell dir deine Schwester fünfzehn Jahre älter vor. Sie hätte Kadlins Alter. Und gab es nicht einen Fischer namens Kalf im Dorf? Er war doch mit dabei, bei der Flucht über das Eis. Kadlins Vater heißt auch Kalf.«

»Der Fischer war ein großer, stattlicher Kerl mit blonden Haaren.«

»Und unser Kalf ist ein großer, stattlicher Kerl mit kahl rasiertem Kopf und kurzem Bart. Ich war blind. Ich habe den

Fischer nie gesehen. Aber könnte es nicht der Kalf aus dem Dorf sein? Du musst dich doch noch an ihn erinnern!«

Ulric hob abwehrend die Hände. »Bitte hör auf! Ich will davon nichts wissen. Sie alle sind in den Bergen gestorben. Und warum sollte Kadlin den Fischer Vater nennen? Das ergibt doch keinen Sinn!«

»Sie war ein kleines Mädchen«, fuhr Halgard unbarmherzig fort. »Wenn man ihr erzählt hätte, Kalf sei ihr Vater, dann hätte sie es sicher geglaubt. Und dann noch die Sache mit den Trollen. Vielleicht haben sie ihr schon einmal geholfen? Vielleicht hat der Troll in der Höhle sie deshalb gerettet, statt sie zu schlachten.«

Ulric streifte sich seine Hosen über. »Es ist genug. Komm mich suchen, wenn du wieder bei Verstand bist. Ich will das nicht hören!« Mit diesen Worten trat er aus der kleinen Hütte, die im Windschatten der Festungsmauer lag. Er eilte zwischen den schwitzenden Arbeitern hindurch zum Brunnen und tauchte den Kopf in den großen Wassertrog.

Halgard war gut darin, den Dingen auf den Grund zu gehen. Obwohl sie noch Kinder gewesen waren, hatte sie herausgefunden, dass die roten Fäden in ihren Holzpuppen ihre Lebensfäden darstellen sollten. Und nun das!

Der Krieger suchte unter den Arbeitern nach Kalf. Er entdeckte ihn beim Torturm. Der alte Jäger trug auf einem Holzgestell behauene Steine zu den Maurern am Turm. Von der Statur her mochte er dem Fischer gleichen …

Ulric verwarf den Gedanken. Das konnte nicht sein. Das durfte nicht sein! Wenn es stimmte, was Halgard dachte, dann hätte Asla, seine Mutter, ihn im Stich gelassen! Verlassen wegen diesem Fischer. Das war unmöglich! Das hätte sie niemals getan. Sie hatte ihn geliebt! Es war ein Unglück, dass er in Honnigsvald verloren gegangen war. Seine Schuld … Sie hatte doch die Elfe Yilvina geschickt, um ihn zu holen. Asla hatte ihn geliebt!

Ulric blickte wieder zu dem alten Jäger. Kalf hatte die

Maurer erreicht und wuchtete das Tragegestell von seinem Rücken. Er hatte wirklich Ähnlichkeit mit dem Fischer. Und dass Blut Kadlin mochte, war in der Tat seltsam. Fremden traute er gewöhnlich nicht …

Aber was machten die beiden dann hier? Wenn Kalf ihm seine Mutter und seine kleine Schwester gestohlen hatte, dann würde er sich doch wohl kaum hierher wagen, wo er befürchten musste, wieder erkannt zu werden. Er lieferte sich dem Zorn des Königs aus! Sein Vater war ein friedliebender Mann. Aber wenn er erfahren müsste, dass Kalf Kadlin und Asla entführt hatte … Nicht auszudenken! Als er noch kleiner gewesen war, war Ulric manchmal eifersüchtig auf Kadlin gewesen. Immer wieder hatte er seinen Vater abends am Feuer sitzen sehen, das blaue Kinderkleid auf dem Schoß. Dieses Kleidchen war alles, was ihm von Kadlin geblieben war.

Damals hatte Ulric sich gewünscht, Vater würde mit ihm reden und spielen, statt einfach nur vor sich hin zu starren. Mit den Jahren hatte er diese Eifersucht besiegt. Es war albern, auf ein totes Mädchen eifersüchtig zu sein!

»Ach Halgard, wärst du doch weniger scharfsichtig.« Ulric beschloss, das Geheimnis für sich zu behalten. Daran zu rühren, würde eine Tragödie heraufbeschwören.

EINE ANDERE ART VON KRIEG

Elodrin legte Emerelles Brief zur Seite und sah seine Vertrauten und Ratgeber der Reihe nach an. »Ich verstehe die Königin nicht mehr«, sagte er sehr leise.

Im Kartensaal des Palasts der Gilde der Safranhändler herrschte gedrückte Stimmung. Elodrin hatte der Königin dreimal geschrieben und sie gebeten, ihre neue Strategie noch einmal zu überdenken, aber sie war halsstarrig und blieb bei ihrer Meinung. Auf seine Bitten, nach Feylanviek zu kommen und sich von der Lage an der Grenze selbst ein Bild zu machen, hatte sie erst gar nicht reagiert. Es war nicht mehr die Herrscherin, die er einmal gekannt hatte. Zuletzt hatte er Obilee geschickt, weil die junge Kriegerin ein besonders gutes Verhältnis zur Königin hatte, doch selbst ihr gegenüber war sie wortkarg und abweisend gewesen. Und Obilee hatte ihm erzählt, dass Alathaia auf der Burg der Königin weilte. Das war ihm eine Erklärung für die grausamen Befehle der Herrscherin.

Die Tür zum Kartensaal schwang auf, und Graf Fenryl trat ein. Er trug einen Verband um die Stirn, in den frisches Blut sickerte. Sein Leinenpanzer und sein Umhang erstrahlten im Weiß von frisch gefallenem Schnee. Der Helm, den er unter den Arm geklemmt trug, schimmerte silbern. Manchmal, wenn er ihn nur aus den Augenwinkeln sah, hatte Elodrin das Gefühl, Ollowain sei wieder unter ihnen. Er hatte den Schwertmeister nicht gut gekannt, und sie hatten miteinander gestritten, aber es ließ sich nicht leugnen, dass er ein guter Feldherr und ehrenhafter Mann gewesen war.

»Du bringst Nachricht aus der Snaiwamark?«

Fenryl legte den Helm auf dem Kartentisch ab und begrüßte die Versammelten: Yilvina und Obilee, die Gräfin Caileen, die den Oberbefehl über die Streitwagen und Reitertruppen führte, und die Heilerin Nardinel.

Der Graf warf einen Blick auf die Karte und deutete auf den Mordstein. »Es ist Bewegung in die Truppen gekommen. Die Trolle verstärken ihr Heer. Viele junge Welpen sind vor der Zeit zu den Waffen gerufen worden. Sie haben Truppen nach Osten in Richtung der Walbucht in Marsch gesetzt. Weitere fünftausend Krieger sind auf dem Weg nach Süden. Sie stehen kurz vor Jerash und blockieren den Weg hinauf zum Mordstein.« Er machte eine kurze Pause.

»Und was noch schlimmer ist, ich habe Orgrim gesehen. Er scheint den Oberbefehl zu führen. Man spürt es. Die Dinge ändern sich. Es sind viel mehr Späher und Streifen unterwegs. Sie wollen uns unsere Augen nehmen. Ich bin zweimal von Raben angegriffen worden. Ich glaube, Orgrim hat seinen Schamanen befohlen, jeden Vogel vom Himmel zu vertreiben. Auf all meinen Flügen mit Schneeschwinge in diesem Sommer bin ich nicht ein einziges Mal von anderen Vögeln angegriffen worden und nun gleich zweimal. Ich bin nicht geneigt, das für einen Zufall zu halten. Auch wird die Flotte in der Walbucht zum Auslaufen bereit gemacht. Es sind mehr als achtzig riesige schwarze Galeassen. Sie könnten ein ganzes Heer darauf einschiffen. Jede der Galeassen kann zweihundert oder mehr Krieger an Bord nehmen.«

Elodrin versuchte ein Lächeln, um seine Niedergeschlagenheit zu verbergen. »Du bist sicher, dass Orgrim gekommen ist? Er hat doch ein Herzogtum in der Anderen Welt.« Eigentlich zweifelte er nicht an Fenryls Worten. Er wollte lediglich etwas Zeit gewinnen, um seinen Entschluss noch einmal zu überdenken.

»Ein Irrtum ist ausgeschlossen. Wenn ich mit Schneeschwinge fliege, sind meine Augen so scharf, dass ich jeden Namen auf der Landkarte hier noch aus hundert Schritt Entfernung lesen könnte. Es ist Orgrim. Ich kenne ihn noch von Phylangan. Es war sein tollkühner Angriff ins Herz der Festung, der das Schicksal der uneinnehmbaren Felsenburg besiegelte. Wir müssen mit dem Schlimmsten rechnen.«

»Die marschierenden Truppen und das Spielchen mit der Flotte, all das ist nur Augenwischerei«, erklärte Elodrin. »Orgrim weiß, dass wir ihn beobachten. Er will uns verwirren. Will erreichen, dass wir seine eigentlichen Pläne nicht allzu schnell erraten. Und er hält sich Optionen offen. Die Flotte kann einigen Schaden anrichten, ebenso ein Heer aus fünftausend Trollen. Mit dieser Strategie verfolgt er die Absicht, dass wir unsere ohnehin schon schwachen Streitkräfte noch weiter zersplittern. Was schätzt du, wie stark die Truppen der Trolle sind, Fenryl?«

Der Graf breitete die Hände aus. »Das ist schwer zu sagen. Mit den Kriegern, die die Schiffe bemannen, und den Verstärkungen am Mordstein könnten es wohl wieder fünfzigtausend sein. Wie gesagt, sie haben alle Welpen, die erst im nächsten Frühjahr zu den Kriegern gerufen werden sollten, schon jetzt unter Waffen stehen. Ich glaube, sie suchen noch in diesem Winter die Entscheidung.«

»Dieser Auffassung bin ich auch.« Er griff nach dem Elfenbeinkästchen auf dem Tisch, nahm Emerelles letzten Brief heraus und legte ihn mitten auf den Kartentisch. »Die Königin befiehlt, Feylanviek aufzugeben.«

»Dann war also alles Leid umsonst«, sagte Nardinel. »All die Toten, die Verwundeten und auf immer Verstümmelten haben vergebens gelitten.«

»Wir haben den Trollen zwei oder drei Monde Zeit abgekauft«, sagte Yilvina kühl. »Auch Ollowain war klar, dass dies alles war, was wir erreichen konnten. Ich schlage vor, wir halten uns weiter an seine Pläne, locken die Trolle in die weiten Steppen des Windlands und schneiden sie dort von ihrem Nachschub ab. Dann werden das Land und der Winter das Töten für uns übernehmen.«

»Ollowain ging nicht davon aus, dass wir gegen Orgrim kämpfen müssen«, wandte Elodrin ein. »Der Herzog der Nachtzinne wird unsere Strategie durchschauen, sobald wir uns zurückziehen. Er wird vorbereitet sein, wenn er ins Windland vorstößt.« Er seufzte. »Und Emerelle macht es ihm leichter. Sie überlässt es jedem Bewohner Feylanvieks, ob er vor den Trollen flüchten möchte. Wer hier bleibt und sich unterwirft, der wird dafür nicht bestraft werden. Ihr Plan sieht vor, alle Kämpfer aus dem Windland, aus Uttika, Alvemer, den Mondbergen, Carandamon, den Wäldern am Albenhaupt und auch aus Arkadien abzuziehen. All diese Fürstentümer und Königreiche will sie aufgeben. Und jedem, der dort lebt, steht es frei, sich den Trollen zu ergeben.«

Einen Augenblick lang herrschte ungläubiges Schweigen.

»Sie befiehlt mir, mein Fürstentum aufzugeben. Keine Stadt dort würde sich freiwillig den Trollen ausliefern. Es gibt in Alvemer fünfmal so viele Bewohner, wie wir auf unseren Schiffen transportieren können. Ganz abgesehen davon, ist es nicht ratsam, während der Herbst- und Winterstürme zu segeln. Wenn wir kämpfen, stehen wir allein und dürfen auf keine Unterstützung rechnen. Schlimmer noch, ich habe den ausdrücklichen Befehl, jeden Krieger ins Herzland zu schicken. Wir sind also wehrlos, wenn wir uns dem Willen der Königin fügen.« Elodrin schwieg einen Augenblick, um seinen nächsten Worten mehr Gewicht zu verleihen. »Ich werde mein Kommando über das Heer der Königin niederlegen. Noch in dieser Stunde. Caileen, wirst du den Befehl über die Truppen übernehmen?«

Die Gräfin sah ihn betroffen an. Sie hatte sich immer noch nicht ganz von ihrer Verwundung am Mordstein erholt. »Ich kann nicht …«

»Du bist eine gute Heerführerin. Und ich möchte nicht, dass du mir auf dem Weg folgst, den ich nun einschlagen muss. Ich stelle mich gegen die Befehle der Königin. Das heißt, ich werde mein Fürstentum verlieren, selbst wenn ich gegen jede Hoffnung über die Trolle triumphieren sollte. Es ist nun an der Zeit, eine andere Art von Krieg zu führen. Ollowain hatte mich für das, was ich ihm schon vor Wochen vorgeschlagen hatte, getadelt. Es wird ein Krieg ohne Helden sein. Ein Krieg ohne Glanz. Ein Krieg, in dem die Recken zu Mördern werden. Doch nur so kann ich hoffen, die Meinen vor den Trollen zu bewahren.«

»Ich stelle meine Schwerter weiterhin in deinen Dienst, Fürst«, sagte Yilvina ruhig. »Was die Königin von dir verlangt, ist ehrlos. Ich vertraue darauf, dass du die richtigen Entscheidungen treffen wirst.«

Elodrin lächelte. »Ich will nicht verhehlen, dass ich darauf gehofft habe, dich an meiner Seite zu haben. Du kennst den König des Fjordlands, nicht wahr? Ich werde dich mit einer wichtigen Botschaft zu ihm schicken.«

»Ganz gleich, ob mit oder ohne Ehre gekämpft wird, am Ende gibt es immer Verwundete, die wünschten, dem Krieg niemals begegnet zu sein. Auch ich werde mit dir gehen, Elodrin.« Die Heilerin hielt den Blick gesenkt, so als schäme sie sich dafür, sich gegen Emerelles Befehl zu stellen.

»Auch ich komme …«, setzte Obilee an.

»Nein!« Das hatte Elodrin befürchtet. Wenn die Rebellion erst einmal begonnen hatte, dann würde sie immer weiter um sich greifen. »Nein, Obilee! Du bist eine Vertraute der Königin. Du bist die Einzige hier in diesem Raum, die hoffen darf, Einfluss auf Emerelle zu nehmen. Du darfst dich unserer Sache nicht anschließen. Und auch du nicht, Caileen. Meine Entscheidung macht mich zum Verräter. Ich habe mein Recht verwirkt, die Truppen Albenmarks zu befehligen. Gib nicht auch du dieses Recht auf! Tausende werden durch die Steppe und über die Mondberge flüchten, um den Trollen zu entkommen. Eine entschlossene Reiterführerin kann sie vielleicht vor dem Schlimmsten bewahren. Albenmark braucht dich! Du darfst nicht länger auf meiner Seite stehen!«

Caileen war sehr blass. »Emerelle hat auch meine Ländereien aufgegeben.« Eine steile Zornesfalte erschien zwischen ihren Brauen. »Ganz gleich, was die Königin fordert, ich werde dafür sorgen, dass der Weg nach Arkadien für die Trolle lang und blutig wird. Ich werde an Ollowains Plänen festhalten. Und was soll mit den Kentauren werden? Sie können ihre Herden im Winter unmöglich über die Mondberge treiben. Und selbst wenn sie einen Weg fänden, wovon sollte ihr Vieh in Arkadien leben? Soll es unsere Weizenfelder abweiden? Die Kentauren können nicht fliehen. Emerelle wirft sie den Trollen buchstäblich zum Fraß vor!«

»Ich werde nach Carandamon gehen«, stellte Fenryl klar. »Auch meine Leute können nicht fliehen.«

»Vielleicht«, wandte Obilee ein, »will die Königin ja erreichen, dass die Trolle ihre Truppen aufteilen, sodass man sie leichter besiegen kann. Emerelle hat damit begonnen, ein neues Heer im Herzland auszuheben. Und es heißt, dass es viel Zulauf findet, weil die Trolle blutrünstige Geisterhunde an jeden Fürstenhof schicken, der sich ihnen nicht unterwerfen will.«

Aber kein Geisterhund kann ein halbes Dutzend Fürstentümer vernichten, dachte Elodrin, so wie Emerelle es mit einem Federstrich getan hatte. Zu fliehen war für viele schlichtweg unmöglich, und sich den Trollen zu ergeben, hieß, sich der Gnade von Fleischern auszuliefern. Mit ihrem Entschluss hatte Emerelle ihren Feinden die Vorräte geliefert, die sie brauchten, um schnell vorrücken zu können. Das Einzige, was nun zu tun blieb, war, Orgrim dort zu treffen, wo er am verwundbarsten war. Wenn er den Oberbefehl wieder aufgab, dann wäre viel gewonnen. Und Elodrin war fest entschlossen, genau das zu erreichen.

EIN UNGEFORMTES LEBEN

Elija war überrascht, wie schwer Ganda das Schicksal des Elfen nahm. Man hatte ihr Klagen und Weinen im ganzen Lager gehört, als sie vom Ausflug mit Nikodemus und den anderen zurückgekehrt war. Ihre Tränen schienen nicht mehr versiegen zu wollen. Während er auf ihr Klagen gelauscht hatte, war Elija aufgegangen, welch eine wunderbare Gelegenheit Ollowains Zustand bot. Er hatte Nikodemus geschickt, um Ganda zu holen. Es wäre besser, wenn sie nicht in Hörweite des Elfen miteinander sprachen.

Elija hatte sich ein Stück von der Herde entfernt. Er stand bei einem alten Büffelschädel und blickte nach Norden. Ein dunkelgraues Wolkenband stand am Himmel. Die Narbe an seinem linken Arm zwickte. Der Winter würde in diesem Jahr früh kommen. Und er würde sehr hart werden.

Elija beobachtete, wie Ganda und Nikodemus durch das hohe Gras geschritten kamen. Die Lutin trug enge Hosen und ein helles Hemd, dazu eine knappe Weste. Sie sah gut aus in der Tracht ihres Volkes. In all den Jahren, die sie fort gewesen war, schien sie um keinen Tag gealtert zu sein. Es gab eine Zeit, da war er sehr verliebt in sie gewesen. Er würde nicht zulassen, dass diese Gefühle zurückkehrten. Er brauchte einen klaren Kopf. Die Welt war dabei, sich zu verändern. Bald schon wäre die Tyrannei der Elfen gebrochen. Er durfte sich nicht durch seine Gefühle ablenken lassen!

»Du hast mich zu dir befohlen.« Gandas Stimme klang ungewohnt rau.

»Nikodemus, lass uns bitte allein.« Er wartete, bis sein Bruder außer Hörweite war. Die Lutin hatte die Arme vor der Brust verschränkt. Ihre Augen waren ganz rot von ihren Tränen.

»Es tut mir leid, dass der Elf dir solchen Kummer bereitet. Was ist mit ihm geschehen?«

»Seit wann kümmert dich das Schicksal eines Elfen?«

»Ach, Ganda! Er ist Teil meiner Herde. Ich muss wissen, was unter den Meinen geschieht. Vergiss unsere Streitereien für den Augenblick und erzähl mir einfach, was geschehen ist.«

Sie sah ihn misstrauisch an, doch dann war ihr Bedürfnis zu reden größer als ihre Zweifel an seiner Aufrichtigkeit. »Ich dachte, es ginge ihm besser. Er war aufgewacht. Ich habe mit ihm gesprochen. Ich wäre niemals mit Nikodemus fortgeritten, wenn ich geahnt hätte …« Ihr stockte die Stimme. Tränen standen ihr in den Augen. »Ich … Er war auf dem Weg der Besserung. Ich hätte nicht gehen dürfen.«

Elija legte ihr den Arm um die Schulter. »Mach dir keine Vorwürfe, Ganda. Es ist ein Wunder, dass er überhaupt noch lebt. Bei einer so schweren Kopfverletzung darf man nicht erwarten, dass … nichts zurückbleibt.«

»Aber er schien ganz genesen …«

»Was ist denn nun mit ihm los?«

Ganda atmete schwer aus und trocknete ihre Tränen. »Er erinnert sich an nichts. Anfangs schien es sogar so, als höre er mich nicht einmal. Ich verstehe das nicht. Bevor ich davongeritten bin, habe ich mich noch mit ihm unterhalten.«

Wieder standen ihr Tränen in den Augen. Ihre weinerliche Art ärgerte Elija zunehmend. So war sie früher nicht gewesen! »Aber jetzt spricht er?«

»Ja, aber nur stockend, als müsse er jedes einzelne Wort aus einem Kerker tief in seinem Gedächtnis befreien.«

Elija spürte, wie sich sein Magen zusammenzog. Er hatte gedacht, es bleibe nichts als die fleischliche Hülle zurück, wenn man in eines der Bücher Grobhäm Plogs blickte.

»Er weiß nicht mehr, wer er war. Er weiß auch nichts über die Welt. Er ist wie ein Kind. Wie ein Neugeborenes, nur dass er schon sprechen kann.«

Der Kommandeur kratzte sich hinter den Ohren. »Und was sagt er, wenn er redet?«

»Das ist es ja! Er erinnert sich an nichts. Nicht an seinen Namen oder seine Herkunft. Er weiß nicht, dass er mich schon einmal gesehen hat. Und es scheint ihm Angst zu machen, dass er nicht aussieht wie ich.«

Elija musste sich beherrschen, um nicht zu grinsen. »Hast du ihm denn viel über seine Vergangenheit erzählt.«

Sie schüttelte den Kopf. »Wie sollte ich das? Ich weiß kaum etwas über ihn.«

Elija sah sie mitleidig an, doch innerlich jubilierte er. Ein Elf, der alles Wissen über sich und die Ordnung der Welt vergessen hatte. Damit ließ sich einiges anfangen!

»Er ist wie tot«, sagte Ganda. »Als habe man ihm den Kopf abgeschnitten. Es gibt Ollowain nicht mehr. Alles, was von ihm geblieben ist, ist nur eine leere Hülle.«

»So darfst du nicht denken! Ich dachte, du liebst ihn …«

Ganda sah ihn erschrocken an. Für einen Herzschlag wirkte sie wie ein kleines Mädchen, das man bei einem Streich ertappt hatte. Dann hatte sie sich wieder unter Kontrolle. »Ich sagte dir doch schon …«

»Mach mir nichts vor, Ganda!«, schalt er sie. »Glaubst du, ich bin blind? Du hast so sehr um ihn gekämpft. Und nie habe ich eine Lutin so trauern sehen … Er hat dir dein Herz gestohlen. Und nun ist seine Erinnerung auf und davon. Aber dein Gefühl ist noch da.«

Sie schluckte, wollte etwas sagen, brachte aber kein Wort hervor.

»Ganda, ich bin dein Freund. Siehst du denn nicht, was für ein Geschenk dir das Schicksal gemacht hat? Sag ihm nichts über seine Vergangenheit. Erzähle ihm nichts darüber, wie die Elfen sind. Kein Wort! Soll ich dir etwas über den Ollowain verraten, in den du dich verliebt hast? Er hätte deine Liebe niemals erwidern können, denn du bist nur eine Lutin. Er mag ein großartiger Kerl gewesen sein, aber seinen Hochmut gegenüber Kobolden hat er schon mit der Muttermilch aufgesogen. Er hätte niemals über seinen Schatten springen können. Aber all das gilt jetzt nicht mehr. Er ist frei. Wie ein unbeschriebenes Blatt. Wir können ihn so formen, wie wir uns die Elfen wünschen. Frei von Vorurteilen und Hochmut. Du kannst ihm vermitteln, wie die Welt ist. Dass niemand dazu geboren ist, eines anderen Diener zu sein. Ebenso wie niemand zum Herrscher geboren ist. Ergreife diese wunderbare Gelegenheit. Ich bin mir sicher, du wirst sein Herz wieder erobern … Nein.

Du wirst es zum ersten Mal erobern, denn nun sieht er in dir nur Ganda und nicht die Lutin, der man nicht trauen kann.«

Sie wirkte unschlüssig. »Betrüge ich ihn damit nicht?«

»Wie kannst du von Betrug reden? Du machst ihm ein Geschenk. Lass ihn erfahren, wie es ist, ohne Diener zu leben. Sobald er wieder bei Kräften ist, sollte er mit den Kindern zusammen den Dung der Hornschildechsen sammeln. Er sollte für sein Essen und seinen Schlafplatz arbeiten. Zieh ihn auf wie einen von uns.«

»Aber er ist doch keiner von uns.«

Elija lachte. »Ich glaube, zuerst musst du dich von deinen festgefahrenen Vorstellungen befreien. Du hast es immer noch nicht begriffen, Ganda. Er erinnert sich an nichts mehr. Er ist ein unbeschriebenes Blatt. Ollowain ist tot. Du entscheidest, wer nun geboren wird.«

»Ist das nicht unrecht?«

»Ist es unrecht zu sein wie wir? Wenn du es nicht um deinetwillen tust, dann tue es für unsere Sache. Ein Elf, der denkt und fühlt wie ein Lutin! Und einer, dessen Wort unter den Seinen Gewicht hat. Auch wenn sein Verstand sich aufgelöst hat, sieht er ja noch immer aus wie Ollowain. Sie werden ihm zuhören, weil er ein Elf ist. Aus seinem Munde werden sie Wahrheiten akzeptieren, die wir niemals aussprechen dürften. Begreifst du, was für ein Geschenk er ist? Durch ihn werden die Schranken zwischen Herren und Dienern aufgebrochen. Ein Elf, der sich der Sache der Rotmützen verschrieben hat!« Er packte sie bei den Armen. »Ganda, sieh doch, was für einen Schatz wir in Händen halten!«

»Vielleicht bin ich zu traurig und zu erschöpft, um das Wunder erkennen zu können, das mir widerfahren ist«, sagte sie ruhig. »Du hast Recht, ich habe ihn geliebt. Gegen jede Vernunft.« Sie lächelte melancholisch. »So ist das wohl mit der Liebe. Eine Zeit lang habe ich ihn auch gehasst …«

»Glaubst du denn nicht, dass du in ihm jetzt das wiedererwecken kannst, was du geliebt hast? Diesmal jedoch unbeschwert von seinen Vorurteilen.«

»Und wenn ich ihn geliebt habe, weil er mich trotz seiner Vorurteile gegen unser Volk ritterlich behandelt hat?«

Elija stöhnte. »Das ist doch verrückt. Du denkst zu verwickelt. Und was nutzt es, um das zu trauern, was für immer verloren ist. Blicke in die Zukunft! Denke daran, was du gewinnen kannst. Was er deinem ganzen Volk zu geben vermag, wenn du ihn nach unseren Vorstellungen erziehst.«

»Ich danke dir für deine Anteilnahme. Wahrscheinlich hast du Recht. Verzeih mir, wenn ich mich aufführe wie eine weinerliche alte Jungfer. Wirst du mir helfen mit ihm?«

»Du kannst jederzeit zu mir kommen.«

Sie beugte sich vor und gab ihm einen flüchtigen Kuss. »Danke. Ich habe dich falsch eingeschätzt, Elija.«

Sie ging zur Herde zurück. Der Kommandant sah ihr nach und war überrascht über die widerstreitenden Gefühle, die er empfand. Ihr Kuss und ihre Dankbarkeit hatten ihn zutiefst aufgewühlt. Er fühlte sich schäbig, weil er sie benutzte. Er würde ihr niemals sagen, was wirklich mit Ollowain geschehen war. Wie er ihn ermordet hatte, aus niedersten Motiven. Was dachte er da! Ollowain war ein bedeutender Elf gewesen! Und eine große Gefahr! Er hatte ihn beseitigen müssen, um die neue Weltordnung nicht zu gefährden. Und nun gehörte er ihm in einem Ausmaß, wie er es sich in seinen kühnsten Träumen nicht hätte ausmalen können.

DER TÄNZER IM SCHNEE

Kadlin schob Björns Arm zur Seite und erhob sich vorsichtig aus dem Bett. Der steinerne Fußboden war eisig. Hastig schlüpfte sie in ihre Kleider und spähte durch den Spalt im hölzernen Fensterladen. Bald würde es dämmern. Sie war gespannt, ob der Baumeister wieder tanzen würde. Ein seltsamer, verschlossener Kerl war dieser Gundaher. Ein Fremder, der vor langer Zeit weit aus dem Süden gekommen war. Und obwohl er ein guter Freund des Königs war, war er immer ein Fremder geblieben. Sein Geschick und sein Eifer hatten die Festung auf dem Pass entstehen lassen. Er wusste alles über Steine und wie man sie zu wunderbaren Bauwerken fügte.

Vorsichtig öffnete Kadlin die Tür. Lächelnd blickte sie zu Björn. Er hatte sich von dem Kampf mit dem Schneelöwen fast gänzlich erholt. Und er war ein wunderbarer Liebhaber. Wenn nur sein Vater nicht wäre! Herzog Lambi ließ keine Gelegenheit aus, schlecht über sie zu reden. Eine Hure nannte er sie, die sich ins Bett seines Sohnes geschlichen hatte. Dass sie Nacht für Nacht an diesem Bett gewacht hatte, bis es Björn besser ging, legte er ihr als Heuchelei aus.

Heiße Wut stieg in ihr auf, wenn sie an das hässliche Monstrum dachte. Kaum anschauen konnte man ›Lambi ohne Nase‹, wie ihn viele Männer heimlich nannten.

Kadlin eilte die Treppenstufen zum Wehrgang hinauf. Der verharschte Schnee knirschte unter ihren Stiefeln. Jeden Abend kam der Frost, dabei hatte der Herbst gerade erst begonnen. Nicht mehr lange, und die halb fertige Burg wäre von den Tälern abgeschnitten. Wenn der Winter einmal Einzug hielt, dann wären die Wege unter Schneebergen begraben. Dann würde es sehr einsam hier oben werden.

Der König hatte die meisten Arbeiter zurück nach Hause geschickt, als der Frost kam. Nur ein paar Steinmetze waren geblieben. Sie behauten unter Gundahers Aufsicht die Steine, die im nächsten Frühjahr gebraucht wurden. Er hatte verboten, weitere Mauern zu errichten, sobald der Frost begonnen hatte. Kadlin hielt das für irgendeinen dummen Aberglauben. Was machte es Mauern und dem grauen Matsch, den er anrühren ließ, um ihn zwischen die Steine zu schmieren, schon aus, ob es heiß war oder schneidend kalt? Aber der König hörte auf Gundaher. Dabei war Alfadas sonst kein sonderlich abergläubischer Mann …

Kadlin lachte. Was wusste sie schon von Alfadas! Sie war eine einfache Jägerin. Den König bekam sie nur von Ferne zu sehen. Aber sie mochte ihn. Wenn er nur nicht so oft so traurig aussehen würde! Offensichtlich überstieg es Silwynas Kräfte, ihn glücklich zu machen. Die Elfe mied sie, seit sie ihr Tal verlassen hatte. Kadlin konnte sich das nicht erklären. Während ihrer Kindheit im einsamen Tal waren Silwynas Besuche immer die Höhepunkte des Jahres gewesen. Die Elfe hatte sie mit auf die Jagd genommen, und sie war viel weniger streng als Kalf gewesen. Sie hatte Kadlin und ihre Schwester, die kleine Silwyna, gelehrt, auf den Baumwipfeln zu laufen und sich so geschickt im Schnee zu bewegen, dass sie fast keine Spuren hinterließen. Sie hatte ihnen die Heilkräfte der Kräuter, Rinden und Blätter erklärt und die Eigenarten der Tiere. Und sie konnte wunderbar Geschichten erzählen. Alfadas musste schon ein sehr eigenartiger Mann sein, wenn er unglücklich war, obwohl Silwyna an seiner Seite lebte. Kadlin jedenfalls war immer glücklich gewesen, wenn Silwyna an ihrer Seite gewesen war, und dass die Elfe nun so tat, als kennten sie einander nicht, machte ihr sehr zu schaffen. Sie wünschte sich einen anderen Namen oder zumindest eine andere Haarfarbe. Silwyna hatte ihr von der toten Tochter des Königs erzählt und wie sehr Kadlin ihr ähnelte. Es musste wohl sehr schwer für den König sein, sie dauernd in der halb fertigen Burg zu sehen. Auch sie hatte angefangen, ihn zu meiden, wo immer das möglich war.

Ihr Vater fühlte sich ebenfalls nicht wohl hier. Kalf ließ keine Gelegenheit aus, auf die Jagd zu gehen und die Burg zu verlassen. Kadlin konnte nicht begreifen, warum alle sich so seltsam verhielten. Wahrscheinlich war sie zu dumm, die Gesetze eines Königshofs zu begreifen. Sie lächelte in sich hinein. All das war ihr egal, so lange sie sich jede Nacht in Björns Kammer schleichen konnte. Es war angenehm, nicht als einzige Frau in der Unterkunft der Jäger übernachten zu müssen. Anfangs hatten die anderen Männer gemeint, sie müssten ihr mit dummen Sprüchen kommen, aber nach einigen Raufereien hüteten sie zumindest in ihrer Nähe ihre Zungen.

Kadlin eilte den Wehrgang entlang bis zum südlichen Eckturm. Die Jägerin war stolz auf die großartige Arbeit, die sie alle in diesem Frühjahr und im Sommer geleistet hatten. Mehr als hundert Schritt war die vordere Burgmauer lang, die fast die Hälfte des Passes blockierte. Sie hatte zwei mächtige Ecktürme und einen Torturm, der mehr als zwanzig Schritt hoch war. Niemals hätte sie es für möglich gehalten, dass man so hoch bauen konnte. Gundaher konnte wahrlich Wunder wirken. Wahrscheinlich gab es nirgends sonst auf der Welt einen so hohen Turm. Bestimmt waren auch die Trolle sehr beeindruckt und würden den Pass künftig meiden.

Kadlin dachte an den Troll, der sie und Björn gerettet hatte. Es war ein großes Unrecht, dass er als Lohn für seine Taten einen Pfeil in die Brust bekommen hatte. Sie wünschte, sie würde ihm noch einmal begegnen und ihm sagen können, wie sie darüber dachte. Vielleicht konnte man sogar mit den Trollen in Frieden leben, wenn die anderen auch so waren wie Brud. Seit der Begegnung mit Brud quälte sie immer wieder ein Albtraum. Sie war gefangen in einer großen Höhle mit vielen Trollen. Und vom Eingang her hörte sie das Heulen eines entsetzlichen Sturms. Ihr war kalt, obwohl eines der grauhäutigen Ungeheuer sie in den Armen wiegte. Ein Troll mit Schmucknarben auf der Brust. An einem Feuer in der Höhle saßen Asla und Kalf. Sie hatten solche Angst, dass sie kein Wort sprachen und nicht einmal wagten aufzublicken.

Gundaher verließ die halbfertige Burganlage durch das Tor und ging die Mauer entlang nach Süden. Der Baumeister hatte sich einen schweren blauen Umhang um die Schultern geschlungen. Er blickte kurz zu den Zinnen empor. Vorgestern hatte er sie auf der Mauer entdeckt, aber kein Wort gesagt. Er wusste, dass sie ihn beobachtete.

Im Osten zeigte sich ein schmaler Silberstreifen zwischen den Bergen. Mit ihm kam ein eisiger Wind. Staunend sah Kadlin, wie der Sturmwind eine breite Fahne aus feinem Schnee von dem Berggipfel blies, der den Pass im Süden überragte. Es sah aus, als wolle der Wind dem schroffen Felsgestein seinen weißen Schleier entreißen.

Gundaher legte den Umhang ab. Er begann sich zu strecken und hüpfte eine Weile auf der Stelle. Ein seltsamer Kerl, der Baumeister. Dann verneigte er sich in Richtung des Silberstreifs am Horizont.

Kadlin stellte sich auf die Zehenspitzen und beugte sich so weit wie möglich über den Rand der Mauer hinaus.

Jetzt hob Gundaher seine ausgestreckte Arme über den Kopf, sodass sich die Handflächen berührten. Der Baumeister war ein korpulenter Mann mit einem kurz geschorenen Kinnbart. Er musste wohl etwa vierzig Jahre alt sein; sein Haupthaar wurde bereits dünner. Dennoch bewegte er sich erstaunlich gewandt. Jetzt machte er einen Satz mitten in eine Fläche aus unberührtem Schnee. Von Mag hatte Kadlin erfahren, dass der Baumeister jeden Winter im ersten Morgenlicht in den Schnee hinausging, um zu tanzen. Er war ein Fremder und ein einflussreicher Mann bei Hof. Niemand hatte ihn je gefragt, warum er das tat.

Es gab viele Gerüchte. Die meisten glaubten, dass Gundaher damit einen Wintergott aus seiner Heimat ehrte.

Kadlin wusste, dass es einen anderen Grund geben musste. Sie verließ Björns Kammer stets noch vor dem Morgengrauen. Dabei war sie auf die morgendlichen Spaziergänge des Baumeisters aufmerksam geworden. Und auf seine seltsamen Tänze. Und sie kannte sein Geheimnis, zumindest einen Teil davon. Wahrscheinlich könnte ihn die ganze Besatzung der Burg beobachten, und keiner würde sehen, was sie sah. Außer Silwyna vielleicht …

Die Jägerin dachte an jenen fernen Sommer zurück, als Silwyna sie und ihre Schwester die Priesterrunen gelehrt hatte. Immer wieder hatten sie beide die Elfe bedrängt, ihnen Zaubern beizubringen. Sie wussten, dass es Magie war, wenn Silwyna selbst im kältesten Winter nie fror oder leichtfüßig über Zweige lief, die so dünn waren, dass sie kaum ein Eichhörnchen getragen hätten. Und sie wollten genauso sein wie Silwyna. Doch sie scheiterten immer und immer wieder. Dennoch wurden sie es nicht müde und bettelten die Elfe an, sie in die Kunst einzuweihen, Magie zu weben.

Kadlin erinnerte sich noch gut an jenen Abend am See, als sie alle drei im weichen Sand gesessen hatten und es wieder einmal um das leidige Thema gegangen war. Damals hatte Silwyna gesagt, Worte seien wie der Wind. Einmal ausgesprochen, seien sie verschwunden und würden nur als ein Echo in unserer Erinnerung weiterleben. Doch wie ein Echo Worte veränderte, die man in eine Felsklamm rief, so veränderte auch die Erinnerung die Worte, und das sei schlimm, denn die Hälfte aller Lügen auf der Welt hätten ihre Wurzeln in diesen falschen Erinnerungen.

Wie immer, wenn die Elfe erzählte, hatten die beiden Mädchen ihr an den Lippen gehangen. Sie hatte eine lustige Geschichte über einen Luthpriester vorgetragen, der sich in den Kopf gesetzt hatte, einen Zauber zu ersinnen, mit dem man den Wind einfangen könne. Ein weit gereister Händler hatte ihm nämlich einmal erzählt, der Wind sei in Wirklichkeit ein unsichtbares Pferd, das Firn, dem Gott des Winters, einst davongelaufen sei. Der Priester hoffte, sich Firn zum Freund zu machen, wenn er dessen Pferd einfing, und er wollte versuchen, den Gott zu überreden, dem Fjordland mildere Winter zu schenken.

Sein ganzes Leben widmete er dem Versuch, das unsichtbare Pferd zu fangen, doch alles, was er erreichte, war, einen Zauber zu weben, der es ihm erlaubte, Worte einzufangen. Er erfand die Priesterrunen.

Und diesen Zauber hatten die beiden Mädchen in jenem Sommer erlernt. Es war der einzige Zauber, den sie jemals bewältigt hatte, dachte Kadlin wehmütig. Sie dachte daran, wie sie mit Stöcken in den Sand gemalt hatten und mit verkohlten Ästen auf Birkenrindenstücke. Ganz besessen waren sie davon gewesen. Und Vater und Mutter hatten ihnen nur staunend zugesehen. Kalf hatte sogar manchmal Angst gehabt. Einmal hatte er sehr mit ihnen geschimpft, weil sie Runenzeichen in einen der Deckenbalken ihrer Hütte geschnitzt hatten und Kalf befürchtet hatte, die Zeichen würden am Ende gar böse Geister herbeirufen.

Weil sie beide kleine Mädchen gewesen waren, hatte es ihnen nicht ausgereicht, die Schrift zu kennen. Eines Tages hatten sie entdeckt, dass die Runen ganz anders aussahen, wenn man ein beschriebenes Stück Birkenrinde an einem windstillen Tag über das unbewegte Wasser des Sees hielt. Sie hatten die Zeichen nachgeahmt, bis sie so gut darin geworden waren, dass man einen Text über Wasser halten musste, um ihn richtig lesen zu können. Diesen neuen Zauber, um Worte einzufangen, der nur ihnen beiden gehörte, hatten sie Wasserrunen genannt. Und in genau diesen Wasserrunen schrieb Gundaher!

Kadlin war regelrecht erschrocken, als sie es erkannt hatte. Der Baumeister hatte etwas gestohlen, von dem sie ganz sicher gewesen war, dass es ihr und ihrer Schwester bis ans Ende aller Tage allein gehören würde. Seine großen Füße stanzten die Wasserrunen in den jungfräulichen Schnee. Und wenn er ein Zeichen vollendet hatte, dann machte er einen tänzerischen Sprung, um ein Stück entfernt die nächste Wasserrune zu beginnen. Jeden Tag waren es nur zwei oder drei Runen, die der Tänzer in den Schnee schrieb.

Kadlin beobachtete den Baumeister. Kurz blickte sie zum Torturm. Natürlich war auch er ein Zauberer. Wer sonst als ein Zauberer hätte einen so gewaltigen Turm bauen können! Er hatte auch etwas von einem Priester, die stille Art und all das Wissen, das er besaß. So viele Geheimnisse konnte man doch nur kennen, wenn man den Göttern näher war als andere Sterbliche!

Gundaher machte einen letzten Sprung und ging dann zu seinem Umhang, der im Schnee lag.

E H T hatten seine Füße in den Schnee gestampft. DER FREUND GEHT. Das war seine Botschaft. Jetzt war sie vollständig. Kadlin runzelte die Stirn. Was wollte Gundaher damit sagen? Sie hatte mit einem Geheimnis gerechnet. Mit etwas, das einem das Blut in den Adern gefrieren ließ. Aber das hier ... So eine Enttäuschung. Der Freund geht. Wollte Gundaher sie vielleicht veralbern? Hatte er das nur geschrieben, weil er wusste, dass sie ihm zusah?

Der Baumeister lehnte sich an die Burgmauer. Er presste beide Hände an die Schläfen, als habe er schreckliche Kopfschmerzen. Er sah wirklich nicht gut aus.

Kadlin lief den Wehrgang entlang und eilte die steile Steintreppe hinab. Als sie aus dem Tor bog, kam ihr Gundaher entgegen. Mit einer Hand tastete er sich an der Mauer entlang. Seine Augen waren geschlossen. Mit der Rechten rieb er sich die Stirn.

»Kann ich dir helfen, Baumeister?«

Er blinzelte sie an. »Lass mich!«

»Im Küchenhaus müssten die ersten Brote fertig sein. Es wird dir besser gehen, wenn du etwas isst und trinkst.«

Er stieß ein trockenes Lachen aus, das an das Krächzen

eines Raben erinnerte. »So, wird es das? Du bist also eine Heilerin.«

»Ich könnte dir auch einen Sud aus Weidenrinde kochen.«

Er blinzelte sie erneut an. Offensichtlich bereitete es ihm sogar schon Schmerzen, die Augen offen zu halten. »Du kennst dich ja tatsächlich aus, Mädchen. Verzeih, ich dachte, du seiest nur die Hure des Herzogsohns.«

»Dann wäre ich ja in bester Gesellschaft. Man erzählt sich, seine Mutter sei auch einmal eine Hure gewesen.«

»Zuzuhören gehört wohl nicht zu deinen Gaben. Seine Stiefmutter war einmal eine Hure. Aber man sollte die Leute nicht nach dem beurteilen, was sie einmal waren, sondern nach dem, was sie sind.« Er lehnte sich an die Mauer und presste wieder beide Hände an die Schläfen.

»Und zu deinen Gaben gehört es wohl nicht hinzusehen. Sonst könntest du vielleicht zwischen einer Hure und einer Jägerin, die es gut mit dir meint, unterscheiden.«

»Bin ich jetzt in Gefahr, von dir niedergeschlagen zu werden?«

»Ich mag meine Fehler haben, Baumeister. Aber ich schlage nicht auf Dunghaufen. Bleib doch hier und verrecke im Schnee. Mich wundert es nicht, dass deine Freunde gehen!« Sie wandte sich um und trat in das Dunkel des Torgangs.

»Warte!«

Sollte er ihr doch den Buckel runterrutschen! »Hörst du mich, Mauer? Sag deinem Baumeister, ich schlage nicht auf Dunghaufen, und ich rede auch nicht mit ihnen!«

»Es tut mir leid, Mädchen. Wenn ich diese Schmerzen habe, sage ich manchmal Dinge, die ich später bereue.«

Kadlin ging weiter. »Ich hoffe, deine Reue ist angenehmere Gesellschaft als ich.«

»Bitte! Sag mir, wie du das mit dem Freund gerade gemeint hast. Bitte! Es tut mir ja leid. Ich habe so lange auf dich gewartet, dass ich blind geworden bin.«

»Ich glaube nicht, dass ein Baumeister sich die Gesellschaft der Hure eines Herzogsohns leisten kann. Jedes Lächeln von mir kostet dich einen Fuchspelz. Und wenn ich dir zuhören sollte … Bei den Göttern, ich glaube, dafür müsstest du mir schon ein Pferd aus den Ställen des Königs schenken. Ich bin vielleicht ein leichtes Mädchen, aber ganz bestimmt kein billiges.« Kadlin hatte zunehmend Spaß an dem Streit. So gut hatte sie sich nicht mehr amüsiert, seit ihre Schwester die kleine Liebelei mit dem Fischer aufgedeckt und um ihren eigenen guten Ruf gefürchtet hatte.

»Verdammt, ich entschuldige mich doch! Was erwartest du noch von mir?«

»Vielleicht einen Turm, der meinen Namen trägt?« Sie war stehen geblieben und wartete, bis der Baumeister sie einholte. Ein dicker Tropfen Blut quoll ihm aus dem linken Nasenloch.

»Verzeih mir. Ich bin den Umgang mit Frauen nicht mehr gewöhnt.«

»Ich glaube kaum, dass du dich an der Tafel des Königs derart pöbelhaft aufführen kannst. Lass dir also eine bessere Ausrede einfallen.«

»Was hältst du von der Wahrheit? Wenn mich die Schmerzen packen, dann bin ich am liebsten allein. Und dummerweise bin ich in der Wahl der Mittel manchmal nicht ganz zimperlich, um mir Ruhe zu verschaffen.« Er zog die Nase hoch und spuckte Blut in den Schnee. »Endlich begegnete ich jemandem, der die Zeichen zu deuten versteht, und dann vergraule ich ihn. Ich bin wahrlich verflucht!« Er blinzelte und konnte die Augen kaum offen halten. Kalter Schweiß stand ihm auf dem Gesicht. Gundaher war aschfahl geworden, und Kadlin hatte Sorge, dass er jeden Augenblick zusammenbrechen könnte.

»Du hast doch eine eigene Kammer. Lass uns dort weiterreden, Baumeister. Ich glaube, du brauchst ein wenig Ruhe.«

»Ich bin nicht krank«, begehrte er auf. »Täusche dich nicht. Es ist das Reden, das mich töten wird, wenn ich meine Zunge nicht im Zaum halte.«

Offensichtlich war er ein wenig verrückt, dachte sich Kadlin.

»Komm mit in meine Kammer. Ich warte seit vielen Jahren auf dich. Ich habe ein Geschenk für dich.«

Die Jägerin blickte zu den beiden Wachposten auf dem nördlichen Ende der Mauer. Sie beobachteten sie. Kadlin war sich darüber im Klaren, dass man sich über sie das Maul zerriss. Wenn sie jetzt mit Gundaher verschwand, kaum dass sie sich aus Björns Kammer geschlichen hatte, dann würde das reichlich Tratsch für lange Winterabende liefern. Sie blieb stehen. »Was ist denn das für ein Freund, der geht?«

Gundaher schüttelte den Kopf. »Du denkst in die falsche Richtung. Mit der Botschaft ist es wie mit den Runen. Du musst sie verdrehen.«

Kadlin hasste Rätsel. Ihre Schwester hatte eine wunderbare Gabe, Rätsel zu lösen. Sie selbst hatte immer schlecht dabei abgeschnitten, wenn Silwyna sie mit Rätselgeschichten hatte unterhalten wollen. »Also kommt dein Freund?«, fragte sie ein wenig verdrossen.

»Du musst es noch mehr verdrehen.« Der Baumeister stöhnte auf. »Aber sprich es nicht aus!«

»Der Freund geht«, murmelte sie leise vor sich hin. Sie konnte ihre Gedanken besser sammeln, wenn sie dabei leise sprach. »Also …« Gundahers gequälter Blick ließ sie verstummen. Rote Äderchen durchzogen das Weiß seiner Augen. Wieder quoll ihm Blut aus der Nase.

Kadlin sah ihn erschrocken an. Das Gegenteil bedeutete: Der Feind kommt! »Hierher?«

Der Baumeister schüttelte den Kopf. »In meiner Kammer … Komm!«

Sie stützte ihn und brachte ihn auf die Rückseite des Langhauses. Seine Kammer lag nicht weit von Björns Kammer entfernt. Als sie um die Ecke des Langhauses bogen, konnte sie sehen, wie die Wachposten auf der Mauer die Köpfe zusammensteckten.

Aus der Kammer des Baumeisters schlug ihnen stickige Luft entgegen. Es roch nach altem Schweiß und Lampenöl. Von der niedrigen Decke hingen an Ketten mehrere Öllampen, über denen sich dunkle Rußflecken auf dem hellen Holz ausbreiteten. Die Wände waren weiß getüncht. Dies war die einzige Kammer, in der man solchen Aufwand betrieben hatte. Doch diese Mühe war vergebens gewesen. Eine Flut von Bildern hatte die weiße Farbe zurückgedrängt. Die meisten waren nur mit Kohlestücken ausgeführt. Es waren Grimassen. Alte, eingefallene Gesichter. Die Münder weit aufgerissen. Ihre Augen verdreht. Zwischen den Gesichtern sah man einen jungen Mann. Nur hier hatte der Zeichner Farbe benutzt. Die Gestalt trug eine lange, blaue Kutte und stand neben einem verbrannten Baum.

Kadlin fiel auf, dass vor allem das Gesicht einer alten Frau immer wieder auftauchte. Die Jägerin trat ein, doch egal, wohin sie sich bewegte, die Augen dieser Frau schienen sie zu verfolgen. Im Gegensatz zu den anderen Gesichtern blickte sie jeden, der durch die Tür kam, geradewegs an.

Die Kammer war karg eingerichtet. Auf dem niedrigen Bett lag eine Schaffelldecke. Auf einem Tisch lagen ordentlich ausgerichtet einige Pinsel. Flache Schalen standen in Reih und Glied. In einigen hafteten noch eingetrocknete Farbreste. Ein Bogen Pergament war mit dünnen Nadeln auf die Tischplatte geheftet. Daneben lag ein Kistchen aus abgegriffenem Leder.

»Ich werde dir keine Fragen beantworten«, sagte Gundaher gehetzt. »Du bist die Erste, die meine Kammer betreten darf, und ich wäre dir dankbar, wenn du niemandem von dem erzählen würdest, was du hier siehst.« Der Baumeister trat an den Tisch, griff nach dem Kästchen und reichte es ihr. »Mein Geschenk an dich. Ein Dichter würde sagen, es enthält die Asche meines vergangenen Lebens. Mariotte ist dort …« Er schüttelte traurig den Kopf. »Ich kann dir nicht erzählen, was geschehen ist. Doch du wirst dem Schrecken so nahe kommen, wie es möglich ist, ohne selbst auf dem Mons Gabino gewesen zu sein. Manches wird sich dir sofort erschließen. Anderes habe auch ich nach fünfzehn Jahren noch nicht begriffen. Vielleicht wirst du jemanden finden, der die Ereignisse zu deuten weiß, die mich hierher trieben. Ereignisse, die mich noch immer nachts verfolgen.« Er deutete auf die Wände. »Und selbst am Tage sind die Verlorenen nie weit von mir.«

»Aber …«

Gundaher zischte und hob einen Finger an die Lippen. »Nein! Keine Fragen.« Er atmete plötzlich wieder schwer und griff sich an den Kopf. »Öffne die Schließe seitlich am Buch. Sieh es dir an. Und nun geh! Ich kann die Schmerzen besser ertragen, wenn ich allein bin.«

Kadlin wich durch die Tür zurück, die der verrückte Baumeister sofort hinter ihr verschloss. Sie war erleichtert, die Kammer verlassen zu haben. Neugierig betrachtete sie das ledergefasste Kästchen. Das also war ein Buch. Sie hatte davon erzählen hören, konnte sich aber nie eine rechte Vorstellung machen, wie so ein Buch wohl aussah.

Vorsichtig schob sie mit dem Daumen die Bronzeschließe auf. Dann klappte sie den Deckel zurück. Ein Frauengesicht blickte ihr entgegen. Sie hatte weizenfarbenes Haar und schöne, sinnliche Lippen. Ob das die Mariotte war, von der Gundaher gesprochen hatte? Im Hintergrund sah man ein Gebäude auf einem steilen Berg. Wohl eine Burg. Obwohl sie nicht sonderlich trutzig aussah, war die Anlage doch von einer steinernen Mauer umgeben.

Kadlin blätterte weiter. Die Bilder zeigten eine Gruppe von Männern und Frauen, die offenbar in der Burg lebten. Sie alle trugen lange blaue Kutten wie jene Gestalt auf den

Wänden in Gundahers Kammer. Dann erschien der Mann aus der Kammer. Er wurde freundlich aufgenommen.

Kadlin hatte das Buch nun halb durchgeblättert und kein einziges Runenzeichen entdeckt. Doch die Bilder wurden schlechter, seit der Gast auf ihnen auftauchte. Es sah ganz so aus, als seien sie in großer Hast entstanden. Ein wenig enttäuscht von ihrem Schatz blätterte Kadlin weiter – und fand das Grauen.

DER VORMARSCH BEGINNT

VERTRAULICHER BERICHT! UNBEDINGT UNTER VERSCHLUSS ZU HALTEN! BEDARF DER FREIGABE DURCH DIE KÖNIGIN!

»… Der Herbst war schon fortgeschritten, als der Vormarsch der Trolle begann. Nur wenige Bewohner Feylanvieks waren dem Befehl der Königin gefolgt und hatten die Stadt verlassen. Ich glaube, viele von denen, die blieben, konnten sich nicht wirklich vorstellen, dass man ihre Stadt aufgegeben hatte. Bis zuletzt hielt ich mit einer Nachhut der Reiterei Stellung. Ich war gefangen zwischen meinen Befehlen und der militärischen Notwendigkeit, den Vormarsch des Feindes so schwer wie möglich zu machen. Ich entschied mich gegen die Königin …

Die letzten Elfen, die Feylanviek verließen, setzten die Lagerhäuser am Mika in Brand. Es geschah noch, während die ersten Trolle über den Mika übersetzten. Die Eroberer hätten die Vorräte an sich genommen, so sagt es die Logik des Krieges. Sie brauchten alle Lebensmittel, um ihr riesiges Heer über die weite, karge Steppe zu bringen. Ich wusste ja nicht, wie es in Talsin kommen würde. Ich war überzeugt, das Richtige zu tun. Mir war klar, dass Feylanviek den ganzen Winter über abgeschnitten sein würde. Kein Schiff aus Vahlemer würde kommen, und kein Stamm der Pferdemänner würde seine Herden zu den Schlachthäusern der Stadt führen, solange die Trolle dort regierten.

Die Königin zwang mich später, die Berichte zu lesen. Und ich musste die Überlebenden besuchen. An jenem Tag, als ich befahl, die Brände zu legen, hatte ich mir nicht vorstellen können, wozu Hunger führen mag. All die geöffneten Gräber und die Morde an jenen, die zu schwach waren, das bisschen Fleisch zu schützen, das sie noch auf den Knochen trugen … Die Albenkinder sind entsetzt über den Kannibalismus der Trolle. Nur wenige ahnen, wie dünn die Wand ist, die uns von ihnen trennt. Ich habe keinen Gedanken an die Bewohner jener Stadt verschwendet, deren Gast ich so lange war. Ich dachte nur an den Winterkrieg in der Steppe, der uns erwartete.

Vierzig Meilen südlich von Feylanviek sammelte Orimedes die wenigen Kentauren, die er zu den Waffen rufen konnte. Erst als das Heer der Trolle die Ruinen von Jerash erreichte, war der Fürst des Windlands bereit gewesen, die Verfolgung seines Sohnes aufzugeben.

Wir wähnten uns in Sicherheit, da wir davon ausgingen, dass die Plünderung von Feylanviek das Heer der Trolle mindestens einen Tag lang aufhalten würde. Doch Orgrim führte auf andere Weise Krieg, wie wir noch oft erfahren sollten. So waren wir völlig überrascht, als aus dem Frühnebel Trolle hervorbrachen und unser Lager umzingelten. Nie zuvor hatte ich ein so verzweifeltes und blutiges Gefecht erlebt. Und nie sah ich so viele Männer sterben, um einen dem Tod Geweihten in Sicherheit zu bringen …«

ZWEIUNDDREISSIG GESTÄNDNISSE
VON: CAILEEN, GRÄFIN ZU DORIEN,
HANDSCHRIFTLICHER BERICHT, KÖNIGLICHES ARCHIV

KLAVES

Er trug einen schweren Leinensack, der mit einem breiten Lederriemen über seine Schulter geschlungen war. Das braune, vertrocknete Sommergras war von einer zarten Schicht Raureif überzogen. Das Gras knisterte, während er hindurchlief und nach Hornschildechsendung Ausschau hielt. Es war diesig. Die Herde hatte schon vor Sonnenaufgang ihre Wanderung begonnen. Ganda hatte ihn sehr früh geweckt. Ganda war immer gut zu ihm. Er mochte sie. Heute Morgen hatte sie ein braunes Pulver auf den grauen Griesbrei geschüttet, das ihn viel besser schmecken ließ.

Klaves lauschte in den Nebel. Die Schreie waren jetzt verklungen und auch das helle Klingen von Metall. Er hatte gespürt, wie die Geräusche die großen Hornschildechsen unruhig gemacht hatten. Und auch in seinem Bauch hatte sich ein kaltes, stacheliges Gefühl eingenistet. Dort im Nebel musste etwas Fürchterliches geschehen.

Ganda war heute Morgen unruhig gewesen. Ob sie gewusst hatte, dass dieser Lärm kommen würde?

Ein dampfender Dunghaufen ließ ihn die Grübeleien vergessen. Klaves kniete nieder. Den Dung von Mondkragen konnte er am Geruch erkennen. Doch dies hier war von einem Bullen und nicht von einer Kuh. Er betrachtete die unverdauten Grashalme, die in dem dunklen Gemenge schimmerten. Sie hatten die Farbe von Sonnenstrahlen. Manchmal stellte er sich vor, dass die Echsen Sonnenstrahlen fraßen. Und wenn sie den getrockneten Dung abends in die Feuer warfen, dann befreiten sie die Wärme der Sonne.

Klaves grub seine Finger tief in den Haufen. Er war angenehm weich und warm. Mit beiden Händen schaufelte er seine Beute in den Leinensack. Dann sprang er auf. Der Riemen auf seiner Schulter drückte auf die alten Wunden auf der Brust. Überall hatte er rote Striemen auf dem Leib, die nur langsam blasser wurden. Ganda und auch die anderen hatten ihm nicht erzählen mögen, was mit ihm geschehen war. Wenn er sich streckte, dann stach es in seiner Schulter und Brust. Und manchmal sprang ihn ein Kopfschmerz an, als habe sich ein Rabe in sein Haar geklammert, um mit seinem Schnabel auf die kahle Stelle an seinem Kopf einzuhacken.

Klaves beschleunigte seine Schritte. Er konnte im Nebel den alten Dickhaut sehen. Auf seinem Rücken war das große Trockengerüst festgeschnallt, auf dem er den Dung ausbreiten musste. Erst wenn er ganz hart und bröckelig wurde, konnte man ihn ins Feuer werfen.

Geschickt kletterte Klaves die Strickleiter zu dem Gerüst hinauf, während Dickhaut gemächlich weitertrottete. Er schüttete den Dung auf eine der geflochtenen Matten mit ihren hohen, wulstigen Rändern, die zwischen das Gitterwerk aus dünnen Stangen gespannt waren, das sich wie Stacheln über den Rücken der Echse erhob. Sorgsam verteilte er die braungoldenen Haufen, damit der Dung gleichmäßig trocknen konnte.

»He, Mistträger! Komm herunter, wir brauchen dich.«

Klaves sah sich verwirrt um, ob noch jemand anderes auf Dickhauts Rücken war.

»Hörst du nicht, du Stinkbeutel?«

Klaves hob den Beutel auf, in dem er den Dung trug. Was wollte Nikodemus von der Leinentasche? Die konnte er nicht haben!

»Klaves! Komm endlich herunter!«

Der Diener war erschrocken. Offenbar hatte der Kommandant schon die ganze Zeit ihn gemeint. Aber warum rief er ihn dann nicht bei seinem Namen? Klaves packte sich an die rasierte Stelle an seinem Kopf. Die Schmerzen kamen wieder. Alles war so verwirrend. Er hatte sich an seinen Namen nicht mehr erinnern können, bis der große Kommandant Elija so freundlich war, ihn zu erwähnen.

Elija war ein guter Kerl. Er kam oft zu ihm. Meist wenn Ganda nicht in der Nähe war. Er erklärte ihm all die Dinge, die er nicht verstand. So vieles gab es, das er nicht verstand! Offenbar war er wohl etwas dumm! Selbst die Kinder konnten ihm Dinge erklären.

Elija sagte, es liege daran, dass er so anders sei. Anfangs hatte er sich große Sorgen deshalb gemacht. Er war viel zu groß! Seine Arme und Beine waren ungelenk. Und er hatte nicht so einen hübschen Kopf wie die Lutin. Manchmal betrachtete er morgens seinen Kopf in der Trinkschüssel. Er war voller kahler Stellen, an denen kein einziges Haar wuchs. Und seine Schnauze war platt und eingedrückt. Den anderen musste es schwer fallen, eine so hässliche Gestalt anzuschauen.

»Klaves! Komm endlich da runter, du Riesentrottel!«

Er beeilte sich, die Strickleiter hinabzuklettern. Unten wartete eine ganze Gruppe von Lutin auf ihn. Dass es so viele waren, machte ihn unruhig. Er stellte sich ungeschickt an, als er vom Ende der Stickleiter absprang, und rollte ins Gras.

Die Lutin lachten. Und auch er fiel in ihr Gelächter ein. Dann waren sie netter zu ihm.

»Du stinkst zum Erbarmen!«, maulte Nikodemus. »Wie oft habe ich dir schon gesagt, dass du deine Finger im Gras abwischen sollst, wenn du in der Scheiße gewühlt hast!«

»Zehnmal, Kommandant.« Das stimmte nicht. Es war öfter gewesen, aber Klaves wusste nicht, wie es nach zehn weiterging. Er wusste, dass es weiterging, aber seine Erinnerung hatte ihn verlassen. Bis zehn konnte er nur deshalb zählen, weil es ihm die Kinder beigebracht hatten. Morgen wollten sie ihm zeigen, wie man an den Zehen weiterzählte, wenn man mit den Fingern fertig war. Das hatten sie versprochen. Aber Klaves freute sich nicht darauf. Sie hatten ihm erklärt, dass er zum Zählen barfuß laufen müsste. Das war nicht gut in dem kalten Gras!

»Wir brauchen jemanden, der schwer tragen kann«, erklärte Nikodemus.

»Kommandant! Jawohl, Kommandant.« Nikodemus mochte es sehr, wenn man ihn mit Kommandant ansprach, deshalb tat er es so oft wie möglich. Das hatte Klaves schnell gelernt, genauso wie er schnell gelernt hatte, dass er schwerer tragen konnte als die Lutin. Mit etwas Mühe konnte er einen ganzen Dunghaufen auf einmal zum Trockengerüst bringen. Jeder Lutin im Lager musste dafür mehrmals laufen. Es war gut, wenigstens etwas zu können. Seine Kraft erfüllte Klaves mit Stolz.

»Los jetzt!« Nikodemus winkte ihm, und die ganze Gruppe der Lutin setzte sich in Bewegung. »Und wisch dir endlich die Scheiße von den Fingern!«

Widerwillig folgte Klaves dem Befehl. Er mochte das Gefühl, wenn der feuchte Dung auf seinen Händen trocknete. Und er beobachtete gerne, wie sich feine Risse in der zweiten, dunklen Haut bildeten und sie sich dann langsam wie Wundschorf ablöste.

Stumm folgte Klaves den Lutin. Nach einer Weile hörten sie ein Stöhnen. Grobe Stimmen erklangen hinter einem Hügel. Noch immer behinderte leichter Dunst die Sicht.

Ein Stück entfernt sah Klaves etwas Großes durch den Nebel gleiten. Es war noch größer als er. Besorgt schloss er dichter zu den Lutin auf.

Auf der Kuppe des Hügels fanden sie ein seltsames Tier. Ein sehr großes Pony. Doch statt eines Halses wuchs ihm ein Männerleib aus dem Rumpf. Es musste ein Verwandter der Lutin sein, denn obwohl ihm die hübsche spitze Schnauze fehlte, hatte er sehr viele Haare im Gesicht.

Die Lutin umringten den Toten. Sie schienen nach etwas zu suchen. Plötzlich kam eine riesige Gestalt den Hügel hinaufgelaufen. Sie kam direkt auf ihn zu und stieß ein markerschütterndes Brüllen aus. Die Kreatur hob eine Keule, aus der scharfe Steinsplitter wie Dornen ragten.

Klaves duckte sich unter einem Hieb hinweg. Er griff

sich an den Gürtel, als müsse dort etwas sein, das ihm helfen könne. »Nicht schlagen!«, rief er verzweifelt.

»Lass meinen Diener in Frieden!«, schrie Nikodemus.

Wieder sauste die Keule nieder. Klaves warf sich flach ins Gras. Der Hieb verfehlte ihn nur um Haaresbreite.

Klaves rollte sich seitlich ab. Halb unter dem toten Ponywesen begraben lag etwas Schimmerndes. Er zog den länglichen Gegenstand hervor. Ein sehr großes Messer!

Ein Schrei ließ Klaves erzittern. Die Kreatur mit der Keule war mindestens einen Schritt größer als er. Sie hatte sich vorgebeugt und brüllte ihn an. Nikodemus versuchte sich zwischen sie beide zu drängen.

»Lass meinen Diener in Frieden, du Trolltrottel!«

Klaves war beeindruckt vom Mut des Lutin. Gerade von Nikodemus, der so gern seltsame Späße mit ihm trieb und sich immer neue Namen für ihn ausdachte, um ihn zu verwirren, hätte er niemals erwartet, dass er ihn verteidigen würde.

»Hör auf meinen Freund, Trolltrottel!«, sagte Klaves drohend. Er war froh, dass er jetzt einen Namen für das Ungeheuer hatte. Das nahm der Kreatur einen Teil ihres Schreckens.

»Weg, du Made!« Der Trolltrottel trat nach Nikodemus, und der Lutin schaffte es nicht mehr ganz, ihm aus dem Weg zu kommen. Mit einem Aufschrei landete er im Gras und krümmte sich vor Schmerz.

»Nikodemus ist mein Freund, Trolltrottel. Du darfst ihn nicht treten!«, sagte Klaves entsetzt.

Die anderen Lutin machten nicht die geringsten Anstalten, sich dem Riesen in den Weg zu stellen. Einer eilte zu Nikodemus.

Ohne Vorwarnung stürmte der Trolltrottel auf Klaves los. Er holte mit der Rechten weit aus. Die Keule schwang dem Diener entgegen. Es war leicht, die Bewegung vorherzusehen.

Klaves wartete bis zum allerletzten Augenblick, dann

machte er einen Schritt zur Seite und wich dem Angriff aus. Sein langes Messer zuckte vor. Ein langer, tiefer Schnitt klaffte im Bauch des Trolltrottels.

Die Bestie presste eine Hand darauf. Bläuliche, blutige Schlangen schienen aus seinem Bauch kriechen zu wollen.

Klaves war jetzt hinter dem Trolltrottel. Er änderte den Griff und stach mit dem langen Messer nach hinten. Er brauchte nicht einmal hinzusehen, um zu wissen, dass er in die Kniekehle treffen würde. Ein wütendes Heulen begleitete den Druck und das Knirschen, als seine Klinge durch Fleisch und Knochen schnitt.

Er befreite das lange Messer mit einem Ruck. Der Trolltrottel war in die Knie gegangen. Schnaufend drehte er sich um. Seine Linke hielt er noch immer auf den Bauch gepresst. Wieder hob er die Keule, noch langsamer und vorhersehbarer als beim letzten Angriff.

Klaves sprang geduckt vor und unterlief den Schlag. In einem geraden Stoß drang das lange Messer durch die Kehle des Trolltrottels in dessen Mund. Die Augen der Kreatur weiteten sich vor Entsetzen. Blut schoss ihm aus Kehle und Mund.

Klaves setzte dem Ungeheuer einen Fuß auf den Bauch, woraufhin noch weitere der blutigen Schlangen aus der Schnittwunde quollen. Mit einem Ruck befreite er seine Klinge.

Der Trolltrottel sackte seitlich ins Gras.

Klaves ging zu Nikodemus. Merkwürdigerweise versuchte der Lutin, vor ihm fortzukriechen. »Alles ist gut, mein Freund. Der Trolltrottel wird dich nicht mehr treten. Hast du Schmerzen?«

»Mir … Mir geht es gut«, stieß Nikodemus erschrocken hervor.

»Du musst keine Angst mehr haben.« Klaves war sehr zufrieden mit sich. Er konnte noch etwas, außer schwere Leinenbeutel mit Hornschildechsendung zu tragen. Offensichtlich war er gut darin, Trolltrottel zu töten. Er streckte Nikodemus die Hand entgegen und half dem Lutin auf die Beine.

»Wir sollten hier verschwinden«, sagte der Lutin zu seinen Kameraden. »Es war keine gute Idee, ihn mitzunehmen.«

Klaves verstand das nicht ganz. Immerhin hatte er Nikodemus davor bewahrt, noch einmal getreten zu werden. Enttäuscht kniete er neben dem großen Ponymann nieder. Zu dem langen Messer gehörte eine Hülle aus rotem Leder. Er schob die Waffe hinein und steckte sie in seinen Gürtel. Sie fühlte sich gut an seiner Seite an. Das war es, was gefehlt hatte, als er vorhin an seinen Gürtel gegriffen hatte.

»Hat ihn jemand gesehen?«, fragte Nikodemus die anderen.

Die Lutin schüttelten die Köpfe. Sie blickten den Hügel hinunter. Der Dunst hatte sich etwas gelichtet.

Klaves war erschrocken über das Bild, das sich ihm bot. Überall lagen tote Ponymänner. Auch tote und verwundete Trolltrottel waren dort. Und kleinere, zartere Körper. Gestalten, die aussahen wie er. Gerne wäre er hinuntergegangen, um sie sich näher anzusehen.

»Komm, Klaves!«, befahl Nikodemus. »Wir gehen zurück zur Herde.«

Klaves zögerte kurz. Er musste dem Kommandanten folgen. Er war sein Diener. Was er selbst gern tun würde, zählte nicht.

DER WOLKENSPIEGEL

Eine eisige Windböe empfing sie auf dem Pass. Mag hatte Ulric von diesem Ort und seinen Besonderheiten erzählt. Der Prinz von Firnstayn blickte blinzelnd zu der strahlend weißen Gletscherzunge, die sich in den weiten See vor ihnen schob. Irgendwo dort oben im Eis war Mag, um über sie zu wachen. Unerklärlicherweise schien der Veteran aus Phylangan völlig unempfindlich gegen Kälte zu sein.

Halgard lenkte ihre Stute an seine Seite. Sie legte den Kopf zurück und blickte in den weiten, wolkenlosen Himmel. Wie ein riesiger Spiegel lag der See vor ihnen. Himmel, Berge und Gletscher betrachteten in ihm ihre Ebenbilder.

»Was für ein wunderbarer Ort«, flüsterte Halgard, als fürchte sie, mit ihrer Stimme die stille Majestät der Berge zu stören. »Wie heißt der See?«

»Er hat keinen Namen«, sagte Ulric leichthin. »Vor uns sind erst wenige Menschen hier gewesen. Ich schenke ihn dir.«

Sie lachte. »Du bist verrückt!«

»Ich bin der Sohn des Königs. Alles Land, das niemand bebaut, gehört dem König. Und mein Vater wird es mir nachsehen, wenn ich einen See verschenke, den bislang kaum jemand kennt.«

Halgard schluckte. Einen Augenblick schien es, als wolle sie in Tränen ausbrechen. Dann hatte sie sich wieder in der Gewalt. Der Morgen war schlimm gewesen. Sie hatte entdeckt, dass der große schwarze Hund seines Vaters Blut pisste. Daraufhin hatte sie wieder die drei verfluchten Lebensfäden aus den Holzpuppen geholt und sie nebeneinander gelegt. Manchmal verbrachte sie halbe Tage damit, die Fäden anzustarren und auszurechnen, wann sie sterben würden.

»Ein so wunderschöner Ort sollte einen Namen haben«, sagte sie. Ein scheues Lächeln spielte um ihre Lippen. Manchmal waren ihre Launen schon sonderbar. Von einem Herzschlag zum nächsten konnte ihre Stimmung von himmelhoch jauchzend bis zu Tode betrübt wechseln.

»Du wirst ja wohl nicht erwarten, dass ich dir die Mühe abnehme, für deinen See einen Namen zu finden. Mir würde nur so ein Unsinn wie Halgards Spiegel einfallen.« In Wahrheit hatte er sich den halben Weg hier hinauf Gedanken darüber gemacht, mit welchem Namen er ihr eine Freude bereiten könnte.

»Nein, das wäre kein guter Name. Es wäre fürchterlich anmaßend, so etwas Schönes nach mir zu benennen.«

»Aber du bist schön!«, begehrte er auf.

»Ich liebe es, von dir geliebt zu werden.«

Ihr Lächeln ließ ihn alle Traurigkeit vergessen. Vielleicht würde sein Plan doch noch gelingen. Er wollte, dass sie einen wunderbaren, unvergesslichen Tag erlebten. Auf viele Tage durften sie nicht mehr hoffen. Und jede Stunde konnte das Wetter umschlagen und das Blau des Himmels für Wochen verschwinden lassen. Bis ans Ende ihrer Tage …

»›Wolkenspiegel‹ wäre doch ein schöner Name«, sagte sie gut gelaunt.

»Hast du gehört, welchen Namen dir die schönste Maid des Fjordlands ausgesucht hat?«, rief er lauthals auf den See hinaus. »Von heute an bist du der Wolkenspiegel!«

»Danke«, sagte Halgard unvermittelt.

Ulric lächelte ein wenig verlegen. »Warte ab, was ich mir noch überlegt habe, bevor du mir dankst. Ich hatte vor, mit dir schwimmen zu gehen.«

Sie sah ihn mit großen Augen an. »Hier? Das Wasser muss doch eisig sein!«

»Ich sagte doch, dass es zu früh ist, um mir zu danken.« Er trieb seinen Braunen voran. »Komm, ich zeig dir etwas.«

Dicht am Ufer gab es einen großen Felsen, in den eine Nische gebrochen war, die den Ort vor dem Wind und vor Blicken schützte. Dort war eine Feuerstelle vorbereitet, und ein stattlicher Stapel Brennholz lag unter einem Überhang aufgeschichtet.

Halgard runzelte die Stirn. »Da hat sich jemand reichlich Mühe gemacht. Die Baumgrenze liegt doch mehr als eine Wegstunde hinter uns.«

»Es hat ein paar Vorteile, der Sohn des Königs zu sein«, sagte Ulric gut gelaunt und schwang sich aus dem Sattel. Er sah sich nach dem Holzstecken um, den Mag hier irgendwo in den Boden gerammt haben musste. Als er ihn fand, schlang er die Zügel darum. Der Schatten des Steckens war auf wenige Finger Breite geschrumpft. Prüfend blickte Ulric zum Himmel. Die Mittagsstunde war nicht mehr weit! Kurz danach würde es geschehen. Sie sollten sich beeilen.

Er sattelte den Braunen ab, dann versorgte er die Stute.

Halgard kauerte sich in die Felsnische und sah ihm zu. Erst als er fertig war, sprach sie. »Den Scherz mit dem Schwimmen habe ich nicht verstanden, fürchte ich.«

Ulric öffnete die Schließe seines Umhangs. »Ich fürchte, das war kein Scherz.«

Sie stöhnte. »Bitte nicht. Es ist so ein schöner Tag …«

Als Kinder waren sie unter eine geschlossene Eisdecke geraten und fast ertrunken. Nur den heilenden Kräften der Elfenkönigin hatten sie es zu verdanken, dass sie noch lebten. Im Sommer darauf hatte Mag ihnen Unterricht im Schwimmen gegeben. Anfangs war es ihnen beiden schwer gefallen, sich dem Wasser anzuvertrauen. Aber gegen Ende des Sommers waren sie immer tollkühner geworden, und inzwischen liebten sie es zu schwimmen. Doch Halgard war zu verfroren, um auch im Winter wirklich Freude daran zu haben.

Ulric hatte sich ganz ausgezogen.

»Sind wir wirklich allein?«, fragte Halgard.

»Natürlich«, log der Prinz.

»Und wenn ein Troll kommt?«

»Die hassen schöne Orte wie diesen. Du musst dir keine Sorgen machen.«

Zögernd streifte Halgard ihre Kleider ab. Ihr dabei zuzusehen, erregte Ulric. So viele Jahre waren sie nun schon ein verheiratetes Paar, aber es gab nur selten Gelegenheit, sie bei gutem Licht nackt zu sehen. Ihre schweren Brüste. Die milchweiße Haut.

»Im Schatten des Felsens hat sich ein wenig Schnee von der Nacht gehalten.«

»Muss das sein?«, brummte sie. »Es ist doch so schon kalt genug.«

Ulric hörte nicht auf ihr Maulen. Er wusste, dass sie kommen würde. Der raue Schotter, den der längst abgeschmolzene Gletscher zum Seeufer getragen hatten, stach nach seinen Fußsohlen. Er war zu weich geworden. Als Kind war er den halben Sommer barfuß unterwegs gewesen. Damals hatte es ihm nichts ausgemacht, über scharfkantige Steine zu gehen. Seine Füße hatte eine Hornhaut geschützt, dick wie eine Ledersohle. Halgard ging auch heute noch oft barfuß. Grinsend folgte sie ihm. Sie wusste genau, welche Qualen er litt.

Endlich erreichte er den Schneeflecken. Er war ein wenig mehr als doppelt so groß wie ihr Bett. Die Sonne stand jetzt im Zenit. Es gab keinen schützenden Schatten mehr. Ein dünnes Rinnsal sickerte vom Schneefeld zum See hinab.

Ulric kniete sich nieder. Er wollte zwei Hände voll Schnee zusammenklauben, als ihn ein Stoß mit dem Gesicht voran in dieses eisige Bett stürzen ließ. Lachend sprang Halgard ihm auf den Rücken und massierte ihm eine Portion Schnee in die nackten Schultern.

Sein ganzer Leib prickelte vor Kälte. Ulric atmete nur stoßweise. Im ersten Moment war er völlig überrumpelt und wehrlos. Dann bekam er ein Bein von Halgard zu packen und zog sie von sich herunter. Lachend balgten sie sich im Schnee, bis ihre Lippen blau vor Kälte waren.

»Komm jetzt!« Ulric half ihr auf, und Hand in Hand liefen sie hinab zum Ufer.

Vorsichtig tasteten sie sich ins Wasser. Nach der Rauferei im Schnee schien es ihnen fast warm. Runde, glatte Kiesel liebkosten ihre Füße. Dann endlich waren sie weit genug, um frei schwimmen zu können. Ulric ließ sich nach vorne fallen, und der Wolkenspiegel umschloss ihn mit eisiger Umklammerung. Einen Augenblick lang keimte in ihm wieder die Erinnerung daran auf, wie er mit den Fäusten verzweifelt gegen den Eispanzer über sich getrommelt und die Kälte ihn langsam gelähmt hatte.

Halgard war ganz still geworden. Er sah ihr an, dass auch sie die Erinnerung eingeholt hatte.

Ulric blickte zum Himmel. Die Mittagsstunde war gerade vorüber. Das war die Zeit! Er suchte am gegenüberliegenden Ufer nach einem Berg, der an einen riesigen Turm erinnerte. Und als er den roten Felskoloss entdeckte, schwamm er in seine Richtung. »Komm!«, rief er Halgard zu. »Blut lebt, was soll uns also passieren!«

»Wir könnten uns zum Beispiel ein Bein brechen«, rief sie. »Bist du nicht ein bisschen zu alt für solche törichten Mutproben? Hast du mich deshalb hierher gebracht? Ich glaube, mir ist gerade der Spaß am Schwimmen vergangen.«

»Bitte bleib! Entschuldige. Es war dumm von mir. Ich …«

»Mir wird kalt«, entgegnete Halgard ungehalten.

Verzweifelt blickte Ulric über die spiegelglatte Wasserfläche. Mag hatte ihm gesagt, dass es immer kurz nach der Mittagsstunde geschehen würde. Das war jetzt! Wo blieb das verdammte Wunder?

»Es ist noch weit zum Ufer. Komm! Lass uns Luth nicht herausfordern.«

Ein Stück entfernt begann mit einem Mal die Wasseroberfläche zu brodeln. Tausende silberner Perlen stiegen aus der Tiefe auf, um zu zerplatzen, sobald sie das schützende Wasser verließen. Blasser Dunst breitete sich über dem Wasser aus.

»Was ist das?«

»Mein Geschenk für dich.« Er schwamm zu ihr und küsste sie. »Komm schon.«

Halgard wirkte ängstlich, aber sie folgte ihm. Die Silberperlen kitzelten ihre nackten Leiber. Das Wasser war plötzlich angenehm warm. Der Dunst wurde dichter.

Mit den Füßen strampelnd, drehte sich Ulric im Kreise und prägte sich das Panorama der Bergriesen rings herum ein. Dann schätzte er den Abstand zum großen Felsblock nahe dem Ufer. Etwa zweihundert Schritt. Ein weiter Weg, wenn das Wasser wieder kälter wurde und ihre Kräfte erschöpft waren.

Ein leichter Duft wie von fauligen Eiern hing in der Luft. Gerade eben wahrnehmbar. Unaufdringlich.

»Was ist mit dem Wasser?«, fragte Halgard.

»Ich weiß es nicht. Mag hat es entdeckt. Jeden Tag kurz nach der Mittagsstunde steigen hier die Blasen und das warme Wasser aus der Tiefe auf, als gäbe es am Grund des Sees eine Quelle, die aber nur manchmal fließt.«

Halgard schlang ihm die Arme um den Nacken. »Es ist schön hier. All die Luftblasen und die leichte Strömung von unten. Es ist, als liebkosten einen tausend zärtliche Hände. Überall …« Sie lächelte sinnlich. »Wie lange sprudelt die Quelle?«

»Etwa eine halbe Stunde.« Er spürte ihre Hand zwischen seinen Schenkeln.

»Wird das reichen, mein Geliebter?«

Er lächelte. »Wollen wir es herausfinden?«

EIN EINFACHER PLAN

Die Fackel am Tor wies ihnen den Weg durch die Dunkelheit. Sie waren zu lange am See geblieben. Eine wohlige Wärme breitete sich in Ulric aus, als er an die gestohlenen Stunden dachte. Stunden, in denen sie beide die roten Fäden aus ihren Holzpuppen vergessen konnten.

Sein Brauner schnaubte unruhig. Der Prinz strich ihm über den Hals. »Bald bist du wieder in deinem Stall.«

»Ich sehe gar keine Wachen auf der Mauer«, sagte Halgard unruhig. »Sie hätten doch ein Hornsignal geben müssen.«

Ulric zügelte den großen Hengst. »Wahrscheinlich haben sie uns nicht gesehen.«

»Bei dem hellen Sichelmond?«

Das ließ sich nicht von der Hand weisen. Sein Vater hatte nur die besten Männer mitgenommen. Etwas musste in ihrer Abwesenheit geschehen sein! Er musterte die Zinnen. Auf der Mauer rührte sich nichts.

»Vielleicht solltest du zurückbleiben.« Er lockerte sein Schwert in der Scheide. Das Tor stand weit offen. Verdammt! Alle dort oben wussten, dass jederzeit mit einem Überfall von ein paar übermütigen Trollen zu rechnen war. Natürlich half ein verschlossenes Tor nur wenig, wenn drei von vier Burgmauern noch nicht vollendet waren. Doch hier ging es um Disziplin! Das Tor hatte nachts geschlossen zu sein. Und es gab keine Entschuldigung dafür, keine Wachen auf den Mauern zu haben!

»Etwas ist da oben«, sagte Halgard leise.

Sein Brauner peitschte unruhig mit dem Schweif.

Ulric konnte nichts entdecken, so angespannt er auch starrte.

»Spürst du es nicht? Da lauert jemand.«

»Dein Weib hat gute Augen, Prinz Ulric.« Wie aus dem

Nichts stand eine Gestalt vor ihnen und griff seinem Hengst in die Zügel. Sie hatte mit einem seltsamen, singenden Akzent gesprochen. Ulric blickte in kalte graue Augen. Die Iris war von einem schwarzen Kranz eingefasst. Wolfsaugen!

»Du bist ein Maurawan.«

Der fremde Krieger trat ein wenig zur Seite, sodass Mondlicht auf sein Antlitz fiel. Er lächelte. »Du kennst die Völker Albenmarks gut für einen Menschen.« Er hob den Arm und winkte zur Mauer.

»Was glaubst du, wie viele Bogenschützen dort oben warten, edle Dame?«

»Zwei«, sagte Halgard.

»Es sind drei. Aber den dritten kann selbst ich nicht sehen. Fingayn sieht niemand, wenn er es nicht will. Es heißt, selbst seine Mutter habe ihn unmittelbar nach der Geburt aus den Augen verloren.«

»Könnt ihr euch unsichtbar machen?«, fragte Halgard ungläubig.

Statt zu antworten, zog der Maurawan einen Zipfel seines Umhangs über den Kopf und kauerte sich nieder. Er sah aus wie ein Baumstumpf. Die Schattierungen des Stoffes hatten dieselbe Farbe wie von Wind und Wetter ausgeblichenes Holz; sein Pfeilköcher ragte wie ein abgestorbener Ast zur Seite.

Ulric wusste um die Fähigkeiten der Maurawan. Silwyna hatte ihm manchmal von ihrem Volk erzählt, allerdings war sie nur sehr selten in der Stimmung, von Albenmark zu sprechen. Der Prinz räusperte sich. »Ohne unhöflich erscheinen zu wollen …« Er machte eine kurze Pause, doch der Maurawan nutzte die Gelegenheit nicht, um sich vorzustellen. »Was verschafft mir die Ehre, von Jägern der Maurawan empfangen zu werden? Und warum sind die Wachen meines Vaters von den Wällen verschwunden?«

Der Maurawan erhob sich. »Weil dein Vater wünschte,

dass alle Krieger die Rede des hässlichen Mannes ohne Nase hören.«

»Aber warum seid ihr hier?«

»Ohne dich drängen zu wollen, Prinz … Die Antworten erwarten dich in der Festhalle. Ich bin nur ein Wachposten.«

Ja, nur ein Wachposten! Ulric wusste sehr genau darum, wie empfindlich die Maurawan waren. Sie ließen sich von niemandem Befehle geben. Nur ein Wachposten! Lächerlich! Der Kerl war hier, weil ihm nicht der Sinn danach stand, in der verräucherten Halle zu weilen, und weil er es für sinnvoll hielt, dass ein paar Wachen auf Posten blieben. Wenn er ihm den ahnungslosen Wachposten vorspielte, dann geschah das, weil er keine Lust hatte, Erklärungen abzugeben.

Ohne auf seine Antwort zu warten, griff der Maurawan nach den Zügeln seines Braunen.

Ulric ließ ihn gewähren.

Halgard warf ihm einen fragenden Blick zu, doch er war genauso überrumpelt wie sie. Das Einzige, was er sicher wusste, war, dass von den Maurawan mutmaßlich keine Gefahr ausging. Andernfalls wären sie beide schon tot.

Der Elfenkrieger brachte sie durch das Tor hinauf zur Burganlage. Auf dem Hof standen zwei schlanke, feingliedrige Pferde. Es waren wunderbare Tiere. Im Mondlicht sah ihr Fell sandfarben aus, Schweif und Mähne waren milchweiß. Ihr Zaumzeug war mit silbernen Beschlägen verziert. Als sie die Köpfe hoben, erklangen leise Glöckchen. Die Pferde wären eines Königs würdig gewesen, dachte Ulric. Sein Vater hatte einige Elfenpferde aus Albenmark mitgebracht und sie mit den drahtigen, kleinen Pferden des Fjordlands gekreuzt. Das Ergebnis waren sehr ausdauernde, trittsichere und kluge Reittiere. Doch die Anmut der Elfenpferde hatten sie verloren.

Tosendes Gelächter ließ seinen Braunen scheuen. Es tönte von der Königshalle herüber. Dann erklang aus hunderten Kehlen der Kriegsruf der Fjordländer. »Sieg und Ruhm! Sieg und Ruhm!«

Ulric hatte ein ungutes Gefühl, als er sich aus dem Sattel schwang. Sein Vater stand den Elfen zu nahe! Den letzten Dienst, den er ihnen erwiesen hatte, hatten hunderte von Fjordländern mit ihrem Leben bezahlen müssen.

Halgard trat an seine Seite. Sie schien seine Unruhe zu spüren. »Was geschieht hier?«

Ulric blickte dem Maurawan nach, der ihre Pferde fortführte. »Ich fürchte, uns steht ein Feldzug bevor.«

»Jetzt, kurz vor Einbruch des Winters? Kein vernünftiger Mensch führt Krieg, wenn man das Wetter mehr fürchten muss als seine Feinde.«

Er lächelte traurig. »Da stimme ich dir zu. Kein vernünftiger *Mensch!* Elfen und Trolle hingegen scheren sich nicht um Schnee und Eis. Und ich fürchte, was uns erwartet, wird mit Vernunft nicht viel zu tun haben.« Er stieß das Tor zur Königshalle auf. Das Licht und der beißende Rauch blendeten ihn. Der schwere Honigatem von Festen, bei denen der Met in Strömen floss, schlug ihm entgegen.

»Sieg und Ruhm! Sieg und Ruhm!«, dröhnte es von den Wänden. Die Krieger hielten ihre Trinkhörner hoch. Immer wieder grölten sie den Schlachtruf.

»Viele von euch kenne ich, seit sie Knaben sind. Und ich kannte eure Väter, die im Elfenwinter ihr Leben gegeben haben, um euch zu retten. Um das Fjordland gegen die Blut saufenden Bestien zu verteidigen. Ihr seid unser Schild und unser Schwert, seit ihr alt genug seid, eine Waffe zu halten. Auch ihr seid Blut saufende Ungeheuer geworden, und endlich ist der Tag gekommen, euch von der Kette zu lassen. Der Tag, an dem die Scharmützel enden und wir Rache nehmen werden für all unsere Toten! Die Trolle waren es, die die Fackel des Krieges in unsere Dörfer und Städte getragen haben. Nun sollen sie lernen, wie es ist, sein Heim brennen zu sehen. Eine Elfenflotte ist unterwegs zur Nachtzinne, und wir werden an der Seite unserer Waffenbrüder stehen, um die Trolle aus ihrer Festung zu locken. Und wenn wir sie da haben, dann werden wir ihnen in den Arsch treten, dass sie unsere Stiefelspitzen auf der Zunge spüren!«

Die Krieger brachen in begeisterten Jubel aus.

Ulric schmunzelte. Diesen Spruch mit der Stiefelspitze hatte Lambi schon hunderte Male gebraucht, aber die Männer mochten ihn. Eine Rede des Herzogs ohne seinen Lieblingsspruch war undenkbar. Ebenso, wie es stets um Ärsche, Schlappschwänze, Hurensöhne oder Bastarde ging. Ulric hätte eine dieser Reden wortwörtlich wiederholen können, und die Männer hätten ihm bestenfalls ein mitleidiges Lächeln geschenkt. Aber Lambi schaffte es auf seine unvergleichliche Art, die Herzen der Krieger in Flammen zu setzen. Dabei war er wohl der hässlichste Mann des Fjordlands. Ihm war die halbe Nase weggeschnitten, sodass man in eine dunkle Höhle blickte, wenn man ihm ins Gesicht sah. Selbst hart gesottene Krieger senkten vor dem Herzog den Blick. Aber wenn er vor einer Schlacht oder auch an einem offenen Kriegergrab eine Rede hielt, dann vermochte niemand anderes mit seinen Worten so tiefe Gefühle zu wecken wie er. Und niemand erzählte so unterhaltsame Geschichten über seine Heldentaten – erfundene und tatsächliche –, wie Lambi es tat. Sogar etliche Skalden beneideten ihn um sein Geschick, die Zuhörer an seine Lippen zu fesseln.

Ulric drängte sich durch die Reihen der Männer, bis er Lambi endlich sehen konnte. Er stand auf einem Tisch und schwenkte während seines Vortrags sein Methorn, als sei es ein Schwert, mit dem es galt, Trolle aufzuspießen.

Der Herzog winkte ihm gut gelaunt zu. »Wie ich sehe, ist die Runde der Helden nun vollständig. Willkommen in unserer Mitte, Ulric Alfadasson!«

Ulric räusperte sich. »Was für ein Fest habe ich verpasst?«

»Oh, nicht Bedeutenderes als den Ausbruch des Krieges,

Junge.« Die Männer rings um ihn brachen in schallendes Gelächter aus. Einige klopften ihm auf die Schultern. Mag war einer von ihnen. Selbst jetzt, von Met und schönen Worten berauscht, hielten die meisten Abstand zu ihm, dem Wiedergänger.

Ulric blickte erschrocken zu seinem Vater. Sein Thron stand auf einem kleinen Holzpodest, sodass ihn die zechenden Männer gut sehen konnten. Doch zu viele Arme wurden hin und her geschwenkt. Einige Krieger hatten zu tanzen begonnen und neckten sich gegenseitig damit, wer höher springen könnte.

Lambi war vom Tisch heruntergestiegen und drängte sich zu ihm durch. »Komm, dein Vater will dich sehen. Ich denke, wir können unsere Raufbolde ein wenig sich selbst überlassen.« Der Herzog tauschte einen kurzen Blick mit Mag. Der gebrandmarkte Recke nickte ihm zu. Er würde dafür sorgen, dass die Stimmung in der Königshalle nicht zu ausgelassen wurde.

»Halgard wird mit uns kommen«, entschied Ulric.

Lambi hob die Brauen. Ein Schnauben drang durch den Krater seiner Nase.

»Du glaubst doch nicht, dass ich sie inmitten einer Horde besoffener Krieger zurücklasse?«

»Sie könnte vielleicht draußen …«

»Bin ich ein Fohlen auf dem Jahrmarkt?«, mischte sich Halgard verärgert ein. »Ich kann auf mich aufpassen! Geht schon und besprecht euren Krieg. Ich erwarte dich in unserer Kammer.« Ihr Blick wurde wärmer. »Danke«, flüsterte sie. »Was immer auch geschehen mag, die Erinnerung an den Wolkenspiegel wird mich den ganzen Winter über wärmen.«

Sie zog den langen grünen Umhang straffer um ihre Schultern und ging stolz erhobenen Hauptes durch die Reihen der Männer. Und wie das Wasser vor dem Bug eines großen Schiffes, das den Fjord hinaufeilt, so wichen sie vor ihr zurück.

»Sie wird eine gute Königin werden«, sagte Lambi anerkennend. »Wenn ich noch eine Nase hätte, würde ich ihr den Hof machen.«

Ulric sah den bärtigen Krieger ungläubig an. »Hast du denn keine Angst vor Wiedergängern?«, fragte er kühl.

»Nicht wenn sie so hübsch sind wie dein Mädchen. Aber jetzt ist keine Zeit für Weibergeschichten. Komm mit!« Der Herzog führte ihn hinter den Thron und von dort in den kleinen Raum, in dem Alfadas manchmal mit einigen seiner Vertrauten aß und die Berichte der Späher besprach. Ulric wusste, dass sein Vater die Festhallen des Fjordlands mit ihren offenen Feuergruben und den munter pöbelnden Zechern nicht mochte. Wenn sie beide allein waren, erzählte sein Vater gern von den Palästen der Elfen und ihren Festen. Von der Magie, von wunderbaren Kleidern, Frauen, schön und kalt wie das Feenlicht, das in den Winternächten am Himmel des Fjordlands tanzte.

Als die Tür zum Zimmer hinter dem Thron aufschwang, erblickte er als Erstes Silwyna. Sie stand dicht bei der Tür und etwas abseits von dem Tisch, über den sich die übrigen Anwesenden beugten. Ihre Wolfsaugen zeigten keine Gefühle, obwohl um ihre Lippen die Andeutung eines Lächelns spielte. Als Kind hatte Ulric sie immer bewundert. Die Elfe Silwyna war für ihn eine lebendig gewordene Märchengestalt gewesen. Doch seine verlorene Mutter hatte sie nicht ersetzen können und wollen. Später hatte er begriffen, wie naiv es gewesen war, von einem Weib, das sein eigenes Kind bei Wölfen zurückgelassen hatte, um mit seinem Vater zusammen zu sein, die Zuneigung einer Mutter zu erwarten. Und seit Halgard ihm die Augen geöffnet hatte, wer Kadlin wirklich war, argwöhnte Ulric, dass Silwyna etwas mit dem Verschwinden seiner Mutter zu tun haben könnte. Er erinnerte sich, dass auch sie in die Berge gegangen war, um nach Asla und Kadlin zu suchen.

»Gut, dass du endlich zurück bist, Junge!« Sein Vater

trat vom Tisch zurück und schloss ihn warmherzig in die Arme. »Sieh nur, wer gekommen ist.«

Alle blickten jetzt von den Karten auf. Eirik, Björn und noch ein halbes Dutzend weiterer Hauptleute waren versammelt. Doch Ulric ignorierte sie. Sein Blick war ganz gefangen von der Elfe mit dem kurzen, blonden Haar, über deren Schultern die Griffe von zwei Schwertern aufragten. Sie lächelte. »Aus dem Knaben ist ein stattlicher Mann geworden, wie ich sehe.«

In dem Winter, in dem seine Mutter lieber einen Treck mit Flüchtlingen in Sicherheit gebracht hatte, statt nach ihm zu suchen, und in dem sein Vater sogar in einer anderen Welt gegen eine Übermacht von Trollen gekämpft hatte, war sie es gewesen, die gekommen war, um ihn zu retten. Gegen jede Vernunft war sie allein in das Heerlager der Trolle eingedrungen und hatte ihn und Halgard befreit, bevor sie erfroren oder ihnen noch Schlimmeres widerfuhr. Sie und Blut, der große schwarze Jagdhund seines Vaters.

»Yilvina«, sagte er mit belegter Stimme. »Es tut gut, dich zu sehen.«

»Bevor ihr euch um den Hals fallt und anfangt, uns alle mit alten Heldengeschichten zu langweilen, die ich im Übrigen besser erzählen könnte als du, sollte dein Vater dich vielleicht in unsere Pläne einweihen«, unterbrach Lambi ihr Wiedersehen und schob ihn an den Kartentisch.

Ulric betrachtete die Landkarte, die auf frisches Pergament gezeichnet war. Er brauchte einen Augenblick, um sich zu orientieren. Sie reichte viel weiter nördlich und war auch viel detaillierter als jede Karte, die er bisher gesehen hatte. Mit kupferfarbener Tinte waren die Berge und Fjorde eingezeichnet. Es gab sogar Anmerkungen zu Meeresströmungen und Wassertiefen. Am nördlichsten Fjord, dessen Arm sich tief in unzugängliches Bergland erstreckte, waren etliche Kartenkorrekturen vorgenommen worden. Sie waren in schwarzer Tinte ausgeführt.

»Wer hat das gezeichnet?«, fragte Ulric verblüfft. »Warum habe ich diese Karte noch nie gesehen?«

»Yilvina hat sie mitgebracht. Sie wurde von unseren Elfenfreunden gezeichnet. Einer ihrer Späher war einen Mond lang hier oben am Fjord und hat die Nachtzinne beobachtet. Wir wissen jetzt alles über die Hauptfestung der Trolle.«

»Fingayn, nehme ich an.«

Yilvina blickte kurz zu ihm auf. »Du bist auch nicht schlecht informiert, Ulric Alfadasson. Es ist allerdings zwei Jahre her, dass er dort war. Er sollte die Möglichkeiten für einen Angriff auf die Nachtzinne ausspähen. Elodrin erwog damals, Orgrim zu töten und den Trollen so ihren besten Heerführer zu nehmen. Aber dass du um Fingayn weißt … Ich bin beeindruckt.«

Ulric tat das Kompliment ab. Es ärgerte ihn, dass die Elfen bessere Karten vom Fjordland und den nördlichen Bergen besaßen als sein Vater, der immerhin der König dieses Landes war.

»Ich bin im Auftrag des Fürsten Elodrin von Alvemer hier. Er bat deinen Vater um Unterstützung für einen Angriff auf die Nachtzinne. Eure Aufgabe bestünde darin, die Garnison der Nachtzinne von der Felsenfestung fortzulocken und ein paar Stunden lang im Kampf zu binden. In dieser Zeit wird Elodrin mit einer Schar handverlesener Kämpfer die Nachtzinne erstürmen und seine Flotte in der Bucht landen lassen. Wir werden sodann den Trollen in den Rücken fallen, die gegen euch kämpfen.«

»Warum tragt ihr euren Krieg mit den Trollen in unsere Welt?«, fragte Ulric. »Warum sollten wir …«

»Wir leben auch im Krieg mit den Mördern deiner Mutter! Gerade du solltest nicht vergessen, was sie uns angetan haben!«, unterbrach ihn sein Vater zornig. »Bei den Göttern! Hast du vergessen, wie sie gewütet haben? All die niedergebrannten Städte und Dörfer! Nun werden wir ihnen endlich Gleiches mit Gleichem vergelten!«

Ulric sah seinem Vater ins Antlitz. Sein Wunsch nach Rache hatte ihn ausgebrannt. Er war alt geworden in den letzten Monden. Und er hatte sich niemals damit abfinden können, dass der Herzog der Nachtzinne ihm entkommen war.

»Wenn wir gesiegt haben, dann können wir mit den Trollen über einen Frieden zwischen unseren Völkern verhandeln«, erklärte Alfadas nun ruhiger. »Es muss ein Friede sein, der auf Stärke beruht, sonst werden diese Bestien ihn nicht annehmen. Wenn wir aber die Höhle ihres Herzogs ausgeräuchert haben, dann werden sie wissen, dass mit uns zu rechnen ist!«

»Und was ist, wenn der Herzog der Trolle so fühlt, wie du es getan hast, sobald er sein Heim brennen sieht? Wenn er sein Leben ganz dem Gedanken an Rache widmet? Glaubst du wirklich, man kann mit der Faust in ein Wespennest schlagen, ohne gestochen zu werden?«

»Wir reden hier von Trollen! Die verstehen nichts als die Sprache der Gewalt. Wir müssen ein deutliches Zeichen setzen, bevor wir mit denen verhandeln. Dann werden sie sich fügen.«

»So gut kennst du unsere Feinde … Der Kerl, der Kadlin und Björn in eine Höhle geschleppt und ihre Wunden versorgt hat, kann dann wohl kein Troll gewesen sein. Wenn sie alle so sind, wie du sagst, dann hätte er die beiden wohl fressen müssen.« Er legte die Hand auf das Abbild der Bergketten, die die Nachtzinne umschlossen. »Und wie willst du unsere Männer über diese Berge bringen? Noch dazu, wo der Winter vor der Tür steht? Die Maurawan werden das sicher schaffen, aber unsere Krieger kennen keinen Zauber, um sich vor der Kälte zu schützen und sicheren Schrittes über mannshohe Schneeverwehungen zu marschieren. Wir würden die Hälfte unserer Krieger verlieren, bevor wir überhaupt auf den ersten Troll stoßen. Ist deine Rache das wert, Vater?« Er deutete zur Tür. »Sieh hinaus in die Halle! Blick in die Gesichter der Männer, die bereit sind, dir überall hin zu folgen. Und stell dir vor, wie jeder Zweite von ihnen erfroren im Schnee liegt. Willst du diesen Preis zahlen?«

Alfadas hielt seinem Blick stand. »Natürlich nicht. Vielleicht würdest du uns freundlicherweise zuhören, bis Yilvina ihre Ausführungen beendet hat. Fürst Elodrin ist einer der bedeutendsten Heerführer Albenmarks. Er hat unsere Schwächen bedacht. Sag es ihm, Yilvina.«

Merkwürdigerweise vermied es die Elfe nun, Ulric direkt anzusehen. »Mein Fürst schlägt vor, dass sich alle Truppen dieser Burg nach Firnstayn zurückziehen. Boten, die euch vorauseilen, sollten noch weitere Verstärkungen in die Stadt rufen. Die vereinten Truppen könnten dann hinauf zum Hartungskliff marschieren, um durch das Tor im Steinkreis zu schreiten.« Sie deutete zur Karte und wies auf ein kleines Tal, das nahe der Nachtzinne lag. »Hier gibt es ein weiteres Tor. Ihr müsstet nur einen einzigen Pass überqueren.« Ihr Finger verharrte auf einem weißen Fleck. »Hier gibt es ein weites ebenes Feld, das auf zwei Seiten von steilen Felsen eingefasst ist. Es wäre ein ideales Schlachtfeld. Eure Flanken sind geschützt, wenn ihr hier kämpft. Ihr müsst nur die Schlachtlinie halten, bis wir den Trollen in den Rücken fallen. Unsere besten Pfadfinder werden euch begleiten, um euch beizustehen. Wir werden siegen!«

Ulric strich sich über das Kinn. Der Plan hörte sich sehr einfach an. »Wie stark ist die Flotte, die uns unterstützt?«

Yilvina sah ihn zweifelnd an. »Stark genug!«, entgegnete sie kühl. »Elodrin wird sechshundert der besten Schwertkämpfer und Bogenschützen bringen, die Albenmark zu bieten hat. Hast du Angst, dich den Trollen zur entscheidenden Schlacht zu stellen, die deinem Land Jahrzehnte des Friedens bringen kann?«

»Meine einzige Sorge ist, dass das Fjordland noch einmal zu einem Spielstein im Kampf um Albenmark wird und sich das Grauen des Elfenwinters wiederholt. Wir haben beide unser Blut vergossen, um einander das Leben zu retten. Schwöre mir bei diesem Blutsband, dass dieser Krieg nicht noch einmal unsere Städte verbrennen wird.«

Yilvina legte feierlich die Rechte auf ihr Herz. »Ich schwöre es.«

Ulric sah ihr fest in die Augen. Sie glaubte, was sie sagte. Und dennoch war er sich sicher, dass es anders kommen würde. Er und Halgard würden den Winter nicht überleben, und er wusste, dass es dieser Feldzug war, den sein Vater so sehr wollte, der sie beide töten würde.

DIE SAGE VON NESTHEUS UND KIRTA

»Keine andere Sage des Windlands wird in so vielen Varianten im Windland erzählt wie jene von Nestheus und Kirta. Ich habe mich entschieden, die Geschichte so niederzuschreiben, wie sie mir in der Steppe südlich von Talsin erzählt wurde, denn es heißt, in einem der Hügel dort ruhe der Leib des Orimedes, und ich hatte das Gefühl, dass Sage und Wirklichkeit in der Nähe seines Grabes näher beieinander liegen als anderswo in den Weiten des Graslands …

Es begab sich zu jener Zeit, als Fürst Orimedes die Trolle vom Mordstein besiegte, dass sich die Völker der Steppe und die Bronzereiter von Uttika nach Jahrhunderten der Feindschaft wieder näherten. Um diesen Bund zu festigen, beschlossen die Fürsten Orimedes und Katander, ihre beiden Kinder Nestheus und Elena miteinander zu vermählen. Nestheus war ein Recke mit einem Fell weiß wie der erste Herbstschnee; in der Schlacht am Mordstein hatte er allein an die hundert Trolle erschlagen. Sein Blick war wie Blitzschlag, sein Schwert der Tod seiner Feinde, und er war ein so ausdauernder Läufer, dass er den Weg von Feylanviek nach Talsin in drei Tagen zurücklegen konnte, was seither noch niemandem gelang. Elena aber, Katanders Tochter, war eine große und massige Stute. Sie hatte ein hübsches Antlitz und war von friedlichem Wesen. Doch überragte sie den Helden um mehr als Haupteslänge, was Neider zu manch bösem Scherz trieb. Dies hätte einer Hochzeit gewiss nicht im Wege gestanden, hätte Nestheus sein Herz nicht an die bezaubernde Kirta verloren. Manche sagen, sie sei eine Schamanin gewesen und habe den Recken verhext. Andere hingegen sagen, ihre Schönheit allein sei machtvoller als jeder Zauberbann gewesen. Ihr verfiel der Recke Nestheus, und lange vor der Schlacht am Mordstein hatte er ihr schon seine Liebe geschenkt. Immer wieder bat Nestheus seinen Vater, die Hochzeitspläne aufzuheben, doch der Fürst wollte davon nichts hören. In Ketten ließ er seinen Sohn auf den Hügel schaffen, auf dem die Brautfeierlichkeiten abgehalten werden sollten, und die Zeremonie hatte schon begonnen, da trat Kirta unter den Gästen hervor und forderte ihren Liebsten ein. Und als sie auf den Hügel trabte, da sah Elena neben ihr so unscheinbar aus wie eine Motte neben dem herrlichsten Schmetterling. Orimedes aber befahl seinen Wachen, die Hexe zu ergreifen, und schwor, ihr mit seinem Schwerte das Herz aus dem Leibe zu schneiden, um seinen Sohn von ihrem Zauberbann zu befreien.

Da rief Nestheus in seiner Not den Sanhalla, den Südwind, zu Hilfe, der ihm schon in der Schlacht am Mordstein geholfen hatte, seine Feinde zu besiegen. Und der Wind hob die beiden Liebenden in die Höhe und trug sie weit fort in die Steppe, wo sie sicher sein konnten vor dem Zorn des Orimedes.

Der Fürst der Pferdemänner aber ließ verkünden, dass er jenem sein Gewicht in Gold schenken wolle, der ihm die Köpfe von Nestheus und Kirta bringe. Nur wenige aus den Völkern der Steppe erlagen der Verlockung des Reichtums. Es waren vor allem Söldner, die aus den fernsten Ländern herbeieilten, um die beiden Liebenden zu stellen. Zahllos sind die Abenteuer, die Nestheus und Kirta in jenem Herbst und Winter erlebten, die auf ihre Flucht vom Hochzeitshügel folgten. So überlisteten sie den berühmten Bogenschützen Fingayn in den engen Tälern der Rejkas und entgingen der Silbernen Horde, einer berüchtigten Schar von Kopfgeldjägern aus Uttika, indem sie sich während eines Schneesturms, der über drei Tage dauerte, in einer Erdhöhle einschneien ließen. Obwohl Orimedes jeden mit schweren Strafen bedrohte, der den Flüchtlingen half, gab es viele Stämme, die ihnen für eine Nacht oder zwei Zuflucht gewährten oder ihnen zumindest Vorräte zusteckten, wenn sie den beiden begegneten. Nur einen Winter dauerte es, Nestheus und Kirta zu einer Legende unter den freien Stämmen des Windlands werden zu lassen. Denn das Volk der Steppe liebt Geschichten von unbeugsamen Rebellen, die ihre Freiheit nicht opfern wollen.

Es war während eines der ersten Frühlingstage, dass Nestheus und Kirta am kiesigen Ufer des Swatja von drei Verfemten gestellt wurden, Kentaurenkriegern, die von ihren Stämmen verstoßen worden waren und nun als Räuber und Söldner lebten. Ohne die Gefahr zu scheuen, griff Nestheus sie an und besiegte sie alle drei, doch erhielt Kirta einen Schwertstich in den Rücken, und Blut füllte ihre Lunge, um sie langsam zu ersticken.

Unfähig, sie zu retten, hielt Nestheus seine Geliebte in den Armen. Ein drittes Mal rief er den Sanhalla um Hilfe an. Doch die Winde sind launisch. Der Sanhalla erschien, aber statt Kirta zu heilen, prophezeite er Nestheus dessen Zukunft. Er sagte ihm, wenn Kirta nun in seinen Armen stürbe, dann werde er nach langer Trauerzeit zu einem weisen Mann reifen, dessen Name man noch in hundert Jahrhunderten überall in Albenmark schätzen würde. Würde er aber dafür sorgen, dass Kirta für immer bei ihm wäre, dann würde er seinen eigenen Vater töten und zum ersten König der Kentauren werden. Doch seine Herrschaft werde von Unruhen bestimmt sein, und er werde niemals Kinder zeugen. Ohne zu zögern antwortete Nestheus, dass er alles erdulden werde, wenn nur Kirta wieder bei ihm sei. So wirkte der Südwind sein drittes Wunder, und Nestheus atmete das Lebenslicht der sterbenden Kentaurin ein. Und fortan wohnte Kirta in seinem Herzen, und er konnte ihre Stimme hören, auch wenn sie außer ihm niemand wahrzunehmen vermochte.

Und es kam, wie der Sanhalla vorhergesagt hatte. Nestheus suchte in seinem Schmerz seinen Vater auf und erschlug Orimedes in dessen Lager. Und niemand aus dem Gefolge des Fürsten hob eine Hand, um Orimedes zu helfen. Dann gelobten sie Nestheus die Treue. Mit den Jahren gelang es dem jungen Krieger, alle Stämme der Steppe zu einen, und zuletzt unterwarfen sich ihm sogar die Uttiker. Doch fand Nestheus niemals eine Stute, mit der er einen Erben zeugen konnte. Nicht, dass es an Bewerberinnen um seine Gunst gefehlt hätte. Doch blieb der Kentaur bis ans Ende seiner Tage der Geliebten treu, die in seinem Herzen wohnte. Und so verlosch das Königsgeschlecht, das er begründet hatte, am Tag seines Todes. Die Sage von Nestheus und Kirta aber blieb unsterblich, auch wenn ihre Liebesgeschichte nur einen Winter gedauert hatte. Und es heißt, wenn im Frühling der Sanhalla warm von Süden weht und das Eis des Swatja bricht, dann könne man manchmal zwei weiße Kentauren am kiesigen Ufer sehen, und wem sie begegneten, der werde noch vor Ende des Sommers seine Hochzeit feiern.«

ZITIERT NACH:
SAGEN UND MÄRCHEN DES WINDLANDS,
GESAMMELT UND NIEDERGESCHRIEBEN
VON MEISTER ETAIN,
3. BAND DER MÄRCHEN ALBENMARKS, S. 117 FF.

LETZTE EHRE

Trotz des Schneegestöbers waren hunderte Gäste zur Totenfeier gekommen. Manche von ihnen lagerten schon seit Tagen bei dem Grabhügel und warteten.

Melvyn hatte die Nachricht vom Tod des Kentaurenfürsten in Alvemer erreicht. Mehr als drei Monde hatte er vergebens nach Shandral gesucht. Es schien, als habe sich die Erde aufgetan, um den Elfen und sein Koboldgefolge zu verschlingen. Niemand wusste, wohin er geflohen war. Es gab dutzende Gerüchte, und Melvyn war jedem einzelnen nachgegangen, ohne Shandral finden zu können. Die Schar seiner Männer war zusammengeschmolzen; es waren nur mehr so viele geblieben, wie die großen Adler tragen konnten. Elodrin hatte ihm die meisten Maurawan abgeworben: Kriegerinnen und Krieger, mit denen er schon seit Jahren zusammen gekämpft hatte. Mit jeder neuen Schreckensnachricht vom Vormarsch der Trolle wurde der Widerstand, noch länger nach Leylin zu suchen, stärker. Seine Gefährten wollten sich dem Heer der Königin anschließen, das sich im Herzland sammelte, oder den Rebellen, die unter der Führung von Gräfin Caileen verzweifelt versuchten, den Vormarsch der Trolle zu verzögern. Ihr Widerstand war in Melvyns Augen so sinnlos wie der Versuch, mit ausgebreiteten Armen eine Lawine aus Schnee und Eis aufhalten zu wollen, die den Hang eines Berges herunterdonnerte.

Trotz der Angriffe durch Krähen war er zweimal über die Marschkolonnen der Trolle hinweggeflogen. Nie zuvor hatte er ein so riesiges Heer gesehen. Wie ein endloser schwarzer Wurm wand sich das Heer des jungen Königs durch die verschneite Steppe. Und nichts schien es aufhalten zu können. Ihr Marschweg war seltsam unberechenbar. Die Hauptrichtung führte sie zwar nach Süden, aber immer wieder schwenkten sie nach Osten oder Westen ab, ohne dass zu erkennen war, welches Ziel sie dabei verfolgten. Caileen hatte tausende Kentauren um sich geschart, um die Nachschubkolonnen zu überfallen, die das Heer versorgen mussten. Doch es kam kein Nachschub. Es war vollkommen unerklärlich, wovon sich die Trolle ernährten. Nur eines war sicher. Ihre Krieger waren gut bei Kräften, und ihr Vormarsch war schneller, als man sich erklären konnte. Sie zersplitterten ihre Truppen auch nicht, um den Herden der Kentauren nachzusetzen oder die Städte Alvemers zu bestürmen. Nach der Eroberung von Feylanviek hatten sie all ihre Krieger zusammengezogen und ihren unaufhaltsamen Marsch auf das Herzland begonnen.

Sie waren nun weniger als zwei Wochen von Talsin entfernt. Melvyn war tags zuvor in der Stadt gewesen und hatte die Panik erlebt. Wer konnte, packte seine Sachen. Doch die tief verschneiten Pässe der Mondberge würden wohl nicht weniger Opfer fordern als die Besetzung der Stadt durch die Trolle. Die ganze Welt schien in Auflösung begriffen. Es gab keine Hoffnung. Niemand begriff, warum Emerelle nicht ihre Burg verließ. Sie hätte in Talsin sein sollen oder Gräfin Caileen besuchen, um sie an den Gehorsam zu erinnern, den sie ihr schuldete. Oder zumindest hätte sie das neue Heer aufsuchen müssen, das sich bei der Shalyn Falah sammelte, um den Kriegern Mut zu machen. Stattdessen hatte sie lediglich eine Reihe der bedeutendsten Elfenfamilien Albenmarks samt ihren Kindern zu sich an den Hof befohlen. Ein Hof, der ein Hort der Schatten und der Angst geworden war, seit Alathaia dort Einzug gehalten hatte.

In der Ferne hörte man den klagenden Ruf der Luren. Als Kentauren in das Lager beim Grabhügel geprescht waren, um die nahe Ankunft des Fürsten zu verkünden, waren alle Gäste aufgebrochen. In einer Doppelreihe vermummter Gestalten standen sie Spalier entlang des Weges, der zum Eingang der Fürstengruft führte. Der Schnee blieb auf ihren Umhängen und Mänteln haften und verwischte die Unterschiede zwischen Arm und Reich, je länger sie warteten.

Melvyn war erstaunt, wie viele gekommen waren, um von Orimedes Abschied zu nehmen, obwohl der Fürst der Kentauren sich in den letzten Monden in einen grausamen Tyrannen verwandelt hatte, den angeblich sogar seine ältesten Kampfgefährten gefürchtet hatten.

Auch Meister Alvias war unter den Gästen. Er verhandelte mit Caileen, die ebenfalls mit ihren Rebellen gekommen war. Ajax, der Minotaurenfürst aus den Mondbergen, hatte sich selbst von den zugeschneiten Pässen nicht aufhalten lassen und war mit großem Gefolge erschienen, um von Orimedes Abschied zu nehmen. Von den Heerführern, die im vergangenen Sommer in Feylanviek versammelt gewesen waren, fehlten nur Shandral und Elodrin. Selbst Katander von Uttika war mit einer Ehrengarde in Bronze gewappneter Krieger erschienen.

Neben Melvyn stand Senthor, der Kentaurenveteran aus Phylangan, der am Mordstein die Nachricht von Ollowains Tod überbracht hatte. Der alte Krieger trug eine schäbige Pelzweste. Seine Arme waren nackt und blau vor Kälte. Senthor rannen die Tränen über die Wangen. Er schien sich seiner Trauer nicht zu schämen. In der Rechten hielt er einen Dolch. Fast alle Kentauren unter den Gästen hielten eine blanke Waffe in der Hand.

»Wie ist der Fürst gestorben?«, fragte Melvyn mit belegter Stimme. Obwohl er flüsterte und der dichte Schneefall seine Worte dämpfte, kam ihm seine Stimme inmitten der stummen Trauergäste unnatürlich laut vor.

Orimedes war während der Kämpfe bei Feylanviek schwer verwundet worden. Fast seine ganze Leibwache hatte ihr Leben bei dem Versuch gelassen, den Fürsten vom Schlachtfeld zu bringen und seinen Leib den Trollen zu entreißen. Mit demselben sturen Mut, mit dem Orimedes ein Leben lang die Trolle bekämpft hatte, hatte er sich gegen den Tod gestemmt. Er hatte weiter Söldner anwerben lassen, die seinen Sohn jagten, und das Kopfgeld, das auf Nestheus und Kirta ausgesetzt war, sogar noch einmal erhöht.

Senthor beugte sich zu Melvyn herab. Der Kentaur flüsterte; immer wieder brachten ihn die Tränen zum Stocken. »Er war ein guter Mann, ganz gleich, was man nun über ihn erzählt. Er war ein Krieger von Ehre. Die Keulenhiebe der Trolle haben ihm die Brust zerschmettert. Seine gebrochenen Rippen steckten in seiner Lunge. Eigentlich hätte er noch auf dem Schlachtfeld sterben müssen, darin waren sich alle Heilkundigen, die wir riefen, einig.« Der alte Recke lächelte traurig. »Ein paar Tage lang habe ich geglaubt, er werde sogar den Tod besiegen. Dann sind seine Wunden brandig geworden. Er hat sich geweigert, den Mohnsaft der Heiler zu trinken. Er wollte alles bei klarem Verstand erleben. Anderthalb Monde hat sein letzter Kampf gedauert. Wir waren ständig auf der Flucht vor den vorrückenden Trollen. Wenn er mehr Ruhe gehabt hätte …« Senthor versagte die Stimme. »Sein Tod war schrecklich. Im Fieberwahn hat er zuletzt nach seinem Jungen gerufen. Kurz bevor er starb, war sein Verstand noch einmal ganz klar. Er hat befohlen, Nestheus und sein Weib in Frieden zu lassen. Die Jagd ist beendet. Endlich.« Der Kentaur schluchzte. »Dieser verdammte Sturkopf! Wenn sein Sohn bei ihm gewesen wäre, dann hätte er den Tod besiegt. Ganz gewiss!«

Wieder schrieen bronzene Luren ihre Trauer in das Schneegestöber. Diesmal klangen sie viel näher. Die klaren Stimmen silberner Glöckchen drangen an Melvyns Ohr. Er blickte die Reihe der Wartenden entlang, die sich dunkel im weißen Wüten des Winters verlor. Ein Schatten erschien zwischen ihnen.

Der Wolfself erkannte Katander. Gemeinsam mit sieben anderen Stammesführern zog er einen großen Schlitten, auf dessen Pritsche Orimedes stand, den Blick auf sein Grab gerichtet.

Ein Schauer überlief Melvyn bei dieser unheimlichen Erscheinung. Der Schlitten des Fürsten war mit hunderten von Glöckchen geschmückt, deren silberne Stimmen ihm ein Totenlied sangen. Das Ehrengeleit zog Orimedes in langsamem Schritt, sodass jeder Gast ins Antlitz des Fürsten sehen konnte. Sein Bart war während der letzten Wochen weiß geworden. Der größte Teil des Haupthaars war ihm ausgefallen. Tiefe Furchen hatten sich in sein Gesicht gegraben. Seine Brust blieb hinter einem weißen Leinenpanzer verborgen. Von seinen Schultern wallte ein purpurner Umhang, dessen Säume mit Goldfäden durchwirkt waren. Man hatte den Fürsten auf zwei Tischböcke gehoben und seine Beine daran festgebunden. Sein Rücken war mit einem Speerschaft abgestützt. So vermochte er noch im Tod aufrecht im Schlitten zu stehen.

Verwundert beobachtete Melvyn, wie sich alle Gäste Schnitte beibrachten, kurz bevor der Schlitten an ihnen vorbeifuhr. Und sie besprenkelten das Gefährt mit ihrem Blut. In der Eiseskälte gefror es in wenigen Augenblicken und überzog den Schlitten mit einem roten Eispanzer. Manche schnitten sich sogar ein Ohrläppchen ab und warfen es auf die Pritsche. All das geschah schweigend. Man hörte nur das Stampfen der Hufe des Ehrengeleits, die knirschenden Schlittenkufen im Schnee und den hellen Klang der Glocken.

Melvyn ballte die Faust und ließ die Krallen aus seinem rechten Armschutz schnellen. Mit einem raschen Schnitt zog er vier parallele Linien in seine linke Hand. Als der Schlitten an ihm vorüberglitt, drückte er die Hand gegen die blutbedeckten Aufbauten.

Dann schloss sich Melvyn dem Zug der Gäste an, die den toten Fürsten zu seinem Grabhügel geleiteten.

Der Schlitten hielt schließlich an einer Erdrampe am Fuß des Hügels. Vier Kentaurenkrieger mit nacktem Oberkörper, die sich Brust und Arme zum Zeichen der Trauer mit weißen Schlangenlinien bemalt hatten, hoben den Fürsten samt den Stützböcken aus dem Schlitten. Als sie in den Schacht traten, der zum Herzen des Grabhügels führte, erklang von der Ebene her ein Schrei voller Wut und Schmerz und laut wie ein Fanfarenstoß.

Aus dem Schneegestöber kam ein Trupp weißer Kentauren. Wie Geister, geboren aus Eis und Wind, erschienen sie Melvyn. An ihrer Spitze trabten Nestheus und Kirta.

Die Menge der Trauergäste teilte sich vor den Verfemten. Sie fielen in langsamen Schritt. Vor der Rampe blieben sie stehen. Nur Nestheus und Kirta stiegen zu dem toten Fürsten hinauf.

Mit einer Stimme, die keinen Widerspruch duldete, befahl der Fürstensohn den Totenträgern, den Leichnam seines Vaters abzustellen. Und sie gehorchten.

Nestheus trat ihm zur Seite und küsste den Leichnam auf beide Wangen. »Ich vergebe dir!«, rief er so laut, dass es auch im Schneegestöber noch weithin zu hören war. Dann küsste auch Kirta die eingefallenen Wangen des Kentaurenfürsten und rief mit lauter Stimme: »Orimedes, ich vergebe dir.«

Melvyn hörte, wie Senthor neben ihm einen tiefen Seufzer ausstieß. »Hätte sein Vater nur diesen unseligen Fluch nicht ausgesprochen. Kann man einen besseren Sohn haben?«

»Katander von Uttika, ich rufe dich an meine Seite!«, rief Nestheus mit fester Stimme.

Der Fürst trat aus der Trauergesellschaft hervor und kam die Rampe herauf.

»Maktor von den Silberhufen, ich rufe dich an meine Seite!« Nestheus rief noch vier weitere Fürsten hinauf auf die Rampe.

»Melvyn vom Albenhaupt, ich rufe dich an meine Seite.«

Der Halbelf war überrascht.

»Geh hinauf«, drängte Senthor. »Es ist eine große Ehre, die Fürstengruft betreten zu dürfen.«

Etwas unsicher nahm Melvyn den Weg zur Rampe. Nicht alle begegneten ihm mit freundlichen Blicken. Es schien sehr ungewöhnlich zu sein, dass jemand, der nicht dem Volk der Pferdemänner angehörte, zur Gruft gerufen wurde.

»Senthor, Held von Phylangan, ich rufe dich an meine Seite.«

Melvyn freute sich für den alten Kentauren, dass er an die Seite der Fürsten und Stammesführer berufen wurde, um Orimedes das letzte Geleit zu geben.

Plötzlich drängte sich Katander zwischen den Stammesführern und Totenträgern hindurch. Er rief einem seiner Krieger am Fuß der Rampe etwas zu, und ein großes Doppelschwert segelte durch die Luft. Geschickt fing er es auf und drehte sich zu Nestheus um. Melvyn ließ seine Stahlkrallen aus den Armschienen schnappen, doch er wusste, dass er zu spät kommen würde. Nestheus, der unbewaffnet gekommen war, griff nach dem Schwert seines toten Vaters.

Statt den Fürstensohn anzugreifen, rammte Katander das Doppelschwert in den gefrorenen Boden.

»Du bist dem Ruf deines Herzens gefolgt. Ich kann dir nicht vorwerfen, dass du ehrlich gehandelt hast. Hättest du meine Tochter zum Schein zum Weibe genommen und in Wahrheit eine andere geliebt, hättest du meinem Haus weit größere Schande bereitet als durch deine Flucht während des Leichenschmauses für Ollowain.« Er umfasste Nestheus' Handgelenk im Kriegergruß. »Du hast in den vergangenen Monden großen Mut und große Klugheit bewiesen. Das sind die Tugenden eines Mannes, der zum Anführer geboren ist. Du hast durch deine Taten selbst die Herzen meiner Männer betört. Ich weiß, dass du in Uttika für kurze Zeit Zuflucht gefunden hast. Besiegeln wir bei der Leiche deines Vaters den Bund, den er sich im Leben so sehr gewünscht hatte.«

Melvyn hielt verblüfft den Atem an. Würde Katander noch einmal versuchen, seine Tochter zu vermählen?

»Ich unterwerfe mich dir als dem Kriegsherrn aller Kentauren. Verfüge über meine Panzerreiter, Fürst Nestheus vom Windland. Sie werden deinen Befehlen gehorchen. Ich werde dich als Kriegsherrn respektieren und dir die Treue halten. Doch erwarte nicht, dass ich dich lieben werde. Dafür hast du meine Tochter zu tief gekränkt.«

Einen Augenblick herrschte Schweigen. Dann trat Maktor vor Nestheus und leistete ihm den Treueid. Auch die übrigen Fürsten folgten seinem Beispiel. Nachdem auch der Letzte von ihnen seine Gefolgschaft gelobt hatte, wurde der Leichnam des Orimedes erneut angehoben, und in feierlichem Schweigen traten sie in den Grabhügel.

Melvyn fühlte sich beklommen in der uralten Gruft. Senthor hatte ihm am Abend zuvor einiges über die Fürstengräber der Pferdemänner erzählt. Vor vielen Jahrhunderten waren sie von den fuchsköpfigen Lutin erbaut worden. Zunächst hatte man die Grabgewölbe aus Stein errichtet, dann waren über ihnen die großen Erdhügel aufgeschüttet worden. Die steinernen Tore wurden mit einem mächtigen Bannspruch versiegelt, und nach jedem Begräbnis schüttete man den Weg ins Innere des Hügels wieder zu, sodass die Gräber am Ende aussahen wie all die anderen Hügel, die sich in der weiten Ebene des Windlands befanden.

Und noch eine weitere Bewandtnis hatte es mit den Grüften der Pferdemänner. Die Leichen, die man in sie trug, verrotteten dort nicht. Dies war der eigentliche Auftrag, den man den Baumeistern der Lutin einst erteilt hatte. Sie sollten Gräber erschaffen, in denen die Leiber der toten Fürsten und Stammesführer unbeschadet die Jahrhunderte überstanden, denn nach dem Glauben der Pferdemänner würden die Alben eines Tages zurückkehren, um in den Ebenen des Windlands eine letzte Schlacht gegen ihre wiedererstandenen Feinde zu schlagen. Wenn dies geschah, würden sich die toten Fürsten und Helden des Kentaurenvolkes noch einmal erheben, um an der Seite der Weltenschöpfer in den Kampf zu ziehen.

Gestern Abend hatte sich diese Geschichte wie eines der Märchen angehört, die man sich erzählte, um die langen Stunden der Winterabende zu verkürzen. Doch hier unten erschien Melvyn das alles in einem anderen Licht. Ein schwerer, fast betäubender Geruch nach Weihrauch und Fichtennadeln hing in der Luft. Und noch ein anderer Duft, der fast völlig überlagert wurde. Es roch nach Blut!

Gleich am Eingang der Gruft lehnten Speere mit bronzenen Stichblättern in einem Holzgestell. Senthor nahm eine der Waffen an sich.

Der Tunnel, der tiefer in die Gruft führte, war leicht abschüssig. Die gemauerten Wände bestanden aus hellem Sandstein, auf den einfache Strichzeichnungen aufgetragen worden waren. Sie zeigten das Leben der Pferdemänner. Ihre Wanderschaft mit den Herden, ihre Kriegszüge, und eines der Bilder stellte offenbar eine Totenfeier dar.

Fackeln erleuchteten den Tunnel in unregelmäßigen Abständen. Nischen waren in den Wänden ausgespart. Dort hockten tote Falken in schwarz angelaufenen Silberkäfigen. Und Hunde lagen wie schlafend, den Kopf auf die Pfoten gelegt, in ewiger Ruhe.

Der hohe Tunnel machte einen scharfen Knick und öffnete sich in eine rechteckige Kammer, in der grimmige Krieger auf hölzernen Böcken ruhten. Ihre Oberkörper wurden von Speerschäften gestützt, gegen die sich die Toten lehnten. Beunruhigt registrierte Melvyn, dass es noch zwei Dutzend Böcke gab, auf denen keine toten Krieger ruhten.

Die Fürsten und die auserwählten Totenwachen gingen schweigend weiter. Ihr Hufschlag auf dem steinernen Boden war das einzige Geräusch im Grab.

Melvyn sah eingetrocknetes Blut auf den Speerschäften und am Boden unterhalb der toten Wächter. Ein feuchter Schimmer erregte seine Aufmerksamkeit. Hinter einem der Krieger war Blut an der Wand.

Der Wolfself ließ sich an das Ende des Trauerzuges zurückfallen. Dann trat er zwischen den toten Wachen hindurch und tastete über die Wand. Frisches Blut benetzte seine Hand. Er witterte daran. Dann leckte er sich über die Hand. Jeder Zweifel war ausgeschlossen. Das war kein Kentaurenblut! Es stammte von einem Büffel! Misstrauisch sah er sich um. Irgendetwas stimmte hier nicht. Weitere frische Blutflecken konnte er jedoch nicht entdecken.

Melvyn beeilte sich, wieder zu den anderen aufzuschließen. Der Trauerzug hatte inzwischen eine runde Grabkammer mit leicht gewölbter Decke erreicht. In weitem Kreis waren hier tote Kentauren aufgestellt, die man an ihren Kleidern und Waffen auf den ersten Blick als Fürsten erkennen konnte. Manche von ihnen hatten die Augen geöffnet. Sie blickten den Störenfrieden zornig entgegen, wie es Melvyn erschien.

Der Weihrauchduft war hier noch bedrückender. Mit jedem Atemzug legte sich ein pelziger Geschmack in seinen Mund. Melvyn hatte vor Jahren einmal ein Mammut im Eis eingeschlossen gefunden. Das Tier war offensichtlich vor langer Zeit in einer Lawine umgekommen. In seiner Flanke hatte ein Speer mit Bronzeblatt gesteckt. Solche Waffen wurden seit vielen Jahrhunderten nicht mehr verwendet. Das Tier musste schon sehr lange tot gewesen sein. Dennoch war sein Fleisch gut genießbar gewesen, nachdem es aufgetaut war.

Die toten Fürsten in der Grabkammer erinnerten Melvyn an das Mammut. Obwohl es hier nicht kalt war, schienen die Jahrhunderte spurlos an ihnen vorübergegangen zu sein. Nur der Bronzepanzer eines Herrschers war von blaugrüner Edelpatina überzogen. Ansonsten deutete nichts darauf hin, wie lange sie hier schon auf die Rückkehr der Alben warteten.

Orimedes wurde in den Kreis der toten Fürsten gestellt. Die Krieger, die den Fürsten getragen hatten, zogen sich aus der Gruft zurück. Auch die anderen Kentauren folgten ihnen. Nur Nestheus blieb an der Seite seines Vaters. Flüsternd hielt der weiße Kentaur Zwiesprache mit dem Toten. Dabei hielt er den Kopf leicht geneigt, als lausche er auf etwas.

Ein Schauer lief Melvyn über den Rücken. Er zog sich in den Saal mit den toten Kriegern zurück. Dort halfen die Ehrenwachen Senthor auf zwei Holzböcke. Sie banden die Beine des alten Kriegers mit dünnen Lederriemen fest.

»Was tut ihr da?« Der Halbelf wollte dem Alten zu Hilfe eilen, doch dieser hob abwehrend die Hand.

»Sorge dich nicht um mich, mein Freund. Mir wird eine große Ehre zuteil. Orimedes hat mich auf dem Totenbett eingeladen, ihn auf seinem letzten Ritt als sein Waffenbruder zu begleiten.«

»Du willst doch nicht …«

»Doch, ich werde in der letzten Schlacht der Alben kämpfen. Gemeinsam mit Orimedes.« Seine Augen strahlten. »Ich bin ein alter Mann. Wir hatten schwere Verluste. Ich bin jetzt der letzte Überlebende aus Phylangan. Unsere Zeit ist um. Bald würde ich meinem Stamm nur noch zur Last fallen. Es ist besser, diesen Weg zu gehen. Er ist ehrenhafter.« Senthor drehte den alten Speer mit dem Bronzeblatt, den er am Eingang zum Grab mitgenommen hatte.

Melvyn hörte Hufschlag an seiner Seite. »Halte ihn nicht auf«, sagte Katander. »Ihr Elfen könnt das nicht verstehen. Ihr werdet wiedergeboren. Wir aber nicht. Es gibt nur einen einzigen Weg, noch einmal für einen Tag zurückzukehren. Nur wer in den Gräbern gemeinsam mit unseren Fürsten auf das Ende aller Zeiten wartet, der wird noch einmal wiederkehren. Alle anderen erwartet nach dem Tod das Nichts.«

Senthor setzte das Ende des Speers in eine Vertiefung zwischen den Steinplatten am Boden. Jetzt erst begriff Melvyn, was er übersehen hatte, als er zum ersten Mal durch die Vorkammer des Fürstengrabes gegangen war. Das Blut auf dem Boden hätte ihn eigentlich stutzig machen müssen. Nicht das frische Büffelblut, sondern das eingetrocknete unter den toten Kriegern. Sie hatten noch gelebt, als sie hierher gekommen waren. Und die Speere, die sie abstützten, damit ihre Oberkörper nicht im Tode nach vorne kippten, hatten sie sich selbst in den Leib gestoßen.

Nestheus trat aus der Kammer, in die man seinen Vater gebracht hatte. Sein Blick war hart. Die Monde in den Eissteppen, gehetzt wie ein Wild, hatten ihn verändert. »Ich möchte euch bitten, das Grab zu verlassen, meine Gefährten.« Obwohl die Worte höflich gewählt waren, ließ sein Tonfall keinen Zweifel aufkommen, dass dies ein Befehl war.

Die Kentauren zogen sich zu dem abschüssigen Weg zurück, der hinauf in den Winter führte. Melvyn war froh, das Grab verlassen zu können. Er dachte wieder an den Flecken Büffelblut. Woher kam dieses Blut? Der Weihrauch kratzte ihm in der Kehle. Das Grab war zu gründlich ausgeräuchert worden, ganz so, als wolle man mit dem hellblauen Rauch einen anderen Duft überdecken.

»Melvyn, warte auf mich. Bleib hier im Grab!«

Der Wolfself drehte sich überrascht um. Katander, der als Letzter in der Reihe der Kentauren ging, hatte die Worte ebenfalls gehört. Er sah zurück, und eine steile Zornesfalte klaffte zwischen seinen dichten Brauen. Dann ging er weiter und war bald hinter der Biegung des Grabtunnels verschwunden.

Nestheus stand neben Senthor. Der alte Kentaur hatte dem jungen Fürsten die Linke gereicht. Die Herzhand. Mit der Rechten hielt er den Speerschaft umfasst. Das Bronzeblatt zielte auf sein Herz. Die beiden sahen einander schweigend an. Die Lippen des Alten bewegten sich, doch er sprach so leise, dass Melvyn ihn nicht verstehen konnte.

Plötzlich ließ sich Senthor nach vorne kippen. Er stieß einen langen Seufzer aus. Einen Laut wie ein erleichtertes Ausatmen, als das Bronzeblatt des Speers in seiner Brust verschwand. Ströme dunklen Bluts spritzten aus der Wunde. Sie besprenkelten den weißen Kentaurenfürsten und rannen auch den Speerschaft hinab. Unter dem Sterbenden bildete sich eine rasch größer werdende Blutlache wie bei den anderen Waffenbrüdern, die ihren Fürsten auf dem Weg in die Dunkelheit gefolgt waren.

Es dauerte lange, bis der Blutstrom versiegte. Bis zuletzt hielt Nestheus die Hand des alten Kriegers. Endlich löste er seine Finger aus der Umklammerung des Toten. »Wir werden uns wieder sehen am Tag der letzten Schlacht. Es wird mir eine Ehre sein, Seite an Seite mit dir und meinem Vater zu fechten.«

Im verlassenen Grab klang der Hufschlag des Fürsten unnatürlich laut, als er auf Melvyn zukam. »Ich danke dir, dass du noch geblieben bist.«

Melvyn nickte knapp. Er war eigentlich nicht zimperlich, aber ihm wäre es lieber gewesen, nicht zum Zeugen dieses sinnlosen Todes zu werden.

Nestheus schien seine Gedanken zu erraten. »Nun hältst du uns für grausame Barbaren, nicht wahr?«

»Er war ein starker Krieger. Er hätte sicher noch viele Jahre zu leben gehabt.«

»Er hätte die Bitte meines Vaters nicht zurückweisen können. Es ist eine große Ehre, von seinem Fürsten eingeladen zu werden, ihm in den Tod zu folgen.«

»Was für eine Belohnung!«, sagte Melvyn wütend. »Zum Lohn für seine Treue mit dem Befehl zum Selbstmord beschenkt zu werden. Wirst du auch so ein Tyrann werden, nun, da du Fürst bist?«

Nestheus lächelte zynisch. »Keine Sorge, ich werde dich nicht hierher einladen, wenn meine Stunde naht. Und was meinen Vater angeht, glaube ich nicht, dass du ihn wirklich gekannt hast. Ihr mögt am Mordstein und anderswo zusammen gekämpft haben, aber seiner Seele bist du dabei nicht nahe gekommen.«

»In der Tat nicht! Dass er dir Mörder auf den Hals hetzt, hätte ich niemals für möglich gehalten. In den letzten Monden habe ich vieles über dein Volk gelernt. Ich begreife jetzt, warum die Elfen die Nase über euch rümpfen.«

»So, du begreifst …«, sagte Nestheus traurig. »Ich glaube nicht. Ich werde dir jetzt ein Geheimnis anvertrauen, das dieses Grab nicht verlassen darf. Ein Geheimnis, das ich nicht einmal mit meinem Weib geteilt habe, obwohl ich glaube, dass sie die Wahrheit ahnt. Mein Vater war ein Mistkerl, aber einer, der sein Herz am rechten Fleck trug. Er war besessen von der Idee, dass alle Kentauren unter der Führung eines Kriegsherrn kämpfen sollten. Die endlosen Fehden zwischen unseren Stämmen, die Viehdiebstähle, die Blutrache und die ständigen Scharmützel mit den Uttikern, all das schwächt unser Volk. Seit Phylangan war ihm klar, welche Gefahr die Trolle darstellen. Und er wusste, dass es nur eine Frage der Zeit wäre, bis sie nach Süden wanderten. Sie sind zu viele für die Snaiwamark. Und sie brauchen das Fleisch unserer Herden. Bisher haben sie nur die Lutin geschickt und für unser Fleisch gezahlt. Aber wie lange kann das gut gehen? Wir müssen stark sein. Wenn wir nicht zusammenstehen, dann werden sie uns Stamm um Stamm auslöschen. Als Katander ihm anbot, seine Tochter Elena mit mir zu vermählen, wusste er, dass all seine Pläne zunichte gemacht wurden. Er konnte das Angebot nicht einfach ablehnen, ohne Katander zu brüskieren. Dass ich statt Elena ein Weib heiraten würde, hinter dem kein mächtiger Stamm steht, hätte er niemals begriffen. Und mein Vater kannte mich so gut, dass er wusste, wie entschieden ich mich gegen eine Hochzeit wehren würde. Du hältst uns für Barbaren, Melvyn, aber wusstest du, dass mein Vater ein begeisterter Falrach-Spieler war? Zuletzt hat er sogar aus seinem Leben ein Falrach-Spiel und uns zu seinen Spielfiguren gemacht. Erinnerst du dich, wie verwundert du warst, dass Artaxas mit uns zum Fest kam? Mein Vater hatte ihn bestochen. Der

Lamassu hat sich seinen Dienst sehr gut belohnen lassen. Nichts war dem Zufall überlassen. Auch nicht der Eid, den mein Vater ablegte. Indem er sich vor hunderten Zeugen zu einem tagelangen Trinkgelage verpflichtete, verschaffte er Kirta und mir einen Vorsprung. Und zumindest die ehrenhaften unter den Kentaurenkriegern konnten das Trinkgelage nicht einfach verlassen. Damit hätten sie den toten Ollowain und auch meinen Vater beleidigt. Mein Vater aber hatte noch etwas getan.« Der weiße Kentaurenfürst lächelte. »Er hatte einen Schutzgeist für Kirta und mich beschworen. Schon von der ersten Stunde unserer Flucht an fühlte ich mich immer wieder beobachtet. Du kennst das Gefühl? Etwas scheint in deinen Nacken zu stechen. Du weißt ganz sicher, irgendwo hinter dir ist ein lauerndes Paar Augen. So ging es über Wochen. Und dann kam der Tag, an dem uns die Verfemten stellten. Es war ein mörderischer Kampf. Sie waren genauso verzweifelt wie wir. Das Gold meines Vaters sicherte den Ausgestoßenen eine Zukunft. Kirta war an meiner Seite. Ich sah den Schwertstoß, der auf ihr Herz zielte. Meine Waffe war gebunden durch einen Fischspeer. Drei von fünf Gegnern hatten wir überwunden, doch der Tod war ihr gewiss. Da durchschlug mit einem widerlichen Knacken ein Pfeil den Kopf des Kriegers, der sie beinahe getötet hätte, und sie trug nur eine leichte Schnittwunde davon. Ich bezwang den letzten Gegner. Und da sahen wir ihn, unseren Retter. Eine Gestalt ganz in Weiß zwischen tief verschneiten Birken. Ein Elf. Einen Wimperschlag nur sahen wir einander an. Dann verschwand er. Doch ich wusste, dass er weiterhin in unserer Nähe war. Er war es, der uns vor zehn Tagen die Nachricht vom Tod meines Vaters brachte. Wir hatten Zuflucht bei Kirtas Sippe gefunden. Mein Vater hatte Fingayn angeheuert, einen Jäger aus dem Volk der Maurawan, der selbst unter den Seinen eine Legende ist. Er erzählte mir, was ich so lange schon geahnt hatte. Vom Tag des Streites auf dem Hügel an war er uns gefolgt. Er hatte uns beschützt. Doch nun ging er einer neuen Schlacht entgegen. Wohin ihn sein Weg führte, wollte er nicht sagen.«

Melvyn schüttelte den Kopf. »Was ist das für ein Irrsinn? Dein Vater setzt einen Preis auf deinen Kopf aus und heuert gleichzeitig einen berühmten Bogenschützen an, um dich zu beschützen? Das ist doch vollkommen verrückt!«

»Das ist die Logik der Macht. Mein Vater kannte sein Volk. Er wusste, wie viele mit dem Herzen auf meiner Seite sein würden. Der einzelne Krieger, der sich mit seiner Geliebten dem Winter in der Steppe stellte, verfolgt von grausamen Jägern. Das klang wie eines unserer Märchen. Selbst den ärmsten Viehhirten bedeutete es mehr, uns einen Abend lang als Gäste an ihrem Feuer zu bewirten, als das Gold meines Vaters zu nehmen. Orimedes wusste, dass mein Fürstentum gestärkt würde durch seine Inszenierung. Du hast selbst gesehen, wie sogar Katander auf meine Seite übergetreten ist. Mit seinem Tod hat sich der Traum meines Vaters erfüllt. Alle Stämme der Kentauren werden von einem einzigen Kriegsherrn geführt.«

Melvyn dachte über die Geschichte nach. Ihm missfiel die Vorstellung, wie ein ganzes Volk getäuscht wurde. Wie ihre Gefühle entflammt wurden und dass man mit ihrer Liebe und Treue Intrigenspiele trieb. »Was du mir gerade erzählt hast, werde ich in diesem Grab zurücklassen. Nur eine Frage habe ich noch. Wie viel wusstest du davon?«

»Als Artaxas uns verriet, dass Orimedes ihm Gold für unsere Rettung versprochen hatte, da ahnte ich, dass mein Vater ein doppeltes Spiel trieb. Doch was hätte ich tun sollen? Der Weg zurück war mir da schon verstellt. Übrigens wollte dein Gefährte das Gold nicht mehr annehmen. Er erzählte, es sei ihm eine Freude, einer der Hauptdarsteller in der großartigsten Schmierenkomödie gewesen zu sein, von der er je gehört habe. Ein seltsamer Kerl, dieser Lamassu.«

»Und wenn seine Häscher ihm die Köpfe von dir und Kirta gebracht hätten?«

Nestheus lächelte. »Unsere Märchen gehen immer gut aus. Wolltest du nicht aufhören, Fragen zu stellen?«

Melvyn trat näher an den Kentauren und versetzte ihm einen kameradschaftlichen Knuff. »Es tut gut, dich in einem Stück wieder zu sehen, verdammter Mistkerl. Und eines verspreche ich dir, ich werde mit dir und Artaxas nie wieder auf ein Fest gehen!«

»Da müsste ich dich hier unten einsperren lassen, denn oben erwartet uns der Leichenschmaus. Die Lutin haben ganze Berge von Fleisch für die Feierlichkeiten herangeschafft.«

Melvyn blickte zu dem frischen Blutfleck an der Wand. »Habt ihr hier unten einen Büffel zu Ehren der Toten geopfert?«

Der Fürst sah ihn verwundert an. »Nein, wie kommst du darauf?«

DER SCHLEICHER

Es war nicht gut, ein Diener zu sein! Alle waren bei dem Fest, nur er durfte dort nicht hingehen, dachte Klaves traurig. Kommandant Elija hatte ihm streng verboten, auch nur in die Nähe der Pferdemänner zu gehen. Und dann hatte er ihm noch eingeschärft, dass Diener keine Fragen stellten. Er war wohl ein schlechter Diener, überlegte Klaves. Wenn er den Lutin schon keine Fragen stellen durfte, dann fragte er sich zumindest selbst, warum sich alles so verändert hatte, seit sie hierher gekommen waren. Er konnte spüren, dass die Lutin Angst hatten. Warum waren sie überhaupt hier, wenn sie diesen Ort fürchteten?

Den ganzen Winter über war die Herde mit den Trolltrotteln gezogen, und man hatte ihm streng verboten, noch einen von den Kerlen umzubringen. Sogar sein Schwert hatte er Elija geben müssen. Der war sehr böse mit Nikodemus gewesen, weil er Klaves mit auf das Totenfeld genommen hatte.

Immer wieder hatten sie den Trolltrotteln Hügel geöffnet und Fleisch daraus hervorgeholt. Die Trolltrottel hatten sogar die Pferdemänner aus den Hügeln gefressen! Sie fraßen wohl alles. Und sie hatten immer Hunger. Aber zu den Lutin waren sie freundlich. Nur ihn mochten sie nicht, dachte Klaves bedrückt. Elija hatte ihm befohlen, stets eine eng anliegende Haube zu tragen. So eng war sie, dass sie ihm die Ohren quetschte! Er hatte immer Schmerzen, wenn er sie aufhatte. Dafür waren oben auf die Kappe große Pferdeohren genäht. Sie sahen sehr eindrucksvoll aus! Aber besser hören konnte er nicht, weil sie auf der Kappe waren.

Er musste wohl sehr dumm sein, überlegte Klaves. Richtig verstanden hatte er nicht, warum sie hier waren. Etwas sollte geheim bleiben. Das hatte der König von all den unendlich vielen Trolltrotteln befohlen. Klaves konnte verstehen, dass es besser war, nicht anderer Meinung zu sein als so viele Trolltrottel. Deshalb waren Elija und die Herde hierher gekommen. Sie hatten den Hügel geöffnet, ohne dass die Trolltrottel zum Essen gekommen waren.

Eine verdammte Knochenarbeit war das gewesen, die steinhart gefrorene Erde des Hügels aufzuhacken. Sonst gab es immer Trolltrottel, die diese Arbeit erledigten. Und dann musste das ganze Fleisch herausgeschleppt werden. So viel Fleisch!

Sie hatten es ein gutes Stück vom Hügel weggebracht und inmitten ihres Lagers zu einem Haufen aufgeschichtet, den sie dann noch mit Schnee bedeckt hatten. Und als die ersten Pferdemänner kamen, hatte Elija befohlen, ihnen Fleisch zu schenken. Aber immer nur ein paar Büffelhälften. Der Berg inmitten ihres Lagers war davon kaum kleiner geworden. Es war einfach viel zu viel Fleisch! Sie konnten es auch nicht mit der Herde mitnehmen. Selbst wenn ihre Hornschildechsen noch all ihre Brüder, Vettern und Schwestern an der Seite gehabt hätten, wären sie nicht genug gewesen, um das Fleisch fortzutragen.

Als die Pferdemänner mit den Tagen immer mehr wurden, war der Fleischberg langsam kleiner geworden. Heute gab es ein Fest bei dem Hügel, in dem das Fleisch gewesen war. Klaves hatte sich dort zwar nicht blicken lassen dürfen, aber aus der Ferne hatte er sie beobachtet. Viele seltsame Geschöpfe hatten sich dort versammelt. Krieger, die noch größer waren als Trolltrottel und spitze Hörner auf dem Kopf trugen. Und es waren Pferdemänner gekommen, die auseinander brechen konnten.

Manche der Lutin beherrschten diesen Zauber auch. Sie wurden eins mit den Ponys im Lager, und wenn sie genug davon hatten, über die verschneite Steppe zu rennen, dann brachen sie wieder auseinander. Klaves hatte das einmal versucht, aber das verdammte Pony hatte ihn so heftig getreten, dass er drei Tage hinken musste. Er war eben kein Zauberer, sondern nur ein Diener!

Nur warum die Lutin solche Angst hatten, verstand er nicht. Und dann war da diese Sache heute Nachmittag. Ein Kerl, der genauso schrecklich verwachsen war wie er selbst, war um das Lager der Hornschildechsen geschlichen. Der hatte Elija große Angst gemacht. Danach war der Kommandant zu ihm gekommen. Er hatte ihm ein langes Messer gebracht. Das Messer musste verzaubert sein! Klaves streichelte über den Griff an seiner Seite. Er hatte es in die Hand genommen, und es war, als sei es schon immer ein Teil von ihm gewesen. Noch viel besser als das Messer, mit dem er den Trolltrottel getötet hatte. Elija hatte ihm versprochen, dass er es behalten durfte. Und dann hatte Elija ihm auch schöne weiße Kleider bringen lassen. Sie waren genau richtig für ihn gewesen. Darüber wunderte sich Klaves immer noch. Sonst musste er immer Kleider tragen, die ihm nicht richtig passten. Und sie waren wunderbar warm!

Klaves lächelte träumerisch. Wenn er seine Sache gut gemacht hatte, dann würde er Elija fragen, ob er die Kleider nicht auch behalten dürfte. Niemand sonst in der Herde konnte damit etwas anfangen. Schließlich hatte niemand sonst so grässlich lange Arme und Beine.

Klaves streckte sich. Obwohl er auf einem dicken weißen Fell lag, wurde ihm doch langsam kalt. Er blickte zu den vielen Feuern, die rings um den Grabhügel brannten. Langsam wurde es dort stiller. Sie hatten gefressen wie die Trolltrottel, die Pferdemänner und all die anderen. Elija schien sich unnötige Sorgen gemacht zu haben. Er hatte befürchtet, dass der Schleicher vom Nachmittag wiederkommen würde, um in das Lager der Herde einzudringen, wenn alle schliefen.

Klaves kratzte sich an der engen Kappe. Wenn ihm nur seine Ohren nicht so wehtun würden! Und zu allem Überfluss hatte er sich noch eine weiße Maske vor das Gesicht binden müssen. Elija meinte es gut mit ihm! Er hatte sich Sorgen gemacht, dass ihn der Wind ins Gesicht kneifen würde, wenn er die ganze Nacht Wache hielt. Schließlich hatte er ja nicht so ein schönes Fell im Gesicht wie die Lutin.

Klaves hielt den Atem an. Ein Geräusch! Hinter ihm! Lautlos drehte er sich um. Das lange Messer glitt in seine Hand. Wie wunderbar es sich anfühlte!

Eine kleine Gestalt zeichnete sich vor dem Schnee ab. Sie trug etwas. Trotz der Finsternis erkannte er den breiten, bestickten Schal. Ganda! Sie mochte er ganz besonders. Obwohl sie eine sehr merkwürdige Lutin war. Nie durfte er für sie einen Dienst erledigen. Und manchmal, wenn es besonders kalt war, holte sie ihn in ihr Zelt, obwohl Elija das streng verboten hatte. Klaves erinnerte sich, dass er dort auch gewesen war, als all seine Glieder vor Schmerzen gebrannt hatten. Sie hatte ihn manchmal mit Öl und seltsam klebrigem Zeug eingerieben und nach und nach all seine Schmerzen fortgezaubert. Sie war eine große Zauberin! Wenn die Herde wandern musste, dann schnitt sie immer wieder Tore in die Luft. Dahinter lag Finsternis. Die anderen Lutin waren ein wenig unruhig, wenn man durch diese Tore ging. Auch die Hornschildechsen. Aber alle sagten, dass man viel schneller vorankam, wenn man durch die Dunkelheit ging.

Klaves sah sich um. Vielleicht sollte er Elija raten, mit der Herde nur noch bei Nacht zu wandern? Dann käme man auch schneller voran, und man müsste nicht durch die Tore gehen.

Ganda kauerte sich neben ihm auf das Fell. Sie hatte einen dampfenden, in Lumpen eingeschlagenen Topf mitgebracht.

Dankbar wärmte sich Klaves die Hände an dem Topf. Dann trank er vorsichtig in kleinen Schlucken. Es schmeckte köstlich. Und die Wärme kroch jetzt auch tief in sein Inneres. Es schneite nur wenig in dieser Nacht, dafür strich ein eisiger Wind von Norden her über die Ebenen. Trotz der warmen Kleider hatte die Kälte seine Glieder ganz taub werden lassen.

Ganda sprach kein Wort. Sie saß einfach nur neben ihm und sah ihn an. So verhielt sie sich fast immer. Und sie sah traurig aus dabei. Manchmal schnitt er Grimassen, damit sie lachte. Bei den Kindern half das immer. Klaves konnte nicht recht verstehen, was er falsch gemacht hatte, dass Ganda bei ihm immer so traurig schaute. Bestimmt hatte er etwas falsch gemacht! Er war ja dumm!

Eine Bewegung im Schnee lenkte ihn ab. Er presste die Lippen zusammen und duckte sich tiefer in sein Versteck. Elija hatte wieder einmal vorhergesehen, was geschehen würde. Er war eben klug. Obwohl sich der Schleicher wie ein Hund auf allen vieren bewegte, erkannte Klaves ihn sofort wieder. Eigenartiger Kerl. Heute Nachmittag war er ganz anders gegangen. Da war Klaves froh gewesen, einmal jemanden zu sehen, der so war wie er. Es tat gut zu wissen, dass inmitten all der Lutin, Trolltrottel, Hörnerträger und Pferdemänner noch ein zweites Geschöpf herumlief, das so war wie er.

Als er die auseinander brechenden Pferdemänner gesehen hatte, hatte er kurz geglaubt, dass es viele wie ihn gab. Aber dann war ihm aufgegangen, dass er sich irrte. Die konnten zaubern! Und die konnten Pferdebeine für sich laufen lassen, damit sie nicht müde wurden. Sie waren ganz anders als er. Auch wenn sie ihm äußerlich ein wenig ähnlich sahen. Und auch der Schleicher war anders. Er mochte vielleicht dumm sein, dachte Klaves. Aber wie ein Hund war er noch nie gelaufen!

Böiger Wind fegte über das tief verschneite Land und trieb weiße Schneeschleier vor sich her. Es gab da noch eine Sache, die er den Pelzköpfen voraushatte, dachte Klaves stolz. Er konnte auf dem verharschten Schnee gehen, ohne einzusinken. Er vermochte sich fast lautlos zu bewegen. Es war an der Zeit, den Schleicher zu stellen, bevor er es noch ins Lager schaffte.

»Pass auf dich auf«, sagte Ganda leise.

Klaves lächelte. Dann wurde ihm klar, dass sein Gesicht ja hinter der weißen Maske verborgen war. Sie konnte es nicht sehen. Er zog sein langes Messer und lief geduckt los.

Plötzlich blieb der Schleicher stehen.

Klaves ließ sich zu Boden gleiten und drückte sich in den Schnee wie ein Kaninchen, das hoffte, sich vor dem Falken hoch am Himmel zu verbergen.

Der Schleicher hob den Kopf. So bewegte sich ein Hund, der Witterung aufnahm. Klaves war erstaunt. Der Fremde im Schnee sah ihm ähnlicher als jedes andere Geschöpf, das ihm bislang begegnet war. Wenn er sich nur nicht wie ein Hund verhalten würde! Bestimmt war er auch ein Diener, ging es Klaves durch den Kopf. Aber wer mochten seine Herren sein?

Schade, dass er ihn töten musste. Viel lieber hätte er mit ihm geredet. Vielleicht würde er nie wieder einem Geschöpf begegnen, das ihm so sehr ähnelte? Vielleicht war er der Einzige, der noch so war wie er?

Der Schleicher ließ lange Krallen aus seinen Armen gleiten. Klaves hielt erschrocken die Luft an. Was für ein Zauber war das denn nun?

Auf eine Antwort brauchte er nicht lange warten. Der Schleicher hatte ihn entdeckt. Vorsichtig, halb geduckt kam er näher. »Was willst du hier?«

»Elija sagt, ich soll dich totmachen wie den Trolltrottel.«

Die Worte ließen den Schleicher ganz ungerührt. »Und, wirst du es versuchen?«

Klaves war unschlüssig. Sollte er wirklich das einzige Geschöpf totmachen, das ein bisschen so war wie er? Der Schleicher hatte sogar sonnenfarbenes Kopffell, so wie er selbst es hatte. »Geh weg! Komm nicht zur Herde!«

»Warum?«

»Elija will das nicht.«

Der Schleicher legte den Kopf schief. Schneeflocken hatten sich in seinem schönen Kopffell verfangen. »Und du glaubst wirklich, du kannst mich … totmachen, du eselsohriger Trottel?«

»Das sind Pferdeohren«, berichtigte ihn Klaves.

Ohne Vorwarnung griff der Schleicher an. Er war viel schneller als der Trolltrottel, den Klaves aufgeschnitten hatte. Die langen Krallen wollten ihm das Herz herausreißen.

Klaves ließ sich nach hinten fallen. Dennoch glitt Stahl über seine Rippen. Er fühlte keinen Schmerz. Nur warmes Blut, das in seine schönen neuen Kleider sickerte.

Er landete auf dem Rücken im Schnee, rollte sich seitlich ab und war sofort wieder auf den Beinen. Sein langes Messer fing eine Krallenhand ab.

Der Schleicher versuchte, ihm das Messer aus der Hand

zu drehen, indem er es zwischen den Krallen verkantete. Gleichzeitig holte er mit der anderen Hand zu einem Hieb aus, der auf Klaves' Bauch zielte.

Der Diener erinnerte sich an das Gesicht des Trolltrottels, als ihm die bläulichen Schlangen aus dem Leib gefallen waren. So würde er nicht sterben. Statt zurückzuweichen, machte er einen Schritt vor und blockierte den Angriff mit seinem Arm. Dann beugte er sich zur Seite und legte all seine Kraft in die Bewegung.

Ein trockenes Knacken erklang. Der Schleicher stieß einen erstickten Schrei aus.

Der Schleicher war ein guter Totmacher. Er sprang zurück. Sein linker Arm, dessen Krallen eben noch das lange Messer gefangen gehalten hatten, hing schlaff herab. Trotzdem wollte er wohl nicht versuchen davonzulaufen.

Das Blut, das seine schönen Kleider durchtränkt hatte, war inzwischen kalt wie Eis. Klaves fühlte sich ein wenig schwindelig. Es würde schwer werden, den Schleicher noch bis in das Lager der Hörnermänner zu tragen, wie Elija befohlen hatte.

Klaves drückte die Linke auf seine Brust. Blut quoll ihm durch die Finger. Seine Kleider knisterten, wo sich dünne, rote Eiskrusten gebildet hatten. Er musste jetzt schnell machen.

Der verdammte Schleicher dachte nicht daran davonzulaufen! Hätte er das getan, dann wäre er ihm nicht gefolgt, auch wenn Elija dann böse geworden wäre.

Der Schleicher griff erneut an. Er holte weit aus und wollte ihm den Bauch aufreißen. Klaves trat ein wenig zur Seite. Mit tödlicher Geschwindigkeit wechselte der Schleicher die Schlagrichtung, und seine Krallen schnellten hoch, um ihm die Kehle zu zerfetzen.

Stahl prallte auf Stahl. Klaves hatte dem Hieb nicht alle Wucht nehmen können. Die Krallen kratzen über sein Kinn.

Einen Moment lang sahen sie einander in die Augen. Klaves sah die Wut im Gesicht seines Gegners. »Wer bist du?«

»Klaves, der Totmacher.« Er versetzte dem Schleicher einen Fausthieb auf den gebrochenen Arm. Der Kerl stöhnte. Seine rechte Krallenhand ruckte vor, aber Klaves hielt mit seinem langen Messer dagegen. In stummer Wut maßen sie ihre Kräfte.

Dann plötzlich zog sich der Schleicher zurück. Ein wenig zu langsam.

Das lange Messer beschrieb einen blitzenden Bogen. Der Schleicher versuchte noch, den Angriff abzuwehren. Wieder schrammte Stahl auf Stahl. Das lange Messer drehte sich ein wenig. Fast wäre es Klaves aus der Hand gerissen worden. Dann traf es den Kopf des Schleichers.

Der Kerl wurde zur Seite gerissen und stürzte in den Schnee.

Klaves war übel. Er mochte den Schleicher nicht ansehen. Er hatte auch nicht die Kraft, ihn zu den Hörnermännern zu schleppen. Er beugte sich vor und schnitt zum Beweis für seinen Sieg die Krallenhände ab.

EIN HAUFEN STEINE

Der Nebel verbarg den großen Segler und die beiden Galeeren, die fast lautlos durch das schwarze Wasser des Fjords glitten. Ein weißer Falke landete auf der Reling des Dreimasters *Meerwanderer.* Elodrin spürte, wie ihn die bernsteinfarbenen Augen des Tiers mit zu viel Verstand taxierten. Der Falke blinzelte.

Auf dem Achterdeck der *Meerwanderer* war ein schmales Bett aufgestellt. Wie tot lag Graf Fenryl dort hingestreckt, die Arme über der Brust gekreuzt.

Der Falke stieß einen langen, schrillen Schrei aus. Irgendwo in der Dunkelheit antwortete eine Möwe mit herausforderndem Gekreisch.

Elodrin spähte in den Nebel. Die Nachtzinne war ganz nah. Sie hatten die Bucht erreicht, an der die Kobolde ihren Trollherren die mächtige Feste erbaut hatten. Hätte er keinen Nebel herabgerufen, sie wären schon längst entdeckt worden. Dieser Teil seines Plans war aufgegangen. Doch waren die Menschen gekommen? Und hatten sie genügend Krieger aufgeboten? Sich auf sie verlassen zu müssen, hatte ihm von Anfang an Kopfschmerzen bereitet. Sie waren mindestens genauso unzuverlässig wie Kentauren. Yilvina hatte ihm zwar von dem unstillbaren Hass erzählt, den der König des Fjordlands gegenüber den Trollen empfand, doch war dieser Alfadas mutig genug, sein Heer noch einmal durch das goldene Netz zu führen? Und selbst wenn er den Mut besaß, konnte er seine Krieger auf diesen Schreckensweg führen?

Für einen guten Plan gab es zu viele Unwägbarkeiten. Im schlimmsten Fall würden die Maurawan allein gegen die Trolle vorgehen, aber sie waren viel zu wenige, um alle Krieger aus der Nachtzinne zu locken.

Fenryls Augenlider flatterten. Er tat einen tiefen Seufzer.

Elodrin trommelte nervös mit den Fingern auf der Reling. Er wusste, dass es seine Zeit dauerte, bis die Seele, die mit dem Falken geflogen war, wieder ganz im Körper des Elfen heimisch wurde. Der Seefürst war froh, dass der Vormarsch der Trolle Fenryl den Rückweg nach Carandamon versperrt hatte. Als sich abgezeichnet hatte, dass die Trolle mit allen Kräften nach Süden marschierten und keine unmittelbare Bedrohung für das Fürstentum im ewigen Eis bestand, hatte sich der Graf ihm angeschlossen. Natürlich hatte Elodrin ihn nicht in alle Pläne eingeweiht. Ebenso wenig wie Yilvina alles wusste. Die beiden hatten zu lange an der Seite von Ollowain gefochten, um akzeptieren zu können, dass man manchmal nur durch den Willen, notfalls selbst Freunde zu opfern, und durch Grausamkeit siegen konnte.

Shalawyn und fünfzig andere ausgesuchte Kriegerinnen und Krieger kauerten entlang der Reling und warteten auf seinen Angriffsbefehl. Abgesehen von ihren Waffengurten waren sie nackt. Elodrin lächelte zynisch, als er an Ollowains wohl bekannten Makel dachte. Er mochte der beste Schwertkämpfer Albenmarks gewesen sein, doch an diesem Angriff hätte er nicht teilhaben konnte. Jeder der Kämpfer musste in der Lage sein, sich in den wärmenden Mantel der Magie zu hüllen. Den einzigen Mantel, der sie bei dieser Mission nicht behindern würde.

Selbst Elodrin war nackt. Sein Körper war drahtig und makellos. Der eisige Wind spielte in seinem langen, weißen Haar. Ein breiter, roter Schwertgurt lief quer über seine Brust. Die Waffe trug er auf dem Rücken. Ein Lederbeutel mit einem Barinstein darin war neben der Waffe die einzige Last, die er sich aufgebürdet hatte.

Mit einem tiefen Seufzer setzte sich Fenryl ruckartig auf. Der Graf blinzelte. Verwirrt blickte er sich um. Seine Arme zuckten, als glaube er, noch immer Flügel zu tragen.

»Was hast du gesehen, mein Freund?«

Fenryl sah ihn durchdringend an. Sein Blick hatte noch immer etwas von einem Raubvogel. Elodrin hielt nicht viel von den Zaubern, die es einem Elfen erlaubten, mit einem Tier eins zu werden. Das konnte auf Dauer nicht gut gehen. Gewiss, solch einen Zauber wirkte man nur auf sein Seelentier, ein Geschöpf, mit dem man sich ohnehin schon sehr verbunden fühlte. Der Seefürst aber war der Meinung, dass sich auf Dauer die Seelen von Tier und Elf vermengen würden. So wie es gerade bei Fenryl der Fall war, der noch immer glaubte, im Körper des Falken zu stecken.

»Fenryl?«

Der Blick des Elfen klärte sich. »Sie sind dort, die Menschen. Es sind viele. Sehr viele. Die Trolle ziehen ihnen entgegen. Ich war ihnen so nahe, dass ich sie belauschen konnte. Ein Rudelführer Namens Gornbor befehligt sie. Es sind fast tausend. Die Menschen allein werden sie nicht besiegen können. Es sind viel mehr Trolle hier, als wir erwartet hatten. Man könnte meinen, dass Orgrim einen Angriff befürchtet hat.«

Elodrin winkte ärgerlich ab. »Unsinn! Woher sollte er das wissen?« Er selbst war bis zuletzt unschlüssig gewesen, ob er sich gegen Emerelle stellen sollte. »Was glaubst du, wie viele Trolle noch in der Nachtzinne zurückgeblieben sind?«

»An Kriegern? Das kann nicht mehr als eine kleine Wachtruppe sein. Die anderen sind jetzt schon zu weit entfernt, um es zu merken, wenn wir den Turm angreifen. Sie werden sehr bald auf die Menschen treffen. Aber vielleicht kommt es gar nicht zur Schlacht. Von Osten zieht ein Sturm herauf. Wenn die Menschen keinen Schutz finden, dann werden sie zu hunderten verrecken.«

Elodrin ließ sich seinen Ärger nicht anmerken. Dieser Alfadas und seine Krieger entpuppten sich langsam eher als eine Belastung. Immerhin hatten sie die Trolle aus ihrem Bau gelockt. Alles Übrige war nebensächlich. Wenn der Handstreich gelang, dann würden die Menschen Zuflucht in der Trollfestung finden. »Wir greifen an, Graf. Ich übertrage dir hiermit das Kommando über die Flotte.« Elodrin wandte sich zu den Kämpfern, die im Schutz der Reling kauerten. »Vor fünfzehn Jahren hat Herzog Orgrim die Eroberung von Phylangan eingeleitet, indem er eine Schar auserlesener Krieger auf geheimen Pfaden ins Innere der Festung führte. Heute wird er auf dieselbe Weise seine Burg verlieren. Üben wir Rache für die Toten von Phylangan!«

Es gab keine Jubelrufe und auch nicht das selbstsichere

Grinsen, mit dem Elodrin die Kentaurenkrieger in die Schlacht hatte ziehen sehen. In den Augen der fünfzig, die Elodrin für den ersten Angriff ausgewählt hatte, spiegelte sich kalte Wut. Sie alle hatten Freunde und Verwandte während der Kämpfe um die Snaiwamark verloren. Bei jedem von ihnen war er sich sicher, dass sie jeglichen Sinn für romantische Ritterlichkeit verloren hatten.

»Folgt mir!«, befahl er, schwang sich über die Reling und tauchte in das eisige Wasser ein. Die Kälte schnitt in seine Haut, doch schon nach einem Herzschlag hatte der Wärmezauber, mit dem er sich schützte, sich an die veränderte Temperatur angeglichen. Tausende silberne Luftperlchen bildeten sich um seinen Leib und schufen eine isolierende Schicht zum Wasser des Fjords.

Rings um ihn herum tauchten Kriegerinnen und Krieger mit elegantem Kopfsprung in die Fluten. Wie Seehunde auf der Jagd glitten sie den Fjord hinauf. Nacht und Nebel verbargen sie vor den Blicken der Trolle.

Shalawyn übernahm die Führung. Sie trug breite Arm- und Fußbänder, in die perlmuttfarben leuchtende Barinsteine eingelassen waren. So konnten ihr alle in dem dunklen Gewässer gut folgen.

Fingayn hatte den Weg, den sie nahmen, schon vor zwei Jahren ausgekundschaftet. Der legendäre Held Farodin hatte ihm erzählt, wie er in die Nachtzinne gelangt war, als er Orgrim in seiner vorherigen Inkarnation getötet hatte. Diesen geheimen Pfaden würden sie nun ins Herz der Trollburg folgen.

Der Nebel zog sich über ihnen vom Wasser zurück. Elodrin konnte dunkle Schiffsrümpfe über sich auf den Wellen schaukeln sehen. Neugierig tauchte er auf und blickte zur Nachtzinne, die sich himmelhoch über die steinerne Mole erhob, die weit in die Bucht hinausgriff. Orgrims Festung war ein riesiger Turm, der wie ein steinerner Baumstumpf aus einer schroffen Felszinne emporwuchs. Ein bleigrauer Himmel schluckte alle Farben. Die Welt schien nur noch aus Grau- und Schwarztönen zu bestehen. Bleiches Licht schimmerte durch Fensternischen, die mit dünn geschabten Tierhäuten verhangen waren, um den Winterwind auszusperren. Orgrims Turm sah anders aus als alle übrigen Trollfestungen, die er zu sehen bekommen hatte. Er wirkte wie eine gröbere, dunkle Spielart von Emerelles Burg im Herzland. Flankiert von Pfeilern und Stützbögen, ragte der Turm bis fast zu dem grauen Wolkenband empor, das über den Himmel zog. An einigen Stellen wuchsen Pfeiler wie riesige Dornen aus dem Mauerwerk. Ohne erkennbares System durchbrachen hunderte Fenster das Bauwerk. Wer immer diese Festung erschaffen hatte, war ein bedeutender Baumeister gewesen, doch er hatte all sein Können darauf verwendet, sein Werk düster und bedrohlich erscheinen zu lassen.

Fünf der schwarzen Trollgaleassen lagen an der langen Mole. Bisher hatte sich Elodrin an die schwache Hoffnung geklammert, dass Fenryl sich in seiner Falkengestalt vielleicht geirrt hatte. Ein Vogel konnte schließlich nicht zählen! Aber jetzt wurde ihm klar, wie töricht das gewesen war. Auf fünf Galeassen konnten sogar mehr als tausend Krieger transportiert werden.

Der Fürst tauchte erneut. Die anderen Schwimmer waren nur noch als ferne bleiche Schemen zu erkennen. Er verdrängte alle Sorgen und konzentrierte seine Kraft darauf zu schwimmen. Mit langen, kräftigen Stößen holte er auf. Dann stemmte er sich durch die dunkle Öffnung in der Hafenmole. Sie lag dicht über dem Felsgrund der Bucht.

Panik sprang ihn in dem engen Tunnel an. Seine Lungen brannten, bald würde ihm die Luft ausgehen. Völlige Finsternis hielt ihn nun gefangen. Seine Schulter schrammte über rauen Fels. Er drehte sich und stieß nun auch mit dem Kopf gegen eine Felskante. Erschrocken atmete er aus. Mit Händen und Füßen versuchte er sich abzustemmen. Er hatte die Orientierung verloren. Wo war oben, wo unten? In welcher Richtung gelangte er tiefer in den Fels? Welcher Weg führte zurück ins Hafenbecken?

Ein Licht glomm in der Finsternis. Matt, fern. Mit unsicheren Schwimmbewegungen bewegte Elodrin sich darauf zu. Das Licht wurde größer. Ein mattgelber Schimmer. Über ihm schimmerte eine glatte Wasseroberfläche.

Ein letzter Schwimmstoß, dann endlich konnte er wieder atmen. Keuchend rang er nach Luft. Er war in eine weite Grotte gelangt. Wie ein schwarzer Spiegel schimmerte das Wasser darin. Die Wände rings herum waren weiß von Kalk. Barinsteine waren in die Felsen eingelassen und spendeten ein warmes, gelbes Licht.

Der Fürst tastete nach seiner Stirn. Er blutete. Für einige Herzschläge schloss er die Augen. Er versuchte nicht daran zu denken, dass sich über dieser Grotte die Felsnadel und der riesige Turm erhoben. Er war eingeschlossen in Stein wie die kleinen Tierchen, die man manchmal in klarem Bernstein sah.

Unsinn, schalt er sich in Gedanken. Es gab den Tunnel zum Hafen und es gab dutzende weitere Tunnel, die aus dieser Grotte hinauf in die Trollfestung führten. Wie in den meisten Burgen, die sie erbaut hatten, so hatten die Kobolde auch hier ein Labyrinth von Gängen und versteckten Kammern erschaffen. Eine zweite Felsenburg, in der sie sich verborgen vor den Blicken ihrer Herren bewegen konnten. Die Kobolde, die diesen Ort erschaffen hatten, waren längst verschwunden. Aber ihr Vermächtnis würde den Trollen der Nachtzinne den Untergang bringen.

Elodrin schaffte es, seine Panik einzudämmen. Er zwang sich, regelmäßig zu atmen. Überall entlang des Ufers bewegten sich Elfenkrieger.

Mit gleichmäßigen Zügen schwamm der Fürst zu einem flachen Felsen und zog sich hinauf. Shalawyn eilte ihm entgegen. Sie betrachtete kurz die Wunde an seinem Kopf, enthielt sich aber jeglicher Bemerkung. »Es gibt eine unerwartete Schwierigkeit, Fürst.«

Elodrin runzelte ungehalten die Stirn. Pochender Schmerz erinnerte ihn an die Wunde. »Welche?«

»Die Koboldtunnel. Jemand hat sie mit Geröll gefüllt. Wir konnten bislang keinen Weg nach oben finden.«

AN SEIDENEN SEILEN

Kadlin zog die Sehne bis zu ihrer Wange und ließ den schwarz gefiederten Pfeil fliegen. Sie hatte auf den Troll mit der riesigen Keule gezielt, der, die Waffe mit beiden Händen schwingend, die Formation der Langspeerträger durchbrochen hatte.

Der böige Wind zerrte an Kadlins Umhang und brachte den Pfeil ins Trudeln. Das Geschoss verfehlte den Troll um mehr als einen Schritt. Hilflos fluchend tastete sie nach dem Köcher an ihrer Seite. Die Hälfte der Pfeile war schon verschossen, und sie hatten fast keinen Schaden angerichtet.

Die Jägerin fühlte sich elend. Sie stand am Rand einer steilen Felsklippe mehr als hundert Schritt über dem Schlachtfeld. Hier war sie in verhältnismäßiger Sicherheit. Doch sie musste hilflos dem Gemetzel zusehen.

König Alfadas hatte mehr als dreitausend Krieger in das schmale, von Steilklippen eingefasste Tal geführt, das nahe der Trollburg lag. Nach Firnstayn zurückgekehrt, waren alle waffenfähigen Männer der näheren Umgebung zusammengerufen worden. Viele waren nur einfache Bauern oder Handwerker. Langspeerträger stellten die Mehrheit der Krieger. Ihre Waffen waren mehr als zweieinhalbmal so lang wie ein ausgewachsener Mann. Sie schlossen sich zu dichten Menschenblöcken zusammen. Die Speere nach vorn gerichtet, waren sie ein fast unüberwindliches Hindernis, so lange sie ihre Formation behielten.

Hinter dem Wall aus Speeren warteten drei Blöcke von Stangenbeilträgern. Diese Waffen waren für den Kampf gegen Trolle ersonnen worden. Man hatte Äxte auf besonders lange Schäfte gesetzt, um im Kampf gegen die Trolle mehr Abstand zu den Ungeheuern halten zu können. Diese Krieger sollten eingreifen, falls die Trolle es schafften, durch die Kampflinie der Speerträger zu brechen. Und sie hatten alle Hände voll zu tun, denn immer mehr Trollen gelang es, sich durch die Reihen der Speerkämpfer zu schlagen; die um sich greifende Panik vergrößerte die Lücken in der Schlachtlinie weiter.

Kadlins Finger waren steif vor Kälte, als sie zitternd einen neuen Pfeil auf die Sehne legte. Ihr standen Tränen in den Augen, so hilflos und wütend war sie. Das Wetter machte all ihre Pläne zunichte! Es war viel zu kalt für diese Jahreszeit. Heute Morgen waren siebzehn Männer nicht von ihren Schlafplätzen aufgestanden. Dutzende hatten Erfrierungen an Händen, Füßen und im Gesicht.

Verzweifelt blickte sie zu den hundert Reitern, die sich in einer Bodensenke ein gutes Stück hinter der Schlachtlinie verbargen. Es waren die besten Kämpfer des Königreichs. Alfadas selbst führte sie an. Sie würden angreifen, wenn die Trolle glaubten, der Sieg sei schon nahe. Björn war dort unten. Kadlins Kehle schnürte sich zu vor Angst. Ihr Björn! Die Männer dort unten konnten nicht sehen, was sie sah. Hunderte von Trollen waren in dem langen Tal. Es waren viel zu viele! Wenn die Elfen nicht bald kamen, dann würde die Schlacht in einem grausigen Gemetzel enden! Und sie war dazu verdammt, von hier oben hilflos zuzusehen.

»Wir müssen näher heran!«, rief der Befehlshaber der Elfenbogenschützen. Er sprach das Fjordländische auf eine seltsam singende Art aus. Und er wirkte unangemessen ruhig. Dass zu ihren Füßen hunderte von Männern starben, schien ihn nicht im Geringsten zu berühren. Und überhaupt: Was sollte das heißen, sie müssten näher heran. Sie standen schon am Rand der Steilklippe. Ein Schritt weiter, und sie würden in den Abgrund stürzen!

»Findest du, wir sollen die Trolle mit unseren Leibern erschlagen, wenn wir sie schon nicht mit unseren Pfeilen töten können?«, schrie sie ihn an. Sie war sich bewusst, dass sie ihre hilflose Wut an ihm ausließ, und war dankbar zugleich, ein Opfer gefunden zu haben. Der Elf trug ein dünnes weißes Hemd mit einer aufgenähten Kapuze. Auch seine übrigen Kleider waren weiß, ja, sogar sein Schwertgurt, der Köcher mit Pfeilen und sein Bogen. Schon auf ein paar Schritt Entfernung war er bei leichtem Schneetreiben so gut wie unsichtbar. Die Krieger aus seinem Gefolge waren ganz ähnlich ausgerüstet. Und noch etwas anderes hatten sie gemeinsam. Sie alle waren viel zu dünn angezogen. Wahrscheinlich konnten sie sich als Elfen durch irgendeinen Zauber gegen die Kälte schützen. Doch genau das gab ihnen in Kadlins Augen nicht das Recht, sich so überheblich aufzuführen, wie sie es taten. Sie ließen keine Gelegenheit aus, den Menschen zu zeigen, dass sie ihnen in allem überlegen waren. Sie konnten länger durch den Schnee wandern, besser schießen und schienen sich sogar in den Bergen rings um Firnstayn besser auszukennen als die Menschen, die dort schon seit Generationen lebten.

Aber was waren das für Leistungen, wenn ihnen die Magie die Mühsal des Überlebens nahm? Kadlin verachtete die Maurawan! Wenn man auf dem tiefen Schnee gehen konnte, statt sich mühsam einen Weg durch ihn bahnen zu müssen, wenn man den Stachel der Kälte nicht fühlte und nicht mit der Angst einschlief, am nächsten Morgen mit erfrorenen Füßen zu erwachen, und wenn man verzauberte Bögen hatte, mit denen man niemals sein Ziel verfehlte, was hatte man dann selbst geleistet, worauf man sich etwas einbilden durfte? Nichts!

Der Elf mit den himmelgrauen Wolfsaugen lächelte sie

an. »Wenn deine Blicke Pfeile wären, dann hätten wir die Schlacht schon gewonnen. Vorausgesetzt, du würdest sie auf die Trolle abschießen und nicht auf mich.«

»Wenn du dich hier vom Klippenrand noch näher an die Trolle bewegst, werde ich dir gerne folgen.« Sie deutete in den Abgrund. »Selbstverständlich lasse ich dir den Vortritt.«

Das Lächeln des Elfen wurde noch breiter. »Ich nehme dich beim Wort.« Er griff unter sein Schneehemd und holte eine weiße Seilrolle hervor. Auch andere Mauravan bereiteten nun Seile vor. Einige Bogenschützen schlugen schwere Haken in den Felsen und knoteten ihre Seile daran fest. Dann seilte sich der Erste mit dem Rücken zum Abgrund ab. Atemberaubend schnell glitt er das weiße Seil hinab, bis er plötzlich mit einem Ruck innehielt. Vor einem Überhang schwebend, nahm er den Bogen von der Schulter und zog einen Pfeil aus dem Köcher. Die Windböen ließen den Schützen leicht pendeln. Er zog die Sehne durch. Kadlin sah seinen Pfeil den Trollscharen entgegenfliegen. Ob er traf, konnte sie nicht ausmachen.

»Wer nicht in den Abgrund geht, gibt all seine Pfeile denen, die sich jetzt abseilen!«, befahl der Elf, den Kadlin als Fingayn kannte. »Am besten sucht ihr Halt an der Klippe! Frei schwingend über dem Abgrund zu schießen heißt, nur unnötig Pfeile zu verschwenden.«

Zwei Elfen mit Rucksäcken verteilten ein merkwürdiges ledernes Gurtzeug an die Bogenschützen.

Fingayn half Kadlin mit den Beinen in einen Gurt zu steigen, der ihr als sicherer Sitz dienen sollte. Ob sie sich freiwillig meldete, um abgeseilt zu werden, hatte er erst gar nicht gefragt. Kalf trat an ihre Seite. Ihr Vater versuchte, sie von der waghalsigen Klettertour abzubringen. Als das nichts nutzte, nahm er sich selbst einen Gurt.

Fingayn gab ihr letzte Anweisungen und bestand darauf, dass sie seine Handschuhe anzog. »Du hältst immer eine Hand am Seil, bis du einen sicheren Halt gefunden hast. Und stoß dich beim Abseilen mit den Füßen von der Wand ab.«

Kadlin hatte den Bogen geschultert und das Seil mit der Linken umklammert. Sie stand mit dem Rücken zum Abgrund. Der eisige Wind zerrte an ihren Kleidern, und ihre Gedärme rebellierten vor Angst. Kalf stand neben ihr, bereit, ebenfalls in den Abgrund zu gleiten. »Pass auf dich auf, mein Mädchen!«, schrie er gegen den Wind an.

Kadlin wünschte, sie hätte die Klappe gehalten. Nun kam auch Fingayn herüber. »Du wolltest mir folgen. Dann zeig einmal, wie viel Mut du hast.« Er trat zurück und verschwand im Abgrund.

Kadlin presste die Lippen zusammen. So ein Mistkerl! Ihre Hände waren trotz der Handschuhe ganz taub vor Kälte. Sie machte den Schritt zurück in den Abgrund. Leise sirrend glitt sie am Seil entlang. Mit einer Handbewegung konnte sie die Geschwindigkeit abbremsen, mit der sie hinabglitt.

Eine Böe packte sie und drückte sie gegen die Steilwand. Sie schlug mit der Schulter gegen den Fels und begann sich im Kreis zu drehen. Fluchend versuchte sie mit ausgestreckten Beinen Halt zu finden. Endlich ließ das Pendeln wieder nach. Schräg über sich sah sie ihren Vater. Auch er hatte seine liebe Mühe mit dem Seil.

Bisher hatte Kadlin es vermieden, in den Abgrund zu blicken, über dem sie hing. Doch nun war es an der Zeit, ein Felssims zu finden, auf dem sie sich niederlassen konnte. Schneewechten markierten die Vorsprünge und Nischen in der Steilwand.

Endlich entdeckte sie einen zwei Fuß breiten Absatz im Fels. Kadlin blickte nach unten. Der Lärm der Schlacht war jetzt viel deutlicher zu hören. Sie war nur noch wenig mehr als zwanzig Schritt über dem Kampfplatz. Mit Schrecken sah sie, dass die Schlachtreihe der Langspeerträger inzwischen völlig zerbrochen war. Einer der Stangenbeiltrupps war so dicht von Trollen umzingelt, dass die Kämpfer nicht mehr richtig mit ihren langen, unhandlichen Waffen ausholen konnten.

Kadlin verdoppelte ihre Anstrengungen, um den Felsabsatz zu erreichen. Er lag ein wenig zurück, sodass sie ihr Seil in sanfte Pendelbewegungen versetzten musste. Die Linke am Seidenseil, die Rechte weit vorgestreckt, um an einem Riss im Felsen Halt zu finden, schwang sie vor und zurück. Zweimal stieß sie sich das Knie an. Sie fluchte über ihr Ungeschick, während von der Ebene gellende Todesschreie erklangen.

Endlich fand sie an einer vorspringenden Felsnase einen sicheren Griff. Sie zog sich auf das Sims und drehte sich um. Die Füße stemmte sie fest gegen den Boden. Mit dem Rücken lehnte sie sich an die Steilwand. Jetzt erst bemerkte sie, wie heftig ihr Herz schlug. Ihre linke Hand brannte trotz des Handschuhs von der Reibung des Seils. Das Hemd unter ihrer Fellweste war durchgeschwitzt, und der Wind schnitt ihr ins Fleisch, als stünde sie nackt auf dem Sims.

Ihr Vater schwebte noch immer ein Stück über ihr in der Steilwand. Sein Gesicht war aufgeschürft. Dennoch lächelte er ihr zu, als er ihren Blick bemerkte.

Kadlin nahm den Bogen von der Schulter. Du bist hier, um Trolle zu töten, ermahnte sie sich in Gedanken und versuchte den riesigen Kerl zu vergessen, der Björn und sie vor dem Schneelöwen gerettet hatte. Hoffentlich war Brud jetzt nicht dort unten.

Sie zog die Sehne durch und schoss. Ihr Pfeil grub sich tief in den Halsansatz eines Kriegers, der den grauen Wanst mit blutigen Schlangenlinien bemalt hatte. Der Troll packte schreiend nach dem Pfeilschaft. Ruckartig riss er den Kopf herum, um zu erkennen, wer auf ihn geschossen hatte. Kadlin sah sich kurz um. Inzwischen hingen mehr als dreißig Bogenschützen rings um sie in der Steilwand. Immer mehr Pfeile prasselten auf die riesigen Feinde ein. Der Wind fegte in plötzlichen Böen über das tief verschneite Land, doch da sie nun so viel näher an ihre Feinde herangekommen waren, trafen ihre Pfeile besser.

Kadlin gab sich keinen Illusionen hin. Den Ausgang der Schlacht würde ihre kleine Schar wohl kaum beeinflussen. Aber wenn sie es nur schaffte den Angriff der Trolle ins Stocken zu bringen, dann war den Kriegern unten im Tal wenigstens etwas geholfen.

Unter ihr ertönte ein lang gezogenes Hornsignal. Wie eine lebende Woge stürmte die Reiterschar aus der Bodensenke. Der tiefe Schnee verlangsamte ihren Angriff. Dennoch waren die Trolle überrascht, als sie sich einer neuen Einheit von Feinden gegenübersahen. Einige von ihnen begannen zurückzuweichen.

Kadlin suchte ihr nächstes Ziel zwischen den Kämpfern, die versuchten, den Reitern aus dem Weg zu gehen. Ein paar Tote mehr oder weniger konnten durchaus den Unterschied zwischen geordnetem Rückzug und panischer Flucht ausmachen.

Sie suchte sich einen Krieger aus, der keinen Schild trug. Langsam zog sie die Sehne durch. Eine Böe wirbelte ihr Eiskristalle ins Gesicht. Sie blinzelte kurz, fixierte ihr Ziel erneut und schoss. Der Pfeil ging fehl. Leise fluchend griff sie in den Köcher.

Etwas krachte nicht weit entfernt. Einer der Maurawan schrie auf und stürzte. Blut tränkte sein Schneehemd. Sein Kopf war nur noch eine blutige Masse.

Wieder krachte es. Kadlin entdeckte einen Trupp Trolle mit umgehängten Ledertaschen. Sie warfen faustgroße Steine nach den Bogenschützen.

Unwillkürlich duckte sich die Jägerin. Doch in der Steilwand gab es keine Deckung.

Einer der Steinwerfer ging zu Boden. Seine Gefährten aber blieben davon unbeeindruckt, und mit einem Mal entspann sich ein verbissenes Duell zwischen den Bogenschützen und den Trollen. Ihre Feinde hatten Mühe, so hoch zu werfen und dabei noch genau zu zielen. Dafür waren sie deutlich in der Überzahl, und es kamen ständig noch neue hinzu. Die Trollkrieger wirkten weniger stämmig als jene, die inzwischen den Kampf mit den Reitern aufgenommen hatten. Wahrscheinlich waren es Jünglinge, die zum ersten Mal in der Schlacht kämpften.

Ein Stein schlug dicht neben Kadlin gegen die Felswand. Feine Splitter spritzen gegen ihre Wange. Kaltblütig streckte sie sich. Sich ducken half nicht, so konnte sie nicht schießen. Sie spannte den Bogen erneut, suchte sich einen der Jünglinge aus und ließ den Pfeil von der Sehne schnellen. Der Treffer riss den Troll nach hinten. Ohne Triumph zu empfinden, zog sie den nächsten Pfeil auf die Sehne.

Etwas Großes, Weißes stürzte an ihr vorbei. Sie konzentrierte sich ganz auf den nächsten Schuss.

Wieder schlug ein Stein ganz in ihrer Nähe gegen die Felswand. Vom Schlachtfeld schrieen ihr Waffengeklirr und Todeslaute entgegen. Doch an diesem Todeslied hatte sich etwas verändert. Neue Stimmen waren hinzugekommen. Stimmen, die weit über ihr erklangen.

Wieder stürzte etwas an ihr vorbei ... Jemand! Er war so nah gewesen, dass sie sein Gesicht gesehen hatte. Guthorm, ein etwas korpulenter junger Bogenschütze, der sie mit seinen Späßen über seinen ungezügelten Appetit immer wieder zum Lachen gebracht hatte.

Kadlin legte den Kopf in den Nacken, aber ein Felsüberhang versperrte ihr den Blick hinauf zum Rand der Klippe. Dafür sah sie noch drei weitere Gestalten mit weit ausgebreiteten Armen in den Abgrund stürzen. Einer von ihnen hatte einen Trollkrieger mit in den Tod gerissen.

Kalf hing immer noch an seinem Seil über dem Abgrund. Verzweifelt schaukelnd suchte er einen Halt an der Steilwand zu finden.

»Hierher!«, schrie Kadlin und streckte ihm die Hand entgegen. »Lass etwas Seil nach! Komm tiefer.«

Ein Stück links von ihr ging ein Hagel von Eisklumpen und Felsbrocken nieder. Zwei Bogenschützen wurden von den Felssimsen gerissen, auf denen sie Halt gefunden hatten.

»Mach schon, Vater!«

Der stämmige Jäger schlug gegen die Felswand. Verzweifelt glitten seine Hände über den Stein.

Jetzt ging dicht vor ihnen ein Geröllschauer nieder. Doch der Überhang, der die Sicht auf den Klippenrand blockierte, bewahrte sie davor, getroffen zu werden.

Etwas streifte Kadlins Gesicht. Es gab einen leichten Ruck in dem Gurtzeug. Das Seil! Ihr Seil war durchgeschnitten worden.

Mit schreckensweiten Augen sah ihr Vater sie an. Wieder schlug er gegen die Felswand. Seine Hände und Füße glitten Halt suchend über den Stein. Ein plötzlicher Ruck ließ ihn erzittern. Er glitt tiefer ... Stürzte! Fassungslos blickte Kadlin ihm nach. Sie sah seine massige Gestalt gegen einen Felsvorsprung schlagen. Die kräftigen Hände, die so oft ihren Kopf getätschelt hatten, versuchten noch ein letztes, verzweifeltes Mal, Halt zu finden.

Kadlin vergaß völlig, dass sie nicht mehr angeseilt war. Sie beugte sich vor. Jetzt endlich fand sie die Kraft, Kalfs Namen zu rufen. Voller Schmerz, beschwörend ...

Ein Arm schob sich über den Felsvorsprung. Dann erschien Kalfs Gesicht, bleich und zu einer Grimasse der Qual verzerrt. Langsam, Zoll um Zoll, schob er sich auf den vereisten Felsvorsprung. Seine linke Gesichtshälfte war übel zugerichtet. Er saß jetzt rittlings auf einem Felsvorsprung. Seine Beine baumelten über dem Abgrund, aber er hatte sicheren Halt.

»Luth sei Dank.« Kadlin standen Tränen in den Augen. »Wenn ich hier lebend herauskomme, dann stelle ich dir zu Ehren einen Eisenbart auf einem Pilgerweg auf und werde ihn jedes Jahr besuchen, um dort zu opfern.«

Kalf legte den Kopf in den Nacken und blickte zu ihr auf. Erschöpft hob er einen Arm, um ihr zu winken. Im nächsten Augenblick wurde er nach hinten gerissen und verschwand im Abgrund.

Fassungslos starrte Kadlin hinab. Er war doch in Sicherheit gewesen! Er ... Ein gellender Schrei ertönte. Rechts neben ihr wurde ein Maurawan aus der Felswand gerissen. Auch er hatte sicheren Halt gehabt.

Das Seil ... Sie reckte sich. Unten am Fuß der Steilklippe suchten zwei Trolle nach herabhängenden Seilen. Kadlin hob ihren Bogen.

Sie fühlte nichts mehr, als sie sich unvernünftig weit vorbeugte, um einen Pfeil in die Tiefe zu schicken. Ihr Geschoss drang dem linken Troll durch die Schulter ins Herz.

Wie eine Handpuppe, die von einem fremden Willen beherrscht war, legte sie einen weiteren Pfeil auf die Sehne. Den zweiten Troll traf sie in den offenen Mund, als er zu ihr aufblickte und ihr einen Fluch entgegenschrie.

Die Waffe entglitt ihren Händen. Ihr Köcher war leer. Sie ließ sich gegen den kalten Fels sinken. Erschöpft holte sie ihr Seil ein, rollte es zusammen und legte es neben sich. Hier oben gab es keine Möglichkeit, es zu befestigen. Sie war tot, so wie Kalf und all die anderen.

Unten im Tal waren die Reiter von Trollen umzingelt. Das Heer hatte sich aufgelöst. Nur einzelne, kleine Grüppchen leisteten noch Widerstand.

Dunkle Sturmwolken vertrieben das Licht vom Himmel. Nur weit im Westen leuchtete es noch blau zwischen zwei Berggipfeln.

Es gab keinen Weg hinauf und keinen Weg hinab. Sie würde hier sitzen und erfrieren. Ihr Vater würde nicht lange warten müssen, bis sie ihm in Norgrimms Hallen folgte, um mit ihm gemeinsam an der Festtafel des Kriegsgottes zu sitzen.

DIE TROLLSTECHER

Endlich! Das Hornsignal zum Angriff war eine Erlösung. Das Warten, das Lauschen auf den Kampflärm und die Todesschreie hatten Ulric aufgewühlt wie nichts zuvor in seinem Leben. Untätig bleiben zu müssen, war eine Qual. Und dass er nicht einmal sehen konnte, was geschah, machte es noch schlimmer.

Erleichtert gab er seinem Braunen die Sporen. Wie ein Mann setzten sich die Reiter in Bewegung. Eingebettet in einen riesigen Leib aus Pferden und Kriegern, fühlte er sich wie ein Teil Norgrimms, des Kriegsgottes.

Vielleicht war er nur der kleine Finger oder sogar nur der Nagel des kleinen Fingers, doch das war gleich, denn er gehörte zu der Faust, die nun nach ihren Feinden schlagen würde. Unnachgiebig und unbesiegbar wie eine Gottesfaust.

Das Trommeln der Hufe ließ den Boden erbeben. Verharschter Schnee wurde aufgewühlt und spritzte ihm bis ins Gesicht.

Immer lauter wurde das Donnern der Hufe. Die Reiter strömten über den Rand der Bodensenke hinweg. Ein Stück links strauchelte ein Pferd und wurde samt Reiter hinabgezogen in die Woge aus Fleisch und Stahl.

Ulric senkte seine Lanze. Noch etwas mehr als hundert Schritt. Die Schlachtreihen der Trolle waren auseinander gerissen, als sie durch die Lücken in der Speerträgerformation gebrochen waren. Jetzt waren sie leichte Beute.

Noch fünfzig Schritt. Ihre Feinde waren so groß, dass sie den Reitern fast auf Augenhöhe begegneten. Und er sah Angst in ihren Augen. Was für eine Genugtuung! Es gab etwas, wovor sie sich fürchteten!

Zu seiner Linken ritt sein Vater! Ein ganzes Leben hatte er diesen Augenblick herbeigesehnt. Er war ein alter

Mann geworden, bis er noch einmal Gelegenheit bekommen hatte, in einer großen Schlacht gegen die alten Feinde anzutreten. Ulric war skeptisch gewesen, ob es klug war, den Elfen in ihren Krieg zu folgen, doch in diesem einen, göttlichen Augenblick waren alle Zweifel vergessen. Dies allein schon war es wert gewesen zu leben!

»Für Kadlin!«, schrie Björn, der dicht neben ihm ritt.

Die Trolle, die am weitesten durch die Linien gebrochen waren, drehten sich um und suchten ihr Heil in der Flucht. Doch es war unmöglich, der Front von Reitern zu entkommen. Hinter ihnen versperrten ihnen die Kämpfenden den Weg. Das enge Tal wurde zur Todesfalle.

Ulrics Lanze traf einen der Trollkrieger dicht unter dem Nacken. Es war, als sei er gegen einen Felsen angeritten. Der Schaft der Waffe zersplitterte. Er ließ das nutzlose Stück Holz fallen und sah, wie der Troll trotz seiner mörderischen Wunde versuchte, im Schnee davonzukriechen. Dann verschwand er unter der Masse der Hufe.

Die Reiter hielten sich so dicht beieinander, dass sich fast ihre Knie berührten. Sie waren wie eine Lawine, die einen Abhang hinabdonnerte.

Ulric zog seinen Trollstecher aus dem Holster am Sattel, eine dreikantige Eisenstange, die in einer mörderischen Spitze auslief. Das andere Ende war wie ein Schwertgriff geformt. Sie maß mehr als einen Schritt, war schwer und unhandlich. Ihr einziger Zweck bestand darin, die Wucht der Attacke nutzend, in einen Trollleib getrieben zu werden.

Unmittelbar vor ihnen kämpfte ein Haufen Stangenbeilträger. Die Trolle hatten die Männer so dicht zusammengedrängt, dass sie ihre wuchtigen Beile nicht mehr schwingen konnten.

»Firnstayn!«, schrie einer der Reiter, und sofort nahmen Dutzende seinen Schlachtruf auf.

»Firnstayn!«, schrie auch Ulric, als sie in die Reihen der Trolle prallten. Pferde kreischten. Der Prinz hatte den

Trollstecher weit vorgestreckt gehalten. Die Wucht des Aufpralls riss ihm die Waffe aus der Hand. Im Getümmel konnte er nicht richtig sehen, wo er den Gegner getroffen hatte. Sein Brauner bäumte sich auf. Die Hufe trommelten auf den Troll vor ihm.

Björns Stute wurde zu Boden gerissen, und Lambis Sohn verschwand im Gewühl übereinander stürzender Leiber.

Plötzlich löste sich das Knäuel aus Menschen und Trollen. Die hünenhaften Gegner flüchteten. Ulric riss an den Zügeln seines Braunen. Die Fußkämpfer stachen mit den langen Dornen an ihren Stangenbeilen auf die gestürzten Trolle ein.

Die Mauer der Reiter war zerbrochen. Einzelne setzten den fliehenden Trollen nach. Ulric ließ das Gemetzel hinter sich und folgte den Flüchtenden. Seine Hände waren voller Blut. Er fühlte sich wie in einem Traum. Alles erschien ihm seltsam unwirklich. Ein Leben lang war er dafür ausgebildet worden, als Krieger in einer solchen Schlacht zu kämpfen. Und doch hatte ihn nichts von all dem, was er gelernt hatte, auf diesen Tag vorbereitet.

Er zog sein Schwert, hob es hoch, die Spitze leicht nach vorn gesenkt. Er trieb den Braunen voran. Das Pferd und ein flüchtender Troll lieferten sich ein Rennen. Die Hufe zerwühlten den Schnee, den die Kämpfe in blutigen Schlamm verwandelt hatten. Der Troll sah sich nach ihm um. Nackte Angst lag in seinem Blick. Er strauchelte über einen Toten.

Im Augenblick des Stolperns war Ulric neben ihm. Ohne seinen Braunen zu zügeln, ließ er den Schwertarm fallen und beschrieb einen Rückwärtsschwung. Die schwere Klinge traf mit voller Wucht in etwas, das unter dem Hieb splitterte. Es fühlte sich an wie ein Spalteisen, das durch Holz fuhr. Ulric blickte nicht zurück.

Die Ebene vor ihm war voller Trolle. Es mussten hunderte sein. Der Reiterangriff hatte längst seine mörderische Kraft verloren. Ihre Formation war zerbrochen. Einzeln wirkten die Berittenen zwischen den Trollen nun nicht mehr so unbesiegbar.

Wieder überholte Ulric einen Flüchtenden und ließ sein Schwert in tödlichem Rückhandschlag niedersausen.

Doch es waren zu viele. Sie konnten die Trolle nicht besiegen. Und kein Zeichen verriet die Ankunft der Elfen im Rücken der Feinde. In der Ferne konnte er die dunk le Felsnadel der Nachtzinne sehen. Sie wurde eins mit den schwarzen Wolken, die das Blau des Himmels auslöschten.

Mit einem Schrei sprang ein Troll auf, der sich tot gestellt hatte. Er packte seinen Braunen um den Hals wie ein Ringer. Der große Hengst wurde zu Boden gerissen. Ulric schaffte es gerade noch, die Füße aus den Steigbügeln zu bekommen. Vom Sturz benommen, tastete er im Schnee nach dem Schwert. Er hatte es fallen lassen.

Der Troll hämmerte mit seiner Keule auf den Schädel des Pferdes ein. Das Knirschen, das den Treffern folgte, ging Ulric durch Mark und Bein. Der große Hengst stieß einen schrillen Laut aus. Nie hatte er ein Pferd so wiehern hören. In Ulrics Ohren klang es wie eine Anklage. Mit einem letzten langen Seufzer wich die Luft aus den Lungen des großen Hengstes. Noch immer schlug der Troll auf das tote Pferd ein. Er war ein wenig kleiner als die anderen Krieger, die Ulric bisher begegnet waren. Bauch, Brust und Gesicht waren mit Pferdeblut bespritzt.

Der Prinz zog den Elfendolch, den Ollowain ihm einst geschenkt hatte. Die Waffe wirkte lächerlich klein im Vergleich zu dem tobenden Troll. Doch der Krieger beachtete ihn gar nicht. Unablässig hieb er auf das tote Pferd ein und stieß dabei grobe Laute wie Flüche aus.

Ulric umrundete den Troll und stach ihm die Waffe in die Kniekehle.

Jetzt erst erwachte der Kerl aus seiner blinden Raserei. Stolpernd machte er einen Schritt nach vorne und brach in die Knie. Den Kopf in den Nacken gerissen, stieß er einen schrillen Schrei aus. Ulric sprang vor, wechselte den Griff und rammte dem Troll den Dolch ins Ohr. Der Schrei des jungen Kriegers brach abrupt ab. Wie von einem Blitzschlag gefällt, kippte er nach vorne. Der Elfendolch war ihm bis zum Heft in den Schädel gedrungen.

Mit einiger Mühe befreite Ulric die Waffe, als ihn ein Schlag in den Rücken traf. Er stürzte über den Toten hinweg. Ein riesiger Trollkrieger stand hinter ihm und hatte ihm einen Stoß mit dem Schild versetzt. Der Kerl schrie ihn an und deutete auf den Toten. Machte er ihm Vorwürfe?

Der Troll hielt einen Kriegshammer in der Rechten. Der Hammerkopf war aus dunklem Granit und groß wie ein Wolfsschädel. Ulric hob den blutigen Dolch, bereit für seinen letzten Kampf.

Der Troll spuckte ihm voller Verachtung eine Lawine grunzender Laute entgegen. Dann deutete er mit seinem Kriegshammer zur Seite. Dort lag das Schwert König Osabergs im Schnee.

Ulric ließ den Krieger nicht aus den Augen, als er sich nach der Waffe bückte. Hatte der Troll entschieden, dass ein Dolch keine angemessene Waffe für den Kampf gegen ihn sei? Als der Hüne keinerlei Anstalten machte, überraschend über ihn herzufallen, fühlte sich Ulric zutiefst beschämt. Der Troll verhielt sich ritterlicher, als er es getan hatte. Den jungen Krieger, der sein Pferd getötet hatte, hatte er einfach niedergemacht. Traurig dachte Ulric an die Lektionen über Ehre, die sein Vater ihn gelehrt hatte, vor so langer Zeit, in dem letzten Herbst mit Mutter und Kadlin. Er hatte sich weit von jenem Weg entfernt, auf den Alfadas ihn einst führen wollte.

Ulric hob das Schwert vor dem Troll zum Fechtergruß. Sein Gegner runzelte ärgerlich die Brauen. Er betrachtete ihn wohl nicht als einen ehrenhaften Krieger. Von einem Troll verachtet zu werden, trieb Ulric die Schamesröte ins Gesicht.

Der Hüne ging zum Angriff über. Langsam, ohne Hast, siegessicher. Mit Schildstößen drängte er Ulric vor sich her.

Bald ging Ulrics Atem stoßweise. Der Bastard von einem Troll war ein außergewöhnlicher Krieger. Immer wieder versuchte der Prinz, am Schild seines Gegners vorbeizukommen, doch dieser bewegte sich mit tödlichem Geschick.

Nur selten schwang er seinen riesigen Kriegshammer, um Ulric zu einem hastigen Satz zu zwingen. Zweimal schon war der Prinz dabei gestürzt. Jedes Mal war der Troll einen Schritt zurückgetreten und hatte ihn wieder aufstehen lassen.

Ulric war fast am Ende seiner Kräfte. Der blutige Schneematsch griff gleich Krallenhänden nach seinen Füßen. Was wollte der Troll? Der Kerl hätte ihn längst töten können.

Wieder wich Ulric vor einem Schildstoß zurück. Der Krieger drängte ihn immer weiter bis zur Steilklippe, die das Schlachtfeld im Osten begrenzte. Hier wurde nicht gekämpft. Nur ein einzelner anderer Troll war hier, doch er beachtete sie nicht. Er suchte etwas zwischen den scheunengroßen Felsblöcken am Fuß der Klippe.

Der Hüne drängte Ulric unter einen Felsvorsprung. Die Flucht war zu Ende. Noch weiter zurückzuweichen war unmöglich. Ein Schrei ließ den Troll aufblicken. Ein Krieger stürzte aus der Steilwand und schlug ganz in der Nähe in eine Schneewehe.

Ulric machte einen verzweifelten Ausfall, doch mit seinem türgroßen Schild wehrte der Troll ihn mühelos ab. Er drängte ihn zurück gegen die Felswand. Und jetzt begriff Ulric, was der Kerl vorhatte. Er wollte ihn mit seinem riesigen Schild an der Felswand zerquetschen, wie man eine Laus zwischen den Nägeln von Daumen und Zeigefinger zerquetschte.

Noch einmal stürmte er gegen den Troll an. Ein Fußtritt ließ ihn zurück gegen die Felswand taumeln.

Plötzlich brach der Trollkrieger zusammen, der ein Stück entfernt zwischen den Klippen nach etwas suchte.

Ulrics Gegner blickte hoch und stieß einen zornigen Fluch aus.

Wie eine göttliche Strafe fuhr ein Pfeil vom Himmel herab und stieß dem Krieger in den offenen Mund.

Zu erschöpft, um seinem unbekannten Retter auch nur einen Dank zuzurufen, ließ sich Ulric zu Boden sinken. Er dachte an Halgard und Blut. Lebte der Hund noch? Halgard hatte darauf bestanden, an dem Kriegszug teilzunehmen. Und sie hatte auch den Hund mitgenommen. Verfluchte Holzpuppen! Sie hatten sie zu Sklaven gemacht.

Der Wind wehte Schnee von der Klippe hinab. Prickelnd traf er Ulric ins Gesicht. Er blickte zum Schlachtfeld. Nur eine Meile entfernt war das Lager ihres Heeres. Ob die Trolle es schon erreicht hatten?

Ein röchelnder Laut riss den Prinzen aus seinen Gedanken. Finsternis verschlang das Schlachtfeld. Der Sturm war heran. Feine Schneeflocken peitschten vom Himmel herab. Ulric tastete sich zwischen den Felstrümmern hindurch. Überall lagen Tote, zerschmettert auf den scharfkantigen Steinen. Elfen wie Menschen starrten mit leeren Augen in den schwarzen Himmel. Der Tod hatte sie alle gleichgemacht.

Endlich fand er den stämmigen alten Jäger, der mit Kadlin nach Firnstayn gekommen war. Kalf. Er lag in einer Schneewehe. Sein rechter Arm bewegte sich auf und ab wie ein Ast im Wind.

Ulric kniete sich neben den Jäger. Eine Hälfte von Kalfs Gesicht war blutig zerrissen. Durch die offene Wange konnte man seine Zähne sehen. Er stieß einen gurgelnden Laut aus.

»Ich weiß, wer sie ist«, sagte Ulric leise.

Die Augen des Jägers weiteten sich. Es war schwer, in seinem verwüsteten Gesicht ein Gefühl abzulesen. War er erschrocken oder erleichtert? Sein Mund öffnete sich.

Wieder sprudelten unverständliche Laute hervor. Jetzt sah Ulric die Zunge des Mannes oder besser das, was davon noch übrig war. Er musste sie sich abgebissen haben, als er beim Sturz gegen die Felsen geschlagen war.

»Warum ist meine Mutter mit dir gegangen? Warum hat sie mich und meinen Vater im Stich gelassen? Warum hast du sie mir gestohlen?«

Kalf stammelte etwas Unverständliches. Blut quoll von seinen Lippen.

»Wo ist sie jetzt? Wohin hast du Asla gebracht?«, rief Ulric zornig. Nachdem Halgard ihn darauf gestoßen hatte, wer die junge, rothaarige Jägerin wirklich sein musste, hatte Ulric eigentlich beschlossen, die Sache auf sich beruhen zu lassen, aber jetzt brachen all sein Zorn und seine Trauer aus ihm heraus. Vor ihm lag der Mann, der all seine Fragen hätte beantworten können. Und er war im Begriff zu sterben.

»Hat meine Mutter dich geliebt?«

Kalf schloss kurz die Augen und öffnete sie wieder. Sollte das ja heißen? Oder war es Verlegenheit? Es war sinnlos, ihn nach etwas zu fragen!

Schaumiges Blut quoll über Kalfs Lippen. Er versuchte sich aufzusetzen, aber seine Kräfte reichten dazu bei weitem nicht mehr aus. »Kah …len … Kah …linn!«, stammelte er.

»Kadlin?«

Der Jäger verdrehte die Augen, als wolle er zu jemandem blicken, der hinter ihm stand. Doch da war nur die Steilklippe.

»Meinst du Kadlin? Was ist mit ihr?«

Kalf antwortete nicht mehr.

»Mögen die Götter dir gnädig sein.« Ulric strich dem Toten mit der Hand übers Gesicht. Schnee fiel auf den Jäger herab.

Bald wird uns der Winter alle unter sein weißes Leichentuch gebettet haben, dachte der Prinz. Wer den Trollen entging, den würde Firns Atem töten. Fröstelnd rieb er sich die Arme und wusste doch, dass er die Kälte nicht würde vertreiben können.

DAS LEICHENFELD

... Zwei Stunden hatte ich mir Zeit gelassen, bis ich es wagte, gegen den Befehl zu verstoßen. Elodrin und auch sein Navigator Landal befürchteten, dass es auf der Nachtzinne Kriegsmaschinen geben könnte, um Schiffe an der Mole und in der Bucht anzugreifen. Orgrim war der einzige Troll, dem sie zutrauten, solche Vorsichtsmaßnahmen zu ergreifen. Wäre ich doch mutiger gewesen! Jeder Atemzug, den ich zögerte, kostete zehn Menschenleben. Elodrin wollte ein Lichtzeichen geben, sobald die Nachtzinne gestürmt war. Ein leuchtend roter Stern sollte in den Himmel steigen. Er glaubte, es werde im schlimmsten Fall zwei Stunden dauern, die Besatzung der Nachtzinne zu überrumpeln und alle wichtigen Verteidigungsstellungen zu besetzen. Zwei Stunden ließ ich darüber hinaus verstreichen. Ein Schneesturm war aufgezogen. In seinem Schutz brachten wir die Schiffe zur Mole und gingen an Land. Die Tore der Nachtzinne fanden wir fest verschlossen. So befahl ich, in jenes Tal vorzustoßen, in dem wir uns mit dem Heer der Menschen vereinen wollten.

Welch ein Grauen erwartete uns! Trotz des Sturms hatte ein Teil der Trolle schon mit dem Leichenschmaus begonnen. Einige kämpften noch; verzweifelt verteidigten die Menschen ihr Lager. Die Trolle waren so überrascht von unserer Ankunft, dass wir viele niederstreckten, bevor sie überhaupt zu den Waffen greifen konnten. Die Übrigen flo-

hen in die Berge. Wir setzten ihnen nicht nach. Ich weiß, es gehört zu den Gesetzen des Krieges, dass der Sieger den Druck gegen den fliehenden Feind aufrechterhalten soll. Doch ich wollte auf keine Hand verzichten, die mithelfen konnte, jene wenigen Menschen zu bergen, die noch zu retten waren. Viele Verwundete, die auf dem Schlachtfeld zurückgeblieben waren, hatte die Kälte getötet.

Der Tod hatte eigentümliche Muster auf jenem Feld gewoben, das wir ihm zu so reicher Ernte bestimmt hatten. Dort, wo die Krieger bis zuletzt gekämpft hatten, lagen sie in Haufen, umgeben von erschlagenen Trollen. Halb vom Schnee begraben waren es große, abstrakte Blumen. Der Kreis der toten Trolle waren die Blütenblätter, die erschlagenen Menschen aber waren das Herz der Blüte. Die Flüchtenden waren allein gestorben. Zusammengekrümmt lagen sie jeder für sich, wo der Feind und der Tod sie gleichermaßen eingeholt hatten. Und noch einmal anders war die Spur des Reiterangriffs. Wie eine Lawine war er durch die Spitzen des Trollangriffs gebrochen und hatte alles mit sich gerissen, bis er an Kraft verlor und zuletzt aufgehalten wurde.

Es waren wenig mehr als fünfhundert Menschen, die wir dem Leichenfeld entreißen konnten, und kaum einer war dem Schrecken der Schlacht ohne Wunden entkommen. Jene von uns, die von Anfang an dabei waren, werden wohl für immer ein anderes Bild von den Männern und Frauen des Fjordlands haben. Sie haben nicht unser Geschick und unsere Kunstfertigkeit im Umgang mit Waffen. Wenn vier von ihnen sich einem Troll stellen, dann werden drei davon mit dem Leben bezahlen, bevor das Ungeheuer vielleicht bezwungen ist. All jene, die gern abfällig über Menschen sprechen, fordere ich auf, daran zu denken, wie viel Mut es erfordert, sich solchen Gegnern zu stellen und nicht zu weichen. Wir, die wir als ausgebildete Elfenkrieger darauf hoffen dürfen, sogar allein in einem Kampf mit einem Troll bestehen zu können, werden diesen verzweifelten Mut niemals ermessen können.

Nie werde ich vergessen, wie mir der stolze Fingayn aus dem Sturm entgegenwankte. Selbst am Ende seiner Kräfte, trug er ein rothaariges Menschenmädchen in den Armen, dem vom Frost fast die Seele entrissen worden war. Der sonst so Schweigsame, der sich gern den Blicken entzieht, stammelte von ihrem Mut und ihrem Geschick, unfähig, einen Satz mit einem Anfang und einem Ende hervorzubringen. Yilvina, die viele für die Meisterschülerin Ollowains hielten, stand breitbeinig vor einem Mann ohne Nase, der seinen Sohn betrauerte und das Kämpfen aufgegeben hatte. Verletzt war sie umringt von toten Trollen und bot, als wir sie fanden, noch immer dreien von ihnen die Stirn, statt den hässlichen Kerl und den Toten ihrem Schicksal zu überlassen.

Wir brachten die Menschen zu unseren Schiffen, da öffneten sich die Tore der Nachtzinne. Und heraus trat Elodrin und war wie eine Missgeburt des Krieges anzusehen. Nackt, wie er einst aus dem Schoß seiner Mutter gekommen war, stand er im Tor, mit Blut beschmiert, in jeder Hand ein Schwert. Sein weißes Haar klebte ihm in roten Strähnen am Kopf, und in seinen Augen funkelte der Wahn, der manche befällt, die das Töten zu sehr lieben.

Er und seine Kriegerschar hatten Stunden gebraucht, um sich einen Weg durch die mit Steinen verfüllten Tunnel zu bahnen, von denen er sich einen so einfachen Weg ins Herz der Festung versprochen hatte. So fanden wir also zuletzt doch Zuflucht in der Nachtzinne.

Elodrin hatte hunderte Gefangene gemacht, denn wie sich zeigte, hatte Orgrim alle Weiber und Welpen – wie die Trolle ihre Kinder nennen – in die stärkste Festung der Trolle befohlen. Hätte ich geahnt, welch schändlichen Verrat Elodrin an ihnen und auch an den Menschen plante, ich hätte den Fürsten getötet, als ich ihn durch das Tor schreiten sah. Jetzt, so viele Jahre später, fällt es mir schwer zu begreifen, warum ich das deutliche Bild nicht verstand, als er mir unter dem Tor entgegentrat, nackt und blutbedeckt.

Alles, was einen ehrenhaften Herrscher ausmacht, war von ihm abgefallen. Doch in jener stürmischen Nacht war ich froh, dass er das Tor zur Nachtzinne öffnete und allen Zuflucht vor dem Wüten des Winters gab, denn für das Wüten in seinem Herzen blieb ich blind, bis es zu spät war, das Verhängnis abzuwenden. …

AUS: DER BLICK DES FALKEN, S. 1304,
DIE LEBENSERINNERUNGEN VON
FENRYL, GRAF VON ROSENBERG

DER WEG DER GRÄBER

Er flog mit Leylin hoch am Himmel. Die Sonne schien zum Greifen nahe. Wie ein grünes Meer wogten die Frühlingsweiden des Windlands unter ihnen. Er lachte, Eisfeder und Wolkentaucher schrieen ihre Freude in das weite Blau. Leylin rief seinen Namen. Plötzlich war sie verschwunden. Von einem Augenblick zum anderen war der Himmel mit Sturmwolken bedeckt. Wind peitschte ihm ins Gesicht. Er rief seine Liebste. Der böige Wind zupfte an Wolkentauchers Gefieder. Seine Flügel schlugen unregelmäßig. Unstet flatternd glitt er in weiten Kreisen den Bergen unter ihnen entgegen. Etwas spritzte Melvyn ins Gesicht. Blut! Im linken Auge des Adlers steckte ein Pfeil! Er starb! Wer hatte sie angegriffen? Plötzlich füllte ein Gesicht, verdeckt von einer weißen Maske, den ganzen Himmel aus.

Melvyn schrak hoch. Er war schweißgebadet. Seine Augen … Er war gefangen in Finsternis. Er hatte die Augen doch offen? Da war etwas auf seinem Gesicht! Er wollte die Arme heben. Etwas stimmte nicht mit seinen Händen! Sie waren … Die Finger. Wo waren seine Finger? Alles war ganz taub. Und da war immer noch das seltsam flatternde Geräusch.

»Ich glaube, er ist wach«, flüsterte eine vertraute Stimme. »Er hat uns reich gemacht, unser Hauptmann. Wir wussten doch, dass ihn nichts umhaut. Der kommt wieder hoch.«

Melvyn versuchte sich zu erinnern, woher er die Stimme kannte. Wo war er hier? Was war … Die Gestalt mit der weißen Maske! Nie hatte er gegen einen so wendigen und geschickten Krieger gekämpft.

»Bin ich tot?«

»Nein, nein, Hauptmann. Dann hätten wir ja verloren. Es wäre sehr nett, wenn du wieder so richtig auf die Beine kämst, dann verdoppelt sich unser Gewinn nämlich, vorausgesetzt, du schaffst es innerhalb von zehn Tagen, nachdem du zu dir gekommen bist, dein Krankenlager zu verlassen.«

»Misht?« Melvyn hob die Arme an, um nach seinem Gesicht zu tasten. Sengender Schmerz meldete sich in seiner Schulter. Er biss die Zähne zusammen. Er spürte das Gewicht seiner Hände auf seinem Gesicht, aber mit den Fingern konnte er nichts ertasten. Es war, als seien sie gar nicht da!

»Das solltest du nicht tun, Hauptmann!«

»Was ist mit mir passiert?«

»Wir hatten gehofft, dass du uns das erzählen könntest«, antwortete der Kobold. »Du warst auf dem Leichenschmaus für Orimedes irgendwann verschwunden. Als man dich gefunden hat, hast du ausgesehen, als hätte ein ganzer Minotaurenclan eine Nacht lang einen seiner seltsamen Hüpftänze auf dir veranstaltet. Ein Arm war ausgekugelt und obendrein noch gebrochen, du warst fast erfroren, und dein Gesicht …. Reden wir lieber nicht darüber.«

»Was ist damit?«, herrschte ihn Melvyn an.

»Wirklich, Hauptmann … Manche Dinge muss man nicht wissen.«

»Du wirst mir jetzt den verdammten Verband abnehmen und mir sagen, was mit meinen Fingern ist.«

»Das darf ich nicht. Und deine Finger … Tja, die wirst du … Wie soll ich sagen … Es ist gut, dass du mit den Krallen in deinen Armschienen kämpfst. Du wirst Schwierigkeiten haben, etwas zu halten.«

Melvyn schnappte nach Luft. »Sind sie … Hat er mir die Hände abgeschnitten?«

»Nein!« Man hörte Mishts Stimme die Verwunderung an. »Also wie kommst du denn darauf? Deine Armschienen sind fort. Wer immer dich so zu zugerichtet hat, war ein ziemlicher Metzger. Er hat sich recht ungeschickt dabei angestellt, dir die Armschienen abzunehmen. Er hat sie mit einem Messer abgeschnitten und dabei ein ziemliches Gemetzel an deinen Unterarmen und Händen angerichtet. Es ist alles zerschnitten: Adern, Sehnen, Muskeln, Nerven. Aber Artaxas hat es wieder gerichtet. Er war ziemlich teuer, der Mistkerl. Hat einen Anteil an unseren Wettgewinnen gefordert. Er musste wohl allen möglichen Kram kaufen. Krötenfett und anderes Dreckzeug, das Heiler so brauchen … Egal! Er sagt, du wirst wieder greifen können. Und er meint, dass du ein ziemliches Glückskind bist. Das fand die Heilerin auch, die er zwischendurch angeschleppt hatte. War ganz hin und weg, die Gute.« Der Kobold lachte. »Selbst wenn du bewusstlos bist, liegen dir die Weiber zu Füßen. So gut müssten wir es auch mal haben. Bei uns ist es genau anders herum. Da müssen die Weiber bewusstlos sein, damit sie uns zu Füßen liegen.«

Melvyn versuchte sich aufzurichten, gab es aber sofort wieder auf, als sich erneut der stechende Schmerz in seiner Schulter meldete. Jetzt erklang wieder das flatternde Geräusch. Kurz, abgehackt. Wie das hilflose Flattern eines Vogels mit einem gebrochenen Flügel.

»Ich kann nicht erkennen, welch ein Glück ich gehabt haben sollte.«

»Das hat mit der Kälte zu tun. Du bist zwar fast erfroren, aber deshalb haben deine Wunden an den Armen nicht so stark geblutet. Hab nicht alles behalten, was die sich da erzählt haben. Irgendwas hat sich bei dir zusammengezogen. Die Schnitte, die Adern ... Wäre das nicht gewesen, wärst du wohl ausgelaufen wie 'ne angeschlagene Weinamphore. Leider hattest du ein paar Erfrierungen, zusammen mit der Prellung sahst du aus, als hätte man dein Gesicht über 'ne Farbpalette gerieben. Du hast ...«

»Danke, es reicht.«

»Du hast es doch wissen wollen«, entrüstete sich Misht. »Ich hätte dir das niemals erzählt. Aus einer Sache werde ich allerdings nicht schlau. Der Kerl, der dich niedergemacht hat, der hat dir sein Schwert mit der Breitseite gegen den Kopf gehauen. Muss ein Schlag gewesen sein, der einen Büffel von den Beinen geholt hätte. Hätte er die Klinge nur ein wenig gedreht und mit der Schneide auf dich eingeschlagen, dann hätten wir dich neben Orimedes in diesen Hügel legen können. Du ...«

Melvyn hörte nicht mehr zu. Der Grabhügel! Damit hatte es angefangen. Das Büffelblut. Und das viele Büffelfleisch, das die Lutin an die Gäste des Begräbnisses verschenkt hatten. Jetzt fiel ihm alles wieder ein. »Wo steckt Nestheus? Ich muss ihn sofort sprechen. Und mach mir den albernen Verband vom Kopf! Ich will sehen, wo ich bin!«

»Na, kaum bei Bewusstsein und schon wieder große Töne spucken, Hauptmann!«, ertönte ein tiefer Bass. »Das haben wir gerne.«

»Artaxas?«

Gleißendes Licht stach in Melvyns Augen. Verschwommen nahm er das bärtige Gesicht des Lamassu wahr. Der Kerl grinste gehässig. »Na, das tut gut, was?«

»Hol mir Nestheus!« Melvyn hielt die Augen zusammengekniffen.

»So, so, du hast also lieber einen Pferdearsch am Bett stehen als einen Stierarsch. Damit, dass du dich bedanken würdest, hatte ich ja nicht gerechnet. Aber das ist schon ein starkes Stück. Dein Rösslein ist vor der Stadt Kentauren scheuchen.«

»Vor der Stadt?« Er riss die Augen auf. Jetzt erkannte er eine rissige Lehmwand. Und ein Fenster, vor das eine gelbe Plane gespannt war, die nur wenig Licht hindurchließ. An einem Ende hatte sich die Verschnürung gelöst, und der Stoff machte ein flatterndes Geräusch, wenn sich der Wind darunter verfing. Es war nicht sehr hell in der Kammer. Dennoch schmerzten seine Augen, als wäre er aus einer Höhle in grelles Mittagslicht getreten. »Es stand wohl ziemlich schlecht um mich«, sagte er kleinlaut.

»Ziemlich schlecht ist ziemlich untertrieben. Dein geschäftstüchtiger Koboldfreund hat mit dem halben Heer gewettet, dass du überleben würdest. Zuletzt stand die Quote achtzehn zu eins gegen dich. Wenn du dich jetzt freundlicherweise bequemen würdest, in zehn Tagen wieder auf die Beine zu kommen, um damit den Gewinn noch einmal zu verdoppeln, werden sie eine mittelgroße Stadt plündern müssen, um ihre Wettschulden zu bezahlen. Ach ja … Wir sind in Talsin. Noch, denn alles, was Beine hat, verlässt die Stadt, und auch wir werden morgen weiterziehen.«

»Talsin! Und wo sind die Trolle?«

»Vielleicht vier- oder fünfhundert Meilen nördlich. Aber ich würde vorschlagen, dass du erst einmal wieder zu Kräften kommst, bevor du dich aufs Neue in den Krieg stürzt. Wie es scheint, hast du ja deinen Meister gefunden. Dem solltest du besser nicht noch einmal begegnen. Ich weiß nicht, ob dir klar ist, wie viel Glück du hattest.« Artaxas war bei den letzten Worten deutlich lauter geworden. Sein Gesicht war jetzt fast kirschrot. »Wenn du glaubst, ich verbringe meine Tage damit, dich bei jeder Gelegenheit im Schnee aufzusammeln und mühsam wieder hochzupäppeln, dann hast du dich geirrt!«

»Ich weiß, wie wir sie aufhalten können …«

»Du kannst dich nicht einmal auf den Beinen halten, aber du willst ein Heer von tausenden von Trollen aufhalten? Mir scheint, der Schlag vor deinen Kopf hat doch mehr Schaden angerichtet, als wir alle dachten. Leg dich jetzt hin, und ich decke dein Gesicht wieder ab.« Ein schmieriger Lappen schwebte auf Melvyn zu.

»Lass das! Hol Nestheus! Ich scherze nicht. Es sind die Gräber. Er soll eine Karte mitbringen!«

»Meine Mutter hat immer erzählt, Verrückten sollte man ihren Willen lassen, dann hätte man den wenigsten Ärger mit ihnen«, sagte Misht.

Der Lamassu stieß einen tiefen Seufzer aus. »Dann hol ihn her.« Er beugte sich über Melvyn. »Und bilde du dir nicht ein, du hättest deinen Dickschädel durchgesetzt, Hauptmann. Ich habe Nestheus versprochen, ihn zu benachrichtigen, sobald du erwachst.«

»War ich lange bewusstlos?«

»Fünf Tage. Du solltest es jetzt wirklich nicht übertreiben, mein Freund. Du warst dem Tode sehr nahe. Überanstrenge dich nicht.« Er presste die Lippen zu einem schmalen Strich zusammen. »Erwarte jetzt keine Gefühlsduseleien von mir. Ich kann dich ja schlecht in den Arm nehmen oder dir einen freundschaftlichen Knuff geben. Mistkerl! Du hast uns ganz schön Sorgen gemacht. Weißt du, wer draußen auf dem Dach sitzt und auf deinen Atem lauscht, seit du hier liegst? Dein Oberadler. Der hat das ganze Viertel in Angst und Schrecken versetzt, weil sich die Kobolde hier unter seinen Blicken fühlen wie Mäuse, denen gerade eine ausgehungerte Katze über den Weg läuft. Leider kann ich Wolkentaucher schlecht hereinbitten. Aber wenn du das Licht vertragen kannst, dann befehle ich Misht, die Plane aufzuknüpfen, wenn er zurück ist.«

Melvyn räusperte sich, um den Kloß loszuwerden, der ihm in den Hals gestiegen war. So aufgewühlt hatte er Artaxas noch nie erlebt. Manche Gefühle waren so stark und unmännlich, dass man sie schleunigst unter dummen Sprüchen begraben musste. Sie beide waren ziemlich gute Totengräber ihrer Gefühle.

»Was für 'nen Dreckslappen hast du denn auf mein Gesicht gelegt? Der stinkt, als hätte man 'nen Schweinestall damit ausgewischt.«

»Dein Dreckslappen hat mich sein Gewicht in Edelsteinen gekostet, du undankbarer kleiner Bastard. Der ist in Smaragdkrötenfett getränkt und mit noch ein paar anderen wirklich widerlichen Sachen eingerieben, die geholfen haben, die Erfrierungen auf deinem Gesicht zu heilen. Du warst in deinem eigenen Blut festgefroren, als wir dich gefunden haben. Du sahst verdammt übel aus … Wer hat dich nur so zugerichtet?«

Melvyn zuckte mit der Schulter und bereute es augenblicklich, als der bohrende Schmerz sich wieder meldete. »Ich konnte den Kerl nicht gut sehen. Er trug eine weiße Maske, und es ging alles sehr schnell. Ich glaube, ich habe ihn auch getroffen. Aber sicher bin ich mir nicht. Er war verdammt gut. Es war ein Elf! Ein Elf, der zu den Trollen übergelaufen ist! Kannst du dir das vorstellen?«

Artaxas hob die Brauen. »Was haben die Trolle damit zu schaffen?«

»Das hat mit den Hügelgräbern zu tun. Ich glaube, ich weiß jetzt, wie die Trolle es schaffen, ohne Proviant so schnell die Steppe zu durchqueren. Es hat mit den Lutin zu tun.«

»So, mit den Fuchsköpfen?« Artaxas hatte einen Ton angeschlagen, als unterhalte er sich mit einem Kind, das ihm atemlos irgendwelche Märchen erzählte. »Haben etwa auch die Blütenfeen und Faune damit zu tun? Die habe ich immer schon für besonders durchtrieben gehalten.«

»Du wirst sehen …«

Der Lamassu beugte sich vor und küsste ihn auf die Stirn.

»Bist du verrückt?«, rief Melvyn.

»Ich wollte fühlen, ob du vielleicht Fieber hast. Du redest wirres Zeug! Fieber hast du keines. Offensichtlich hat der Schlag auf den Kopf doch mehr Schaden angerichtet, als ich zuerst angenommen hatte.«

»Du kannst mir ruhig …«

»Weißt du, dass wir hier nicht allein sind?«, unterbrach ihn Artaxas. »Glaubst du, ich kann dich aufrichten?« Der Lamassu wartete die Antwort erst gar nicht ab. Wie von Geisterhand wurde Melvyn emporgehoben. Die Felle, mit denen er zugedeckt gewesen war, rutschten herab. Es war kalt in der Kammer.

Seinem Lager gegenüber stand ein Kinderbett. Undeutlich konnte er eine kleine, bärtige Gestalt darin liegen sehen. »Nossew?«

»Eine Patrouille von Caileens Reitern hat ihn siebzig Meilen südlich von Talsin gefunden«, erklärte Artaxas. »Er lag halb unter einem umgestürzten Schlitten begraben. Der Frost hatte ihm übel mitgespielt. Ich habe ihm drei Zehen und zwei Finger amputieren müssen. Die waren schon ganz schwarz geworden. Er wollte zu dir. Sobald wir ihn ein bisschen warm bekommen hatten, rief er immer wieder deinen Namen.«

Artaxas hatte Melvyn kraft seines Zaubers nun dicht neben das Lager des Kobolds gehoben. »Geht es dir gut?«, fragte er Nossew.

Der Kobold blinzelte, dann hob er matt eine Hand, ballte sie zur Faust und streckte den Daumen hoch.

Melvyn musste lächeln. Der Armbrustschütze war noch nie sonderlich gesprächig gewesen. »Du hast sie gefunden, nicht wahr?«

Nossew nickte.

»Wir werden sie holen gehen, sobald wir hier herauskommen.«

Der Kobold stieß einen bestätigenden Grunzer aus.

»Bin ich hier im Irrenhaus?«, empörte sich Artaxas. »Ihr beiden könnt nicht einmal aus eigener Kraft stehen und plant schon die nächste Schlacht. Habt ihr erst genug, wenn man euch Arme und Beine abgehackt hat?«

»Warst du jemals verliebt, Artaxas?«

Nossew schnitt eine Grimasse.

»Der größte Teil von mir ist ein wilder Stier«, entgegnete der Lamassu, als sei damit alles beantwortet.

»Ich werde Leylin holen, und wenn es das Letzte ist, was ich tue. Sie muss fort von diesem Irren. Er darf sie nicht noch länger quälen. »Hast du Leylin gesehen, Nossew? Geht es ihr gut?«

Der Kobold breitete die Hände aus. Es schmerzte Melvyn, die Fingerstümpfe seines Gefährten zu sehen. Er wusste, dass Nossew eher ein Handwerker als ein Krieger war. Misht hatte ihm einmal erzählt, dass sie beide davon träumten, genug Gold zusammenzubekommen, um noch einmal eine Werkstatt aufmachen zu können.

»Wir werden diesen irren Fürsten bestrafen. Jedes Leid, das er zu verantworten hat, soll auf ihn zurückfallen. Jede Bosheit wird ihm heimgezahlt werden. Jedes …«

»Deine Zunge scheint ja schon wieder ganz genesen zu sein«, klang es von der Tür. Ein Schattenriss füllte den Rahmen. Nestheus trat ein. Der Kentaur trug eine geflickte Weste, das Haar hing ihm in wirren Strähnen ins Gesicht, und er wirkte mehr wie ein übermüdeter Viehtreiber denn wie ein Fürst. Hinter ihm folgte Caileen in ihrer grünen, mit Gold beschlagenen Rüstung. Die Elfe schien ein Strahlen zu umgeben. Ihr Haar war gerichtet, der Harnisch glänzte selbst im trüben Winterlicht. Zwei ihrer Krieger trugen eine Holztafel, Rollen mit Karten und eine kleine Truhe.

»Es ist Zeit, wieder ins Bett zu gehen«, verkündete Artaxas schmunzelnd und ließ Melvyn zu dessen Lager schweben. Misht, der mit den anderen gekommen war, zog ihm die Felldecken über die Beine.

Melvyn schämte sich ein wenig für seine Schwäche, genoss es aber, wieder im Warmen zu liegen. In der Luft zu hängen, den Launen seines Freundes ausgeliefert, hatte ihm zutiefst widerstrebt.

»Du überraschst uns«, spottete Caileen freundlich. »Du kannst dich kaum von deinem Lager erheben und rufst schon einen Kriegsrat an dein Krankenbett, als seiest du hier der Oberbefehlshaber.«

Melvyn versuchte seine Gedanken zu ordnen, doch das Bild Leylins wollte nicht vor seinen Augen verschwinden. Er musste sie wieder finden. Das war wichtiger als alles andere. Unangenehme Stille machte sich breit. Alle sahen ihn an.

»Weißt du, wer dich angegriffen hat?«, fragte Nestheus schließlich.

»Ein Elf …« Er versuchte, seine Erinnerung an diese Winternacht wachzurufen, und doch waren es die Bilder einer ganz anderen, freundlicheren Nacht, die sich ihm aufdrängten. Die Erinnerung an den Adlerflug mit Leylin.

»Bist du erschöpft?«, fragte Artaxas besorgt.

Melvyn schüttelte den Kopf. »Die Gräber … Gibt es eine Karte, auf der ihr mir den Vormarsch der Trolle zeigen könnt?« Er musste sich zusammenreißen. Er würde sich noch zum Gespött aller machen! Und er brauchte ihre Hilfe, wenn er Leylin retten wollte.

Caileen winkte den beiden Kriegern. Sie stellten die Tafel ab und legten eine große Karte des Windlands auf. Mit roter Kreide war eine Schlangenlinie auf das Pergament gemalt. Die Hauptrichtung des Vorstoßes führte von Nord nach Süd. »Ist einem von euch der Sinn der Haken klar, die unsere Feinde immer wieder schlagen? Gibt es etwas, wovor sie ausweichen?« Melvyn konnte in den Gesichtern lesen, dass sich die anderen diese Fragen auch schon ungezählte Male gestellt hatten, ohne befriedigende Antworten zu finden.

»Sie folgen dem Weg der Gräber«, erklärte er schließlich. »Nestheus, kennst du auch die Grabhügel der anderen Kentaurenvölker?«

»Selbstverständlich. Schon als Kind habe ich meinen Vater auf die Totenfeste begleitet.«

»Kannst du mir auf der Karte zeigen, wo entlang des Marschwegs der Trolle Hügelgräber liegen?«

Nestheus betrachte das Pergament. Plötzlich schnaubte er. »Das ist verrückt. Jeder Haken, den sie schlagen, führt zu einem Hügelgrab, als wollten sie unseren toten Fürsten und Kriegsherren huldigen.«

»Wovon man bei Trollen nicht ausgehen sollte«, mischte sich Caileen ein. »Was hat das zu bedeuten?«

»Habt ihr es geschafft, ihnen ihren Nachschub abzuschneiden, wie Ollowain es geplant hatte? Hungern die Trolle, und stirbt ihr Heer auf einem Todesmarsch durch die endlose Steppe?«

»Du weißt, dass es nicht so ist«, stieß Caileen gereizt hervor. »All unsere Pläne sind fehlgeschlagen. Würdest du uns jetzt freundlicherweise an deiner Weisheit teilhaben lassen und dieses kindische Ratespiel beenden!«

»Sie haben Vorratslager angelegt. Du hast mir gesagt, dass die Lutin die Baumeister eurer Grabhügel sind. Ich selbst habe gesehen, wie ihre Zauber die toten Fürsten deiner Sippe schützten. Ihr Fleisch ist so gut erhalten wie an dem Tag, an dem sie starben. Sie sind bereit, sich einst zur letzten Schlacht zu erheben. In der Gruft, in der dein Vater ruht, habe ich Büffelblut gefunden, Nestheus, aber Büffel gelangen dort niemals hinab. Wie kam das Blut dorthin?«

Der Kentaurenfürst zuckte mit den Schultern. »Das kann ich nicht erklären.«

»Was haben die Lutin mit den Totenfeierlichkeiten deines Volkes zu tun?«

»Sie öffnen die Grabhügel und bereiten sie darauf vor, einem weiteren Toten zur Heimat zu werden. Nur sie können die magischen Siegel der Grabkammern öffnen, ohne dass der Zauber, der die Toten erhält, Schaden nimmt. Sie richten auch den Leichenschmaus aus.«

»In der Schlacht am Mordstein hat man eine Schar von

Lutin nahe dem Lager der Trolle gesehen. Ich glaube, die Fuchsköpfe haben sich mit unseren Erzfeinden verbündet.«

»Warum sollten sie das tun?«, mischte sich Caileen ein. »Sie treiben schon immer mit jedem Handel, der ihre Dienste und Waren nachfragt. Natürlich kann man sie dann auch im Heerlager der Trolle antreffen. Aber ihre Geschäfte können sie nur deshalb machen, weil sie sich nie auf eine Seite schlagen. Das ist nicht ihre Art.«

Melvyn ließ sich von dem Einwand nicht beirren. »Ich weiß, dass die Lutin in den letzten Jahren viele Stämme der Steppe reich gemacht haben. Sie haben große Büffelherden gekauft und mit ihrem Gold die Preise so sehr verdorben, dass kaum jemand anders noch Vieh kaufen mochte. Weißt du, wohin sie das Vieh gebracht haben?«

»Was schert es mich, wohin das Fleisch ging. Sie haben gut gezahlt. Selbst wenn sie es an die Trolle weiterverkauft hätten, wäre das doch egal. Die Trolle halten keine Viehherden. Sie schlachten sie und fressen.« Nestheus verstand ganz offensichtlich nicht, worauf er hinauswollte.

»Machen sich die Lutin manchmal an den Grabhügeln zu schaffen, wenn kein Begräbnis bevorsteht?«

»Sie pflegen die Gräber. Manchmal kommen sie, um nach dem Rechten zu sehen. So ist es zwischen unseren Völkern festgeschrieben, seit sie die Gräber für uns errichtet haben.«

Caileen sah Melvyn mit großen Augen an. »Du meinst, sie haben die Büffel geschlachtet und das Fleisch in die Gräber gebracht, damit es ebenso wenig vergeht wie die toten Fürsten.«

Der Wolfself deutete auf die Karte. »Kannst du mir einen anderen Grund nennen, warum sich das Heer der Trolle von Grabhügel zu Grabhügel bewegt? Warum können sie die Steppe durchqueren, ohne von Vorratskarawanen versorgt zu werden? In ihrem Heer gibt es kaum Lasttiere, die sie aufhalten. Sie sind schneller, als jeder erwartet hätte.«

Nestheus schüttelte ungläubig das Haupt. »Das kann nicht sein! Der Pakt zwischen meinem Volk und den Lutin währt seit Jahrhunderten.«

»Hätten sie euren Zorn zu fürchten, wenn die Trolle die neuen Herren Albenmarks würden?«, fragte Melvyn gereizt. »Sieh der Wahrheit ins Gesicht! Eure Totenwächter haben euch auf das Schändlichste hintergangen.«

»Das ist alles Unsinn!«

»Dann geh und lass einen der Grabhügel öffnen, Nestheus. Dort wirst du nicht einmal mehr die Leichen eurer Ahnen finden! Die Trolle sind nicht wählerisch, wenn sie hungrig sind.«

»Das kann ich nicht … Es ist unmöglich. Wenn wir die Rundsteine wegrollen, mit denen die Gräber verschlossen sind, dann zerstören wir die Zauber, die unsere Ahnen erhalten. Sie würden zu Staub zerfallen. Nur die Lutin können die Gräber öffnen.«

»Dann konnten sie sich ja ganz sicher sein, dass ihr Betrug an euch niemals auffallen würde«, bemerkte Artaxas.

Der Kentaurenfürst deutete auf die Karte. »Hier liegt der Grabhügel meiner Ahnen«, sagte er mit mühsam beherrschter Stimme. »Die Trolle sind zwanzig Meilen davon entfernt vorbeigezogen. Warum haben sie das getan, wenn diese Hügel ihre Vorratslager waren? Deine Geschichte ist nicht mehr als ein kranker Fiebertraum, Melvyn.«

»Sie waren nicht dort, weil dein Vater zur falschen Zeit gestorben ist. Die Lutin mussten ihr Fleischlager räumen, weil das Begräbnis abgehalten wurde. Sie mussten alle Spuren verwischen. Und wir alle haben ihnen geholfen! Erinnerst du dich, wie großzügig sie die Gäste bewirtet haben? Wie viel Fleisch es gab?«

»Sie haben schon immer den Leichenschmaus ausgerichtet«, wandte der Kentaurenfürst ein. Doch sein Widerspruch war diesmal nicht mehr so entschieden.

»Und ist es Tradition, dass sie alle Gäste schon lange vor

den Feierlichkeiten bewirten? Jeder, der sie gefragt hat, bekam Rippenstücke und Büffelkeulen geschenkt. Deine Gäste hielten dich für einen besonders freigiebigen Trauernden, Nestheus. Aber war es wirklich deine Idee?«

Der Kentaur senkte den Blick. »Das kann doch nicht sein …«

»Als ich versuchte, mich in das Lager der Lutin zu schleichen, um nachzusehen, woher all das Fleisch kommt, hat mich ein Meuchler angegriffen. Warum wollten sie verhindern, dass ich mich umsehe, wenn sie nichts zu verbergen hatten? Und wie lange sind sie bei dem Grabhügel geblieben? Sind sie vielleicht noch in derselben Nacht aufgebrochen? Und haben sie ein großzügiges Geschenk an Fleischvorräten zurückgelassen?«

In dem schäbigen Zimmer herrschte bedrückte Stille.

»Ganze Heerscharen haben sich bemüht, die Nachschubkarawanen der Trolle aufzuspüren«, brach Melvyn das Schweigen. »Nun wissen wir endlich, wo wir suchen müssen. Endlich können wir anfangen, ihnen Probleme zu bereiten!«

»Wir werden nicht die Gräber unserer Ahnen schänden!«, sagte Nestheus entschieden.

Der Elf hatte mit diesem Einwand gerechnet. »Sie haben die Steppe ohnehin fast überwunden. Aber es muss noch weitere Vorratslager geben. Auf den Ebenen des Windlands gab es nicht viele Verstecke, die sie nutzen konnten. In den Mondbergen und in den weiten Wäldern Arkadiens sieht das anders aus. Es gibt natürliche Höhlen, Burgruinen und die Gewölbekeller verlassener Gutshäuser. Ihre Zauber, den sie auf die Kentaurenfürsten gelegt haben, können sie überall wirken. Diese Verstecke müssen wir ausfindig machen und das Fleisch darin vernichten. Nun, da sie schon so weit vorgestoßen sind, werden wir sie wohl nicht mehr daran hindern können, das Herzland zu erreichen, aber wir können versuchen, ihnen den Weg dorthin so schwer wie möglich zu machen.«

Caileen sah ihn fest an. Ihr Gesicht war zu einer ausdruckslosen Maske erstarrt. »Wir werden sie ziehen lassen.«

»Was?« Melvyn richtete sich ruckartig auf seinem Lager auf und zuckte vor Schmerz zusammen. »Was gibt es da zu überlegen? Endlich sind wir ihnen einen Schritt voraus. Wenn wir die geheimen Vorratslager entdecken, dann wissen wir, wohin sie gehen werden. Wir können ihnen Hinterhalte legen, und wir können …«

»Nein«, sagte Caileen entschieden. »Deine Nachricht kommt zu spät. Meister Alvias war im Auftrag der Königin auf dem Leichenschmaus für Orimedes. Während du bewusstlos warst, haben wir mit ihm verhandelt. Wir können nur dann hoffen, die Trolle zu besiegen, wenn sich alle Kämpfer Albenmarks einem Befehl unterwerfen. Emerelle hat mir meine Rebellion vergeben. Die Bedingung war, dass ich von nun an ihren Befehlen gehorche. Ich bin mit meinen Reitern nur deshalb noch hier, weil wir den Flüchtlingen helfen. Die Königin hat uns befohlen, den Trollen keinen Widerstand mehr zu leisten. Wir werden uns bis zur Shalyn Falah zurückziehen. Dort hat sie die Trolle schon einmal besiegt. Auch diesmal soll die Entscheidung bei der weißen Brücke fallen.«

Melvyn konnte es nicht fassen. »Aber wir haben die Gelegenheit, die Trolle zu schwächen! Wenn wir ihnen die Vorräte nehmen, dann wird es leichter werden, sie zu besiegen. Und mit jedem Tag, um den wir ihren Vormarsch verlangsamen, wird Emerelles Heer weiter wachsen. Es wäre töricht, unseren Vorteil nicht zu nutzen.«

»Die Befehle der Königin sind eindeutig«, beharrte Caileen. »Sie tut es, um das Land zu schonen. Wenn wir den Trollen ihre Vorräte nehmen, dann werden sie plündern müssen. Sie werden langsamer vorrücken, und ihr Heer wird sich auf eine größere Fläche verteilen. Alles, was ihnen fehlt, werden sie aus dem Land nehmen. Dörfer und Städte, die ansonsten ungeschoren geblieben wären, werden dann von ihnen heimgesucht. Wir werden auch Talsin kampflos aufgeben, obwohl es leichter zu verteidigen ist als Feylanviek.« Sie machte eine kurze Pause. »Und wir werden die Lagerhäuser den Trollen überlassen.«

Melvyn konnte nicht fassen, was er da hörte. Sogar Artaxas legte keinen Widerspruch ein. »Und was meint Elodrin?«

»Die Königin hat ihn und alle, die mit ihm sind, für vogelfrei erklärt. Er hat mit einigen Schiffen Reilimee verlassen. Niemand weiß, wohin er gesegelt ist. Emerelle hat einen neuen Fürsten für Alvemer berufen.«

Der Wolfelf lächelte zynisch. »Kaum übernimmt sie das Kommando, setzt sich ihr bester verbliebener Feldherr ab. Vielleicht wäre es besser für mich gewesen, noch weiter ohnmächtig zu sein. Dann wäre es mir zumindest erspart geblieben, all diesen Unsinn mitzuerleben. Hat sie auch Befehle für mich?«

Caileens Gesicht blieb unbewegt. »Keine Befehle … Offenbar hat Obilee der Königin von Shandrals Verbrechen berichtet. Auch er ist für vogelfrei erklärt worden, und Emerelle hat dir ein Geschenk schicken lassen.« Sie winkte einem der Krieger, der sie begleitet hatte, und dieser stellte die kleine Truhe, die er mitgebracht hatte, auf Melvyns Bettstatt.

Der Wolfself hob hilflos seine bandagierten Hände. Wenn Emerelle glaubte, sie könne ihn einfach kaufen, dann hatte sie sich geirrt. Mochten die anderen nur nach ihrer Pfeife tanzen! Er war sein eigener Herr!

»Darf ich die Truhe für dich öffnen?«, fragte Caileen.

Melvyn zögerte kurz. Nein, es sollten ruhig alle sehen, wie er das Geschenk zurückwies!

»Nur zu.«

Die Gräfin zerbrach die beiden Siegel und klappte den Truhendeckel zurück. Auf einem Samtkissen lagen zwei wulstige Armschienen. Adler mit ausgebreiteten Schwingen waren als Schmuck in das Leder geprägt. Melvyn traute seinen Augen kaum. Woher wusste sie, dass er seine Waffen verloren hatte? War das Geschenk eine Aufforderung, Shandral zu richten?

»Die Königin lässt dir auch mitteilen, dass sie sich sehr freuen würde, dich an ihrem Hof zu empfangen, sobald du deine Angelegenheiten gerichtet hast.«

Melvyn horchte auf. »Waren das ihre Worte? Meine Angelegenheiten *gerichtet?*«

Die Andeutung eines Lächelns spielte um Caileens Lippen. »Es waren die Worte ihrer Botin Obilee. Doch ich glaube, die fahrende Ritterin wiederholte wörtlich die Botschaft der Königin. Mir scheint, dass Obilee von dir sehr angetan war. Offenbar wusste sie der Königin nur Gutes über dich zu berichten.«

Melvyn betrachtete nachdenklich sein Geschenk. Er hatte Gerüchte gehört, dass Emerelle in die Zukunft sehen konnte. Vielleicht ergaben ihre eigenwilligen Befehle ja doch einen Sinn?

EIN ORT, NICHT FÜR MENSCHEN GESCHAFFEN

Lambi stand auf, als er sie kommen sah. Kadlin versteifte sich und ballte die Fäuste. Sie würde sich von ihm nichts sagen lassen! Mit diesem hässlichen alten Kerl würde sie fertig, dachte sie und wusste es besser, konnte sie sich doch vor Schwäche kaum auf den Beinen halten.

Sie wollte es mit eigenen Augen gesehen haben. Gegen jede Vernunft hoffte sie, das alles sei nur ein böser Traum. Sie betete zu den Göttern, dass sie gleich in Björns kleiner Kammer auf der Burg aufwachen würde. Sie würde spüren, dass die Nacht fast vorüber war, sich lautlos ankleiden und aus dem Zimmer schleichen, um auf der Burgmauer auf das erste silberne Tageslicht zu warten.

»Geh nicht zu ihm«, sagte Lambi mit rauer Stimme. Der alte Krieger sah zum Erbarmen aus. Ein blutiger Verband saß schief auf seiner Stirn. Seine Augen waren rot, und das grässliche Loch, das seine Nase ersetzte, war mit Schleim verklebt. Sein Haar hing ihm in Strähnen auf die Schultern herab. Das Kettenhemd war mit eingetrocknetem Blut bedeckt. Er stank nach Schweiß, Rauch und Tod.

»Du wirst mir nicht …«

Lambi packte ihre Arme und presste sie ihr an den Leib. Der Herzog war noch erstaunlich stark für sein Alter. Seine Augen starrten. Das Weiß war von blutigen Adern durchzogen. »Geh nicht zu ihm! Es ist besser, Mädchen. Behalte ihn in …« Er stockte. Tränen rannen ihm über die Wangen. »Behalte ihn in Erinnerung wie …« Wieder brach er ab. Er drückte sein Gesicht gegen ihre Brust. Seine Schultern bebten. Er schluchzte leise. »Ich wünschte, mich hätte jemand zurückgehalten. Ich …« Er ließ sie los und sah ihr gerade ins Gesicht. Sein Kinn bebte. Er rang um Worte. »Ich muss mich bei dir entschuldigen. Ich bin froh, dass er dich gehabt hat. Er hätte sonst niemals … Du hast ihn die Liebe erfahren lassen. Man sollte nicht zu den Göttern gehen, ohne geliebt zu haben.«

Kadlin hatte keine Tränen mehr. Sie sah den alten Herzog nur an. Seine Worte berührten sie, aber sie war unfähig, ihre Gefühle noch zu zeigen.

»Ich habe ihn nie so glücklich erlebt wie in den letzten Monden. Es tut mir leid, dass ich … Manche Männer werden auch im Alter nicht weise.«

Kadlin blickte die lange Reihe der mit Decken und Fellen zugedeckten Körper entlang. Es waren so viele … Und es gab noch zwei andere Tunnel voller Leichen, die man vor dem Sturm vom Schlachtfeld geholt hatte. Kalf hatte sie schon gefunden.

Sie blickte zu dem roten wollenen Umhang und erinnerte sich, wie sie Björn gefoppt hatte, als er versucht hatte, mit Nadel und Faden einen Riss zuzunähen. Unter dem Umhang ragten seine schweren, dunkelbraunen Winterstiefel hervor. Sie hatte immer gescherzt, dass er dort außer seinen Füßen wohl noch zwei Tote Iltisse versteckte, weil die Stiefel so erbärmlich stanken.

Lambi trat ein Stück zur Seite. »Versteh mich nicht falsch, Mädchen. Ich verbiete es dir nicht. Ich könnte das nicht … Du hast dasselbe Recht wie ich. Doch es wäre besser, wenn du ihn in Erinnerung behältst, wie du ihn kanntest. Das … Das ist er nicht mehr. Nur noch eine leblose Hülle. Er …«

»Wie starb er?«

Lambi atmete schwer aus. »Schnell.«

Ihr Blick ließ ihn nicht los.

»Sein Pferd wurde niedergerissen … Wir waren in voller Attacke. Ein Troll stürzte. Sie verschwanden unter den Hufen … Es ging alles so schnell.«

»Unsere eigenen Reiter haben ihn zu Tode …?« Sie konnte nicht weiter. Sie wollte das nicht einmal denken.

»Es war Pech.« Der Alte versuchte ein Lächeln, vielleicht um ihr Mut zu machen. »Ich sage mir die ganze Zeit, dass Norgrimm ihn in seinem Gefolge haben wollte. Er war zu gut für uns, nicht war? Er hatte keine Angst. Kurz bevor er gestürzt ist, habe ich noch zu ihm hinübergeblickt. Sein Gesicht strahlte. Er freute sich auf die Schlacht. Seine erste Schlacht. Sein …« Lambi sah sie hilflos an. Er schien irgendetwas von ihr zu erwarten, aber sie begriff nicht, was es war.

»Ich habe gehört, dass auch dein Vater …«

Sie nickte. Darüber wollte sie jetzt nicht sprechen. Sie wollte überhaupt nicht mehr reden. Sie wollte … Es gab auch nichts mehr, was sie noch wollte. Gestern noch war ihr Leben erfüllt gewesen. Und jetzt wünschte sie sich, dieser verdammte Elf hätte sie nicht vom Sims in der Steilklippe heruntergeholt. Sie wünschte, sie wäre mit den anderen in Norgrimms Hallen eingezogen. Sie war früher wochenlang allein durch die Wälder gestreift und hatte sich nie einsam gefühlt. Es hatte immer Kalf gegeben. Stark, freundlich. Nie hatte sie daran gedacht, einmal zu ihrem Haus am See in dem verborgenen Tal zurückzukehren und ihn dort nicht mehr zu finden. Sie würde nicht mehr dorthin gehen können …

Und Björn. Er hatte so sehr um sein Leben gekämpft, nachdem der Silberlöwe ihn verwundet hatte. Und als er noch zu schwach gewesen war, um sich zu erheben, hatte er ihr von seinen Plänen erzählt. Sie hatten beschlossen, nach Albenmark zu fliehen, wenn Lambi ihnen zu sehr zusetzte. Und Silwyna hatte schon fest zugesagt, ihnen zu helfen. Sie dachte auch an jenen wundervollen Nachmittag, als sie sich zum ersten Mal geliebt hatten. Björn hatte es gewollt, obwohl seine Wunden noch nicht verheilt gewesen waren. Er hatte zuerst vor Schmerzen und dann vor Lust gestöhnt. Er war so voller Lebensfreude gewesen! Als er in der Höhle mit dem Troll erwacht war, waren seine ersten Worte ein Scherz gewesen. Wieder blickte sie zu dem Körper unter dem roten Wollumhang.

»Geh nicht hin, Mädchen«, flüsterte Lambi. »Behalte ihn so in Erinnerung, wie du ihn geliebt hast«, sagte er noch einmal. »Vertrau einem alten Mann, der … der schon oft Abschied nehmen musste.«

Sie atmete schwer aus. »Wie wird man …« Sie brachte es nicht über die Lippen. Kadlin setzte noch einmal an, doch diesmal versagte ihr gänzlich die Stimme.

Lambi hatte sie auch so verstanden. »Es wird ein Totenfeuer geben, sobald der Sturm sich gelegt hat.«

Sie nickte. Der Herzog sah sie an. Was erwartete er? Vergebung? Es gab nichts zu vergeben. Sie schuldeten einander nichts. Sie wusste nicht, was sie ihm noch sagen sollte. Aber sie spürte, dass er etwas brauchte. Einen Halt in seinem Kummer. Das konnte sie nicht sein!

Kadlin legte dem Alten kurz die Hand auf die Schulter. Dann ging sie. Sie hatte Angst, dass es ihr leid tun würde, von Björn nicht mehr Abschied genommen zu haben. Zugleich hätte sie es nicht ertragen, sein Antlitz so zerstört zu sehen wie das ihres Vaters.

Rastlos irrte sie durch die dunklen Gänge der riesigen Trollfestung. An manchen Stellen waren seltsame Steine in die Wände eingelassen, von denen ein blasses Licht ausging. Alles hier war zu groß. Die hohen Flure, die weiten Säle. Egal wohin man sich wandte, man wurde stets daran erinnert, dass dieser Ort nicht für Menschen geschaffen war. Sie hätten niemals hierher kommen dürfen, dachte sie traurig. Was hatte ihnen dieser Krieg gebracht?

Kadlin war froh, während der Kämpfe nicht dem Troll mit den Schmucknarben auf der Brust begegnet zu sein. Sie schämte sich immer noch dafür, dass man Brud seine Hilfe mit einem Pfeil vergolten hatte.

Alles um sie herum war so fremd, dass sie es nicht als Wirklichkeit akzeptieren konnte. Wieder schlich sich die trügerische Hoffnung in ihre Gedanken, dass sie bald aus einem grässlichen Alptraum erwachen müsse. Björn konnte nicht tot sein! Vielleicht würde sie ihn schon hinter der nächsten Biegung des Ganges treffen?

Unsinn!

Überall lagen Verwundete. Es war kalt in der Trollfestung. Die dicken Mauern hielten den Wind fern, doch der Frost lauerte auch im Herzen der Festung. Sie hatten Feuerschalen aufgestellt und an manchen Stellen sogar Feuer mitten in den Gängen entfacht. Dort wurde alles verbrannt, was ihnen in die Hände fiel. Stinkende Felle, die plumpen Möbel, die Dauben zerschlagener Fässer, Lumpen.

Ziellos wanderte Kadlin umher. Einmal suchte sie Wasser für einen Verwundeten. Ein anderes Mal setzte sie sich an das Lager eines Bewusstlosen und hielt ihm die Hand. Stundenlang. Bis dessen Finger kalt und steif wurden. Sie wusste nicht mehr, ob es Tag oder Nacht war, als das

Jaulen des Windes nachließ, der sich in den Pfeilern und Stützstreben des Turmes verfing.

Sie verspürte keinen Hunger und keinen Durst. Ihr Gefühl für Zeit war ihr abhanden gekommen.

Einmal, als sie in einen besonders großen Saal gelangte, sah sie von Ferne den König. Er war umringt von seinen Hauptleuten und einigen Elfen. Er stand bei einem riesigen Lehnstuhl. Daneben sah Alfadas wie ein Kind aus. Alle sahen sie im Schatten dieses Stuhls wie Kinder aus! Böse Kinder, die einen üblen Streich gespielt hatten und nun überlegten, wie sie ihrer Bestrafung entgehen konnten.

Wären sie nur niemals hierher gekommen! Kadlin war so müde, dass sie nicht einmal mehr zornig sein konnte. Wieder begann sie ihre rastlose Wanderschaft zwischen den Toten, den Sterbenden und den für ihr Leben Gezeichneten. Sie verlor sich in hohen Tunneln, in denen es nach altem Bratenfett und Fäkalien stank.

In einer Nische, unter einem der leuchtenden Steine kauernd, fand sie Gundaher. Der Baumeister des Königs hockte mit angezogenen Beinen und umklammerte ein riesiges Buch. »Träumst du auch schlecht?«, fragte er sie unvermittelt.

Sie unterbrach ihre Wanderschaft, die ohnehin kein Ziel hatte. »Ich träume nicht. Seit der Schlacht habe ich noch nicht geschlafen.«

»Spürst du das Böse? Es ist tief in die Steine eingedrungen.«

Sie schüttelte den Kopf. »Und wenn wir das Böse sind?« Kadlin hatte eine Kammer voller Trollweiber und -kinder gesehen. Sie waren groß und unförmig. Unheimliche Gestalten. Offensichtlich hatte man sie gezwungen, sich auf den Boden zu kauern. Überall waren bewaffnete Elfen. Mit gezogenen Schwertern schritten sie zwischen den Gefangenen auf und ab.

Der Baumeister strich sich nachdenklich über den Kinnbart. »Vor langer Zeit war ich ein Priester, und man hat mich gelehrt, die Elfen seien die Sendboten der Finsternis. Dann begegnete ich einem Priester, der schlimmer war als alle Geschichten, die ich jemals über die Elfen hörte.« Er sah sie forschend an.

Kadlin wusste, wovon er sprach. Sie kannte die schrecklichen Bilder aus dem Buch, das er ihr anvertraut hatte. Die unsägliche Qual in den Gesichtern der Sterbenden. Dieselben Qualen hatte sie hier bei jungen Kriegern gesehen, die sich verzweifelt an ihr Leben klammerten und doch wussten, dass sie ihren Wunden erliegen würden.

»Ich habe mit einem Elfenfürsten gesprochen. Ich bin schon zu lange im Fjordland. Meine Vergangenheit könnte mich einholen.« Bei diesen Worten blickte er besorgt den Flur hinab, dessen Ende sich im Dunkel verlor. »Der Elf war freundlich. Er scheint ein Fürst unter ihnen zu sein. Er trägt stets einen weißen Falken auf der Hand. Fenril oder so ähnlich heißt er.« Gundaher lächelte. »Ihre Namen verbiegen einem die Zunge. Es heißt, ihre Welt sei wunderschön. Ein Ort, an dem immer Frühling ist.«

»Führen sie dort nicht einen großen Krieg?«

»Kriegen kann man davonlaufen, Kadlin. Glaube mir, ich bin ganz gut im Davonlaufen. Ich will nicht zu den Kriegern, ich will zu den Künstlern und Gelehrten. Ich will sehen, ob sie wirklich Paläste aus Licht bauen. Und vom Winter habe ich genug. Meine alten Knochen sehnen sich nach einer Frühlingssonne, die wärmer scheint als die im Fjordland.« Er klopfte auf das Buch. »Auch hoffe ich, jemanden zu finden, der das hier lesen kann. Ich habe es in einer Kammer ganz oben im Turm gefunden. Ich glaube, es ist das einzige Buch hier. Dass diese Menschenfresser Bücher schreiben … Ich wüsste zu gern, was darin steht. Was sie wohl zu sagen haben?«

Kadlin schloss die Augen und dachte an den Frühling in den Bergen. Der Schmerz überwältigte sie. Wohin auch immer sie gehen würde, jeder Wald, jeder Hang, jeder Gipfel würde sie an die Jagdausflüge mit ihrem Vater erinnern.

Kalf und Björn waren ihr Leben gewesen, der Mittelpunkt all ihrer Gedanken. Sie waren mit allem verknüpft, was der Erinnerung wert war. Ohne sie würde es nur noch Traurigkeit in ihrem Leben geben. Vielleicht vermochte die wundersame Welt der Elfen diesen Schmerz zu lindern. Aus den Tagen mit Silwyna kannte sie viele Geschichten über Albenmark. Sie verstand sogar ein wenig von deren Sprache.

»Graf Fenryl würde dich wirklich mitnehmen?«

»Er scheint sich auch für das Trollbuch zu interessieren. Ich glaube, er ist nicht nur ein Krieger, sondern auch ein gelehrter Mann. Wir Gelehrten finden überall zusammen.«

»Aber ich bin keine Gelehrte«, wandte Kadlin ein.

Gundaher lächelte. »Das müssen wir ihm ja nicht verraten.«

TOTENFEUER

Als die schweren Masten sich neigten und die Rahen durch die lichterloh brennenden Decks schlugen, begann das große Schiff zu sinken. Fauchend brach Wasser in die Stauräume ein. Weißer Dampf, gesprenkelt von glühenden Funken, stieg dem Nachthimmel entgegen. Das sterbende Schiff stieß tiefe, grollende Laute aus, als das Wasser immer weitere Decks überflutete. Die verlöschenden Flammen fauchten.

Elodrin stand mit verschränkten Armen auf der steinernen Mole, die sich unterhalb der Nachtzinne in die Bucht erstreckte. Seine Getreuen waren in langem Spalier angetreten, um von den Toten feierlich Abschied zu nehmen. Das größte der Trollschiffe war ausgewählt worden, um den Gefallenen der Menschen und Elfen als Scheiterhaufen zu dienen.

Feuerbecken standen am Rand der Mole. Sie wurden flankiert von den drei Dutzend Eingeweihten. Die meisten von ihnen waren Maurawan. Auf ihren unverbrüchlichen Hass gegen die Trolle konnte man sich verlassen. Sie würden keinen Befehl verweigern!

Als die brennende Galeasse schon tief im Wasser lag, kam der König der Menschen und verabschiedete sich. Elodrin kannte Alfadas noch aus der Zeit, in der er am Hof der Elfenkönigin geweilt hatte. Es war erschütternd zu sehen, welche Verwüstungen so wenige Jahre bei einem Menschen anstellen konnten. Vielleicht ein Vierteljahrhundert war vergangen, seit er den jungen, selbstbewussten Alfadas das letzte Mal gesehen hatte. Nun stand ein verhärmter alter Mann vor ihm.

Alfadas fand nur wenige, kühle Abschiedsworte. Der Seefürst konnte ihn verstehen. Zu teuer hatten die Menschen für den Sieg über die Trolle bezahlt. Kaum mehr als fünfhundert von ihnen würden zurückkehren. Dreihundert waren so schwer verletzt, dass sie den Weg zum Albenstern nicht mehr aus eigener Kraft schaffen konnten. Sie würden an Bord der *Meerwanderer* in ihre Heimat gelangen. Der Dreimaster war mit Verwundeten überfüllt.

Es war Elodrin leicht gefallen, Alfadas diese Hilfe anzubieten. Der Seefürst hatte es nicht eilig, nach Albenmark zu gelangen. Er wusste, dass Emerelle ihm nicht verzeihen würde. Er blickte zu den vier schwarzen Galeassen, die noch an der Mole lagen. Er selbst würde sich nicht verzeihen können. Doch Kriege folgten ihren eigenen Gesetzen, und wer kein Blut sehen konnte, der sollte nicht nach dem Schwert greifen, sondern sich lieber gleich unterwerfen.

Es war ein trauriges Häuflein, das sich auf den Rückweg zum Albenstern machte, durch den sie hierher gekommen waren. In zwei Tagen würden sie die Nachricht vom Sieg, der zu blutig gewesen war, um gefeiert zu werden, in ihre Heimat tragen.

Es begann wieder zu schneien. Schnell verschluckten die Nacht und das wirbelnde Weiß die Geschlagenen. Ob ihr König schon ahnte, in welchem Ausmaß sie für ihren Sieg würden zahlen müssen?

Elodrin winkte Fenryl zu. »Bringt die Gefangenen auf die Schiffe!«

Selbst die Alten, die Weiber und die Kinder hatten Widerstand geleistet, als er die Nachtzinne erstürmt hatte. Natürlich waren sie der Elite der Fechter Albenmarks nicht gewachsen gewesen, aber es hatte viel Blut vergossen werden müssen, bis sie das eingesehen und sich ergeben hatten. In den langen Tunneln und den Hallen des Felsennests war den Trollen nicht klar geworden, mit wie wenigen Angreifern sie es zu tun gehabt hatten. So hatten seine fünfzig auserwählten Krieger zuletzt mehr als siebenhundert Trolle gefangen gesetzt. Es war wie damals in der Schlacht an der Shalyn Falah gewesen, als sie ein überlegenes Trollheer getäuscht und gesiegt hatten, obwohl ihre Lage im Grunde hoffnungslos gewesen war.

Elodrin verschränkte die Finger ineinander und drückte die Hände durch. Er hatte das, was geschehen sollte, schon sehr lange geplant. Sein Gewissen plagte ihn deshalb nicht. Es war logisch, so zu verfahren. Aber würden seine Befehle ausgeführt werden? Das, was nun geschehen sollte, war der eigentliche Grund dafür, dass er sich bemüht hatte, so viele Maurawan wie möglich zu rekrutieren. Sie waren aufsässig und fügten sich schlecht in die Befehlshierarchien eines Heeres ein. Aber sie galten auch als besonders gnadenlos. Sie hatten ebenso wenig Gewissenbisse, wie er sie hatte. Die Trolle hatten ihre heiligen Haine geschändet und damit begonnen, ihre Wälder abzuholzen.

Elodrin winkte den Ruderern der beiden Galeeren zu. Es war abgesprochen, die beiden Galeassen, die von den Trollen besetzt werden sollten, in die Mitte der Bucht zu schleppen. Trolle fürchteten tiefes Wasser, denn sie versanken darin wie Steine. Keiner von ihnen würde einen Fluchtversuch unternehmen.

Der Seefürst ging zu den Gefangenen hinüber. Sie stanken erbärmlich! Er betrachtete ihre derben Gesichter. Was mochte die Alben veranlasst haben, solche grobschlächtigen Ungeheuer zu erschaffen?

Graf Fenryl kam zu ihm hinüber. Der Elf aus dem Volk der Normirga war nützlich, aber ein wenig affektiert. Stets trug er Weiß, so als wolle er Ollowain nachahmen. Auch seine Vorstellungen von ritterlichen Tugenden waren überaus störend.

»Orgrims Weib ist unter den Gefangenen.«

Mit nichts anderem hatte Elodrin gerechnet. Schließlich war die Nachtzinne seine Burg. Der Ort, den er für den sichersten in diesem Krieg gehalten hatte.

»Ich weiß«, entgegnete der Seefürst, ohne sich die Mühe zu machen, Überraschung zu heucheln. »Aber niemand verrät, wer sie ist. Es sind wohl auch einige Konkubinen und etliche Kinder des Feldherrn anwesend.«

»Mit diesen Geiseln können wir ihn sicher zu Verhandlungen zwingen.«

Elodrin hob eine Braue. Unfassbar, wie naiv der Kerl war. »Und was erreichen wir? Wir haben vielleicht ein paar Jahre Frieden … In dieser Zeit werden die Trolle noch stärker, und dann fallen sie erneut über die zivilisierten Völker Albenmarks her. Das ist keine Lösung!« Er winkte den Kriegern, die an dem hölzernen Steg standen, der hinauf zum ersten Schiff führte. »Bring mir diesen großen Kerl da!« Er deutete auf einen besonders massigen Troll, der ihn die ganze Zeit über mit Blicken wie Messerstichen bedacht hatte.

Seine Befehle wurden ohne Zögern ausgeführt. Vier Speerträger eskortierten den Troll. Ihre Waffen hielten sie drohend auf seine Kehle gerichtet.

»Er wird unser Bote für Orgrim sein«, erklärte Elodrin.

»Der Herzog soll schließlich wissen, wer sein Feind ist.« Er wandte sich an den Troll und sprach ihn in dessen Sprache an. »Wenn dein Herr dich findet, dann richte ihm aus, dass Elodrin, der Fürst von Alvemer, hier war. Der Fürst, dessen Tochter und dessen Enkel in Reilimee lebten, bevor ihr die Stadt vor fünfzehn Jahren niedergebrannt habt. Kannst du dir meinen Namen merken? Elodrin«, wiederholte er noch einmal langsam.

»Ehlodrin«, wiederholte der Troll. Aus seinem Munde klang der Name befremdlich. Hart und irgendwie beschmutzt.

Der Seefürst wandte sich an die Wachen und fuhr in seiner Muttersprache fort: »Kettet den Mistkerl an der Mole fest. Und dann schneidet ihm beide Daumen ab. Er soll nie wieder eine Waffe halten können.«

Fenryl sah ihn schockiert an. Von diesem romantischen Weichling mit seinen falschen Ritteridealen hatte Elodrin nichts anderes erwartet. Er konnte sehen, wie es den Grafen Mühe kostete, sich zurückzuhalten.

Ungerührt schlenderte er ein Stück die Mole hinauf. Er beobachtete, wie die Landestege von den Galeassen zurückgezogen wurden. Die Galeeren nahmen die zwei schwarzen Schiffe in Schlepp. Ihre roten Ruder zerwühlten das dunkle Wasser zu Gischt. Die Seile zwischen den Schiffen spannten sich. Wasser perlte aus dem feuchten Hanf. Langsam, Zoll um Zoll, kamen die Galeassen in Fahrt.

Aus den Feuerschalen auf der Mole stieg der Rauch fast senkrecht in die Luft. Das Wetter war umgeschlagen. Es schneite noch immer, aber es war jetzt völlig windstill. Die Maurawan hatten sich nicht von der Stelle gerührt.

Als die Schiffe die Mitte der Bucht erreichten, holten die Galeeren die Schlepptrossen ein.

Fenryl räusperte sich. »Sollten wir uns mit dem Einschiffen nicht etwas mehr beeilen? Ich dachte an die Schamanin, die uns entkommen ist. Orgrim wird doch sicher schon benachrichtigt sein.«

»Ich selbst habe fünf Tage gebraucht, um mit meinen Schiffen nach Reilimee zurückzukehren, als ich hörte, dass die Trolle die Stadt erstürmt hatten. Die Nachricht war damals schon sieben Tage alt.« Kurz zuvor war sein Bruder Hallandan bei den Kämpfen um Vahan Calyd gefallen. Die Flotte war auf hoher See. Es gab Streit um Hallandans Nachfolge, und in dieser Zeit griffen die Trolle Reilimee an. Es waren schreckliche Tage, die sein Leben zerstörten. »Glaubst du, die Trolle sind uns überlegen?«, fragte er harsch. »Wir haben noch Zeit.« Elodrin erwähnte nicht, dass die Schamanin auf seinen Befehl hin Gelegenheit zur Flucht bekommen hatte. Fingayn war ihr gefolgt und hatte beobachtet, wie sie durch den Albenstern ging. Elodrin wollte, dass der Feldherr der Trolle wusste, was hier geschah. Er würde rasen vor Zorn. Er würde wochenlang nicht wiederkehren. Hoffentlich hatte Emerelle einen fähigen Heerführer ernannt. Orgrims Abwesenheit war die Gelegenheit, gegen die Trolle loszuschlagen. Ihres fähigsten Anführers beraubt, standen die Aussichten gut, sie doch noch zu besiegen.

Elodrin dachte an die niedergebrannte Stadt, in die er vor fünfzehn Jahren heimgekehrt war. An die Knochenberge, die am Ufer gelegen hatten, dort, wo die Trolle ihr Siegesfest gefeiert hatten.

Der Feldherr hob den rechten Arm. »Bogenschützen! Setzt die Schiffe in Brand!«

Die Maurawan zogen die vorbereiteten Brandpfeile aus ihren Köchern. Die Spitzen waren mit ölgetränkten Lappen umwickelt. Sie hielten die Pfeile in die Feuerschalen.

»Nein!«, schrie Fenryl. »Ich verbiete euch zu schießen! Im Namen der Königin, legt die Waffen nieder.«

Die ersten Pfeile flogen in weitem Bogen den Schiffen entgegen.

»Die Maurawan haben noch nie sehr viel auf die Befehle der Königin gegeben«, bemerkte der Seefürst trocken. Fenryl führte sich genauso auf, wie er es erwartet hatte.

Yilvina kam die Mole entlanggelaufen. Auch sie war erschüttert. »Herr, was geschieht hier? Wie konntest du diesen Befehl geben? Du wirst eine Lawine damit lostreten! Sie werden sich an den Menschen rächen! Das kannst du nicht zulassen.«

Er wies auf den angeketteten Troll. »Er wird ihnen sagen, wer hier den Befehl geführt hat. Vielleicht werden die Fjordländer einen schlimmen Winter haben, aber in hundert Jahren werden sie mir dankbar sein, denn dann ist der Letzte dieser Menschenfresser an Altersschwäche verreckt. Ohne Weiber gibt es keine Kinder mehr. Wir müssen ihre Weiber dezimieren, bis sie genauso wenige Kinder bekommen wie wir. Nur dann wird es Frieden in Albenmark geben können.«

Gellende Schreie hallten über das Wasser. Noch immer schickten die Maurawan Salve auf Salve gegen die brennenden Schiffe. Elodrin hatte die Decks und die Segel am Morgen mit Lampenöl tränken lassen, damit sich das Feuer besser ausbreiten konnte.

»Was ihr dort seht, ist das Totenfeuer des Trollherzogtums in den Menschenlanden.«

Fenryl und Yilvina schwiegen. Erschüttert beobachteten sie, was sich auf den Schiffen abspielte. Manche Trolle warfen sich brennend ins Wasser. Wild mit den Armen schlagend, versuchten sie zum Ufer zu gelangen. Doch keiner schaffte es. Ihre schweren, gedrungenen Leiber rissen sie in die Tiefe.

Elodrin hatte erwartet, dass ihm seine Rache mehr Genugtuung bereiten würde. Aber was er sah, vermochte die große Leere, die der Verlust seiner einzigen Tochter in ihm hinterlassen hatte, nicht auszufüllen. Ernüchtert winkte er seinem Navigator auf der *Meerwanderer.* »Bring mir meinen Schild und mein Schwert, Landal!«

»Ich werde dich zum Hof der Königin bringen, Elodrin! Du wirst für deine Verbrechen büßen.«

Fenryls Zorn hatte etwas Rührendes. »Ich werde hier

bleiben. Es gibt keinen Ort mehr, wohin ich zurückkehren könnte. Emerelle hat mich gewiss schon jetzt für vogelfrei erklärt. Mein Fürstentum wird sie mir für meine vermeintlichen Verbrechen entziehen, und meine Sippe ist ausgelöscht.« Der Navigator brachte ihm die Waffen. Elodrin gürtete sich das Schwert um, das ihn in so vielen Schlachten begleitet hatte. Dann schnallte er den Schild mit dem Bild der silbernen Nixe, dem Wappen Alvemers, an seinen Arm.

Die Schreie auf den Schiffen erstarben. Bald war nur noch das Knistern des Feuers zu hören.

»Was hast du vor?«, fragte Yilvina.

»Meine letzte Schlacht schlagen. Ich erwarte die Trolle. Mein Schicksal hat sich erfüllt. Vielleicht kann ich Orgrim ja davon überzeugen, dass ich die Menschen nur benutzt habe.«

»So wie mich?«

»Es war in der Tat von Vorteil, dass König Alfadas dir vertraute, Yilvina. Aber machen wir uns nichts vor. Er hätte niemals Frieden mit den Trollen geschlossen. Ich fühle wie er. Ich weiß, wie es ist, die eigene Familie an diese Ungeheuer zu verlieren.«

Seine Leibwächterin funkelte ihn wütend an. »Nichts hast du mit ihm gemeinsam. Die Dunkelheit, die du in deiner Seele trägst, konnte ich an ihm nie entdecken.«

In der Ferne erklangen Kriegshörner. Ihre plumpen, röhrenden Rufe waren unverwechselbar. Es waren die Hörner von Trollen.

Elodrin war überrascht. Niemals hätte er damit gerechnet, dass die Trolle es nach ihrer blutigen Niederlage beim Angriff auf Emerelles Burg noch einmal wagen würden, mit einem Heer das goldene Netz zu durchqueren. Mochte die Masse dieses Volkes auch aus tumben Blutsäufern bestehen, so war zumindest Orgrim ein würdiger Gegner.

»Sie marschieren auf Alfadas und seine Getreuen zu«, stellte Yilvina fest.

Wahrscheinlich werden die Trolle die Fjordländer schon erreicht haben, dachte Elodrin. Warum sonst sollten sie in ihre Kriegshörner stoßen? Er deutete auf den gefangenen Troll. »Macht den Kerl da los! Unsere Pläne haben sich geändert!«

EIN STEIN WENIGER

Emerelle erwartete Eleborn im Falrach-Zimmer. Sie verbrachte in den letzten Wochen sehr viel Zeit in dem kleinen Raum, der völlig vom Spieltisch beherrscht wurde. Auf dem Brett hatte sie die Lage Albenmarks dargestellt. Sie spielte Weiß, die Trolle Schwarz. Die weißen Steine waren in das letzte Drittel ihrer Spielfeldhälfte zurückgedrängt. Doch zumindest schlossen sich langsam die Reihen. Die Lage war verzweifelt, daran ließ sich nichts schönreden, aber sie war noch nicht völlig hoffnungslos.

Sie betrachtete die Steine der Königin und der Magierin. Sie und Alathaia. Seit Wochen verharrten sie bewegungslos in der Burg. Abseits des Tisches stand die Figur des Feldherrn. Erst als ihr Herz ihr sagte, dass Ollowain gestorben war, hatte sie den weißen Feldherrn aus dem Spiel genommen. Sie musste den Posten neu besetzen. Ihr Heer brauchte einen Kommandanten. Aber wer taugte dazu? Caileen hatte gegen sie rebelliert und musste sich erst bewähren. Melvyn hatte sie noch nie gesehen. Sie wusste, dass er unter den Kentauren und auch bei anderen Verbündeten beliebt war. Aber würden die Elfen ihm in die Schlacht folgen? Würden sie von einem jungen Krieger, der in einer Wolfshöhle aufgewachsen war, Befehle annehmen? Wohl nicht …

Elodrin wäre eine gute Wahl. Er war kalt wie Eis, aber als Stratege hatte er seine Vorzüge. Hätte nicht auch er gegen sie rebelliert, dann wäre er ihre erste Wahl.

Die Tür zum Falrach-Zimmer öffnete sich. Alvias verneigte sich. »Eleborn, der Fürst unter den Wogen, Herrin.«

Würde Alvias als Heerführer taugen? Er war klug und loyal, das stand außer Frage. Aber konnte er ein Heer befehligen? »Danke«, antwortete sie geistesabwesend.

Alvias zog sich zurück, und eine hochgewachsene Gestalt trat in das Zimmer. Der salzige Duft einer Seebrise eilte dem Fürsten voraus. Der weißhaarige Wassermann trug einen altertümlichen Wickelrock und einen mit langen Fransen besetzten Umhang. Das breite Kreuz, der harte, ozeangrüne Blick, alles an ihm strahlte Kraft aus.

Der Fürst unter den Wogen kniete vor ihr nieder. »Ich bitte dich um Verzeihung, Herrin.«

Emerelle winkte ärgerlich ab. »Keine Entschuldigungen und keine Förmlichkeiten. Lass uns von gleich zu gleich sprechen.« Sie deutete auf das Falrach-Brett. »Die Lage ist sehr ernst, Fürst. Ich brauche jedes Schwert, das ich bekommen kann. Talsin ist vor wenigen Stunden an die Trolle gefallen. Sie waren wieder einmal schneller, als wir erwartet hatten.«

»Ich bedauere, so lange auf den alten Verträgen beharrt zu haben und blind für die Wirklichkeit gewesen zu sein. Meine Kinder haben dafür bluten müssen.« Eleborn trat an den Falrach-Tisch. Er musterte das Spiel, dann griff er nach dem schwarzen Schiff. »Ich habe nur wenige Krieger, die an Land kämpfen können. Viele Schwerter können wir dir nicht bringen.« Er blickte über die Dutzenden von Trollfiguren, die sich in einem Keil auf die dünne weiße Linie zubewegten. »Aber ein Geschenk kann ich dir machen. Die Flotte der Trolle ist vernichtet. Riesenkraken, Leviathane und tausende zorniger Wassermänner haben sie auf den Grund der Walbucht gerissen. Nur fünf Schiffe sind uns entkommen. Sie sind gestern, während sich meine Kinder noch sammelten, mit unbekanntem Kurs davongesegelt und durch einen Albenstern auf hoher See geflüchtet.«

Emerelle nahm das kleine schwarze Schiff aus seinen Händen und stellte es zu den wenigen geschlagenen Steinen der Trolle. »Ich danke dir für deine Morgengabe«, sagte sie lächelnd. »Ich werde leichter schlafen, nun, da ich weiß, dass es von See her keine Bedrohung mehr gibt. Sei mir willkommen im Bündnis, Eleborn, Fürst unter den Wogen.«

Emerelle küsste ihn flüchtig auf beide Wangen. Dann nahm sie ein kleines weißes Schiff aus den Seitenfächern des Falrach-Tischs und stellte es auf ihre Seite. »Dank dir haben wir die Herrschaft über das Meer zurückerlangt.«

»Ich könnte Gischtpferde die Flüsse und Bäche hinaufschicken. Sie können nicht viele Trolle töten, doch wann immer unsere Feinde ein fließendes Gewässer überqueren, werden sie ihnen einige Schwierigkeiten machen.«

Emerelle dachte kurz über die Option nach. Sie schüttelte den Kopf. »Nein, ich möchte ihren Vormarsch nicht aufhalten. Ich möchte unsere Feinde so schnell wie möglich an der Shalyn Falah haben. Wir werden nichts unternehmen, was sie aufhält.«

»Und wenn sie sich dort nicht zum Kampf stellen? Es gibt auch andere Wege ins Herzland.«

»Glaube mir, sie werden dorthin kommen, Eleborn. Das hat wenig mit Vernunft zu tun. Dieses Schlachtfeld ist sehr ungünstig für sie. Dennoch werden sie dort kämpfen, denn sie werden die Erinnerung an ihre einstige Niederlage durch einen glorreichen Sieg für immer tilgen wollen.«

Der Fürst unter den Wogen strich sich über den gischtfarbenen Bart. »Du kennst die Zukunft, Herrin. Du wirst es wissen.« Er verbeugte sich.

»Verwehre den Trollen das Meer, Eleborn, und schenke unseren Schiffen günstige Winde. Das wird dein Anteil an unserem Sieg sein.«

Noch einmal verbeugte er sich steif. »Dein Wille wird geschehen, Herrin.« Mit diesen Worten zog er sich zurück.

Wenn er wüsste, wie viele Zukünfte ich sehe, dachte Emerelle niedergeschlagen. Sie betrachtete wieder den Spieltisch. Die Waagschale hatte sich ein wenig zu ihren Gunsten geneigt, doch die Übermacht der Trolle war immer noch erdrückend.

Sie nahm den neuen Spielstein, den sie hatte schnitzen lassen, vom Tisch und drehte ihn nachdenklich zwischen den Fingern. Er zeigte ein Kind. Alle dreißig Kinder, die auf Alathaias Liste gestanden hatten, waren in der Burg. Emerelle verbrachte jeden Tag einige Stunden mit ihnen. Sie hatten Angst. Sie spürten die Gegenwart der Yingiz in den Schatten, und Nacht für Nacht quälten sie Albträume.

Emerelle dachte an ihre Nächte. Immer wieder stellte sie in Gedanken eine Liste mit den dreizehn Opfern zusammen, die Alathaia gefordert hatte. Und immer wieder verwarf sie die Listen.

Die Königin seufzte. Und dann waren da noch die anderen Listen, die sie Tag für Tag erreichten. Listen von Toten, Verwundeten und Vermissten. Der Blutzoll, den Albenmark für jeden Tag, den der Krieg mit den Trollen fortdauerte, zu zahlen hatte. Wenn die Trolle erst einmal die Shalyn Falah erreicht hätten, würde sogar die Liste der verlorenen Städte mehr als dreizehn Namen tragen. Arkadien war dicht besiedelt. An der Heerstraße nach Süden lagen viele wunderschöne Orte. Wie viele Kinder würden sterben, weil sie unter den dreißig nicht wählen konnte?

Wenn sie Melianders Albenstein wieder zusammenfügten, dann könnten sie und Alathaia den zerstörten Albenpfad wiederherstellen. Wenn das goldene Netz geflickt war, dann konnte sie endlich die Burg verlassen und sich mit aller Kraft den Trollen widmen. Doch solange niemand sagen konnte, ob die Yingiz zu tausenden durch die Lücke brachen, sobald sie den Palast verließ, wagte sie sich nicht von der Stelle. Die Bilder in Melianders Buch waren unmissverständlich. Wenn die Yingiz kamen, würde Albenmark vergehen.

Emerelle schloss die Augen und konzentrierte sich darauf, das Land zu spüren. Die beseelten Bäume im Park der Burg, deren Wurzeln einander zärtlich berührten. Die Magie, die Noroelle einst in den kleinen See gewoben hatte, der nicht weit entfernt von der Burg lag. Über all dem lag der Schatten der Yingiz, die bereits hierher gefunden hatten. Sie raubten dem Land von seiner Kraft.

Erleichtert schlug Emerelle die Augen auf. Im Augenblick war es nicht da … Manchmal lauerte dort draußen etwas. Bisher hatte es sich ihr stets entziehen können. Es beobachtete die Burg, wachte darüber, ob sie noch da war. Mitunter war diese fremde Präsenz für Tage verschwunden. Doch jedes Mal, wenn sie zu hoffen begann, der fremde Beobachter sei fort, kehrte er zurück.

Emerelle setzte den Spielstein, der ein Kind zeigte, auf den Falrach-Tisch zurück. Wenn sie sich zu dem Opfer entschließen könnte, dann würde der Beobachter für immer gehen.

DIE LAST DER TOTEN

Orgrim betrachtete das Antlitz des toten Königs. Im Fackellicht sahen seine Züge sehr hart aus. Die Falten wirkten tiefer. In den toten Augen spiegelten sich Flammen, obwohl ihr Feuer längst verloschen war. Es war still auf dem Schlachtfeld. Noch immer schneite es, doch der einzige Laut war das Zischen des heißen Pechs, das von den Fackeln in den Schnee troff.

Der Herzog der Trolle versuchte zu begreifen, warum der Herrscher der Menschen ihm das angetan hatte. So lange hatten sie nebeneinander in Frieden gelebt. Nur ihre jungen Krieger hatten gelegentlich miteinander die Kräfte gemessen, doch es waren keine Heere marschiert. Der Himmel war nicht schwarz vom Rauch brennender Städte gewesen – und nun das! Der Mann, dem er sein Weib und sein Kind geschenkt hatte, als er diese dem Tode nahe im Schneesturm gefunden hatte, war gekommen, um ihm Weiber und Kinder zu nehmen! Warum? Orgrim konnte das nicht begreifen! Warum war Alfadas so leicht zum Krieg zu verführen gewesen? Was hatten die Elfen ihm für Gift in die Ohren geträufelt, um seinen Verstand zu blenden?

Der Herzog hatte immer geglaubt, die Menschen zu kennen. Während der Kämpfe in der Snaiwamark hatte er sie zu respektieren gelernt. Sie waren klein und schwächlich, aber sie kämpften mit dem Mut einer in die Enge getriebenen Schneelöwin, die ihre Jungen verteidigte.

Er atmete tief die kalte Winterluft ein und versuchte all die widerstreitenden Gefühle niederzukämpfen, die in seiner Brust tobten. Hass, Trauer, Zorn. Er wusste, dass es das war, was die Elfen erreichen wollten. Doch dieses Wissen half ihm nicht, seinen Schmerz zu überwinden. Sie wollten, dass er unbedachte Entscheidungen fällte. Das war geschehen, um ihn aus dem Krieg in Albenmark zu ziehen. Wäre er doch niemals mit Skanga gegangen! Hätte er nur der Versuchung des Ruhmes widerstanden! Es war sein Ehrgeiz, der ihn nach Albenmark zurückgebracht hatte. Die Aussicht, ein Heer zu führen, wie es bislang nicht einmal die Könige der Trolle befehligt hatten. Die Aussicht, Unsterblichkeit in den Heldensagen seines Volkes zu erlangen als jener Herzog, der Emerelle von ihrem Thron vertrieb. Um all das zu erreichen, sollte er nur ein halbes Jahr nach Albenmark zurückkehren. Und er hatte die Seinen in Sicherheit gewähnt. Die Nachtzinne war eine starke Festung …

Er ballte die Fäuste in hilfloser Wut. So wie Phylangan es einst gewesen war. Die Botschaft der Elfen war angekommen! Sie wollten Rache … War es so einfach? War er ihnen vielleicht schon in das Netz aus Heimtücke und Bosheit gegangen? Verstrickt in Gedanken, von denen sie wünschten, dass sie ihn quälten.

Er schrie seinen Schmerz und seine Verzweiflung in die Nacht. Unvermittelt riss er dem Krieger, der neben ihm stand, die Fackel aus der Hand. Er packte mit der Faust in die Flammen. Seine Finger schlossen sich um die pechgetränken Lappen und erstickten Flammen und Glut. Orgrim hechelte vor Schmerz, und doch vermochte die Pein des gemarterten Fleisches nicht den Schmerz auszulöschen, der in seiner Brust tobte. Er hatte verloren, ganz gleich, wie viele Menschen und Elfen er töten würde. Selbst Emerelles Thron würde ihn nicht entschädigen. Was war ein Stück Holz wert im Vergleich zu seinem Weib und seinen Kindern. Doch um dieses Stück Holz zu halten, war all das hier geschehen, dachte er zornig.

Er blickte ins Antlitz des toten Menschenkönigs. Alfadas hatte lange an Emerelles Hof gelebt. Er hatte sogar eine Elfe zum Weib, so hieß es. Er hätte das Ränkespiel doch durchschauen müssen! Was hatte ihn nur getrieben? Dass ein so tapferer Mann zugleich so dumm und verblendet sein konnte! Alfadas hatte gut gekämpft. Mit einer Hand voll Krieger hatte er sich in einer Klamm verschanzt, während seine übrigen Männer in die Berge geflohen waren. Der König hatte einen Trollkrieger getötet und einen weiteren übel verletzt. Und dabei hatte er zum Schluss allein gekämpft. Orgrim würde sein Herz essen, sobald die Toten gerächt waren. Alfadas hatte es verdient, dass man ihm Ehre erwies.

Der Herzog blickte zu Helog, dem Krieger, den die Elfen ihm entgegengetrieben hatten. Ihm die Daumen abzuschneiden, war selbst für Elfen niederträchtig. »Glaubst du, die Menschen wussten vom Plan der Elfen, unsere Leute zu ermorden?«

»Das kann ich nicht sagen. Sie sind vorher gegangen. Selbst unter den Elfen hat es Streit gegeben, als die Schiffe brannten.«

»Aber Elodrin ist noch immer ihr Anführer.«

Helog nickte. »Ja. Als er die Hörner hörte, hat er befohlen, meine Ketten zu lösen und mich laufen lassen. Dann gab er den Befehl, die Schiffe zu verlassen. Er marschiert uns entgegen. Er befehligt etwa fünfhundert Elfen.«

Orgrim kaute auf seiner Unterlippe. Er sollte in eine Falle gelockt werden. Was ging nur im Kopf des Fürsten von Alvemer vor? Elodrin konnte nicht gewusst haben, dass er nur dreihundert Krieger hierher führen würde. Mehr hatte Skanga ihm nicht gestattet. Sie hatte große Sorge gehabt, ihre Streitmacht könne im goldenen Netz noch einmal in eine Falle der Elfenkönigin geraten.

Dreihundert. Das war genug gewesen, um die Menschen in die Flucht zu schlagen. Aber gegen fünfhundert Elfen anzutreten, das wäre leichtfertig. Er musste sich zurückziehen. Und er würde die Toten hier lassen. Die Menschen würden es den Elfen nicht verzeihen, wenn ihre Verbündeten die Leichen auf dem Schlachtfeld zurückließen. Für jeden Toten müssten die Elfen zwei Krieger abstellen, um ihn zu tragen. Ganz gleich, was sie taten, die Toten würden für Unfrieden sorgen. Sie konnten nicht zurückgelassen werden. Man konnte sie im hart gefrorenen Boden auch nicht begraben. Und selbst wenn das möglich wäre, hätten sie befürchten müssen, dass die Trolle sie wieder ausgruben. Sie zu tragen, machte das Heer aus Menschen und Elfen aber erheblich langsamer. Einen Scheiterhaufen zu errichten, auf dem man siebzig Tote verbrennen konnte, würde sie einen Tag kosten, um genügend Bäume zu schlagen. Mehr brauchte Orgrim nicht. Das Kräfteverhältnis würde sich schon sehr bald verschieben. Dann waren sie ihm ausgeliefert! Er würde alle Mörder stellen.

»Löscht die Fackeln! Wir ziehen uns zurück und warten auf Brodgrimm!«

ABGESCHNITTEN

Fenryl stand am Ruder seiner Galeere und lauschte auf die Geräusche im Nebel. Er wünschte, sie würden den verfluchten Fjord endlich hinter sich lassen. In Albenmark wären sie in sichereren Gewässern; dort könnten sie auf Eleborns Hilfe hoffen.

Gerade eben noch konnte er das Vorsegel der *Meerwanderer* hinter sich sehen. Schlaff und triefnass hing es von der Rah. Kein Lufthauch regte sich. Es war ohnehin schon schwierig, in den Fjorden mit ihren hohen Steilklippen zu segeln. Zu unberechenbar waren die Winde hier. Doch jetzt herrschte Flaute. Kein Luftzug regte sich. Deshalb hatten die beiden Galeeren die *Meerwanderer* in Schlepp genommen.

Dick und träge hing der Nebel über dem Wasser und dämpfte alle Geräusche. Vom Bug erklang der Singsang des Lotsen. »Sieehben Faaahhden!«

Fenryl vermochte nicht zu sagen, ob sie in der Mitte des Fjords oder nahe an einem der Steilufer waren. Angespannt lauschte er auf jedes Geräusch. Auf das Knarren der Ruder, das leise Plätschern des Wassers. Die Mannschaft schwieg. Sie alle standen noch unter dem Eindruck des ungeheuerlichen Verbrechens, in das Elodrin sie hineingezogen hatte. Niemals hätte Fenryl erwartet, dass sich ein Elfenfürst zu solch einer Bluttat würde hinreißen lassen. Ihrer aller Ehre war auf immer besudelt. Der Name der Elfen würde von nun an mit diesem Massaker verbunden sein.

Ein Rumoren steuerbord voraus schreckte ihn aus seinen Gedanken. Mehrere Gletscher mündeten in den Fjord. Mehr Angst als vor Riffen, die sich unter der schwarzen Wasseroberfläche verbargen, hatte er vor den himmelhohen Eiswänden, die sich in die Einschnitte des Steilufers zwängten. Niemand konnte vorhersagen, wann sich Eisbrocken aus ihren Flanken lösten. Meistens waren sie nur so groß wie eine Faust oder auch ein Pferdekopf. Aber manchmal brachen auch Stücke ab, die so gewaltig wie ein Bergfried waren. Sie jagten Flutwellen durch die engen Fjorde, und wer den Gletschern zu nahe kam, lief Gefahr, zerquetscht zu werden wie eine Fliege unter der Faust eines Riesen.

»Aaacht Faaahhden!«, rief der Lotse, und wie zur Antwort klang es von der anderen Galeere: »Neun Faaahhden!«

Fenryl lehnte sich ein Stück weit über die Reling. Sie waren also mutmaßlich näher an den Klippen als die andere Galeere. Durch den dichten Nebel konnte er kaum die Wasseroberfläche erkennen. Ein Klacken, wenn die Ruder eintauchten, verriet ihm, dass Eisstücke im Wasser schwammen. »Die Ruder halt!«, rief er.

Auch die Ruder der zweiten Galeere verharrten. Die Lotsen schwiegen. Alle an Bord der drei Schiffe lauschten. Leises Kratzen erklang. Eis, das an der Bordwand entlangschrammte. Dann war in der Ferne wieder ein Rumpeln zu hören. Etwas stürzte ins Wasser.

Fenryl hielt den Atem an. Zu leise, dachte er. Das ist keine Gefahr.

Er wollte den Ruderern schon befehlen, sich wieder in die Riemen zu legen, als er eine lang gezogene Stimme hörte. Dunkel, fremd und zugleich auch vertraut. Die Stimme eines Trolls. Fenryl kannte die Sprache seiner Feinde gut genug, um zu wissen, dass dort jemand zehn Faden gerufen hatte.

Die Gedanken des Grafen überschlugen sich. Mindestens ein feindliches Schiff kam ihnen entgegen. Die Elfengaleeren waren schnell und wendig, aber mit der *Meerwanderer* im Schlepp bestand keine Hoffnung, den Trollen zu entkommen.

Das rothaarige Menschenmädchen, das ein Stück entfernt an der Reling kauerte, sah ihn mit leerem Blick an. Sie war seltsam. Seit dem Massaker in der Hafenbucht hatte sie kein Wort gesprochen. Wer mochte ihr das verübeln? Ihr Gefährte, der Baumeister, saß still, den Kopf nach vorn gebeugt. Seine Lippen bewegten sich unablässig. Er schien zu beten. Dies war die Welt der Menschen. Vielleicht half es, ihre Götter anzuflehen.

»Zwölf Faden!«, rief der Trolllotse.

Wenn sie etwas Glück hatten, würden die Trolle an ihnen vorbeirudern. Sie hielten sich eindeutig mehr in der Mitte des Fjords, wo das Fahrwasser tiefer war.

Es war kaum sechzehn Jahre her, dass die Trolle die Welt der Menschen verlassen hatten. Vorher waren die Berge und die Fjorde im äußersten Norden der Anderen Welt ihre Heimat gewesen. Sie kannten sich hier besser aus.

»Wir warten«, rief er leise zur zweiten Galeere hinüber.

»Gut!«, kam einige bange Herzschläge später die Antwort.

Ohne Hilfe war die *Meerwanderer* dazu verdammt, auf der Stelle zu liegen. Mit ihnen musste man sich nicht absprechen. Die schweren Schleppseile erschlafften, als der große Segler näher glitt und dabei immer mehr an Fahrt verlor.

»Elf Faden!«, hörte man den Troll. Und gleich darauf erklang leiser: »Zwölf Faden!«

Fenryl fluchte stumm. Noch ein zweites Schiff! Der Graf spürte ein feines Prickeln auf der Haut. Jemand wirkte Magie. Sein Mund wurde trocken. Sein bestes Pferd würde er dafür geben, wenn er wüsste, was jetzt auf den beiden schwarzen Galeassen geschah, die der Nebel vor ihren Blicken verbarg.

Es kam Bewegung in das Weiß. Spiralwirbel glitten wie Schlangendrachen durch den Nebel. Fenryl spürte einen leichten Luftzug auf dem Gesicht. Drei Herzschläge später war daraus eine frische Brise geworden. Er hörte die nassen Segel der *Meerwanderer* hinter sich im Wind schlagen.

Jetzt hörte Fenryl schon drei Lotsen rufen.

Ein tiefer Laut, der sich in den Bauch grub, hallte über das Wasser. Dann gab es ein Splittern und Tosen, als wolle die Welt zerbrechen. Die Galeeren hoben und senkten sich unter immer höheren Wellen.

Gundaher, der Baumeister, betete nun nicht mehr leise. Mit schreckensweiten Augen bat er seinen Gott Tjured um Hilfe. Bei dem Lärm musste Fenryl ihn nicht zur Ordnung rufen. Womöglich hatten die Menschengötter ihnen sogar tatsächlich geholfen? Hätten sie nicht angehalten, wären sie wohl gefährlich nahe am Gletscher gewesen.

Der Nebel zerriss. Deutlich sah der Elfengraf einen großen, schwarzen Schatten über das Wasser gleiten. Das Deck der Galeasse stand dicht gedrängt voller Trollkrieger.

Immer deutlicher schälten sich die Umrisse des schwarzen Schiffes aus dem Nebel. Er erkannte eine Gestalt, die ganz vorne am Bug stand und wie ein Schwimmer in langsamen Bewegungen die Arme ausbreitete. Eine Schamanin, die den Nebel vertrieb. So also blieben die feindlichen Schiffe in der Mitte der Fahrrinne.

Das Schaukeln der Galeere ließ nach.

Fenryl sah einige der Trolle wild gestikulieren und in Richtung der Galeere deuten. Wer sehen konnte, konnte auch gesehen werden.

»Rudert!«, befahl er, obwohl ihm klar war, dass mit der schweren *Meerwanderer* im Schlepp nicht die geringste Aussicht bestand, den Trollen zu entkommen.

Die Männer strengten sich verzweifelt an. Die dicken Taue, die sie mit dem Segler verbanden, spannten sich wieder. Doch es war, als seien sie an einen Felsen geschmiedet. Unendlich langsam setzten sie sich in Bewegung, während das vorderste Schiff der Trolle auf sie einschwenkte. Inzwischen konnte Fenryl drei schwarze Galeassen erkennen, die in einer Linie hintereinander fuhren. Auch die

Trollschiffe verfügten über eine Reihe Ruderer. Aufgrund ihrer massigen Bauart manövrierten die Galeassen normalerweise viel schwerfälliger als Galeeren.

Eine Fontäne spritzte zwanzig Schritt vor ihnen aus dem Wasser. Einer der Trolle hatte einen faustgroßen Stein geworfen.

»Bogenschützen und Schildträger auf das Vordeck!«, befahl der Graf. Zumindest würden sie nicht kampflos untergehen.

»Fenryl!« Die Stimme ging im Lärm der trampelnden Füße auf Deck fast unter. »Fenryl!«

Der Elf drehte sich um. Nun, da sich der Nebel gelichtet hatte, war der große Dreimaster deutlich zu erkennen. Ein Trupp Krieger bemannte gerade das schwenkbare Torsionsgeschütz auf dem Vordeck. Ganz vorne am Rumpf der *Meerwanderer* stand Nardinel. Sie trug ein weißes Kleid, ihr Haar bewegte sich sanft in der Brise. Sie war so schön, dass es schmerzte, sie anzusehen. Zwei Elfen mit schweren Äxten flankierten sie.

Nardinel wirkte gefasst. »Lebe wohl, Graf.«

»Nein!«, rief Fenryl.

Die Heilerin gab ihrer Eskorte ein Zeichen. Die Äxte sausten nieder.

»Nein! Du könntest mit uns kommen!«

Dumpfe Schläge hallten über das Wasser. Polternd schlug ein Stein an Deck. Er richtete zwar keinen Schaden an, aber die Trolle feierten den Treffer mit wildem Gebrüll.

»Ich kann die Verwundeten nicht im Stich lassen.« Sie lächelte traurig. »Uns bleibt die Hoffnung auf Wiedergeburt. Den Menschen nur die Hoffnung auf unsere Treue. Trage unsere Geschichte nach Albenmark. Und bringe den Menschen Schutz, wenn sie für unsere Verbrechen büßen müssen.«

Die Galeere machte einen regelrechten Satz nach vorn, als das dicke Schleppseil durchtrennt war. Einen Moment lang gerieten die Ruderer aus dem Takt. Steine prasselten gegen die Bordwand des Schiffes. Einer der Schildträger wurde von einem Geschoss zu Boden gerissen, rappelte sich aber fluchend wieder auf. Dem Schiff konnten die Steine kaum Schaden zufügen, doch wenn die Trolle noch näher kamen, dann wurden ihre primitiven Wurfgeschosse für die Besatzung gefährlich.

Die zweite Galeere, die dichter bei den Galeassen lag, hatte schon die ersten Ausfälle. Auch sie war nun von der Fessel, die sie an die *Meerwanderer* gebunden hatte, befreit und versuchte sich dichter an die Steilklippe zu schieben.

Fenryl korrigierte seinen Kurs, damit ihre beiden Schiffe nicht kollidierten. Eine vierte und fünfte Galeasse schälten sich aus dem Nebel. Laute Rufe hallten zwischen den Trollschiffen. Sie alle änderten den Kurs und drehten die Rümpfe in Richtung der Steilwand. Sie würden versuchen, ihnen den Weg abzuschneiden.

»Pullt, Männer! Pullt!«, feuerte Fenryl seine Ruderer an. Auch er brachte die Galeere dichter an die Küste. »Lotse!«

»Sieben Faden!«, erklang es vom Rumpf. Diesmal ganz ohne den üblichen Singsang.

Ein Schildträger eilte an Fenryls Seite. Keinen Augenblick zu früh! Wieder prasselten Steine an Bord. Die Bogenschützen am Bug revanchierten sich mit tödlicheren Geschossen.

Im Nebel voraus zeichnete sich ein weiterer Schemen ab. Er war riesig! Ein Schiffstyp, von dem er noch nicht gehört hatte? Niemand wusste genau, was die Trolle in den letzten Jahren in der Walbucht getrieben hatten. Aber sie hatten sehr viel Holz gebraucht.

»Sechs Faden!«, rief der Lotse.

Fenryl musterte die Klippen. Sie waren weniger als fünfzig Schritt entfernt. Nur wenige grauschwarze Felsen ragten aus dem Wasser. Wie dicht konnte er herangehen?

Ein Stein traf den Schild des Kriegers, der ihn beschützte.

Fenryl hallten die Ohren von dem Treffer. Aus dem Nebel schob sich ein Eisberg. Er war über fünfzig Schritt lang und ragte mehr als zehn Schritt in die Höhe. Ein Gletscherfragment! Kleinere Eisberge umgaben ihn wie eine Herde von Schafen ihren Schäfer.

Der Dreimaster war schon ein gutes Stück hinter ihnen zurückgeblieben. Das vorderste der Trollschiffe wechselte den Kurs, um bei der *Meerwanderer* längsseits zu gehen. Auch die zweite Galeasse war aus dem Rennen.

In der Ferne war wieder das dumpfe Rumoren des Gletschers zu hören. Fenryl schwor sich, nie wieder ein Schiff in einen Fjord zu steuern, wenn sie hier lebend herauskamen.

Ihr Schwesterschiff verlor an Geschwindigkeit. Der Steinhagel hatte einige der Ruder backbord beschädigt. Doch die Galeere war immer noch schneller als die Galeassen.

»Sechs Faden!«, rief der Lotse.

Der Graf fragte sich, wie weit ihm die Galeassen folgen konnten. Die Schiffe der Trolle hatten breite Rümpfe. Wahrscheinlich hatten sie für ihre Größe erstaunlich wenig Tiefgang. Schließlich mussten sie in den engen Fjorden manövrieren können. Er blickte zu dem Eisberg. Zwischen dem schwimmenden Koloss und der Steilwand war eine Lücke von mehr als zwanzig Schritt. Der Eisberg hatte leichte Drift in Richtung der Felsen. Das hinterste der Trollschiffe lag auf der anderen Seite des Eisbergs. Der Fjord war an dieser Stelle recht eng. Backbord konnte Fenryl Riffe im Wasser entdecken. Diese letzte Galeasse hatte beste Aussichten, ihnen den Weg zu verlegen. Wenn der Kapitän geschickt manövrierte, würde es ihm vielleicht sogar gelingen, eine der Elfengaleeren zu rammen. Auf jeden Fall würden sie etliche Steinsalven auf kurze Distanz abbekommen.

Der Graf entschied sich für das Risiko. »Bringt die Ersatzruder an Deck!«

Das Menschenmädchen erwachte aus seiner Lethargie und versuchte, sich nützlich zu machen. Sie half den Seeleuten, die Ruder aus dem Stauraum zu heben. Es waren zehn. Anschließend ging sie zum Bug, hob den Schild eines Verwundeten und schirmte einen der Bogenschützen ab.

Die Galeere flog nur so über das dunkle Wasser. Ihr Schwesterschiff folgte ihnen in der Kiellinie. Bei einem Blick über die Schulter sah Fenryl, wie die Trolle die *Meerwanderer* enterten. Sie stießen auf keinen Widerstand. Offensichtlich hatte Nardinel den Kriegern verboten, sich zu verteidigen. Hoffentlich fanden sie in den Trollen gnädige Sieger. Zumindest konnten die Krieger auf den Schiffen noch nicht wissen, was in der Bucht an der Nachtzinne geschehen war.

»Bogenschützen zurück vom Bug!«, rief Fenryl. »Nehmt die Ruder. Und dann haltet das Eis fern vom Bug.«

Steinbrocken prasselten auf Deck. Das zweite und dritte Trollschiff hatten sie inzwischen hinter sich gelassen. Doch die vierte Galeasse war ihnen bedenklich nahe gekommen. Sie nutzten inzwischen schon deutlich größere Steine als Geschosse. Allerdings schienen sie schlechter zu treffen.

Eis schrammte unter ihrem Rumpf entlang. Die Männer am Bug versuchten mit den langen Rudern die dicksten Brocken von der Galeere fortzuschieben.

Schreie erklangen auf dem Ruderdeck. »Backbordruder drei, acht und sechzehn ausgefallen!«, rief jemand zu Fenryl hoch.

Der Graf verdrehte den Kopf, aber von seiner Position an der Ruderpinne konnte er nicht sehen, was backbord geschah. Allerdings ahnte er, was die Trolle vorhatten. Sie zielten keineswegs schlechter als zuvor. Sie hatten lediglich ein anderes Ziel. Die Ruder! Mit jedem Treffer machten sie die Galeere langsamer.

Fenryl sah, wie auch steuerbord die Ruder drei, acht

und sechzehn eingeholt wurden, damit sich die Kräfte nicht ungleich verteilten und die Galeere zu den Klippen hin abdriftete.

»Fünf Faden!« rief der Lotse.

Unruhig sah Fenryl zu den Felsen. Er musste dichter heran, wenn er den Trollen entkommen wollte. Aber wenn sie drei Faden unterschritten, liefen sie Gefahr, auf Grund zu laufen. Durch das viele Eis wurde es sogar noch riskanter, sich den Klippen zu nähern. Ein falsches Manöver, und sie waren zwischen Felsen und treibenden Eisbrocken eingeklemmt.

Ein kleinerer Stein traf dicht neben dem Grafen die Reling und riss ein Stück aus dem Holz. Schleuderer waren in die Masten der Galeassen gestiegen. Das hatte gerade noch gefehlt!

An Deck lagen die ersten Toten.

Das vierte Schiff war mörderisch nah. Wieder zielte eine Salve Steine auf ihre Ruder. Der Graf hörte Holz splittern und die Schmerzensschreie der Männer, denen die langen Ruderstangen gegen die Leiber hieben.

»Ruder vier und einundzwanzig ausgefallen!«, kam die Meldung vom Ruderdeck.

Plötzlich stand der Baumeister der Menschen neben ihm. Er hielt Fenryl einen Helm hin. »Setz den auf. Sie werden versuchen, dich zu töten. Wenn der Mann am Steuer ausfällt, dann sind wir alle verloren.« Gundaher hatte sich so gestellt, dass er Fenryl mit seinem breiten Rücken abschirmte.

Wie um die Worte des Menschen zu bestätigen, zupfte ein Stein an seinem Umhang. Hastig setzte sich der Graf den Helm auf. »Bogenschützen! Holt mir die Schleuderer von den Masten.«

»Drei Faden!«

Fenryls Hände krampften sich um das Seitenruder. Ein Ruck lief durch den Schiffsrumpf. Etwas knirschte wie Krallenhände über das Holz. »Holt die Ruder ein!«, befahl er. Die Gasse zwischen dem großen Eisberg und den Klippen war nicht mehr weit entfernt. Mit etwas Glück hatten sie genug Fahrt, um hindurchzukommen. Zur Not konnten sie an der Wand des Eisbergs entlangstaken.

Wieder lief ein Zittern durch den Schiffrumpf. Ein Bogenschütze wurde umgerissen. Eines seiner Augen hatte sich in einen blutigen Krater verwandelt.

Noch zehn Schritt bis zum Eisberg. Seine hohen Flanken würden sie vor dem Beschuss schützen.

»Drei Faden!«, rief der Lotse.

Gundaher stöhnte auf. Der Stein eines Schleuderers hatte ihn in den Rücken getroffen. Der Baumeister biss die Zähne zusammen. Er hielt sich weiter auf den Beinen und diente Fenryl als lebender Schild.

Ein Geschoss traf die linke Hand des Grafen. Er hörte seine Knochen splittern. Blut quoll ihm unter den Fingernägeln hervor. Gundaher griff mit ins Ruder, um die Galeere auf Kurs zu halten.

»Drei Faden!«, rief der Lotse. Panik schwang in seiner Stimme mit.

Der kalte Atem des Eisbergs erfasste das Schiff. Seine schillernd blauweißen Wände wurden der Galeere zum Schutzschild. Mit den Rudern hielt die Mannschaft Abstand zu dem Koloss.

»Drei Faden!«

Der Rumpf ruckte. Mit einem Knall splitterte eine Planke. Sie verloren immer mehr an Fahrt. Die Männer an Deck benutzten die Ruder, um sich an der Flanke des Eisbergs entlangzudrücken.

In der Ferne war Rumoren zu hören.

»Vier Faden!«

Eine Lawine aus kleineren Eisklumpen prasselte an Deck. Besorgt musterte Fenryl die Flanke des Berges. Das Eis war von tiefen Rinnen durchzogen. Sollte sich ein Klumpen von der Größe eines Stiers lösen, wären sie verloren. Ein solcher Brocken würde mühelos die Decks durchschlagen und das Schiff versenken. Neben dem Eisberg erschien Fenryl die Galeere zerbrechlich wie ein Spielzeug.

Weit entfernt prasselte etwas ins Wasser. Der Gletscher!

Fenryl hielt den Atem an. Seine Männer stemmten sich mit aller Kraft in die Ruder. Hinter ihnen war jetzt auch die zweite Galeere in den engen Kanal aus Eis und Felsen eingelaufen.

Die Dünung hob ihr Schiff; im gleichen Rhythmus hob sich der Eisberg. Überall entlang seiner Flanke gingen kleine Lawinen ab. Eisklumpen schlitterten über Deck. Die Eiswand driftete der Steilklippe entgegen.

Etwas rammte den Rumpf. Der Graf atmete keuchend aus. Holz splitterte.

»Wir haben ein Leck!«, rief jemand unter Deck.

Noch immer war die Galeere ein Spielball der Dünung. Backbord schlugen sie gegen die Wand aus Eis. Ein Teil der Reling wurde eingedrückt.

Dann schob sich der Rumpf in freies Wasser.

Noch einige bange Herzschläge …

Jubel erhob sich. Sie hatten es geschafft!

»Sieehben Faaahhden!«, sang der Lotse in vertrauter Litanei.

Gundaher küsste Fenryl stürmisch auf die Wangen. »Das war ein Wunder! Bei Tjured, du hast ein Wunder vollbracht, Kapitän.«

Hinter ihnen glitt auch ihr Schwesterschiff aus dem Kanal.

Fenryl sah, wie die hinterste Galeasse der Trolle versuchte beizudrehen, aber dem plumpen Schiff würden sie nun leicht entkommen können.

DAS GRAB EINES KÖNIGS

»Jetzt geh schon! Ich kann dein weinerliches Gesicht nicht länger ertragen. Lass mich allein, damit ich über die Scherze der Götter lachen kann«, fauchte Ottar. Selbst jetzt brannte noch Wut in seinen Augen. Wie seine Schwester Asdis gehörte er zu denen, die in Eiriks Bann standen. Aus dem scheuen kleinen Jungen, der sich stets in den Schutz seiner großen Schwester rettete, wenn Gefahr im Verzug war, war ein harter Krieger geworden, der zur Leibwache des Königs gehört hatte.

»Wir könnten dich tragen«, sagte Ulric und wusste es doch besser.

»Und dann kippen wir spätestens morgen gemeinsam um? Mit dir möchte ich nicht einmal begraben sein, Wiedergänger. Ich bleibe hier.« Er schnaubte ein freudloses Lachen. »Was für ein wunderbarer Witz! Ich werde lebend zu den Toten gelegt, und ein Toter, der nicht von den Lebenden weichen will, flennt sich gleich meinetwegen die Augen aus dem Kopf. Hätte ich diese Geschichte in einer Schänke in Firnstayn gehört, hätte ich sicher herzhaft gelacht.«

Ulric blickte zu seinem toten Vater. Er hielt noch immer sein Schwert in der Hand. Seltsam verdreht lag er da, so wie er auf dem Schlachtfeld gefallen war. Der Frost verhinderte, dass man ihn mit über der Brust verschränkten Händen bestattete, wie es Sitte war.

Auch all die anderen Leichen verharrten in der Körperhaltung, in der der Tod sie gefunden hatte. Die Elfen hatten nur zwanzig Gefallene vom Schlachtfeld mitgebracht. Die Übrigen waren den Trollen zum Fraß geblieben, dachte der Prinz bitter.

Elodrin hatte die Trolle glauben lassen, dass er mit seiner ganzen Streitmacht zurückgekehrt sei. So hatten sie zwei Tage gewonnen. In Wirklichkeit war der Fürst von Alvemer aber mit weniger als hundert Kriegern gekommen. Dafür hatte er allerdings ein Geschenk mitgebracht, dessen Wert nicht in Gold zu bemessen war. Schutzamulette vom Elfenvolk der Normirga. Die Götter allein wussten, wie er daran gekommen sein mochte. Alfadas hatte ihm oft erzählt, wie eifersüchtig die Normirga diesen Schatz hüteten. Die verzauberten Amulette hielten die Kälte fern. Trug man eins davon auf der Haut, hätte man nackt durch einen Schneesturm wandern können, ohne zu frieren.

Ulric war die undankbare Aufgabe zugekommen, die fünfzig Amulette unter den Überlebenden zu verteilen. Er hatte die Entkräfteten ausgewählt. Und alle hatten geschworen, die Amulette herauszugeben, wenn es anderen noch schlechter ging.

Insgeheim hatte der Prinz mit sich gerungen, ob er auch für Blut ein Amulett aufheben durfte. Der große schwarze Hund hielt sich erstaunlich gut. Obwohl er hinkte, verfügte er immer noch über Bärenkräfte. Und er wich nicht von der Seite des toten Königs. Wann immer sie rasteten, leckte er Alfadas die Wangen und stupste ihn mit seiner breiten Schnauze, als versuche er ihn zu wecken. Irgendwann gab er dann auf und rollte sich zu Füßen des Königs zusammen. Er schlief nie sonderlich tief. Auch bei dem kleinsten Geräusch richtete er die Ohren auf. Wenn die Rast vorüber war, trottete er neben jenen, die den Leichnam trugen, und achtete darauf, dass man den König mit Respekt behandelte. So ging es nun schon seit drei Tagen.

Heute Morgen dann hatte Fingayn die Höhle auf der kleinen Insel inmitten eines namenlosen Bergsees gefunden und ihnen von seinem Plan erzählt. Er und Silwyna waren die einzigen Elfen, die sie noch begleiteten. Die Übrigen waren in der Hoffnung zurückgeblieben, Orgrim eine Falle stellen zu können. Ulric war klar, dass sie ihre Leben gaben, um ihm und den anderen Fjordländern ein paar Tage mehr zu erkaufen.

Fingayn hatte beobachtet, wie fünf schwarze Galeassen und die *Meerwanderer* in die Bucht bei der Nachtzinne eingelaufen waren. Mehr als tausend Trolle folgten ihnen nun, angeführt vom besten Feldherrn ihres Volkes. Ihre Lage war hoffnungslos. Aber wenn es wenigstens einer von ihnen bis Firnstayn schaffte, dann konnte dieser ihre Verwandten und Freunde vor der bevorstehenden Invasion warnen. Ulric war verzweifelt! Das Drama des Elfenwinters vor fast sechzehn Jahren würde sich wiederholen. Und diesmal gab es keinen Alfadas mehr, der mit den Veteranen der Schlacht um Phylangan und einem Heer von Elfen zur Rettung kommen würde.

Sein Blick wanderte über all die Toten. So viele vergeudete Leben! Unruhig sah er sich nach dem Hund um. »Blut?«

Ein Kläffen antwortete von draußen. Er atmete aus. Am Ende der Höhle hatte es einen engen Tunnel gegeben. Vielleicht einen Dachsbau. Ulric hatte befürchtet, dass Blut sich dort verkriechen könnte.

»Du willst wirklich hier bleiben?«, fragte Ulric den jungen Krieger noch einmal.

»Meine Füße sind erfroren. Ich würde euch nur aufhalten. Selbst wenn wir überleben, wäre ich ein Krüppel. Da bleibe ich lieber hier, an der Seite meines Königs, wie es sich für eine Schildwache gehört.«

Ulric hatte genug von den Phrasen. »Dann soll es so sein.« Er beugte sich über seinen Vater, flüsterte ein letztes Lebewohl und verließ die Höhle. Blut empfing ihn bellend und drückte ihm seine feuchte Schnauze in die Hand.

Es war mörderisch kalt. Die Bärte der Männer, die kein Elfenamulett trugen, waren steif vor Raureif. Ihr Atem stand ihnen in kleinen weißen Wolken vor den Mündern. Sie stapften mit den Füßen, um die Kälte zu vertreiben. Vielleicht auch nur, um zu erproben, ob sie ihre Zehen noch spürten.

Schweigend machten sie sich an ihr Werk. Sie rollten

Steine vor den Eingang und schütteten Kies darüber. Immer wieder musste Ulric an Ottar denken. Der junge Prinz erinnerte sich gut, was es hieß, in einer Höhle eingeschlossen zu sein. Einst war es ihm auf seiner Flucht aus dem Gefangenenlager von Honnigsvald selbst so ergangen.

Als der Höhleneingang vollständig verschlossen war, gingen sie über das dicke Eis zurück. Im Lager am Ufer erwarteten sie jene, die zu schwach gewesen waren, bei den Arbeiten zu helfen. Ulric musste niemanden aufscheuchen. Sie alle wussten, dass sie nicht weiter verweilen konnten. Mehr als tausend Trolle folgten ihnen. Aber König Alfadas würden sie nicht bekommen.

Sie waren schon ein gutes Stück den Südhang hinaufgekommen, als am anderen Ende des Tals eine Lawine abging. Schnee und Felstrümmer stoben über einen steilen Hang in jene enge Klamm, in der der Abfluss des Sees lag. Ein schnell fließender, tiefer Bach, der selbst jetzt nicht zugefrorenen war. Ein halbes dutzend Quellen ergossen sich in den See; deren Wasser wurde nun weiter angestaut.

Ulric ging vorne, als sich die Kolonne der Überlebenden wieder in Bewegung setzte. Schnaufend bahnte er den Nachfolgenden einen Weg durch den tiefen Schnee. Immer einen Schritt vor den anderen … Bloß an nichts anderes denken! Schritt um Schritt um Schritt … Ihr Ziel war zunächst die halb vollendete Passfestung. Von dort konnten sie einen ausgeruhten Boten nach Firnstayn schicken. Bis zu der Festung waren es noch vier oder fünf Tagesmärsche, wenn das Wetter sich hielt. Sollte aber ein Sturm aufziehen, dann waren sie alle verloren. Sie hatten kaum Vorräte. So würden selbst jene, die von den Amuletten vor der Kälte geschützt wurden, zuletzt vor Hunger und Erschöpfung sterben.

Denk so etwas nicht, ermahnte sich Ulric. Wir können es schaffen, wenn Firn uns wohlgesonnen ist und wenn Elodrin und seine Krieger die Trolle hinhalten.

Ein majestätisches Knirschen und Knacken lenkte ihn ab. Ulric blieb stehen, um den Hang hinabzublicken.

Risse breiteten sich über das Eis des Sees aus. Das angestaute Wasser drückte die Eisdecke empor. Das Eis zerbarst. Ein klagender Laut, fast wie Wolfsgeheul, hallte durch das Tal.

Vom Ende der Schlange kämpfte sich Halgard zu ihm vor. »Wo ist Blut?«, fragte sie aufgebracht.

Ulric sah sie erschrocken an. »Ich dachte, er wäre bei dir!«

»Ich …« Ihre Augen füllten sich mit Tränen. Sie griff nach seiner Hand. »Als wir aufgebrochen sind, war er noch bei mir. Er tänzelte um mich herum wie ein Welpe. Und er hat mir seine Schnauze in die Hand gestoßen. Wie … wie zum Abschied.«

Eine hinkende schwarze Gestalt erschien zwischen den Bäumen der Insel und schleppte sich zum Eingang der Höhle. Dort ließ sie sich auf die Hinterbeine nieder und reckte die Schnauze dem Himmel entgegen. Ein langer, klagender Laut entwand sich Bluts Kehle.

Es war unmöglich, jetzt, da das Eis aufgebrochen war, Blut zurückzuholen. Das Wasser würde steigen, bis es das Grab und die kleine Insel verschlungen hatte. Niemals würden die Trolle den Leichnam des Königs finden.

»Er singt meinem Vater ein Totenlied.«

»Und auch uns«, flüsterte Halgard.

Er drückte ihre Hand. Dann gingen sie weiter. Bluts Heulen folgte ihnen noch bis zur Dämmerung. Dann brach es ab.

EINE NEUE WELT

Welch eine Wunderwelt! Obwohl sie nun schon drei Tage lang in Albenmark war und inmitten eines Flüchtlingszugs steckte, wurde Kadlin nicht satt sich umzusehen. Alles hier war intensiver. Die Farben, der Duft der ersten Blüten, der Geschmack des Essens, der Klang der Musik. Selbst wenn sie etwas berührte, hatte sie das Gefühl, dass sie stärker empfand.

Auch Gundaher war von der neuen Welt hingerissen. Er erholte sich schnell von der Wunde in seinem Rücken. Eine Heilerin der Elfen hatte ihn behandelt; hinterher hatte er verwirrt erzählt, es habe sich angefühlt, als sei sie in ihm gewesen und habe den Schmerz an seiner Stelle getragen.

Sieben Tage waren seit der Flucht aus dem Fjord vergangen. Kadlin hatte für sich beschlossen, die Erinnerung an die brennenden Schiffe aus ihrem Gedächtnis zu streichen. Elodrin war anders gewesen als die meisten Elfen. Düsterer. Allein die Götter mochten wissen, was ihn zu dieser Bluttat bewogen hatte.

Wohin man auch blickte, Albenmark war durchtränkt von Schönheit. Doch der Weg durch die Finsternis war schrecklich gewesen. Am vierten Tag ihrer Flucht hatte Fenryl sein Schiff durch ein Tor aus Licht gebracht, das plötzlich inmitten der See erschienen war. Dahinter hatte sich eine Dunkelheit aufgetan, verglichen mit der Kadlin selbst eine bewölkte Neumondnacht wie ein lichter Frühlingsmorgen erschien. Diese Finsternis war auf schreckliche Art lebendig gewesen. Lauernd hatte sie entlang des Pfades aus Licht gekauert. Noch eine Erinnerung, die sie vergessen wollte.

Sie musste mit allem brechen, was dunkel und traurig in ihr war. Ihre Flucht hatte sie auf einen weiten See gebracht und schließlich in eine weiße Stadt. Alle Häuser dort waren weiß und aus Stein errichtet. Es gab keine offenen Jauchegruben, stattdessen waren selbst die Straßen aus Stein, und wohin sie ihre Abfälle leiteten, war Kadlin schleierhaft. Firnstayn, die größte Siedlung, die sie je gesehen hatte, nahm sich neben dieser Stadt wie ein schmutziges kleines Dorf aus. Alles hier war groß! Manche Häuser waren von Säulen umgeben, dick wie Eichenstämme. Und auf den Plätzen standen versteinerte Mörder und Hochverräter. Sie hatten sich im letzten Augenblick ihres Lebens alle in Pose geworfen. Manche blickten ernst, andere lächelten einen sogar an. Und sie alle wirkten so lebendig, als hätten sie eben noch geatmet.

Ein kleiner dicker Kobold, der zu den Flüchtlingen gehörte und der erstaunlicherweise ein wenig ihre Sprache verstand, hatte sich eine Stunde Zeit für sie genommen, um ihr die Wunder von Lavianar zu erklären. Der Name des Kobolds war so unaussprechlich, dass er ihr vorgeschlagen hatte, ihn einfach nur den Schwarzen zu nennen. Er war aus einer Stadt geflohen, die von den Trollen zerstört worden war. Doch hier in Lavianar wollte er abwarten. Er sagte, er sei zu müde, noch weiter fortzulaufen.

Der Schwarze war ein großartiger Erzähler. Er erklärte ihr die Wunder Albenmarks. Von ihm wusste sie, dass man die schlimmsten Verbrecher bestrafte, indem man sie in Stein verwandelte und auf die öffentlichen Plätze stellte. Manche verwandelte man sogar samt ihrer Pferde! Aber nur, wenn die Pferde an ihren Verbrechen beteiligt gewesen waren.

Vom Schwarzen erfuhr sie, dass Elfen in ihrem ganzen Leben niemals wirklich arbeiteten und dass alle übrigen Bewohner Albenmarks für sie schuften mussten. Er erzählte ihr von den Wolkendrachen, die keine Jungen mehr bekommen konnten und deren gefrorene Milch man mit fliegenden Schiffen vom Himmel holen musste, damit sie nicht so viel wurde, dass sie den Blick auf die Sonne versperrte. Da diese Milch verzaubert war und nicht mehr auftaute, schnitt man sie in Blöcke und baute Häuser daraus. Deshalb waren alle Städte Arkadiens weiß, denn sie waren nicht aus Stein, sondern aus Wolkendrachenmilch errichtet.

Am meisten beunruhigte Kadlin, was der Schwarze über die seltsamen Gestalten sagte, die man allenthalben sehen konnte. Geschöpfe, die zur Hälfte Tiere waren. Manche sahen sehr hübsch aus, und keines hatte Kadlin in irgendeiner Weise bedroht oder auch nur feindselig angesehen. Dennoch hatte ihr Anblick sie durcheinander gebracht. Es war nicht wirklich Angst ... Aber sie hatte sich in ihrer Nähe unwohl gefühlt.

Der Kobold hatte ihr ausschweifend erzählt, dass ganz Albenmark von Magie durchdrungen sei. Daher rührte die Schönheit des Landes, doch es führte auch zu einigen Absonderlichkeiten. Als er das sagte, hatte er auf einen Mann am anderen Ende des Marktplatzes gedeutet, der zur Hälfte ein Pferd war. Manchmal, wenn man ein Tier sehr schätzt und sehr viel Zeit mit ihm verbringt, hatte der Schwarze gesagt, dann könne es geschehen, dass man eins mit ihm würde. Das gehe sehr langsam. Zunächst übernehme man ein paar Eigenheiten, bekomme ein wieherndes Lachen, das Haar wachse stärker und Ähnliches. Und manchmal verschmelze man mit dem Tier, so wie dieser Kentaur dort drüben.

Kadlin hatte an Fenryl und seinen Falken denken müssen. Der Elf hatte einen sonderbaren Blick, der in eine weite Ferne zu reichen schien. Und manchmal bewegte er den Kopf wie ein Vogel. Seltsam ruckartig. Offensichtlich hatte er begonnen, eins mit seinem Falken zu werden. Ob ihm das klar war? Vielleicht sollte sie ihn warnen, wenn sie ihn das nächste Mal sah.

Fenryl hatte darauf bestanden, dass sie und Gundaher die Stadt mit einem Flüchtlingszug verließen. Angeblich waren die Trolle noch weit entfernt. Niemand unter den

Flüchtlingen wirkte sonderlich beunruhigt. Sie wollten zu einer Brücke, bei der sich das Heer der Elfenkönigin sammelte.

Der Wagenzug auf der Straße reichte von Horizont zu Horizont. Lachende Kinder liefen neben den Karren her. Kadlin hatte es sich auf einem hohen Stapel mit Fellen bequem gemacht und blickte in den Himmel. Sie hatte kein Ziel. Fenryl hatte gesagt, es sei gut, wenn sie mit den Flüchtlingen ziehe. Also hatte sie sich darauf eingelassen. Gundaher war mit ihr gekommen. Er saß auf dem Kutschbock neben einem schweigsamen Kobold und zeichnete. All die Wunder, die er sah, versuchte er in Bildern festzuhalten. Kadlin vertraute da lieber auf ihre Erinnerung als auf etwas, das so vergänglich war wie ein paar Blatt Pergament.

Die Sonne versank hinter einem breiten Waldstreifen. Wolken hingen wie riesige rote Fahnen am Himmel. Kadlin dachte an die fliegenden Schiffe, mit denen man die Milch der Wolkendrachen vom Himmel holte. Auf so einem Schiff würde sie gerne einmal mitfahren. Dann könnte sie die Welt sehen, wie ein Adler sie sah.

Ein Schwarm absonderlicher kleiner Geschöpfe stieg von den Wagen auf. Sie waren nicht länger als ein Finger und hatten Schmetterlingsflügel, die in allen Farben des Regenbogens schillerten. Sie hielten aufgerollte kleine Decken in den Händen. In gaukelndem Flug wirbelten sie umeinander und stiegen höher und höher. Dann ließen sie ihre Lasten fallen, alle zugleich. Was Kadlin zunächst für Decken gehalten hatte, entpuppte sich als Eichenblätter. Sie tanzten im Wind. Eines fiel auf die Felle auf ihrem Wagen. Neugierig betrachtete sie es. Es war mit seltsam verschlungen Zeichen bedeckt. Merkwürdig. Achtlos schnippte sie es vom Wagen und sah seinem torkelnden Flug zu, bis es zuletzt auf dem Weg landete und unter den schweren Hufen eines Ochsen verschwand.

Ein Schrei gellte durch die Dämmerung. Ruckartig

setzte Kadlin sich auf. Alle Schrecken der Schlacht am engen Tal waren wieder da. Sie zitterte. Die Erinnerung an die Todesschreie tilgte jeden anderen Gedanken.

Nicht weit entfernt war ein großer, weißer Hund aus dem Wald getreten. Eine seltsame, durchscheinende Gestalt. Ein Mann mit Bocksbeinen lag vor ihm. Der Hund … er zerrte etwas Leuchtendes aus der Brust des Gestürzten.

Gundaher drehte sich zu ihr um. »Lauf fort, Mädchen. Das sind die Hunde von Jules! Sie haben mich gefunden! Lauf!«

Kadlin schwang sich vom Wagen. Doch sie dachte nicht daran wegzulaufen. Sie war aus ihrer Welt geflohen, weil sie dort alles verloren hatte, was ihr etwas bedeutete. Hier hatte sie sich sofort wieder in einen Flüchtlingszug eingereiht. Es war genug! Sie würde kämpfen. Und wenn es Luth so gefiel, dann würde sie eben sterben! Aber weglaufen würde sie nicht mehr!

Sie zog ihr Schwert und küsste die Klinge. In ihrer Zeit bei den Jägern des Königs hatte sie eine Geschichte über einen Geisterhund gehört, der in das Langhaus des Alfadas gekommen war. Ein Luthpriester hatte das Ungeheuer getötet, indem er den Namen seines Gottes aussprach und es umarmte.

Einige Krieger hatten den Geisterhund umringt, ein Pferdemann, zwei Kobolde und ein Geschöpf, das wie ein aufrecht gehender Stier aussah. Sie stachen mit Speeren nach dem Geisterhund, vermochten die Bestie jedoch nicht zu verletzen. Dann grub sich die Schnauze des Hundes in die Brust des Stiers. Der Gehörnte stieß gurgelnde, abgehackte Schreie aus. Die übrigen Kämpfer gaben auf. Sie ließen die Waffen fallen und liefen davon.

»Luth steh mir bei!«, murmelte Kadlin. Gundaher rief ihr nach, sie solle umkehren.

»Lass mich stark sein, Luth. Lass uns diese unheilige Kreatur aus diesem Land voller Schönheit tilgen.«

Der Geisterhund sah sie an. Alle Kraft schien aus ihren

Beinen zu fliehen. Sein Blick allein genügte, sie zum Halten zu bringen.

Kadlin blickte auf das Schwert in ihrer Hand. Die Waffen der anderen hatten gegen den Hund nicht geholfen. Aber umarmen würde sie ihn gewiss nicht!

»Gib mir Kraft, Luth! So viele deiner Kinder sind gestorben. Vereine mich mit ihnen, oder lass meine Flucht ein Ende haben und mich den Feind besiegen. Ich lege mein Leben in deine Hand, Schicksalsweber.«

Der Hund ließ von dem Stiergeschöpf ab. Die mächtige Gestalt war in sich zusammengesunken. Sie schien nur noch aus Haut und Knochen zu bestehen.

Ganz gemächlich kam die Geistererscheinung zu ihr hinüber. Kadlin hörte hinter sich Stimmen rufen.

»Keine Flucht mehr!«, sagte sie leise zu sich und hob das Schwert.

Der Hund schien ihre Waffe spöttisch anzublicken.

Heiße Wut wallte in ihr auf. Als Tochter des Fjordlands galt sie ihm wohl weniger als das niederste Albenkind! Sie machte einen Ausfallschritt. Ihr Schwert schnellte vor, ein Schwert, geweiht durch ihren Glauben an Luth. Eine Waffe, wie es keine zweite in Albenmark gab. Ohne Widerstand glitt sie durch die Geistgestalt. Sprühendes, blaues Licht umspielte die Klinge. Eiseskälte griff nach Kadlins Fingern und kroch ihren Arm hinauf. Auf dem Gras rings herum bildete sich Raureif. Ein seltsamer Geruch wie nach einem Gewitter hing in der Luft.

Der Geisterhund war so groß wie ein einjähriges Fohlen. Sein Maul war weit aufgerissen. Die spitzen Zähne wurden blasser. Der Geist schien blaues Licht zu schwitzen. Der Übermut war aus seinem Blick gewichen. Er sah Kadlin in fassungslosem Entsetzen an.

»Töte ihn, Luth!«, sagte die Jägerin, und die Kreatur verschwand.

Kadlin stand wie versteinert. Nur langsam wich die Kälte aus ihren Gliedern. Eine immer größer werdende

Schar von Albenkindern umringte sie. Pferdemänner, Kobolde und Elfen starrten sie an, als sei sie irgendein Wundertier. Dabei war sie doch weit und breit die Einzige, die normal aussah.

Hufschlag ließ sie aufblicken. Graf Fenryl und einige Krieger kamen eilig den Flüchtlingszug entlanggeprescht. Die Menge rief etwas. Dutzende Hände deuteten in ihre Richtung. Fenryl sah sie ungläubig an. »Du hast den Shi-Handan getötet?« Er betrachte ihr Schwert. Auf der Klinge waren Rußschlieren. »Mit diesem Schwert?«

»Ich habe einen Geisterhund getötet. Luth hat dabei meine Hand geführt!«

Der Graf hob die Brauen. »Die Königin sollte dich kennen lernen, Kadlin aus dem Fjordland!«

Eine Koboldfrau kam auf sie zu und küsste ihr die Hand. Jetzt wagten sich auch die anderen näher. Fingerspitzen berührten sie. Einer der Stiermänner strich ihr sanft über das Haar.

Fenryl lächelte. »Sie halten dich für eine machtvolle Magierin. Sie glauben, etwas von deiner Kraft überträgt sich auf sie, wenn sie dich berühren.« Er wurde ernster. »Willst du lieber allein sein?«

Kadlin wusste es nicht.

DER AUFSTAND BEGINNT

Das hatte er kommen sehen! Ärgerlich zerknüllte Madrog den schmalen Pergamentstreifen. Er streute der Taube, die ihm die schlechte Nachricht gebracht hatte, ein paar Körner hin. Eine Abteilung Kentauren und Elfenritter war von der großen Heerstraße abgebogen, um hinauf in die

Berge zu gelangen. Es gab nur einen Ort, zu dem sie auf diesem Weg gelangen würden. Das Jagdschloss der Gräfin Caileen.

Der Hauptmann der Spinnenmänner strich sich nachdenklich über die Stirn. Er hatte seinem Fürsten Shandral die Nachricht verheimlicht, dass er vogelfrei sei. Es war besser gewesen, dass sich der Irre immer noch für den Fürsten von Arkadien hielt. So machte er weniger Ärger.

Madrog blickte zu den Türmen und Wehrgängen. Überall patrouillierten Wachen. Das kleine Jagdschloss war fest in der Hand seiner Krieger. Entlang des Waldweges standen gut versteckt ebenfalls Wachen. Es war unmöglich, sich dem Schloss zu nähern, ohne dass er es schon Stunden vorher erfuhr. Die Wächter entlang des Weges hatten ihm die Brieftaube geschickt.

Der Unglücksvogel pickte zufrieden gurrend nach den Krümeln auf dem Mauerkranz.

Madrog blickte zum strahlend blauen Himmel. Immer wieder hatte er Elija geschrieben und ihn gewarnt. Doch der Kommandant hatte sich einfach nicht entschließen können, den Befehl zu geben. Worauf wartete Elija nur? Auf den Sieg der Trolle? Wollte er dann erst mit den Unterdrückern abrechnen? Dann würde es immer heißen, sie seien lediglich die Henkersknechte der Trolle gewesen. Von den Handlangern der Elfen wären sie zu Handlangern der Trolle geworden. So durfte es nicht enden!

Shandral hatte seine ganze Familie hier zusammengeholt. Die Idee, sich im Jagdschloss Caileens zu verstecken, war brillant gewesen, so lange die Gräfin vogelfrei gewesen war. Ihre Diener hatten damals ihre Besitzungen verlassen, um nicht in Verdacht zu geraten, einer Geächteten zu helfen. Und das große Jagdschloss in den Bergen wurde im Winter ohnehin nur von einigen Kobolden gehütet. Kobolden, die sich der großen Sache angeschlossen hatten! Niemand hatte Shandral und die Seinen hier gesucht. Doch nun war ihr Geheimnis offenbar ruchbar geworden.

Madrog betrachtete den Burghof. Er war hier schon einmal gewesen, während der Jagdzeit im Frühjahr. Die Elfen hatten das tote Wild entlang der Mauer niedergelegt und abends bei Fackellicht ihr Garn gesponnen.

Ein anderes Bild drängte sich in Madrogs Erinnerung. Die Schmiede in Feylanviek und wie Shandral sein Weib dort hinunterbringen ließ. Es war heiß. Rauch waberte in der Luft. Der Lärm war ohrenbetäubend. Fünfzig seiner Armbrustschützen waren dabei. Die meisten gehörten schon damals zu den Rotmützen. Leylin wurde von drei Kobolddienerinnen begleitet.

Die Kobolde in der Schmiede gehörten zu Shandrals Männern. Madrog hatte sie nicht gekannt. Harte Burschen mit schwieligen Händen und kalten Augen. Weiß der Henker, wo Shandral die herhatte! Vielleicht aus Langollion? Jedenfalls zögerten sie keinen Herzschlag lang, als Shandral auf eine von Leylins Dienerinnen zeigte und befahl, sie zu ergreifen.

Bis heute wusste Madrog nicht, ob Shandral Martha gezielt oder nur zufällig auswählte. Er deutete auf die Eiserne, die Kommandantin, die das Kommando über die Rotmützen in der Stadt innehatte. Wahrscheinlich hatte er keine Ahnung. Shandrals Worte klangen Madrog immer noch im Ohr. »Zeigt meiner Frau, wie man in meiner Sippe eine Ehebrecherin bestraft, eine Hure, die für andere Männer die Beine breit macht.«

Martha war zu verblüfft, um überhaupt etwas zu sagen, als die Schmiede sie ergriffen. Sie rissen ihr den Rock herunter und schleppten sie zum nächsten Amboss. Dann erst begann Martha zu schreien. Sie setzten sie quer auf einen der großen Ambosse und lösten die Sperre, die den Schmiedehammer hielt.

Leylin schrie. Andere Schmiede ergriffen sie und brachten sie bis dicht vor den Amboss. Sie musste den Luftzug im Gesicht gespürt haben, als der Hammer niedersauste und Martha beide Beine zerschmetterte.

Leylin wurde ohnmächtig, als die Schmiede sie auf den blutverschmierten Amboss hoben.

Madrog atmete schwer aus. Er sah den Meisen zu, die nahe der Mauer im Geäst einer Kiefer saßen. Frieden konnte er nicht finden. Eine Laune Shandrals hatte ihm Martha genommen. Seither wurde viel Unsinn darüber erzählt, wie die Eiserne ums Leben gekommen war. Vielleicht würde er eines Tages die Wahrheit sagen dürfen, dachte Madrog traurig. Elija hatte ihm den Namen Kommandant Skorpion gegeben, weil er sich Shandral gegenüber stets als treuer und zuverlässiger Diener ausgeben sollte, bis der Tag kam, an dem man den Elfen die Herrschaft entriss. Dann endlich durfte er dem Irren einen Stachel in den Rücken jagen.

Madrog hatte sich nicht dazu hinreißen lassen, Martha zu rächen. Er hatte dem Elfen weiter als Befehlshaber seiner Koboldleibwache gedient. Er war ja ein harter Bursche, dachte er bitter. Aber jetzt würde er nicht länger warten. Die Fürstenbrut von Arkadien würde aus der Welt geschafft, noch bevor die Kentauren und Elfen am Spätnachmittag das Jagdschloss erreichen konnten.

Und diese Tat würde von Kobolden vollbracht werden! Das war er Martha schuldig!

Er ging den Wehrgang entlang und grüßte die Wache, die auf der Treppe stand. »Lasst die Lehnstühle auf den Hof schaffen! Unser Tag ist gekommen!«

Der Kobold lächelte breit, dann stürmte er die Treppe hinab.

Madrog ging zu der Wachstube, die ihm als Quartier diente. Er kramte unter seinen Habseligkeiten die rote Mütze hervor. Stolz setzte er sie auf. Nie wieder würde er sie verstecken!

Die Fürstenfamilie war wie Efeu, das einen wunderschönen alten Baum zu ersticken drohte. Madrog würde sich zum Gärtner Arkadiens machen und diese wuchernde Würgepflanze mitsamt den Wurzeln ausreißen! Einzig Leylin hätte vielleicht ein gnädigeres Schicksal verdient gehabt! Der Hauptmann schüttelte nachdenklich den Kopf. Was Shandral ihr angetan hatte! Wie wurde man so? Hatte die Hexe Alathaia ihn zu dem gemacht, was er war? Statt Leylins Beine zu zerschmettern, hatte er sie mit seinem Gürtel grün und blau geschlagen. Nackt hatte sie auf dem Amboss gelegen. Und sie alle hatten zusehen müssen. Mehrfach war die Arme aus ihrer Ohnmacht erwacht. Immer hatte sie den blutigen Hammerkopf über sich schweben sehen.

Endlich hatte Shandral den Befehl gegeben, sie hinauf in ihr Zimmer zu bringen. Er hatte Löcher in ihre Matratze schneiden lassen und ihre Beine hindurchgesteckt. Gefesselt hatte sie im Bett gelegen. Er hatte ihr Opium gegeben und ihr erzählt, dass die Strafe genauso wie bei ihrer Dienerin vollzogen worden sei.

In Wahrheit hatte er ihr die Beine gelassen; stattdessen hatte er nun eine perverse Freude daran, ihren Verstand zu zerstören. Er ließ ihr Zimmer im Halbdunkel und hängte Masken mit Dämonenfratzen an die Wände. Vom Opium berauscht, wusste sie bald nicht mehr, wann sie träumte und wann sie wachte. Im ganzen Haus hörte man ihr Wimmern und ihre ängstlichen Schreie.

Ihm gegenüber hatte Shandral sein Weib einmal mit einem kostbaren Instrument verglichen, auf dem er spielte. Selbst nach ihrer Flucht machte er damit noch weiter. Er war vollkommen irre! Im Lauf des Winters war er dieses Spiels irgendwann überdrüssig geworden. Er hatte Leylin erzählt, er werde einen großen Zauber wirken und ihr die Beine wiedergeben, wenn sie fortan ein fügsames Weib sei.

Sie glaubte ihm alles! Still und gebrochen lebte sie auf dem Jagdschloss. Wie ein zu oft geprügelter Hund fügte sie sich jedem seiner Wünsche. Und er dachte sich täglich etwas Neues aus, um sie zu demütigen. Anfangs hatte sie wieder gehen lernen müssen; zu lange hatte sie mit zusammengebundenen Beinen in ihrem Bett gelegen.

Die Elfen glaubten an Wiedergeburt. Für Leylin wäre es eine Erlösung, dieses Leben hinter sich zu lassen!

Madrog nahm seine Armbrust und spannte die Waffe.

Auf dem Hof erwarteten ihn dreißig Kobolde. Sie alle trugen rote Mützen. »Es ist der Tag gekommen, an dem wir den Mord an unserer Kameradin rächen. Was immer heute geschieht, wir tun es für die Eiserne, die Kommandantin der Rotmützen von Feylanviek, unsere Gefährtin.«

Es gab keinen Jubel. Nur Gesichter, in denen stumme Entschlossenheit geschrieben stand.

Die breiten marmornen Treppen dröhnten unter dem Tritt ihrer Stiefel, als Madrog seine Männer hinauf zum Trophäensaal führte. Der Hauptmann stieß die breite Doppeltür zum Kabinett ausgestopfter Jagderinnerungen auf. An der Doppeltür auf der gegenüberliegenden Seite standen zwei Krieger in schwarzsilberner Rüstung. Leibwächter, die Alathaia ihrem Schüler vor einigen Wochen geschickt hatte.

Der linke Krieger trat vor und hob den Arm. »Halt!« Seine Stimme klang blechern hinter dem Visier des Maskenhelms. Sein wahres Gesicht verbarg er unter einem metallenen Eberkopf. Madrog hatte keinen der beiden Krieger je ohne Helm gesehen.

»Was wollt ihr?«, fragte der Elf scharf.

»Ärger.« Der Kobold legte die Armbrust an und schoss. Hinter ihm ertönte das Klacken der Abzugshebel von zwanzig weiteren Armbrüsten. Zuckend gingen die beiden Elfen zu Boden. Der Rechte hatte es sogar noch geschafft, sein Schwert zu ziehen.

Madrog setzte seine Armbrust auf den Boden und spannte ihren stählernen Bogen mit den seitlich angebrachten Zugwinden. Dann legte er einen neuen Bolzen auf. »Ich will Shandral lebend!«, ermahnte er seine Kampfgefährten. Dann stieß er die Tür zum Studierzimmer des Fürsten auf.

Shandral blickte verblüfft von seinen Büchern auf. Ärgerlich wedelte er mit der Hand. »Du darfst gehen, Madrog. Ich brauche dich jetzt nicht.«

»Packt ihn!«, befahl der Hauptmann.

Der Fürst sah sie sprachlos an.

»Drückt ihn mit der rechten Wange auf die Tischplatte.« So viele Monde hatte sich Madrog ausgemalt, was er nun tun würde. Shandral war eine Gefahr. Er war ein sadistischer Weichling, der einen ganzen Morgen lang über einen Mückenstich jammern konnte. Aber er war auch ein Zauberer. Seine Worte vermochten unabsehbare Kräfte zu entfesseln. Das galt es um jeden Preis zu verhindern!

»Ich lasse euch die Haut abziehen!«, fluchte der Fürst. Und dann stieß er einen tiefen, grollenden Ton aus. Madrog hatte das Gefühl, dass es schlagartig kälter wurde.

Der Hauptmann eilte zum Schreibtisch. Seine Männer stießen dem Fürsten die Kolben ihrer Armbrüste in die Kniekehlen, sodass er niederbrach wie ein gefällter Ochse. Hart schlug Shandrals Kopf gegen die Tischkante. Jemand griff in das lange, goldblonde Haar des Fürsten.

Madrog stieg auf den Stuhl und dann auf den Tisch. Sein früherer Herr blickte benommen zu ihm auf.

»Erinnerst du dich an Martha?«

Shandral sah ihn an. »Sollte ich?«

Madrog wusste, dass er sich erinnerte! »Sie war eine von Leylins Zofen. Sie hatte die Ehre, dich in die Schmiede zu begleiten.«

»Ach, dieses Flittchen?« Er lächelte. »Ich ahne, sie bedeutete dir etwas. Bereitete es dir auch Freude, ihr dabei zuzusehen, wie sie es mit Hunden trieb?«

»Das war die letzte Lüge, die man aus deinem Mund gehört hat.« Madrog hob die Armbrust. Er hämmerte den Kolben der Waffe dicht neben das Ohr des Fürsten. Seine Knochen splittern zu hören, war Balsam auf seine wunde Seele. Blut quoll Shandral aus Mund und Nase. Sein Kinn hing grotesk verrutscht herunter. Der Mund stand ihm weit offen. Er stieß unverständliche Laute aus. Sein Kiefergelenk war zertrümmert.

»Bringt ihn auf den Hof!«

Madrog nahm ein Spitzentüchlein vom Schreibtisch und wischte das Blut vom Kolben der Armbrust. Er wünschte, Martha könnte Shandral nun sehen.

Während die Krieger den Fürsten abführten, ging er zu der verborgenen Tür, die hinauf zu Leylins Gefängnis führte. Er entspannte seine Armbrust. Die Waffe würde er nicht mehr brauchen. Er stieg die steile Wendeltreppe empor und klopfte an die eisenbeschlagene Tür, damit die Fürstin sich nicht erschreckte, wenn er eintrat. Er wartete einen Augenblick. Madrog wusste, dass sie nicht antworten würde. Sie sprach so gut wie gar nicht mehr, seit Shandral ihr die Beine zurückgegeben hatte.

Behutsam schob der Hauptmann die Tür auf. Leylin saß auf einen Stuhl und sah die weiß getünchte Wand ihr gegenüber an. Die Hände hatte sie in den Schoß gefaltet. Sie trug ein schlichtes, weißes Leinenkleid. Ihr schwarzes Haar war zu einem schweren Zopf geflochten. Sie blickte ihn kurz an und schlug dann die Augen nieder.

»Würdest du mir auf den Hof folgen, Herrin?«

Leylin erhob sich schweigend. Sie hielt den Kopf leicht eingezogen, als fürchte sie, sich zu stoßen.

Der Weg die Stiege hinab kam Madrog viel kürzer vor als der Weg hinauf. Hätte dieser verdammte Wolfself sie doch nur mitgenommen!

Sie war die Fürstin von Arkadien. Er konnte sie nicht schonen.

Auf dem Hof waren alle übrigen Mitglieder des Fürstenhauses bereits zu den Stühlen geschafft worden. Die Arme auf die Lehnen gefesselt, saßen sie dort. Ihre Münder waren geknebelt. Shandrals Mutter, zwei Tanten und seine beiden jüngeren Brüder. Sie wirkten gefasst oder verärgert. Sie schienen nicht begriffen zu haben, was sie erwartete. Shandrals jüngster Bruder gab sich sogar größte Mühe, ihn besonders gelangweilt anzublicken. Sie waren so ignorant, dass ihnen nicht einmal der Zustand des Fürsten zu denken gab. Ein Aufstand der Kobolde lag offensichtlich weit jenseits ihrer Vorstellungskraft.

Madrog geleitete Leylin zu dem Stuhl, der neben Shandral noch frei war.

»Soll ich sie fesseln?«, fragte einer der Schützen.

»Nein. Sie wird nichts sagen und auch nicht wieder aufstehen, bevor man es ihr nicht befiehlt.«

Auf den Wehrgängen, auf den Türmen, im Hof, überall standen Kobolde mit roten Mützen. Der Augenblick, von dem er so lange geträumt hatte. Sie alle waren bewaffnet, obwohl es keinen Kampf mehr geben würde.

Madrog genoss den Augenblick. Dann begann er die Rede zu halten, die er seit so vielen Monden in seinem Herzen trug. Er prangerte die Tyrannei der Elfen an. Ihre Ignoranz und ihre Herrschsucht, die den Krieg mit den Trollen entfesselt hatte. Schließlich ging er auf die Verbrechen der Fürstenfamilie Arkadiens ein. Es war eine lange Liste. Lediglich zu Leylin war ihm nicht mehr eingefallen, als ihr vorzuwerfen, dass sie die Verbrechen ihrer Verwandten still geduldet hatte. Er stockte kurz. Dann kam er zum besten Teil der Rede. »Nie haben sich die Elfen die Finger schmutzig gemacht! Selbst wenn es um den Tod ging, hatten sie ihre Diener. Henker und ihre Knechte mit Stricken und Richtschwertern. Wir, das Volk, richten auf andere Art. Wir schrecken nicht davor zurück, Blut an unseren Händen zu haben, wenn ein Urteil gerecht ist. Befreit Arkadien von dieser Schlangenbrut! Legt an!«

Fünfhundert Armbrustkolben wurden gegen Schultern gestützt. Das Klacken der Abzüge klang wie Hagelschlag auf einer Rüstung.

Ein Tontiegel zerschellte neben Madrog auf dem Pflaster des Hofes. Dicker, schwarzer Rauch quoll dem Hauptmann entgegen.

»Es sind nicht einmal mehr fünfzig«, sagte Brud. »Lass uns die Jagd beenden. Selbst von den Überlebenden werden noch einige verrecken, wenn ihre erfrorenen Glieder brandig werden. Wir werden nicht viel davon haben, wenn wir sie weiter jagen und schlachten.«

Brodgrimm sah ihn verärgert an. »Hast du Angst zu kämpfen?«

»Während der Schlacht im engen Tal haben ich und meine Männer ihre Bogenschützen erledigt«, entgegnete der Späher gereizt. »Wo warst du an diesem Tag? Dir in einer geplünderten Stadt den Wanst voll schlagen?«

»Wo warst du, als wir den größten Feldherrn der Elfen am Mordstein besiegt haben?«

Der Späher hob die Hände. Ihm war nicht daran gelegen, sich mit dem Günstling Orgrims zu streiten. Nachdem sie die Elfen unter dem Befehl des Mörders Elodrin endlich besiegt hatten, hatte Orgrim nur dreihundert Krieger nach Süden geschickt, um den Menschen weiter nachzustellen. Doch stand ihm nicht der Sinn danach, die Städte der Menschen zu brandschatzen. Herzog Orgrim wusste, wo der eigentliche Feind saß, den es zu besiegen galt. Er war nach Albenmark zurückgekehrt, um die letzte Streitmacht der Elfen zu zerschlagen und die Tyrannin Emerelle für immer vom Thron zu vertreiben.

Es gab nichts, das Brud an Brodgrimm schätzte. Der Rudelführer war überheblich und aufbrausend. Er kannte das Land nicht, nahm aber dennoch keinen Rat an. Brud war unbegreiflich, was Orgrim an dem Kerl fand, auch wenn man ihn in Albenmark als den Helden der Schlacht am Mordstein feierte.

»Glaubst du, Orgrim würde den Menschen nicht selbst nachstellen, wenn sie ihm so wichtig wären?«

»Er hat mir den Befehl gegeben, ihnen nachzustellen.«

»Von töten war also nicht die Rede.«

»Ich weiß, wie er es gemeint hat. Dreh mir nicht das Wort im Mund rum, Brud. Und versuche nicht noch einmal, die Führung des Rudels an dich zu bringen, oder ich töte dich, alter Wolf.«

Der Späher hielt dem Blick des Rudelführers stand. »Alte Wölfe zeichnen sich dadurch aus, schon viele junge Wölfe überlebt zu haben.«

»Und dadurch, dass ihr Blut so dünn wie Wasser geworden ist. Führe mich zu den Menschen! Oder willst du dich weigern, meinen Befehlen zu folgen?« Er machte nicht den Versuch, bei seinen letzten Worten den Tonfall freudiger Erwartung zu unterdrücken.

Der Späher spuckte aus. »Dann folgt mir! Die Menschen sind auf einem Pass bei einem zugefrorenen See. Sie sind so erschöpft, dass sie heute Morgen ihr Nachtlager nicht abgebrochen haben. Einen Schneehasen zu erlegen, ist eine größere Herausforderung, als dieses jämmerliche Häuflein niederzumachen.«

Brud wählte absichtlich einen beschwerlichen Weg zum Pass hinauf. Bald hörte er die Krieger hinter sich schnaufen. Sie mochten gute Kämpfer sein, geschickte Waldläufer waren sie nicht. Und ihr Rudelführer hatte nur seinen Ruhm im Kopf.

Der Späher dachte daran zurück, wie er sich mit seinen Männern, die die Klippe erstürmt hatten, in unwegsames Gelände zurückgezogen hatte, als die Elfen überraschend auf dem Schlachtfeld im engen Tal aufgetaucht waren. Er hatte es immer schon vorgezogen zu überleben, um seine Kämpfe zu einem späteren Zeitpunkt fortzuführen, wenn der Gegner nicht alle Vorteile auf seiner Seite hatte. Nur Trottel verschanzten sich hinter den Worten Mut und Ehre.

Als Orgrim zurückgekehrt war, hatte sich Brud seinem Herzog sofort angeschlossen, noch bevor der Emporkömmling Brodgrimm mit dem eroberten Segler und den Verstärkungen im Hafen der Nachtzinne eingetroffen war. Mit seinem Rudel hatte Brud an den Kämpfen gegen die Elfen teilgenommen. Es hatte eine ganze Reihe blutiger Gefechte gegeben, bis sie endgültig überwunden waren. Orgrims Befehl, so viele Elfen wie möglich lebend zu fangen, hatte die Sache nicht einfacher gemacht.

In Bruds Augen war viel zu viel Blut vergossen worden. Auch nur einen einzigen Krieger zu verlieren, weil man dieses jämmerliche Häuflein Überlebender auch noch niedermetzeln wollte, war Verschwendung. Bei dem, was jetzt kam, war der Unterschied zwischen ihnen und dem Elfenfürsten, der die Schiffe mit den Gefangenen in Brand gesetzt hatte, nicht mehr groß. Im Übrigen war es klüger, die Menschen in ihre Rudel zurückkehren zu lassen. Sollten sie nur erzählen, welche Schrecken ihnen widerfahren waren. Das würde für einen langen Frieden sorgen!

Sie erreichten den Pass. Vor ihnen lag ein weiter See. Vorsichtig trat Brud auf das Eis. Es war fest.

»Wo sind sie?«, fragte Brodgrimm atemlos schnaufend.

»Siehst du den Felsen hinten am anderen Ufer? Dort lagern sie.«

Der Rudelführer strich mit der Hand über den schweren Kriegshammer an seinem Gürtel. »Du bleibst mit deinen Kämpfern hier, Brud. Ich will kein Rudel an meiner Seite, das schon einmal aus einer Schlacht davongelaufen ist.«

HAND IN HAND

Ulric schluckte hart, als er die dunklen Gestalten am fernen Ufer sah. Er hatte absichtlich den Weg über diesen Pass gewählt. Und er hatte sich der Hoffnung hingegeben, dass die Trolle vielleicht ihre Verfolgung aufgegeben hätten. Er streckte sich und streifte den schweren Umhang ab. Das Amulett, das er trug, hielt ihn warm. Sie waren nicht mehr viele. Jetzt gab es genug Amulette für alle, doch das Sterben hatte nicht aufgehört. Es war nicht die Kälte, die sie tötete. Sie starben vor Erschöpfung.

Ulric zog das Schwert des toten Königs Osaberg, das er einst als Junge gefunden hatte. Nun gab es keine Yilvina mehr, die ihr Leben riskierte, um ihn zu retten. Er war ja auch kein Junge mehr ... Nun war es an ihm, Leben zu retten.

»Ich bin an deiner Seite, mein König.« Lambi schwankte vor Erschöpfung. Auch er hatte sein Schwert gezogen.

Ulric war gerührt, aber er konnte den alten Mann jetzt nicht an seiner Seite gebrauchen. Auch Mag und selbst Eirik hatten sich aus dem Schnee erhoben.

»Ihr bleibt hier und haltet das Ufer. Zu viele gute Männer sind schon tot. Ein paar müssen ins Fjordland zurückkehren.«

Silwyna und Fingayn nahmen ihre Bögen und gesellten sich zu ihnen.

»Was hast du vor, mein König?«, wollte Lambi wissen.

»Hinausgehen und verhandeln.«

»Mit Trollen verhandelt man nicht«, meinte Fingayn mit seinem melodischen Akzent.

Mit den Göttern auch nicht, dachte der junge König traurig. In der Nacht, die auf das Begräbnis von Alfadas gefolgt war, hatten sie ihn zum König ausgerufen. Es war eine schlichte, aber ergreifende Zeremonie gewesen. Mag hatte ihm eine Krone aus Eis geschnitten. Er hatte sie nicht lange tragen können. Ulric schmunzelte. Wie symbolisch. Sein Königtum war rasch dahingeschmolzen.

Er blickte zum Himmel. Es war ein schöner, wolkenloser Tag. So kalt, dass ihm gewiss die Wangenknochen geschmerzt hätten, wäre da nicht das Elfenamulett gewesen. »Ich möchte, dass du überlebst, Lambi«, sagte er mit fester Stimme. »Sollte mir etwas geschehen, dann wünsche ich mir, dass du dich auf die Suche nach der Königin machst.«

Der Herzog blickte verwirrt von ihm zu Halgard. »Wie meinst du das?«

»Du musst Kadlin finden. Sie ist nach Albenmark geflohen. Und du solltest dir besser angewöhnen, sie nicht mehr eine Hure zu nennen. Sie ist die rechtmäßige Thronfolgerin, denn sie ist niemand anderes als meine verschollene Schwester.«

Der Herzog runzelte die Stirn, sagte aber nichts.

»Vertraue mir, Lambi. Wirst du dem Befehl deines Königs gehorchen?«

Lambi sah ihn fragend an. Als er aber keine Anstalten machte, noch weitere Erklärungen abzugeben, nickte der Herzog schließlich. »Bei den Spinnweben Luths schwöre ich, dass ich nicht ruhen werde, bis ich Kadlin gefunden habe.«

Ulric blickte zum Himmel. Die Sonne stand fast im Zenit. Es war an der Zeit zu gehen.

Eine warme Hand schmiegte sich in seine Linke. Er hatte ihr gestern Nacht von seinem Plan erzählt, und sie waren übereingekommen, ihr Glück gemeinsam zu versuchen.

Ihr Glück versuchen, das klang zynisch. Ihre Lebensspanne endete heute. Auf gewisse Weise schloss sich ein Kreis. Emerelle hatte Luth ihrer beider Leben gestohlen, doch die Götter holten sich stets zurück, was ihnen gehörte. Sie hatten fast sechzehn zusätzliche Jahre geschenkt bekommen. Und obwohl seit dem ersten Winter der Fluch jenes heimtückischen Geschenks aus der Hand des Fremden auf ihnen lastete, waren es gute Jahre gewesen. Sie hatten keine Hundejahre gehabt! An diesem sonnigen Wintertag wusste er es ganz sicher.

Die dünne Schneeschicht auf dem Eis knirschte unter ihren Schritten. Das Eis war fest wie Fels. Dennoch fächerte das Trollrudel, das sich vom anderen Ende des Sees näherte, weit aus. Ein zweiter, kleinerer Trupp Trolle blieb als Reserve am Ufer zurück.

Ulric blickte zurück zu seinen Gefährten. Sie standen um den Felsen versammelt, an dessen Fuß er und Halgard sich geliebt hatten. Seine Gedanken verweilten bei der warmen Umarmung ihrer Schenkel. Ein wohliges Gefühl stieg ihm in den Bauch.

Er blickte sie an. Sie lächelte, und er wusste, dass sie in diesem Augenblick dieselben Erinnerungen teilten. Sie sah wunderschön aus an diesem Mittag, auch wenn die Entbehrungen der letzten Tage ihr Gesicht hatten spitzer werden lassen.

Ulric hielt sich ein wenig mehr nach links. Wieder sah er zu dem Felsen zurück. Sie waren jetzt fast zweihundert Schritt vom Ufer entfernt. Jetzt war es nicht mehr allein der Schnee, der unter ihren Füßen knirschte.

Der junge König hob das Schwert König Osabergs, und er wiederholte die Worte, die Fingayn ihm in die Sprache der Trolle übersetzt hatte. »Bleibt stehen, und ihr werdet leben! Ich bin der König des Fjordlands, und ich werde jeden von euch töten, der die Grenze meines Königreichs überschreitet. Kehrt um, und wir werden in Frieden leben!«

Wie um seine Worte zu unterstreichen, lief ein leichtes Zittern durch die Eisdecke.

Tatsächlich blieben einige der Trolle stehen. Ihr Anführer jedoch ging weiter. Er rief etwas in einem spöttischen Tonfall. Dann deutete er mit seinem Kriegshammer auf Ulric. Der grobschlächtige Kerl rief ihm etwas entgegen.

Ulric wünschte, er könnte verstehen, was der Troll sagte.

Der Trollfürst zog einen mächtigen Kriegshammer aus seinem Gürtel. Sehr betont und überartikuliert sagte er etwas. Einige seiner Männer lachten.

Ulric spürte ein gleichmäßiges Vibrieren unter seinen Füßen. Die Sonne stand jetzt im Zenit. Das Eis knirschte. Die warme Quelle am Grund des Sees war wieder zum Leben erwacht.

»Ich werde jeden von euch töten, der die Grenze meines Königreichs überschreitet«, wiederholte er noch einmal einen Teil der Worte, die er auswendig gelernt hatte.

Der Trollfürst stieß einen Laut aus, der auch ohne Übersetzer unmissverständlich war. Er hob den Kriegshammer und rannte ihnen entgegen.

Ulric spürte, wie Halgard fester seine Hand drückte.

Jetzt rannten alle Trolle. Die vordersten waren vielleicht noch zwanzig Schritt entfernt. Sie gaben ihre weit gefächerte Formation auf und lieferten sich ein Wettrennen um die Gelegenheit, sie beide zu töten.

Der junge König drehte den Schwertgriff. Die Spitze der alten Klinge zeigte auf das Eis. »Es war ein wunderbares Leben mit dir, Halgard.« Das Schwert fuhr hinab. Der Stahl drang tief in das Eis. Ein Riss entstand. Der Sturmlauf der Trolle ließ das Eis noch stärker vibrieren. Aus dem Riss wurde ein Spalt, der sich schnell weiter verästelte.

Einer der Krieger, die weit vorne liefen, stieß einen Warnschrei aus. Schlitternd und rutschend versuchten die riesigen Krieger zum Stehen zu kommen.

Die Eisdecke zitterte noch stärker. Das Wasser der warmen Quelle drückte nun mit aller Kraft gegen die Eishaut des Sees.

Der Boden unter Ulrics Füßen kippte zur Seite. Wasser griff nach seinen Kleidern. Halgard hielt tapfer seine Hand. Sie tauchten in blaues Zwielicht. Die Elfenamulette schützten sie vor der Kälte.

Rings herum sahen sie große Körper in die Tiefe sinken. Über ihnen war ein Gitterwerk aus Licht. Eisschollen tanzten auf dem Wasser. Deutlich hörten sie das Bersten des Eises. Die Geräusche strampelnder Glieder. Immer weiter griff die Zerstörung um sich.

Ulric ließ das Schwert los. Er schloss Halgard in die Arme. Silberne Kugeln perlten von ihren Lippen. Sie wollten den Kampf nicht in die Länge ziehen, so hatten sie es miteinander abgesprochen. Sie atmeten aus. Die letzte Luft aus ihren Lungen vermischte sich mit den Millionen feiner Silberperlchen, die mit dem warmen Quellwasser vom Grund des Sees aufstiegen.

Ihrer beider Lippen fanden sich zu einem letzten Kuss. Dann atmeten sie das dunkle Wasser ein.

WOLF UND SKORPION

Als er sah, wie die Armbrustschützen anlegten, entglitt Melvyn der Rauchtopf, den er in Händen gehalten hatte.

»Bring mich hinab! Hinab!«, befahl er Wolkentaucher in Gedanken.

Es sind zu viele, warnte ihn der mächtige Adler.

Melvyn wollte davon nichts wissen. Er spürte den Zorn und die Traurigkeit seines Gefährten, doch Wolkentaucher fügte sich und stürzte mit angelegten Flügeln dem engen Hof entgegen.

Der Wolfself löste den Ledergürtel, der ihn mit dem Himmelssteig verband, jener Holzstange, die es ihm erlaubte, mit den Adlern zu fliegen.

Überall im Hof stiegen Rauchfontänen auf. Artaxas und alle Adler seiner Kampfgefährten kreisten jetzt über dem Jagdschloss, von dem Nossew ihnen erzählt hatte. Sie wagten es nicht, ihm zu folgen. Zu erdrückend war die Übermacht der Kobolde. Sie hatten darauf gehofft, die Besatzung zu überrumpeln, die Burg mit ihren Rauchtöpfen in erstickenden Qualm zu hüllen und Leylin zu befreien, während unter den Kobolden Panik um sich griff. Eine Landung mitten unter fünfhundert kampfbereiten Armbrustschützen hingegen war Selbstmord.

Melvyn war es egal, was mit ihm geschehen würde. Aber das Leben seiner Gefährten würde er nicht leichtfertig opfern.

Wolkentaucher spreizte die Flügel und fing den Sturzflug ab. Der dichte Rauch wirbelte in Spiralen über den Hof.

Melvyn sprang vom Himmelssteig. Er rollte sich ab, um dem Aufprall an Wucht zu nehmen. Ein Stich fuhr durch seine verletzte Schulter. Aus der Rolle heraus kam er auf die Beine. Rings herum richteten sich Armbrüste auf ihn. Er ignorierte sie, so wie Hauptmann Madrog ihn ignorierte. Der Kobold ging an ihm vorbei auf die Reihe der Lehnstühle zu.

Der Rauch hatte ein faseriges Tuch vor die Leichen der Fürstenfamilie gezogen. Madrog hob die Hand.

Melvyn ging neben dem Hauptmann in den Rauch. Er sah Shandral, der grässlich zugerichtet war. Dutzende Armbrustbolzen hatten seine Brust durchschlagen. Sein Gesicht war von Geschossen zerfetzt. Melvyn erkannte den Fürsten nur noch an seinem langen, goldblonden Haar. Neben ihm saß sein jüngerer Bruder zusammengesackt in seinem Lehnstuhl. Melvyn versuchte vergeblich, den erstickenden Rauch zur Seite zu wedeln. Leylins Kopf war ihr auf die Brust gesunken. Ihre Hände hatten sich in die Lehnen gekrallt. Doch er sah kein Blut auf ihrem weißen Kleid. Sie zitterte … Sie lebte!

Melvyn ließ sein Schwert fallen, beugte sich vor und schloss sie in die Arme. »Leylin«, stammelte er immer wieder. »Leylin!«

Ihre Hände tasteten über seinen Nacken.

»Mein Geliebter?« Ihre Stimme klang zögerlich. Ein Schluchzen ließ ihren Leib erzittern.

»Lass mich die Fürstin sehen, Wolfself«, forderte eine harsche Stimme.

Noch ganz benommen vor Glück, seine Liebste unversehrt zu sehen, gehorchte Melvyn.

Madrog starrte Leylin mit großen Augen an. Er schüttelte den Kopf. Dann lächelte er plötzlich. »Das Volk hat entschieden, der Fürstin das Leben zu schenken! Wo fünfhundert sich einig sind, muss Gerechtigkeit walten. Niemand hat auf die Fürstin angelegt. Sie ist frei zu gehen«, verkündete er mit schnarrender Stimme.

»Danke«, sagte Melvyn. »Danke, Madrog. Ich habe mich in dir geirrt.«

Der Kobold blickte zu ihm auf. »Täusche dich nicht in mir, Elf. Von nun an gibt es keinen Madrog mehr. Ich bin Kommandant Skorpion von der ersten Front zur Befreiung Albenmarks. Wenn wir uns wieder begegnen, werde ich gegen dich kämpfen.« Der gedrungene Kobold mit seinem nietenbeschlagenen Wams musterte ihn. Er strich sich nachdenklich über den eckig gestutzten Bart und sah zu Leylin. »Unglaublich!« Er hob den Arm. »Die Waffen nieder, Männer! Die beiden haben freien Abzug. Heute haben wir den Kobolden Arkadiens das Tyrannenjoch von den Schultern genommen und wurden Zeugen, wie das Volk Gerechtigkeit übt. Ihr habt Geschichte geschrieben, Männer. Lasst die beiden Liebenden ziehen!«

Melvyn hob Leylin vom Stuhl. Er strich ihr über die Beine ... Sein Herz setzte einen Augenblick aus zu schlagen. Das war unmöglich! Er wagte es gar nicht, an ihr herabzublicken.

»Dort ist das Tor«, drängte Madrog.

»Es lebe der Skorpion«, riefen einige der Schützen. »Es lebe die Revolution!« Immer mehr der Spinnenmänner stimmten in die Jubelrufe ein.

Am Tor blieb Madrog stehen. »Ich weiß, dass ein großer Trupp Elfen und Kentauren hierher unterwegs ist, und ich denke, es steht in deiner Macht, sie aufzuhalten, Wolfself. Es wäre doch traurig, wenn so ein Tag der Wunder doch noch mit vielen Toten enden würde. Ich werde mit meinen Kriegern noch heute Nacht in die Wälder ausweichen. Ab morgen gehört das Jagdschloss wieder euch … Bis die Trolle kommen.«

»Ich bin jetzt die Fürstin Arkadiens.« Leylins Worte waren nur ein Flüstern. Sie hielt den Kopf an seinen Hals gepresst. Offensichtlich hatte Madrog sie dennoch gehört. Eine tiefe Falte grub sich zwischen seine Brauen.

»Ich werde verbieten, euch zu verfolgen.«

Der Kommandant kratzte sich nachdenklich den Bart. »Wir werden sehen …« Er blickte zu Melvyn. »Wenn du verrückter Wolf mir das nächste Mal auf den Kopf springst, dann verspreche ich dir, wird der Skorpion stechen. Es wird wieder sein wie in Feylanviek.« Er schenkte Melvyn ein bärbeißiges Lächeln. Dann drehte er sich um und ging zurück ins Jagdschloss.

DAS ANTLITZ DES UNSICHTBAREN

Die Tür zum Falrach-Zimmer schwang auf. »Kadlin vom Fjordland und der Baumeister Gundaher«, verkündete Hofmeister Alvias steif.

Emerelle war kurz eingenickt. Müde hob sie den Kopf. Sie saß in einem Lehnstuhl vor dem prächtigen Falrach-Tisch, der das kleine Zimmer beherrschte. Gestern hatte das Heer der Trolle die Shalyn Falah erreicht. Nur die breite Schlucht trennte sie jetzt noch vom Herzland. Das Ende stand unmittelbar bevor.

»Man kniet vor der Königin«, hörte sie den Hofmeister flüstern.

»Ich knie vor niemandem nieder!«, entgegnete die junge Frau trotzig, während der Baumeister dem Befehl folgte.

»Man widerspricht nicht dem Hofmeister …«

Emerelle unterbrach Alvias mit einem Winken. »Lass es gut sein. Wir wissen doch, wie die Fjordländer sind, Alvias.«

»Wenn wir anfangen, Ausnahmen zu machen, bricht das ganze Hofzeremoniell zusammen«, sagte Alvias ruhig, doch in seinen Augen standen Sorge und Zorn.

»Einigen wir uns darauf, dass das Zeremoniell nur für Albenkinder gilt?« Sie war zu müde zum Streiten, ja selbst zu müde, um Befehle zu geben. Und worum ging es überhaupt? Schon morgen um diese Stunde mochten alle Zeremonien des Elfenhofs für immer gestorben sein.

Sie betrachtete Kadlin. Mit dem roten Haar und ihrem trotzigen Blick erinnerte sie das Mädchen an Mandred. Sie trug ein schlichtes, blaues Seidenkleid, das ihr gut stand. In ihren Händen hielt sie ein kleines, abgegriffenes Buch.

»Ich habe von deiner Heldentat gehört.« Die Sprache der Fjordländer ging Emerelle nicht ganz flüssig über die Lippen. Sie hatte sie lange nicht mehr gebraucht.

Ein kurzes Lächeln huschte über das Antlitz der jungen Frau. Sie schien erfreut zu sein, in ihrer Muttersprache angesprochen zu werden.

»Baumeister, erhebe dich. Du hast mir Ehre erwiesen. Es ist genug.«

Emerelle hatte sich das Schwert von Kadlin bringen lassen und es gemeinsam mit Alathaia untersucht. Die Waffe hatte nichts Magisches an sich. Sie war nichts Besonderes, im Gegenteil. Sie war aus schlecht verhüttetem Eisen geschmiedet. Im Kampf gegen eine Klinge aus dem Silberstahl der Elfen würde sie in Stücke gehackt werden. Vielleicht war es gerade diese Unvollkommenheit, die den Shi-Handan getötet hatte. Alathaia war der Auffassung, das Schwert sei einem der Menschengötter geweiht und diese fremde Art von Zauber könne kein Geschöpf Albenmarks ergründen.

»Kadlin und Gundaher, ihr hattet den Wunsch, mich zu sehen. Was ist euer Begehr?«

Das Mädchen hielt ihr das Buch hin. »Der Baumeister weiß, woher der Shi-Handan kam. Er kennt den Mann, der ihn erschaffen hat. Sein Name ist Bruder Jules. Er ist ein Tjuredpriester.«

Der Baumeister stöhnte. Sein Gesicht war aschfahl geworden, als leide er große Schmerzen.

»Ich bitte dich, sieh dir dieses Buch an.«

Gundaher schwankte. Alvias trat vor und fing den Mann auf, bevor er stürzte.

Emerelle erhob sich. Sie umrundete den Falrach-Tisch und kniete nieder. Ihre Hände umfassten die Schläfen des Menschen und hatte Teil an seinem Schmerz. Sie spürte die fremde Macht, die den Baumeister gezeichnet hatte. Und sie spürte die Nähe des Todes. Ein stummes Kräftemessen begann. Emerelle hörte Kadlin sprechen, doch sie konnte dem Sinn ihrer Worte nicht folgen. All ihre Kraft musste sie aufbieten, um dem, was Gundaher töten wollte, zu widerstehen. Ihre Linke umklammerte den Albenstein, den sie auf ihrer Brust trug. Sie spürte, wie sich etwas tief im Kopf des Baumeisters bewegte. Etwas, das durchdrungen war von Magie, Bosheit und Hunger.

Gundaher wurde von Krämpfen geschüttelt. Blut trat aus seinen Augen. Emerelle spürte, wie auch über ihre Wangen warme Tränen rannen. Sie spürte, wie sich die Geschöpfe im Kopf des Baumeisters wanden, wie sie fraßen. Schmerz und Ekel drohten sie zu überwältigen. Sie wurde sich bewusst, wie lange der Mensch schon unter dieser Folter litt, und sie begriff, welchen Schaden sie angerichtet hatten. Wie sich ein freundlicher, weltoffener Mann in einen Eigenbrötler verwandelt hatte, dessen unerwartete Bosheiten alle fürchteten, die Umgang mit ihm pflegen mussten.

Emerelle konnte nicht heilen, was die Kreaturen angerichtet hatten. Aber sie konnte den Schmerz mit Gundaher teilen, und sie konnte die Geschöpfe töten, eines nach dem anderen. Das stumme Duell schien Stunden zu dauern. Sie war am Rande der Erschöpfung, als die schleimbedeckten Würmer aus der Nase des Baumeisters quollen. Feist, fast so groß wie die Finger eines neugeborenen Kindes.

Die Königin hob die Kreaturen auf, trat an eine Feuerschale, die das Zimmer wärmte, und schnippte die Würmer in die glühenden Kohlen. Mit einem kurzen Zischen vergingen die bleichen Leiber.

Emerelle wusste, wer das getan hatte. Müde stützte sie sich auf die Kante des Falrach-Tisches. Es war nicht weise gewesen, so zu handeln. Morgen, wenn die Schlacht begann, würde sie all ihre Kräfte brauchen.

Kadlin war sehr blass geworden. Sie sah sie mit großen Augen an. »Was war mit ihm? Wird er wieder gesund werden? Gibt es noch mehr von diesen Würmern? Und …«

Emerelle beendete mit einer fahrigen Geste den Strom der Fragen. »Die Würmer sind tot, doch ob er geheilt ist, wird man erst nach einiger Zeit sagen können. Vor langer Zeit scheint er einem Wesen von großer Macht und schrecklicher Bosheit begegnet zu sein. Dem Devanthar. Es ist bemerkenswert, dass Gundaher so lange gelebt hat. Und ich vermag nicht zu ergründen, warum der Devanthar ihm das angetan hat.« Sie winkte Alvias. »Lass eine Trage bringen und sorge dafür, dass der Baumeister ein gutes Quartier erhält.«

»Danke«, sagte Kadlin aufgewühlt. »Ich schulde dir …«

»Nichts!«, unterbrach Emerelle das Mädchen. Sie wollte allein sein. Die Begegnung mit der Bosheit des Devanthar hatte ihre letzten Kräfte verbraucht.

»Er ist der einzige Mensch, der mir in einer fremden Welt geblieben ist. Ganz gleich, was du sagst, ich stehe in deiner Schuld.«

Zwei junge Krieger mit einer Trage betraten das Zimmer. Sie hoben den bewusstlosen Baumeister auf. Kadlin legte das kleine Buch auf den Rand des Falrach-Tischs. Die ganze Zeit über hatte sie es in Händen gehalten. Scheu blickte sie zu Emerelle. »Dort wirst du Antwort darauf finden, wann er der Bosheit begegnete und woher die Geisterhunde kommen«, sagte sie. Dann folgte sie den Kriegern, die Gundaher fortbrachten.

Emerelle lauschte auf die Schritte, die in der Weite des leeren Palastes verhallten. Der Hofmeister stand noch immer an der Tür, unaufdringlich und bereit, ihr jeden Wunsch zu erfüllen.

»Ich werde heute niemanden mehr empfangen, Alvias. Lass dem Befehlshaber ausrichten, dass ich morgen in der Stunde vor Sonnenaufgang zur Shalyn Falah kommen werde. Mein Heer wird nicht ohne mich kämpfen.«

»So soll es sein«, antwortete Alvias, ohne dass sein Tonfall verraten hätte, was er von ihrer Entscheidung hielt.

Emerelle ließ sich auf den Lehnstuhl nieder. Nach kurzem Zögern nahm sie das Buch. Zumindest einen Blick wollte sie hineinwerfen. Auch wenn seine Bilder ohne große Kunstfertigkeit ausgeführt waren, hatte der Maler es verstanden, seine Gefühle in sie zu bannen. Sie atmeten den Frieden, der in der kleinen Gemeinschaft der blau gewandeten Menschenkinder geherrscht hatte.

Als Emerelle zum ersten Mal den Fremden auf den Bildern sah, verspürte sie eine Unruhe, die sie sich zunächst noch nicht zu erklären vermochte.

Als sie das Buch schließlich zuschlug, hatte das Grauen, das der unbekannte Künstler durchlebt hatte, auch ihre Seele berührt. Erschüttert blickte sie auf den Falrach-Tisch. Sie wollte ihre Gedanken von den Bildern lösen, doch es mochte ihr nicht gelingen. Die Shi-Handan hatte also der Devanthar geschickt? Warum? Das Erscheinen der Geisterhunde hatte den Trollen geschadet. Und ging es dem Devanthar nicht vor allem darum, das Volk der Elfen zu bestrafen? Warum hatte er sie unterstützt?

Das Heer auf der weißen Seite des Tisches war in den letzten Wochen angewachsen. Die Trolle waren ihnen immer noch überlegen, doch die Verbündeten waren stark genug geworden, um darauf hoffen zu dürfen, die Heerscharen der Trolle zumindest aufzuhalten. Ganz gleich, wer morgen siegte, Albenmark würde sich von dieser Schlacht in Jahrhunderten nicht erholen. Sie stutzte. Lange blickte sie auf die schön geschnittenen Figuren, die Symbole für zehntausende Krieger waren. Sie sträubte sich gegen die Wahrheit! Doch je länger sie über den Spielstand nachdachte, desto klarer ordneten sich alle Ereignisse der letzten Monde. Sie war es nicht, die in dieser Partie spielte! Sie war nur eine Figur auf dem Feld, die von unsichtbarer Hand geführt worden war. Das Gleiche galt für Skanga. Dies war kein Spiel im üblichen Sinne, denn es gab nur einen Spieler. Es war belanglos, wer siegte, denn ohne Gegenspieler wäre der Unsichtbare, der beide Seiten lenkte, in jedem Fall der Gewinner. Und ihm ging es einzig darum, in diesem Falrach-Spiel auf beiden Seiten so viele Steine zu schlagen wie nur möglich. Er wollte Albenmark eine Niederlage bereiten, von der es sich nicht mehr erholen würde.

Emerelle blickte auf das kleine, abgegriffene Buch in ihrem Schoß. Es hatte das Antlitz des Unsichtbaren offenbart. Ein Priester, der seine Bosheiten mit der Kraft der Liebe und Verehrung nährte, die man ihm entgegenbrachte.

Als die Königin auf den Falrach-Tisch blickte, sah sie all die Gesichter, für die die Spielsteine standen. Ein Meer von Gesichtern … Beide Seiten hatten einander in den letzten Monden zu viel angetan. Ein Kampf war unvermeidlich. Aber vielleicht ließ sich ein Massaker verhindern.

DER KRIEGSRAT

Als Obilee, die Botin der Elfenkönigin, mit ihrem Vortrag endete, war Ganda sprachlos. Sie blickte in die weite Runde der Befehlshaber, die der junge Trollkönig zum Kriegsrat einberufen hatte. Sie alle sahen überrumpelt aus. Emerelles Vorschlag war verlockend.

»Du solltest unserer Beratung nicht beiwohnen, Obilee«, sagte Skanga sachlich. »Kehre zu deiner Königin zurück, wir werden ihr mitteilen, wie König Gilmarak sich entschieden hat.«

Die Elfenkriegerin verneigte sich formvollendet und ging davon.

»Sie fürchtet unsere Stärke«, sagte Slarag, ein junger Rudelführer der Trolle, der nach der Schlacht am Mordstein zu Ehren gekommen war.

Skanga strich sich nachdenklich über das Kinn. Ganda hatte schon öfter bemerkt, dass immer alle zuerst zu der Schamanin blickten und nicht zum König. Sie war es, die hier die Entscheidungen traf. »Es gibt wenig, das Emerelle fürchtet. Und gerade, wenn sie schwach erscheint, sollte man sich besonders vor ihr hüten. Orgrim, wie stehen unsere Aussichten, sie in offener Feldschlacht zu besiegen?«

Der Trollherzog wirkte geistesabwesend. Sein Gesicht war von Falten durchzogen. Die Kämpfe bei der Nachtzinne hatten ihn bis ins Innerste erschüttert. Jeder im Heer wusste um die Morde, die der Elfenfürst Elodrin begangen hatte, und tausende Krieger brannten darauf, Rache zu nehmen.

»Das Heer der Elfen und ihrer Verbündeten hat an Kraft gewonnen. Sollten wir einen Übergang über die Shalyn Falah erzwingen wollen, dann besteht die Gefahr, besiegt zu werden. Gehen wir aber über die Flanken und suchen abseits der Brücke einen Weg ins Herzland, können wir unsere Übermacht zum Tragen bringen. Dann werden wir siegen.«

Ganda war mit Elija und Nikodemus zum Kriegsrat gekommen. Sie wagte es nicht, etwas zu sagen. Aber sie musste Elija nur ansehen, um zu ahnen, was in ihm vorging. Emerelle hatte vorgeschlagen, statt einer Schlacht ein Duell auszutragen, um dem unnützen Blutvergießen ein Ende zu bereiten. Ganda hielt diese Entscheidung für sehr weise, doch musste man bei den Elfen stets auf Heimtücke gefasst sein.

»Welchen Krieger könnten die Elfen denn schicken?«, fragte König Gilmarak.

Ein heftiger Streit entbrannte. Die meisten Namen, die fielen, hatte Ganda noch nie zuvor gehört. Letzten Sommer hätte es nur einen Namen gegeben, dachte sie traurig.

Aus dem Augenwinkel sah Ganda, wie Elija hintersinnig lächelte. Dann erhob sich der Kommandant, denn unter den lauthals streitenden Trollen wäre seine Stimme untergegangen. Ganda ahnte, was er vorschlagen würde, und sie betete, dass er sich nicht durchsetzte. In der letzten Nacht hatte sie von Klaves geträumt. Er war in einen Abgrund gestürzt. Wenn König Gilmarak sich überreden ließ, den Elfen im Streit für die Trolle antreten zu lassen, dann würde sie Klaves niemals wiedersehen.

Kurz überlegte Ganda, ob sie von ihrem Traum erzählen sollte. Doch die Kriegsherren würden über Weiberträume nur lachen. Lediglich Skanga würde sie vielleicht ernst nehmen.

Sie erinnerte sich an ein Bild, das sie in Melianders verbotenem Buch in der Bibliothek von Iskendria gesehen hatte. Ein kopfloser Schwertkämpfer war auf eine Brücke getreten. Hatte Emerelles Bruder damit auf Ollowain hindeuten wollen? Sie dachte an die düstere Prophezeiung, die sie auf der Seite neben dem Bild gelesen hatte. Meliander schrieb dort über einen lebenden Toten, der erst im Tod ein Leben fand. Ollowain war ein lebender Toter. Ohne

Zweifel hatte Meliander den Schwertmeister gemeint. Sie schluckte. Verzweifelt überlegte sie, wie sie gegen ein Schicksal ankämpfen könnte, das offenbar seit Jahrhunderten vorherbestimmt war.

NUR EINMAL IN ZEHNTAUSEND JAHREN

Wieder einmal war die Bestie zu ihrem Beobachtungspunkt nicht weit der weißen Burg zurückgekehrt. Sebastien spürte die Unruhe der Kreatur. Eben noch waren sie bei der tiefen Schlucht gewesen, wo sich die gegnerischen Heere versammelt hatten. Nie hatte Sebastien so viele Krieger gesehen! Dicht wie die Halme in einem Weizenfeld standen die Speere der Kämpfer, die sich versammelt hatten. Ohne Zahl waren die Bogenschützen. Weiter hinten warteten Reiter und Streitwagenfahrer. Auch gab es große Reittiere, deren Namen Sebastien nicht kannte, denen man hölzerne Türme auf die Rücken gebunden hatte, um sie zu wandelnden Burgen zu machen

Auf der anderen Seite hatten sich zehntausende ungeschlachte Gestalten versammelt. Drei Schritt groß, mit groben Gesichtern und primitiven Waffen verstrahlten sie eine Kraft, die beängstigend war. Sebastien hatte in der Schlacht auf der Grasebene gesehen, wozu Trolle fähig waren. Es war unmöglich zu sagen, welche der beiden Seiten wohl bessere Aussichten auf den Sieg hatte. Die Schlacht versprach ein beispielloses Gemetzel zu werden. Und dennoch hatte sich die Bestie zurückgezogen, um wieder die weiße Burg zu belauern. Was gab es hier, das sie mehr ergötzte als tausendfacher Tod?

Etwas in der Burg zog die Bestie an, wie ein Topf Honig Fliegen anlockte. Aber es gab dort auch etwas, das sie fürchtete. Konnte die Kreatur sterben? Den dritten Geisterhund hatten sie seit einer Weile nicht mehr gesehen. Hatte ihn jemand getötet? Wer mochte dazu fähig sein? Ein Held, der auf dieser Burg lebte?

Die Bestie gab ihr abwartendes Lauern auf. Schnell wie der Wind eilte sie den hohen Mauern entgegen. Sebastien versuchte erst gar nicht, sich ihrem Willen zu widersetzen. Er hatte ihrer Macht längst nichts mehr entgegenzusetzen. Die ungezählten Lebenslichter, die sie verschlungen hatte, erlaubten ihr, ihn und ihren gemeinsamen Körper zu beherrschen. Wozu auch immer er in dieser Verbindung nötig gewesen war, die Kreatur war längst stark genug, ohne ihn zu existieren. Sie konnte inzwischen sogar fleischliche Gestalt annehmen, wenn sie es wollte. Von seinen Ordensbrüdern und -schwestern lebten nur noch drei. Ein paar Tage noch, dann wäre alles Menschliche in dem Geschöpf der Finsternis verloschen. Was würde die Bestie dann wohl unternehmen?

»Du bist sehr neugierig, Sebastien. Manchmal denke ich, dass wir uns im Grunde recht ähnlich sind. Ich bin ein Sebastien, der alle Fesseln der Moral abgestreift hat.«

Gar nichts haben wir gemeinsam, begehrte der Abt auf.

»Wie kannst du so sprechen, wo wir doch sogar einen Leib teilen?«, entrüstete sich die Kreatur. Sie glitt durch die dicken Burgmauern und gelangte in einen Saal, der von einem großen Brunnen beherrscht wurde. Prächtige Banner hingen von den Wänden. Vor einer hohen, zweiflügeligen Tür am anderen Ende des Saals stand ein einzelner Wachtposten, der sie offenbar noch nicht bemerkt hatte.

Witternd sah die Bestie sich um.

Wieder glitt sie durch eine Wand. Inmitten des Mauerwerks war ein niedriger Tunnel. Die Kreatur verharrte und starrte ins Dunkel. Etwas bewegte sich in der Finsternis. Ein Schatten. Was hatten sie da aufgespürt?

»Einen Bruder.«

Sebastien konnte die andere Gestalt nicht deutlich erkennen. Er hatte das Gefühl, dass diese Geschöpfe der Finsternis sich auf eine Weise austauschten, die es erlaubte, ihn auszuschließen.

»Wie überaus scharfsinnig du doch bist, Abt«, verhöhnte ihn die Kreatur. *»Ich sagte doch, wir sind uns ähnlich. Aber du bist meiner Gesellschaft überdrüssig, nicht wahr?«*

Was sollte das nun? Es war nicht meine Absicht, dich zu kränken. Ich wollte lediglich anmerken – ohne damit eine Wertung auszudrücken –, dass wir voneinander verschieden sind.

»Ach, Sebastien, wenn du ermessen könntest, wie viel Freude es mir bereitet, mit dir zusammen zu sein.«

Die Bestie hatte einen Unterton in der Stimme, den er fürchten gelernt hatte. Von einem Augenblick zum anderen hatten sie den verborgenen Tunnel verlassen. Ein Schatten folgte ihnen. Eine amorphe Gestalt. Belebte Finsternis.

Die Bestie eilte dem Wachposten an dem Tor entgegen. Der Elf senkte den Speer, doch die Waffe vermochte ihrer Geistergestalt keinen Schaden zuzufügen. Ihre Schnauze fuhr dem Krieger in die Brust. Raureif breitete sich auf seinem Bronzepanzer aus. Seine Kleider wurden steif vor Kälte. Mit schreckensweiten Augen starrte er auf das Lebenslicht, das sie aus seiner Brust zerrten.

Die Bestie erlaubte dem Schatten, der ihnen gefolgt war, einen Teil des Lichts zu fressen.

Was hatten die beiden besprochen? Noch nie hatte Sebastien erlebt, dass das Tier in ihm Beute geteilt hatte.

»Du bist ungerecht, mein Freund! Teilen wir nicht jeden Happen, da wir uns einen Körper teilen? Du machst dir ein zu einfaches Bild von mir!« Die Kreatur trat durch die hohe Tür, die der Elf bewacht hatte. Sie gelangten in einen runden Saal, von dessen Wänden Wasser strömte. Es gab keine Decke. Man sah einfach hinauf in den Frühlingshimmel. Gegenüber dem Portal erhob sich ein Thron. Auf

dem Boden gab es ein großes Mosaikbild aus ineinander verschlungenen Schlangen.

Dieses Bild schien es der Bestie angetan zu haben. Sie schlich um die Schlangen herum und belauerte sie so lange, bis es Sebastien erschien, als bewegten sich die steinernen Schlangen. Ihre Augen wirkten lebendig. Und dann erhoben sie sich.

Der Abt wollte schreien, sich abwenden, flüchten. Aber der Körper des Geisterwolfs gehorchte ihm nicht. Er war gezwungen zuzusehen, wie sich die Schlangen gegeneinander neigten und ein Tor aus gleißendem Licht sich öffnete.

Dahinter lag Finsternis. Sie schwebten. Der Thronsaal war verschwunden. War hinter ihnen das Tor aus Licht? Was geschah hier?

»Du wirst Teil haben an einem außergewöhnlichen Ereignis. Das Tor, durch das wir gegangen sind, sollte für meine Schattenbrüder unpassierbar sein. Doch hier ist das magische Siegel zerbrochen, und es gibt nicht einmal einen ernst zu nehmenden Wächter. Die Finsternis hier ist schier unendlich. Dieses Tor zu finden, wäre für meine Schattenbrüder ein großer Zufall. Jene, die in die Welt der Albenkinder gelangten, sind leider etwas selbstsüchtig. Sie wagen sich nicht zurück, um unsere übrigen Brüder zu rufen. Sie haben nicht unsere Kraft, Sebastien. Wir können selbst durch versiegelte Tore schreiten. Sie nicht. Ich bin hier, um sie zu rufen. Doch meine Stimme würde sie womöglich nicht locken.«

Sebastien fühlte sich plötzlich leicht und unbeschwert. Vor ihm stand der große, geisterhafte Wolf. Er stutzte. Drei Schlangen aus Licht traten aus dem Körper des Wolfs. Der Abt begriff.

»Ihr seid frei«, erklärte die Bestie.

Sebastien sah, wie sich etwas in der Finsternis regte.

»Zumindest für den Augenblick. Es gibt nichts, was meine Brüder verlockender finden, als ein Lebenslicht zu trinken. Du kennst ja unsere Schwächen, Sebastien. Sie alle

werden spüren, dass du hier bist. Gefällt dir so viel Aufmerksamkeit?«

Warum tust du das?

»Weil du eine zarte Seele bist, mein Freund. Es ist besser, dein Weg endet hier. Du würdest keinen Gefallen daran haben, Zeuge zu werden, wie das Licht einer ganzen Welt vergeht.«

DAS DUELL

»Du darfst nicht gehen, Emerelle!«

Melvyn hatte sie am Tor der Festung, die über die Shalyn Falah wachte, abgepasst. Er trug die neuen Armschienen, die sie ihm geschickt hatte. Die stählernen Krallen waren ausgefahren. »Ich werde an deiner Stelle kämpfen. Es gibt keinen Troll, den ich nicht besiegen könnte.«

»Was hält Leylin davon?«

Er hielt ihrem Blick stand. »Sie würde es sicherlich ehrenhaft finden.«

»Also weiß sie nichts davon.« Emerelle musste lachen. »Du musst noch einiges über den Umgang mit Frauen lernen. Mach dir keine Sorgen um mich. Ich habe schon in den Drachenkriegen gekämpft. Bevor ich Königin wurde, war ich Kriegerin. Ich werde siegen.«

»Aber du könntest ...«

Sie hob gebieterisch die Hand. »Nein, Melvyn. Es ist ausgeschlossen, dass ich verliere. Ich danke dir für dein edelmütiges Angebot, aber ich werde es nicht annehmen.« Mit festem Schritt ging sie der Brücke entgegen. Sie hatte in der letzten Nacht die Zukunft erforscht und sich gesucht. Traute sie Melianders Worten, so hätte die Silberschale keine Schrecken vor ihr verheimlicht. Es war schwer, seine eigene Zukunft zu erkunden. Sie war besonders veränderlich, denn jedes Bild, das man sah, mochte Einfluss auf alle kommenden Taten haben. Emerelle hatte keine mögliche Zukunft entdecken können, in der sie auf der Shalyn Falah starb. Ganz gleich, wen die Trolle schicken würden, sie würde siegen.

Für das Duell hatte die Königin einen leichten Leinenpanzer angelegt. Auf jegliche weitere Rüstung hatte sie verzichtet. Sie kämpfte am besten, wenn sie beweglich war.

An der Brücke angekommen, blickte sie zurück. Hunderte Banner wehten auf den Mauern der weißen Festung, die den Zugang ins Herzland bewachte. Die Wälle waren dicht besetzt mit ihren Kriegern. Selbst Fingayn war dort, obwohl der Maurawan es eigentlich vorzog, nicht allzu viel Gesellschaft zu haben. War das ein Mensch an seiner Seite? Der Mann verschwand im Gedränge.

Emerelles Blick wanderte über die hohen, weißen Festungswälle. Hier hatte ihr Schwertmeister residiert und seine neuen Schüler ausgebildet. Sie griff sich an ihr Herz. Würde sie die Leere, die sie dort verspürte, jemals überwinden? Was gäbe sie dafür, wenn Ollowain auf diesen Wällen stehen würde, um ihr nun zuzusehen. Sie lächelte traurig. Dazu wäre es niemals gekommen. Er hätte sie nicht in diesen Zweikampf ziehen lassen.

Sie wandte sich ab. Eine einzelne Fanfare erklang, als sie die Brücke betrat.

Auf der anderen Seite des Abgrunds drängten sich tausende Trolle. Zwischen den hünenhaften Kriegern sahen die Kobolde wie Kinder aus. Sie konnte nicht begreifen, was sie dazu gebracht hatte, zu den Feinden überzulaufen.

Der Anblick der Kobolde erinnerte die Königin auch an die dreißig Kinder. Heute Morgen hatte sie sie mit ihren Familien in Richtung Yaldemee geschickt. Viel zu lange waren sie den Einflüsterungen der Schatten ausgesetzt gewesen. Dafür schämte sich Emerelle, ebenso wie für die

Tatsache, überhaupt auf Alathaia gehört zu haben und in Versuchung geraten zu sein, sich einen Albenstein mit Kinderblut zu erkaufen.

Die Königin blinzelte. Sie würde während des Kampfes in die Sonne blicken müssen. Das war ärgerlich, aber letzten Endes würde sich deshalb nichts ändern.

Eine Gasse bildete sich zwischen den Trollen. Eine schlanke, weiße Gestalt erschien auf dem Kamm der Klippe. Das Licht blendete. Einen Moment schien es, als habe der Krieger keinen Kopf.

Emerelle erinnerte sich an eines der Bilder in Melianders Buch. Es zeigte eine kopflose Gestalt, die auf eine Brücke trat.

Ihr Gegner stieg nun den in Serpentinen gewundenen Pfad hinab, der von dort drüben auf die Shalyn Falah führte. Es war ein Elf! Wie hatten die Trolle einen Elfen für ihre Sache gewinnen können?

Die Bewegungen des Kriegers erschienen ihr seltsam vertraut. Der Kämpfer war ganz in Weiß gekleidet. Nervös trommelten ihre Finger auf den Schwertknauf. Wer war das? Er trug eine weiße Maske und dazu eine eng anliegende Mütze mit Pferdeohren. Wie geschmacklos! Wollte der Kerl sie verhöhnen?

So wie sie trug auch er einen Leinenpanzer. Auf Arm- oder Beinschienen und einen Schild hatte er verzichtet. In der Rechten hielt er ein blankes Schwert. Sein Wuchs, die katzenhafte Art, mit der er sich bewegte, in all dem glich er Ollowain! Wer war dieser Krieger?

Emerelle kniete nieder und streifte ihre Sandalen ab. Die Shalyn Falah, die weiße Brücke, war ein tückischer Ort für einen Zweikampf. Es gab kein Geländer, und der Brückenweg war leicht gewölbt. Von den Wänden der Klippen stürzte Wasser in die Tiefe. Ganz gleich wie der Wind drehte, fast immer wurde Sprühwasser zur Brücke getragen und ließ den polierten weißen Stein glatt und rutschig werden. Es war klüger, hier barfuß zu kämpfen.

Dumpfer Trommelschlag erklang auf der Seite der Trolle, als ihr Krieger die Shalyn Falah betrat. Auch er war barfuß! Ohne zu zögern, kam er auf sie zu. Mit der Linken nestelte er an seiner Maske. Als er die Mitte der Brücke erreichte, nahm er sie ab und warf sie mit lässiger Geste in den Abgrund.

Ollowain!

Emerelle traute ihren Augen nicht! Wieder griff sie sich an ihr Herz. Wie konnte es sein, dass er vor ihr stand und sie ihn nicht fühlte?

Er hob das Schwert zum Fechtergruß.

»Ollowain?« Er reagierte nicht auf seinen Namen! Was hatte Skanga ihm angetan?

»Los! Kämpfen.«

Seine Stimme war verändert. »Wer bist du?«

»Klaves. Diener in Elijas Herde. Ich trage den Dung der Echsen. Und Trolltrottel totmachen kann ich auch ...« Er wirkte plötzlich erschrocken. »Das darf ich eigentlich nicht sagen, Weißmädchen.«

Emerelle starrte ihn einfach nur an. Wie redete er? Was war mit ihm geschehen?

»Komm, Weißmädchen!« Er deutete mit dem Schwert auf ihre Brust.

»Du willst mich töten? Warum? Du warst mein Schwertmeister. Erinnerst du dich denn nicht?«

Klaves runzelte die Stirn. »Ich bin Elijas Diener. Und wenn ich dich totmache, werde ich vom Diener zum Krieger. Krieger müssen keinen Echsendung mehr schleppen.«

Er hatte sogar noch sein altes Schwert, bemerkte Emerelle. Sie legte ihre Hand auf den Schwertgriff. Sie konnte es nicht ...

»Du würdest mich töten, Klaves?«

»Elija hat gesagt, ich soll mit dir kämpfen. Ich bin ein guter Diener. Ich tue immer, was Elija mir sagt.«

»Und wenn ich nicht mit dir kämpfen möchte?«

Er sah sie erschrocken an. »Das geht nicht. Elija hat gesagt, ich muss kämpfen. Nimm jetzt dein Schwert in die Hand. Das brauchst du zum Kämpfen!«

Der Wind wehte ihr Gischt ins Gesicht und verbarg so ihre Tränen. Was hatten sie mit ihm gemacht? Er war nicht mehr Ollowain. Aber er hatte immer noch das Gesicht des Mannes, den sie liebte. Ihre Finger tasteten nach dem Albenstein unter ihrer Leinenrüstung. »Darf ich dich mit einem Stein an deiner Stirn berühren?«

Er trat einen Schritt zurück. »Nein! Wir kämpfen jetzt, Weißmädchen!«

Emerelle kniete nieder. Sie hatte in ihrem Leben manches getan, das ihr schlaflose Nächte bereitet hatte. Sie hatte Unrecht geduldet, zum Wohle Albenmarks. All dies war vergebens gewesen, wenn sie nun kampflos aufgab. All die Toten der letzten Monde waren für nichts gestorben. Doch sie konnte nicht.

Sie zog ihr Schwert und legte es ihm zu Füßen. Sie wusste nicht, was geschehen war. Doch zumindest ihr Herz hatte sie nicht getäuscht. Der Ollowain, den sie gekannt hatte, war tot. Aber sie würde ihn wieder zurückholen! Sie würde alle seine Leben wieder zurückholen! »Du hast mich besiegt«, sagte sie leise.

Der Krieger sah sie verwirrt an. »Das geht so nicht. Erst muss man kämpfen. Dann siegt man.«

»Stell deinen Fuß auf mein Schwert und strecke deine Waffe dem Himmel entgegen.«

Er gehorchte sofort. Sie hatten ihn durch und durch zu einem Diener gemacht.

Auf Seiten der Trolle brach wildes Jubelgeschrei los. Ihr junger König und Skanga kamen den Serpentinenweg hinab. Orgrim, Ganda und andere, die Emerelle nicht kannte, folgten ihnen.

Sie wagte es nicht zurückzublicken. Sie konnte nicht in die Augen all derer sehen, die sie verraten hatte. Aber ganz gleich, wie schlecht die Trolle auch herrschen mochten, es wäre Frieden. Das Massaker war abgewandt.

»Darf ich mit meinem Stein deine Stirn berühren?« Sie hatte alles aufgegeben für ihn. Nun würde sie ihn zurückholen. Kein Zauber, den Skanga wirken konnte, würde der Macht des Albensteins widerstehen!

Sie zog den Stein, der an einem dünnen Lederriemen hing, unter ihrem Leinenpanzer hervor. Ollowain beobachtete sie misstrauisch.

»Es wird nicht wehtun«, sagte Emerelle, obwohl sie sich dessen nicht sicher war. Sie berührte ihn sanft mit dem Stein an der Stirn und hauchte ein Wort der Macht. Dann griff sie in seine Erinnerungen. Sie sah ihn niederste Arbeiten verrichten, aber auch, wie er mit Melvyn kämpfte. Ganda pflegte ihn, als er verwundet war. Im Blick der Lutin konnte sie lesen, wie viel er Ganda bedeutete. Dann kamen keine Erinnerungen mehr. Mit all ihrer Macht und Wut stemmte sich Emerelle gegen den Zauber, der auf Ollowain lag. Ein Wall aus Finsternis trennte ihn von seinem Leben. Emerelle stellte sich vor, ein Rammbock zu sein. Eine Kraft, der nichts widerstehen konnte. Doch der Wall blieb unüberwindlich.

Dann dachte sie an all das Unausgesprochene. An ihre Liebe zu Ollowain, die sie niemals gelebt hatte. Sie dachte an Falrach und an all die anderen, als die Falrach seitdem wiedergeboren worden war. Falrach, der sich für sie geopfert hatte. Der selbstlose Ritter, der unter dem Prankenhieb starb, der sie hätte töten sollen.

Der Albenstein fühlte sich kalt an.

»Geh weg von ihm, Weib!« fauchte Skanga. »Er gehört zu uns! Fort mit dir! Du bist nichts mehr.«

»Beleidige Emerelle nicht.« Ollowain hob sein Schwert. »Weg mit dir!«

»Aber Jüngelchen, du gehörst zu uns.«

»Davon wüsste ich!«

Die Stimme klang vertraut in Emerelles Ohren, auch wenn sie sie sehr lange nicht mehr gehört hatte. »Falrach?«

»Wir sollten uns zurückziehen, Schwertschwester«, sagte er leise. »Das sind zu viele Trolle dort oben. Allein werden wir sie nicht aufhalten. Und hier finden wir keine Deckung, wenn sie auf die Idee kommen, Steine zu werfen.«

Das war Falrach! Unverwechselbar! Wieder hatte er sich schützend vor sie gestellt. Wo war Ollowain? Wie konnte es sein, dass sie zu Falrach vordrang, aber Ollowain nicht finden konnte?

»Was hast du getan, du hirnlose Elfenschlampe!«, schrie Skanga. Ihre Stimme klang schrill vor Angst.

Emerelle blickte zurück. Doch sie konnte nichts sehen.

»Sie sind gekommen, Verfluchte! Sie haben das Tor gefunden, das du ihnen geöffnet hast!«

WIE KADLIN ZU LUTH GING

»Als dann aber Ulric Trolltöter in die Tiefen versank und hundert der schrecklichsten Trolle mit sich in den Tod riss, da brach ein großer Streit aus. Von den Kindern des Elfenjarls Alfadas war nur mehr Kadlin geblieben, denn den Wolfselfen, den er in Albenmark gezeugt hatte, hatte noch niemand gesehen und wollte auch niemand sehen. Nun erhob sich aber ein großes Geschrei unter den Kriegern im Fjordland, denn sie wollten nicht von einem Weibe regieret sein. Kadlin aber, in der das heiße Blut ihres Großvaters stark war, nahm die Axt und sagte, sie wolle zu Luth gehen, um als Einzige in ihrem Fleische in der Goldenen Halle zu sitzen, denn sie wolle lieber unter toten Helden als unter lebenden Schreihälsen verweilen. Weil Kadlin aber nicht wusste, wie sie lebend zu Luths Halle gelangen konnte, ging

sie zur Allweisen Emerelle. Wie es aber mit den Allweisen so ist, so sind sie manchmal sehr zerstreut. So hatte Emerelle, als sie das letzte Mal ins Große Dunkel gegangen war, vergessen, die Pforte zu verschließen, welche die Schatten aus Albenmark fortsperrt. Es herrschte eine große Not in der Alben Mark, als Kadlin dorthin reiste. So schlimm war es um die Alben bestellt, dass Emerelle den Trollen ihre Krone schenkte, damit sie ihr halfen. Doch selbst Elfen und Trolle vereint, vermochten die Schattenkrieger aus dem Großen Dunkel nicht zu besiegen.

Kadlin, die nie aufs Maul gefallen war, versprach den Albenkindern, ihren Bruder aus den Hallen des Luth zu schicken, wenn die Elfen ihr denn dorthin verhelfen wollten. Da Emerelle, die Allweise, stets einen Weg an jeden Ort kannte, den man sich nur denken mochte, öffnete sie Kadlin ein Tor, und die Enkelin Mandreds fuhr durch den Schornstein in die Halle des Luth hinab. Und Kadlin hielt sich an ihr Wort. Sie schickte den ruhmreichen Ulric zu den Albenkindern, wo ihr Bruder so viele Schattenkrieger erschlug, dass die Überlebenden froh waren, wieder ins Große Dunkel zu flüchten.

Kadlin aber fand solchen Gefallen daran, mit den Helden zu zechen, dass sie ganz die Zeit vergaß. Und darin lag eine große Gefahr, denn wer den Helden der Goldenen Halle einen Tag und eine Nacht Gesellschaft geleistet hat, den lädt Luth ein, für immer zu bleiben. Und dem Schicksalsweber widerspricht man nicht, es sei denn, man ist Ulric Alfadasson – doch das ist eine andere Geschichte. Zu ihrem Glück aber hatte Kadlin noch einen Freund …«

DEM VOLKE AUFS MAUL GESCHAUT –
GESCHICHTEN DER EINÖDBAUERN
IM NÖRDLICHEN FJORDLAND,
GESAMMELT UND NIEDERGESCHRIEBEN
VON SVEIN EIRIKSON, S. 72

INS HERZ DER FINSTERNIS

Man konnte Elfen nicht trauen! Niemals! Wenn Skanga eines in ihrem Leben gelernt hatte, dann das. Es war kein Zufall, dass Emerelle sich unterwarf, und ganz gewiss nicht die große Liebe, die sie heuchelte. Sie hatte gewusst, dass die Yingiz kommen würden. Und sie hatte auch gewusst, dass sie mit den Geschöpfen der Finsternis allein nicht fertig würde, wenn sie in Massen kamen.

»Der Wald sieht zum Fürchten aus«, flüsterte Birga ihr ins Ohr. »Das Gras ist welk wie in einem heißen Sommer. Von allen Bäumen ist die Rinde geschält. Bleich wie Knochen ragen sie in den Himmel.«

Das reicht, knurrte die Schamanin. Sie wollte nicht wissen, wovor Birga sich fürchtete. »Pass auf, dass ich über keinen Ast falle, und sonst halt dein Maul!« *Der Wald sieht zum Fürchten aus.* Lächerlich! Wenn Birga sehen könnte, was sie sah, dann wüsste sie, was Furcht ist. Die Aura Alathaias zum Beispiel. Nie zuvor hatte Skanga so etwas gesehen.

Oder die Aura von diesem Elfenritter Ollowain. Als sie ihn am Mittag zum ersten Mal sah, schien er nur einen daumengroßen Kopf zu haben. Jetzt war ihm ein neuer gewachsen.

Oder die zerstörerischen Kraftlinien, die die Yingiz erschufen. Wie die Tentakel eines riesigen Kraken griffen sie von der Burg aus in den Himmel. Und wo sie hinab auf das Land reichten, da rissen sie jegliches Leben fort. Der tote Wald war nicht unheimlich. Ihn hatten die Yingiz abgeweidet.

Skanga blickte zum Himmel hinauf. Die anderen schienen nicht sehen zu können, was dort geschah. Vielleicht war es auch besser so. Die beiden Heere hatten den Befehl erhalten, sich einen Tagesmarsch weit zurückzuziehen.

Nicht auszudenken, was geschehen würde, wenn die Tentakel unter die Krieger griffen.

»Wir haben den Weg hinauf zur Burg erreicht«, flüsterte Birga.

Skanga verzichtete darauf, die jüngere Schamanin zurechtzuweisen. Sie brauchte all ihre Kraft, um den magischen Kokon aufrechtzuerhalten. Er schützte die kleine Gruppe: Emerelle, Alathaia, das Menschenkind, den Elfenritter mit seinem neuen Kopf und die geschwätzige Birga.

Was wohl geschehen würde, wenn einer der Tentakel auf den Kokon traf? Nein, besser erst gar nicht an so etwas denken! Im Nichts hatte der Zauber sie und Branbart gut geschützt. Allerdings hatten die Yingiz im Nichts ihre Kräfte auch nicht vereint, so wie sie es jetzt taten.

Alathaia hatte vorhin von einem zerbrochenen Albenstein gesprochen. Ein dritter Stein, den könnten sie jetzt gut gebrauchen! Wenn das alles hier vorüber war, dann würde sie sich diese Elfenschlampe vornehmen.

Skangas Blick verweilte auf der Aura der Hexenfürstin. Nein, vielleicht war es klüger, freundlich zu ihr zu sein. In ihr schlummerte eine eigentümliche Finsternis. Es wäre besser, sie nicht zu reizen. Auch ohne einen Albenstein hatte sie große Macht.

Jetzt waren die Yingiz überall. In Scharen kauerten die Schatten um sie herum. Kalt war es in Emerelles Schloss. Und der magische Glanz war wie alter Putz von den Mauern gefallen. Egal! Solchen Schnickschnack brauchten sie nicht. Wahrscheinlich würde sich Gilmarak ohnehin einen anderen Ort als Herrschersitz aussuchen. Sie würde ihm dringend dazu raten. Zum Glück tat der Junge meistens, was sie ihm empfahl. Emerelles Heerscharen schienen sich dem Ausgang des Duells zu fügen. Das war das einzig Gute an der Ankunft der Yingiz. Sie hatten allen solche Angst eingejagt, dass niemand mehr daran dachte, sich zu beschweren, dass es keinen Kampf gegeben hatte. Emerelle hatte ihre Krone zuletzt einfach verschenkt. Dass sie es wegen diesem Elfenkrieger getan hatte, mochte Skanga einfach nicht glauben. Da steckte bestimmt noch mehr dahinter!

Etwas tastete nach dem Kokon. Fest umklammerte Skanga ihren Albenstein. Die fremde Macht zog sich wieder zurück. Die Tentakel, die Skanga gesehen hatte, griffen weit aus der Burg hinaus. Eigentlich sollten sie hier sicherer sein als draußen. Das Land versprach den Yingiz viel fettere Beute. Was waren eine Hand voll Weiber und ein Mann schon verglichen zur Lebenskraft, die ein Wald in sich trug!

»Wir gehen an einem Brunnen mit einem Drachen vorbei auf ein hohes Tor zu«, raunte Birga ihr ins Ohr. »Ich glaube, wir haben den Thronsaal fast erreicht.«

Ja, ja, dachte Skanga. Sie sah den Albenpfad, der geradewegs durch das Tor zum Thronsaal lief. Jetzt sah sie auch die übrigen Linien. Es waren nur sechs. Man sollte diese machtversessene Elfenschlampe den Yingiz zum Fraß vorwerfen! Wie hatte Emerelle es nur wagen können, einen Teil vom goldenen Netz zu zerreißen! Und was hatte es ihr gebracht? Trotz allem Übel war dies ein stolzer Tag in der Geschichte ihres Volkes. Gilmarak war zum König Albenmarks aufgestiegen. Nie zuvor war ein Troll zu solchen Würden gelangt! Und Emerelle war gedemütigt!

Das magische Tor im Thonsaal flackerte in allen Regenbogenfarben.

»Emerelle hat mir jetzt das großes Stundenglas gegeben«, sagte Birga.

»So war es abgemacht!«, zischte Skanga. Sie wusste, was um sie herum vor sich ging!

»Bring uns näher an das Tor heran. Wir müssen es im Schutz deines Zaubers durchqueren!«

Ihren herrischen Tonfall hatte die Elfenschlampe noch nicht abgelegt. Skanga wusste genau, dass Emerelle nicht mehr hierher zurückkommen würde, wenn die Sache vorüber war. Sie würde fliehen. Wahrscheinlich nach Carandamon. »Wenn du den Frieden brichst, den du gelobt hast, werde ich dich finden, ganz gleich, wo du dich versteckst, Emerelle.«

Zufrieden sah Skanga das Rot mühsam unterdrückten Zorns in der Aura der Elfe. »Ich drehe jetzt das Stundenglas. Seid in sieben Stunden bereit.« Mit diesen Worten trat Emerelle mit ihrem Krieger durch den Albenstern.

Skanga blickte zu dem Menschenkind. Die Kleine hatte fürchterliche Angst. Wenn sie versagte, dann würden sie alle bis über die Ohren in der Scheiße sitzen. Nur die Elfenschlampe hätte es dann geschafft, sich in Sicherheit zu bringen. Jetzt bereitete Alathaia die Menschentochter auf ihre Reise zu Luth vor. Dass dieses Mädchen und das Buch eines verrückten Elfen die letzte Hoffnung Albenmarks sein sollten, empfand Skanga als schlechten Scherz. Lieber hätte sie den alten Kerl geschickt. Aber der hatte wohl einen ihrer machtlosen Götter angebetet und durfte ebenso wenig wie ein Albenkind darauf hoffen, zu den Goldenen Hallen zu gelangen. Falls der verwirrte Meliander mit seinen Vermutungen nicht danebenlag, vermochten die toten Helden aus den Hallen der Menschengötter die Yingiz tatsächlich zu vertreiben. Doch um zu diesen Hallen zu gelangen und die Helden zu rufen, musste das Mädchen dem Tod entgegengehen. Nachdenklich betrachtete Skanga ihre Aura. Ihre Verbindung zu den Toten schien stärker zu sein als zu den Lebenden. Das waren schlechte Voraussetzungen, um von der Reise, die ihr bevorstand, lebend zurückzukehren.

ZWISCHEN LEBEN UND TOD

Kadlin hielt den goldenen Becher mit beiden Händen umklammert. Der Trunk, den ihr die unheimliche Elfe eingeschüttet hatte, war schwarz wie der Tod. Aber zumindest roch er angenehm. Ein wenig erinnerte er sie an den Lebertran, den sie als Kind hatte trinken müssen, wenn sie krank wurde.

Die schwarzhaarige Elfe lächelte sie an. »Selbstverständlich! Aber nicht in dieser Nacht.«

Kadlin blickte zu den beiden Trollweibern. Beide waren sie schrecklich. Sowohl die Blinde als auch die mit der Maske. Und dann all die Schatten hier ringsherum. Wo war das blühende Albenmark? Sie hatten ihr eingeredet, es liege allein an ihr, diese Welt zu retten. Sie müsse Mut haben, und sie müsse überzeugend sein. Nur ein Recke aus den Goldenen Hallen könne die Schatten vertreiben. Aber kein Albenkind vermochte dorthin zu finden. Das war nur Menschen möglich. Helden!

Kadlin nahm all ihren Mut zusammen und trank. Ganz gleich, was mit ihr geschah, überall anders wäre sie besser aufgehoben als hier!

Wie flüssiges Eis war der Trunk. Kadlin fühlte sich taub.

»Vorsichtig. Du solltest dich hinlegen«. Die Stimme klang seltsam fern. Hände ergriffen sie. Sie sank nach hinten, doch sie kam nicht auf dem Boden zu liegen. Stattdessen glitt sie davon in die Dunkelheit.

Er war, als versinke sie in Wasser. Nur dass sie atmen konnte. Sie fühlte sich angenehm schläfrig. Langsam glitt sie tiefer. Die Dunkelheit rings herum war vollkommen.

Lange Zeit ließ sie sich treiben. Manchmal streifte sie etwas Klebriges. Aber sie war zu müde, um die Augen zu öffnen. Dann blieb sie hängen. Sie blinzelte und blickte in acht bernsteinfarbene Augen. Kadlin wollte schreien, doch kein Ton kam über ihre Lippen. Ein Zangenpaar nahm sie auf. Dann trug die riesige Spinne sie davon.

Spinnen waren die heiligen Tiere Luths, das wusste Kadlin, aber in den Liedern der Skalden hatte sie noch nie von pferdegroßen Spinnen mit Beinen, so lang wie Schiffsmasten gehört.

Die Spinne eilte über silberne Fäden. Langsam wurde es heller. Kadlin sah einen Himmel voller silberner Fäden über sich. Manchmal zerriss einer von ihnen, und ein Leib glitt daran hinab. Noch andere Spinnen waren unterwegs. Die Jägerin konnte beobachten, wie eine strampelnde Gestalt in Fäden eingewoben wurde. Als der Mann endlich ganz still lag, kamen kleinere Spinnen und krochen zwischen den Fäden hindurch.

Kadlin wandte den Blick ab. In der Ferne sah sie ein goldenes Licht. Es wurde größer. Bald erkannte sie eine weit geöffnete Tür, sie gehörte zu einer Halle, deren weites Dach sich im Zwielicht verlor. Das Langhaus war über und über mit silbernen Fäden bedeckt.

Behutsam legte die Spinne Kadlin an der Tür ab. Ein derbes Zechlied kam der Jägerin vertraut vor. Es handelte von Mandred, der ein Hurenhaus besuchte. Der süße Duft von Met stieg Kadlin in die Nase.

Sie richtete sich auf. Ihre Glieder waren schwer wie Blei. Hinter dem Tor lag ein goldener Saal. Hunderte Krieger zechten und sangen dort. »Björn Lambison?« Wie Donnerschlag hallte der Name in dem weiten Saal. Das Lied verstummte. Alle blickten zur Tür. Und dann stand er vor ihr! Er sah gut aus. Ein wenig betrunken.

»Was tust du hier?«

Statt zu antworten, wollte sie ihn einfach nur in die Arme schließen.

»Tritt nicht über die Schwelle!«, warnte eine Ehrfurcht gebietende Stimme. König Alfadas trat zwischen den Gästen der Halle hervor. An seiner Seite ging Kalf. »Wenn du die Schwelle überschreitest, verwirkst du dein Recht auf deinen warmen, atmenden Leib. Was tust du hier, Kadlin? Du solltest nicht an diesem Ort sein.«

Sein Tonfall ärgerte sie. Von Kalf würde sie sich so etwas sagen lassen, aber ein toter König hatte ihr nicht mehr zu gebieten! Einen Augenblick lang war sie versucht, Alfadas zurechtzuweisen. Doch dann beherrschte sie sich und erzählte von der Not Albenmarks und davon, dass Emerelle glaubte, nur einer der Helden aus den Goldenen Hallen könne die Yingiz vertreiben.

Der König wirkte traurig. »Weißt du um den Preis, den dein Held zahlen wird? Wer die Goldenen Hallen verlässt, der kann nicht mehr zurück. Er wird im nächsten Morgengrauen vergehen. Seine Seele verlischt.« Er deutete in das Licht. »Dies ist unendlich mehr als eine Halle. Was du siehst, ist nur der Eingang. Asla ist hier.«

Kadlin stutzte. Was hatte der König mit ihrer Mutter zu schaffen?

»Ich werde gehen!« Zwischen den Recken längst vergangener Zeiten erschien Ulric. Ihn zu sehen erschreckte Kadlin. Warum war auch er schon hier? Was war geschehen? Wie im Leben, so war auch hier Halgard an seiner Seite.

»Du schuldest ihr nichts, Junge.«

»Ich weiß.« Er wandte sich an Kadlin. »Ist Albenmark so schön, wie die Skalden sagen?«

»Nicht der Ort, zu dem du gehen würdest.«

EIN MANN OHNE NASE, ABER MIT EINEM FREUND

Skanga sah die beiden Lichtgestalten verblassen. Sie hatten die Yingiz das Fürchten gelehrt. Es war eine Freude gewesen zuzuschauen, wie die Schatten auseinander stoben und zurück ins Nichts flohen. Was die Menschen wohl an sich hatten, dass sie die Yingiz besiegen konnten? Lag es an ihren Göttern?

»Wie lange dauert es noch, bis die Sanduhr abgelaufen ist?«

»Weniger als eine Stunde«, antwortete Birga.

Skanga würde es den anderen gegenüber nicht eingestehen, aber sie spürte, wie ihre Kräfte nachließen. Noch immer hielt die Schamanin den schützenden Kokon aufrecht.

Jetzt versperrte sie damit das Tor. Doch das konnte so nicht ewig weiter gehen. Wenn Emerelle sie hereinlegte, dann war das Opfer der beiden Lichtgestalten vergebens gewesen.

Skanga blickte zu dem Mädchen. Ihre Lebensaura war fast verloschen. »Wann wird sie erwachen, Alathaia?«

»Ich glaube nicht, dass sie zu uns zurückkehrt. Sie wird den Rückweg nicht finden.«

Skanga schnaubte ärgerlich. Elfenpack! Man konnte ihnen einfach nicht trauen. »Warum hast du sie belogen?«

»Das habe ich nicht«, entgegnete Alathaia in aller Ruhe. »Im Gegenteil, ich sagte ihr ausdrücklich, dass sie sterben wird. Nur nicht in dieser Nacht. Doch nun ist die Nacht vorüber.«

»Ist Emerelle so wie du?«, fragte Birga.

»Nein. Ich glaube, sie ist mir in fast jeder Hinsicht überlegen.«

Wunderbar, dachte Skanga. »Kann man der Kleinen irgendwie helfen?«

»Nein. Meliander schrieb in seinem Buch, dass man zwar einen Boten zu den Goldenen Hallen schicken könne, aber sie fänden den Rückweg nicht mehr. Das Tor, durch das sie gekommen sind, bleibt ihnen verborgen.«

Skanga dachte über Elfen nach. Man konnte sie nur hassen! Niemand sprach mehr. Die alte Schamanin beobachtete, wie die Lebensaura des Mädchens weiter verblasste. »Wie lange noch?«, fragte sie endlich.

»Etwas länger als eine halbe Stunde.«

Schritte.

»Da kommt ein Mensch. Ein ziemlich hässlicher Kerl. Er hat keine Nase.«

Skanga blickte in Richtung der Schritte. Der Mann hatte eine starke Aura, obwohl sie auch Anzeichen von Alter zeigte.

»Versteht ihr mich?«, fragte er höflich.

Niemand antwortete ihm.

Er kniete neben dem Mädchen nieder. Rot pulste unter den Farben seiner Aura. »Warum lasst ihr sie sterben?«

»Weil man mit dem Tod nicht feilschen kann«, antwortete Alathaia. »Sie hat ihre Aufgabe erfüllt. Sie wusste, was sie erwartet«, log die Elfe.

»Du irrst dich, meine Dame. Kadlin hat ihre Aufgabe keineswegs erfüllt. Sie ist meine Königin. Ich soll sie zurückholen.«

»Manchmal macht ein Lakai einen Botengang vergebens.« Alathaia genoss es offensichtlich, sich die Zeit damit zu vertreiben, den Kerl zu quälen. Vielleicht wäre sie ein wenig zurückhaltender, wenn sie die Aura des Menschen sehen könnte, dachte Skanga.

»Mein Freund sagte mir schon, dass ihr nicht sehr freundlich seid. Aber als ein Fremder in dieser Welt wollte ich höflich sein. Versuchen wir es also anders. In dem Augenblick, in dem Kadlins Herz aufhört zu schlagen, wirst du mit einem faustgroßen Loch in der Stirn auf dem Boden liegen, und weil ich ein rachsüchtiger Mann bin, werde ich dir die Leber aus deinem bleichen Leib schneiden und an meine Hunde verfüttern.«

»Du nimmst den Mund sehr voll.«

»Und du hättest vielleicht besser keinen Saal ohne Decke betreten, über dem sich ein hoher Turm mit vielen Fenstern erhebt. Es sind mehr als zwanzig Schritt bis zur Tür. Glaubst du, du könntest einem Pfeil davonlaufen?«

Skanga blickte zu dem Turm. Sie nahm ihn nur als einen undeutlichen Schemen war.

»Und wenn wir dem Mädchen nicht mehr helfen können? Hast du erwogen, dass das, was du verlangst, jenseits unserer Möglichkeiten liegen könnte?«, fragte Alathaia. Den überheblichen Tonfall hatte sie nun abgelegt.

»Wenn dem so ist, steht euch ein wirklich hässlicher Tag bevor.«

»Was haben wir damit zu tun?«, fragte Birga aufgebracht.

»Trolle konnte ich noch nie sonderlich leiden. Wenn Kadlin stirbt, dann werdet ihr sie alle drei auf ihre letzte Reise begleiten.«

»Und wenn wir sterben, kehren die Yingiz zurück, Menschensohn. Sie werden dich töten und danach die ganze Welt verschlingen«, sagte Skanga.

»Sehe ich aus wie ein Mann, dem an seinem Leben oder eurer Welt gelegen ist?«

Die alte Schamanin betrachtete seine Aura. Er machte keine leeren Worte! »Glaubst du, dein Freund wird uns alle drei treffen, bevor wir das Tor erreichen?«

»Man sagte mir, Fingayn sei ein sehr guter Schütze.«

Skanga fluchte.

VON MAGIE UND SCHNEEHASEN

Emerelle betrachtete den Morgenhimmel durch den weiten Krater, der die Deckenkuppel des Himmelssaals in Phylangan ersetzt hatte. Von all der Pracht der Felsenburg war nichts mehr geblieben. Die weißen Pfeiler der Brücke, die man der Shalyn Falah nachempfunden hatte, ragten gleich Zahnstümpfen aus der erkalteten Lava.

Die Albenpfade verliefen über ihr im leeren Kraterrund. Emerelle sprach ein Wort der Macht. Langsam erhob sie sich zu den Kraftlinien, die von den Alben als schützendes Gitterwerk um ihre Welt gelegt worden waren.

Der Pfad, den Emerelle zerstört hatte, begann hier und führte in gerader Linie zu ihrer Burg im Herzland. Skanga hatte ihren Marsch auf die Königsburg bei einem anderen Albenpfad begonnen, doch zuletzt war es diese Linie des goldenen Netzes, die sie beschritten hatte.

»Der Sand ist durchgelaufen«, rief die Stimme Falrachs.

Emerelle schloss die Augen. Sie stellte sich den Weg vor, den der Albenpfad einst genommen hatte. Sie spürte Skanga. Die Trollschamanin hatte Angst. Wahrscheinlich traute Skanga ihr nicht.

Die Königin umfasste ihren Albenstein mit beiden Händen und dachte einen Pfad aus goldenem Licht. Sorgsam wob sie einen Zauber darum, der die Yingiz von den Reisenden auf diesem Weg fern halten würde. Sie atmete schwer. Es war vollbracht! Das Werk der Alben war wieder vollständig. Langsam sank sie auf den verwüsteten Boden.

»Ist es geglückt?«

Sie nickte. Es war seltsam, in Ollowains Antlitz zu blicken und Falrach sprechen zu hören. Sie würde sich daran gewöhnen.

»Wirst du um deinen Thron kämpfen?«

Emerelle sah ihn überrascht an. »Nein. Ich werde nie

wieder gegen die Trolle kämpfen. Mit ihnen vielleicht eines Tages, aber nicht gegen sie. Kein Thron ist es mir mehr wert, auf diese Weise erworben zu werden.«

»Gibt es einen anderen Weg?«

Die Königin lächelte. »In zwölf Jahren werden die Fürsten Albenmarks in Vahan Calyd zusammenkommen, um einen König zu wählen. Glaubst du, sie werden einen Troll auf dem Thron sehen wollen? Die Fürsten werden wieder nach mir rufen. Doch noch bin ich für sie taub.«

Falrach grinste. »Mit dir zusammen zu sein macht hungrig. Glaubst du, hier gibt es etwas zu jagen?«

»Vielleicht Schneehasen?«

»Hättest etwas dagegen, wenn ich sie zubereite?«

Emerelle brach in schallendes Gelächter aus. »Nein!«

Seit Jahrhunderten hatte sie sich nicht mehr so frei gefühlt.

DER SPIELER

Jules hielt die Figur der Königin in Händen und blickte auf den Falrach-Tisch. Der Ausgang des Spiels hatte ihn überrascht. Emerelle war geschlagen. Sie hatte ihre Krone verloren!

Aber Albenmark würde weiter bestehen.

Er dachte eine Weile nach. Er würde einen anderen Weg finden …

Jules sah hinüber zu dem zweiten Falrach-Tisch. Die Tjured-Priesterschaft hatten erheblich an Macht gewonnen. Vielleicht hatte dieser jämmerliche kleine Kerl, der ihm kurz hatte dienen dürfen, nicht Unrecht gehabt. Wie hatte er auch geheißen? Michel Sarti!

Man sollte einen Orden kämpfender Priester erschaffen. Ritter des Tjuredglaubens!

Jules schmunzelte. Er dachte an seinen jüngsten Sohn. Der Kleine hatte einige kämpferische Anlagen. Vielleicht konnte er zum Anführer der Ordensritter werden?

Eine verbrannte Eiche auf weißem Grund sollte ihr Wappen sein! So würden die Ritter stets vor Augen haben, dass es Elfen waren, die den heiligen Guillaume ermordet hatten.

Das war zwar eine Lüge, aber was machte das schon in einer Welt voller Lügen.

VON LEBENDEN UND TOTEN

Als Kadlin die Augen aufschlug, blickte sie in das hässlichste Gesicht, das sie kannte.

»Es tut gut, dich wieder bei uns zu haben!«

Kadlin blinzelte. Sie drehte den Kopf und war überrascht, Alathaia zu sehen. Die Elfe wirkte tatsächlich erleichtert. Ein wenig schämte Kadlin sich. Sie hatte die Elfe für sehr kaltherzig gehalten.

»Wie hast du zu uns zurückgefunden?«, fragte die Schamanin mit der grässlichen Maske. Auch ihre Stimme klang … erleichtert.

»Da war ein goldener Lichtblitz. Er hat mir den Weg gewiesen. Ich hatte mich verirrt.« Kadlin dachte an die Goldene Halle zurück. Sie hatte sehr lange mit Kalf, Alfadas und Mutter gesprochen. Die drei schienen ihren Frieden miteinander gemacht zu haben. Sie war sich nicht sicher, ob sie ihnen all die Lügen vergeben mochte.

»Wollen wir gehen, meine Königin?«

Sie sah zu dem Mann auf, der sie einst eine Hure genannt hatte. Ihm würde sie vergeben! Traurig dachte sie an Björn. Sie hatten so wenig Zeit miteinander gehabt. Nicht einmal ein Jahr. Sie war froh, ihn dort gesehen zu haben. Und sie wusste, er erwartete sie.

Noch etwas benommen stemmte sich Kadlin hoch. Sie hatte einen üblen Geschmack im Mund und spuckte auf den Boden. Königinnen sollten so etwas wohl nicht tun, dachte sie. Doch wer machte Königinnen schon Vorschriften?

Lambi half ihr aufzustehen.

Die Toten hatten ihr etwas verraten. Sie hatten einen sehr genauen Blick für das Leben. Für alles Leben … »Du bist ein ziemlich alter Mann, Lambi. Geradezu ein Großvater.«

»Wenn du glaubst, ich bin hierher gekommen, um mich beleidigen zu lassen, darfst du gern weiterhin in Gesellschaft von Elfen und Trollen bleiben. Nur weil du eine Königin bist …« Er hielt inne. »Ein Großvater? Bei allen Göttern! Das … Sorge dafür, dass ich das Erste bin, was der Junge sieht! Dann wird er danach nie mehr in seinem Leben vor etwas Angst haben.«

Plötzlich stand die alte Schamanin neben ihr. Finger wie Krallen fuhren vorsichtig über ihren Bauch.

»Es wird ein Mädchen sein.« Ihr grässlicher Mund klaffte zu einem zahnlückigen Lächeln. »In meinem Volk ist es Sitte, einer Mutter ein Geschenk zu machen, wenn sie zum ersten Mal ein neues Leben unter ihrem Herzen trägt.«

Kadlin musste an das Geschenk denken, von dem Ulric ihr erzählt hatte. Die drei Holzpuppen. »Ich …«

»Schweig, wenn ich rede!«, herrschte Skanga sie an. »In den Bergen nördlich der Burg, die ihr erbaut habt, gibt es einen Gletschersee. Überschreitet nie wieder diese Grenze, und es wird Frieden zwischen unseren Völkern sein. Das ist mein Geschenk für deine Tochter.«

ANHANG

Dramatis personae

Aileen Elfe, Farodins einstige Geliebte. Wurde vom Trollherzog Dolgrim getötet und später als Noroelle wiedergeboren.

Ajax Minotaur, Fürst seines Volkes in den Mondbergen. Verbündeter Emerelles im Trollkrieg.

Alathaia Die Elfenfürstin von Langollion, lebt in Fehde mit Emerelle, hat sich der dunklen Seite der Magie verschrieben.

Al-beles Einer der Namen der Elfe Sem-la, die über den Albenstern wacht, der von Iskendria in die Bibliothek der Albenkinder führt.

Alfadas König des Fjordlands, Vater von Ulric, Kadlin und des Halbelfen Melvyn.

Alvias Elf, gemeinhin Meister Alvias genannt, Haushofmeister am Hof Emerelles.

Arban ben Chalasch Der falsche Name, den Ganda für Ollowain ersinnt, während sie auf einer Galeere nach Iskendria reisen.

Arsinoe Erfundenes Eheweib des ebenso erfundenen Arban ben Chalasch.

Artaxas Lamassu im Gefolge von Melvyn. Hat den Ruf, nach einem Flugunfall ein wenig seltsam geworden zu sein.

Asdis Waisenmädchen aus Firnstayn, Schwester Ottars.

Asla Fjordländerin, ehemals Frau des Alfadas, wählte sie sich am Ende des Trollkrieges den Fischer Kalf zum Gefährten. Mutter von Ulric, Kadlin und Silwyna dem Menschenkind.

Asmandea Der Name einer Hure, geschrieben auf die Mauern Iskendrias.

Atta Aikhjarto Eine beseelte Eiche, steht nahe der Grenze zum Herzland bei einem großen Albenstern.

Balbar Stadtgott von Iskendria, der nach blutigen Menschenopfern verlangt.

Bessa Von den Menschen in Iskendria verehrte Seegöttin.

Birga Trollschamanin und Ziehtochter Skangas.

Björn Lambison Ein junger Krieger aus dem Gefolge des Königssohns Ulric.

Blut Großer schwarzer Hund, der einst Ulric und Halgard das Leben rettete und später zum ständigen Begleiter des Königs Alfadas wurde.

Branbart Troll, der König seines Volkes, mutig, aber auch verschlagen und misstrauisch.

Breitnase Kobold, aus dem Volk der Mauslinge, lebt in Yaldemee.

Brodgrimm Troll, Rudelführer, der in der Schlacht am Mordstein durch seinen Flankenangriff das Heer der Kentauren und Elfen zum Rückzug zwingt.

Brud Troll, erfahrener Jäger, der nach dem Elfenwinter in die Dienste des Herzogs Orgrim trat und mit ihm in der Welt der Menschen blieb.

Cabak Kobold aus dem Volk der Lutin, ehemals Diener des Meliander, von Emerelle zu Unrecht als Dieb bestraft. Erst danach wird er zu einem der bedeutendsten Diebe und Anführer seines Volkes.

Cabezan Mensch, König von Fargon, ein berüchtigter Tyrann. Es waren seine Krieger, die in Aniscans den heiligen Guillaume ermordeten. (Siehe: *Die Elfen*, S. 260 ff.)

Caileen Elfe, Gräfin von Dorien, Befehlshaberin der freien Fürsten von Arkadien.
Chiron Kentaur, ein Albino. Lebt in der Bibliothek von Iskendria.
Claudine Eine Heilige der Tjuredkirche, deren Martyrium ein beliebtes Motiv auf den Bleiglasfenstern der Tempeltürme ist.
Der Schwarze Kobold, Drucker, der in Talsin lebt und die verbotenen Schriften des Elija Glops druckt und vertreibt. Ein überzeugter Anhänger der Rotmützen.
Dickhaut Alter Hornschildechsenbulle, der ein Gerüst zum Trocknen von Dung trägt.
Dolgrim Trollherzog, frühere Inkarnation Orgrims. Tötete Aileen, Farodins Geliebte, und löste damit die Seelenfehde aus, die noch immer andauert.
Eirik Junge aus Firnstayn, Rivale Ulrics. Später Anführer der Jäger in Diensten des Königs.
Eisfeder Einer der Schwarzrückenadler, die Melvyn in den Krieg gegen die Trolle folgten. Die Nestgefährtin Wolkentauchers.
Eleborn Seeelf, Fürst unter den Wogen, Herrscher über die Albenkinder, die in den Ozeanen Albenmarks leben.
Elena Kentaurin, Tochter des Katander von Uttika.
Elija Glops Angehöriger des Koboldvolks der Lutin. Geschickter Agitator und Begründer der Liga zur Wahrung der inneren Größe Albenmarks sowie der Rebellenbewegung der Rotmützen.
Elodrin Elf, der Seefürst von Alvemer. Kommandant von Emerelles Flotte und vorübergehend Oberbefehlshaber des Heeres, das sich im Windland sammelt.
Emerelle Elfe, die Königin aller Albenkinder und eines der ältesten Geschöpfe Albenmarks.
Etain Elf, Gelehrter, der die Märchen und Sagen der Völker Albenmarks sammelte.

Falrach Berühmter Heerführer der Elfen, rettete einst Emerelle das Leben, indem er sich selbst opferte. Erfinder des Falrach-Spiels. Eine frühe Inkarnation Ollowains.

Farodin Legendärer Elfenheld, der alle Widerstände überwindet, um gemeinsam mit seinen Gefährten Nuramon und Mandred nach Noroelle, seiner wiedergeborenen großen Liebe, zu suchen.

Fenryl Elf, ehemals ein Graf in der Snaiwamark. Stets begleitet von seinem Falken, ist er ein begnadeter Jäger und ritterlicher Krieger.

Fingayn Elf aus dem Volk der Maurawan. Ein legendärer Jäger, der es wie kein anderer versteht, sich zu tarnen und auf seine Beute zu warten.

Firn Gott des Winters im Götterpantheon der Fjordländer.

Galawayn Elf aus der Schar der Verbannten aus Valemas, als Hüter der Geheimnisse einer der bedeutendsten Köpfe der Bibliothek von Iskendria. Hat eine ausgeprägte Vorliebe für das Falrach-Spiel.

Ganda Lutin, eine machtvolle Zauberin und erfahrene Reisende auf den Albenpfaden.

Gengalos Elf, Hüter des Wissens in der Bibliothek von Iskendria. Hegt eine besondere Vorliebe für die Lyrik der Blütenfeen.

Gilmarak König der Trolle, der wiedergeborene Branbart.

Goldauge Einst ein Jagdfalke in Emerelles Besitz, als diese noch fahrende Ritterin war.

Goldbrust Der König unter den Schwarzrückenadlern vom Albenhaupt.

Gornbor Troll, Rudelführer, der in Orgrims Abwesenheit das Kommando auf der Nachtzinne führt.

Grobhäm Plog Lutin, der einst in Talsin lebte. Ein Meister der Magie, der sein Talent an bösartige Zauber wie die Erschaffung von besessenen Büchern vergeudete.

Gromjan Auch Meister Gromjan genannt, Zauberlehrer aus dem Koboldvolk der Lutin.

Guido Ordensbruder und Baumeister, zieht ins Fjordland auf der Flucht vor seiner Nemesis und wird dort zu einem der Berater des Königs Alfadas.

Guillaume Heiliger der Tjuredkirche. Gilt als Märtyrer. Wurde angeblich in Aniscans auf grausame Weise durch Elfen ermordet. Sohn Noroelles und des Devanthar. (Näheres siehe: *Die Elfen.*)

Gundaher Baumeister und Chronist am Königshof des Alfadas. Flüchtling aus dem Königreich Fargon, wo er als Bruder Guido zur Tjuredpriesterschaft gehörte.

Gundar Verstorbener Luthpriester aus Firnstayn, rettete Ulric das Leben und besiegte den Shi-Handan, der das Dorf heimsuchte.

Guthorm Junge aus Firnstayn, den auch in verzweifelter Lage nie sein gesegneter Appetit verlässt.

Halgard Ulrics Gattin, war als Kind blind und wurde von Emerelle geheilt. Mit den Jahren wird sie selbst zu einer erfahrenen Heilerin.

Hallandan Elf, Stadtfürst von Reilimee und Fürst von Alvemer, Bruder Elodrins.

Helog Troll, ein Krieger, der nach dem Massaker bei der Nachtzinne als Bote zu Orgrim geschickt wird.

Jaques Ordensbruder im Refugium auf dem Mons Gabino. Einer der 30 Märtyrer.

Jules Auch Bruder Jules oder Jules der Wanderer. Tjuredpriester, der großen Einfluss auf die Entwicklung seiner Kirche hat und als einer der radikalsten Elfengegner gilt.

Kadlin Tochter des Alfadas und der Asla. Floh mit ihrer Mutter während des Winterkriegs mit den Trollen den Rentiersteig hinauf in die Berge und wurde allgemein für tot gehalten.

Kalf Fjordländer und einige Jahre lang Jarl von Firnstayn. Eigentlich ein Fischer, wird er einer der Anführer seines Volkes im verzweifelten Abwehrkampf gegen die

Trolle. Als ehemaliger Verehrer Aslas verliert er die große Liebe seines Lebens an Alfadas. Doch während des Trollkrieges finden sie zueinander. Er rettet sie und wird zum Ziehvater von Kadlin und Silwyna Menschentochter, die beide nicht wissen, dass er nicht ihr leiblicher Vater ist.

Karim Fürst der Söhne Zeynels, eine Figur, die allein der Fantasie Gandas entsprang.

Katander Kentaur, Fürst von Uttika, Feldkommandant im Trollkrieg.

Kirta Kentaurin aus dem Klan der Frostkinder. Lebensgefährtin des Nestheus.

Klaves Name, den Ollowain im Lager der Lutin erhält, nachdem er die Erinnerung verloren hat.

Labax Kobold, Veteran der Belagerung von Phylangan. Sein Name bringt Ollowain auf die Spur des Mörders in der Bibliothek von Iskendria.

Lambi Herzog des Fjordlands, der Heerführer des Königs Alfadas. Ein Mann, dessen Anblick und Flüche allein schon genügen, um Schlachten zu gewinnen. Ein Veteran des Elfenwinters und treuer Weggefährte von König Alfadas.

Landal Elf, Navigator des Seefürsten Elodrin, Überlebender der Expedition zur Nachtzinne.

Leylin Elfe, Fürstin von Arkadien, Gattin des Shandral und Geliebte Melvyns.

Liza Ein Koboldmädchen aus dem Volk der Lutin. Die große Liebe des Nikodemus Glops.

Lucien Abt des Refugiums auf dem Mons Gabino. Einer der 30 Märtyrer.

Luth Schicksalsgott im Götterpantheon der Fjordländer. Auch der Schicksalsweber genannt.

Lyndwyn Magierin, Enkeltochter des Elfenfürsten von Arkadien, gestorben nach der Schlacht um Phylangan, Geliebte Ollowains.

Madrog Kobold aus dem Volk der Spinnenmänner, Hauptmann der Leibwache des Elfenfürsten Shandral.

Mag Ehemals Fährmann am Fjord bei Honnigsvald, begleitete Alfadas nach Albenmark und stieg zum Jarl auf. Ein halbmondförmiges Brandmal auf einer Wange weist ihn als verurteilten Dieb aus.

Mandred Torgridson Ehemals Jarl von Firnstayn. Vater des Alfadas. Gefährte von Farodin und Nuramon, mit denen er nach der verbannten Noroelle sucht. (Siehe: *Die Elfen*.)

Mariotte Ordensschwester im Refugium auf dem Mons Gabino. Eine der 30 Märtyrer.

Martin Einer der 30 Märtyrer des Refugiums auf dem Mons Gabino.

Matha Naht Beseelter Holunderbaum. Lehrerin Skangas. Ein Baum mit üblem Ruf.

Meliander Elf, Begründer des Fürstengeschlechts von Arkadien, Bruder Emerelles.

Melvyn Sohn des Alfadas und der Elfe Silwyna. Wuchs ohne Vater in einem Wolfsrudel auf.

Michel Sarti Söldnerführer aus Angnos, der für einige der schlimmsten Gräueltaten während des dritten Krieges zwischen Angnos und Fargon verantwortlich ist.

Misht Kobold aus dem Gefolge Melvyns. Hat gemeinsam mit seinem Freund Nossew eine sehr fortschrittliche Repetierarmbrust erfunden.

Mondblüte Eine Auenfee, die zu den ersten Opfern der Yingiz gehört.

Mondkragen Hornschildechse, gehört zur Herde, mit der die Lutin Ganda wanderte. Auf dem Rücken von Mondkragen hat Ganda ihr Zuhause.

Nardinel Elfe von außergewöhnlicher Schönheit. Eine begabte Heilerin, die zum Gefolge des Seefürsten Elodrin gehört.

Nestheus Kentaur, Sohn des Orimedes und Einiger der Kentaurenstämme.

Nikodemus Glops Kobold aus dem Volk der Lutin, rettungslos verliebt in das Koboldmädchen Liza. Jüngerer Bruder des Anführers der Rotmützen, Elija Glops.

Norgrimm Gott des Krieges im Götterpantheon der Fjordländer.

Noroelle Magierin am Hof Emerelles, wurde verbannt, als sie ein Kind des Devanthar gebar und nicht opfern wollte, sondern es in der Welt der Menschen versteckte. Die große Liebe von Farodin und Nuramon.

Nossew Schweigsamer Kobold aus dem Gefolge des Wolfselfen Melvyn. Hat gemeinsam mit seinem Freund Misht eine sehr fortschrittliche Repetierarmbrust erfunden.

Nuramon Legendärer Elfenheld, der alle Widerstände überwindet, um mit seinen Gefährten Farodin und Mandred nach seiner großen Liebe Noroelle zu suchen.

Obilee Elfe, Vertraute der Königin Emerelle.

Ollowain Elf, Schwertmeister der Königin, entstammt dem Volk der Normirga.

Ollwyn Ollowains Name in den Sagas der Fjordländer.

Orgrim Troll, Herzog der Nachtzinne, gilt als fähigster Feldherr unter den Trollen.

Orimedes Kentaur, Fürst im Windland und nach langen Verhandlungen Anführer der vereinigten Kentaurenstämme des Windlandes. Vater des Nestheus.

Orinox Kobold, Beleuchter in der Bibliothek von Iskendria.

Osaberg Legendärer König des Fjordlands, dessen Grab während des Elfenwinters von Ulric Alfadasson gefunden wurde.

Ottar Waisenjunge aus Firnstayn, Bruder von Asdis.

Parmeion Kentaur aus Uttika, Schwertbruder des Fürsten Katander.

Ptolemos Hochrangiger Angehöriger der Priesterschaft des Gottes Balbar in Iskendria.

Qualbam III. Kobold, Beleuchter in der Bibliothek von Iskendria.

Reilif Elf, auch als Meister Reilif bekannt, Hüter des Wissens in der Bibliothek von Iskendria. Ein Heilkundiger, aber auch der Ankläger der Bibliothek.

Romuald Ein Heiliger der Tjuredkirche, dessen Martyrium ein beliebtes Motiv auf den Bleiglasfenstern der Tempeltürme ist.

Schneeschwinge Der weiße Falke des Grafen Fenryl.

Sebastien Abt des Refugiums des heiligen Lucien. Wird gemeinsam mit den Brüdern und Schwestern seines Ordenshauses in einen Shi-Handan verwandelt, einen geisterhaften Seelenfresser.

Sem-la Elfe, die von Emerelle verbannt wurde und über einen großen Albenstern in Iskendria wacht. Sem-la ist ein menschlicher Name, den sie annahm, um eine erfolgreiche Kauffrau zu spielen. Ihr elfischer Name lautet Valynwyn.

Senthor Kentaurenkrieger, gehört zu den Veteranen der Schlacht um Phylangan.

Shahondin Elfenfürst von Arkadien, wurde von Skanga entleibt, aber von seiner Enkelin Lyndwyn getötet. Berüchtigter Intrigant. (Näheres siehe: *Elfenwinter.*)

Shalawyn Elfe, die zu den handverlesenen Kämpfern gehört, die Fürst Elodrin für seinen Angriff auf die Nachtzinne ausgesucht hat.

Shandral Elf, Fürst von Arkadien, Gemahl Leylins. Gerüchten zufolge ein eifriger Schüler Alathaias und vertraut mit den dunklen Seiten der Magie.

Silwyna 1. Elfe aus dem Volk der Maurawan. Mutter Melvyns, Lebensgefährtin des Königs Alfadas. 2. Tochter der Asla, benannt nach der Elfe Silwyna, die Asla, Kalf und Kadlin während des Elfenwinters das Leben rettete.

Skanga Trollschamanin, Hüterin des Albensteins ihres Volkes, von den Elfen auch die Schattenweberin genannt.

Slarag Troll, Späher aus dem Rudel des Brud.

Svenja Eine Tante Aslas. Die Kinderfrau von Halgard und Ulric.

Tjured Erlösergottheit einer monotheistischen Religion, die in Fargon ihre Wurzeln hat und sich nach dem Märtyrertod des heiligen Guillaume schnell in der Welt der Menschen ausbreitet.

Tomasin Mensch, Ordensbruder im Refugium am Mons Gabino. Einer der 30 Märtyrer.

Torkelschritt Hornschildechse aus der Herde, mit der die Sippe der Lutin Ganda zieht.

Ulric Sohn des Alfadas und der Asla. König des Fjordlands.

Valynwyn Elfe, die von Emerelle in die Welt der Menschen verbannt wurde und dort unter den Namen Sem-la und später als Al-beles über den Albenstern wacht, der einen ungefährlichen Zugang zur Bibliothek von Iskendria erlaubt.

Veleif Silberhand Skalde am Hof König Horsas, später Skalde und Vertrauter des Alfadas.

Wolfsbeißer Hornschildechse, auf deren Rücken der Lutin Elija Glops lebt.

Wolkentaucher Fürst unter den Schwarzrückenadlern, die am Albenhaupt wachen.

Yilvina Elfe, die dem Königshof von Firnstayn eng verbunden ist und einst eine Schülerin des Schwertmeisters Ollowain war. Nun befehligt sie die Leibwache des Seefürsten Elodrin.

Xern Waldgeist von großer Macht.

Zweistoß Hornschildechse, Leitbulle der Herde, mit der sich Ganda verbunden fühlt und die von Elija Glops angeführt wird.

Schauplätze

Albenhaupt Geheimnisumwitterter Berg weit im Norden Albenmarks.

Albenmark Oberbegriff für die Welt der Albenkinder.

Alvemer Elfenfürstentum, das an die Snaiwamark und das Windland angrenzt.

Aniscans Bedeutende Metropole im menschlichen Königreich Fargon. Der Ort, an dem der heilige Guillaume ermordet wurde.

Angnos Ein Königreich der Menschen, weit südlich des Fjordlands.

Arkadien Elfenfürstentum, berühmt für seine Schönheit wie für die kalte Arroganz seiner Herrscher.

Avron Stadt in Fargon. Wurde während der Kriege zwischen Angnos und Fargon geplündert.

Bronsted Das Fischerdorf, in dem Silwyna Menschentochter lebt.

Carandamon Hochebene im ewigen Eis, die ursprüngliche Heimat des Elfenvolkes der Normirga.

Dorien Elfengrafschaft in Arkadien.

Elfenlicht Der Name, den die Koboldvölker Emerelles Burg im Herzland gegeben haben. Die Elfen selbst haben sich auf keinen Namen für diesen Ort einigen können.

Fargon Ein Königreich der Menschen. Hier hat der Tjuredglaube seinen Ursprung.

Feylanviek Große Handelsstadt im Norden des Windlands. Überwiegend von Kobolden besiedelt. Liegt am Ufer des Mika.

Finstergrund Flusstal in den Rejkas. Das Wasser der Myra hat hier ein so tiefes Tal in die Berge geschnitten, dass es Abschnitte gibt, die, beschirmt von Felsüberhängen, in ewigem Dunkel liegen.

Firnstayn Kleines Dorf im Fjordland, Ulric stammt aus diesem Dorf. Unter der Herrschaft des Königs Alfadas wird

Firnstayn nach seiner Zerstörung durch die Trolle neu aufgebaut und zur Hauptstadt des Fjordlands erwählt.

Fjordland Ein Königreich hoch im Norden der Welt der Menschen.

Herzland Elfenfürstentum, hier liegt der Hof der Königin Emerelle.

Honnigsvald Aufgegebene Stadt, etwa einen halben Tagesritt südlich von Firnstayn. Honnigsvald wurde während der Kämpfe im Elfenwinter von den Trollen niedergebrannt und seither nicht wieder aufgebaut.

Ischemon Elfenfürstentum, ehemals Heimat der Sonnendrachen.

Iskendria 1. Berühmte Hafenstadt in der Welt der Menschen. Unterwirft sich dem grausamen Gott Balbar und huldigt seinem blutigen Kult. Gilt zugleich als Hauptstadt der Künste und Kultur. Ein Ort voller Widersprüche. 2. Bibliothek in einem Splitter der Zerbrochenen Welt. Der Sage nach wird hier alles Wissen Albenmarks verwahrt, doch es ist eine Kunst, in der labyrinthischen Bibliothek auch zu finden, was man sucht.

Jerash Ruinenstadt im nördlichen Windland. Angeblich eine Siedlung, die noch zu Zeiten der Drachenherrscher gegründet wurde.

Königsstein Name der Trolle für die Bergfestung, die von den Elfen Phylangan genannt wurde. Sie war der Sitz der Troll- und Elfenherrscher über die Snaiwamark.

Langollion Elfenfürstentum der Alathaia, eine Insel südöstlich der Walbucht.

Luba Großer Fluss in Albenmark. Er bildet die Grenze zwischen dem Windland und den Mondbergen.

Manchukett Ein fernes Königreich in Albenmark.

Mika Großer Strom im Norden des Windlands. Von der See her schiffbar bis Feylanviek. Gabelt sich in den weißen Mika, der von Stromschnellen geprägt ist, und den blauen Mika, auf dem Schifffahrt möglich ist.

Mondberge Gebirge an der südlichen Grenze des Windlands. Heimat der Minotauren und des Koboldvolks der Spinnenmänner.
Mons Gabino Ein Berg im Königreich Angnos in der Welt der Menschen. Er ist berühmt für das Refugium der 30 Märtyrer, in dem vorgeblich die Elfen etwa 20 Jahre nach dem Tod des heiligen Guillaume ein Massaker an den dort lebenden Ordensbrüdern der Tjuredkirche verübten.
Mordstein Trollfestung in der südlichen Snaiwamark.
Myra Fluss, der aus der Snaiwamark in südöstliche Richtung fließt und schließlich in den Mika mündet.
Lavianar Handelsmetropole in Arkadien, südlich der Mondberge gelegen.
Nachtzinne Felsenburg der Trolle, nördlich von Firnstayn, am Ende eines kurzen Fjords gelegen. Herrschersitz des Herzogs Orgrim.
Phylangan Elfenfestung, die den Pass zwischen Carandamon und der Snaiwamark beherrschte, wurde durch einen Vulkanausbruch zerstört.
Reilimee Bedeutende elfische Hafenstadt, die während des Trollkriegs zerstört wurde.
Rejkas Mittelgebirge an der Südgrenze der Snaiwamark.
Rentiersteig Ein Weg, den die Rentiere im Fjordland während ihrer Wanderungen im Frühjahr und im Herbst nutzen.
Ruonnes Stadt in Fargon. Wurde während des Krieges zwischen Angnos und Fargon gebranntschatzt.
Shalyn Falah Die weiße Brücke, einer der Wege ins Herzland.
Slanga-Berge Bergkette nördlich der Snaiwamark. Heimat des Elfenvolks der Maurawan.
Snaiwamark Ursprungsregion der Trolle in Albenmark, nach deren Vertreibung durch das Elfenvolk der Normirga besiedelt.

Sunnenberg Kleines Dorf am Rentiersteig. Wird während und nach dem Winterkrieg gegen die Trolle zur Zuflucht für viele Flüchtlinge. Hier wurde Alfadas zum König des Fjordlands ausgerufen.

Swatja Kleiner Fluss im Windland. Der Sage nach wurde die Kentaurin Kirta an seinem Ufer schwer verwundet.

Talsin Große Stadt in Albenmark, liegt am Fluss Luba an der Grenze zwischen dem Windland und den nördlichen Ausläufern der Mondberge. Bedeutender Handelsplatz.

Tanthalia Kleines Inselkönigreich, das südwestlich von Arkadien liegt. Berühmt für seine blinden Märchenerzähler.

Uttika 1. Name eines Fürstentums der Kentauren im Westen des Windlands. 2. Name der Hauptstadt des Fürstentums Uttika.

Vahan Calyd Hafenstadt am Waldmeer, wurde von den vertriebenen Normirga gegründet und zu Beginn des dritten Trollkrieges vollständig zerstört. Heimat des Koboldvolks der Holden. Der Ort, an dem alle 28 Jahre der König Albenmarks gewählt wurde.

Vahlemer Stadt in Albenmark, liegt an der Mündung des blauen Mika und gehört zum Fürstentum Alvemer.

Valemas Eine lange verlassene Elfenstadt in Albenmark. Die Freien von Valemas wurden von Emerelle ins Exil vertrieben und errichteten eine bescheidene Oasenstadt in der Zerbrochenen Welt.

Windland Weite Steppenlandschaft südlich von Carandamon und der Snaiwamark. Heimat der meisten Kentaurenstämme.

Wolkenspiegel Ein Gletschersee auf einem Pass an der nördlichen Grenze des Fjordlands. Der Pass kann nur überschritten werden, wenn der See während des Winters zufriert.

Yaldemee Siedlung im Herzland Albenmarks, liegt knapp einen Tagesritt von Emerelles Burg entfernt. Der

Ort ist berühmt für die Farben der Mauslinge, die hier hergestellt werden.

Zerbrochene Welt Eine Welt, die im Krieg zwischen den Alben und den Devanthar zerstört wurde. Ihre Trümmer schweben weit verstreut im Nichts.

Glossar

Albenkinder Sammelbegriff für alle Völker, die von den Alben erschaffen wurden (Elfen, Trolle, Holde etc.).

Albenpfade Ein Netzwerk magischer Wege, das einst von den Alben erschaffen wurde.

Albenstein Ein magisches Artefakt. Jedes der Albenvölker erhielt einen solchen Stein, bevor die Alben ihre Welt verließen. Ein Albenstein stärkt die Zauberkraft seines Benutzers. Werden mehrere Albensteine zusammengeführt, kann Magie von weltenverändernder Macht gewirkt werden.

Albenstern Schnittpunkt von zwei bis sieben Albenpfaden; durch Albensterne können die Albenpfade betreten werden.

Apsaras Wassernymphen aus einem fernen Teil Albenmarks.

Auenfeen Albenvolk, Geschöpfe von knapp Fingerlänge mit elfenähnlichem Äußeren, die Schmetterlings- oder Libellenflügel haben.

Blütenfeen Eine andere Bezeichnung für Auenfeen.

Dailisch Die Sprache der Kentauren.

Dinko-Busch Ein Busch, aus dem die Albenkinder einen dunklen Saft gewinnen, mit dem sie sich Bilder auf die Haut malen. Der Dinko-Saft, der über die Haut aufgenommen wird, gilt auch als ein Aphrodisiakum.

Eisenbart Holzfigur, in die man Eisenstücke als Opfergaben schlägt. Die Fjordländer stellen Eisenbärte zu Ehren ihres Schicksalsgottes Luth auf. Auch Eisenmann genannt.

Elfen Das letzte der Völker, die von den Alben erschaffen wurden. Etwa menschengroß, sind sie von schlankerer Gestalt und haben längliche, spitz zulaufende Ohren. Die meisten von ihnen sind magiebegabt.

Falrach-Spiel Ein Brettspiel, das von Falrach ersonnen wurde, einem der bedeutendsten Feldherrn der Elfen. Angeblich lässt sich jede erdenkliche Schlacht mit Hilfe dieses Spiels nachstellen.

Falrach-Tisch Besonderer Spieltisch, auf dem das Falrach-Spiel gespielt wird.

Faune Bocksbeiniges Volk in Albenmark.

Galeasse Hochbordiges Schiff, das sowohl gesegelt als auch gerudert werden kann. Wesentlich hochseetauglicher als Galeeren.

Gallabal Ein durch Magie belebtes, steinernes Standbild. Dient als Wächter in der Bibliothek von Iskendria.

Gorgonen Frauen, die statt Beinen einen Schlangenleib besitzen und die statt Haaren sich windende Schlangenknäuel auf dem Haupt tragen. Sie gelten als tödliche Bogenschützinnen. Man findet sie in Albenmark in der Region Nashrapur.

Kentauren Mischgeschöpfe aus Elfen und Pferden. Dem Pferdeleib entwächst ein elfenähnlicher Oberkörper. Die meisten Kentaurenstämme leben nomadisch und sind im Windland beheimatet. Der Oberkörper der Kentauren ist muskulöser als bei ihren »Elfenvettern«. Auch ist Bartwuchs unter ihnen weit verbreitet, und ihre Ohren sind weniger lang als bei den Elfen.

Kobolde Eine Sammelbezeichnung für eine ganze Gruppe verschiedener Völker oder Stämme wie etwa die Lutin oder die Holden. Die Kobolde sind, nach den Maßstäben eines Menschen geschätzt, etwa knie- bis hüfthoch. Viele Kobolde sind magiebegabt. Die meisten gelten als hervorragende Handwerker. Andere Albenkinder bedienen sich der Kobolde gerne als Diener oder Sklaven.

Lamassu Volk in Albenmark, Geschöpfe mit einem Stierleib, großen Adlerflügeln und einem bärtigen Kopf. Sie gelten als sehr weise und als bedeutende Zauberer.

Liga zur Wahrung der inneren Größe Albenmarks Ein Zusammenschluss von Sauertöpfen und Weltverbesserern. Begründet von Elija Glops, nutzt dieser die scheinbar harmlose Liga zur Verbreitung seiner Streitschriften und zur Agitation gegen die Herrschaft der Elfen.

Liuvar Das elfische Wort für Frieden. Es hilft, den Gallabaal und andere Wächter der Bibliothek von Iskendria zu besänftigen.

Lutin Fuchsköpfiges Koboldvolk. Die Lutin sind sehr begabte Zauberer und berüchtigt für ihren schwarzen Humor und ihre üblen Streiche. Sie gelten auch als gute Geschäftsleute und Hehler. Was ein Lutin nicht beschaffen kann, das gibt es nicht in Albenmark.

Maurawan Elfenvolk, das hoch im Norden Albenmarks in den Wäldern am Fuß der Slanga-Berge lebt. Berühmt für seine Bogenschützen.

Mauslinge Ein kleinwüchsiges Koboldvolk, dessen Angehörige kaum daumengroß sind. Sie sind berühmt für die prächtigen Farben, die sie mischen und für detailverliebte Kupferstiche verwenden.

Minotauren Stierköpfige Hünen. Ihr Leib ähnelt dem von Trollen, wobei sie im Gegensatz zu diesen den Kontakt mit Metall nicht als unangenehm empfinden.

Normirga Elfenvolk, das den Trollen die Provinz Snaiwamark nahm und nach der Schlacht um Phylangan von dort vertrieben wurde. Ollowain und Emerelle entstammen diesem Elfenvolk.

Refugium Bezeichnung der Tjuredpriesterschaft für eine Einrichtung, die den irdischen Klöstern ähnelt.

Riesenwelse Flusswelse, so groß, dass sie Lämmer und Kälber verschlingen können, wenn sie sich nachts ans Ufer wälzen.
Rotmützen Geheimbund von Kobolden, die zum bewaffneten Kampf gegen die Tyrannei der Elfenfürsten entschlossen sind.
Sanhalla Name des Südwindes, der von den Hängen der Rejkas im Sommer auf die Ebene der Snaiwamark weht.
Selkies Seehunde oder auch Otter, die ihre Tierhaut abzustreifen vermögen und dann die Gestalt von jungen Elfen haben. Der Saga nach sind es Kinder Eleborns, des Herrschers unter den Wogen.
Shi-Handan Geisterhafte Geschöpfe, meist in Form von Hunden, die so groß wie Ponys sind. Die Shi-Handan entstehen durch die magische Verschmelzung eines Yingiz mit einem Elfen oder Menschen.
Skalde Fjordländische Bezeichnung für einen Barden.
Söhne Zeynels Ein Nomadenvolk aus den Wüsten südlich Iskendrias.
Spinnenmänner Ein Koboldvolk aus den Mondbergen, das berühmt für seine Kletterfertigkeiten ist. Angeblich vermögen sie wie Spinnen an Mauern und Steilwänden hinabzulaufen.
Trolle Das kriegerischste Volk Albenmarks. Mehr als drei Meter groß, haben sie eine graue Haut, die in ihrer Farbe Steinen ähnelt. Trolle scheuen vor der Berührung von Metall zurück.
Wolfsmilch Berüchtigtes alkoholisches Getränk, das von Kentauren aus vergorener Stutenmilch hergestellt wird. Alle anderen Albenkinder sind sich einig, dass man einen Pferdemagen braucht, um Wolfsmilch zu vertragen.
Yingiz Ein rätselhaftes Volk, gegen das einst die Alben Krieg führten. Die Schatten der Yingiz wurden ins Nichts verbannt und warten darauf, ihrer Gefangenschaft entfliehen zu können und wieder Körper zu besitzen.

DANKSAGUNG

Dass dieses Buch vollendet wurde, ist nicht zuletzt das Werk zahlreicher helfender Kobolde, die mich durch lange Nächte begleiteten und mir tagsüber viel Alltag vom Halse hielten. Anders als in den Palästen der Elfen sollen sie nicht ohne Namen bleiben. Meine Helferinnen und Helfer im Ringen mit Albenmark waren: Menekse, die unermüdlich die Tür zu meinem Arbeitszimmer gegen lautstarke Besucher verteidigte und selbst dann noch nach Mitternacht Korrektur las, wenn sie wusste, dass schon um fünf wieder zum Wecken gerufen würde; Elke, die Bogenschützen und Computer besser kannte als ich; Karl-Heinz, der selbst dann noch oft weiter wusste, wenn guter Rat teuer war; Wendel, der mich über Maurawan und Steine belehrte; Eymard, der in die Bresche sprang, wenn das Chaos regierte; Bettina, die stets noch etwas fand, das alle anderen übersehen hatten; Rolf und Gertrud, die mir Asyl und ganze Kaffeeseen gewährten, sowie meine Lektorinnen Martina Vogl, die mich bei Zeiten von einem Irrweg abbrachte, und Angela Kuepper, die mich bremste, wenn ich es mal wieder allzu kompliziert sagen wollte, und die bis zur letzten Minute die Nerven behielt.

BERNHARD HENNEN,
IM NOVEMBER 2006